二十年目睹之怪現狀

书名题字／沈尹默

插图本

中国古典小说藏本

二十年目睹之怪现状(上)

吴趼人 著

张友鹤 校注

人民文学出版社

图书在版编目（CIP）数据

二十年目睹之怪现状：全2册/（清）吴趼人著；张友鹤校注. —北京：人民文学出版社，2020

（中国古典小说藏本：插图本）

ISBN 978-7-02-013713-8

Ⅰ.①二… Ⅱ.①吴…②张… Ⅲ.①章回小说—中国—清代 Ⅳ.①I242.4

中国版本图书馆CIP数据核字（2018）第014103号

责任编辑	高宏洲　胡文骏
装帧设计	刘　静
责任印制	王重艺

出版发行　人民文学出版社
社　　址　北京市朝内大街166号
邮政编码　100705
网　　址　http://www.rw-cn.com

印　　刷　北京新华印刷有限公司
经　　销　全国新华书店等

字　　数　712千字
开　　本　787毫米×1092毫米　1/32
印　　张　33.875　插页20
印　　数　1—8000
版　　次　1959年8月北京第1版
印　　次　2020年1月第1次印刷

书　　号　978-7-02-013713-8
定　　价　75.00元

如有印装质量问题，请与本社图书销售中心调换。电话:010-65233595

出版说明

中国古典小说源远流长、佳作如林，是蕴含与传承中华优秀传统文化的重要文学体裁，在中国文学史乃至世界文学史上占有重要地位。人民文学出版社在成立之初即致力于中国古典小说的整理与出版，半个多世纪以来陆续出版了几乎所有重要的中国古典小说作品。这些作品的整理者，均为古典文学研究名家，如聂绀弩、张友鸾、张友鹤、张慧剑、黄肃秋、顾学颉、陈迩冬、戴鸿森、启功、冯其庸、袁世硕、朱其铠、李伯齐等，他们精心的校勘、标点、注释使这些读本成为影响几代读者的经典。

此次我们推出"中国古典小说藏本（插图本）"丛书，将这些优秀的经典之作集结在一起，再次进行全面细致的修订和编校，以期更加完善；所选插图为名家绘图或精美绣像，如孙温绘《红楼梦》、孙继芳绘《镜花缘》、金协中绘《三国演义》、程十髪绘《儒林外史》等，以丰富读者的阅读体验。

人民文学出版社编辑部
2020年1月

目　录

前言___001

第 一 回　楔子___001
第 二 回　守常经不使疏逾戚　睹怪状几疑贼是官___006
第 三 回　走穷途忽遇良朋　谈仕路初闻怪状___018
第 四 回　吴继之正言规好友　苟观察致敬送嘉宾___029
第 五 回　珠宝店巨金骗去　州县官实价开来___038
第 六 回　彻底寻根表明骗子　穷形极相画出旗人___046
第 七 回　代谋差营兵受殊礼　吃倒帐钱佥大遭殃___054
第 八 回　隔纸窗偷觑骗子形　接家书暗落思亲泪___063
第 九 回　诗翁画客狼狈为奸　怨女痴男鸳鸯并命___072
第 十 回　老伯母强作周旋话　恶洋奴欺凌同族人___080
第十一回　纱窗外潜身窥贼迹　房门前瞥眼睹奇形___089
第十二回　查私货关员被累　行酒令席上生风___097
第十三回　拟禁烟痛陈快论　睹赃物暗尾佳人___106
第十四回　宦海茫茫穷官自缢　烽烟渺渺兵舰先沉___114
第十五回　论善士微言议赈捐　见招帖书生谈会党___123
第十六回　观演水雷书生论战事　接来电信游子忽心惊___132

第 十 七 回	整归装游子走长途	抵家门慈亲喜无恙	141
第 十 八 回	恣疯狂家庭现怪状	避险恶母子议离乡	149
第 十 九 回	具酒食博来满座欢声	变田产惹出一场恶气	157
第 二 十 回	神出鬼没母子动身	冷嘲热谑世伯受窘	165
第二十一回	作引线官场通赌棍	嗔直言巡抚报黄堂	173
第二十二回	论狂士撩起忧国心	接电信再惊游子魄	182
第二十三回	老伯母遗言嘱兼祧	师兄弟挑灯谈换帖	192
第二十四回	臧获私逃酿出三条性命	翰林伸手装成八面威风	201
第二十五回	引书义破除迷信	较资财哄起家庭	210
第二十六回	干嫂子色笑代承欢	老捕役潜身拿臬使	221
第二十七回	管神机营王爷撤差	升镇国公小的交运	230
第二十八回	办礼物携资走上海	控影射遭伙出京师	240
第二十九回	送出洋强盗读西书	卖轮船局员造私货	249
第 三 十 回	试开车保民船下水	误纪年制造局编书	258
第三十一回	论江湖揭破伪术	小勾留惊遇故人	268
第三十二回	轻性命天伦遭惨变	豁眼界北里试嬉游	278
第三十三回	假风雅当筵呈丑态	真义侠拯人出火坑	286
第三十四回	蓬荜中喜逢贤女子	市井上结识老书生	295
第三十五回	声罪恶当面绝交	聆怪论笑肠几断	305
第三十六回	阻进身兄遭弟谮	破奸谋妇弃夫逃	315
第三十七回	说大话谬引同宗	写佳画偏留笑柄	325
第三十八回	画士攘诗一何老脸	官场问案高坐盲人	336

第三十九回	老寒酸峻辞干馆	小书生妙改新词	347
第四十回	披画图即席题词	发电信促归阅卷	358
第四十一回	破资财穷形极相	感知己沥胆披肝	370
第四十二回	露关节同考装疯	入文闱童生射猎	380
第四十三回	试乡科文闱放榜	上母寿戏彩称觞	391
第四十四回	苟观察被捉归公馆	吴令尹奉委署江都	402
第四十五回	评骨董门客巧欺蒙	送忤逆县官托访察	411
第四十六回	翻旧案借券作酬劳	告卖缺县丞难总督	421
第四十七回	恣儿戏末秩侮上官	戕轻生荐人代抵命	431
第四十八回	内外吏胥神奸狙猾	风尘妓女豪侠多情	440
第四十九回	串外人同胞遭晦气	摘词藻嫖界有机关	449
第五十回	溯本源赌徒充骗子	走长江舅氏召夫人	460
第五十一回	喜孜孜限期营簉室	乱烘烘连夜出吴淞	470
第五十二回	酸风醋浪拆散鸳鸯	半夜三更几疑鬼魅	480
第五十三回	变幻离奇治家无术	误交朋友失路堪怜	489
第五十四回	告冒饷把弟卖把兄	戕委员乃侄陷乃叔	498
第五十五回	箕踞忘形军门被逐	设施已毕医士脱逃	507
第五十六回	施奇计夫变凶手	翻新样淫妇建牌坊	516
第五十七回	充苦力乡人得奇遇	发狂怒老父责顽儿	525
第五十八回	陡发财一朝成眷属	狂骚扰遍地索强梁	534
第五十九回	干儿子贪得被拐出洋	戈什哈神通能撒人任	544
第六十回	谈官况令尹弃官	乱著书遗名被骂	553

第六十一回	因赌博入棘闱舞弊　　误虚惊制造局班兵 ___563
第六十二回	大惊小怪何来强盗潜踪　　上张下罗也算商人团体 ___574
第六十三回	设骗局财神遭小劫　　谋复任臧获托空谈 ___583
第六十四回	无意功名官照何妨是假　　纵非因果恶人到底成空 ___592
第六十五回	一盛一衰世情商冷暖　　忽从忽违辩语出温柔 ___602
第六十六回	妙转圜行贿买蛮言　　猜哑谜当筵宣谑语 ___612
第六十七回	论鬼蜮挑灯谈宦海　　冒风涛航海走天津 ___622
第六十八回	笑荒唐戏提大王尾　　恣嚣威打破小子头 ___632
第六十九回	责孝道家庭变态　　权寄宿野店行沽 ___643
第七十回	惠雪舫游说翰苑　　周辅成误娶填房 ___653
第七十一回	周太史出都逃妇难　　焦侍郎入粤走官场 ___664
第七十二回	逞强项再登幕府　　走风尘初入京师 ___673
第七十三回	书院课文不成师弟　　家庭变起难为祖孙 ___683
第七十四回	符弥轩逆伦几酿案　　车文琴设谜赏春灯 ___694
第七十五回	巧遮饰赘见运机心　　先预防嫖界开新面 ___705
第七十六回	急功名愚人受骗　　遭薄幸淑女蒙冤 ___715
第七十七回	泼婆娘赔礼入娼家　　阔老官叫局用文案 ___725
第七十八回	巧蒙蔽到处有机谋　　报恩施沿街夸显耀 ___734
第七十九回	论丧礼痛砭陋俗　　祝冥寿惹出奇谈 ___745
第八十回	贩鸦头学政蒙羞　　遇马扁富翁中计 ___754
第八十一回	真愚昧惨陷官刑　　假聪明贻讥外族 ___764
第八十二回	紊伦常名分费商量　　报涓埃夫妻勤伺候 ___772

第八十三回	误联婚家庭闹意见　施诡计幕客逞机谋	782
第八十四回	接木移花鸦鬟充小姐　弄巧成拙牯岭属他人	792
第八十五回	恋花丛公子扶丧　定药方医生论病	802
第八十六回	旌孝子瞒天撒大谎　洞世故透底论人情	812
第八十七回	遇恶姑淑媛受苦　设密计观察谋差	823
第八十八回	劝堕节翁姑齐屈膝　谐好事媒妁得甜头	833
第八十九回	舌剑唇枪难回节烈　怨深怨绝顿改坚贞	844
第九十回	差池臭味郎舅成仇　巴结功深葭莩复合	855
第九十一回	老夫人舌端调反目　赵师母手版误呈词	866
第九十二回	谋保全拟参僚属　巧运动赶出冤家	877
第九十三回	调度才高抚台运泥土　被参冤抑观察走津门	887
第九十四回	图恢复冒当河工差　巧逢迎垄断银元局	897
第九十五回	苟观察就医游上海　少夫人拜佛到西湖	907
第九十六回	教供辞巧存体面　写借据别出心裁	917
第九十七回	孝堂上伺候竞奔忙　亲族中冒名巧顶替	928
第九十八回	巧攘夺弟妇作夫人　遇机缘僚属充西席	940
第九十九回	老叔祖娓娓讲官箴　少大人殷殷求仆从	950
第一百回	巧机缘一旦得功名　乱巴结几番成笑话	961
第一百一回	王医生淋漓谈父子　梁顶粪恩爱割夫妻	972
第一百二回	温月江义让夫人　裘致禄尊遗妇子	982
第一百三回	亲尝汤药媚倒老爷　婢学夫人难为媳妇	992
第一百四回	良夫人毒打亲家母　承舅爷巧赚朱博如	1002

第一百五回　巧心计暗地运机谋　真脓包当场写伏辩__1013

第一百六回　符弥轩调虎离山　金秀英迁莺出谷__1025

第一百七回　觍天良不关疏戚　蓦地里忽遇强梁__1035

第一百八回　负屈含冤贤令尹结果　风流云散怪现状收场__1046

前　言

一

《二十年目睹之怪现状》,清末吴沃尧著,是一部著名的暴露封建专制制度末期政治和社会黑暗的小说。

这种暴露性的小说,在清朝末年义和团起义失败之后,盛行一时,第一部是李宝嘉的《官场现形记》,接着就是这部《二十年目睹之怪现状》,两部代表作打开了道路,后来类似的作品,便风起云涌地出现。鲁迅先生在《中国小说史略》里面,把这种小说叫做"谴责小说"。他指出:清王朝自嘉庆(一七九六——一八二〇)以来,虽然先后镇压了白莲教、太平天国、捻军和回民的起义,但在鸦片战争、英法联军、中法战争和中日战争当中,却一次一次地遭到可耻的失败,暴露出这个腐朽的王朝完全没有能力保卫自己的国家。于是,"有识者则已翻然思改革,凭敌忾之心,呼维新与爱国,而于'富强'尤致意焉。戊戌变政既不成,越二年即庚子岁而有义和团之变,群乃知政府不足与图治,顿有掊击之意矣。其在小说,则揭发伏藏,显其弊恶,而于时政,严加纠弹,或更扩充,并及风俗。"(《中国小说史略》第二十八篇)

鲁迅先生把谴责小说的盛行,看作是当时人民对清朝政府绝望后的鞭挞,这是非常正确的。清王朝对于资产阶级改良派所领导的戊戌变法运动,进行了血腥的镇压,这就表明它决心顽固到底,对于温和的改良的要求也不能容忍。紧接着两年之后,清王朝又狡猾地利用了农民群众反对帝国主义侵略者的义和团起义,借以排斥西方资产阶级民主主义的影响,而当帝国主义侵略联军打进来的时候,又无耻地出卖了起义的农民,在农民的血泊当中,实行所谓"宁赠友邦,不与家奴",这就表明清王朝乃是帝国主义侵略者的工具,为虎作伥的祸首。这样一来,中国人民面前便有了两份有力的反面教材,教导着一个革命的真理:清朝政府是"不足与图治"的,对付之道,只有"掊击",干脆推翻它,消灭它。谴责小说便是作为"批判的武器",出现在那样一个迫切要求着"武器的批判"的时候。

谴责小说里面,清王朝的整个统治机构及其统治下的整个上层社会,呈现出一片黑暗腐朽、肮脏丑恶的面貌。对于革命者和爱国者,对于一切想望未来相信未来的人们,他们可以借助于这种暴露,更清楚地认识敌人,增加对敌人的仇视、鄙视和蔑视,坚定胜利的信心。

可是,谴责小说也有严重的缺点。鲁迅先生从创作方法的角度尖锐地批判道:"虽命意在于匡世,似与讽刺小说同伦,而辞气浮露,笔无藏锋,甚且过甚其辞,以合时人嗜好,则其度量技术之相去亦远矣,故别谓之谴责小说。"他批判《官场现形记》道:"然臆说颇多,难云实录,……况所搜罗,又仅'话柄',联缀此等,以成类书;官场伎俩,本小异大同,汇为长编,即千篇一律。"又批判《二十年目睹之怪现状》道："惜描写失之张皇，时或伤于溢恶，言违真实，则感人之力顿微，终不过连篇'话柄'，仅足供闲散者谈笑之资而已。"

鲁迅先生所指摘的两点，一是不近情理、违反真实的过份夸张的描写；一是大量堆积、不加剪裁的千篇一律的题材，这些都是创作方法上的缺点，是同作家们政治思想的错误相联系的。

谴责小说的作者们的政治思想，一般都属于改良主义的范畴。改良主义的本质是反动的。中国的改良主义尤其带有浓厚的封建性和买办性。戊戌变法运动以前，在当时的条件下，改良派的变法运动还有进步意义。义和团起义之后，条件变化了，中国革命向前发展了，改良派日益丧失了进步意义，反动的本质日益暴露出来。他们对封建制度有所不满，但依恋仍深，对帝国主义有一些"敌忾之心"，但幻想亦多。他们最害怕的还是人民群众，对于资产阶级革命派所进行的推翻清朝统治、建立资产阶级民主共和国的斗争，始终反对。这样，他们就自陷于矛盾之中：在他们看来，现实生活是充满了黑暗和丑恶的，但他们不知道，那丑恶和黑暗的根源正是他们恋恋不能舍去的东西；而惟一能够从根铲除一切黑暗和丑恶的，是来自人民的革命力量，但他们对人民力量，却比对于任何黑暗和丑恶更为害怕。他们的作品应该是针对封建制度的"批判的武器"，可是他们反对在现实生活中使用"武器的批判"。这样，他们当然不可能把"批判的武器"使用得好，不可能把那些黑暗和丑恶的本质深刻地揭露出来，为了加强效果，他们只好求助于大量丑恶故事的罗列，求助于不近情理的夸张了。

所以，谴责小说对于革命的、爱国的、对未来抱有希望的读者，固然可以有积极的作用，如前所述；可是，对于别一样的读者，作用就很不相同。作者揭露了那样多的黑暗和丑恶，而对之莫可奈何，这就当然也可以引向妥协，正是所谓"仅足供闲散者谈笑之资而已"。

二

《二十年目睹之怪现状》，写的是从一八八四年中法战争前后到一九〇四年前后这二十多年。中法战争后资产阶级改良派开始登上历史政治舞台。中日战争后改良派发动变法运动失败。一九〇五年中国革命同盟会成立。所以，本书所写的二十多年，恰好是一个段落，改良派在这段时间里，积极地进行了改良的活动；同盟会成立以后，历史已是属于革命派的了。但本书实际写作时间，是在这二十多年的最末尾。那时，改良的希望早已破灭，新的革命高潮正在迅速到来，封建专制制度已经是命在旦夕，无药可医。作者在那样的时候，回顾总结二十多年的历史，心情是悲凉的。他声称："不知此茫茫大地，何处方可容身，一阵的心如死灰，便生了个谢绝人世的念头。"（第一回）他把一切黑暗和丑恶的现象，统称为"怪现状"，表明他已经很难理解这个世界。结末赞语道："悲欢离合廿年事，隆替兴亡一梦中。"更是无可奈何，只好视同空虚的一梦。

但实际上，二十年的历史当然不会是一场梦，而"怪现状"也无非是垂死的阶级和社会制度所产生的必然的现象。我们从大量堆积的"怪现状"当中,仍然可以相当清楚地看出二十多年历史的面影。

这二十多年历史的开端,已在太平天国革命失败之后。书中没有写到太平天国革命,可是,第四十回吴继之、文述农和"九死一生"三人填词题《金陵图》,不约而同地都写得凄凉哀怨,说什么:"几代笙歌,十年鼙鼓,不堪回首叹雕零。"说什么:"最销魂红羊劫尽,但余一座孤城。"三人词中,充满了"台倾""馆寂""鬼啸""磷青""荆棘""铜驼"等类的字样。这些虽然表现了统治阶级对太平天国革命的仇恨和诬蔑,但也反映出伟大的农民起义对于统治阶级的打击的沉重。尽管所谓"同治中兴"大吹大擂,但统治阶级的人们只要一回顾这个曾经是太平天国革命首都的城市的历史,便不自禁其战栗和哀伤,哪里有真正的"中兴"的自信?

而况,太平天国革命尽管被镇压下去了,农民起义的浪潮仍然不断地在冲击着封建统治的基础,资产阶级革命派的活动更是给予封建统治以严重的打击。第八十回至八十一回写成都一个江湖术士的骗局,竟然震动了全省的官僚,弄得"到处风声鹤唳";第五十八回至五十九回写广州传来一个万寿宫地下有人埋炸药的谣言,把全城文武官员吓得神经错乱,都可见统治者虚弱和恐惧到了怎样的程度。

一部分地主阶级向资产阶级转化,对于封建统治,起着离心作用和瓦解作用。本书的一个特色,是鲜明地把"做官"和"经商"对立起来,写"官场"不是人干的,而"商场"尽管也有"怪现状",还是比"官场"干净。已入"官场"而坚决要出来的吴继之,未入"官场"而坚决不愿进去的"九死一生",都有一条似乎很值得骄傲的道路可走;这道路不是《儒林外史》所指出的做隐士,也不是《红楼梦》所指出的做和尚,而是去"经商"。这种商人,不是封建社会中一向为贵族官僚士大夫所鄙视、自己也很自卑的"市侩",而是公然以"经商"的身份自豪,傲视做官,傲视科举,傲视一切假名士和滥文人,正在通过商业资本的途径向资产阶级转化的地主。这种社会力量,正是改良主义的基础,在我国封建社会的文学作品当中,还是第一次出现。

封建皇朝自己早已腐朽,受着农民起义和资产阶级革命的冲击,又有资产阶级化的地主对它起着离心和瓦解的作用,促使它更加腐朽,更加动摇。这样的政权,当然不可能有效地抵御帝国主义的侵略。第十四回写南洋海军整个系统内上下成风、朋比为奸、无孔不入的贪污,把战斗力腐蚀干净了。中法战争时,驭远号兵轮的管带,远远看见海上一只船,疑心是法国的兵船,逃走都怕来不及,自己开放水门将船沉下,大家乘了舢板逃命,而事后捏报"仓卒遇敌,致被击沉"云云。中法战争当中,清朝的南洋海军就是这样覆没的。可是十年之后中日战争当中,清军在朝鲜平壤的失败,情形就更为可耻。第八十三回写叶军门在平壤被围,公然亲笔写信给日军方面,请求日军"退开一路,让我兵士走出,保全性命,情愿将平壤奉送",这样地通敌乞怜、放弃守土之后,又"捏报了败仗情形,分电京津各处。此时到处沸沸扬扬,都传说平壤打了败仗,那里知道其中是这么一件事"呢!

贪污的毒菌,不仅腐蚀了国防力量,而且侵入了统治机构的每一毛孔。商品经济的发展,刺激了统治者对金钱的无餍的追求。皇朝命在垂危,大小官员在朝不保夕的感觉中,除了抓紧每一个机会最大量地攫取金钱财货而外,什么也不关心。上自"老佛爷"(慈禧太后)、王爷、中堂、尚书、侍郎、总督、巡抚;下至未入流的佐杂小官,宫里的大小太监,官僚的幕客、家丁、差役、马弁、姨太太、小姐、丫鬟、仆妇,全都撕下了各种假面具,赤裸裸地当强盗、骗子、小偷,当乌龟王八、娈童娼妇,只要能够弄到钱,只要能够取得更高的地位去弄更多的钱。而这种追求金钱的大疯狂,归根到底,就是对人民的敲骨吸髓的榨取,就是国家主权、土地、资源的大拍卖。此外,还有各种各样的社会寄生虫:善棍、赌棍、买办、讼师、江湖劣医、人口贩子、外国"冒险家",……都是直接间接依附侵略者统治者的,相互勾结,相互竞争,一起来吮吸人民的血汗。"九死一生"说:"我出来应世的二十年中,回头想来,所遇见的只有三种东西:第一种是蛇虫鼠蚁;第二种是豺狼虎豹;第三种是魑魅魍魉。"(第二回)指的就是这些现象。

鲁迅先生引了"九死一生"的这句话,接着就说:"则通本所述,不离此类人物之言行可知也。"我们从鲁迅先生的话,可以得到这样的启示:作者的眼里,只看到这些"怪现状",只看到这些蛇鼠、豺虎、魑魅之流为害人民,污浊社会,摧残国力,作品在一定程度上也反映了当时社会腐朽没落的垂死面貌,但是看不见人民的力量。当时的人民,并非不声不响、帖帖服服地听凭那些东西吸血,而是正以熊熊的怒火在烧除它们。那些东西的无耻和疯狂,不是表现它们的强大,正是表现它们的垂死的挣扎。事实上,它们已临到被澄清和扫荡的时候。而作者竟看不见这一点,这就使作品沉溺于"怪现状"的演述之中，而缺乏击中要害的批判力量。

三

《二十年目睹之怪现状》所描写的范围，较之《官场现形记》稍广，但还是以官场的怪现状为中心线索，其次则涉及于商场和"洋场"。商场和"洋场"的势力，有时竟能左右官场，书中也得到一定程度的反映。例如第七十五回开始出现的北京一个钱铺掌柜怍洞仙，就是一个相当有神秘性的握有潜势力的人物，周中堂卖官鬻爵都由他经手，实际上周中堂往往受着他的支配，这就反映出当时中国社会"资本"逐渐控制"政治"的现象的萌芽。而作者并没有意识到这种演变的本质意义，所以还只是对于小异大同、千篇一律的官场伎俩，给以正面和反面的总结。书中曾有正面的总结是，"九死一生"对母亲说："这个官竟然不是人做的。头一件先要学会了卑污苟贱，才可以求得着差使。又要把良心搁过一边，放出那杀人不见血的手段，才弄得着钱。"（第五十一回）反面的总结是，卜士仁告诫他的侄孙卜通道："至于官，是拿钱捐来的，钱多官就大点，钱少官就小点；你要做大官小官，只要问你的钱有多少。至于说是做官的规矩，那不过是叩头、请安、站班，却都要历练出来的，任你在家学得怎么纯熟，初出去的时候，总有点蹑手蹑脚的；等历练得多了，自然纯熟了。这是外面的话。至于骨子里头，第一个秘诀是要巴结：只要人家巴结不到的，你巴结得到；人家做不出的，你做得出。……你不要说做这些事难为情,你须知他也有上司,他巴结起上司来,也是和你巴结他一般的,没甚难为情。……你千万记着'不怕难为情'五个字的秘诀,做官是一定得法的。如果心中存了'难为情'三个字,那是非但不能做官,连官场的气味也闻不得一闻的了。"(第九十九回)全书所记"怪现状",粗略计算,约一百八十九件,看了这两段总结,的确可以得其精要了。

书中有一个描写得比较多的、大致与全书相终始的反面人物,可以说是谴责小说塑造完整典型的某种尝试,这就是那个十足衣冠禽兽的苟才。

这个苟才,在南京当候补道,为人爱摆架子,耍排场,善于应酬。家庭生活是一塌糊涂。对于应酬场中好似交情不坏的朋友,能利用时尽量利用,不能利用时一反手便是阴谋陷害。他钻营得来的一个差使,被弹劾撤掉了,向钦差行了几万两银子的贿赂,仍然保全了功名。为了钻谋再得差使,他便干下了一件卑鄙绝伦的事:打听得总督最得宠的五姨太太刚刚死去,于是两夫妻硬逼着自家一个寡媳,把她送给总督去补五姨太太的缺。

他们这个儿媳,才十五岁,嫁到他们家才几个月。新婚三朝之后,便受到苟才夫妻的百般凌虐。不久丈夫死了,更是过着地狱似的生活。一天中午,一对狗夫妻突然在儿媳面前双双跪下,苟才甚至行了见皇帝和元日祭祖时才行的大礼,哀求她"屈节顺从",去做总督的姨太太。儿媳痛哭坚拒,苟才的妻妹又出来劝诱,一对狗夫妻又一再催逼,逼得儿媳无路可走,最后,走到丈夫神主面前——

一口气便哭了两个时辰。哭得伤心过度了,忽然晕厥过去。……救了过来。一醒了,便一咕噜爬起来坐着,叫声:"姨妈!我此刻不伤心了。甚么三贞九烈,都是哄人的说话;甚么断鼻割耳,都是古人的呆气!唱一出戏出来,也要听戏的人懂得,那唱戏的才有精神,有意思;戏台下坐了一班又瞎又聋的,他还尽着在台上拚命的唱,不是个呆子么!叫他们预备香蜡,我要脱孝了。几时叫我进去,叫他们快快回我。"苟才此时还在房外等候消息,听了这话,连忙走近门口垂手道:"宪太太再将息两天,等把哭的嗓子养好了,就好进去。"

——第八十九回

此后苟才果然扶摇直上,甚至署理了几天藩台。不料他那个靠山两江总督调任直隶,新任两江总督也觉得苟才这样的行为过于有伤统治阶级的体面,用了"行止龌龊,无耻之尤"的八个字考语,把他参掉了。苟才还"气的直跳起来"。

苟才又跑到天津,去找原任两江现任直隶总督,替他设法开复了功名,又用了巨额贿赂走了华中堂的门路,然后带着中堂、总督的两封介绍信到安徽钻营活动。他在安徽非常得意,当了两年银元局的总办,搜括贪污所得的钱之多,竟至于使他不再想升官,只要能够把这个差使多当几年,便心满意足。可是第三年来了一个清理九省财赋的钦差,将苟才撤差查办,结果是苟才化了六十万两银子,仍然将功名保住。"化的六十万虽多,幸得他还不在乎此。每每自己宽慰道:'我只当代他白当了三个月差使罢了。'"(第九十五回)

以后苟才还在安徽搜括了几年,"宦囊盈满"到了"不在乎差使"

的程度,才跑到上海做寓公,求名医医治他的怔忡之症。他的第二个儿子苟龙光,同他的第六个姨太太有暧昧关系,又嫌父亲不能痛快地给钱给他用,便串通了一个江湖劣医,在用药上耍花样,断送了老苟才的命。

这个苟才的行止龌龊,无耻之尤,不必说了。值得注意的是,安徽当时是个"穷省份"(第九十四回安徽华巡抚语),一个银元局总办,平均每月贪污所得就是二十万两银子,这个骇人听闻的数字,表明人民所受的剥削重到什么程度。清末由两江总督调任直隶总督的,大抵是皇朝最为倚重的"国家柱石",而苟才就是送儿媳给"国家柱石"做姨太太因而得到他的提拔和支持的。苟才遇到两次钦差查办,都以巨额贿赂,得以平安无事,而钦差大臣正是封建统治最高权力皇帝的代表人。由此可见,这个衣冠禽兽并不是什么特殊的怪物,而正是当时整个封建统治制度所培养所庇护的。

苟才的禽兽似的行为,表明了濒临死亡的封建统治阶级的道德败坏,精神堕落,家庭崩解。苟龙光的行为,完全是步趋苟才的榜样,可谓"乃父之肖子"。苟才的儿媳行前的一番话:看戏的既是又聋又瞎,做戏的又做给谁看?说明了破坏封建道德的,首先就是封建统治阶级自己。这个不幸的少妇的遭遇,是对于垂死的封建制度迫害妇女、蹂躏人权的无边的罪恶的控诉。

除了苟才而外,本书还比较集中地写了另一个反面人物——"九死一生"的伯父子仁,纯用"侧笔",钩画出一个同苟才相差无几的形象,特别突出他对家庭骨肉的凉薄无情,对孤侄寡婶的侵吞诈骗。实际上,这不过就是金钱的势力撕下了家族关系上面温情脉脉的纱幕之后,社会上大量存在的现象。

本书所写大量的反面人物的对面,还有一个作者当作正面人物来写的集团:以吴继之为中心,围绕在他周围的,首先就是他的忠实追随者和得力助手"九死一生",他的主要干部文述农、管德泉、金子安,以"贤良方正"姿态出现的蔡侣笙,以"贤妻"姿态出现的吴继之夫人和蔡侣笙夫人,以"良母"姿态出现的吴继之的母亲和"九死一生"的母亲,还有被写成德才学识兼备的、最理想的青年女子的形象的"九死一生"的堂姊,等等。这个正面人物的集团,艺术结构上是贯串全书的线索,思想意义上则是一切"怪现状"的批判者。可是,在日益失去进步意义的改良主义政治思想的指导之下,并不能够创造出真正鲜明有力的正面形象来。

吴继之出身于"本省数一数二的富户"(第二十回尤云岫语),中进士后,在南京以知县候补,"官运"很不错,据说是由于江宁藩台同他是世交,主动照顾他的。但藩台母亲做寿,他还是专派"九死一生"去上海办寿礼,挖空心思迎合老太太。这位藩台"官运"也很不坏,很快就调升为安徽巡抚。而吴继之一面做官,一面就将"宦囊所入"和家中所收田租,集成资本,经营商业;脱离官场以后,完全转入商场。上海设总店,北京、天津、汉口、九江、芜湖、镇江、南京、苏州、杭州、广州等处遍设分店,各处管事都用吴家本族的人,大规模地收购各地土产,贩到天津、牛庄、广州等地去发卖,看起来多半是把原料卖到外国去。最后生意垮台,成为地主阶级向资产阶级转化的道路上一个失败者。

这个亦官亦商、由官而商的吴继之,在官场中照样地贪污,理论是:"你说谁是见了钱不要的?……历来相沿如此,我何犯着把他叫穿了,叫后来接手的人埋怨我?只要不另外再想出新法子来舞弊,就算是个好人了。"(第十四回)他认为世界的本质是丑恶的,全靠骗局来维持;对付之道,在于知其骗而不揭破之,实际上大家一起为恶,同时又大家互相欺骗;人生的意义就是"在世界上混",做人的要义就是"不要讨人嫌"。(第八十六回)这种腐臭的市侩哲学,教人同流合污,推波助澜,照样干坏事,还自以为有资格笑骂别人。

吴继之的市侩哲学,是以他为中心的那个集团中许多人的指导思想。"九死一生"的堂姊告诫"九死一生"道:"据我看继之待你,那给你馆地、招呼你一层,不过是朋友交情上应有之义;倒是他那随时随事教诲你,无论文字的纰缪,处世的机宜,知无不言,这一层倒是不可求的殊恩,不可不报的。"(第四十二回)"九死一生"果然恪遵这个教训,忠诚地为吴继之服务,做他的幕客,做他的经理,做他的私人秘书,做他的侦探,甚至扮作他的家人,跟他进考场,代他阅卷。书中写这些服务,都写得扬扬得意,似乎是十分光彩的事情。

"九死一生"在吴继之一手教导和培养之下成长起来,终于成了怎样的一个人呢?把第八十五回所写的他初次到妓女林慧卿家,同林慧卿油腔滑调地开玩笑那个片段,同第一百零八回所写的他到宜昌去奔伯父的丧,伯母一班人怀疑他来争遗产,他横眉斜眼地对付她们那个片段,合起来一看,我们就看到一副"才子+流氓"的形象。

吴继之和"九死一生",是本书当作正面人物来写的最主要的两个,至于其他几个,更不必说了。

作者写不出真正的正面人物,因此,对于当时中国所遭遇到的各种问题,也就不可能提出正确的答案。怎样反对帝国主义的侵略呢?书中正面人物之一王伯述说,只要上下齐心协力,认真办事,节省虚糜,认真建设国防就行。(第二十二回)多么微弱的声音!第六十七回写一个帝国主义分子,第八十一回写一个帝国主义国家驻重庆的领事,还把他们写成支持中国人民反抗官吏的压迫,为中国人民请命的样子,可见幻想还是多么大!怎样推翻封建主义的统治呢?"九死一生"对于大地主土地所有制很赞美,认为吴继之之所以能身在官场而独不卑污苟贱,就因为他家里收的田租多,永远得不到差使也有的是钱用,用不着卑污苟贱地去弄钱。(第五十一回)王伯述认为,改造政治要从改造读书人着手,改造读书人的方案只是请政府设立各种讲求"实学"的专门学校,以及宣传推广种种讲"新学"的书,有"实学"知"新学"的读书人将来出来做官,政治就会好起来。这里面,连对于封建专制制度的某些温和的修正都没有提到。

反对帝国主义,反对封建主义,是当时中国两个最基本的问题,书中都提不出任何正确的解决方案。妇女问题,家庭制度问题等等,作者都自以为提出了解决的方案,并且俨然自命是进步的方案;而实际上,什么也没有解决,其中有不少方案根本就是有利于反动方面的。这种情况,作者当然也不会完全意识不到,所以到底还是没有出路,只好以"交代明白,翻身就走,一直走到深山穷谷之中,绝无人烟之地,与木石居,与鹿豕游去了"(第一回)了之。

可是,交代并未明白,翻身就走也走不掉,我们随后发现作者并不是在什么"深山穷谷之中,绝无人烟之地",而仍然是在"十里洋场"的上海,还写了许多小说。《上海游骖录》写于本书之后不过几年,在那里,作者就是以资产阶级革命派为攻击的对象。作者在那部小说的跋文里说道:

> 今日之社会,岌岌可危,固非急图恢复我固有之道德,不足以维持之;非徒言输入文明,即可以改良革新者也。意见所及,因以小说一体畅言之。

那是辛亥革命的前夕,改良主义者看到了封建制度的"岌岌可危",觉得它的"怪现状"已经是无关重要的事,最重要的是挽救它的危亡;于是抛下谴责之笔,抛下"输入之文明",而要用"固有之道德"来挞伐那些不"道德"的革命党人了。

四

本书作者吴沃尧,字小允,又字茧人,后来改字趼人。他是广东南海县人,因为住在佛山镇,所以别号我佛山人。三十几岁时到上海,常为报纸撰写小品文字。戊戌政变后,梁启超在日本创刊《新小说》,他才应约开始写长篇小说,先后发表《痛史》、《九命奇冤》、《电术奇谈》和这部《二十年目睹之怪现状》。他去过日本,为时不久。他曾任汉口《楚报》的主笔,该报是英国人办的,一九〇四年反对美帝国主义的"华工禁约"问题发生,他闻讯愤然辞职,参加了这个爱国运动。他在上海,为《绣像小说》写《瞎骗奇闻》。李宝嘉写《活地狱》未成而死,他为之续写。一九〇六年和周桂笙等创办《月月小说》,自任主笔,发表《劫余灰》、《发财秘诀》、《上海游骖录》。一九〇七年,主持广志小学,因为全力办学校,这一时期作品不多。一九〇七年,作《近十年目睹之怪现状》(又名《最近社会龌龊史》),发表于《时务报》。一九一〇年九月,以痰喘病卒于上海,年四十五岁(一八六六——一九一〇)。他一生所作小说,据统计,达三十种以上。

本书是张友鹤同志根据广智书局"第一次排印本"校点整理的。这个本子和通行本略有歧异之处。它也有显然的错误,如第二回"另外叫个什么死里逃生呢","死里逃生"应作"九死一生"。第十八回"他的这位叔父","他"应作"我"。第四十八回"觑觎"应作"觊觎"。这些以及类似这些的地方,都已据语义文理改正。

书中有些关于当时社会制度、官场术语以及个别不为今天一般读者所知的典章、文物和语言,整理者分别在各回之末加了一些注释。

舒 芜

一九五八年十一月

第一回

楔　子[1]

上海地方，为商贾麇集之区，中外杂处，人烟稠密，轮舶往来，百货输转。加以苏扬各地之烟花[2]，亦都图上海富商大贾之多，一时买棹[3]而来，环聚于四马路一带，高张艳帜，炫异争奇。那上等的，自有那班王孙公子去问津[4]；那下等的，也有那些逐臭之夫[5]，垂涎着要尝鼎一脔[6]。于是乎把六十年前的一片芦苇滩头，变做了中国第一个热闹的所在。

唉！繁华到极，便容易沦于虚浮。久而久之，凡在上海来来往往的人，开口便讲应酬，闭口也讲应酬。人生世上，这"应酬"两个

---

[1] 楔子——木工用木片塞紧所作器具或工事的结构，以便利工作，这种木片叫做楔子。后来元曲把在剧首或折与折之间加入一段介绍人物、情节和联系前后剧情的文字；小说把开端叙述，引起全书的一段文字都叫做楔子。引申为填空、引子解释。
[2] 烟花——本是比喻繁华靡丽，后来一般用为娼妓的代词。
[3] 买棹——棹，船桨，这里作船的代词。买棹，就是雇船，乘船。
[4] 问津——津，渡口。问津，问人渡口在那里，引申为找门路解释。
[5] 逐臭之夫——古代寓言：有人身患奇臭，亲戚朋友都不和他在一起，只好独自住在海上；海上却有人欢喜他这种臭味，紧紧地追随着他。见《吕氏春秋》。后来就以"逐臭之夫"比喻有和人不同的不好的特殊嗜好的人。
[6] 尝鼎一脔——鼎，古代烹饪的器具。一脔，一块肉。尝鼎一脔，是尝一点味道的意思。

字，本来是免不了的；争奈这些人所讲的应酬，与平常的应酬不同，所讲的不是嫖经，便是赌局，花天酒地，闹个不休，车水马龙，日无暇晷。还有那些本是手头空乏的，虽是空着心儿，也要充作大老官模样，去逐队嬉游，好像除了征逐[1]之外，别无正事似的。所以那"空心大老官"，居然成为上海的土产物。这还是小事。还有许多骗局、拐局、赌局，一切希奇古怪，梦想不到的事，都在上海出现，于是乎又把六十年前民风淳朴的地方，变了个轻浮险诈的逋逃薮[2]。

这些闲话，也不必提，内中单表一个少年人物。这少年也未详其为何省何府人氏，亦不详其姓名。到了上海，居住了十馀年。从前也跟着一班浮荡子弟，逐队嬉游。过了十馀年之后，少年的渐渐变做中年了，阅历也多了；并且他在那嬉游队中，很很的遇过几次阴险奸恶的谋害，几乎把性命都送断了！他方才悟到上海不是好地方，嬉游不是正事业，一朝改了前非，回避从前那些交游，惟恐不迭，一心要离了上海，别寻安身之处；只是一时没有机会，只得闭门韬晦[3]。自家起了一个别号，叫做"死里逃生"，以志自家的悼痛。

一日，这死里逃生在家里坐得闷了，想往外散步消遣，又恐怕在热闹地方，遇见那征逐朋友；思量不如往城里去逛逛，倒还清净些。

---

[1] 征逐——朋友间密切的往来。一般指吃喝玩乐、不务正业的往来。
[2] 逋逃薮——犯罪者逃亡所集的地方。
[3] 韬晦——收敛光芒，隐藏踪迹。不问外事的意思。

遂信步走到邑庙[1]豫园，游玩一番，然后出城。正走到瓮城[2]时，忽见一个汉子，衣衫褴褛，气宇轩昂，站在那里，手中拿着一本册子，册子上插着一枝标[3]，围了多少人在旁边观看。那汉子虽是昂然拿着册子站着，却是不发一言。

死里逃生分开众人，走上一步，向汉子问道："这本书是卖的么？可容借我一看？"那汉子道："这书要卖也可以，要不卖也可以。"死里逃生道："此话怎讲？"汉子道："要卖便要卖一万两银子！"死里逃生道："不卖呢？"那汉子道："遇了知音的，就一文不要，双手奉送与他！"死里逃生听了，觉得诧异，说道："究竟是甚么书，可容一看？"那汉子道："这书比那《太上感应篇》《文昌阴骘文》《观音菩萨救苦经》[4]，还好得多呢！"说着，递书过来。死里逃生接过来看时，只见书面上粘着一个窄窄的签条儿，上面写着"二十年目睹之怪现状"。翻开第一页看时，却是一个手抄的本子，篇首署着"九死一生笔记"六个字。不觉心中动了一动，想道："我的别号，已是过于奇怪，不过

----

[1] 邑庙——邑庙指城隍庙。这里豫园和后文的申园，都是当时上海有名的园林。豫园是城隍庙的庙产，所以称为邑庙豫园。
[2] 瓮城——掩蔽在城门外面的一道圆或方形的小城，也称瓮门、月城。
[3] 标——出卖旧物，用草或竹篾之类打一个结，插放在要卖的东西的上面或旁边，作为出卖的标志，叫作标。
[4] 《太上感应篇》《文昌阴骘文》《观音菩萨救苦经》——太上，迷信传说是李老君（老子）的老师，一说就是李老君。文昌，文昌帝君，迷信传说中主管人间禄命的神。暗中对人家做了好事叫做阴骘。这是三部谈因果报应的迷信书，也就是下文所指的"善书"。

有所感触，借此自表；不料还有人用这个名字，我与他可谓不谋而合了。"想罢，看了几条，又胡乱翻过两页，不觉心中有所感动，颜色变了一变。那汉子看见，便拱手道："先生看了必有所领会，一定是个知音。这本书是我一个知己朋友做的。他如今有事到别处去了，临行时亲手将这本书托我，叫我代觅一个知音的人，付托与他，请他传扬出去。我看先生看了两页，脸上便现了感动的颜色，一定是我这敝友的知音。我就把这本书奉送，请先生设法代他传扬出去，比着世上那印送善书的功德〔1〕还大呢。"说罢，深深一揖，扬长〔2〕而去。一时围看的人，都一哄而散了。

死里逃生深为诧异，悃悃的袖〔3〕了这本册子，回到家中，打开了从头至尾细细看去，只见里面所叙的事，千奇百怪，看得又惊又怕。看得他身上冷一阵、热一阵，冷时便浑身发抖，热时便汗流浃背〔4〕；不住的面红耳赤，意往神驰，身上不知怎样才好。掩了册子，慢慢的想其中滋味：从前我只道上海的地方不好，据此看来，竟是天地虽宽，几无容足之地了！但不知道九死一生是何等样人，可惜未曾向那汉子问个明白，否则也好去结识结识他，同他做个朋友，朝夕谈谈，还不知要长多少见识呢！

思前想后，不觉又感触起来，不知此茫茫大地，何处方可容身，一

---

〔1〕 功德——佛家指信佛、念经、布施一类的事情为功德。
〔2〕 扬长——随随便便的样子。后文佯长，同。
〔3〕 袖——这里作动词用，把东西放在袖子里。
〔4〕 浃背——背心湿遍了。

阵的心如死灰[1]，便生了个谢绝人世[2]的念头。只是这本册子，受了那汉子之托，要代他传播，当要想个法子，不负所托才好；纵使我自己办不到，也要转托别人，方是个道理。眼见得上海所交的一班朋友，是没有可靠的了；自家要代他付印，却又无力。想来想去，忽然想着横滨《新小说》[3]，消流极广，何不将这册子寄到新小说社，请他另辟一门，附刊上去，岂不是代他传播么？想定了主意，就将这本册子的记载，改做了小说体裁，剖作若干回；加了些评语；写一封信，另外将册子封好，写着"寄日本横滨市山下町百六十番[4]新小说社"。走到虹口蓬路日本邮便局[5]，买了邮税票粘上，交代明白，翻身就走，一直走到深山穷谷之中，绝无人烟之地，与木石居，与鹿豕游去了。

---

[1] 死灰——火已息灭的冷灰。这里是用来形容万念俱空。
[2] 谢绝人世——抛开人世。
[3] 《新小说》——清光绪二十九年（一九○三），梁启超等在日本创办的一种杂志，每月发行一次，内容以小说为主，也刊载诗歌、戏曲、笔记之类。本书作者吴沃尧，是该刊的主要作家之一。
[4] 山下町百六十番——日本人称街道为町，称号数为番。山下町百六十番，就是山下街百六十号。
[5] 邮便局——日本人称邮政局为邮便局，邮票为邮税票。当时上海的虹口区是日租界，所以设有日本邮局。

第二回

守常经不使疏逾戚[1]　　睹怪状几疑贼是官

新小说社记者接到了死里逃生的手书及九死一生的笔记,展开看了一遍,不忍埋没了他,就将他逐期刊布出来。阅者须知:自此以后之文,便是九死一生的手笔与及死里逃生的批评了。

我是好好的一个人,生平并未遭过大风波、大险阻,又没有人出十万两银子的赏格来捉我,何以将自己好好的姓名来隐了,另外叫个甚么九死一生呢?只因我出来应世的二十年中,回头想来,所遇见的只有三种东西:第一种是蛇虫鼠蚁;第二种是豺狼虎豹;第三种是魑魅魍魉[2]。二十年之久,在此中过来,未曾被第一种所蚀,未曾被第二种所啖,未曾被第三种所攫,居然被我都避了过去,还不算是九死一生么! 所以我这个名字,也是我自家的纪念。

记得我十五岁那年,我父亲从杭州商号里寄信回来,说是身上有

---

〔1〕守常经不使疏逾戚——常经,指封建社会里一定的伦理道德。这一句话是说:遵守旧的伦理,不要待和自己关系疏远的人,反而胜过了和自己关系亲密的人。这里是指文内九死一生不听店中当手的话,一定要把伯父找来,一切都信任伯父的故事。

〔2〕魑魅魍魉——山精水怪。

病,叫我到杭州去。我母亲见我年纪小,不肯放心叫我出门,我的心中,是急的了不得。追后又连接了三封信,说病重了,我就在我母亲跟前,再四央求,一定要到杭州去看看父亲。我母亲也是记挂着,然而究竟放心不下。忽然想起一个人来,这个人姓尤,表字云岫,本是我父亲在家时最知己的朋友,我父亲很帮过他忙的,想着托他伴我出门,一定是千稳万当。于是叫我亲身去拜访云岫,请他到家,当面商量,承他盛情,一口应允了。收拾好行李,别过了母亲,上了轮船,先到上海。那时还没有内河小火轮呢,就趁了航船,足足走了三天,方到杭州。两人一路问到我父亲的店里,那知我父亲已经先一个时辰咽了气了。一场痛苦,自不必言。

那时店中有一位当手[1],姓张,表字鼎臣。他待我哭过一场,然后拉我到一间房内,问我道:"你父亲已是没了,你胸中有甚么主意呢?"我说:"世伯[2],我是小孩子,没有主意的;况且遭了这场大事,方寸[3]已乱,如何还有主意呢。"张道:"同你来的那位尤公,是世好么?"我说:"是,我父亲同他是相好。"张道:"如今你父亲是没了,这件后事,我一个人担负不起,总要有个人商量方好。你年纪又轻,那姓尤的,我恐怕他靠不住。"我说:"世伯何以知道他靠不住呢?"张道:"我虽不懂得风鉴[4],却是阅历多了,有点看得出来。你

---

[1] 当手——经理人。也作"挡手"。
[2] 世伯——从前称长辈间的交谊为"世"。这里世伯,是对父亲的朋友的尊称;后文世好、世谊,就是世交的意思。
[3] 方寸——指心。
[4] 风鉴——看相的方术。

想还有甚么人可靠的呢？"我说："有一位家伯，他在南京候补[1]，可以打个电报请他来一趟。"张摇头道："不妙，不妙！你父亲在时最怕他，他来了就罗唣[2]的了不得；虽是你们骨肉至亲，我却不敢与他共事。"我心中此时暗暗打主意，这张鼎臣虽是父亲的相好，究竟我从前未曾见过他，未知他平日为人如何；想来伯父总是自己人，岂有办大事不请自家人，反靠外人之理。想罢，便道："请世伯一定打个电报给家伯罢。"张道："既如此，我就照办就是了。然而有一句话，不能不对你说明白：你父亲临终时，交代我说，如果你赶不来，抑或你母亲不放心，不叫你来，便叫我将后事料理停当，搬他回去，并不曾提到你伯父呢。"我说："此时只怕是我父亲病中偶然忘了，故未说起，也未可知。"张叹了一口气，便起身出来了。

到了晚间，我在灵床旁边守着。夜深人静的时候，那尤云岫走来，悄悄问道："今日张鼎臣同你说些甚么？"我说："并未说甚么，——他向我讨主意，我说没有主意。"尤顿足道："你叫他同我商量呀！他是个素不相识的人，你父亲没了，又没有见着面，说着一句半句话儿，知道他靠得住不呢。好歹我来监督着他。以后他再问你，

---

[1] 候补——清朝官位只是一个虚名，要补实缺，必须经过候选和候补两个阶段：先到吏部投供(有如报到)，开明履历，并呈送保结，证明并无虚伪、假冒等情，经验看属实，准予登记，叫做"候选"。吏部汇列呈请分发的官员名单，根据他们的职位、资格、班次，每月抽签一次，抽中的分发到某一部或某一省，听候委用，叫做"候补"。

[2] 罗唣——本指嘈杂的声音，这里是缠扰、麻烦的意思。

你必要叫他同我商量。"说着,去了。

过了两日,大殓过后,我在父亲房内,找出一个小小皮箱;打开看时,里面有百十来块洋钱,想来这是自家零用,不在店帐内的。母亲在家寒苦,何不先将这笔钱,先寄回去母亲使用呢?而且家中也要设灵挂孝,在在都是要用钱的。想罢,便出来与云岫商量。云岫道:"正该如此。这里信局[1]不便,你交给我,等我同你带到上海,托人带回去罢,上海来往人多呢。"我问道:"应该寄多少呢?"尤道:"自然是愈多愈好呀。"我入房点了一点,统共一百三十二元,便拿出来交给他。他即日就动身到上海,与我寄银子去了。——可是这一去,他便在上海耽搁住,再也不回杭州。

又过了十多天,我的伯父来了,哭了一场。我上前见过。他便叫带来的底下人,取出烟具吸鸦片烟。张鼎臣又拉我到他房里问道:"你父亲是没了,这一家店,想来也不能再开了;若把一切货物盘顶与别人,连收回各种帐目,除去此次开销,大约还有万金之谱。可要告诉你伯父吗?"我说:"自然要告诉的,难道好瞒伯父吗?"张又叹口气,走了出来,同我伯父说些闲话。

那时我因为刻讣帖[2]的人来了,就同那刻字人说话。我伯父

---

[1] 信局——当时一种专门以代人寄递信件为业的交通行业组织。后来邮局在各地普遍设立,信局就渐归淘汰。
[2] 讣帖——也叫"讣闻"。人死后,由家属具名,把死者生、死、祭、葬的时间,墓地,行述(历史),刊刻成册,分送亲友,以便到时参加吊祭,这种刊物叫做讣帖。

看见了,便立起来问道:"这讣帖底稿,是那个起的呢?"我说道:"就是侄儿起的。"我的伯父拿起来一看,对着张鼎臣说道:"这才是吾家千里驹〔1〕呢!这讣闻居然是大大方方的,期、功、缌麻〔2〕,一点也没有弄错。"鼎臣看着我,笑了一笑,并不回言。伯父又指着讣帖当中一句问我道:"你父亲今年四十五岁,自然应该作'享寿四十五岁',为甚你却写做'春秋〔3〕四十五岁'呢?"我说道:"四十五岁,只怕不便写作'享寿';有人用的是'享年'两个字,侄儿想去,年是说不着享的;若说那'得年'、'存年',这又是长辈出面的口气。侄儿从前看见古时的墓志碑铭〔4〕,多有用'春秋'两个字的,所以借来用用,倒觉得拢统些,又大方。"伯父回过脸来,对鼎臣道:"这小小年纪,难得他这等留心呢。"说着,又躺下去吃烟。

鼎臣便说起盘店的话。我伯父把烟枪一丢,说道:"着,着〔5〕!

---

〔1〕 千里驹——日行千里的好马。古人夸奖侄子,常称之为千里驹,比喻英俊能干。
〔2〕 期、功、缌麻——都是丧服的名称。封建丧礼:人死后,家族和近亲都应该为他服丧。丧服分斩衰(音 cuī,下同)、齐衰、大功、小功、缌麻五种,叫做"五服"。看和死者血统亲疏的程度而定穿何种丧服和服丧期间的长短:对最亲近的直系尊亲属(父母)丧服用粗麻布,期间长达三年(斩衰);其他亲属的丧服,用较粗或细白布,期间自数月至一年。这里"期"就是齐衰,服丧的期间为一年。功,又有大功和小功之分:大功服丧的期间为九个月,小功服丧的期间为五个月。缌麻服丧的期间为三个月。所有这些应该服丧的家族的名字,都要刊刻在讣帖后面的。至于更疏远的家族,不需要服丧,就叫"出了五服"。
〔3〕 春秋——这里指年龄。
〔4〕 墓志碑铭——古人死后埋葬时,在棺前石板上刊刻死者的姓名、籍贯、历史等等,叫做志;下附诗歌一类的颂扬死者的话(通常四字一句),叫做铭:合称墓志铭。也有单有志而无铭的,叫做墓志;把铭文刻在坟前碑上的,叫做碑铭。
〔5〕 着,着——对对,是是。

盘出些现银来,交给我代他带回去,好歹在家乡也可以创个事业呀。"商量停当,次日张鼎臣便将这话传将出来,就有人来问。一面张罗开吊。过了一个多月,事情都停妥了,便扶了灵柩,先到上海。只有张鼎臣因为盘店的事,未曾结算清楚,还留在杭州,约定在上海等他。我们到了上海,住在长发栈,寻着了云岫。等了几天,鼎臣来了,把帐目、银钱都交代出来,总共有八千两银子,还有十条十两重的赤金。我一总接过来,交与伯父。伯父收过了,谢了鼎臣一百两银子。过了两天,鼎臣去了。临去时,执着我的手,嘱咐我回去好好的守制读礼[1],一切事情,不可轻易信人。我唯唯[2]的应了。

此时我急着要回去。争奈伯父说在上海有事,今天有人请吃酒,明天有人请看戏,连云岫也同在一处,足足耽搁了四个月。到了年底,方才扶着灵柩,趁了轮船回家乡去,即时择日安葬。过了残冬,新年初四五日,我伯父便动身回南京去了。

我母子二人,在家中过了半年。原来我母亲将银子一齐都交给伯父带到上海,存放在妥当钱庄里生息去了,我一向未知;到了此时,我母亲方才告诉我,叫我写信去支取利息,写了好几封信,却只没有回音。我又问起托云岫寄回来的钱,原来一文也未曾接到。此事怪

---

[1] 守制读礼——古人遭遇父母丧事,要闭门不出,谢绝一切应酬,以三年为期,叫做守制。在守制期间读礼书:父母未葬以前读关于丧礼部份,既葬以后读关于祭礼部份,叫做读礼。
[2] 唯唯——恭敬的答应,犹如说"是是"。

我不好,回来时未曾先问个明白,如今过了半年,方才说起,大是误事。急急走去寻着云岫,问他缘故。他涨红了脸说道:"那时我一到上海,就交给信局寄来的,不信,还有信局收条为凭呢。"说罢,就在帐箱[1]里、护书[2]里乱翻一阵,却翻不出来。又对我说道:"怎么你去年回来时不查一查呢?只怕是你母亲收到了用完了,忘记了罢。"我道:"家母年纪又不很大,那里会善忘到这么着。"云岫道:"那么我不晓得了。这件事幸而碰着我,如果碰到别人,还要骂你撒赖呢!"我想想这件事本来没有凭据,不便多说,只得回来告诉了母亲,把这事搁起。

我母亲道:"别的事情且不必说,只是此刻没有钱用。你父亲剩下的五千银子,都叫你伯父带到上海去了,屡次写信去取利钱,却连回信也没有。我想你已经出过一回门,今年又长了一岁了,好歹你亲自到南京走一遭,取了存折,支了利钱寄回来。你在外面,也觑个机会,谋个事,终不能一辈子在家里坐着吃呀。"

我听了母亲的话,便凑了些盘缠,附了轮船,先到了上海。入栈歇了一天,拟坐了长江轮船,往南京去。这个轮船,叫做元和[3]。

---

[1] 帐箱——一种一尺多长、四五寸高,可以随身携带,专做放置帐簿、银票和其他零件之用的小箱子。
[2] 护书——用皮或漆布做成的一种双层或多层的夹子。可以收藏文件、名帖之类的东西,其作用有如后来的公事皮包。
[3] 元和——当时英、日帝国主义垄断了我国长江的航行权,英商轮船公司就有太古和怡和两家。元和轮是怡和公司的轮船之一。

当下晚上一点钟开行,次日到了江阴,夜来又过了镇江。一路上在舱外看江景山景,看的倦了,在镇江开行之后,我见天阴月黑,没有甚么好看,便回到房里去睡觉。

睡到半夜时,忽然隔壁房内,人声鼎沸[1]起来,把我闹醒了。急忙出来看时,只见围了一大堆人,在那里吵。内中有一个广东人,在那里指手画脚说话。我便走上一步,请问甚事。他说这房里的搭客,偷了他的东西。我看那房里时,却有三副铺盖。我又问:"是那一个偷东西呢?"广东人指着一个道:"就是他!"我看那人时,身上穿的是湖色[2]熟罗长衫,铁线纱夹马褂;生得圆圆的一团白面,唇上还留着两撇八字胡子,鼻上戴着一副玳瑁边墨晶眼镜。我心中暗想,这等人如何会偷东西,莫非错疑了人么?心中正这么想着,一时船上买办来了,帐房的人也到了。

那买办问那广东人道:"捉贼捉赃呀,你捉着赃没有呢?"那广东人道:"赃是没有,然而我知道一定是他;纵使不见他亲手偷的,他也是个贼伙,我只问他要东西。"买办道:"这又奇了,有甚么凭据呢?"此时那个人嘴里打着湖南话,在那里"王八崽子"的乱骂。我细看他的行李,除了衣箱之外,还有一个大帽盒,都粘着"江苏即补[3]县正

---

[1] 鼎沸——鼎里煮的东西滚了、开了,形容动乱嘈杂的声音。
[2] 湖色——淡绿色。
[3] 即补——遇缺即补的意思。当时的候补官员,除榜下即用知县可以遇缺即补外,其他并无即补的资格,但习惯多于官名上加即补字样,以示夸耀,事实上即补就是候补。

堂〔1〕"的封条；板壁上挂着一个帖袋〔2〕，插着一个紫花印〔3〕的文书壳子。还有两个人，都穿的是蓝布长衫，像是个底下人光景。我想这明明是个官场中人，如何会做贼呢？这广东人太胡闹了。

只听那广东人又对众人说道："我不说明白，你们众人一定说我错疑了人了；且等我说出来，大众听听呀。我父子两人同来。我住的房舱，是在外面，房门口对着江面的。我们已经睡了，忽听得我儿子叫了一声有贼。我一咕噜爬起来看时，两件熟罗长衫没了；衣箱面上摆的一个小闹钟也不见了；衣箱的锁也几乎撬开了。我便追出来，转个弯要进里面，便见这个人在当路站着……"买办抢着说道："当路站着，如何便可说他做贼呢？"广东人道："他不做贼，他在那里代做贼的望风呢。"买办道："晚上睡不着，出去望望也是常事，怎么便说他望风？"广东人冷笑道："出去望望，我也知道是常事；但是今夜天阴月黑，已经是看不见东西的了。他为甚还戴着墨晶眼镜？试问他看得见甚么东西？这不是明明在那里装模做样么？"

我听到这里，暗想这广东人好机警，他若做了侦探，一定是好的。

------

〔1〕 县正堂——就是知县，管理一县政务的长官。后文的县尊、县令、明府、令、大令、令尹，都是知县的别称。清朝地方行政组织分为省、道、府（直隶州、直隶厅）、县（州、厅）四级，县是基层的政权，知县是有僚属的正印官，所以称为县正堂。

〔2〕 帖袋——一种折叠为两三层的布袋或皮袋，里面有夹层，可以插放束帖之类的东西。

〔3〕 紫花印——清朝规定：中央内阁六部、都察院等官署，外省督、抚等官署和特派钦差大臣的文书，才可以盖紫色印信。其他官署就只能盖红色印信。这里"紫花印的文书壳子"表示是督抚衙门的公文。

只见那广东人又对那人说道："说着了你没有？好了，还我东西便罢；不然，就让我在你房里搜一搜！"那人怒道："我是奉了上海道[1]的公事，到南京见制台[2]的，房里多是要紧文书物件，你敢乱动么！"广东人回过头来对买办道："得罪了客人，是我的事，与你无干。"又走上一步对那人道："你让我搜么？"那人大怒，回头叫两个底下人道："你们怎么都同木头一样，还不给我攮这王八蛋出去！"那两个人便来推那广东人，那里推得他动，却被他又走上一步，把那人一推推了进去。广东人弯下腰来去搜东西。此时看的人，都代那广东人捏着一把汗，万一搜不出赃证来，他是个官，不知要怎么样办呢。

只见那广东人，伸手在他床底下一搜，拉出一个网篮来，七横八竖的放着十七八杆鸦片烟枪，八九枝铜水烟筒。众人一见，一齐乱嚷起来。这个说："那一枝烟筒是我的。"那个说："那根烟枪是我的。今日害我吞了半天的烟泡呢。"又有一个说道："那一双新鞋是我的。"……一霎时都认了去。细看时，我所用的一枝烟筒，也在里面，也不曾留心，不知几时偷去了。此时那人却是目瞪口呆，一言不发。当下买办便沉下脸来，叫茶房来把他看管着。要了他的钥匙，开他的

---

[1] 上海道——道，道员、道台的简称，也叫做观察。道员有两种：一是划若干府县为辖区，可以管理区内一般政务，叫做分守、分巡道；一是所管辖的范围以指定的职务为限，如盐道、粮道等等。这里上海道，指"江南分巡苏（苏州）松（松江）太（太仓）兵备道"。上海道照例兼任江海关监督，所以也称上海关道。
[2] 制台——后文也称总督、制军。是总揽一省或几省政务的地方最高长官。官阶比巡抚大一级，但实际两者地位平行，职权也差不多，大致制台偏重军政，巡抚偏重民政。

衣箱检搜。只见里面单的夹的,男女衣服不少;还有两枝银水烟筒,一个金豆蔻盒[1],这是上海倌人[2]用的东西,一定是赃物无疑。

搜了半天,却不见那广东人的东西。广东人便喝着问道:"我的长衫放在那里了?"那人到了此时,真是无可奈何,便说道:"你的东西不是我偷的。"广东人伸出手来,狠狠的打了他一个巴掌道:"我只问你要!"那人没法,便道:"你要东西跟我来。"此时茶房已经将他双手反绑了。众人就跟着他去。只见他走到散舱里面,在一个床铺旁边,嘴里叽叽咕咕的说了两句听不懂的话。便有一个人在被窝里钻出来,两个人又叽叽咕咕着问答了几句,都是听不懂的。那人便对广东人说道:"你的东西在舱面呢,我带你去取罢。"买办便叫把散舱里的那个人也绑了。大家都跟着到舱面去看新闻。只见那人走到一堆篷布旁边,站定说道:"东西在这个里面。"广东人揭开一看,果然两件长衫堆在一处,那小钟还在那里的得的得走着呢。到了此时,我方才佩服那广东人的眼明手快,机警非常。

自回房去睡觉。想着这个人扮了官去做贼,却是异想天开,只是未免玷辱了官场了。我初次单人匹马的出门,就遇了这等事,以后见了萍水相逢[3]的人,倒要留心呢。一面想着,不觉睡去。到了明日,船到南

---

[1] 金豆蔻盒——豆蔻是一种有香味的植物,仁可咀嚼,有通气、治口臭、解酒毒的作用。当时上海妓女用金质小盒装盛豆蔻,随身携带服食,是一种时髦的玩意儿。

[2] 倌人——从前苏沪一带对妓女的称呼。

[3] 萍水相逢——浮萍在水面到处飘流,没有一定的方向,因而习慣以萍水相逢比喻人与人的偶然相遇。

京,我便上岸去,昨夜那几个贼如何送官究治,我也不及去打听了。

上得岸时,便去访寻我伯父;寻到公馆,说是出差去了。我要把行李拿进去,门上的底下人不肯,说是要回过太太方可,说着,里面去了。半晌出来说道:"太太说:侄少爷来到,本该要好好的招呼;因为老爷今日出门,系奉差下乡查办案件,约两三天才得回来,太太又向来没有见过少爷的面,请少爷先到客栈住下,等老爷回来时,再请少爷来罢。"我听了一番话,不觉呆了半天。没奈何,只得搬到客栈里去住下,等我伯父回来再说。只这一等,有分教:家庭违骨肉,车笠遇天涯[1]。要知后事如何,且待下文再记。

----

[1] 车笠遇天涯——古时越地(今浙江一带)有"君乘车,我戴笠,他日相逢下车揖"这样一个歌谣,意思是朋友两人,一个已经富贵乘车,一个依然贫贱戴着斗笠,但在路上相遇,富贵的人还是不忘故交,下车寒暄。后来常引这一歌谣,比喻友谊的深厚。天涯,遥远的地方。这里"车笠遇天涯",指下一回九死一生在异乡遇见吴继之,承他照应的故事。

第三回

走穷途忽遇良朋　谈仕路初闻怪状

却说我搬到客栈里住了两天,然后到伯父公馆里去打听,说还没有回来。我只得耐心再等。一连打听了几次,却只不见回来。我要请见伯母,他又不肯见。此时我已经住了十多天,带来的盘缠,本来没有多少,此时看看要用完了,心焦的了不得。这一天我又去打听了,失望回来,在路上一面走,一面盘算着:倘是过几天还不回来,我这里莫说回家的盘缠没有,就是客栈的房饭钱,也还不晓得在那里呢!

正在那里纳闷,忽听得一个人提着我的名字叫我。我不觉纳罕道:"我初到此地,并不曾认得一个人,这是那一个呢?"抬头看时,却是一个十分面熟的人,只想不出他的姓名,不觉呆了一呆。那人道:"你怎么跑到这里来? 连我都不认得了么? 你读的书怎样了?"我听了这几句话,方才猛然想起,这个人是我同窗的学友,姓吴,名景曾,表字继之。他比我长了十年,我同他同窗的时候,我只有八九岁,他是个大学生,同了四五年窗,一向读书,多承他提点[1]我。前几年

---

〔1〕 提点——提醒点明。

他中了进士[1],榜下用了知县[2],掣签掣了江宁[3]。我一向未曾想着南京有这么一个朋友,此时见了他,犹如婴儿见了慈母一般。上前见个礼,便要拉他到客栈里去。继之道:"我的公馆就在前面,到我那里去罢。"说着,拉了我同去。

果然不过一箭之地,就到了他的公馆。于是同到书房坐下。我就把去年至今的事情,一一的告诉了他。说到我伯父出差去了,伯母不肯见我,所以住在客栈的话。继之愕然道:"那一位是你令伯?是甚么班[4]呢?"我告诉了他官名,道:"是个同知[5]班。"继之道:"哦!是他!他的号是叫子仁的,是么?"我说:"是。"继之道:"我也有点认得他,同过两回席;一向只知是一位同乡,却不知道就是令伯。他前几天不错是出差去了,然而我好像听见说是回来了呀。还有一层,你的令伯母,为甚又不见你呢?"我说:"这个连我也不晓得是甚

---

[1] 进士——清朝科举考试制度:童生经过县试、府试、院试都录取了为秀才。秀才应乡试录取了为举人。举人参加会试考中后,再经过复试和殿试,录取了,分三甲(等):一甲赐进士及第(一甲一名为状元,二名为榜眼,三名为探花,统称三鼎甲),二甲赐进士出身,三甲赐同进士出身。统称进士。

[2] 榜下用了知县——进士经过朝考,没有被圈点为庶吉士(翰林)的,其中一部份可以分发到各省以知县任用,叫做"榜下即用知县"。榜,指进士录取名单的榜示。榜下用了知县,就是以进士的资格出任知县的意思。

[3] 掣签掣了江宁——掣签,见第二回"候补"注。掣签本是分省的,这里说"掣了江宁"而不说"掣了江苏",是因为各省的藩台都只有一人,惟有江苏当时设置两个藩台,分驻江宁、苏州两地,各掌一部份用人行政权的缘故。

[4] 班——班次。官员因品级地位的不同而分为若干班,如道班、府班、县班之类。

[5] 同知——知府的辅佐官。府的同知不止一人,各有职掌,例如管捕盗的叫捕盗同知,管水利的叫水利同知等等。

么意思，或者因为向来未曾见过，也未可知。"继之道："这又奇了，你们自己一家人，为甚没有见过？"我道："家伯是在北京长大的，在北京成的家。家伯虽是回过几次家乡，却都没有带家眷；我又是今番头一次到南京来，所以没有见过。"继之道："哦！是了。怪不得我说他是同乡，他的家乡话却说得不像的很呢，这也难怪。然而你年纪太轻，一个人住在客栈里，不是个事，搬到我这里来罢。我同你从小儿就在一起的，不要客气，我也不许你客气。你把房门钥匙交给了我罢，搬行李去。"

我本来正愁这房饭钱无着，听了这话，自是欢喜。谦让了两句，便将钥匙递给他。继之道："有欠过房饭钱么？"我说："栈里是五天一算的，上前天才算结了，到今天不过欠得三天。"继之便叫了家人进来，叫他去搬行李，给了一元洋银，叫他算还三天的钱，又问了我住第几号房，那家人去了。我一想，既然住在此处，总要见过他的内眷，方得便当。一想罢，便道："承大哥过爱，下榻在此，理当要请见大嫂才是。"继之也不客气，就领了我到上房去，请出他夫人李氏来相见。继之告诉了来历。这李氏人甚和蔼，一见了我便道："你同你大哥同亲兄弟一般，须知住在这里，便是一家人，早晚要茶要水，只管叫人，不要客气。"此时我也没有甚么话好回答，只答了两个"是"字。坐了一会，仍到书房里去。家人已取了行李来，继之就叫在书房里设一张榻床，开了被褥。又问了些家乡近事。从这天起，我就住在继之公馆里，有说有笑，免了那孤身作客的苦况了。

到了第二天,继之一早就上衙门去。到了向午时候,方才回来一同吃饭。饭罢,我又要去打听伯父回来没有。继之道:"你且慢忙着,只要在藩台[1]衙门里一问就知道的。我今日本来要打算同你打听,因在官厅[2]上面,谈一桩野鸡道台的新闻,谈了半天,就忘记了。明日我同你打听来罢。"我听了这话,就止住了,因问起野鸡道台的话。继之道:"说来话长呢。你先要懂得'野鸡'两个字,才可以讲得。"我道:"就因为不懂,才请教呀。"继之道:"有一种流娼,上海人叫做野鸡。"我诧异道:"这么说,是流娼做了道台了?"继之笑道:"不是,不是。你听我说:有一个绍兴人,姓名也不必去提他了,总而言之,是一个绍兴的'土老儿'就是。这土老儿在家里住得厌烦了,到上海去谋事。恰好他有个亲眷,在上海南市那边,开了个大钱庄,看见他老实,就用了他做个跑街。……"我不懂得跑街是个甚么职役,先要问明。继之道:"跑街是到外面收帐的意思;有时到外面打听行情,送送单子,也是他的事。这土老儿做了一年多,倒还安分。一天不知听了甚么人说起'打野鸡'的好处,……"我听了,又不明白道:"甚么打野鸡? 可是打那流娼么?"继之道:"去嫖流娼,就叫打野鸡。这土老儿听得心动,那一天带了几块洋钱,走到了四马路野鸡最

---

[1] 藩台——也称藩司、方伯,就是布政使司布政使,主管一省的财赋和人事的官员。
[2] 官厅——官员到上级官署里参谒长官时休息的地方。官厅是有等级的,如督抚官署里有司道官厅(藩、臬、道)、府官厅(知府、同知、通判)、州县官厅(知州、知县)等等。

多的地方,叫做甚么会香里,在一家门首,看见一个'黄鱼'。……"我听了,又是一呆道:"甚么叫做黄鱼?"继之道:"这是我说错南京的土谈了,这里南京人,叫大脚妓女做黄鱼。"我笑道:"又是野鸡,又是黄鱼,倒是两件好吃的东西。"

继之道:"你且慢说笑着,还有好笑的呢。当下土老儿同他兜搭起来,这黄鱼就招呼了进去。问起名字,原来这个黄鱼叫做桂花,说的一口北京话。这土老儿化了几块洋钱,就住了一夜。到了次日早晨要走,桂花送到门口,叫他晚上来。这个本来是妓女应酬嫖客的口头禅[1],并不是一定要叫他来的;谁知他土头土脑的,信是一句实话,到了晚上,果然走去,无聊无赖的坐了一会就走了。临走的时候,桂花又随口说道:'明天来。'他到了明天,果然又去了,又装了一个'干湿'。……"我正在听得高兴,忽然听见"装干湿"三个字,又是不懂。继之道:"化一块洋钱去坐坐,妓家拿出一碟子水果,一碟子瓜子来敬客,这就叫做装干湿。当下土老儿坐了一会,又要走了,桂花又约他明天来。他到了明天,果然又去了。桂花留他住下,他就化了两块洋钱,又住了一夜。到天明起来,桂花问他要一个金戒指。他连说:'有有有,可是要过两三天呢。'过了三天,果然拿一个金戒指去。当下桂花盘问他在上海做甚么生意,他也不隐瞒,一一的照直说了。问他一月有多少工钱,他说:'六块洋钱。'桂花道:'这么说,我的一

---

[1] 口头禅——禅,印度语禅那的简称,清静寂灭的意思。佛家认为:清静思维,才能领悟妙理,叫做参禅。口头禅是指不知道禅理,而断章取义胡乱引用禅家常说的言语。后来更把一般口头常说的话,都叫做口头禅。

个戒指,要去了你半年工钱呀!'他说:'不要紧,我同帐房先生商量,先借了年底下的花红银子来兑的。'问他一年分多少花红,他说:'说不定的,生意好的年份,可以分六七十元;生意不好,也有二三十元。'桂花沉吟了半晌道:'这么说,你一年不过一百多元的进帐?'他说:'做生意人,不过如此。'桂花道:'你为甚么不做官呢?'土老儿笑道:'那做官的是要有官运的呀!我们乡下人,那里有那种好运气!'桂花道:'你有老婆没有?'土老儿叹道:'老婆是有一个的,可惜我的命硬,前两年把他克〔1〕死了;又没有一男半女,真是可怜!'桂花道:'真的么?'土老儿道:'自然是真的,我骗你作甚!'桂花道:'我劝你还是去做官。'土老儿道:'我只望东家加我点工钱,已经是大运气了,那里还敢望做官!况且做官是要拿钱去捐〔2〕的,听见说捐一个小老爷〔3〕,还要好几百银子呢!'桂花道:'要做官顶小也要捐个道台,那小老爷做他作甚么!'土老儿吐舌道:'道台!那还不晓得是个甚么行情呢!'桂花道:'我要你依我一件事,包有个道台给你做。'土老儿道:'莫说这种笑话,不要折煞我。若说依你的事,你且说出来,依得的无有不依。'桂花道:'只要你娶了我做填房,不许再娶别人。'

------

〔1〕 克——迷信说法:亲属(父母、子女和夫妇)之间,彼此的生辰八字有冲突,八字强的就会影响到八字弱的,甚至可以让八字弱的死去,这种情形叫做克。参看第三十一回"五行生克"注。
〔2〕 捐——清朝中叶以后,为了筹措河工、赈灾、军需等项费用,准许有钱的人出钱买官做,叫做捐纳。当时规定,京官郎中以下,外官道员以下,都可以出钱捐买,是一种公开的、合法的行为。
〔3〕 小老爷——对典史、吏目、巡检等一类佐杂小官员的含有轻蔑意味的称呼。

土老儿笑道：'好便好，只是我娶你不起呀，不知道你要多少身价呢！'桂花道：'呸！我是自己的身子，没有甚么人管我，我要嫁谁就嫁谁，还说甚么身价呀！你当是买鸦头么？'土老儿道：'这么说，你要嫁我，我就发个咒不娶别人。'桂花道：'认真的么？'土老儿道：'自然是认真的，我们乡下人从来不会撒谎。'桂花立刻叫人把门外的招牌除去了，把大门关上，从此改做住家人家。又交代用人，从此叫那土老儿做老爷，叫自己做太太。两个人商量了一夜。到了次日，桂花叫土老儿去钱庄里辞了职役。土老儿果然依了他的话。但回头一想，恐怕这件事不妥当，到后来要再谋这么一件事就难了。于是打了一个主意，去见东家，先撒一个谎说：'家里有要紧事，要请个假回去一趟，顶多两三个月就来的。'东家准了。这是他的意思，万一不妥当，还想后来好回去仍就这件事。于是取了铺盖，直跑到会香里，同桂花住了几天。桂花带了土老儿到京城里去，居然同他捐了一个二品顶戴的道台[1]，还捐了一枝花翎[2]，

---

[1] 二品顶戴的道台——清朝的官阶分为九品，每品又有正、从之分，共十八级。二品，是总督、巡抚、侍郎之类大官的品级。顶戴，是官员礼帽上的顶子，依品质、颜色的不同，以区别官位的大小，不得滥用。二品顶戴是起花红珊瑚顶子。道台原是四品官，但当时规定，有了道台职衔之后，可以再出钱捐个二品顶戴。这里"捐了一个二品顶戴的道台"，就是说捐了一个道台，同时又捐了二品顶戴。

[2] 花翎——清朝贵官在礼帽后面拖一根孔雀尾翎为装饰品，叫做花翎，有单眼、双眼、三眼之别。起初花翎很贵重，非皇帝特赏不能戴用，尤其是双眼、三眼花翎，只限于颁给亲王、贝勒等贵族和有特殊功勋的大臣。后来五品以上的官员，都可以出钱捐戴单眼花翎。

办了引见[1],指省[2]江苏。在京的时候,土老儿终日没事,只在家里闷坐。桂花却在外面坐了车子,跑来跑去,土老儿也不敢问他做甚么事。等了多少日子,方才出京,走到苏州去禀到[3]。桂花却拿出一封某王爷的信,叫他交与抚台[4]。抚台见他土形土状的,又有某王爷的信,叫好好的照应他。这抚台是个极圆通的人,虽然疑心他,却不肯去盘问他。因对他说道:'苏州差事[5]甚少,不如江宁那边多,老兄不如到江宁那边去,分苏分宁是一样的。兄弟这里只管留心着,有甚差事出了,再来关照罢。'土老儿辞了出来,将这话告诉了桂花。桂花道:'那么咱们就到南京去,好在我都有预备的。'于是乎两个人又来到南京,见制台也递了一封某王爷的信。制台年纪大了,见属员是糊里糊涂的,不大理会;只想既然是有了阔阔的八行书[6],过两天就好好的

----

[1] 引见——清朝制度:京官五品以下,外官四品以下(除知县和盐大使外,从六品到九品以下的"未入流"和辅佐官员不在内),由于初次任用、京察、保举、学习期满留用等,要朝见皇帝一次,叫做引见。引见是分批的,每一批文官由吏部、武官由兵部派员率领朝见,各人自报姓名、年岁,就算完成了手续。一般官员必须经过引见后才可以补缺,所以这是做官的重要的一关。

[2] 指省——官员分发候补,本应由吏部抽签决定,但也可以出一笔钱,就免予采取抽签方式,由自己指定到哪一省去候补,叫做指省或指分。

[3] 禀到——官员分发到省后,立即晋谒长官,叫做禀到,就是报到的意思。

[4] 抚台——就是巡抚,后文也称抚院、抚军、中丞、部院。是总揽一省政务的最高地方长官。参看第二回"制台"注。

[5] 差事——在额定官署编制以外的机构任职,和临时奉差委办某一事件的官员,其职务都叫做差事,以示有别于正式的官缺。前者如各局的总办、提调等,后者如下文"通州勘荒的差事(勘荒委员)"等。

[6] 八行书——从前的信纸,大都每张印做八行,因而一般把说人情的信件叫做八行书。

想个法子安置他就是了。不料他去见藩台,照样递上一封某王的书。——这个藩台是旗人[1],同某王有点姻亲,所以他求了这信来。——藩台见了人,接了信,看看他不像样子,莫说别的,叫他开个履历,也开不出来;就是行动、拜跪、拱揖,没有一样不是碍眼的。就回明了制台,且慢着给他差事,自己打个电报到京里去问,却没有回电;到如今半个多月了,前两天才来了一封墨信,回得详详细细的。原来这桂花是某王府里奶妈的一个女儿,从小在王府里面充当鸦头。母女两个,手上积了不少的钱,要想把女儿嫁一个阔阔的阔老,只因他在那阔地方走动惯了,眼眶子看得大了,当鸦头的不过配一个奴才小子,实在不愿意;然而在京里的阔老,那个肯娶一个鸦头?因此母女两个商量,定了这个计策:叫女儿到南边来拣一个女婿,代他捐上功名[2],求两封信出来谋差事。不料拣了这么一个土货!虽是他外母[3]代他连恳求带朦混的求出信来,他却不争气,误尽了事!前日藩台接了这信,便回过制台,叫他自己请假回去,免得奏参[4],保全他的功名。这桂花虽是一场没趣,却也弄出一个诰封夫人[5]的

---

[1] 旗人——清时把满洲、蒙古、汉军各编为八旗,隶属旗籍的满人叫做旗人、旗下人。
[2] 功名——中了秀才、举人、进士和做了官,都叫做功名,就是具备了做官的资格(秀才除外)或取得官员的身份的意思。这里是指后者。
[3] 外母——岳母。
[4] 奏参——向皇帝上奏本弹劾。
[5] 诰封夫人——封建时代,皇帝封赠臣下本身及其妻子或祖先以爵位名号叫做诰封。清朝对一二品官员的妻子,都给予夫人的称号。三品封淑人,四品封恭人,五品封宜人,六品封安人,七品以下封孺人。

二品命妇[1]了。只这便是野鸡道台的历史了,你说奇不奇呢?"

我听了一席话,心中暗想,原来天下有这等奇事,我一向坐在家里,那里得知。又想起在船上遇见那扮官做贼的人,正要告诉继之。只听继之又道:"这个不过是桂花拣错了人,闹到这般结果。那桂花是个当鸦头的,又当过婊子的,他还想着做命妇,已经好笑。还有一个情愿拿命妇去做婊子的,岂不更是好笑么?"我听了,更觉得诧异,急问是怎样情节。继之道:"这是前两年的事了。前两年制台得了个心神仿佛[2]的病。年轻时候,本来是好色的;到如今偌大年纪,他那十七八岁的姨太太,还有六七房,那通房的鸦头[3],还不在内呢。他这好色的名出了,就有人想拿这个巴结他。他病了的时候,有一个年轻的候补道,自己陈说懂得医道。制台就叫他诊脉。他诊了半晌说:'大帅[4]这个病,卑职[5]不能医,不敢胡乱开方;卑职内人怕可以医得。'制台道:'原来尊夫人懂得医理,明日就请来看看罢。'到了明日,他的那位夫人,打扮得花枝招展的来了。诊了脉,说是:'这个病不必吃药,只用按摩之法,就可以痊愈。'制台问那里有

---

[1] 命妇——受有封号的妇人的通称。
[2] 心神仿佛——心情恍惚不安。
[3] 通房的鸦头——指名义、地位上是鸦头而事实上是姨太太的这种被玩弄、被压迫的女子。
[4] 大帅——总督和巡抚,是兼掌兵权的,所以一般也尊称为帅、大帅、节帅。
[5] 卑职——清朝官场习惯:州县官谒见长官时自称卑职,道台谒见督抚时自称职道,知府谒见督抚藩臬时自称卑府,藩台、臬台谒见督抚时自称司里。这里道台对总督自称卑职,是形容道台的特别巴结上司。

懂得按摩的人。妇人低声道:'妾颇懂得。'制台就叫他按摩。他又说他的按摩与别人不同,要屏绝闲人,炷起一炉好香,还要念甚么咒语,然后按摩,所以除了病人与治病的人,不许有第三个人在旁。制台信了他的话,把左右使女及姨太太们都叫了出去。有两位姨太太动了疑心,走出来在板壁缝里偷看,忽看出不好看的事情来,大喝一声,走将进去,拿起门闩就打。一时惊动了众多姨太,也有拿门闩的,也有拿木棒的,一拥上前围住乱打。这一位夫人吓得走投无路,跪在地下抱住制台叫救命。制台喝住众人,叫送他出去。这位夫人出得房门时,众人还跟在后面赶着打,一直打到二门,还叫粗使仆妇,打到辕门[1]外面去。可怜他花枝招展的来,披头散发的去。这事一时传遍了南京城。你说可笑不可笑呢?"

我道:"那么说,这位候补道,想来也没有脸再住在这里了?"继之道:"哼!你说他没有脸住这里么?他还得意得很呢!"我诧异道:"这还有甚么得意之处呢?"继之不慌不忙的说出他的得意之处来。正是:不怕头巾染绿,须知顶戴将红[2]。要知继之说出甚么话来,且待下文再记。

------

[1] 辕门——官署叫做辕,辕门就是官署的外门,习惯专指督抚的官署。当时督抚在每月一定的日子里接见属员,这个日子叫做辕期;官员到督抚官署叫做上辕(也叫上院);督抚不见客叫做止辕;督抚官署里会完了客或散了值,叫做散辕。

[2] 不怕头巾染绿,须知顶戴将红——元时对娼妓的亲属男子,限戴青头巾;明时对乐户限戴绿头巾;后来就以戴绿头巾为妻子和人通奸的隐语。这里因为候补道把自己的妻子送去巴结总督,所以说"不怕头巾染绿";下一回里说,这位候补道因此而得了二品顶戴,二品顶戴是红顶子,所以说"须知顶戴将红"。

第四回

吴继之正言规好友　苟观察致敬送嘉宾

却说我追问继之："那一个候补道,他的夫人受了这场大辱,还有甚么得意?"继之道:"得意呢! 不到十来天工夫,他便接连着奉了两个札子[1],委了筹防局[2]的提调[3]与及山货局的会办了。去年还同他开上一个保举[4]。他本来只是个盐运司衔[5],这一个保

---

[1] 札子——上级官署给属员的通知文书的一种,通常是作委任差缺之用的。委任的札子,上面载明被委任官员的姓名、职务和应支的薪水、公费等等。

[2] 筹防局——清末各省在列入正式编制的官署以外,还有因事实需要而增设的机构,一般叫做局、处。筹防局就是这一类的机构之一,其职掌为筹款办理防务。后文"山货局"主管土产运输,"巡防局"主管地方治安,"善后局"主管营造支出等等。

[3] 提调——局、处的长官为总办和会办(有时也设襄办)。提调秉承总办、会办命令,综理一切事务,其地位有如后来的办公厅主任。提调之下还有委员和司事(有如后来的科员和事务员),办理文书、收支、杂务等事。

[4] 保举——官员有了功劳,由长官呈请中央政府予以奖励(给予某种优典,或加级或升官),叫做保举。保举有明保、密保、专折、大案之分:明保的奏折由吏部转军机处呈送给皇帝,密保的奏折直接由军机处呈送给皇帝。明保要发交吏部审议,核准与否,在官报上公布;密保则由皇帝交军机处存记,并不宣布,遇有缺出,就在其中选员补用。专折是专保某一人,大案是同时保举若干人。

[5] 盐运司衔——盐运司,就是盐运使司盐运使。当时在产盐地区设置盐运使,主管运销、缉私等事务。衔,指加衔,是没有得到此项官位而由皇帝授予或出钱买来的荣誉虚衔。道员是四品官,盐运使是从三品官,比道员高了一级,所以是道员的加衔。

举,他就得了个二品顶戴了。你说不是得意了吗?"我听了此话,不觉呆了一呆道:"那么说,那一位总督大帅,竟是被那一位夫人……"我说到此处,以下还没有说出来,继之便抢着说道:"那个且不必说,我也不知道。不过他这位夫人被辱的事,已经传遍了南京,我不妨说给你听听。至于内中暧昧情节,谁曾亲眼见来,何必去寻根问底!不是我说句老话,你年纪轻轻的,出来处世,这些暧昧话,总不宜上嘴。我不是迷信了那因果报应的话,说甚么谈人闺阃,要下拔舌地狱[1],不过谈着这些事,叫人家听了,要说你轻薄。兄弟,你说是不是呢?"

我听了继之一番议论,自悔失言,不觉涨红了脸。歇了一会,方把在元和船上遇见扮了官做贼的一节事,告诉了继之。继之叹了一口气,歇了一歇道:"这事也真难说,说来也话长。我本待不说,不过略略告诉你一点儿,你好知道世情险诈,往后交结个朋友,也好留一点神。你道那个人是扮了官做贼的么?他还是的的确确的一位候补县太爷呢,还是个老班子。不然,早就补了缺[2]了,只为近来又开了个郑工捐[3],捐了大八成[4]知县的人,到省多了,压了班[5];

---

[1] 拔舌地狱——佛家的迷信说法:凡是生前喜欢毁谤别人的人,死后就要堕入拔舌地狱,被鬼使把舌头拔出来,用铁钉钉起,以示惩戒。
[2] 缺——指官员的实缺。当时官位可以无限制任命,但官员的实缺,如全国有若干府县,却有一定的,所以官员必须经过候补阶段,轮流补缺。
[3] 郑工捐——清光绪十三年(一八八七)河南郑州黄河决口,政府因需款治河,就颁布了"郑工事例",鼓励有钱的人捐官,叫做郑工捐。
[4] 大八成——当时为了鼓励人民捐官,凡是缴纳捐银的,可以照规定的银额打一个很大的折扣,如能缴八成现银,就有提前得缺的希望,叫做大八成。
[5] 压了班——当时捐官的多出银子就可以先补缺,以致以前应该按照班次轮流补缺的官员,反而被搁置了下来,——压了班。

再是明年要开恩科[1]，榜下即用的，不免也要添几个；所以他要望补缺，只好叫他再等几年的了。不然呢，差事总还可以求得一个，谁知他去年办镇江木厘[2]，因为勒捐闹事，被木商联名来省告了一告，藩台很是怪他，马上撤了差，记大过三次，停委两年。所以他官不能做，就去做贼了。"我听了这话，不觉大惊道："我听见说还把他送上岸来办呢，但不知怎么办他？"继之摇摇头叹道："有甚么办法！船上人送他到了巡防局，船就开行去了；所有偷来的赃物，在船上时已被各人分认了。他到了巡防局，那局里委员终是他的朋友，见了他也觉难办。他却装做了满肚子委屈，又带着点怒气，只说他的底下人一时贪小，不合偷了人家一根烟筒，叫人家看见了，赶到房舱里来讨去；船上买办又仗着洋人势力，硬来翻箱倒箧的搜了一遍，此时还不知有失落东西没有。那委员听见他这么说，也就顺水推船，薄薄的责了他的底下人几下就算了。你们初出来处世的，结交个朋友，你想要小心不要？他还不止做贼呢，在外头做赌棍、做骗子、做拐子，无所不为，结交了好些江湖上的无赖，外面仗着官势，无法无天的事，不知干了多少的了。"

------

[1] 恩科——乡试和会试本定三年举行一次，叫做正科。但在正科以外，如遇国家（也就是皇帝家）有甚么喜庆大典，如打胜仗，太后、皇帝生日（整生日），生皇子等，可以额外加考一场，叫做恩科。

[2] 木厘——厘，指厘捐。清朝咸丰以后，在水陆交通冲要的地方设置卡局，向行商征收货物通过税，叫做厘捐、厘金。因为是照货物的价值抽税若干厘，所以有这个名称。木厘，就是专向木商征税的卡局。

我听了继之一席话,暗暗想道:"据他说起来,这两个道台、一个知县的行径,官场中竟是男盗女娼的了,但继之现在也在仕路中,这句话我不便直说出来,只好心里暗暗好笑。虽然,内中未必尽是如此。你看继之他见我穷途失路,便留我在此居住,十分热诚,这不是古谊可风的么?并且他方才劝戒我一番话,就是自家父兄,也不过如此,真是令人可感。"一面想着,又谈了好些处世的话,他就有事出门去了。

过了一天,继之上衙门回来,一见了我的面,就气忿忿的说道:"奇怪,奇怪!"我看见他面色改常,突然说出这么一句话,连一些头路也摸不着,呆了脸对着他。只见他又率然问道:"你来了多少天了?"我说道:"我到了十多天了。"继之道:"你到过令伯公馆几次了?"我说:"这个可不大记得了,大约总有七八次。"继之又道:"你住在甚么客栈,对公馆里的人说过么?"我说:"也说过的;并且住在第几号房,也交代明白。"继之道:"公馆里的人,始终对你怎么说?"我说:"始终都说出差去了,没有回来。"继之道:"没有别的话?"我说:"没有。"继之气的直挺挺的坐在交椅上。半天,又叹了好几口气说道:"你到的那几天,不错,是他出差去了,但不过到六合县去会审一件案,前后三天就回来了;在十天以前,他又求了藩台给他一个到通州勘荒的差使,当天奉了札子,当天就禀辞[1]去了。你道奇怪不奇

----

〔1〕 禀辞——官员在赴外地任所或到差以前,谒见长官请求指示,并表示辞行,叫做禀辞。

怪？"我听了此话，也不觉呆了，半天没有话说。继之又道："不是我说句以疏间亲[1]的话，令伯这种行径，不定是有意回避你的了。"此时我也无言可答，只坐在那里出神。

继之又道："虽是这么说，你也不必着急。我今天见了藩台，他说此地大关[2]的差使，前任委员已经满了期了，打算要叫我接办，大约一两天就可以下札子。我那里左右要请朋友[3]，你就可以拣一个合式的事情，代我办办。我们是同窗至好，我自然要好好的招呼你。至于你令伯的话，只好慢慢再说，好在他终久是要回来的，总不能一辈子不见面。"我说道："家伯到通州去的话，可是大哥打听来的，还是别人传说的呢？"继之道："这是我在藩署号房[4]打听来的，千真万真，断不是谣言。你且坐坐，我还要出去拜一个客呢。"说着，出门去了。

我想起继之的话，十分疑心，伯父同我骨肉至亲，那里有这等事；不如我再到伯父公馆里去打听打听，或者已经回来，也未可知。想罢了，出了门，一直到我伯父公馆里去。到门房里打听，那个底下人说是："老爷还没有回来。前天有信来，说是公事难办得很，恐怕还有几天耽搁。"我有心问他说道："老爷还是到六合去，还是到通州去的

---

[1] 以疏间亲——以和某人关系较疏远的人，去批评和他关系较亲密的人，不免有离间的嫌疑。
[2] 大关——指大胜关这个关卡。
[3] 朋友——这里指幕友，有时也指商店的伙计。
[4] 号房——官署的传达室。因为一切收发工作和长官日常行动情况，传达室都能掌握，所以下级官员对于长官的号房都极其联络，常从那里得到一些消息。

呢?"那底下人脸上红了一红,顿住了口,一会儿方才说道:"是到通州去的。"我说:"到底是几时动身的呢?"他说道:"就是少爷来的那天动身的。"我说:"一直没有回来过么?"他说:"没有。"我问了一番话,满腹狐疑的回到吴公馆里去。继之已经回来了,见了我便问:"到那里去过?"我只得直说一遍。

继之叹道:"你再去也无用。这回他去勘荒,是可久可暂的,你且安心住下,等过一两个月再说。我问你一句话:你到了这里来,寄过家信没有?"我说:"到了上海时,曾寄过一封;到了这里,却未曾寄过。"继之道:"这就是你的错了,怎么十多天工夫,不寄一封信回去?可知尊堂[1]伯母在那里盼望呢。"我说:"这个我也知道。因为要想见了家伯,取了钱庄上的利钱,一齐寄去,不料等到今日,仍旧等不着。"继之低头想了一想道:"你只管一面写信,我借五十两银子,给你寄回去。你信上也不必提明是借来的,也不必提到未见着令伯,只糊里糊涂的说先寄回五十两银子,随后再寄罢了;不然,令堂伯母又多一层着急。"

我听了这话,连忙道谢。继之道:"这个用不着谢。你只管写信,我这里明日打发家人回去,接我家母来,就可以同你带去。接办大关的札子,已经发了下来,大约半个月内,我就要到差。我想屈你做一个书启[2],因为别的事,你未曾办过,你且将就些。我还在帐

----

[1] 尊堂——称人母亲的敬词,也叫令堂。
[2] 书启——原指书函,一般作书启师爷的简称。官署长官聘请襄办政务的人,叫做幕友,俗称师爷。专管书信的叫书启师爷。

房一席上,挂上你一个名字;那帐房虽是藩台荐的,然而你是我自家亲信人,挂上了一个名字,他总得要分给你一点好处。还有你书启名下应得的薪水,大约出息还不很坏。这五十两银子,你慢慢的还我就是了。"当下我听了此言,自是欢喜感激。便去写好了一封家信,照着继之交代的话,含含糊糊写了,并不提起一切。到了明日,继之打发家人动身,就带了去。此时我心中安慰了好些;只不知我伯父到底是甚么主意,因写了一封信,封好了口,带在身上,走到我伯父公馆里去,交代他门房,叫他附在家信里面寄去。叮嘱再三,然后回来。

又过了七八天,继之对我道:"我将近要到差了。这里去大关很远,天天来去是不便当的;要住在关上,这里又没有个人照应。书启的事不多,你可仍旧住在我公馆里,带着照应照应内外一切,三五天到关上去一次;如果有紧要事,我再打发人请你。好在书启的事,不必一定到关上去办的。或者有时我回来住几天,你就到关上去代我照应,好不好呢?"我道:"这是大哥过信我、体贴我,我感激还说不尽,那里还有不好的呢!"当下商量定了。又过了几天,继之到差去了;我也跟到关上去看看,吃过了午饭,方才回来。从此之后,三五天往来一遍,倒也十分清闲。不过天天料理几封往来书信;有些虚套应酬的信,我也不必告诉继之,随便同他发了回信,继之倒也没甚说话。从此我两个人,更是相得。

一日早上,我要到关上去,出了门口,要到前面雇一匹马。走过一家门口,听见里面一叠连声叫送客,呀的一声,开了大门。我不觉立定了脚,抬头往门里一看。只见有四五个家人打扮的,在那里垂手站班[1]。里面走出一个客来,生得粗眉大目;身上穿了一件灰色大布的长衫,罩上一件天青羽毛的对襟马褂;头上戴着一顶二十年前的老式大帽,帽上装着一颗砗磲顶子[2];脚上蹬着一双黑布面的双梁快靴,大踏步走出来。后头送出来的主人,却是穿的枣红宁绸箭衣[3],天青缎子外褂[4],褂上还缀着二品的锦鸡补服,挂着一副像真像假的蜜蜡朝珠[5];头上戴着京式大帽[6],红顶子花翎;脚下穿的是一双最新式的内城京靴[7],直送那客到大门以外。那客人回头点了点头,便徜徉而去,也没个轿子,也没匹马儿。再看那主人时,却放下了马蹄袖[8],拱起双手,一直拱到眉毛上面,弯着腰,嘴里不

[1] 站班——长官出行时,属员和仆人在两旁低头垂手侍立,表示恭敬,叫做站班。农历初一、十五,各官署的长官要到庙里(孔庙、关庙、文昌庙、城隍庙等)去拈香,此时出外,属员也循例站班,叫做"站香班"。
[2] 砗磲顶子——砗磲是一种属于海蛤类的软体动物,有白色光润的厚壳。当时规定把砗磲壳磨制做为官员礼帽的顶子,是六品官员的服饰。但通常只是用料器制成的。
[3] 箭衣——一种窄袖、袖口上面长下面短的衣服。本是射箭时服用的,所以叫做箭衣;后来却成为一种常礼服。
[4] 外褂——清朝官员的礼服之一,也叫外套。是加于蟒袍和开衩袍之外,比马褂长、长袍短,前后开衩的一种服装。如果在外褂前后钉上"补子"(用金线织绣方形的鸟兽图案,文官绣鸟,武官绣兽,视官阶的大小而决定绣何种鸟兽),就叫做补服。
[5] 朝珠——清朝官员挂在胸前的一种装饰品。形同念珠,共有一百零八颗,用珊瑚、琥珀、蜜蜡之类做成,穿缀成串。文官五品、武官四品以上和指定的官员,才许挂用。
[6] 京式大帽——京官所戴的、根据宫廷式样制造的一种新型窄檐的礼帽。
[7] 内城京靴——一种缎好、勒高、底厚的靴子。这种靴子的制造商店在北京内城,所以叫做内城京靴。
[8] 马蹄袖——袖口开衩状如马蹄的袖子。

住的说请,请,请,直到那客人走的转了个弯看不见了,方才进去,呀的一声,大门关了。我再留心看那门口时,却挂着一个红底黑字的牌儿,像是个店家招牌;再看看那牌上的字,却写的是"钦命[1]二品顶戴,赏戴花翎,江苏即补道,长白苟公馆"二十个宋体字。不觉心中暗暗纳罕。走到前面,雇定了马匹,骑到关上去,见过继之。

这天没有甚么事,大家坐着闲谈一会;开出午饭来,便有几个同事都过来同着吃饭。这吃饭中间,我忽然想起方才所见的一桩事体,便对继之说道:"我今天看见了一位礼贤下士的大人先生,在今世只怕是要算绝少的了!"继之还没有开口,就有一位同事抢着问道:"怎么样的礼贤下士?快告诉我,等我也去见见他。"我就将方才所见的说了一遍。继之对我看了一眼,笑了一笑,说道:"你总是这么大惊小怪似的。"继之这一句话说的,倒把我闷住了。正是:礼贤下士谦恭客,犹有旁观指摘人。要知继之为了甚事笑我,且待下回再记。

---

[1] 钦命——皇帝的命令。

第五回

珠宝店巨金骗去　州县[1]官实价开来

且说我当下说那位苟观察礼贤下士,却被继之笑了我一笑,又说我少见多怪,不觉闷住了。因问道:"莫非内中还有甚么缘故么?"继之道:"昨日扬州府贾太守[2]有封信来,荐了一个朋友,我这里实在安插不下了,你代我写封回信,送到帐房里,好连程仪[3]一齐送给他去。"我答应了,又问道:"方才说的那苟观察,既不是礼贤下士,……"我这句话还没有说完,继之便道:"你今天是骑马来的,还是骑驴来的?"我听了这句话,知道他此时有不便说出的道理,不好再问,顺口答道:"骑马来的。"以后便将别话岔开了。一时吃过了饭,我就在继之的公事桌上,写了一封回书,交给帐房,辞了继之出来,仍到城里去。

路上想着寄我伯父的信,已经有好几天了,不免去探问探问。就顺路走至我伯父公馆,先打听回来了没有,说是还没有回来。我正要

---

[1] 州县——知州和知县的简称。州和县是平行的,同是地方的基层政权,但一般州的辖区比县大。
[2] 太守——知府。知府是管理一府政务(一府管辖若干州县)的长官,地位约等于古时的太守,所以当时人也用太守称知府。后文太尊、府尊,同是对知府的别称。
[3] 程仪——送给行者的财物,含有旅费的性质。

问我的信寄去了没有,忽然抬头看见我那封信,还是端端正正的插在一个壁架子上,心中不觉暗暗动怒,只不便同他理论,于是也不多言,就走了回来。细想这底下人,何以这么胆大,应该寄的信,也不拿上去回我伯母。莫非继之说的话当真不错,伯父有心避过了我么?又想道:"就是伯父有心避过我,这底下人也不该搁起我的信;难道我伯父交代过,不可代我通信的么?"想来想去,总想不出个道理。

正在胡思乱想的时候,忽然一个鸦头[1]走来,说是太太请我,我便走到上房去,见了继之夫人,问有甚事。继之夫人拿出一双翡翠镯子来道:"这是人家要出脱的,讨价三百两银子,不知值得不值得,请你拿到祥珍去估估价。"当下我答应了,取过镯子出来。——原来这家祥珍,是一家珠宝店,南京城里算是数一数二的大店家。继之与他相熟的,我也曾跟着继之,到过他家两三次,店里的人也相熟了。——当时走到他家,便请他掌柜的估价,估得三百两银子不贵。

未免闲谈一会。只见他店中一个个的伙计,你埋怨我,我埋怨你;那掌柜的虽是陪我坐着,却也是无精打彩的。我看见这种情形,起身要走。掌柜道:"阁下没事,且慢走一步,我告诉阁下一件事,看可有法子想么?"我听了此话,便依然坐下,问是甚事。掌柜道:"我家店里遇了骗子……"我道:"怎么个骗法呢?"掌柜道:"话长呢。我家店里后面一进,有六七间房子空着没有用,前几个月,就贴了一张招租的帖子;不多几天,就有人来租了,说是要做公馆。那个人姓刘,

---

[1] 鸦头——鸦头,婢女。后文也作鸦鬟。

在门口便贴了个'刘公馆'的条子,带了家眷来住下。天天坐着轿子到外面拜客,在我店里走来走去,自然就熟了。晚上没有事,他也常出来谈天。有一天,他说有几件东西,本来是心爱的,此刻手中不便,打算拿来变价,问我们店里要不要。'要是最好;不然,就放在店里寄卖也好'。我们大众伙计,就问他是甚么东西。他就拿出来看,是一尊玉佛,却有一尺五六寸高;还有一对白玉花瓶;一枝玉镶翡翠如意〔1〕;一个班指〔2〕。这几件东西,照我们看去,顶多不过值得三千银子,他却说要卖二万;倘卖了时,给我们一个九五回用。我们明知是卖不掉的,好在是寄卖东西,不犯本钱〔3〕的;又不很占地方,就拿来店面上作个摆设也好,就答应了他。摆了三个多月,虽然有人问过,但是听见了价钱,都吓的吐出舌头来,从没有一个敢还价的。有一天,来了一个人,买了几件鼻烟壶〔4〕、手镯之类,又买了一挂朝珠,还的价钱,实在内行;批评东西的毛病,说那东西的出处,着实是个行家。过得两天,又来看东西。如此鬼混了几天。忽然一天,同了

---

〔1〕 如意——本是搔痒爬,因为它能抓到身上任何部份,如人之意,所以叫做如意。后来多用翡翠、白玉之类的质料雕刻而成,爬的一头改作芝草或云形,借以象征吉祥,成为一种陈设品。

〔2〕 班指——就是搬指,也作扳指。本是套在右手大指上,为射箭时钩弦之用的。后来成为一种装饰品,多用玉质制成,以翡翠的较为名贵。

〔3〕 不犯本钱——不占本钱、不花本钱。后文第八回"犯他的疑心",犯是惹的意思。第四十回"恐怕要犯了",犯是重复的意思。第六十一回"犯到了赌",犯到是碰到、遇到的意思。

〔4〕 鼻烟壶——装鼻烟的一种小壶。鼻烟,是把烟叶研成细末,加进花露,供人闻嗅打喷嚏,因而精神爽快的一种烟。鼻烟壶的形式不一,多用玻璃、套料、珠石一类质料制成。

两个人来,要看那玉佛、花瓶、如意。我们取出来给他看。他看了,说是通南京城里,找不出这东西来。赞赏了半天,便问价钱。我们一个伙计,见他这么中意,就有心同他打趣,要他三万银子。他说道:'东西虽好,那里值到这个价钱,顶多不过一个折半价罢了。'阁下,你想,三万折半,不是有了一万五千了吗?我们看见他这等说,以为可以有点望头了,就连那班指拿出来给他看,说明白是人家寄卖的。他看了那班指,也十分中意。又说道:'就是连这班指,也值不到那些。'我们请他还价。他说道:'我已说过折半的了,就是一万五千银子罢。'我们一个伙计说:'你说的万五,是那几件的价;怎么添了这个班指,还是万五呢?'他笑了笑道:'也罢,那么说,就是一万六罢。'讲了半天,我们减下来减到了二万六,他添到了一万七,未曾成交,也就走了。他走了之后,我们还把那东西再三细看,实在看不出好处,不知他怎么出得这么大的价钱。自家不敢相信,还请了同行的看货老手来看,也说不过值得三四千银子。然而看他前两回来买东西,所说的话,没有一句不内行,这回出这重价,未必肯上当。想来想去,总是莫明其妙。到了明天,他又带了一个人来看过,又加了一千的价,统共是一万八,还没有成交。以后便天天来,说是买来送京里甚么中堂[1]寿礼的,来一次加一点价,后来加到了二万四。我们想连那姓刘的所许九五回用,已稳赚了五千银子了,这天就定了交易。那人却

---

〔1〕 中堂——唐朝中书省里的政事堂,是宰相办公的地方,后来就称宰相为中堂。这里指大学士、军机大臣一类的大官,其地位和从前的宰相相仿。后文第三十七回"中堂",却指的人家大厅正中悬挂的巨幅字画。

拿出一张五百两的票纸[1]来,说是一时没有现银,先拿这五百两作定,等十天来拿。又说到了十天期,如果他不带了银子来拿,这五百两定银,他情愿不追还;但十天之内,叫我们千万不要卖了,如果卖了,就是赔他二十四万都不答应。我们都应允了。他又说交易太大,恐怕口说无凭,要立个凭据。我们也依他,照着所说的话,立了凭据,他就去了。等了五六天不见来。到了第八天的晚上,忽然半夜里有人来打门。我们开了门问时,却见一个人仓仓皇皇问道:'这里是刘公馆么?'我们答应他是的。他便走了进来,我们指引他进去。不多一会,忽然听见里面的人号啕大哭起来。吓得连忙去打听,说是刘老爷接了家报,老太太过了[2]。我们还不甚在意。到了次日一早,那姓刘的出来算还房钱,说即日要带了家眷,奔丧回籍,当夜就要下船,向我们要还那几件东西。我们想明天就是交易的日期,劝他等一天。他一定不肯;再四相留,他执意不从,说是我们做生意人不懂规矩,得了父母的讣音,是要星夜奔丧的,照例昨夜得了信,就要动身,只为收拾行李没法,已经耽搁了一天了。我们见他这么说,东西是已经卖了,不能还他的,好在只隔得一天,不如兑了银子给他罢。于是扣下了一千两回用,兑了一万九千银子给他。他果然即日动身,带着家眷走了。至于那个来买东西的呢,莫说第十天,如今一个多月了,影子

---

[1] 票纸——清时商办存款、放款、汇兑一类业务的金融机构叫做票号,也称票庄。票号付出凭以取款的一种票据,叫做票纸,上面载明银数,可以随时向票号兑取银子。
[2] 过了——死了。

也不看见。前天东家来店查帐,晓得这件事,责成我们各同事分赔。阁下,你想那姓刘的,不是故意做成这个圈套来行骗么?可有个甚么法子想想?"

我听了一席话,低头想了一想,却是没有法子。那掌柜道:"我想那姓刘的说甚么丁忧[1],都是假话,这个人一定还在这里。只是有甚法子,可以找着他?"我说道:"找着他也是无用。他是有东西卖给你的,不过你自家上当,买贵了些,难道有甚么凭据,说他是骗子么?"那掌柜听了我的话,也想了一想,又说道:"不然,找着那个来买的人也好。"我道:"这个更没有用。他同你立了凭据,说十天不来,情愿凭你罚去定银,他如今不要那定银了,你能拿他怎样?"那掌柜听了我的话,只是叹气。我坐了一会,也就走了。

回去交代明白了手镯,看了一回书,细想方才祥珍掌柜所说的那桩事,真是无奇不有。这等骗术,任是甚么聪明人,都要入彀[2];何况那做生意人,只知谋"利",那里还念着有个"害"字在后头呢。又想起今日看见那苟公馆送客的一节事,究竟是甚么意思,继之又不肯说出来,内中一定有个甚么情节,巴不能够马上明白了才好。

正在这么想着,继之忽地里回到公馆里来。方才坐定,忽报有客拜会。继之叫请,一面换上衣冠,出去会客。我自在书房里,不去理

---

〔1〕 丁忧——封建丧制:遭遇父母的丧事,在三年以内(实际二十七个月),官员要去职守制,读书人不能参加考试,并须停止婚嫁宴会,叫做丁忧,也叫丁艰。
〔2〕 入彀——彀,原指射箭时的射程范围,一般用指上了当、落到圈套里。后文第九回"谈得入彀",意思是谈得合拍,谈得深了。

会。歇了许久,继之才送过客回了进来,一面脱卸衣冠,一面说道:"天下事真是愈出愈奇了!老弟,你这回到南京来,将所有阅历的事,都同他笔记起来,将来还可以成一部书呢。"

我问:"又是甚么事?"继之道:"向午时候,你走了,就有人送了一封信来;拆开一看,却是一位制台衙门里的幕府朋友[1]送来的,信上问我几时在家,要来拜访。我因为他是制台的幕友,不便怠慢他,因对来人说:'我本来今日要回家,就请下午到舍去谈谈。'打发来人去了,我就忙着回来。坐还未定,他就来了。我出去会他时,他却没头没脑的说是请我点戏。"我听到这里,不觉笑起来,说道:"果然奇怪,这老远的路约会了,却做这等无谓的事。"继之道:"那里话来!当时我也是这个意思,因问他道:'莫非是那一位同寅[2]的喜事寿日,大家要送戏?若是如此,我总认一个份子,戏是不必点的。'他听了我的话,也好笑起来,说不是点这个戏。我问他到底是甚戏。他在怀里掏出一个折子来递给我。我打开一看,上面开着江苏全省的县名,每一个县名底下,分注了些数目字,有注一万的,有注二三万的,也有注七八千的。我看了虽然有些明白,然而我不便就说是晓得了,因问他是甚意思。他此时炕也不坐了,拉了我下来,走到旁边贴摆着的两把交椅上,两人分坐了,他附着了我耳边,说道:'这是得缺

----

[1] 幕府朋友——就是幕友,参看第四回"书启"注。幕,是军用的帐幕,所以幕友最初专指在军事机关里办理文书工作的人,后来却成为一切官署延用帮办政务的人的通称。

[2] 同寅——同官,同事。同在一处作官,地位差不多的,彼此互称同寅。

的一条捷径。若是要想那一个缺,只要照开着的数目,送到里面去,包你不到十天,就可以挂牌〔1〕。这是补实〔2〕的价钱;若是署事,还可以便宜些。'"我说:"大哥怎样回报他呢?"继之道:"这种人那里好得罪他!只好同他含混了一会,推说此刻初接大关这差,没有钱,等过些时候,再商量罢。他还同我胡缠不了,好容易才把他敷衍走了。"我说:"果然奇怪!但是我闻得卖缺虽是官场的惯技,然而总是藩台衙门里做的,此刻怎么闹到总督衙门里去呢?"继之道:"这有甚么道理!只要势力大的人,就可以做得。只是开了价钱,具了手折,到处兜揽,未免太不像样了!"我说道:"他这是招徕生意之一道呢。但不知可有'货真价实,童叟无欺'的字样没有?"说的继之也笑了。

　　大家说笑一番。我又想起寄信与伯父一事,因告诉了继之。继之叹道:"令伯既是那么着,只怕寄信去也无益;你如果一定要寄信,只管写了交给我,包你寄到。"我听了,不觉大喜。正是:意马心猿萦梦寐,河鱼天雁托音书〔3〕。要知继之有甚法子可以寄得信去,且待下回再记。

---

〔1〕 挂牌——一省知府以下官员的任免,由藩台主持,把对这些官员任免的公告,写在粉漆牌上,在藩台官署前揭示出来,叫做挂牌。
〔2〕 补实——官员任职,有实缺、署事、代理等分别。代理是临时性质,署事通常以一年为期,实缺则三年为一任。这里补实就是指补实缺而言。
〔3〕 意马心猿萦梦寐,河鱼天雁托音书——马善奔驰,猿好跳跃,意马心猿,指人的心情像马和猿一样的动荡不定。河鱼天雁,指古来鱼腹藏书(信)、雁足系书等传说。这两句话是说:九死一生因为没有办法寄信给伯父,心情不安,甚至于睡梦里也想到这件事,现在却有了托人寄信的办法了。

第六回

彻底寻根表明骗子　穷形极相画出旗人

却说我听得继之说,可以代我寄信与伯父,不觉大喜。就问:"怎么寄法? 又没有住址的。"继之道:"只要用个马封[1],面上标着'通州各属沿途探投勘荒委员',没有个递不到的;再不然,递到通州知州衙门,托他转交也可以使得。"我听了大喜道:"既是那么着,我索性写他两封,分两处寄去,总有一封可到的。"

当下继之因天晚了,便不出城,就在书房里同我谈天。我说起今日到祥珍估镯子价,被那掌柜拉着我,诉说被骗的一节。继之叹道:"人心险诈,行骗乃是常事。这件事情,我早就知道了。你今日听了那掌柜的话,只知道外面这些情节,还不知内里的事情;就是那掌柜自家,也还在那里做梦,不知是那一个骗他的呢。"我惊道:"那么说,大哥是知道那个骗子的了,为甚不去告诉了他,等他或者控告,或者自己去追究,岂不是件好事?"继之道:"这里面有两层:一层是我同他虽然认得,但不过是因为常买东西,彼此相熟了,通过姓名,并没有一些交情,我何苦代他管这闲事;二层就是告诉了他这个人,也是不

----

[1] 马封——交由驿站寄递紧要文书,封面写明"紧急公文,沿途飞递,不得延误"等字样,并注明年月日,加盖机关印信,这种文书的封简叫做马封。

能追究的。你道这骗子是谁?"继之说到这里,伸手在桌子上一拍道:"就是这祥珍珠宝店的东家!"

我听了这话,吃了一大吓,顿时呆了。歇了半晌,问道:"他自家骗自家,何苦呢?"继之道:"这个人本来是个骗子出身,姓包,名道守;人家因为他骗术精明,把他的名字读别了,叫他做包到手。后来他骗的发了财了,开了这家店。去年年下的时候,他到上海去,买了一张吕宋彩票回来,被他店里的掌柜、伙计们见了,要分他半张;他也答应了,当即裁下半张来。这半张是五条,那掌柜的要了三条;馀下两条,是各小伙计们公派的。当下银票交割清楚。过得几天,电报到了,居然叫他中了头彩,自然是大家欢喜。到上海去取了六万块洋钱回来:他占了三万;掌柜的三条是一万八;其馀万二,是众伙计分了。当下这包到手,便要那掌柜合些股分在店里,那掌柜不肯;他又叫那些小伙计合股,谁知那些伙计们,一个个都是要搂着洋钱睡觉,看着洋钱吃饭的,没有一个答应。因此他怀了恨了,下了这个毒手。此刻放着那玉佛、花瓶那些东西,还值得三千两;那姓刘的取去了一万九千两,一万九除了三千,还有一万六,他咬定了要店里众人分着赔呢。"

我道:"这个圈套,难为他怎么想得这般周密,叫人家一点儿也看不出来。"继之道:"其实也有一点破绽,不过未曾出事的时候,谁也疑心不到就是了。他店里的后进房子,本是他自己家眷住着的,中了彩票之后,他才搬了出去。多了几个钱,要住舒展些的房子,本来也是人情;但腾出了这后进房子,就应该收拾起来,招呼些外路客帮,或者在那里看贵重货物,这也是题中应有之义呀,为甚么就要租给别人呢?"我说道:"做生意人本来是处处打算盘的,租出几个房钱,岂不是好?并且谁料到他约定一个骗子进来呢?我想那姓刘的要走的时候,把东西还了他也罢了。"继之道:"唔!这还了得!还了他东西,到了明天,那下了定的人,就备齐了银子来交易,没有东西给他,不知怎样索诈呢!何况又是出了笔据给他的。这种骗术,直是妖魔鬼怪都逃不出他的网罗呢。"说到这里,已经是吃晚饭的时候了。吃过晚饭,继之到上房里去,我便写了两封信;恰好封好了,继之也出来了,当下我就将信交给他。他接过了,说明天就加封寄去。

我两个人又闲谈起来。我一心只牵记着那苟观察送客的事,又问起来。继之道:"你这个人好笨!今日吃中饭的时候你问我,我叫你写贾太守的信,这明明是叫你不要问了,你还不会意,要问第二句。其实我那时候未尝不好说,不过那些同桌吃饭的人,虽说是同事,然而都是甚么藩台咧、首府〔1〕咧、督署幕友咧……这班人荐的,知道他们是甚么路数。这件事虽是人人晓得的,然而我犯不着传出去,说我讲制台的丑话。我同你呢,又不知是甚么缘法,很要好的,随便同你谈句天,也是处处要想……教导呢,我是不敢说;不过处处都想提点你,好等你知道些世情。我到底比你痴长几年,出门比你又早。"

我道:"这是我日夕感激的。"继之道:"若说感激,你感激不了许

---

〔1〕 首府——一省有若干府,省会所在地的府为首府。一般径称首府的知府为首府。当时江苏省的省城设在江宁,江宁府是首府,这里首府就是指江宁府知府。

多呢。你记得么？你读的四书[1]，一大半是我教的。小时候要看闲书，又不敢叫先生晓得，有不懂的地方，都是来问我。我还记得你读《孟子·动心章》：'不得于言，勿求于心；不得于心，勿求于气'那几句，读了一天不得上口，急的要哭出来了，还是我逐句代你讲解了，你才记得呢。我又不是先生，没有受你的束脩[2]，这便怎样呢？"此时我想起小时候读书，多半是继之教我的。虽说是从先生，然而那先生只知每日教两遍书，记不得只会打，那里有甚么好教法，若不是继之，我至今还是只字不通呢。此刻他又是这等招呼我，处处提点我。这等人，我今生今世要觅第二个，只怕是难的了！想到这里，心里感激得不知怎样才好，几乎流下泪来。因说道："这个非但我一个人感激，就是先君[3]、家母，也是感激的了不得的！"此时我把苟观察的事，早已忘了，一心只感激继之，说话之中，声音也咽住了。

继之看见忙道："兄弟且莫说这些话，你听苟观察的故事罢。那苟观察单名一个才字，人家都叫他狗才……"我听到这里，不禁扑嗤一声，笑将出来。继之接着道："那苟才前两年上了一个条陈[4]给

---

[1] 四书——封建时代士子必读的四部书：《大学》、《中庸》、《论语》、《孟子》。《论语》记孔子和弟子们的言行；《孟子》记孟子的言行；《大学》、《中庸》本是《礼记》篇名（《中庸》为孔子之孙孔伋所作）。宋时朱熹把这四种书合并成为"四书"。
[2] 束脩——脩是干肉。十条干肉为一束，叫做束脩，古人常用为见面时致送的礼物。后来以束脩为送给先生的学费的代词。
[3] 先君——对已死的尊长称先。这里先君是对人称自己死去的父亲。
[4] 条陈——分条说明的建议书。

制台,是讲理财的政法。这个条陈与藩台很有碍的,叫藩台知道了,很过不去,因在制台跟前,很很的说了他些坏话,就此黑了。后来那藩台升任去了,换了此刻这位藩台,因为他上过那个条陈,也不肯招呼他,因此接连两三年没有差使,穷的吃尽当光了。"

我说道:"这句话,只怕大哥说错了。我今天日里看见他送客的时候,莫说穿的是崭新衣服,底下人也四五个,那里至于吃尽当光。吃尽当光,只怕不能够这么样了。"继之笑道:"兄弟,你处世日子浅,那里知道得许多。那旗人是最会摆架子的,任是穷到怎么样,还是要摆着穷架子。有一个笑话,还是我用的底下人告诉我的;我告诉了这个笑话给你听,你就知道了。这底下人我此刻还用着呢,就是那个高升。这高升是京城里的人,我那年进京会试〔1〕的时候,就用了他。他有一天对我说一件事:说是从前未投着主人的时候,天天早起,到茶馆里去泡一碗茶,坐过半天。——京城里小茶馆泡茶,只要两个京钱,合着外省的四文〔2〕;要是自己带了茶叶去呢,只要一个京钱就够了。——有一天,高升到了茶馆里,看见一个旗人进来泡茶,却是自己带的茶叶,打开了纸包,把茶叶尽情放在碗里。那堂上的人〔3〕

〔1〕 会试——清朝科举考试制度:乡试的第二年二月里,由礼部主持,在北京举行会试。举人应会试录取了称贡士。会试录取后再去应复试、殿试,不过是例行手续而已,事实上如不犯重大过失,是一定会中进士的。参看第三回"进士"注。
〔2〕 两个京钱,合着外省的四文——京钱,指当时北京通行的一种当十钱,也叫"大个儿钱"。这种钱名为当十,实际只能抵通常的制钱两文用,所以这里说"两个京钱,合着外省的四文"。
〔3〕 堂上的人——这里指茶楼、酒馆等服务性行业的服务员。

道：'茶叶怕少了罢？'那旗人哼了一声道：'你那里懂得！我这个是大西洋红毛[1]法兰西来的上好龙井茶，只要这么三四片就够了；要是多泡了几片，要闹到成年不想喝茶呢。'堂上的人，只好同他泡上了。高升听了，以为奇怪，走过去看看，他那茶碗中间，飘着三四片茶叶，就是平常吃的香片茶。那一碗泡茶的水，莫说没有红色，连黄也不曾黄一黄，竟是一碗白冷冷的开水。高升心中，已是暗暗好笑。后来又看见他在腰里掏出两个京钱来，买了一个烧饼，在那里撕着吃，细细咀嚼，像很有味的光景。吃了一个多时辰，方才吃完。忽然又伸出一个指头儿，蘸些唾沫，在桌上写字，蘸一口，写一笔。高升心中很以为奇，暗想这个人何以用功到如此，在茶馆里还背临古帖呢。细细留心去看他写甚么字。原来他那里是写字，只因他吃烧饼时，虽然吃的十分小心，那饼上的芝麻，总不免有些掉在桌上；他要拿舌头舔了，拿手扫来吃了，恐怕叫人家看见不好看，失了架子，所以在那里假装着写字蘸来吃。看他写了半天字，桌上的芝麻一颗也没有了。他又忽然在那里出神，像想甚么似的；想了一会，忽然又像醒悟过来似的，把桌子很很的一拍，又蘸了唾沫去写字。你道为甚么呢？原来他吃烧饼的时候，有两颗芝麻掉在桌子缝里，任凭他怎样蘸唾沫写字，总写他不到嘴里，所以他故意做成忘记的样子，又故意做成忽然醒悟的样子，把桌子拍一拍，那芝麻自然震了出来，他再做成写字的样子，自

---

[1] 红毛——本专指荷兰人，因为荷兰人须发、眉毛都是红色的缘故。荷兰和我国通商较早，有代表性，后来就对所有的西洋人，都称为红毛国人。

然就到了嘴了。"

我听了这话,不觉笑了。说道:"这个只怕是有心形容他罢,那里有这等事!"继之道:"形容不形容,我可不知道,只是还有下文呢:他烧饼吃完了,字也写完了,又坐了半天,还不肯去。天已向午了,忽然一个小孩子走进来,对着他道:'爸爸快回去罢,妈要起来了。'那旗人道:'妈要起来就起来,要我回去做甚么?'那孩子道:'爸爸穿了妈的裤子出来,妈在那里急着没有裤子穿呢。'那旗人喝道:'胡说!妈的裤子,不在皮箱子里吗?'说着,丢了一个眼色,要使那孩子快去的光景。那孩子不会意,还在那里说道:'爸爸只怕忘了,皮箱子早就卖了,那条裤子,是前天当了买米的。妈还叫我说:屋里的米只剩了一把,喂鸡儿也喂不饱的了,叫爸爸快去买半升米来,才够做中饭呢。'那旗人大喝一声道:'滚你的罢!这里又没有谁给我借钱,要你来装这些穷话做甚么!'那孩子吓的垂下了手,答应了几个'是'字,倒退了几步,方才出去。那旗人还自言自语道:'可恨那些人,天天来给我借钱,我那里有许多钱应酬他,只得装着穷,说两句穷话。这些孩子们听惯了,不管有人没人,开口就说穷话;其实在这茶馆里,那里用得着呢。老实说,咱们吃的是皇上家的粮[1],那里就穷到这个份儿呢。'说着,立起来要走。那堂上的人,向他要钱。他笑道:'我叫这孩子气昏了,开水钱也忘了开发。'说罢,伸手在腰里乱掏,掏了

---

[1] 吃的是皇上家的粮——清时旗人满十八岁,可以挑马甲充兵役,月有饷银,孤寡单丁,也按月有补助,所以说"吃的是皇上家的粮"。

半天,连半根钱毛也掏不出来。嘴里说:'欠着你的,明日还你罢。'那个堂上不肯。争奈他身边认真的半文都没有,任凭你扭着他,他只说明日送来,等一会送来;又说那堂上的人不生眼睛,'你大爷可是欠人家钱的么?'那堂上说:'我只要你一个钱开水钱,不管你甚么大爷二爷。你还了一文钱,就认你是好汉;还不出一文钱,任凭你是大爷二爷,也得要留下个东西来做抵押。你要知道我不能为了一文钱,到你府上去收帐。'那旗人急了,只得在身边掏出一块手帕来抵押。那堂上抖开来一看,是一块方方的蓝洋布,上头龌龊的了不得,看上去大约有半年没有下水洗过的了。因冷笑道:'也罢,你不来取,好歹可以留着擦桌子。'那旗人方得脱身去了。你说这不是旗人摆架子的凭据么?"我听了这一番言语,笑说道:"大哥,你不要只管形容旗人了,告诉了我狗才那桩事罢。"继之不慌不忙说将出来,正是:尽多怪状供谈笑,尚有奇闻说出来。要知继之说出甚么情节来,且待下回再记。

第七回

代谋差营兵受殊礼[1] 吃倒帐[2]钱侩[3]大遭殃

当下继之对我说道:"你不要性急。因为我说那狗才穷的吃尽当光了,你以为我言过其实,我不能不将他们那旗人的历史对你讲明,你好知道我不是言过其实,你好知道他们各人要摆各人的架子。那个吃烧饼的旗人,穷到那么个样子,还要摆那么个架子,说那么个大话,你想这个做道台的,那家人咧、衣服咧,可肯不摆出来么?那衣服自然是难为他弄来的。你知道他的家人吗?有客来时便是家人;没有客的时候,他们还同着桌儿吃饭呢。"我问道:"这又是甚么缘故?"继之道:"这有甚么缘故,都是他那些甚么外甥咧、表侄咧,闻得他做了官,便都投奔他去做官亲;谁知他穷下来,就拿着他们做底下人摆架子。我还听见说有几家穷候补的旗人,他上房里的老妈子、丫头,还是他的丈母娘、小姨子呢。你明白了这个来历,我再告诉你这位总督大人的脾气,你就都明白了。这位大帅,是军功出身[4],从

---

[1] 殊礼——特别客气的待遇。
[2] 倒帐——商店倒闭,亏欠别人的银钱不能偿还,叫做倒帐。
[3] 钱侩——侩,就是下文所指的"市侩"。从前把拉拢买卖双方交易,从中取利的人叫做牙侩,也叫掮客,后来便以市侩通称唯利是图的商人。这里指经营钱庄的商人,所以称为钱侩。
[4] 军功出身——由于具有某种资格(如举人、进士、军功、行伍)而获得官职,这种资格叫做出身。军功出身,指因为参与军事有功而获得做官的资格。

前办军务的时候,都是仗着几十个亲兵的功劳,跟着他出生入死;如今天下太平了,那些亲兵,叫他保的总兵[1]的总兵,副将的副将,却一般的放着官不去做,还跟着他做戈什哈[2]。你道为甚么呢?只因这位大帅,念着他们是共过患难的人,待他们极厚,真是算得言听计从的了,所以他们死命的跟着,好仗着这个势子,在外头弄钱。他们的出息,比做官还好呢。还有一层:这位大帅因为办过军务,与士卒同过甘苦,所以除了这班戈什哈之外,无论何等兵丁的说话,都信是真的。他的意思,以为那些兵丁都是乡下人,不会撒谎的。他又是个喜动不喜静的人,到了晚上,他往往悄地里出来巡查,去偷听那些兵丁的说话,无论那兵丁说的是甚么话,他总信是真的。久而久之,他这个脾气,叫人家摸着了,就借了这班兵丁做个谋差事的门路。譬如我要谋差使,只要认识了几个兵丁,嘱托他到晚上,觑着他老人家出来偷听时,故意两三个人谈论,说吴某人怎样好怎样好,办事情怎么能干,此刻却是怎样穷,假作叹息一番,不出三天,他就是给我差使的了。你想求到他说话,怎么好不恭敬他?你说那苟观察礼贤下士,要就是为的这个。那个戴白顶子的[3],不知又是那里的什长[4]之

---

[1] 总兵——管辖一镇的武官,后文也称镇台、总镇。清朝兵制:汉人军队用绿旗,叫做绿营兵,分驻各省。一省最高的军官叫提督(提督军务总兵官的简称),下设镇(总兵)、协(副将)、营(参将、游击、都司、守备)、汛(千总、把总)四级。下文"副将"就是副总兵,也称协台、协镇。
[2] 戈什哈——简称戈什,满洲话护卫的译音,是督抚等高级官员的侍从武弁。
[3] 戴白顶子的——指第四回里戴砗磲顶子的人。
[4] 什长——军队里管辖十人的小头目,有如后来的班长。

类的了。"我听了这一番话,方才恍然大悟。

继之说话时,早来了一个底下人,见继之话说的高兴,闪在旁边站着。等说完了话,才走近一步,回道:"方才钟大人来拜会,小的已经挡过驾[1]了。"继之问道:"坐轿子来的,还是跑路来的?"底下人道:"是衣帽坐轿子来的。"继之哼了一声道:"功名也要丢快了,他还要来晾他的红顶子!你挡驾怎么说的?"底下人道:"小的见晚上时候,恐怕老爷穿衣帽麻烦,所以没有上来回,只说老爷在关上没有回来。"继之道:"明日到关上去,知照门房,是他来了,只给我挡驾。"那底下人答应了两个"是"字,退了出去。

我因问道:"这又是甚么故事,可好告诉我听听?"继之笑道:"你见了我,总要我说甚么故事,你可知我的嘴也说干了;你要是这么着,我以后不敢见你了。"我也笑道:"大哥,你不告诉我也可以,可是我要说你是个势利人了。"继之道:"你不要给我胡说!我怎么是个势利人?"我笑道:"你才说他的功名要丢快了,要丢功名的人,你就不肯会他了,可不是势利吗?"

继之道:"这么说,我倒不能不告诉你了。这个人姓钟,叫做钟雷溪。"我抢着说道:"怎么不'钟灵气',要'钟戾气'呢?"继之道:"你又要我说故事,又要来打岔,我不说了。"吓得我央求不迭。继之道:"他是个四川人,十年头里,在上海开了一家土栈[2],通了两家

---

[1] 挡过驾——清朝官场习惯:拒绝见客,由仆人向之口称挡驾,表示不敢当,客气话,一般用来对付不愿会见的,或地位较高、不敢接见的官员。
[2] 土栈——贩运、囤积鸦片的商行。

钱庄,每家不过通融二三千银子光景;到了年下,他却结清帐目,一丝不欠。钱庄上的人眼光最小,只要年下不欠他的钱,他就以为是好主顾了。到了第二年,另外又有别家钱庄来兜搭了。这一年只怕通了三四家钱庄,然而也不过五六千的往来。这年他把门面也改大了,举动也阔绰了。到了年下,非但结清欠帐,还些少有点存放在里面。一时钱庄帮里都传遍了,说他这家土栈,是发财得很呢。过了年,来兜搭的钱庄,越发多了。他却一概不要,说是我今年生意大了,三五千往来不济事,最少也要一二万才好商量。那些钱庄是相信他发财的了,都答应了他:有答应一万的,有答应二万的,统共通了十六七家。他老先生到了半年当中,把肯通融的几家,一齐如数提了来,总共有二十多万,到了明天,他却'少陪'也不说一声,就这么走了。土栈里面,丢下了百十来个空箱,伙计们也走的影儿都没有。钱庄上的人吃一大惊,连忙到会审公堂[1]去控告,又出了赏格,上了新闻纸告白,想去捉他;这却是大海捞针似的,那里捉得他着。你晓得他到那里去了?他带了银子,一直进京,平白地就捐上一个大花样[2]的道员,

---

[1] 会审公堂——就是会审公廨,当时设在上海租界里的司法审判机关,是帝国主义借口治外法权以实行政治侵略的具体表现之一。按照规定,凡是中外互控的案件,都由会审公堂的中、英、美、法四国的会审官会同审理,实际上大权完全操在外国会审官手里,中国会审官不过是一种形式而已。因为会审公堂是后来设立的,并且为了和中国原有的官署有所区别,习惯就称会审公堂为新衙门。

[2] 大花样——当时捐官有海防事例、郑工事例等名目,每一事例中,又有新班先用、新班即用、新班遇缺先、新班遇缺间、本班尽先等花样,看捐钱的多寡,以定捐班轮流补缺的先后次序。大花样是花样中最优越的一种,就是大八成。参看第四回"大八成"注。

加上一个二品顶戴,引见指省,来到这里候补。你想市侩要入官场,那里懂得许多。从来捐道员的,那一个捐过大花样?这道员外补[1]的,不知几年才碰得上一个,这个连我也不很明白;听说合十八省的道缺,只有一个半缺呢。"

我说道:"这又奇了,怎么有这半个缺起来?"继之道:"大约这个缺是一回内放,一回外补的,所以要算半个。你想这么说法,那道员的大花样有甚用处?谁还去捐他?并且近来那些道员,多半是从小班子[2]出身,连捐带保,迭起来的;若照这样平地捐起来,上头看了履历,就明知是个富家子弟,那里还有差事给他。所以那钟雷溪到了省好几年了,并未得过差使,只靠着骗拐来的钱使用。上海那些钱庄人家,虽然在公堂上存了案,却寻不出他这个人来,也是没法。到此刻,已经八九年了。直到去年,方才打听得他改了名字,捐了功名,在这里候补。这十几家钱庄,在上海会议定了,要问他索还旧债,公举了一个人,专到这里,同他要帐。谁知他这时候摆出了大人的架子来,这讨帐的朋友要去寻他,他总给他一个不见:去早了,说没有起来;去迟了,不是说上衙门去了,便说拜客去了;到晚上去寻他时,又说赴宴去了。累得这位讨帐的朋友,在客栈里耽搁了大半年,并未见着他一面。没有法想,只得回到上海,又在会审公堂控告。会审官因

---

[1] 外补——当时官员的实缺,由中央政府任命的叫做内放(也作外放,放到外省的意思)。道员的缺分,原则上应由中央任命,但也规定了少数几个缺位,由外省督抚呈请任用,叫做外补。

[2] 小班子——指吏目、巡检、典史一类佐杂人员的班次。

为他告的是个道台,又且事隔多年,便批驳了不准。又到上海道处上控。上海道批了出来,大致说是控告职官,本道没有这种权力去移提到案;如果实在系被骗,可到南京去告……云云。那些钱庄帮得了这个批,犹如唤起他的睡梦一般,便大家商量,选派了两个能干事的人,写好了禀帖[1],到南京去控告。谁知衙门里面的事,难办得很呢,况且告的又是二十多万的倒帐,不消说的原告是个富翁了,如何肯轻易同他递进去。闹的这两个干事的人,一点事也不曾干上,白白跑了一趟,就那么着回去了。到得上海,又约齐了各庄家,汇了一万多银子来,里里外外,上上下下,都打点[2]到了,然后把呈子递了上去。这位大帅却也好,并不批示,只交代藩台问他的话,问他有这回事没有:'要是有这回事,早些料理清楚;不然,这里批出去,就不好看了。'藩台依言问他,他却赖得个一干二净。藩台回了制军,制军就把这件事搁起了。这位钟雷溪得了此信,便天天去结交督署的巡捕[3]、戈什哈,求一个消息灵通。此时那两个钱庄干事的人,等了好久,只等得一个泥牛入海,永无消息,只得写信到上海去通知。过了几天,上海又派了一个人来,又带了多少使费,并且带着了一封信。你道这封是甚么信呢?原来上海各钱庄多是绍兴人开的,给各衙门

---

[1] 禀帖——属员或老百姓向官署长官禀事的帖子。
[2] 打点——这里指用财物进行活动,就是行贿,后文第四十六回"继之便打点到南京去禀谢",打点却是收拾、料理的意思。
[3] 巡捕——清朝各省督抚等官署里设置文武巡捕,负责传宣和护卫。后文第十回里所指的"巡捕",却是对租界警察的专称。

的刑名师爷[1]是同乡。这回他们不知在那里请出一位给这督署刑名相识的人,写了这封信,央求他照应。各钱庄也联名写了一张公启,把钟雷溪从前在上海如何开土栈,如何通往来,如何设骗局,如何倒帐卷逃,并将两年多的往来帐目,抄了一张清单,一齐开了个白折子[2],连这信封在一起,打发人来投递。这人来了,就到督署去求见那位刑名师爷,又递了一纸催呈。那刑名师爷光景是对大帅说明白了。前日上院时,单单传了他进去,叫他好好的出去料理,不然,这个'拐骗巨资',我批了出去,就要奏参的。吓的他昨日去求藩台设法。这位藩台本来是不大理会他的,此时越发疑他是个骗子,一味同他搭讪着。他光景知道我同藩台还说得话来,所以特地来拜会我,无非是要求我对藩台去代他求情。你想我肯同他办这些事么?所以不要会他。兄弟,你如何说我势利呢?"

我笑道:"不是我这么一激,那里听得着这段新闻呢。但是大哥不同他办,总有别人同他办的,不知这件事到底是个怎么样结果呢?"继之道:"官场中的事,千变万化,那里说得定呢。时候不早了,我们睡罢,明日大早,我还要到关上去呢。"说罢,自到上房去了。

一夜无话。到了次日早起,继之果然早饭也没有吃,就到关上去了。我独自一个人吃过了早饭,闲着没事,踱出客堂里去望望。只见一个底下人,收拾好了几根水烟筒,正要拿进去,看见了我,便垂手站

----

[1] 刑名师爷——管理诉讼等司法案件的幕友。
[2] 白折子——用白纸折叠而成的呈文纸,分全折五开半,半折三开半两种。

住了。我抬头一看,正是继之昨日说的高升。因笑着问他道:"你家老爷昨日告诉我一个旗人在茶馆里吃烧饼的笑话,说是你说的,是么?"高升低头想道:"是甚么笑话呀?"我说道:"到了后来,又是甚么他的孩子来说,妈没有裤子穿的呢。"高升道:"哦!是这个。这是小的亲眼看见的实事,并不是笑话。小的生长在京城,见的旗人最多,大约都是喜欢摆空架子的。昨天晚上,还有个笑话呢。"

我连忙问是甚么笑话。高升道:"就是那边苟公馆的事。昨天那苟大人,不知为了甚事要会客,因为自己没有大衣服[1],到衣庄里租了一套袍褂来穿了一会。谁知他送客之后,走到上房里,他那个五岁的小少爷,手里拿着一个油麻团,往他身上一搂,把那崭新的衣服,闹上了两块油迹。不去动他,倒也罢了;他们不知那个说是滑石粉可以起油的,就糁上[2]些滑石粉,拿熨斗一熨,倒弄上了两块白印子来了。他们恐怕人家看出来,等到将近上灯未曾上灯的时候,方才送还人家,以为可以混得过去。谁知被人家看了出来,到公馆里要赔。他家的家人们,不由分说,把来人撵出大门,紧紧闭上;那个人就在门口乱嚷,惹得来往的人,都站定了围着看。小的那时候,恰好买东西走过,看见那人正抖着那外褂儿,叫人家看呢。"我听了这一席话,方才明白吃尽当光的人,还能够衣冠楚楚[3]的缘故。

----

〔1〕 大衣服——一种袍褂,比便服郑重、比蟒袍补服简单的常礼服,是会客的时候穿的,也叫官服。
〔2〕 糁上——敷在上面,和在上面。
〔3〕 楚楚——光鲜齐整的样子。

正这么想着,又看见一个家人,拿一封信进来递给我,说是要收条的。我接来顺手拆开,抽出来一看,还没看见信上的字,先见一张一千两银子的庄票[1],盖在上面。正是:方才悟彻玄中理,又见飞来意外财。要知这一千两银子的票是谁送来的,且待下回再记。

---

〔1〕 庄票——就是票纸,参看第五回"票纸"注。

第八回

隔纸窗偷觑骗子形　　接家书暗落思亲泪

却说当下我看见那一千两的票子,不禁满心疑惑。再看那信面时,署着"钟缄"两个字。然后检开票子看那来信,上面歪歪斜斜的,写着两三行字。写的是:

> 屡访未晤,为怅!仆事,谅均洞鉴。乞在方伯处,代圆转一二。附呈千金,作为打点之费。尊处再当措谢。今午到关奉谒,乞少候。云泥两隐[1]。

我看了这信,知道是钟雷溪的事。然而不便出一千两的收条给他,因拿了这封信,走到书房里,顺手取过一张信纸来,写了"收到来信一件,此照,吴公馆收条"十三个字,给那来人带去。歇了一点多钟,那来人又将收条送回来,说是:"既然吴老爷不在家,可将那封信发回,待我们再送到关上去。"当下高升传了这话进来。我想这封信已经拆开了,怎么好还他。因叫高升出去交代说:"这里已经专人把信送到关上去了,不会误事的,收条仍旧拿了去罢。"

---

[1] 云泥两隐——云在天上,泥在地下,两者的地位相差得很远;这里以云指受信的人,泥指写信人自己,客气话。两隐,指把受信人和写信人的姓名都隐去不写出来,只有两人各自心里明白。这是因为信的内容有关碍,恐怕万一泄露出去,引起问题,所以就用这隐名办法。

交代过了,我心下暗想:这钟雷溪好不冒昧,面还未见着,人家也没有答应他代办这事,他便轻轻的送出这千金重礼来。不知他平日与继之有甚么交情,我不可耽搁了他的正事,且把这票子连信送给继之,凭他自己作主。要想打发家人送去,恐怕还有甚么话,不如自己走一遭,好在这条路近来走惯了,也不觉着很远。想定了主意,便带了那封信,出门雇了一匹马,加上一鞭,直奔大关而来,见了继之。继之道:"你又赶来做甚么?"我说道:"恭喜发财呢!"说罢,取出那封信,连票子一并递给继之。继之看了道:"这是甚么话!兄弟,你有给他回信没有?"我说:"因为不好写回信,所以才亲自送来,讨个主意。"遂将上项事说了一遍。继之听了,也没有话说。

歇了一会,只见家人来回话,说道:"钟大人来拜会,小的挡驾也挡不及。他先下了轿,说有要紧话同老爷说;小的回说,老爷没有出来,他说可以等一等。小的只得引到花厅里坐下,来回老爷的话。"继之道:"招呼烟茶去。交代今日午饭开到这书房里来。开饭时,请钟大人到帐房里便饭。知照帐房师爷,只说我没有来。"那家人答应着,退了出去。我问道:"大哥还不会他么?"继之道:"就是会他,也得要好好的等一会儿;不然,他来了,我也到了,那里有这等巧事,岂不要犯他的疑心。"于是我两个人,又谈些别事。继之又检出几封信来交给我,叫我写回信。过了一会,开上饭来,我两人对坐吃过了,继之方才洗了脸,换上衣服,出去会那钟雷溪。我便跟了出去,闪在屏风后面去看他。

只见继之见了雷溪,先说失迎的话,然后让坐。坐定了,雷溪问道:"今天早起,有一封信送到公馆里去的,不知收到了没有?"继之道:"送来了,收到了。但是……"继之这句话并未说完,雷溪道:"不知签押房[1]可空着? 我们可到里面谈谈。"继之道:"甚好,甚好。"说着,一同站起来,让前让后的往里边去。我连忙闪开,绕到书房后面的一条夹弄里,——这夹弄里有一个窗户,就是签押房的窗户。——我又站到那里去张望。好奇怪呀!你道为甚么?原来我在窗缝上一张,见他两个人,正在那里对跪着行礼呢。

我又侧着耳朵去听他。只听见雷溪道:"兄弟这件事,实在是冤枉,不知那里来的对头,同我玩这个把戏。其实从前舍弟在上海开过一家土行,临了时亏了本,欠了庄上万把银子是有的,那里有这么多,又拉到兄弟身上。"继之道:"这个很可以递个亲供,分辩明白,事情的是非黑白,是有一定的,那里好凭空捏造。"雷溪道:"可不是吗!然而总得要一个人,在制军那里说句把话,所以奉求老哥,代兄弟在方伯跟前,伸诉伸诉,求方伯好歹代我说句好话,这事就容易办了。"继之道:"这件事,大人很可以自己去说,卑职怕说不上去。"雷溪道:"老哥万不可这么称呼,我们一向相好;不然,兄弟送一份帖子过来,我们换了帖[2]就是兄弟,何必客气!"继之道:"这个万不敢当! 卑职……"雷溪抢着说道:"又来了! 纵使我仰攀不上换个帖儿,也不

---

[1] 签押房——官署长官的办公室,是批阅公文,签名画押的地方。
[2] 换了帖——旧时朋友要好,愿结为异姓兄弟(俗称把兄弟)的,各用一份红束帖,上面写明各人的姓名、年龄、籍贯和三代,彼此交换,就算完成了结义的手续。这种束帖也叫金兰谱。

可这么称呼。"继之道:"藩台那里,若是自己去求个把差使,许还说得上;然而卑职……"雷溪又抢着道:"嗳!老哥,你这是何苦奚落我呢!"继之道:"这是名分应该这样。"雷溪道:"我们今天谈知己话,名分两个字,且搁过一边。"继之道:"这是断不敢放肆的!"雷溪道:"这又何必呢!我们且谈正话罢。"继之道:"就是自己求差使,卑职也不曾自己去求过,向来都是承他的情,想起来就下个札子;何况给别人说话,怎么好冒冒昧昧的去碰钉子?"雷溪道:"当面不好说,或者托托旁人,衙门里的老夫子[1],老哥总有相好的,请他们从中周旋周旋。方才送来的一千两银子,就请先拿去打点打点;老哥这边,另外再酬谢。"继之道:"里面的老夫子,卑职一个也不认得。这件事,实在不能尽力,只好方命[2]的了。这一千银子的票子,请大人带回去,另外想法子罢,不要误了事。"雷溪道:"藩台同老哥的交情,是大家都晓得的,老哥肯当面去说,我看一定说得上去。"继之道:"这个卑职一定不敢去碰这钉子!论名分,他是上司;论交情,他是同先君相好,又是父执[3]。万一他摆出老长辈的面目来,教训几句,那就无味得很了。"雷溪道:"这个断不至此,不过老哥不肯赏脸罢了。但是兄弟想来,除了老哥,没有第二个肯做的,所以才冒昧奉求。"继之道:"人多着呢,不要说同藩台相好的,就同制军相好的人也不少。"雷溪道:"人呢,不错是多着;但是谁有这等热心,肯鉴我的冤枉。这

---

[1] 老夫子——对幕友和教书先生的敬称。
[2] 方命——违命。
[3] 父执——父亲的朋友。

件事,兄弟情愿拿出一万、八千来料理,只要求老哥肯同我经手。"继之道:"这个……"说到这里,便不说了。歇了一歇,又道:"这票子还是请大人收回去,另外想法子。卑职这里能尽力的,没有不尽力;只是这件事力与心违,也是没法。"雷溪道:"老哥一定不肯赏脸,兄弟也无可奈何,只好听凭制军的发落了。"说罢,就告辞。

我听完了一番话,知道他走了,方才绕出来,仍旧到书房里去。继之已经送客回进来了。一面脱衣服,一面对我说道:"你这个人好没正经!怎么就躲在窗户外头,听人家说话?"我道:"这里面看得见么?怎么知道是我?"继之道:"面目虽是看不见,一个黑影子是看见的,除了你还有谁!"我问道:"你们为甚么在花厅上不行礼,却跑到书房里行礼起来呢?"继之道:"我那里知道他!他跨进了门阈[1]儿,就爬在地下磕头。"

我道:"大哥这般回绝了他,他的功名只怕还不保呢。"继之道:"如果办得好,只作为欠债办法,不过还了钱就没事了;但是原告呈子上是告他棍骗呢。这件事看着罢了。"我道:"他不说是他兄弟的事么?还说只有万把银子呢。"继之道:"可不是吗。这种饰词[2],不知要哄那个。他还说这件事肯拿出一万、八千来斡旋[3],我当时就想驳他,后来想犯不着,所以顿住了口。"我道:"怎么驳他呢?"继之道:"他说是他兄弟的事,不过万把银子,这会又肯拿出一万、八千

---

[1] 门阈——门槛。
[2] 饰词——为了遮盖真相而说的假话。
[3] 斡旋——调停,转圜,弥缝。

来斡旋这件事;有了一万或八千,我想万把银子的老债,差不多也可以将就了结的了,又何必另外斡旋呢?"

正在说话间,忽家人来报说:"老太太到了,在船上还没有起岸。"继之忙叫备轿子,亲自去接。又叫我先回公馆里去知照,我就先回去了。到了下午,继之陪着他老太太来了。继之夫人迎出去,我也上前见礼。——这位老太太,是我从小见过的。——当下见过礼之后,那老太太道:"几年不看见,你也长得这么高大了!你今年几岁呀?"我道:"十六岁了。"老太太道:"大哥往常总说你聪明得很,将来不可限量的,因此我也时常记挂着你。自从你大哥进京之后,你总没有到我家去。你进了学[1]没有呀?"我说:"没有,我的工夫还够不上呢。况且这件事,我看得很淡,这也是各人的脾气。"老太太道:"你虽然看得淡,可知你母亲并不看得淡呢。这回你带了信回去,我才知道你老太爷过了。怎么那时候不给我们一个讣闻?这会我回信也给你带来了,回来行李到了,我检出来给你。"我谢过了,仍到书房里去,写了几封继之的应酬信。

吃过晚饭,只见一个鸦头,提着一个包裹,拿着一封信交给我。我接来看时,正是我母亲的回信。不知怎么着,拿着这封信,还没有拆开看,那眼泪不知从那里来的,扑簌簌的落个不了。展开看时,不过说银子已经收到,在外要小心保重身体的话。又寄了几件衣服来,

---

[1] 进了学——考取秀才的意思。清朝规定,秀才有资格到县、州或府的学宫里读书,所以考取了秀才叫进了学。秀才也称生员、诸生。

打开包裹看时，一件件的都是我慈母手中线。不觉又加上一层感触。这一夜，继之陪着他老太太，并不曾到书房里来。我独自一人，越觉得烦闷，睡在床上，翻来复去，只睡不着。想到继之此时在里面叙天伦[1]之乐，自己越发难过。坐起来要写封家信，又没有得着我伯父的实信，这回总不能再含含混混的了，因此又搁下了笔。

顺手取过一叠新闻纸来，这是上海寄来的。上海此时，只有两种新闻纸：一种是《申报》，一种是《字林沪报》。在南京要看，是要隔几天才寄得到的。此时正是法兰西在安南开仗的时候[2]。我取过来，先理顺了日子，再看了几段军报，总没有甚么确实消息。只因报上各条新闻，总脱不了"传闻"、"或谓"、"据说"、"确否容再探录"等字样，就是看了他，也犹如听了一句谣言一般。看到后幅，却刊上许多词章；这词章之中，艳体诗[3]又占了一大半。再看那署的款，却都是连篇累牍，犹如徽号[4]一般的别号，而且还要连表字、姓名一

---

[1] 天伦——指血统关系的天然结合，如父母和子女以及兄弟姊妹等。
[2] 法兰西在安南开仗的时候——指清光绪十年（一八八四）中法战争之役。安南就是越南。当时法军侵犯安南，因为安南是中国的属国，于是中法两军在安南开仗。最初互有胜负；后来由冯子材、苏元春等打出镇南关外，收复了很多失地。但清政府并没有抗战到底的决心，当权的大臣李鸿章，更媚外惧外，一力主和，竟在军事形势好转的时候，发出停战撤兵的命令，由李鸿章一手出卖中国的主权，和法方在天津签订了可耻的中法约约，正式承认法国侵占安南为殖民地。
[3] 艳体诗——以妇女为描写对象的言情诗歌。
[4] 徽号——封建王朝的帝后，为了表示自己地位的崇高，每每授意臣下上尊号和徽号。尊号只上一次，徽号却每遇有喜庆大典就加一次，每次通常加两个字，堆砌一些恭维的字句，到后来甚至有加到一二十字的。如清那拉氏（慈禧太后）的徽号，就有"慈禧端佑康颐昭豫庄诚寿恭钦献崇熙"等十六字。本书有些地方把徽号当作绰号解释。

齐写上去，竟有二十多个字一个名字的。再看那词章，却又没有甚么惊人之句；而且艳体诗当中，还有许多轻薄句子，如《咏绣鞋》有句云，"者番[1]看得浑[2]真切，胡蝶当头茉莉边"，又《书所见》云，"料来不少芸香[3]气，可惜狂生在上风"之类，不知他怎么都选在报纸上面。据我看来，这等要算是诲淫[4]之作呢。

因看了他，触动了诗兴，要作一两首思亲诗。又想就这么作思亲诗，未免率直，断不能有好句。古人作诗，本来有个比体[5]，我何妨借件别事，也作个比体诗呢。因想此时国家用兵，出戍[6]的人必多；出戍的人多了，戍妇自然也多；因作了三章《戍妇词》道：

喔喔篱外鸡，悠悠河畔砧；鸡声惊妾梦，砧声碎妾心。妾心欲碎未尽碎，可怜落尽思君泪！妾心碎尽妾悲伤，游子天涯道阻长；道阻长，君不归，年年依旧寄征衣[7]！

嗷嗷天际雁，劳汝寄征衣；征衣待御寒，莫向他方飞。天涯见郎面，休言妾伤悲；郎君如相问，愿言尚如郎在时。非妾故自

---

[1] 者番——这一回。
[2] 浑——全然、完全。
[3] 芸香——一种高二三尺的多年生草本植物，花、茎、叶都有香气，供药用。
[4] 诲淫——引诱、刺激人发生性的感觉。
[5] 比体——古人认为，《诗经》有六义，"比"是六义之一，是说诗人看见当政者有过失，不敢直接在诗中加以斥责，就假借一事件作比喻，写出讽刺的诗句，以发抒自己的感情，这一类的诗叫做"比"。后来凡是作诗，把明里说的是这一件事，而暗里却指另一件事的，叫做比体。
[6] 出戍——防守边境。
[7] 征衣——出外、远行的人穿的衣服。

讳[1],郎知妾悲郎忧思;郎君忧思易成病,妾心伤悲妾本性。

圆月圆如镜,镜中留妾容;圆月照妾亦照君,君容应亦留镜中。两人相隔一万里,差[2]幸有影时相逢。乌得妾身化妾影,月中与郎谈曲衷[3]? 可怜圆月有时缺,君影妾影一齐没!

作完了,自家看了一遍,觉得身子有些困倦,便上床去睡,此时天色已经将近黎明了。正在蒙眬睡去,忽然耳边听得有人道:"好睡呀!"正是:草堂春睡何曾足,帐外偏来扰梦人。要知说我好睡的人是谁,且待下回再记。

---

[1] 讳——避讳、隐瞒。
[2] 差——尚、较。
[3] 曲衷——心事。意思同衷曲。

第九回

诗翁画客狼狈为奸[1]　　怨女痴男鸳鸯并命

却说我听见有人唤我,睁眼看时,却是继之立在床前。我连忙起来。继之道:"好睡,好睡!我出去的时候,看你一遍,见你没有醒,我不来惊动你;此刻我上院回来了,你还不起来么?想是昨夜作诗辛苦了。"我一面起来,一面答应道:"作诗倒不辛苦;只是一夜不曾合眼,直到天要快亮了,方才睡着的。"披上衣服,走到书桌旁边一看,只见我昨夜作的诗,被继之密密的加上许多圈,又在后面批上"缠绵悱恻,哀艳绝伦"[2]八个字。因说道:"大哥怎么不同我改改,却又加上这许多圈?这种胡诌乱道的,有甚么好处呢?"继之道:"我同你有甚么客气,该是好的自然是好的,你叫我改那一个字呢?我自从入了仕途,许久不作诗了;你有兴致,我们多早晚多约两个人,唱和[3]唱和也好。"我道:"正是,作诗是要有兴致的。我也许久不作了,昨

---

〔1〕狼狈为奸——狈是和狼一类的动物。古代传说,狼前两只脚长,后两只脚短;狈前两只脚短,后两只脚长。因此,狼和狈独自走路都不方便,一定要彼此帮助,相辅而行。后来就把相倚为恶、串通做坏事的叫做狼狈为奸。有时也以狼狈形容困顿的样子。

〔2〕"缠绵悱恻,哀艳绝伦"——指诗作得婉转凄楚,绮丽动人,没有人比得上的意思。

〔3〕唱和——一唱一和,指创作诗词互相酬答。

晚因看见报上的诗,触动起诗兴来,偶然作了这两首。我还想誊出来,也寄到报馆里去,刻在报上呢。"继之道:"这又何必。你看那报上可有认真的好诗么?那一班斗方名士[1],结识了两个报馆主笔,天天弄些诗去登报,要借此博个诗翁的名色,自己便狂得个杜甫[2]不死,李白复生的气概。也有些人,常常在报上看见了他的诗,自然记得他的名字;后来偶然遇见,通起姓名来,人自然说句久仰的话,越发惯起他的狂焰逼人,自以为名震天下了。最可笑的,还有一班市侩,不过略识之无[3],因为艳羡那些斗方名士,要跟着他学,出了钱叫人代作了来,也送去登报。于是乎就有那些穷名士,定了价钱,一角洋钱一首绝诗[4],两角洋钱一首律诗[5]的,那市侩知道甚么好歹,便常常去请教。你想将诗送到报馆里去,岂不是甘与这班人为伍么?虽然没甚要紧,然而又何必呢。"

我笑道:"我看大哥待人是极忠厚的,怎么说起话来,总是这么刻薄?何苦形容他们到这份儿呢!"继之道:"我何尝知道这么个底

---

[1] 斗方名士——斗方是一尺左右的方形纸幅,从前文士们常用以写字作画,作为酬应品。后来把不学无术,而又欢喜卖弄才情,自以为风雅的人,叫做斗方名士。
[2] 杜甫——这里杜甫和下文的李白,是唐朝著名的两个诗人,有"诗圣"、"诗仙"之称。下文"李青莲"指李白,李白自号青莲居士。
[3] 略识之无——故事传说:唐诗人白居易,生下来七个月时,就认得"之"、"无"两个字,百试不误。后来就称稍为认得几个字、读过几天书的人为略识之无。
[4] 绝诗——就是绝句,旧诗体的一种:每首四句,每句五字或七字,叫做五绝、七绝。绝诗和下文的"律诗",也称近体诗、今体诗,以别于古体诗。
[5] 律诗——旧诗体的一种:每首八句,每句五字或七字,中间四句,须用对偶,叫做五律、七律。也有长篇不限句数的,叫做排律。

细,是前年进京时,路过上海,遇见一个报馆主笔,姓胡,叫做胡绘声,是他告诉我的,谅来不是假话。"我笑道:"他名字叫做绘声,声也会绘,自然善于形容人家的了。我总不信送诗去登报的人,个个都是这样。"继之道:"自然不能一网打尽,内中总有几个不这样的,然而总是少数的了。还有好笑的呢,你看那报上不是有许多题画诗么?这作题画诗的人,后幅告白上面,总有他的书画仿单[1],其实他并不会画。有人请教他时,他便请人家代笔画了,自己题上两句诗,写上一个款,便算是他画的了。"我说道:"这个于他有甚好处呢?"继之道:"他的仿单非常之贵,画一把扇子,不是两元,也是一元,他叫别人画,只拿两三角洋钱出去,这不是'尚亦有利哉'么?这是诗家的画。还有那画家的诗呢:有两个只字不通的人,他却会画,并且画的还好。倘使他安安分分的画了出来,写了个老老实实的上下款,未尝不过得去;他却偏要学人家题诗,请别人作了,他来抄在画上。这也罢了。那个稿子,他又誊在册子上,以备将来不时[2]之需。这也还罢了。谁知他后来积的诗稿也多了,不用再求别人了,随便画好一张,就随便抄上一首,他还要写着'录旧作补白'呢。谁知都被他弄颠倒了,画了梅花,却抄了题桃花诗,画了美人,却抄了题锺馗[3]诗。"

---

[1] 仿单——商品说明书和价目单,这里指书画篆刻一类工作的定价表。
[2] 不时——没有固定的时间,也就是随时的意思。
[3] 锺馗——故事传说:锺馗,唐朝人,容貌很丑陋。因为应武举未中,愤而自杀。后来李隆基(唐玄宗)曾梦见有一大鬼吃小鬼,自称是锺馗。后人迷信,就在端阳节悬挂锺馗画像,说是可以驱鬼辟邪。

我听到这里,不觉笑的肚肠也要断了,连连摆手说道:"大哥,你不要说罢。这个是你打我我也不信的,天下那里有这种不通的人呢!"继之道:"你不信么?我念一首诗给你听,你猜是甚么诗?这首诗我还牢牢记着呢。"因念道:

"隔帘秋色静中看,欲出篱边怯薄寒;

隐士风流思妇泪[1],将来收拾到毫端[2]。

你猜,这首诗是题甚么的?"我道:"这首诗不见得好。"继之道:"你且不要管他好不好,你猜是题甚么的?"我道:"上头两句泛得很;底下两句,似是题菊花、海棠合画的。"继之忽地里叫一声:"来!"外面就来了个家人。继之对他道:"叫鸦头把我那个湘妃竹[3]柄子的团扇拿来。"不一会,拿了出来。继之递给我看。我接过看时,一面还没有写字;一面是画的几根淡墨水的竹子,竹树底下站着一个美人,美人手里拿着把扇子,上头还用淡花青[4]烘[5]出一个月亮来。画笔是不错的,旁边却连真带草的写着继之方才念的那首诗。我这才信

----

[1] 隐士风流思妇泪——隐士,指晋诗人陶潜。陶潜弃官隐居,性爱菊花。又神话传说:从前有一女子,因怀念情人不来,眼泪洒到地下,就长出海棠花来,因而后来把海棠花也叫做断肠花。由于以上两个典故,所以下文说"底下两句,似是题菊花、海棠合画的"。
[2] 将来收拾到毫端——指用笔把它画出来。将,拿,取。毫端,指笔头。
[3] 湘妃竹——也叫斑竹。神话传说:舜(古帝)死后他的妃子湘夫人(娥皇、女英)哀哭不已,眼泪洒在竹子上,就生出了这一种竹子,上面的斑痕像泪痕一样。
[4] 花青——就是靛青。青翠色,作画的主要颜料。
[5] 烘——烘托。用从旁渲染的方法显出主来的一种画法。

了继之的话。继之道:"你看那方图书还要有趣呢。"我再看时,见有一个一寸多见方的压脚图书〔1〕打在上面,已经不好看了;再看那文字时,却是"画宗〔2〕吴道子〔3〕,诗学李青莲"十个篆字。不觉大笑起来,问道:"大哥,你这把扇子那里来的?"继之道:"我慕了他的画名,特地托人到上海去,出了一块洋钱润笔〔4〕求来的呀。此刻你可信了我的话了,可不是我说话刻薄,形容人家了。"

说话之间,已经开出饭来。我不觉惊异道:"呀!甚么时候了?我们只谈得几句天,怎么就开饭了?"继之道:"时候是不早了,你今天起来得迟了些。"我赶忙洗脸漱口,一同吃饭。饭罢,继之到关上去了。

大凡记事的文章,有事便话长,无事便话短,不知不觉,又过了七八天。我伯父的回信到了,信上说是知道我来了,不胜之喜。刻下要到上海一转,无甚大耽搁,几天就可回来。我得了此信,也甚欢喜,就带了这封信,去到关上,给继之说知。入到书房时,先有一个同事在那里谈天。这个人是督扦的司事〔5〕,姓文,表字述农,上海人氏。

---

〔1〕 压脚图书——压脚,也作押角。图书就是印章。从前书画家和收藏家,欢喜在字画上盖上一些印章,以示珍藏赏鉴之意。盖在字画右下方的印章,叫做压脚图书(盖在右上方的图书叫引首)。这种印章通常是方形或不等角形,印章上的字句照例为一两句诗或成语。
〔2〕 宗——学、以之为师的意思。
〔3〕 吴道子——吴道玄,字道子,唐朝名画家。善画佛像和山水,有"画圣"之称。
〔4〕 润笔——给予卖文章、卖字画的人以报酬的雅称。撰文作画是要用笔的,意思是笔写得干枯了,所以要用财物来滋润它一下。本是隋郑译的故事。
〔5〕 督扦的司事——扦是扦子手。关卡上查验货物的差役,照例用铁扦插到货物的里层去,以查验有无舞弊或夹带私货的行为,所以叫做扦子手。督扦的司事,就是管理扦子手的职员。

当下我先给继之说知来信的话，索性连信也给他看了。

继之看罢，指着述农说道："这位也是诗翁，你们很可以谈谈。"于是我同述农重新叙话起来，述农又让我到他房里去坐，两人谈的入縠。我又提起前几天继之说的斗方名士那番话。述农道："这是实有其事。上海地方，无奇不有，倘能在那里多盘桓些日子，新闻还多着呢。"我道："正是。可惜我在上海往返了三次，两次是有事，匆匆便行；一次为的是丁忧，还在热丧[1]里面，不便出来逛逛。这回我过上海时，偶然看见一件奇事，如今触发着了，我才记起来。那天我因为出来寄家信，顺路走到一家茶馆去看看，只见那吃茶的人，男女混杂，笑谑并作的，是甚么意思呢？"述农道："这些女子，叫做野鸡的人，就是流娼的意思，也有良家女子也有上茶馆的，这是洋场上的风气。有时也施个禁令，然而不久就开禁的了。"我道："如此说，内地是没有这风气的了？"述农道："内地何尝没有。从前上海城里，也是一般的女子们上茶馆的，上酒楼的，后来被这位总巡[2]禁绝了。"我道："这倒是整顿风俗的德政。不知这位总巡是谁？"述农道："外面看着是德政，其实骨子里他在那里行他那贼去关门的私政呢。"我道："这又是一句奇话。私政便私政了，又是甚么贼去关门的私政呢？倒要请教请教。"

---

[1] 热丧——封建时期，对家中有亲人的丧事，为期很近的，叫做热丧，通常指百日以内。在此期间，如像父母之丧，做孝子的要披麻带孝，不得剃发，不能出外。

[2] 总巡——维持地方治安的官员，犹如后来的警察局长。

述农道："这位总巡，专门仗着官势，行他的私政。从前做上海西门巡防局委员的时候，他的一个小老婆，受了他的委屈，吃生鸦片烟死了。他恨的了不得，就把他该管地段的烟馆，一齐禁绝了。外面看着，不是又是德政么？谁知他内里有这么个情节。至于他禁妇女吃茶一节的话，更是丑的了不得。他自己本来是一个南货店里学生意出身，不知怎么样，被他走到官场里去。你想这等人家，有甚么规矩？所以他虽然做了总巡，他那一位小姐，已经上二十岁的人了，还没有出嫁，却天天跑到城隍庙里茶馆里吃茶。那位总巡也不禁止他。忽然一天，这位小姐不见了。偏偏这天家人们都说小姐并不曾出大门，就在屋里查察起来。谁知他公馆的房子，是紧靠在城脚底下，晒台又紧贴着城头，那小姐是在晒台上搭了跳板，走过城头上去的。恼得那位总巡立时出了一道告示，勒令沿城脚的居民将晒台拆去，只说恐防宵小[1]；又出告示，禁止妇女吃茶。这不是贼去关门的私政么？"

我道："他的小姐走到那里去的呢？"述农道："奇怪着呢！就是他小姐逃走的那一天，同时逃走了一个轿班[2]。"我道："这是事有凑巧罢了，那里就会跟着轿班走呢？"述农道："所以天下事往往有出人意外的。那位总巡因为出了这件事，其势不得不追究，又不便传播出去，特地请出他的大舅子来商量。因为那个轿班是嘉定县人，他

----

[1] 宵小——盗贼、专做坏事的坏人。
[2] 轿班——轿夫。

大舅子就到嘉定去访问,果然叫他访着了,那位小姐居然是跟他走的。他大舅子就连夜赶回上海,告诉了底细。他就写了封信,托嘉定县[1]办这件事,只说那轿班拐了鸦头逃走。嘉定县得了他的信,就把那轿班捉将官里去。他大舅子便硬将那小姐捉了回来。谁知他小姐回来之后,寻死觅活的,闹个不了,足足三天没有吃饭,看着是要绝粒的了。依了那总巡的意思,凭他死了也罢了;但是他那位太太爱女情切,暗暗的叫他大舅再到嘉定去,请嘉定县尊不要把那轿班办的重了,最好是就放了出来。他大舅只得又走一趟。走了两天,回来说:那轿班一些刑法也不曾受着。只因他投在一家乡绅人家做轿班,嘉定乡绅是权力很大的,地方官都是仰承他鼻息的,所以不到一天,还没问过,就给他主人拿片子要了去了。那位太太就暗暗的安慰他女儿。过了些时,又给他些银子,送他回嘉定去。谁知到得嘉定,又闹出一场笑话来。"

正说到这里,忽听得外面一阵乱嚷,跑进来了两个人,就打断了话头。正是:一夕清谈方入彀,何处闲非来扰人? 要知外面嚷的是甚事,跑进来的是甚人,且待下回再记。

---

[1] 嘉定县——这里指嘉定县知县。

第十回

老伯母强作周旋话　恶洋奴欺凌同族人

原来外面扦子手查着了一船私货,争着来报。当下述农就出去察验,耽搁了好半天。我等久了,恐怕天晚入城不便,就先走了。从此一连六七天没有事。

这一天,我正在写好了几封信,打算要到关上去,忽然门上的人,送进来一张条子。即接过来一看,却是我伯父给我的,说已经回来了,叫我到公馆里去。我连忙袖了那几封信,一径到我伯父公馆里相见。我伯父先说道:"你来了几时了? 可巧我不在家,这公馆里的人,却又一个都不认得你。幸而听见说你遇见了吴继之,招呼着你。你住在那里可便当么? 如果不很便当,不如搬到我公馆里罢。"我说道:"住在那里很便当。继之自己不用说了,就是他的老太太,他的夫人,也很好的,待侄儿就像自己人一般。"伯父道:"到底打搅人家不便。继之今年只怕还不曾满三十岁,他的夫人自然是年轻的,你常见么? 你虽然还是个小孩子,然而说小也不小了,这嫌疑上面,不能不避呢。我看你还是搬到我这里罢。"我说道:"现在继之得了大关差使,不常回家,托侄儿在公馆里照应,一时似乎不便搬出来。"我这句话还没有说完,伯父就笑道:"怎么他把一个家,托了个小孩子?"

我接着道："侄儿本来年轻,不懂得甚么,不过代他看家罢了,好在他三天五天总回来一次的。现在他书启的事,还叫侄儿办呢。"伯父好像吃惊的样子道："你怎么就同他办么？你办得来么?"我说道："这不过写几封信罢了,也没有甚么办不来。"伯父道："还有给上司的禀帖呢,夹单〔1〕咧、双红〔2〕咧,只怕不容易罢。"我道："这不过是骈四俪六〔3〕裁剪〔4〕的工夫,只要字面工整富丽,那怕不接气也不要紧的,这更容易了。"伯父道："小孩子们有多大本事,就要么说嘴！你在家可认真用功的读过几年书?"我道："书是从七岁上学,一直读的,不过就是去年耽搁下几个月,今年也因为要出门,才解学的。"伯父道："那么你不回去好好的读书,将来巴个上进,却出来混甚么?"我道："这也是各人的脾气,侄儿从小就不望这一条路走,不知怎么的,这一路的聪明也没有。先生出了题目,要作'八股'〔5〕,侄儿先就头大了;偶然学着对个策〔6〕,做篇论,那还觉得活泼些;或者作个

---

〔1〕 夹单——清朝官场习惯:属员向长官禀事,对有些不便写在手本里的事情,就另外写在一张单帖上,夹附在手本的第一幅里,叫做夹单。
〔2〕 双红——双红帖。有一张单帖的加倍大,从中折合,用红纸,所以称为双红。是较为郑重的一种谒见尊长之用的名帖。
〔3〕 骈四俪六——指骈体文。骈、俪都是并列对偶的意思。这种文章是用四个字和六个字组成一句,而且每两句必须成为对偶,所以叫做骈四俪六。
〔4〕 裁剪——指骈体文之必须对偶得工整,犹如衣服之需要裁剪整齐一样。
〔5〕 "八股"——一种从四书、五经里出题,规定一定格式、语言、字数的专门应考的文体。一篇文章里必须包括破题、承题、起讲、入手、前股、中股、后股、束股八个部分;每股中都要有互相排偶的文字,合共八股,所以叫做八股。封建时期以八股取士,给知识分子以思想上的禁锢。
〔6〕 对策——清朝科举考试,以政事为题,叫应考的人一条条的对答,叫做对策。

词章,也可以陶写[1]陶写自己的性情。"

伯父正要说话,只见一个鸦头出来说道:"太太请侄少爷进去见见。"伯父就领了我到上房里去。我便拜见伯母。伯母道:"侄少爷前回到了,可巧你伯父出差去了。本来很应该请到这里来住的;因为我们虽然是至亲,却从来没有见过,这里南京是有名的'南京拐子',希奇古怪的光棍撞骗,多得很呢,我又是个女流,知道是冒名来的不是,所以不敢招接。此刻听说有个姓吴的朋友招呼你,这也很好。你此刻身子好么?你出门的时刻,你母亲好么?自从你祖老太爷过身之后,你母亲就跟着你老人家运灵柩回家乡去,从此我们妯娌就没有见过了。那时候,还没有你呢。此刻算算,差不多有二十年了。你此刻打算多早晚回去呢?"我还没有回答,伯父先说道:"此刻吴继之请了他做书启,一时只怕不见得回去呢。"伯母道:"那很好了,我们也可以常见见。出门的人,见个同乡也是好的,不要说自己人了。——不知可有多少束脩?"我说道:"还没有知道呢,虽然办了个把月,因为……"这里我本来要说,因为借了继之银子寄回去,恐怕他先要将束脩扣还的话,忽然一想,这句话且不要提起的好,因改口道:"因为没有甚用钱的去处,所以侄儿未曾支过。"伯父道:"你此刻有事么?"我道:"到关上去有点事。"伯父道:"那么你先去罢。明日早起再来,我有话给你说。"我听说,就辞了出来,骑马到关上去。

---

[1] 陶写——指对情绪的舒散和解放。

走到关上时，谁知签押房锁了，我就到述农房里去坐。问起述农，才知道继之回公馆去了。我道："继翁向来出去是不锁门的，何以今日忽然上了锁呢？"述农道："听见说昨日丢了甚么东西呢。问他是么东西，他却不肯说。"说着，取过一迭报纸来，检出一张《沪报》给我看，原来前几天我作的那三首《戍妇词》，已经登上去了。我便问道："这一定是阁下寄去的，何必呢！"述农笑道："又何必不寄去呢！这等佳作，让大家看看也好。今天没有事，我们拟个题目，再作两首，好么？"我道："这会可没有这个兴致，而且也不敢在班门弄斧〔1〕，还是闲谈谈罢。那天谈那位总巡的小姐，还没有说完，到底后来怎样呢？"述农笑道："你只管欢喜听这些故事，你好好的请我一请，我便多说些给你听。"说着，用手在肚子上拍了一拍道："我这里面，故事多着呢。"我道："几时拿了薪水，自然要请请你。此刻请你先把那未完的卷来完了才好，不然，我肚子里怪闷的。"述农道："呀！是呀。昨天就发过薪水了，你的还没有拿么？"说着，就叫底下人到帐房去取。去了一会，回来说道："吴老爷拿进城去了。"述农又笑道："今天吃你的不成功，只好等下次的了。"我道："明后天出城，一定请你，只求你先把那件事说完了。"述农道："我那天说到甚么地方，也忘记了，你得要提我一提。"我道："你说到甚么那总巡的太太，

---

〔1〕 班门弄斧——班，指公输班，春秋时鲁人，后人称为鲁班，历史上著名的善于制造机巧器物的人。班门弄斧，是在公输班的门前用斧头制造器物，指在内行面前炫耀自己的本领，不自量力的意思。典出明梅之涣《题李白墓》诗："采石江边一堆土，李白之名高千古。来来往往一首诗，鲁班门前弄大斧。"

叫人到嘉定去寻那个轿班呢,又说出了甚么事了。"述农道:"哦!是了。寻到嘉定去,谁知那轿班却做了和尚了。好容易才说得他肯还俗,仍旧回到上海,养了几个月的头发,那位太太也不由得总巡做主,硬把这位小姐许配了他。又拿他自家的私蓄银,托他的舅爷,同他女婿捐了个把总[1]。还逼着那总巡,叫他同女婿谋差事。那总巡只怕是一位惧内的,奉了阃令[2],不敢有违,就同他谋了个看城门的差事,此刻只怕还当着这个差呢。看着是看城门的一件小事,那'东洋照会'的出息也不少呢。这件事,我就此说完了,要我再添些出来,可添不得了。"

我道:"说是说完了,只是甚么'东洋照会'我可不懂,还要请教。"述农又笑道:"我不合随口带说了这么一句话,又惹起你的麻烦。这'东洋照会'是上海的一句土谈。晚上关了城门之后,照例是有公事的人要出进,必须有了照会,或者有了对牌[3],才可以开门;上海却不是这样,只要有了一角小洋钱,就可以开得。却又隔着两扇门,不便彰明较著的大声说是送钱来,所以嘴里还是说照会;等看门的人走到门里时,就把一角小洋钱,在门缝里递了进去,马上就开了。因为上海通行的是日本小洋钱,所以就叫他作'东洋照会'。"

------

[1] 把总——清朝低级的武官,地位略等于后来的少尉。
[2] 阃令——阃原指门槛,一般把内室叫做阃。内室是妇女住的地方,所以阃又成为妻子的代词。阃令,就是妻子的命令。含有玩笑意思的话。
[3] 对牌——用竹牌或木牌,上面写刻文字,然后剖为两半,双方各存一半;用时取来查验,必须上面所写字迹的笔划能够对合得起来。是一种作为凭证的东西。

我听了这才明白。因又问道:"你说故事多得很,何不再讲些听听呢?"述农道:"你又来了。这没头没脑的,叫我从那里说起?这个除非是偶然提到了,才想得着呀。"我说道:"你只在上海城里城外的事想去,或者官场上面,或者外国人上面,总有想得着的。"述农道:"一时之间,委实想不起来;以后我想起了,用纸笔记来,等你来了就说罢。"我道:"我总不信一件也想不起,不过你有意吝教罢了。"述农被我缠不过,只得低下头去想。一会道:"大海捞针似的,那里想得起来!"我道:"我想那轿班忽然做了把总,一定是有笑话的。"述农拍手道:"有的! 可不是这个把总,另外一个把总。我就说了这个来搪塞罢。有一个把总,在吴淞甚么营里面,当一个甚么小小的差事,一个月也不过几两银子。一天,不知为了甚么事,得罪了一个哨官[1]。这哨官是个守备[2]。这守备因为那把总得罪了他,他就在营官[3]面前说了他一大套坏话,营官信了一面之词,就把那把总的差事撤了。那把总没了差事,流离浪荡的没处投奔。后来到了上海,恰好巡捕房招巡捕,他便去投充巡捕,果然选上了,每月也有十元八元的工食,倒也同在营里差不多。有一天,冤家路窄,这一位守备,不知为了甚么事到上海来了,在马路上大声叫'东洋车'。被他看见了,真是仇人相见,分外眼明。正要想法子寻他的事,恰好他在那里

---

[1] 哨官——清朝绿营兵的编制,以五百人为一营,一营分为五哨,每哨百人;管理一哨的武官为哨官。
[2] 守备——清朝中下级的武官,地位略等于后来的上尉。
[3] 营官——统率一营的武官,犹如后来的营长。

大声叫车,便走上去,用手中的木棍,在他身上狠狠的打了两下,大喝道:'你知道租界的规矩么?在这里大呼小叫,你只怕要吃外国官司呢!'守备回头一看,见是仇人,也耐不住道:'甚么规矩不规矩!你也得要好好的关照,怎么就动手打人?'巡捕道:'你再说,请你到巡捕房去!'守备道:'我又不曾犯法,就到巡捕房里怕甚么!'巡捕听说,就上前一把辫子,拖了要去。那守备未免挣扎了几下。那巡捕就趁势把自己号衣[1]撕破了一块,一路上拖着他走。又把他的长衫,褪了下来,摔在路旁。到得巡捕房时,只说他在当马路小便,我去禁止,他就打起我来,把号衣也撕破了。那守备要开口分辩,被一个外国人过来,没头没脑的打了两个巴掌。——你想外国人又不是包龙图[2],况且又不懂中国话,自然中了他的'肤受之愬'[3]了。——不由分说,就把这守备关起来。恰好第二天是礼拜,第三天接着又是中国皇帝的万寿[4],会审公堂照例停审,可怜他白白的在巡捕房里面关了几天。好容易盼到那天要解公堂了,他满望公堂上面,到底有个中国官,可以说得明白,就好一五一十的伸诉了。谁知上得公堂时,只见那把总升了巡捕的上堂说了一遍,仍然说是被他撕破号衣。堂上的中国官,也不问一句话,便判了打一百板,押十四天。他还要

---

[1] 号衣——旧时兵士、练勇和租界上巡捕穿的制服,都叫做号衣。
[2] 包龙图——指包拯,是宋朝一位正直无私、不畏权贵的官员。包拯做过龙图阁直学士,所以世称包龙图。
[3] "肤受之愬"——肤是肌肤。愬同诉,指诬蔑的言语。肤受之愬,意思是被人说了有关切身利害的坏话。语出《论语》。
[4] 万寿——封建时代,称皇帝、皇太后的生日为万寿。

伸说时,已经有两个差人过来,不由分说,拉了下去,送到班房[1]里面。他心中还想道:'原来说打一百板,是不打的,这也罢了。'谁知到了下午三点钟时候,说是坐晚堂了,两个差人来,拖了就走,到得堂上,不由分说的,劈劈拍拍打了一百板,打得鲜血淋漓;就有一个巡捕上来,拖了下去,上了手铐,押送到巡捕房里,足足的监禁了十四天;又带到公堂,过了一堂,方才放了。你说巡捕的气焰,可怕不可怕呢!"

我说道:"外国人不懂话,受了他那'肤受之愬',且不必说;那公堂上的问官,他是个中国人,也应该问个明白,何以也这样一问也不问,就判断了呢?"述农道:"这里面有两层道理:一层是上海租界的官司,除非认真的一件大事,方才有两面审问的;其馀打架细故,非但不问被告,并且连原告也不问,只凭着包探、巡捕的话就算了。他的意思,还以为那包探、巡捕是办公的人,一定公正的呢,那里知道就有这把总升巡捕的那一桩前情后节呢。第二层,这会审公堂的华官,虽然担着个会审的名目,其实犹如木偶一般,见了外国人就害怕的了不得,生怕得罪了外国人,外国人告诉了上司,撤了差,磕碎了饭碗,所以平日问案,外国人说甚么就是甚么;这巡捕是外国人用的,他平日见了,也要带三分惧怕,何况这回巡捕做了原告,自然不问青红皂白,要惩办被告了。"我正要再往下追问时,继之打发人送条子来,叫我

----

[1] 班房——牢房、监狱。

进城,说有要事商量。我只得别过述农,进城而去。正是:适闻海上称奇事,又历城中傀儡场[1]。未知进城后有甚么要事,且待下回再说。

---

[1] 傀儡——被用来做戏的木偶。这里"又历城中傀儡场",是作者感慨人生听命运支配,有如戏中背后有引线人的傀儡一样。这是一种消极的宿命论的思想。

第十一回

纱窗外潜身窥贼迹　房门前瞥眼睹奇形

当下我别过述农,骑马进城。路过那苟公馆门首,只见他大开中门,门外有许多马匹;街上堆了不少的爆竹纸,那爆竹还在那里放个不住。心中暗想,莫非办甚么喜事,然而上半天何以不见动静?继之家本来同他也有点往来,何以并未见有帖子?一路狐疑着回去,要问继之,偏偏继之又出门拜客去了,从日落西山,等到上灯时候,方才回来。一见了我,便说道:"我说你出城,我进城,大家都走的是这条路,何以不遇见呢,原来你到你令伯那里去过一次,所以相左[1]了。"

我道:"大哥怎么就知道了?"继之道:"我回来了不多一会,你令伯就来拜我,谈了好半天才去。我恐怕明日一早要到关上去,有几天不得进城,不能回拜他,所以他走了,我写了个条子请你进城,一面就先去回拜了他,谈到此刻才散。"我道:"这个可谓长谈了。"继之道:"他的脾气同我们两样,同他谈天,不过东拉拉,西拉拉罢了。他是个风流队里的人物,年纪虽然大了,兴致却还不减呢。这回到通州勘荒去,你道他怎么个勘法?他到通州只住了五天,拜了拜本州,就到

[1]　相左——彼此相差、错过。

上海去玩了这多少日子;等到回来时,又拢那里一拢,就回来了。方才同我谈了半天上海的风气,真是愈出愈奇了。大凡女子媚人,总是借助脂粉,谁知上海的婊子,近来大行戴墨晶眼镜。你想这杏脸桃腮上面,加上两片墨黑的东西,有甚么好看呢?还有一层:听说水烟筒都是用银子打造的,这不是浪费得无谓么。"

我道:"这个不关我们的事,也不是我们浪费,不必谈他。那苟公馆今天不知有甚么喜事?我们这里有帖子没有?要应酬他不要?"继之道:"甚么喜事!岂但应酬他,而且钱也借去用了。今日委了营务处〔1〕的差使,打发人到我这里来,借了五十元银去做札费〔2〕。我已经差帖道喜去了。"我道:"札费也用不着这些呀。"继之道:"虽然未见得都做了札费,然而格外多赏些,摔阔牌子,也是他们旗人的常事。"我道:"得个把差使就这么张扬,放那许多爆竹,也是无谓得很。今天我回来时,几乎把我的马吓溜了,幸而近来骑惯了,还勒得往。"继之道:"这放爆竹是湖南的风气,这里湖南人住的多了,这风气就传染开来了。——我今天急于要见你,要托你暗中代我查一件事。可先同你说明白了:我并不是要追究东西,不过要查出这个家贼,开除了他罢了。"我道:"是呀。今天我到关上去,听说大哥丢了甚么东西。"继之道:"并不是甚么很值钱的东西,是失了一个龙珠表。这表也不知他出在那一国,可是初次运到中国的,就同一颗

---

〔1〕 营务处——主管训练全省军队,供应军械、军服的机构。
〔2〕 札费——给送委任札子的差人以赏钱,叫做札费。

水晶球一般，只有核桃般大。我在官厅上面，见同寅的有这么一个，我就托人到上海去带了一个来，只值十多元银子，本来不甚可惜。只是我又配上一颗云南黑铜的表坠，这黑铜虽然不知道值钱不值钱，却是一件希罕东西；而且那工作十分精细，也不知他是雕的还是铸的，是杏仁般大的一个弥勒佛像，须眉毕现的，很是可爱。"我道："弥勒佛没有须的。"继之道："不过是这么一句话，说他精细罢了，你不要挑眼儿取笑。"我道："这个不必查，一定是一个馋嘴的人偷的。"继之怔了一怔道："怎见得？"我道："大哥不说么，表像核桃，表坠像杏仁，那表链一定像粉条儿的了。他不是馋嘴贪吃，偷来做甚么呢。"继之笑了笑道："不要只管取笑，我们且说正经话。我所用的人，都是旧人，用上几年的了，向来知道是靠得住的。只有一个王富，一个李升，一个周福，是新近用的，都在关上。你代我留心体察着，看是那一个，我好开除了他。"我想了一想道："这是一个难题目。我查只管去查，可是不能限定日子的。"继之道："这个自然。"

正说着话时，门上送进来一分帖子，一封信。继之只看了看信面，就递给我。我接来一看，原来是我伯父的信。拆开看时，上面写着明日申刻请继之吃饭，务必邀到，不可有误云云。继之对我道："令伯又来同我客气了。"我道："吃顿把饭也不算甚么客气。"继之道："这么着，我明日索性不到关上去了，省得两边跑。明日你且去一次，看有甚么动静没有。"我答应了。

继之就到上房里去，拿了一根钥匙出来，交给我道："这是签押房钥匙，你先带着，恐怕到那边有甚么公事。"又拿过一封银子来道：

"这里是五十两,内中二十两是我送你的束脩;账房里的赢馀,本来是要到节下算的,我恐怕你又要寄家用,又要添补些甚么东西,二十两不够,所以同他们先取了三十两来,付了你的账,到了节下再算清账就是了。你下次到关上去,也到账房里走走,不要挂了你的名字,你一到也不到。"我道:"我此刻用不了这些,前回借大哥的,请先扣了去。"继之道:"这个且慢着。你说用不了这些,我可也还不等这个用呢。"我道:"只是我的脾气,欠着人家的钱,很不安的。"继之道:"你欠了人家的钱,只管去不安;欠了我的钱,用不着不安。老实对你说:同我够不上交情的,我一文也不肯借;够得上交情的,我借了就当送了,除非那人果然十分丰足了,有馀钱还我,我才受呢。"我听了,不便再推辞,只得收过了。

一宿无话。到了次日,梳洗过后,我就带了钥匙,先到伯父公馆里去。谁知还没有起来。我在客堂里坐等了好半天,才见一个鸦头出来,说太太请侄少爷。我进去见过伯母,谈了些家常话。等到十点多钟,我实在等不及了,恐怕关上有事,正要先走,我伯父却醒了,叫我再等一等,我只得又留住。等伯父起来,洗过了脸,吃了一会水烟,又吃了点心,叫我同到书房里去,在烟床睡下;早有家人装好了一口烟,伯父取过来吸了,方慢慢的起来,在书桌抽屉里面,取出一包银子道:"你母亲的银子,只有二千存在上海,五厘周息,一年恰好一百两的利钱,取来了。我到上海去取,来往的盘缠用了二十两。这里八十两,你先寄回去罢。还有那三千两,是我一个朋友王俎香借了去用的,说过也是五厘周息。但是俎香现在湖南,等我写信去取了来,再交给你罢。"我接过了银子,告知关上有事,要早些去。伯父问道:"继之今日来么?"我道:"来的。今天他不到关上去,也是为的晚上要赴这个席。"伯父道:"这也是为你的事,他照应了你,我不能不请请他。你有事先去罢。"

我就辞了出来,急急的雇了一匹马,加上几鞭,赶到关上。午饭已经吃过了,我开了签押房门,叫厨房再开上饭来,一面请文述农来谈天。谁知他此刻公事忙,不得个空。我吃过了饭,见没有人来回公事。因想起继之托我查察的事情,这件事没头没脑的,不知从那里查起。想了一会法子,取出那八十两银子,放在公事桌上,把房门虚掩起来,绕到签押房后面的夹弄里后窗外面,立在一个里面看不见外面,外面却张得见里面的地方,在那里偷看。——这也不过是我一点妄想,想看有人来偷没有。看了许久,不见有人来偷。我想这样试法,两条腿都站直了,只怕还试不出来呢。

正想走开,忽听得耆的一声门响,有人进去了。我留心一看,正是那个周福。只见他走进房时,四下里一望,嘴里说道:"又没有人了。"一回头看见桌上那一包银子,拿在手里颠了一颠,把舌头吐了一吐。伸手去开那抽屉,谁知都是锁着的;他又去开了书柜,把那一包银子,放在书柜里面,关好了;又四下里望了一望,然后出去,把房门倒掩上了。我心中暗暗想道:"起先见他的情形很像是贼,谁知倒不是贼。"于是绕了出来,走过一个房门口,听见里面有人说话。这个房住的是一个同事,姓毕,表字镜江。我因为听见说话声音,无意中往里面一望,只见镜江同着一个穿短衣赤脚的粗人,在那里下象棋。那粗人手里,还拿着一根尺把长的旱烟筒,在那里吸着烟。我心中暗暗称奇。不便去招呼他,顺着脚步,走回签押房。只见周福在房门口的一张板凳上坐着,见我来了,就站起来,说道:"师爷下次要出去,请把门房锁了,不然,丢了东西是小的们的干纪[1]。"他一面说,我一面走到房里,他也跟进来。又说道:"丢了东西,老爷又不查的,这个最难为情。"我笑道:"查不查有甚么难为情?"周福道:"不是这么说。倘是丢了东西,马上就查,查明白了是谁偷的,就惩治了谁,那不是偷东西的,自然心安了。此刻老爷一概不查,只说丢了就算了,这自然是老爷的宽洪大量。但是那偷东西的心中,暗暗欢喜;那不是偷东西的,倒怀着鬼胎,不知主人疑心的是谁。并且同事当中,除了那个真是做贼的,大家都是你疑我,我疑你,这不是不安么?"我道:"查是要查的,不过暗暗的查罢了。并且老爷虽然不查,你们也好查的;查着了真赃,还有得赏呢。"周福道:"赏是不敢望赏,不过查着了,可以明明心迹罢了。"我道:"那么你们凡是自问不是做贼的,都去暗暗的查来,但是不可张扬,把那做贼的先吓跑了。"周福答了两个"是"字,要退出去;又止住了脚步,说道:"小的刚才进来,看见书桌上有一封银子,已经放在书柜里面了。"我道:"我知道了。毕师爷那房里,有一个很奇怪的人,你去看看是谁。"周福答应着去了。

恰好述农公事完了,到这里来坐。一进房门便道:"你真是信人,今天就来请我了。"我道:"今天还来不及呢,一会儿我就要进城

----

[1] 干纪——关系、责任。

了。"述农笑道:"取笑罢了,难道真要你请么?"我道:"我要求你说故事,只好请你。"刚说到这里,周福来了,说道:"并没有甚么奇怪人,只有一个挑水夫阿三在那里。"我问道:"在那里做甚么?"周福道:"好像刚下完了象棋的样子,在那里收棋子呢。"说完,退了出去。述农便问甚么事,我把毕镜江房里的人说了。述农道:"他向来只同那些人招接。"我道:"这又为甚么?"述农道:"你算得要管闲事的了,怎么这个也不知道?"我道:"我只喜欢打听那古怪的事,闲事是不管的。你这么一说,这里面一定又有甚么跷蹊[1]的了,倒要请教请教。"述农道:"这也没有甚么跷蹊,不过他出身微贱,听说还是个'王八',所以没有甚人去理他,就是二爷们见了他也避的,所以他只好去结交些烧火挑水的了。"我道:"继翁为甚用了这等人?"述农道:"继翁何尝要用他,因为他弄了情面荐来的,没奈何给他四吊钱一个月的干脩[2]罢了。他连字也不识,能办甚么事要用他!"我道:"他是谁荐的?"述农道:"这个我也不甚了利[3],你问继翁去。你每每见了我,就要我说故事,我昨夜穷思极想的,想了两件事:一件是我亲眼看见的实事,一件是相传说着笑的,我也不知是实事还是故意造出来笑的。我此刻先把这个给你说了,可见得我们就这大关的事不是好事,我这当督抟的,还是众怨之的[4]呢。"我听了大喜,连忙就请

----

[1] 跷蹊——也作蹊跷、蹊跄。凡是事情出于常理之外,令人可疑的,叫做跷蹊。
[2] 干脩——干薪,不参加工作而取得的津帖。
[3] 了利——清楚、明白。
[4] 众怨之的——大家怨恨的目标。

他说。述农果然不慌不忙的说出两件事来。正是:过来人具广长舌,挥麈间登说法台[1]。未知述农说的到底是甚么事,且待下回再记。

---

[1] 过来人具广长舌,挥麈间登说法台——过来人,指亲身经历的人。佛家说法:菩萨有广长舌,可以从一音里现出无量音来。后来就以广长舌比喻能言善道。麈,是拂尘,用麈(一种鹿类)尾做成的掸子。古人对众谈论时,常手持麈尾作点缀品。佛家讲道叫做说法。这两句的意思是:下面文述农说他过去所闻所见的故事,都是一些阴险欺诈的行为,使人听了可以提高警惕,有如佛家登台说法,感化众生的一样。

第十二回

查私货关员被累　行酒令席上生风

且说我当下听得述农说有两件故事,要说给我听,不胜之喜,便凝神屏息[1]的听他说来。只听他说道:"有一个私贩,专门贩土,资本又不大,每次不过贩一两只,装在坛子里面,封了口,粘了茶食店的招纸,当做食物之类,所过关卡,自然不留心了;然而做多了总是要败露的,这一次,被关上知道了,罚他的货充了公。他自然是敢怒不敢言的了。过了几天,他又来了,依然带了这么一坛;被巡丁[2]们看见了,又当是私土,上前取了过来,他就逃走了。这巡丁捧了坛子,到师爷那里去献功。师爷见又有了充公的土了,正好拿来煮烟,欢欢喜喜的亲手来开这坛子,谁知这回不是土了,这一打开,里面跳出了无数的蚱蜢来,却又臭恶异常。——原来是一坛子粪水,又装了成千的蚱蜢。登时闹得臭气熏天,大家躲避不及;这蚱蜢又是飞来跳去的,闹到满屋子没有一处不是粪花。你道好笑不好笑呢?"我道:"这个我也曾听见人家说过,只怕是个笑话罢了。"

述农道:"还有一件事,是我亲眼见的,幸而我未曾经手。唉!真

---
〔1〕　屏息——不敢出气、暂停呼吸。
〔2〕　巡丁——关卡上负责巡查的差役。

是人心不古[1],诡变百出,令人意料不到的事,尽多着呢。那年我在福建,也是就关上的事。那回我是办帐房,生了病,有十来天没有起床。在我病的时候,忽然来了一个眼线,报说有一宗私货,明日过关。这货是一大宗珍珠玉石,却放在棺材里面,装做扶丧[2]模样。灯笼是姓甚么的,甚么衔牌[3],甚么职事[4],几个孝子,一一都说得明明白白。大家因为这件事情重大,查起来是要开棺的,回明了委员,大众商量。那眼线又一口说定是私货无疑,自家肯把身子押在这里;委员便留住他,明日好做个见证。到了明天,大家终日的留心,果然下午时候,有一家出殡的经过,所有衔牌、职事、孝子、灯笼,就同那眼线说的一般无二。大家就把他扣住了,说他棺材里是私货。那孝子又惊又怒,说怎见得我是私货。此时委员也出来了,大家围着商量,说有甚法子可以察验出来呢? 除了开棺,再没有法子。委员问那孝子:'棺材里到底是甚么东西?'那孝子道:'是我父亲的尸首。'问:'此刻要送到那里去?'说:'要运回原籍去。'问:'几时死的?'说:'昨日死的。'委员道:'既是在这里作客身故,多少总有点后事要料理,怎么马上就可以运回原籍? 这里面一定有点蹊跷,不开棺验过,万不能明白。'那孝子

---

[1] 人心不古——封建时期的人性论,认为上古时代的风俗是淳朴的,后来却变机诈了、浇薄了,常做坏事,人心就不像古人那样忠厚了。
[2] 扶丧——护送亡故亲属灵柩。
[3] 衔牌——就是官衔牌,木质朱漆,上用金字书写官衔。这种衔牌平时放在门口,出行以及举行婚丧礼节时,拿着前导,以示荣耀。
[4] 职事——指旗、伞一类的仪仗。也作执事。

大惊道:'开棺见尸,是有罪的;你们怎么仗着官势,这样横行起来!'此时大众听了委员的话,都道有理,都主张着开棺查验,委员也喝叫开棺;那孝子却抱着棺材,号啕大哭起来。内中有一个同事,是极细心的,看那孝子嘴里虽然嚷着像哭,眼睛里却没有一点眼泪,越发料定是私货无疑。当时巡丁、扦子手,七手八脚的,拿斧子、劈柴刀,把棺材劈开了。一看,吓得大众面无人色,那里是甚么私货,分明是直挺挺的睡着一个死人!那孝子便走过来,一把扭住了委员,要同他去见上官,不由分说,拉了就走,幸得人多拦住了。然而大家终是手足无措的。急寻那眼线的,不提防被他逃走去了。这里便闹到一个天翻地覆。从这天下午起,足足闹到次日黎明时候,方才说妥当了,同他另外买过上好棺材,重新收殓,委员具了素服祭过,另外又赔了他五千两银子,这才了事。却从这一回之后,一连几天,都有棺材出口,我们是个惊弓之鸟,那里还敢问。其实我看以后那些多是私货呢。他这法子想得真好,先拿一个真尸首来,叫你开了,闹了事,吃了亏,自然不敢再多事,他这才认真的运起私货来。"我道:"这个人也太伤天害理了!怎么拿他老子的尸首暴露一番,来做这个勾当?"述农道:"你是真笨还是假笨?这个何尝是他老子,不知他在那里弄来一个死叫化子罢了。"

当下又谈了一番别话,我见天色不早了,要进城去。刚出了大门,只见那挑水阿三,提了一个画眉笼子走进来。我便叫住了问道:"这是谁养的?"阿三道:"刚才买来的。是一个人家的东西,因为等钱用,连笼子两吊钱就买了来;到雀子铺里去买,四吊还不肯呢。"我道:"是你买的么?"阿三道:"不是,是毕师爷叫买的。"说罢,去了。

我一路上暗想,这个人只赚得四吊钱一月,却拿两吊钱去买这不相干的玩意儿,真是嗜好太深了。

回到家时,天已将黑,继之已经到我伯父处去了,留下话,叫我回来了就去。我到房里,把八十两银子放好,要水洗了脸才去。到得那边时,客已差不多齐了。除了继之之外,还有两个人:一个是首府的刑名老夫子,叫做郦士图[1];一个是督署文巡捕,叫做濮固修。大家相让,分坐寒暄,不必细表。

又坐了许久,家人来报苟大人到了。原来今日请的也有他。只见那苟才穿着衣冠,跨了进来,便拱着手道:"对不住!对不住!到迟了,有劳久候了!兄弟今儿要上辕去谢委,又要到差,拜同寅,还要拜客谢步[2],整整的忙了一天儿。"又对继之连连拱手道:"方才亲到公馆里去拜谢,那儿知道继翁先到这儿来了。昨天费心得很!"继之还没有回答他,他便回过脸来,对着固修拱手道:"到了许久了!"又对士图道:"久违得很!久违得很!"又对着我拱着手,一连说了六七个请字,然后对我伯父拱手道:"昨儿劳了驾,今儿又来奉扰,不安得很!"伯父让他坐下,大众也都坐下。送过茶,大众又同声让他宽

---

[1] 郦士图——"利是图"的谐音。下文"濮固修","不顾羞"的谐音。作者常用这一类的谐音作姓名以讽刺当时社会中人物,以后不再一一说明。

[2] 谢步——封建习惯:遇有婚丧寿庆等事,亲友来贺吊的,事后主人要一一到人家去回拜,表示谢意,叫做谢步。后文谢寿、谢丧就是回拜来祝寿、吊丧的亲友。

衣。就有他的底下人,拿了小帽子过来;他自己把大帽子除下,又卸了朝珠,宽去外褂,把那腰带上面滴溜打拉佩带的东西,卸了下来;解了腰带,换上一件一裹圆[1]的袍子,又束好带子,穿上一件巴图鲁坎肩儿[2],在底下人手里,拿过小帽子来;那底下人便递起一面小小镜子,只见他对着镜子来戴小帽子;戴好了,又照了一照,方才坐下。便问我伯父道:"今儿请的是几位客呀?我简直的没瞧见知单[3]。"我伯父道:"就是几位,没有外客。"苟才道:"呀!咱们都是熟人,何必又闹这个呢。"我伯父道:"一来为给大人贺喜;二来因为……"说到这里,就指着我道:"继翁招呼了舍侄,借此也谢谢继翁。"苟才道:"哦!这位是令侄么?英伟得很!英伟得很!你台甫呀?今年贵庚多少了?继翁,你请他办甚么呢?"继之道:"办书启。"苟才道:"这不容易办呀!继翁,你是向来讲究笔墨的,你请到他,这是一定高明的了,真是'后生可畏'[4]!"又捋了捋他的那八字胡子道:"我们是'老大徒伤'[5]的了。"又扭转头来,对着我伯父道:"子翁,你不要见弃的话,怕还是小阮

------

〔1〕 一裹圆——一种不开衩的长袍,是当时的便服。

〔2〕 巴图鲁坎肩儿——一种多钮扣的背心。

〔3〕 知单——从前请客赴宴时,先用红纸帖子写明地点和日期,并按照客人地位的高下,排列次序开好名单,送请各人在自己的名字下注一"知"字,叫做知单。如由他人代写的,就写"代知"两字。辞谢不去的,就写一"谢"字。名单上的第一人,照例是所要请的首席主客,这位主客如果答应赴宴,习惯总是在名下写"敬陪末座"四字,表示客气不敢坐首席。

〔4〕 "后生可畏"——后生,指少年人。后生可畏,意思是少年人生气蓬勃,前途无量,令人敬畏。语出《论语》。

〔5〕 "老大徒伤"——老大徒伤悲的省语。老大,老年的意思。语出古乐府《长歌行》:"少壮不努力,老大徒伤悲。"意思是人在年青时不努力事业学问,老年时一无所成,就徒然感到悲哀了。

贤于大阮[1]呢!"说着,又呵呵大笑起来。

当下满座之中,只听见他一个人在那里说话,如瓶泻水一般。他问了我台甫、贵庚,我也来不及答应他;就是答应他,他也来不及听见,只管唠唠叨叨的说个不断。一会儿,酒席摆好了,大众相让坐下。我留心打量他,只见他生得一张白脸,两撇黑须,小帽子上缀着一块蚕豆大的天蓝宝石,又拿珠子盘了一朵兰花,灯光底下,也辨不出他是真的,是假的。只见他问固修道:"今天上头有甚么新闻么?"固修道:"今天没甚事。昨天接着电报,说驭远兵船在石浦地方遇见敌船,两下开仗,被敌船打沉了。"苟才吐了吐舌头道:"这还了得!马江的事情[2],到底怎样?有个实信么?"固修道:"败仗是败定了,听说船政局也毁了;但是又有一说,说法兰西的水师提督孤拔,也叫我们打死了。此刻又听见说福建的同乡京官,联名参那位钦差[3]呢。"

说话之间,酒过三巡,苟才高兴要豁拳。继之道:"豁拳没甚趣

---

〔1〕 小阮贤于大阮——小阮,指阮咸;大阮,指阮籍。叔侄两人,同为晋时的名士。后来恭维人家叔侄,就称为大小阮。小阮贤于大阮,是侄子更胜过伯叔的意思。
〔2〕 马江的事情——指马江之役。马江,就是福建的马尾港。中法战争时,法海军由提督孤拔率领,开到马尾。当时福建水师由船政大臣何如璋统率,因为清政府有和法国议和的消息,何如璋恐怕妨碍和议,就不敢阻止,任凭法兵舰和我国兵舰停泊一处,不加戒备。后来法舰进攻,我舰仓猝应战,处于被动,以致全军覆没,死了七八百人。
〔3〕 钦差——奉皇帝委派而特办某一事件的人,叫做钦差。这里钦差指张佩纶。张是中法战争时主战派之一,被派到福建会办海疆事务,帮助何如璋督率福建水师,戒备海面。

味,又伤气。我那里有一个酒筹,是朋友新制,送给我的,上面都是四书句,随意掣出一根来,看是甚么句子,该谁吃就是谁吃,这不有趣么?"大家都道:"这个有趣,又省事。"继之就叫底下人回去取了来,原来是一个小小的象牙筒,里面插着几十支象牙筹。继之接过来递给苟才道:"请大人先掣。"苟才也不推辞,接在手里,摇了两摇,掣了一支道:"我看该敬到谁去喝?"说罢,仔细一看道:"呀,不好!不好!继翁,你这是作弄我,不算数! 不算数!"继之忙在他手里拿过那根筹来一看,我也在旁边看了一眼,原来上面刻着"二吾犹不足"一句,下面刻着一行小字道:"掣此签者,自饮三杯。"继之道:"好个二吾犹不足! 自然该吃三杯了。这副酒筹,只有这一句最传神,大人不可不赏三杯。"苟才只得照吃了,把筹筒递给下首郦士图。士图接过,顺手掣了一根,念道:"'刑罚不中'[1],量最浅者一大杯。"座中只有濮固修酒量最浅,几乎滴酒不沾的,众人都请他吃。固修摇头道:"这酒筹太会作弄人了!"说罢,攒着眉头,吃了一口,众人不便勉强,只得算了。士图下首,便是主位。我伯父掣了一根,是"'不亦乐乎',合席一杯"。继之道:"这一根掣得好,又合了主人待客的意思。这里头还有一根合席吃酒的,却是一句'举疾首蹙额'[2],虽然比这个有趣,却没有这句说的快活。"说着,大家又吃过了,轮到固修掣

---

[1] 不中——不合理、不恰当。这里要量最浅的喝一大杯酒,所以说是"刑罚不中"。

[2] "举疾首蹙额"——疾首,头痛;蹙额,皱着鼻子。举疾首蹙额,形容大家全都愁眉苦脸的样子。

筹。固修拿着筒儿,摇了一摇道:"筹儿筹儿,你可不要叫我也掣了个二吾犹不足呢!"说着,掣了一根,看了一看,却不言语,拿起筷子来吃菜。我问道:"请教该谁吃酒?是一句甚么?"固修就把筹递给我看。我接来一看,却是一句"子归而求之",下面刻着一行道:"问者即饮。"我只得吃了一杯。下来便轮到继之。继之掣了一根是"将以为暴"[1],下注是"打通关"三个字。继之道:"我最讨厌豁拳,他偏要我豁拳,真是岂有此理!"苟才道:"令上是这样,不怕你不遵令!"继之只得打了个通关。我道:"这一句隐着'今之为关也'一句,却隐得甚好;只是继翁正在办着大关,这句话未免唐突了些。"继之道:"不要多说了,轮着你了,快掣罢。"我接过来掣了一根看时,却是"王速出令"一句,下面注着道:"随意另行一小令。"我道:"偏到我手里,就有这许多周折!"苟才拿过去一看道:"好呀!请你出令呢。快出罢,我们恭听号令呢。"

我道:"我前天偶然想起俗写的'时'字,都写成日字旁一个寸字;若照这个'时'字类推过去,'讨'字可以读做'诗'字,'付'字可以读做'侍'字。我此刻就照这个意思,写一个字出来,那一位认得的,我吃一杯;若是认不得,各位都请吃一杯。好么?"继之道:"那么说,你就写出来看。"我拿起筷子,在桌上写了一个"汉"字。苟才看了,先道:"我不识,认罚了。"拿起杯子,咕嘟一声,干了一杯。士图

---

[1] "将以为暴"——这四字的上一句是"今之为关也"。这一套酒筹,都借用四书句子,有些地方暗含对当时政治的讽刺。

也不识，吃了一杯。我伯父道："不识的都吃了，回来你说不出这个字来，或是说的没有道理，应该怎样？"我道："说不出来，侄儿受罚。"我伯父也吃了一口。固修也吃了一口。继之对我道："你先吃了一杯，我识了这个字。"我道："吃也使得，只请先说了。"继之道："这是个'漢'字。"我听说，就吃了一杯。我伯父道："这怎么是个'漢'字？"继之道："他是照着俗写的'難'字化出来的，俗写'難'字是个'又'字旁，所以他也把这'又'字替代了'莫'字，岂不是个'漢'字。"我道："这个字还有一个读法，说出来对的，大家再请一杯，好么？"大家听了，都觉一怔。正是：奇字尽堪供笑谑，不须载酒问杨雄[1]。未知这个字还有甚么读法，且待下回再记。

---

〔1〕载酒问杨雄——杨雄，汉朝以渊博著名的文学家。侯芭曾带着酒到他的住所玄亭去，请问他奇字。杨，一般作扬。

第十三回

拟禁烟痛陈快论　睹赃物暗尾[1]佳人

当下我说这"汉"字还有一个读法,苟才便问:"读作甚么?"我道:"俗写的'鷄'字,是'又'字旁加一个'鸟'字;此刻借他这'又'字,替代了'奚'字,这个字就可以读作'溪'字。"苟才道:"好! 有这个变化,我先吃了。"继之道:"我再读一个字出来,你可要再吃一杯?"我道:"这个自然。"继之道:"照俗写的'觀'字算,这个就是'灌'字。"我吃了一杯。苟才道:"怎么这个字有那许多变化? 奇极了! ……呀! 有了! 我也另读一个字,你也吃一杯,好么?"我道:"好,好!"苟才道:"俗写的'对'字,也是又字旁,把'又'字替代了'坙'字,是一个……呀! 这是个甚么字? ……呸! 这个不是字,没有这个字,我自己罚一杯。"说着,咕嘟的又干了一杯。固修道:"这个字竟是一字三音,不知照这样的字还有么?"我道:"还有一个'卩'字。这个字本来是古文的'节'字,此刻世俗上,可也有好几个音,并且每一个音有一个用处:书铺子里拿他代'部'字,铜铁铺里拿他代'磅'字,木行里拿他代'根'字。"士图道:"代'部'字,自然是单写一个偏旁的缘故,怎么拿他代起'磅'字、'根'字来呢?"我道:"'磅'

---

[1] 尾——追随。

字,他们起先图省笔,写个'邦'字去代,久而久之,连这'邦'字也单写个偏旁了;至于'根'字,更是奇怪,起先也是单写个偏旁,写成一个'艮'字,久而久之,把那一撇一捺也省了,带草写的就变了这么一个字。"说到这里,忽听得苟才把桌子一拍道:"有了!"众人都吓了一跳,忙问道:"有了甚么?"苟才道:"这个'阝'字,号房里挂号的号簿,还拿他代老爷的'爷'字呢。我想叫认得古文的人去看号簿,他还不懂老阝是甚么东西呢!"说的众人都笑了。

此时又该轮到苟才掣酒筹,他拿起筒儿来乱摇了一阵道:"可要再抽一个自饮三杯的?"说罢,掣了一根看时,却是"则必餍酒肉而后反"〔1〕,下注"合席一杯完令"。我道:"这一句完令虽然是好,却有一点不合。"苟才道:"我们都是既醉且饱的了,为甚么不合?"我道:"那做酒令的借着孟子的话骂我们,当我们是叫化子呢。"说得众人又笑了。继之道:"这酒筹一共有六十根,怎么就偏偏掣了完令这根呢?"固修道:"本来酒也够了,可以收令了,我倒说这根掣得好呢;不然,六十根都掣了,不知要吃到甚么时候呢。"我道:"然而只掣得七'节',也未免太少。"我伯父道:"这酒筹怎么是一节一节的?"继之笑道:"他要借着木行里的'根'字,读作古音呢。这个还好,不要将来过'节'的时候,你却写了个古文,叫铜铁铺里的人看起来,我们都要

----

〔1〕 "则必餍酒肉而后反"——餍,吃饱了。反,同返。故事出《孟子》:齐人有一妻一妾,他自己每天到郊外向人乞食,回家后却对妻妾夸说是别人请他大吃大喝,所以下文有"借着孟子的话骂我们,当我们是叫化子呢"的话。

过'磅'呢。"说的众人又是一场好笑。一面大家干了门面杯[1],吃过饭,散坐一会,士图、固修先辞去了;我也辞了伯父,同继之两个步行回去。

我把今日在关上的事,告诉了继之。继之道:"这个只得慢慢查察去,一时那里就查得出来。"我忽然想起一件事,问道:"我有一件事,怀疑了许久,要问大哥,不知怎样,得到见面的时候就忘记了;今天同席遇了郏士图,又想起来了。我好几次在路上碰见过那位江宁太守,见他坐在轿子里,总是打磕睡的。这个人的精神,怎么这么坏法?"继之道:"你说他磕睡么?他在那里死了一大半呢!"我听了,越发觉得诧异,忙问:"何以死了一大半?"继之道:"此刻这位总督大帅,最恨的是吃鸦片烟,大凡有烟瘾的人,不要叫他知道;他要是知道了,现任的撤任[2],有差的撤差,那不曾有差事的,更不要望求得着差事。只有这一位太守,烟瘾大的了不得,他却又有本事瞒得过。大帅每天起来,先见藩台,第二个客就是江宁府。他一早在家先过足了瘾,才上衙门;见了下来,烟瘾又大发了,所以坐在轿子里,就同死一般。回到衙门,轿子一直抬到二堂,四五个鸦头,把他扶了出来,坐在醉翁椅[3]上,抬到上房里去。他的两三个姨太太,早预备好了,在床上下了帐子,两三个人先在里面吃烟,吃的烟雾腾天的,把他扶

---

〔1〕 门面杯——指席面上杯里已有的酒。
〔2〕 撤任——官员因过失而免职。
〔3〕 醉翁椅——一种半卧式的躺椅,前后两脚之间钉有弧形的木条,坐在上面,可以摇动。

到里面，把烟熏他，一面还吸了烟喷他。照这样闹法，总要闹到二十几分钟时候，他方才回了过来，有气力自己吸烟呢。"

我道："这又奇了！那位大帅见客的时候，或者可以有一定；然而回公事的话，不能没有多少，比方这一天公事回的多，或者上头问话多，那就不能不耽搁时候了，那烟瘾不要发作么？"继之道："这就难说了。据世俗的话，都说他官运亨通，不应该坏事的，所以他的烟瘾，就犹如懂人事的一般，碰了公事多的那一天，时候耽搁久了，那烟瘾也来得迟些，总是他运气好之故。依我看来，那里是甚么运气不运气，那烟瘾一半是真的，有一半是假的。他回公事的时候，如果工夫耽搁久了，那瘾未尝不发作，只因他慑于大帅的威严，恐怕露出马脚来，前程就保不住了，只好勉强支持，也未尝支持不住；等到退了出来，坐上轿子，那时候是惟我独尊的了，任凭怎样发作，也不要紧了，他就不肯去支持，凭得他瘫软下来，回到家去，好歹有人伏伺。至于回到家去，要把烟熏、拿烟喷的话，我看更是故作偃蹇〔1〕的了。"

我笑道："大哥这话，才是'如见其肺肝焉'〔2〕呢。这位大帅既然那么恨鸦片烟，为甚么不禁了他？"继之道："从前也商量过来，说是加重烟土烟膏的税，伸一个不禁自禁之法；后来不知怎样，就沉了下来，再也不提起了。依我看上去，一省两省禁，也不中用，必得要奏明立案，通国一齐禁了才好。"我道："通国都禁，谈何容易！"继之道：

---

〔1〕 偃蹇——傲慢、搭架子。
〔2〕 "如见其肺肝焉"——犹如说，同看到了他的心肠一样。

"其实不难,只要立定了案,凡系吃烟的人,都要抽他的吃烟税,给他注了烟册,另外编成一份烟户;凡系烟户的人,非但不准他考试、出仕,并且不准他做大行商店,那吃烟的人,自然不久就断绝了。我还有一句最有把握的话:大凡政事,最怕的是扰民;只有这禁烟一项,正不妨拿出强硬手段去禁他,就是骚扰他点,也不要紧。那些鸦片鬼,任是怎样激怒他,他也造不起反来,究竟吃烟枪不能作洋枪用,烟泡不能作大炮用。就是刻薄得他死了,也不足惜;而且多死一个鸦片鬼,世上便少一个传染恶疾的人。如此说来,非但死不足惜,而且还是早死为佳呢。怎奈此时官场中人,十居其九是吃烟的,那一个肯建这个政策作法自毙[1]呢?——时候不早了,睡罢,明天再谈。"

一宿无话。次日一早,继之到关上去了。此时我想着要寄家信,拿出银子来,秤了一百两,打算要寄回去。又想买点南京的土货,顺便寄去,吃过午饭,就到街上去买。顺着脚步走去,走到了城隍庙里,随意游玩。忽见有两名督辕[2]的亲兵[3],叱喝而来;后面跟着一顶洋蓝呢中轿[4],上着轿帘,想来里面坐的,定是一位女太太。那

---

[1] 作法自毙——历史故事:战国时,商鞅辅佐秦孝公治秦,公布了各种严厉的法令,秦国大治。孝公死后,商鞅有罪逃亡,但旅舍的主人,根据商鞅所订的法令,因为他没有证明身份的凭件,不敢收留他,他结果逃亡不成,为秦所杀。后来就把自己立法害了自己叫做作法自毙。
[2] 督辕——总督的官署。
[3] 亲兵——随身的卫兵。
[4] 蓝呢中轿——清朝制度:三品以上的官员可以坐绿呢轿子,四品以下的官员只能坐蓝呢轿子。督抚的轿子,可以用八个人抬,叫做八抬轿,也叫大轿;藩臬以下的轿子,只能用四个人抬,叫做中轿;普通人坐两个人抬的轿子,叫做小轿。

两名亲兵,走到大殿上,把烧香的人赶开,那轿子就在廊下停住。旁边一个老妈子过来,把轿帘揭下,扶出一位花枝招展的美人,打扮得珠围翠绕,锦簇花团,莲步姗姗[1]的走上殿去。我一眼瞥见他襟头下挂着核桃大的一颗水晶球,心下暗吃一惊道:"莫非继之失的龙珠表,到了他手里么?"忽又回想道:"这是有得卖的东西,虽不知他是甚么人,然而看他那举动阔绰,自然他也是买来的,何必一定是继之那个呢。"一面想着,只见他上到殿上,拈香膜拜[2]。我忽然又想起,龙珠表虽是有一般的,但是那黑铜表坠不是常有的东西。可惜离的远,看他不清楚,怎样能够走近他身边一看就好。踌躇了一会,想起女子入庙烧香,一定要拜观音菩萨的,何妨去碰他一碰。想着,就走到旁边的观音殿去等他。等了许久,还不见来,以为他去了,仍旧走出来,恰好迎面同他遇着。留神一看,不禁又吃了一惊,他穿的是白灰色的衣裳,滚的是月白[3]边,那一颗水晶球似的东西虽然已经藏在襟底,那一根链条儿还搭在外面,分明直显出一颗杏仁大的黑表坠来。

这东西有九分九是继之的失赃了。但是他是甚么人,总要设法先打听着了,才可以再查探是甚么人卖给他的。遂想了个法子,走到

----

〔1〕 莲步姗姗——历史故事:南北朝齐东昏侯把金子嵌在地下,凿成莲花的样子,叫所宠爱的潘妃在上面行走,说是"步步生莲花"。后来就把女人的脚叫做金莲,女人走路叫做莲步。姗姗,是形容女人走路缓缓的样子。
〔2〕 膜拜——合起手掌,向佛菩萨下拜。
〔3〕 月白——淡青色。

正殿上,同香火道人买了些香烛,胡乱烧了香;又随意取过签筒来,摇了几摇,摇出一根签来,看了号码,又到香火道人那里去买签,故意多给他几文钱,问他讨一碗茶来吃,略略同他谈两句,乘机就问他方才烧香的女子是甚么人。香火道人道:"听说是制台衙门里面甚么人的内眷,我也不知道底细。他每月总来烧几回香的。"我听了,仍是茫无头绪的,敷衍了两句就走了,不觉闷闷不乐。我虽然不是奉西教的,然而向来也不拜偶像。今天破了我的成例,不过为的是打听这件事;谁知例是破了,事情却打听不出来。当面见了真赃,势不能不打听个明白,站在庙门外面,呆呆的想法子。

只见他的轿子已经出来了。恰好有个马夫牵着一匹马走过,我便赁了他骑上了,远远的跟着那轿子去,要看他住在那里。谁知他并不回家,又到一个甚么观音庙里烧香去了。我好不懊恼!不便再进去碰他,只骑了马在左近地方跑了一会。等的我心也焦了,他方才出来,我又远远的跟着。他却又到一个关神庙去烧香。我不觉发烦起来,要想不跟他了,却又舍不得当面错过,只得按辔徐行,走将过去。只见同他做开路神的两名督辕亲兵,一个蹲在庙门外面,一个从里面走出来,嘴里打着湖南口音说:"哙!伙计,不要气了,大王庙是要到明天去了。"一个道:"我们找个茶铺子歇歇罢,嘴里燥得很咧。"一个道:"不必罢。这里菩萨少,就要走了,等回去了我们再歇。"我听了这话,就走到街头等了一会,果然见他坐着轿子出来了。我再远远的跟着他,转弯抹角,走了不少的路,走到一条街上,远远的看见他那轿子抬进一家门里去,那两名亲兵就一直的去了。我放开辔头,走到他那门口一看,只见一块朱红漆牌子,上刻着"汪公馆"三个大字。我拨转马头要回去,却已经不认得路了。我到南京虽说有了些日子,却不甚出门;南京城里地方又大,那里认得许多,只得叫马夫在前面引着走。心里原想顺路买东西,因为天上起了一片黑云,恐怕要下雨,只得急急的回去。

今天做了他半天的跟班,才知道他是一个姓汪的内眷,累得我东西也买不成功。但不知他带的东西,到底是继之的失赃不是。如果是的,还不枉这一次的做跟班;要是不是的,那可真冤枉了。想了一会,拿起笔来,先写好了一封家信,打算明天买了东西,一齐寄去。谁知这一夜就下起个倾盆大雨来,一连三四天,不曾住点。到第五天,雨小了些,我就出去买东西。打算买了回来,封包好了,到关上去问继之,有便人带去没有;有的最好,要是没有,只好交信局寄去的了。回到家时,恰好继之已经回来了,我便同他商量,他答应了代我托人带去。当下,我便把前几天在城隍庙遇见那女子烧香的话,一五一十的告诉了继之。继之听了,凝神想了一想道:"哦!是了,我明白了。这会好得那个家贼就要走了。"正是:迷离徜彷[1]疑团事,打破都从一语中。未知继之明白了甚么,那家贼又是谁人,且待下回再记。

------

[1] 迷离徜彷——模糊不清的样子。

第十四回

宦海茫茫穷官自缢　烽烟渺渺[1]兵舰先沉

话说继之听了我一席话,忽然觉悟了道:"一定是这个人了。好在他两三天之内,就要走的,也不必追究了。"我忙问:"是甚么人?"继之道:"我也不过这么想,还不知道是他不是。我此刻疑心的是毕镜江。"我道:"这毕镜江是个甚么样人?大哥不提起他,我也要问问。那天我在关上,看见他同一个挑水夫在那里下象棋,怎么这般不自重!"继之道:"他的出身,本来也同挑水的差不多,这又何足为奇!他本来是镇江的一个龟子,有两个妹子在镇江当娼,生得有几分姿色,一班嫖客就同他取起浑名[2]来:大的叫做大乔[3],小的叫做小乔。那大乔不知嫁到那里去了;这小乔,就是现在督署的文案委员[4]汪子存赏识了,娶了回去作妾。这毕镜江就跟了来做个妾舅。

------

[1] 烽烟渺渺——古时防守边境的士兵,于夜间遇到敌人来犯时,就在高台上燃起烽火,向内地告警。后来因以烽烟为边地有警的代词。渺渺,微远的样子。这里烽烟渺渺,是还没有发现敌人的意思。
[2] 浑名——绰号。浑,本作诨。
[3] 大乔——东汉末,乔玄有两个女儿,都长得十分美丽。大的叫大乔,嫁与孙策;小的叫小乔,嫁与周瑜。世称二乔。
[4] 文案委员——起草文书、管理档案的幕友。

子存宠上了小老婆,未免'爱屋及乌'[1],把他也看得同上客一般。争奈他自己不争气,终日在公馆里,同那些底下人鬼混。子存要带他在身边教他,又没有这个闲工夫;因此荐给我,说是不论薪水多少,只要他在外面见识见识。你想我那里用得他着?并且派他上等的事,他也不会做;要是派个下等事给他,子存面上又过不去:所以我只好送他几吊钱的干脩,由他住在关上。谁料他又会偷东西呢!"

我道:"这么说,我碰见的大约就是小乔了?"继之道:"自然是的。这宗小人用心,实在可笑。我还料到他为甚么要偷我这表呢。半个月以前,子存就得了消息,将近奉委做芜湖电报局总办。他恐怕子存丢下他在这里,要叫他妹子去说,带了他去。因为要求妹子,不能不巴结他,却又无从巴结起,买点甚么东西去送他,却又没有钱,所以只好偷了。你想是不是呢?"我道:"大哥怎么又说他将近要走了呢?莫非汪子存真是委了芜湖电报局了么?"继之道:"就是这话。听说前两天札子已经到了。子存把这里文案的公事交代过了,就要去接差。他前天喜孜孜的来对我说,说是子存要带他去,给他好事办呢。可不是几天就要走了么?"我道:"这个他何妨追究追究他?"继之道:"这又何苦!这到底是名节攸关的。虽然这种人没有甚么名节,然而追究出来,究竟与子存脸上有碍。我那东西又不是很值钱的;就是那块黑铜表坠,也是人家送我的。追究他做甚么呢。"

----

[1] "爱屋及乌"——爱某一个人,连带着也爱他的住屋和屋上的乌。推爱的意思。语出《尚书大传》。

正在说话之间,只见门上来回说:"有一个女人,带着一个小孩子,都是穿重孝的,要来求见;说是姓陈,又没有个片子。"继之想了一想,叹一口气道:"请进来罢,你们好好的招呼着。"门上答应去了。不一会,果然一个四十多岁的妇人,带着一个十二三岁的小孩子,都是浑身重孝的,走了进来。看他那形状,愁眉苦目,好像就要哭出来的样子。见了继之,跪下来就叩头;那小孩子跟在后面,也跪着叩头。我看了一点也不懂,恐怕他有甚么碍着别人听见的话,正想回避出去,谁知他站起了来,回过身子,对着我也叩下头去;吓得我左不是,右不是,不知怎样才好。等他叩完了头,我倒乐得不回避,听听他说话了。

继之让他坐下。那妇人就坐下开言道:"本来在这热丧里面,不应该到人家家里来乱闯;但是出于无奈,求吴老爷见谅!"继之道:"我们都是出门的人,不拘这个。这两天丧事办得怎样了?此刻还是打算盘运回去呢,还是暂时在这里呢?"那妇人道:"现在还打不定主意,万事都要钱做主呀!此刻闹到带着这孩子,抛头露面的,……"说到这里,便咽住了喉咙,说不出话来,那眼泪便从眼睛里直滚下来,连忙拿手帕去揩拭。继之道:"本来怪不得陈太太悲痛。但是事已如此,哭也无益,总要早点定个主意才好。"那妇人道:"舍间的事,吴老爷尽知道的,先夫咽了气下来,真是除了一个棕榻、一条草席,再无别物的了。前天有两位朋友商量着,只好在同寅里面告个帮,为此特来求吴老爷设个法。"说罢,在怀里掏出一个梅红全帖的知启[1]来,交给他的小孩,递给继之。

继之看了,递给我。又对那妇人说道:"这件事不是这样办法。照这个样子,通南京城里的同寅都求遍了,也不中用。我替陈太太打算,不但是盘运灵柩的一件事要用钱,就是孩子们这几年的吃饭、穿衣、念书,都是要钱的。"那妇人道:"那里还打算得那么长远!吴老爷肯替设个法,那更是感激不尽了!"继之道:"待我把这知启另外誊一份,明日我上衙门去,当面求藩台佽助[2]些。只要藩台肯了,无论多少,只要他写上一个名字就好了。人情势利,大抵如此,众人看见藩台也解囊,自然也高兴些,应该助一两的,或者也肯助二两、三两了。这是我这么一个想法,能够如愿不能,还不知道。藩台那里,我是一定说得动的,不过多少说不定就是了。我这里送一百两银子,不过不能写在知启上,不然,拿出去叫人家看见,不知说我发了多大的财呢。"那妇人听了,连忙站起来,叩下头去,嘴里说道:"妾此刻说不出个谢字来,只有代先夫感激涕零[3]的了!"说着,声嘶喉哽,又吊下泪来。又拉那孩子过来道:"还不叩谢吴老伯!"那孩子跪下去,他却在孩子的脑后,使劲的按了三下,那孩子的头便嘣嘣嘣的碰在地上,一连磕了三个响头。继之道:"陈太太,何苦呢!小孩子痛呀!

---

[1] 梅红全帖的知启——梅红全帖,是一种用梅红纸折成的帖子。第一面中央写一"正"字,第二面写姓名,共有十面,所以叫做全帖。在帖子上面写明事由,由看过的人在后面签名,这种东西叫做知启。把知启写在梅红全帖上,称为梅红全帖的知启。

[2] 佽助——帮助。

[3] 涕零——垂泪、落泪。

陈太太有事请便,这知启等我抄一份之后,就叫人送来罢。"那妇人便带着孩子告辞道:"老太太、太太那里,本来要进去请安,因为在这热丧里面,不敢造次[1],请吴老爷转致一声罢。"说着,辞了出去。

我在旁边听了这一问一答,虽然略知梗概,然而不能知道详细,等他去了,方问继之。继之叹道:"他这件事闹了出来,官场中更是一条危途了! 刚才这个是陈仲眉的妻子。仲眉是四川人,也是个榜下的知县,而且人也很精明的;却是没有路子,到了省十多年,不要说是补缺、署事,就是差事也不曾好好的当过几个。近来这几年,更是不得了,有人同他屈指算过,足足七年没有差事了。你想如何不吃尽当光,穷的不得了! 前几天忽然起了个短见,居然吊死了!"这句话,把我吓了一大跳道:"呀! 怎么吊死了! 救得回来么?"继之道:"你不看见他么? 他这一来,明明是为的仲眉死了,出来告帮,那里还有救得活的话!"我道:"任是怎样没有路子,何至于七八年没有差事,这也是一件奇事!"继之叹道:"老弟,你未曾经历过宦途,那里懂得这许多! 大约一省里面的候补人员,可以分做四大宗:第一宗,是给督抚同乡,或是世交,那不必说是一定好的了;第二宗,就是藩台的同乡世好,自然也是有照应的;第三宗,是顶了大帽子[2],挟了八行书来的。有了这三宗人,你想要多少差事才够安插? 除了这三宗之外,腾下那一宗,自然是绝不相干的了,不要说是七八年,只要他的命尽

---

〔1〕 造次——冒失、随便。
〔2〕 顶了大帽子——指倚仗有权势的人的力量。

长着,候到七八百年,只怕也没有人想着他呢。这回闹出仲眉这件事来,岂不是官场中的一个笑话!他死了的时候,地保因为地方上出了人命,就往江宁县里一报,少不免要来相验。可怜他的儿子又小,又没有个家人,害得他的夫人,抛头露面的出来拦请免验,把情节略略说了几句。江宁县已把这件事回了藩台,闻得藩台很叹了两口气,所以我想在藩台那里同他设个法子。此刻请你把这知启另写一个,看看有不妥当的,同他删改删改,等我明天拿去。"

我听了这番话,才晓得这宦海茫茫,竟与苦海[1]无二的。翻开那知启重新看了一遍,词句尚还妥当,不必改削的了,就同他再誊出一份来。翻到末页看时,已经有几个写上佽助的了,有助一千钱的,也有助一元的,甚至于有助五角的,也有助四百文的,不觉发了一声叹。回头来要交给继之,谁知继之已经出去了。我放下了知启,也踱出去看看。

走到堂屋里,只见继之拿着一张报纸,在那里发棱[2]。我道:"大哥看了甚么好新闻,在这里出神呢?"继之把新闻纸递给我,指着一条道:"你看我们的国事怎么得了!"我接过来,依着继之所指的那一条看下去,标题是"兵轮自沉"四个字,其文曰:

驭远兵轮自某处开回上海,于某日道出石浦,遥见海平线上,一缕浓烟,疑为法兵舰。管带[3]大惧,开足机器,拟速逃窜。觉

---

〔1〕 苦海——佛家的名词,比喻苦难如大海之无边无际。
〔2〕 发棱——眼睛直看着叫做棱,发棱就是发呆。
〔3〕 管带——清时军舰和兵营的负责人都叫做管带,就是后来的舰长、营长。

来船甚速,管带益惧,遂自开放水门,将船沉下,率船上众人,乘舢舨〔1〕渡登彼岸,捏报仓卒〔2〕遇敌,致被击沉云。刻闻上峰〔3〕将彻底根究,并劄〔4〕上海道,会商制造局,设法前往捞取矣。

我看了不觉咋舌道:"前两天听见濮固修说是打沉的,不料有这等事!"继之叹道:"我们南洋的兵船〔5〕,早就知道是没用的了,然而也料想不到这么一着。"我道:"南洋兵船不少,岂可一概抹煞?"继之道:"你未从此中过来,也难怪你不懂得。南洋兵船虽然不少,叵奈〔6〕管带的一味知道营私舞弊,那里还有公事在他心上。你看他们带上几年兵船,就都一个个的席丰履厚〔7〕起来,那里还肯去打仗!"我道:"带一个兵船,那里有许多出息?"继之道:"这也一言难尽。克扣一节,且不要说他;单只领料一层,就是了不得的了。譬如他要领煤,这里南京是没有煤卖的,照例是到支应局〔8〕去领价,到上海去买。他领了一百吨的煤价到上海去,上海是有一家专供应兵

---

〔1〕 舢舨——也作三板,小船名。海船吃水深,不能靠岸,舢舨是由海船到岸上的交通工具。
〔2〕 仓卒——同仓猝,慌慌忙忙的样子。
〔3〕 上峰——上级长官。
〔4〕 劄——上级官署给下级官员文书的一种。当时给直属人员的公文用札,非直属人员的公文用劄。用札调动官员叫做札调,委任官员叫做札委。
〔5〕 南洋的兵船——指南洋水师。清末水师分南洋、北洋两个系统,分由南洋大臣、北洋大臣统率。福建水师由船政大臣统率,名义附属于南洋,却并不听南洋指挥。
〔6〕 叵奈——怎奈、无奈。
〔7〕 席丰履厚——指生活舒适阔绰。
〔8〕 支应局——主管一省军饷收支的机构。

船物料的铺家,彼此久已相熟的,他到那里去,只买上二三十吨。"我啫[1]道:"那么那七八十吨的价,他一齐吞没了!"继之道:"这又不能。他在这七八十吨价当中,提出二成贿了那铺家,叫他帐上写了一百吨;恐怕他与店里的帐目不符,就教他另外立一个暗记号,开支了那七八十吨的价银就是了。你想他们这样办法,就是吊了店家帐簿来查,也查不出他的弊病呢。有时他们在上海先向店家取了二三十吨煤,却出他个百把吨的收条,叫店家自己到支应局来领价,也是这么办法。你说他们发财不发财呢!"

我道:"那许多兵船,难道个个管带都是这么着么?而且每一号兵船,未必就是一个管带到底,头一个作弊罢了,难道接手的也一定是这样的么?"继之道:"我说你到底没有经练,所以这些人情世故一点也不懂。你说谁是见了钱不要的?而且大众都是这样,你一个人却独标高洁起来,那些人的弊端,岂不都叫你打破了?只怕一天都不能容你呢!就如我现在办的大关,内中我不愿意要的钱,也不知多少,然而历来相沿如此,我何犯着把他叫穿了,叫后来接手的人埋怨我;只要不另外再想出新法子来舞弊,就算是个好人了。"

我道:"历来的督抚难道都是睡着的,何以不彻底根查一次?"继之道:"你又来了!督抚何曾睡着,他比你我还醒呢。他要是将一省的弊窦都厘剔[2]干净,他又从那里调剂私人呢?我且现身说法,说

---

[1] 啫——惊叫的声音。
[2] 厘剔——厘,治理的意思。厘剔,是由于整顿而剔除了弊端。

给你听：我这大关的差事，明明是给藩台有了交情，他有心调剂我的，所以我并未求他，他出于本心委给了我；若是没有交情的，求也求不着呢。其馀你就可以类推了。"正说话时，忽报藩台着人来请，继之便去更衣。继之这一去，有分教：大善士奇形毕现，苦灾黎实惠难沾。未知藩台请继之去有甚么事，且待下回再记。

第十五回

论善士微言[1]议赈捐　见招帖书生谈会党[2]

当下继之换了衣冠,再到书房里,取了知启道:"这回只怕是他的运气到了。我本来打算明日再去,可巧他来请,一定是单见的,更容易说话了。"说罢,又叫高升将那一份知启先送回去,然后出门上轿去了。

我左右闲着没事,就走到我伯父公馆里去望望。谁知我伯母病了,伯父正在那里纳闷,少不免到上房去问病。坐了一会,看着大家都是无精打彩的,我就辞了出来。在街上看见一个人在那里贴招纸,那招纸只有一寸来宽,五六寸长,上面写着"张大仙有求必应"七个字,歪歪的贴在墙上。我问贴招纸的道:"这张大仙是甚么菩萨?在那里呢?"那人对我笑了一笑,并不言语。我心中不觉暗暗称奇。只见他走到十字街口,又贴上一张,也是歪的。我不便再问他,一径走了回去。

继之却等到下午才回来,已经换上便衣了。我问道:"方伯那里有甚么事呢?"继之道:"说也奇怪,我正要求他写捐,不料他今天请

---
[1] 微言——含蓄而又中肯要的话。
[2] 会党——帮会。这里指哥老会里的红帮和青帮。

我,也是叫我写捐,你说奇怪不奇怪?我们今天可谓'交易而退'了。"说到这里,跟去的底下人送进帖袋来,继之在里面抽出一本捐册来交给我看。我翻开看时,那知启也夹在里面,藩台已经写上了二十五两,这五字却像是涂改过的。我道:"怎么写这几个字,也错了一个?"继之道:"不是错的,先是写了二十四两,后来检出一张二十五两的票子来,说是就把这个给了他罢,所以又把那'四'字改做'五'字。"我道:"藩台也只送得这点,怪不得大哥送一百两,说不能写在知启上了,写了上去,岂不是要压倒藩台了么?"继之道:"不是这等说,这也没甚么压倒不压倒,看各人的交情罢了。其实我同陈仲眉并没有大不了的交情,不过是'惺惺惜惺惺'[1]的意思。但是写了上去,叫别人见了,以为我举动阔绰,这风声传了出去,那一班打抽丰[2]的来个不了,岂不受累么?说也好笑,去年我忽然接了上海寄来的一包东西,打开看时,却是两方青田石[3]的图书,刻上了我的名号;一张白折扇面,一面画的是没神没彩的两笔花卉,一面是写上几个怪字,都是写的我的上款。最奇怪的是称我做'夫子大人'。还有一封信,那信上说了许多景仰感激的话,信末是写着'门生张超顿首'六个字。我实在是莫名其妙,我从那里得着这么一个门生,连

---

[1] "惺惺惜惺惺"——同病相怜的意思。这里因为吴继之和陈仲眉同是候补知县,所以这样说。惺惺,本指聪明人。
[2] 打抽丰——假托某种名义,向人求取财物,叫做打抽丰,意思是向富有的人抽取一点好处。就是敲竹杠、打把势。
[3] 青田石——浙江青田县出产的一种可作印章的冻石。

我也不知道，只好不理他。不多几天，他又来了一封信，仍然是一片思慕感激的话，我也不曾在意。后来又来了一封信，诉说读书困苦，我才悟到他是要打把势的，封了八元银寄给他，顺便也写个信问他为甚这等称呼，谁知他这回却连回信也没有了，你道奇怪不奇怪？今年同文述农谈起，原来述农认得这个人，他的名字是没有一定的，是一个读书人当中的无赖，终年在外头靠打把势过日子的。前年冬季，上海格致书院[1]的课题是这里方伯出的，齐了卷寄来之后，方伯交给我看，我将他的卷子取了超等第二。我也忘记了他卷上是个甚么名字了。自从取了他超等之后，他就改了名字，叫做'张超'。然而我总不明白他，为甚么神通广大，怎样知道是我看的卷，就自己愿列门墙[2]，叫起我老师来？"我道："这个人也可以算得不要脸的了！"继之叹道："脸是不要的了，然而据我看来，他还算是好的，总算不曾下流到十分。你不知道现在的读书人，专习下流的不知多少呢！"

说话时我翻开那本捐册来看，上面粘着一张红单帖，印了一篇小引，是募捐山西赈款的，便问道："这是请大哥募捐的，还是怎样？"继之道："这是上海寄来的。上海这几年里面，新出了一位大善士，叫做甚么史绍经，竭尽心力的去做好事。这回又寄了二百份册子来，给

---

[1] 格致书院——书院，是从前学者讲学的地方，有公立，有私立，略如后来的学校。有时也出题叫学生作文，作得好的发给奖金。这里格致书院，是当时上海的一所公立书院，以研究物理、化学等科学为主。

[2] 门墙——孔子的学生端木赐(子贡)，认为孔子的学问很高深，做他的学生是不容易领悟的，犹如很高的宫墙，想进去的人却找不到门进去一样。后来因用门墙比喻老师的门下，是尊敬老师的话。

这里藩台，要想派往各州县募捐。你想这江苏省里，连海门厅[1]算在里面，统共只有八府、三州[2]、六十八州县，内中还有一半是苏州那边藩台管的，那里派得了一百册？只好省里的同寅也派了开来，只怕还有得多呢。"

我道："这位先生可谓勇于为善的了。"继之笑了一笑道："岂但勇于为善，他这番送册子来，还要学那'古之人与人为善'呢。其实这件事我就很不佩服。"我诧异道："做好事有甚么不佩服？"继之道："说起来，这句话是我的一偏之见。我以为这些善事，不是我们做的。我以为一个人要做善事，先要从切近地方做起，第一件对着父母先要尽了子道，对着弟兄要尽了弟道[3]，对了亲戚本族要尽了亲谊之道，夫然后对了朋友要尽了友道；果然自问孝养无亏了，所有兄弟、本族、亲戚、朋友，那能够自立，绰然[4]有馀的自不必说，那贫乏不能自立的，我都能够照应得他妥妥帖帖，无忧冻馁的了，还有馀力，才可以讲究去做外面的好事。所以孔子说：'博施济众，尧舜犹病。'[5]我不信现在办善事的人，果然能够照我这等说，由近及远么？"我道："倘是人族大的，就是本族、亲戚两项，就有上千的人，还

---

[1] 厅——和州县平行的地方基层政权之一，厅的长官为同知或通判（在这里是正印官，和府的辅佐官地位不同）。此外还有直隶厅，和府平行。
[2] 三州——这里三州是指的和府平行的三个直隶州。
[3] 弟道——弟，在这里同悌。弟道，指善事兄长，兄弟和睦。
[4] 绰然——宽裕的样子。
[5] "博施济众，尧舜犹病"——对群众广泛的施舍救济，就是像尧舜那样的圣贤之君，也感到有困难。语出《论语》。

有不止的,穷的总要占了一半,还有朋友呢,怎样能都照应得来?"继之道:"就是这个话。我舍间在家乡虽不怎么,然而也算得是一家富户的了。先君在生时,曾经捐了五万银子的田产做赡族义田[1],又开了几家店铺,把那穷本家都延请了去,量材派事;所以敝族的人,希冀可以免了饥寒。还有亲戚呢,还是照应不了许多呀,何况朋友呢。试问现在的大善士,可曾想到这一着?"

我道:"碰了荒年,也少不了这班人,不然,闹出那铤而走险[2]的,更是不得了了。"继之道:"这个自然。我这话并不是叫人不要做善事,不过做善事要从根本上做起罢了。现在那一班大善士,我虽然不敢说没有从根中做起的,然而沽名钓誉的,只怕也不少。"我道:"'三代以下惟恐不好名'[3],能够从行善上沽个名誉也罢了。"继之道:"本来也罢了,但还不止这个呢。他们起先投身入善会,做善事的时候,不过是一个光蛋;不多几年,就有好几个甲第连云[4]起来了。难道真是'天富善人'么?这不是我说刻薄话,我可有点不敢

---

〔1〕赡族义田——购置田产,以租谷的收入救济贫苦的本家,因为是"义举",所以叫做赡族义田。

〔2〕铤而走险——一个人到了穷途末路,就会不顾一切,冒着危险去做犯法的事。铤,走得很快的样子。

〔3〕"三代以下惟恐不好名"——三代,指夏、商、周。这句话的意思是:三代以上,太古的时候,民风淳朴,人们凭着直道作事,没有虚伪,是很自然的;三代以下的人们所以不肯做坏事,却是为了爱惜名誉的缘故,这就有了机心了。但是,宁愿他们因为有爱惜名誉的机心而不做坏事,总比不顾名誉而去做坏事的好。语见《宋史·陈垲传》。

〔4〕甲第连云——古时大房子分甲乙第,甲第连云,形容房子高矗云霄,夸张语。

相信的了。"我指着册子道:"他这上面,不是刻着'经手私肥〔1〕,雷殛火焚'么?"继之笑道:"你真是小孩子见识。大凡世上肯拿出钱来做善事的,那里有一个是认真存了'仁人恻隐'之心,行他那'民胞物与'〔2〕的志向,不过都是在那里邀福,以为我做了好事,便可以望上天默佑,万事如意的。有了这个想头,他才肯拿出钱来做好事呢;不然,一个铜钱一点血,他那里肯拿出来。世人心上都有了这一层迷信,被那善士看穿了,所以也拿这迷信的法子去坚他的信,于是乎就弄出这八个字来。我恐怕那雷没有闲工夫去处处监督着他呢。"我道:"究竟他收了款,就登在报上,年年还有征信录〔3〕,未必可以作弊。"继之道:"别的我不知,有人告诉我一句话,却很在理上。他说,他们一年之中,吃没那无名氏的钱不少呢。譬如这一本册子,倘是写满了,可以有二三百户,内中总有许多不愿出名的,随手就写个'无名氏';那捐的数目,也没有甚么大上落,总不过是一两元,或者三四元,内中总有同是无名氏,同是那个数目的。倘使有了这么二三十个无名氏同数目的,他只报出六七个或者十个八个来。就捐钱的人,只要看见有了个无名氏,就以为是自己了,那个肯为了几元钱,去追究他呢。这个话我虽然不知道是真的,是伪的,然而没有一点影子,只

---

〔1〕 私肥——好了自己、便宜了自己,就是贪污中饱的意思。
〔2〕 "民胞物与"——把别人看得和自己一样、痛痒相关的意思。语出张载《西铭》:"民吾同胞,物吾与也。"
〔3〕 征信录——经手公益款项的人,把收支数目用书面刊布出来,表示无弊,以博得人们的信任,这种刊物叫做征信录。

怕也造不出这个谣言来。还有一层：人家送去做冬赈的棉衣棉裤,只要是那善士的亲戚朋友所用的轿班、车夫、老妈子,那一个身上没有一套,还有一个人占两三套的。虽然这些也是穷人,然而比较起被灾的地方那些灾黎,是那一处轻,那一处重呢？这里多分了一套,那里就少了一套,况且北边地方,又比南边来得冷,认真是一位大善士,是拿人家的赈物来送人情的么？单是这一层,我就十二分不佩服了。"

我道："那么说,大哥这回还捐么？还去劝捐么？"继之道："他用大帽子压下来,只得捐点；也只得去劝上十户八户,凑个百十来元钱,交了卷就算了。你想我这个是受了大帽子压的才肯捐；还有明日我出去劝捐起来,那些捐户就是讲交情的了,问他的本心实在不愿意捐,因为碍着我的交情,好歹化个几元钱,再问他的本心,他那几元钱,就犹如送给我的一般的了；加了方才说的希冀邀福的一班人,共是三种。行善的人只有这三种,办赈捐的法子也只有这三个,你想世人那里还有个实心行善的呢？"说罢,取过册子,写了二十元；又写了个条子,叫高升连册子一起送去。他这是送到那一位朋友处募捐,我可不曾留心了。

又取过那知启来,想了一想,只写上五两。我笑道："送了一百两,只写个五两,这是个倒九五呢。"继之道："这上头万不能写的太多,因为恐怕同寅的看见我送多了,少了他送不出,多了又送不起,岂不是叫人家为难么。"说着,又拿钥匙开了书橱,在橱内取出一个小拜匣〔1〕,在拜匣里面,翻出三张字纸,拿火要烧。我问道："这又是甚么东西？"继之道：

------

〔1〕 拜匣——也称拜盒,一种放置柬帖、礼封和零件之类的长方形小盒子。

"这是陈仲眉前后借我的二百元钱。他一定要写个票据,我不收,他一定不肯,只得收了。此刻还要他做甚么呢。"说罢,取火烧了。

又对我说道:"请你此刻到关上走一次罢。天已不早了,因为关上那些人,每每要留难人家的货船,我说了好几次,总不肯改。江面又宽,关前面又没有好好的一个靠船地方,把他留难住了,万一晚上起了风,叫人家怎样呢!我在关上,总是监督着他们,验过了马上就给票放行的。今日你去代我办这件事罢。明日我要在城里跑半天,就是为仲眉的事,下午出城,你也下午回来就是了。"

我答应了,骑马出城,一径到关上去。发放了几号船,天色已晚了,叫厨房里弄了几样菜,到述农房里同他对酌。述农笑道:"你这个就算请我了么? 也罢。我听见继翁说你在你令伯席上行得好酒令,我们今日也行个令罢。"我道:"两个人行令乏味得很,我们还是谈谈说说罢。我今日又遇了一件古怪的事,本来想问继翁,因为谈了半天的赈捐就忘记了,此刻又想起来了。"述农道:"甚么事呢? 到了你的眼睛里,甚么事都是古怪的。"我就把遇见贴招纸的述了一遍。述农道:"这是人家江湖上的事情,你问他做甚么。"我道:"江湖上甚么事? 倒要请教,到底这个张大仙是甚么东西?"述农道:"张大仙并没有的,是他们江湖上甚么会党的暗号,有了一个甚么头目到了,住在那里,恐怕他的会友不知道,就出来满处贴了这个,他们同会的看了就知道了。只看那条子贴的底下歪在那一边,就往那一边转弯;走到有转弯的地方,留心去看,有那条子没有,要是没有,还得一直走;但见了条子,就照着那歪的方向转去,自然走到他家。"我道:"那里认得他家门口呢?"述农道:"他门口也有记认,或者挂着一把破蒲扇,或者挂着一个破灯笼,甚么东西都说不定,总而言之,一定是个破旧不堪的。"我道:"他这等暗号已经被人知道了,不怕地方官拿他么?"述农道:"拿他做甚么!到他家里,他原是一个好好的人,谁敢说他是会党。并且他的会友到他家去,打门也有一定的暗号,开口说话也有一定的暗号,他问出来也是暗号,你答上去也是暗号,样样都对了他才招接呢。"我道:"他这暗号是甚么样的呢?你可……"我这一句话还不曾说完,忽听得轰的一声,犹如天崩地塌一般,跟着又是一片澎湃[1]之声,把门里的玻璃窗都震动了,桌上的杯箸都直跳起来,不觉吓了一跳。正是:忽来霹雳轰天响,打断纷披屑玉谈。未知那声响究竟是甚么事,且待下回再记。

---

〔1〕 澎湃——波浪互相冲击的声音。

第十六回

观演水雷书生论战事　接来电信游子忽心惊

这一声响不打紧,偏又接着外面人声鼎沸起来,吓得我吃了一大惊。述农站起来道:"我们去看看来。"说着,拉了我就走。一面走,一面说道:"今日操演水雷,听说一共试放三个,赶紧出去,还望得见呢。"我听了方才明白。原来近日中法之役,尚未了结;这几日里,又听见台湾吃了败仗,法兵已在基隆地方登岸,这里江防格外吃紧,所以制台格外认真,吩咐操演水雷,定在今夜举行。我同述农走到江边一看,是夜宿雨[1]初晴,一轮明月自东方升起,照得那浩荡江波,犹如金蛇万道一般,吃了几杯酒的人,到了此时,倒也觉得一快。只可惜看演水雷的人多,虽然不是十分挤拥,却已是立在人丛中的了。忽然又是轰然一声,远响四应。那江水陡然间壁立千仞[2]。那一片澎湃之声,便如风卷松涛;加以那山鸣谷应的声音,还未断绝:两种声音,相和起来。这里看的人又是哄然一响。我生平的耳朵里,倒是头一回听见。接着又是演放一个。虽不是甚么"心旷神怡"的事情,也

----

[1] 宿雨——久雨。
[2] 壁立千仞——古时以周尺七尺或八尺为仞;千仞,形容高。这里壁立千仞,是形容江水突然高起,像崖壁的耸立一样。

可以算得耳目一新的了。

看罢,同述农回来,洗盏更酌。谈谈说说,又说到那会党的事。我再问道:"方才你说他们都有暗号,这暗号到底是怎么样的?"述农道:"这个我那里得知,要是知道了,那就连我也是会党了。他们这个会党,声势也很大,内里面戴红顶的大员也不少呢。"我道:"既是那么说,你就是会党,也不辱没你了。"述农道:"罢,罢,我彀不上呢。"我道:"究竟他们办些甚么事呢?"述农道:"其实他们空着没有一点事,也不见得怎么为患地方,不过声势浩大罢了。倘能利用他呢,未尝不可借他们的力量办点大事;要是不能利用他,这个'养痈贻患'[1],也是不免的。"

正在讲论时,忽然一个人闯了进来,笑道:"你们吃酒取乐呢!"我回头一看,不觉诧异起来,原来不是别人,正是继之,还穿着衣帽呢。我道:"大哥不说明天下午出城么?怎么这会来了?"继之坐下道:"我本来打算明天出城,你走了不多几时,方伯又打发人来说,今天晚上试演水雷,制台、将军[2]都出城来看,叫我也去站个班。我其实不愿意去献这个殷勤,因为放水雷是难得看见的,所以出来趁个热闹。因为时候不早了,不进城去,就到这里来。"我道:"公馆里没有人呢。"继之道:"偶然一夜,还不要紧。"一面说着,卸去衣冠道:"我到帐房里去去就来,我也吃酒呢。"述农道:"可是又到帐房里去拿钱给我们用呢?"继

---

〔1〕"养痈贻患"——痈,一种很利害的疖疮,不早日医治,就会溃烂成为大患。这是一句成语,比喻听任小毛病发展会酿成巨患的意思。
〔2〕将军——清时各省驻防旗兵的最高长官,由满人担任,地位和督抚平行。

之笑了一笑,对我道:"我要交代他们这个。"说罢,弯腰在靴统[1]里,掏出那本捐册来道:"叫他们到往来的那两家钱铺子里去写两户,同寅的朋友,留着办陈家那件事呢。"说罢,去了。歇了一会又过来。我已经叫厨房里另外添上两样菜,三个人借着吃酒,在那里谈天。

因为讲方才演放水雷,谈到中法战事。继之道:"这回的事情,糜烂极了!台湾的败仗,已经得了官报了。那一位刘大帅[2],本来是个老军务,怎么也会吃了这个亏?真是难解!至于马江那一仗,更是传出许多笑话来:有人说那位钦差,只听见一声炮响,吓得马上就逃走了,一只脚穿着靴子,一只脚还没有穿袜子呢。又有人说不是的,他是坐了轿子逃走的,轿子后面,还挂着半只火腿呢。刚才我听见说,督署已接了电谕,将他定了军罪[3]了。前两天我看见报纸上有一首甚么词,咏这件事的。福建此时总督、船政都是姓何,藩台、钦差都是姓张[4],所以我还记得那词上两句是:'两个是傅粉何郎,两个是画眉张敞。'[5]"我道:"这两句就俏皮得很!"继之道:"俏皮

---

[1] 靴统——就是靴筒。从前官员穿的靴子,靴筒长大,里面可以放置零碎东西。
[2] 刘大帅——指当时的台湾巡抚刘铭传。他是淮系的军阀之一,中法战争时,法提督孤拔率领兵舰攻打台湾基隆炮台,并携炮登陆,后来被他督兵打退,法舰就又开入马江。
[3] 军罪——就是充军。清朝制度:官员有罪充军的,发往西北军台效力,每年要缴纳台费银若干,三年期满,呈由皇帝核准,才能释回。
[4] 福建此时总督、船政都是姓何,藩台、钦差都是姓张——这里藩台疑是抚台之误。当时福建的总督是何璟,船政大臣是何如璋,抚台是张兆栋,钦差是张佩纶,都由于马江之败被革了职。
[5] "两个是傅粉何郎,两个是画眉张敞"——何郎,指何晏,三国魏人,长得很漂亮,喜欢搽粉,当时有傅粉何郎之称。张敞,汉人,曾任京兆尹,因给老婆画眉而被人弹劾。这里借古来两个同姓的风流人物来指何璟、何如璋、张兆栋、张佩纶,含有讥讽他们文弱无用的意思。

么? 我看轻薄罢了。大凡讥弹人家的话,是最容易说的;你试叫他去办起事来,也不过如此,只怕还不及呢。这军务的事情,何等重大! 一旦败坏了,我们旁听的,只能生个恐惧心,生个忧愤心,那里还有工夫去嬉笑怒骂呢? 其实这件事情,只有政府担个不是,这是我们见得到,可以讥弹他的。"述农道:"怎么是政府不是呢?"继之道:"这位钦差年纪又轻,不过上了几个条陈,究竟是个'纸上空谈',并未见他办过实事,怎么就好叫他独当一面,去办这个大事呢? 纵使他条陈中有可采之处,也应该叫一个老于军务的去办,给他去做个参谋、会办之类,只怕他还可以有点建设,帮着那正办的成功呢。像我们这班读书人里面,很有些听见放鞭爆还吓了一跳的,怎么好叫他去看着放大炮呢? 就像方才去看演放水雷,这不过是演放罢了,在那里伺候同看的人,听得这轰的一声,就很有几个抖了一抖,吐出舌头的,还有举起双手,做势子去挡的。"我同述农,不觉笑了起来。继之又道:"这不过演放两三响已经这样了,何况炮火连天,亲临大敌呢,自然也要逃走了。然而方才那一班吐舌头、做手势的,你若同他说起马江战事来,他也是一味的讥评谩骂,试问配他骂不配呢?"当下一面吃酒,一面谈了一席话,酒也够了,菜也残了,撤了出去,大家散坐。又到外面看了一回月色,各各就寝。

到了次日,我因为继之已在关上,遂进城去,赁了一匹马,按辔徐行。走到城内不多点路,只见路旁有一张那张大仙的招纸,因想起述农昨夜的话,不知到底确不确,我何妨试去看看有甚么影迹。就跟着那招纸歪处,转了个弯,一路上留心细看,只见了招纸就转弯,谁知转得几转,那地方就慢慢的冷落起来了。我勒住马想道:"倘使迷了路,便怎么好?"忽又回想道:"不要紧,我只要回来时也跟着那招纸走,自然也走到方才来的地方了。"忽听得那马夫说了几句话,我不曾留心,不知他说甚么,并不理他,依然向前而去。那马夫在后面跟着,又说了几句,我一些也听不懂,回头问道:"你说甚么呀?"他便不言语了。我又向前走,走到一处,抬头一望,前面竟是一片荒野,暗想这南京城里,怎么有这么大的一片荒地。

　　正走着,只见路旁一株紫杨树上,也粘了这么一张;跟着他转了一个弯,走了一箭之路,路旁一个茅厕,墙上也有一张;顺着他歪的方向望过去时,那边一带有四五十间小小的房子,那房子前面就是一片空地,那里还憩着一乘轿子。恰好看见一家门首有人送客出来,那送客的只穿了一件斗纹布灰布袍子,并没有穿马褂,那客人倒是衣冠楚楚的。我一面看,一面走近了,见那客人生的一张圆白脸儿,八字胡子,好生面善,只是想不起来。那客上了那乘轿时,这里送客的也进去了。我看他那门口,又矮又小,暗想这种人家,怎样有这等阔客。猛抬头看见他檐下挂着一把破扫帚,暗想道:"是了,述农的话是不错的了。"骑在马上,不好只管在这里呆看,只得仍向前行。行了一箭多路,猛然又想起方才那个客人,就是我在元和船上看见他扮官做贼,后来继之说他居然是官的人。又想起他在船上给他伙伴说的话,叽叽咕咕听不懂的,想来就是他们的暗号暗话,这个人一定也是会党。猛然又想起方才那马夫同我说过两回话,我也没有听得出来,只

第三回 走穷途忽遇良朋 谈仕路初闻怪状

走穷途忽遇良朋
谈仕路初闻怪状
古澜珠葊写

第九回·诗翁画客狼狈为奸 怨女痴男鸳鸯并命

詩翁畫客
狼狽為奸
怨女痴男
鴛鴦并命
臻寰山人寫

第十回・老伯母強作周旋話 惡洋奴欺淩同族人

第十五回・论善士微言议赈捐　见招帖书生谈会党

第十六回·观演水雷书生论战事　接来电信游子忽心惊

第二十三回・老伯母遺言囑兼祧　師兄弟挑燈談換帖

老伯母遺言囑
盂桃師兄
弟挑燈談換
帖躁宵

第二十四回 臧获私逃酿出三条性命 翰林伸手装成八面威风

第二十八回 · 办礼物携资走上海 控影射遣伙出京师

辦禮物攜貲走
上海空影射
遣夥出京師
珠雀山人記

怕那马夫也是他们会党里人,见我一路上寻看那招纸,以为我也是他们一伙的,拿那暗话来问我,所以我两回都听得不懂。

想到这里,不觉没了主意。暗想我又不是他们一伙,今天寻访的情形,又被他看穿了,此时又要拨转马头回去,越发要被他看出来,还要疑心我暗访他们做甚么呢;若不回马,只管向前走,又认不得那条路可以绕得回去,不要闹出个笑话来。并且今天不能到家下马,不要叫那马夫知道了我的门口才好,不然,叫他看见了吴公馆的牌子,还当是官场里暗地访查他们的踪迹,在他们会党里传播起来,不定要闹个甚么笑话呢。思量之间,又走出一箭多路。因想了个法子,勒住马,问马夫道:"我今天怎么走迷了路呢?我本来要到夫子庙里去,怎么走到这里来了?"马夫道:"怎么,要到夫子庙?怎不早点说?这冤枉路才走得不少呢!"我道:"你领着走罢,加你点马钱就是了。"马夫道:"拨过来呀。"说着,先走了,到那片大空地上,在这空地上横截过去,有了几家人家,弯弯曲曲的走过去,又是一片空地;走完了,到了一条小弄,仅仅容得一人一骑;穿尽了小街,便是大街;到了此地,我已经认得了。

此处离继之公馆不远了,我下了马说道:"我此刻要先买点东西,夫子庙不去了,你先带了马去罢。"说罢,付了马钱,又加了他几文,他自去了,我才慢慢的走了回去。我本来一早就进城的,因为绕了这大圈子,闹到十一点钟方才到家,人也乏了,歇息了好一会。

吃过了午饭,因想起我伯母有病,不免去探望探望,就走到我伯父公馆里去。我伯父也正在吃饭呢,见了我便问道:"你吃过饭没有?"我道:"吃过了,来望伯母呢,不知伯母可好了些?"伯父道:"总是这么样,不好不坏的。你来了,到房里去看看他罢。"我听说就走了进去。只见我伯母坐在床上,床前安放一张茶几,正伏在茶几上啜粥。床上还坐着一个十三四岁的鸦头在那里搥背。我便问道:"伯母今天可好些?"我伯母道:"侄少爷请坐。今日觉着好点了。难得你惦记着来看看我。我这病,只怕难得好的了!"我道:"那里来的话!一个人谁没有三天两天的病,只要调理几天,自然好了。"伯母道:"不是这么说。我这个病时常发作,近来医生都说要成个痨病的了。我今年五十多岁的人了,如果成了痨病,还能够耽搁得多少日子呢!"我道:"伯母这回得病有几天了?"伯母道:"我一年到头,那一天不是带着病的;只要不躺在床上,就算是个好人。这回又躺了七八天了。"我道:"为甚不给侄儿一个信,也好来望望? 侄儿直到昨天来了才知道呢。"伯母听了叹一口气,推开了粥碗,旁边就有一个佣妇走过来,连茶几端了去。我伯母便躺下道:"侄少爷,你到床跟前的椅子上坐下,我们谈谈罢。"我就走了过去坐下。

歇了一歇,我伯母又叹了一口气道:"侄少爷,我自从入门以后,虽然生过两个孩子,却都养不住,此刻是早已绝望的了。你伯父虽然讨了两个姨娘,却都是同石田〔1〕一般的。这回我的病要是不得好,你看可怜不可怜!"我道:"这是甚么话! 只要将息两天就好了,那医生的话未必都靠得住。"伯母又道:"你叔叔听说有两个儿子,他又远

----
〔1〕 石田——石田是无法耕种、没有收获的,这里比喻姨娘的不会养儿子。

在山东，并且他的脾气古怪得很，这二十年里面，绝迹没有一封信来过。你可曾通过信？"我道："就是去年父亲亡故之后，曾经写过一封信去，也没有回信；并且侄儿也不曾见过，就只知道有这么一位叔叔就是了。"伯母道："我因为没有孩子，要想把你叔叔那个小的承继过来，去了十多封信，也总不见有一封信来。论起来，总是你伯父穷之过，要是有了十万八万的家当，不要说是自己亲房，只怕那远房的也争着要承继呢。你伯父常时说起，都说侄少爷是很明白能干的人，将来我有过甚么三长两短，侄少爷又是独子，不便出继，只好请侄少爷照应我的后事，兼祧〔1〕过来。不知侄少爷可肯不肯？"我道："伯母且安心调理，不要性急，自然这病要好的，此刻何必耽这个无谓的心思。做侄儿的自然总尽个晚辈的义务，伯母但请放心，不要胡乱耽心思要紧。"一面说话时，只见伯母昏昏沉沉的，像是睡着了。床上那小丫头，还在那里捶着腿。我便悄悄的退了出来。

  伯父已经吃过饭，往书房里去了，我便走到书房里去。只见伯父躺在烟床上吃烟，见了我便问道："你看伯母那病要紧么？"我道："据说医家说是要成痨病，只要趁早调理，怕还不要紧。"伯父站起来，在护书里面检出一封电报，递给我道："这是给你的。昨天已经到了，我本想叫人给你送去，因为我心绪乱得很，就忘了。"我急看那封面

---

〔1〕 兼祧——封建社会里认为：人死时应该有儿子送终，而且奉祀的香烟也不能断绝，所以十分重视后嗣。自己如果没有儿子，可以在兄弟的儿子里选择一人承继；如果兄弟只有一个儿子，就由一人兼做两房的后嗣，可以娶两个妻子，叫做兼祧。

时,正是家乡来的,吃了一惊。忙问道:"伯父翻出来看过么?"伯父道:"我只翻了收信的人名,见是转交你的,底下我就没有翻了,你自己翻出罢。"我听得这话,心中十分忙乱,急急辞了伯父,回到继之公馆,手忙脚乱的,检出《电报新编》,逐字翻出来。谁知不翻犹可,只这一翻,吓得我:魂飞魄越心无主,胆裂肝摧痛欲号!要知翻出些甚么话来,且待下回再记。

第十七回

整归装游子走长途　抵家门慈亲喜无恙

你道翻出些甚么来？原来第一个翻出来是个"母"字,第二个是"病"字;我见了这两个字已经急了,连忙再翻那第三个字时,禁不得又是一个"危"字。此时只吓得我手足冰冷！忙忙的往下再翻,却是一个"速"字,底下还有一个字,料来是个"归"字、"回"字之类,也无心去再翻了。连忙怀了电报,出门骑了一匹马,飞也似的跑到关上,见了继之,气也不曾喘定,话也说不出来,倒把继之吓了一跳。我在怀里掏出那电报来,递给继之道："大哥,这会叫我怎样！"继之看了道："那么你赶紧回去走一趟罢。"我道："今日就动身,也得要十来天才得到家,叫我怎么样呢！"继之道："好兄弟！急呢,是怪不得你急,但是你急也没用。今天下水船是断来不及了,明天动身罢。"我呆了半晌道："昨天托大哥的家信,寄了么？"继之道："没有呢,我因为一时没有便人,此刻还在家里书桌子抽屉里。你令伯知道了没有呢？"我道："没有。"继之道："你进城去罢。到令伯处告诉过了,回去拿了那家信银子,仍旧赶出城来,行李铺盖也叫他们给你送出来。今天晚上,你就在这里住了,明日等下水船到了,就在这里叫个划子划了去,岂不便当？"

我听了不敢耽搁,一匹马飞跑进城,见了伯父,告诉了一切；又到房里去告诉了伯母。伯母叹道:"到底婶婶好福气,有了病,可以叫侄少爷回去;像我这个孤鬼,……"说到这里,便咽住了。憩了一憩道:"侄少爷回去,等婶婶好了,还请早点出来,我这里很盼个自己人呢。今天早起给侄少爷说的话,我见侄少爷没有甚么推托,正自欢喜,谁知为了婶婶的事,又要回去。这是我的孤苦命!侄少爷,你这回再到南京,还不知道见得着我不呢!"我正要回答,伯父慢腾腾的说道:"这回回去了,伏侍得你母亲好了,好歹在家里,安安分分的读书,用上两年功,等起了服〔1〕,也好去小考〔2〕;不然,就捐个监去下场〔3〕。我这里等王俎香的利钱寄到了,就给你寄回去。还出来鬼混些甚么!小孩子们,有甚么脾气不脾气的!前回你说甚么不欢喜作八股,我就很想教训你一顿,可见得你是个不安分、不就范围的野性子,我们家的子侄,谁像你来!"我只得答应两个"是"字。伯母道:"侄少爷,你无论出来不出来,请你务必记着我。我虽然没有甚么好处给你,也是一场情义。"我方欲回答,我伯父又问道:"你几时动身?"我道:"今日来不及了,打算明日就动身。"伯父道:"那么你早点去收拾罢。"

----

〔1〕 起了服——就是满了服的意思,指为父母服丧已经满了三年的期限。

〔2〕 小考——清朝习惯,把童生应县试、府试、院试,都叫做小考,也叫小试。秀才应乡试,举人应会试,都叫做大场。

〔3〕 捐个监去下场——监,指监生,国子监(当时的全国最高学府)生员的简称。最初只有成绩优异的秀才和官员的子弟,在一定的条件之下,才可以做监生;后来普通人也可以出钱捐做监生,获得和秀才同等的资格去参加乡试。国子监的后期有名无实,并不真要入监读书的。下场,指参加乡试。

我就辞了出来，回去取了银子。那家信用不着，就撕掉了。收拾过行李，交代底下人送到关上去。又到上房里，别过继之老太太与及继之夫人，不免也有些珍重的话，不必细表。当下我又骑了马，走到大关，见过继之。继之道："你此刻不要心急，不要在路上自己急出个病来！"我道："但我所办的书启的事，叫那个接办呢？"继之道："这个你尽放心，其实我抽个空儿，自己也可办了，何况还有人呢。你这番回去，老伯母好了，可就早点出来。这一向盘桓熟了，倒有点恋恋不舍呢。"我就把伯父叫我在家读书的话，述了一遍。继之笑了一笑，并不说话。憩了一会，述农也来劝慰。

当夜我晚饭也不能下咽，那心里不知乱的怎么个样子。一夜天翻来覆去，何曾合得着眼，天还没亮就起来了，呆呆的坐到天明。走到签押房，继之也起来了，正在那里写信呢。见了我道："好早呀！"我道："一夜不曾睡着，早就起来了。大哥为甚么也这么早？"继之道："我也替你打算了一夜。你这回只剩了这一百两银子，一路做盘缠回去，总要用了点；到了家，老伯母的病，又不知怎么样，一切医药之费，恐怕不够，我正在代你踌躇呢。"我道："费心得很！这个只好等回去了再说罢。"继之道："这可不能。万一回去真是不够用，那可怎么样呢？我这里写着一封信，你带在身边。用不着最好；倘是要用钱时，你就拿这封信到我家里去。我接我家母出来的时候，写了信托我一位同族家叔，号叫伯衡的，代我经管着一切租米。你把这信给了他，你要用多少，就向他取多少，不必客气。到你动身出来的时候，带着给我汇五千银子出来。"我道："万一我不出来呢？"继之道："你怎么会不出来！你当真听令伯的话，要在家用功么？他何尝想你在家用功，他这话是另外有个道理，你自己不懂，我们旁观的是很明白的。"说罢，写完了那封信，又打上一颗小小的图书，交给我。又取过一个纸包道："这里面是三枝土术，一枝肉桂，也是人家送我的，你也带在身边，恐怕老人家要用得着。"我一一领了，收拾起来。此时我感激多谢的话，一句也说不出来，不知怎样才好。

一会梳洗过了，吃了点心。继之道："我们也不用客气了。此时江水浅，汉口的下水船开得早，恐怕也到得早，你先走罢。我昨夜已经交代留下一只巡船送你去的，情愿摇到那里，我们等他。"于是指挥底下人，将行李搬到巡船上去。述农也过来送行。他同继之两人，同送我到巡船上面，还要送到洋船，我再三辞谢。继之道："述农恐怕有事，请先上岸罢。我送他一程，还要谈谈。"述农听说就别去了。继之一直送我到了下关。等了半天，下水洋船到了；停了轮，巡船摇过去；我上了洋船，安置好行李。这洋船一会儿就要开的，继之匆匆别去。

我经过一次，知道长江船上人是最杂的，这回偏又寻不出房舱，坐在散舱里面，守着行李，寸步不敢离开。幸得过了一夜，第二天上午早就到了上海了，由客栈的伙伴，招呼我到洋泾浜谦益栈住下。这客栈是广东人开的，栈主人叫做胡乙庚，招呼甚好。我托他打听几时有船。他查了一查，说道："要等三四天呢。"我越发觉得心急如焚，然而也是没法的事，成日里犹如坐在针毡上一般，只得走到外面去散步消遣。

却说这洋泾浜各家客栈,差不多都是开在沿河一带,只有这谦益栈是开在一个巷子里面。这巷子叫做嘉记弄。这嘉记弄,前面对着洋泾浜,后面通到五马路的。我出得门时,便望后面踱去。刚转了个弯,忽见路旁站着一个年轻男子,手里抱着一个铺盖,地下还放着一个鞋篮;旁边一个五十多岁的妇人,在那里哭。我不禁站住了脚,见那男子只管恶狠狠的望着那妇人,一言不发。我忍不住,便问是甚么事。那男子道:"我是苏州航船上的人。这个老太婆来趁船,没有船钱。他说到上海来寻他的儿子,寻着他儿子,就可以照付的了。我们船主人就趁了他来,叫我拿着行李,同去寻他儿子收船钱。谁知他一会又说在甚么自来火厂,一会又说在甚么高昌庙南铁厂,害我跟着他跑了二三十里的冤枉路,那里有他儿子的影儿;这会又说在甚么客栈了,我又陪着他到这里,家家客栈都问过了,还是没有。我那里还有工夫去跟他瞎跑!此刻只要他还了我的船钱,我就还他的行李;不然,我只有拿了他的行李,到船上去交代的了。你看此刻已经两点多钟了,我中饭还没有吃的呢。"我听了,又触动了母子之情,暗想这妇人此刻寻儿子不着,心中不知怎样的着急,我母亲此刻病在床上,盼我回去,只怕比他还急呢。便问那男子道:"船钱要多少呢?"那男子道:"只要四百文就够了。"我就在身边取出四角小洋钱,交给他道:"我代他还了船钱,你还他铺盖罢。"那男子接了小洋钱,放下铺盖。我又取出六角小洋钱,给那妇人道:"你也去吃顿饭。要是寻你儿子不着,还是回苏州去罢,等打听着了你儿子到底在那里,再来寻他未迟。"那妇人千恩万谢的受了。我便不顾而去。

走到马路上逛逛,绕了个圈子,方才回栈。胡乙庚迎着道:"方才到你房里去,谁知你出去了。明天晚上有船了呢。"我听了不胜之喜,便道:"那么费心代我写张船票罢。"乙庚道:"可以,可以。"说罢,让我到帐房里去坐。只见他两个小儿子,在那里念书呢,我随意考问了他几个字,甚觉得聪明。便闲坐给乙庚谈天,说起方才那妇人的事。乙庚道:"你给了钱他么?"我道:"只代他给了船钱。"乙庚道:"你上了他当了!他那两个人便是母子,故意串出这个样儿来骗钱的。下次万不要给他!"我不觉呆了一呆道:"还不要紧,他骗了去,也是拿来吃饭,我只当给了化子就是了。但是怎么知道他是母子呢?"乙庚道:"他时常在这些客栈相近的地方做这个把戏,我也碰见过好几次了。你们过路的人,虽然懂得他的话,却辨不出他的口音;像我们在这里久了,一一都听得出来的。若说这妇人是从苏州来寻儿子的,自然是苏州人,该是苏州口音,航船的人也是本帮、苏帮居多;他那两个人,可是一样的宁波口音,还是宁波奉化县的口音。你试去细看他,面目还有点相像呢,不是母子是甚么?你说只当给了化子,他总是拿去吃饭的,可知那妇人并未十分衰颓,那男子更是强壮的时候,为甚么那妇人不出来帮佣,那男子不做个小买卖,却串了出来,做这个勾当[1]!还好可怜他么?"

此时天气甚短,客栈里的饭,又格外早些,说话之间,茶房已经招

---

〔1〕 勾当——对某一事件含有鄙视意味的指称。后文第五十一回的勾当,却是料理的意思。

呼吃饭。我便到自己房里去,吃过晚饭,仍然到帐房里,给乙庚谈天,谈至更深,方才就寝。

一宿无话。到了次日,我便写了两封信,一封给我伯父的,一封给继之的,拿到帐房,托乙庚代我交代信局,就便问几时下船。乙庚道:"早呢,要到半夜才开船。这里动身的人,往往看了夜戏才下船呢。"我道:"太晚了也不便当。"乙庚道:"太早了也无谓,总要吃了晚饭去。"我就请他算清了房饭钱,结过了帐,又到马路上逛逛,好容易又捱了这一天。

到了晚上,动身下船,那时船上还在那里装货呢,人声嘈杂得很,一直到了十点钟时候,方才静了。我在房舱里没事,随意取过一本小说看看,不多一会,就睡着了。及至一觉醒来,耳边只听得一片波涛声音,开出房门看看,只见人声寂寂,只有些鼾呼的声音。我披上衣服,走上舱面一看,只见黑越越的看不见甚么;远远望去,好像一片都是海面,看不见岸。舵楼[1]上面,一个外国人在那里走来走去。天气甚冷,不觉打了一个寒噤,就退了下来。此时却睡不着了,又看了一回书,已经天亮了。我又带上房门,到舱面上去看看,只见天水相连,茫茫无际;喜得风平浪静,船也甚稳。

从此天天都在舱面上,给那同船的人谈天,倒也不甚寂寞。内中那些人姓甚名谁,当时虽然一一请教过,却记不得许多了。只有一个

---

[1] 舵楼——轮船的驾驶台,位置在轮船的前面,是掌舵、瞭望和发号施令的地方。

姓邹的,他是个京官,请假出来的,我同他谈的天最多。他告诉我:这回出京,在张家湾打尖[1],看见一首题壁诗,内中有两句好的,是"三字官箴凭隔膜,八行京信便通神"。我便把这两句,写在日记簿上。又想起继之候补四宗人的话,越见得官场上面是一条危途,并且里面没有几个好人,不知我伯父当日为甚要走到官场上去,而且我叔叔在山东也是候补的河同知[2];幸得我父亲当日不走这条路,不然,只怕我也要入了这个迷呢。

闲话少提,却说轮船走了三天,已经到了,我便雇人挑了行李,一直回家。入得门时,只见我母亲同我的一位堂房婶娘,好好的坐在家里,没有一点病容,不觉心中大喜。只有我母亲见了我的面,倒顿时呆了,登时发怒。正是:天涯游子心方慰,坐上慈亲怒转加。要知我母亲为了甚事恼烦起来,且待下回再记。

---

[1] 打尖——旅客在路上停下来休息吃喝,叫做打尖。打尖的地方叫做尖站。
[2] 河同知——在河道总督节制之下办理河工事务的府同知。

第十八回

恣疯狂家庭现怪状　避险恶母子议离乡

我见母亲安然无恙,便上前拜见。我母亲吃惊怒道:"谁叫你回来的,你接到了我的信么?"我道:"只有吴家老太太带去的回信是收到的,并没有接到第二封信。"我母亲道:"这封信发了半个月了,怎么还没有收到?"我此时不及查问寄信及电报的事,拜见过母亲之后,又过来拜见婶娘;我那一位堂房姊姊也从房里出来,彼此相见。原来我这位婶娘,是我母亲的嫡堂妯娌,族中多少人,只有这位婶娘和我母亲最相得。我的这位叔父,在七八年前,早就身故了;这位姊姊就是婶娘的女儿,上前年出嫁的,去年那姊夫可也死了:母女两人,恰是一对寡妇。我母亲因为我出门去了,所以都接到家里来住,一则彼此都有个照应,二则也能解寂寞。表过不提。

当下我一一相见已毕,才问我母亲给我的是甚么信。我母亲叹道:"这话也一言难尽。你老远的回来,也歇一歇再谈罢。"我道:"孩儿自从接了电报之后,心慌意乱,……"这句话还没有往下说,我母亲大惊道:"你接了谁的电报?"我也吃惊道:"这电报不是母亲叫人打的么?"母亲道:"我何尝打过甚么电报!那电报说些甚么?"我道:"那电报说的是母亲病重了,叫孩儿赶快回来。"我母亲听了,对着我婶娘道:"婶婶,这可又是他们作怪的了。"婶娘道:"打电报叫他回来也罢了,怎么还咒人家病重呢!"母亲问我道:"你今天上岸回来的时候,在路上有遇见甚么人没有?"我道:"没有遇见甚么人。"母亲道:"那么你这两天先不要出去,等商量定了主意再讲。"

我此时满腹狐疑,不知究竟为了甚么事,又不好十分追问,只得搭讪着检点一切行李,说些别后的话。我把到南京以后的情节,一一告知。我母亲听了,不觉淌下泪来道:"要不是吴继之,我的儿此刻不知流落到甚么样子了!你此刻还打算回南京去么?"我道:"原打算要回去的。"我母亲道:"你这一回来,不定继之那里另外请了人,你不是白回去么?"我道:"这不见得。我来的时候,继之还再三叫我早点回去呢。"我母亲对我婶娘道:"不如我们同到南京去了,倒也干净。"婶娘道:"好是好的,然而侄少爷已经回来了,终久不能不露面,且把这些冤鬼打发开了再说罢。"我道:"到底家里出了甚么事?好婶婶,告诉了我罢。"婶娘道:"没有甚么事,只因上月落了几天雨,祠堂[1]里被雷打了一个屋角,说是要修理。这里的族长[2]——就是你的大叔公——倡议要众人分派,派到你名下要出一百两银子。你母亲不肯答应,说是族中人丁不少,修理这点点屋角,不过几十吊钱的事,怎么要派起我们一百两来?就是我们全承认了修理费,也用不了这些。从此之后,就天天闹个不休。还有许多小零碎的事,此刻一言也难尽述。后来你母亲没了法子想,只推说等你回来再讲,自从说

---

[1] 祠堂——封建时代,一族的人共同奉祀祖先的地方。
[2] 族长——封建时代,重视家族制度,每一族里推举一位辈份最大而又"年高有德"的人做族长,主持族中公益事情,并为族人解决纠纷,是握有很大权威的。

出这句话去，就安静了好几天。你母亲就写了信去知照你，叫你且不要回来。谁知你又接了甚么电报。想来这电报是他们打去，要骗你回来的，所以你母亲叫你这几天不要露面，等想定了对付他们的法子再讲。"我道："本来我们族中人类不齐，我早知道的。母亲说都到了南京去，这也是避地之一法。且等我慢慢想个好主意，先要发付了他们。"我母亲道："凭你怎么发付，我是不拿出钱去的。"我道："这个自然。我们自己的钱，怎么肯胡乱给人家呢。"嘴里是这么说，我心里早就打定了主意。先开了箱子，取出那一百两银子，交给母亲。母亲道："就只这点么？"我道："是。"母亲道："你先寄过五十两回来，那五千银子，就是五厘周息，也有二百五十两呀。"我听了这话，只得把伯父对我说，王姐香借去三千的话，说了一遍。我母亲默默无言。

歇了一会，天色晚了，老妈子弄上晚饭来吃了。掌上灯，我母亲取出一本帐簿来道："这是运灵柩回来的时候，你伯父给我的帐，你且看看，是些甚么开销。"我拿过来一看，就是张鼎臣交出来的盘店那一本帐，内中一柱一柱[1]列的很是清楚。到后来就是我伯父写的帐了：只见头一笔就付银二百两，底下注着代应酬用；以后是几笔不相干的零用帐；往下又是付银三百两，也注着代应酬用；——像这么的帐，不下七八笔，付去了一千八百两。后来又有一笔是付找房价银一千五百两。我莫名其妙道："甚么找房价呢？"母亲道："这个是

----

[1] 一柱一柱——这里指旧式帐簿里的四柱而言。旧式帐簿里，分旧管、新收、开除、实在四个项目，叫做四柱，就是原来有的，新收进的，支出的和剩下来的。

你伯父说的,现在这一所房子是祖父遗下的东西,应该他们弟兄三个分住;此刻他及你叔叔都是出门的人,这房子分不着了,估起价来,可以值得二千多银子,他叫我将来估了价,把房价派了出来,这房子就算是我们的了,所以取去一千五百银子,他要了七百五,还有那七百五是寄给你叔叔的。"我道:"还有那些金子呢?"母亲道:"那里有甚么金子,我不知道。"只这一番问答,我心中犹如照了一面大镜子一般,前后的事,都了然明白,眼见得甚么存庄生息的那五千银子,也有九分靠不住的了;家中的族人又是这样,不如依了母亲的话,搬到南京去罢。心中暗暗打定了主意。

忽听得外面有人打门,砰訇砰訇的打得很重。小鸦头名叫春兰的,出去开了门,外面便走进一个人来。春兰翻身进来道:"二太爷来了!"我要出去,母亲道:"你且不要露面。"我道:"不要紧,丑媳妇总要见翁姑的。"说着出去了。母亲还要拦时,已经拦我不住。我走到外面,见是我的一位嫡堂伯父,号叫子英的,不知在那里吃酒吃的满脸通红,反背着双手,蹩躠[1]着进来,向前走三步,往后退两步的,在那里矇眬着一双眼睛。一见了我,便道:"你⋯⋯你⋯⋯你回来了么? 几⋯⋯几时到的?"我道:"方才到的。"子英道:"请你吃⋯⋯"说时迟,那时快,他那三个字的一句话还不曾说了,忽然举起那反背的手来,拿着明晃晃的一把大刀,劈头便砍。我连忙一闪,春兰在旁边哇的一声,哭将起来。子英道:"你⋯⋯你哭,先完了

---

〔1〕 蹩躠——形容走路歪歪倒倒的样子。

你!"说着提刀扑将过去,吓得春兰哭喊着飞跑去了。

我正要上前去劝时,不料他立脚不稳,訇的一声,跌倒在地,叮当一响,那把刀已经跌在二尺之外。我心中又好气,又好恼。只见他躺在地下,乱嚷起来道:"反了,反了! 侄儿子打伯父了!"此时我母亲、婶娘、姊姊,都出来了。我母亲只气得面白唇青,一句话也没有,婶娘也是彷徨失措。我便上前去搀他起来,一面说道:"伯父有话好好的说,不要动怒。"我姊姊在旁道:"伯父起来罢,这地下冷呢。"子英道:"冷死了,少不了你们抵命!"一面说,一面起来。

我道:"伯父到底为了甚么事情动气?"子英道:"你不要管我,我今天输的很了,要见一个杀一个!"我道:"不过输了钱,何必这样动气呢?"子英道:"哼! 你知道我输了多少?"我道:"这个侄儿那里知道。"子英忽地里直跳起来道:"你赔还我五两银子!"我道:"五两只怕不够了呢。"子英道:"我不管你够不够,你老子是发了财的人! 你今天没有,就拚一个你死我活!"我连忙道:"有,有。"随手在身边取出一个小皮夹来一看,里面只剩了一元钱,七八个小角子,便一齐倾了出来道:"这个先送给伯父罢。"他伸手接了,拾起那刀子,一言不发,起来就走。我送他出去,顺便关门。他却回过头来道:"侄哥,我不过借来做本钱,明日赢了就还你。"说着去了。我关好了门,重复进内。我母亲道:"你给了他多少?"我道:"没有多少。"母亲道:"照你这样给起来,除非真是发了财;只怕发了财,也供应他们不起呢!"我道:"母亲放心,孩儿自有道理。"母亲道:"我的钱是不动的。"我道:"这个自然。"当下大家又把子英拿刀拚命的话,说笑了一番,各自归寝。

一夜无话。明日我检出了继之给我的信,走到继之家里,见了吴伯衡,交了信。伯衡看过道:"你要用多少呢?"我道:"请先借给我一百元。"伯衡依言,取了一百元交给我道:"不够时再来取罢。继之信上说,尽多尽少,随时要应付的呢。"我道:"是,是,到了不够时再来费心。"辞了伯衡回家,暗暗安放好了,就去寻那一位族长大叔公。——此人是我的叔祖,号叫做借轩。——我见了他,他先就说道:"好了,好了!你回来了!我正盼着你呢。上个月祠堂的房子出了毛病,大家说要各房派了银子好修理,谁知你母亲一毛不拔,耽搁到此刻还没有动工。"我道:"估过价没有?到底要多少银子才够呢?"借轩道:"价是没有估。此刻虽是多派些,修好了,馀下来仍旧可以派还的。"我道:"何妨叫了泥水木匠来,估定了价,大家公派呢?不然,大家都是子孙,谁出多了,谁出少了,都不好。其实就是我一个人承认修了,在祖宗面上,原不要紧;不过在众兄弟面上,好像我一个人独占了面子,大家反为觉得不好看。老实说:有了钱,与其这样化的吃力不讨好,我倒不如拿来孝敬点给叔公了。"借轩拊掌道:"你这话一点也不错!你出了一回门,怎么就练得这么明白了?我说非你回来不行呢。尤云岫他还说你纯然是孩子气,他那双眼睛不知是怎么生的!"我道:"不然呢,还不想着回来;因为接了母亲的病信,才赶着来的。"借轩沉吟了半晌道:"其实呢,我也不应该骗你;但是你不回来,这祠堂总修不成功,祖宗也不安,就是你我做子孙的也不安呀,所以我设法叫你回来。我今天且给你说穿了,这电报是我打给你的,要想你早点回来料理这件事,只得撒个谎。那电报费,我倒出了五元七角呢。"我道："费心得很！明日连电报费一齐送过来。"

说罢，辞了回家，我并不提起此事，只商量同到南京的话。母亲道："我们此去，丢下你婶婶、姊姊怎么？"我道："婶婶、姊姊左右没有牵挂，就一同去也好。"母亲道："几千里路，谁高兴跟着你跑！知道你到外面去，将来混得怎么样呢？"婶娘道："这倒不要紧，横竖我没有挂虑；只是我们小姐，虽然没了女婿，到底要算人家的人，有点不便就是了。"姊姊道："不要紧。我明日回去问过婆婆，只要婆婆肯了，没有甚么不便。我们去住他几年再回来，岂不是好？只是伯母这里的房子，不知托谁去照应？"我对母亲说道："孩儿想我们在家乡是断断不能住的了，只有出门去的一个法子。并且我们今番出门，不是去三五年的话，是要打算长远的。这房子同那几亩田，不如拿来变了价，带了现银出去，觑便再图别的事业罢。"母亲道："这也好。只是一时被他们知道了，又要来讹诈。"我道："有孩儿在这里，不要怕他，包管风平浪静。"母亲道："你不要只管说嘴，要小心点才好。"我道："这个自然。只是这件事要办就办，在家万不能多耽搁日子的了。此刻没事，孩儿去寻尤云岫来，他做惯了这等中人的。"

说罢，去寻云岫，告明来意。云岫道："近来大家都知你父亲剩下万把银子，这会为甚么要变起产来？莫不是装穷么？"我道："并不是装穷，是另外有个要紧用处。"云岫道："到底有甚么用处？"我想云岫不是个好人，不可对他说实话，且待我骗骗他。因说道："因为家伯要补缺了，要来打点部费[1]。"云岫道："呀！真的么？补那一个

------

[1] 部费——当时官员要任实缺，必须经过吏部的核准；为了避免审核时的挑剔，就花上一笔钱去运动，叫做部费。

缺?"我道:"还是借补〔1〕通州呢。"云岫道:"你老人家剩下的钱,都用完了么?"我道:"那里就用完了,因为存在汇丰银行是存长年的,没有到日子,取不出来罢了。"云岫道:"你们那一片田,当日你老人家置的时候,也是我经手,只买得九百多银子,近来年岁不很好,只怕值不到那个价了呢。我明日给你回信罢。"我听说便辞了回家。入得门时,只见满座都挤满了人,不觉吓了一跳。正是:出门方欲图生计,入室何来座上宾?要知那些都是甚么人,且待下回再记。

---

〔1〕 借补——清朝官多缺少,候补官员为了求任实缺,往往不惜以高级的官位去就低级的实缺,叫做借补,当时在武官里最为盛行。这里九死一生的伯父是个同知,正五品的官,但知州却是从五品官,以同知的身份去做知州,所以说是借补。

第十九回

具酒食博来满座欢声　变田产惹出一场恶气

及至定睛一看时,原来都不是外人,都是同族的一班叔兄弟侄,团坐在一起。我便上前一一相见。大众喧哗嘈杂,争着问上海、南京的风景,我只得有问即答,敷衍了好半天。我暗想今天众人齐集,不如趁这个时候,议定了捐款修祠的事。因对众人说道:"我出门了一次,迢迢几千里,不容易回家;这回不多几天,又要动身去了。难得今日众位齐集,不嫌简慢,就请在这里用一顿饭,大家叙叙别情,有几位没有到的,索性也去请来,大家团叙一次,岂不是好?"众人一齐答应。我便打发人去把那没有到的都请了来。借轩、子英,也都到了。众人纷纷的在那里谈天。

我悄悄的把借轩邀到书房里,让他坐下,说道:"今日众位叔兄弟侄,难得齐集,我的意思,要烦叔公趁此议定了修祠堂的事,不知可好?"借轩皱着眉道:"议是未尝不可以议得,但是怎么个议法呢?"我道:"只要请叔公出个主意。"借轩道:"怎么个主意呢?"我看他神情不对,连忙走到我自己卧房,取了二十元钱出来,轻轻的递给他道:"做侄孙的虽说是出门一次,却不曾挣着甚钱回来,这一点点,不成敬意,请叔公买杯酒吃。"借轩接在手里,颠了一颠,笑容可掬[1]

---

〔1〕 笑容可掬——掬,两手捧着的意思。笑容可掬,是说满脸的笑,好像可以用手捧着一样。

的说道:"这个怎好生受[1]你的?"我道:"只可惜做侄孙的不曾发得财,不然,这点东西也不好意思拿出来呢。只求叔公今日就议定这件事,就感激不尽了!"借轩道:"你的意思肯出多少呢?"我道:"只凭叔公吩咐就是了。"

正说话时,只听得外面一迭连声的叫我。连忙同借轩出来看时,只见一个人拿了一封信,说是要回信的。我接来一看,原来是尤云岫送来的,信上说:"方才打听过,那一片田,此刻时价只值得五百两。如果有意出脱,三两天里,就要成交;倘是迟了,恐怕不及……"云云。我便对来人说道:"此刻我有事,来不及写回信,你只回去,说我明天当面来谈罢。"那送信的去了,我便有意把这封信给众人观看。内中有两个便问为甚么事要变产起来。我道:"这话也一言难尽,等坐了席,慢慢再谈罢。"

登时叫人调排桌椅,摆了八席,让众人坐下;暖上酒来,肥鱼大肉的都搬上来。借轩又问起我为甚事要变产,我就把骗尤云岫的话,照样说了一遍。众人听了,都眉飞色舞道:"果然补了缺,我们都要预备着去做官亲了。"我道:"这个自然。只要是补着了缺,大家也乐得出去走走。"内中一个道:"一个通州的缺,只怕容不下许多官亲。"一个道:"我们轮着班去,到了那里,经手一两件官司,发他一千、八百的财,就回来让第二个去,岂不是好!"又一个道:"说是这么说,到了

---

[1] 生受——难为、劳烦。

那个时候,只叫先去的赚钱赚出滋味来了,不肯回来,又怎么呢?"又一个道:"不要紧。他不回来,我们到班的人到了,可以提他回来。"……满席上说的都是这些不相干的话,听得我暗暗好笑起来。借轩对我叹道:"我到此刻,方才知道人言难信呢。据尤云岫说:你老子身后剩下有一万多银子,被你自家伯父用了六七千;还有五六千,在你母亲手里。此刻据你说起来,你伯父要补缺,还要借你的产业做部费,可见得他的话是靠不住的了。"我听了这话,只笑了一笑,并不回答。

借轩又当着众人说道:"今日既然大家齐集,我们趁此把修祠堂的事议妥了罢。我前天叫了泥水木匠来估过,估定要五十吊钱,你们各位就今日各人认一分罢。至于我们族里,贫富不同,大家都'称家之有无'〔1〕做事便了。"众人听了,也有几个赞成的。借轩就要了纸笔,要各人签名捐钱。先递给我。我接过来,在纸尾上写了名字,再问借轩道:"写多少呢?"借轩道:"这里有六十多人,只要捐五十吊钱,你随便写上多少就是了。难道有了这许多人,还捐不够么?"我听说,就写了五元。借轩道:"好了,好了!只这一下笔,就有十分之一了。你们大家写罢。"一面说话时,他自己也写上一元。以后挨次写去,不一会都写过了。拿来一算,还短着两元七角半。借轩道:"你们这个写的也太琐碎了,怎么闹出这零头来?"我道:"不要紧,待我认了就是。"随即照数添写在上面。众人又复畅饮起来,酣呼醉舞

---

〔1〕 "称家之有无"——按照自己家里的财力办事。

了好一会，方才散坐。

借轩叫人到家去取了烟具来，在书房里开灯吃烟。众人陆续散去，只剩了借轩一个人。他便对我说道："你知道众人今日的来意么？"我道："不知道。"借轩道："他们一个个都是约会了，要想个法子的。先就同我商量过，我也阻止他们不住。这会见你很客气，请他们吃饭，只怕不好意思了。加之又听见你说要变产，你伯父将近补缺，当是又改了想头，要想去做官亲，所以不曾开口。一半也有了我在上头镇压住，不然，今日只怕要闹得个'落花流水'呢。"

正说话间，只见他所用的一个小厮，拿了个纸条儿递给他。他看了，叫小厮道："你把烟家伙收了回去。"我道："何不多坐一会呢？"借轩道："我有事，去见一个朋友。"说着把那条子揣到怀里，起身去了。我送他出门，回到书房一看，只见那条子落在地下，顺手捡起来看看，原来正是尤云岫的手笔，叫他今日务必去一次，有事相商。看罢，便把字条团了，到上房去与母亲说知，据云岫说，我们那片田只值得五百两的话。母亲道："那里有这个话！我们买的时候，连中人费一切，也化到一千以外，此刻怎么只得个半价？若说是年岁不好，我们这几年的租米也不曾缺少一点。要是这个样子，我就不出门去了；就是出门，也可以托个人经管，我断不拿来贱卖的。"我道："母亲只管放心，孩儿也不肯胡乱就把他卖掉了。"

当夜我左思右想，忽然想起一个主意。到了次日，一早起来，便去访吴伯衡，告知要卖田的话，又告知云岫说年岁不好，只值得五百两的话。伯衡道："当日买来是多少钱呢？"我道："买来时是差不多上千银子。"伯衡道:"何以差得到那许多呢?你还记得那图堡四至[1]么?"我道:"这可有点糊涂了。"伯衡道:"你去查了来,待我给你查一查。"我答应了回来,检出契据,抄了下来,午饭后又拿去交给伯衡,方才回家。忽然云岫又打发人来请我。我暗想这件事已经托了伯衡,且不要去会他,等伯衡的回信来了再商量罢。因对来人说道:"我今日有点感冒,不便出去,明后天好了再来罢。"那来人便去了。

从这天起,我便不出门,只在家里同母亲、婶娘、姊姊,商量些到南京去的话,又谈谈家常。过了三天,云岫已经又叫人来请过两次。这一天我正想去访伯衡,恰好伯衡来了。寒暄已毕,伯衡便道:"府上的田,非但没有贬价,还在那里涨价呢。因为东西两至都是李家的地界,那李氏是个暴发家,他嫌府上的田把他的隔断了,打算要买了过去连成一片,这一向正打算要托人到府上商量,……"正说到这里,忽然借轩也走了进来,我连忙对伯衡递个眼色,他便不说了。借轩道:"我听见说你病了,特地来望望你。"我道:"多谢叔公。我没有甚么大病,不过有点感冒,避两天风罢了。"当下三人闲谈了一会。伯衡道:"我还有点事,少陪了。"我便送他出去,在门外约定,我就去访他,然后入内。

敷衍借轩走了,我就即刻去访伯衡,问这件事的底细。伯衡道:

---

[1] 图堡四至——图(应作啚)堡都是划分地区单位的名词。当时把每一乡镇划为若干图堡,以便稽查统治。四至,指和四邻相接的地界。通常立石作为标志。

"这李氏是个暴发的人,他此刻想要买这田,其实大可以向他多要点价,他一定肯出的。况且府上的地,我已经查过,水源又好,出水的路又好,何至于贬价呢。还有一层:继之来信,叫我尽力招呼你,你到底为了甚么事要变产,也要老实告诉我,倘是可以免得的就免了,要用钱,只管对我说;不要叫继之知道了,要怪我呢。"我道:"因为家母也要跟我出门去,放他在家里倒是个累,不如换了银子带走的便当。还有我那一所房屋,也打算要卖了呢。"伯衡道:"这又何必要卖呢。只要交给我代理,每年的租米,我拿来换了银子,给你汇去,还不好么?就是那房子,也可以租给人家,收点租钱。左右我要给继之经管房产,就多了这点,也不费甚么事。"我想伯衡这话,也很有理,因对他说道:"这也很好,只是太费心了。且等我同家母商量定了,再来奉复罢。"说罢,辞了出来。因想去探尤云岫到底是甚么意思,就走到云岫那里去。

云岫一见了我便道:"好了么? 我等你好几天了。你那片田,到底是卖不卖的?"我道:"自然是卖的,不过价钱太不对了。"云岫道:"随便甚么东西,都有个时价;时价是这么样,那里还能够多卖呢。"我道:"时价不对,我可以等到涨了价时再卖呢。"云岫道:"你伯父不等着要做部费用么?"我道:"那只好再到别处张罗,只要有了缺,京城里放官债的多得很呢。"云岫低头想了一想道:"其实卖给别人呢,并五百两也值不到;此刻是一个姓李的财主要买,他有的是钱,才肯出到这个价。我再去说说,许再添点,也省得你伯父再到别处张罗了。"我道:"我这片地,四至都记得很清楚。近来听说东西两至,都变了姓李的产业了,不知可是这一家?"云岫道:"正是。你怎么知道呢?"我道:"他要买我的,我非但照原价丝毫不减,并且非三倍原价我不肯卖呢。"云岫道:"这又是甚么缘故?"我道:"他有的是钱,既然要把田地连成一片,就是多出几个钱也不为过。我的田又未少收过半粒租米,怎么乘人之急,希图贱买,这不是'为富不仁'么!"云岫听了,把脸涨的绯红。歇了一会,又道:"你不卖也罢。此刻不过这么谈谈,钱在他家里,田在你家里,谁也不能管谁的。但是此刻世界上,有了银子,就有面子。何况这位李公,现在已经捐了道衔,在家乡里也算是一位大乡绅;他的儿子已经捐了京官,明年是乡试〔1〕,他此刻已经到京里去买关节〔2〕,一旦中了举人,那还了得,只怕地方官也要让他三分!到了那时,怕他没有法子要你的田!"我听了,不觉冷笑道:"难道说中了举人,就好强买人家东西了么?"云岫也冷笑道:"他并不要强买你的,他只把南北两至也买了下来,那时四面都是他的地方,他只要设法断了你的水源,只怕连一文也不值呢。你若要同他打官司,他有的是银子、面子、功名,你抗得过他么?"我听了这话,不由的站起来道:"他果然有了这个本事,我就双手奉送与他,一文也不要!"

---

〔1〕 乡试——清朝科举考试制度:每三年举行一次乡试,八月间分在北京、南京等十五处举行。秀才、贡生、监生才可以应乡试,录取了称举人,就获得参加会试的资格;平时成为地方上的绅士,可以和官府往来。

〔2〕 关节——考生和考官勾结,如预告试题,在卷上做暗记等等,叫做关节。后来也作为一切营私舞弊事情的通称。

说着,就别了出来。一路上气忿忿的,却苦于无门可诉,因又走到伯衡处,告诉他一遍。伯衡笑道:"那里有这等事!他不过想从中赚钱,拿这话来吓唬你罢了。那么我们继之呢,中了进士了,那不是要平白地去吃人了么?"我道:"我也明知没有这等事,但是可恨他还当我是个小孩子,拿这些话来吓唬我。我不念他是个父执,我还要打了他的嘴巴,再问他是说话还是放屁呢!"说到这里,我又猛然想起一件事来。正是:听来恶语方奇怒,念到奸谋又暗惊。要知想起的是甚么事,且待下回再记。

第二十回

神出鬼没母子动身　　冷嘲热谑世伯受窘

我忽然想起一件事来道:"他日这姓李的,果然照他说的这么办起来,虽然不怕他强横到底,但是不免一番口舌,岂不费事?"伯衡道:"岂有此理!那里有了几个臭铜,就好在乡里上这么横行!"我道:"不然,姓李的或者本无此心,禁不得这班小人在旁边唆摆,难免他'利令智昏'呢。不如仍旧卖给他罢。"

伯衡沉吟了半晌道:"这么罢,你既然怕到这一着,此刻也用不着卖给他,且照原价卖给这里;也不必过户,将来你要用得着时,就可照原价赎回。好在继之同你是相好,没有办不到的。这个办法,不过是个名色,叫那姓李的知道已经是这里的产业,他便不敢十分横行。如果你愿意真卖了,他果然肯出价,我就代你卖了;多卖的钱,便给你汇去。你道好么?"我道:"这个主意很好。但是必要过了户才好,好叫他们知道是卖了,自然就安静些;不然,等他横行起来,再去理论,到底多一句说话。"伯衡道:"这也使得。"我道:"那么就连我那所房子,也这么办罢。"伯衡道:"不必罢,那房子又没有甚么姓李不姓李的来谋你,留着收点房租罢。"我听了,也无可无不可。

又谈了些别话,便辞了回家,把上项事,一五一十的告诉了母亲。母亲道:"这样办法好极了!难得遇见这般好人。但是我想这房子,也要照田地一般办法才好，不然，我们要走了，房子说是要出租，我们族里的人，那一个不争着来住。你要想收房租，只怕给他两个还换不转一个来呢。虽然吴伯衡答应照管，那里照管得来！说起他，他就说我们是自家人住自家人的房子，用不着你来收甚么房租。这么一撒赖，岂不叫照管的人为难么？我们走了，何苦要留下这个闲气给人家去淘呢。"我听了，觉得甚是有理。

到了次日，依然到伯衡处商量，承他也答应了。便问我道："这房子原值多少呢？"我道："去年家伯曾经估过价，说是值二千四五百银子；要问原值时，那是个祖屋，不可查考的了。"伯衡道："这也容易，只要大家各请一个公正人估看就是了。"我道："这又何必！这个明明是你推继之的情照应我的，我也不必张扬，去请甚公正人，只请你叫人去估看就是了。"伯衡答应了。到了下午，果然同了两个人来估看，说是照样新盖造起来，只要一千二百银子，地价约摸值到三百两，共是一千五百两。估完就先去了。伯衡便对我说道："估的是这样，你的意思是怎样呢？"我道："我是空空洞洞的，一无成见。既然估的是一千五百两，就照他立契就是了。我只有一个意见，是愈速愈好，我一日也等不得，那一天有船，我就那一天走了。"伯衡道："这个容易。你可知道几时有船么？"我道："听说后天有船。我们好在当面交易，用不着中保，此刻就可以立了契约，请你把那房价、地价，打了汇单给我罢。还有继之也要汇五千去呢，打在一起也不要紧。"伯衡答应了。我便取过纸笔，写了两张契约，交给伯衡。忽然春兰走来，说母亲叫我，我即进去，母亲同我如此这般的说了几句话。我便

第二十回　神出鬼没母子动身　冷嘲热谑世伯受窘

出来对伯衡说道："还有舍下许多木器之类，不便带着出门，不知尊府可以寄放么？"伯衡道："可以，可以。"我道："我有了动身日子，即来知照。到了那天，请你带着人来，等我交割房子，并点交东西。若有人问时，只说我连东西一起卖了，方才妥当。"伯衡也答应了。又摇头道："看不出贵族的人竟要这样防范，真是出人意外的了。"谈了一会，就去了。

下午时候，伯衡又亲自送来一张汇票，共是七千两，连继之那五千也在内了。又将五百两折成钞票，一齐交来道："恐怕路上要零用，所以这五百两不打在汇票上了。"我暗想真是会替人打算。但是我在路上，也用不了那许多，因取出一百元，还他前日的借款。伯衡道："何必这样忙呢，留着路上用，等到了南京，再还继之不迟。"我道："这不行！我到那里还他，他又要推三阻四的不肯收，倒弄得无味，不如在这里先还了干净，左右我路上也用不了这些。"伯衡方才收了别去。

我就到外面去打听船期，恰好是在后天。我顺便先去关照了伯衡，然后回家，忙着连夜收拾行李。此时我姊姊已经到婆家去说明白了，肯叫他随我出门去，好不兴头！收拾了一天一夜，略略有点头绪。到了后天的下午，伯衡自己带了四个家人来，叫两个代我押送行李，两个点收东西。我先到祖祠里拜别，然后到借轩处交明了修祠的七元二角五分银元，告诉他我即刻就要动身了。借轩吃惊道："怎么就动了！有甚么要事么？"我道："因为有点事，要紧要走，今天带了母亲、婶婶、姊姊，一同动身。"借轩大惊道："怎么一起都走了！那房子呢?"我道:"房子已经卖了。"借轩道:"那田呢?"我道:"也卖了。"借轩道:"几时立的契约?怎么不拿来给我签个字?"我道:"因为这都是祖父、父亲的私产,不是公产,所以不敢过来惊动。此刻我母亲要走了,我要去招呼,不能久耽搁了。"说罢,拜了一拜,别了出来。借轩现了满脸怅惘之色。我心中暗暗好笑,不知他怅惘些甚么。

回到家时,交点明白了东西,别过伯衡,奉了母亲、婶娘、姊姊上轿,带了鸦头春兰,一行五个人,径奔海边,用划子划到洋船上,天已不早了。洋船规例,船未开行是不开饭的,要吃时也可以到厨房里去买,当下我给了些钱,叫厨房的人开了晚饭吃过。伯衡又亲到船上来送行,拿出一封信,托带给继之,谈了一会去了。

忽然尤云岫慌慌张张的走来道:"你今天怎么就动身了?"我道:"因为有点要紧事,走得匆忙,未曾到世伯那里辞行,十分过意不去,此刻反劳了大驾,益发不安了。"云岫道:"听说你的田已经卖了,可是真的么?"我道:"是卖了。"云岫道:"多少钱?卖给谁呢?"我有心要呕他气恼,因说道:"只卖了六百两,是卖给吴家的。"云岫顿足道:"此刻李家肯出一千了,你怎么轻易就把他卖掉?你说的是那一家吴家呢?"我道:"就是吴继之家。前路一定要买,何妨去同吴家商量;前路既然肯出一千,他有了四百的赚头,怕他不卖么!"云岫道:"吴继之是本省数一数二的富户,到了他手里,那里还肯卖出来!"我有心再要呕他一呕,因说道:"世伯不说过么,只要李家把那田的水源断了,那时一文不值,不怕他不卖!"只这一句话,气的云岫脸上,青一阵,红一阵,半句话也没有,只瞪着双眼看我。我又徐徐的说道:

"但只怕买了关节,中了举人,还敌不过继之的进士;除非再买关节,也去中个进士,才能敌个平手;要是点了翰林[1],那就得法了,那时地方官非但怕他三分,只怕还要怕到十足呢。"云岫一面听我说,一面气的目定口呆。歇了一会,才说道:"产业是你的,凭你卖给谁,也不干我事。只是我在李氏面前,夸了口,拍了胸,说一定买得到的;你想要不是你先来同我商量,我那里敢说这个嘴?你就是有了别个受主,也应该问我一声,看我这里肯出多少,再卖也不迟呀。此刻害我做了个言不践行[2]的人,我气的就是这一点。"我道:"世伯这话,可是先没有告诉过我,要是告诉过我,我就是少卖点钱,也要成全了世伯这个言能践行的美名。不是我夸句口,少卖点也不要紧,我是银钱上面看得很轻的,百把银子的事情,从来不行十分追究。"云岫摇了半天的头道:"看不出来,你出门没有几时,就历练的这么麻利[3]了!"我道:"我本来纯然是一个小孩子,那里够得上讲麻利呢,少上点当已经了不得了!"云岫听了,叹了一口气,把脚顿了一顿,立起来,在船上踱来踱去,一言不发;踱了两回,转到外面去了。我以为他到外面解手,谁知一等他不回来,再等他也不回来,竟是"溜之乎也"

---

[1] 点了翰林——翰林,指翰林院里的侍读、侍讲、修撰、编修、检讨和庶吉士(学习性质,三年期满,再经过考试,可授予编修、检讨等官)。其职掌为草拟制诰,编纂国史。中了进士,除状元照例授职为翰林院修撰,榜眼、探花照例授职为编修外,其馀的还要应一次朝考,由皇帝在名单上圈点成绩优异的为翰林院庶吉士,叫做点翰林。
[2] 言不践行——说到做不到。
[3] 麻利——敏捷,老练,会应付。利,也作俐。

的去了。

我自从前几天受了他那无理取闹吓唬我的话,一向胸中没有好气,想着了就着恼,今夜被我一顿抢白[1],骂的他走了,心中好不畅快!便到房舱里,告知母亲、婶娘、姊姊,大家都笑着,代他没趣。姊姊道:"好兄弟!你今夜算是出了气了,但是细想起来,也是无谓得很。气虽然叫他受了,你从前上他的当,到底要不回来。"母亲道:"他既不仁,我就可以不义。你想他要乘人之急,要在我孤儿寡妇养命的产业上赚钱,这种人还不骂他几句么!"姊姊道:"伯娘,不是这等说。你看兄弟在家的时候,生得就同闺女一般,见个生人也要脸红的;此刻出去历练得有多少日子,就学得这么着了。他这个才是起头的一点点,已经这样了。将来学得好的,就是个精明强干的精明人;要是学坏了,可就是一个尖酸刻薄的刻薄鬼。那精明强干同尖酸刻薄,外面看着不差甚么,骨子里面是截然两路的。方才兄弟对云岫那一番话,固然是快心之谈;然而细细想去,未免就近于刻薄了。一个人嘴里说话是最要紧的。我也曾读过几年书,近来做了未亡人[2],无可消遣,越发甚么书都看看,心里比从前也明白多着。我并不是迷信那世俗折口福的话,但是精明的是正路,刻薄的是邪路,一个人何苦正路不走,走了邪路呢。伯娘,你教兄弟以后总要拿着这个主意,情愿他忠厚些,万万不可叫他流到刻薄一路去,叫万人切齿,到处结

---

[1] 抢白——指斥,挖苦。
[2] 未亡人——封建时代寡妇的自称。

第二十回　神出鬼没母子动身　冷嘲热谑世伯受窘 | 171

下冤家。这个于处世上面,很有关系的呢!"我母亲叫我道:"你听见了姊姊的话没有?"我道:"听见了。我心里正在这里又佩服又惭愧呢。"母亲道:"佩服就是了,又惭愧甚么?"我道:"一则惭愧我是个男子,不及姊姊的见识;二则惭愧我方才不应该对云岫说那番话。"姊姊道:"这又不是了。云岫这东西,不给他两句,他当人家一辈子都是糊涂虫呢。只不过不应该这样旁敲侧击,应该要明亮亮的叫破了他。"我道:"我何尝不是这样想,只碍着他是个父执,想来想去,没法开口。"姊姊道:"是不是呢,这就是精明的没有到家之过;要是精明到家了,要说甚么就说甚么。"正说话时,忽听得舱面人声嘈杂,带着起锚的声音,走出去一看,果然是要开行了。时候已经不早了,大家安排憩息。

到了次日,已经出了洋海,喜得风平浪静,大家都还不晕船。左右没事,闲着便与姊姊谈天,总觉着他的见识比我高得多着,不觉心中暗喜,我这番同了姊姊出门,就同请了一位先生一般。这回到了南京,外面有继之,里面又有了这位姊姊,不怕我没有长进。我在家时,只知道他会做诗词小品,却原来有这等大学问,真是"有眼不识泰山"了。因此终日谈天,非但忘了离家,并且也忘了航海的辛苦。

谁知走到了第三天,忽然遇了大风,那船便颠播不定,船上的人,多半晕倒了;幸喜我还能支持,不时到舱面去打听甚么时候好到,回来安慰众人。这风一日一夜不曾息,等到风息了,我再去探问时,说是快的今天晚上,迟便明天早起,就可以到了。于是这一夜大家安心睡觉。只因受了一日一夜的颠播,到了此时,困倦已极,便酣然浓睡。

睡到天将亮时,平白地从梦中惊醒,只听得人声鼎沸,房门外面脚步乱响。正是:鼾然一觉邯郸梦[1],送到繁华境地来。要知为甚事人声鼎沸起来,且待下回再记。

---

[1] 邯郸梦——传奇故事:唐朝有一卢生,在邯郸旅店里遇到一位道者吕翁。卢生向吕翁诉说自己的不如意。吕翁给他一个枕头,说:"你睡觉用此枕头,就可以达到你的愿望。"卢生如言就枕,梦中娶了一个漂亮的妻子,自己也中了进士,做了大官,子孙满堂,富贵荣华无比,活到八十多岁才死。及至一觉醒来,店主所煮的黄粱还没有熟,因之也叫做"黄粱梦"。

第二十一回

作引线[1]官场通赌棍　嗔直言巡抚报[2]黄堂[3]

当时平白无端,忽听得外面人声鼎沸,正不知为了何事,未免吃了一惊。连忙起来到外面一看,原来船已到了上海,泊了码头,一班挑夫、车夫,与及客栈里的接客伙友,都一哄上船,招揽生意,所以人声嘈杂。一时母亲、婶娘、姊姊都醒了,大家知道到了上海,自是喜欢,都忙着起来梳洗。我便收拾起零碎东西来。过了一会,天已大亮了,遇了谦益栈的伙计,我便招呼了,先把行李交给他,只剩了随身几件东西,留着还要用;他便招呼同伴的来,一一点交了带去。我等母亲、婶娘梳洗好了,方才上岸,叫了一辆马车往谦益栈里去,拣了两个房间,安排行李,暂时安歇。

因为在海船上受了几天的风浪,未免都有些困倦,直到晚上,方才写了一封信,打算明日发寄,先通知继之。拿到帐房,遇见了胡乙庚,我便把信交给他,托他等信局来收信时,交他带去。乙庚道:"这个容易。今晚长江船开,我有伙计去,就托他带了去罢。"又让到里

---

[1] 引线——拉拢撮合的人。
[2] 报——这里指报复。
[3] 黄堂——知府的别称。黄堂本是古时太守的厅堂的专称,知府的地位约等于从前的太守,所以习惯也称知府为黄堂。

间去坐,闲谈些路上风景,又问问在家耽搁几天。略略谈了几句,外面乱烘烘的人来人往,不知又是甚么船到了,来了多少客人。乙庚有事出去招呼,我不便久坐,即辞了回房。对母亲说道:"孩儿已经写信给继之,托他先代我们找一处房子,等我们到了,好有得住。不然,到了南京要住客栈,继之一定不肯的,未免要住到他公馆里去;一则怕地方不够,二则年近岁逼的,将近过年了,搅扰着人家也不是事。"母亲道:"我们在这里住到甚么时候?"我道:"稍住几天,等继之回了信来再说罢。在路上辛苦了几天,也乐得憩息憩息。"

婶娘道:"在家乡时,总听人家说上海地方热闹,今日在车上看看,果然街道甚宽,但不知可有甚么热闹地方,可以去看看的?"我道:"侄儿虽然在这里经过三四次,却总没有到外头去逛过;这回喜得母亲、婶娘、姊姊都在这里,憩一天,我们同去逛逛。"婶娘道:"你姊姊不去也罢!他是个年轻的寡妇,出去抛头露面的作甚么呢!"姊姊道:"我倒并不是一定要去逛,母亲说了这句话,我倒偏要去逛逛了。女子不可抛头露面这句话,我向来最不相信。须知这句话是为不知自重的女子说的,并不是为正经女子说的。"婶娘道:"依你说,抛头露面的倒是正经女子?"姊姊道:"那里话来!须知有一种不自重的女子,专欢喜涂脂抹粉,见了人,故意的扭扭捏捏,躲躲藏藏的,他却又不好好的认真躲藏,偏要拿眼梢去看人;便惹得那些轻薄男人,言三语四的,岂不从此多事?所以要切戒他抛头露面。若是正经的女子,见了人一样,不见人也是一样,举止大方,不轻言笑的,那怕他在街上走路,又碍甚么呢。"

我母亲说道："依你这么说，那古训的'内言不出于阃，外言不入于阃'，也用不着的了？"姊姊笑道："这句话，向来读书的人都解错，怪不得伯母。那内言不出，外言不入，并不是泛指一句说话，他说的是治家之道，政分内外：阃以内之政，女子主之；阃以外之政，男子主之。所以女子指挥家人做事，不过是阃以内之事；至于阃以外之事，就有男子主政，用不着女子说话了。这就叫'内言不出于阃'。若要说是女子的说话，不许阃外听见，男子的说话，不许阃内听见，那就男女之间，永远没有交谈的时候了。试问把女子关在门内，永远不许他出门一步，这是内言不出，做得到的；若要外言不入，那就除非男子永远也不许他到内室，不然，到了内室，也硬要他装做哑子了。"一句话说的大家笑了。我道："我小时候听蒙师[1]讲的，却又是一样讲法：说是外面粗鄙之言，不传到里头去；里面猥亵之言，不传出外头来。"姊姊道："这又是强作解人。这'言'字所包甚广，照这所包甚广的言字，再依那个解法，是外言无不粗鄙，内言无不猥亵的了。"

我道："'七年，男女不同席'[2]，这总是古训。"姊姊道："这是从形迹上行教化的意思，其实教化万不能从形迹上施行的。不信，你

----

〔1〕蒙师——蒙，是糊里糊涂、知识没有开化的样子，所以称小孩为蒙童。蒙师，就是蒙童的教师。后文第三十六回"蒙馆"是私塾，第九十七回"训蒙"是教小学生。

〔2〕"七年，男女不同席"——封建礼教的教条之一。古人认为，男女有别，到了七岁的时候，男女的知识渐渐开了，就不能同席而坐，共器而食。语出《礼记·内则》。

看周公制礼〔1〕之后，自当风俗丕变〔2〕了，何以《国风》〔3〕又多是淫奔之诗呢？可见得这些礼仪节目，不过是教化上应用的家伙，他不是认真可以教化人的。要教化人，除非从心上教起；要从心上教起，除了读书明理之外，更无他法。古语还有一句说得岂有此理的，说甚么'女子无才便是德'，这句话，我最不佩服。或是古人这句话是有所为而言的，后人就奉了他做金科玉律〔4〕，岂不是误尽了天下女子么？"我道："何所为而言呢？"姊姊道："大抵女子读了书，识了字，没有施展之处，所以拿着读书只当作格外之事，等到稍微识了几个字，便不肯再求长进的了。大不了的，能看得落两部弹词，就算是才女；甚至于连弹词也看不落，只知道看街上卖的那三五文一小本的淫词俚曲，闹得他满肚皮的佳人才子，赠帕遗金的故事，不定要从这个上头闹些笑话出来，所以才有'女子无才便是德'的一句话。这句话，是指一人一事而言；若是后人不问来由，一律的奉以为法，岂不是因噎废食〔5〕了么？"

------

〔1〕 周公制礼——周公，姓姬名旦，周武王的兄弟，周成王的叔父。成王年幼时，周公代他主持朝政，曾改定官制，创制礼法。《周礼》一书，就传说是周公所作。
〔2〕 丕变——大变。
〔3〕 《国风》——《诗经》里从《周南》到《豳风》，共有十五国的诗歌，总名《国风》。其中（尤其是《郑风》、《卫风》）多是产生在民间的描写男女相爱的作品，但旧时代却认为是无媒苟合的淫奔之诗。
〔4〕 金科玉律——尊严可贵的法令。
〔5〕 因噎废食——因为有人吃饭噎死了，就想禁止天下人吃饭，比喻以偶然的现象来概括一般，因而要改变常规，是不合理的。句出《淮南子》。

我母亲笑道:"依你说,女子一定要有才的了?"姊姊道:"初读书的时候,便教他读了《女诫》、《女孝经》[1]之类,同他讲解明白了,自然他就明理;明了理,自然德性就有了基础;然后再读正经有用的书,那里还有丧德的事干出来呢。兄弟也不是外人,我今天撒一句村话,像我们这种人,叫我们偷汉子去,我们可肯干么?"婶娘笑道:"吥!你今天发了疯了!怎么扯出这些话来?"姊姊道:"可不要这么说。倘使我们从小就看了那些淫词艳曲,也闹的一肚子佳人才子风流故事,此刻我们还不知干甚呢。这就是'女子无才便是德'了。"婶娘笑的说不上话来,弯了腰,忍了一会,才说道:"这鸦头今天越说越疯了!时候不早了,侄少爷,你请到你那屋里去睡罢,此刻应该外言不入于阃了。"说罢,大家又是一笑。

我辞了出来,回到房里。因为昨夜睡的多了,今夜只管睡不着。走到帐房里,打算要借一张报纸看看。只见胡乙庚和一个衣服褴褛的人说话,唧唧哝哝的,听不清楚。我不便开口,只在旁边坐下。一会儿,那个人去了,乙庚还送他一步,说道:"你一定要找他,只有后马路一带栈房,或者在那里。"那人径自去了。乙庚回身自言自语道:"早劝他不听,此刻后悔了,却是迟了。"我便和他借报纸,恰好被客人借了去,乙庚便叫茶房去找来。一面对我说道:"你说天下竟有这种荒唐人!带了四五千银子,说是到上海做生意,却先把那些钱输

---

[1]《女诫》、《女孝经》——书名。《女诫》,东汉班昭(曹大家)作,共七篇;《女孝经》,唐侯莫陈邈妻郑氏作,共十八章;内容都是要求妇女遵守封建礼教的一些教条。

个干净,生意味也不曾尝着一点儿!"我道:"上海有那么大的赌场么?"乙庚道:"要说有赌场呢,上海的禁令严得很,算得一个赌场都没有;要说没有呢,却又到处都是赌场。这里上海专有一班人靠赌行骗的,或租了房子冒称公馆,或冒称甚么洋货字号,排场阔得很,专门引诱那些过路行客或者年轻子弟。起初是吃酒、打茶围,慢慢的就小赌起来,从此由小而大,上了当的人,不到输干净不止的。"我道:"他们拿得准赢的么?"乙庚道:"用假骰子、假牌,那里会不赢的。"

我道:"刚才这个人,想是贵友?"乙庚道:"在家乡时本来认得他,到了上海就住在我这里。那时候我栈里也住了一个赌棍,后来被我看破了,回了那赌棍,叫他搬到别处去。谁知我这敝友,已经同他结识了,上了赌瘾,就瞒了我,只说有了生意了,要搬出去;我也不知道他搬到那里,后来就输到这个样子。此刻来查问我起先住在这里那赌棍搬到那里去了,我那里知道呢。并且这个赌棍神通大得很,他自称是个候选[1]的郎中[2];笔底下很好,常时作两篇论送到报馆里去刊登,底下缀了他的名字,因此人家都知道他是个读书人。他却又官场消息极为灵通,每每报纸上还没有登出来的,他早先知道了,因此人家又疑他是官场中的红人。他同这班赌棍通了气,专代他们

---

〔1〕 候选——见第二回"候补"注。

〔2〕 郎中——清朝中央政府分设吏、户、礼、兵、刑、工六部(还有一些其他机构),分掌政务。部的长官叫尚书、次官叫侍郎。部下分若干司,司里的官员有郎中、员外郎、主事、笔帖式等。郎中的地位有如司长、副司长,员外郎的地位有如副司长、科长,主事的地位有如科长、副科长,笔帖式的地位有如办事员、录事。

作引线。譬如他认得了你,他便请你吃茶吃酒,拉了两个赌棍来,同你相识;等到你们相识之后,他却避去了。后来那些人拉你入局,他也只装不知,始终他也不来入局,等你把钱都输光了,他却去按股分赃。你想就是找着他便怎样呢?"我道:"同赌的人可以去找他的,并且可以告他。"乙庚道:"那一班人都是行踪无定的,早就走散了,那里告得来!并且他的姓名也没有一定的,今天叫'张三',明天就可以叫'李四',内中还有两个实缺的道、府,被参了下来,也混在里面闹这个玩意儿呢。若告到官司,他又有官面,其奈他何呢!"此时茶房已经取了报纸来,我便带到房里去看。

一宿无话。次日一早,我方才起来梳洗,忽听得隔壁房内一阵大吵,像是打架的声音,不知何事。我就走出来去看,只见两个老头子在那里吵嘴,一个是北京口音,一个是四川口音。那北京口音的攒着[1]那四川口音的辫子,大喝道:"你且说你是个甚么东西,说了饶你!"一面说,一面提起手要打。那四川口音的说道:"我怕你了!我是个王八蛋,我是个王八蛋!"北京口音的道:"你应该还我钱么?"四川口音的道:"应该,应该!"北京口音的道:"你敢欠我丝毫么?"四川口音的道:"不敢欠,不敢欠!回来就送来。"北京口音的一撒手,那四川口音的就"溜之乎也"的去了。北京口音的冷笑道:"旁人恭维你是个名士,你想拿着名士来欺我!我看着你不过这么一件东西,叫

---

[1] 攒着——攒,原是聚积的意思,引申作各种解释:这里攒着是一把抓住;后文攒眉,是形容眉头聚在一起,就是皱眉;"万头攒动"的攒动,是形容人多拥挤的样子。

你认得我。"

当下我在房门外面看着,只见他那屋里罗列着许多书,也有包好的,也有未曾包好的,还有不曾装订好的,便知道是个贩书客人。顺脚踱了进去,要看有合用的书买两部;选了两部京版的书,问了价钱,便同他请教起来。说也奇怪,就同那作小说的话一般,叫做"无巧不成书",这个人不是别人,却是我的一位姻伯[1],姓王,名显仁,表字伯述。说到这里,我却要先把这位王伯述的历史,先叙一番。

看官们听者:这位王伯述,本来是世代书香的人家;他自己出身是一个主事,补缺之后,升了员外郎,又升了郎中,放了山西大同府。为人十分精明强干。到任之后,最喜微服私行[2],去访问民间疾苦。生成一双大近视眼,然而带起眼镜来,打鸟枪的准头又极好。山西地方最多雕,他私访时,便带了鸟枪去打雕。有一回,为了公事晋省;公事毕后,未免又在省城微行起来。在那些茶坊酒肆之中,遇了一个人,大家谈起地方上的事,那个人便问他:"现在这位抚台的德政如何?"伯述便道:"他少年科第[3]出身,在京里不过上了几个条陈,就闹红了,放了这个缺;其实是一个白面书生,干得了甚么事!你看他一到任时,便铺张扬厉的,要办这个,办那个,几时见一件事成了功呢! 第一件说的是禁烟。这鸦片烟我也知道是要禁的,然而你

---

[1] 姻伯——对前辈远亲的敬称。
[2] 微服私行——旧时官员改变平时的服式,以避免别人注意,秘密地出去探听事情,叫做微服私行。下文微行,是微服私行的省词。
[3] 科第——就是科甲、科名,指举人、进士的出身。

看他拜折子〔1〕也说禁烟，出告示也说禁烟，下札子也说禁烟，却始终不曾说出禁烟的办法来。总而言之：这种人坐言则有馀，至于起行，他非但不足，简直的是不行！"说罢，就散了。

哈哈！真事有凑巧，你道他遇见的是甚么人？却恰好是本省抚台。这位抚台，果然是少年科第；果然是上条陈上红了的；果然是到了山西任上，便尽情张致〔2〕，第一件说是禁烟，却自他到任之后，吃鸦片烟的人格外多些。这天忽然高兴，出来私行察访，遇了这王伯述，当面抢白了一顿，好生没趣！且慢，这句话近乎荒唐，他两个，一个是上司，一个是下属，虽不是常常见面，然而回起公事来，见面的时候也不少，难道彼此不认得的么？谁知王伯述是个大近视的人，除了眼镜，三尺之外，便仅辨颜色的了。官场的臭规矩，见了上司是不能戴眼镜的，所以伯述虽见过抚台，却是当面不认得；那抚台却认得他，故意试试他的，谁知试出了这一大段好议论，心中好生着恼！一心只想参了他的功名，却寻不出他的短处来，便要吹毛求疵，也无处可求；若是轻轻放过，却又咽不下这口恶气，就和他无事生出事来。正是：闲闲〔3〕一席话，引入是非门。不知生出甚么事，且待下回再记。

---

〔1〕拜折子——折子，指上给皇帝的奏折。当时规定，督抚有要事专折奏知皇帝，把折匣供在大堂香案上，对之行三跪九叩首礼，然后取交折差，高捧头上，开中门送出。当拜折时，属员站班，步兵排队，放炮奏乐，仪节很隆重。
〔2〕张致——装腔作势，装模作样。
〔3〕闲闲——随随便便、不在意。

第二十二回

论狂士撩起忧国心　　接电信再惊游子魄

原来那位山西抚台,自从探花及第[1]之后,一帆风顺的,开坊[2]外放,你想谁人不奉承他。并且向来有个才子之目,但得他说一声好,便以为荣耀无比的,谁还敢批评他。那天凭空受了伯述的一席话,他便引为生平莫大之辱。要参他功名,既是无隙可乘,又咽不下这口恶气;因此拜了一折,说他"人地不宜,难资表率",请将他"开缺撤任,调省察看"[3]。谁知这王伯述信息也很灵通,知道他将近要下手,便上了个公事,只说"因病自请开缺就医"。他那里正在办撤任的折子,这边禀请开缺的公事也到了,他倒也无可奈何,只得在附片[4]上陈明。王伯述便交卸了大同府篆。这是他以前的历史,

---

[1] 探花及第——见第三回"进士"注。
[2] 开坊——坊,指春坊。翰林升任詹事府左右春坊的职务,如中允、赞善之类,叫做开坊。詹事府的官职,本专备翰林升转的。后来詹事府裁撤了,翰林升任其他官职,习惯也都称为开坊。
[3] "开缺撤任,调省察看"——撤任,见第十三回注。官员撤任后,如果把原来的缺位取消,叫做开缺。调省察看,是调到省城里,由上级随时查察,以决定将来是否准许复任官职。
[4] 附片——附在奏折里的单片。凡是事情较为简单,不必另具奏折的可以写在附片里。附片不不具官衔,开头用一"再"字。当时规定,一个奏折里,最多只能夹三个附片。

以后之事,我就不知道了。因为这一门姻亲隔得远,我向来未曾会过的,只有上辈出门的伯叔父辈会过。

当下彼此谈起,知是亲戚,自是欢喜。伯述又自己说自从开了缺之后,便改行贩书。从上海买了石印书贩到京里去,倒换些京板书出来,又换了石印的去,如此换上几回,居然可以赚个对本利呢。

我又问起方才那四川口音的老头子。伯述道:"他么,他是一位大名士呢!叫做李玉轩,是江西的一个实缺知县,也同我一般的开了缺了。"我道:"他欠了姻伯书价么?"伯述道:"可不是么!这种狂奴,他敢在我跟前发狂,我是不饶他的;他狂的抚台也怕了他,不料今天遇了我。"我道:"怎么抚台也怕他呢?"伯述道:"说来话长。他在江西上藩台衙门,却带了鸦片烟具,在官厅上面开起灯来。被藩台知道了,就很不愿意,打发底下人去对他说:'老爷要过瘾,请回去过了瘾再来,在官厅上吃烟不像样。'他听了这话,立刻站了起来,一直跑到花厅上去。此时藩台正会着几个当要差的候补道,商量公事。他也不问情由,便对着藩台大骂道:'你是个甚么东西,不准我吃烟!你可知我先师曾文正公[1]的签押房,我也常常开灯。我眼睛里何曾见着你来!你的官厅,可能比我先师的签押房大?……'藩台不等说完,就大怒起来,喝道:'这不是反了么!快撵他出去!'他听了一个'撵'字,便把自己头上的大帽子摘了下来,对准藩台,照脸摔了过去。嘴里说道:'你是个甚么东西,你配撵我!我的官也不要了!'那

---
[1] 曾文正公——指汉奸曾国藩。文正是清朝给予他的谥号。

顶帽子，不偏不倚的恰好打在藩台脸上。藩台喝叫拿下他来。当时底下人便围了过去，要拿他；他越发了狂，犹如疯狗一般，在那里乱叫。亏得旁边几个候补道把藩台劝住，才把他放走了。他回到衙门，也不等后任来交代，收拾了行李，即刻就动身走了。藩台当日即去见了抚台，商量要动详文[1]参他。那抚台倒说：'算了罢！这种狂士，本来不是做官的材料，你便委个人去接他的任罢！'藩台见抚台如此，只得隐忍住了。他到了上海来，做了几首歪诗登到报上，有两个人便恭维得他是甚么姜白石[2]、李青莲，所以他越发狂了。"我道："想来诗总是好的？"伯述道："也不知他好不好。我只记得他《咏自来水》的一联是'灌向瓮中何必井，来从湖上不须舟'，这不是小孩子打的谜谜儿么。这个叫做姜白石、李青莲，只怕姜白石、李青莲在九泉[3]之下，要痛哭流涕呢！"我道："这两句诗果然不好；但是就做好了，也何必这样发狂呢？"伯述道："这种人若是抉出他的心肝来，简直是一个无耻小人！他那一种发狂，就同那下婢贱妾，恃宠生骄的一般行径；凡是下婢贱妾，一旦得了宠，没有不撒娇撒痴的。起初的时候，因他撒娇痴，未尝不恼他；回头一想，已经宠了他，只得容忍着点，并且叫人家听见，只道自己不能容物，因此一次两次的隐忍，就把他惯的无法无天的了。这一班狂奴，正是一类，偶然作了一两句歪诗，

---

[1] 详文——下级官署陈报上级官署文书的一种。凡是详文，上级官署一定要予以批示。
[2] 姜白石——宋词人姜夔，自号白石道人。
[3] 九泉——地下。

或起了个文稿,叫那些督抚贵人点了点头,他就得意的了不得,从此就故作偃蹇之态去骄人。照他那种行径,那督抚贵人何尝不恼他,只因为或者自己曾经赏识过他的,或者同僚中有人赏识过他的,一时同他认起真来,被人说是不能容物,所以才惯出这种东西来。依我说,把他绑了,赏他一千八百的皮鞭,看他还敢发狂!就如那李玉轩,他骂了藩台两句甚么东西,那藩台没理会他,他就到处都拿这句话骂人了。他和我买书,想赖我的书价,又拿这句话骂我,被我发了怒,攥着他的辫子,还问他一句,他便自己甘心认了是个'王八蛋'。你想这种人还有丝毫骨气么?孔子说的:'唯女子与小人为难养也'[1],女子便是那下婢贱妾,小人正是指这班无耻狂徒呢。还有一班不长进的,并没有人赏识过他,也学着他去瞎狂,说甚么'贫贱骄人'[2]。你想贫贱有甚么高贵,却可以拿来骄人?他不怪自己贫贱是贪吃懒做弄出来的,还自命清高,反说富贵的是俗人。其实他是眼热那富贵人的钱,又没法去分他几个过来,所以做出这个样子。我说他竟是想钱想疯了的呢!"说罢,呵呵大笑。

又叹一口气道:"遍地都是这些东西,我们中国怎么了那!这两

---

[1] "唯女子与小人为难养也"——语出《论语》,下面还有"近之则不逊,远之则怨"这两句。意思是说:女子和小人(指仆隶)最难对付,和他亲近了,他就对你不客气;对他疏远了,却又怨恨你。是封建时代诬蔑奴隶和妇女人格的一种说法。

[2] "贫贱骄人"——战国时,魏文侯的太子击,在路上遇到魏文侯的老师田子方,就避在一旁,并且下车恭敬地谒见。田子方却态度傲慢得很。太子击于是问他:是富贵的人可以对人骄傲,还是贫贱的人可以对人骄傲?田子方回答说:自然是贫贱的人可以对人骄傲。故事出《史记·魏世家》。

天你看报来没有？小小的一个法兰西，又是主客异形[1]的，尚且打他不过，这两天听说要和了。此刻外国人都是讲究实学的，我们中国却单讲究读书。读书原是好事，却被那一班人读了，便都读成了名士！不幸一旦被他得法做了官，他在衙门里公案上面还是饮酒赋诗，你想地方那里会弄得好？国家那里会强？国家不强，那里对付那些强国？外国人久有一句说话，说中国将来一定不能自立，他们各国要来把中国瓜分了的。你想，被他们瓜分了之后，莫说是饮酒赋诗，只怕连屁他也不许你放一个呢！"我道："何至于这么利害呢？"伯述方要答话，只见春兰鸦头过来，叫我吃饭。伯述便道："你请罢，我们饭后再谈。"

我于是别了过来，告知母亲，说遇见伯述的话。我因为刚才听了伯述的话，很有道理，吃了饭就要去望他，谁知他锁了门出去了，只得仍旧回房去。只见我姊姊拿着一本书看，我走近看时，却画的是画，翻过书面一看，始知是《点石斋画报》[2]。便问那里来的。姊姊道："刚才一个小孩子拿来卖的，还有两张报纸呢。"说罢，递了报纸给我。我便拿了报纸，到我自己的卧房里去看。

忽然母亲又打发春兰来叫了我去，问道："你昨日写继之的信，可曾写一封给你伯父？"我道："没有写。"母亲道："要是我们不大耽

---

[1] 主客异形——主客的形势不同。这里的意思是说，法军远来，我军以逸待劳，是应该占上风的。
[2] 《点石斋画报》——点石斋，上海最早的一家石印书局。《点石斋画报》是点石斋出版、以时事新闻为主，也描绘异闻琐事的一种定期发行的画报。

搁呢,就可以不必写了;如果有几天耽搁,也应该先写个信去通知。"我道:"孩儿写去给继之,不过托他找房子,三五天里面等他回信到了,我们再定。"母亲道:"既是这么着,也应该写信给你伯父,请伯父也代我们找找房子。单靠继之,人家有许多工夫么。"我答应了,便去写了一封信,给母亲看过,要待封口,姊姊道:"你且慢着。有一句要紧话你没有写上,须得要说明了,无论房子租着与否,要通知继之一声;不然,倘使两下都租着了,我们一起人去,怎么住两起房子呢。"我笑道:"到底姊姊精细。"遂附了这一笔,封好了,送到帐房里去。

恰好遇了伯述回来,我又同到他房里谈天。伯述在案头取过一本书来递给我道:"我送给你这个看看。看了这种书,得点实用,那就不至于要学那一种不知天高地厚的名士了。"我接过来谢了。看那书面是《富国策》,便道:"这想是新出的?"伯述道:"是日本人著的书,近年中国人译成汉文的。"又道:"此刻天下的大势,倘使不把读书人的路改正了,我就不敢说十年以后的事了。我常常听见人家说中国的官不好,我也曾经做过官来,我也不能说这句话不是。但是仔细想去,这个官是甚么人做的呢?又没有个官种像世袭[1]似的,那做官的代代做官,那不做官的代代不能做官,倘使是这样,就可以说那句话了。做官原是要读书人做的,那就先要埋怨读书人不好了。

---
[1] 世袭——清朝制度:凡是因立有军功或阵亡而被国家赏给爵职的,如五等爵和轻车都尉等世职,子孙可以世代承袭,叫做世袭。

上半天说的那种狂士,不要说了;除此之外,还有一种人,这里上海有一句土话,叫甚么'书毒头',就是此边说的'书呆子'的意思。你想,好好的书,叫他们读了,便受了毒,变了'呆子',这将来还能办事么?"

我道:"早上姻伯说的瓜分之后,连屁也不能放一个,这是甚么道理?"伯述叹道:"现在的世界,不能死守着中国的古籍做榜样的了!你不过看了《廿四史》[1]上,五胡大闹[2]时,他们到了中国,都变成中国样子,归了中国教化;就是本朝,也不是中国人,然而入关三百年来,一律都归了中国教化了;甚至于此刻的旗人,有许多并不懂得满洲话的了,所以大家都相忘了。此刻外国人灭人的国,还是这样吗?此时还没有瓜分,他已经遍地的设立教堂,传起教来,他倒想先把他的教传遍了中国呢;那么瓜分以后的情形,你就可想了。我在山西的时候,认得一个外国人,这外国人姓李,是到山西传教去的,常到我衙门里来坐。我问了他许多外国事情,一时也说不了许多,我单说俄罗斯的一件故事[3]给你听罢。俄罗斯灭了波兰,他在波兰行

---

[1] 《廿四史》——清朝乾隆时,把《史记》、《汉书》、《后汉书》、《三国志》、《晋书》、《宋书》、《南齐书》、《梁书》、《陈书》、《魏书》、《北齐书》、《周书》、《隋书》、《南史》、《北史》、《旧唐书》、《新唐书》、《旧五代史》、《新五代史》、《宋史》、《辽史》、《金史》、《元史》、《明史》等纪传体裁的史书列为正史,合称《廿四史》。

[2] 五胡大闹——五胡,指匈奴、羯、鲜卑、氐、羌五种少数民族。晋朝自武帝死后,诸王争权夺位,互相攻杀,于是五胡的首脑就乘机进行侵略,相继自立为帝,争战不休。历史上称为"五胡之乱"。

[3] 俄罗斯的一件故事——这里指的是帝俄时代的故事。

的政令,第一件不许波兰人说波兰话,还不许用波兰文字。"我道:"那么要说甚话,用甚文字呢?"伯述道:"要说他的俄罗斯话,用他的俄罗斯文字呢!"我道:"不懂的便怎样呢?"伯述道:"不懂的,他押着打着要学。无论在甚么地方,他听见了一句波兰话,他就拿了去办。"我道:"这是甚么意思呢?"伯述道:"他怕的是这些人只管说着故国的话,便起了怀想故国之念,一旦要光复〔1〕起来呢。第二件政令,是不准波兰人在路旁走路,一律要走马路当中。"我道:"这个意思更难解了。"伯述道:"我虽不是波兰人,说着也代波兰人可恨!他说波兰人都是贱种,个个都是做贼的,走了路旁,恐怕他偷了店铺的东西。"说到这里,把桌子一拍道:"你说可恨不可恨!"

我听了这话,不觉毛骨悚然。呆了半晌,问道:"我们中国不知可有这一天? 倘是要有的,不知有甚方法可以挽回?"伯述道:"只要上下齐心协力的认真办起事来,节省了那些不相干的虚糜,认真办起海防、边防来就是了。我在京的时候,曾上过一个条陈给堂官〔2〕。到山西之后,听那李教士说他外国的好处,无论那一门,都有专门学堂。我未曾到过外国,也不知他的说话,是否全靠得住。然而仔细想去,未必是假的;倘是假的,他为甚要造出这种谣言来呢。那时我又据了李教士的话,揽了自己的意思,上了一个条陈给本省巡抚,谁知他只当没事一般,提也不提起。我们干着急,那有权办事的,却只如

---

〔1〕 光复——恢复旧有之物,一般用指民族独立革命。原本作"克复",臆改。
〔2〕 堂官——清朝中央官署里的长官称堂官。堂官是对司官而言。这里堂官指部里的尚书、侍郎。司官指郎中、员外郎、主事。

此。自从丢了官之后,我自南自北的,走了不知几次,看着那些读书人,又只如此。我所以别的买卖不干,要贩书往来之故,也有个深意在内:因为市上的书贾,都是胸无点墨的,只知道甚么书销场好,利钱深,却不知甚么书是有用的,甚么书是无用的;所以我立意贩书,是要选些有用之书去卖。谁知那买书的人,也同书贾一样,只有甚么《多宝塔》、《珍珠船》、《大题文府》[1]之类,是他晓得的;还有那石印能做夹带的,销场最利害。至于《经世文编》[2]、《富国策》,以及一切舆图册籍之类,他非但不买,并且连书名也不晓得;等我说出来请他买时,他却莫名其妙,取出书来,送到他眼里,他也不晓得看。你说可叹不可叹!这一班混蛋东西,叫他侥幸通了籍[3],做了官,试问如何得了!"我道:"做官的未必都是那一班人,然而我在南京住了几时,官场上面的举动,也见了许多,竟有不堪言状的。"伯述道:"那捐班里面,更不必说了,他们那里是做官,其实也在那里同我此刻一样的做生意,他那牟利之心,比做买卖的还利害呢!你想做官的人,不是此类,便是彼类,天下事如何得了!"我道:"姻伯既抱了一片救世热心,何不还是出身去呢?将来望升官起来,势位大了,便有所凭借,

---

[1] 《多宝塔》、《珍珠船》、《大题文府》——清朝科举考试时作参考用的几种书。《多宝塔》和《珍珠船》分类(如河道、农田、学校等)刊载有关对策的字句,《大题文府》刊载的是八股文。
[2] 《经世文编》——书名。编原作"篇",臆改。明朝有《明代经世文编》,清朝有《皇朝经世文编》、《续编》、《三编》,所录的都是所谓"经世之言",所以叫做"经世文编"。
[3] 通籍——考取了进士以后,即名登朝籍,所以叫做通籍。

可以设施了。"伯述笑道："我已是上五十岁的人了,此刻我就去销病假,也要等坐补原缺;再混几年,上了六十岁,一个人就有了暮气了,如何还能办事。说中国要亡呢,一时只怕也还亡不去。我们年纪大的,已是末路的人,没用的了;所望你们英年的人,巴巴的学好,中国还有可望。总而言之:中国不是亡了,便是强起来;不强起来,便亡了;断不会有神没气的,就这样永远存在那里的。然而我们总是不及见的了。"正说话时,他有客来,我便辞了去。从此没事时,就到伯述那里谈天,倒也增长了许多见识。

过得两天,叫了马车,陪着母亲、婶娘、姊姊到申园去逛了一遍。此时天气寒冷,游人绝少。又到静安寺前看那涌泉,用石栏围住,刻着"天下第六泉"。我姊姊笑道："这总是市井之夫〔1〕做出来的,天下的泉水,叫他辱没尽了！这种混浊不堪的要算第六泉,那天下的清泉,屈他居第几呢？"逛了一遍,仍旧上车回栈。刚进栈门,胡乙庚便连忙招呼着,递给我一封电报。我接在手里一看是南京来的,不觉惊疑不定。正是:无端天外飞鸿到,传得家庭噩耗来。不知此电报究竟是谁打来的,且待下回再记。

---

〔1〕 市井之夫——世俗的人。

第二十三回

老伯母遗言嘱兼祧　师兄弟挑灯谈换帖

当下拿了电报,回到房里,却没有《电报新编》,只得走出来,向胡乙庚借了来翻,原来是伯母没了,我伯父打来的,叫我即刻去。我母亲道:"隔别了二十年的老妯娌了,满打算今番可以见着,谁知等我们到了此地,他却没了!"说着,不觉流下泪来。我道:"本来孩儿动身的时候,伯母就病了。我去辞行,伯母还说恐怕要见不着了,谁知果然应了这句话。我们还是即刻动身呢,还是怎样呢?但是继之那里,又没见有回信。"婶娘道:"既然有电报叫到你,总是有甚么事要商量的,还是赶着走罢。"母亲也是这么说。我看了一看表,已经四下多钟了,此时天气又短,将近要断黑了,恐怕码头上不便当,遂议定了明天动身,出去知照乙庚。晚饭后,又去看伯述,告诉了他明天要走的话,谈了一会别去。

一宿无话。次日一早,伯述送来几份地图,几种书籍,说是送给我的。又补送我父亲的一份奠仪,我叩谢了,回了母亲。大家收拾行李。到了下午,先发了行李出去,然后众人下船,直到半夜时,船才开行。

一路无话。到了南京,只得就近先上了客栈,安顿好众人,我便骑了马,加上几鞭,走到伯父公馆里去,见过伯父,拜过了伯母[1]。

----

[1] 拜过了伯母——这里是拜过了伯母的灵位的意思。

第二十三回　老伯母遗言嘱兼祧　师兄弟挑灯谈换帖　193

伯父便道："你母亲也来了？"我答道："是。"伯父道："病好了？"我只顺口答道："好了。"又问道："不知伯母是几时过的？"伯父道："明天就是头七了。躺了下来，我还有个电报打到家里去的，谁知你倒到了上海了。第二天就接了你的信，所以再打电叫你。此刻耽搁在那里？快接了你母亲来，我有话同你母子商量。"我道："还有婶婶、姊姊，也都来了。"伯父愕然道："是那个婶婶、姊姊？"我道："是三房的婶婶。"伯父道："他们来做甚么？"我道："因为姊姊也守了寡了，是侄儿的意思，接了出来，一则他母女两个在家没有可靠的，二则也请来给我母亲做伴。"伯父道："好没有知识的！在外头作客，好容易么？拉拉扯扯的带了一大堆子人来，我看你将来怎么得了！我满意你母亲到了，可以住在我这里；此刻七拉八扯的，我这里怎么住得下！"我道："侄儿也有信托继之代租房子，不知租定了没有。"伯父道："继之那里住得下么？"我道："并非要住到继之那里，不过托他代租房子。"伯父道："你先去接了母亲来，我和他商量事情。"

　　我答应了出来，仍旧骑了马，到继之处去。继之不在家，我便进去见了他的老太太和他的夫人。他两位知道我母亲和婶婶、姊姊都到了，不胜之喜。老太太道："你接了继之的信没有？他给你找着房子了。起先他找的一处，地方本来很好，是个公馆排场，只是离我这里太远了，我不愿意。难得他知我的意思，索性就在贴隔壁找出一处来。那里本来是人家住着的，不知他怎么和人家商量，贴了几个搬费，叫人家搬了去，我便硬同你们做主，在书房的天井里，开了一个便门通过去，我们就变成一家了。你说好不好？此刻还收拾着呢，我同你去看来。"说罢,扶了鸦头便走。继之夫人也是欢喜的了不得,说道:"从此我们家热闹起来了!从前两年我婆婆不肯出来,害得大家都冷清清的,过那没趣的日子,幸得婆婆来了热闹些;不料你老太太又来了,还有婶老太太、姑太太,这回只怕乐得我要发胖了!"一面说,一面跟了他同走。老太太道:"阿弥陀佛!能够你发了胖,我的老命情愿短几年了。你瘦的也太可怜!"继之夫人道:"这么说,媳妇一辈子也不敢胖了!除非我胖了,婆婆看着乐,多长几十年寿,那我就胖起来。"老太太道:"我长命!我长命!你胖给我看!"

一面说着,到了书房,外面果然开了一个便门;大家走过去看,原来一排的三间正屋,两面厢房,西面另有一大间是厨房。老太太便道:"我已经代你们分派定了:你老太太住了东面一间;那西面一间把他打通了厢房,做个套间,你婶太太、姑太太,可以将就住得了;你就屈驾住了东面厢房;当中是个堂屋,我们常要来打吵的;你要会客呢,到我们那边去。要谨慎的,索性把大门关了,走我们那边出进更好。"我便道:"伯母布置得好,多谢费心!我此刻还要出城接家母去。"老太太道:"是呀。房子虽然没有收拾好,我们那边也可以暂时住住,不嫌委屈,我们就同榻也睡两夜了;没有住在客栈的道理,叫人家看见笑话,倒像是南京没有一个朋友似的。"我道:"等两天房子弄好了再来罢,此刻是接家母到家伯那里去,有话商量的。"老太太道:"是呀。你令伯母听说没了,不知是甚么病,怪可怜的。那么你去罢。"我辞了要行,老太太又叫住道:"你慢着。你接了你老太太来时,难道还送出城去?倘使不去时,又丢你婶太太和姑太太在客栈里，人生路不熟的，又是女流，如何使得！我做了你的主，一起接了来罢。"说罢，叫鸦头出去叫了两个家人来，叫他先雇两乘小轿来，叫两个老妈子坐了去，又叫那家人雇了马，跟我出城。我只得依了。

到了客栈，对母亲说知，便收拾起来。我亲自骑了马，跟着轿子，交代两个家人押行李，一时到了，大家行礼厮见。我便要请母亲到伯父家去。老太太道："你这孩子好没意思！你母亲老远的来了，也不曾好好的歇一歇，你就死活要拉到那边去！须知到得那边去，见了灵柩，触动了妯娌之情，未免伤心要哭，这是一层；第二层呢，我这里婆媳两个，寂寞的要死了，好容易来了个远客，你就不容我谈谈，就来抢了去么？"我便问母亲怎样。母亲道："既然这里老太太欢喜留下，你就自己去罢；只说我路上辛苦病了，有话对你说，也是一样的。我明天再过去罢。"

我便径到伯父那里去，只说母亲病了。伯父道："病了，须不曾死了！我这里死了人，要请来商量一句话也不来，好大的架子！你老子死的时候，为甚么又巴巴的打电报叫我，还带着你运柩回去？此刻我有了事了，你们就摆架子了！"一席话说的我不敢答应。歇了一歇，伯父又道："你伯母临终的时候，说过要叫你兼祧；我不过要告诉你母亲一声，尽了我的道理，难道还怕他不肯么。你兼祧了过来，将来我身后的东西都是你的；就算我再娶填房生了儿子，你也是个长子了，我将来得了世职[1]，也是你袭的。你赶着去告诉了你母亲，明

---
〔1〕 世职——就是世袭的职务。见第二十二回"世袭"注。

日来回我的话。"我听一句,答应一句,始终没说话。

等说完了,就退了出来,回到继之公馆里去,只对母亲略略说了兼祧的话,其馀一字不提。姊姊笑道:"恭喜你!又多一分家当了。"老太太道:"这是你们家事,你们到了晚上慢慢的细谈。我已经打发人赶出城去叫继之了。今日是我的东,给你们一家接风。我说过从此之后,不许回避,便是你和继之,今日也要围着在一起吃。我才给你老太太说过,你肯做我的干儿子,我也叫继之拜你老太太做干娘。"我道:"我拜老太太做干娘是很好的,只是家母不敢当。"母亲笑道:"他小孩子家也懂得这句话,可见我方刚不是瞎客气了。"我道:"老太太疼我,就同疼我大哥一般,岂但是干儿子,我看亲儿子也不过如此呢。"当时大家说说笑笑,十分热闹。

不一会,已是上灯时候,继之赶回来了,逐一见礼。老太太先拉着我姊姊的手,指着我道:"这是他的姊姊,便是你的妹妹,快来见了。以后不要回避,我才快活;不然,住在一家,闹的躲躲藏藏的呕死人!"继之笑着,见过礼道:"孩儿说一句斗胆的话:母亲这么欢喜,何不把这位妹妹拜在膝下做个干女儿呢?况且我又没个亲姊姊、亲妹妹。"老太太听说,欢喜的搂着我姊姊道:"姑太太,你肯么?"姊姊道:"老太太既然这么欢喜,怎么又这等叫起女儿来呢?我从没有听见叫女儿做姑太太的。"老太太道:"是,是,这怪我不是。我的小姐,你不要动气,我老糊涂了。"一面又叫摆上酒席来。继之夫人便去安排杯箸,姊姊抢着也帮动手。老太太道:"你们都不许动。一个是初来的远客;一个是身子弱得怕人,今日早起还嚷肚子痛。都歇着罢,等鸦头们去弄。"一会摆好了，老太太便邀入席。席间又谈起干儿子干娘的事，无非说说笑笑。

饭罢，我和继之同到书房里去。只见我的铺盖，已经开好了。小鸦头送出继之的烟袋来，继之叫住道："你去对太太说，预备出几样东西来，做明日我拜干娘，太太拜干婆婆的礼。"鸦头答应着去了。我道："大哥认真还要做么?"继之道："我们何尝要干这个，这都是女人小孩子的事。不过老人家欢喜，我们也应该凑个趣，哄得老人家快活快活，古人'斑衣戏彩'〔1〕尚且要做，何况这个呢。论起情义来，何在多此一拜；倘使没了情义的，便亲的便怎么。"这一句话触动了我日间之事，便把两次到我伯父那里的话，一一告诉了继之。继之道："后来那番话，你对老伯母说了么?"我道："没有说。"继之道："以后不说也罢，免得一家人存了意见。这兼祧的话，我看你只管糊里糊涂答应了就是。不过开吊和出殡两天，要你应个景儿，没有甚么道理。"我不觉叹道："这才是彼以伪来，此以伪应呢!"继之道："这不叫做伪，这是权宜之计；倘使你一定不答应，一时闹起来，又是个笑话。我料定你令伯的意思，不过是为的开吊、出殡两件事，要有个孝子好看点罢了。"又叹道："我旁观冷眼看去，你们骨肉之间，实在难说!"我道："可不是吗！我看看有许多朋友讲交情的，拜个把子，比自己亲人好的多着呢。"

---

〔1〕"斑衣戏彩"——春秋时，楚国有一个老莱子，七十岁了，还穿着五彩斑斓的衣服，把自己打扮成一个孩子模样，让老父母看了高兴。这个故事就叫做"斑衣戏彩"。

继之道："你说起拜把子,我说个笑话给你听:半个月前,那时候恰好你回去了,这里盐巡道[1]的衙门外面,有一个卖帖子的,席地而坐。面前铺了一大张出卖帖子的诉词,上写着:从某年某月起,识了这么个朋友;那时大家在困难之中,那个朋友要做生意,他怎么为难,借给他本钱,谁知亏折尽了;那朋友又要出门去谋事,缺了盘费,他又怎么为难,借给他盘费,才得动身。因此两个换了帖,说了许多'贫贱相为命[2],富贵毋相忘'的话。那朋友一去几年,绝迹不回来,又没有个钱寄回家,他又怎么为难,代他养家。……像这么乱七八糟的写了一大套,我也记不了那许多了。后头写的是:那朋友此刻阔了,做了道台,补了实缺了;他穷在家乡,依然如故。屡次写信和那朋友借几个钱,非但不借,连信也不回,因此凑了盘费,来到南京衙门里去拜见;谁知去了七八十次,一次也见不着,可见那朋友嫌他贫穷,不认他是换帖的了。他存了这帖也无用,因此情愿把那帖子拿出来卖几文钱回去。你们有钱的人,尽可买了去,认一位道台是换帖;既是有钱的人,那道台自然也肯认是个换帖朋友云云。末后摊着一张帖子,上面写的姓名、籍贯、生年月日、祖宗三代。你道是谁？就是那一位现任的盐巡道！你道拜把子的靠得住么？"我道："后来便怎么了？"继之道："卖了两天,就不见了。大约那位观察知道了,打发了几个钱,叫他走了。"

---

[1] 盐巡道——清朝在不设盐运使的各省置盐法道、驿盐道,管理盐政。以分巡道而兼任盐法道的,叫盐巡道。
[2] 相为命——相依为命的省词。

我道："亏他这个法子想得好！"继之道："他这个有所本的。上海招商局有一个总办，是广东人。他有一个兄弟，很不长进，吃酒、赌钱、吃鸦片烟、嫖，无所不为。屡屡去和他哥哥要钱，又不是要的少，一要就是几百元；要了过来，就不见了他了，在外面糊里糊涂的化完了，却又来了。如此也不知几十次了，他哥哥恨的没法。一天他又来要钱，他哥哥恨极了，给了他一吊铜钱。他却并不嫌少，拿了就走。他拿了去，买上一个炉子，几斤炭，再买几斤山芋，天天早起，跑到金利源栈房门口摆个摊子，卖起煨山芋来。"我道："想是他改邪归正了？"继之道："甚么改邪归正！那金利源是招商局的栈房，栈房的人，那个不认得他是总办的兄弟；见他蓬头垢面那副形状，那个不是指前指后的；传扬出去，连那推车扛抬的小工都知道了，来来往往，必定对他看看。他哥哥知道了，气的暴跳如雷，叫了他去骂。他反说道：'我从前嫖赌，你说我不好也罢了；我此刻安分守己的做小生意，又怪我不好，叫我怎样才好呢？'气得他哥哥回答不上来。好容易请了同乡出来调停，许了他多少银，要他立了永不再到上海的结据，才把他打发回广东去。你道奇怪不奇怪呢？"我道："这两件事虽然有点相像，然而负心之人不同。"继之道："本来善抄蓝本〔1〕的人，不过套个调罢了。"

我道："朋友之间，是富贵的负心；骨肉之间，倒是贫穷的无赖：

---

〔1〕 蓝本——作为根据、底本的书，叫做蓝本。这里"善抄蓝本"，是会学样子的意思。

这个只怕是个通例了。"继之道："倒也差不多。只是近来很有拿交情当儿戏的，我曾见两个换帖的，都是膏粱子弟[1]，有一天闹翻了脸，这个便找出那份帖子来，嗤的撕破了，拿个火烧了，说：你不配同我换帖。……"说到这里，母亲打发春兰出来叫我，我就辞了继之走进去。正是：莲花方灿舌[2]，萱室[3]又传呼。不知进去又有何事，且待下回再记。

---

[1] 膏粱子弟——膏，肥肉；粱，细粮。膏粱子弟，指出身富贵不知世事的阔少爷。
[2] 莲花方灿舌——佛家故事：有人信佛，死后舌根不坏，有青莲花从舌根发出。这里莲花灿舌，是形容话说得天花乱坠，十分动人。
[3] 萱室——萱同萱。萱室，指母亲。古人把萱草种在北堂，北堂是妇女住的地方，因而就以萱室、萱堂为母亲的代词。

第二十四回

臧获[1]私逃酿出三条性命　翰林伸手装成八面威风

当下我到里面去,只见已经另外腾出一间大空房,支了四个床铺,被褥都已开好。老太太和继之夫人,都不在里面,只有我们的一家人。问起来,方知老太太酒多了,已经睡了。继之夫人有点不好过,我姊姊强他去睡了。

当下母亲便问我今天见了伯父,他说甚么来。我道:"没说甚么,不过就说是叫我兼祧,将来他的家当便是我的;纵使他将来生了儿子,我也是个长子。这兼祧的话,伯母病的时候先就同我说过,那时候我还当他是病中心急的话呢。"姊姊道:"只怕不止这两句话呢。"我道:"委实没别的话。"姊姊道:"你不要瞒,你今日回来的时候,脸上颜色,我早看出来了。"母亲道:"你不要为了那金子银子去淘气,那个有我和他算帐。"我道:"这个孩儿怎敢！其实母亲也不必去算他,有的自然伯父会还我们,没有的,算也是白算。只要孩儿好好的学出本事来,那里希罕这几个钱!"姊姊道:"你的志气自然是好的,然而老人家一生勤俭积攒下来的,也不可拿来糟蹋了。"我笑道:"姊姊向来说话我都是最佩服的,今日这句话,我可要大胆驳一句

---

[1] 臧获——奴婢。

了。这钱不错是我父亲一生勤俭积下来的,然而兄弟积了钱给哥哥用了,还是在家里一般,并不是叫外人用了,这又怕甚么呢。"母亲道:"你便这么大量,我可不行!"我道:"这又何苦!算起帐来,未免总要伤了和气,我看这件事暂时且不必提起。倒是兼祧这件事,母亲看怎样?"母亲便和姊姊商量。姊姊道:"这个只得答应了他。只是继之这里又有事,必得要商量一个两便之法方好。"母亲对我说道:"你听见了,明日你商量去。"我答应了,便退了出来,继之还在那里看书呢。我便道:"大哥怎么还不去睡?"继之道:"早呢。只怕你路上辛苦,要早点睡了。"我道:"在船上没事只是睡,睡的太多了,此刻倒也不倦。"两个人又谈了些家乡的事,方才安歇。

一宿无话。次日,我便到伯父那里去,告知已同母亲说过,就依伯父的办法就是了。只是继之那里书启的事丢不下,怕不能天天在这里。伯父道:"你可以不必天天在这里,不过空了的时候来看看;到了开吊出殡那两天,你来招呼就是了。"因为今天是头七,我便到灵前行过了礼,推说有事,就走了回来,去看看匠人收拾房子。进去见了母亲,告知一切。母亲正在那里料理,要到伯父那里去呢。我问道:"婶婶、姊姊都去么?"姊姊道:"这位伯娘,我们又不曾见过面的,他一辈子不回家乡,我去他灵前叩了头,他做鬼也不知有我这个侄女,倒把他闹糊涂了呢,去做甚么!至于伯父呢,也未必记得着这个弟妇、侄女,不消说,更不用去了。"一时我母亲动身,出来上轿去了。我便约了姊姊去看收拾房子,又同到书房里看看。姊姊道:"进去罢,回来有客来。"我道:"继之到关上去了,没有客;就是有客,也在外面客堂里,这里不来的。我有话和姊姊说呢。"姊姊坐下,我便把昨日两次见伯父说的话,告诉了他。姊姊道:"我就早知道的,幸而没有去做讨厌人。伯娘要去,我娘也说要去呢,被我止住了;不然,都去了,还说我母子没处投奔,到他那里去讨饭吃呢。"说着,便进去了。将近吃饭的时候,母亲回来了。

我等吃过饭,便骑了马到关上去拜望各同事,彼此叙了些别后的话。傍晚时候,仍旧赶了入城。过得一天,那边房子收拾好了,我便置备了些木器,搬了过去。老太太还忙着张罗送蜡烛鞭炮,虽不十分热闹,却也大家乐了一天。下半天继之回来了,我便把那汇票交给他,连我那二千,也叫他存到庄上去。

晚上仍在书房谈天。我想起一事,因问道:"昨日家母到家伯那边去回来,说着一件奇事:家伯那边本有两个姨娘,却都不见了。家母问得一声,家伯便回说不必提了。这两个姨娘我都见过来,不知到底怎么个情节?"继之道:"这件事我本来不知道,却是郦士图告诉我的。令伯那位姨娘,本来就是秦淮河的人物[1],和一个底下人干了些暧昧的事,只怕也不是一天的事了。那天忽然约定了要逃走,他便叫那底下人雇一只船在江边等着,却把衣服、首饰、箱笼偷着交给那底下人,叫他运到船上去。等到了晚上,自己便偷跑了出来。到得江边,谁知人也没了,船也没了,不必说,是那底下人撒了他,把东西拐

---

[1] 秦淮河的人物——过去南京秦淮河两岸和秦淮河畔的钓鱼巷,多半是妓女聚居的地方,所以这里"秦淮河的人物"和后文第一〇四回"钓鱼巷的货",都指的是妓女。

走了。到了此时,他却又回去不得,没了主意,便跳到水里去死了。你令伯直到第二日天亮,才知道丢了人,查点东西,却也失了不少,连忙着人四处找寻。到了下午,那救生局[1]招人认尸的招帖,已经贴遍了城厢内外,令伯叫人去看看,果然是那位姨娘。既然认了,又不能不要,只得买了一口薄棺,把他殓了。令伯母的病,本来已渐有起色,出了这件事,他一气一个死,说这些当小老婆的,没有一个好货。那时不是还有一个姨娘么?那姨娘听了这话,便回嘴说:'别人干了坏事,偷了东西,太太犯不着连我也骂在里面!'这里头不知又闹了个怎么样的天翻地覆,那姨娘便吃生鸦片烟死了。夫妻两个,又大闹起来。令伯又偏偏找了两件偷不尽的首饰,给那姨娘陪装了去。令伯母知道了,硬要开棺取回,令伯急急的叫人抬了出去。夫妻两个,整整的闹了三四天,令伯母便倒了下来。这回的死,竟是气死的!"我听了心中暗暗惭愧,自己家中出了这种丑事,叫人家拿着当新闻去传说,岂不是个笑话!因此默默无言。

继之便用别话岔开,又谈起那换帖的事。我便追问下去,要问那烧了帖子之后便怎样。继之道:"这一个被他烧了帖子,也连忙赶回去,要拿他那一份帖子也来烧了。谁知找了半天,只找不着,早就不知那里去了。你道这可没了法了罢,谁知他却异想天开,另外弄一张纸烧了,却又拿纸包起,叫人送去还他。"我笑道:"法子倒也想得好。

---

[1] 救生局——置备红船(专作救生和打捞尸体之用的大船),负责拯救溺者的机构。

只是和人家换了帖,却把人家的帖子丢了,就可见得不是诚心相好的了。"

继之道:"丢了算甚么! 你还不看见那些新翰林呢,出京之后,到一处打一处把势,就到一处换一处帖,他要存起来,等到'衣锦还乡'的时候,还要另外雇人抬帖子呢。"我道:"难道随处丢了?"继之道:"岂敢! 我也不懂那些人骗不怕的,得那些新翰林同他点了点头,说了句话,便以为荣幸的了不得;求着他一副对子,一把扇子,那就视同拱璧[1],也不管他的字好歹。这个风气,广东人最利害。那班洋行买办,他们向来都是羡慕外国人的,无论甚么,都说是外国人好,甚至于外国人放个屁也是香的;说起中国来,是没有一样好的,甚至连孔夫子也是个迂儒。他也懂得八股不是枪炮,不能仗着他强国的,却不知怎,见了这班新翰林,又那样崇敬起来,转弯托人去认识他,送钱把他用,请他吃,请他喝,设法同他换帖,不过为的是求他写两个字。"我道:"求他写字,何必要换帖呢?"继之道:"换了帖,他写起上下款来,便是如兄如弟的称呼,好夸耀于人呢。最奇怪的:这班买办平日都是一钱如命的,有甚么穷亲戚、穷朋友投靠了他,承他的情,荐在本行做做西崽[2],赚得几块钱一个月,临了在他帐房里吃顿饭,他还要按月算饭钱呢;到见了那班新翰林,他就一百二百的滥送。有一位广东翰林,叫做吴日升,路过上海时,住了几个月,他走了

---

[1] 拱璧——两手合抱的大璧玉,一般用这两字形容珍贵。
[2] 西崽——对外国人和外国人所开商店所用的仆役的称呼。

之后,打扫的人在他床底下扫出来两大箩帖子。后来一个姓蔡的,也在上海住了几时,临走的时候,多少把兄把弟都送他到船上。他却把一个箱子扔到黄浦江里去,对众人说:'这箱子里都是诸君的帖,我带了回去没处放,不如扔了的干净。'弄得那一班把兄把弟,一齐扫兴而去。然而过得三年,新翰林又出产了,又到上海来了,他们把前事却又忘了。你道奇怪不奇怪!"

我道:"原来点了翰林可以打一个大把势,无怪那些人下死劲的去用功了。可惜我不是广东人,我若是广东人,我一定用功去点个翰林,打个把势。"继之笑道:"不是广东人何尝不能打把势。还有一种靠着翰林,周游各省去打把势的呢。我还告诉你一个笑话:有一个广东姓梁的翰林,那时还是何小宋做闽浙总督,姓梁的是何小宋的晚辈亲戚,他仗着这个靠山,就跑到福州去打把势。他是制台的亲戚,自然大家都送钱给他了。有一位福建粮道[1]姓谢,便送了他十两银子。谁知他老先生嫌少了,当时虽受了下来,他却换了一个封筒的签子[2],写了'代茶'[3]两个字,旁边注上一行小字,写的是:'翰林院编修[4]梁某,借粮道库内赢馀代赏。'叫人送给粮道衙门门房。门房接着了,不敢隐瞒,便拿上去回了那位谢观察。那位谢观察笑了

----

[1] 粮道——督粮道的简称。清朝在有漕粮的省份设置粮道,负责督运漕粮。
[2] 封筒的签子——封筒,就是封套。在封套正中贴一张红纸条,叫做签子、签条。
[3] "代茶"——意思是喝一杯茶的代价、代替请喝一杯茶,表示异常菲薄的馈赠。
[4] 编修——编修是七品官,所以下文有"降一级便是八品"的话。参看第二十回"点了翰林"注。

一笑,收了回来,便传伺候,即刻去见制台,把这封套银子请制台看了,还请制台的示,应该送多少。何小宋大怒,即刻把他叫了来一顿大骂,逼着他亲到粮道衙门请罪;又逼着他把满城文武所送的礼都一一退了,不许留下一份,不然,你单退了粮道的,别人的不退,是甚么意思。他受了一场没趣,整整的哭了一夜。明日只得到粮道那边去谢罪,又把所收的礼,一一的都退了,悄悄的走了。你说可笑不可笑!"我道:"这件事自然是有的,然而内中恐怕有不实不尽之处。"继之道:"怎么不实不尽?"我道:"他整整的哭了一夜,是他一个人的事,有谁见来?这不是和那作小说的一般,故意装点出来的么?"继之道:"那时候他就住在总督衙门里,他哭的时候,还有两个师爷在旁边劝着他呢,不然人家怎么会知道。你原来疑心这个。"

我道:"这个人就太没有骨气了!退了礼,不过少用几两银子罢了,便是谢罪一层,也是他自取其辱,何必哭呢?"继之道:"你说他没有骨气么?他可曾经上折子参过李中堂[1],谁知非但参不动他,自己倒把一个翰林干掉了。折子上去,皇上怒了,说他末学新进,妄议大臣,交部议处。部议得降五级调用。"我道:"编修降了五级,是个甚么东西?"继之道:"那里还有甚么东西!这明明是部里拿他开心罢了。"我屈着指头算道:"降级是降正不降从的,降一级便是八品,两级九品,三级未入流,四级就是个平民。还有一级呢?哦!有了!平民之下,还有娼、优、隶、卒四种人,也算他四级。他那第五级刚刚

---
[1] 李中堂——指汉奸李鸿章。李鸿章曾做过内阁大学士,所以称为李中堂。

降到娼上,是个婊子了。"继之道:"没有男婊子的。"我道:"那么就是个王八。"继之道:"你说他王八,他却自以为荣耀得很呢,把这'降五级调用'的字样做了衔牌,竖在门口呢。"我道:"这有甚么趣味?"继之道:"有甚么趣味呢,不过故作偃蹇,闹他那狂士派头罢了。其实他又不是真能狂的。他得了处分回家乡去,那些亲戚朋友有来慰问他的,他便哭了,说这件事不是他的本意,李中堂那种阔佬,巴结他也来不及,那里敢参他。只因住在广州会馆,那会馆里住着有狐仙,长班〔1〕不曾知照他,他无意中把狐仙得罪了,那狐仙便迷惘了他,不知怎样干出来的。"我道:"这个人倒善哭。"

我因为继之说起"狂士"两个字,想起王伯述的一番话,遂逐一告诉了他。继之道:"他是你的令亲么? 我虽不认得他,却也知道这个人,料不到倒是一位有心人呢。"我道:"大哥怎么知道他呢?"继之道:"他前年在上海打过一回官司,很奇怪的,是我一个朋友经手审问,所以知道详细,又因为他太健讼〔2〕了,所以把这件案当新闻记着。后来那朋友到了南京,我们谈天就谈起来。我的朋友姓窦,那时上海县姓陆。你那位令亲有三千两的款子,存在庄上,——也不是存的,是在京里汇出来,已经照过票〔3〕,不过暂时没有拿去。谁知这一家钱庄恰在这一两天内倒闭了,于是各债户都告起来,他自然也告

---

〔1〕 长班——会馆里公用的仆人。
〔2〕 健讼——好打官司。
〔3〕 照过票——拿着别人出给的银票或汇票,到票号里去查问票子的真伪,以求得到可以照付的保证,叫做照票。

了。他告时,却把一个知府藏起来,只当一个平民。上海县断了个七成还帐。大家都具了结领了,他也具结领了。人家领去了没事;他领了去,却到松江府上控,告的是上海县意存偏袒。府里自然仍发到县里来再问。这回上海县不曾亲审,就是我那朋友姓窦的审的。官问他:'你为甚告上海县意存偏袒?怎么叫做偏袒?'他道:'子程子曰:"不偏之谓中。"[1]可见得不中之谓偏了。'问:'何以见得不中?'他道:'若要中时,便当杀人偿命,欠债还钱。我交给他三千银子,为甚么只断他还我二千一呢?'问道:'你既然不服,为甚又具结领去?'他道:'我本来不愿领,因为我所有的就是这一笔银子,我若不领出来,客店里、饭店里欠下的钱没得还,不还他们就要打我,只得先领了来开发他们。'问道:'你既领了,为甚又上控?'他道:'断得不公,自然上控。'官只得问被告怎样。被告加了个八成。官再问他。他道:'就是加一成也好,我也领的;只是领了之后,怨不得我再上控。'官倒闹得没法,判了个交差理楚,卒之被他收了个十足。差人要向他讨点好处,他倒满口应承,却伸手拉了差人,要去当官面给,吓得那差人缩手不迭。后来打听了,才知道他是个开缺的大同府,从前就在上海公堂上,开过玩笑的。"正是:不怕狼官兼虎吏,却来谈笑会官司。不知王伯述从前又在上海公堂上开过甚么玩笑,且待下回再记。

---

〔1〕 子程子曰:"不偏之谓中"——程子,指程颢,宋朝理学家。程子上加一子字,表示特别敬重。"不偏之谓中",是程颢给《中庸》写的介绍性文章中的一句话。

第二十五回

引书义破除迷信　较资财衅起家庭

我听说王伯述以前曾在上海公堂上开过一回玩笑,便急急的追问。继之道:"他放了大同府时,往山西到任,路过上海,住在客栈里。一天邻近地方失火,他便忙着搬东西,匆忙之间,和一个栈里的伙计拌起嘴来,那伙计拉了他一把辫子。后来火熄了,客栈并没有波累着。他便顶了那知府的官衔,到会审公堂去告那伙计。问官见是极细微的事,便判那伙计罚洋两元充公。他听了这种判法,便在身边掏出两块钱,放在公案上道:'大老爷是朝廷命官[1],我也是朝廷命官,请大老爷下来,也叫他拉一拉辫子,我代他出了罚款。'那问官出其不意的被他这么一顶,倒没了主意,反问他要怎么办。他道:'这一座法堂,权不自我操,怎么问起我来!'问官没了法,便把那伙计送县,叫上海县去办。却写一封信知照上海县,说明原告的出身来历,又是怎么个刁钻古怪。上海县得了信,便到客栈去拜访他,问他要怎样办法。他道:'我并非要十分难为他,不过看见新衙门[2]判得太轻描淡写了,有意和他作难;谁知他是个脓包,这一点他就担不起了。

------

[1] 朝廷命官——官员是由皇帝发布命令授与的,所以叫做朝廷命官。
[2] 新衙门——就是会审公廨,参看第七回"会审公堂"注。

随便怎样办一办就是了。'上海县回去,就打了那伙计一百小板,又把他架到客栈门口,示了几天众,这才罢了。他是你令亲,怎样这些事都不知道?"我道:"从前我并不出门,这门姻亲远得很,不常通信,不是先君从前说过,我还不知道呢。这个人在公堂上又能掉文,又能取笑,真是从容不迫。"继之道:"掉文一层,还许是早先想好了主意的;这马上拿出两块钱来,叫他也下来受辱,这个倒是亏他的急智。"我又把他在山西的一段故事,告诉了继之。

此时夜色已深,安排歇息。过了几天,伯父那边定了开吊出殡的日子,又租定了殡房[1],赶着年内办事。又请了母亲去照应里面事情。到了日子,我便去招呼了两天。继之这边,又要写多少的拜年信,家里又忙着要过年,因此忙了些时。到了新年上,方才空点,继之老太太又起了忙头,要请春酒;请了不算,还叫继之夫人又做东请了一回,又要叫继之再请;我母亲、婶娘,也分着请过。

老太太又提起干娘、干儿子的事情,说去年白说了这句话,因为事情忙,没有办到,此刻大家空了,要择日办起来了。于是办这件事又忙了两天,已是过了元宵,我便到关上去。此时家中人多了,热闹起来,不必十分照应,我便在关上盘桓几天。

一天晚上,有两个同事,约着扶乩[2]。这天继之进城去了,我

---

[1] 殡房——寺庙和善堂里专供人停放灵柩的房屋。
[2] 扶乩——也叫扶箕、扶鸾。由两人扶住一个丁字形木架的两端,木架中间悬一枝木笔,下面放一沙盘,据说依术施行,鬼神降临之后,木笔就可以自动在沙上写字,或作诗词,或卜吉凶,或开药方,事情完了,笔也就不动了。这是一种假托鬼神来骗人的把戏。

便约了述农,看他们鬼混。只见他们香花灯烛的供起来,在那里叩头膜拜;拜罢,又在那里书符念咒。鬼混已毕,便一人一面的用指头扶起那乩,憩了半天,乩动起来,却只在乩盘内画大圈子,闹了半夜,不曾写出一个字来。我便拉了述农回房,议论这件事。我道:"这都是虚无缥缈的事,那里有甚么神仙鬼怪!我却向来不信这些。还有一说,最可笑的,说甚么'信则有,不信则无'。照这样说起来,那鬼神的有无,是凭人去作主的了。譬如你是信的,我是不信的,我两个同在这屋里,这屋里还是有鬼神呢,还是没鬼神呢?"述农道:"这个我看将来必有一个绝世[1]聪明的人,去考求出来的。这件事我是不敢断定,因为我看见了几件希奇古怪的事。那年我在福建,几个同事也欢喜玩这个,差不多天天晚上弄。请了仙来,却是作诗唱和的,从来不谈祸福。"我道:"这个我也会。不信,我到外面扶起来,我只要自己作了往上写,我还成了个仙呢。"述农道:"这倒不尽然。那回扶乩的两个人,一个是做买卖出身,只懂得三一三十一的打算盘,那里会作诗;一个是秀才,却是八股朋友,作起八韵诗[2]来,连平仄[3]都闹不明白的。"我道:"那么他那里能

---

[1] 绝世——指顶好的,世上没有第二个。
[2] 八韵诗——指试帖诗,是清朝科举考试的诗体。以古人诗句为题,上面加"赋得"二字,例如"中天月色好谁看",得"看"字,就以看字押韵。共五言八韵,所以称八韵诗。科举考试的头场,同时要考八股文和试帖诗的。
[3] 平仄——四声的平声叫做平,上、去、入三声叫做仄,合称平仄。做诗做赋,用的字音一定要平仄互用,声调才能谐和。作近体诗,用字或平声,或仄声,都有一定的规律,不能混用。

进学？"述农道："他到了考场时，是请人枪替[1]做的，他却情愿代人家作两股[2]去换。你想这么个人，那里能作古、近体诗[3]呢。并且作出来很有些好句子，内中也有不通的，他们都抄起来，订成本子。我看见有两首很好，也抄了下来。"我道："抄的是甚么诗，可否给我看看？"述农道："抄的是《帘钩》诗，我只誊在一张纸上，不知道可还找得出来。"说罢，取过护书，找了一遍没有；又开了书橱，另取出一个护书来，却捡着了，交给我看。只见题目是"帘钩"二字，那诗是：

银蒜[4]双垂碧户中，樱桃花下约[5]帘栊。

楼东乙字初三月[6]，亭北丁当廿四风[7]。

翡翠倒含春水绿，珊瑚返挂夕阳红。

双双燕子惊飞处，鹦鹉无言倚玉笼。

---

[1] 枪替——考试时，找人冒名代考，叫做枪替。代考的人叫做枪手。
[2] 两股——指八股文中后股里两股排偶的文字，是全篇较难作的部分。
[3] 古、近体诗——古体诗，也叫古诗、古风。句数没有限制，用平韵、仄韵，转韵或不转韵既没有一定，也不拘定要平仄对偶。近体诗，参看第九回"绝诗"注。
[4] 银蒜——也叫帘押，是镇压帘子下端，免得被风吹动的一种器具。用银子制成，形如蒜头，所以叫做银蒜。
[5] 约——缠束、卷扎。
[6] 乙字初三月——指农历初三夜晚的月亮，细细的一弯，像乙字一样。
[7] 丁当廿四风——丁当，风吹玉佩、铁马之类东西的响声。廿四风，二十四番花信风的简称。花信风，意思是风应花期而来，始于梅花，终于楝花。古人把一月分为二气六候，四月共八气二十四候；每候五日，应以一花的风，如小寒一候梅花，二候山茶，三候水仙之类。二十四番，就是二十四候。这里意思是指帘钩在风中的响声。

绿杨深处最关情，十二红楼界碧城[1]。

似我勾留原有约，殢[2]人消息久无声。

带三分暖收丁字[3]，隔一重纱[4]放午晴。

却是太真[5]含笑入，钗光鬌影可怜生[6]。

丫叉[7]扶上碧楼阑，押住炉烟玳瑁斑。

四面有声珠落索，一拳无力玉弯环[8]。

攀来桃竹招红袖，罥[9]去杨花上翠环。

记得昨宵踏歌处[10]，有人连臂唱刀镮[11]。

----

[1] 碧城——指仙境。道家说法：元始天尊住在碧霞之城。这里是引用唐李商隐诗"碧城十二曲阑干"句。
[2] 殢——纠缠的意思。
[3] 丁字——一种帘子的专称。
[4] 纱——指纱窗或纱帐之类。
[5] 太真——杨贵妃的号。这里用唐张祜《集灵台》诗中"太真含笑入帘来"句。
[6] 生——在这里是语助词。
[7] 丫叉——本有两手交叉和丫形器物两义，这里指丫杖之类的东西。
[8] 四面有声珠落索，一拳无力玉弯环——上一句指珠帘的声音，下一句指帘钩的形状。
[9] 罥——结系，悬挂。
[10] 踏歌——用脚踏在地下，合着拍子而歌唱。
[11] 唱刀镮——镮，本作环，因上一句有环字，一首诗里押韵的字不能重复，所以改作镮，镮、环是可以通用的。刀环，指刀头上的环，环、还同音。古诗有"何当大刀头"这一句，以刀头为还的隐语，表示惦念出外的人何日归来。唱刀镮，就是唱想望离人归来的诗歌。

曲琼犹记楚人词[1],落日偏宜子美诗[2]。

一样书空摹虿尾,三分月影却蛾眉[3]。

玲珑腕弱娇无力,宛转绳轻风不知。

玉凤[4]半垂钗半堕,簪花人去未移时[5]。

我看了便道:"这几首诗好像在那里见过的。"述农道:"奇怪!人人见了都说是好像见过的,就是我当时见了,也是好像见过的,却只说不出在那里见过。有人说在甚么专集上,有人说在《随园诗话》[6]上。我想《随园诗话》是人人都看见过的,不过看了就忘了罢了。这几首诗也许是在那上头,然而谁有这些闲工夫,为了他再去把《随园诗话》念一遍呢。"我一面听说,一面取过一张纸来,把这四首诗抄了,放在衣袋里。述农也把原稿收好。

我道:"像这种当个玩意儿,不必问他真的假的,倒也无伤大雅;至于那一种妄谈祸福的,就要不得。"述农道:"那谈祸福的还好,还

---

[1] 曲琼犹记楚人词——楚人词,指战国时楚宋玉所作《楚辞·招魂》篇。《招魂》篇里有"挂曲琼些"这一句,曲琼,是玉钩的意思。
[2] 落日偏宜子美诗——子美,唐代人杜甫的号。杜甫有以"落日"为题的诗,其中的一句是"落日在帘钩"。
[3] 一样书空摹虿尾,三分月影却蛾眉——书空,用手指在空中画字。虿,是蝎子一类的毒虫,古人用虿尾银钩来形容字的笔画。蛾眉,指女人的眉毛像蚕蛾的触须一样的纤细,弯弯的月儿,正像女人的蛾眉。这里似是借虿尾、蛾眉来比喻帘钩的形状。
[4] 玉凤——雕成凤形的玉钗。
[5] 未移时——没有多久。
[6] 《随园诗话》——清文学家袁枚所著的一种谈诗的书,曾经广泛流行。随园是袁枚的别墅,所以用为书的名字。

有一种开药方代人治病的,才荒唐呢!前年我在上海赋闲[1]时,就亲眼看见一回坏事的。一个甚么洋行的买办,他的一位小姐得了个干血痨的毛病,总医不好。女眷们信了神佛,便到一家甚么'报恩堂'去扶乩,求仙方。外头传说得那报恩堂的乩坛,不知有多少灵验;及至求出来,却写着'大红柿子,日食三枚,其病自愈'云云。女眷们信了,就照方给他吃;吃了三天之后,果然好了。"我道:"奇了!怎么真是吃得好的呢?"述农道:"气也没了,血也冷了,身子也硬了,永远不要再受痨病的苦了,岂不是好了么!然而也有灵的很奇怪的。我有一个朋友叫倪子枚,是行医的。他家里设了个吕仙[2]的乩坛。有一天我去看子枚,他不在家,只有他的兄弟子翼在那里。我要等子枚说话,便在那里和子翼谈天。忽然来了一个乡下人,要请子枚看病,说是他的弟媳妇肚子痛的要死。可奈子枚不在家。子翼便道:'不如同你扶乩,求个仙方罢。'那乡下人没法,只得依了。子翼便扶起来,写的是:'病虽危,莫着急;生化汤,加料吃。'便对那乡下人道:'说加料吃,你就撮两服罢。那生化汤是药店里懂得的。'乡下人去了。我便问这扶乩灵么。子翼道:'其实这个东西并不是自己会动,原是人去动他的,然而往往灵验得非常,大约是因人而灵的。我看见他那个慌张样子,说弟妇肚痛得要死,我看女人肚子痛得那么利害,

---

[1] 赋闲——晋潘岳作《闲居赋》,在序里说,要"绝意荣宠之事,去官奉母,筑室种树,逍遥自得"。后来就把失业叫做赋闲。
[2] 吕仙——唐朝人,名岩,字洞宾,号纯阳子。迷信传说:吕岩得道成仙,为八仙之一。道教尊他为吕祖。

或者是作动[1]要生小孩子,也未可知,所以给他开了个生化汤。'我听了,正在心中暗暗怪他荒唐。恰好子枚回来,见炉上有香,便道:'扶乩来着么?'子翼道:'方才张老五来请你看病,说他的弟妇肚痛得要死,你又不在家,我便同他扶乩,写了两服生化汤。'子枚大惊道:'怎么开起生化汤来?'子翼道:'女人家肚痛得那么利害,怕不是生产,这正是对症发药呢。'子枚跌足道:'该死,该死!他兄弟张老六出门四五年了,你叫他弟妇拿甚么去生产!'子翼呆了一呆道:'也许他是血痛,生化汤未尝不对。'子枚道:'近来外面闹绞肠痧闹得利害呢,你倒是给他点痧药也罢了。'说过这话,我们便谈我们的事;谈完了,我刚起来要走,只见方才那乡下人怒气冲天,满头大汗的跑了来,一屁股坐下,便在那里喘气。我心中暗想不好了,一定闯了祸了,且听他说甚么。只见他喘定了,才说道:'真真气煞人!今天那贱人忽然嚷起肚子痛来,嚷了个神嚎鬼哭,我见他这样辛苦,便来请先生;偏偏先生不在家,二先生和我扶了乩,开了个甚么生化汤来。我忙着去撮了两服,赶到家去,一气一个死,原来他的肚子痛不是病,赶我到了家时,他的私孩子已经下地了!'这才大家称奇道怪起来。照这一件事看起来,又怎么说他全是没有的呢。"我的心里本来是全然不信的,被述农这一说,倒闹得半疑半信起来。

当下夜色已深,各各安歇。次日继之出来,我便进城去。回到家

---

[1] 作动——也作动作,指孕妇生产前发生的阵痛。

时，却不见了我母亲，问起方知是到伯父家去了。我吃惊便问："怎么想着去的？"婶娘道："也不知他怎么想着去的，忽然一声说要去，马上就叫打轿子。"我听了好不放心，便要赶去。姊姊道："你不要去！好得伯娘只知你在关上，你不去也断不怪你。这回去，不定是算帐，大家总没有好气，你此刻赶了去，不免两个人都要拿你出气。"我问："几时去的？"姊姊道："才去了一会。等一等再不来时，我代你请伯娘回来。"我只得答应了，到继之这边上房去走了一遍。

此时干娘，大嫂子，干儿子，叔叔的，叫得分外亲热。坐了一会，回到自己家去，把那四首诗给姊姊看。姊姊看了，便问："那里来的？这倒像是闺阁诗。"我道："不要亵渎了他，这是神仙作的呢。"姊姊又问："端的那里来的？"我就把扶乩的话说了一遍。姊姊又把那诗看了再看，道："这是神仙作的，也说不定。"我道："姊姊真是奇人说奇话，怎么看得出来呢？"姊姊道："这并不奇。你看这四首诗，炼字炼句及那对仗〔1〕，看着虽像是小品，然而非真正作手作不出来。但是讲究咏物诗，不重在描摹，却重在寄托〔2〕；是一位诗人，他作了四首之多，内中必有几联写他的寄托的，他这个却是绝无寄托，或者仙人万虑皆空，所以用不着寄托。所以我说是仙人作的，也说不定。"

我不觉叹了一口气。姊姊道："好端端的为甚么叹气？"我道："我叹妇人女子，任凭怎么聪明才干，总离不了'信鬼神'三个字。天

---

〔1〕 对仗——诗赋的对偶句子。
〔2〕 寄托——作诗文言浅意深，以此喻彼，借题发挥，叫做寄托。

下那里有许多神仙!"姊姊笑道:"你说我信鬼神,可见你是不信的了。我问你一句:你为甚么不信?"我道:"这是没有的东西,我所以不信。"姊姊道:"怎见得没有?也要还一个没有的凭据出来。"我道:"只我不曾看见过,我便知道一定是没有的。"姊姊道:"你这个又是中了宋儒[1]之毒,甚么'六合[2]之外,存而勿论',凡自己眼睛看不见的,都说是没有的。天上有个玉皇大帝,你是不曾看见过的,你说没有;北京有个皇帝,你也没有见过,你也说是没有的么?"我道:"这么说,姊姊是说有的了?"姊姊道:"惟其我有了那没有的凭据,才敢考你。"我连忙问:"凭据在那里?"姊姊道:"我问你一句书,'先王以神道设教',怎么解?"我想了一想道:"先王也信他,我们可以不必谈了。"姊姊道:"是不是呢,这样粗心的人还读书么!这句书重在一个'设'字,本来没有的,比方出来,就叫做设。犹如我此刻没有死,要比方我死了,行起文来,便是'设我死'或是'我设死',人家见了,就明知我没有死了。所以神道本来是没有的,先王因为那些愚民有时非王法所能及,并且王法只能治其身,不能治其心,所以先王设出一个神道来,教化愚民。我每想到这里就觉得好笑,古人不过闲闲的撒了一个谎,天下后世多少聪明绝顶之人,一齐都叫他瞒住了,你说可笑不可笑呢。我再问你这个'如'字怎么解?"我道:"如,似也,就是俗话的'像'字,如何不会解。"姊姊道:"'祭如在,祭神如神在'这

---

[1] 宋儒——指周敦颐、程颢、程颐、张载、朱熹等一班宋朝理学家。
[2] 六合——天地和四方。这里"甚么六合之外,存而勿论",虽指宋儒的观点,但《庄子·齐物论》里就有"六合之外,圣人存而不论"的说法。

两句,你解解看。"我想了一想,笑道:"又像在,又像神在,可见得都不在,这也是没有的凭据了。"姊姊道:"既然没有,为甚么孔子还祭呢? 两个'祭'字,为甚么不解?"我道:"这就是神道设教的意思了,难道还不懂么。"姊姊道:"又错了! 两个'祭'字是两个讲法:上一个'祭'字是祭祖宗,是追远[1]的意思;鬼神可以没有,祖宗不可没有,虽然死了一样是没有的,但念我身之所自来,不敢或忘,祖宗虽没了,然而孝子慈孙,追远起来,便如在其上,如在其左右。下一个'祭'字是祭神,那才是神道设教的意思呢。"我不禁点头道:"我也不敢多说了,明日我送一份门生帖子来拜先生罢。"姊姊道:"甚么先生门生! 我这个又是谁教的,还不是自己体会出来。大凡读书,总要体会出古人的意思,方不负了古人作书的一番苦心。"

讲到这里,姊姊忽然看了看表,道:"到时候了,叫他们打轿子罢。"我惊问甚事。姊姊道:"我直对你说罢:伯娘是到那边算帐去的,我死活劝不住,因约了到了这个时候不回来我便去,倘使有甚争执,也好解劝解劝。谈谈不觉过了时候了,此刻不知怎样闹呢。"我道:"还是我去罢。"姊姊道:"使不得! 你去白讨气受。伯娘也说过,你回来了。也不叫你去。"说罢,匆匆打轿去了。正是:要凭三寸莲花舌,去劝争多论寡人。不知此去如何,且待下回再记。

----

[1] 追远——追念祖先。

第二十六回

干嫂子色笑代承欢[1] **老捕役潜身拿臬使**[2]

当下我姊姊匆匆的上轿去了。忽报关上有人到,我迎出去看时,原来是帐房里的同事多子明。到客堂里坐下。子明道:"今日送一笔款到庄上去,还要算结去年的帐;天气不早了,恐怕多耽搁了,来不及出城,所以我先来知照一声,倘来不及出城,便到这里寄宿。"我道:"谨当扫榻恭候。"子明道:"何以忽然这么客气?"大家笑了一笑。子明便先到庄上去了。

等了一会,母亲和姊姊回来了。只见母亲面带怒容。我正要上前相问,姊姊对我使了个眼色,我便不开口。只见母亲一言不发的坐着,又没有说话好去劝解。想了一会,仍退到继之这边,进了上房,对继之夫人道:"家母到家伯那边去了一次回来,好像发了气,我又不敢劝,求大嫂子代我去劝劝如何?"继之夫人听说,立起来道:"好端端的发甚么气呢?"说着就走。忽然又站着道:"没头没脑的怎么劝法呀!"低了头一会儿,再走到里间,请了老太太同去。我道:"怎么惊动了干娘?"继之夫人忙对我看了一眼,我不解其意,只得跟着走。

---

[1] 承欢——奉侍父母,使之高兴。
[2] 臬使——就是臬台,也称臬司、廉访,正名是提刑按察使司按察使。是主管一省刑名的官员。

继之夫人道:"你到书房去憩憩罢!"我就到书房里看了一回书。憩了好一会,听得房外有脚步声音,便问:"那个?"外面答道:"是我。"这是春兰的声音。我便叫他进来,问作甚么。春兰道:"吴老太太叫把晚饭开到我们那边去吃。"我问:"此刻老太太做甚么?"春兰道:"打牌呢。"我便走过去看看,只见四个人围着打牌,姊姊在旁观局;母亲脸上的怒气,已是没有了。

姊姊见了我,便走到母亲房里去,我也跟了进来。姊姊道:"干娘、大嫂子,是你请了来的么?"我道:"姊姊怎么知道?"姊姊道:"不然那里有这么巧?并且大嫂子向来是庄重的,今天走进来,便大说大笑,又倒在伯娘怀里,撒娇撒痴的要打牌。这会又说不过去吃饭了,要搬过来一起吃,还说今天这牌要打到天亮呢。"我道:"这可来不得!何况大嫂子身体又不好。"姊姊道:"说说罢了,这么冷的天气,谁高兴闹一夜!"我道:"姊姊到那边去,到底看见闹的怎么样?"姊姊道:"我也不知道。我到那里,已经闹完了。一个在那里哭,一个在那里吓眉唬眼的。我劝住了哭,便拉着回来。临走时,伯父说了一句话道:'总而言之:我不曾提挈侄儿子升官发财,是我的错处。'"我道:"这个奇了,那里闹出这么一句蛮话来?"姊姊道:"我那里得知。我教你,你只不要向伯娘问起这件事,只等我便中探讨出来告诉你,也是一样的。"说话之间,外面的牌已收了,点上灯,开上饭,大家围坐吃饭。继之夫人仍是说说笑笑的。吃过了饭,大家散坐。

忽见一个老妈子,抱了一个南瓜进来。原来是继之那边用的人,过了新年,便请假回去了几天,此刻回来,从乡下带了几个南瓜来送与主人,也送我这边一个。母亲便道:"生受你的,多谢了!但是大正月里,怎么就有了这个?"继之夫人道:"这还是去年藏到此刻的呢。见了他,倒想起一个笑话来:有一个乡下姑娘,嫁到城里去,生了个儿子,已经七八岁了。一天,那乡下姑娘带了儿子,回娘家去住了几天。及至回到夫家,有人问那孩子:'你到外婆家去,吃些甚么?'孩子道:'外婆家好得很,吃菜当饭的。'你道甚么叫'吃菜当饭'?原来乡下人苦得很,种出稻子都卖了,自己只吃些杂粮。这回几天,正在那里吃南瓜,那孩子便闹了个吃菜当饭。"说的众人笑了。

他又道:"还有一个城里姑娘,嫁到乡下去,也生下一个儿子,四五岁了。一天,男人们在田里抬了一个南瓜回来。那南瓜有多大,我也比他不出来。婆婆便叫媳妇煮了吃。那媳妇本来是个城里姑娘,从来不曾煮过;但婆婆叫煮,又不能不煮,把一个整瓜,也不削皮,也不切开,就那么煮熟了。婆婆看见了也没法,只得大家围着那大瓜来吃。"说到这里,众人已经笑了。他又道:"还没有说完呢。吃了一会,忽然那四五岁的孩子不见了,婆婆便吃了一惊,说:'好好同在这里吃瓜的,怎么就丢了?'满屋子一找,都没有。那婆婆便提着名儿叫起来。忽听得瓜的里面答应道:'奶奶呀,我在这里磕瓜子呢。'原来他把瓜吃了一个窟窿,扒到瓜瓢里面去了。"说的众人一齐大笑起来。

老太太道:"媳妇今天为甚这等快活起来?引得我们大家也笑笑。我见你向来都是沉默寡言的,难得今天这样,你只常常如此便好。"继之夫人道:"这个只可偶一为之,代老人家解个闷儿;若常常如此,不怕失了规矩么!"老太太道:"哦!原来你为了这个。你须知我最恨的是规矩。一家人只要大节目上不错就是了,馀下来便要大家说说笑笑,才是天伦之乐呢。处处立起规矩来,拘束得父子不成父子,婆媳不成婆媳,明明是自己一家人,却闹得同极生的生客一般,还有甚么乐处?你公公在时,也是这个脾气。继之小的时候,他从来不肯抱一抱,问他时,他说《礼经》[1]上说的:'君子抱孙不抱子。'我便驳他:'莫说是几千年前古人说的话,就是当今皇帝降的圣旨,他说了这句话,我也要驳他。他这个明明是教人父子生疏,照这样办起来,不要把父子的天性都汨灭了么?'这样说了,他才抱了两回。等得继之长到了十二三岁,他却又摆起老子的架子来了,见了他总是正颜厉色的。我同他本来在那里说着笑着的,儿子来了,他登时就正其衣冠,尊其瞻视起来;同儿子说起话来,总是呼来喝去的,见一回教训一回。儿子见了他,就和一根木头似的,挺着腰站着,除了一个'是'字,没有回他老子的话。你想这种规矩怎么能受?后来也被我劝得他改了,一般的和儿子说说笑笑。"我道:"这个脾气,亏干娘有本事劝得过来。"老太太道:"他的理没有我长,他就不得不改。他每每说为人子者,要色笑承欢。我只问他:'你见了儿子,便摆出那副阎王老子的面目来,他见了你,就同见了鬼一般,如何敢笑?他偶然笑了,你反骂他没规矩,那倒变了"色笑逢怒"了,那里是"承欢"呢?古人"斑衣戏彩",你想四个字当中,就着了一个"戏"字;倘照你的规矩,

---

〔1〕《礼经》——就是《仪礼》,是一部谈封建礼节的书。传说是周公所著。汉郑玄作注。

虽斑衣而不能戏,那只好穿了斑衣,直挺挺的站着,一动也不许动,那不成了庙里的菩萨了么?'"说的众人都笑了。

老太太又道:"男子们只要在那大庭广众之中,不要越了规矩就是了;回到家来,仍然是这般,怎么叫做'父子有恩'呢?那父子的天性,不要叫这臭规矩磨灭尽了么?何况我们女子,婆媳、妯娌、姑嫂团在一处,第一件要紧的是和气,其次就要大家取乐了。有了大事,当了生客,难道也叫你们这般么!"姊姊道:"干娘说的是和气,我看和气两个字最难得;这个肯和,那个不肯和,也是没法的事。所以家庭之中,不能和气的十居八九。像我们这两家人家,真是十中无一二的呢。"老太太道:"那不和的,只是不懂道理之过,能把道理解说给他听了,自然就好了。"

姊姊道:"我也曾细细的考究过来,不懂道理,固然不错,然而还是第二层,还有第一层的讲究在里头。大抵家庭不睦,总是婆媳不睦居多。今天三位老人家都是明白的,我才敢说这句话:人家听说婆媳不睦,总要派[1]媳妇的不是;据我看来,媳妇不是的固然也有,然而总是婆婆不是的居多。大抵那个做婆婆的,年轻时也做过媳妇来,做媳妇的时候,不免受了他婆婆的气,骂他不敢回口,打他不敢回手,挨了若干年,他婆婆死了,才敢把腰伸一伸;等到自己的儿子大了,娶了媳妇,他就想这是我出头之日了,把自己从前所受的,一一拿出来向媳妇头上施展。说起来,他还说是应该如此的,我当日也曾受过婆婆

---

[1] 派——编派、指说。

气来。你想叫那媳妇怎样受？那里还讲甚么和气？他那媳妇呢,将来有了做婆婆的一天,也是如此。所以天下的家庭,永远不会和睦的了。除非把女子叫来,一齐都读起书来,大家都明了理,这才有得可望呢。我常说过一句笑话:凡婆媳不睦的,不必说是不睦,只当他是报仇,不过报非其人,受在上代,报在下代罢了。"

我笑道:"姊姊的婆婆,有报仇没有？"姊姊道:"我的婆婆,我起先当是天下独一无二的;到这里来,见了干娘,恰是一对。自从我寡了,他天天总对我哭两三次,却并不是哭儿子,哭的是我,只说怪贤德的媳妇,年纪又轻,怎么就叫他做了寡妇。其实我这个人,少点过处就了不得了,那里配称到'贤德'两个字! 若是那个报仇的婆婆,一个寡媳妇,那里肯放他常回娘家呢,还跟着你跑几千里路呢,不硬留在家里,做一个出气的家伙么!"我道:"这报仇之说,不独是女子,男子也是这样。我听见大哥说,凡是做官的,上衙门碰了上司钉子,回家去却骂底下人出气呢。"姊姊道:"我这个不过是通论,大约是这样的居多罢了,怎么加得上'凡是'两个字去一网打尽？"

说到这里,继之的家人来回说:"关上的多师爷又来了,在客堂里坐着。"我取表一看,已经亥正了。暗想何以此刻才来,一面对姊姊道:"这个你明日问大哥去,不是我要一网打尽的。"说着出来,会了子明,让到书房里坐。子明道:"还没睡么？"我道:"早呢。你在那里吃的晚饭？"子明道:"饭是在庄上吃的。倒是弄拧了[1]一笔帐,

---

〔1〕 弄拧了——原是弄僵了的意思,这里解作弄糊涂了。后文第一百回"把机关用力一拧",拧是扭转的意思。

算到此刻还没有闹清楚,明日破天亮〔1〕就要出城去查总册子。"我道:"何必那么早呢?"子明道:"还有别的事呢。"我道:"那么早点睡罢,时候不早了。"子明道:"你请便罢。我有个毛病,有了事在心上,要一夜睡不着的。我打算看几篇书,就过了这一夜了。"我道:"那么我们谈一夜好么?"子明道:"你又何必客气呢,只管请睡罢。"我道:"此刻我还不睡,我和你谈到要睡时,自去睡便了。我和继之谈天,往往谈到十二点、一点,不足为奇的。"子明笑道:"我也听见继之、述农都说你欢喜瞒人家说新闻故事。"我道:"你倘是有新闻故事和我说,我就陪你谈两三夜都可以。"子明道:"那里有许多好谈!"我道:"你先请坐,我去去再来。"说罢,走到我那边去,只见老太太们已经散了,大家也安排睡觉。便对姊姊道:"我们家可有干点心,弄点出去,有个同事来了,说有事睡不着,在那里谈天,恐怕半夜里要饿呢。"姊姊道:"有。你去陪客罢,就送出来。"

我便回到书房,扯七扯八的和子明谈起来,偶然说起我初出门时,遇见那扮官做贼,后来继之说他居然是官的那个人来。子明道:"区区一个候补县,有甚么希奇!还有做贼的现任臬台呢。"我道:"是那个臬台?几时的事?"子明道:"事情是好多年了,只怕还是初平'长发军'〔2〕时的事呢。——你信星命〔3〕不信?"我道:"奇了!怎么凭空岔着问我这么

---

〔1〕 破天亮——天刚亮的时候。
〔2〕 "长发军"——指太平天国革命军。清朝统治者要人民剃发,太平军却是留发,所以被称为长发军。后文也叫"长毛",是含有侮辱性的称呼。
〔3〕 星命——星相家根据人生的年、月、日、时,按着天星的运数来推算人的祸福寿夭,叫做"星命之学"。下文八字,指年、月、日、时所值的干支八个字。是一种迷信的方术。

一句?"子明道:"这件事因谈星命而起,所以问你。"我道:"你只管谈,不必问我信不信。"

子明道:"这个人本来是一个飞檐走壁的贼。有一天,不知那里来了一个算命先生,说是灵验得很,他也去算。那先生把他八字排起来,开口便说你是个贼。他倒吃了一惊,问:'怎样见得?'那先生道:'我只据书论命。但你虽然是个贼,可也还官星高照,你若走了仕路,可以做到方面大员〔1〕。只是你要记着我一句话:做官到了三品时,就要急流勇退,不然就有大祸临头。'他听了那先生的话,便去偷了一笔钱,捐上一个大八成知县,一样的到省当差,然而他还是偷;等到补了缺,他还是偷。只怕他去偷了治下〔2〕的钱,人家来告了,他还比差〔3〕捉贼呢。可怜那差役倒是被贼比了,你说不是笑话么!那时正是有军务的时候,连捐带保的,升官格外快。等到他升了道台时,他的三个儿子,已经有两个捐了道员、知府出身去了。那捐款无非是偷来的。后来居然放了安徽臬台。到任之后,又想代第三的儿子捐道员了;只是还短三千银子,要去偷呢。安庆虽是个省城,然而兵燹之后,元气未复,那里有个富户,有现成的三千银子给他偷呢。他忽然想着一处好地方,当夜便到藩库里偷了一千两。到得明天,库

---

〔1〕 方面大员——清时对督、抚、藩、臬的称呼。方面,是负担一方重任的意思。
〔2〕 治下——管辖之下的官民。
〔3〕 比差——封建时期,官厅限令差隶和值役的人民,在一定的期间完成某种差使(如捕盗等)或劳役,到期查验,如果不能够完成任务,就当堂打板子以示惩戒。查验是有周期性的,每过一限期就传来打一顿,叫做追比。比差,就是追比差人。

吏知道了，立刻回了藩台，传了怀宁县，要立刻查办。怀宁县便传了通班捕役，严饬查拿。谁知这一天没有查着，这一夜藩库里又失了一千银子。藩台大怒，又传了首县[1]去，立限严比。首县回到衙门，正要比差，内中一个老捕役禀道：'请老爷再宽一天的限，今夜小人就可以拿到这贼。'知县道：'莫非你已经知道他踪迹了么？'捕役道：'踪迹虽然不知，但是这贼前夜偷了，昨夜再偷，一定还在城内。这小小的安庆城，尽今天一天一夜，总要查着了。'官便准了一天限。谁知这老捕役对官说的是假话，他那里去满城查起来，他只料定他今夜一定再来偷的。到了夜静时，他便先到藩库左近的房子上伏定了。到了三更时，果然见一个贼，飞檐走壁而来，到藩库里去了。捕役且不惊动他，连忙跑在他的来路上伏着。不一会，见他来了，捕役伏在暗处，对准他脸部，飕的飞一片碎瓦过来；他低头一躲，恰中在额角上，仍是如飞而去。捕役赶来，忽见他在一所高大房子上，跳了下去。捕役正要跟着下去时，低头一看，吃了一惊。"正是：正欲投身探贼窟，谁知足下是官衙。不知那捕役惊的甚么，且待下回再记。

---

[1] 首县——清朝制度：县城和府城在一处的，这个县叫做"附郭县"，也就是首县。这里的首县，是指任首县的知县。

第二十七回

管神机营[1]王爷撤差　升镇国公[2]小的交运

"那老捕役往下一看,贼不见了,那房子却是臬台衙门,不免吃了一惊,不敢跟下去,只得回来。等到了散更[3]时,天还没亮,他就请了本官出来回了,把昨夜的事,如此这般的都告诉了。又说道:'此刻知道了贼在臬署。老爷马上去上衙门,请臬台大人把阖署一查,只要额上受了伤的,就是个贼,他昨夜还偷了银子。老爷此刻不要等藩台传,先要到藩台那里去回明了,可见得我们办公事未尝怠慢。'知县听得有理,便连忙梳洗了,先上藩台衙门去。藩台正在那里发怒呢。知县见了,便把老捕役的话说了一遍。藩台道:'法司衙门里面藏着贼,还了得么!赶紧去要了来!'知县便忙到了臬署。只见自己衙门里的通班捕役,都分布在臬署左右,要想等有打伤额角的

---

[1] 神机营——清代京城里军队的三大营之一。最初挑选八旗精锐子弟入营,学习使用武器,派亲王统率,负对皇帝的守卫扈从之责。后来萎靡不振,形同虚设,于光绪后期撤废。
[2] 镇国公——清朝封予宗室的爵位,从亲王到将军,分十四等,镇国公是其中的封爵之一。
[3] 散更——从前夜间以打更(打梆)为计时的一种方法,每夜最后一次打更为散更。后文起更、定更,指初更。

出来捉他呢。知县上了官厅,号房拿了手版[1]上去,一会下来,说'大人头风发作,不能见客,挡驾'。知县只得仍回藩署里去,回明藩台。藩台怒不可遏,便亲自去拜臬台。知县吓得不敢回署,只管等着。等了好一会,藩台回来了,也是见不着。便叫知县把那老捕役传了来,问了几句话,便上院去,叫知县带着捕役跟了来。到得抚院,见了抚台,把上项事回了一遍。抚台大怒,叫旗牌官[2]快快传臬司去,说无论甚么病,必要来一次,不然,本部院便要亲到臬署查办事件了。几句话到了臬署,阖署之人,都惊疑不定。那臬台没法,只得打轿上院去。到得那里时,只见藩台以下,首道[3]、首府、首县,都在那里,还有保甲局[4]总办、委员,黑压压的挤满一花厅。众官见他来,都起立相迎。只见他头上扎了一条黑帕,说是头风痛得利害,扎上了稍为好些。众官都信以为实。抚台便告诉了以上一节,他便答应了马上回去就查。只见那老捕役脱了大帽,跑上来对着臬台请了个安道:'大人的头风病,小人可以医得。'臬台道:'莫非是个偏方?'

---

〔1〕 手版——就是手本。属员谒见长官时专用的一种名帖。有红禀、白禀之分。用六页绵纸,前后加黑色底壳制成。平常的手本上面只写官阶和姓名,叫做官衔手本。

〔2〕 旗牌官——旗牌,是王命旗牌,一种上面写有令字的蓝旗和圆牌,用来代表王命。清政府把这种旗牌颁发给各省的督、抚、将军等,凡有应立即处决的囚犯,就请出王命旗牌来执行,犹如奉了圣旨一样,是给予地方大员便宜行事的一种特权。旗牌官本专掌王命旗牌,叫旗牌官去传人,是表示郑重、紧急。

〔3〕 首道——驻在省城的分守、分巡道叫做首道。当时安徽的省会设在安庆,这里首道指分巡安(安庆)、庐(庐州)、滁(滁州)、和(和州)等处的地方道。

〔4〕 保甲局——主管保甲警察等地方治安事务的机构。

捕役道:'是一个家传的秘方。只求大人把帕子去了,小人看看头部,方好下药。'臬台听了,颜色大变,勉强道:'这个帕子去不得的,去了痛得利害。'捕役道:'只求大人开恩,可怜小人受本官比责的够了!'臬台面无人色的说道:'你说些甚么? 我不懂呀!'当下众官听见他二人一问一答,都面面相觑。那捕役一回身,又对首县跪下禀道:'小人该死! 昨夜飞瓦打伤的,正是臬宪大人!'首县正要喝他胡说,那臬台早仓皇失措的道:'你……你……你可是疯了!'说着也不顾失礼,立起来便想踢他。当时首道坐在他下手,便拦住道:'大人贵恙未痊,不宜动怒。'那位藩台见了这副情形,也着实疑心。抚台只是呆呆的看着,在那里纳闷。捕役又过来对他说道:'好歹求大人把昨夜的情形说了,好脱了小人干系;不然,众位大人在这里,莫怪小人无礼!'臬台又惊,又慌,又怒道:'你敢无礼!'捕役走近一步道:'小人要脱干系,说不得无礼也要做一次!'说时便要动手。众官一齐喝住。首县见他这般卤莽,更是手足无措,连连喝他,却只喝不住。捕役回身对抚台跪下道:'求大人请臬台大人升一升冠[1],露一露头部,倘没有受伤痕迹,小人死而无怨。'此时藩台也有九分信是臬台做的了。失了库款,责罚非轻,不如试他一试。倘使不是的,也不过同寅上失了礼,罪名自有捕役去当;倘果然是他,今日不验明白,过两天他把伤痕养好了,岂不是没了凭据。此时捕役正对抚台跪着回

---

〔1〕 升一升冠——升冠和升官同音,当时官场取其吉利,就把脱帽称为升冠。后文第九十一回"升珠",是把朝珠取下,同样因为升字是吉利字眼的缘故。

话,藩台便站起来对臬台道:'阁下便升一升冠,把帕子去了,好治他个诬攀大员的重罪!'臬台正待支吾,抚台已吩咐家人,代臬宪大人升冠。一个家人走了过来,嘴里说'请大人升冠',却不动手。此时官厅上乱烘烘的,闹了个不成体统。捕役便乘乱溜到臬台背后,把他的大帽子往前一掀,早掉了,乘势把那黑帕一扯,扯了下来。臬台不知是谁,忙回过头来看,恰好把那额上所受一寸来长的伤痕,送到捕役眼里。捕役飏起了黑帕,走到当中,朝上跪下,高声禀道:'盗藩库银子的真贼已在这里,求列位大人老爷作主!'一时抚台怒了,藩台乐了,首道、首府惊的呆了,首县却一时慌的没了主了。那位臬台却气得直挺挺的坐在椅子上,嘴里只说'罢了罢了'。一时之间,倒弄得人声寂然,大家面面相觑。却是藩台先开口,请抚台示下办法。抚台便叫传中军〔1〕来,先看管了他。一时之间,中军到了。那捕役等抚台吩咐了话,便抢上一步,对中军禀道:'臬台大人飞檐走壁的工夫很利害,请大人小心!'那臬台顿足道:'罢了!不必多说了!待我当堂直供了,你们上了刑具罢!'于是跪下来,把自从算命先生代他算命供起,一直供到昨夜之事,当堂画了供,便收了府监。抚台一面拜折参办。这位臬台办了个尽法不必说,两个儿子的功名也就此送了,还不知得了个甚么军流〔2〕的罪。你说天下事不是无奇不有么。"

------

〔1〕 中军——清朝总督管辖的兵营叫督标,巡抚管辖的兵营叫抚标。标的统领官叫做中军。督标中军由副将、抚标中军由参将担任。

〔2〕 军流——流放到边远的地方充军。参看第十六回"军罪"注。

此时已响过三炮[1]许久，我正要到里面催点心，回头一看，那点心早已整整的摆了四盘在那里，还有鸡鸣壶[2]炖上一壶热茶，便让子明吃点心。两个对坐下来，子明问道："近来这城里面，晚上安靖么？"我道："还没听见甚么。你这问，莫非城外有甚么事？"子明道："近来外面贼多得很呢。只因和局有了消息，这里便先把新募的营勇，遣散了两营。"我道："要用就募起来，不用就遣散了，也怨不得那些散勇作贼；其实平时营里的缺额只要补足了，到了要用时，只怕也够了。"子明道："那里会够！他倒正想借个题目招募新勇，从中沾些光呢。莫说补足了额，就是溢出额来，也不够呢。"

我笑道："不缺已经好了，那里还有溢额的？"子明道："你真是少见多怪！外面的营里都是缺额的，差不多照例只有六成勇额；到了京城的神机营，却一定溢额的，并且溢的不少，总是溢个加倍。"我诧道："那么这粮饷怎样呢？"子明笑道："粮饷却没有领溢的。但是神机营每出起队子来，是五百人一营的，他却足足有一千人，比方这五百名是枪队，也是一千杆枪。"我道："怎么军器也有得多呢？"子明道："凡是神机营当兵的，都是黄带子、红带子的宗室[3]，他们阔得

---

[1] 三炮——当时夜间计时以放炮为主，打更为辅。放炮是一城里最高官署的职责，例如府县同在一处，就应由府署放炮。天初黑时放定更炮，也叫初炮，八九点钟时放二炮，十一二点钟时放三炮，天将亮时放天明炮。
[2] 鸡鸣壶——铜、锡或瓦制的茶壶，下面配一同样质料的座子，中间燃放炭基，壶中的茶水可以长时间保持热度。通常备作过夜之用。鸡鸣的意思，是指可以从晚上保暖到天亮鸡鸣的时候。
[3] 黄带子、红带子的宗室——清朝规定：凡是宗室（太祖皇帝本支的子孙）腰里系金黄色带子，觉罗（太祖皇帝旁支的子孙）腰里系红色带子。

很呢！每人都用一个家人，出起队来，各人都带着家人走，这不是五百成了一千了么。"我道："军器怎么也加倍呢？"子明道："每一个家人，都代他老爷带着一杆鸦片烟枪，合了那五百枝火枪，不成了一千了么。并且火枪也是家人代拿着，他自己的手里，不是拿了鹌鹑囊，便是臂了鹰[1]。他们出来，无非是到操场上去操；到了操场时，他们各人先把手里的鹰安置好了，用一根铁条儿，或插在树上，或插在墙上，把鹰站在上头，然后肯归队伍。操起来的时候，他的眼睛还是望着自己的鹰；偶然那铁条儿插不稳，掉了下来，那怕操到要紧的时候，他也先把火枪撂下，先去把他那鹰弄好了，还代他理好了毛，再归到队里去。你道这种操法奇么？"我道："那带兵的难道就不管？"子明道："那里肯管他！带兵的还不是同他们一个道儿上的人么。那管理神机营的都是王爷。前年有一位郡王[2]奉旨管理神机营，他便对人家说：'我今天得了这个差使，一定要把神机营整顿起来。当日祖宗入关的时候，神机营兵士临阵能站在马鞍上放箭的，此刻闹得不成样子了；倘再不整顿，将来不知怎样了！'旁边有人劝他说：'不必多事罢，这个是不能整顿的了。'他不信。到差那一天，就点名阅操，拣那十分不像样的，照营例办了两个。这一办可不得了，不到三天，那王爷便又奉旨撤去管理神机营的差使了。你道他们的神通大不大！"

----

[1] 臂了鹰——把鹰放在臂膀上。臂在这里作动词用。
[2] 郡王——清朝宗室的封爵之一，"多罗郡王"的简称，地位在亲王之下。

我道:"他们既然是宗室,又是王爷都干得下来,那么大的神通,何必还去当兵?"子明道:"当兵还是上等的呢。到了京城里,有一种化子,手里拿一根香,跟着车子讨钱。"我道:"讨钱拿一根香作甚么?"子明道:"他算是送火给你吃烟的。这种化子,你可不能得罪他;得罪了他时,他马上把外面的衣服一撂,里边束着的不是红带子,便是黄带子,那就被他讹一个不得了!"我道:"他的带子何以要束在里层呢?"子明道:"束在里层,好叫人家看不见,得罪了他,他才好讹人呀;倘使束在外层,谁也不敢惹他了。其实也可怜得很,他们又不能作买卖,说是说得好听得很,'天潢贵胄'〔1〕呢,谁知一点生机都没有,所以就只能靠着那带子上的颜色去行诈了。他们诈到没得好诈的时候,还装死呢。"我道:"装死只怕也是为的讹人?"子明道:"他们死了,报到宗人府〔2〕去,照例有几两殡葬银子。他穷到不得了,又没有法想的时候便装死了,叫老婆、儿子哭丧着脸儿去报。报过之后,宗人府还派委员来看呢。委员来看时,他便直挺挺的躺着,老婆、儿子对他跪着哭。委员见了,自然信以为真,那个还伸手去摸他,仔细去验他呢,只望望是有个躺着的就算是了。他领了殡葬银,登时又活过来。这才是个活僵尸呢。"我道:"他已经骗了这回,等他真正死了的时候,还有得领没有呢?"子明道:"这可是不得而知了。"

我道:"他们虽然定例是不能作买卖,然而私下出来干点营生,

---

〔1〕 "天潢贵胄"——指皇族的后裔。
〔2〕 宗人府——清时主管皇族封爵、赏恤、诉讼、教育等事务的官署。长官为宗令,由亲王充任。

也可以过活,宗人府未必就查着了。"子明道:"这一班都是好吃懒做的人,你叫他干甚么营生!只怕赶车是会的,京城里赶车的车夫里面,这班人不少,或者当家人也有的;除此之外,这班人只怕干得来的,只有讹诈讨饭了。所以每每有些谣言,说某大人和车夫换帖,某大老和底下人认了干亲家,起先听见,总以为是糟蹋人的话,谁知竟是真的。他们阔起来也快得很,等他阔了,认识了大人先生,和他往来,自然是少不免的,那些人却把他从前的事业提出来作个笑话。"

我道:"他们怎么又很阔得快呢?"子明道:"上一科我到京里去考北闱[1],住在我舍亲宅里。舍亲是个京官,自己养了一辆车,用了一个车夫,有好几年了,一向倒还相安无事。我到京那几天,恰好一天舍亲要去拜两个要紧的客,叫套车[2],却不见了车夫,遍找没有,不得已雇了一辆车去拜客。等拜完了客回来,他却来了,在门口站着。舍亲问他一天到那里去了。他道:'今儿早起,我们宗人府来传了去问话,所以去了大半天。'舍亲问他问甚么话。他道:'有一个镇国公缺出了,应该轮到小的补,所以传了去问话。'舍亲问此刻补定了没有。他道:'没有呢,此刻正在想法子。'问他想甚么法子。他道:'要化几十两银子的使费,才补得上呢。可否求老爷赏借给小的六十两银子,去打点个前程,将来自当补报。'说罢,跪下去就磕头,

---

[1] 北闱——清时在顺天府(今北京)举行的乡试试场叫做北闱,江宁府(今南京)举行的乡试试场叫做南闱。
[2] 套车——当时的主要交通工具是骡车。行车时先把车辕缰绳套住骡子,叫做套车。

起来又请了一个安。舍亲正在沉吟,他又左一个安,右一个安的乱请,嘴里只说求老爷的恩典。舍亲被他缠不过,给了他六十两银子。喜欢得他连忙叩了三个响头,嘴里说谢老爷的恩典,并求老爷再赏半天的假。舍亲道:'既如此,你赶紧去打点罢。'他欢欢喜喜的去了。我还埋怨我舍亲太过信他了,那里有穷到出来当车夫的,平白地会做镇国公起来。舍亲对我说:'这是常有的事。'我还不信呢。到得明天,他又欢欢喜喜的来了说:'一切都打点好了,明天就要谢恩。'并且还带了一个车夫来,说是他的朋友,'很靠得住的,荐给老爷试用用罢。'舍亲收了这车夫,他再是千恩万谢的去了。到了明天,他车也有了,马也有了,戴着红顶子花翎,到四处去拜客。到了舍亲门口,他不好意思递片子进来,就那么下了车进来了。还对舍亲请了个安说:'小的今天是镇国公了!老爷的恩典,永不敢忘!'你看这不是他们阔得很快么?"

我道:"这么一个镇国公,有多少俸银一年呢?"子明道:"我不甚了了,听说大约三百多银子一年。"我笑道:"这个给我们就馆[1]的差不多,阔不到那里去。"子明道:"你要知道他得了镇国公,那讹人的手段更大了。他天天跑到西苑门里去,在廊檐底下站着,专找那些引见的人去吓唬。那吓唬不动的,他也没有法子;——他那吓唬的话,总是说这是甚么地方,你敢乱跑。——倘使被他吓唬动了,他便说:'你今日幸而遇了我,还不要紧,你谨慎点就是了。'这个人自然

----

[1] 就馆——教书和当幕友都叫做就馆或处馆。

感激他,他却留着神看你是第几班第几名,记了你的名字,打听了你的住处,明天他却来拜你,向你借钱。"我道:"镇国公天天要到里面的么?"子明道:"何尝要他们去,不过他们可以去得。他去了时,遇见值年旗王大臣[1]到了,他过去站一个班,只算是他来当差的。"我道:"他们虽是天潢贵胄,却是出身寒微得很,自然不见得多读书的了,怎么会当差办事?"子明道:"他们虽不识字,然而很会说话,他们那黄带子,都是四品宗室,所以有人送他们一副对联是:'心中乌黑嘴明白,腰上鹅黄顶暗蓝[2]'。"我道:"对仗倒很工的。"说话之间,外面已放天明炮,子明便要走。我道:"太早了,洗了脸去。"便到我那边,叫起老妈子,炖了热水出来,让子明盥洗,他匆匆洗了便去。正是:一夕长谈方娓娓,五更归去太匆匆。未知子明去后如何,且待下回再记。

---

[1] 值年旗王大臣——清朝制度:每年由八旗都统、副都统中,推出八人为值年旗大臣(满、汉、蒙籍或正副职不拘,但必须每旗一人),负责办理八旗公益事情。值年旗大臣有一些是王爷身份,首领一定要由镶黄旗的都统担任。

[2] 腰上鹅黄顶暗蓝——指四品宗室。腰上鹅黄,指宗室系黄带子。顶暗蓝,指四品顶戴,四品官的礼帽是青金石和蓝色涅玻璃的顶子,也就是暗蓝顶子。

第二十八回

办礼物携资走上海　控影射[1]遣伙出京师

我送子明去了,便在书房里随意歪着,和衣稍歇,及至醒来,已是午饭时候。自此之后,一连几个月,没有甚事。忽然一天在辕门抄[2]上,看见我伯父请假赴苏。我想自从母亲去过一次之后,我虽然去过几次,大家都是极冷淡的,所以我也不很常去了。昨天请了假,不知几时动身,未免去看看。走到公馆门前看时,只见高高的贴着一张招租条子,里面阒其无人[3]。暗想动身走了,似乎也应该知照一声,怎么悄悄的就走了。回家去对母亲说知,母亲也没甚话说。

又过了几天,继之从关上回来,晚上约我到书房里去,说道:"这两天我想烦你走一次上海,你可肯去?"我道:"这又何难。但不知办甚么事?"继之道:"下月十九是藩台老太太生日,请你到上海去办一份寿礼。"我道:"到下月十九,还有一个多月光景,何必这么亟亟?"继之道:"这里头有个缘故。去年你来的时候,代我汇了五千银子

---

[1]　影射——模仿别人的行为,意图蒙混,叫做影射。
[2]　辕门抄——把督抚等官署的牌示、批、札之类,抄录分寄各府州县,叫做辕门抄,是地方政府公报的性质。最初是抄写,后来刻成木板印刷发行。
[3]　阒其无人——阒,寂静的意思。阒其无人,就是寂静无人,语出《易经》。

来,你道我当真要用么?我这里多少还有万把银子,我是要立一个小小基业,以为退步,因为此地的钱不够,所以才叫你汇那一笔来。今年正月里,就在上海开了一间字号,专办客货,统共是二万银子下本。此刻过了端节,前几天他们寄来一笔帐,我想我不能分身,所以请你去对一对帐。老实对你说:你的二千,我也同你放在里头了,一层做生意的官息比庄上好,二层多少总有点赢馀。这字号里面,你也是个东家,所以我不烦别人,要烦你去。再者,这份寿礼也与前不同。我这里已经办的差不多了,只差一个如意。这里各人送的,也有翡翠的,也有羊脂[1]的,甚至于黄杨、竹根、紫檀、瓷器、水晶、珊瑚、玛瑙,……无论整的,镶的都有了;我想要办一个出乎这几种之外的,价钱又不能十分大,所以要你早去几天,好慢慢搜寻起来。还要办一个小轮船,……"我道:"这办来作甚么?大哥又不常出门。"继之笑道:"那里是这个,我要办的是一尺来长的玩意儿。因为藩署花园里有一个池子,从前藩台买过一个,老太太欢喜的了不得,天天叫家人放着玩。今年春上,不知怎样翻了,沉了下去,好容易捞起来,已经坏了,被他们七搅八搅,越是闹得个不可收拾,所以要买一个送他。"我道:"这个东西从来没有买过,不知要多少价钱呢?"继之道:"大约百把块钱是要的。你收拾收拾,一两天里头走一趟去罢。"我答应了,又谈些别话,就各去安歇。

次日我把这话告诉了母亲,母亲自是欢喜。此时五月里天气,带

---

[1] 羊脂——一种白玉,色似羊脂,故名。

的衣服不多,行李极少。继之又拿了银子过来,问我几时动身。我道:"来得及今日也可以走得。"继之道:"先要叫人去打听了的好,不然老远的白跑一趟。"当即叫人打听了,果然今日来不及,要明日一早。又说这几天江水溜得很,恐怕下水船到得早,最好是今日先到洋篷[1]上去住着。于是我定了主意,这天吃过晚饭,别过众人,就赶出城,到洋篷里歇下。果然次日天才破亮,下水船到了,用舢舨渡到轮船上。

次日早起,便到了上海,叫了小车推着行李,到字号里去。继之先已有信来知照过,于是同众伙友相见。那当事的叫做管德泉,连忙指了一个房间,安歇行李。我便把继之要买如意及小火轮的话说了。德泉道:"小火轮只怕还有觅处;那如意他这个不要,那个不要,又不曾指定一个名色,怎么办法呢?明日待我去找两个珠宝掮客来问问罢。那小火轮呢,只怕发昌还有。"当下我就在字号里歇住。

到了下午,德泉来约了我同到虹口发昌里去。那边有一个小东家叫方佚庐,从小就专考究机器,所以一切制造等事,都极精明。他那铺子,除了门面专卖铜铁机件之外,后面还有厂房,用了多少工匠,自己制造各样机器。德泉同他相识。当下彼此见过,问起小火轮一事。佚庐便道:"有是有一个,只是多年没有动了,不知可还要得。"说罢,便叫伙计在架子上拿了下来,扫去了灰土,拿过来看,加上了

----

[1] 洋篷——当时航行长江的外国轮船,在沿岸各地多没有趸船,到埠的时间又不一定,为了乘客方便,就在江边置有临时招待性质的房屋,以供乘客候船时休息或住宿。因为是外商经营的,所以习惯称为洋篷。

水,又点了火酒,机件依然活动,只是旧的太不像了。我道:"可有新的么?"佚庐道:"新的没有。其实铜铁东西没有新旧,只要拆开来擦过,又是新的了。"我道:"定做一个新的,可要几天?"佚庐道:"此刻厂里忙得很,这些小件东西,来不及做了。"我问他这个旧的价钱,他要一百元。我便道:"再商量罢。"

同德泉别去,回到字号里。早有伙计们代招呼了一个珠宝掮客来,叫做辛若江,说起要买如意,要别致的,所有翡翠、白玉、水晶、珊瑚、玛瑙,一概不要。若江道:"打算出多少价呢?"我道:"见了东西再讲罢。"说着,他辞去了。

是日天气甚热,吃过晚饭,德泉同了我到四马路升平楼,泡茶乘凉,带着谈天。可奈茶客太多,人声嘈杂。我便道:"这里一天到晚,都是这许多人么?"德泉道:"上半天人少,早起更是一个人没有呢。"我道:"早起他不卖茶么?"德泉道:"不过没有人来吃茶罢了,你要吃茶,他如何不卖。"坐了一会,便回去安歇。

次日早起,更是炎热。我想起昨夜到的升平楼,甚觉凉快,何不去坐一会儿呢。早上各伙计都有事,德泉也要照应一切,我便不去惊动他们,一个人逛到四马路,只见许多铺家都还没有开门。走到升平楼看时,门是开了;上楼一看,谁知他那些杌子都反过来,放在桌子上。问他泡茶时,堂倌还在那里揉眼睛,答道:"水还没有开呢。"我只是惘惘而出。取出表看时,已是八点钟了。在马路逛荡着,走了好一会,再回到升平楼,只见地方刚才收拾好,还有一个堂倌在那里扫地。我不管他,就靠阑杆坐了。又歇了许久,方才泡上茶来。我便凭阑下视,慢慢的清风徐来,颇觉凉快。

忽见马路上一大群人,远远的自东而西,走将过来,正不知因何事故。及至走近楼下时,仔细一看,原来是几个巡捕押着一起犯人走过,后面围了许多闲人跟着观看。那犯人当中,有七八个蓬头垢面的,那都不必管他;只有两个好生奇怪,两个手里都拿着一顶熏皮小帽〔1〕,一个穿的是京酱色宁绸狐皮袍子,天青缎天马出风马褂〔2〕,一个是二蓝〔3〕宁绸羔皮袍子,白灰色宁绸羔皮马褂,脚上一式的穿了棉鞋。我看了老大吃了一惊,这个时候,人家赤膊摇扇还是热,他两个怎么闹出一身大毛来?这才是千古奇谈呢!看他走得汗流被面的,真是何苦!然而此中必定有个道理,不过我不知道罢了。

再坐一会,已是十点钟时候,遂惠了茶帐回去。早有那辛若江在那里等着,拿了一枝如意来看,原是水晶的,不过水晶里面,藏着一个虫儿,可巧做在如意头上。我看了不对,便还他去了。

德泉问我到那里去来,我告诉了他。又说起那个穿皮衣服的,煞是奇怪可笑。德泉道:"这个不足为奇。这里巡捕房的规矩,犯了事捉进去时穿甚么,放出来时仍要他穿上出来。这个只怕是在冬天犯事的。"旁边一个管帐的金子安插嘴道:"不错。去年冬月里那一起

---

〔1〕 熏皮小帽——清朝制度:三品以上的官员才能戴貂皮帽,平民不许滥用。于是有一些好出风头的人,就把普通兽皮熏成貂皮色(黄黑色),冒充貂皮帽子戴,叫做熏皮帽。

〔2〕 天马出风马褂——用沙狐的白色腹皮制成,毛露在对襟、下摆、开衩等处外面的一种马褂。

〔3〕 二蓝——浅蓝。

第二十八回　办礼物携资走上海　挖影射道伙出京师

打房间的,内中有两个不是判了押半年么。恰是这个时候该放,想必是他们了。"我问甚么叫做"打房间"。德泉道:"到妓馆里,把妓女的房里东西打毁了,叫打房间。这里妓馆里的新闻多呢,那逞强的便去打房间,那下流的,便去偷东西。"我道:"我今日看见那个人穿的很体面的,难道在妓院里闹点小事,巡捕还去拿他么?"德泉道:"莫说是穿的体面,就是认真体面人,他也一样要拿呢。前几年有一个笑话:一个姓朱的,是个江苏同知,在上海当差多年的了;一个姓袁的知县,从前还做过上海县丞〔1〕的。两个人同到棋盘街么二妓馆里去玩。那姓朱的是官派十足的人,偏偏么二妓院的规矩,凡是客人,不分老小,一律叫少爷的。妓院的鸦头,叫了他一声朱少爷,姓朱的劈面就是一个巴掌打过去道:'我明明是老爷,你为甚么叫我少爷!'那鸦头哭了,登时就两下里大闹起来。妓馆的人,便暗暗的出去叫巡捕。姓袁的知机,乘人乱时,溜了出去,一口气跑回城里花园衖公馆里去了。那姓朱的还在那里'羔子''王八蛋'的乱骂。一时巡捕来了,不由分晓,拉到了巡捕房里去,关了一夜。到明天解公堂。他和公堂问官是认得的,到了堂上,他抢上一步,对着问官拱拱手,弯弯腰道:'久违了。'那问官吃了一惊,站起来也弯弯腰道:'久违了。呀!这是朱大老爷,到这里甚么事?'那捉他的巡捕见问官和他认得,便一溜烟走了。妓馆的人,本来照例要跟来做原告的,到了此时,也吓的抱头鼠窜而去。堂上陪审的洋官,见是华官的朋友,也就不问了,

------

〔1〕 县丞——知县的辅佐官,主管粮政、驿马、巡捕等事务。

姓朱的才徜徉而去。当时有人编出了一个小说的回目,是:'朱司马[1]被困棋盘街,袁大令逃回花园衖。'"

我道:"那偷东西的便怎么办法呢?"德泉道:"那是一案一案不同的。"我道:"偷的还是贼呢,还是嫖客呢?"德泉道:"偷东西自是个贼,然而他总是扮了嫖客去的多;若是撬窗挖壁的,那又不奇了。"子安插嘴道:"那偷水烟袋的,真是一段新闻。这个人的履历,非但是新闻,简直可以按着他编一部小说,或者编一出戏来。"我忙问甚么新闻。德泉道:"这个说起来话长,此刻事情多着呢,说得连连断断的无味,莫若等到晚上,我们说着当谈天罢。"于是各干正事去了。

下午时候,那辛若江又带了两个人来,手里都捧着如意匣子,却又都是些不堪的东西,鬼混了半天才去。

我乘暇时,便向德泉要了帐册来,对了几篇,不觉晚了。晚饭过后,大家散坐乘凉,复又提起妓馆偷烟袋的事情来。德泉道:"其实就是那么一个人,到妓馆里偷了一支银水烟袋,妓馆报了巡捕房,被包探查着了,捉了去;后来却被一个报馆里的主笔保了出来,并没有重办,就是这么回事了。若要知道他前后的细情,却要问子安。"子安道:"若要细说起来,只怕谈到天亮也谈不完呢,可不要厌烦?"我道:"那怕今夜谈不完,还有明夜,怕甚么呢。"子安道:"这个人姓沈,名瑞,此刻的号是经武。"我道:"第一句通名先奇,难道他以前不号

---

[1] 司马——原是古代官名,后来用做同知的别称。

经武么?"子安道:"以前号辑五,是四川人,从小就在一家当铺里学生意。这当铺的东家是姓山的,号叫仲彭。这仲彭的家眷,就住在当铺左近。因为这沈经武年纪小,时时叫到内宅去使唤,他就和一个鸦头鬼混上了。后来他升了个小伙计,居然也一样的成家生子,却心中只忘不了那个鸦头。有一天,事情闹穿了,仲彭便把经武撵了,拿鸦头嫁了。谁知他嫁到人家去,闹了个天翻地覆,后来竟当着众人,把衣服脱光了。人家说他是个疯子,退了回来。这沈经武便设法拐了出来,带了家眷,逃到了湖北,住在武昌,居然是一妻一妾,学起齐人来[1]。他的神通可也真大,又被他结识了一个现任通判[2],拿钱出来,叫他开了个当铺,不上两年就倒了。他还怕那通判同他理论,却去先发制人,对那通判说:'本钱没了,要添本;若不添本,就要倒了。'通判说:'我无本可添,只得由他倒了。'他说:'既如此,倒了下来要打官司,不免要供出你的东家来;你是现任地方官,做了生意要担处分的。'那通判急了,和他商量,他却乘机要借三千两银子讼费,然后关了当铺门。他把那三千银子,一齐交给那拐来的鸦头。等到人家告了,他就在江夏县监里挺押起来。那鸦头拿了他的三千银子,却往上海一跑。他的老婆,便天天代他往监里送饭。足足的挺了三年,实在逼他不出来,只得取保把他放了。他被放之后,撇下了一个老婆、两个儿子,也跑到上海来了。亏他的本事,被他把那鸦头找着

---
〔1〕 一妻一妾,学起齐人来——见第十三回"则必餍酒肉而后反"注。
〔2〕 通判——知府的辅佐官,职掌和同知差不多,官阶比同知低一级。

了,然而那三千银子,却一个也不存了。于是两个人又过起日子来,在胡家宅租了一间小小的门面,买了些茶叶,搀上些紫苏、防风之类,贴起一张纸,写的是'出卖药茶'。两个人终日在店面坐着,每天只怕也有百十来个钱的生意。谁知那位山仲彭,年纪大了,一切家事都不管,忽然高兴,却从四川跑到上海来逛一趟。这位仲彭,虽是个当铺东家,却也是个风流名士,一到上海,便结识了几个报馆主笔。有一天,在街上闲逛,从他门首经过,见他二人双双坐着,不觉吃了一惊,就踱了进去。他二人也是吃惊不小,只道捉拐子、逃婢的来了,所以一见了仲彭,就连忙双双跪下,叩头如捣蒜一般。仲彭是年高之人,那禁得他两个这种乞怜的模样,长叹一声道:'这是你们的孽缘,我也不来追究了!'二人方才放了心。仲彭问起经武的老婆,经武便诡说他死了;那鸦头又千般巴结,引得仲彭欢喜,便认做了女儿。那鸦头本来粗粗的识得几个字,仲彭自从认了他做女儿之后,不知怎样,就和一个报馆主笔胡绘声说起。绘声本是个风雅人物,听说仲彭有个识字的女儿,就要见见;仲彭带去见了,又叫他拜绘声做先生。这就是他后来做贼得保的来由了。从此之后,那经武便搬到大马路去,是个一楼一底房子,胡乱弄了几种丸药,挂上一个京都同仁堂的招牌,又在报上登了京都同仁堂的告白。谁知这告白一登,却被京里的真正同仁堂看见了,以为这是假冒招牌,即刻打发人到上海来告他。"正是:影射须知干例禁,衙门准备会官司。未知他这场官司胜负如何,且待下回再记。

第二十九回

送出洋强盗读西书　卖轮船局员造私货

"京都大栅栏的同仁堂,本来是几百年的老铺,从来没有人敢影射他招牌的。此时看见报上的告白,明明说是京都同仁堂分设上海大马路,这分明是影射招牌,遂专打发了一个能干的伙计,带了使费出京,到上海来,和他会官司。这伙计既到上海之后,心想不要把他冒冒失失的一告,他其中怕别有因由,而且明人不作暗事,我就明告诉了他要告,他也没奈我何,我何不先去见见这个人呢。想罢,就找到他那同仁堂里去。他一见了之后,问起知道真正同仁堂来的,早已猜到了几分。又连用说话去套那伙计。那伙计是北边人,直爽脾气,便直告诉了他。他听了要告,倒连忙堆下笑来,和那伙计拉交情。又说:'我也是个伙计,当日曾经劝过东家,说宝号的招牌是冒不得的,他一定不信,今日果然宝号出来告了。好在吃官司不关伙计的事。'又拉了许多不相干的话,和那伙计缠着谈天。把他耽搁到吃晚饭时候,便留着吃饭,又另外叫了几样菜,打了酒,把那伙计灌得烂醉如泥,便扶他到床上睡下。"

子安说到这里,两手一拍道:"你们试猜他这是甚么主意?那时候,他铺子里只有门外一个横招牌,还是写在纸上,糊在板上的;其馀竖招牌,一个没有。他把人家灌醉之后,便连夜把那招牌取下来,连涂带改的,把当中一个'仁'字另外改了一个别的字。等到明日,那伙计醒了,向他道歉。他又同人家谈了一会,方才送他出门。等那伙计出了门时,回身向他点头,他才说道:'阁下这回到上海来打官司,必要认清楚了招牌方才可告。'那伙计听说,抬头一看,只见不是同仁堂了,不禁气的目定口呆。可笑他火热般出京,准备打官司,只因贪了两杯,便闹得冰清水冷的回去。从此他便自以为足智多谋,了无忌惮起来。上海是个花天酒地的地方,跟着人家出来逛逛,也是有的。他不知怎样逛的穷了,没处想法子,却走到妓馆里打茶围,把人家的一支银水烟袋偷了;人家报了巡捕房,派了包探一查,把他查着了,捉到巡捕房,解到公堂惩办。那鸦头急了,走到胡绘声那里,长跪不起的哀求。胡绘声却不过情面,便连夜写一封信到新衙门里,保了出来。他因为辑五两个字的号,已在公堂存了窃案,所以才改了个经武,混到此刻,听说生意还过得去呢。这个人的花样也真多,倘使常在上海,不知还要闹多少新闻呢。"德泉道:"看着罢,好得我们总在上海。"我笑道:"单为看他留在上海,也无谓了。"大家笑了一笑,方才分散安歇。

自此每日无事便对帐;或早上,或晚上,也到外头逛一回。这天晚上,忽然想起王伯述来,不知可还在上海,遂走到谦益栈去望望。只见他原住的房门锁了,因到帐房去打听。乙庚说:"他今年开河头班船[1]就

---

[1] 开河头班船——天津大沽口海港,以前每年冬季有一个时期结冰,轮船不能航行;在解冻以后,第一艘由上海开往天津的船叫做开河头班船。后文第一〇六回说"不要等开河,走秦皇岛先回来",因为秦皇岛是不冻港的缘故。

走了,说是进京去的,直到此时,没有来过。"我便辞了出来。正走出大门,迎头遇见了伯父。伯父道:"你到上海作甚么?"我道:"代继之买东西。那天看了辕门抄,知道伯父到苏州,赶着到公馆里去送行,谁知伯父已动身了。"伯父道:"我到了此地,有事耽搁住了,还不曾去得。你且到我房里去一趟。"我就跟着进来。到了房里,伯父道:"你到这里找谁?"我道:"去年住在这里,遇见了王伯述姻伯,今晚没事,来看看他,谁知早就动身了。"伯父道:"我们虽是亲戚,然而这个人尖酸刻薄,你可少亲近他。你想,放着现成的官不做,却跑来贩书,成了个甚么样了!"我道:"这是抚台要撤他的任,他才告病[1]的。"伯父道:"撤任也是他自取的,谁叫他批评上司!我问你:我们家里有一个小名叫土儿的,你记得这个人么?"我道:"记得。年纪小,却同伯父一辈的,我们都叫他小七叔。"伯父道:"是那一房的?"我道:"是老十房的,到了侄儿这一辈,刚刚出服[2]。我父亲才出门的那一年,伯父回家乡去,还逗他玩呢。"伯父道:"他不知怎么,也跑到上海来了,在某洋行里。那洋行的买办是我认得的,告诉了我。我没有去看他。我不过这么告诉你一声罢了,不必去找他。家里出来的人,是惹不得的。"正说话时,只见一个人,拿进一张条子来,却是把字写在红纸背面的。伯父看了,便对那人道:"知道了。"又对我道:"你先去罢,我也有事要出去。"

我便回到字号里,只见德泉也才回来。我问道:"今天有半天没见

---

〔1〕 告病——官员因病而辞职叫做告病,事实上多以告病为请求退休的一种借口。

〔2〕 出服——出了五服,见第二回"期、功、缌麻"注。

呢,有甚么贵事?"德泉叹口气道:"送我一个舍亲到公司船上,跑了一次吴淞。"我道:"出洋么?"德泉道:"正是,出洋读书呢。"我道:"出洋读书是一件好事,又何必叹气呢?"德泉道:"小孩子不长进,真是没法,这送他出洋读书,也是无可奈何的。"我道:"这也奇了!这有甚么无可奈何的事?既是小孩子不长进,也就不必送他去读书了。"德泉道:"这件事说出来,真是出人意外。舍亲是在上海做买办的,多了几个钱,多讨了几房姬妾,生的儿子有七八个,从小都是骄纵的,所以没有一个好好的学得成人。单是这一个最坏,才上了十三四岁,便学的吃喝嫖赌,无所不为了。在家里还时时闯祸。他老子恼了,把他锁起来;锁了几个月,他的娘代他讨情放了。他得放之后,就一去不回。他老子倒也罢了,说只当没有生这个孽障。有一夜,无端被强盗明火执仗的抢了进来,一个个都是涂了面的,抢了好几千银子的东西;临走还放了一把火,亏得救得快,没有烧着。事后开了失单,报了官,不久就捉住了两个强盗,当堂供出那为首的来。你道是谁?就是他这个儿子!他老子知道了,气得一个要死,自己当官销了案,把他找了回去,要亲手杀他;被多少人劝住了,又把他锁起来。然而终久不是可以长监不放的,于是想出法子来,送他出洋去。"我道:"这种人,只怕就是出洋,也学不好的了。"德泉道:"谁还承望他学好,只当把他撵走了罢。"

子安道:"方才我有个敝友,从贵州回来的,我谈起买如意的事,他说有一支很别致的,只怕大江[1]南北的玉器店,找不出一个来;

----
〔1〕 大江——长江。

除非是人家家藏的,可以有一两个。"我问是甚么的。子安道:"东西已经送来了,不妨拿来大家看看,猜是甚么东西。"于是取出一个纸匣来,打开一看,这东西颜色很红,内中有几条冰裂纹,不是珊瑚,也不是玛瑙,拿起来一照,却是透明的;这东西好像常常看见,却一时说不出他的名来。子安笑道:"这是雄精[1]雕的。"这才大家明白了。我问价钱。子安道:"便宜得很!只怕东家嫌他太贱了。"我道:"只要东西人家没有的,这倒不妨。"子安道:"要不是透明的,只要几吊钱;他这是透明的,来价是三十吊钱光景。不过贵州那边钱贵,一吊钱差不多一两银子,就合到三十两银子了。"我道:"你的贵友还要赚呢。"子安道:"我们买,他不要赚;倘是看对了,就照价给他就是了。"我道:"这可不好。人家老远带来的,多少总要叫他赚点,就同我们做生意一般,那里有照本买的道理。"子安道:"不妨,他不是做生意的;况且他说是原价三十吊,焉知他不是二十吊呢。"我道:"此刻灯底,怕颜色看不真,等明天看了再说罢。"于是大家安歇。次日再看那如意,颜色甚好,就买定了,另外去配紫檀玻璃匣子。只是那小轮船,一时没处买。德泉道:"且等后天礼拜,我有个朋友说有这个东西,要送来看,或者也可以同那如意一般,捞一个便宜货。"我问是那里的朋友。德泉道:"是一个制造局画图的学生,他自己画了图,便到机器厂里,叫那些工匠代他做起来的。"我道:"工匠们都有正经公事的,怎么肯代他做这玩

---

[1] 雄精——一种结晶透明的雄黄。

意东西?"德泉道:"他并不是一口气做成功的,今天做一件,明天做一件,都做了来,他自己装配上的。"

这天我就到某洋行去,见那远房叔叔,谈起了家里一切事情,方知道自我动身之后,非但没有修理祠堂,并把祠内的东西,都拿出去卖;起先还是偷着做,后来竟是彰明较著的了。我不觉叹了口气道:"倒是我们出门的,眼底里干净!"叔叔道:"可不是么!我母亲因为你去年回去,办事很有点见地,说是到底出门历练的好,姑娘们一个人〔1〕,出了一次门,就把志气练出来了。恰好这里买办,我们沾点亲,写信问了他,得他允了就来,也是劝避那班人的意思。此刻不过在这里闲住着,只当学生意,看将来罢了。"我道:"可有钱用么?"叔叔道:"才到了几天,还不曾知道。"谈了一会,方才别去。我心中暗想,我伯父是甚么意思,家里的人,一概不招接,真是莫明其用心之所在;还要叫我不要理他,这才奇怪呢!

过了两天,果然有个人拿了个小轮船来。这个人叫赵小云,就是那画图学生。看他那小轮船时,却是油漆的崭新,是长江船的式子。船里的机器,都被上面装的房舱、望台〔2〕等件盖住。这房舱、望台,又都是活动的,可以拿起来,就是这船的一个盖就是了,做得十分灵巧。又点火试过,机器也极灵动。德泉问他价钱。小云道:"外头做起来,只怕不便宜,我这个只要一百两。"德泉笑道:"这不过一个玩

---

〔1〕 姑娘们一个人——像姑娘们那样的一个男人。
〔2〕 望台——轮船驾驶台的别名。有些轮船在桅杆上面安置一小平台,作瞭望之用,也称望台。

意罢了,谁拿成百银子去买他!"小云道:"这也难说。你肯出多少呢?"德泉道:"我不过偶然高兴,要买一个玩玩,要是二三十块钱,我就买了他,多可出不起,也犯不着。"我见德泉这般说,便知道他不曾说是我买的,索性走开了,等他去说。等了一会,那赵小云走了。我问德泉说的怎么。德泉道:"他减定了一百元,我没有还他实价,由他摆在这里罢。他说去去就来。"我道:"发昌那个旧的不堪,并且机器一切都露在外面的,也还要一百元呢。"德泉道:"这个不同。人家的是下了本钱做的;他这个是拿了皇上家的钱,吃了皇上家的饭,教会了他本事,他却用了皇上家的工料,做了这个私货来换钱,不应该杀他点价么!"

我道:"照这样做起私货来,还了得!"德泉道:"岂但这个!去年外国新到了一种纸卷烟的机器,小巧得很,卖两块钱一个。他们局里的人,买了一个回去;后来局里做出来的,总有二三千个呢,拿着到处去送人。却也做得好,同外国来的一样,不过就是壳子上不曾镀镍。"我问甚么叫镀镍。德泉道:"据说镍是中国没有的,外国名字叫Nickel,中国译化学书的时候,便译成一个'镍'字。所有小自鸣钟、洋灯等件,都是镀上这个东西。中国人不知,一切都说他是镀银的,那里有许多银子去镀呢。其实我看云南白铜,就是这个东西;不然,广东琼州嵊峒的铜,一定是的。"我道:"铜只怕没有那么亮。"德泉笑道:"那是镀了之后擦亮的;你看元宝,又何尝是亮的呢。"我道:"做了三千个私货,照市价算,就是六千洋钱,还了得么!"德泉道:"岂只这个!有一回局里的总办,想了一件东西,照插銮驾的架子[1]样缩小了,做一个铜架子插笔;不到几时,合局一百多委员、司事的公事桌上,没有一个没有这个东西的。已经一百多了,还有他们家里呢,还有做了送人的呢;后来闹到外面铜匠店,仿着样子也做出来了,要买四五百钱一个呢。其馀切菜刀、劈柴刀、杓子,……总而言之,是铜铁东西,是局里人用的,没有一件不是私货。其实一个人做一把刀,一个杓子,是有限得很;然而积少成多,这笔账就难算了,何况更是历年如此呢。私货之外,还有一个偷。……"

说到这里,只见赵小云又匆匆走来道:"你到底出甚么价钱呀?"德泉道:"你到底再减多少呢?"小云道:"罢,罢!八十元罢。"德泉道:"不必多说了,你要肯卖时,拿四十元去。"小云道:"我已经减了个对成,你还要折半,好很呀!"德泉道:"其实多了我买不起。"小云道:"其实讲交情呢,应该送给你;只是我今天等着用。这样罢,你给我六十元,这二十元算我借的,将来还你。"德泉道:"借是借,买价是买价,不能混的。你要拿五十元去罢,恰好有一张现成的票子。"说罢,到里间拿了一张庄票给他。小云道:"何苦又要我走一趟钱庄,你就给我洋钱罢。"德泉叫子安点洋钱给他,他又嫌重,换了钞票才去。临走对德泉道:"今日晚上请你吃酒,去么?"德泉道:"那里?"小云道:"不是沈月卿,便是黄银宝。"说着,一径去了。德泉道:"你看!

----

[1] 插銮驾的架子——皇帝的车驾叫做銮驾。这里广义的指銮仪——皇帝出行时的仪仗,如豹尾枪、金瓜、钺斧之类。插銮驾的架子,是一种木架,上置窄木板,板上有若干小孔,专做插放仪仗之用。

卖了钱，又这样化法。"

我道："你方才说那偷的，又是甚么？"德泉道："只要是用得着的，无一不偷。他那外场面做得实在好看，大门外面，设了个稽查处，不准拿一点东西出去呢。谁知局里有一种烧不透的煤，还可以再烧小炉子的，照例是当煤渣子不要的了，所以准局里人拿到家里去烧，这名目叫做'二煤'，他们整箩的抬出去。试问那煤箩里要藏多少东西！"我道："照这样说起来，还不把一个制造局偷完了么！"说话时，我又把那轮船揭开细看。德泉道："今日礼拜，我们写个条子请佚庐来，估估这个价，到底值得了多少。"我道："好极，好极！"于是写了条子去请，一会到了。正是：要知真价值，须俟眼明人。不知估得多少价值，且待下回再记。

第三十回

试开车保民船下水　误纪年制造局编书

当下方佚庐走来，大家招呼坐下。德泉便指着那小轮船，请他估价。佚庐离坐过来，德泉揭开上层，又注上火酒点起来，一会儿机船转动。佚庐一一看过道："买定了么？"德泉道："买定了。但不知上当不上当，所以请你来估估价。"佚庐道："要三百两么？"德泉笑道："只化了一百两银子。"佚庐道："那里有这个话！这里面的机器，何等精细！他这个何尝是做来玩的，简直照这个小样放大了，可以做大的，里面没有一样不全备。只怕你们虽买了来，还不知他的窍呢。"说罢，把机簧一拨，那机件便转的慢了，道："你看，这是慢车。"又把一个机簧一拨，那机件全停了，道："你看，这是停车了。"说罢，又另拨一个机簧，那机件又动起来，佚庐问道："你们看得出来么？这是倒车了。"留神一看，两傍的明轮，果然倒转。佚庐又仔细再看道："只怕还有汽筒呢。"向一根小铜丝上轻轻的拉了一下，果然呜呜的放出一下微声，就像箫上的"乙"音[1]。佚庐不觉叹道："可称精极了！三百两的价，我是估错的。此刻有了这个样子，就叫我照做，三

---

[1]　"乙"音——国乐里的记谱符号——工尺谱之一。工尺谱有上、尺、工、凡、六、五、乙七个音，犹如简谱里的1、2、3、4、5、6、7。

百两还做不起来呢。但是白费了工夫,那倒车、慢车、停车、放汽,都要人去弄的,那里找个小人去弄他呢。到底买了多少?"德泉道:"的确是一百两买来的。"佚庐道:"没有的话,除非是贼赃。"

德泉笑道:"虽不是贼赃,却也差不多。"遂把画图学生私造的话说了。佚庐叹道:"这也难怪他们。人家听见说他们做私货,就都怪学生不好;依我说起来,实在是总办不好。你所说的赵小云,我也认识他,我并且出钱请他画过图。他在里面当了上十年的学生,本事学的不小了。此刻要请一个人,照他的本事,大约百把银子一个月,也没有请处;他在局里,却还是当一个学生的名目,一个月才四吊钱的膏火[1],你叫他怎么够用!可不要出这些花样?可笑那些总办,眼光比绿豆还小,有一回画图教习上去回总办,说这个赵小云本事学出了,求总办派他个差事,起点薪水。你猜总办说句甚么话?他说:'起初十两、八两的薪水,不够他坐马车呢。'"我道:"奇了!怎么发出这么一句话来?"佚庐道:"总是赵小云坐了马车,被他碰见了一两次,才有这话呢。本来为的是要人才,才教学生;教会了,就应该用他;用了他,就应该给他钱;给了他钱,他化他的,你何必管他坐牛车、马车呢。就如从前派到美国去的学生,回来了也不用,此刻有多少在外头当洋行买办,当律师翻译的。我化了钱,教出了人,却叫外国人

---

[1] 膏火——照明用的灯油叫膏火。读书读到夜晚,要用灯火,灯油是要花钱的,所以后来就以膏火为学生生活费用的代词。这里指公家给予学生的生活津贴。

去用,这才是'楚材晋用'[1]呢。此刻局里有本事的学生不少,听说一个个都打算向外头谋事。你道这都不是总办之过么?"

德泉道:"其实那做总办的,那一个懂得这些。几时得能够你去做了总办就好了。"佚庐道:"我又懂得甚么呢!不过有一层,是考究过工艺的做起来,虽不敢说十分出色,也可以少上点当。你们知道那保民船,才笑话呢!未开工之前,单为了这条船,专请了一个外国人做工师,打出了船样,总办看了,叫照样做。那时锅炉厂有一个中国工师,叫梁桂生,是广东人,他说这样子不对,照他的龙骨[2],恐怕走不动;照他的舵,怕转不过头来。锅炉厂的委员,就去回了总办。那总办倒恼起来了,说:'梁桂生他有多大的本领!外国人打的样子,还有错的么?不信他比外国人还强!'委员碰了钉子,便去埋怨梁桂生。桂生道:'不要埋怨,有一天我也会还他一个钉子。就照他做罢。'于是乎劳民伤财的做起来。好容易完了工,要试车了,总办请了上海道及多少官员到船上去,还有许多外国人也来看。出了船坞[3],便向闵行驶去。足足走了六七点钟之久,才望见闵行的影子。及至要回来时,却回不过头来,凭你把那舵攀足了,那个船只当

----

[1] "楚材晋用"——《左传》上有"如杞梓皮革,自楚往也,维楚有材,晋实用之"这几句话,意思是木材皮革一类的原料,本来出在楚国,却运到晋国去,由晋人制作成品来用。后来就把甲国的人才乙国所用,叫做楚材晋用。
[2] 龙骨——轮船下面,贯穿船头到船尾的一根巨轴。
[3] 船坞——船厂修理船只的地方。在水边开凿一个小湾,开闭水闸,水可任意抽放,以便把船只泊在里面,从事修建。

不知；无可奈何，只得打倒车回来，益发走的慢了。各官员都是有事的，不觉都焦躁起来，于是打发人放舢版登岸，跑回局里去，招呼放了小轮船去，把主人接回。那保民船直到天黑后，才捱了回来。这一来总办急了，问那外国人。那外国人说修得好的。谁知修了个把月，依然如故。无可奈何，只得叫了梁桂生去商量。桂生道：'这个都是依了外国人图样做的，但不知有走了样没有；如果走了样，少不得工匠们都要受罚。'总办道：'外国人说过，并不曾走样。'桂生道：'那么就问外国人。'总办道：'他弄不好，怎样呢？'桂生道：'外国人有通天的本事，那里会做不好；既然外国人也做不好，我们中国人更是不敢做了。'总办碰了他这么一个软钉子，气的又不敢恼出来，只得和他软商量。他却始终说是没有法子。总办没奈他何，等他去了，又叫了委员去商量。那些委员懂得甚么，除了磕头请安之外，便是拿钱吃饭，还有的是逢迎总办的意旨罢了，所以商量了半天，仍旧没法，只得仍然和桂生商量。桂生道：'这个有甚么法子呢，只好另做一个。'委员吐了舌头出来道：'那么怎样报销？'这件事被桂生作难了许久，把他前头受的恶气都出尽了，才换上一门舵，把船后头的一段龙骨改了，这才走得动、回得转，然而终是走得慢。你们看，这不是笑话么。倘使懂得工艺的总办，何至于上这个当！"我道："最奇的他们只信服外国人，这是甚么意思？"佚庐道："这些制造法子，本来都是外国来的，也难怪他们信服外国人。但是外国人也有懂的，也有不懂的，譬如我们中国人专门会作八股，然而也必要读书人才会；读书人当中，也还有作的好，作的丑之分呢。叫我们生意人看着他，就一窍不通的了。难道是个中国人就会作八股么？他们的工艺，也是这样。然而官场中人，只要看见一个没辫子的，那怕他是个外国化子，也看得他同天上神仙一般。这个全是没有学问之过。"

我问道："佚翁才说的，那里面的委员，甚么都不懂，他们办些甚么事呢？"佚庐道："其实那里头无所谓委员，一切都是司事；不过两个管厂的，薪水大点，就叫他委员罢了。他们无非是记个工帐，还有甚么事办呢；还有连工帐都记不来的，一个字不识的人，都有在里面。要问起他们的来历，却是当过兵的也有，当过底下人的也有。我小号和局里常有交易，所以我也常常到局里去。前几年里头，有个笑话：我到了局里，只看见一个司事，抱着一块虎头牌[1]，在那里号陶大哭着跑来跑去，一面哭着，嘴里嚷着叫老太太。"我道："只怕是他老太太没了。"德泉道："只怕是的。"佚庐道："没了老太太，他何必抱着虎头牌呢？"我道："不然，这个办公事的地方，何以忽然叫起个女人来？"佚庐道："便是我当日也疑惑得很，后来打听了他的同事，方才知道。那时候的总办是李勉林。这个司事叫甚么周寄芸，从前兵燹的时候，曾经背负了那位李老太太在兵火里逃出来的；后来这位李总办得了这个差，便栽培他，在局里派他一件事。这天不知为了甚么事，李总办挂出牌来，开除了他，所以他抱着那块牌子哭。"我道："哭便怎样？这也无谓极了！"佚庐道："你听我说呢。那时那位李老太

---

[1] 虎头牌——当时局所一类的机构，在大门口左右各悬一绘有虎头的木牌，叫做虎头牌，上写"某某重地，禁止喧哗"或"查缉盗匪，严禁偷漏"一类的字样。也有在张贴人事任免布告牌上绘着虎头的。

太迎养在局里,他哭跳了一回,扛着那牌去见老太太,果然被他把那事情哭回来了。你想代人家背负了女眷逃难的,是甚么出身!"我道:"讲究实业的地方,用了这种人,那里会搅得好!那李总办也无谓得很,你要报私恩,就送他几两银子罢了,这种人那里办得事来!"佚庐道:"你说他不能办事,他却是越弄越红起来呢。今年现在的这位总办,给他一个札子,叫他管理船厂,居然是委员了。"我笑了笑道:"偏是这样人他会红,真是奇事!"佚庐道:"船厂的工师,告诉了我一件事,大家笑了好几天。他奉了札子,到了船厂,便传齐了一切工匠、小工、护勇等人,当面分付说:'今天蒙总办的恩典,做了委员,你们从此要叫我"周老爷"了,不能再叫我"周师爷"的了。'"说的我和德泉都哈哈大笑起来。

金子安在帐房里,也出来问笑甚么。佚庐道:"还有好笑的呢。他到了船厂之日,先吊了众工匠、小工花名册[1]来看。这本来是一件公事。你道他看甚么?他看过之后,就指了几名工匠来,逼勒着他们改了名字,说:'你的名字犯了总办祖上的讳[2],他的名字犯了总办的讳;虽然不是这个字,然而同音也是不应该的。你们怎么这等没王法!那怕你犯了我的讳,倒不要紧。'"说的众人又是一场好笑。

---

[1] 花名册——就是名册。
[2] 讳——封建时代对尊敬的人和死者的名字,不能直接说出,也不能和他同名,叫做避讳。如果说出或同名,叫做犯讳。但这是有一定限度的。这里那个周寄芸为了拍马屁和抬高自己,强迫别人避去不足为讳的名字,所以显得无知可笑。

佚庐道："还有好笑的呢。局里有一个裁缝,叫做冯涤生。有一回,这裁缝承办了一票号衣,未免写个承揽单[1],签上名字。不知怎样被他看见了,吓得他面无人色。"说到这里,顿住了道:"你们猜他为甚么吃惊?"大家想了一会,都猜不出,催他快点说。佚庐道："他指着那裁缝的名字道:'你好大胆！没规矩,没王法的！犯了这制造局的开山始祖[2]曾中堂、曾文正公的讳！况且曾中堂又是现任总办的丈人,你还想吃饭么！'裁缝道:'曾中堂叫曾国藩,不叫涤生。'他听了,登时暴跳如雷起来,大喝道:'你可反了！提了曾中堂的正讳叫起来！你知道这两个字,除了皇帝,谁敢提在口里！你用的两个字,虽不是正讳,却是个次印[3]。你快快换写一张,改了名字。这个拿上去,总办看了,也要生气的。'"众人又是一笑。佚庐道："那裁缝只得换写一张,胡乱改了个甚么阿猫、阿狗的名字,他才快活了,还拿这个话去回了总办请功呢。"众人更是狂笑不止。我道："这个人不料有许多笑话。还有没有,何妨再说点我们听听。"佚庐道："我不过道听涂说[4]罢了,倘使他们局里的人说起来,只怕新鲜笑话多着呢。"

此时已是晚饭的时候,便留佚庐便饭。他同德泉是极熟的,也不推辞。一时饭罢,大家坐到院子里乘凉,闲闲的又谈起制造局来。我

---

〔1〕 承揽单——承办工程或承运货物所订立的字据。
〔2〕 开山始祖——本是佛家指建立寺院的第一代和尚,后来就把这四个字当做创始人解释。
〔3〕 次印——正名以外的字、号。
〔4〕 道听涂说——路上听来的流言、没有根据的话。

问起这局的来历。佚庐道:"制造局开创的总办是冯竹儒,守成[1]的是郑玉轩、李勉林,以后的就平常得很了。到了现在这一位,更是百事都不管,天天只在家里念佛,你想那个局如何会办得好呢。"我道:"开创的颇不容易。"佚庐道:"正是。不讲别的,偌大的一个局,定那章程规则,就很不容易。冯总办的时候,规矩极严,此刻宽的不像样子了。据他们说:当日冯总办,每天亲巡各厂去查工,晚上还查夜。有一夜极冷,有两三个司事同住在一个房里,大家烧了一小炉炭御寒;可巧冯总办查夜到了,吓得他们甚么似的,内中一个,便把这个炭炉子藏在椅子底下,把身子挡住。偏偏他老先生又坐下来谈了几句天才去,等他去后,连忙取出炭炉时,那椅面已经烘的焦了;倘使他再不走,坐这把椅子的那位先生,屁股都要烧了呢。此刻一到冬天,那一个司事房里没有一个煤炉,只举此一端,其馀就可想了。这位总办,别的事情不懂,一味的讲究节省,局里的司事穿一件新衣服,他也不喜欢,要说闲话。你想赵小云坐马车,被他看见了,他也不愿意,就可想而知了。其实我看是没有一处不糜费。单是局里用的几个外国人,我看就大可以省得。他们拿了一百、二百的大薪水,遇了疑难的事,还要和中国工师商量,这又何苦用着他呢。还有广方言馆[2]那译书的,二三百银子一月,还要用一个中国人同他对译,一天也不知译得上几百个字,成了一部书之后,单是这笔译费就了不得。"我道:

---

[1] 守成——保持已有的规模。
[2] 广方言馆——当时在上海设立的一所培养翻译人才的外国语学校。

"却译些甚么书呢?"佚庐道:"都有。天文、地理、机器、算学、声光、电化,都是全的。"我道:"这些书倒好,明日去买他两部看看,也可以长点学问。"佚庐摇头道:"不中用。他所译的书,我都看过,除了天文我不懂,其馀那些声光电化的书,我都看遍了,都没有说的完备。说了一大篇,到了最紧要的窍眼,却不点出来。若是打算看了他作为谈天的材料,是用得着的;若是打算从这上头长学问,却是不能。"我道:"出了偌大薪水,怎么译成这么样?"佚庐道:"这本难怪。大凡译技艺的书,必要是这门技艺出身的人去译,还要中西文字兼通的才行;不然,必有个词不达意的毛病。你想他那里译书,始终是这一个人,难道这个人就能晓尽了天文、地理、机器、算学、声光、电化各门么?外国人单考究一门学问,有考了一辈子考不出来,或是儿子,或是朋友,去继他志才考出来的。谈何容易,就胡乱可以译得!只怕许多名目还闹不清楚呢;何况又两个人对译,这又多隔了一层膜了。"我道:"胡乱看看,就是做了谈天的材料也好。"佚庐道:"也未尝不可以看看,然而也有误人的地方。局里编了一部《四裔编年表》[1],中国的年代,却从帝喾[2]编起。我读的书很少,也不敢胡乱批评他,但是我知道的,中国年代,从唐尧[3]元年甲辰起,才有个甲子[4]可

---

[1] 《四裔编年表》——四裔,四方边远的地方,指外国。《四裔编年表》,就是中外年代对照的外国历年大事纪。
[2] 帝喾——古帝。黄帝曾孙,名夋,号高辛氏。
[3] 唐尧——古帝。帝喾次子,号陶唐氏,史称唐尧。
[4] 甲子——甲是十干的第一位,子是十二支的第一位,干支互配,如甲子、乙丑……之类,共有六十个数目,古来就用以纪年,也用以纪月、纪日。

以纪年，以前都是含含糊糊的，不知他从那里考得来。这也罢了。谁知到了周朝[1]的时候，竟大错起来。你想拿年代合年代的事，不过是一本中西合历，只费点翻检的工夫罢了，也会错的，何况那中国从来未曾经见的学问呢。"我道："是怎么错法呢？是把外国年份对错了中国年份不是？"佚庐道："这个错不错，我还不曾留心。只是中国自己的年份错了，亏他还刻出来卖呢。你要看，我那里有一部，明日送过来你看。我那书头上，把他的错处，都批出来的。"正是：不是山中无历日，如何岁月也模糊？当下夜色已深，大家散了。要知他错的怎么，且待我看过了再记。

---

[1] 周朝——武王（姬发）灭殷，建立周朝。最初建都镐京（今西安西）为西周，后来平王即位，迁都洛阳（今洛阳东北）为东周。共有三十五代皇帝，历时八百馀年。

第三十一回

论江湖揭破伪术　小勾留惊遇故人

到了次日午后,方佚庐果然打发人送来一部《四裔编年表》。我这两天帐也对好了,东西也买齐备了,只等那如意的装璜匣子做好了,就可以动身,左右闲着,便翻开来看。见书眉上果然批了许多小字,原书中国历数,是从少昊[1]四十年起的,却又注上"壬子"两个字。我便向德泉借了一部《纲鉴易知录》[2],去对那年干。从唐尧元年甲辰起,逆推上去,帝挚[3]在位九年,帝喾在位七十年,颛顼氏[4]在位七十八年,少昊氏在位八十四年;从尧元年扣至少昊四十年,共二百零一年。照着甲辰干支逆推上去,至二百零一年应该是癸未,断不会变成壬子之理。这是开篇第一年的中国干支已经错了。他底下又注着西历前二千三百四十九年。我又检查一检查,耶稣[5]降生,应该在汉哀帝[6]元寿二年;逆

---

[1] 少昊——古帝。黄帝子,姓已名挚(与后帝挚是两人)。
[2] 《纲鉴易知录》——清吴乘权根据《通鉴纲目》、《通鉴纲目续编》和《明纪》编的一部通俗的历代史。
[3] 帝挚——古帝。帝喾长子。
[4] 颛顼氏——古帝。黄帝孙,姓姬,号高阳氏。
[5] 耶稣——犹太人,基督教的教祖。传道以博爱和平为宗旨,耶稣教徒尊之为耶稣基督(耶稣、基督,都是救济者的意思)。后来在耶路撒冷传教,被反对者钉死在十字架上。
[6] 汉哀帝——刘欣,西汉后期的皇帝。

推至汉高祖[1]乙未元年，是二百零六年；又加上秦[2]四十二年，周八百七十二年，商[3]六百四十四年，夏[4]四百三十九年，舜[5]五十年，尧一百年，帝挚九年，帝喾七十年，颛顼氏七十八年，少昊共在位八十四年：扣至四十年时，西历应该是耶稣降生前二千五百五十五年。其中或者有两回改换朝代的时候，参差[6]了三两年，也说不定的，然而照他那书上，已经差了二百年了。开卷第一年，就中西都错，真是奇事。又翻到第三页上，见佚庐书眉上的批写着："夏帝启[7]在位九年，太康[8]二十九年，帝相[9]二十八年；自帝启五年至帝相六年，中间相距五十一年。今以帝启五年作一千九百七十四年，帝相六年作一千九百三十七年，中间相距才三十七年耳，此处即舛误十四年之多矣"云云。以后逐篇翻去，都有好些批，无非是指斥编辑的，算去却都批的不错。

金子安跑过来对我一看道："呀！你莫非在这里打铁算盘？"我此时看他错误的太多，也就无心去看。想来他把中西的年岁，做一个

---

[1] 汉高祖——汉朝的开国皇帝，姓刘名邦。
[2] 秦——朝代名。开国的皇帝是始皇帝，姓嬴名政。
[3] 商——朝代名，后改为殷。开国的皇帝史称成汤，姓子名履。
[4] 夏——朝代名。开国的皇帝史称大禹，姓姒，颛顼孙，伯鲧子。
[5] 舜——古帝。史称姓姚名重华，颛顼五世孙。国号虞。
[6] 参差——本作不齐解释，这里是相差的意思。
[7] 帝启——古帝。禹子。
[8] 太康——古帝。启子。
[9] 帝相——古帝。太康弟仲康之子。

对表,尚且如此错误,中间的事迹,我更无可稽考的,看他做甚么呢。正在这么想着,听得金子安这话,我便笑问道:"怎么叫个铁算盘?我还不懂呢。"金子安道:"这里又摆着历本,又摆着算盘,又堆了那些书,不是打铁算盘么。"我问到底甚么叫铁算盘。子安道:"不是拿算盘算八字么?"我笑道:"我不会这个,我是在这里算上古的年数。"子安道:"上古的年数还算他做甚么?"我问道:"那铁算盘到底是甚么?"子安道:"是算命的一个名色。大概算命的都是排定八字,以五行生克[1]推算,那批出来的词句,都是随他意写出来的;惟有这铁算盘的词句,都在书上刻着,排八字又不讲五行,只讲数目,把八个字的数目叠起来,往书上去查,不知他怎样的加法,加了又查,每查得的,只有一个字,慢慢加上,自然成文,判断的很有灵验呢。"我道:"此刻可有懂这个的?何妨去算算。"说话间,管德泉走过来说道:"江湖上的事,那里好去信他!从前有一个甚么吴少澜,说算命算得很准,一时哄动了多少人。这里道台冯竹儒也相信了,叫他到衙门里去算,把合家男女的八字,都叫他算起来。他的兄弟吉云有意要试那吴少澜灵不灵,便把他家一个底下人和一个老妈子的八字,也写了搀在一起。及至他批了出来,底下人的命,也是甚么正途出身[2],封

---

〔1〕 五行生克——五行是水、火、木、金、土。星象家认为人的八字里有五行的相生相克,可据以推算吉凶祸福。五行相生,如木生火、火生土之类;相克,如木克土、土克水之类。是一种迷信的方术。

〔2〕 正途出身——清朝制度,以进士、举人、贡生、荫生和监生中的恩监、优监的资格出来做官的,称为正途出身;其他各项和捐纳得官的,都叫做异途出身。

疆开府[1]；那老妈子的命，也是甚么恭人、淑人[2]，夫荣子贵的。你说可笑不可笑呢！"子安道："这铁算盘不是这样的。拿八字给他看了，他先要算父母在不在，全不全，兄弟几人；父母不全的，是那一年丁的忧，或丧父或丧母。先把这几样算的都对了，才往下算；倘有一样不对，便是时辰错了，他就不算了。"德泉道："你还说这个呢！你可知前年京里，有一个算隔夜数的，他说今日有几个人来算命，他昨夜已经先知道的，预先算下。要算命的人，到他那里，先告诉了他八字；又要把自己以前的事情，和他说知，如父母全不全，兄弟几个，那一年有甚么大事之类，都要直说出来。他听了，说是对的，就在抽屉里取出一张批就的八字来，上面批的词句，以前之事，无一不应；以后的事，也批好了，应不应，灵不灵，是不可知的了。"我道："这岂不是神奇之极了么？"德泉笑道："谁知后来却被人家算去了！他的生意非常之好，就有人算计要拜他为师，他只不肯教人。后来来了一个人，天天请他吃馆子；起先还不在意，后来看看，每吃过了之后，到柜上去结帐，这个人取出一包碎银子给掌柜的，总是不多不少，恰恰如数。这算命的就起了疑心，怎么他能预先知道吃多少的呢？忍不住就问他。他道：'我天天该用多少银子，都是隔夜预先算定的，该在那里用多少，那里用多少，一一算好、秤好、包好了，不过是省得临时

---

[1] 封疆开府——封疆，是疆界。开府，是开建府署，古时三公、将军才可以开府。清朝的督抚是一省或几省的地方最高长官，身处封疆，其地位和古来开府的大官相似，所以习惯就以封疆开府指督抚。
[2] 恭人、淑人——见第三回"诰封夫人"注。

秤算的意思。'算命的道：'那里有这个术数？'他道：'岂不闻一饮一啄，莫非前定；既是前定，自然有术数可以算得出了。'算命的求他教这法子。他道：'你算命都会隔夜算定，难道这个小小术数都不会么？'算命的求之不已，他总是拿这句话回他。算命的没法，只得直说道：'我这个法子是假的。我的住房，同隔壁的房，只隔得一层板壁，在板壁上挖了一个小小的洞；我坐位的那个抽屉桌子，便把那小洞堵住，堵小洞的那横头桌子上的板，也挖去了，我那抽屉，便可以通到隔壁房里。有人来算命时，他一一告诉我的话，隔壁预先埋伏了人，听他说一句，便写一句；这个人笔下飞快，一面说完了，一面也写完了。——至于那以后的批评，是糊里糊涂预写下的，灵不灵那个去管他呢。——写完了，就从那小洞口递到抽屉里，我取了出来给人，从来不曾被人窥破。这便是我的法子了。'那人大笑道：'你既然懂得这个，又何必再问我的法子呢。我也不过预先算定，明日请你吃饭，吃些甚么菜，应该用多少银子，预先秤下罢了。'算命的还不信，说道：'吃的菜也有我点的，你怎么知道我点的是甚么菜、多少价呢？'那人笑道：'我是本京人，各馆子的情形烂熟。比方我打算定请你吃四个菜，每个一钱银子，你点了一个钱二的，我就点一个八分的来就你，你点了个六分的，我也会点一个钱四的来凑数，这有甚么难处呢。'算命的呆了一呆道：'然则你何必一定请我？'那人笑道：'我何尝要请你，不过拿我这个法子，骗出你那个法子来罢了。'说罢一场干笑。那算命的被他识穿了，就连忙收拾出京去了。你道这些江湖上的人，可以信得么！"一席话说得大家一笑。

德泉道:"我今年活了五十多岁,这些江湖上的事情,见得多了。起先我本来是极迷信的,后来听见一班读书人都斥为异端[1]邪术,我反起了疑心,这等神奇之事,都有人不信的,我倒怪那些读书人的不是呢。后来慢慢的听得多了,方才疑心到那江湖上的事情,不能尽信,却被我设法查出了他许多作假的法子。从此以后,我的不信,是有凭据可指的,那一班读书先生,倒成了徒托空言了。我说一件事给你两位听:当日我有一位舍亲,五十多岁,只有一个儿子,才十一二岁,得了个痫症,请了许多医生,都医不好。后来请了几个茅山道士来打醮禳灾[2],那为头的道士说他也懂得医道,舍亲就请他看了脉。他说这病是因惊而起,必要吃金银汤才镇压得住。问他甚么叫金银汤,可是拿金子、银子煎汤。他说:'煎汤吃没有功效,必要拿出金银来,待他作了法事,请了上界真神,把金银化成仙丹,用开水冲服,才能见效。'舍亲信了,就拿出一枝金簪、两元洋钱,请他作法。他道:'现在打醮,不能做这个;要等完了醮,另作法事,方能办到。'舍亲也依了,等完了醮,就请他做起法事来。他又说:'洋钱不能用,因为是外国东西,菩萨不鉴的,必要锭子上剪下来的碎银。'舍亲又叫人拿洋钱去换了碎银来交与他。他却不用手接,先念了半天的经,又是甚么通诚;通过了诚,才用一个金漆盘子,托了一方黄缎,缎上面画了一道符,叫舍亲把金簪、碎银放在上面。他捧到坛上去,又念了

---

[1] 异端——本指有背于正道的行为;封建社会里,对凡是违反旧的伦理道德的,也都称为异端。这里作前一解释。
[2] 打醮禳灾——画符念咒,向神祈祷,希望赶走鬼怪的一种迷信行为。

一回经卷,才把他包起来放在桌子上,撤去金漆盘子,道众大吹大擂起来;一面取二升米,撒在缎包上面,二升米撒完了,那缎包也盖没了。他又戟指[1]在米上画了一道符,又拜了许久,念了半天经咒,方才拿他那牙笏[2]把米扫开,现出缎包。他卷起衣袖,把缎包取来,放在金漆盘子里,轻轻打开。说也奇怪,那金簪、银子都不见了,缎子上的一道符还是照旧,却多了一个小小的黄纸包儿。拿下来打开看时,是一包雪白的末子。他说:'这就是那金银化的,是请了上界真神,才化得出来,把开水冲来服了,包管就好。'此时亲眷朋友,在座观看的人,总有二三十,就是我也在场同看,明明看着他手脚极干净,不由得不信。然而吃了下去,也不见好,后来还是请了医生看好的。在当时人人都疑是真有神仙,便是我也还在迷信时候上。多少读书人,却一口咬定是假的,他一定掉了包去;然而几人虎视眈眈的看着他,拿缎包时,总是卷起袖子,如果掉包,岂没有一个人看穿的道理。后来却被我考了出来,明明是假的,他仗着这个法子去拐骗金银,又乐得人人甘心被他拐骗,这才是神乎其技呢!"我连忙问:"是怎么假法?"德泉取一张纸,裁了两方,折了两个包,给我们看。(看官,当日管德泉是当面做给我看的,所以我一看就明白;此刻我是笔述这件事,不能做了纸包,夹在书里面,给看官们看,只能画个图出

---

[1] 戟指——戟,古兵器。戟指,意思是用手指向空中指戳,其形如戟。这里是形容画符、捻诀的一种动作姿势。
[2] 牙笏——象牙做成的手板,也叫朝板。本是从前大臣朝见皇帝时所用的东西(清时无牙笏),道士在朝真或斋醮时,也照例要拿着牙笏。

来,让看官们好按图去演做出来,方知这骗法神妙。)图如下:

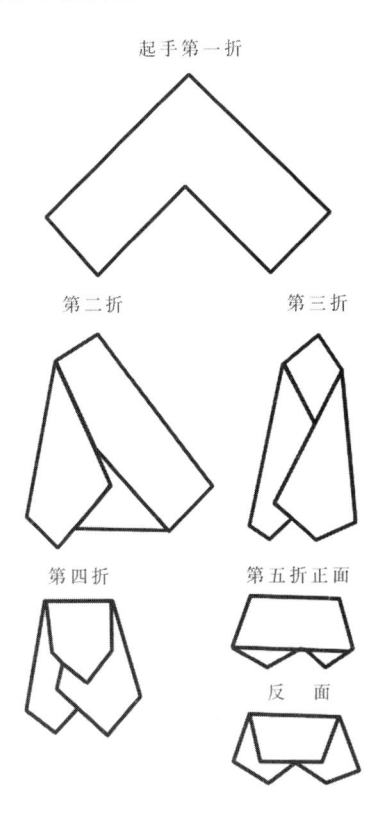

起手第一折

第二折　　　第三折

第四折　　　第五折正面

反　面

德泉折了这一式的两个纸包道:"你们看这两个纸包,是一式无异的了。他把两个包的反面对着反面,用胶水粘连起来,不成了两面都是正面,都有了包口的了么?他在那一面先藏了别的东西,却拿这一面包你的金银。纵使看的人疑心他做手脚,也不过留神在他身上袖子里,那知道他在金漆盘里拿到桌子上,或在桌子上拿回金漆盘里时,轻轻翻一个身,已经掉去了呢。"我道:"这个法子,说穿了也不算甚么希奇。"德泉道:"说穿了,自然不希奇,然而不说穿是再没有人看得出的。我初考得这个法子时,便小试其技,拿纸来做了一个小包,预包了一角小洋钱在里面;却叫人家给一个铜钱,我包在这一面,攒在手里,假意叫他吹一口气,把纸包翻过来,就变了个小洋钱。有一个年轻朋友看了,当以为真,一定要我教他。我要他请我吃了好几回小馆子,才教了他。他懊悔的了不得。"我道:"教会了他,为甚倒懊悔起来呢?"德泉道:"他以为果然一个铜钱,能变做一角小洋钱,他想学会了,就可以发财,所以才破费了请我吃那许多回馆子;谁知说穿了是假的,他那得不懊悔。"子安和我,不觉一齐笑起来。

我又问道:"还有甚么作假的呢?"德泉道:"不必说起,没有一件不是作假的,不过一时考不出来。我只说一两件,就可以概其馀了。那'祝由科'[1]代人治病,不用吃药,只画两道符就好了;最惊人的,用小刀割破舌头取血画符,看他割得血淋淋的,又行所无事,人人都以为神奇。其实不相干,你试叫他拿刀来把舌头横割一下,他就不能。原来这舌头竖割是不伤的,随割随就长合,并且不甚痛,常常割他,割惯了竟是毫无痛苦的;若是横割了,就流血不止,极难收口的。只要大着胆,人人都可以做得来。不信,你试细细的一想,有时吃东

----

〔1〕"祝由科"——古时医学中十三科之一,是专用符咒治病的一种迷信方法的名称。从前湖南辰州(今沅陵)一带地方最流行,所以也叫做辰州符。

西,偶然大牙咬了舌边,虽有点微痛,却不十分难受;倘是门牙咬了舌尖,就痛的了不得。论理大牙的咬劲,比门牙大得多,何以反为不甚痛?这就是一横一竖的道理了。又有那茅山道士探油锅的法子,看看他作起法来,烧了一锅油,沸腾腾的滚着,放了多少铜钱下去,再伸手去一个一个的捞起来,他那只手只当不知。看了他,岂不是仙人了么?岂知他把些硼砂,暗暗的放在油锅里,只要得了些须暖气,硼砂在油里面要化水,化不开,便变了白沫,浮到油面,人家看了,就犹如那油滚了一般,其实还没有大热呢。"说话之间,已到了晚饭时候。

这一天格外炎热,晚饭过后,便和德泉到黄浦滩边,草皮地上乘了一回凉,方才回来安歇。这一夜,热的睡不着,直到三点多钟,方才退尽了暑气,矇眬睡去。忽然有人叫醒,说是有个朋友来访我。连忙起来,到堂屋一看,见了这个人,不觉吃了一惊。正是:昨听江湖施伪术,今看骨肉出新闻。未知此人是谁,且听下回再记。

第三十二回

轻性命天伦遭惨变　豁眼界北里[1]试嬉游

哈哈！你道那人是谁？原来是我父亲当日在杭州开的店里一个小伙计，姓黎，表字景翼，广东人氏。我见了他，为甚吃惊呢？只因见他穿了一身的重孝，不由的不吃一个惊。然而叙起他来，我又为甚么哈哈一笑？只因我这回见他之后，晓得他闹了一件丧心病狂的事，笑不得、怒不得，只得干笑两声，出出这口恶气。

看官们听我叙来：这个人，他的父亲是个做官的，官名一个逯字，表字鸿甫。本来是福建的一个巡检[2]，署过两回事，弄了几文，就在福州省城，盖造了一座小小花园，题名叫做水鸥小榭。生平欢喜做诗，在福建结交了好些官场名士，那水鸥小榭，就终年都是冠盖[3]往来，日积月累的，就闹得亏空起来。大凡理财之道，积聚是极难，亏空是极易的；然而官场中的习气，又看得那亏空是极平常的事。所以越空越大，慢慢的闹得那水鸥小榭的门口，除了往来的冠盖之外，又

---
[1] 北里——唐时长安妓女聚住在平康里北门内，后来就以北里指妓院。
[2] 巡检——在知县管辖之下，负巡查治安、捉拿盗贼责任的官员。多派驻在县城四郊的镇市关隘上；驻在某一镇市，就以镇市为名，称某某司巡检。
[3] 冠盖——冠冕和车盖，指官员士绅。

多添了一班讨债鬼。这位黎鸿甫少尹[1],明知不得了,他便一不做,二不休,索性带了一妻两妾三个儿子,逃了出来,撇了那水鸥小榭也不要了。走到杭州,安顿了家小,加捐了一个知县,进京办了引见,指省浙江,又到杭州候补去了。我父亲开着店的时候,也常常和官场交易,因此认识了他。

他的三个儿子:大的叫慕枚,第二的就是这个景翼,第三的叫希铨。你道他们兄弟,为甚取了这么三个别致名字?只因他老子欢喜做诗,做名士,便望他的儿子也学他那样,因此大的叫他仰慕袁枚,就叫慕枚;第二的叫他景企赵翼[2],就叫景翼;第三的叫他希冀蒋士铨[3],就叫希铨。他便这般希望儿子,谁知他的三个儿子,除了大的还略为通顺,其次两个,连字也认不得多少,却偏又要诌两句歪诗。当年鸿甫把景翼荐到我父亲店里,我到杭州时,他还在店里,所以认得他。

当下相见毕,他就叙起别后之事来。原来鸿甫已经到了天津,在开平矿务局当差;家眷都搬到上海,住在虹口源坊街。慕枚到台湾去谋事,死在台湾。鸿甫的老婆,上月在上海寓所死了,所以景翼穿了重孝。景翼把前事诉说已毕,又说道:"舍弟希铨,不幸昨日又亡故

----

[1] 少尹——原是古代官名,后来用做州县典史、吏目、巡检之类的辅佐官的别称。
[2] 赵翼——清乾隆时诗人。字耘松,号瓯北。与袁枚、蒋士铨齐名。也精于史学。著有《二十二史札记》、《瓯北诗集》等书。
[3] 蒋士铨——清乾隆时诗人。字心余。作品以《红雪楼九种曲》为最有名。

了，家父远在开平，我近来又连年赋闲，所以一切后事，都不能举办。我们忝[1]在世交，所以特地来奉求借几块洋钱，料理后事。"我问他要多少。景翼道："多也不敢望，只求借十元罢了。"我听说，就取了十元钱给他去了。

今天早上，下了一阵雨，天气风凉，我闲着没事，便到谦益栈看伯父。谁知他已经动身到苏州去了。又去看看小七叔，谈了一回，出来到虹口源坊衖，回看景翼，并吊乃弟[2]之丧。到得他寓所时，恰好他送灵柩到广肇山庄[3]去了，未曾回来，只有同居的一个王端甫在那里，代他招呼。这王端甫是个医生。我请问过姓氏之后，便同他闲谈，问起希铨是甚么病死的。端甫只叹一口气，并不说是甚么病。我不免有点疑心，正要再问，端甫道："听景翼说起，同阁下是世交，不知交情可深厚？"我道："这也无所谓深厚不深厚，总算两代相识罢了。"端甫道："我也是和鸿甫相好。近来鸿甫老的糊涂了，这黎氏的家运，也闹了个一败涂地。我们做朋友的，看着也没奈何。偏偏慕枚又先死了，这一家人只怕从此没事的了。"我道："究竟希铨是甚么病死的？"端甫叹道："那里是病死的，是吃生鸦片烟死的呀！"我惊道："为着甚么事？"端甫道："竟是鸿甫写了信来叫他死的。"我更是大惊失色，问是甚么缘故。端甫道："这也一言难尽。鸿甫的那一位老姨

---

[1] 忝——辱没的意思，客气话。"忝在世交"，有如说叨在世交。
[2] 乃弟——他的弟弟。
[3] 广肇山庄——山庄，这里是当时上海寄存灵柩的地方的专称。广肇山庄是专为广东同乡服务为，广指广州，肇指肇庆。

太太,本是他夫人的陪嫁鸦头。他弟兄三个,都是嫡出[1];这位姨太太,也生过两个儿子,却养不住。鸿甫夫人便把希铨指给他,所以这位姨太太十分爱惜希铨。希铨又得了个瘫痪的病,总医不好。上前年就和他娶了个亲。这种瘫子,有谁肯嫁他,只娶了人家一个粗鸦头。去年那老姨太太不在了,把自己的几口皮箱,都给了希铨。这希铨也索[2]作怪,娶了亲来,并不曾圆房[3],却同一个朋友同起同卧。这个朋友是一个下等人,也不知他姓甚么,只知道名字叫阿良。家里人都说希铨和那阿良,有甚暧昧的事。希铨又本来生得一张白脸,柔声下气,就和女人一般的,也怪不得人家疑心。然而这总是房帏琐事,我们旁边人却不敢乱说。这一位景翼先生,他近来赋闲得无聊极了,手边没有钱化,便向希铨借东西当,希铨却是一毛不拔的,因此弟兄们闹不对了。景翼便把阿良那节事写信给鸿甫,信里面总是加了些油盐酱醋。鸿甫得了信,便写了信回来,叫希铨快死;又另外给景翼信,叫他逼着兄弟自尽。我做同居的,也不知劝了多少。谁知这位景翼,竟是别有肺肠的,他的眼睛只看着老姨太太的几口皮箱,那里还有甚么兄弟,竟然亲自去买了鸦片烟来,立逼着希铨吃了。一头咽了气,他便去开那皮箱,谁知竟是几口空箱子,里面塞满了许多字纸、砖头、瓦石,这才大失所望。大家又说是希铨在时,都给了阿良

---

[1] 嫡出——妻生子。后文第六十五回"庶出"是妾生子。
[2] 索——很是,真是。有时也作应该解释。
[3] 不曾圆房——指名义上已成夫妇,事实上并未同宿。

了。然而这个却又毫无凭据的,不好去讨。只好哑子吃黄连,自家心里苦罢了。"我听了一番话,也不觉为之长叹。一会儿,景翼回来了,彼此周旋了一番,我便告辞回去。

过了两天,王端甫忽然气冲冲的走来,对我说道:"景翼这东西,真是个畜生!岂有此理!"我忙问甚么事。端甫道:"希铨才死了有多少天,他居然把他的弟妇卖了!"我道:"这还了得!卖到了甚么地方去了?"端甫道:"卖到妓院里去了!"我不觉顿足道:"可曾成交?"端甫道:"今天早起,人已经送去了;成交不成交,还没知道。"我道:"总要设法止住他才好。"端甫道:"我也为了这个,来和你商量。我今天打听了一早起,知道他卖在虹口广东妓院里面。我想不必和景翼那厮说话,我们只到妓院里,和他把人要回来再讲。所以特地来约同你去,因为你懂得广东话。"原来端甫是孟河〔1〕人,不会说广东话。我笑问道:"你怎么知道我懂广东话呢?"端甫道:"你前两天和景翼说的,不是广东话么。"我道:"只怕他成了交,就是懂话也不中用。"端甫道:"所以要赶着办,迟了就怕误事。"我道:"把人要了出来,作何安置呢?也要预先筹画好了呀。"端甫道:"且要了出来再说。嫁总是要嫁的,他还没有圆过房,并且一无依靠的,又有了景翼那种大伯子,那里能叫人家守呢。"我道:"此刻天气不早了,你就在这里吃了晚饭,我同你去走走罢。左右救出这个女子来,总是一件好事。"端甫答应了。

---

〔1〕 孟河——指江苏常州的孟河营,是一个镇市。

饭后便叫了两辆东洋车,同到虹口去。那一条巷子叫同顺里。走了进去,只见两边的人家,都是乌里八糟的。走到一家门前,端甫带着我进去,一直上到楼上。这一间楼面,便隔做了两间。楼梯口上,挂了一盏洋铁洋油灯,黑暗异常。入到房里,只见安设着一张板床,高高的挂了一顶洋布帐子;床前摆了一张杉木抽屉桌子;靠窗口一张杉木八仙桌,桌上放着一盏没有磁罩的洋灯,那玻璃灯筒儿,已是熏得漆黑焦黄的了;还有一个大瓦钵,满满的盛着一钵切碎的西瓜皮,七横八竖的放着几双毛竹筷子。我头一次到这等地方,不觉暗暗称奇,只得将就坐下。便有两个女子上来招呼,一般的都是生就一张黄面,穿了一套拷绸衫裤,脚下没有穿袜,拖了一双皮鞋,一个眼皮上还长了一个大疤,都前来问贵姓。我道:"我们不是来打茶围的,要来问你们一句话,你去把你们鸨母叫了上来。"那一个便去了。我便问端甫,可认得希铨的妻子。端甫道:"我同他同居,怎么不认得。"一会儿,那鸨妇上来了。我问他道:"听说你这里新来一个姑娘,为甚么不见?"鸨妇脸上现了错愕之色,回眼望一望端甫,又望着我道:"没有呀。"说话时,那两个妓女,又在那里交头接耳。我冷笑道:"今天姓黎的送来一个人,还没有么?"鸨妇道:"委实没有。我家现在只有这两个。"我道:"这姓黎的所卖的人,是他自己的弟妇,如果送到这里,你好好的实说,交了出来,我们不难为你。如果已经成交,我们还可以代你追回身价。你倘是买了不交出来,你可小心点!"鸨妇慌忙道:"没有,没有!你老爷吩咐过,如果他送来我这里,也断不敢买了。"我把这番问答,告诉了端甫。端甫道:"我懂得。我打听得明明白白的,怎么说没有!"我对鸨妇道:"我们是打听明白了来的,你如果不交出人来,我们先要在这里搜一搜。"鸨妇笑道:"两位要搜,只管搜就是。难道我有这么大的胆,敢藏过一个人。我老实说了罢:人是送来看过的,因为身价不曾讲成。我不知道这里面还有别样葛藤,幸得两位今夜来,不然,等买成了才晓得,那就受累了。"我道:"他明明带到你这里来的,怎么不在这里?你这句话有点靠不住。"鸨妇道:"或者他又带到别处去看,也难说的。吃这个门户饭〔1〕的,不止我这一家。"我听了,又告诉了端甫,只得罢休。当下又交代了几句万不可买的话,方才出来,与端甫分手。约定明日早上,我去看他,顺便觑景翼动静,然后分投回去。

德泉问事情办得妥么。我道:"事情不曾办妥,却开了个眼界。我向来不曾到过妓院,今日算是头一次。常时听见人说甚么花天酒地,以为是一个好去处,却不道是这么一个地方,真是耳闻不如目见了。"德泉道:"是怎么样地方?"我就把所见的,一一说了。德泉笑道:"那是最坏的地方;有好的,你没有见过。多偺我同你去打一个茶围,你便知道了。"说时,恰好有人送了一张条子来,德泉看了笑道:"那有这等巧事!说要打茶围,果然就有人请你吃花酒了。"说罢,把那条子递给我看,原来是赵小云请德泉和我到尚仁里黄银宝处吃酒。那一张请客条子,是用红纸反过来写的。德泉便对来人说:"就来。"原来赵小云自从卖了那小火轮之后,曾来过两次,同我也相

----

〔1〕 门户饭——旧称妓院为门户人家,开妓院就叫做吃门户饭。

熟了,所以请德泉便顺带着请我。我意思要不去。德泉道:"这吃花酒本来不是一件正经事,不过去开开眼界罢了。只去一次,下次不去,有甚么要紧呢。"看看钟才九点一刻,于是穿了长衣,同德泉慢慢的走去。在路上,德泉说起小云近日总算翻了一个大身,被一个马矿师聘了去,每月薪水二百二十两,所以就阔起来了。这是制造局里几吊钱一个月的学生。你想值得到二百多两的价值,才给人家几吊钱,叫人家怎么样肯呢。"我道:"然而既是倒贴了他膏火教出来的,也要念念这个学出本事的源头。"德泉道:"自然做学生的也要思念本源,但是你要用他呀;搁着他不用,他自然不能不出来谋事了。"我道:"化了钱,教出了人材,却被外人去用,其实也不值得。"德泉道:"这个岂止一个赵小云,曾文正和李合肥[1],从前派美国的学生,回来之后,去做洋行买办,当律师翻译的,不知多少呢。"一面说着话,不觉走到了,便入门一径登楼。这一登楼,有分教:涉足偶来花世界,猜拳酣战酒将军。不知此回赴席,有无怪现状,且待下回再记。

---

[1] 李合肥——指李鸿章。李是安徽合肥人,当时人称之为李合肥。

第三十三回

假风雅当筵呈丑态　真义侠拯人出火坑

当下我两人走到楼上，入到房中，赵小云正和众人围着桌子吃西瓜。内中一个方佚庐是认得的。还有一个是小云的新同事，叫做李伯申。一个是洋行买办，姓唐，表字玉生，起了个别号，叫做啸庐居士，画了一幅《啸庐吟诗图》，请了多少名士题诗；又另有一个别号，叫做酒将军，因为他酒量好，所以人家送他这么一个外号，他自己也居之不疑。当下彼此招呼过了，小云让吃西瓜。那黄银宝便拿瓜子敬客，请问贵姓。我抬头看时，大约这个人的年纪，总在二十以外了；鸡蛋脸儿，两颧上现出几点雀斑，搽了粉也盖不住，鼻准[1]上及两旁，又现出许多粉刺，厚厚的嘴唇儿，浓浓的眉毛儿；穿一件广东白香云纱衫子，束一条黑纱百裥裙[2]，里面衬的是白官纱[3]裤子。却有一样可奇之处，他的举动，甚为安详，全不露着轻佻样子。敬过瓜子之后，就在一旁坐下。

他们吃完了西瓜，我便和佚庐说起那《四裔编年表》，果然错得利害，所以我也无心去看他的事迹了。——他一个年岁都考不清楚，

---

[1] 鼻准——鼻子。准字也就作鼻字解释。
[2] 百裥裙——一种多褶的裙子。
[3] 官纱——浙江出产的一种轻而薄的丝织品，可做夏服。

那事迹自然也靠不住了,所以无心去看他。佚庐道:"这个不然。他的事迹都是从西史上译下来的。他的西历并不曾错,不过就是错了华历。这华历有两个错处:一个是错了甲子,一个是合错了西历。只为这一点,就闹的人家眼光撩乱了。"唐玉生道:"怎的都被你们考了出来,何妨去纠正他呢?"佚庐笑道:"他们都是大名家编定的,我们纵使纠正了,谁来信我们;不过考了出来,自己知道罢了。"玉生道:"做大名家也极容易。像我小弟,倘使不知自爱,不过是终身一个买办罢了;自从结交了几位名士,画了那《啸庐吟诗图》,请人题咏,那题咏的诗词,都送到报馆里登在报上,此刻那一个不知道区区的小名,从此出来交结个朋友也便宜些。"说罢,呵呵大笑。又道:"此刻我那《吟诗图》,题的人居然有了二百多人,诗、词、歌、赋,甚么体都有了,写的字也是真、草、隶、篆,式式全备;只少了一套曲子,我还想请人拍一套曲子在上头,就可以完全无憾了。"说罢,又把题诗的人名字,屈着手指头数出来,说了许多甚么生,甚么主人,甚么居士〔1〕,甚么词人,甚么词客……滔滔汩汩〔2〕,数个不了。

小云道:"还是办我们的正经罢。时候不早了,那两位怕不来了,摆起来罢,我们一面写局票〔3〕。"房内的鸦头老妈子,便一迭连声叫摆起来。小云叫写局票,一一都写了,只有我没有。小云道:

---
〔1〕 居士——指在家学佛修道的人。表示不愿做官的读书人有时也用以自称。
〔2〕 滔滔汩汩——原是形容水流不断的样子,这里是形容说话没完没了。
〔3〕 局票——集会游宴一类的事情叫做局,旧时就把妓女陪客饮酒作乐叫做出局,因而也就把召唤妓女的字条叫做局票。

"没有就不叫也使得。"玉生道:"无味,无味!我来代一个。"就写了一个西公和沈月英。一时起过手巾,大众坐席。黄银宝上来筛过一巡酒,敬过瓜子,方在旁边侍坐。我们一面吃酒,一面谈天。我说起:"这里妓院,既然收拾得这般雅洁,只可惜那叫局的纸条儿,太不雅观。上海有这许多的诗人墨客,为甚么总没有人提倡,同他们弄些好笺纸?"玉生道:"好主意!我明天就到大吉楼买几盒送他们。"我道:"这又不好。总要自己出花样,或字或画,或者贴切这个人名,或者贴切吃酒的事,才有趣呢。"玉生道:"这更有趣了。画画难求人,还是想几个字罢。"说着,侧着头想了一会道:"'灯红酒绿'好么?"我道:"也使得。"玉生又道:"'骚人韵士[1],絮果兰因[2]',八个字更好。"我笑道:"有谁名字叫韵兰的,这两句倒是一副现成对子。"玉生道:"你既然会出主意,何妨想一个呢?"我道:"现成有一句《西厢》[3],又轻飘,又风雅,又贴切,何不用呢?"玉生道:"是那一句?"我道:"管教那人来探你一遭儿。"玉生拍手道:"好,好!妙极,妙极!"又闭着眼睛,曼声念道:"管教那人来探你一遭儿。妙极,妙极!"小云道:"你用了这一句,我明日用西法画一个元宝刻起来,用黄笺纸刷印了,送给银宝,不是'黄银宝'三个字都有了么?"说罢,大

---

[1] 骚人韵士——诗人雅士。
[2] 絮果兰因——形容有关爱情、而结局又多属悲剧性质的因缘遇合。絮果,比喻如飞絮之飘泊;兰因,指战国时郑文公的"贱妾"梦见天使送给她兰花,后来郑文公也给她兰花而和她结合的故事。
[3] 《西厢》——《西厢记》,著名的剧曲。元王实甫撰,写张生和崔莺莺恋爱的故事。

家一笑。

叫的局陆续都到,玉生代我叫的那沈月英也到了。只见他流星送目,翠黛舒眉[1],倒也十分清秀。玉生道:"寡饮无味,我们何不豁拳呢?"小云道:"算了罢,你酒将军的拳,没有人豁得过。"玉生不肯,一定要豁,于是打起通关来。一时履舄交错[2],钏动钗飞。我听见小云说他拳豁得好,便留神去看他出指头,一路轮过来到我,已被我看的差不多了,同他对豁五拳,却赢了他四拳;他不服气,再豁五拳,却又输给我三拳;他还不服气,要再豁,又拿大杯来赌酒,这回他居然输了个"直落五"。小云呵呵大笑道:"酒将军的旗倒了!"我道:"豁拳太伤气,我们何妨赌酒对吃呢。一样大的杯子,取两个来,一人一杯对吃,看谁先叫饶,便是输了。"玉生道:"倒也爽快!"便叫取过两个大茶盅来,我和他两个对饮。一连饮过二十多杯,方才稍歇;过了一会,又对吃起来,又是一连二三十杯。德泉道:"少吃点罢,天气热呀。"于是我两人方才住了。一会儿,席散了,各人都辞去。

一同出门,好好的正走着,玉生忽然哇的一声吐了。连忙站到旁边,一只手扶着墙,一面尽情大吐,吐完了,取手巾拭泪。说道:"我今天没有醉,这……这是他……他们的酒太……太新了!"一句话还未说完,脚步一浮,身子一歪,几乎跌个筋斗,幸得方佚庐、李伯申两

---

[1] 流星送目,翠黛舒眉——眼光像流星一样的飘动,眉毛用翠黛画成,显得伸展。
[2] 履舄交错——复底的鞋子叫舄,单底的鞋子叫履。交错,混在一起。履舄交错,是形容宾客众多、男女杂坐的样子。

个,连忙扶住。出了巷口,他的包车夫扶了他上车去了。各人分散。我和德泉两个回去,在路上说起玉生不济。我道:"在南京时,听继之说上海的斗方名士,我总以为继之糟蹋人,今日我才亲眼看见了。我恼他那酒将军的名字,时常诌些歪诗,登在报上,我以为他的酒量有多大,所以要和他比一比。是你劝住了,又是天热,不然,再吃上十来杯,他还等不到出来才吐呢。天底下竟有这些狂人,真是奇事!"当下回去,洗澡安歇。

次日,我惦着端甫处的事,一早起来,便叫车到虹口去。只见景翼正和端甫谈天。端甫和我使个眼色,我就会了意,不提那件事,只说二位好早。景翼道:"我因为和端甫商量一件事,今日格外早些。"我问甚么事。景翼叹口气道:"家运颓败起来,便接二连三的出些古怪事。舍弟没了才得几天,舍弟妇又逃走去了!"我只装不知道这事,故意诧异道:"是几时逃去的?"景翼道:"就是昨天早起的事。"我道:"倘是出去好好的嫁一个人呢,倒还罢了;只不要葬送到那不相干的地方去,那就有碍府上的清誉了。"景翼听了我这句话,脸上涨得绯红,好一会才答道:"可不是!我也就怕的这个。"端甫道:"景兄还说要去追寻;依我说,他既然存了去志,就寻回来,也未必相安。况且不是我得罪的话,黎府上的境况也不好,去了可以省了一口人吃饭,他妇人家坐在家里,也做不来甚么事。"我道:"这倒也说得是。这一传扬出去,寻得着寻不着还不晓得,先要闹得通国皆知了。"景翼一句话也不答,看他那样子,很是局促不安。我向端甫使个眼色,起身告辞。端甫道:"你还到那里去?"我道:"就回去。"端甫道:"我们学学上海人,到茶馆里吃碗早茶罢。"我道:"左右没事,走走也好。"又约景翼,景翼推故不去,我便同端甫走了出来。端甫道:"我昨夜回来,他不久也回来了,那脸上现了一种惊惶之色,不住的唉声叹气,我未曾动问他。今天一早,他就来和我说,弟妇逃走了。这件事你看怎处?"我道:"我也筹算过来,我们既然沾了手,万不能半途而废,一定要弄他个水落石出才好。只怕他已经成了交,那边已经叫他接了客,那就不成话了。"端甫道:"此刻无踪无影的,往那里去访寻呢。只得破了脸,追问景翼。"我道:"景翼这等行为,就是同他破脸,也不为过;不过事情未曾访明,似乎太早些。我们最好是先在外面访着了,再和他讲理。"端甫道:"外面从何访起呢?"我道:"昨天那鸨妇虽然嘴硬,那形色甚是慌张,我们再到他那里问去。"端甫道:"也是一法。"于是同走到那妓院里。

那鸨妇正在那里扫地呢,见了我们,便丢下扫帚,说道:"两位好早。不知又有甚么事?"我道:"还是来寻黎家媳妇。"鸨妇冷笑道:"昨天请两位在各房里去搜,两位又不搜,怎么今天又来问我? 在上海开妓院的,又不是我一家,怎见得便在我这里?"我听了不觉大怒,把桌子一拍道:"姓黎的已经明白告诉了我,说他亲自把弟妇送到你这里的,你还敢赖! 你再不交出来,我也不和你讲,只到新衙门里一告,等老爷和你要,看你有几个指头捱拶子[1]!"鸨妇闻了这话,才

---

[1] 拶子——封建时代一种酷刑的刑具。用五根细木棍贯穿了绳子,套在受刑人的五个手指上,然后收紧,使受刑人受到极大的疼痛,通常施之于女性。

低头不语。我道:"你到底把人藏在那里?"鸨妇道:"委实不知道,不干我事。"我道:"姓黎的亲身送他来,你怎么委说不知? 你果然把他藏过了,我们不和你要人,那姓黎的也不答应。"鸨妇道:"是王大嫂送来的,我看了不对,他便带回去了,那里是甚么姓黎的送来!"我道:"甚么王大嫂? 是个甚么人?"鸨妇道:"是专门做媒人的。"我道:"他住在甚么地方? 你引我去问他。"鸨妇道:"他住在广东街,你两位自去找他便是,我这里有事呢。"我道:"你好糊涂! 你引了我们去,便脱了你的干系;不然,我只向你要人!"鸨妇无奈,只得起身引了我们到广东街,指了门口,便要先回去。我道:"这个不行! 我们不认得他,要你先去和他说。"鸨妇只得先行一步进去。我等也跟着进去。

只见里面一个浓眉大眼的黑面肥胖妇人,穿着一件黑夏布小衣,两袖勒得高高的,连胳膊肘子也露了出来;赤着脚,穿了一双拖鞋,那裤子也勒高露膝;坐在一张矮脚小凳子上,手里拿着一把破芭蕉扇,在那里扇着取凉。鸨妇道:"大嫂,秋菊在你这里么?"我暗问端甫道:"秋菊是谁?"端甫道:"就是他弟妇的名字。"我不觉暗暗称奇。此时不暇细问,只听得那王大嫂道:"不是在你家里么? 怎么问起我来? 你又带了这两位来做甚么?"鸨妇涨红了脸道:"不是你带了他出来的,怎么说在我家?"王大嫂站起来大声道:"天在头上! 你平白地含血喷人! 自己做事不机密,却想把官司推在我身上!"鸨妇也大声道:"都是你带了这个不吉利、克死老公的货来带累我! 我明明看见那个货头不对,当时还了你的,怎么凭空赖起来!"王大嫂丢下了破芭蕉扇,口里嚷道:"天杀的! 你自己胆小,和黎二少交易不成,我们当场走开,好好的一个秋菊在你房里,怎么平白地赖起我来!我同你拚了命,和你到十王殿里,请阎王爷判这是非!"说时迟,那时快,他一面嚷着,早一头撞到鸨妇怀里去。鸨妇连忙用手推开,也嚷着道:"你昨夜被鬼遮了眼睛,他两个同你一齐出来,你不看见么?"我听他两个对骂的话里有因,就劝住道:"你两个且不要闹,这个不是拚命的事。昨夜怎么他两个一同出来,你且告诉了我,我自有主意,可不要遮三瞒四的;说得明白,找出人来,你们也好脱累。"王大嫂道:"你两位不厌烦琐,等我慢慢的讲来。"又指着端甫道:"这位王先生,我认得你,你只怕不认得我。我时常到黎家去,总见你的。前天黎二少来,说三少死了,要把秋菊卖掉,做盘费到天津寻黎老爷,越快越好。我道:'卖人的事,要等有人要买才好讲得,那里性急得来。'他说:'妓院里是随时可以买人的。'我还对他说:'恐怕不妥当,秋菊虽是鸦头出身,然而却是你们黎公馆的少奶奶,卖到那里去须不好听,怕与你们老爷做官的面子有碍。'他说:'秋菊何尝算甚么少奶奶!三少在日,并不曾和他圆房。只有老姨太太在时,叫他一声媳妇儿;老太太虽然也叫过两声,后来问得他做鸦头的名字叫秋菊,就把他叫着玩,后来就叫开了。阖家人等,那个当他是个少奶奶。今日卖他,只当卖鸦头。'他说得这么斩截,我才答应了他。"又指着鸨妇道:"我素知这个阿七妈要添个姑娘,就来和他说了。昨天早起,我就领了秋菊到他家去看。到了晚上,我又带了黎二少去,等他们当面讲价。黎二少要他一百五十元,阿七妈只还他八十。还是我从中说合,说当日娶他的时候,也是我的原媒,是一百元财礼,此刻就照一百元的价罢。两家都依允了,契据也写好了,只欠未曾交银。忽然他家姑娘来说,有两个包探在楼上,要阿七妈去问话。我也吃了一惊,跟着到楼上去,在门外偷看,见你两位问话。我想王先生是他同居,此刻出头邀了包探来,这件事沾不得手。等问完了话,阿七妈也不敢买了,我也不敢做中了,当时大家分散,我便回来。他两个往那里去了,我可不晓得了。"我问端甫道:"难道回去了?"端甫道:"断未回去!我同他同居,统共只有两楼两底的地方,我便占了一底,回去了岂有不知之理。"我道:"莫非景翼把他藏过了? 然而这种事,正经人是不肯代他藏的,藏到那里去呢?"端甫猛然省悟道:"不错,他有一个咸水妹相好,和我去坐过的,不定藏在那里。"我道:"如此,我们去寻来。"端甫道:"此刻不过十点钟,到那些地方太早。"我道:"我们只说有要紧事找景翼,怕甚么!"说罢,端甫领了路一同去。好得就在虹口一带地方,不远就到了。

打开门进去,只见那咸水妹蓬着头,像才起来的样子。我就问景翼有来没有。咸水妹道:"有个把月没有来了。他近来发了财,还到我们这里来么,要到四马路嫖长三去了!"我道:"他发了甚么财?"咸水妹道:"他的兄弟死了,八口皮箱里的金珠首饰、细软衣服,怕不都是他的么! 这不是发了财了!"我见这情形,不像是同他藏着人的样子,便和端甫起身出来。端甫道:"这可没处寻了,我们散了罢,慢慢再想法子。"正想要分散,我忽然想起一处地方来道:"一定在那里!"便拉着端甫同走。正是:踏破铁鞋无觅处,得来全不费工夫。不知想着甚么地方,且待下回再记。

第三十四回

蓬荜[1]中喜逢贤女子　市井上结识老书生

当下正要分手,我猛然想起那个甚么王大嫂,说过当日娶的时候,也是他的原媒,他自然知道那秋菊的旧主人的了。或者他逃回旧主人处,也未可知,何不去找那王大嫂,叫他领到他旧主人处一问呢。当下对端甫说了这个主意,端甫也说不错。于是又回到广东街,找着了王大嫂,告知来意。王大嫂也不推辞,便领了我们,走到靖远街,从一家后门进去。门口贴了"蔡宅"两个字。王大嫂一进门,便叫着问道:"蔡嫂,你家秋菊有回来么?"我等跟着进去,只见屋内安着一铺床,床前摆着一张小桌子,这边放着两张竹杌;地下爬着两个三四岁的孩子;广东的风炉,以及沙锅瓦罐等,纵横满地。原来这家人家,只住得一间破屋,真是寝于斯、食于斯的了。我暗想这等人家也养着鸦头,也算是一件奇事。只见一个骨瘦如柴的妇人,站起来应道:"我道是谁,原来是王大嫂。那两位是谁?"王大嫂道:"是来寻你们秋菊的。"那蔡嫂道:"我搬到这里来,他还不曾来过,只怕他还没有知道呢。要找他有甚么事,何不到黎家去?昨天我听见说他的男人死了,不知是不是?"王大嫂道:"有甚不是!此刻只怕尸也化了呢。"蔡嫂

---
〔1〕　蓬荜——蓬门荜户的简称,指小家小户、贫苦人家。

道:"这个孩子好命苦!我很悔当初不曾打听明白,把他嫁了个瘫子;谁知他瘫子也守不住!这两位怎么忽然找起他来?"一面说,一面把孩子抱到床上,一面又端了竹杌子过来让坐。王大嫂便把前情后节,详细说了出来。蔡嫂不胜错愕道:"黎二少枉了是个读书人,怎么做了这种禽兽事!无论他出身微贱,总是明媒正娶的,是他的弟妇,怎么要卖到妓院里去?纵使不遇见这两位君子仗义出头,我知道了也是要和他讲理的,有他的礼书、婚帖在这里。我虽然受过他一百元财礼,我办的陪嫁,也用了七八十。我是当女儿嫁的,不信,你到他家去查那婚帖,我们写的是义女,不是甚么鸦头;就是鸦头,这卖良为娼,我告到官司去,怕输了他!你也不是个人,怎么平白地就和他干这个丧心的事!须知这事若成了,被我知道,连你也不得了;你四个儿子死剩了一个,还不快点代他积点德,反去作这种孽。照你这种行径,只怕连死剩那个小儿子还保不住呢!"一席话,说得王大嫂哑口无言。我不禁暗暗称奇,不料这筚门圭窦[1]中,有这等明理女子,真是"十步之内,必有芳草"[2]。因说道:"此刻幸得事未办成,也不必埋怨了,先要找出人来要紧。"蔡嫂流着泪道:"那孩子笨得很,不定被人拐了,不但负了两位君子的盛心,也枉了我抚养他一场!"又对王大嫂道:"他在青云里旧居时,曾拜了同居的张婶婶做干娘。他昨夜不敢回夫家去,一定找我,我又搬了,张婶婶一定留住了他。

---

〔1〕 筚门圭窦——筚门,篱笆门。圭窦,本作窦或圭窬,是把墙壁凿成一块上锐下方的小门户。指贫苦人家。
〔2〕 "十步之内,必有芳草"——比喻到处都有优秀的人。

然而为甚么今天还不送他来我处呢？要就到他那里去看看,那里没有,就绝望了。"说着,不住的拭泪。我道:"既然有了这个地方,我们就去走走。"蔡嫂站起来道:"恕我走路不便,不能奉陪了,还是王大嫂领路去罢。两位君子做了这个好事,公侯万代!"说着,居然呜呜的哭起来,嘴里叫着"苦命的孩子"。

我同端甫走了出来,王大嫂也跟着。我对端甫道:"这位蔡嫂很明白,不料小户人家里面有这种人才!"端甫道:"不知他的男人是做甚么的?"王大嫂道:"是一个废人,文不文,武不武,穷的没饭吃,还穿着一件长衫,说甚么不要失了斯文体统。两句书只怕也不曾读通,所以教了一年馆,只得两个学生,第二年连一个也不来了。此刻穷的了不得,在三元宫里面测字。"我对端甫道:"其妇如此,其夫可知,回来倒可以找他谈谈,看是甚么样的人。"端甫道:"且等把这件正经事办妥了再讲。只是最可笑的是,这件事我始终不曾开一句口,是我闹起来的,却累了你。"我道:"这是甚么话!这种不平之事,我是赴汤蹈火,都要做的。我虽不认得黎希铨,然而先君认得鸿甫,我同他便是世交,岂有世交的妻子被辱也不救之理。承你一片热心知照我,把这个美举分给我做,我还感激你呢。"

端甫道:"其实广东话我句句都懂,只是说不上来;像你便好,不拘那里话都能说。"我道:"学两句话还不容易么。我是凭着一卷《诗韵》[1]

---
〔1〕《诗韵》——按照字的音韵分部编排,以便作诗押韵时检查之用的书,叫做《诗韵》。《诗韵》的各部部首叫做韵目。下文"四豪"、"五歌"、"六鱼"、"七虞",四、五、六、七是韵目排列的次序,豪、歌、鱼、虞是韵目。

学说话,倒可以有'举一反三'[1]的效验。"端甫道:"奇极了！学说话怎么用起《诗韵》来？"我道:"并不奇怪。各省的方音,虽然不同,然而读到有韵之文,却总不能脱韵的。比如此地上海的口音,把歌舞的歌字读成'孤'音,凡五歌韵里的字,都可以类推起来:'搓'字便一定读成'粗'音,'磨'字一定读成'模'音的了。所以我学说话,只要得了一个字音,便这一韵的音都可以贯通起来,学着似乎比别人快点。"端甫道:"这个可谓神乎其用了！不知广东话又是怎样？"我道:"上海音是五歌韵混了六鱼、七虞,广东音却是六鱼、七虞混了四豪,那'都'、'刀'两个字是同音的,这就可以类推了。"端甫道:"那么'到'、'妒'也同音了？"我道:"自然。"端甫道:"'道'、'度'如何？"我道:"也同音。"端甫喜道:"我可得了这个学话求音的捷径了。"

一面说着话,不觉到了青云里。王大嫂认准了门口,推门进去,我们站在他身后。只见门里面一个肥胖妇人,翻身就跑了进去,还听得咯蹬咯蹬的楼梯响。王大嫂喊道:"秋菊,你的救星恩人到了,跑甚么！"我心中一喜道:"好了！找着了！"就跟着王大嫂进去。只见一个中年妇人在那里做针黹,一个小鸦头在旁边打着扇。见了人来,便站起来道:"甚风吹得王大嫂到？"王大嫂道:"不要说起！我为了

---

[1] "举一反三"——反,类推。语出《论语》:"举一隅不以三隅反,则不复也。"意思是说,凡是四方的东西,只要说明了一只角,就可以此类推而知道其他三只角的模样。通常把举一个例子就知道其他的叫做举一反三。

秋菊,把腿都跑断了,却没有一些好处。张婶婶,你叫他下来罢。"那张婶婶道:"怎么秋菊会跑到我这里来?你不要乱说!"王大嫂道:"好张婶婶!你不要瞒我,我已经看见他了。"张婶婶道:"听见说你做媒,把他卖了到妓院里去,怎么会跑到这里。你要秋菊还是问你自己。"王大嫂道:"你还说这个呢,我几乎受了个大累!"说罢,便把如此长短的说了一遍。张婶婶才欢喜道:"原来如此。秋菊昨夜慌慌张张的跑了来,说又说得不甚明白,只说有两个包探,要捉他家二少。这两位想是包探了?"王大嫂道:"这一位是他们同居的王先生,那一位是包探。"我听了,不觉哈哈大笑道:"好奇怪,原来你们只当我是包探。"王大嫂呆了脸道:"你不是包探么?"我道:"我是从南京来的,是黎二少的朋友,怎么是包探。"王大嫂道:"你既然和他是朋友,为甚又这样害他?"我笑道:"不必多说了,叫秋菊下来罢。"张婶婶便走到堂屋门口,仰着脸叫了两声。只听得上面答道:"我们大鸦头同他到隔壁李家去了。"原来秋菊一眼瞥见了王大嫂,只道是妓院里寻他,忽然又见他身后站着我和端甫两个,不知为了甚事,又怕是景翼央了端甫拿他回去,一发慌了,便跑到楼上。楼上同居的,便叫自己鸦头悄悄的陪他到隔壁去躲避。张婶婶叫小鸦头去叫了回来,那楼上的大鸦头自上楼去了。

只见那秋菊生得肿胖脸儿,两条线缝般的眼,一把黄头发,腰圆背厚,臀耸肩横。不觉心中暗笑,这种人怎么能卖到妓院里去,真是无奇不有的了。又想这副尊容,怎么配叫秋菊!这"秋菊"两个字何等清秀,我们家的春兰,相貌甚是娇好,我姊姊还说他不配叫"春兰"

呢,这个人的尊范[1],倒可以叫做"冬瓜"。想到这里,几乎要笑出来。忽又转念:我此刻代他办正经事,如何暗地里调笑他,显见得是轻薄了。连忙止了妄念道:"既然找了出来,我们且把他送回蔡嫂处罢,他那里惦记得很呢。"张婶婶道:"便是我清早就想送他回去,因为这孩子嘴舌笨,说甚么包探咧、妓院咧,又是二少也吓慌了咧,我不知是甚么事,所以不敢叫他露脸。此刻回去罢。但不知还回黎家不回?"我道:"黎家已经卖了他出来了,还回去作甚么!"于是一行四个人,出了青云里,叫了四辆车,到靖远街去。

那蔡嫂一见了秋菊,没有一句说话,搂过去便放声大哭。秋菊不知怎的,也哀哀的哭起来。哭了一会,方才止住。问秋菊道:"你谢过了两位君子不曾?"秋菊道:"怎的谢?"蔡嫂道:"傻鸦头!磕个头去。"我忙说:"不必了。"他已经跪下磕头。那房子又小,挤了一屋子的人,转身不得,只得站着生受了他的。他磕完了,又向端甫磕头。我便对蔡嫂道:"我办这件事时,正愁着找了出来,没有地方安插他;我们两个,又都没有家眷在这里。此刻他得了旧主人最好了,就叫他暂时在这里住着罢。"蔡嫂道:"这个自然,黎家还去得么。他就在我这里守一辈子,我们虽是穷,该吃饭的熬了粥吃,也不多这一口。"我道:"还讲甚么守的话!我听说希铨是个瘫废的人,娶亲之后,并未曾圆房,此刻又被景翼那厮卖出来,已是义断恩绝的了,还有甚么守节的道理。赶紧的同他另寻一头亲事,不要误了他的年纪是真。"蔡

---

[1] 尊范——尊本是敬词,但在这里含有挖苦的意思。尊范,犹如说那一副模样。

嫂道："人家明媒正娶的，圆房不圆房，谁能知道。至于卖的事，是大伯子的不是，翁姑丈夫，并不曾说过甚么。倘使不守，未免礼上说不过去，理上也说不过去。"我道："他家何尝把他当媳妇看待，个个都提着名儿叫，只当到他家当了几年鸦头罢了。"蔡嫂沉吟了半晌道："这件事还得与拙夫商量，妇道人家，不便十分作主。"

我听了，又叮嘱了两句好生看待秋菊的话，与端甫两个别了出来。取出表一看，已经十二点半了。我道："时候不早了，我们找个地方吃饭去罢。"端甫道："还有一件事情，我们办了去。"我讶道："还有甚么？"端甫道："这个蔡嫂，煞是来得古怪，小户人家里面，那里出生这种女子。想来他的男人，一定有点道理的，我们何不到三元宫去看看他？"我喜道："我正要看他，我们就去来。只是三元宫在那里，你可认得？"端甫向前指道："就在这里去不远。"于是一同前去。

走到了三元宫，进了大门，却是一条甬道，两面空场，没有甚么测字的。再走到庙里面，廊下摆了一个测字摊；旁边墙上，贴了一张红纸条子，写着"蔡侣笙论字处"。摊上坐了一人，生得眉清目秀，年纪约有四十上下，穿了一件捉襟见肘[1]的夏布长衫。我对端甫道："只怕就是他。我们且不要说穿，叫他测一个字看。"端甫笑着，点了点头。我便走近一步，只见摊上写着"论字四文"。我顺手取了一个纸卷递给他。他接在手里，展开一看，是个"捌"字。他把字写在粉

---

[1] 捉襟见肘——拉起了衣襟就看见了胳膊。这里指衣服的破旧，一般用这四字形容处境的困难。

板上,便问叩甚么事。我道:"走了一个人,问可寻得着。"他低头看了一看道:"这个字左边现了个'拐'字,当是被拐去的;右边现了个'别'字,当是别人家的事,与问者无干;然而'拐'字之旁,只剩了个侧刀,不成为利,主那拐子不利;'别'字之旁,明现'手'字,若是代别人寻觅,主一定得手。却还有一层:这个'别'字不是好字眼,或者主离别;虽然寻得着,只怕也要离别的意思。并且这个'捌'字,照字典的注,含着有'破'字、'分'字的意思,这个字义也不见佳。"我笑道:"先生真是断事如神!但是照这个断法,在我是别人的事,在先生只怕是自己的事呢。"他道:"我是照字论断,休得取笑!"我道:"并不是取笑,确是先生的事。"他道:"我有甚么事,不要胡说!"一面说着,便检点收摊。我因问道:"这个时候就收摊,下半天不做生意么?"他也不言语,把摊上东西,寄在香火道人处道:"今天这时候还不送饭来,我只得回去吃了再来。"我跟在他后头道:"先生,我们一起吃饭去,我有话告诉你。"他回过头来道:"你何苦和我胡缠!"我道:"我是实话,并不是胡缠。"端甫道:"你告诉了他罢,你只管藏头露尾的,他自然疑心你同他打趣。"他听了端甫的话,才问道:"二位何人?有何事见教?"我问道:"尊府可是住在靖远街?"他道:"正是。"我指着墙上的招帖道:"侣笙就是尊篆[1]?"他道:"是。"我道:"可是有个尊婢嫁在黎家?"他道:"是。"我便把上项事,从头至尾,说了一遍。侣笙连忙作揖道:"原来是两位义士!失敬,失敬!适间简慢,望勿

---

〔1〕 尊篆——犹如说台甫、大号,客气话。

见怪!"

正在说话时,一个小女孩,提了一个篮,篮内盛了一盂饭,一盘子豆腐,一盘子青菜,走来说道:"蔡先生,饭来了。你家今天有事,你们阿杏也没有工夫,叫我代送来的。"我便道:"不必吃了,我们同去找个地方吃罢。"侣笙道:"怎好打搅!"我道:"不是这样讲。我两个也不曾吃饭,我们同去谈谈,商量个善后办法。"侣笙便叫那小孩子把饭拿回去,三人一同出庙。端甫道:"这里虹口一带没有好馆子,怎么好呢?"我道:"我们只要吃两碗饭罢了,何必讲究好馆子呢。"端甫道:"也要干净点的地方。那种苏州饭馆,脏的了不得,怎样坐得下!还是广东馆子干净点,不过这个要蔡先生才在行。"侣笙道:"这也没有甚么在行不在行,我当得引路。"于是同走到一家广东馆子里,点了两样菜,先吃起酒来。我对侣笙道:"尊婢已经寻了回来了。我听说他虽嫁了一年多,却不曾圆房,此刻男人死了,景翼又要把他卖出来,已是义断恩绝的了。不知尊意还是叫他守,还是遣他嫁?"侣笙低头想了一想道:"讲究女子从一而终[1]呢,就应该守;此刻他家庭出了变故,遇了这种没廉耻、灭人伦的人,叫他往那里守?小孩子今年才十九岁,岂不是误了他后半辈子?只得遣他嫁的了。只是有一层,那黎景翼弟妇都卖得的,一定是个无赖,倘使他要追回财礼,我却没得还他。这一边任你说破了嘴,总是个再醮[2]之妇,那里还

---

〔1〕 从一而终——封建礼教:女人死了丈夫,就应该守寡,不能再嫁,叫做从一而终。
〔2〕 再醮——再嫁。

领得着多少财礼抵还给他呢。"我筹思了半晌道:"我有个法子,等吃过了饭,试去办办罢。"只这一设法,有分教:凭他无赖横行辈,也要低头伏了输。不知是甚法子,如何办法,且听下回分解。

第三十五回

声[1]罪恶当面绝交　聆怪论笑肠几断

我因想起一个法子,可以杜绝景翼索回财礼,因不知办得到与否,未便说穿。当下吃完了饭,大家分散,侣笙自去测字,端甫也自回去。我约道:"等一会,我或者仍要到你处说话,请你在家等我。"端甫答应去了。

我一个人走到那同顺里妓院里去,问那鸨妇道:"昨天晚上,你们几乎成交,契据也写好了,却被我来冲散,未曾交易。姓黎的写下那张契据在那里?你拿来给我。"鸨妇道:"我并未有接收他的,说声有了包探,他就匆匆的走了,只怕他自己带去了。"我道:"你且找找看。"鸨妇道:"往那里找呀?"我现了怒色道:"此刻秋菊的旧主人出来了,要告姓黎的,我来找这契据做凭据。你好好的拿了出来便没事;不然,呈子上便带你一笔,叫你受点累!"鸨妇道:"这是那里的晦气!事情不曾办成,倒弄了一窝子的是非口舌。"说着,走到房里去,拿了一个字纸篓来道:"我委实不曾接收他的,要就团在这里,这里没有便是他带去了。你自己找罢,我不识字。"我便低下头去细检,却被我检了出来,已是撕成了七八片了。我道:"好了,寻着了。只

---

[1] 声——声讨。

是你还要代我弄点浆糊来,再给我一张白纸。"鸨妇无奈,叫人到裁缝店里,讨了点浆糊,又给了我一张白纸,我就把那撕破的契据,细细的粘补起来。那上面写的是:

> 立卖婢契人黎景翼,今将婢女秋菊一口,年十九岁,凭中卖与阿七妈为女,当收身价洋二百元。自卖之后,一切婚嫁,皆由阿七妈作主;如有不遵教训,任凭为良为贱,两无异言,立此为据。

下面注了年月日,中保等人;景翼名字底下,已经签了押。我一面粘补,一面问道:"你们说定了一百元身价,怎么写上二百元?"鸨妇道:"这是规矩如此,恐怕他翻悔起来,要来取赎,少不得要照契上的价,我也不至吃亏。"我补好了,站起来要走。鸨妇忽然发了一个怔,问道:"你拿了这个去做凭据,不是倒像已经交易过了么?"我笑道:"正是。我要拿这个呈官,问你要人。"鸨妇听了,要想来夺,我已放在衣袋里,脱身便走。鸨妇便号啕大哭起来。我走出巷口,便叫一辆车,直到源坊衖去。

见了端甫,我便问:"景翼在家么?"端甫道:"我回来还不曾见着他,说是吃醉酒睡了,此刻只怕已经醒了罢。"说话时,景翼果然来了。我猝然问道:"令弟媳找着了没有?"景翼道:"只好由他去,我也无心去找他了。他年纪又轻,未必能守得住;与其他日出丑,莫若此时由他去了的干净。"我冷笑道:"我倒代你找着了。只是他不肯回来,大约要你做大伯伯的去接他才肯来呢。"景翼吃惊道:"找着在那里?"我在衣袋里,取出那张契据,摊在桌上道:"你请过来,一看便知。"景翼过来一看,只吓得他唇青面白,一言不发。原来昨夜的事,他只知是两个包探,并不知是我和端甫干的。端甫道:"你怎么把这个东西找了出来?"我一面把契据收起,一面说道:"我方才吃饭的时候,说有法子想,就是这个法子。"回头对景翼道:"你是个灭绝天理的人,我也没有闲气和你说话!从此之后,我也不认你是个朋友!今日当面,我要问你讨个主意。我得了这东西,有三个办法:第一个是拿去交给蔡侣笙,叫他告你个卖良为贱;第二个是仍然交还阿七妈,叫他拿了这个凭据和你要人,没有人交,便要追还身价;第三个是把这件事的详细情形,写一封信,连这个凭据,寄给你老翁看。问你愿从那一个办法?"景翼只是目定口呆,无言可对。我又道:"你这种没天理的人!向你讲道理,就同向狗讲了一般!我也不值得向你讲!只是不懂道理,也还应该要懂点利害;你既然被人知穿了,冲散了,这个东西,为甚还不当场烧了,留下这个祸根?你不要怨我设法收拾你,只怨你自己粗心荒唐。"端甫道:"你三个办法,第一个累他吃官司不好,第三个累他老子生气也不好,还是用了第二个罢。"景翼始终不发一言,到了此时,站起来走出去。才到了房门口,便放声大哭,一直走到楼上去了。端甫笑向我道:"亏你沉得下这张脸!"我道:"这种没天理的人,不同他绝交等甚么!他嫡亲的兄弟尚且可以逼得死,何况我们朋友!"端甫道:"你拿了这凭据,当真打算怎么办法?"我悄悄的道:"才说的三个办法,都可以行得,只是未免太很了。他与我无怨无仇,何苦逼他到绝地上去。我只把这东西交给侣笙,叫他收着,遣嫁了秋菊,怕他还敢放一个屁!"端甫道:"果然是个好法子。"我又把对鸨妇说谎,吓得他大哭的话,告诉了端甫。端甫大笑道:"你一会工夫,倒弄哭了两个人,倒也有趣。"

我略坐了一会,便辞了出来,坐车到了三元宫,把那契据交给侣笙道:"你收好了,只管遣嫁秋菊。如他果来罗唆,你便把这个给他看,包他不敢多事。"侣笙道:"已蒙拯救了小婢,又承如此委曲成全,真是令人感入骨髓!"我道:"这是成人之美的事情,何必言感。如果有暇,可到我那里谈谈。"说罢,取一张纸,写了住址给他。侣笙道:"多领盛情,自当登门拜谢。"我别了出来,便叫车回去。

我早起七点钟出来,此刻已经下午三点多钟了。德泉接着道:"到那里畅游了一天?"我道:"不是畅游,倒是乱钻。"德泉笑道:"这话怎讲?"我道:"今天汗透了,叫他们舀水来擦了身再说。"小伙计们舀上水来。德泉道:"你向来不出门,坐在家里没事;今天出了一天的门,朋友也来了,请吃酒的条子也到了,求题诗的也到了,南京信也来了。"我一面擦身,一面说道:"别的都不相干,先给南京信我看。"德泉取了出来,我拆开一看,是继之的信,叫我把买定的东西,先托妥人带去,且莫回南京,先同德泉到苏州去办一件事,那件事只问德泉便知云云。我便问德泉。德泉道:"他也有信给我,说要到苏州开一家坐庄[1],接应这里的货物。"我道:"到苏州走一次倒好,只是没有妥人送东西去;并且那个如意匣子,不知几时做得好?"德泉道:"匣

---

[1] 坐庄——商店派人长期驻在产地买办货物和原料,或在销售地招徕顾客,叫做坐庄。

子今天早起送来了,妥人也有,你只写封回信,我包你办妥。"说罢,又递了一张条子给我,却是唐玉生的,今天晚上请在荟芳里花多福家吃酒,又请题他的那《啸庐吟诗图》。我笑道:"一之为甚,其可再乎?"德泉道:"岂但是再,方才小云、佚庐都来过,佚庐说明天请你呢。上海的吃花酒,只要三天吃过,以后便无了无休的了。"我道:"这个了不得,我们明天就动身罢,且避了这个风头再说。"德泉笑道:"你不去,他又不来捉你,何必要避呢。你才说今天乱钻,是钻甚么来?"我道:"所有虹口那些甚么青云里、靖远街都叫我走到了,可不是乱钻。"德泉道:"果然你走到那些地方做甚么?"我就把今天所办的事,告诉了他一遍。德泉也十分叹息。我到房里去,只见桌上摆了一部大册子,走近去一看,却是唐玉生的《啸庐吟诗图》。翻开来看,第一张是小照,布景的是书画琴棋之类;以后便是各家的题咏,全是一班上海名士。我无心细看,便放过一边。想起他那以吟诗命图,殊觉可笑。这四个字的字面,本来很雅的,不知怎么叫他搬弄坏了,却一时想不出个所以然来,那里有心去和他题。今日走的路多,有点倦了,便躺在醉翁椅上憩息,不觉天气晚将下来。方才吃过夜饭,玉生早送请客条子来。德泉向来人道:"都出去了,不在家,回来就来。"我忙道:"这样说累他等,不好,等我回他。"遂取过纸笔,挥了个条子,只说昨天过醉了,今天发了病,不能来。德泉道:"也代我写上一笔。"我道:"你也不去么?"德泉点头。我道:"不能说两个都有病呀,怎么说呢?"想了一想,只写着说德泉忙着收拾行李货物,明日一早往苏州,也不得来。写好了交代来人。过了一会,玉生亲身来了,一定拉着要去。我推说身子不好,不能去。玉生道:"我进门就听见你说笑了,身子何尝不好,不过你不赏脸罢了。我的脸你可以不赏,今日这个高会[1],你可不能不到。"我问是甚么高会。玉生道:"今天请的全是诗人,这个会叫做'竹汤饼会'。"我道:"奇了!甚么叫做'竹汤饼会'?"玉生道:"五月十三是竹生日,到了六月十三,不是竹满月么。俗例小孩子满月要请客,叫做'汤饼宴';我们商量到了那天,代竹开汤饼宴,嫌那'宴'字太俗,所以改了个'会'字,这还不是个高会么。"我听了几乎忍不住笑。被他缠不过,只得跟着他走。

出门坐了车,到四马路,入荟芳里,到得花多福房里时,却已经黑压压的挤满一屋子人。我对玉生道:"今天才初九,汤饼还早呢。"玉生道:"我们五个人都要做,若是并在一天,未免太局促了,所以分开日子做。我轮了第一个,所以在今天。"我请问那些人姓名时,因为人太多,一时混的记不得许多了。却是个个都有别号的,而且不问自报,古离古怪的别号,听了也觉得好笑。一个姓梅的,别号叫做几生修得到客[2];一个游过南岳[3]的,叫做七十二朵青芙蓉最高处游客;一个姓贾的,起了个楼名,叫做前生端合住红楼[4],别号就叫了

------

[1] 高会——盛大的聚会。
[2] 几生修得到客——古诗有"几生修得到梅花"的句子,所以这里姓梅的引这句歇后语为自己的号。
[3] 南岳——五岳之一,就是衡山。衡山有七十二峰,芙蓉峰是主峰之一,所以下文有"七十二朵青芙蓉"的话。
[4] 前生端合住红楼——清曹雪芹所著《红楼梦》小说,以贾宝玉为中心人物,称之为"公子多情",所以这里姓贾的用这一句为外号,而且自称"我也是多情公子"。

前身端合住红楼旧主人,又叫做我也是多情公子。只这几个最奇怪的,叫我听了一辈子都忘不掉的,其馀那些甚么诗人、词客、侍者[1]之类,也不知多少。众人又问我的别号,我回说没有。那姓梅的道:"诗人岂可以没有别号;倘使不弄个别号,那诗名就湮没不彰了。所以古来的诗人,如李白叫青莲居士,杜甫叫玉谿生[2]。"我不禁扑嗤一声笑了出来。忽然一个高声说道:"你记不清楚,不要乱说,被人家笑话。"我忽然想起当面笑人,不是好事,连忙敛容正色。又听那人道:"玉谿生是杜牧[3]的别号,只因他两个都姓杜,你就记错了。"姓梅的道:"那么杜甫的别号呢?"那人道:"樊川居士不是么。"这一问一答,听得我咬着牙,背着脸,在那里忍笑。忽然又一个道:"我今日看见一张颜鲁公[4]的墨迹,那骨董掮客要一千元。字写得真好,看了他,再看那石刻的碑帖,便毫无精神了。"一个道:"只要是真的,就是一千元也不贵,何况他总还要让点呢。但不知写的是甚么?"那一个道:"写的是苏东坡《前赤壁赋》[5]。"这一个道:"那么明日叫

---

[1] 侍者——佛家侍奉长老的人。
[2] 玉谿生——唐诗人李商隐,字义山,号玉谿生。这里形容那些斗方名士,连玉谿生是李商隐的号都不知道,错当做杜甫、杜牧的号,所以无知可笑。
[3] 杜牧——唐诗人,字牧之,号樊川。与李商隐齐名,时号小杜。世称牧为小杜,以别于杜甫(老杜)。这里形容那些斗方名士,把樊川错当做杜甫的号的无知可笑。
[4] 颜鲁公——唐书家,名真卿,字清臣,世称颜鲁公。
[5] 苏东坡《前赤壁赋》——苏东坡,宋文学家,名轼,字子瞻,号东坡居士。前、后《赤壁赋》是他的有名的作品之一。颜真卿是唐代人,《赤壁赋》是宋代作品,这里形容那些斗方名士连这个都不知道。

他送给我看。"我方才好容易把笑忍住了,忽然又听了这一问一答,又害得我咬牙忍住;争奈肚子里偏要笑出来,倘再忍住,我的肚肠可要胀裂了。

姓贾的便道:"你们都不必谈古论今,赶紧分了韵[1],作'竹汤饼会'诗罢。"玉生道:"先要拟定了诗体才好。"姓梅的道:"只要作'七绝',那怕作两首都不要紧。千万不要作'七律',那个对仗我先怕:对工了,不得切题;切了题,又对不工;真是'吟成七个字,撚断几根髭'呢。"我戏道:"怕对仗,何不作'古风'呢?"姓梅的道:"你不知道古风要作得长,这个'竹汤饼'是个僻典,那里有许多话说呢。"我道:"古风不必一定要长,对仗也何必要工呢。"姓梅的道:"古风不长,显见得肚子里没有材料;至于对仗,岂可以不工!甚至杜少陵[2]的'香稻啄馀鹦鹉粒,碧梧栖老凤凰枝',我也嫌他那'香'字对不得'碧'字,代他改了个'白'字。海上这一般名士那一个不佩服,还说我是杜少陵的一字师呢。"忽然一个问道:"前两个礼拜,我就托你查查杜少陵是甚么人,查着了没有?"姓梅的道:"甚么书都查过,却只查不着。我看不必查他,一定是杜甫的老子无疑的了。"那个人道:"你查过《幼学句解》[3]没有?"姓梅的扑嗤一声,笑了出来

---

[1] 分了韵——几个人在一起作诗,规定用那些字押韵,每人拈一个韵,各依拈得的韵作诗,叫作分韵。
[2] 杜少陵——杜甫的号。
[3] 《幼学句解》——清程允升原编、邹圣脉增辑的一部初学读物,内容包括很广。本名《幼学琼林》,后人逐句加以诠释,因而叫做《幼学句解》。

道:"亏你只知得一部《幼学句解》! 我连《龙文鞭影》[1]都查过了。"我听了这些话,这回的笑,真是忍不住了,任凭咬牙切齿,总是忍不住。

正在没奈何的时候,忽然一个人走过来递了一个茶碗,碗内盛了许多纸阄,道:"请拈韵。"我倒一错愕道:"拈甚么韵?"那个人道:"分韵做诗呢。"我道:"我不会做诗,拈甚么韵呢?"那个人道:"玉生打听了足下是一位书启老夫子,岂有书启老夫子不会做诗的。我们遇了这等高会,从来不请不做诗的人,玉生岂是乱请的么。"我被他缠的不堪,只得拈了一个阄出来;打开一看,是七阳,又写着"竹汤饼会即席分韵,限三天交卷"。那个人便高声叫道:"没有别号的新客七阳。"那边便有人提笔记帐。那个人又递给姓梅的,他却拈了五微,便悔恨道:"偏是我拈了个窄韵[2]。"那个人又高声报道:"几生修得到客五微。"如此一路递去。

我对姓梅的道:"照了尊篆的意思,倒可以加一个字,赠给花多福。"姓梅的道:"怎么讲?"我道:"代他起个别号,叫做几生修得到梅客,不是隐了他的'花'字么。"姓梅的道:"妙极,妙极!"忽又顿住口道:"要不得。女人没有称客的,应该要改了这个字。"我道:"就改了个女史,也可以使得。"姓梅的忽然拍手道:"有了。就叫几生修得到

---

[1] 《龙文鞭影》——明萧汉冲纂辑、杨古度增订的一部初学读物,四字一句,每句包括一历史故事,并加注解。作者是借《幼学句解》和《龙文鞭影》这种蒙童的读物,以形容斗方名士的浅薄无知。

[2] 窄韵——诗韵里字数较少的某些韵目,叫做窄韵。

梅词史。他们做妓女的本来叫做词史,我们男人又有了词人、词客之称,这不成了对了么。"说罢,一叠连声,要找花多福,却是出局未回。他便对玉生道:"啸庐居士,你的贵相好一定可以成个名妓了,我们送他一个别号,有了别号,不就成了名妓了么。"忽又听得妆台旁边有个人大声说道:"这个糟蹋得还了得!快叫多福不要用!"原来上海妓女行用名片,同男人的一般起一个单名,平常叫的只算是号;不知那一个客人同多福写了个名片,是"花锡"二字,这明明是把"锡"贴切"福"字的意思。这个人不懂这个意思,一见了便大惊小怪的说道:"富贵人家的女子,便叫千金小姐;这上海的妓女也叫小姐,虽比不到千金,也该叫百金,纵使一金都不值,也该叫个'银'字,怎么比起'锡'来!"我听了,又是忍笑不住。

忽然号里一个小伙计来道:"南京有了电报到来,快请回去。"我听了此言,吃了一大惊,连忙辞了众人,匆匆出去。正是:才苦笑肠几欲断,何来警信扰芳筵? 不知此电有何要事,且待下回再记。

第三十六回

阻进身兄遭弟谮　　破奸谋妇弃夫逃

我从前在南京接过一回家乡的电报,在上海接过一回南京的电报,都是传来可惊之信,所以我听见了"电报"两个字,便先要吃惊。此刻听说南京有了电报,便把我一肚子的笑,都吓回去了。匆匆向玉生告辞。玉生道:"你有了正事,不敢强留。不知可还来不来?"我道:"翻看了电报,没有甚么要紧事,我便还来;如果有事,就不来了。客齐了请先坐,不要等。"说罢,匆匆出来,叫了车子回去。

入门,只见德泉、子安陪侣笙坐着。我忙问:"甚么电报?可曾翻出来?"德泉道:"那里是有甚么电报。我知道你不愿意赴他的席,正要设法请你回来,恰好蔡先生来看你,我便撒了个谎,叫人请你。"我听了,这才放心。蔡侣笙便过来道谢。我谦逊了几句,又对德泉道:"我从前接过两回电报,都是些恶消息,所以听了电报两个字,便吓的魂不附体。"德泉笑道:"这回总算是个虚惊。然而不这样说,怕他们不肯放你走。"我道:"还亏得这一吓,把我笑都吓退了;不然,我进了一肚子的笑,又不敢笑出来,倘使没有这一吓,我的肚子只怕要迸破了呢。"侣笙道:"有甚么事这样好笑?"我方把方才听得那一番高论,述了出来。侣笙道:"这班人可以算得无耻之尤了! 要叫我听了,怒还来不及呢,有甚么可笑!"我道:"他平空把李商隐的玉谿生送给杜牧,又把牧之的樊川加到老杜头上,又把少陵、杜甫派做了两个人,还说是父子,如何不好笑。况且唐朝颜清臣又写起宋朝苏子瞻的文章来,还不要笑死人么。"侣笙笑道:"这个又有所本的。我曾经见过一幅《史湘云醉眠芍药裀〔1〕图》,那题识上,就打横写了这九个字,下面的小字是'曾见仇十洲〔2〕有此粉本〔3〕,偶背临之'。明朝人能画清朝小说的故事,难道唐朝人不能写宋朝人的文章么。"子安道:"你们读书人的记性真了不得,怎么把古人的姓名、来历、朝代,都记得清清楚楚的?"我道:"这个又算甚么呢。"侣笙道:"索性做生意人不晓得,倒也罢了,也没甚可耻;譬如此刻叫我做生意,估行情,我也是一窍不通的,人家可不能说我甚么,我原是读书出身,不曾学过生意,这不懂是我分内的事。偏是他们那一班人,胡说乱道的,闹了个斯文扫地,听了也令人可恼。"

我又问起秋菊的事。侣笙道:"已和内人说定,择人遣嫁了。可笑那王大嫂,引了个阿七妈来,百般的哭求,求我不要告他。我对他说,并不告他。他一定不信,求之不已,好容易才打发走了。我本来收了摊就要来拜谢,因为白天没有工夫,却被他缠绕的耽搁到此刻。"

〔1〕 史湘云醉眠芍药裀——《红楼梦》小说中的人物和故事。《红楼梦》是清人作品,仇十洲是明代人,这里形容那个画家连这个都不知道。
〔2〕 仇十洲——名英,字实父,号十洲。明画家,最擅长士女画。
〔3〕 粉本——指画稿。古人作画,先在底稿上用粉笔描写,再依粉痕作画,所以叫做粉本。

我道："我们豁去虚文,且谈谈正事。那阿七妈是我吓唬他的,也不必谈他。不知阁下到了上海几年,一向办些甚么事? 这个测字摊,每天能混多少钱?"侣笙道："说来话长。我到上海有了十多年了。同治[1]末年,这里的道台姓马,是敝同乡;从前是个举人,在京城里就馆,穷的了不得,先父那时候在京当部曹[2],和他认得,很照应他。那时我还年纪轻,也在京里同他相识,事以父执之礼;他对了先父,却又执子侄之礼。人是十分和气的。日子久了,京官的俸薄,也照应不来许多;先母也很器重他,常时拿了钗钏之类,典当了周济他。后来先父母都去世了,我便奉了灵柩回去。服满之后,侥幸补了个廪[3]。听见他放了上海道,我仗着从前那点交情,要出来谋个馆地;谁知上了二三十次衙门,一回也不曾见着。在上海住的穷了,不能回去。我想这位马道台,不像这等无情的,何以这样拒绝我。后来仔细一打听,才知道是我舍弟先见了他,在他跟前,痛痛的说了我些坏话;因他最恨的是吃鸦片烟,舍弟便头一件说我吃上了烟瘾,以后的坏话,也不知他怎么说的了。因此他恼了。我又见不着他,无从分辩,只得叹口气罢了。后来另外自己谋事,就了几回小馆地,都不过

---

[1] 同治——爱新觉罗载淳(清穆宗)的年号。
[2] 部曹——指部里分司办事的官员,如郎中、员外郎、主事都是。
[3] 补了个廪——廪指廪生,是秀才里最高的一级。明时的秀才,最初只有廪生,就是廪膳生员;后来陆续增加了增广生员和附学生员,简称增生、附生。清朝把初中秀才的都叫做附生。附生经过岁、科考试,成绩优异,并具备了其他必要的条件的,才能补为增生和廪生,增生和廪生才有做贡生的机会。补了廪生,就可以每年从儒学里领到一石米的津贴,所以称为廪膳生员。

仅可餬口,舍春便寻到上海来,更加了一层累。这几年失了馆地,更闹的不得了。因看见敝同乡,多有在虹口一带设蒙馆的,到了无聊之时,也想效颦[1]一二,所以去年就设了个馆。谁知那些学生,全凭引荐的,我一则不懂这个窍,二来也怕求人,因此只教得三个学生,所得的束脩,还不够房租,到了今年,就不敢干了。然而又不能坐吃,只得摆个摊子来胡混,那里能混出几个钱呢。"我听了这话,暗想原来是个仕宦书香人家,怪不得他的夫人那样明理。因问道:"你令弟此刻怎样了呢?"侣笙道:"他是个小班子的候补,那时候马道台和货捐局说了,委了他浏河厘局的差使;不多两年,他便改捐了个盐运判[2],到两淮候补,近来听说可望补缺了。"

我道:"那测字断事,可有点道理的么?"侣笙道:"有甚么道理,不过胡说乱道,骗人罢了。我从来不肯骗人,不过此时到了日暮途穷的时候,不得已而为之。好在测一个字,只要人家四个钱,还算取不伤廉[3];倘使有一个小小馆地,我也决不干这个的了。"我道:"是胡说乱道的,何以今日测那个'捌'字,又这样灵呢?"侣笙笑道:"这不过偶然说着罢了。况且'测'字本是'窥测'、'测度'的意思,俗人却误了个'拆'字,取出一个字来,拆得七零八落,想起也好笑。还有一

------

〔1〕 效颦——《庄子》寓言:西施(古美人)有病,捧着心口,皱起了眉头,因为她长得美,捧心皱眉也很好看。邻居有一个丑女人,也学她的样子,捧心皱眉,结果却越显其丑。后来因把学别人却学得不好的叫做效颦。自己说效颦,是客气话。
〔2〕 盐运判——就是盐运司运判,是盐运使下面管理某一个地区盐务的官员。
〔3〕 取不伤廉——取得少,或取得适当,不妨碍自己的清廉。

个测字的老笑话,说是:'有人失了一颗珍珠,去测字,取了个"酉"字,这个测字的断不出来。旁边一个朋友笑道:"据我看这个'酉'字,那颗珠子是被鸡吃了。你回去杀了鸡,在鸡肚里寻罢。"那失珠的果然杀了家里几个鸡,在鸡肚子里,把珠子寻出来了。欢喜得不得,买了彩物去谢测字的。测字的也欢喜,便找了那天在旁边的朋友,要拜他做先生,说是他测的字灵。过两天,一个乡下人失了一把锄头,来测字,也取了个"酉"字。测字的猝然说道:"这一把锄头一定是鸡吃了。"乡人惊道:"鸡怎的会吃下锄头去?"测字的道:"这是我先生说过,不会错吃。你只回去把所养的鸡杀了,包你在鸡肚里找出锄头来。"乡人那里肯信,测字的便带了他去见先生说明缘故。先生道:"这把锄头在门里面。你家里有甚么常关着不开的门么?"乡人道:"有了门,那里有常关着的呢。只有田边看更的草房,那两扇门是关的时候多。"先生道:"你便往那里去找。"乡人依言,果然在看更草房里找着了。又一天,铁店里失了铁锤,也去测字,也拈了个"酉"字。测字的道:"是鸡吃了。"铁匠怒道:"凭你牛也吃不下一个铁锤去,莫说是鸡!"测字的道:"你家里有常关着的门,在那门里找去,包你找着。"铁匠又怒道:"我店里的排门,是天亮就开,卸下来倚在街上的;我又不曾倒了店,那里有常关着的门!"测字的道:"这是我先生说的,无有不灵,别的我不知道。"铁匠不依,又同去见先生,说明缘故。先生道:"起先那失珠的,因为十二生肖之中,酉生肖鸡,那珠子又是一样小而圆的东西,所以说是鸡吃了;后来那把锄头,因为酉字像掩上的两扇门,所以那么断;今天这个铁锤,他铁匠店里终日敞着门的，那里有常关的门呢。这个酉字，竖看像铁砧，横看像风箱，你只往那两处去找罢。"果然是在铁砧底下找着了。'这可虽是笑话，也可见得是测字不是拆字。"

我道："测字可有来历？"侣笙道："说到来历，可又是拆字不是测字了。曾见《玉堂杂记》〔1〕内载一条云：'谢石善拆字，有士人戏以"乃"字为问。石曰："及字不成，君终身不及第〔2〕。"有人遇于涂〔3〕，告以妇不能产，书"日"字于地。石曰："明出地上，得男矣。"'又《夷坚志》〔4〕载：'谢石拆字，名闻京师。'这个就是拆字的来历。"我道："我曾见过一部书，专讲占卜的，我忘了书名了；内中分开门类，如六壬课、文王课〔5〕之类，也有测字的一门。"侣笙道："这都是后人附会的，还托名邵康节〔6〕先生的遗法。可笑一代名人，千古之后，负了这个冤枉。"我暗想这位先生甚是渊博，连《玉堂杂记》

---

〔1〕《玉堂杂记》——书名，宋周必大著。内容主要是记载翰林院制度的沿革和皇帝宣召奏对的事，也涉及一些遗闻琐事。但是这部书里并没有本书这一段拆字的故事，可能是本书作者记错了。
〔2〕不及第——没有考取举人或进士都叫做不及第。
〔3〕涂——同途。
〔4〕《夷坚志》——宋洪迈著的一部记载神怪故事的书。
〔5〕六壬课、文王课——两种迷信的占卜方法。六壬课分六十四课。占课的工具是刻有干支字样的两个木盘，上名天盘，下名地盘，把天盘加在地盘上去转动，以日子所值的干支和时辰的地位来判断吉凶。文王课是用三个钱，卜时在所燃的香上熏过，祝祷后掷钱，看钱的单、拆、重、交（两面一背为单，两背一面为拆，三面为交，三背为重），以判断吉凶。文王演《易》；这种占法以《易》为主，所以托称文王课。
〔6〕邵康节——宋邵雍字尧夫，康节是他的谥号。邵雍研究《易经》，作有《先天卦位图》。

那种冷书[1]都看了。想要试他一试,又自顾年纪比他轻得多,怎好冒昧。

因想起玉生的图来,便对他说道:"有个朋友托我题一个图,我明日又要到苏州去了,无暇及此,敢烦阁下代作一两首诗,不知可肯见教?"侣笙道:"不知是个甚么图?"我便取出图来给他看。他一看见题签,便道:"图名先劣了。我常在报纸上,见有题这个图的诗,可总不曾见过一句好的。"我道:"我也不曾细看里面的诗,也觉得这个图名不大妥当。"侣笙道:"把这个诗字去了,改一个甚么吟啸图,还好些。"我道:"便是。字面都是很雅的,却是他们安放得不妥当,便搅坏了。"侣笙翻开图来看了两页,仍旧掩了,放下道:"这种东西,同他题些甚么!题了污了自己笔墨;写了名字上去,更是污了自己名姓。只索回了他,说不会作诗罢了。见委代作,本不敢推辞,但是题到这上头去的,我不敢作。倘有别样事见委,再当效劳。"我暗想这个人自视甚高,看来文字总也好的,便不相强。再坐了一会,侣笙辞去。

德泉道:"此刻已经十点多钟了,你快去写了信,待我送到船上去,带给继之。"我道:"还来得及么?"德泉道:"来得及之至!并且托船上的事情,最好是这个时候;倘使去早了,船上帐房还没有人呢。"我便赶忙写了信,又附了一封家信,封好了交给德泉。德泉便叫人拿

---

[1] 冷书——不常见、不常读的书。

了小火轮船及如意,自己带着去了。

子安道:"方才那个蔡侣笙,有点古怪脾气,他已经穷到摆测字摊,还要说甚么污了笔墨,污了姓名,不肯题上去;难道题图不比测字干净么?"我道:"莫怪他。我今日亲见了那一班名士,实在令人看不起。大约此人的脾气也过于鲠直,所以才潦倒[1]到这步地位。他的那位夫人,更是明理慈爱。这样的人我很爱敬他,回去见了继之,打算要代他谋一个馆地。"子安道:"这种人只怕有了馆地也不得长呢。"我道:"何以见得?"子安道:"他穷到这种地位,还要看人不起;得了馆地,更不知怎样看不起人了。"我道:"这个不然。那一班人本来不是东西,就是我也看他们不起;不过我听了他们的胡说要笑,他听了要恨,脾气两样点罢了。"说着,我又想起他们的说话,不觉狂笑了一顿。一会,德泉回来了,便议定了明日一准到苏州。大家安歇,一宿无话。

次日早起,德泉叫人到船行里雇船。这里收拾行李。忽然方佚庐走来,约今夜吃酒,我告诉他要动身的话,他便去了。

忽然王端甫又走来说道:"有一桩极新鲜的新闻。"我忙问甚么事。端甫道:"昨日你走了之后,景翼还在楼上哭个不了,哭了许久,才不听见消息。到得晚上八点来钟,他忽然走下来,找他的老婆和女儿,说是他哭的倦了,不觉睡去,此时醒来,却不见老婆,所以下来找他;看见没有,他便仍上楼去。不一会,哭丧着脸下来,说是几件银首

---

[1] 潦倒——沦落倒霉的样子。

饰、绸衣服都不见了,可见得是老婆带了那五岁的女儿逃走了。"我笑道:"活应该的!他把弟妇拐卖了,还要栽他一个逃走的名字,此刻他的妻子真个逃走了也罢了。"端甫道:"他的妻子来路本不甚清楚,又不曾听见他娶妻,就有了这个人。有人说他是个咸水妹,还有人说他那女孩子也是带来的。"我一想道:"不错。我前年在杭州见他时,他还说不曾娶妻;算他说过就娶,这三年的工夫,那里能养成个五岁孩子呢。"端甫道:"他也是前年十月间到上海的。鸿甫把他们安顿好了,才带了少妾到天津去,不料就接二连三的死人,此刻竟闹的家散人亡了。景翼从昨夜到此刻还没有睡,今天早起又不想出去寻找,不知打甚么主意。"我道:"来路不正的,他自然见势头不妙,就先奉身以退了。他也明知寻亦无益,所以不去寻了,这倒是他的见识。"端甫见我们行色匆匆,也不久坐,就去了。我同德泉两个,叫人挑了行李,同到船上,解维[1]向苏州而去。

一路上晓行夜泊,在水面行走,倒觉得风凉,不比得在上海那重楼迭角里面,热起来没处透气。两天到了苏州,找个客栈歇下。先把客栈住址,发个电报到南京去,因为怕继之有信没处寄之故。

歇息已定,我便和德泉在热闹市上走了两遍。我道:"我们初到此地,人生路不熟,必要找出一个人做向导才好。"德泉道:"我也这么想。我有一个朋友,叫做江雪渔,住在桃花坞,只是问路不便。今

---

〔1〕 解维——解开缆索,就是开船的意思。

天晚了，明日起早些乘着早凉去。"我道："怕问路，我有个好法子。不然我也不知这个法子，因为有一回在南京走迷了路，认不得回去，亏得是骑着马，得那马夫引了回去；后来我就买了一张南京地图，天天没事便对他看，看得烂熟，走起路来，就不会迷了。我们何不也买一张苏州地图看看，就容易找得多了。"德泉道："你骑了马走，怎么也会迷路？难道马夫也不认得么？"我便把那回在南京看见"张大仙有求必应"的条子，一路寻去的话，说了一遍。德泉便到书坊店里要买苏州图，却问了两家都没有。

到了次日，只得先从栈里问起，一路问到桃花坞，果然会着了江雪渔。只见他家四壁都钉着许多画片，桌子上堆着许多扇面，也有画成的，也有未画成的。原来这江雪渔是一位画师，生得眉清目秀，年纪不过二十多岁。当下彼此相见，我同他通过姓名。雪渔便问："几时到的？可曾到观前逛过？"原来苏州的玄妙观算是城里的名胜，凡到苏州之人都要去逛，苏州人见了外来的人，也必问去逛过没有。当下德泉便回说昨日才到，还没去过。雪渔道："如此我们同去吃茶罢。"说罢，相约同行。我也久闻玄妙观是个名胜，乐得去逛一逛。谁知到得观前，大失所望，真是百闻不如一见。正是：徒有虚名传齿颊，何来胜地足邀游。未知逛过玄妙观之后，又有何事，且待下回再记。

第三十七回

说大话谬引同宗[1]　写佳画偏留笑柄

我当日只当苏州玄妙观是个甚么名胜地方,今日亲身到了,原来只是一座庙;庙前一片空场,庙里摆了无数牛鬼蛇神的画摊;两廊开了些店铺,空场上也摆了几个摊。这种地方好叫名胜,那六街三市[2],没有一处不是名胜了。想来实在好笑。山门[3]外面有两家茶馆,我们便到一家茶馆里去泡茶,围坐谈天。德泉便说起要找房子,请雪渔做向导的话。雪渔道:"本来可以奉陪,因为近来笔底下甚忙,加之夏天的扇子又多,夜以继日的都应酬不下,实在腾不出工夫来。"德泉便不言语。

雪渔又道:"近来苏州竟然没有能画的,所有求画的,都到我那里去。这里潘家、彭家[4]两处,竟然没有一幅不是我的。今年端午那一天,潘伯寅[5]家预备了节酒,前三天先来关照,说请我吃节酒。

---

[1]　同宗——同族、本家。
[2]　六街三市——唐宋时京师都有六街;古时把早上做交易买卖叫做朝市,下午做交易买卖叫做大市,傍晚做交易买卖叫做夕市,统称三市。后来就以六街三市泛指一般街道、市场。
[3]　山门——寺庙的外门。
[4]　潘家、彭家——当时苏州的两个世代科甲、官僚地主大家庭,所以江雪渔引以夸耀。
[5]　潘伯寅——名祖荫,光绪年间的工部尚书。

到了端午那天,一早就打发轿子来请,立等着上轿,抬到潘家,一直到仪门[1]里面,方才下轿。座上除了主人之外,先有一位客,我同他通起姓名来,才知道是原任广东藩台姚彦士方伯,官名上头是个'觐'字,底下是个'元'字,是嘉庆[2]己未[3]状元[4]、姚文僖公[5]的嫡孙[6]。那天请的只有我们两个。因为伯寅系军机大臣[7],虽然丁忧在家,他自避嫌疑,绝不见客。因为伯寅令祖文恭公[8],是嘉庆己未会试房官[9],姚文僖公是这科的进士,两家有了年谊[10],所以请了来。你道他好意请我吃酒?原来他安排下纸笔颜料,要我代他画钟馗。人家端午日画的锺馗,不过是用硃笔大写意[11],钩两笔罢了;他又偏是要设色[12]的,又要画三张之多,都是

[1] 仪门——官署和官宦人家的二门。
[2] 嘉庆——爱新觉罗颙琰(清仁宗)的年号。
[3] 己未——清朝每三年举行一次乡试和会试,乡试逢子、午、卯、酉年举行;会试于乡试的第二年,——辰、戌、丑、未年举行。这里己未指嘉庆己未科会试。
[4] 状元——见第三回"进士"注。
[5] 姚文僖公——名文田,字秋农,嘉庆年间的礼部尚书。文僖是他的谥号。
[6] 嫡孙——长孙。
[7] 军机大臣——清朝雍正以后,增设军机处,后来军政大权就由内阁移至军机处,是直隶于皇帝的最高政务机关。军机处由军机大臣四五人主持,从亲王、大学士、尚书、侍郎等大臣里选任。
[8] 文恭公——指潘世恩,字槐堂,乾隆年间的大学士。文恭是他的谥号。
[9] 房官——科举时代,乡、会试的同考官都叫房官。试卷先交房官阅,把好的卷子推荐给主考官,再由主考官决定去取。
[10] 年谊——科举时代,把同年登科,或考官和门生的情谊,都叫做年谊。
[11] 写意——国画方法的一种:简单几笔,只求神似,不求形似。写意和工笔恰恰相反,工笔是一种细密精致的渲染画法。
[12] 设色——墨笔以外,用颜料渲染绘成一色或多色的画,叫做设色,就是着色。

五尺纸的。我既然入了他的牢笼,又碍着交情,只得提起精神,同他赶忙画起来。从早上八点钟赶到十一点钟,画好了三张,方才坐席吃酒;吃到了十二点钟正午,方才用泥金调了硃砂,点过眼睛。这三张东西,我自己画的也觉得意,真是神来之笔。我点过睛,姚方伯便题赞[1]。我方才明白请他吃酒,原来是为的要他题赞。这一天直吃到下午三点钟才散。我是吃得酩酊大醉,伯寅才叫打轿子送我回去,足足害了三天酒病。"

德泉等他说完了道:"回来就到我栈房里吃中饭,我们添两样菜,也打点酒来吃,大家叙叙也好。"雪渔道:"何必要到栈里,就到酒店里不好么?"德泉道:"我从来没有到过苏州,不知酒店里可有好菜?"雪渔道:"我们讲吃酒,何必考究菜,我觉得清淡点的好。所以我最怕和富贵人家来往,他们总是一来燕窝,两来鱼翅的,吃得人也腻了。"

我因为没有话好说,因请问他贵府那里。雪渔道:"原籍是湖南新宁县。"我道:"那么是江忠烈公[2]一家了?"雪渔道:"忠烈公是五服内的先伯。"我道:"足下倒说的苏州口音。"雪渔道:"我们这一支从明朝万历[3]年间,由湖南搬到无锡;康熙[4]末年,再由无锡搬

---

[1] 题赞——在字画上题几句有关的话叫做题赞。
[2] 江忠烈公——名忠源,字岷樵,咸丰年间的巡抚。是屠杀太平天国革命军的刽子手之一。忠烈是他的谥号。
[3] 万历——朱翊钧(明神宗)的年号。
[4] 康熙——爱新觉罗玄烨(清圣祖)的年号。

到苏州:到我已经八代了。"我听了,就同在上海花多福家听那种怪论一般,忍不住笑,连忙把嘴唇咬住。暗想今天又遇见一位奇人了,不知蔡侣笙听了,还是怒还是笑。因忍着笑道:"适在尊寓,拜观大作,佩服得很!"雪渔道:"实在因为应酬太忙,草草得很。幸得我笔底下还快,不然,就真正来不及了。"

德泉道:"我们就到酒店里吃两杯如何?"雪渔道:"也罢。我许久不吃早酒了;翁六先生[1]由京里寄信来,要画一张丈二纸的寿星,待我吃两杯回去,乘兴挥毫。"说着,德泉惠了茶钱,相将[2]出来,转央雪渔引路,到酒店里去;坐定,要了两壶酒来,且斟且饮。雪渔的酒量,却也甚豪。酒至半酣,德泉又道:"我们初到此地,路径不熟,要寻一所房子,求你指引指引,难道这点交情都没有么?"雪渔道:"不是这样说。我实在一张寿星,明天就要的。你一定要我引路,让我今天把寿星画了,明天再来奉陪。"德泉又灌了他三四大碗,说道:"你今天可以画得好么?"雪渔道:"要动起手来,三个钟头就完了事了。"德泉又灌了他两碗,才说道:"我们也不回栈吃饭了,就在这里叫点饭菜吃饭,同到你尊寓,看你画寿星,当面领教你的法笔[3]。在上海时我常看你画,此刻久不看见了,也要看看。"雪渔道:"这个使得。"于是交代酒家,叫了饭菜来,吃过了,一同仍到桃花

----

[1] 翁六先生——指翁同龢,字叔平。曾做过清穆宗和清德宗的师傅,并历任各部尚书、军机大臣、协办大学士等职。
[2] 相将——一道、一同。
[3] 法笔——对人所作书画的恭维称呼。

坞去。

到了雪渔家,他叫人舀了热水来,一同洗过脸。又拿了一锭大墨,一个墨海[1],到房里去。又到厨下取出几个大碗来,亲自用水洗净;把各样颜色,分放在碗里,用水调开;又用大海碗盛了两大碗清水。一面张罗,一面让我们坐。我也一面应酬他,一面细看他墙上画就的画片:也有花卉翎毛,也有山水,也有各种草虫小品,笔法十分秀劲;然而内中失了章法[2]的也不少。虽然如此,也不能掩其所长。我暗想此公也可算得多才多艺了。我从前曾经要学画两笔山水,东涂西抹的,闹了多少时候,还学不会呢。不知他这是从那里学来的。因问道:"足下的画,不知从那位先生学的?"雪渔道:"先师是吴三桥[3]。"我暗想吴三桥是专画美人的,怎么他画出这许多门来。可见此人甚是聪明,虽然喜说大话,却比上海那班名士高的多了。我一面看着画,一面想着,德泉在那里同他谈天。

过了一会,只听见房里面一声"墨磨好了",雪渔便进去,把墨海端了出来。站在那里想了一想,把椅子板凳,都搬到旁边;又央着德泉,同他把那靠门口的一张书桌,搬到天井里去。自己把地扫干净了,拿出一张丈二纸来,铺在地下,把墨海放在纸上;又取了一碗水,一方干净砚台,都放下;拿一枝条幅笔[4],脱了鞋子,走到纸上,跪

---

[1] 墨海——大砚池、盛墨汁的碗。
[2] 章法——一定的规格。
[3] 吴三桥——名锡珪。清末画家,擅长士女画,以水墨白描著名。
[4] 条幅笔——专写条幅的笔。

下弯着腰,用笔蘸了墨,试了浓淡,先画了鼻子,再画眼睛,又画眉毛画嘴,钩了几笔胡子,方才框出头脸,补画了耳朵。就站起来自己看了一看。我站在旁边看着,这寿星的头,比巴斗还大。只见他退后看了看地步,又跪下去,钩了半个大桃子,才画了一只手;又把桃子补完全了,恰好是托在手上。方才起来,穿了鞋子,想了半天,取出一枝对笔[1]、一根头绳、一枝帐竿竹子,把笔先洗净了,扎在帐竿竹子上,拿起地下的墨水等,把帐竿竹子扛在肩膀上,手里拿着对笔,蘸了墨,试了浓淡,然后双手拿起竹子,就送到纸上去,站在地上,一笔一笔的画起来;双脚一进一退的,以补手腕所不及。不一会儿,全身衣褶都画好了,把帐竿竹子倚在墙上,说道:"见笑,见笑!"我道:"果然画法神奇!"雪渔道:"不瞒两位说:自我画画以来,这种大画,连这张才两回;上回那个是借裱画店的裱台画的,还不如今日这个爽快。"德泉道:"亏你想出这个法子来!"雪渔道:"不由你不想,家里那里有这么大的桌子呢;莫说桌子,你看铺在地下,已经占了我半间堂屋了。"一面谈着天,等那墨笔干了,他又拿了揸笔[2],蹲到画上,着了颜色。等到半干时候,他便把钉在墙上的画片都收了下来,到隔壁借了个竹梯子,把一把杌子放在桌上,自己站上去,央德泉拿画递给他,又央德泉上梯子上去,帮他把画钉起来。我在底下看着,果然神采奕奕。

又谈了一会,我取表一看,才三点多钟。德泉道:"我们再吃酒

---

[1] 对笔——专写对联的笔。
[2] 揸笔——专写匾额(榜书)的笔。以上三种笔,一种比一种粗长,也可用以画画。

去罢。"雪渔道:"此刻就吃,未免太早。"德泉道:"我们且走着玩,到了五六点钟再吃也好。"于是一同走了出来,又到观前去吃了一回茶,才一同回栈。德泉叫茶房去买了一坛原坛花雕酒来,又去叫了两样菜,开坛炖酒,三人对吃。德泉道:"今天看房子来不及了,明日请你早点来,陪我们同去。"雪渔道:"这苏州城大得很,像这种大海捞针一般,往那里看呢?"德泉道:"只管到市上去看看,或者有个空房子,或者有店家召盘的,都可以。"雪渔道:"召盘的或者还可以碰着,至于空房子,市面上是不会有的。到明日再说罢。"于是痛饮一顿,雪渔方才辞去。

德泉笑道:"几碗黄汤买着他了。"我道:"这个人酒量很好。"德泉道:"他生平就是欢喜吃酒,画两笔画也过得去。就是一个毛病,第一欢喜嫖,又是欢喜说大话。"我想起他在酒店里的话,不觉笑起来道:"果然是个说大话的人,然而却不能自完其说。他认了江忠源做五服内的伯父,却又说是明朝万历年间由湖南迁江苏的,岂不可笑!以此类推,他说的话,都不足信的了。"

德泉道:"本来这扯谎说大话,是苏州人的专长。有个老笑话,说是一个书呆子,要到苏州,先向人访问苏州风俗。有人告诉他,苏州人专会说谎,所说的话,只有一半可信。书呆子到了苏州,到外面买东西,买卖人要十文价,他还了五文,就买着了。于是信定了苏州人的说话,只能信一半的了。一天问一个苏州人贵姓,那苏州人说姓伍。书呆子心中暗暗称奇道,原来苏州人有姓'两个半'的。这个虽是形容书呆子,也可见苏州人之善于扯谎,久为别处人所知的了。"

我道："他今天那张寿星的画法,却也难为他。不知多少润笔?"德泉道："上了这样大的,只怕是面议的了。他虽然定了仿单,然而到了他穷极渴酒的时候,只要请他到酒店里吃两壶酒,他就甚么都肯画了。"我道："他说忙得很,家里又画下了那些,何至于穷到没酒吃呢?"德泉笑道："你看他有一张人物么?"我道："没有。"德泉道："凡是画人物,才是人家出润笔请他画的;其馀那些翎毛、花卉、草虫小品,都是画了卖给扇子店里的,不过几角洋钱一幅中堂,还不知几时才有人来买呢。他们这个,叫做'交行生意'。"

我道："喜欢扯谎的人,多半是无品的,不知雪渔怎样?"德泉道："岂但扯谎的无品,我眼睛里看见画得好的画家,没有一个有品的。任伯年[1]是两三个月不肯剃头的,每剃一回头,篦下来的石青、石绿[2],也不知多少。这个还是小节。有一位任立凡[3],画的人物极好,并且能画小照。刘芝田做上海道的时候,出五百银子,请他画一张合家欢[4];先差人拿了一百两,放了小火轮到苏州来接他去。他到了衙门里,只画了一个脸面,便借了二百两银子,到租界上去玩,也不知他玩到那里,只三个月没有见面;一天来了,又画了一只手,又借了一百两银子,就此溜回苏州来了。那位刘观察,化了四百银子只得了一张脸、一只手。你道这个成了甚么品格呢? 又吃的顶重的烟

---

[1] 任伯年——名颐。清末画家,以人物、花卉出名。
[2] 石青、石绿——青色和绿色的矿质颜料。
[3] 任立凡——名豫。清末画家,擅长绘人物、山水、花卉。
[4] 合家欢——把全家画在一起的画像,或照在一起的照片,都叫做合家欢。

瘾，人家好好的出钱请他画的，却搁着一年两年不画；等穷的急了，没有烟吃的时候，只要请他吃二钱烟，要画甚么是甚么。你想这种人是受人抬举的么！说起来他还是名士派呢。还有一个胡公寿[1]，是松江人，诗、书、画都好，也是赫赫有名的。这个人人品倒也没甚坏处，只是一件，要钱要的太认真了。有一位松江府知府任满[2]进京引见，请他写的、画的不少，打算带进京去送大人先生礼的；开了上款，买了纸送去，约了日子来取。他应允了，也就写画起来。到了约定那一天，那位太守打发人拿了片子去取。他对来人说道：'所写所画的东西，照仿单算要三百元的润笔，你去拿了润笔来取。'来人说道：'且交我拿去，润笔自然送来。'他道：'我向来是先润后动笔的，因为是太尊的东西，先动了笔，已经是个情面，怎么能够一文不看见就拿东西去！'来人没法，只得空手回去，果然拿了三百元来，他也把东西交了出来。过了几天，那位太守交卸了，还住在衙门里。定了一天，大宴宾客，请了满城官员，与及各家绅士，连胡公寿也请在内。饮酒中间，那位太守极口夸奖胡公寿的字画，怎样好，怎样好；又把他前日所写所画的，都拿出来彼此传观，大家也都赞好。太守道：'可有一层，像这样好东西，自然应该是个无价宝了，却只值得三百元！我这回拿进京去，送人要当一份重礼的；倘使京里面那些大人先生，知道我仅化了三百元买来的，却送几十家的礼，未免要怪我悭吝，所以

---

〔1〕 胡公寿——名远。清末画家，以绘山水、花木著名。
〔2〕 任满——清朝制度：实缺官员，三年一任，期满就进京引见皇帝，然后或回原任，或另行升用。

我也不要他了。'说罢,叫家人拿火来一齐烧了。羞得胡公寿逃席而去。从此之后,他遇了求书画的,也不敢孳孳[1]计较了,还算他的好处。"我道:"这段故事,好像《儒林外史》[2]上有的,不过没有这许多曲折;这位太守,也算善抄蓝本的了。"说话之间,天色晚将下来,一宿无话。

次日起来,便望雪渔,谁知等到十点钟还不见到。我道:"这位先生只怕靠不住了。"德泉道:"有酒在这里,怕他不来。这个人酒便是他的性命。再等一等,包管就到了。"说声未绝,雪渔已走了进来,说道:"你们要找房子,再巧也没有,养育巷有一家小钱庄,只有一家门面,后进却是三开间、四厢房的大房子,此刻要把后进租与人家。你们要做字号,那里最好了。我们就去看来。"德泉道:"费心得很!你且坐坐,我们吃了饭去看。"雪渔道:"先看了罢,吃饭还有一会呢;而且看定了,吃饭时便好痛痛的吃酒。"德泉笑道:"也罢,我们去看了来。"于是一同出去,到养育巷看了,果然甚为合式。说定了,明日再来下定。

于是一同回栈,德泉沿路买了两把团扇,几张宣纸,又买了许多颜料、画笔之类。雪渔道:"你又要我画甚么了?"德泉道:"随便画甚么都好。"回到栈里,吃午饭时,雪渔又吃了好些酒。饭后,德泉才叫他画一幅中堂。雪渔道:"是你自己的,还是送人的?"德泉道:"是送

---

[1] 孳孳——一心一意的样子。
[2] 《儒林外史》——清吴敬梓作的一部著名的讽刺小说。

一位做官的,上款写'继之'罢。"雪渔拿起笔来,便画了一个红袍纱帽的人,骑了一匹马,马前画一个太监,双手举着一顶金冠。画完了,在上面写了"马上升官"四个字。问道:"这位继之是甚么官?"德泉道:"是知县。"他便写"继之明府大人法家[1]教正"。我暗想继之不懂画,何必称他法家呢。正么这想着,只见他接着又写"质诸明眼,以为何如"。这"明眼"两个字,又是抬头写的。我心中不觉暗暗可惜道:"画的很好,这个款可下坏了!"再看他写下款时,更是奇怪。正是:偏是胸中无点墨,喜从纸上乱涂鸦[2]。要知他写出甚么下款来,且待下回再记。

---

[1] 法家——对某种技艺(如字画)的内行人的恭维称呼。
[2] 涂鸦——指字写得坏,好像乌鸦一样的一个个黑墨团,也泛指一般写作的低劣,文字被涂改得太多。语出唐卢仝诗:"忽来案上飞墨汁,涂抹诗书似老鸦。"

第三十八回

画士攘诗一[1]何老脸　官场问案高坐盲人

只见他写的下款是:"吴下[2]雪渔江笠醉笔,时同客姑苏台[3]畔。"我不禁暗暗顿足道:"这一张画可糟蹋了!"然而当面又不好说他,只得由他去罢。此时德泉叫人买了水果来醒酒,等他画好了,大家吃西瓜,旁边还堆着些石榴莲藕。吃罢了,雪渔取过一把团扇,画了鸡蛋大的一个美人脸,就放下了。德泉道:"要画就把他画好了,又不是杀强盗示众,单画一个脑袋做甚么呢?"雪渔看见旁边的石榴,就在团扇上也画了个石榴,又加上几笔衣褶,就画成了一个半截美人,手捧石榴。画完,就放下了道:"这是谁的?"德泉道:"也是继之的。"雪渔道:"可惜我今日诗兴不来,不然,题上一首也好。"我心中不觉暗暗好笑,因说道:"我代作一首如何?"雪渔道:"那就费心了。"我一想,这个题目颇难,美人与石榴甚么相干,要把他扭在一起,也颇不容易。这个须要用作"无情搭"的钩挽钓渡法子[4],才可

---

[1] 一——在这里是语助词。
[2] 吴下——苏州的别称。
[3] 姑苏台——苏州有姑苏山,据说战国时吴王阖闾在山上造有姑苏台,所以后来也称苏州为姑苏台或姑苏。
[4] "无情搭"的钩挽钓渡法子——清朝作八股文出题时,常常把四书某一节里的一句或几个字,搭到其他一节里的另一句或几个字上,而将它的上下文一概截去,所以叫做截搭题。两句的文义是不相连属的,却硬连在一起,因而也叫做无情搭。作这种题时,上半篇文章要钩向下句,下半篇文章要挽达上句,让两者接渡在一起,这种方法就叫做钩挽钓渡。

以连得合呢。想了一想,取过笔来写出四句,是:

> 兰闺女伴话喃喃,摘果拈花笑语憨。
>
> 闻说石榴最多子,何须蘐草始宜男[1]。

雪渔接去看了道:"萱草是宜男草,怎么这蘐草也是宜男草么?"他却把这"蘐"字念成"爱"音,我不觉又暗笑起来。因说道:"这个'蘐'字同'萱'字是一样的,并不念做'爱'音。"雪渔道:"这才是呀,我说的天下不能有两种宜男草呢。"说罢,便把这首诗写上去。那上下款竟写的是:"继之明府大人两政[2],雪渔并题。"我心中又不免好笑,这竟是当面抢的。我虽是答应过代作,这写款又何妨含糊些,便老实到如此,倒是令人无可奈何。

只见他又拿起那一把团扇道:"这又是谁的?"德泉指着我道:"这是送他的。"雪渔便问我欢喜甚么。我道:"随便甚么都好。"他便画了一个美人,睡在芭蕉叶上;旁边画了一度红栏,上面用花青烘出一个月亮。又对我说道:"这个也费心代题一首罢。"我想这个题目还易;而且我作了他便攘为己有的,就作得不好也不要紧,好在作坏了由他去出丑,不干我事。我提笔写道:

> 一天凉月洗炎熇[3],庭院无人太寂寥。

---

[1] 宜男——古人迷信,认为妇女怀孕后,如果佩带蘐草就能养儿子,因而称蘐草为宜男草。

[2] 两政——把诗文字画请人指教叫做请政;这里又有画又有诗,所以称两政。

[3] 炎熇——炎热、暑气。

扑罢流萤微倦后,戏从栏外卧芭蕉。

雪渔见了,就抄了上去,却一般的写着"两政""并题"的款。我心中着实好笑,只得说了两声"费心"。

此时德泉又叫人去买了三把团扇来。雪渔道:"一发拿过来都画了罢。你有本事把苏州城里的扇子都买了来,我也有本事都画了他。"说罢,取过一把,画了个浔阳琵琶[1],问写甚么款。德泉道:"这是我送同事金子安的,写'子安'款罢。"雪渔对我道:"可否再费心题一首?"我心中暗想,德泉与他是老朋友,所以向他作无厌之求[2];我同他初会面,怎么也这般无厌起来了!并且一作了,就攘为己有,真可以算得涎脸[3]的了。因笑了笑道:"这个容易。"就提笔写出来:

四弦弹起一天秋,凄绝浔阳江上头。

我亦天涯伤老大,知音谁是白江州?

他又抄了,写款不必赘,也是"两政""并题"的了。德泉又递过一把道:"这是我自己用的,可不要美人。"他取笔就画了一幅苏武牧

---

[1] 浔阳琵琶——指唐白居易《琵琶行》诗中的故事。白居易做江州(九江)司马时,送客湓浦口(浔阳江口),夜里听得邻舟弹琵琶的声音,问知原是长安一妓女,年长色衰,嫁与商人为妻,漂泊江湖。白居易感怀自己的身世,于是在听她弹了一曲琵琶之后,就作了一首《琵琶行》的长诗。诗中有"老大嫁作商人妇"这一句,所以后文九死一生题诗说"我亦天涯伤老大"。

[2] 无厌之求——不知足的要求。厌同餍。

[3] 涎脸——老着脸皮。

羊[1],画了又要我题。我见他画时,明知他画好又要我题的了,所以早把稿子想好在肚里,等他一问,我便写道:

  雪地冰天且耐寒,头颅虽白寸心丹。

  眼前多少匈奴辈,等作[2]群羊一例看。

雪渔又照抄了上去,便丢下笔不画了。德泉不依道:"只剩这一把了,画完了我们再吃酒。"我问德泉道:"这是送谁的?"德泉道:"我也不曾想定。但既买了来,总要画了他;这一放过,又不知要搁到甚么时候了。"我想起文述农,因对雪渔道:"这一把算我求你的罢。你画了,我再代你题诗。"雪渔道:"美人、人物委实画不动了,画两笔花卉还使得。"我道:"花卉也好。"雪渔便取过来,画了两枝夹竹桃。我见他画时,先就把诗作好了;他画好了,便拿过稿去,抄在上面。诗云:

  林边斜绽一枝春,带笑无言最可人。

  欲为优婆[3]宣法语[4],不妨权现女儿身。

却把"宣"字写成了个"宜"字。又问我上款。我道:"述农。"他便写了上去。写完,站起来伸一伸腰道:"够了。"我看看表时,已是五点

---

[1] 苏武牧羊——苏武,历史纪载上富有民族气节的一人。汉武帝(刘彻)时,他以中郎将的身分出使匈奴,因不受匈奴胁降,被幽囚在土窖里,渴饮雪水,饥食毡毛,最后匈奴把他送到北海牧羊,历尽艰辛,始终坚贞不屈,过了十九年之久才被释放回去。
[2] 等作——当作、等于。
[3] 优婆——优婆夷和优婆塞,印度语,称信佛的善男子和善女人。
[4] 法语——宣扬佛法的言语。

半钟。德泉叫茶房去把藕切了，炖起酒来，就把藕下酒。吃到七点钟时，茶房开上饭来，德泉叫添了菜，且不吃饭，仍是吃酒；直吃到九点钟，大家都醉了，胡乱吃些饭，便留雪渔住下。

次日早起，便同到养育巷去，立了租折，付了押租，方才回栈。我便把一切情形，写了封信，交给栈里帐房，代交信局，寄与继之。及至中饭时，要打酒吃，谁知那一坛五十斤的酒，我们三个人，只吃了三顿，已经吃完了。德泉又叫去买一坛。饭后央及雪渔做向导，叫了一只小船，由山塘摇到虎丘去，逛了一次。那虎丘山上，不过一座庙；半山上有一堆乱石，内中一块石头，同馒头一般，上面錾了"点头"两个字，说这里是生公[1]说法台的故址，那一块便是点头的顽石。又有剑池、二仙亭、真娘[2]墓。还有一块吴王[3]试剑石，是极大的一个石卵子，截做两段的，同那点头石一般，都是后人附会之物，明白人是不言而喻的；不过因为他是个古迹，不便说破他去杀风景。那些无知之人，便啧啧称奇，想来也是可笑。

过了一天，又逛一次范坟[4]。对着的山，真是万峰齐起，半山上錾着钱大昕[5]写的"万笏朝天"四个小篆。又逛到天平山上去。因为天气太热，逛过这回，便不再到别处了。

------

[1] 生公——晋末高僧竺道生，世称生公。神话传说：生公曾在虎丘山对着石头讲经，说到微妙的地方，石头都点起头来了。
[2] 真娘——唐时苏州的名妓。
[3] 吴王——传说指战国时吴王阖闾。
[4] 范坟——宋名臣范仲淹的墓。
[5] 钱大昕——字晓征，号竹汀。清乾隆时学者，著有《潜研堂全书》。

这天接到继之的信,说电报已接到,嘱速寻定房子,随后便有人来办事云云。这两天闲着,我想起伯父在苏州,但不知住在那里,何不去打听打听呢。他到此地,无非是要见抚台,见藩台,我只到这两处的号房里打听,自然知道了。想罢,便出去问路,到抚台衙门号房里打听,没有。因为天气热,只得回栈歇息。过一天,又到藩台衙门去问,也没有消息,只得罢了。

这天雪渔又来了,嬲着要吃酒,还同着一个人来。这个人叫做许澄波,是一个苏州候补佐杂[1]。相见过后,我和德泉便叫茶房去叫了几样菜,买些水果之类,炖起酒来对吃。这位许澄波,倒也十分倜傥风流,不像个风尘俗吏。我便和他谈些官场事情,问些苏州吏治。澄波道:"官场的事情有甚么谈头,无非是靠着奥援[2]与及运气罢了。所以官场与吏治,本来是一件事;晚近官场风气日下,官场与吏治,变成东西背驰的两途了。只有前两年的谭中丞还好,还讲究些吏治;然而又嫌他太亲细事了,甚至于卖烧饼的摊子,他也叫人逐摊去买一个来,每个都要记着是谁家的,他老先生拿天平来逐个秤过,拣最重的赏他几百文,那最轻的便传了来大加申斥。"我道:"这又何必呢,未免太琐屑了。"澄波道:"他说这些烧饼,每每有贫民买来抵饭吃的,重一些是一些。做买卖的人,只要心平点,少看点利钱,那些贫民便受惠多了。"我笑道:"这可谓体贴入微了。"

---

〔1〕 佐杂——清朝州县官署里的辅佐官员,有佐贰,如县丞、主簿;有首领,如吏目、典史;有杂职,如司狱、巡检;统称佐杂。
〔2〕 奥援——指后台支持者,撑腰的靠山。

澄波道:"他有一件小事,却是大快人意的:有一个乡下人,挑了一挑粪,走过一家衣庄门口,不知怎样,把粪桶打翻了,溅到衣庄的里面去;吓的乡下人情愿代他洗,代他扫,只请他拿水拿扫帚出来。那衣庄的人也不好,欺他是乡下人,不给他扫帚,要他脱下身上的破棉袄来揩;乡下人急了,只是哭求。登时就围了许多人观看,把一条街都塞满了。恰好他老先生拜客走过,见许多人,便叫差役来问是甚么事。差役过去把一个衣庄伙计及乡下人,带到轿前,乡下人哭诉如此如此。他老先生大怒,骂乡下人道:'你自己不小心,弄龌龊了人家地方,莫说要你的破棉袄来揩,就要你舐干净,你也只得舐了。还不快点揩了去!'乡下人见是官分付的,不敢违拗,哭哀哀的脱下衣服去揩。他又叫把轿子抬近衣庄门口,亲自督看。衣庄里的人,扬扬得意。等那乡下人揩完了,他老先生却叫衣庄伙计来,分付'在你店里取一件新棉袄赔还乡下人。'衣庄伙计稍为迟疑,他便大怒,喝道:'此刻天冷的时候,他只得这件破棉袄御寒,为了你们弄坏了,还不应该赔他一件么。你再迟疑,我办你一个欺压乡愚之罪!'衣庄里只得取了一件绸棉袄,给了乡下人。看的人没有一个不称快。"我道:"这个我也称快。但是那衣庄里,就给他一件布的也够了,何必要给他绸的,格外讨好呢?"澄波笑道:"你须知大衣庄里,不卖布衣服的呀。"我不觉拍手道:"这乡下人好造化[1]也!"

澄波道:"自从谭中丞去后,这里的吏治就日坏了。"雪渔道:"谭

---

〔1〕 造化——这里是运气的意思。

中丞非但吏治好,他的运气也真好。他做苏州府的时候,上海道是刘芝田。正月里,刘观察上省拜年,他是拿手版去见的。不多两个月,他放了粮道,还没有到任;不多几天,又升了臬台,便交卸了府篆,进京陛见[1];在路上又奉了上谕[2],着毋庸来京,升了藩台,就回到苏州来到任;不上几个月,抚台出了缺,他就护理[3]抚台。那时刘观察仍然是上海道,却要上省来拿手版同他叩喜。前后相去不过半年,就颠倒过来。你道他运气多好!"说罢,满满的干了一杯,面有得意之色。

澄波道:"若要讲到运气,没有比洪观察再好的了!"雪渔愕然道:"是那一位?"澄波道:"就是洪瞎子。"雪渔道:"洪瞎子不过一个候补道罢了,有甚么好运气?"澄波道:"他两个眼睛都全瞎了,要是别人一百个也参了,他还是络绎不绝的差使,还要署臬台,不是运气好么。我道:"认真是瞎子么?"澄波道:"怎么不是!难道这个好造他谣言的么。"雪渔笑道:"不过是个大近视罢了,怎么好算全瞎。倘使认真全瞎了,他又怎样还能够行礼呢?不能行礼,还怎样能做官?"澄波道:"其实我也不知他还是全瞎,还是半瞎。有一回抚台请客,坐中也有他;饮酒中间,大家都往盘子里抓瓜子嗑,他也往盘子里抓,可抓的不是瓜子,抓了一手的糖黄皮蛋,闹了个哄堂大笑。你若

---

[1] 陛见——谒见皇帝。
[2] 上谕——皇帝的旨意或文告。
[3] 护理——清朝制度:官员出缺,在新任到以前,由地位较低的官员暂时守护印信,代行职权,叫做护理。

是说他全瞎,他可还看见那黑黑儿的皮蛋,才误以为瓜子,好像还有一点点光。可是他当六门总巡[1]的时候,有一天差役拿了个地棍来回他,他连忙升了公座,那地棍还没有带上来,他就'混帐羔子''忘八蛋'的一顿臭骂;又问你一共犯过多少案子了,又问你姓甚么,叫甚么,是那里人。问了半天,那地棍还没有带上来,谁去答应他呢。两旁差役,只是抿着嘴暗笑。他见没有人答应,忽然拍案大怒,骂那差役道:'你这个狗才!我叫你去访拿地棍,你拿不来倒也罢了,为甚么又拿一个哑子来搪塞我!'"澄波这一句话,说的众人大笑。澄波又道:"若照这件事论,他可是个全瞎的了。若说是大近视,难道公案底下有人没有都分不出么。"我道:"难道上头不知道他是个瞎子?这种人虽不参他,也该叫他休致[2]了。"澄波道:"所以我说他运气好呢。"德泉道:"俗语说的好,'朝里无人莫做官',大约这位洪观察是朝内有人的了。"四个人说说笑笑,吃了几壶酒就散了。雪渔、澄波辞了去。

次日,继之打发来的人已经到了,叫做钱伯安。带了继之的信来,信上说苏州坐庄的事,一切都托钱伯安经管;伯安到后,德泉可回上海;如已看定房子,叫我也回南京,还有别样事情商量云云。当下我们同伯安相见过后,略为憩息,就同他到养育巷去看那所房子,商量应该怎样装修。看了过后,伯安便去先买几件木器动用家伙,先送

---

[1] 六门总巡——当时外省苏、杭等地都有六座城门,每座城门派有人员防守,六门总巡是总辖六门防务的官员。
[2] 休致——官员年老去职,仍准许穿戴原官的冠带,叫做休致。

到那房子里去。在客栈歇了一宿,次日伯安即搬了过去。我们也叫客栈里代叫一只船,打算明日动身回上海去。又拖德泉到桃花坞去看雪渔,告诉他要走的话。雪渔道:"你二位来了,我还不曾稍尽地主之谊,却反扰了你二位几遭;正打算过天风凉点叙叙,怎么就走了?"德泉道:"我们至好,何必拘拘这个。你几时到上海去,我们再叙。"德泉在那里同他应酬,我抬头看见他墙上,钉了一张新画的美人,也是捧了个石榴,把我代他题的那首诗写在上面,一样的是"两政""并题"的上下款,心中不觉暗暗好笑。雪渔又约了同到观前吃了一碗茶,方才散去。临别,雪渔又道:"明日恕不到船上送行了。"德泉道:"不敢,不敢。你几时到上海去,我们痛痛的吃几顿酒。"雪渔道:"我也想到上海许久了,看几时有便我就来;这回我打算连家眷一起都搬到上海去了。"说罢作别,我们回栈。

次日早起,就结算了房饭钱,收拾行李上船,解维开行,向上海进发。回到上海,金子安便交给我一张条子,却是王端甫的,约着我回来即给他信,他要来候我,有话说云云。我暂且搁过一边,洗脸歇息。子安又道:"唐玉生来过两次,头一次是来催题诗,我回他到苏州去了;第二次他来把那本册页[1]拿回去了。"我道:"拿了去最好,省得他来麻烦。"当下德泉便稽查连日出进各项货物帐目。我歇息了一会,便叫车到源坊衖去访端甫,偏他又出诊去了;问景翼时,说搬去了;我只得留下一张条子出来,缓步走着,去看侣笙,谁知他也不曾摆

---

〔1〕 册页——把书画一页页地连裱成册,叫做册页。

摊,只得叫了车子回来。回到号里时,端甫却已在座。相见已毕,端甫先道:"你可知侣笙今天嫁女儿么?"我道:"嫁甚么女儿?可是秋菊?"端甫道:"可不是。他恐怕又像嫁给黎家一样,夫家仍只当他丫头,所以这回他认真当女儿嫁了。那女婿是个木匠,倒也罢了。他今天一早带了秋菊到我那里叩谢;因知道你去了苏州,所以不曾来这里。我此刻来告诉你景翼的新闻。"我忙问:"又出了甚么新闻了?"端甫不慌不忙的说了出来。正是:任尔奸谋千百变,也须落魄走穷途。未知景翼又出了甚么新闻,且待下回再记。

第三十九回

老寒酸峻辞[1]干馆　小书生妙改新词

我听见端甫说景翼又出了新闻,便忙问是甚么事。端甫道:"这个人只怕死了!你走的那一天,他就叫了人来,把几件木器及空箱子等,一齐都卖了,却还卖了四十多元。那房子本是我转租给他的,欠下两个月房租,也不给我,就这么走了。我到楼上去看,竟是一无所有的了。"我道:"他家还有慕枚的妻子呀,那里去了?"端甫道:"慕枚是在福建娶的亲,一向都是住在娘家,此刻还在福建呢。那景翼拿了四十多元洋钱,出去了三天,也不知他到那里去的。第四天一早,我还没有起来,他便来打门;我连忙起来时,家人已经开门放他进来了。蓬着头,赤着脚,鞋袜都没有,一条蓝夏布裤子,也扯破了,只穿得一件破多罗麻[2]的短衫。见了我就磕头,要求我借给他一块洋钱。问他为何弄得这等狼狈,他只流泪不答。又告诉我说,从前逼死兄弟,图卖弟妇,一切都是他老婆的主意,他此刻懊悔不及。我问他要一块洋钱做甚么,他说到杭州去做盘费,我只得给了他,他就去了。直到今天,仍无消息。前天我已经写了一封信,通知鸿甫去了。"我

---

[1] 峻辞——坚决地、严肃地辞绝。
[2] 多罗麻——一种米黄色的细夏布。

道:"这种人由他去罢了,死了也不足惜。"端甫道:"后来我听见人说,他拿了四十多元钱,到赌场上去,一口气就输了一半;第二天再赌,却赢的些;第三天又去赌,却输的一文也没了。出了赌场,碰见他的老婆,他便去盘问,谁知他老婆已经另外跟了一个人,便甜言蜜语的引他回去,却叫后跟的男人,把他毒打了一顿。你道可笑不可笑呢。"

我道:"侣笙今日嫁女儿,你有送他礼没有?"端甫道:"我送了他一元,他一定不收,这也没法。"我道:"这个人竟是个廉士!"端甫道:"他不廉,也不至于穷到这个地步了。况且我们同他奔走过一次,也更是不好意思受了。他还送给我一副对,写的甚好;他说也送你一副,你收着了么?"我道:"不曾。"因走进去问子安。子安道:"不错,是有的,我忘了。"说着,在架子上取下来。我拿出来同端甫打开来看,写的是"慷慨丈夫志,跌宕[1]古人心"一联,一笔好董字[2],甚是飞舞。我道:"这个人潦倒如此,真是可惜可叹!"端甫道:"你看南京有甚么事,荐他一个也好。"我道:"我本有此意。而且我还嫌回南京去急不及待,打算就在这号里安置他一件事,好歹送他几元银一月;等南京有了好事,再叫他去。你道如何?"端甫道:"这更好了。"当下又谈了一会,端甫辞了去。我封了四元洋银贺仪,叫出店的送到侣笙那里去。一会仍旧拿了回来,说他一定不肯收。子安笑道:"这

---

〔1〕 跌宕——潇洒不羁的样子。
〔2〕 董字——董其昌的字体。董其昌,字元宰,号思白,明朝书法家。

个人倒穷得硬直。"我道："可知道不硬直的人，就不穷了。"子安道："这又不然。难道有钱的人，便都是不硬直的么？"我道："不是如此说。就是富翁也未尝没有硬直的；不过穷人倘不是硬直的，便不肯安于穷，未免要设法钻营，甚至非义之财也要妄想，就不肯像他那样摆个测字摊的了。"当下歇过一宿。

次日我便去访侣笙，怪他昨日不肯受礼。侣笙道："小婢受了莫大之恩，还不曾报德，怎么敢受！"我道："这些事还提他做甚么。我此刻倒想代你弄个馆地，只是我到南京去，不知几时才有机会；不如先奉屈到小号去，暂住几时，就请帮忙办理往来书信。"侣笙连忙拱手道："多谢提挈！"我道："日间就请收了摊，到小号里去。"侣笙沉吟了一会道："宝号办笔墨的，向来是那一位？"我道："向来是没有的，不过我为足下起见，在这里摆个摊，终不是事，不如到小号里去，奉屈几时，就同干俸一般。等我到南京去，有了机会，便来相请。"侣笙道："这却使不得！我与足下未遇之先，已受先施之惠；及至萍水相遇，怎好为我破格！况且生意中的事情，与官场截然两路，断不能多立名目，以致浮费，岂可为我开了此端。这个断不敢领教！如蒙见爱，请随处代为留心，代谋一席，那就受惠不浅了。"我道："如此说，就同我一起到南京去谋事如何？"侣笙道："好虽好，只是舍眷无可安顿，每日就靠我混几文回去开销，一时怎撇得下呢。"我道："这不要紧，在我这里先拿点钱安家便是。"侣笙道："足下盛情美意，真是令人感激无地！但我向来非义不取，无功不受；此刻便算借了尊款安家，万一到南京去谋不着事，将何以偿还呢。还求足下听我自便的好。如果有了机会,请写个信来,我接了信,就料理起程。"我听了他一番话,不觉暗暗嗟叹,天下竟有如此清洁的人,真是可敬。只得辞了他出来,顺路去看端甫。端甫也是十分叹息道:"不料风尘中有此等气节之人!你到南京,一定要代他设法,不可失此朋友。但不知你几时动身?"我道:"打算今夜就走。在苏州就接了南京信,叫快点回去,说还有事,正不知是甚么事。"说话时,有人来诊脉,我就辞了回去。

是夜附了轮船动身,第三天一早,到了南京。我便叫挑夫挑了行李上岸,骑马进城,先到里面见过吴老太太及继之夫人。老太太道:"你回来了!辛苦了!身子好么?我惦记你得很呢。"我道:"托干娘的福,一路都好。"好太太道:"你见过娘没有?"我道:"还没有呢。"老太太道:"好孩子!快去罢!你娘念你得很。你回来了,怎么不先见娘,却先来见我?你见了娘,也不必到关上去,你大哥一会儿就回来了。我今天做东,整备了酒席,贺荷花生日;你回来了,就带着代你接风了。"我陪笑道:"这个那里敢当!不要折煞干儿子罢!"老太太道:"胡说!掌嘴!快去罢。"

我便出来,由便门过去,见过母亲、婶婶、姊姊。母亲问几时到的。我道:"才到。"母亲问见过干娘和嫂子没有。我道:"都见过了。我这回在上海,遇见伯父的。"母亲道:"说甚么来?"我道:"没说甚么,只告诉我说小七叔来了。"母亲讶道:"来甚么地方?"我道:"到了上海,在洋行里面。我去见过两次。他此刻白天学生意,晚上念洋书。"姊姊道:"这小孩子怪可怜的,六七岁上没了老子,没念上两年书,就荒废了,在家里养得同野马一般。此刻不知怎样了?"我道:"此刻好了,很沉静,不像从前那种七纵八跳的了。"母亲瞅了我一眼道:"你小时候安静!"姊姊道:"没念几年书,就去念洋书,也不中用。"我道:"只怕他自己还在那里用功呢。我看他两遍,都见他床头桌上,堆着些《古文观止》〔1〕、《分类尺牍》之类;有不懂的,还问过我些。他此刻自己改了个号,叫做叔尧;他的小名叫土儿,读书的名字,就是单名叫一个'尧'字,此刻号也用这个'尧'字。我问他是甚么意思。他说小时候,父母因为他的八字五行缺土,所以叫做土儿,取'尧'字做名字,也是这个意思;其实是毫无道理的,未必取了这种名字,就可以补上五行所缺。不过要取好的号,取不出来。他底下还有老八、老九,所以按孟、仲、叔、季〔2〕的排次,加一个'叔'字在上面做了号,倒爽利些。"姊姊讶道:"读了两年书的孩子,发出这种议论,有这种见解,就了不得!"

我道:"本来我们家里没有生出笨人过来。"母亲道:"单是你最聪明!"我道:"自然。我们家里的人已经聪明了,更是我娘的儿子,所以又格外聪明些。"婶婶道:"了不得,你走了一次苏州,就把苏州人的油嘴学来了;从来拍娘的马屁,也不曾有过这种拍法。"我道:

〔1〕《古文观止》——清吴楚材、吴调侯编的一部古代散文选集,选辑从周朝到明朝的文章二百多篇,专给初学作文的人读的。
〔2〕孟、仲、叔、季——大二三四的排行。古人以孟为长(嫡长称伯,庶长称孟),仲为中,叔为少,季为最幼。

"我也不是油嘴,也不是拍马屁,相书上说的'左耳有痣聪明,右耳有痣孝顺'。我娘左耳朵上有一颗痣,是聪明人,自然生出聪明儿子来了。"姊姊走到母亲前,把左耳看了看道:"果然一颗小痣,我们一向倒不曾留心。"又过来把我两个耳朵看过,拍手笑道:"兄弟这张嘴真学油了!他右耳上一颗痣,就随口杜撰[1]两句相书,非但说了伯娘聪明,还要夸说自己孝顺呢。"我道:"娘不要听姊姊的话,这两句我的确在'麻衣神相'上看下来的。"姊姊道:"伯娘不要听他,他连书名都闹不清楚,好好的《麻衣相法》[2],他弄了个'麻衣神相'。这《麻衣相法》是我看了又看的,那里有这两句。"我道:"好姊姊!何苦说破我!我要骗骗娘相信我是个天生的孝子,心里好偷着欢喜,何苦说破我呢。"说的众人都笑了。

只见春兰来说道:"那边吴老爷回来了。"我连忙过去,到书房里相见。继之笑着道:"辛苦,辛苦!"我也笑道:"费心,费心!"继之道:"你费我甚么心来?"我道:"我走了,我的事自然都是大哥自己办了,如何不费心。"坐下便把上海、苏州一切细情都述了一遍。继之道:"我催你回来,不为别的,我这个生意,上海是个总字号,此刻苏州分设定了,将来上游芜湖、九江、汉口,都要设分号,下游镇江,也要设个字号,杭州也是要的。你口音好,各处的话都可以说,我要把这件事烦了你。你只要到各处去开辟码头,经理的我自有人。将来都开设

---

[1] 杜撰——捏造。
[2]《麻衣相法》——迷信传说,宋时有麻衣道者,会看相,后来就相传有一种《麻衣相法》。

定了,你可往来稽查。这里南京是个中站,又可以时常回来,岂不好么。"我道:"大哥何以忽然这样大做起来?"继之道:"我家里本是经商出身,岂可以忘了本。可有一层:我在此地做官,不便出面做生意,所以一切都用的是某记,并不出名;在人家跟前,我只推说是你的。你见了那些伙计,万不要说穿,只有管德泉一个知道实情,其馀都不知道的。"我笑道:"名者实之宾也;吾其为宾乎[1]?"继之也一笑。

我道:"我去年交给大哥的,是整数二千银子;怎么我这回去查帐,却见我名下的股份,是二千二百五十两?"继之道:"那二百五十两,是去年年底帐房里派到你名下的;我料你没有甚么用处,就一齐代你入了股。一时忘记了,没有告诉你。你走了这一次,辛苦了,我给你一样东西开开心。"说罢,在抽屉里取出一本极旧极残的本子来。这本子只有两三页,上面浓圈密点的,是一本词稿。我问道:"这是那里来的?"继之道:"你且看了再说,我和述农已是读的烂熟了。"我看第一阕[2]是《误佳期》[3],题目是"美人嚏"。我笑道:"只这个题目便有趣。"继之道:"还有有趣的呢。"我念那词:

浴罢兰汤夜,一阵凉风恁[4]好。陡然娇嚏两三声,消息难分

----

[1] "名者实之宾也,吾其为宾乎"——名指名义,实指实际,宾也是名的意思。语出《庄子·逍遥游》。九死一生引用这两句话,表示自己是一个有名无实的老板。
[2] 阕——乐歌终了叫做阕。词是可以歌唱的曲调,所以称一首为一阕。
[3] 《误佳期》——这里和下文的《荆州亭》、《解佩令》……等,都是词牌的名字。词牌用来记音节,犹如现在的歌谱。某一词牌,字句的长短,音韵的平仄,都有一定的。
[4] 恁——如此,这般。

晓。　莫是意中人,提着名儿叫? 笑他鹦鹉却回头,错道侬家恼。

我道:"这倒亏他着想。"再看第二阕是《荆州亭》,题目是"美人孕"。我道:"这个可向来不曾见过题咏的,倒是头一次。"再看那词是:

一自梦熊占后[1],惹得娇慵病久。个里[2]自分明,羞向人前说有[3]。　镇日贪眠作呕,茶饭都难适口。含笑问檀郎[4]:梅子枝头黄否?

我道:"这句'羞向人前说有',亏他想出来。"又有第三阕是《解佩令》"美人怒",词是:

喜容原好,愁容也好,蓦地间怒容越好。一点娇嗔,衬出桃花红小,有心儿使乖弄巧。　问伊声悄,凭伊怎了,拚[5]温存解伊懊恼。刚得回嗔,便笑把檀郎推倒,甚来由到底不晓。

我道:"这一首是收处最好。"第四阕是《一痕沙》"美人乳"。我笑道:"美人乳明明是两堆肉,他用这《一痕沙》的词牌,不通!"继之笑道:"莫说笑话,看罢。"我看那词是:

迟日昏昏如醉,斜倚桃笙[6]慵睡。乍起领环松,露酥胸。

---

[1] 梦熊占后——《诗经》里有"吉梦维何,维熊维罴","大人占之,维熊维罴,男子之祥"的句子,把梦见熊罴认为是要生儿子的吉兆,所以梦熊占后就是怀孕的意思。
[2] 个里——这里面。这里指自己心里面。
[3] 有——妇女怀孕,不明说怀孕,只说有了。
[4] 檀郎——宋朝美男子潘安仁小名叫做檀奴,后来妇女就叫爱人为檀郎。一说,檀是比喻香。
[5] 拚——拚着,含有不惜牺牲的意思。
[6] 桃笙——簟席。桃笙本是一种竹子,据说这种竹子做的簟子,睡了可以不出汗。后来就以桃笙为簟席的代词。

小簇双峰莹腻，玉手自家摩戏。欲扣又还停，尽憨生。

我道："这首只平平。"继之道："好高法眼[1]！"我道："不是我的法眼高，实在是前头三阕太好了；如果先看这首，也不免要说好的。"再看第五阕是《蝶恋花》"夫婿醉归"。我道："咏美人写到夫婿，是从对面着想，这题目先好了，词一定好的。"看那词是：

日暮挑灯闲徙倚[2]，郎不归来留恋谁家里？及至归来沉醉矣，东歪西倒扶难起。　　不是贪杯何至此？便太常般，难道侬嫌你[3]？只恐瞢腾[4]伤玉体，教人怜惜浑无计。

我道："这却全在美人心意上着想，倒也体贴入微。"第六阕是《眼儿媚》"晓妆"：

晓起娇慵力不胜，对镜自忪惺[5]。淡描青黛，轻匀红粉，约略妆成。　　檀郎含笑将人戏，故问夜来情。回头斜眄，一声低啐，你作么生[6]！

----

[1] 法眼——佛家说法，看事物有五种眼睛的不同：一，佛眼，无事不见；二，法眼，能度众生；三，慧眼，能见实相；四，天眼，远近皆见；五，肉眼，凡夫之眼。一般用法眼两字恭维内行，有眼力的人。
[2] 徙倚——徘徊、走来走去的样子。
[3] 便太常般，难道侬嫌你——太常，指周泽，后汉人，曾做太常官。太常是掌管皇家宗庙礼仪的官员，常常要斋戒独宿，以示虔诚。有一次，周泽病卧在斋宫里，他的妻子去慰问他；他大怒，以为妻子犯了斋禁，就把她下到狱里。因而当时流传这样两句话："生世不谐做太常妻，一年三百六十日，三百五十九日斋，一日不斋醉如泥。"这里引用这一典故，意思是说：你尽管像周泽那样经常斋戒独宿，或者不斋戒又喝醉了酒，我也不会嫌恶你。
[4] 瞢腾——神识不清的样子。
[5] 忪惺——一般作惺忪，摇晃不定的样子。
[6] 作么生——干什么。生在这里是语助词。

我道："这一阕太轻佻了，这一句'故问夜来情'，必要改了他方好。"继之道："改甚么呢?"我道："这种香艳词句，必要使他流入闺阁方好；有了这种猥亵句子，怎么好把他流入闺阁呢。"继之道："你改甚么呢?"我道："且等我看完了，总要改他出来。"因看第七阕，是《忆汉月》"美人小字"。词是：

> 恩爱夫妻年少，私语喁喁[1]轻悄。问到小字每模糊，欲说又还含笑。　　被他缠不过，说便说郎须记了。切休说与别人知，更不许人前叫!

我不禁拍手道："好极，好极! 这一阕要算绝唱[2]了。亏他怎么想得出来!"继之道："我和述农也评了这阕最好，可见得所见略同。"我道："我看了这一阕，连那'故问夜来情'也改着了。"继之道："改甚么?"我道："改个'悄地唤芳名'，不好么?"继之拍手道："好极，好极! 改得好!"再看第八阕，是《忆王孙》"闺思"：

> 昨宵灯爆喜情多，今日窗前鹊又过，莫是归期近了么? 鹊儿呵! 再叫声儿听若何?

我道："这无非是晨占喜鹊，夕卜灯花之意，不过痴得好玩。"第九阕是《三字令》"闺情"。我道："这《三字令》最难得神理，他只限着三个字一句，那得跌宕!"看那词是：

> 人乍起，晓莺鸣，眼犹饧[3]；帘半卷，槛斜凭，绽新红，呈嫩

---

[1] 喁喁——形容小声而连续不断的谈话。
[2] 绝唱——再没有人比得上的最好的歌词。
[3] 饧——形容眼色矇眬、黏滞不灵的样子。

绿,雨初经。　　开宝镜,扫眉轻,淡妆成;才歇息,听分明,那边厢,墙角外,卖花声。

我道:"只有下半阕好。"这一本稿,统共只有九阕,都看完了。我问继之道:"词是很好,但不知是谁作的? 看这本子残旧到如此,总不见得是个时人了。"继之道:"那天我闲着没事,到夫子庙前闲逛,看见冷摊上有这本东西,只化了五个铜钱买了来。只恨不知作者姓名。这等名作,埋没在风尘中,也不知几许年数了;倘使不遇我辈,岂不是徒供鼠啮虫伤,终于复瓿[1]!"我因继之这句话,不觉触动了一桩心事。正是:一样沉沦增感慨,伟人瑰宝共风尘。不知触动了甚么心事,且待下回再记。

---

[1] 复瓿——复,遮盖。瓿,盛酒、酱的瓦瓶。汉扬雄著有《太玄》、《法言》两书。刘歆对扬雄说:现在的人都讲利禄,谁研究你这些书,后世的人不过拿你的著作作复瓿之用罢了。后来就把自谦著作的无足轻重为复瓿。这里是埋没不遇的意思。

第四十回

披画图即席题词　发电信促归阅卷

我听见继之赞叹那几阕词,说是倘不遇我辈,岂不是终于复瓿,我便忽然想起蔡侣笙来,因把在上海遇见黎景翼,如此这般,告诉了一遍。又告诉他蔡侣笙如何廉介,他的夫人如何明理,都说了一遍。继之道:"原来你这回到上海,干了这么一回事,也不虚此一行。"我道:"我应允了蔡侣笙,一到南京,就同他谋事,求大哥代我留意。"继之道:"你同他写下两个名条,我觑便同他荐个事便了。"

说话间,春兰来叫我吃午饭,我便过去;饭后在行李内取出团扇及画片,拿过来给继之,说明是德泉送的。继之先看扇子,把那题的诗念了一遍道:"这回倒没有抄错。"我道:"怎么说是抄的?"继之道:"你怎么忘了?我头回给你看的那把团扇,把题花卉的诗题在美人上,不就是这个人画的么。"我猛然想起当日看那把团扇来,并想起继之说的那诗画交易的故事,又想起江雪渔那老脸攮诗,才信继之从前的话,并不曾有意刻画他们。因把在苏州遇见江雪渔的话,及代题诗的话,述了一遍。老太太在旁听见,便说道:"原来是你题的诗,快念给我听。"继之把扇子递给他夫人。他夫人便念了一遍,又逐句解说了。老太太道:"好口彩!好吉兆!果然石榴多子!明日继之生了儿子,我好好的请你。"我笑说"多谢"。继之摊开那画片来看,见了那款,不觉笑道:"他自己不通,如何把我也拉到苏州去?好好的一张画,这几个字写的成了废物了。"我道:"我也曾想过,只要叫裱画匠,把那几个字挖了去,还可以用得。"继之道:"只得如此的了。"我又回去,把我的及送述农的扇子,都拿来给继之看。继之道:"这都是你题的么?"我道:"是的。他画一把,我就题一首。"继之道:"这个人画的着实可以,只可惜太不通了。但既然不通,就安分些,好好的写个上下款也罢了,偏要题甚么诗;你看这几首诗,他将来又不知要错到甚么画上去了。"我道:"他自己说是吴三桥的学生呢。"继之道:"这也说不定的。说起吴三桥,我还买了一幅小中堂在那里,你既欢喜题诗,也同我题上两首去。"我道:"画在那里?"继之道:"在书房里,我同你去看来。"于是一同到书房里去。继之在书架上取下画来,原来是一幅美人,布景是满幅梅花,梅梢上烘出一钩斜月,当中月洞里,露出美人,斜倚在熏笼[1]上。裱的全绫边,那绫边上都题满了,却剩了一方。继之指着道:"这一方就是虚左以待[2]的。"我道:"大哥那里去找了这些人题?"继之道:"我那里去找人题,买来就是如此的了。"我道:"这一方的地位很大,不是一两首绝诗写得满的。"继之道:"你就多作几首也不妨。"我想了一想道:"也罢。早上看了

---

[1] 熏笼——古来用以熏香或取暖的炉子,上面加上笼罩,叫做熏笼。
[2] 虚左以待——古时以左首为尊。历史故事:战国时,魏信陵君听说大梁(魏都)看守东门的一个老人侯嬴,是个贤士,就亲自驾车把他接到家里,待如贵宾。当乘车时,特地把左首地位空出来,留待侯嬴乘坐,以示尊敬。后来就把留尊位以待贤者叫做虚左以待。这里是指在画上留一块好的空白地位让九死一生题词的客气话。

绝妙好词[1],等我也效颦填一阕词[2]罢。"继之道:"随你便。"我取出《诗韵》翻了一翻,填了一阕《疏影》,词曰:

> 香消烬歇,正冷侵翠被,霜禽啼彻。斜月三更,谯鼓城笳[3],一枕梦痕明灭。无端惊起佳人睡,况酒醒天寒时节。算几回倚遍熏笼,依旧黛眉双结。　　良夜迢迢甚伴?对空庭寂寞,花光清绝。蓦逗春心,偷数年华,独自暗伤离别。年来消瘦知何似,应不减素梅孤洁。且待伊塞上归来,密与拥炉愁说。

用纸写了出来,递给继之道:"大哥看用得,我便写上去。"继之看了道:"你倒是个词章家呢。但何以忽然用出那离别字眼出来?"我道:"这有甚一定的道理,不过随手拈来,就随意用去。不然,只管赞梅花的清幽,美人的标致,有甚意思呢。我只觉得词句生涩得很。"继之道:"不生涩!很好!写上去罢。"我摊开画,写了上去,署了款。继之便叫家人来,把他挂起。

日长无事,我便和继之对了一局围棋。又把那九阕香奁词抄了,只把《眼儿媚》的"故问夜来情",改了个"悄地唤芳名",拿去

---

[1] 绝妙好词——历史故事,东汉蔡邕题曹娥碑,作"黄绢幼妇外孙齑臼"八字,暗隐"绝妙好辞"四字,后人因用绝妙好辞作赞美文字的话。又宋周密曾编南宋歌词为《绝妙好词》一书。这里是指上一回所读的九阕旧词稿。

[2] 填一阕词——阕,见第三十九回注。词有一定的格调、字数和音韵,作者要按着词谱的声律填入字句,是不能随便写的,所以作一首词叫填一阕词。

[3] 谯鼓城笳——谯,谯楼,也叫鼓楼。古人在门上为楼,作瞭望之用;夜间报时击鼓,鼓置谯楼上。下文"丽谯"是高楼的意思。城笳,在城头吹笳。笳是一种三孔的木管乐器。

给姊姊看。姊姊看了一遍道:"好便好,只是轻薄些。"我道:"这个只能撇开他那轻薄,看他的巧思。"姊姊笑道:"我最不服气,男子们动不动拿女子做题目来作诗填词,任情取笑!"我道:"岂但作诗填词,就是画画,何尝不是:只画美人,不画男子;要画男子,除非是画故事,若是随意坐立的,断没有画个男子之理。"姊姊道:"正是。我才看见你的一把团扇,画的很好,是在那里画来的?"我道:"在苏州。姊姊欢喜,我写信去画一把来。"姊姊道:"我不要。你几时便当,顺便同我买点颜料来,还要买一份画碟、画笔;我的丢在家里,没有带来。"我欢喜道:"原来姊姊会画,是几时学会的?我也要跟着姊姊学。"

正说到这里,吴老太太打发人来请,于是一同过去。那边已经摆下点心。吴老太太道:"我今天这个东做得着,又做了荷花生日,又和干儿子接风。这会请先用点心,晚上凉快些再吃酒。"我因为荷花生日,想起了"竹汤饼会"来,和继之说了。继之道:"这种人只算得现世!"我道:"有愁闷时听听他们的问答,也可以笑笑。"于是把在花多福家所闻的话,述了一遍。母亲道:"你到妓院里去来?"我道:"只坐得一坐就走的。"姊姊道:"依我说,到妓院里去倒不要紧,倒是那班人少亲近些。"我道:"他硬拉我去的,谁去亲近他。"姊姊道:"并不是甚么亲近不得,只小心被他们熏臭了。"说的大众一笑。当夜陪了吴老太太的高兴,吃酒到二炮才散。

次日继之出城,我也到关上去,顺带了团扇送给述农。大家不免说了些别后的话,在关上盘桓了一天。到晚上,继之设了个小酌,单邀了我同述农两个吃酒,赏那香奁词[1]。述农道:"徒然赏他,不免为作者所笑,我们也应该和他一阕。"我道:"香奁体我作不来;并且有他的珠玉在前,我何敢去佛头着粪[2]!"继之道:"你今天题画的那一阕《疏影》,不是香奁么?"我道:"那不过是稍为带点香奁气。他这个是专写儿女的,又自不同。"述农道:"说起题画,一个朋友前天送来一个手卷[3]要我题,我还没工夫去作。不如拿出来,大家题上一阕词罢。"我道:"这倒使得。"述农便亲自到房里取了来,签上题着"金陵图"三字。展开来看,是一幅工笔[4]青绿山水,把南京的大概,画了上去。继之道:"用个甚么词牌呢?"述农道:"词牌倒不必限。"我道:"限了的好。不限定了,回来有了一句合这个牌,又有一句合那个牌,倒把主意闹乱了。"继之道:"秦淮多丽[5],我们就用《多丽》罢。"我道:"好。我已经有起句了:'大江横,古今烟锁[6]金陵。'"述农道:"好敏捷!"我道:"起两句便敏捷,这个牌,还有排偶对仗,颇不容易呢。"继之道:"我也有个起句,是'古金陵,秦淮烟水冥冥[7]'。"我道:"既如此,也限了八庚韵罢。"于是一面吃酒,一面寻思。倒

---

[1] 香奁词——指有关闺阁的艳体诗词。
[2] 佛头着粪——比喻本来是好的,加些东西上去反而弄坏了。典出《传灯录》。
[3] 手卷——书画横幅的长卷。这种长卷只可用手展开来看,不宜悬挂,所以叫做手卷。
[4] 工笔——见第三十七回"写意"注。
[5] 多丽——多美人。下一"多丽"是词牌名。
[6] 锁——这里是笼罩的意思。
[7] 冥冥——昏暗迷茫的样子。

是述农先作好了,用纸誊了出来。继之拿在手里,念道:

水盈盈[1],吴头楚尾[2]波平。指参差帆樯隐处,三山[3]天外摇青。丹脂销墙根蛩泣,金粉灭江上烟腥。北固[4]云颓,中泠[5]泉咽,潮声怒吼石头城[6]。只千古《后庭》[7]一曲,回首不堪听!休遗恨霸图[8]销歇,王、谢飘零[9]!但南朝[10]繁华已烬,梦蕉[11]何事重醒?舞台倾夕烽惊雀,歌馆寂燐火为萤。荒径香埋,空庭鬼啸,春风秋雨总愁凝。更谁家秦淮夜月,笛韵写凄清?伤心处画图难足,词客牵情。

继之念完了,便到书案上去写,我站在前面,看他写的是:

---

〔1〕 盈盈——形容水的轻浅的样子。
〔2〕 吴头楚尾——江苏,古吴地;湖北,古楚地。南京地处江苏上游、湖北下游,所以称吴头楚尾。
〔3〕 三山——山名。在南京市西南长江南岸。上面凸出三个山峰,所以叫做三山。
〔4〕 北固——山名。在镇江北。三面临江,地势险固。
〔5〕 中泠——泉名,在镇江西北,水宜烹茶,号称"第一泉"。
〔6〕 石头城——古时的城名,在今南京市西石头山后。
〔7〕 《后庭》——《玉树后庭花》的简称,南朝陈后主(叔宝)作的歌曲。前人认为这个歌曲词调哀怨,是亡国的预兆。下文"玉树歌残"即指此。
〔8〕 霸图——割据称雄的企图。
〔9〕 王、谢飘零——王、谢,指东晋时以王导、谢安为首的两大家族。飘零,是没落了。
〔10〕 南朝——东晋后,宋、齐、梁、陈四朝,都占据建康(今南京)称帝,历史上称为南朝,是对当时占据北方的北魏、北齐……等北朝而言。
〔11〕 梦蕉——《列子》寓言:郑国有人在野外砍柴,打死了一头鹿,就把它埋在干沟里,用芭蕉叶子盖好。后来忘记埋在什么地方,找不到了,却疑心是自己做了一场梦。

古金陵，秦淮烟水冥冥。写苍茫[1]势吞南北，斜阳返射孤城。泣胭脂泪干陈井[2]，横铁锁缆系吴舲[3]。《玉树》歌残，铜琶咽断，怒潮终古不平声。算只有蒋山[4]如壁，依旧六朝[5]青。空馀恨凤台[6]寂寞，鸦点零星。　　叹豪华灰飞王、谢，那堪鼙鼓[7]重惊！指灯船光销火屓[8]，凭水榭影乱秋萤。坏堞荒烟，寒笳夜雨，鬼燐鹃血暗愁生。画图中长桥片月，如对碧波明。乌衣巷年年燕至[9]，故国多情。

我等继之写完，我也写了出来，交给述农看。我的词是：

大江横，古今烟锁金陵。忆六朝几番兴废，恍如一局棋枰[10]。见风驷[11]去来眼底，望楼橹[12]颓败心惊。几代笙

---

[1] 苍茫——旷远迷茫的样子。
[2] 泣胭脂泪干陈井——隋兵攻入建康，陈后主和他所爱的妃子张丽华等，躲到景阳井（后人称为胭脂井）里，后来仍被俘虏。
[3] 横铁锁缆系吴舲——铁锁，就是铁链。舲，本是有窗户的小船，这里泛指船只。晋武帝（司马炎）时，吴国怕晋兵来攻，就在长江险要的地方用铁链横江拦住；后来王濬乘大船沿江东下攻打石头城，用火炬把铁锁烧断，打了进去，灭了吴国。
[4] 蒋山——就是钟山，也称紫金山。
[5] 六朝——吴、东晋、宋、齐、梁、陈，先后在建康建都，历史上称为六朝。
[6] 凤台——凤凰台，遗址在南京市南。
[7] 鼙鼓——战鼓。
[8] 火屓——指灯火映入水中，呈现一种幻景，有如海市蜃楼一般。
[9] 乌衣巷年年燕至——东晋时，王、谢两大家族都住在乌衣巷（今南京市东南）一带。后来唐刘禹锡有《金陵怀古》诗："朱雀桥边野草花，乌衣巷口夕阳斜。旧时王谢堂前燕，飞入寻常百姓家。"
[10] 一局棋枰——枰，是棋盘。一局棋枰，就是下一盘棋的意思。
[11] 驷——同帆。
[12] 楼橹——也作楼樐。一种没有顶盖的楼，古来作兵士戍守瞭望敌人之用。

歌,十年鼙鼓,不堪回首叹雕零。想昔日秦淮觞咏[1],似幻梦初醒。空留得一轮明月,渔火零星。　　最销魂红羊劫尽[2],但馀一座孤城。剩铜驼[3]无言衰草,闻铁马[4]凄断邮亭[5]。举目沧桑[6],感怀陵谷[7],落花流水总关情。偶披图旧时景象,历历可追凭。描摹出江山如故,输与丹青[8]。

当下彼此传观,又吃了一回酒。述农自回房安歇。

----

[1] 觞咏——一面饮酒一面作诗。
[2] 红羊劫尽——宋柴望作《丙丁龟鉴》一书,指出从秦庄襄王到五代时后汉天福的一千二百馀年间,凡是逢到丙午、丁未年,国家都有战乱。后人迷信,认为丙属火、色赤,未为羊:于是指国家有灾难的年代为"红羊劫"。红羊劫尽,是说战乱已经过去了。这里"红羊劫",却指太平天国革命战争。因太平天国领袖为洪秀全、杨秀清,历史上并称为洪杨;反动的封建文人,就故意用红羊二字的谐音代替洪杨,用红羊劫作为太平天国战役的代词,称革命战争为"劫",完全是一种诬蔑的、宿命论的说法。
[3] 铜驼——长高各一丈,形状如马的装饰品,古时以之置放宫廷外面道上,两两相对。历史故事:晋索靖有远见,知道天下将乱,指着洛阳宫门外的铜驼叹息说:不久就要看见你在荆棘里了!接着果然有五胡之乱。后来一般就以荆棘铜驼象征大变乱时代。
[4] 铁马——也称檐马。把铁片成串的悬在屋檐下面,风吹着彼此撞击作响,声音很好听。
[5] 邮亭——古时传送文书的人中途休息的地方,犹如后来的驿站。这里意指旅舍。
[6] 沧桑——沧海桑田的简称。古代神话:仙女麻姑对人说,她曾三次看见东海(沧海)变为桑田。后来就用沧海桑田四字来形容事物的变迁。
[7] 陵谷——陵,土山。谷,山凹处。陵谷,指陵变为谷,谷变为陵,比喻世事的变化无常。
[8] 丹青——丹指丹砂(朱砂),红色;青指青䨼、石青之类:都是绘画的颜料。一般就用丹青二字作为图画的代词。

继之对我道："你将息两天，到芜湖走一次。你但找定了屋子，就写信给我，这里派人去；你便再到九江、汉口，都是如此。"我道："这找房子的事，何必一定要我？"继之道："你去找定了，回来可以告诉我一切细情；若叫别人去，他们去了，就在那里办事了。还有一层：将来你往来稽查，也还可以熟悉些。"我道："这里南京开么办？"继之道："这里叫德泉倒派人上来办，才好掩人耳目。你从上江回来，就可以到镇江去。"我道："这里书启的事怎样呢？"继之道："我这个差事，上前天奉了札子，又连办一年；书启我打算另外再请人。"我道："那么何不就请了蔡侣笙呢？"继之道："但不知他笔下如何？"我道："包你好！我虽然未见过他的东西，然而保过廪[1]的人，断不至于不通；顶多作出来的东西，有点腐八股气罢了，何况还不见得。他还送我一副对子，一笔好董字。"继之道："我就请了他，你明日就写信去罢，连关书[2]一齐寄去也好。"我听说不胜之喜，连夜写好了，次日一早，便叫家人寄去。又另外寄给王端甫一信，嘱他劝驾。

我便赁马进城，顺路买了画碟、画笔、颜料等件；又买了几张宣纸、扇面、画绢等，回来送与姊姊，并央他教我画。姊姊道："你只要在旁边留着心看我画，看多了就会了，难道还要把着手教么。"我道："我从前学画山水，学了三个多月，画出来的山，还像一个土馒头，我就丢下了。"姊姊便裁了一张小中堂。我道："画甚么？"姊姊道："画

---

〔1〕 保过廪——被保举为廪生。参看第三十六回"补了个廪"注。
〔2〕 关书——给幕友的聘书，照例是一年为期。

一幅美人,送我干嫂子。"说罢坐下,调开颜色,先画了个美人面,又布了一树梅花。我道:"姊姊可是看见了书房那张,要背临他的稿子?"姊姊道:"大凡作画要临稿本,便是低手。书房那是我看见的,我却并不临他。"我道:"初学时总是要临的。"姊姊道:"这个自然。但是学会之后,总要胸中有了丘壑[1],要画甚么,就是甚么,才能称得画家。"

说话间,春兰拿了一卷东西进来,说是他家周二爷从关上带回来的。拆开看时,原是那幅《金陵图》,昨夜的词,未曾写上,今天继之、述农都写了,拿来叫我写的。姊姊道:"书房那张,你也题了一阕词,怎么这样词兴大发?我这张也要请教一阕了。"我道:"才题过一张梅花美人,今日再题,恐怕要犯了。"姊姊道:"胡说!我不信你腹俭[2]到如此。我已经填了一阕《解语花》,在干嫂子那里,你去看来。"我道:"既如此,我不看词,且看画的是甚么样子个大局,我好切题做去。"姊姊道:"没有甚么样子,就是一个月亮;一个美人,站在梅花树下。"我便低头思索一会,问姊姊要纸写出来。姊姊道:"填的甚么词牌?不必写,先念给我听。"我道:"自然也是《解语花》。"因念道:

思萦邓尉[3],梦绕罗浮[4],身似梅花瘦。故园依旧,慵梳

---

[1] 胸中有了丘壑——本是比喻人的意致深远,这里是指胸中先有了一定的规划、布置,犹如说胸有成竹。
[2] 腹俭——肚里没有货,就是说没有学问。
[3] 邓尉——山名,在苏州西南,山多梅树,有"香雪海"之称。
[4] 罗浮——山名,在广东增城县境,也是以盛产梅花出名的地方。

掠,谁共寻芳携手?芳心恐负,正酒醒天寒时候。唤鸦鬟招鹤归来,请与冰魂[1]守。　　羌笛[2]怕听吹骤,念陇头[3]人远,怎堪回首,翠蛾[4]愁皱。相偎处,惹得暗香盈袖。凝情待久,无限恨,癯仙[5]知否?应为伊惆怅江南,月落参横[6]后。

姊听了道:"大凡填词,用笔要如快马入阵,盘旋曲折,随意所之[7]。我们不知怎的,总觉着有点拙涩,词句总不能圆转,大约总是少用功之过。念我的你听:

芳痕淡抹,粉影含娇,隐隐云衣[8]迭。一般清绝,偎花立,空自暗伤离别。销魂似妾,心上事更凭谁说?倩何人寄语陇头,镜里春难折。　　寂寞黄昏片月,伴珊珊[9]环佩,满庭香雪,蛾眉愁切。关情处,怕听丽谯吹彻。冰姿似铁,叹尔我,生来孤洁。恐飘残倦倚风前,一任霜华拂。"

我道:"姊姊这首就圆转得多了。"姊姊道:"也不见得。"此时那画已

---

[1] 冰魂——宋苏轼咏梅花诗有"玉雪为骨冰为魂"的句子,后来常以冰魂为梅花的代词。
[2] 羌笛——古来羌族的一种乐器,有三孔、四孔、五孔诸说。
[3] 陇头——本指甘、陕一带,这里泛指边远的地方。
[4] 翠蛾——指女人的眉毛。
[5] 癯仙——指梅花。宋陆游咏梅花诗,有"人间那有此癯仙"的句子,癯是清瘦的意思,正合梅花的身份,所以后来就以癯仙为梅花的代词。
[6] 参横——参,星名,二十八宿之一,位于西方。参星由西方移而横在天上的正中,表示夜已很深了。
[7] 所之——所往、所到。
[8] 云衣——穿的衣裳像云一样,形容美丽。
[9] 珊珊——形容环佩的响声。

画好了,我便把题词写上。又写了那《金陵图》的题词。

过得两天,我便到芜湖去,看定了房子,等继之派人来经理了,我又到九江,到汉口;回南京歇了几天,又到镇江,到杭州。从此我便来往苏、杭及长江上下游。原来继之在家乡,提了一笔巨款来,做这个买卖,专收各路的土货,贩到天津、牛庄、广东等处去发卖,生意倒也十分顺手。我只管往来稽查帐目,在路的日子多,在家的日子少,这日子就觉得容易过了。不知不觉过了一个周年。直到次年七月里,我稽查到了上海,正在上海号里住下,忽接了继之的电报,叫速到南京去,电文简略,也不曾叙明何事。我想继之大关的差使,留办一年,又已期满,莫非叫我去办交代;然而办交代用不着我呀。既然电报来叫,必定是一件要事,我且即日动身去罢。正是:只道书来询货殖[1],谁知此去却衡文[2]。未知此去有何要事,且听下回再记。

---

[1] 货殖——生意买卖。
[2] 衡文——品评文章。

第四十一回

破资财穷形极相　感知己沥胆披肝[1]

我接了继之电信,便即日动身,到了南京,便走马进城,问继之有甚要事。恰好继之在家里,他且不说做甚么,问了些各处生意情形,我一一据实回答。我问起蔡侣笙。继之道:"上月藩台和我说,要想请一位清客[2],要能诗,能酒,能写,能画的,杂技愈多愈好;又要能谈天,又要品行端方,托我找这样一个人。你想叫我往那里去找。只有侣笙,他琴棋书画,件件可以来得,不过就是脾气古板些;就把他荐去了,倒甚是相得。大关的差事,前天也交卸了。"我道:"述农呢?"继之道:"述农馆地还连下去。"我道:"这回叫我回来,有甚么事?"继之道:"你且见了老伯母,我们再细谈。"我便出了书房,先去见了吴老太太及继之夫人,方才过来见了母亲、婶娘、姊姊,谈了些家常话。

我见母亲房里,摆着一枝三镶白玉如意[3],便问是那里来的。母亲道:"上月我的生日,蔡侣笙送来的,还有一个董其昌手卷。"我仔细看了那如意一遍,不觉大惊道:"这个东西,怎么好受他的!虽

---

[1] 沥胆披肝——竭诚相示的意思,犹如说挖出心来。
[2] 清客——具有各种酬应的技能而寄食于富贵人家门下的人。
[3] 三镶白玉如意——用玉或翡翠等,在如意的头、中、尾三部各镶上一块,叫做三镶如意。这里指用翡翠之类镶在白玉的如意上。

然我荐他一个馆地,只怕他就把这馆地一年的薪水还买不来!这个如何使得!"母亲道:"便是我也说是小生日,不惊动人,不肯受。他再三的送来,只得收下。原是预备你来家,再当面还他的。"我道:"他又怎么知道母亲生日呢?"姊姊道:"怕不是大哥谈起的。他非但生日那天送这个礼,就是平常日子送吃的,送用的,零碎东西,也不知送了多少。"我道:"这个使不得!偏是我从荐了他的馆地之后,就没有看见过他。"姊姊道:"难道一回都没见过?"我道:"委实一回都没见过。他是住在关上的,他初到时,来过一次,那时我到芜湖去了;嗣后我就东走西走,偶尔回来,也住不上十天八天,我不到关上,他也无从知道,赶他知道了,我又动身了:所以从来遇不着。——还有那手卷呢?"姊姊在抽屉里取出来给我看,是一个三丈多长的绫本。我看了,便到继之那边,和继之说。继之道:"他感激你得很呢,时时念着你。这两样东西,我也曾见来。若讲现买起来呢,也不知要值到多少钱。他说这是他家藏的东西,在上海穷极的时候,拿去押给人家了。两样东西,他只押得四十元;他得了馆地之后,就赎了回来,拿来送你。"我道:"是他先代之物,我更不能受,明日待我当面还他。此刻他在藩署里,近便得很,我也想看看他去。"

继之道:"你自从丢下了书本以来,还能作'八股'么?"我笑道:"我就是未丢书本之前,也不见得能作'八股'。"继之道:"说虽是如此说,你究竟是在那里作的。我记得你十三岁考书院,便常常的取在五名前;以后两年出了门,我可不知道了。"我道:"此刻凭空还问这个做甚么呢?"继之道:"只管胡乱谈谈,有何不可。"我道:"我想这个不是胡乱谈的,或者另外有甚么道理。"继之笑着,指着一个大纸包道:"你看这个是甚么?"我拆开来一看,却是钟山书院的课卷。我道:"只怕又是藩台委看的?"继之道:"正是。这是生卷,——童卷[1]是侣笙在那里看——藩台委了我,我打算要烦劳了你。"我道:"帮着看是可以的,不过我不能定甲乙。"继之道:"你只管定了甲乙,顺着迭起来,不要写上,等我看过再写就是了。"我道:"这倒使得。但不知几时要? 这里又是多少卷? 要取几名?"继之道:"这里共是八百多卷,大约取一百五十卷左右。佳卷若多,就多取几卷也使得。你几时可以看完就几时要,但是越快越好,藩台交下来好几天了,我专等着你。你在这里看,还是拿过去看?"我道:"但只看看,不过天把就看完了;但是还要加批加圈,只怕要三天。我还是拿过去看的好,那边静点,这边恐怕有人来。"继之道:"那么你拿过去看罢。"我笑道:"看了使不得,休要怪我。"继之道:"不怪你就是。"

当下又谈了一会,继之叫家人把卷子送到我房里去,我便过来。看见姊姊正在那里画画。我道:"画甚么?"姊姊道:"九月十九,是干娘五十整寿,我画一堂海满寿屏[2],共是八幅。"我道:"呀! 这个我还不曾记得。我们送甚么呢?"姊姊道:"这里有一堂屏了;还有一个多月呢,慢慢办起来,甚么不好送。"我道:"这份礼,是很难送的:送厚了,继之不肯收;送薄了,过不去。怎么好呢?"想了一想道:"有了

---

[1] 生卷,童卷——秀才的课卷和童生的课卷。
[2] 海满寿屏——这种寿屏,前后两扇的里边和中间各扇的左右两边,都不加绫锦裱糊,悬挂起来,拼凑就成为整个的一幅。

一样了。我前月在杭州,收了一尊柴窑[1]的弥勒佛,只化得四吊钱,的真是古货。只可惜放在上海。回来写个信,叫德泉寄了来。"姊姊道:"你又来了,柴窑的东西,怎么只卖得四吊钱?"我道:"不然我也不知,因为这东西买得便宜,我也有点疑心,特为打听了来。原来这一家人家,本来是杭州的富户,祖上在扬州做盐商的;后来折了本,倒了下来,便回杭州。生意虽然倒了,却也还有几万银子家资。后来的子孙,一代不如一代,起初是卖田,后来卖房产,卖桌椅东西,卖衣服首饰,闹的家人仆妇也用不起了。一天在堆存杂物的楼上看见有一大堆红漆竹筒子,也不知是几个。这是扬州戴春林的茶油筒子[2],知道还是祖上从扬州带回来的茶油,此刻差不多上百年了,想来油也干了,留下他无用,不如卖了。打定了主意,就叫了收买旧货的人来,讲定了十来个钱一个,当堂点过,却是九十九个都卖了。过得几天,又在角子上寻出一个,想道:'这个东西原是一百个,那天怎样寻他不出来'。摇了一摇,没有声响,想是油都干了。想这油透了的竹子,劈细了生火倒好,于是拿出来劈了。原来里面并不是油,却是用木屑藏着一条十两重的足赤金条子。不觉又惊又喜,又悔又恨:惊的是许久不见这样东西,如今无意中又见着了;喜的是有了这个,又可以换钱化了;悔的是那九十九个,不应该卖了;恨的是那天见

---

[1] 柴窑——五代周世宗(柴荣)时,郑州出的一种窑瓷,根据周世宗的姓而称为柴窑。这种瓷器明如镜,薄如纸,声清纹细,是品质最好的古瓷。
[2] 戴春林的茶油筒子——戴春林,当时扬州有名的香粉店。茶油,茶子油。把这种油放在细竹筒里,一头用油纸糊起,卖给妇女作搽头发之用。

了这筒子,怎么一定当他是茶油,不劈开来先看看再卖。只得先把这金子去换了银来。有银在手,又忘怀了,吃喝嫖赌,不上两个月又没了。他自想眼睁睁看着九百九十两金子,没福享用,吊把钱把他卖了,还要这些东西作甚么,不如都把他卖了完事。因此索性在自己门口,摆了个摊子,把那眼前用不着的家私什物,都拿出来,只要有人还价就卖。那天我走过他门口,看见这尊佛,问他要多少钱,他并不要价,只问我肯出多少。我说了个四吊,原不过说着玩,谁知他当真卖了。"姊姊道:"不要撒谎,天下那里有这种呆人。"我道:"惟其足,所以才能败家;他不呆,也不至于如此了。这些破落户〔1〕,千奇百怪的形状,也说不尽许多。记得我小时候上学,一天放晚学回家,同着一个大学生走,遇了一个人,手里提着一把酒壶。那大学生叫我去揭开他那酒壶盖,看是甚么酒。我顽皮,果然蹑足潜踪在他后头,把壶盖一揭。你道壶里是些甚么?原来不是酒,不是茶,也不是水,不是湿的,是干的,却是一壶米!"说的姊姊噗嗤的一声笑了道:"这是怎么讲?"我道:"那个人当时就大骂起来,要打我,吓得我摔了壶盖,飞跑回家去。明日我问那大学生,才知道这个人是就近的一个破落户,穷的逐顿买米;又恐怕人讥笑,所以拿一把酒壶来盛米。有人遇了他,他还说顿顿要吃酒呢。就是前年我回去料理祠堂的一回,有一天在路上遇见子英伯父,抱着一包衣服,在一家当铺门首东张西望。我知道他要当东西,不好去撞破他,远远的躲着偷看。那当门是开在一

---

〔1〕 破落户——衰败的旧家。

个转角子上,他看见没人,才要进去,谁知角子上转出一个地保来,看见了他,抢行两步,请了个安,羞得他脸上青一片、红一片,嘴里喃喃呐呐的不知说些甚么,就走了,只怕要拿到别家去当了。"姊姊道:"大约越是破落户,越要摆架子,也是有的。"我道:"非但摆架子,还要贪小便宜呢。我不知听谁说的,一个破落户,拾了一个斗死了的鹌鹑,拿回家去,开了膛,拔了毛,要炸来吃,又嫌费事,家里又没有那些油。因拿了鹌鹑,假意去买油炸脍,故意把鹌鹑掉在油锅里面,还做成大惊小怪的样子;那油锅是沸沸腾腾的,不一会就熟了。人家同他捞起来,他非但不谢一声,还要埋怨说:'我本来要做五香的,这一炸可炸坏了,五香的吃不成了!'"姊姊笑道:"你少要胡说罢,我这里赶着要画呢。"

我也想起了那尊弥勒佛,便回到房里,写了一封寄德泉的信,叫人寄去。一面取过课本来看,看得不好的,便放在一边;好的,便另放一处。看至天晚,已看了一半。暗想原来这件事甚容易的。晚饭后,又潜心去看,不知不觉,把好不好都全分别出来了。天色也微明了,连忙到床上去睡下。一觉醒来,已是十点钟。母亲道:"为甚睡到这个时候?"我道:"天亮才睡的呢。"母亲道:"晚上做甚么来?"我道:"代继之看卷子。"母亲便不言语了。我便过来,和继之说了些闲话。

饭后,再拿那看过好的,又细加淘汰,逐篇加批加圈点。又看了一天,晚上又看了一夜,取了一百六十卷,定了甲乙,一顺迭起。天色已经大明了,我便不再睡,等继之起来了,便拿去交给他道:"还有许多落卷[1],叫人去取了来罢。"继之翻开看了两卷,大喜道:"妙,妙!怎么这些批语的字,都摹仿着我的字迹,连我自己粗看去,也看不出来。"我道:"不过偶尔学着写,正是婢学夫人,那里及得到大哥什一!"继之道:"辛苦得很!今夜请你吃酒酬劳。"我道:"这算甚么劳呢。我此刻先要出去一次。"继之问到那里。我道:"去看蔡侣笙。"继之道:"正是。他和我说过,你一到了就知照他,我因为你要看卷子,所以不曾去知照得。你去看看他也好。"

我便出来,带了片子,走到藩台衙门,到门房递了,说明要见蔡师爷。门上拿了进去,一会出来,说是蔡师爷出去了,不敢当,挡驾。我想来得不凑巧,只得怏怏而回,对继之说侣笙不在家的话。继之道:"他在关上一年,是足迹不出户外的,此刻怎么老早就出去了呢?"话还未说完,只见王富来回说:"蔡师爷来了。"我连忙迎到客堂上,只见蔡侣笙穿了衣冠,带了底下人,还有一个小厮挑了两个食盒。侣笙出落得精神焕发,洗绝了从前那落拓[2]模样,眉宇[3]间还带几分威严气象。见了我,便抢前行礼,吓的我连忙回拜。起来让坐。侣笙道:"今日带了贽见[4],特地叩谒老伯母,望乞代为通禀一声。"我道:"家母不敢当,阁下太客气了!"侣笙道:"前月老伯母华诞[5],本当就来叩祝,

---

[1] 落卷——不取的卷子。
[2] 落拓——潦倒、倒霉的样子。
[3] 眉宇——屋边叫做宇。眉在脸上,犹如屋之有宇一样,所以叫眉宇。眉宇,一般泛指容貌。
[4] 贽见——初见面时的礼品财物。
[5] 华诞——尊称别人的生日。

因阁下公出,未曾在侍[1],不敢造次;今日特具衣冠叩谒,千万勿辞!"我见他诚挚,只得进来,告知母亲。母亲道:"你回了他就是了。"我道:"我何尝不回;他诚挚得很,特为具了衣冠,不如就见他一见罢。"姊姊道:"人家既然一片诚心,伯娘何必推托,只索见他一见罢了。"母亲答应了,婶娘、姊姊都回避过,我出来领了侣笙进去。侣笙叫小厮挑了食盒,一同进去,端端正正的行了礼。我在旁陪着,又回谢过了。侣笙叫小厮端上食盒道:"区区几色敝省的土仪[2],权当贽见,请老伯母赏收。"母亲道:"一向多承厚赐,还不曾道谢,怎好又要费心!"我道:"侣笙太客气了!我们彼此以心交,何必如此烦琐?"侣笙道:"改日内子还要过来给老伯母请安。"母亲道:"我还没有去拜望,怎敢枉驾[3]!"我道:"嫂夫人几时接来的?"侣笙道:"上月才来的,没有过来请安,荒唐得很。"我道:"甚么话!嫂夫人深明大义,一向景仰的。我们书房里坐罢。"侣笙便告辞母亲,同到书房里来。我忙让宽衣。

侣笙一面与继之相见。我说道:"侣笙何必这样客气,还具起衣冠来?"侣笙道:"我们原可以脱略,要拜见老伯母,怎敢亵渎。"我道:"上月家母寿日,承赐厚礼,概不敢当,明日当即璧还[4]。"侣笙道:

---

[1] 在侍——儿女随着父母在一起叫在侍,意思是随时在旁侍奉。
[2] 土仪——土产的礼物。
[3] 枉驾——对别人来看自己的客气话,意思是让他到自己这里来,委屈了他的身份。
[4] 璧还——原物退还。历史故事:春秋时,晋公子重耳流亡在外,路过曹国,曹大夫僖负羁送他盘餐和璧玉;重耳接受盘餐,退还璧玉。后来就把璧还二字作为退还别人送的东西的代词。一说,是用蔺相如完璧归赵的故事。

"这是甚么话！我今日披肝沥胆的说一句话：我在穷途之中，多承援手，荐我馆谷[1]，自当感激。然而我从前也就过几次馆，也有人荐的；就是现在这个馆，是继翁荐的，虽是一般的感激，然而总没有这种激切。须知我这个是知己之感，不是恩遇之感。当我落拓的时候，也不知受尽多少人欺侮；我摆了那个摊，有些居然自命是读书人的，也三三两两常来戏辱。所谓人穷志短，我那里敢和他较量，只索避了。所以头一次阁下过访时，我待要理不理的，连忙收了摊要走，也是被人戏辱的多了，吓怕了，所以才如此。"我道："这班人就很没道理，人家摆个摊，碍他甚么，要来戏侮人家呢？"侣笙道："说来有个缘故。因为我上一年做了个蒙馆，虹口这一班蒙师，以为又多了一个，未免要分他们的润，就很不愿意了。次年我因来学者少，不敢再干，才出来测字。他们已经是你一嘴我一嘴的说是只配测字的，如何妄想坐起馆来。我因为坐在摊上闲着，常带两本书去看看。有一天，我看的是《经世文编》，被一个刻薄鬼看见了，就同我哄传起来，说是测字先生看《经世文编》，看来他还想做官，还想大用呢。从此就三三两两，时来挖苦。你想我在这种境地上处着，忽然天外飞来一个绝不相识、绝不相知之人，赏识我于风尘之中，叫我焉得不感！"说到这里，流下泪来。"所以我当老伯母华诞之日，送上两件薄礼，并不是表我的心，正要阁下留着，做个纪念；倘使一定要还我，便是不许我感这知己了。"说着，便起身道："方伯那里还有事等着，先要告辞了。"我同继

---

[1] 馆谷——指住宿和吃饭的地方。

之不便强留,送他出去。我回来对继之说道:"在我是以为闲闲一件事,却累他送了礼物,还赔了眼泪,倒叫我难为情起来。"继之道:"这也足见他的肫挚[1]。且不必谈他,我们谈我们的正事罢。"我问谈甚么正事。继之指着我看定的课卷,说出一件事来。正是:只为金箆能刮眼[2],更将玉尺[3]付君身。未知继之说出甚么事来,且待下回再记。

---

[1] 肫挚——诚恳。
[2] 金箆能刮眼——金箆,印度人治眼病的工具,形如箭头,用来刮眼膜,可以使眼睛复明。这里以金箆刮眼比喻有眼光。箆一作錍。
[3] 玉尺——玉尺量才,指考试。典出唐李白诗:"仙人持玉尺,量君多少才。"

第四十二回

露关节同考装疯　入文闱[1]童生[2]射猎

当下继之对我说道:"我日来得了个闱差[3],怕是分房[4],要请一个朋友到里面帮忙去,所以打电报请你回来。我又恐怕你荒疏了,所以把这课卷试你一试,谁知你的眼睛竟是很高的。此刻我决意带你进去。"我道:"只要记得那'八股'的范围格局,那文章的魄力之厚薄,气机之畅塞,词藻之枯腴,笔仗之灵钝,古文时文[5],总是一样的。我时文虽荒了,然而当日也曾入过他那范围的,怎会就忘了,况且我古文还不肯丢荒的。但是怎能够同着进去? 这个玩意儿,却没有干过。"继之道:"这个只好要奉屈的了,那天只能扮作家人模样混进去。"我道:"大约是房官,都带人进去的了?"继之道:"岂但房

---

[1] 文闱——科举时代的试场叫做闱。文进士、举人的试场叫文闱,武进士、举人的试场叫武闱。
[2] 童生——读书人在应考秀才的期间,不管年龄多大,都叫做童生。
[3] 闱差——办理考试举人或进士的差事。
[4] 分房——指同考官。清朝科举考试,南闱和北闱的同考官,都分为十八房(边省也有只分九房的),分住东西经房,所以说是分房。参看第三十七回"房官"注。
[5] 时文——指八股文。

官,是内帘[1]的都带人进去的。常有到了里面,派定了,又更动起来的。我曾记得有过一回,一个已经分定了房的,凭空又撤了,换了一个收掌[2]。"我道:"这又为甚么?"继之道:"他一得了这差使,便在外头通关节,收门生,谁知临时闹穿了,所以弄出这个笑话。"

我道:"这科场的防范,总算严密的了,然而内中的毛病,我看总不能免。"继之道:"岂但不能免,并且千奇百怪的毛病,层出不穷:有偷题目出去的,有传递文章进号的,有换卷的。"我道:"传递先不要说他,换卷是怎样换法呢?"继之道:"通了外收掌,初十交卷出场,这卷先不要解,在外面请人再作一篇,誊好了,等进二场时交给他换了。广东有了闱姓[3]一项,便又有压卷及私拆弥封[4]的毛病。广东曾经闹过一回,一场失了十三本卷子的。你道这十三个人是那里的晦气。然而这种毛病,都不与房官相干,房官只有一个关节是毛病。"我道:"这个玩意儿我没干过,不知关节怎么通法?"继之道:"不过预先约定了几个字,用在破题[5]上,我见了便荐罢了。"我道:"这么

---

[1] 内帘——清朝科举考试的办事人员分为内外两部分,习惯称为内帘和外帘,统称帘官。出题阅卷的官员和内监试、内收掌在内帘,监临、外收掌和办理其他一切事务的官员在外帘。考试期间,内帘和外帘彼此隔绝,以防舞弊。
[2] 收掌——清朝科举考试的帘官之一:外收掌主管收考生的试卷,内收掌主管把试卷分配给各房官。
[3] 闱姓——当时广东流行的、藉科举考试来赌博的一种方法。在举行岁、科、乡、会试时,先提出若干姓来,由参加赌博的人指定某某姓下注,考试揭晓后,根据各姓取录的多少,以定胜负。
[4] 弥封——考试时,把所有试卷上前页写考生姓名的地方折叠起来封好,在骑缝处加盖印信,俟录取后再拆看姓名。是防止舞弊的一种方法。
[5] 破题——做八股文,开头的两句要点破全题,叫做破题。

说,中不中还不能必呢。"继之道:"这个自然。他要中,去通主考[1]的关节。"

我道:"还有一层难处,比如这一本不落在他房里呢?"继之道:"各房官都是声气相通的,不落在他那里,可以到别房去找;别房落到他那里的关节卷子,也听人家来找。最怕遇见一种拘迂古执的,他自己不通关节,别人通了关节,也不敢被他知道。那种人的房,叫做黑房。只要卷子不落在黑房里,或者这一科没有黑房,就都不要紧了。"我笑道:"大哥还是做黑房,还是做红房?"继之道:"我在这里,绝不交结绅士,就是同寅中我往来也少,固然没有人来通我的关节,我也不要关节;然而到了里面,我却不做甚么正颜厉色的君子去讨人厌,有人来寻甚么卷子只管叫他拿去。"我笑道:"这倒是取巧的办法,正人也做了,好人也做了。"继之道:"你不知道黑房是做不得的。现在新任的江宁府何太尊,他是翰林出身,在京里时有一回会试分房,他同人家通了关节,就是你那个话,偏偏这本卷子不曾到他房里。他正在那里设法搜寻,可巧来了一位别房的房官是个老翰林,著名的是个'清朝孔夫子',没有人不畏惮他的,这位何太尊不知怎样一时糊涂,就对他说有个关节的话;谁知被他听了,便大嚷起来,说某房有关节,要去回总裁[2]。登时闹的各房都知道了,围过来看,见是这位先生吵闹,都不敢劝。这位太尊急了,要想个阻止他的法子,那里

---

[1] 主考——清朝主持乡试的官员叫做主考、副主考。
[2] 总裁——清时主持会试的官员称总裁、副总裁。

想得出来,只得对他作揖打拱的求饶。他那里肯依,说甚么'皇上家抡才[1]大典,怎容得你们为鬼为蜮[2]!照这样做起来,要屈煞了多少寒畯[3],这个非回明白了,认真办一办,不足以警将来'。何太尊到了此时,人急智生,忽的一下,直跳起来,把双眼瞪直了,口中大呼小叫,说神说鬼的,便装起疯来。那位老先生还冷笑道:'你便装疯,也须瞒不过去。'何太尊更急了,便取起桌上的裁纸刀,飞舞起来,吓的众人倒退。他又是东奔西逐的,忽然又撩起衣服,在自己肚子上划了一刀。众人才劝住了那位老先生,说他果然真疯了,不然那里肯自己戳伤身子。那位老先生才没了说话。当时回明了,开门把他扶了出去,这才了事。你想,自己要做君子,立崖岸[4],却不顾害人,这又何苦呢。"我道:"这一场风波,确是闹的不小。那位先生固然太过,然而士人进身之始,即以贿求[5],将来出身做官的品行,也就可想了。"继之道:"这个固是正论,然而以'八股'取士,那作'八股'的就何尝都是正人。"

说话时,春兰来说午饭已经开了,我就别了继之,过来吃饭,告诉母亲,说进场看卷的话。母亲道:"你有本事看人家的卷,何不自己

---

[1] 抡才——抡,选择的意思。抡才就是选拔人才。
[2] 为鬼为蜮——蜮,古代传说,是一种藏在水里暗处,含沙射人的虫;被射中身子的就要生疮,被射中影子的也要得病。后来就以鬼蜮比喻阴险小人。这里为鬼为蜮,是弄鬼,玩花样的意思。
[3] 寒畯——寒士。
[4] 立崖岸——做出高傲孤僻,不易亲近的样子。
[5] 贿求——用贿赂去活动。

去中一个？你此刻起了服，也该回去赶小考，好歹挣个秀才。"我道："挣了秀才，还望举人；挣了举人，又望进士；挣了进士，又望翰林；不点翰林还好，万一点了，两吊银子的家私，不上几年，都要光了；再没有差使，还不是仍然要处馆。这些身外的功名，要他做甚么呢？"母亲道："我只一句话，便惹了你一大套。这样说，你是不望上进的了。然则你从前还读书做甚么？"我道："读书只求明理达用，何必要为了功名才读书呢。"姊姊道："兄弟今番以童生进场看卷，将来中了几个出来，再是他们去中了进士，点了翰林，却都是兄弟的门生了。"我笑道："果然照姊姊这般说，我以后不能再考试了。"姊姊道："这却为何？"我道："我去考试，未必就中，倘迟了两科，我所荐中的都已出了身，万一我中在他们手里，那时候明里他是我的老师，暗里实在我是他的老师，那才不值得呢。"

吃过了饭，我打算去回看侣笙，又告诉了他方才的话。姊姊道："他既这样说，就不必退还他罢。做人该爽直的地方，也要爽直些才好，若是太古板，也不入时宜。"母亲道："他才说他的太太要来，你要去回拜他，先要和他说明白，千万不要同他那个样子，穿了大衣服来，累我们也要穿了陪他。"我道："我只说若是穿了大衣服，我们挡驾不会他，他自然不穿了。"说罢，便出来，到藩台衙门里，会了侣笙。只见他在那里起草稿。我问他作甚么。侣笙道："这里制军的折稿，衙门里几位老夫子都弄不好，就委了方伯，方伯又转委我。"我道："是甚么奏稿，这般烦难？"侣笙道："这有甚么烦难，不过为了前回法越之役[1]，各处都招募了些新兵，事定了，又遣散了；募时与散时，都经奏闻。此时有个廷寄[2]下来，查问江南军政，就是这件事要作一个复折罢了。"我又把母亲的话，述了一遍。侣笙道："本来应该要穿大衣服过去的，既然老伯母分付，就恭敬不如从命了。"我又问是几时来。侣笙道："本来早该去请安了，因为未曾得先容[3]，所以不敢冒昧。此刻已经达到了，就是明天过来。"

我道："尊寓在那里？"侣笙道："这署内闲房尽多着，承方伯的美意，指拨了两间，安置舍眷。"我道："秋菊没有跟了来么？"侣笙道："他已经嫁了人，如何能跟得来。前天接了信，已经生了儿子了。这小孩子倒好，颇知道点好歹。据内人说，他自从出嫁之后，不像那般蠢笨了，聪明了许多。他家里供着端甫和你的长生禄位[4]，且夕香花供奉，朔望焚香叩头。"我大惊道："这个如何使得！快写信叫他不要如此！况且这件事是王端甫打听出来的，我在旁边不过代他传了几句话，怎么这样起来。他要供，只供端甫就够了，攀出我来做甚么呢。"侣笙笑道："小孩子要这样，也是他一点穷心，由他去干罢了，又不费他甚么。"我道："并且无谓得很！他只管那样仆仆亟拜，我这里

---

[1] 法越之役——指光绪九年（一八八四）中法战争。
[2] 廷寄——清时皇帝的谕旨分明发和廷寄两种。明发交内阁发布。廷寄由军机大臣专寄给外省将军、都统、督、抚、钦差等大员，开首有"军机大臣奉面谕旨"等字样。
[3] 先容——预先介绍、预先请人说明。
[4] 长生禄位——供奉写有恩人姓名的牌位，早晚焚香礼拜，祈祷神佛保佑他多福多寿，升官发财，是一种封建迷信的报恩方式。

一点不知,彼有所施,我无所受,徒然对了那木头牌子去拜,何苦呢!"侣笙道:"这是他出于至诚的,谅来止也止他不住。去年端甫接了家眷到上海,秋菊那小孩子时常去帮忙;家眷入宅时,房子未免要另外装修油漆,都是他男人做的,并且不敢收受工价,连物料都是送的。这虽是小事,也可见得他知恩报恩的诚心,我倒很喜欢。"我道:"施恩莫望报,何况我这个断不能算恩,不过是个路见不平,聊助一臂之意罢了。"侣笙道:"你便自己要做君子,施恩不望报;却不能责他人必为小人,受恩竟忘报呀。"说得我笑了,然而心中总是闷闷不乐。辞了回来,告诉姊姊这件事。母亲、婶婶一齐说道:"你快点叫他写信去止住了,不要折煞你这孩子!"姊姊笑道:"那里便折得煞,他要如此,不过是尽他一点心罢了。"

我道:"这样说起来,我初到南京时,伯父出差去了,伯母又不肯见我,倘不遇了继之,怕我不流落在南京;幸得遇了他,不但解衣推食[1],并且那一处不受他的教导,我也应该供起继之的长生禄位了?"姊姊笑道:"枉了你是个读书明理之人!这种不过是下愚所为罢了。岂不闻'士为知己者死'[2]?又岂不闻'国士遇我,国士报之'[3]?

---

[1] 解衣推食——把自己的衣食送给别人穿吃,对人有恩惠的意思。
[2] "士为知己者死"——对于了解自己、有深厚友谊的人,就可以为他的事情牺牲自己性命。语出《史记》。
[3] "国士遇我,国士报之"——历史故事:豫让,战国时晋人,智伯的门客。智伯被赵襄子所杀,他屡次谋刺赵襄子未成,被赵捕获。赵襄子责备他说:你也曾做过范、中行氏的门客,为甚么现在却为智伯尽力呢?豫让回答说:范、中行氏看待我如普通人,所以我以普通人的身份对待他;智伯以国士(特出的人才)的地位尊敬我,所以我也以国士的身份报答他。

从古英雄豪杰,受人意外之恩时,何尝肯道一个'谢'字;等他后来行他那报恩之志时,却是用出惊天动地的手段,这才是叫做报恩呢。据我看,继之待你,那给你馆地招呼你一层,不过是朋友交情上应有之义;倒是他那随时随事教诲你,无论文字的纰缪[1],处世的机宜,知无不言,这一层倒是可遇不可求的殊恩,不可不报的。"我道:"拿甚么去报他呢?"姊姊道:"比如你今番跟他去看卷子,只要能放出眼光,拔取几个真才,本房里中的比别房多些,内中中的还要是知名之士,让他享一个知文之名,也可以算得报他了。其馀随时随事,都可以报得。只要存了心,何时非报恩之时,何地非报恩之地,明人还要细说么。"

我道:"只是我那回的上海走的不好,多了一点事,就闹的这里说感激,那里也说感激,把这种贵重东西送了来,看看他也有点难受。我从此再不敢多事了。"姊姊道:"这又不然。路见不平,拔刀相助,本来是抑强扶弱,互相维持之意。比如遇了老虎吃人,我力能杀虎的,自然奋勇去救;就是力不能杀虎,也要招呼众人去救,断没有坐视之理。你见了他送你的东西难受,不过是怕人说你望报的意思;其实这是出于他自己的诚心,与你何干呢。"我道:"那一天寻到了侣笙家里,他的夫人口口声声叫我君子;见了侣笙,又是满口的义士:叫得人怪害臊的。"母亲道:"叫你君子、义士不好,倒是叫你小人、混帐行子[2]的好!"姊

---

[1] 纰缪——错误。
[2] 混帐行子——骂人的话,指恶劣。

姊道："不是的。这是他的天真,也是他的稚气,以为做了这一点点的事,值不得这样恭维。你自己看见并没有出甚么大力量,又没有化钱,以为是一件极小的事;不知那秋菊从那一天以后的日子,都是你和王端甫给他过的了,如何不感激!莫说供长生禄位,就是天天来给你们磕头,也是该的。"我摇头道:"我到底不以为然。"姊姊笑道:"所以我说你又是天真,又是稚气。你满肚子要做施恩不受报的好汉,自己又说不出来。照着你这个性子,只要莫磨灭了,再加点学问,将来怕不是个侠士!"我笑道:"我说姊姊不过,只得退避三舍[1]了。"说罢,走了出来。

暗想姊姊今天何以这样恭维我,说我可以做侠士,我且把这话问继之去。走到书房里,继之出去了,问知是送课卷到藩台衙门去的。我便到上房里去,只见老妈子、鸦头在那里忙着叠锡箔,安排香烛,整备素斋。我道:"干娘今天上甚么供?"吴老太太道:"今天七月三十,是地藏王菩萨生日。他老人家,一年到头都是闭着眼睛的,只有今天是张开眼睛。祭了他,消灾降福。你这小孩子,怎不省得?"我向来厌烦这些事,只为是老太太做的,不好说甚么,便把些别话岔开去。

继之夫人道:"这一年来,兄弟总没有好好的在家里住。这回来了,又叫你大哥拉到场里去,白白的关一个多月,这是那里说起。"我

---

[1] 退避三舍——退让不敢相争的意思。历史故事:春秋时,晋公子重耳逃难经过楚国,得到楚国的接待和帮助。后来重耳做了国君,当和楚国打仗时,他命令自己的军队后退九十里再行作战,表示客气让步。古时行军,三十里叫做"舍","三舍"就是九十里。典出《左传》。

道："出闱之后,我总要住到拜了干娘寿才动身,还有好几天呢。"老太太道："你这回进去帮大哥看卷,要小心些,只要取年轻的,不要取年老的,最好是都在十七岁以内的。"我道："这是何意?"老太太道："你才十八岁,倘使那五六十岁的中在你手里,不叫他羞死么!"我笑道："我但看文章,怎么知道他的年纪?"老太太道："考试不要填了三代、年、貌的么?"我道："弥封了的,看不见。"老太太道："还有个法子,你只看字迹苍老的,便是个老头子。"我道："字迹也看不见,是用誊录[1]誊过的。"老太太笑道："这就没法了。"正说笑着,继之回来了,问笑甚么,我告诉了,大家又笑了一笑。我谈了几句,便回到自己房里略睡一会,黄昏时,方才起来吃饭。

一宿无话。次日,蔡侣笙夫人来了,又过去见了吴老太太、继之夫人。我便在书房陪继之。他们盘桓了一天才散。

光阴迅速,不觉到了初五日入闱之期,我便青衣小帽,跟了继之,带了家人王富,同到至公堂[2]伺候。行礼已毕,便随着继之入了内帘。继之派在第三房,正是东首的第二间。外面早把大门封了,加上封条。王富便开铺盖。开到我的,忽诧道："这是甚么?"我一看,原来是一枝风枪[3]。继之道："你带这个来做甚么?"我道："这是在

---

[1] 誊录——清朝科举考试,考生用墨笔写试卷,叫做墨卷。然后由专人把试卷另用朱笔重行誊录一遍,送给考官看。这另行誊录的卷子叫做朱卷。是防止考官因认识考生笔迹而舞弊的一种方法。
[2] 至公堂——科举时代,试院大堂的专名。
[3] 风枪——就是汽枪。

上海买的,到苏、杭去,沿路猎鸟,所以一向都是卷在铺盖里的。这回家来了,家里有现成铺陈,便没有打开他,进来时就顺便带了他,还是在轮船上卷的呢。"说罢,取过一边。这一天没有事。

第二天早起,主考差人出来,请了继之去,好一会才出来。我问有甚么事。继之道:"这是照例的写题目。"我问甚么题。继之道:"告诉了你,可要代我拟作一篇的。"我答应了。继之告诉了我,我便代他拟作了一个次题〔1〕、一首诗。

到了傍晚时候,我走出房外闲望,只见一个鸽子,站在檐上。我忽然想起风枪在这里,这回用得着了。忙忙到房里,取了枪,装好铅子,跑出来,那鸽子已飞到墙头上;我取了准头,扳动机簧,飕的一声着了,那鸽子便掉了下来。我连忙跑过去拾起一看,不觉吃了一惊。正是:任尔关防〔2〕严且密,何如一弹破玄机。不知为了何事大惊,且待下回再记。

---

〔1〕 次题——清朝科举考试,头场考八股文,要从四书里截取三个题目。题目有两种出法:一种是第一个题目出在《论语》上,第二个题目出在《中庸》上,第三个题目出在《孟子》上;一种是第一个题目出在《大学》上,第二个题目出在《论语》上,第三个题目出在《孟子》上。这第二个出在《中庸》或《论语》里的题目,就是次题。

〔2〕 关防——这里是防范的意思。本指官署的长方形印信。

第四十三回

试乡科[1]文闱放榜　上母寿戏彩称觞[2]

当时我无意中拿风枪打着了一个鸽子,那鸽子便从墙头上掉了下来,还在那里腾扑。我连忙过去拿住,觉得那鸽子尾巴上有异,仔细一看,果是缚着一张纸;把他解了下来,拆开一看,却是一张刷印出来已经用了印的题目纸。不觉吃了一惊。丢了鸽子,拿了题目纸,走到房里,给继之看。继之大惊道:"这是那里来的?"我举起风枪道:"打来的。我方才进来拿枪时,大哥还低着头写字呢。"继之道:"你说明白点,怎么打得来?"我道:"是拴在鸽子尾巴上,我打了鸽子,取下来的。"继之道:"鸽子呢?"我道:"还在外面墙脚下。"说话间,王富点上蜡烛来。继之对王富道:"外面墙脚下的鸽子,想法子把他藏过了。"王富答应着去了。

我道:"这不消说是传递了。但是太荒唐些,怎么用这个笨鸽子传递?"继之道:"鸽子未必笨,只是放鸽子的人太笨了,到了这个时候才放。大凡鸽子,到了太阳下山时,他的眼睛便看不见,所以才被

----

[1] 乡科——古来分科取士,所以考取了叫登科。当时以进士为甲科,举人为乙科,某某年考试叫某某科。乡科就是乡试。
[2] 称觞——举杯敬酒,表示祝贺。

你打着。"说罢,便把题目纸在蜡烛上烧了。我道:"这又何必烧了他呢?"继之道:"被人看见了,这岂不是嫌疑所在。你没有从此中过来,怨不得你不知道此中利害。此刻你和我便知道了题目,不足为奇;那外面买传递的不知多少,这一张纸,你有本事拿了出去,包你值得五六百元,所以里面看这东西很重。听说上一科,题目已经印了一万六千零六十张,及至再点数,少了十张,连忙劈了板片,另外再换过题目呢。"我笑道:"防这些士子,就如防贼一般,他们来考试,直头是来取辱。前几天家母还叫我回家乡去应小考,我是再也不去讨这个贱的了。"

继之道:"科名这东西,局外人看见,似是十分名贵,其实也贱得很。你还不知,到中了进士去殿试[1],那个矮桌子,也有三条腿的,也有两条腿的,也有破了半个面子的,也有全张松动的;总而言之,是没有一张完全能用的。到了殿试那天,可笑一班新进士,穿了衣冠,各人都背着一张桌子进去。你要看见了,管你肚肠也笑断了,嘴也笑歪了呢。"我笑道:"大哥想也背过的了?"继之道:"背的又不是我一个。"我道:"背了进去,还要背出来呢。"继之道:"这是定做的粗东西,考完了就撂下了,谁还要他。"

闲话少提。到了初十以后,就有朱卷送来了。起先不过几十本,我和继之分看,一会就看完了;到后来越弄越多,大有应接不暇之势。

---

〔1〕 殿试——清朝科举考试制度:会试发榜后,由皇帝再亲自考试一次对策(名义是皇帝亲考,实际还是由大臣主持),叫做殿试。殿试录取了,才能获得进士的称号。

第三十一回・论江湖揭破伪术　小勾留惊遇故人

第三十五回·声罪恶当面绝交　聆怪论笑肠几断

声罪无当面绝
交践怔论笑肠
几断　梅倩

第三十九回 老寒酸峻辞干馆 小书生妙改新词

第四十四回・荀观察被捉归公馆　吴令尹奉委署江都

荀观察被捉归公馆
吴令尹奉委署江都写

第四十八回・内外吏胥神奸狙猾　风尘妓女豪侠多情

第五十三回・变幻离奇治家无术 误交朋友失路堪怜

第五十七回・充苦力乡人得奇遇 发狂怒老父责顽儿

第五十九回・干儿子贪得被拐出洋　戈什哈神通能撤人任

乾儿子贪得被拐
出洋戈什哈神通
能撤人任
　　　趼霞写

只得每卷只看一个起讲[1]：要得的就留着，待再看下文；要不得的，便归在落卷一起。拣了好的，给继之再看；看定了，就拿去荐[2]。头场才了，二场的经卷又来；二场完了，接着又是三场的策问[3]。可笑这第三场的卷子，十本有九本是空策[4]，只因头场的"八股"荐了，这个就是空策，也只得荐在里面。我有心要拣一本好策，却只没有好的，只要他不空，已经算好了。后来看了一本好的，却是头、二场没有荐过，便在落卷里对了出来；看他那经卷，也还过得去，只是那"八股"不对。我问继之道："这么一本好策，奈何这个人不会作'八股'！"继之看了道："他这个不过枝节太多，大约是个古文家，你何妨同他略为改几个字，成全了这个人。"我吐出舌头，提起笔道："这个笔，怎么改得上去？"继之道："我文具箱里带着有银朱锭子。"我道："亏大哥怎么想到，就带了来。可是预备改朱卷的？"继之道："是内帘的，那一个不带着。你去看，有两房还堂而皇之的摆在桌上呢。"

---

[1] 起讲——也叫开讲，八股文里第三段文字，共十馀句。

[2] 荐——乡、会试的卷子，先由同考官分阅，认为作得好的，就加上批语，送给主考，表示这些卷子是可以录取的，叫做"荐"。

[3] 头场才了，二场的经卷又来；二场完了，接着又是三场的策问——清时乡、会试都接连考三场，每场三天。乡试八月里举行，会试三月里举行。规定初九日考头场，十二日考二场，十五日考三场。考生早一天领卷入场，后一天交卷出场。头场考八股文（从四书里出题）、试帖诗，二场考经义（从五经——《易》、《书》、《诗》、《礼》、《春秋》里出题），三场考策问。实际上录取的关键在于头场，头场里更着重头篇文字，二三场的考试有如具文。

[4] 空策——指策论作得空洞而不具体，别于实策而言。例如对以水利为题的，就从策论的类书（如《策府统宗》）里抄上一段有关水利的文字作答，不管实际是否符合，只求敷衍塞责。

我开了文具箱,取了朱锭、朱砚出来,把那本卷子看了两遍,同他改了几个字,收了朱砚,又给继之看。继之看过了,笑道:"真是点铁成金,会者不难,只改得二三十个字,便通篇改观了。这一份我另外特荐,等他中了,叫他来拜你的老师。"我道:"大哥莫取笑。请你倒是力荐这本策,莫糟蹋了,这个人是有实学的。"继之果然把他三场的卷子,叠做一叠,拿进去荐。回来说道:"你特荐的一本,只怕有望了。两位主考正在那里发烦,说没有好策呢。"

三场卷子都看完了,就没有事,天天只是吃饭睡觉。我道:"此刻没有事,其实应该放我们出去了,还当囚犯一般,关在这里做甚么呢。此刻倒是应试的比我们逍遥了。"继之忽地扑嗤的笑了一声。我道:"这有甚么好笑?"继之道:"我不笑你,我想着一个笑话,不觉笑了。"我道:"甚么笑话?"继之道:"也不知是那一省那一科的事,题目是'邦君之妻'[1]一章。有一本卷子,那破题是:'圣人思邦君之妻,愈思而愈有味焉。'"我听了不觉大笑。继之道:"当下这本卷子,到了房里,那位房官看见了,也像你这样一场大笑,拿到隔壁房里去,当笑话说;一时惊动了各房,都来看笑话。笑的太利害了,惊动了主考,吊了这本卷子去看,要看他底下还有甚笑话。谁知通篇都是引用《礼经》,竟是堂皇典丽的一篇好文章。主考忙又交出去,叫把破题改了荐进去,居然中在第一名。"我道:"既是通篇好的,为何又闹这个破题儿?"继之道:"传说是他梦见他已死的老子,教他这两句的,

---

[1]"邦君之妻"——邦君是国君,指诸侯。语出《论语》。

还说不用这两句不会中。"我道:"那里有这么灵的鬼,只怕靠不住。"继之道:"我也这么说。这件事没有便罢,倘是有的,那个人一定是个狂士,恐怕人家看不出他的好处,故意在破题上弄个笑话,自然要彼此传观,看的人多了,自然有看得出的。是这个主意也不定。"

我道:"这个也难说。只是此刻我们不得出去,怎么好呢?"继之道:"你怎那么野性?"我道:"不是野性。在家里那怕一年不出门,也不要紧;此地关着大门,不由你出去,不觉就要烦燥起来。只要把大门开了,我就住在这里不出去也不要紧。"继之道:"这里左右隔壁,人多得很,找两个人谈天,就不寂寞了。"我道:"这个更不要说。那做房官的,我看见他,都是气象尊严,不苟言笑的,那种官派,我一见先就怕了。那些请来帮阅卷的,又都是些耸肩曲背的,酸的怕人;而且又多半是吃鸦片烟的,那嘴里的恶气味,说起话直喷过来,好不难受!里面第七房一个姓王的,昨天我在外面同他说了几句话,他也说了十来句话,都是满口之乎者也的;十来句话当中,说了三个'夫然后'。"继之笑道:"亏你还同他记着帐!"我道:"我昨天拿了风枪出去,挂了装茶叶的那个洋铁罐的盖做靶子,在那里打着玩。他出来一见了,便摇头摆尾的说道:'此所谓有文事者,必有武备。'他正说这话时,我放了一枪,中了靶子,砉的一声响了。他又说道:'必以此物为靶始妙,盖可以聆声而知其中也;不然,此弹太小,不及辨其命中与否矣。'说罢,又过来问我要枪看,又问我如何放法。我告诉了他,又放给他看。他拿了枪,自言自语的,一面试演,一面说道:'必先屈而折之,夫然后纳弹;再伸之以复其原,夫然后拨其机簧;机动而弹发,弹着于靶,夫然后有声。'"继之笑道:"不要学了,倒是你去打靶消遣罢。"我便取了洋铁罐盖和枪,到外头去打了一回靶,不觉天色晚了。

自此以后,天天不过打靶消遣。主考还要搜遗[1],又时时要斟酌改几个朱卷的字,这都是继之自己去办了。直等到九月十二方才写榜,好不热闹!监临[2]、主考之外,还有同考官、内外监试、提调、弥封、收掌、巡绰[3]各官,挤满了一大堂。一面拆弥封唱名,榜吏一面写,从第六名写起,两旁的人,都点了一把蜡烛来照着,也有点一把香的,只照得一照,便拿去熄了,换点新的上来,这便是甚么"龙门香"、"龙门烛"[4]了。写完了正榜[5],各官歇息了一回,此时已经四更天光景了,众官再出来升座,再写了副榜[6],然后填写前五名。到了此时,那点香点烛的,更是热闹。直等榜填好了,卷起来,到天色黎明时,开放龙门,张挂全榜。

----

[1] 搜遗——试卷看完了,在出榜之前,主考又把房官没有呈荐的落卷再复看一遍,如发现里面有好卷子,可以临时补取,叫做搜遗。
[2] 监临——清朝乡试时设监临官,负责督率办理考试一切事情,顺天府乡试由府尹、各省乡试由巡抚任监临官。
[3] 内外监试、提调、弥封、收掌、巡绰——都是试场里的帘官:监试监督考试,负检举之责;提调主管调遣吏役、处理事务;弥封负责试卷的糊名、编号、用印;收掌见第四十二回注;巡绰负责管号。
[4] "龙门香"、"龙门烛"——龙门,本是跨在黄河上游两岸的山名。神话传说:那里水流湍急,鱼类不容易逆流而上;如能跳过龙门,就可以变为神龙。这里龙门香、龙门烛,以及下文"开放龙门"(考场的二门)的龙门,意思都是说,考生中式成名,犹如鱼的跃过龙门而成为神龙一样。
[5] 正榜——录取名单的榜示。正榜,别于副榜而言。
[6] 副榜——清时乡试于录取正卷外,另行录取若干名,叫做副榜,犹如备取。副榜取得到国子监读书的资格,称为副贡生。

此时继之还在里面,我不及顾他,犹如临死的人得了性命一般,往外一溜,就回家去了。时候虽早,那看榜的人,却也万头攒动。一路上往来飞跑的,却是报子[1]分投报喜的。我一面走,一面想着:"作了几篇臭'八股',把姓名写到那上头去,便算是个举人,到底有甚么荣耀?这个举人,又有甚么用处?可笑那班人,便下死劲的去争他,真是好笑!"又想道:"我何妨也去弄他一个。但是我未进学,必要捐了监生,才能下场。化一百多两银子买那张皮纸,却也犯不着。"一路想着,回到家,恰好李升打着轿子出来去接继之。我到里面去,家里却没有人,连春兰也不看见,只有一个老妈子在那里扫地。我知道都在继之那边了,走了过去,果然不出我之所料,上前一一见过。

母亲道:"怎么你一个人回来?大哥呢?"我道:"大哥此刻只怕也就要出来了。我被关了一个多月,闷得慌了,开了龙门就跑的。"吴老太太道:"我的儿!你辛苦了!我们昨天晚上也没有睡,打了一夜牌,一半是等你们,一半也替你们分些辛苦。"说着,自己笑了。姊姊道:"只关了一个多月,便说是慌了,像我们终年不出门的怎样呢!"我道:"不是这样说。叫我在家里不出门,也并不至于发闷;因为那里眼睁睁看着有门口,却是封锁了,不能出来的,这才闷人呢。而且他又不是不开,也常常开的,拿伙食东西等进来,却不许人出进,一个在门外递入,一个在门里接收;拿一个碗进来,连碗底都要看过。

---

[1] 报子——最先将录取的消息向新举人、进士报喜,借以取得优厚赏金的差役。

无论何人，偶然脚踹了门阈，旁边的人便叱喝起来。主考和监临说话，开了门，一个坐在门里，一个坐在门外。"母亲道："怎么场里面的规矩这么严紧？"我道："甚么规矩！我看着直头是捣鬼！要作弊时，何在乎这个门口。我还打了一个鸽子，鸽子身上带着题目呢。"老太太道："规矩也罢，捣鬼也罢，你不要管了，快点吃点心罢。"说着，便叫鸦头："拿我吃剩下的莲子汤来。"我忙道："多谢干娘。"

等了一会，继之也回来了。与众人相见过，对我说道："本房中了几名，你知道了么？"我道："我只管看卷子，不管记帐，那里知道。"继之道："中了十一卷，又拨了三卷给第一房，这回算我这房最多了。你特荐的好策，那一本中在第十七名上。两位主考都赞我好法眼，那里知道是你的法眼呢。"我道："大哥自己也看的不少，怎么都推到我身上？"继之道："说也奇怪，所中的十一卷，都是你看的，我看的一卷也不曾中。"说罢，吃了点心，又出去了。大约场后的事，还要料理两天，我可不去帮忙了。

坐了一会，我便回去。母亲、婶婶、姊姊，也都辞了过来。只见那个柴窑的弥勒佛，已经摆在桌上了。我问寿屏怎样了。姊姊道："已经裱好了。但只有这两件，还配些甚么呢？伯娘意思，要把这如意送去。我那天偶然拿起来看，谁知紫檀柄的背后，镶了一块小小的象牙，侣笙把你救秋菊和遇见他的事，详详细细的撰了一篇记刻在上面，这如何能送得人。"我听见连忙开了匣子，取出如意来看，果然一片小牌子,上面刻了一篇记。那字刻得细入毫芒[1],却又波磔[2]分明。不觉叹道:"此公真是多才多艺!"姊姊道:"你且慢赞别人,且先料理了这件事,应该再配两样甚么?"我道:"急甚么!明日去配上两件衣料便是。"

忽然春兰拿了一封信来,是继之给我的。拆开看时,却是叫我写请帖的签条,说帖子都在书房里。我便过去,见已套好了一大叠帖子,签条也粘好了,旁边一本簿子,开列着人名,我便照写了。这一天功夫,全是写签条,写到了晚上九点钟,才完了事。交代家人,明日一早去发。一宿无话。

次日我便出去,配了两件衣料回来,又配了些烛酒面之类,送了过去。却只受了寿屏、水礼[3],其余都退了回来。往返推让了几次,总是不受,只得罢了。

继之商通了隔壁,到十九那天,借他的房子用,在客堂外面天井里,拆了一堵墙,通了过去。那隔壁是一所大房子,前面是五开间大厅;后进的宽大,也相仿佛,不过隔了东西两间暗房,恰好继之的上房开个门,可以通得过去。就把大厅上的屏风撤去,一律挂了竹帘,以便女客在内看戏。前面天井里,搭了戏台;在自己的客堂里,设了寿座。先一天,我备了酒,过去暖寿。又叫了变戏法的来,玩了一天。

---

[1] 毫芒——毫,毫毛;芒,草谷的细须。毫芒,指细小,纤微。
[2] 波磔——写字向右边下捺的一笔叫做磔,下捺的笔法像波浪一样,所以又称"波磔"。这里波磔是笔划的意思。
[3] 水礼——普通的礼物,如酒烛食物之类,是相对于贵重礼物而言。

连日把书房改做了帐房，专管收礼、发赏号的事。

到了十九那一天，一早我先过去拜寿。只见继之夫妇，正在盛服向老太太行礼。铺设得五色缤纷，当中挂了姊姊画的那一堂寿屏，两旁点着五六对寿烛。我也上前去行过礼。那边母亲、婶婶、姊姊，也都过来了。我恐怕有女客，便退了出来，到外面寿堂上去。只见当中挂着一堂泥金寿屏，是藩台送的，上面却是侣笙写的字；两旁是道台、首府、首县的寿幛；寿座上供了一匣翡翠三镶如意，还有许多果品之类，也不能尽记。地下设了拜垫，两旁点了两排寿烛，供了十多盆菊花。走过隔壁看时，一律的挂着寿联、寿幛，红光耀眼。阶沿墙脚，都供了五色菊花。不一会，继之请的几位知客[1]，都衣冠到了。除了上司挡驾之外，其馀各同寅纷纷都到，各局所的总办、提调、委员，无非是些官场。到了午间，摆了酒席，一律的是六个人一桌。入席开戏，席间每来一个客，便跳一回加官[2]，后面来了女客，又跳女加冠，好好的一本戏，却被那跳加官占去了时候不少。

到了下午时候，我回到后面去解手，方才走到寿座的天井里，只见一个大脚女人，面红耳赤，满头是汗，直闯过来。家人们连忙拦住道："女客从这边走。"就引他到上房里去。我回家解过手，仍旧过

----

〔1〕 知客——这里指婚丧典礼中的招待员。
〔2〕 加官——从前演戏开场时，照例由一人戴着面具，穿红袍，持手笏，并拿着"天官赐福"、"指日高升"一类吉祥字眼的条幅道具，在场上跳几转，叫做跳加官。人家有喜庆事所邀的戏班，于每一贵官到场时，就跳一回加官，以示祝贺。

来，只见座上各人，都不看戏，一个个的都回过脸来，向帘内观看。那帘内是一片叫骂之声，不绝于耳。正是：庭前方竞笙歌奏，座后何来叫骂声？不知叫骂的是谁，又是为着甚事叫骂，且待下回再记。

第四十四回

苟观察被捉归公馆　　吴令尹奉委署江都

当日女客座上,来的是藩台夫人及两房姨太太、两位少太太、一位小姐,这是他们向有交情的,所以都到了;其馀便是各家官眷,都是很有体面的,一个个都是披风[1]红裙。当这个热闹的时候,那里会叫骂起来?原来那位苟才,自从那年买嘱了那制台亲信的人,便是接二连三的差事;近来又委了南京制造局总办,又兼了筹防局、货捐局两个差使,格外阔绰起来。时常到秦淮河去嫖,看上了一个妓女,化上两吊银子,讨了回去做妾,却不叫大老婆得知,另外租了小公馆安顿。他那位大老婆是著名泼皮的,日子久了,也有点风闻,只因不曾知得实在,未曾发作。这回继之家的寿事,送了帖子去,苟才也送了一份礼。请帖当中,也有请的女客帖子。他老婆便问去不去。苟才说:"既然有了帖子,就去一遭儿也好。"谁知到了十八那天,苟才对他说:"吴家的女帖是个虚套,继之夫人病了,不能应酬,不去也罢。"他老婆倒也信了。你道他为何要骗老婆?只因那讨来的婊子,知道这边有寿事唱戏,便撒娇撒痴的要去看热闹,苟才被他缠不过,只得应许了。又怕他同老婆当面不便,因此撒一个谎,止住了老婆。又想

---

[1] 披风——清时妇女礼服的外套。

只打发侍妾来拜寿,恐怕继之见怪;好在两家眷属不曾来往过,他便置备了二品命妇的服式,叫姨子穿上,扮了旗装,只当是正室。传了帖子进去,继之夫人相见时,便有点疑心,暗想他是旗人,为甚裹了一双小脚,而且举动轻佻,言语鹘突[1],喜笑无时,只是不便说出。

苟才的公馆与继之处相去不过五六家,今日开通了隔壁,又近了一家,这边锣鼓喧天,鞭炮齐放,那边都听得见。家人仆妇在外面看见女客来的不少,便去告诉了那苟太太。这几个仆妇之中,也有略略知道这件事的,趁便讨好,便告诉他说,听说老爷今天叫新姨太太到吴家拜寿听戏,所以昨天预先止住了太太,不叫太太去。他老婆听了,便气得三尸[2]乱暴,七窍生烟,趁苟才不在家,便传了外面家人来拷问。家人们起先只推不知,禁不起那妇人一番恫喝,一番软骗,只得说了出来。妇人又问了住处,便叫打轿子。再三吩咐家人,有谁去送了信的,我回来审出来了,先撕下他的皮,再送到江宁县里打屁股,因此没有人敢给信。他带了一个家人,两名仆妇,径奔小公馆来。进了门去,不问情由,打了个落花流水。喝叫把这边的家人仆妇绑了,叫带来的家人看守,"不是我叫放,不准放"。

又带了两名仆妇,仍上轿子,奔向继之家来。我在寿座天井里碰见的正是他。因为这天女客多,进出的仆妇不少,他虽跟着有两个仆妇,我可不曾留意。他一径走到女座里,又不认得人,也不行礼,直闯

-----

[1] 鹘突——糊里糊涂、冒冒失失的样子。
[2] 三尸——道家迷信说法:人身里有三尸神,分据在脑、明堂和腹胃里。

进去。继之夫人也不知是甚么事,只当是谁家的一个仆妇。他竟直闯第一座上,高声问道:"那一个是秦淮河的蹄子?"继之夫人吃了一惊。我姊姊连忙上去拉他下来,问他找谁,"怎么这样没规矩!那首座的是藩台、盐道的夫人,两边陪坐的都是首府、首县的太太,你胡说些甚么!"妇人道:"便是藩台夫人便怎么!须知我也不弱!"继之夫人道:"你到底找谁?"妇人道:"我只找秦淮河的蹄子!"我姊姊怒道:"秦淮河的蹄子是谁?怎么会走到这里来?那里来的疯婆子,快与我打出去!"妇人大叫道:"你们又下帖子请我,我来了又打我出去,这是甚么话!"继之夫人道:"既然如此,你是谁家宅眷?来找谁?到底说个明白。"妇人道:"我找苟才的小老婆。"继之夫人道:"苟大人的姨太太没有来,倒是他的太太在这里。"妇人问是那一个,继之夫人指给他看。妇人便撇了继之夫人,三步两步闯了上去,对准那婊子的脸上,劈面就是一个大巴掌。那婊子没有提防,被他猛一下打得耳鸣眼热,禁不得劈拍劈拍接连又是两下,只打得珠花散落一地。连忙还手去打,却被妇人一手挡开。只这一挡一格,那婊子带的两个镀金指甲套子[1],不知飞到那里去了。妇人顺手把婊子的头发抓住,拉出座来,两个扭做一堆,口里千蹄子,万淫妇的乱骂;婊子口里也嚷骂老狐狸,老泼货。我姊姊道:"反了!这成个甚么样子!"喝叫仆妇把这两个怪物,连拖带拽的拉到自己上房那边去;又叫继之夫人,只管

------

[1] 指甲套子——从前妇女欢喜把指甲留得很长,以为美观。指甲长了容易折断,就用金银之类做成套子来保护,也就成为一种装饰品。

招呼众客,这件事我来安排;又叫家人快请继之。此时我正解完了手,回到外面,听见里面叫骂,正不知为着甚事,当中虽然挂的是竹帘,望进去却隐隐约约的,看不清楚。看见家人来请继之,我也跟了进去看看。只见他两个在天井里仍然扭做一团,妇人伸出大脚,去踩那婊子的小脚;踩着他的小脚尖儿,痛的他站立不住,便倒了下来,扭着妇人不放,妇人也跟着倒了;婊子在妇人肩膀上,死命的咬了一口,而且咬住了不放;妇人双手便往他脸上乱抓乱打,两个都哭了。我姊姊却端坐在上面不动。各家的仆妇挤了一天井看热闹。继之忙问甚么事。姊姊道:"连我们都不知道。大哥快请苟大人进来,这总是他的家事,他进来就明白了,也可以解散了。"继之叫家人去请。姊姊便仍到那边去了。

不一会,家人领着苟才进来。那妇人见了,便撇了婊子,尽力挣脱了咬口,飞奔苟才,一头撞将过去,便动手撕起来,把朝珠扯断了,撒了一地。妇人嘴里嚷道:"我同你去见将军去!问问这宠妾灭妻,是出在《大清会典》[1]那一条上?你这老杀才!你嫌我老了,须知我也曾有年轻的时候对付过你来!你就是讨婊子,也不应该叫他穿了我的命服[2],居然充做夫人!你把我安放到那里?须知你不是皇帝,家里没有冷宫[3]!你还一个安放我的所在来,我便随你去干!"苟才气的目瞪口呆,只连说"罢了罢了"。那婊子盘膝坐在地

---

〔1〕《大清会典》——记载清朝典章法制的书,包括典制和事例。
〔2〕 命服——官员和受封诰的妇女,按品级穿着的大礼服。
〔3〕 冷宫——因失宠而被黜退的后妃所住的地方。

上,双手握着脚尖儿,嘴里也是老泼货,老不死的乱骂。一面爬起来,一步一拐的,走到苟才身边撕住了哭喊道:"你当初许下了我,永远不见泼辣货的面,我才嫁你;不然,南京地面,怕少了年轻标致的人,怕少了万贯家财的人,我要嫁你这个老杀才!你骗了我入门,今天做成这个圈套捉弄我!到了这里,当着许多人羞辱我!"一边一个,把苟才裉住[1],倒闹得苟才左右为难。我同继之又不好上前去劝。苟才只有叹气顿足,被他两个闹得衣宽带松,补服也扯了下来。闹了好一会,方才说道:"人家这里拜寿做喜事,你们也太闹的不成话了,有话回家去说呀。"妇人听说,拉了苟才便走。继之倒也不好去送,只得由他去了。婊子倒是一松手道:"凭你老不要脸的抢了汉子去,我看你死了也搂他到棺材里!"继之对我道:"还是请你姊姊招呼他罢。"说着出去了。我叫仆妇到那边,请了姊姊过来,姊姊便带那婊子到我们那边去,我也到外面去了。

此时众人都卸了衣冠,撤了筵席,桌上只摆了瓜子果碟。众人看见继之和我出去,都争着问是甚么事,只得约略说了点。大家议论纷纷,都说苟才的不是,怎么把命服给姨娘穿起来,怪不得他夫人动气,然而未免暴躁些。有个说苟观察向来讲究排场,却不道今天丢了这个大脸。

正在议论之间,忽听得外面一迭连声叫报喜。正要叫人打听时,早抢进了一个人,向继之请了个安道:"给吴老爷报喜、道喜!"继之

---

[1] 裉住——这里是扯住的意思。

道:"甚么事?"那人道:"恭喜吴老爷!署理江都县,已经挂了牌了!"原来藩台和继之,是几代的交情,向来往来甚密;只因此刻彼此做了官,反被官礼拘束住了,不能十分往来,也是彼此避嫌的意思。藩台早就有心给继之一个署缺,因知道今天是他老太太的整寿,前几天江都县出了缺,论理就应该即刻委人,他却先委了扬州府经历[1]暂行代理,故意挨到今日挂牌,要博老太太一笑。这来报喜的,却是藩台门上[2]。向来两司[3]门上是很阔的,候补州县官,有时要望同他拜个把子也够不上呢,他如何肯亲来报喜?因为他知道藩台和继之交情深,也知道藩台今天挂牌的意思,所以特地跑来讨好。又出来到寿座前拜了寿。继之让他坐,他也不敢就坐,只说公事忙,便辞去了。这话传到了里头去,老太太欢喜不尽,传话出来,叫这出戏完了,点一出《连升三级》(戏名也)。戏班里听见这个消息,等完了这出戏,又跳了一个加官讨了赏,才唱点戏。

　　到了晚上,点起灯烛,照耀如同白日,重新设席,直到三鼓才散。我进去便向老太太道喜。劳乏了一天,大家商量要早点安歇。我和姊姊便奉了母亲、婶婶回家。我问起那位苟姨太太怎样了。姊姊道:"那种人真是没廉耻!我同了他过来,取了奁具给他重新理妆,他洗

---

[1] 府经历——知府的属官,主管出纳、文牍等事。后文也称府厅、府经、府经厅。
[2] 门上——也称门丁、门口。有广狭二义:狭义指官署里的门房、传达;广义指官署里一切差役,因为从前差役多在官署门口的房屋里办公的缘故。后文"稿案门丁",就是经管文件的差役,"门政大爷"则专指门房。
[3] 两司——对藩台和臬台的合称。

过了脸,梳掠了头髻,重施脂粉,依然穿了命服,还过去坐席,毫不羞耻。后来他家里接连打发三起人接他,他才去了。"我道:"回去还不知怎样吵呢。"姊姊道:"这个我们管他做甚!"说罢,各自回房歇息。

次日,继之先到藩署谢委,又到督辕禀知、禀谢,顺道到各处谢寿。我在家中,帮着指挥家人收拾各处,整整的忙了三天,方才停当。

此时继之已经奉了札子,饬知到任,便和我商量。因为中秋节后,各码头都未去过,叫我先到上江一带去查一查帐目,再到上海、苏、杭,然后再回头到扬州衙门里相会。我问继之,还带家眷去不带。继之道:"这署事不过一年就回来了,还搬动甚么呢。我就一个人去,好在有你来往于两间,这一年之中,我不定因公晋省也有两三次,莫若仍旧安顿在这里罢。"我听了,自然无甚说话。当下又谈谈别的事情。

忽然家人来报说:"藩台的门上大爷来了。"继之便出去会他。一会儿进来了,我忙问是甚么事。继之道:"方伯升了安徽巡抚,方才电报到了,所以他来给我一个信。"说着,便叫取衣服来,换过衣帽,上衙门去道喜。继之去后,我便到上房里去,恰好我母亲和姊姊也在这边,大家说起藩台升官,都是欢喜,自不必说;只有我姊姊,默默无言,众人也不在意。过了一会,继之回来了,说道:"我本来日间便要禀辞到任,此刻只得送过中丞再走的了。"我道:"新任藩台是谁?只怕等新任到了算交代,有两个月呢。"继之道:"新藩台是浙江臬台升调的,到这里本来有些日子,因为安徽抚台是被参的,这里中丞接的电谕是'迅赴新任,毋容来京请训',所以制台打算委巡道代理藩司,以便中丞好交卸赴新任去,大约日子不能过远的,顶多不过十天八天罢了。"说着话,一面卸下衣冠,又对我说道:"起先我打算等我走后,你再动身;此刻你犯不着等我了,过一两天,你先到上江去,我们还是在江都会罢。我近来每处都派了自己家里人在那里,你顺便去留心查察,看有能办事的,我们便派了他们管理;算来自己家里人,总比外人靠得住。"我答应了。

过了两天,附了上水船,到汉口去,稽查一切。事毕回到九江,一路上倒没有甚么事。九江事完之后,便附下水船到了芜湖,耽搁了两天。打听得今年米价甚是便宜,我便译好了电码,亲自到电报局里去,打电报给上海管德泉,叫他商量应该办否。刚刚走到电报局门口,只见一乘红轿围的蓝呢中轿,在局门口憩下,轿子里走出一个人来,身穿湖色绉纱密行棉袍,天青缎对襟马褂,脸上架了一副茶碗口大的墨晶眼镜,头上戴着瓜皮纱小帽。下得轿来,对我看了一眼,便把眼镜摘下,对我拱手道:"久违了!是几时到的?"我倒吃了一个闷葫芦,仔细一看,原来不是别人,正是在大关上和挑水阿三着象棋的毕镜江;面貌丰腴的了不得,他不向我招呼,我竟然要认不得他了。当下只得上前厮见。镜江便让我到电局里客堂上坐。我道:"我要发个电信呢。"他道:"这个交给我就是。"我只得随他到客堂里去,分宾坐下。他便要了我的底子,叫人送进去。一面问我现在在甚么地方,可还同继之一起。我心里一想,这种人何犯上给他说真话,因说道:"分手多时了。此刻在沿江一带跑跑,也没有一定事情。"他道:"继之这种人,和他分了手倒也罢了,这个人刻薄得很。舍亲此刻当这局子的老总，带了兄弟来，当一个收支委员。本来这收支上面还有几位司事，兄弟是很空的；无奈舍亲事情忙，把一切事都交给兄弟去办，兄弟倒变了这局子的老总了。说来也不值当，拿了收支的薪水，办的总办的事，你说冤不冤呢。"我听了一席话，不觉暗暗好笑，嘴里只得应道："这叫做'能者多劳'啊。"正说话时，便来了两个人，都是趾高气扬的，嚷着叫调桌子打牌。镜江便邀我入局，我推说不懂，要了电报收单，照算了报费，便辞了回去。

第二天德泉回电到了，说准定赁船来装运。我一面交代照办，便附了下水船，先回南京去一趟。继之已经送过中丞，自己也到任去了。姊姊交给我一封信，却是蔡侣笙留别的，大约说此番随中丞到安徽去，后会有期的话。我盘桓了两天，才到上海，和德泉商量了一切。又到苏州走了一趟，才到杭州去。料理清楚，要打算回上海去，却有一两件琐事不曾弄明白，只得暂时歇下。

这天天气晴明，我想着人家逛西湖都在二三月里，到了这个冬天，湖上便冷落得很；我虽不必逛湖，又何妨到三雅园去吃一杯茶，望望这冬天的湖光山色呢。想罢，便独自一人，缓步前去。刚刚走到城门口，劈头遇见一个和尚，身穿破衲，脚踏草鞋，向我打了一个问讯[1]。正是：不是偷闲来竹院[2]，如何此地也逢僧？不知这和尚是谁，且待下回再记。

----

[1] 问讯——出家人向人当胸合掌，口里问安，叫做问讯。
[2] 偷闲来竹院——这里同下面的一句是引用唐李涉诗"因过竹院逢僧话，又得浮生半日闲"的典故。

第四十五回

评骨董门客巧欺蒙　送[1]忤逆县官托访察

你道那和尚是谁？原来不是别人，正是那逼死胞弟、图卖弟妇的黎景翼。不觉吃了一惊，便问道："你是几时出家的？为甚弄到这个模样？"景翼道："一言难尽！自从那回事之后，我想在上海站不住了，自己也看破一切，就走到这里来，投到天竺寺，拜了师傅做和尚。谁知运气不好，就走到那里都不是，那些僧伴，一个个都和我不对。只得别了师傅，到别处去挂单[2]，终日流离浪荡，身边的盘费，弄的一文也没了，真是苦不胜言！"他一面说话，我一面走，他只管跟着，不觉到了三雅园。我便进去泡茶，景翼也跟着进去坐下。茶博士[3]泡上茶来。景翼又问我到这里为甚事，住在那里。我心中一想，这个人招惹他不得，因说道："我到这里没有甚么事，不过看个朋友，就住我朋友家里。"景翼又问我借钱，我无奈，在身边取了一圆洋银给他，他才去了。

---

〔1〕送——尊长在官署里控告幼辈叫做送。
〔2〕挂单——和尚临时寄住在别的庙里，把随身的衣钵袋挂在僧堂的钩上，以便随时离去，叫做挂单。
〔3〕茶博士——唐陆羽为李季卿烹茶，李呼陆为煮茶博士，后来就以茶博士称卖茶的人。

那茶博士见他去了,对我说道:"客人怎么认得这个和尚?"我道:"他在俗家的时候,我就认得他的。"茶博士道:"客人不认得他也罢!"我道:"这话奇了!我已经认得他了,怎么能够不认得呢。"茶博士道:"客人有所不知:这个和尚不是个好东西,专门调戏人家妇女,被他师傅说他不守清规,把他赶了出来。他又投到别家庙儿里去。有一回,城里乡绅人家做大佛事,请了一百多僧众念经,他也投在里面,到了人家,却乘机偷了人家许多东西,被人家查出了,送他到仁和县里去请办,办了个枷号[1]一个月示众。从此他要挂单,就没有人家肯留他了。"我听了这话,只好不做理会。闲坐了一回,眺望了一回湖光山色,便进城来。

忽然想起当年和我办父亲后事的一位张鼎臣,我来到杭州几次,总没有去访他;此时想着访他谈谈,又不知他住在那里。仔细想来,我父亲开店的时候,和几家店铺有来往,我在帐簿上都看见过的,只是一时想不起来。猛可想起鼓楼弯保合和广东丸药店,是当日来往极熟的,只怕他可以知道鼎臣下落。想罢,便一径问路到鼓楼弯去,寻到了保合和,只见里面纷纷发行李出来,不知何故。我便挨了进去,打着广东话,向一位有年纪的拱手招呼,问他贵姓。那人见我说出广东话,以为是乡亲,便让坐送茶,说是姓梁,号展图。又转问了我,我告诉了,并说出来意,问他知道张鼎臣下落不知。展图道:"听说他做了官了,我也不知底细,等我问问舍侄便知道了。"说罢,便向

---

[1] 枷号——把囚犯颈上带着木枷发往某一地点示众,叫做枷号。

一个后生问道："你知道张鼎臣现在那里?"那后生道："他捐了个盐知事[1],到两淮候补去了。"只见一个人闯了进来道："客人快点下船罢,不然潮要来了!"展图道："知道,我就来。"我道："原来老丈要动身,打扰了!"说罢起身。展图道："我是要到兰溪去走一次。"我别了出来,自行回去。

到了次日,便叫了船仍回上海,耽搁一天,又到镇江稽查了两天帐目,才雇了船渡江到扬州去。入到了江都县衙门,自然又是一番景象。除了继之之外,只有文述农是个熟人。我把各处的帐目给继之看了,又述了各处的情形,便与述农谈天。此时述农派做了帐房,彼此多时未见,不免各诉别后之事。我便在帐房里设了榻位,从此和述农联床夜话。好得继之并不叫我管事,闲了时,便到外面访访古迹,或游几处名胜。最好笑的,是相传扬州的二十四桥,一向我只当是个名胜地方;谁知到了此地问时,那二十四桥竟是一条街名。被古人欺了十多年,到此方才明白。继之又带了我去逛花园。原来扬州地方,花园最多,都是那些盐商盖造的;上半天任人游玩,到了下午,园主人就来园里请客,或做戏不等。

这天述农同了我去逛容园。据说这容园是一个姓张的产业,扬州花园,算这一所最好;除了各处楼台亭阁之外,单是厅堂,就有了三

---

[1] 盐知事——盐运司知事的简称。盐运使的属官,分辖某一地区的盐场,又称盐场知事。

十八处，却又处处的装潢不同。游罢了回来，我问起述农，说这容园的繁华，也可以算绝顶了。久闻扬州的盐商阔绰，今日到了此地，方才知道是名不虚传。述农道："他们还是拿着钱不当钱用，每年冤枉化去的不知多少；若是懂得的，少化几个冤枉钱，还要阔呢。"我道："银钱都积在他们家里也不是事，只要他肯化了出来，外面有得流通便好，管他冤枉不冤枉。搁不住这班人都做了守财虏，年年只有入款，他却死搂着不放出来，不要把天下的钱，都辇〔1〕到他家么。"述农道："你这个自是正论。然而我看他们化的钱，实在冤枉得可笑！平白无端的，养了一班读书不成的假名士在家里，以为是亲近风雅，要借此洗刷他那市侩的名字。化了钱养了几个寒酸，倒也罢了，那最奇的，是养了两班戏子，不过供几个商家家宴之用，每年要用到三万多银子！这还说是养了几个人；只有他那买古董，却另外成就一种癖性，好好的东西拿去他不买，只要把东西打破了拿去，他却出了重价。"我不觉笑道："这却为何？"述农道："这件事你且慢点谈，可否代我当一个差？我请你吃酒。"我道："说得好好的，又当甚么差？"

述农在箱子里，取出一卷画来，展开给我看，却是一幅横披〔2〕，是阮文达公〔3〕写的字。我道："忽然看起这个做甚么？"述农指着一方图书道："我向来知道你会刻图书，要请你摹出这一个来，有个用

---

〔1〕 辇——运送的意思。
〔2〕 横披——横幅书画的专称。
〔3〕 阮文达公——名元，字伯元，号芸台，文达是他的谥号，清嘉庆、道光年间曾历任督、抚、大学士等官，著述很多。

处。"我看那图书时,却是"节性斋"〔1〕三个字。因说道:"这是刻的近于邓石如〔2〕一派,还可以仿摹得来,若是汉印〔3〕就难了。但不知你仿来何用?"述农一面把横披卷起,仍旧放在箱子里道:"摹下来自有用处。方才说的那一班盐商买古董,好东西他不要,打破了送去,他却肯出价钱,你道他是甚么意思?原来他拿定了一个死主意,说是那东西既是千百年前相传下来的,没有完全之理;若是完全的,便是假货。因为他们个个如此,那一班贩古董的知道了,就弄了多少破东西卖给他们。你说冤枉不冤枉?有一个在江西买了一个花瓶是仿成化窑〔4〕的东西,并不见好,不过值上三四元钱;这个人却叫玉工来,把瓶口磨去了一截,配了座子,贩到扬州来,却卖了二百元。你说奇不奇呢。他那买字画,也是这个主意,见了东西,也不问真假,先要有名人图书没有;也不问这名人图书的真假,只要有了两方图书,便连字画也是真的了。我有一个董其昌手卷,是假的,藏着他没用,打算冤给他们,所以请你摹了这方图书下来,好盖上去。"我笑道:"这个容易,只要买了石来。但怕他看出是假的,那就无谓了。"述农道:"只要先通了他的门客,便不要紧。"我道:"他的门客,难道倒帮

---

〔1〕 "节性斋"——阮元的斋名。阮元对自己收藏欣赏的字画,上面都盖上节性斋三字的印章。
〔2〕 邓石如——清人,号完白山人。擅长篆书,善刻印章,号称邓派。
〔3〕 汉印——一种阴文篆字的印,是仿照汉朝印章的形式镌刻的,所以通称汉印。
〔4〕 成化窑——简称成窑。明成化年间出产的一种窑瓷,以小件和五彩的最为名贵。

了外人么?"述农道:"这班东西懂得甚么外人内人,只要有了回用,他便拍合。有一回有个人拿了一幅画去卖,要价一千银子,那门客要他二成回用,那人以为做生意九五回用,是有规矩的,如何要起二成来,便不答应他。他说若不答应,便交易不成,不要后悔。卖画的自以为这幅画是好的,何忧卖不去,便没有答应他。及至拿了画去看,却是画的一张人物,大约是'岁朝图'〔1〕之类,画了三四个人,围着掷骰子,骰盘里两颗骰子坐了五,一个还在盘里转,旁边一个人,举起了手,五指齐舒,又张开了口,双眼看着盘内,真是神彩奕奕。东家看了,十分欢喜,以为千金不贵。那门客却在旁边说道:'这幅画虽好,可惜画错了,便一文不值。'东家问他怎么画错了。他说:'三颗骰子,两颗坐了五,这一颗还转着未定,喝骰子的人,不消说也喝六的了;他画的那喝骰子的,张开了口,这"六"字是合口音,张开了口,如何喝得"六"字的音来?'东家听了,果然不错,便价也不还,退了回去。那卖画的人,一场没趣,只得又来求那门客。此时他更乐得拿腔〔2〕了,说已经说煞了,挽回不易,必要三成回用。卖画的只得应允了。他却拿了这幅画,仍然去见东家,说我仔细看了这画,足值千金。东家问有甚凭据。他说:'这幅画是福建人画的,福建口音叫"六"字,犹如扬州人叫"落"字一般,所以是开口的;他画了开口,正所以传那叫"六"字之神呢。'他的东家听了,便打着扬州话'落落'的

---

〔1〕 "岁朝图"——岁朝,元旦。岁朝图就是关于元旦事物的画图。
〔2〕 拿腔——装腔作势、搭架子,也叫拿乔。

叫了两声,果然是开口的,便乐不可支,说道:'亏得先生渊博,不然几乎当面错过。'马上兑了一千银子出来,他便落了三百。"

我听了,不觉笑起来道:"原来多懂两处方言,却有这等用处。但不知这班盐商怎么弄得许多钱? 我看此中必定有个弊端。"述农道:"这个何消说得。这里面的毛病,我也弄不清楚。闻得两淮盐额有一千六百九万多引[1],叫做'纲盐'[2]。每引大约三百七十斤,每斤场[3]价不过七八文,课银不过三厘多;运到汉口,便每斤要卖五六十文不等。愈远愈贵,并且愈远愈杂。这里场盐是雪白的,运到汉口,便变了半黄半黑的了。有部帖的盐商,叫做'根窝'。有根窝的,每盐一引,他要抽银一两,运脚公用。每年定额是七十万,近来加了差不多一倍;其实运脚所用,不及四分之一,汉口的岸费,每引又要派到一两多,如何不发财。所以盐院[4]的供应,以及缉私犒赏,赡养穷商子孙,一切费用,都出在里面。最奇的,他们自己对自己,也要做弊:总商[5]去见运司,这是他们商家的公事了,见运司那个手本,

---

[1] 引——衡名。清时盐斤的重量用引(淮盐每引六百斤)来计算,因而称盐商为引商,引商有专卖权的地方有引岸,官署发给引商的运盐执照为引票。下文"部帖"就是引票,"岸"就是引岸。
[2] "纲盐"——凡是运送大批货物,分批运行,把每一批运货的车船都编起号码来,叫做一纲。当时运盐也采用这种方法,所以叫做纲盐。并因此而称盐商为纲商,销盐的地方为纲岸。
[3] 场——指盐场,就是产盐的地方。
[4] 盐院——即盐政,是管理各地盐务的长官,地位在盐运使之上,通常由督抚兼任。
[5] 总商——盐商的头目。除了经营业务外,并受官署委托,负责督促其他盐商交税。

不过几十文就买来了,他开起帐来,却是一千两。你说奇不奇?"我听到这里,不觉吐出了舌头道:"这还了得!难道众商家就由得他混开么?"述农道:"这个我们局外人那里知道,他自然有许多名目立出来。其实纲盐之利,不在官不在民,商家独占其利;又不能尽享,大约幕友、门客等辈分的不少,甚至用的底下人、鸦头、老妈子,也有馀润可沾。船户埠行,有许多代运盐斤,情愿不领脚价,还怕谋不到手的,所以广行贿赂,连用人也都贿遍了,以求承揽载运。"我道:"不领脚价,也有甚好处么?"述农道:"自然有好处。凡运盐到了汉口,靠在码头上,逐船编了号头,挨号轮销。他只要弄了手脚,把号头编得后些,赶未及轮到他船时,先把盐偷着卖了;等到轮着他时,却就地买些私盐来充数。这个办法,叫做'过笼蒸糕'。万一买不着私盐,他便连船也不要了,等夜静时,凿穿了船底,由他沉下去,便报了个沉没。这个办法叫做'放生'。后来两江总督陶文毅公[1]知道这种弊端,便创了一个票盐的办法:无论那一省的人,都可以领票,也不论数目多少;只要领了票,一样的到场灶[2]上计引授盐,却仍然要按着引地行销。此时一众盐商,无弊可作,窘的了不得,于是怨恨陶公,人于骨髓;无可发泄,却把陶公的一家人编成了纸牌,我还记得有一张是画了一个人,拿了一双斧头砍一棵桃树,借此以为咒诅之计。你道可笑么。"我道:"这种不过儿戏罢了,有甚益处。"述农道:"从行了票盐

---

[1] 陶文毅公——名澍,字子霖,文毅是他的谥号。道光年间做过两江总督兼盐院。
[2] 场灶——在产盐的地方设灶煮盐,叫做场灶。

之后，却是倒了好几家盐商，盐法为之一变。此时为日已久，又不知经了多少变局了。"

我因为谈了半天盐务，忽然想起张鼎臣，便想去访他，因开了他的官阶名姓，叫人到盐运司衙门去打听。一面踱到继之签押房里来。继之正在那里批着公事，见了我，便放下了笔道："我正要找你，你来得恰好。"我道："有甚么事找我呢？"继之道："我到任后，放告[1]的头一天，便有一个已故盐商之妾罗魏氏，告他儿子罗荣统的不孝。我提到案下问时，那罗荣统呆似木鸡[2]，一句话也说不出。问他话时，他只是哭。问罗魏氏，却又说不出个不孝的实据，只说他不听教训，结交匪人。问他匪人是那个，他又说不出，只说是都已跑了。只得把罗荣统暂时管押。不过一天，又有他罗氏族长来具结保了去，只说是领回管束。本来就放下了，前几天我偶然翻检旧案卷，见前任官内，罗魏氏已经告过他一次忤逆，便问起书吏。据那书吏说：罗荣统委实不孝，有一年结交了几个匪徒，谋弑其母；幸而机谋不密，得为防备，那匪徒便逃走了。罗魏氏便把儿子送了不孝，经族长保了出去。从此每一个新官到任，罗魏氏便送一次，一连四五任官，都是如此。我想这个里面，必定有个缘故。你闲着没事，何妨到外面去查访个明白。"我道："他母亲送了不孝，他族长保了去便罢了。自古说，'清官

---

[1] 放告——清时州县官习惯：定期（例如逢农历初五、初十，或新官上任时）抬出放告牌（上写"放告"两字）公告，人民见了，就可以前去投递诉状。这时州县官常亲坐大堂上，直接接受，以防吏役舞弊。实际这不过是一种例行公事。

[2] 木鸡——木头雕刻的鸡，一般用以比喻呆滞麻木的样子。

难断家务事'，那里管得许多呢，访他做甚么。"继之道："这件事可小可大。果然是个不孝之子，也应该设法感化他，这是行政上应有之义。万一他果然是个结交匪类的人，也要提防他，不要在我手里出了个逆伦重案[1]，这是我们做官的私话，如何好看轻了。"我道："既如此，我便去查访便了。只是怎么个访法呢？"继之道："这个那里论得定。好在不是限定日子，只要你在外面，随机应变的暗访罢了。茶坊酒肆之中，都可以访得。况且他罗家也是著名的盐商，不过近年稍为疲了点罢了，在外面还是赫赫有名的，怕没人知道么。"于是我便答应了。

谈了一会，仍到帐房里来。述农正在有事，我只在旁边闲坐。过一会，述农事完了，对我笑道："我恰才开发厨房里饭钱，忽然想着一件可笑的事，天下事真是无奇不有。"我忙问是甚么事。述农不慌不忙，说出一件事来。正是：一任旁人讥龌龊，无如廉吏最难为。不知述农到底说出甚么事，且待下回再记。

---

[1] 逆伦重案——清时法律规定：凡是子孙杀害尊亲属的，叫做逆伦重案，除了应处极刑外，地方上出了这种案子，州县官照例也要受处分，认为是他教化不到的缘故。

第四十六回

翻旧案借券作酬劳　　告卖缺县丞难总督

当下我笑对述农道："因为开销厨子想出来的话,大约总不离吃饭的事情了?"述农道："虽然是吃饭的事情,却未免吃的龌龊一点。前任的本县姓伍,这里的百姓起他一个浑名,叫做'五谷虫。'"我笑道："《本草》[1]上的'五谷虫'不是粪蛆么?"述农道："因为粪蛆两个字不雅,所以才用了这个别号呀。那位伍大令初到任时,便发誓每事必躬必亲,绝不假手书吏[2]家丁;大门以内的事,无论公私,都要自己经手。百姓们听见了,以为是一个好官,欢喜的了不得。谁知他到任之后,做事十分刻薄,又且一钱如命。别的刻剥都不说了,这大门里面的一所毛厕,向来系家丁们包与乡下人淘去的,每月多少也有几文好处。这位伍大令说:'是我说过不假手家丁的,还得我老爷自己经手。'于是他把每月这几文臭钱也囊括[3]了,却叫厨子经手去收,拿来抵了饭钱。这不是个大笑话么。"我道："那有这等琐碎的

----
[1]《本草》——古代研究药物的书。其中包括动、植、矿物各方面,但主要的是草药,所以叫做《本草》。最早是汉人的《神农本草经》,后来有《唐本草》、《经史类证本草》等书。明李时珍编著的《本草纲目》,搜罗最完备,通常所说《本草》,就指的这部书。
[2] 书吏——官署中掌管文书簿册的胥吏。
[3] 囊括——全部收到袋里。

人,真是无奇不有了!"

说话之间,去打听张鼎臣的人回来了,言是打听得张老爷在古旗亭地方租有公馆。我听了便记着,预备明日去拜访。一面正和述农谈天,忽然家人来报说:"继之接了电报。"我连忙和述农同到签押房来,问是甚事。原来前回那江宁藩台升了安徽抚台,未曾交卸之前数天,就把继之请补[1]了江都县,此时部复[2]回来议准了,所以藩署书吏,打个电报来通知。于是大家都向继之道喜。

过了这天,明日一早,我便出了衙门,去拜张鼎臣。鼎臣见了我,十分欢喜,便留着谈天。问起我别后的事,我便大略告诉了一遍。又想起当日我父亲不在时,十分得他的力。他又曾经拦阻我给电信与伯父,是我不听他的话,后来闹到如此。我虽然不把这些事放在心上,然而母亲已是大不愿意的了。当日若是听了他的话,何至如此。鼎臣又问起我伯父来,我只得也略说了点。说到自从他到苏州以后,便杳无音信的话,鼎臣叹了一口气道:"我拿一样东西你看。"说罢,引我到他书房去坐,他在文具箱里,取出一个信封,在信封里面,抽出一张条子来递给我。我接过来一看,不觉吃了一惊,原来是我伯父亲笔写给他的一百两银子借票。我还没有开口,鼎臣便说道:"那年在上海长发栈,令伯当着大众说谢我一百两银子的,我为人爽直,便没有推托。他到了晚上,和我说穷的了不得,你令先翁遗下的钱,他又

----

〔1〕 补——就是"补实"。参看第五回"补实"注。
〔2〕 部复——这里指吏部的复文。

不敢乱用,要和我借这一百银子。你想当时我怎好回复他,只好允了,他便给了我这么一张东西。自别后,他并一封信也不曾有来过。我前年要办验看[1],寄给他一封信,要张罗点盘费,他只字也不曾回。"我道:"便是小侄别后,也不曾有信给世伯请安,这两年事情又忙点,还求世伯恕我荒唐。"鼎臣道:"这又当别论。我们是交割清楚的了,彼此没了手尾,便是事忙路远,不写信也极平常;纠葛未清的,如何也好这样呢。"此时我要代伯父分辩几句,却是辩无可辩,只好不做声;而且自己家里人做下这等对不住人的事,也觉得难为情,想到这里,未免局促不安。鼎臣便把别话岔开,谈谈他的官况,又讲讲两淮的盐务。

我便说起述农昨天所说纲盐的话。鼎臣道:"这是几十年前的话了。自从改了票盐之后,盐场的举动都大变了。大约当改盐票之时,很有几家盐商吃亏的;慢慢的这个风波定了之后,倒的是倒定了,站住的也站住了。只不过商家之外,又提拔了多少人发财,那就是盐票之功了。当日曾文正做两江时,要栽培两个戚友,无非是送两张盐票,等他们凭票贩盐,这里头发财的不少。此刻有盐票的人,自己不愿做生意,还可以拿这票子租给人家呢。"我道:"改了票盐之后,只怕就没有弊病了。"鼎臣道:"天下事有一利即有一弊,那里有没有弊病的道理。不过我到这里日子浅,统共只住了一年半,不曾探得实在

---

[1] 验看——清朝铨选制度:候选、候补的官员,在引见或由部发时,先由皇帝派王公大臣验看各人的年貌状态;如果出一笔钱,就可以免除这种手续,叫做捐免验看。

罢了。"当下又谈了一会,便辞了回来。

回到衙门口,只见许多轿马。到里面打听,才知道继之补实的信,外面都知道了,此时同城各官与及绅士,都来道喜。过得几天,南京藩台的饬知[1]到了,继之便打点到南京去禀谢。我此时离家已久,打算一同前去。继之道:"我去,顶多前后五天,便要回到此地的,你何不等我回来了再走呢。"我便答应了。

过一天,继之便到府里禀知动身。我无事便访鼎臣;或者不出门,便和述农谈天。忽然想起继之叫我访察罗荣统的事,据说是个盐商,鼎臣现在是个盐官,我何不问问鼎臣,或者他知道些,也说不定。想罢,便到古旗亭去,访着鼎臣,寒暄已毕,我问起罗荣统的事。鼎臣道:"这件事十分奇怪,外面的人言不一,有许多都说是他不孝,又有许多说他母亲不好的。大抵家庭不睦是有的,那罗荣统怎样不孝,只怕不见得。若要知道底细,只有一个人知道。"我忙问是谁。鼎臣道:"大观楼酒馆里的一个厨子,是他家用的多年老仆,今年不知为着甚么,辞了出来,便投到大观楼去。他是一定知道的。"我道:"那厨子姓甚么?叫甚么呢?"鼎臣道:"这可不知道了。不过前回有人请我吃馆子,说是罗家出来了一个厨子,投到大观楼去,做得好鱼翅。这厨子是在罗家二十多年,专做鱼翅的,合扬州城里的盐商请客,只有他家的鱼翅最出色,后来无论谁家请客,多有借他这厨子的。我不过听了这句话罢了,那里去问他姓名呢。"我道:"这就难了。不比馆

---

[1] 饬知——上级官署给属员公文的一种,专用于通知得保案、升官、加衔等事。

子里当跑堂的,还可以去上馆子,假以辞色[1],问他底细;这厨子是虽上他馆子,也看不见的,怎样打听呢。"鼎臣道:"你苦苦的打听他做甚么呢?"我道:"也不是一定要苦苦打听他,不过为的人家多说扬州城里有个不孝子,顺便问一声罢了。"

当下又扯些别话,谈了几句,便辞了鼎臣回去,和述农商量,有甚法子可以访察得出的。述农道:"有了这厨子,便容易了。多咱继翁请客,叫他传了那厨子来当一次差,我们在旁边假以辞色,逐细盘问他,怕问不出来。"我道:"这却不好。我们这里是衙门,他那里敢乱说,不怕招是非么。"述农道:"除此之外,可没有法子了。"我道:"因为那厨子,我又想起一件事来:他罗家用的仆人,一定不少,总有辞了出来的,只要打听着一个,便好商量。"述农道:"这又从何打听起来呢?"我道:"这个只好慢慢来的了。"当时便把这件事暂行搁下。

不多几天,继之回来了,又到本府去禀知,即日备了文书,申报上去,即日作为到任日子。一班书吏衙役,都来叩贺;同城文武官和乡绅等,重新又来道喜。继之一一回拜谢步,忙了几天,方才停当。我便打算回南京去走一遭。继之便和我商量道:"日子过的实在是快,不久又要过年了。你今番回去,等过了年,便到上江一带去查看。我陆续都调了些自己本族人在各号里,你去查察情形,可以叫他们管事的,就派了他们管事,左右比外人靠得住些;回头便到下江一带去,也是如此。

------

[1] 假以辞色——辞,指言语;色,指脸色。假以辞色,就是好言好语、和颜悦色的对待。

都办好了,大约二月底三月初,可以到这里,我到了那时,预备和你接风。"我笑道:"一路说来,都是正事,忽然说这么一句收梢,倒像唱戏的好好一出正戏,却借着科诨〔1〕下场,格外见精神呢。"说的继之也笑了。

我因为日内要走,恐怕彼此有甚话说,便在签押房和继之盘桓,谈谈说说。我问起新任方伯如何。继之摇头道:"方伯倒没有甚么,所用的人,未免太难了,到任不到两个月,便闹了一场大笑话。"我道:"是甚么事呢?"继之道:"总不过为补缺的事。大约做藩台的,照例总有一个手折,开列着各州县姓名;那捐班人员,另有一个轮补〔2〕的规矩。这件事连我也闹不清楚。大抵每出了一个缺,看应该是那一个轮到,这个轮到的人,才具如何,品行如何,藩台都有个成见的。或者虽然轮到,做藩台的也可以把他捺住;那捺住之故,不是因这个人才具不对,品行不好,便是调剂私人,应酬大帽子了。他拟补的人,便开在手折上面;所开又不止一个人,总开到两三个,第一个总是应该补的,第二三个是预备督抚拣换的。然而历来督抚拣换的甚少。藩台写了这本手折,预备给督抚看的,本来办得十分机密。这一回那藩台开了手折,不知怎样,被他帐房里一位师爷偷看见了,便出来撞木钟〔3〕。听说是盐城的缺,藩台拟定一个人,被他看见了,

---

〔1〕 科诨——戏剧里引人发笑的言语动作。

〔2〕 轮补——当时捐班的补缺办法规定:每五个官缺为一轮,第一、第二人用郑工新班补缺先,第三人用海防先,第四人由海防新班即用和海防先分班轮用,第五人由郑工分缺先和郑工分缺间分班轮用。

〔3〕 撞木钟——指蒙诈、找机会招摇撞骗。

便对那个人说:'此刻盐城出了缺,你只消给我三千银子,我包你补了。'那个人信了他,兑给他三千银子。谁知那藩台不知怎样,忽然把那个人的名字换了,及至挂出牌来,竟不是他。那个人便来和他说话。他暗想这个木钟撞哑了,然而句容的缺也要出快了,这个人总是要轮到的,不如且把些说话搪塞过去再说。便说道:'这回本来是你的,因为制台交代,不得不换一个人;几天句容出缺,一定是你的了。'句容与盐城都是好缺,所以那个人也答应了。到过了几天,挂出句容的牌来,又不是的。那个人又不答应了。他又把些话搪塞过去。再过了几天,忽然挂出一张牌来,把那个人补了安东。这可不得了了,那个人跑到官厅上去,大闹起来,说安东这个缺,每年要贴三千的,我为甚反拿三千银子去买!他闹得个不得了,藩台知道了,只得叫那帐房师爷还了他三千银子,并辞了他的馆地,方才了事。"我道:"凡赃私的银,是与受同科[1]的,他怎敢闹出来?"继之道:"所以这才是笑话啊。"

我道:"这个人也可谓胆大极了。倘使藩台是有脾气的,一面撵了帐房,一面详参了他,岂不把功名送掉了。大不了藩台自己也自行检举起来,失察[2]在先,正办在后,顶多不过一个罚俸的处分罢了。"继之笑道:"照你这样火性,还能出来做官么。这个人闹了一场,还了他银子便算了,还算好的呢。前几年福建出了个笑话,比这

---

[1] 与受同科——科,处罪。与受同科,行贿的和受贿的同时处罪。
[2] 失察——长官对属员有监察的责任,如果属员犯了法,长官就要连带受失察处分。

个还利害,竟是总督敌不过一个县丞,你说奇不奇呢。"我道:"这一定又是一个怪物了。"继之道:"这件事我直到此刻,还有点疑心,那福建侯官县县丞的缺怎么个好法,竟有人拿四千银子买他！我仿佛记得这县丞姓彭,他老子是个提督[1]。那回侯官县丞是应该他轮补的,被人家拿四千银子买了去。他便去上制台衙门,说有要紧公事禀见;制台不知是甚么,便见了他。他见了面不说别的,只诉说他这个县丞捐了多少钱,办验看、指省又是多少钱,从某年到省,直到如今,候补费又用了多少钱,要制台照数还了他,注销了这个县丞,不做官了。制台大怒,说他是个疯子。又说:'都照你这样候补得不耐烦,便要还银注销,那里还成个体统！'他说:'还银注销不成体统,难道买缺倒是个体统么？这回侯官县丞,应该是卑职轮补的,某人化了四千银子买了去,这又是个甚么体统？'制军一想,这回补侯官县丞的,却是自己授意藩司,然而并未得钱,这句话是那里来的。不觉又大怒起来,说道:'你说的话可有凭据么？'他道:'没有真凭实据,卑职怎敢放放!'制台就叫他拿凭据出来。他道:'凭据是可以拿得,但是必要请大帅发给两名亲兵,方能拿到。'制台便传了两名亲兵来,叫他带去。他当着制台,对两名亲兵说:'这回我是奉了大帅委的,我叫你拿甚么人,便拿甚么人。'制台也分付,只管听彭县丞的指挥去拿人。他带了两个亲兵,只走到麒麟门[2]外,便把一个裁缝拿

---

[1] 提督——见第七回"总兵"注。
[2] 麒麟门——官署暖阁后的一道门,上绘蓝色麒麟,口吐红色火焰,门上并照例贴有红纸写的"指日高升"四个大字。

了,翻身进去回话,说这个便是凭据。制台又大怒起来,说:'这是我从家乡带来的人,最安分,那有这等事!并且一个裁缝,怎么便做得动我的主?'他却笑道:'大帅何必动怒。只要交委员问他的口供,便知真假。他是大帅心爱的人,承审委员未必敢难为他。等到问不出凭据时,大帅便把卑职参了,岂不干净!'制台一肚子没好气,只得发交闽县问话。他便意气扬扬的跑到闽县衙门,立等着对质。闽县知县那里肯就问。他道:'堂翁[1]既是不肯问,就请同我一起去辞差。这件事非同小可,我在这里和制军拚命拚出来的,稍迟一会,便有了传递,要闹不清楚了。这件事闹不清楚,我一定丢了功名;我的功名不要紧,只怕京控[2]起来,那时就是堂翁也有些不便。'知县被他逼的没法,只得升座提审,他却站在底下对质。那裁缝一味抵赖。他却嬉皮笑脸的,对着裁缝蹲了下来,说道:'你不要赖了。某日有人来约你在某处茶楼吃茶;某日又约你某处酒楼吃酒;某日你到某人公馆里去;某日某人到你家里来,送给你四千两银子的票子,是某家钱庄所出的票,号码是第几号,你拿到庄上去照票,又把票打散了,一千的一张,几百的几张,然后拿到衙门里面去。你好好的说了,免得又要牵累见证。你再不招,我可以叫一个人来,连你们在酒楼上面,坐那一个座,吃那几样菜,说的甚么话,都可以一一说出来的呢。'那裁缝

---

〔1〕 堂翁——知县是堂官,县丞是属官,县丞对知县有堂属关系,所以尊称知县为堂翁。

〔2〕 京控——清朝制度:官民有了冤屈,经过地方最高级官署的处理还是不能合理解决时,可以到北京向刑部、都察院等衙门去申诉,叫做京控。

没得好赖,只得供了,说所有四千银子,是某人要补侯官县丞缺的使费,小姐得了若干,某姨太太得了若干,某姨太太得了若干,太太房里大鸦头得了若干,孙少爷的奶妈得了若干,一一招了,画了供。闽县知县便要去禀复。他说问明了便不必劳驾,我来代回话罢。说罢,攫取了那张亲供便走。"正是:取来一纸真凭据,准备千言辨是非。要知那县丞到底闹到甚么样子,且待下回再记。

第四十七回

恣儿戏末秩[1]侮上官　忞轻生荐人代抵命

继之说到这里,我便插嘴道:"法堂上的亲供,怎么好攫取?这不成了儿戏么。"继之道:"他后来更儿戏呢!拿了这张亲供去见制台,却又不肯交过手,只自己拿着张开了给制台看。嘴里说道:'凭据有在这里,请教大帅如何办法?'制台见了,倒不能奈何他,只得说道:'我办给你看!'他道:'不知大帅几时办呢?'制台没好气的说道:'三天之内总办了。'说罢不睬他,便进去了。他出来等了三天,不见动静,又去上衙门,制台给他一个不见。他等到了衙门期那天,司道进见的时候,却跟着司道掩了进去。人家正在拱揖行礼的时候,他突然走近制台跟前,把制台的衣裳一拉,说道:'喂!你说三天办给我看啊,今天第几天了?我看见那裁缝,又在那里安安稳稳的做衣裳了!'此时他闯在前面,藩台恰好在他后头,看见这种情形,便轻轻的拉他一把;他回头看时,藩台又轻轻的说道:'没规矩!'他听见藩台又说了这句话,便大声道:'没规矩!卖缺的便没规矩!我不像一班奴颜婢膝的,只知道巴结上司,自以为规矩的了不得。我明日京控起来,看谁没规矩!'说罢,又把那裁缝的亲供背诵了一遍,对臬台说

---

[1] 末秩——下级小官。

道:'你是司刑名的,画了这过付赃私的供,只要这里姨太太一句话便要了出来,是有规矩是没规矩?'此时一众官员,面面相觑,没奈他何。制台是气的三尸乱暴,七窍生烟,一迭连声叫把裁缝锁了,交首县去,是谁叫他出来的!他却冷笑道:'是七姨太太叫出来的。我也知道了,还装糊涂呢!'说着,便伴长而出。嘴里自言自语道:'搁不住我不干了,看你咬掉了我的□□!甚么叫个规矩!'走到了大堂以外,看见两个戈什哈,正押着那裁缝要走。那裁缝道:'太爷,你何苦定要和我作对呢!'他笑道:'却是难为了你,你再求七姨太太去罢。'戈什哈道:'好大的县丞!'他道:'大也罢,小也罢,豁着我这县丞和总督去碰,总碰得他过。'说着,自去了。到了下半天,忽然藩台传他去见。对他说:'制军也知道这回老兄受了委屈了,交代给你老兄一个缺。'他却呵呵大笑起来道:'我若是要了缺,我便是为私不为公了。我一心要和他整顿整顿吏治,个把缺何足以动我心。他若不照例好好的办,我便到京里上控,方见得我始终是为公事。我此刻受了一个缺,一年半载之后,他何难把我奏参了。他虽然年纪大,须知我年纪虽不及他,然而也不是个小孩子,他不要想把这点小甜头来哄我。我只等三天不见明文,或者他的办法不对,我便打算进京去上控,你叫他小心点就是!'说罢,竟就不别而行的去了。"我道:"这个人倒是有心要整顿的。"继之道:"甚么有心整顿! 不过乘机讹诈,故为刁难罢了。你想这件事牵涉到上房姨太太、小姐,叫那制台怎样办法呢;那裁缝的亲供,又落在他手里。所以后来反是制台托人出来说话,同他讲和。据说那侯官县丞缺,一年有八千的好处,三年一任,共是二万四千金,被他讹的一定要了一任好处才罢了手呢。"我笑道:"我倒是桩爽快事。假使候补官个个如此,那卖缺之风,可以绝了。"

继之也笑道:"你这句话,只好在这里说;若到外面说了,人家就要说此风不可长了。其实官场上面的笑话,车载斗量,也不知多少。前年和法兰西打仗的时候,福建长门炮台,没有人敢去守,只有一个姓蓝的都司肯去。他叫做蓝宝堂,得了札子到差之后,便去见总督,回说向来当炮台统领的都是提督、总兵,此刻卑职还是个都司,镇压不住,求大帅想法子。总督说:'你本是个都司,有甚法子好想呢。'他说:'大帅不能想法子,卑职驾驭不来,只好要辞差了。'制台一想,那法兰西虎视眈眈的看着福建,这个差事大家都不肯当,若准他辞了,又委那个呢。只得答应他道:'你且退去,我这里同你想法子便了。'他道:'顶色不红,一天也驾驭不住。卑职只得在这里等着,等大帅想了法子之后,再回防次去的了。'制台被他蹁的没了法,便发气道:'那么你去戴个红顶子,暂算一个总兵罢。'他便打了个扦,说:'谢过大帅。'居然戴起红顶子来。"我道:"这竟是无赖了。"

继之道:"这个人听说从小就无赖。他小时候和他娘住在娘舅家里,大约是没了老子的了。却又不安分,一天偷了他娘舅四十元银,没处安放,怕人在身上搜出,却拿到当铺里当了两元。他娘舅疑心到他,却又搜不出赃证。他娘等他睡着了,搜他衣袋,搜出当票来,便去赎了出来,正是四十元的原赃。他娘未免打了他一顿,他便逃走了,走到夹板船[1]上去当水手,几年没有音信回去。过了三四年,他忽然托人带了八十元银送给他母亲。他母亲盘问来人,知道他在夹板船上,并且船也到了,便要见他一面,叫来人去说。来人对他说了,他又打发人去说,说道:'我今生今世不回家的了!要见我,可到岸边来见。'他娘念子情切,便飞奔岸边来。他却早已上岸,远远望见他母亲来了,便爬上树去。那棵树又高又大,他一直爬到树梢。他娘来了,他便问:'你要见我做甚么?'他娘说:'你爬到树上做甚么,快下来相见。'他说:'我下来了,你要和我觍琐[2]。我是发过誓不回家的了。从前为了四十元银,你已经和我绝了母子之情,我此刻加倍还了你,从此义绝恩绝了。你要见我,无非是要看看我的面貌,此刻看见了,你可回去了。'他娘说:'我守在此处,你终要下来。'他说:'你再不走,我这里一撒手,便跌下来死了,看你怎样!'他娘没了法,哀求他下来,他始终不下,哭哭啼啼的去了。他便笑嘻嘻的下来。对着娘,他还这等无赖呢。"我道:"这不独无赖,竟是灭尽天性的了。"

继之道:"他还有无赖的事呢。他管带海航差船的时候,有一个福建船政局的提调,奉了船政大臣[3]的委,到台湾去公干,及至回福州时,坐了他的船。那提调也不好,好好的官舱他不坐,一定要坐

---

[1] 夹板船——模仿荷兰船式造成的一种两层木板的木船,在没有轮船以前,是在海上驶行的最大的船。
[2] 觍琐——噜苏。
[3] 船政大臣——当时负督率福建水师责任的官员,因为是皇帝特派,所以下文又称钦差。

管带的房。若是别人,也没有不将就的。谁知遇了他这个宝货,一听说提调要坐他的房,他马上把一房被褥家伙都搬了出来,只剩下一所空房,便请那提调去住。骗得提调进房,他却把门锁了,自己带了钥匙,然后把船驶到澎湖相近,浪头最大的地方,颠播了一日一夜;又不开饭给他吃。那提调被他颠播得呕吐狼籍[1],腹中又是饥饿不堪,房门又锁着,叫人也没得答应。同他在海上飘了三天,才驶进口。进口之后,还不肯便放,自己先去见船政大臣,说'此番提调坐了船来,卑职伺候不到,被提调大人动了气,在船上任情糟蹋,自己带了爨具,便在官舱烧饭,卑职劝止,提调又要到卑职房里去烧饭,卑职只得把房让了出来;下次遇了提调的差,请大人另派别人'云云。告诉了一遍,方才回船,把他放了。那提调狼狈不堪,到了岸上,见了钦差,回完了公事话,正要诉苦,才提到了'海航管带'四个字,被钦差拍着桌子,狗血喷头的一顿大骂。"我笑道:"虽然是无赖,却倒也爽快。"

继之道:"虽然是爽快,然而出来处世,究竟不宜如此。我还记得有一个也是差船管带,却忘记了他的姓名了,带的是伏波轮船。他是广东人,因为伏波常时驻扎福州,便回广东去接取家眷,到福州居住。在广东上轮船时,恰好闽浙总督何小宋的儿子中了举,也带着家眷到福州。海船的房舱本来甚少,都被那位何孝廉[2]定去了。这位管带也不管谁,便硬占了人家定下的两个房舱。那何孝廉打听得他是伏

---

[1] 狼籍——乱七八糟的样子。
[2] 孝廉——举人的别称。

波管带,只笑了一笑,不去和他理论。等到了福州,没有几天,那管带的差事就撤掉了。你想取快一时的,有甚益处么。不过这蓝宝堂虽然无赖,却有一回无赖得十分爽快的:是前年中法失和时,他守着长门炮台。忽然有一天来了一艘外国兵船,——我忘了是那一国的了,总而言之,不是法兰西的。——他见了,以为我们正在海疆戒严的时候,别国兵轮如何好到我海口里来,便拉起了旗号,叫他停轮。那船上不理,仍旧前行。他又打起了旗号知照他,再不停轮,便开炮了。那船上仍旧不理。他便开了一炮,轰的一声,把那船上的望台打毁了,吊桥[1]打断了,一个大副[2]受了重伤,只得停了轮。到了岸上来,惊动了他的本国领事打官司。一时福建的大小各官,都吓得面无人色,战战兢兢的出来会审;领事官也气忿忿的来到。这蓝宝堂却从从容容的,到了法堂之上,侃侃[3]直谈,据着公理争辩,竟被他得了赢官司。岂不争气? 谁知当时闽省大吏,非独不奖他,反责备他,交代说这一回是侥幸的,下次无论何国船来,不准如此。后来法国船来了,他便不敢做主,打电报到里面去请示,回电来说不准开炮;等第二艘来了,再请示,仍旧不准;于是法兰西陆续来了二十多号船,所以才有那马江之败呢。"

我道:"说起那马江之败,近来台湾改了行省,说的是要展拓生番[4]

---

[1] 吊桥——轮船驾驶台前面(或两旁)的一块凸出来的平台,是作近海瞭望的地方。
[2] 大副——轮船驾驶员,是船长的副职。大副之下还有二副、三副。
[3] 侃侃——理直气壮的样子。
[4] 生番——当时把台湾的少数民族(高山族)划分为生番和熟番:深居山内,不和一般人往来的叫做生番;住在山边,和一般人来往,而且可以为官署服役的叫做熟番。这是封建统治者分化少数民族的一种压迫手段。

的地方;头回我在上海经过,听得人说,这件事颇觉得有名无实。不知到底是怎么回事?"继之道:"便是我这回到省里去,也听得这样说。有个朋友从那边来,说非但地方弄不好,并且那一位刘省三[1]大帅,自己害了自己。"我道:"这又为何?"继之道:"那刘省帅向来最恨的是吃鸦片烟,这是那一班中兴名将[2]公共的脾气,惟有他恨的最利害。凡是属下的人,有烟瘾的,被他知道了,立刻撤差驱逐,片刻不许停留;是他帐下的兵弁犯了这个,还要以军法从事呢。到了台湾,瘴气[3]十分利害,凡是内地的人,大半都受不住,又都说是鸦片烟可以销除瘴气,不免要吃几口,又恐怕被他知道,于是设出一法,要他自己先上了瘾。"我道:"他不吃的,如何会上瘾?"继之道:"所以要设法呀。设法先通了他的家人,许下了重谢。省帅向来用长烟筒吃旱烟,叫他家人代他装旱烟时,偷搀了一个鸦片烟泡在内,天天如是。约过了一个多月,忽然一天不搀烟泡了,老头子便觉得难过,眼泪鼻涕,流个不止。那家人知道他瘾来了,便乘机进言,说这里瘴气重得很,莫非是瘴气作怪,何不吃两口鸦片试试看。他那里肯吃,说既是

---

[1] 刘省三——刘铭传的号。参看第十六回"刘大帅"注。
[2] 中兴名将——某一代封建王朝,由衰落而又兴盛起来,习惯称为中兴。当时由于太平天国革命运动,清朝已面临垮台的危险,只因汉奸曾国藩、李鸿章等率领湘军、淮军,拚命和太平军为敌,最后把革命运动镇压下去,清朝才得苟延残喘。因此,清政府把这种局面也称为中兴;那一般汉将领,就被称为中兴名将。
[3] 瘴气——在我国台湾和西南边疆的山林里,有一种湿热蒸郁之气,人接触了就要生病,历来称之为瘴气。据现代科学家考察结果,指出这是一种恶性疟蚊散布的传染病。

瘴气，自有瘴气的方子，可请医生来诊治。那里禁得医生也是受了贿嘱的，诊过了脉，也说是瘴气，非鸦片不能解。他还是不肯吃。熬了一天，到底熬不过，虽然吃了些药，又不见功效，只得拿鸦片烟来吃了几口下肚，便见精神，从此竟是一天不能离的了。这不是害了自己么？"

我道："这种小人，真是防不胜防。然而也是吃旱烟之过，倘使连这旱烟都不吃，他又从何下手呢。"继之道："就是连旱烟不吃，也可以有法子的。我初到省那一年，便当了一个洋务局[1]的差事。一个同寅是广东人，他对我说：香港有一个外国人，用了一个厨子，也不知用了多少年了，一向相安无事。忽然一天，把那厨子辞掉了，便觉得合家人都无精打彩起来，吃的东西，都十分无味。以为新来的厨子不好，再换一个，也是如此，没了法，只得再叫那旧厨子来。说也奇怪，他一回来，可合家都好了。"我道："难道酒菜里面也可以下鸦片烟么？"继之道："酒菜里面虽不能下，外国人饭后，必吃一杯咖啡，他煮咖啡之时，必用一个烟泡放在里面，等滚了两滚，再捞起来。这咖啡本来是苦的，又搀上糖才吃，如何吃得出来。久而久之，就上了瘾了。"我道："鸦片烟本是他们那里来的，就叫他们吃上了，不过是'即以其人之道，还治其人之身'。但不知那刘省帅吃上了之后怎么样？"继之道："已经吃上了，还怎么样呢。"

我道："他说要开拓生番的地方，到底不知开拓了多少？"继之

---

[1] 洋务局——清末专设主持地方外交的机构。

道："头回看见京报[1]有他的奏章,说是已经降了多少,每人给与剃刀一把,大约总有些降服的。然而究竟是未开化的人,纵然降服了,也不见得是靠得住。他那杀人不眨眼的野性,忽然高兴,又杀个把人来玩玩,如何约束得住他呢。而且他杀人专杀的是我们这些人,自己却不肯相杀的。他还有一层,绝不怕死,说出来还要令人可笑呢。那生番里面,也有个头目,省帅因为生番每每出来杀人,便委员到里面去,和他的头目立了一个约:如果我们这些人杀了生番,便是一人抵一命;若是生番杀了我们这些人,却要他五个人抵一个命。这不过要吓得他不敢再杀人的意思。他那头目也应允了。谁知立了约不多几天,就有了生番杀人的事。地方官便捉拿凶手。谁知这个生番,只有夫妻两个,父母、兄弟、子女都没有的,虽捉了来,还不够抵命。也打算将就了结了。谁知过得几天,有三个生番自行投到,说是凶手的亲戚荐他来抵命,以符五人之数的。你说奇不奇。"正是:义侠捐生践然诺,鸿毛番重泰山轻[2]。要知后事如何,且待下回再记。

---

[1] 京报——从内阁里抄录诏令章奏之类,刻印成册,发行各地,叫做京报,就是阁抄,也称朝报。其性质有如后来的政府公报。
[2] 义侠捐生践然诺,鸿毛番重泰山轻——捐生,牺牲性命。践,履行、实践。然诺,诺言。鸿毛,比喻轻;泰山,比喻重。番,反而。成语:"人固有一死:死有重于泰山,或轻于鸿毛。"出《史记》。这两句的意思是借用古代称赞侠义的行为来比喻当时台湾少数民族的虽在严重的压迫之下,还是重信义、轻性命。

第四十八回

内外吏胥神奸狙狯[1]　风尘妓女豪侠多情

我正和继之说着话时,只见刑房书吏[2],拿了一宗案卷进来。继之叫且放下,那书吏便放下,退了出去。我道:"人家都说衙门里书吏的权,比官还大,差不多州县官竟是木偶,全凭书吏做主的,不知可有这件事?"继之道:"这看本官做得怎样罢了,何尝是一定的。不过此辈舞弊起来,最容易上下其手。这一边想不出法子,便往那一边想;那一边又想不出来,他也会别寻门路。总而言之:做州县官的,只能把大出进的地方防闲住了;那小节目不能处处留心,只得由他去的了。"我道:"把大出进的防闲住了,他们纵在小节目上出些花样,也不见得能有多少好处的。怎么我见他们都是很阔绰的呢?"继之道:"这个那里说得定。他们遇了机会,只要轻轻一举手,便是银子。前年苏州接了一角刑部[3]的钉封文书;凡是钉封文书,总是斩决[4]

---

〔1〕狙狯——狙,一种性情狡猾的猕猴。狙狯,形容像猴子一样的狡诈。
〔2〕刑房书吏——当时州县衙门里有三班六房。三班:皂、壮、快。六房:吏、户、礼、兵、刑、工。三班由差役充当,六房由书吏充当。刑房书吏,就是办理刑名案件的胥吏。
〔3〕刑部——清时中央政府的六部之一,主管全国的刑名案件。
〔4〕斩决——就是斩立决。清朝制度:凡是判处死刑的犯人,一定要等待中央政府举行秋审或朝审核准后,才能执行。在此期间,把犯人关在监狱里,听候发落,判处斩刑的叫斩监候,判处绞刑的叫绞监候;如有重大案犯,地方政府可以奏请皇帝随时批准执行死刑,用不着经过秋审或朝审,叫做斩立决或绞立决,至于特别紧急的案犯,也可不经中央核准即行处决,叫做就地正法、决不待时。

要犯的居多,拆开来一看,内中却是云南的一个案件。大家看见,莫名其妙,只得把他退回去。直等到去年年底,又来了一角,却是处决一名斩犯。事后大家传说,才知道这里面一个大毛病。原来这一名斩犯,本来是个富家之子,又是个三代单传,还没有子女,不幸犯了个死罪,起先是百计出脱,也不知费了多少钱,无奈证据确凿,情真罪当,无可出脱,就定了个斩立决,通详上去。从定罪那天起,他家里便弄尽了神通,先把县署内监买通了,又出了重价,买了几个乡下姑娘,都是身体肚壮的,轮流到内监去陪他住宿,希图留下一点血脉。然而这件事迟早却不由人做主的,所以多耽搁一天好一天,于是又在臬司和抚台那里,设法耽搁,这里面已经不知捱了多少日子了。却又专差了人到京里去,在刑部里打点。铁案如山的,虽打点也无用。于是用了巨款,贿通了书吏,求他设法,不求开脱死罪,只求延缓日子。刑部书吏得了他的贿赂,便异想天开的,设出一法来。这天该发两路钉封文书,一路是云南的,一路是江苏的,他便轻轻的把江苏案卷放在云南文书壳里,把云南案卷放在江苏文书壳里;等一站站的递到了江苏,拆开看过,知道错了,又一站站的退回刑部。刑部堂司各官,也是莫名其妙,跟查起来,知道是错封了,只好等云南的回来再发。又不知等了多少时候,云南的才退回来,然后再封发了。这一转换间,便耽搁了一年多。你说他们的手段利害么!"我道:"耽搁了这一年多,不知这犯人有生下子女没有?"继之道:"这个谁还打听他呢。"

我道:"文书何以要用钉封?这却不懂,并且没有看见过这样东西。"继之道:"儿戏得很!那文书不用浆糊封口,只用锥子在上面扎一个眼儿,用纸捻穿上,算是一个钉子,算是这件事情非常紧急,来不及封口的意思。"我道:"不怕人家偷拆了看么?"继之道:"怕甚么!拆看钉封公文是照例的。譬如此刻有了钉封公文到站,遇了空的时候,只管拆开看看,有甚么要紧,只要不把他弄残缺了就是了。"我道:"弄残缺了就怎样呢?"继之道:"此刻譬如我弄残缺了,倒有个现成的法子了。从前有一个出过事的,这个州县官是个鸦片鬼,接到了这件东西,他便抽了出来,躺在烟炕上看。不提防发了一个烟迷,把里面文书烧了一个角。这一来吓急了,忙请了老夫子来商量。这个老夫子好得很,他说幸而是烧了里面的,还有法子好想;若是烧了壳子,就没法想了。然而这个法子要卖五千银子呢。那鸦片鬼没法,只得依了他。他又说,这个法子做了出来便不希奇,怕东翁要赖,必得先打了票子再说出来。鸦片鬼没法,只得打了票子给他。他接了票子,拿过那烧不尽的文书,索性放在灯头上烧了。可笑那鸦片鬼吓得手足无措,只说'这回坑死我了!'他却不慌不忙,拿一张空白的文书纸,放在壳子里面,仍然钉好,便发出去。那鸦片鬼还不明白,扭着他拚命。他偏不肯就说出这里面的道理来,故意取笑,由得那鸦片鬼着急。闹了半天,他方才说道:'这里发出去,交到下站,下站拆开看了,是个空白,请教他敢声张么,也不过照旧封好发去罢了;以下站站如此,直等到了站头,当堂对拆,见了个空白,他那里想得到是半路掉换的呢,无非是怪部吏粗心罢了。如此便打回到部里去。部里少不免要代你担了这粗心疏忽的罪过;纵不然,他便行文到各站来查,试问所过各站,谁肯说是我私下拆开来看过的呢,还不是推一个不知。

就是问到这里,也把"不知"两个字还了他,这件事不就过去了么。'可笑那鸦片鬼,直到此时才恍然大悟,没命的去追悔那五千银子。"我笑道:"大哥说话,一向还是这样,只管形容别人。"继之也笑道:"这一个小小玄虚,说穿了一文不值的,被他硬讹了五千银子,如何不懊悔。便是我凭空上了这个当,我也要懊悔的,何尝是形容人家呢。"

说话时,述农着人来请我到帐房里,我便走了过去。原来述农已买了一方青田石来,要我仿那一方节性斋的图书。我笑道:"你真要干这么?"述农道:"无论干不干,仿刻一个,总不是犯法的事。"说着,取出那幅横披来。我先把图书石验了大小,嫌他大了些,取过刀来,修去了一道边;验得大小对了,然后摹了那三个字,镌刻起来,刻了半天,才刻好了。取过印色,盖了一个,看有不对的去处,又修改了一会,盖出来看,却差不多了。述农看了,说像得很。另取一张薄贡川纸来,盖了一个,蒙在那横披的图书上去对。看了又看道:"好奇怪!竟是一丝不走的。"不觉手舞足蹈起来,连横披一共拿给继之看去。继之也笑道:"居然充得过了。"述农笑道:"继翁,你提防他私刻你的印信呢。"我笑道:"不合和你作了这个假,你倒要提防我做贼起来了。"

继之道:"只是印色太新了,也是要看出来的。"述农道:"我学那书画家,撒上点桃丹[1],去了那层油光,自然不新了。"我道:"这个

---

[1] 桃丹——一种用银朱和藤黄合研成末的颜料,色如樱桃,故名桃丹,也叫珊瑚粉。

不行。要弄旧他也很容易,只是卖了东西,我要分用钱的。"述农笑道:"阿弥陀佛!人家穷的要卖字画了,你还要分用钱呢。"我笑道:"可惜不是福建人画的掷骰子图,不然,我还可望个三七分用呢。"述农笑道:"罢,罢,我卖了好歹请你。你说了那甚么法子罢,说了出来,算你是个金石家。"我道:"这又不是甚么难事。你盖了图书之后,在图书上铺上一层顶薄的桑皮纸,在纸上撒点石膏粉,叫裁缝拿熨斗来熨上几熨,那印色油自然都干枯了,便是旧的;若用桃丹,那一层鲜红,火气得很,那里充得过呢。"述农道:"那么我知道了,你那里是甚么金石家,竟是一个制造赝鼎[1]的工匠!"

说的继之也笑了道:"本来作假是此刻最趋时的事。方才我这里才商量了一起命案的供词。你想命案供词还要造假的,何况别样。"我诧道:"命案怎么好造假的?"继之道:"命案是真的,因这一起案子牵连的人太多,所以把供词改了,免得牵三搭四的;左右'杀人者死',这凶手不错就是了。"述农道:"不错。从前我到广东去就事,恰好就碰上一回,几乎闹一个大乱子,也是为的是真命假案。"我道:"甚么又是真命假案呢?"述农道:"就是方才说的,改供词的话了。总而言之:出了一个命案,问到结案之后,总要把本案牵涉的枝叶,一概删除净尽,所以这案就不得不假了。那回广东的案子,实在是械斗起的;然而叙起械斗来,牵涉的人自然不少,于是改了案卷,只说是因为看戏碰撞,彼此扭殴致毙的。这种案卷,总是臬司衙门的刑名主

---

〔1〕 赝鼎——假货。

稿。那回奏报出去之后,忽然刑部里来了一封信,要和广州城大小各衙门借十万银子。制台接了这封信,吃了一大惊,却又不知为了甚么事。请了抚台来商量,也没有头绪。一时两司、道、府都到了,彼此详细思索,才想到了奏报这案子,声称某月某日看戏肇事,所说这一天恰好是忌辰[1];凡忌辰是奉禁鼓乐的日子,省会地方,如何做起戏来!这个处分如何担得起!所以部里就借此敲诈了。当下想出这个缘故,制台便很命的埋怨臬司;臬司受了埋怨,便回去埋怨刑名老夫子。那刑名老夫子检查一检查,果然不错。因笑道:'我当是甚么大事,原来为了这个,也值得埋怨起来!'臬台见他说得这等轻描淡写,更是着急,说道:'此刻大部来了信,要和合省官员借十万银子。这个案是本衙门的原详,闹了这个乱子,怕他们不向本衙门要钱,却怎生发付?'那刑名师爷道:'这个容易。只要大人去问问制台,他可舍得三个月俸?如果舍得,便大家没事;如果舍不得,那就只可以大家摊十万银子去应酬的了。'臬台问他舍得三个月俸,便怎么办法。他又不肯说,必要问明了制台,方才肯把办法说出来。臬台无奈,只得又去见制台。制台听说只要三个月俸,如何不肯,便一口应承了。交代说:'只要办得妥当,莫说三个月,便是三年也愿意的。'臬司得了意旨,便赶忙回衙门去说明原委。他却早已拟定一个折稿了。那折稿起首的帽子是:'奏为自行检举事:某月日奏报某案看戏肇事句内,看字之下,戏字之上,误脱落一猴字'云云。照例奏折内错一个

---

[1] 忌辰——这里指皇帝、皇后去世的日子。

字,罚俸三个月,于是乎热烘烘的一件大事,轻轻的被他弄的瓦解冰销。你想这种人利害么。"我笑道:"原来这等大事也可以假的,区区一个图章,更不要紧了。"当下谈了一会各散。我到鼎臣处,告诉他要到南京,顺便辞行。

到了次日,我便收拾行李,渡江过去。到得镇江号里,却得了一封继之的电报,说上海有电来,叫我先到上海去一次。我便附了下水轮船,径奔上海,料理了些生意的事,盘桓了两天,又要动身。这天晚上,正要到金利源码头上船,忽然金子安从外面走来,说道:"且慢着走罢,此刻黄浦滩一带严紧得很!"管德泉吃了一惊道:"为着甚么事?"子安道:"说也奇怪,无端来了几十个人去打劫有利银行[1],听说当场拿住了两个;此刻派了通班巡捕,在黄浦滩一带稽查呢。"我道:"怎么银行也去打劫起来,真是无奇不有了。"子安道:"在上海倒是头一次听见。"

德泉道:"本来银行最易起歹人的觊觎,莫说是打劫,便是冒取银子的也不少呢。他的那取银的规矩,是上半天送了支票去,下半天才拿银子,所以取银的人,放下票子就先走了,到下半天才去拿;等再去拿的时候,是绝无凭据的了,倘被一个冒取了去,更从那里追寻呢。"子安道:"这也说说罢了,那里便冒得这般容易。"德泉道:"我不是亲眼见过的,也不敢说。前年我一个朋友到有利去取银,便被人冒

---

〔1〕 有利银行——当时英帝国主义在中国进行经济侵略的金融机构之一。

了。他先知道了你的数目,知道你送了票子到里面去了,他却故意和你拉殷勤,请你吃茶吃酒,设法绊住你一点、半点钟,却另差一个人去冒取了来,你奈他何呢。"

这里正在说话,忽然有人送来一张条子,德泉接来看了,转交与我,原来是赵小云请到黄银宝吃花酒,请的是德泉、子安和我三个人。德泉道:"横竖今夜黄浦滩路上不便,缓一天动身也不要紧,何妨去扰他这一顿呢。"我是无可无不可的,便答应了。德泉又叫子安。子安道:"我奉陪不起,你二位请罢,替我说声心领谢谢。"我和德泉便不再强。二人出来,叫了车,到尚仁里黄银宝家,与赵小云厮见。

此时坐上已有了四五个客,小云便张罗写局票。内中只有我没有叫处。小云道:"我来荐给你一个。"于是举笔一挥而就。我看时,却是写的"东公和里沈月卿"。一一写过了发下去,这边便入席吃酒。不一会,诸局陆续到了。沈月卿坐在我背后。我回头一看,见是个瘦瘦的脸儿,倒还清秀。只见他和了琵琶,唱了一枝小曲。又坐了一会,便转坐到小云那边去,与我恰好是对面;起先在我后面时,不便屡屡回头看他,此时倒可以任我尽情细看了。只见他年纪约有二十来岁,清俊面庞,眉目韶秀,只是隐隐含着忧愁之色。更有一层奇特之处:此时十一月天气,明天已是冬至,所来的局,全都穿着细狐、洋灰鼠之类,那面子更是五光十色,头上的首饰,亦都甚华灿,只有那沈月卿只穿了一件玄色绉纱皮袄,没有出锋,看不出甚么统子,后来小云输了拳,他伸手取了酒杯代吃,我这边从他袖子里看去,却是一件羔皮统子；头上戴了一顶乌绒女帽，连帽准[1]也没有一颗。我暗想这个想是很穷的了。正在出神之时，诸局陆续散去，沈月卿也起身别去。他走到房门口，我回眼一望，头上扎的是白头绳，押的是银押发[2]，暗想他原来是穿着孝在这里。

正在想着，猛听得小云问道："我这个条子荐得好么？"我道："很静穆！也很清秀！"小云道："既然你赏识了，回来我们同去坐坐。"一时席散了，各人纷纷辞去。小云留下我和德泉，等众人散完了，便约了同到沈月卿家去，于是出了黄银宝家，径向东公和里来。一路上只见各妓院门首，都是车马盈门，十分热闹。及到了沈月卿处，他那院里各妓房内，也都是有人吃酒，只有月卿房内是静悄悄的。三人进内坐定，月卿过来招呼。小云先说道："我荐了客给你，特为带他来认认门口，下次他好自己来。"月卿一笑道谢。小云又道："那柳老爷可曾来？"月卿见问，不觉眼圈儿一红。正是：骨肉每多乖背事，风尘翻遇有情人。未知月卿为着甚事伤心，且待下回再记。

---

〔1〕 帽准——就是帽花，帽前镶嵌一块翡翠珠玉之类的装饰品。
〔2〕 押发——妇女的绾发用品。

第四十九回

串外人同胞遭晦气　摛[1]词藻嫖界有机关

当下我看见沈月卿那种神情,不禁暗暗疑讶。只见他用手向后面套房一指道:"就在那里。"小云道:"怎么坐到小房间里去?我们是熟人,何妨请出来谈谈。"月卿道:"他怕有人来吃酒,不肯坐在这里。"小云道:"吃过几台了?"月卿摇摇头。小云讶道:"怎么说?"我笑道:"你又怎么说?难道必要有人吃酒的么?"小云道:"你不懂得,明天冬至,今天晚上叫'冬至夜',他们的规矩,这一夜以酒多为荣,视同大典的。"我听了,方才明白沿路上看见热闹之故。小云又对月卿道:"不料你为了柳老爷,弄到这个样子!"月卿道:"我已是久厌风尘,看着这等事,绝不因之动心;只是外间的飞短流长[2],未免令人闻而生厌罢了。"我听了这几句话,觉得他吐属闲雅,又不觉纳罕起来。小云道:"我倒并不为飞短流长所动,你就叫他们摆起一桌来。"小云这句话才说出来,早有一个十七八岁的鸦头,走近一步问道:"赵老爷可是要吃酒?"小云点点头。那鸦头便请点菜。小云说:"不必点。"他便咯蹬咯蹬的走到楼下去了。

---

〔1〕 摛——铺张的意思。
〔2〕 飞短流长——指造谣言者的说长道短。

小云笑着对我道:"这一桌酒应该让了你;你应酬了他这个大典,也是我做媒人的面子。"我道:"我向来没干过这个。"小云笑道:"谁是出世便干的?总是从没干过上来的啊。"月卿道:"这位老爷是初交,赵老爷,何必呢。"小云又对我道:"你不知道这位月卿,是一个又豪侠,又多情的人,并且作得好诗。你要是知道了他的底细,还不知要怎样倾倒[1]呢。"月卿道:"赵老爷不要谬奖,令人惭愧!"我问小云道:"你要吃酒,还不赶紧请客?况且时候不早了。"小云道:"时候倒不要紧,上海本是个不夜天,何况今夜。客倒是不必请了,大众都有应酬,难请得很,就请了柳采卿过来罢。"说着,又对月卿道:"就央及你去请一声罢,难道还要写请客票么。"月卿便走到后房去,一会儿,同着柳采卿过来。只见那采卿,生得一张紫色胖脸儿,唇上疏疏的两撇八字黑须;身裁是痴肥笨重,步履蹒跚[2];身穿着一件大团花二蓝线绉皮袍,天青缎灰鼠马褂。当下各人一一相见,通过姓名;小云道过违教,方才坐下。外场[3]早已把席面摆好,小云忙着写局票。采卿不叫外局,只写了本堂沈月卿。小云道:"客已少了,局再少,就太寂寞了。"我道:"人少点,清谈也很好;并且你同采翁两位,都是月卿的老客,你说月卿豪侠多情,何妨趁此清谈,把那豪侠多情之处告诉我呢。"小云道:"你要我告诉你也容易,不过你要把今日这一席,赏赏他那豪侠多情之

---

[1] 倾倒——佩服、爱慕。
[2] 蹒跚——形容走路歪歪倒倒的样子。
[3] 外场——指打杂跑街的人。

处才好呢。"我一想,我前回买他那个小火轮船时,曾经扰过他一顿,今夜又是他请的,我何妨借此作为还席呢。因说道:"就是我的,也没甚要紧。"小云大喜,便乱七八糟,自己写了多少局票,嘴里乱叫起手巾。于是大家坐席。

我坐了主位,月卿招呼过一阵,便自坐向后面唱曲。我便急要请问这沈月卿豪侠多情的梗概。小云猛然指了采卿一下道:"你看采翁这副尊范,可是能取悦妇人的么?"我被他突然这一问,倒棱住了,不懂是甚么意思。小云又道:"外间的人,传说月卿和采卿是恩相好。"我道:"甚么叫做'恩相好'?"小云笑道:"这是上海的一句俗话,就是要好得很的意思。"我道:"就是要好,也平常得很。"小云道:"不是这等说。凡做妓女的,看上了一个客人,只一心向他要好,置他客于不顾,这才叫恩相好。凡做恩相好的,必要这客人长得体面,合了北边一句话,叫做'小白脸儿',才够得上呢。你看采翁这副尊范,像这等人不像?"我道:"然则这句话从何而来的呢?"小云道:"说来话长。你要知底细,只问采翁便知。"柳采卿这个人倒也十分爽快,不等问,便一五一十的告诉了我。

原来采卿是一个江苏候补府经历,分在上海道差遣。公馆就在城内。生下两个儿子,大的名叫柳清臣,才一十八岁,还在家里读书,资质向来鲁钝,看着是不能靠八股猎科名的了;采卿有心叫他去学生意,却又高低不就。忽然一天,他公馆隔壁一个姓方的,带了一个人来相见,说是姓齐,名明如,向做洋货生意,专和外国人交易。此刻有一个外国人,要在上海开一家洋行,要请一个买办;这买办只要先垫出五千银子,不懂外国话也使得。因听姓方的说起,说柳清臣要做生意,特地来推荐。采卿听了一想,向来做买办,是出息甚好的,不禁就生了个侥幸之心。当下便对那齐明如说:"等商量定了,过一天给回信。"于是就出来和朋友商量,也有说好的,也有说不好的。采卿终是发财心胜,听了那说不好的,以为人家妒忌;听了那说好的,就十分相信。便在沈月卿家请齐明如吃了一回酒,准定先垫五千银子,叫儿子清臣去做买办。又叫明如带了清臣去见过外国人,问答的说话,都是由明如做通事[1]。过了几天,便订了一张洋文合同,清臣和外国人都签了字,齐明如做见证,也签了字。采卿先自己拼凑了些,又向朋友处通融挪借,又把他夫人的金首饰拿去兑了,方才凑足五千银子,交了出去。就在五马路租定了一所洋房,取名叫景华洋行。开了不毂三个月,五千银子被外国人支完了不算,另外还亏空了三千多;那外国人忽然不见了,也不知他往别处去了,还是藏起来。这才着了忙,四面八方去寻起来,那里有个影子。便是齐明如也不见了。亏空的款子,人家又来催逼,只得倒闭了。往英国领事[2]处去告那外国人,英领事在册籍上一查,没有这个人的名字;更是着忙,托了人各处一查,总查不着,这才知道他是一个没有领事管束的流氓,也不知他是那一国的,还不知他是外国人不是。于是只得到会审公堂去告齐明如。谁知齐明如是一个做外国衣服的成衣匠,本是个光蛋,官向他

----

〔1〕 通事——翻译人。
〔2〕 领事——派驻外国商埠,保护侨商的官员。

追问外国人的来历,他只供说是因来买衣服认得,并且不知他的来历。官便判他一个串骗,押着他追款。俗语说得好:"不怕凶,只怕穷。"他光蛋般一个人,任凭你押着,粃糠那里榨得出油来!此刻这件事已拖了三四个月,还未了结,讨债的却是天天不绝。急得采卿走头无路,家里坐不住,便常到沈月卿家避债。这沈月卿今年恰好二十岁,从十四岁上,采卿便叫他的局,一向不曾再叫别人。缠头[1]之费,虽然不多,却是节节清楚;如今六七年之久,积算起来,也不为少了。前两年月卿向鸨母赎身[2]时,采卿曾经帮了点忙,因此月卿心中十分感激。这回看见采卿这般狼狈,便千方百计,代采卿凑借了一千元;又把自己的金珠首饰,尽情变卖了,也凑了一千元,一齐给与采卿,打点债务。这种风声,被别个客人知道了,因此造起谣言来,说他两人是恩相好。……采卿觍缕[3]述了一遍,我不觉抬头望了月卿一眼,说道:"不图风尘中有此人,我们不可不赏一大杯!"

正待举杯要吃,小云猛然说道:"对不住你!你化了钱请我,却倒装了我的体面。"我举眼看时,只见小云背后,珠围翠绕的,坐了七八个人。内中只有一个黄银宝是认得的,却是满面怒容,冷笑对我道:"费你老爷的心!"我听了小云的话,已是不懂,又听了这么一句,更是茫然,便问怎么讲。小云道:"无端的在这里吃寡醋,说这一席是我吃的,怕他知道,却屈你坐了主位,遮他耳目,你说奇不奇。"我

---

[1] 缠头——结妓女的财物、嫖资。
[2] 赎身——这里指卖身的妓女以金钱赎回身体的自由。
[3] 觍缕——原原本本、详详细细。

不禁笑了一笑道："这个本来不算奇,律重主谋[1],怪了你也不错。"那黄银宝不懂得"律重主谋"之说,只听得我说怪得不错,便自以为料着了,没好气起身去了。小云道："索性虚题实做一回。"便对月卿道："叫他们再预备一席,我请客!"我道："时候太晚了,留着明天吃罢。"小云道："你明天动身,我给你饯行;二则也给采翁解解闷。今夜四马路的酒,是吃到天亮不希奇的。"我道："我可不能奉陪了。"管德泉道："我也不敢陪了,时候已经一下钟了。"小云道："只要你二位走得脱!"说着,便催着草草终席。我和德泉要走,却被小云苦苦拉着,只得依他。小云又去写局票,问我叫那一个。我道："去年六月间,唐玉生代我叫过一个,我却连名字也忘了,并且那一个局钱还没有开发他呢。"德泉道："早代你开发了,那是西公和沈月英。"小云道："月英过了年后,就嫁了人了。"我道："那可没有了。"小云道："我再给你代一个。"我一定不肯,小云也就罢了,仍叫了月卿。大家坐席。此时人人都饱的要涨了,一样一样的菜拿上来,只摆了一摆,便撤了下去,就和上供的一般,谁还吃得下。幸得各人酒量还好,都吃两片梨子、苹果之类下酒。

我偶然想起小云说月卿作得好诗的话,便问月卿要诗看。月卿道："这是赵老爷说的笑话,我何尝会作诗。"小云听说,便起身走向梳妆台的抽屉里,一阵乱翻,却翻不出来。采卿对月卿道："就拿出

---

[1] 律重主谋——主使别人做某一种行为的叫做主谋。律重主谋,意思是,按照法律,主使别人为犯罪行为的人,罪行最重。

来看看何妨。"月卿才亲自起身,在衣橱里取出薄薄的一个本子来,递给采卿;采卿转递给我。我接在手里,翻开一看,写的小楷虽不算好,却还端正。内中有批的,有改的,有圈点的。我道:"这是谁改过的?"月卿接口道:"柳老爷改的;便是我诌两句,也是柳老爷教的。"我对采卿道:"原来你二位是师弟,怪不得如此相待了。"采卿道:"说着也奇!我初识他时,才十四岁。我见他生得很聪明,偶尔教他识几个字,他认了,便都记得;便买了一部《唐诗》[1]教教他,近来两年,居然被他学会了。我想女子学作诗,本是性之所近,苏、常一带的妓女,学作诗更应该容易些。"我道:"这句话很奇,倒要请教是怎么讲?"采卿道:"他们从小学唱那小调,本来就是七字句的有韵之文;并且那小调之中,有一种马如飞撰的叫做'马调'[2],词句之中,很有些雅驯的。他们从小就输进了好些诗料在肚子里,岂不是学起来更容易么。"我点头道:"这也是一理。"因再翻那诗本,拣一首浓圈密点的一看,题目是《无题》,诗是:

自怜生就好丰裁[3],疑是云英谪降[4]来。

---

[1] 《唐诗》——这里指《唐诗三百首》,清孙洙(蘅塘退士)为初学的人编选的一种唐诗读本。
[2] "马调"——清时苏州弹词以俞(俞秀山)调和马(马如飞)调最为流行。马如飞是同治间人,所创唱腔,率直和说白一样,《珍珠塔弹词》就是用马调来弹唱的。
[3] 丰裁——风姿、丰度。
[4] 云英谪降——神话故事:唐裴航路过蓝桥驿,想求一少女云英为妻,后来以玉杵臼为聘礼,娶了云英,夫妇两人都吃了灵药成仙。云英谪降,是仙女投胎的意思。

弄巧试调[1]鹦鹉舌,学愁初孕杜鹃胎。

铜琶铁板[2]声声恨,剩馥残膏[3]字字哀。

知否有人楼下过,一腔心事暗成灰。

好春如梦酿[4]愁天,何必能痴始可怜!

杨柳有芽初蘸水,牡丹才蕊不胜烟。

从知眼底花皆幻,闻说江南月未圆。

人静漏残[5]灯惨绿,碧纱窗外一声鹃。

我看了,不觉暗暗惊奇,古来才妓之说,我一向疑为后人附会,不图我今日亲眼看见了。据这两首诗,虽未必便可称才,然而在闺秀之中,已经不可多得,何况在北里呢。因对采卿道:"这是极力要炼字炼句的,真难为他!"月卿接口道:"这都是柳老爷改过才誊正的。"采卿道:"这里面有两首《野花》诗,我始终未改一字,请你批评批评。"说罢,取过本子去,翻给我看。只见那诗是:

蓬门莫笑托根低,不共杨花逐马蹄。

---

[1] 调——调弄。
[2] 铜琶铁板——铜琵琶,铁绰板:豪放歌曲的伴奏乐器。
[3] 剩馥残膏——馥,香气,这里指脂粉之类的东西;膏,头油。剩馥残膏,借化妆用品来指女子所写的诗文作品。
[4] 酿——酝酿、逐渐形成。
[5] 漏残——漏,古时铜壶滴漏一类的计时工具。漏残,意思是铜壶里的水快流完了,也就是夜深了。

第四十九回　串外人同胞遭晦气　摛词藻嫖界有机关

混迹自怜依旷野，添妆未许入深闺。

荣枯有命劳嘘植，闻达无心谢品题[1]。

…………

我看到这里，不觉击节[2]道："好个'闻达无心谢品题'！往往看见报上，有人登了些诗词，去提倡妓女，我看着那种诗词，也提倡不出甚么道理来。"采卿道："姑勿论提倡出甚么道理，先问他被提倡的懂得不懂，再提倡不迟。"

月卿听说，忽然嗤的一声笑。我问笑甚么。月卿道："前回有一位客人，叫甚么遁叟，填了一阕《长相思》词，赠他的相好吴宝香，登了报。过得一天，那遁叟到宝香家去，忽然被宝香扭住了不依。"我笑道："这又为何？"月卿道："总是被那些识一个字不识一个字的人见了，念给他听，他听了题目《赠吴宝香调寄长相思》一句，所以恼了，说遁叟造他谣言，说他害相思病了，所以和他不依。"说得我和小云都笑了。我再看那《野花》诗是：

…………

惆怅秋风明月夜，荒烟蔓草助凄凄。

惭愧飘零古道旁，本来无意绽青黄。

------

[1] 荣枯有命劳嘘植，闻达无心谢品题——这里借花比人，意思是人的显达与否，是命运注定的，靠着吹嘘培植，只是徒劳无功。由于自己无意出风头，所以就谢绝人们的捧场。
[2] 击节——犹如说打拍子。称赞别人文章作得好，也叫击节，指读好文章也用打拍子的方法去欣赏。

东皇[1]曾许分馀润,村女何妨理俭妆。

讵借馨香迷蛱蝶,不胜蹂躏怨牛羊。

可怜车马分驰后,剩粉残脂吊夕阳!

我看毕道:"寄托恰合身分,居然名作了。"只见月卿附着采卿耳朵说了两句话。采卿便问我和唐玉生可是相识。我道:"只去年六月里同过一回席,这两回到上海都未遇着。"采卿道:"倘偶然遇见了,请不必谈起月卿作诗的事。"我道:"作诗又不是甚么坏事,何必要秘密呢?"采卿道:"不是要秘密,是怕他们闹不清楚。"我想起那一班人的故事,不觉又好笑。便道:"也怪不得月卿要避他们,他们那死不通的材料,实在令人肉麻!"说着,便把他们"竹汤饼会"的故事,略略述了一遍。月卿也是笑不可仰。采卿道:"我教月卿识几个字,虽不是有意秘密,却除了几个熟人之外,没有人知道,不像那堂哉皇哉收女弟子的。"我道:"不错。我常在报上看见有个甚么侍者收甚么女弟子,弄了好些诗词之类,登在报上面,还有作诗词贺他的。"采卿道:"可不是!这都是那轻薄少年做出来的,要借这报纸做他嫖的机关。"我道:"嫖还有甚么机关,这说奇了。"采卿道:"这一班本是寒畯,掷不起缠头,便弄些诗词登在报上,算揄扬[2]他,以为市恩[3]之地,叫那些妓女们好巴结他,不敢得罪他;倘得罪了他时,他又弄点讥刺的诗词去登报,这还不是机关

---

[1] 东皇——春神。
[2] 揄扬——捧、称誉。
[3] 市恩——卖好。

么。其实有几个懂得的,所以有遁叟与吴宝香那回事。"

说犹未了,忽听得楼下外场高叫一声"客来",便听得咯蹬咯蹬上楼梯的声音,房里鸦头便迎了出去。正是:毁誉方闻凭喜怒,蹒跚又听上梯阶。未知那来人是谁,且待下回再记。

第五十回

溯本源赌徒充骗子　走长江舅氏召夫人

那鸦头掀帘出去,便听得有人问道:"赵老爷在这里么?"鸦头答应在,那人便掀帘进来。抬头看时,却是方佚庐。大家起身招呼。只见他吃的满面通红,对众人拱一拱手,走到席边一看,呵呵大笑道:"你们整整齐齐的摆在这里,莫非是摆来看的? 不然,何以热炒盘子,也不动一动呢?"小云便叫取凳子让他坐。佚庐道:"我不是赴席的,是来请客的,请你们各位一同去。"小云道:"是你请客?"佚庐道:"不是我请,是代邀的。"小云在身边取出表来一看,吐出舌头道:"三下一刻了。是你请客我便去,你代邀的我便少陪了。"月卿插嘴道:"便是方老爷也可以不必去了。外面西北风大得很,天已阴下来,提防下雪。并且各位的酒都不少了,到外面去吹了风,不是玩的。"佚庐道:"果然。我方才在外面走动,很作了几个恶心,头脑子生疼,到了屋里,暖和多了。"说着便坐下,叫拿纸笔来,写个条子回了那边,只说寻不着朋友,自己也醉了,要回去了。写毕,叫外场送去。方才和采卿招呼,彼此通过姓名。坐了一会便散席。月卿道:"此刻天要快亮了,外面寒气逼人,各位不如就在这里谈谈,等天亮了去;或者要睡,床榻被窝,都是现成的。"众人或说走,或说不走,都无一定。只有柳采卿住在城里,此时叫城门不便,准定不能走的。便说道:"不

第五十回　溯本源赌徒充骗子　走长江舅氏召夫人　　461

然,我再请一席,就可以吃到天亮了。"小云道:"这又何苦呢。方才已经上了一回供了,难道再要上一回么。"月卿道:"那么各位都不要走,我叫他们生一盆炭火来,昨天有人送给我一瓶上好的雨前〔1〕龙井茶,叫他们酽酽的泡上一壶,我们围炉品茗〔2〕,消此长夜,岂不好么。"众人听说,便都一齐留下。

佚庐道:"月卿一发做了秀才了,说起话来,总是掉文。"月卿笑道:"这总是识了几个字,看了几本书的不好,不知不觉的就这样说起来,其实并不是有意的。"小云道:"有一部小说,叫做《花月痕》〔3〕,你看过么?"月卿道:"看过的。"小云道:"那上头的人,动辄嘴里就念诗,你说他是有意,是无意?"月卿道:"天下那里有这等人,这等事! 就是掉文,也不过古人的成句,恰好凑到我这句说话上来,不觉冲口而出的,借来用用罢了;不拘在枕上,在席上,把些陈言老句,吟哦起来,偶一为之,倒也罢了,却处处如此,那有这个道理! 这部书作得甚好,只这一点是他的疵瑕。"采卿道:"听说这部书是福建人作的,福建人本有这念诗的毛病。"小云忽然呵呵大笑起来。众人忙问他笑甚么。小云道:"我才听了月卿说甚么疵瑕,心中正在那里想:'疵瑕者,毛病之文言也。'这又是月卿掉文。不料还没有想完,采翁就说出'毛病'两个字来,所以好笑。"说话间,鸦头早把火盆生好,茶也泡了,一齐送了进来,众人便围炉品茗起来。

〔1〕　雨前——在谷雨以前采摘的一种比较名贵的茶叶。
〔2〕　品茗——品尝茶味,就是喝茶。品,细辨滋味的意思。
〔3〕　《花月痕》——清魏秀仁作的一部狭邪小说。

佚庐与采卿谈天,采卿又谈起被骗一事。佚庐道:"我们若是早点相识,我断不叫采翁去上这个当。你道齐明如是个甚么人?他出身是个外国成衣匠,却不以成衣匠为业,行径是个流氓,事业是靠局赌[1]。从前犯了案,在上海县监禁了一年多;出来之后,又被我办过他一回。"采卿道:"办他甚么?"佚庐道:"他有一回带了两个合肥口音的人来,说是李中堂家里的帐房,要来定做两艘小轮船,叫我先打了样子看过,再定价钱。这两艘小轮船,到有七八千银子的生意,自然要应酬他,未免请他们吃一两回酒;他们也回请我,却是吃花酒。吃完之后,他们便赌起来,邀我入局。我只推说不会,在旁边观看,见他们输赢很大,还以为他们是豪客。后来见一个输家输的急了,竟拿出庄票来赌,也输了,又在身边掏出金条来。我心里才明白了,这是明明局赌,他们都是通同一气的,要来引我。须知我也是个老江湖[2],岂肯上你的当。然而单是避了你,我也不为好汉,须给点颜色你看看。当夜局散之后,我便有意说这赌牌九很有趣,他们便又邀我入局。我道:'今天没有带钱,过天再来。'于是散了。我一想,这两艘小轮船,不必说是不买的了,不过借此好入我的门。但是无端端的要我打那个图样,虽是我自己动手,不费本钱,可是耽搁了我多少事;若是别人请我画起来,最少也要五十两银子。我被他们如此玩弄,那里肯甘心。到明天齐明如一个人来了,我便向他要七十两画图

---

〔1〕 局赌——借赌博的方法做成圈套,骗取别人的钱财,叫做局赌。
〔2〕 老江湖——有丰富社会经验,熟悉各地下层社会情况的人。

银,请他们来看图。明如邀我出去,我只推说有事,一连几天,不会他们。于是齐明如又同了他们来,看过图样,略略谈了一谈船价。我又先向他要这画图钱。齐明如从中答应,说傍晚在一品香吃大菜面交,又约定了是夜开局。我答应了,送了他们去。到了时候,我便到一品香取了他七十两的庄票。看看他们一班人都齐了,我推说还有点小事,去去就来。出来上了马车,到后马路照票,却是真的。连忙回到四马路,先到巡捕房里去。那巡捕头是我向来认得的,我和他说了这班人的行径,叫他捉人;捕头便派了几名包探、巡捕,跟我去捉人。我和那探捕约好,恐怕他们这班人未齐,被他跑了一个,也不值得,不如等我先上去,好在坐的是靠马路的房间,如果他们人齐了,我掷一个酒杯下来,这边再上去,岂不是好。那探捕答应了,守在门口。我便走了上楼,果然内中少了一个人,问起来,说是取本钱去的。一面让我点菜。俄延了一会,那个人来了,手里提了一个外国皮夹,嘴里嚷道:'今天如果再输,我便从此戒赌了!'我看见人齐,便悄悄拿了一个玻璃杯,走到栏杆边,轻轻往下一丢,四五名探捕,一拥上楼,入到房间,见人便捉。我一同到了捕房,做了原告。在他们身边,搜出了不少的假票子、假金条。捕头对我说:'这些假东西,告他们骗则可以,告他赌,可没有凭据。'说时,恰好在那皮夹里搜出两颗象牙骰子。我道:'这便是赌具。'捕头看了看,问怎么赌法。我道:'单拿这个赌还不算骗人,我还可以在他这里面拿出骗人的凭据。'捕头疑讶起来,拿起骰子细看。我道:'把他打碎了,这里面有铅。'捕头不信。我问他要了个铁锤,把骰子磕碎了一颗,只见一颗又白又亮的东西,骨碌碌滚到地下,却不是铅,是水银。捕头这才信了。这一个案子,两个合肥人办了递解[1];还有两个办了监禁一年,期满驱逐出境,齐明如侥幸没有在身上搜出东西,只办了个监禁半年。你想这种人结交出甚么好外国人来。"

采卿道:"此刻这外国人逃走了,可有甚么法子去找他?"佚庐道:"往那里找呢?并且找着了也没用。我们中国的官,见了外国人比老子还怕些,你和他打官司那里打得赢。"德泉道:"打官司只讲理,管他甚么外国人不外国人!"佚庐道:"有那许多理好讲!我前回接了家信,敝省那里有一片公地,共是二十多亩,一向荒弃着没用,却被一个土棍瞒了众人,四两银子一亩,卖给了一个外国人。敝省人最迷信风水[2],说那片地上不能盖造房子,造了房子,与甚么有碍的。所以众人得了这个信息慌了,便往县里去告。提那土棍来问,已经卖绝了,就是办了他,也没用。众人又情愿备了价买转来,那外国人不肯。众人又联名上控,省里派了委员来查办。此时那外国人已经兴工造房子了。那公地旁边,本来有一排二三十家房子,单靠这公地做出路的,他这一造房子,却把出路塞断了,众人越发急了。等那委员到时,都拿了香,环跪在委员老爷跟前,求他设法。"佚庐说到这里,顿住了口道:"你几位猜猜看:这位委

---

[1] 递解——把犯人押回原籍管束,由沿途地方接递解送,叫做递解。
[2] 风水——封建迷信:为死人选择坟地时,以地能"聚气"为上;气遇风就散,遇水就止,因而把这一种说法叫做风水。后来不仅限于坟地,对房屋的兴建,也同样要注意风水,选择方向,以避免不吉。

第五十回　溯本源赌徒充骗子　走长江剪氏召夫人　465

员老爷怎么个办法？"众人听得正在高兴，被他这一问，都呆着脸去想那办法。我道："我们想不出，你快说了罢。"佚庐道："大凡买了贼赃，明知故买的，是与受同科；不知误买的，应该听凭失主备价取赎。这个法律，只怕是走遍地球，都是一样的了。地棍私卖公地，还不同贼赃一般么。这位委员老爷，才是神明父母呢，他办不下了，却叫人家把那二三十家房子，一齐都卖给了那外国人算完案。"一席话说得众人面面相觑，不能赞一词。

佚庐又道："做官的非但怕外国人，还有一种人，他怕得很有趣的。有一个人为了一件事去告状，官批驳了，再去告，又批驳了。这个人急了，想了个法子，再具个呈子，写的是'具禀教民某某'。官见了，连忙传审。把这个案判断清楚了之后，官问他：'你是教民，信的是甚么教？'这个人回说道：'小人信的是孔夫子教。'官倒没奈他何。"说的众人一齐大笑。

当下谈谈说说，不觉天亮。月卿叫起下人收拾地方，又招呼了点心，众人才散，其时已经九点多钟了。我和德泉走出四马路，只见静悄悄的绝少行人，两旁店铺都没有开门。便回到号里，略睡一睡。是夜便坐了轮船，到南京去。

到家之后，彼此相见，不过都是些家常说话，不必多赘。停顿下来，母亲取出一封信，及一个大纸包，递给我看。我接在手里一看，是伯父的信，却从武昌寄来的。看那信上时，说的是王俎香现在湖南办捐局差事，前回借去的三千银子，已经写信托他代我捐了一个监生，又捐了一个不论双单月〔1〕的候选通判,统共用了三千二百多两银子,连利钱算上,已经差不多。将来可以到京引见,出来做官,在外面当朋友,终久不是事情……云云。又叙上这回到湖北,是两湖总督奏调过去,现在还没有差使。我看完了,倒是一怔。再看那大纸包的是一张监照〔2〕、一张候选通判的官照〔3〕,上面还填上个五品衔。我道:"拿着三千多银子,买了两张皮纸,这才无谓呢;又填了我的名字,我要他做甚么!"母亲道:"办个引见,不知再要化多少?就拿这个出去混混也好,总比这跑来跑去的好点。"我道:"继之不在这里,我敢说一句话:这个官竟然不是人做的!头一件先要学会了卑污苟贱,才可以求得着差使;又要把良心搁过一边,放出那杀人不见血的手段,才弄得着钱。这两件事我都办不到的,怎么好做官!"母亲道:"依你说,继之也卑污苟贱的了?"我道:"怎么好比继之。他遇了前任藩台同他有交情,所以样样顺手。并且继之家里钱多,就是永远没差没缺,他那候补费总是绰绰有馀的。我在扬州看见张鼎臣,他那上运司衙门,是底下人背了包裹,托了帽盒子,提了靴子,到官厅上去换衣服的;见了下来,又换了便衣出来。据说这还是好的呢,那比张鼎臣不如的,还要难看呢。"母亲道:"那么这两张照竟是废的了?"我

---

〔1〕 不论双单月——候选官员,由吏部抽签,本有单月抽签或双月抽签的分别,但也可以出一笔捐款,就取得"不论双单月"抽签的资格,这样,中签的机会可以多一些。参看第二回"候补"注。
〔2〕 监照——户部和国子监发给监生的执照,上面载明姓名、年籍等。
〔3〕 官照——户部发给官员的执照,上面载明姓名、年籍、官阶等。

道:"看着罢,碰个机会,转卖了他。"母亲道:"转卖了,人家顶了你的名字也罢了,难道还认了你的祖宗三代么?"我道:"这不要紧,只要到部里化上几个钱,可以改的。"母亲道:"虽如此说,但是那个要买,又那个知道你有官出卖?"我道:"自从前两年开了这个山西赈捐[1],到了此刻,已成了强弩之末[2],我看不到几时,就要停止的了。到了停止之后,那一班发官迷的,一时捐不及,后来空自懊悔,倘遇了我这个,他还求之不得呢。到了那时,只怕还可以多卖他几百银子。"姊姊从旁笑道:"兄弟近来竟入了生意行了,处处打算赚钱,非但不愿意做官,还要拿着官来当货物卖呢。"我笑道:"我这是退不了的,才打算拿去卖;至于拿官当货物,这个货只有皇帝有,也只有皇帝卖,我们这个,只好算是'饭店里买葱'。"当下说笑一回,我仍去料理别的事。

有话便长,无话便短,不知不觉,早又过了新年,转瞬又是元宵佳节,我便料理到汉口去。打听得这天是怡和的上水船。此时怡和、太古两家,南京还没有趸船,只有一家[3],因官场上落起见,是有的。

------

[1] 山西赈捐——清光绪二十六年(一九○○),山西、陕西一带发生旱灾,当时为了劝人出钱捐官以赈灾,颁布了"秦晋实官捐"的则例。

[2] 强弩之末——成语:"强弩之末,不能穿鲁缟。"出《战国策》。缟是一种薄绸。意思是尽管是强有力的弓箭,到了一定的射程之外就没有了劲,连薄绸子也射不穿了。引为事情发展到后来松懈、无足轻重的地步的比喻。

[3] 只有一家——指招商局。因为下文说到该局总办的丑行,作者在当时有所顾忌,所以不把局名明白写出。

我便带了行李,到怡和洋篷上去等。等不多时,只见远远的一艘轮船,往上水驶来,却是有趸船一家的。暗想今日他家何以也有船来,早知如此,便应该到他那趸船去等,也省了坐划子。正想着时,洋篷里的人,也三三两两议论起来。那船也渐驶渐近了,趸船上也扯起了旗子;谁知那船一直上驶,并不停轮。我向来是近视眼,远远的只隐约看见船名上,一个字是三点水旁的,那一个字便看不出了。旁边的人都指手画脚,有个说是这个,有个说是那个,有个说断不是那个,那个字笔画没有那么多。然而为甚么一直上驶,并不停轮呢?于是又纷纷议论起来:有个说是恐怕上江那里出了乱事,运兵上去的;有个说是不知专送甚么大好老到那里的;有个说怕是因为南京没有客,没有货,所以不停泊的。……大众瞎猜瞎论了一回,早望见红烟囱的元和船到了,在江心停轮。这边的人,纷纷上了划子船,划到轮船边上去。轮船上又下来了多少人。一会儿便听得一声铃响,船又开行了。我找了一个房舱,放下行李,走出官舱散坐,和一班搭客闲谈,说起有一艘船直放上水的事,各人也都不解。恰好那里买办走来,也说道:"这是向来未曾见过之事,并且开足了快车。我们这元和船,上水一点钟走十二英里,在长江船里,也算头等的快船了。我们在镇江开行,他还没有到,此刻倒被他赶上前头去了。"旁边一个帐房道:"他那个船只怕一点货也不曾装,你不看他轻飘飘的么,船轻了,自然走得快些。但不知到底为了甚么事。"当下也是胡猜乱度了一回,各自散开。

第三天船到了汉口,我便登岸,到蔡家巷字号里去。一路上只听见汉口的人,三三两两的传说新闻。正是:直溯长江翻醋浪,谁教平地起酸风? 不知传说甚么新闻,且待下回再记。

第五十一回

喜孜孜限期营篷室[1]　乱烘烘连夜出吴淞

耳边只听得那些汉口人说甚么,吃醋吃到这个样子,才算是个会吃醋的;又有个说,自然他必要有了这个本事,才做得起夫人;又有个说,这有甚么希奇,只要你做了督办,你的婆子也会这样办法。我一路上听得不明不白。一直走到字号里,自有一班伙友接待,不消细说。我稽查了些帐目,掉动了两个人。与众人谈起,方才知道那艘轮船直放上水的缘故,怪不得人家三三两两,当作新闻传说,说甚么吃醋吃醋;照我看起来,这场醋吃的,只怕长江的水也变酸了呢!

原来这一家轮船公司有一个督办,总公司在上海,督办自然也在上海了。这回那督办到汉口来勾当公事,这里分公司的总理,自然是巴结他的了。那一位督办,年纪虽大,却还色心未死。有一天出门拜客,坐在轿子里,走到一条甚么街,看见一家门首,有一个十七八岁的姑娘,生得十分标致。他看在眼里,记在心上,回到分公司里,便说起来。那总理要巴结他,便问了街名及门口的方向,着人去打听。打听了几天,好容易打听着了,便挽人去对那姑娘的父母说,要代督办讨

---

[1] 篷室——篷是副的意思,篷室指妾。下文"继室"指后娶的妻子,"正室"指妻。

他做小。汉口人最是势利,听见说督办要,如何不乐从。可奈这姑娘虽未出嫁,却已许了人家的了。总理听说,便着人去叫了那姑娘的老子来,当面和他商量,叫他先把女儿送到公司里来,等督办看过,看得果然对了,另有法子商量;虽然许了人家,也不要紧的。这是那总理小心,恐怕督办遇见的不是这个人,自己打听错了的意思。那姑娘的老子道:"他女孩子家害臊,怕不肯来,你家[1]。"总理道:"我明天请督办在这屋里吃大菜。"又指着一个窗户道:"这窗户外面是个走廊,我们约定了时候,等吃大菜时,只叫你女儿在窗户外面走过便是,又不要当面看他。"那姑娘的老子答应着,约了时候去了。回到家里,和他婆子商量,如何骗女儿去呢?想来想去,没有法子,只得直说了。谁知他女儿非但不害臊,并且听见督办要讨他做姨太太,欢喜得甚么似的,一口便答应了。

到了明天,一早起来,着意打扮,浑身上下都换过衣服,又穿上一条撒腿裤子;打扮好了,便盼太阳落山。到了下午四点钟时,他老子叫了一乘囚笼似的小轿子,叫女儿坐了;自己跟在后头,直抬到公司门前歇下。他老子悄悄地领他走了进去。那看门的人,都是总理预先知照过的,所以并无阻挡。那位姑娘走到走廊窗户外面,故意对着窗户里面嫣然一笑,俄延了半晌。此时总理正在那里请督办吃大菜,故意请督办坐在正对窗户的一把椅子上。此时吃的是英腿蛋,那督办用叉子托了一个整蛋,低下头正要往嘴里送,猛然瞥见窗外一个美

------

[1] 你家——你的敬词,湖北话,犹如北京人之称"您"。

人,便连忙把那蛋往嘴里一送,意思要快点送到嘴里,好快点抬起头来看;谁知手忙脚乱,把蛋送歪了,在胡子上一碰,碰破了那蛋,糊的满胡子的蛋黄,他自己还不觉着。抬头看见那美人,正在笑呢。回头对总理道:"莫非我在这里做梦?"总理道:"明明在这里吃大菜,怎么是做梦。"督办道:"我前天看见的那姑娘,怎么会跑到这里来?还不是做梦么。"说完,再回头看时,已不见了。

督办道:"可惜,可惜走了。不然,请他来吃两样。想他既然来得,想来总肯吃的。"总理听了,连忙亲自离座,出来招呼,幸得他父女两个还不曾走。总理便对那姑娘的老子道:"督办要请你女儿吃大菜,但不知他肯吃不肯?"他老子道:"督办赏脸,那里敢说个不字,你家。姑娘进去罢,我在外面等你。"那姑娘便扭扭捏捏的跟了总理进去,也不懂得叫人,也不懂得万福〔1〕,只远远的靠桌子坐下。早有当差的送上一份汤匙刀叉。总理对那姑娘说道:"这是本公司的督办。"那姑娘回眼望了督办一望,嗤的一声笑了;连忙用手帕掩着口,尽情狂笑。那督办一怔道:"笑甚么?莫非笑我老么?"那姑娘忍着笑,轻轻的说道:"胡子。"只说得两个字,又复笑起来。总理对督办仔细一望,只见那碰在胡子上的鸡蛋黄,流到胡子尖儿上,凝结得圆圆儿的,倒像是小珊瑚珠儿挂在上面,还有两处被蛋黄把胡子粘连起来的。因说道:"胡子脏了。"便回头叫手巾。谁知蛋黄有点干了,

---

〔1〕 万福——古时妇女敬礼时,双手在胸前合拜,口里说着万福,表示祝福之意。后来妇女行礼,只虚拢两手,在胸前向下微摆几下,也叫万福。后文第九十一回"福了一福",福是万福的省词。

擦不下来。当差的送上洗脸水,方才洗净了。

此时当差的早把一盘汤,送到那姑娘跟前。督办便道:"请吃汤。"那女子又掩着口,笑了一会道:"我们湖北汤是喝的,不是吃的。"又道:"拿盘子盛汤,回来那么子[1]盛菜?"说罢,拿起汤匙喝汤,却把汤匙碰得那盘子砰訇砰訇乱响。喝完了,还有点底子,他却放下汤匙,双手拿起盘子来喝,恰好把盘子盖在脸上。这回却是督办呵呵一笑,引得陪席众人都笑了。那姑娘道:"喝剩下来糟蹋了罪过的,你家。"此时当差的受了总理的分付,把各人的菜先停一停,先把那姑娘吃的送上,好等后来一齐吃,一齐完,于是收了汤盘上去,送上一盘白汁鳜鱼来。那姑娘怔怔[2]的道:"怎么没得筷子?"督办道:"吃大菜是用刀叉吃的,不用筷子。"说罢,又取自己跟前的刀叉,演给他看。那姑娘果然如法泡制吃了。却剩了一段鱼脊骨吃不干净,只得用手拿起来吮了又吮。总理暗想:他将来是督办的姨太太,今天岂可以叫他尽着闹笑话。又不便教他,于是又分付当差的,以后只拣没有骨头的给那姑娘吃。当差的自然到厨房里关照去了。谁知到后来,吃着一样纸围鸽,他却又拿起那张纸来,舐了几舐。一时吃毕,喝过咖啡,大家散坐。有两个本公司里的人请来陪坐的,都各自办事去了。那姑娘也告辞走了。

此时只有督办、总理及督办的舅老爷在座,——这舅老爷是从上

---

[1] 那么子——拿什么,湖北话。
[2] 怔怔——发呆的样子。

海跟着来的——三人散坐闲谈。那舅老爷便道:"那里弄来的这个姑娘?粗得很!"督办道:"这是女孩子的憨态,要这样才有意味呢。"总理方才看见情形,本来也虑到督办嫌他粗,今得了此言,便放下了心。因自献殷勤,把如何去打听,如何挽人去说,如何叫他来看,……一一都说了。又道:"这姑娘已经许了人家了,我想只要给他点银子,叫他退了婚,他们小户人家,有了银子,怕他不答应么。并且可以许他女婿,如果肯退婚时,看他是个甚么材料,就在公司里派他一个事情。我想又有了银子,又有了事情,他断乎不会不肯的。"督办听了一番言语,只快活得眉花眼笑,说道:"多谢!费心得很!但是我还有个无厌之求,求你要办就从速办,因为我三五天就要到上海去的。"总理道:"就是说成了,也要看个日子啊。"督办笑道:"我们吃了一辈子洋务饭,还信这个么。说定了,一乘轿子抬了来就完了。"总理连连笑应。当下各自散开。

不提防那舅老爷从旁听了,连忙背着督办,把这件事情写了出来,译成电码,到电报局里,打了一个急电到上海给他姊姊去了。他姊姊是谁?就是这位督办的继室夫人。那夫人比督办小了二十多岁。督办本来是满堂姬妾的了,因为和官场往来,正室死了之后,内眷应酬起来,没有个正室不像样子,所以才娶了这位继室。这位继室夫人生得十分精明强干,成亲的第三天,便和督办约法三章[1],约

---

[1] 约法三章——汉高祖入关时,和父老们约法三章:杀人者死,伤人及盗抵罪。见《史记》。后来就把彼此间的约定称为约法三章。

定从此之后,不许再娶姨太太。督办那时老夫得其少妻,心中无限欢喜,自然一口应允了。夫人终是放心不下,每逢督办出门,必要叫着他兄弟同走。嘴里说是等他兄弟练点见识,其实是叫他兄弟暗中做督办的监督,恐怕他在外头胡混。

这回得了他兄弟的电报,不觉酸风勃发,巴不得拿自己拴在电报局的电线上,一下子就打到汉口去才好。叫人到公司里去问,今天本公司有长江船开没有。去了一会,回来说是长江船刚刚昨天开了,今天上午到了一艘,要后天才是本公司的船期。夫人低头想了一想,便叫人预备马车,连忙收拾了几件随身衣服及梳头东西,带了两个老妈子,坐上马车,直到本公司码头上,上了那长江轮船,入到大餐间坐下。便叫请船主,请买办,谁知都不在船上。夫人恼了,叫快去寻来。船上执事人等见是督办夫人,如何敢违拗,便忙着分头去寻。此时已是晚上八点来钟的时候,夫人等得十分焦燥。幸得分头去寻的人多,一会儿在外国总会[1]里把船主找来了。见了夫人,自然脱帽为礼。怎奈言语不通,夫人说的话,船主一句也听不懂。船主便叫了西崽来传话,那西崽又懂一句不懂一句的,说不完全。夫人气的三尸乱暴,七窍生烟。船主虽然不懂话,气色是看得出来的,又不知他恼些甚么。那西崽传话,只传得一句,说夫人要马上开船去汉口;问他为着甚么事,西崽又闹不清楚。船主一想,船上的管事只怕比西崽好点,便叫西崽去叫管事,偏偏管事也上岸去了。

----

[1] 总会——俱乐部、酒吧间之类的公众娱乐跳舞饮酒的地方。

正在无可奈何的时候,幸得茶房在妓院里把买办找来了。夫人一见了,便冷笑道:"好买办!督办整个船交给你,船一到了码头就跑了!万一有点小事出了,这个干纪谁担戴得起来!"一句话吓得买办不敢答应,只垂了手,说得两个"是"字。夫人又道:"我有要紧事情,要到汉口。你替我传话,叫船主即刻开船赶去,我赏他三千银子,叫他辛苦一次。"买办听了,不知是何等要事,想了一想道:"开船是容易,夫人说一声,怕他敢不开!只是还有半船货未曾起上,要等明天起完了货,才可以开得呢。"夫人怔了一怔道:"就带着这货走,等回头来再起,不一样么?"买办想了一想道:"带着货走是可以的,只是关上要罗唆。这边出口要给他出口税,到那边进口又要给他进口税;等回头来,那边又要出口税,这边又要进口税:我们白白代人上那些冤枉税,何犯着呢。上江来的又都是土货,不比洋货,仍复退出口有退税的例。单是这件事为难。"夫人道:"你和船主说说看,可有甚么法子商量。"买办便先对船主说明了夫人要他即刻开船,赏他三千银子的话。说了,又把还有半船货未起完的话说了,和他商量。船主听说有三千银子,自然乐从。又想了一想道:"即刻连夜开夜工起货,只怕到天亮也起完了;起完了就可以开船。随便甚么大事,也不在乎这一夜。只是这件事要公司做主,我们先要和公司商量妥了才对。"买办道:"督办夫人要特开一次船,公司也没有不答应之理。"船主点头称是。买办把这番话转对夫人说了。夫人道:"好,好!那么你们就快点去办,一面多叫小工,能够半夜里起完更好。"买办听了,方答应一个"是"字,回身要走。夫人又叫住道:"能在天亮以前起完了,我再赏你一千银子。快去干罢。"买办答应了,连忙出来,自己到公司里说知原委。公司执事人听得督办夫人要开船,不知是何等大事,那里敢违拗,只得援例请关,报关[1]出口。那买办又分投打发人去开栈房门,又去找管舱的,一面招呼工头去叫小工;船主也打发人去寻大伙、二伙[2],大车、二车[3],叫一律回船预备;大伙回来了,便叫人传知各水手,大车回来了,便叫人传知各火夫:一时间忙乱起来。偏偏栈房开了,货舱开了,小工也到得不少了,那两个收筹[4]的却还没有找得来。当时帐房里还有一个人未曾上岸,买办把他叫来,当了收筹脚色;然而只管得一个舱口,还有一个,买办便自己动起手来。好忙呀! 顿时乱纷纷,呀许[5]之声大作。

看官,大凡在船上当职事的人,一到了码头,便没魂灵的往岸上跑:也有回家的,也有打茶围、吃花酒的,也有赌钱的,也有吃花烟的,也有打野鸡的,也有看朋友的。这是个个船上如此,个个船上的人如此,不足为奇。但是这几种人之中,那回家的自然好找;就是嫖的赌的,他们也有个地方好追寻;那看朋友的,虽然行无定踪,然而看完了朋友,有家的自然回家,可以交代他家里通知,没有家的,到半夜里

---

[1] 请关,报关——货物进出口,先向海关陈报,请求准许,叫做请关;然后把货物的种类、数量报明,以便完税,叫做报关。
[2] 大伙、二伙——就是大副、二副。
[3] 大车、二车——轮船上管理机器的人员,就是轮机长和大管轮。
[4] 收筹——运货时,每一件货物发给工人一根筹子,然后由出口处按件收筹,以统计数目。
[5] 呀许——也作邪许,是体力劳动者工作时彼此呼应的声音,犹如喊杭唷。

自然回船上来了；只有那打野鸡的踪迹，最是没处追寻。这船上的两个收筹朋友，船到了之后，别人都上岸去了，只有他两个要管着起货；到了晚上收了工，焉有不上岸之理。偏又他两个上岸之后，约定同去打野鸡，任凭你翻天复地去找，只是找不着。这买办和那帐房，便整整的当了一夜收筹，直到船开了出口，他两个还在那里做梦呢。

买办心中要想捞夫人那一千银子，叫了工头来，要他加班，只要能在四点钟以前清了舱，答应他五十元酬谢。工头起初不肯，后来听见有了五十元的好处，便应允了。叫人再分投去叫小工，加班赶快。船主忽然想起，又叫人去把领港的[1]找了回来。

夫人在船上也是陪着通宵不寐。到半夜里，忽然想起，叫一个老妈子来，交给他一个钥匙，叫他回公馆里去，"请金姨太太快点收拾两件随身衣服到船上来，和我一起到汉口去；这个钥匙，叫金姨太太开了我那个第六十五号皮箱，箱里面有一个红皮描金小拜匣，和我拿得来，钥匙带好。"老妈子答应去了。过了一点钟的时候，金姨太太果然带了那老妈子坐马车来了。老妈子扶到船上，与夫人相见，交代了拜匣、钥匙，夫人才把接电报的话，告诉了一遍。原来督办公馆的房子极大，夫人接了电报，众人都不曾知道，只知道夫人乘怒坐了马车出门，又不知到那里去的；及至马夫回来说起，方才知道，又不知为了甚么，要干甚么，所以此时夫人对金姨太太追述一遍，金姨太太方才明白。陪着夫人闲谈，一会走到外面栏杆上俯看，一会怕冷了，又

---

[1] 领港的——熟悉水道、引导船舶出入港口的人，也叫引水人。

退了回来。要睡那里睡得着,只好坐在那里,不住的掏出金表来看时候。真是"有钱使得鬼推磨",到了四点一刻钟时候,只见买办进来回说:"货起完了,马上开船了。"果然听得起锚声,拔跳[1]声,忽的汽筒里呜呜的响了一声,船便移动了。此时正是正月十七八的时候,乘着下半夜的月色,鼓轮出口,到了吴淞,天色方才平明[2]。这夫人的心,方才略定。正是:老夫欲置房中宠,娘子班来[3]水上军。要知走了几时方到汉口,到汉口之后,又是甚么情形,且待下回再记。

---

[1] 跳——跳板。
[2] 平明——天刚亮的时候。
[3] 班来——搬来。

第五十二回

酸风醋浪拆散鸳鸯　半夜三更几疑鬼魅

当下出了吴淞口,天色才平明。夫人和金姨太太到床上略躺了一躺。到十点钟时起来,梳洗过了;西崽送上牛奶点心,用过之后,夫人便叫西崽去叫买办来。一会儿买办来了,垂手请示。夫人在描金拜匣里,取出一千两的一张票子来,放在桌上道:"你辛苦了一夜,这个给你喝杯酒罢。你去和我叫船主来。"买办看见了银票,满脸堆下笑来,连忙请了一个安[1],说"谢夫人赏",便伸手取了。夫人见他请安没有样式,不觉好笑。那买办辞了夫人出去,一会儿进来,回道:"船主此刻正在那里驶船,不能走开,等下了班就来。"夫人道:"那么你代我给了他罢。"说罢,又在描金拜匣里,取出一张三千两的银票来,放在桌上,买办便拿了出去。到了十二点钟,西崽送上大餐,夫人和金姨太太对坐着吃大菜。只见船主和买办,在窗户外面幌了一幌去了,夫人也没做理会。一会吃完了大菜,那买办才带了船主进来。那船主满面笑容,脱下帽子,对着夫人叽咕叽咕的说了两句。买办便

---

[1] 请了一个安——请安本是问安的意思,在清朝成为一种礼节,是一种左膝前屈,右腿右弯,蹲身垂手的姿势。妇女则双手扶左膝,右腿微屈,往下蹲身。下文"打了个扦",也是敬礼的一种,其姿势如请安而微有不同:请安时右臂向下是垂直的,打扦则右臂斜向前伸。扦也作千。

代他传话道："船主说：谢夫人的赏赐！他祝夫人身体康健！"夫人笑了一笑道："你问他，我们沿路不要耽搁，开足了快车，几时可以到汉口？"买办问了船主，回道："约后天晚上半夜里可以到得。因为是个空船，不敢十分开足了车，恐怕船要颠播。"夫人着急道："我不怕颠播；那怕把船颠播坏了，有督办担当。你叫他赶紧开足了快车，不要误了我的事！"买办和船主说了，船主只得答应了，和买办辞了出来。此时是大伙的班，船主便到船头上和大伙说知；大伙便发下快车号令；大车听了号铃，便把机器开足，那船便飞也似的向上水驶去。所过各处码头，本公司的趸船望见船来了，都连忙拉了旗子迎接，谁知那船理也不理，一直过去了；趸船上只得又把旗子扯下。这里船上的水手人等看见了，嘻嘻哈哈的说着笑。

果然好快船，走了两天半，早到了汉口了。汉口趸船上的人，远远望见了来船，便扯起了旗子。众人望见来船甚轻，都十分疑讶；并且算定今天不是有船到的日期，不解是何缘故。来船驶近趸船，相隔还有一丈多远，那买办便倚在船栏上，和趸船司事招呼，高声说道："快点预备轿子！督办太太和姨太太到了。"司事吃了一惊，连忙叫人去把督办的绿呢大轿及总理的蓝呢官轿请来，当差人等飞奔的去了。司事连忙叫人取出现成的红绸，满趸船上张挂起来。一面将闲杂人等，一齐驱散；一面自己和同事几个人，换了衣帽，拿了手本，来船还隔着一尺多远，便一跃而过，直到大餐间禀见请安，恭迎宪太太、宪姨太太。公司里面此时早知道了，督办不免吃了一惊，不知为了甚事。

总理自从那晚上吃了大菜之后,次日一早,就打发人叫了那姑娘的老子来,叫他去找着原媒,去说退亲,限今天一天之内回话。"他若是肯退,我这里贴还他一百吊钱,并且在公司里面安置他一个事;他若是不肯,我却另有办法。"那姑娘的老子,连连答应着去了。到了下午,便带了他那个未曾成亲的女婿来,却是个白脸小后生。见了总理,便抢上前,打了个扦道:"谢你家栽培!"总理只伸了一伸手,问那姑娘的老子道:"他就是你的女婿么?"姑娘的老子道:"起头是我的女婿,此刻他退了亲,就不是的咧,你家。"总理问那后生道:"你是肯退亲了么?"后生道:"莫说还没成亲的,就是成过了亲,督办说要,那个敢道个不字,你家。"总理笑了一笑,叫当差的到帐房取一百吊钱来。总理又问后生道:"你向来做甚么的?"后生道:"向来在森裕木器店里当学徒,你家。"总理道:"可是学木匠?"后生道:"不是。他家的木器,都是从宁波运来的。"总理道:"那么是学写算?"后生道:"是,你家。"说话时,当差的送来一百吊的钱票。回道:"师爷问:出在甚么帐上?"总理想了一想道:"一百吊钱,杂用帐上随便那一笔带过去就是了。"当差答应"是",回头就走。总理又叫"来",当差回站住。总理出了一会神道:"再去拿一百吊来。这一百吊暂时宕一宕,我再想法子报销。"当差答应去了。总理把钱票给与后生道:"这里一百吊钱,给你另外说一头亲事。"后生连忙接了,又打了个扦道:"谢你家!"总理道:"你这孩子还有点意思。你常来走走,我觑便看公司的职事有缺,我派你一个事情。"后生又忙打了一个扦道:"谢你家。"总理道:"没事你先去罢。"后生道:"是,你家。"遂退了出来。

恰好当差取到一百吊钱票子,总理便交给姑娘的老子道:"这个给你做聘金。三两天里头,督办就来娶的。"姑娘老子道:"这是多少?你家。"总理道:"一百吊。"姑娘老子陪笑道:"请你家高升点罢,你家。"总理道:"督办赏识了你的女儿,后来的福气正长呢,此刻争甚么。"姑娘老子道:"是,你家。高升点,你家。我家姑娘头回定亲的时节,受了他家二十吊钱定礼;此时退了亲,这二十吊就要退还他了,你家一百吊,我只落了八十吊,你家。请高升点,你家。"总理道:"那么那二十吊我再贴给你就是了。"姑娘老子陪笑道:"谢你家。再请高升点,你家。你家不在乎此,你家。"总理被他蹩不过,又给了他五十吊的票子,方才罢休。又约定了后天傍晚去娶,他方才退去。总理又去告诉了督办,督办自是欢喜。

一时合公司都忙起来。你想督办要娶姨太太,那一个不趋承巴结;还有那赶不上巴结的,引为憾事呢。这里乱烘烘的忙着,那里会做梦想到太太已经动身了呢。到了后天,一切事情都妥当了,只等傍晚去迎娶。总理把自己的一乘蓝呢官轿,换上红绸轿帏,在轿顶上打叉儿披了两条红绿彩绸;恰好停妥下来,忽报督办太太和姨太太来了,要这乘轿子去接。总理听了一想,这是预备的喜轿,不宜再动,且去借一乘官轿来罢。交代当差的去了,自己便连忙换了衣帽,走到趸船上去迎接。这公司本是背江建造,前门在街上,后面就是大江,所以不出大门一步,就到了江边。一时到了趸船,跨过船上去,夫人及姨太太还没有出来。总理这才想起,不曾拿手本,忙着叫当差去取,自己等在船上。买办连忙过来招呼,让到官舱里坐等。此时督办带来的家人,已有七八个戴了大帽过来伺候。总理问起宪太太几时动身,为着甚事,何以不先给一个信。买办道:"到底不知为了甚事。上前天我们才到上海,货还没有起完,到了半夜里,忽然宪太太来了,风雷火炮的一阵,马上就要开船,脸上很带点怒色。"总理吃了一惊道:"为甚么?"买办道:"不知道啊。"道犹未了,忽听得外面一迭连声的喊"传伺候"。总理、买办两个连忙出来,只见两位宪太太,已经在上层梯子下来了。总理、买办连忙垂了手站班。谁知那位宪太太,正眼也不看一看;倒是那宪姨太太,含笑点了点头。两个老妈子搀着过了趸船,自有趸船司事站班伺候宪太太上轿,然后随了总理先行一步,急急过了跳板,步上码头,飞奔到公司花厅门口站班伺候。此处公司办事人,是备有衣帽的,都穿着了来站班迎接。不一会,宪太太轿子到了,在花厅门口下轿,姨太太也下轿,先后都到花厅里,和督办厮见,总理及各人方才退去回避了。

那督办和舅老爷早等在花厅里面。夫人一见了面,便对督办冷笑道:"哼!办得好事!"督办听说夫人来了,早有三分猜到这件事泄漏了;忙着人到船上去打听,知道那种忙促动身情形,就猜到了五分,然而不知他怎生知道的;此时见面,见了这个情形,已是十分猜透。猛然想起这件事,一定是舅老爷打了电报去的,不觉对舅老爷望了一眼。舅老爷不好意思,把头一低。夫人道:"新姨娘几时过的门?生得怎个标致模样儿?也好等我们见识见识。"督办道:"那里有这个事!怪不得夫人走进来满脸怒气。这是谁造出来的谣言?"夫人冷笑道:"你要办这个事,除非我眼睛瞎了,耳朵聋了!你把人家已经定亲的姑娘,

第五十二回　酸风醋浪拆散鸳鸯　半夜三更几疑鬼魅　485

要硬逼着人家退亲,就是有势力,也不是这等用法!"督办猛吃一惊,暗想难道这些枝节,也由电信传去的？因勉强分辩道:"这个不过说着玩的一句笑话,那里人家便肯退亲!"夫人听说,望着舅老爷,怔了一怔。舅老爷望着夫人,把嘴对着花厅后面,努了一努。夫人道:"有话便说,做这些鬼脸做甚么!"舅老爷把头一低,默默无言。

夫人站起来道:"金姨,我们到里面看看新姨去。"说着,扶了老妈子先走,姨太太也跟着进去。夫人走到花厅后进,只见三间轩敞平屋,一律的都张灯结彩,比花厅上尤觉辉煌,却都是客座陈设,看不出甚么,也没有新姨,只有几个仆人,垂手侍立。回头一望,院子东面有个便门,便走过去一看,只见另外一个院落,种的竹木森森,是个花园景致。靠北有三间房子,走进去一看,也是张着灯彩,当中明晃晃的点着一对龙凤花烛。有两个老妈子,过来相见招呼。这两个老妈子,是总理新代雇来,预备粗使的,村头村脑,不懂规矩,也不知是督办太太。夫人问道:"新姨娘呢?"老妈子道:"新姨娘还没娶过来,听说要三点钟呢,你家。你家请屋里坐坐罢,这边是新房,你家。"早有跟来的老妈子打起大红缎子硬门帘,夫人进去一看,一式的是西式陈设:房顶上交加纵横,绷了五色绸彩花;外国床上,挂了湖色绉纱外国式的帐子,罩着醉杨妃色[1]的顾绣[2]帐檐,两床大红鹦哥绿的绉纱被窝,白褥子上罩了一张五彩花洋毡,床当中一叠放了两个粉红色外

---

[1]　醉杨妃色——粉红色。
[2]　顾绣——明朝以来,上海露春园顾家妇女的刺绣品就以精美著名,号称顾绣,后来凡是学她家这种绣法的,都叫做顾绣,成为江南一带绣品的通称。

国绸套的洋式枕头；床前是一张外国梳妆台，当中摆着一面俯仰活动的屏镜，旁边放着一瓶林文烟花露水，一瓶兰花香水。随手把小抽屉拉开一看，牙梳、角抿[1]，式式俱全，还有两片柏叶，几颗莲子、桂圆之类；再拉开大抽屉一看，是一匣夹边小手巾，一叠广东绣花丝巾，还有一绞粉红绒头绳。不觉转怒为笑道："这班办差的倒也周到！"说的金姨太太也笑了。再看过去，梳妆台那边，是一排外国椅子；对着椅子那边，是一口高大玻璃门衣柜；外面当窗是一张小圆桌子，上面用哥窑[2]白磁盆供着一棵蟹爪水仙花，盆上贴着梅红纸剪成的双喜字。

　　猛抬头看见窗外面一个人，正是舅老爷，夫人便叫他进来。舅老爷进来笑道："姊姊来得好快！幸得早到了三四点钟工夫，不然，还有戏看呢。那时生米成了熟饭，倒不好办了。"夫人道："此刻怎样？"舅老爷道："此刻说是不娶了，姊夫已经对总理说过，叫人去回了那家；但不知人家怎样。"夫人道："此刻姊夫在那里？"舅老爷道："步行出去了，不知往那里去的。"夫人听说，便仍旧带了金姨太太，步出花厅，舅老爷也跟在后面。恰好迎头遇了督办回来。夫人冷笑道："好个说着玩的笑话！里面新房也是摆着玩的笑话么？"督办涎着脸道："这是替夫人办的差。"说的夫人和金姨太太都扑嗤的一声笑了。舅老爷道："其实姊夫并无此心，都是这里的总理撮弄出来的。"督办乘

----

[1] 角抿——牛角制的，刷头发的小刷子。
[2] 哥窑——宋时龙泉县有弟兄两人，都善烧窑瓷。哥哥烧的名为哥窑，质薄色青，上有像鱼子一样的裂纹，后来成为一种名贵的瓷器。

机又涎脸道:"就是这句话。人家好意送给我一个姨娘,难道我好意思说我怕老婆,不敢要么。"说的金姨太太和舅老爷都笑个不住。夫人却正颜厉色的对舅老爷说道:"叫他们叫总理来!"站在廊下伺候的家人,便一迭连声的叫"传总理"。

原来这位夫人,向来庄重寡言,治家严肃,家人们对了夫人,比对了督办还惧怕三分,所以一听了这话,便都争先恐后的去了,督办要阻止也来不及。一会儿总理到了,捏手捏脚的走上来,对夫人请了个安,回身又对金姨太太请了个安。督办便让他坐。他只在下首,斜签着坐了半个屁股。夫人歇了半天,没有言语,忽然对着总理道:"督办年纪大了,要你们代他活的不耐烦!"这句话吓得总理不知所对,挺着腰,两个眼睛看着鼻子,回道:"是,是,是。"这三个"是"字一说,倒引的夫人和金姨太太扑嗤一声笑了出来,督办也笑了,舅老爷一想也笑了;总理自己回想一想,满脸涨的绯红。夫人又敛容正色道:"你们为着差使起见,要巴结督办,那是我不来管你;但是巴结也走一条正路,甚么事情不好干,甚么东西不好送,却弄一个妖狐狸来媚他老头子。可是你代他活的不耐烦?"总理这才回道:"卑职不敢。"夫人道:"别处我不管,以后督办到了汉口,走差了一步,我只问你!"总理一句话也回不出来。督办着实代他难过,因对他说道:"你有公事,请便罢。"总理巴不得一声,站起来辞了就走,到了外面,已是吓的汗透重袭了。

过了一天,便是本公司开船日期,夫人率领金姨太太,押着督办下船,回上海去了。他们下船那一天,恰好是我到汉口那一天。这公司里面,地大人多,知道了这件事,便当做新闻,到外头来说,一人传十,十人传百,不到半天,外面便沸沸扬扬[1]的传遍了,比上了新闻纸传的还快。

我在汉口料理各事停当,想起伯父在武昌,不免去看看。叫个划子,划过对江,到几处衙门里号房打听,都说是新年里奉了札子,委办宜昌土捐局[2],带着家眷到差去了。我只得仍旧渡江回来。但是我伯父不曾听见说续弦[3]纳妾,何以有带家眷之说,实在不解。

即日趁了轮船,沿路到九江、芜湖一带去过,回到南京。南京本来也有一家字号,这天我在字号里吃过晚饭,谈了一回天,提着灯笼回家。走过一条街上,看见几团黑影子,围着一炉火,吃了一惊。走近看时,却是三四个人在那里蹲着,口中唧喳有声;旁边是一个卖汤圆的担子,那火便是煮汤圆的火。我走到近时,几个人一齐站起来。正是:怪状奇形呈眼底,是人是鬼不分明。不知那几个是甚么人,且待下回再记。

---

〔1〕 沸沸扬扬——喧腾、哄传的形容词。原应作"沸沸汤汤",见《山海经》。
〔2〕 土捐局——清末专设征收鸦片烟税的机构。
〔3〕 续弦——古来以琴瑟比喻夫妇,因而称死了妻子为断弦,再娶为续弦。

第五十三回

变幻离奇治家无术　　误交朋友失路堪怜

那几个人却是对着我走来,一个提着半明不灭的灯笼,那两个每人扛着一根七八尺长的竹竿子。走到和我摩肩而过的时候,我举起灯笼向他们一照,那提灯笼的是个驼子,那扛竹竿子的一个是只眼的,一个满面烟容,火光底下看他,竟是一张青灰颜色的脸儿,却一律的都穿着残缺不完全的号衣,方才想着是冬防查夜的,那两根不是竹竿,是长矛。不觉叹一口气,暗想这还成了个甚么样子。不觉站住了脚,回头看他,慢慢的见他走远了。

忽听得那卖汤圆的高叫一声:"卖圆子咧!"接着又咕哝道:"出来还没做着二百钱的生意,却碰了这几个瘟神,去了二十多个圆子,汤瓢也打断了一个!"一面唠叨,一面洗碗。猛然又听得一声怪叫,却是那几个查夜的在那里唱京调。我问那卖汤圆的道:"难道他们吃了不给钱的么? 怎么说去了二十几个?"卖汤圆的道:"给钱! 不要说只得两只手,就再多生两只手,也拿他不动。"我道:"这个何不同他理论?"卖汤圆的道:"那里闹得他过! 闹起来,他一把辫子拉到局里去,说你犯夜[1]。"我道:"何不到局里告他呢?"卖汤圆的道:"告他! 以后还想

---

[1] 犯夜——违犯禁止夜行的法令。

做生意么!"我一想此说也不错,叹道:"那只得避他的了!"卖汤圆的道:"先生,你不晓得我们做小生意的难处,出来做生意要喊的,他们就闻声而来了。"我听了不觉叹气,一路走回家去。

我再表明一遍:我的住家虽在继之公馆隔壁,然而已经开通了,我自己那边大门是长关着的,总是走继之公馆大门出进的。我走进大门,继之的家人迎着说道:"扬州文师爷来了,住在书房里。"我听了,便先到书房里来,和述农相见,问几时到的,为甚事上省。述农道:"下午傍晚到的,有点公事来。"又问我几时到下江去。我道:"三五天里面,也打算动身了。我打算赶二月中旬到杭州逛一趟西湖,再到衙门里去。"述农道:"你今年只怕要出远门呢。听见继之说,打算请你到广东去。"我道:"也好。等我多走一处地方,也多开一个眼界。"说罢,我便先到两边上房里都去走一次,然后再出来和述农谈天。我说起方才遇见那冬防查夜兵的情形。述农道:"你上下江走了这两年,见识应该增长得多了,怎么还是这样少见多怪的?他们穿了号衣出来,白吃两个汤圆,又算得甚么!你不知道这些营兵,有一个上好徽号,叫做'当官强盗'呢。近边地方有了一个营盘,左右那一带居民,就不要想得安逸:田里种的菜,池里养的鱼,放出来的鸡子鸭子,那一种不是任凭那些营兵随意携取,就同是营里公用的东西一般;过往的乡下妇女,任凭他调笑,谁敢和他较量一句半句。你要看见那种情形,还不知要怎样大惊小怪呢。——头回继之托你查访那罗魏氏送罗荣统不孝的一节,你访着了没有?"我道:"我在扬州的时候很少,那里访得着。"述农道:"倒被我查得清清楚楚的了。说起他这件事,倒可以做一部传奇[1]。"我道:"是怎样访着的?继之可曾知道?"述农道:"我这回来在镇江访着的,继之还不曾得知。"我道:"扬州的事何以倒到镇江去访得来,这也奇了!"述农道:"罗家那个厨子不在大观楼了,到镇江去开了个馆子。这回到镇江,遇了几个朋友,盘桓了几天,天天上他那馆子,就被我问了个底细。原来这罗魏氏不是个东西!罗荣统是个过继的儿子。他家本是个盐商,自从废了纲盐,改了票盐之后,他家也领了有二十多张盐票,也是数一数二的富家。罗魏氏本来生过一个儿子,养到三岁上就死了;不久他的丈夫也死了;就在近支里面,抱了这个罗荣统来承嗣。魏氏自从丈夫死后,便把一切家政,都用自己娘家人管了。那一班人得到事权到手,便没有一处不侵蚀,慢慢的就弄的不成样子了。把那些盐票,一张一张的都租给人家去办,竟有一大半租出去的了;剩下的自己又无力去办了,只得弃置在一旁;那租出去的,慢慢把租费拖欠了,也没有人去追取。大凡做盐商的,向来是阔绰惯了的了,吃酒唱戏,是他的家常事;那罗府上已经败到这个样子,那一位罗太太还是循着他的老例去闹阔绰,只要三天自己家里没请客,便闹说饥荒了、寒尘了[2]。当时罗荣统还是个小孩子,自然不懂得;及至那锦绣帷中,弦歌队里长大起来,仍然是不知稼穑艰难[3],混混沌沌的过日子。他家里有个老

---

〔1〕 传奇——传述新奇的故事,这里泛指小说和戏曲。
〔2〕 饥荒了、寒尘了——经济困难了,丢脸了。
〔3〕 不知稼穑艰难——种谷叫做稼,收谷叫做穑。不知稼穑艰难,就是不知物力困难的意思。

家人,看不过了,便觑个便,劝罗荣统把家务整顿整顿,又把家里的弊病,逐一说了出来。这罗荣统起初不以为意,禁不得这老家人屡次苦劝,罗荣统也慢慢留起心来,到帐房里留意稽查,那老家人又从旁指点,竟查出好些花帐来。无奈管帐的、当事的,都是他的娘舅、姨夫、表兄之类,就有一两个本族的人,也是仰承他母亲鼻息的,那里敢拿他怎样。只好去给他母亲商量,却碰了他母亲一个大钉子,说"我青年守节,苦苦的绷着[1]这个家,抚养你成人,此刻你长大了,连我娘家人也不能容一个了"。罗荣统碰了这个钉子,吓得不敢则声,只得仍旧去和那老家人商量。那老家人倒有主意,说道:'现在家里虽然还有几张盐票,然而放着不用,也同没有一般。此刻家里闹拮据了,外面看着很好,不知内里已经空得不像样子了,那里还能办盐;只好设法先把糜费省了,家里现有的房产田产,或者可以典借几万银子,逐渐把盐办起来,等办有起色,再取赎回来,慢慢的整顿;还可以把租给人家的盐票要回来,仍旧自己办。趁着此时动手,还可望个挽回;再过几年,便有办法,也怕来不及了。然而要办这件事,非得要先把几个当权的去了不行;若要去了这几个当权的,非下辣手不行。还有一层:去了这几个,也要添进几个办事的,方才妥当。'主仆两个,安排计策,先把那当权的历年弊病,查了好几件出来;又暗暗地约了几个本族可靠的人,前来接事。一面写了一张呈子,告那当权的盘踞舞弊。约定了日子,往江都县去告;连衙门上下人,都打点好了,只等呈

----

[1] 绷着——这里指维持、支撑。

子进去,即刻传人收押,一面便好派人接管一切。也是合当有事,他主仆两个商议这件事时,只有一个小书僮在旁,也算是机密到极处的了。一天,书僮到帐房里去领取工钱,不知怎样,碰了个钉子。这书僮便咕哝起来,背转身出去,一路自言自语道:'此刻便是你强,过两天到了江都县监里,看你还强到那里!'这句话却被那帐房听了一半,还有一半听不清楚,便喝叫仆人,把书僮抓了回来,问他说甚么。那帐房本来是罗魏氏的胞兄,合宅人都叫他舅太爷,平日仗着妹子信用,作威作福,连罗荣统都不放在眼里,被那书僮咕哝了,如何不怒!况且又隐约听得他说甚么江都县监里的话,益发动了真火,抓了回来,便喝令打了一顿嘴巴,问他说甚么。书僮吓的不敢言语,只哀哀的哭。舅太爷又很很的踢了两脚,一定要追问他说甚么江都县监里;再不说,便叫拿绳子捆了吊起来。这十来岁的小孩子,怎么禁得起这般的吓唬,只得把罗荣统主仆两个商量的话,说了一遍,却又说不甚清楚。舅太爷听了,暴跳如雷,喝叫捆了书僮,径奔上房来,把书僮的话,一五一十对妹子说了。罗魏氏不听犹可,一听了这话,只气得三尸乱暴,七窍生烟,一迭连声,喝叫把畜生拿来。家人们便赶到书房去请罗荣统。荣统知道事情发觉,吓得瑟瑟[1]乱抖,一步一俄延的,到了上房。罗魏氏只恨的咬牙跺脚,千畜生、万畜生的骂个不了。又说:'我苦守了若干年,守大了你,成了个人,连娘舅也要告起来了,眼睛里想来连娘也没有的了!你是个过继的,要是我自己生的,

---

〔1〕 瑟瑟——本是风声,这里形容害怕时发抖的声音。

我今天便剐[1]了你！'罗荣统一个字也不敢回答。罗魏氏便带了舅太爷，到书房里去搜。把那呈子搜了出来，舅太爷念了一遍，把罗魏氏气一个死！喝叫仆人把老家人捆了，先痛打了一顿；然后送到县里去，告他引诱少主人为非；又在禁卒处化上几文，竟把那老家人的性命，不知怎样送了，报了个病毙。那舅太爷还放心不下，恐怕罗荣统还要发作，叫罗魏氏把他送了不孝，先存下案，好叫他以后动不得手。然后弄两个本族父老，做好做歹，保了出来，把他囚禁在家里。从此遇了一个新官到任，便送他一回不孝。你说这件事冤枉不冤枉呢。"我道："天下事真无奇不有！母子之间，何以闹到如此呢？"

述农道："近来江都又出了一个笑话，那才奇呢。有一天，县里接了一个呈子，是告一个盐商的，说那盐商从前当过长毛，某年陷某处，某年掠某处，都叙得原原本本。叙到后来，说是克复南京时，这盐商乘乱混了出城，又到某处地方，劫了一笔巨赃，方才剃了头发，改了名字，冒领了几张盐票，贩运淮盐；此时老而不死，犹复包藏祸心，若不尽法惩治，无以彰国法云云。继之见他告得荒唐，并且说甚么包藏祸心，又没有指出证据，便没有批出来。那些盐商，时常也和官场往来，被告的这个，继之也认得他，年纪已上七十岁的了。有一日，遇见了他，继之同他谈起，有人将他告了。他听了

---
[1] 剐——先碎割肢体最后才杀头的一种酷刑。

很以为诧异。过一天,便到衙门里来拜会,要那呈子来看。谁知他只看得一行,便气的昏迷过去,几乎被他死在衙门里面。立刻传了官医[1],姜汤开水,一泡子乱救,才把他救醒过来。问他为甚么这般气恼?——你猜他为甚么来?"我道:"我不知道,你快说罢。"述农站起来,双手一拍道:"这具名告他的,是他的嫡嫡亲亲的儿子!你说奇不奇!"我听了,不觉愕然道:"天底下那里有这种儿子,莫不是疯了!"述农道:"总而言之:姬妾众多,也是一因。据那盐商自己说,有五六房姬妾,儿子也七八个;告他的是嫡出。盐商自己因为年纪大了,预先把家当分开,每个儿子若干,都是很平均的。他却又每一个妾,另外分他三千银子,正室早亡故了,便没有分着。这嫡出的儿子,不肯甘心,在家里不知闹成个甚么样的了。末末了,却闹出这个玩意来。"我道:"这种儿子,才应该送他不孝呢。"述农道:"何尝不想送他!他递了呈子之后,早跑的不知去向了。"当下夜色已深,各自归寝。

过了两天,述农的事勾当妥了,便赶着要回扬州,我便和他同行。到了镇江,述农自过江去。我在镇江料理了两天,便到上海。管德泉、金子安等辈,都一一相见,自不必说。一天没事,在门口站着闲看,忽然一个人手里拿着一纸冤单,前来诉冤,告帮。抬头看时,是一个乡下老头子,满脸愁容,对着我连连作揖,嘴里说话是绍兴口气。

---
[1] 官医——官署所用医治监犯疾病的医生。

我略问他一句,他便唠唠叨叨的,述了一遍。我在衣袋里随意掏了几角洋钱给他去了。据他说是绍兴人,一向在绍兴居住,不曾出过门。因为今年三月要嫁女儿,拿了一百多洋钱,到上海来要办嫁装,便有许多亲戚、朋友、街邻等人,顺便托他在上海带东西,这个十元,那个八元,统共也有一百多元,连自己的就有了三百外洋钱了。到了杭州住在客栈里,和一个同栈的人相识起来;知道这个人从上海来的,就要回上海去,这老头子便约他同行,又告诉他到上海买东西,求他指引。那人一口应允,便一同到了上海,也同住在一个客栈里,并且同住一个房间。那个人会作诗,在船上作了两首诗,到了栈房时,便誊了出来,叫茶房送到报馆里去,明天报上,便同他登了出来。那老头子便以为他是体面的了不得人。又带着老头子到绸缎店里,剪了两件衣料,到算帐时,洋钱又多用了一二分,譬如今天洋钱价应该是七钱三分的,他却用了个七钱四五,老头子更是欢喜感激,说是幸亏遇见了先生,不然,我们乡下人那里懂得这些法门。过了一两天,他写了一封信,交给老头子,叫他代送到徐家汇甚么学堂里一个朋友,说是要请这个朋友出来谈谈,商量做生意;又给了二百铜钱他坐车。老头子答应了,坐了车子,到了徐家汇,问那学堂时,却是没有人知道;人生路不熟的,打听了半天,却只打听不着。看看天色早晚下来了,这条路又远,只得回去。却又想着,信没有给他送到,怎好拿他的钱坐车,遂走了回去。好在走路是乡人走惯的。然而徐家汇到西门是一条马路,自然好走;及至到了租界外面,便道路纷歧,他初到的人,如何认得。沿途问人,还走错了不少路,竟到晚上八点多钟,才回到客栈。走进自己住的房一看,嗳呀!不好了!那个人不见了,便连自己的衣箱行李,也没有了,竟是一间空房。连忙走到帐房问时,帐房道:"他动身到苏州去了。"老头子着了急,问他走他的,为甚么连我的行李也搬了去。帐房道:"你们本是一起来的,我们那里管得许多。"老头子急的哭了。帐房问了备细情由,知道他是遇了骗子,便教他到巡捕房里去告。老头子只得去告了。巡捕头虽然答应代他访缉,无奈一时那里就缉得着。他在上海举目无亲,一时又不敢就走,要希冀拿着了骗子,还要领赃,只得出来在外面求乞告帮。正是:谁知萍水相逢处,已种天涯失路因。未知后事如何,且待下回再记。

第五十四回

告冒饷把弟卖把兄　戕委员乃侄陷乃叔

那绍兴老头子唠叨了一遍,自向别家去了。我回到里面,便对德泉说知。德泉道:"骗个把乡下人,有甚么希奇。藩库里的银子,也有人有本事去骗出来呢。"我道:"这更奇了! 不知是那里的事?"德泉道:"这就是前两年山东的事。说起来,话长得很,这里还像有点因果报应在里面呢。先是有两个人,都是县丞班子,向来都是办粮台[1]差事的。两个人的名字,我可记不清楚了,单记得一个姓朱的,一个姓赵的,两个人是拜把子的兄弟,非常要好,平日无话不谈。后来姓朱的办了验看,到山东候补去了,和姓赵的许久不通音问了。山东藩库里存了一笔银子,是预备支那里协饷[2]的。忽然一天,来了个委员,投到了一封提饷文书,文书上叙明即交那委员提解来,这边便备了公事,把饷银交那委员带去了。谁知过了两个月,那边又来了一角催饷文书,不觉大惊。查察起来,才知道起先那个文书是假的。只得另外筹了款项解了过去。一面出了赏格,访拿这个冒领的骗子,却是大海捞针似

---

[1] 粮台——从前行军时在沿途设立调发粮饷的机构,有如后来的军需处。
[2] 协饷——清时对地方贫瘠、收支不能平衡的省份,规定由税收富裕的省份拨款协助,叫做协饷。

的,那里拿得着。看看过了大半年,这件事就搁淡下来了。忽然一天,姓赵的到了山东,去拜那姓朱的老把弟,说是已经加捐了同知,办了引见,指省江苏;因为惦着老把弟,特为绕着道儿,到济南来探望的。两个人自有一番阔叙〔1〕。明天,姓朱的到客栈里回拜,只见他行李甚多,仆从煊赫,还带着两个十七八岁的侍妾,长得十分漂亮。姓朱的心中暗暗称奇,想起相隔不过几年,何以他便阔到如此,未免歆羡起来。于是打算应酬他几天,临了和他借几百银子。看见人家阔了,便要打算向人家借钱,这本是官场中人的惯技,不足为奇的。于是那姓朱的,便请他吃花酒,逛大明湖,盘桓了好几天,老把兄叫得应天响。这天又叫了船,在大明湖吃酒,姓朱的慢慢的把羡慕他的话也说出来了。姓赵的叹口气道:'大凡我们捐个小功名,出来当差的,大半都是为贫而仕;然而十成人当中,倒有了九成九是越仕越贫的。就以你我而论:办了多少年粮台,从从九品保了一个县丞,算是过了一班〔2〕;讲到钱呢,还是囊空如洗,一天停了差使,便一天停了饭碗。如果不是用点机变,发一注横财,那里能够发达。'姓朱的道:'机变便怎样? 老把兄何不指教我一点。'姓赵的道:'机变是要随机应变的,那里教得来。'姓朱的道:'老把兄只要把自己行过的机变,告诉我一点,就是指教了。'姓赵的此时已经吃了不少的酒,有点醉了,便正色道:'老弟,我告诉你一句话,只许你我两个知道,不能告诉第三个人的。'说着,便附耳说道:'老

---

〔1〕 阔叙——久别重逢后的长谈。
〔2〕 过了一班——由低级官阶升到高级官阶叫做过班。这里县丞是八品;由从九品升八品,所以说过了一班。

把弟,你知道我的钱是那里来的?就是你们山东藩库的银子啊。我当着粮台差使时,便偷着用了几颗印,印在空白文书上;当时我也不曾打算定是怎样用法,后来撤了差,便做了个提饷文书,到这里来提去一笔款。这不是神不知、鬼不觉的事么。'姓朱的大惊道:'那么你还到这里来!上头出着赏格拿人呢!'姓赵的道:'那时候我用的是假名姓。并且我的头发早已苍白了,又没有留须;头回我到这里,上院的时候,先把乌须药拿头发染的漆黑,把胡子根儿刮得光光儿的,用引见胰子〔1〕把脸擦得亮亮儿的,谁还看得出我的年纪。我到手之后,一出了济南,便把胡子留起来。你看我此刻须发都是苍白的了,谁还知道是我。并且犯了这等大事,没有不往远处逃的,谁还料到我自到这里来。老弟,你千万要机密,这是我贴身的姬妾都不知道的,咱们自己弟兄不要紧,所以我告诉你一点。'姓朱的连连答应。及至席散之后,天色已晚。姓朱的回到家里,暗想老把兄真有能耐,平白地藩库的银子也拿去用了,怎能够也有机会学他一遭便好。想来想去,没有法子。忽然一转念道:'放着现成机会在这里,何不去干他一干呢。'又想了一想道:'不错啊,升官发财,都靠着这一回了。'打定了主意,便换过衣冠,连夜上院,口称禀报机密。抚台听见说有机密事,便传进去见。他便把这姓赵的前情后节,彻底禀明。禀完,又请了一个安说:'本来上头出过赏格拿这个人,此刻不敢领赏银,只求大帅给一个破格保举。'抚台道:'老兄

---

〔1〕 引见胰子——以皂荚为主,加上鹅油、香料、药料制成的一种肥皂,原是专供引见人员所用。据说用了这种肥皂,可以显得容颜焕发。

既然不领官赏,就把他随身所带的尽数充赏便了;至于保举一层,自然要给你的。'他又打了个扦谢过。抚台道:'那么老兄便去见历城令商量罢。'他辞了出来,又忙去找历城县。历城县听说是抚台委来的,连忙请见。他先把情节说了,然后请知县派差去拿人。知县道:'还是连夜去拿呢,还是等明天呢?'他此时跑的乏了,因说道:'等明天去罢。明天请派差先到晚生[1]公馆里去,议定了下手方法才好;不然,冒冒失失的跑去,万一遇不见,倒走了风声,把他吓跑了,就费手脚了。'知县便连连答应。他就回家安歇。到了明天,县里因为拿重要人犯,派了通班捕役,到他公馆伺候。他和捕役说明,叫他们且在客栈前后门守住,等听见里面鞭炮响,才进去拿人。说定了,他便叫人买了一挂鞭炮,揣在怀里,带了通班捕役,去找他老把兄。两人相见,谈了几句天;他故意拿了一枝水烟筒吸烟,顺脚走到院子里去,把鞭炮放起来。姓赵的在屋里听见,甚是诧异道:'这是谁放的鞭……'说犹未了,一班差役,早蜂拥进来。姓朱的伸手把姓赵的一指,众差役便上前擒住。姓赵的慌了,忙问道:"为了甚么事?"差役们不由分说,先上了刑具。便问:'朱太爷,犯眷怎样发落?'姓朱的道:'奉宪只拿他一个,这些有我在这里看管。'姓赵的这才知道被老把弟卖了。不觉叹一口气道:'好老把弟!卖得我好!这回我的脑袋可送在你手里了!然而你这样待朋友,只怕你的脑袋也不过暂时寄在脖子上罢了!'众差役不等他说完,便簇拥着他去了。这姓朱的便沉下脸来,把那带来的仆从,都撵走

---

[1] 晚生——对于前辈的自称。也简作"晚"。

了。叫了人来,把那些行李,都抬回自家公馆里去;那两个侍妾,也叫轿子抬去,居然拥为己有了。这行李里面,有十多口皮箱子,还有一千多现银,真是人财两进。过得几天,定了案,这姓赵的杀了。抚台给他开了保举,免补〔1〕县丞,以知县留省尽先补用。部里议准了,登时又升了官。抚台还授意藩台,给他一个缺。藩台不知怎样,知道他两个的底细,以为姓赵的所犯的罪,本来该杀,然而姓朱的是他至交,不应该出他的首;若说是为了国法,所以公尔忘私,然而姓朱的却又明明为着升官发财,才出首的:所以有点看不起这个人。这会抚台要给他缺,藩台有意弄一个苦缺给他,就委他署了一个兖州府的峄县。这峄县是著名的苦缺,他虽然不满意,然而不到一年,一个候补县丞升了一个现任知县,也是兴头的,便带了两个侍妾去到任,又带了一个侄儿去做帐房。做到年底下,他那侄少爷嫌出息少,要想法子在外面弄几文;无奈峄县是个苦地方,想遍了城里城外各家店铺,都没有下手的去处。只有一家当铺,资本富足,可以诈得出的。便和稿案门丁商量,拿一个皮箱子,装满了砖头瓦石之类,锁上了,加了本县的封条,叫人抬了,门丁跟着到当铺里去要当八百银子。当铺的人见了,便说道:'当是可以当的,只是箱子里是甚么东西,总得要看看。'门丁道:'这是本县太爷亲手加封的,那个敢开!'当铺里人见不肯开看,也就不肯当。那门丁便叫人抬了回去。当铺里的伙计,大家商量,县太爷来当东西,如何好不

---

〔1〕 免补——候补官员还没有实授本职就升了一级,免除他经过本职的补缺阶段,叫做免补。

应酬他；不过他那箱子封锁住了，不知是甚么东西，怎好胡乱当他的，倒是借给他点银子，也没甚要紧。我们在他治下，总有求他的时候，不如到衙门里探探口气，简直借给他几百银子罢。商量妥当，等到晚上关门之后，当铺的当事便到衙门里来，先寻见了门丁，说明来意。门丁道：‘这件事要到帐房里和侄少爷商量。’当事的便到帐房里去。那侄少爷听见说是当铺里来的，登时翻转脸皮，大骂门上人都到那里去了，‘可是瞎了眼睛，夤夜里放人闯到衙门里来！还不快点给我拿下！’左右的人听了这话，便七手八脚，把当事拿了，交给差役，往班房里一送。当铺里的人知道了，着急的了不得；又是年关在即，如何少得了一个当事的人。便连夜打了电报给东家讨主意。这东家是黄县姓丁的，是山东著名的富户，所有阖山东省里的当铺，十居六七是他开的。得了电报，便马上回了个电，说只要设法把人放出来，无论用多少钱都使得。当铺里人得了主意，便寻出两个绅士，去和侄少爷说情，到底被他诈了八百银子，方才把当事的放了出来。等过了年，那当铺的东家，便把这个情形，写了个呈子，到省里去告了。然而衙门里的事，自然是本官作主，所以告的是告县太爷，却不是告侄少爷。上头得了呈子，便派了两个委员到峄县去查办。这回派的委员，却又奇怪，是派了一文一武。那文的姓傅，我忘了他的官阶了；一个姓高的，却是个都司，就是本山东人。等两个委员到了峄县，那位姓朱的县太爷，方才知道侄少爷闯了祸，未免埋怨一番。正要设法弥缝，谁知那侄少爷私下先去见那两个委员。那姓傅的倒还圆通，不过是拿官场套语‘再商量’三个字来敷衍；那姓高的却摆出了一副办公事的面目，口口声声，只说公事公办。

那侄少爷见如此情形,又羞又怒又怕。回去之后,忽然生了一个'无毒不丈夫'的主意来,传齐了本衙门的四十名练勇[1],桌上放着两个大元宝,问道:'你们谁有杀人的胆量,杀人的本事,和我去杀一个人?这二百两银子,就是赏号;我还包他没事。'四十名练勇听了,有三十九名面面相觑;只有一个应声说道:'我可以杀人!但不知杀的是谁?'侄少爷道:'你可到委员公馆里去,他们要问你做甚么,你只说本县派来看守的;觑便把那高委员杀了,回来领赏。'那练勇答应下来,回去取一把尖刀,磨得雪亮飞快,带在身边,径奔委员公馆来。傅委员听了,倒不以为意;那高委员可不答应了,骂道:'这还了得!省里派来的委员,都被他们看守了,这成了个甚么话!'倒是傅委员把他劝住。到了傍晚时,高委员到院子里小便,那练勇看见了,走到他后头,拔出尖刀,飕的一下,雪白的一把尖刀,便从他后心刺进去,那刀尖直从前心透出,拔了红刀子出来,翻身便走。一个家人在堂屋里看见,大喊道:'不好了!练勇杀人啊!'这一声喊,惊起众家人出来看时,那练勇早出大门去了。众人见他握刀在手,又不敢追他。看那高委员时,只有双脚乱蹬了一阵,就直挺了。傅委员见此情形,急的了不得,忙喝众人道:'怎么放那凶手跑了,还不赶上去拿了来!'说话时便迟,那时却是甚快,那练勇离了大门,不过几丈远,众人听傅委员的话,便硬着胆子赶上去。那练勇听见有人追来,却返身仗刀在手道:'本官叫我来杀他的,谁能奈我何!

---

〔1〕 练勇——也叫团练。清朝一种由地方征集壮丁编练、别于正规军队的武装组织,由州县官署调度指挥。最初主要作用在于维持地方治安,后来却发展成为镇压农民起义的地主武装。

你们要赶我,管叫你来一个死一个!'说罢,回身徜徉而去。众人谁敢向前,只得回报傅委员。傅委员听了,吓得魂不附体,暗想他能杀姓高的,便能杀我,这个虎口之地,如何住得!便连夜出城,就近飞奔到兖州府告变去了。兖州府得报,也吓得大惊失色。连忙委了本府经历厅,到峄县去摘了印绶[1],权时代理县事;另外委员去把姓朱的押送来府,暂时看管。因为原告呈子,词连稿案门丁,叫一并提了来。一面飞详上宪。等经历厅到峄县时,那侄少爷和那练勇,早不知逃到那里去了。不多几天,省里来了委员,把姓朱的上了刑具,提回省里,原来已经揭参[2]出去了。可笑一向还说是侄儿子做的事,与他无涉;直到此时,方才悔恨起来。到了省城,审了两堂,他只供是侄儿子所做的,自己只承了个约束不严。上面便把他押着,一面悬赏缉凶。这件事本就可以延宕过去了,谁知那高委员也有个侄儿子,却是个翰林,一向在京供职,得了这个消息,不觉大怒,惊动了同乡,联合了山东同乡京官,会衔参了一折,坐定了是姓朱的主谋,奉旨着山东巡抚彻底根究,不得徇情回护。抚台接到了廷寄,看见词旨严厉,重新又把这个案提起来,严刑审讯。那门丁熬刑不过,便瘐死[3]了。那姓朱的也备尝三

---

[1] 摘了印绶——古来官印上面系有一道丝绳,叫做绶。清时官印原没有印绶的,印绶,只是指印。摘了印绶,就是取去官印的意思。官员任免,本应由中央或地方最高级官署决定,但对犯有重大过失的官员,等不及呈报就应先行紧急处置时,其高一级的主管官有权采取紧急措施,先派员把他的官印取去,表示他已经暂时失去了官员的资格了,一面派员代理,一面呈请上级依法予以革职处分。

[2] 揭参——揭发弹劾。

[3] 瘐死——囚犯在狱里,因受刑、饥寒或疾病而死,都叫做瘐死。

木[1],终是熬不住痛苦,便承了主谋。这才定了案,拿他论抵。那时他还有些同寅朋友,平素有交情的,都到监里去看他,也有安慰他的,也有代他筹后事的,也有送饮给他的;最有见识的一个,是劝他预先服毒自尽的。谁知他不以为忠言,倒以为和他取笑,说是正凶还没有缉着,焉见得就杀我。那劝他的人,倒不好再说了。他自从听了那朋友这句话之后,连人家送他的饮食也不敢入口,恐怕人家害他,天天只把囚粮果腹[2]。直等到钉封文书到了,在监里提了出来绑了,历城县会了城守[3],亲自押出西关。他那忠告的朋友,化了几十吊钱,买了一点鹤顶红[4],搀在茶里面,等在西关外面,等到他走过时,便劝他吃一口茶;谁知他偏不肯吃。一直到了法场上,就在三年前头杀姓赵的地方,一样的伸着脖子,吃了一刀。"正是:富贵浮云[5]成一梦,葫芦依样[6]只三年。要知后事如何,且待下回再记。

[1] 三木——枷、杻、械,加在犯人头上、手上和脚上的刑具。杻、械,就是手铐和脚镣。
[2] 果腹——吃饱肚子。
[3] 城守——清时防守地方的武官,府由参将担任,州县由都司或守备担任。
[4] 鹤顶红——从丹顶鹤的红顶中提炼出来的一种毒药,据说毒性极烈,入口就死。
[5] 富贵浮云——语出《论语》:"不义而富且贵,于我如浮云。"浮云,本比喻淡漠不足关心,这里是说,享受富贵像浮云一样的不能长久。
[6] 葫芦依样——模仿、仿效。宋朝谚语中有"依样画葫芦"这一句话。历史故事:宋太祖赵匡胤说翰林学士陶谷,起草制诰,都抄袭前人的旧本,改头换面,依样画葫芦。陶谷就作诗自嘲:"堪笑翰林陶学士,年年依样画葫芦。"这里指那个姓朱的和姓赵的同样杀了头。

第五十五回

箕踞[1]忘形军门被逐　设施已毕医士脱逃

德泉说完了这一套故事,我问道:"协饷银子未必是现银,是打汇票的,他如何骗得去?这也奇了!"德泉道:"这一笔听说是甘肃协饷。甘肃与各省通汇兑的很少,都是汇到了山西或陕西转汇的,他就在转汇的地方做些手脚,出点机谋,自然到手了。"子安从旁道:"我在一部甚么书上看见一条,说嘉、道[2]年间,还有一个冒充了成亲王[3]到南京,从将军、总督以下的钱,都骗到了的呢。"德泉道:"这是从前没有电报,才被他瞒过了;若是此刻,只消打个电去一问,马上就要穿了。"

说话时,只见电报局的信差,送来一封电报。我笑道:"说着电报,电报就到了。"德泉填了收条,打发去了。翻出来一看,却是继之给我的,说苏、杭两处,可托德泉代去;叫我速回扬州一次,再到广东云云。德泉道:"广东这个地方,只有你可以去得;要是我们去了,那是同到了外国一般了。"子安道:"近来在上海久了,这里广东人多,

---
〔1〕箕踞——伸开两脚,膝盖微曲,形如簸箕一样地坐着。是形容傲慢的样子。
〔2〕嘉、道——清嘉庆、道光两朝的合称。嘉庆,见第三十七回注。道光,爱新觉罗旻宁(清宣宗)的年号。
〔3〕成亲王——爱新觉罗弘历(清高宗)的儿子,名永瑆。

也常有交易,倒有点听得懂了;初和广东人交谈,那才不得了呢。"德泉道:"可笑我有一回,到棋盘街一家药房去买一瓶安眠药水,跑了进去,那柜上全是广东人,说的话都是所问非所答的,我一句也听不懂。我要买大瓶的,他给了我个小瓶;我要掉,他又不懂,必要做手势,比给他看,才懂了,换了大瓶的。我正在付价给他,忽然内进里跑出一个广东人来,右手把那瓶药水拿起来,提得高与额齐,拿左手指着瓶,眼睛看着我道:'这借瓶贫药月水缓,顶刮刮罗!顶刮刮罗!有忧仿方单在此溪,你呢拿捻回微去一异看坎,便知基明命白别了撩。'"听得我和子安都狂笑起来。德泉道:"我当时听了他这几句话,也忍不住要笑。他对我说完之后,还对他那伙计叽咕了几句,虽然听他不懂,看他那神色,好像说他那伙计不懂官话的意思。我付过了价,拿了药水要走,他忽然又叫住我道:'俄基,俄基!'你猜他说甚么?便是我当时也棱住了。他拿起我付给他的洋钱,在柜上掼了两掼,是一块哑板。这才懂了,他要和我说上海话,说这一块洋钱是哑子,又说得不正,便说成一个'俄基'了。"

当下说笑了一会,我不知继之叫我到广东,有甚要事,便即夜趁了轮船动身。偏偏第二天到镇江,已经晚上八点钟,看着不能过江,我也懒得到街上去了,就在趸船上住了一夜。次日一早过江,赶得到城里,已是十二点多钟。见了继之,谈起到广东的事,原来也是经营商业的事情。我不觉笑道:"我本来是个读书的,虽说是我生来的无意科名,然而困在家里没事,总不免要走这条路。无端的跑了出来,遇见大哥,就变了个幕友,这几年更是变了个商家了。"继之笑道:

"岂但是商家,还是个江湖客人呢。你这回到广东去,怕要四五个月才得回来,你不如先回南京一转,叙叙家常再去。"我道:"这倒不必,写个信回去,告诉一声便了。"当下继之检出一本帐目给我。是夜盘桓了一夜。

明日我便收拾行李,别过众人,仍旧渡过江去,趁了下水船,仍到上海,又添置了点应用东西,等有了走广东的海船,便要动身。看了新闻纸,知道广利后天开行,便打发人到招商沪局去,写了一张官舱船票。到了那天,搬了行李上船。这个船的官舱,是在舱面的,倒也爽快。当天半夜里开船,及至天亮起来,已经出了吴淞口,走的老远的了。喜得风平浪静,没事便在舱面散步。

到了中午时候,只看一个人,摆着一张小小圆桌,在舱面吃酒;和我招呼起来,请问了姓氏,知道他姓李,便是本船买办。于是大家叙谈起来。我偶然问起这上海到广东,坐大餐房收多少水脚。买办道:"一主一仆,单是一去,收五十元;写来回票,收九十元。这还是本局的船;若是外国行家的船,他还情愿空着,不准中国人坐呢。"我道:"这是甚么意思?"买办道:"这也是我们中国人自取的。有一回,一个甚么军门大人,带着家眷,坐了大餐房。那回是夏天,那位军门,光着脊梁,光着脚,坐在客座里,还要支给着腿,在那里抠脚丫,外国人看着,已经厌烦的了不得。大餐间里本来备着水厕,厕门上有钥匙,男女可用的,那位太太偏要用自己的马桶;用了,舀了,洗了,就拿回他自己房里,倒也罢了,偏又嫌他湿,搁在客座里晾着。洗了裹脚布,又晾到客座椅靠背上。外国人见了,可大不答应了,把他们撵了出来。船到了上海,船主便到行里,见了大班[1],回了这件事。从此外国人家的船,便不准中国人坐大餐房了。你说这不是中国人自取的么!"我道:"这个本来太不像样了。然而我们中国人不见得个个如此。"买办道:"这个合了我们广东人一句话,'一个小鸡不好,带坏一笼'了。"

正说话时,又有一个广东人来招呼,自己说是姓何,号理之,是广东名利客栈招呼客人的伙伴,终年跟着轮船往来,以便招接客人的。便邀我到广东住到名利栈去。我答应了,托他招呼行李。

这船走了三天,到了香港,停泊了一夜;香港此时没有码头,船在海当中下锚。到了晚上,望见香港万家灯火,一层高似一层,竟成了个灯山,倒也是一个奇景。次日早晨启轮,到了广东,用驳船驳到岸上。原来名利栈就开在珠江边上,后门正对珠江,就在后门登岸。

安息了一天,便出去勾当我的正事,一面写信寄给继之。谁知我到了这里,头一次到街上去走走,就遇见了一件新闻。我走到一条街,这条街叫做沙基。沙基上有一所极大的房子,房子外面,挂着药房的招牌,门口围了不少的人,像是看热闹的光景。我再走过去看看,原来那药房里在那里拍卖,所卖的全是药水。我暗想这件事好奇怪,既然药房倒了,只有召人盘受,那里好拍卖得来;便是那个买的,他不是开药房,一单一单的药水买去,做甚么呢。正在想着,只见他又指着两箱蓝玻璃瓶的来叫拍。我吃了一惊,暗想外国药房的规矩,

----

〔1〕 大班——外国公司、洋行的经理人。

第五十五回　箕踞忘形军门被逐　设诡巴毕医士脱逃

蓝瓶是盛毒药的,有几种还是轻易不肯卖,必要外国医生开到药方上才肯卖的,怎么也胡乱拍卖起来呢。此时我身上还有正事,不便多耽搁,只看了一看便走了。

下午时候,回到名利栈。晚上没事,广利船还没有开行,何理之便到我房里来谈天。他嘴里有的没的乱说,一阵说甚么把韭菜带到新加坡,要卖一块洋钱一片菜叶;新鲜荔枝带到法兰西,要卖五个法郎[1]一个;又是甚么播喊表[2],在法兰西只卖半个法郎一个。他只管乱说,我只管乱听,也不同他辩论。后来我说起药房拍卖一节,很以为奇。理之拍手道:"拍卖么! 可惜我不知道,不然,我倒要去和他记一记帐,看他还捞得回几个。"我道:"这药房倒帐的情形,想是你知道的了?"理之道:"倒帐的有甚希奇! 这是一个富而不仁的人,遭了个大骗子。这位大富翁姓荀,名叫鸢楼,本来是由赌博起家;后来又运动了官场,包收甚么捐,尽情剥削。我们广东人都恨得他了不得。"我道:"他不是广东人么?"理之道:"他是直隶沧州人,不过在广东日子长久,学会说广东话罢了。他剥削的钱,也不知多少了。忽然一天,他走沙基经过,看见一个外国人,在那里指挥工匠装修房子,装修得很是富丽,不知要开甚么洋行;托了旁人去打听,才知道是开药房的。那外国人并不是外国人,不过扮了西装罢了,还是中国的辽东人呢。这荀鸢楼听说他是辽东原籍,总算同是北边人,可以

---

[1]　法郎——法国币名。
[2]　播喊表——法国播喊洋行制造的表。

算得同乡,便又托人介绍去拜访他。见面之后,才知道他姓祖,《贰臣传》[1]上祖大寿[2]之后,单名一个武字;从四五岁的时候,他老子便带了他到外国去,到了七八岁时,便到外国学堂里去读书,另外取了个外国的名字,叫做Cove;后来回到中国,又把他译成中国北边口音,叫做劳佛,就把这劳佛两个字做了号。他外国书读得差不多了,便到医学堂里去学西医。在外国时,所有往来的中国人都是广东人,所以他倒说了一口广东话,把他自己的辽东话,倒反忘记个干净了。等在医学堂毕业出来,不知在那里混了两年,跑到这里来,要开个药房。恰好这荀鸳楼是最信用西药的,两人见面之下,便谈起这件事。荀鸳楼问他药房生意有多少利息。劳佛道:'利息是说不定的,有九分利的,也有一二分利的,然而总是利息厚的居多,通扯起来,可以算个七分利钱。'荀鸳楼道:'照这样说,做一万银子生意,可以赚到七千了。不知要多少本钱?'劳佛道:'本钱那里有一定,外国的大药房,几十万本钱的不足为奇。'荀鸳楼道:'不知你开这个打算多少?'劳佛道:'我只备了五万资本。'荀鸳楼道:'比方有人肯附点本钱,可能附得进去?'劳佛道:'这有甚么不可的。'荀鸳楼道:'那么我打算附十万银子如何?'劳佛满口答应,便道:'如此我便扩张起来。'他两个因此成了知己。不多几天,荀鸳楼划了十万银子来,又派了一

---

[1]《贰臣传》——清初由国史馆为背明降清的汉奸洪承畴、钱谦益等一百馀人立传,叫做《贰臣传》,对他们身事两朝,表示鄙弃,其目的在通过这些传记,警戒后世的人,应效忠清朝,不得背叛。

[2] 祖大寿——明朝的总兵,后来投降清朝,当了汉奸。

个帐房来。劳佛便取出一扣三千银子往来的庄折,叫他收存,要支甚么零用,只管去取。从此铺里一切杂用,劳佛便不过问,天天只忙着定货催货,铺里慢慢的用上十多个伙计。劳佛逐一细问,却没有一个懂得外国话,认得外国字的。荀鸳楼闻得,便又荐了一个懂洋文的来;劳佛考他一考,说是他的工夫不够用,不要。又道:'不过起头个把月忙点,关着洋文的事,我一个人来就是了。'荀鸳楼见他习勤耐劳,倒反十分敬重他起来。过得个把月,劳佛对荀鸳楼道:'我的五万资本,因为扩充生意起见,已经一齐拿去定了货了。尊款十万,我托个朋友拿到汇丰[1]存了。我本要存逐日往来的,谁知他拿去给我存了六个月期,真是误事!昨日头批定货到了,要三万银子起货,只得请你暂时挪一挪,好早点起了出来,早点开张。'荀鸳楼满口答应,登时划了过来。到了明天,果然有人送来无数箱子,方的、长的,大小不等。劳佛督率各小伙计开箱,开了出来,都是各种的药水,一瓶一瓶的都上了架,登时满坑满谷起来;后来陆续再送来的,竟来不及开了,开了也没有架子放了,只得都堆到后头栈房里去,足足堆了一屋子。荀鸳楼也来看热闹,又一一问讯,这是甚么,那是甚么,劳佛也一一告诉了。正在忙乱之际,忽然一个电局信差送来一封洋文电报,劳佛看了失惊道:'怎么就死了!唉!这便怎么处!'荀鸳楼忙问死了甚么人。劳佛把电报递给他,他看了,是一字不认得的。劳佛便

---

[1] 汇丰——指汇丰银行,当时英帝国主义在中国进行经济侵略的金融机构之一。

告诉他道：'香港大药房里一个总理配药的医生，他是我的好朋友，将来我这里有多少事，还靠他帮忙呢，谁知他今天死了。他的遗嘱，他死后，叫我去暂时代理他的职业。在交情上，又不得不去；这一去，最少也要三个月，那外国派来的人才得到，这里又有事，怎样呢？'荀鸶楼也棱住了。劳佛想了一想道：'这样罢，我到香港去找一个配药的人，到这里代了我罢。'帐房道：'这里没有人懂话，怎样办呢？'劳佛道：'这个不要紧，我找一个懂中国话的来。十分找不着，我叫他带一个西崽来；你们要和他说话，只对西崽说就是。好在只有三个月，我就来的。'荀鸶楼问他香港那大药房是甚么招牌，劳佛叽叽咕咕说了个外国名字道：'中国名字叫甚么，我也记不大清楚了，等到了那里，写信来通知，以便通信罢。我今天要坐晚轮船去了。'说罢，取出许多外国字纸来，交代给帐房，一一指点：这一迭是燕威士[1]，这个货差不多就要到的了；这一迭是定单，这里面那几张是电定的，那几张是信定的；洋行里倘有燕威士送来，便好好收下，打还他回单图书。又拿出一扣折子来，十分慎重的交代道：'这就是我那误事朋友，代存汇丰的十万银子的存折，是……那一天存的，扣到……那一天，便到了六个月期，你便去换上一个逐日往来的折子，以便随时使用。'荀鸶楼拿起折子一看道：'怎么我存汇丰的存折，不是这个样子？'劳佛道：'汇丰存折本来有两种：一种用给中国人的，一种用给外国人的。我这个是托一个外国朋友去存的，所以和用给中国人的

---

[1] 燕威士——当时最行销的一种西药房所制的补药。

两样了。'劳佛交代清楚,也不带甚么行李,只提了一个大皮包,便匆匆上晚轮船到香港去了。这里一等五六天,杳无音信,看见货物堆满了一铺子,不便久搁,只得先行开张。谁知开张之后,凡来买药水的,无有一个不来退换;退换去后,又回来要退还银子。原来那瓶子里,全是一瓶一瓶的清水;除了两箱林文烟花露水,和两箱洋胰子是真的,其馀没有一瓶不是清水。帐房大惊,连忙通知荀鸢楼,叫他带了懂洋文的人来,查看各种定单燕威士,谁知都是假造出来的。忙看那十万银子存折时,那里是甚么汇丰存折,是一个外国人用的日记簿子。这才知道遇了骗子,忙乱起来,派人到香港寻他,他已经不知跑到那里去了。再查那栈房里的货箱,连瓶也没有在里面,一箱箱的全是砖头瓦石,所以要拍卖了这些瓶,好退还人家房子啊。"我道:"这个甚么劳佛,难道知道姓荀要来兜搭他,故意设这圈套的么?"理之道:"这倒不见得。他是学医生出身,有意是要开个药房,自己顺便挂个招牌行道,也是极平常的事;等到无端碰了这么个冤大头,一口便肯拿出十万,他便乐得如此设施了。像这样剥削来的钱,叫他这样失去,还不知多少人拍手称快呢。"正是:悖入自应还悖出[1],且留快语快人心。未知后事如何,且待下回再记。

---

[1] 悖入自应还悖出——意思是,有不正当收入的,应该要受不正当的损失。

第五十六回

施奇计奸夫变凶手　　翻新样淫妇建牌坊

何理之正和我谈得高兴,忽然一个茶房走来说道:"何先生,去天字码头看杀人不去?帐房李先生已经去了。"何理之道:"杀人有甚么好看,我不去。但不知杀甚么人?"茶房道:"就是杀那个甚么苦打成招的夏作人。"何理之道:"我不看。"那茶房便去了。

我问道:"甚么苦打成招的?岂不是一个冤枉案子么?"理之道:"论情论理,这个夏作人是可杀的。然而这个案子可是冤枉得很,不过犯了和奸的案子,怎么杀得他呢。"我不觉纳闷道:"依律,强奸也不过是个绞罪,我记得好像还是绞监候[1]呢,怎么就罗织[2]成一个斩罪?岂不是一件怪事!"理之道:"这是奸妇的本夫做的圈套。说起来又是一篇长话:这夏作人是新安县人氏,捐有一个都司职衔。平日包揽词讼,无恶不作,横行乡里,欺压良懦,那不必说了;更欢喜渔猎女色[3]。因此他乡里的人,没有一个不恨他如切骨的了。我们广东地方,各乡都设一个公局,公举几个绅士在局里,遇了乡人有

---

[1] 绞监候——见第四十八回"斩决"注。
[2] 罗织——找出种种罪名对无罪的人加以诬陷。
[3] 渔猎女色——像捕鱼打猎一样地去谋取、玩弄女人。

甚么争执等事，都由公局绅士议断。这夏作人又是坐了公局绅士的第一把交椅。你想谁还敢惹他！他看上了本乡一个婆娘，这婆娘的丈夫姓李，单名一个壮字，是在新加坡经商的，每年二三月回来一次，历年都是如此的。夏作人设法和那婆娘上了手之后，只有李壮回家那几天是避开的，李壮一走他就来了，犹如是他的家一般。左右邻里，无有一个不知道的；就是李壮回来，也略有所闻，不过拿不着凭据。有一回，李壮有个本家，也到新加坡去，见了李壮，说起这件事，说的千真万真，并且说夏作人竟是住在他家里。李壮听了，忿火中烧，便想了一个计策，买了一对快刀，两把是一式无异的，便附了船回家。这李壮本来是一个窃贼出身，飞檐走壁的工夫是很熟的。从前因为犯了案，官府要提他，才逃走到新加坡，改业经商，居然多了几个钱；后来事情搁冷了，方才回家乡来娶亲的。他此番回到家乡，先不到家，在外面捱到天黑，方才掩了回去；又不进门，先耸身上屋，在天窗上望下一看，果然看见夏作人在那里和那婆娘对面说话，犹如夫妻一般。他此时若跳了下去，一刀一个，只怕也杀了。他一来怕夏作人力大，杀他不动；二来就是杀了，也要到官报杀奸，受了讼累，还要把一顶戴过的绿帽子晾出来。所以他未曾回来之先，已预定下计策。

"此时看得亲切，且不下去，跳至墙外，走到夏作人家里，逾墙而入，掩到他书房里，把所买的一对刀，取一把放在炕床底下，方才出来，一径回家去打门。里面问是那个，李壮答应一声。那婆娘认得声音，未免慌了，先把奸夫安顿，藏在床背后，方才出来开门。李壮不动声色的道：'今天船到得晚了，弄到这个时候才到家，晚饭也不曾吃。'他婆娘听了,便去弄饭。一面又问他为甚么这一回不先给一个信,便突然回来。李壮道:'这回是香港一家素有往来的字号,打电报叫我到香港去的,所以不及给信。'婆娘到厨下去了,很不放心,恐防李壮到房里去,看见了奸夫。喜得李壮并不进去,此时七月天气,他只在院子里摇着蒲扇取凉。一会儿饭好了,婆娘摆开了几样家常小菜,端了一壶家藏旧酒,又摆了两份杯箸。李壮道:'怎么只摆两份?再添一份来。'婆娘道:'我们只有两个人,为甚要三份?'李壮笑道:'你何必瞒我!放着一个夏老爷在房里,难道我们两个好偏了他么?'这一句话,把婆娘吓得面如土色,做声不得。李壮又道:'这个怕甚么!有甚么要紧!我并不在这个上头计论的。快请夏老爷出来,虽然家常便饭,也没有背客自吃之理啊。'那夏作人躲在里面,本来也有三分害怕,仗着自己气力大,预备打倒了李壮,还可以脱身;此刻听了他这两句话,越发胆壮得意,以为自己平日的威福足以慑服人,所以李壮虽然妻子被我奸了,还要这等相待。于是昂然而出。及至见了面,不知不觉的,也带了三分羞惭。倒是李壮坦然无事,一见了面,便道:'夏老爷,违教许久了。舍下一向多承照应,实在感激!'夏作人连道:'不敢,不敢!'李壮便让坐吃酒。那婆娘倒是羞答答起来。李壮正色道:'你何必如此!我终年出门在外,家中没人照应,本不是事,就是我在外头,也不放心;得夏老爷这种好人肯照应你,是最好的了。你总要和我不在家时一样才好,不然,就同在一处吃饭,也是乏味的。'又对夏作人道:'夏老爷,你说是不是呢。难得你老人家赏脸,不然,这一乡里面,夏老爷要看中谁,谁敢道个不字呢!'一席话说得夏作人洋洋得意。李壮又殷勤劝酒。那婆娘暗想:'这个乌龟,自己情愿拿绿帽子往脑袋上磕,我一向倒是白耽惊怕的了。'于是也有说有笑起来。夏作人越是乐不可支,连连吃酒。李壮又道:'可笑世上那些谋杀亲夫的,我看他们都是自取其祸;若像我这样,夏老爷,你两口子舍得杀我么?'婆娘接口道:'天下那里有你这样好人!'李壮笑道:'我也并不是好人;不过想起我们在外头嫖,不算犯法的,何以你们就养不得汉子呢。这么一想,心就平了。'夏作人点头道:'李哥果然是个知趣朋友。'说话间,酒已多了。

"李壮看夏作人已经醉了,便叫婆娘盛饭,匆匆吃过,婆娘收拾开去。夏作人道:'李哥,我要先走了。你初回来,我理当让你。'李壮道:'且慢!我要和你借一样东西呢。'夏作人道:'甚么东西?'李壮道:'这件事,我便不计较,只是祖宗面上过不去。人家说:家里出了养汉子的媳妇,祖宗做鬼也哭的;除非把奸夫捉住,剪了他的辫子,在祖宗跟前,烧香禀告过,已经捉获奸夫,那祖宗才转悲为喜呢。夏老爷跟前,我不敢动粗,请夏老爷自己剪下来,借给我供一供祖宗。'夏作人愕然道:'这个如何使得!'李壮忽然翻转了脸,飕的一声,在裤带上拔出一枝六响手枪,指着夏作人道:'你偷了我老婆,我一点不计较,还是酒饭相待,此刻和你借一条无关痛痒的辫子也不肯!你可不要怪我,这枝枪是不认得人的!'这一下把夏作人的酒也吓醒了。要待不肯时,此时酒后力乏,恐怕闹他不过;况且他洋枪在手,只要把机簧一扳,就不是好玩的了。只得连连说道:'给你,给你!只求你剪剩二三寸,等我好另外装一条假的;不然,怎样见人呢。'李壮重新把洋枪插向裤带上道:

'这个自然。难道好齐根剪下么。方才卤莽,夏老爷莫怪。'说罢,叫婆娘拿剪子来,走向夏作人身后,提起辫子。夏作人道:'稍为留长一点。'李壮道:'这个自然。'嘴里便这样说,手里早飕的一声,把那根辫子贴肉齐根的剪了下来。夏作人觉着,已经来不及了,只得快快而去,幸喜时在黑夜,无人看见,且等明日再设法罢了。

"李壮等他去后,便打开一个皮包,叫那婆娘道:'你来看,这是甚么东西?'婆娘走过去弯腰看时,他飕的一声,拔出一把一尺四五寸长的雪亮快刀,对准喉咙,尽力一刺。那婆娘只喊得一声'嗳',那'呀'字还不曾喊出来,便往前倒了下去。李壮又在他左手上、左肋上,捌了几刀,那婆娘便一缕淫魂,望鬼门关去了。李壮却拿夏作人的辫子,缠在死婆娘的右臂上;把剪下来的一头,给他握在手里。才断气的时候,手足还未全僵,李壮代他握了头发;又拿刀捌了他握发的手两刀;又拿自己的手握住他的手,等他冻僵了才放。安置停当,把自己身上整理洁净,已是三更多天了。他提了带回来的皮包,走了出来,把门反掩了,走出村外一间破庙里,胡乱歇了一夜。

"到天明起来,提了皮包,仍然走回家里。昨夜他回来时,是在黑夜,乡下人一到了断黑时,便家家关门闭户的了;却又起来极早,才破天亮,便家家都起来了,赶集的,耕田的,放牛的,往来的人已是络绎不绝,所以他提着皮包入村,大家都看见他了。都拱手招呼,说:'李大哥回来了,几时到的?我们都惦记你呢。新加坡生意可好?你发财啊。'李壮道:'今天一早到的。承记挂,多谢!我托福还好!'如此一路招呼到家,一村的人,都知道李壮今天回来了。到得门前,那左右邻居,也是一般的招呼,却是捏了一把汗,知道夏作人准在里面,今番只怕要撞破了!看着他举手,轻轻叩了两下门,不见答应;又叩了两三下,仍然没人答应。李壮道:'怎么这个时候,还不起来呢?'用力打了一下,那门呀的一声开了,原来是虚掩着的。李壮故装成诧异的样子道:'唔!'一面走了进去。不一会,忽然大呼小叫的走了出来道:'不好了!我的女人给人杀死了!'众人听说,老大吃了一惊,都纷纷进去。看见他手里握着一条辫子,鲜血满地,身上伤了七八刀。个个都称奇道怪。一面先惊动了地保,先去报官。李壮一面奔到公局,求众绅士作主。这天众绅士都到了,单少了个夏作人。众绅听见说地方出了命案,便叫人去请他。一会回来说,夏老爷有点感冒,不能出来。李壮道:'我是今天才回来的,平空遇了这件事,不得主意。向来地方上有事,都是夏老爷做主的,偏偏他又病了;他既然是感冒避风,说不得请众位老爷带着我到他府上,求个主意的了。'众人见是人命大事,便同了李壮到夏家来。夏作人仍旧不肯相见,说是在上房睡了,不能起来。众人道:'今天地方上出了命案,夏老爷不能起来,我们也要到上房去相见的了。'说罢,也不等传报,一齐蹑了进去。只见夏作人睡在床上,盖上一床夹被窝,脸向外躺着。众人告诉这件事,他这一吓,非同小可,脸色登时大变起来,嘴里装着哼哼之声,没有半句说话,却拿双眼看着李壮。李壮故意走到床前道:'夏老爷是甚么病?可有点发烧?'说罢,伸手在他额上去摸,故意摸到脑后,说一声'嗳呀'!回头对众人道:'我的死女人,手里握了一条辫子,此刻夏老爷的辫子是齐根没了的,莫非杀人的是夏老爷?'众人听说,吃了一惊,一拥上前去看。李壮不顾众人,便飞奔到县里去击鼓鸣冤,说夏作人杀人。

"知县官方才得了地保的报,正要去验尸,问了李壮口供,便带了仵作[1],出城下乡相验。官看了这个情形,明明是拒奸被杀,倒不觉对着那尸首肃然起敬。验过之后,叫取下辫子带回去,顺路去拜夏绅士。投帖进去,回出来说挡驾。官怒道:'有人告了他在案,我不传他,亲来拜他,他倒装模做样起来了!莫非是情虚么!'说着,不等请,便自下轿进来。这夏作人喜欢结交官场,时常往来,所以他家里的路,官也走熟的了,不用引导,便到书房坐下。那官本来听了李壮说夏作人没了辫子,所以要亲来察看的,如何肯空回去。夏作人没法,又不曾装好假辫子,只得把老婆的髢子[2]打了一条假辫,装在凉帽[3]箍里面;匆忙之间,又没有辫繐子[4],将就用一根黑头绳打了结,换上衣冠,出来相见。因为有了亏心的事,脸色未免一阵红、一阵白,知县已是疑心。相见过后,分宾坐定。官有心要体察他,便说道:'天气热得很,我们何妨升冠谈谈。'说着,自己先除了帽子。夏作人忙说'不必',脸上的汗,却直流下来。偏偏那官带来装烟的小跟班,把烟窝[5]掉在地下,低头去拾;一瞥眼看见炕底下一把雪亮

---

[1] 仵作——从前官署里检验尸体的差役。
[2] 髢子——就是假髻。髢,应作髲。
[3] 凉帽——当时夏天戴的凉帽分两种:一种用白罗胎、纱年,有边沿,是官帽;一种用细藤、竹胎编成的,上加红缨,没有边沿,形如覆锅,是普通人戴的帽子。
[4] 繐子——这里指用黑丝线扎住辫子的末梢,使头发不致散乱,并垂下两个小流苏的这种东西。
[5] 烟窝——烟筒头。窝,应系锅字之误。

第五十六回　施奇计奸夫变凶手　翻新样淫妇建牌坊

的刀，不觉失惊道：'这个刀是杀人的啊！'夏作人方在那里说'不必不必'，忽听了这句话，猛然吃了一惊道：'那里有甚么刀？'小跟班道：'炕底下的不是么。'说着，走进弯腰伸手拾了起来。夏作人此时心虚已经到了极点，一看见了，吓得魂不附体，汗如雨下，不觉战抖起来，说道：'这……这……这是谁……谁放在这里的？这……这……这不是我的啊！'这个时候，恰好一个家人在夏作人背后，把他辫子捏了一捏，觉得油腻腻的；因回道：'夏老爷的辫子是假的。'知县顿时翻了脸，喝叫把他带了衙门里去，这把凶刀也带了去。说着，先出来上轿去了。回到衙门，把凶刀和尸格[1]一对，竟是一丝不走的。不由分说，先交代动公事详革了他的职衔[2]，便坐堂提审。夏作人供道：'这妇人向来与职员有奸的。'只说得这一句，官喝住了，喝叫先打五十嘴巴。打完了，才说道：'这妇人明明是拒奸被杀的，我见了他还肃然起敬，你开口便诬蔑他，这还了得！这五十下是打你的诬蔑烈妇！'又喝再打五十。打完了，又道：'你犯了法，这个职衔经本县详革了，你还称甚么职员！有甚么话，你讲！'夏作人道：'小人和这已死妇人，委实一向有奸的。'官大怒道：'你还要诬蔑好人！'喝再打一百嘴巴。打得夏作人两腮红肿，牙血直流。又供道：'这妇人不是小人杀的，青天大老爷冤枉！'官怒道：'你不杀他，你的辫子，怎么给他死握着？'夏作人要把昨夜的情由叙出来，无奈这个官不准他说

---

〔1〕　尸格——尸体的检验报告单，也叫尸单。
〔2〕　详革了他的职衔——清朝制度：凡是捐了官衔的人，如果犯了罪，必须先申报上级官署，把他的官衔革除，然后才可以动刑讯问。

和妇人犯奸,一说着,便不问情由,先打嘴巴,竟是无从叙起。又一时心慌意乱,不得主意,只含糊辩道:'这条辫子怕不是小人的。'官叫差役拿辫子在他头上去验,验得颜色粗细,与及断处痕迹,一一相符。从此便是跪铁链、上夹棍、背板凳[1]、天平架[2],没有一样不曾尝过,熬不过痛苦,只得招了个'强奸不遂,一时性起,把妇人杀死;辫发被妇人扭住,不能摆脱,割辫而逃'。于是详上去,定了个斩决。上头还夸奖他破案神速。他又敬那婆娘节烈,定了案之后,他写了'节烈可风'四个字,做了匾,送给李壮悬挂;又办了祭品,委了典史[3]太爷去祭那婆娘;更兼动了公事,申请大宪,和那婆娘奏请旌表[4],乞恩准其建坊。今天斩决公文到了,只怕那请旌的公事,也快回来了。"正是:世事何须问真假,内容强半是糊涂。未知后事如何,且待下回再记。

---

[1] 背板凳——把犯人仰卧着捆在窄板凳上,施以种种酷刑,叫做背板凳。
[2] 天平架——用一种十字形的木架,把犯人绑在上面,两手平伸,用皮带捆在横木架上,形如天平,所以叫做天平架。
[3] 典史——知县的辅佐官,管理监狱和捕盗等事务。
[4] 旌表——封建时代,官署为所谓忠孝节义的人建牌坊、挂匾额,以示表扬,叫做旌表。

第五十七回

充苦力乡人得奇遇　发狂怒老父责顽儿

理之述完了这件事,我从头仔细一想,这李壮布置的实在周密狠毒。因问道:"他这种的秘密布置,外头人那里知得这么详细呢?"何理之道:"天下事,若要人不知,除非己莫为;何况我们帐房的李先生,就是李壮的胞叔,他们叔侄之间,等定过案之后,自然说起,所以我们知的格外详细。"说话之间,已到了吃饭时候,理之散去。

我在广东部署[1]了几天,便到香港去办事,也耽搁了十多天。一天,走到上环大街,看见一家洋货店新开张,十分热闹。路上行人,都啧啧称羡,都说不料这个古井叫他淘着。我虽然懂得广东话,却不懂他们那市井的隐语,这"淘古井"是甚么,听了十分纳闷。后来问了旁人,才知道凡娶着不甚正路的妇人——如妓女、寡妇之类——做老婆,却带着银钱来的,叫做"淘古井"。知道这件事里面,一定有甚么新闻,再三打听,却又被我查着了。

原来花县地方,有一个乡下人,姓悻,名叫阿来,年纪二十多岁,一向在家耕田度日;和他老子两个,都是佃户的。有一天,被他老

---

[1] 部署——处理、料理。

子骂了两句,这恽来便赌气逃了出来,来到香港,当苦力度日(这"苦力"两个字,本来是一句外国话 Coolie,是扛抬搬运等小工之通称。广东人依着外国音,这么叫叫,日子久了,便成了一个名词,也忘了他是一句外国话了)。

恽来当了两个月苦力之后,一天,公司船到了,他便走到码头上去等着,代人搬运行李,好赚几文工钱。到了码头,看见一个咸水妹(看官先要明白了"咸水妹"这句名词,是指的甚么人。香港初开埠的时候,外国人渐渐来的多了,要寻个妓女也没有。为甚么呢? 因为他们生的相貌和我们两样,那时大家都未曾看惯,看见他那种生得金黄头发,蓝眼睛珠子,没有一个不害怕的,那些妇女谁敢近他;只有香港海面那些摇舢舨的女子,他们渡外国人上下轮船,先看惯了,言语也慢慢的通了,外国人和他们兜搭起来,他们自后就以此为业了。香港是一个海岛,海水是咸的,他们都在海面做生意,所以叫他做"咸水妹"。以后便成了接洋人的妓女之通称。这个"妹"字是广东俗话,女子未曾出嫁之称,又可作婢女解。现在有许多人,凡是广东妓女,都叫他做"咸水妹",那就差得远了)。这咸水妹从公司轮下来,跨上舢板,摇到岸边,恰好碰见恽来,便把两个大皮包交给他。问他这里那一家客栈最好,你和我扛了送去,我跟着你走。恽来答应了,把一个大的扛在肩膀上,一个稍为小点的提在手里,领着那咸水妹走。走到了一处十字路口,路上车马交驰,一辆马车,在恽来身后飞驰而来,几乎马头碰到身上;恽来急忙一闪,那边又来了一辆,又闪到路旁。回头一看,不见了那咸水妹,呆呆的站着等了一会,还不见到。

他心中暗想：这里面不知是甚么东西。他是从外国回来的，除了这两个皮包，别无行李，倘然失了，便是一无所有的了，只怕性命也要误出来。这便怎么处呢。想了半天，还不见来，他便把两个皮包送到大馆里去（旅香港粤人，称巡捕房为大馆），一径走到写字间[1]，要报明存放，等失主来领。谁知那咸水妹已经先在那里报失了，形色十分张皇；一见了恽来，登时欢喜的说不出来，一迭连声说："你真是好人！……"巡捕头问恽来来做甚么。那咸水妹表明他不见了物主，送来存放待领的话。巡捕头道："那么你就仍旧叫他给你拿了去罢。"

于是两个出了大馆，寻到了客栈，拣定了房间。咸水妹问道："你这送一送，要多少工钱？有定例的么？"恽来道："没有甚么定例。码头上送到这里，约莫是两毫子左右（粤人呼小银元为毫子）；此刻多走一次大馆，随你多给我几文罢。"咸水妹给他三个毫子。他拿了，说一声"承惠"（承惠二字是广东话，义自明）便要走。咸水妹笑道："你回来。这两个皮包，是我性命交关[2]的东西，我走失了，你不拿了我的去，还送到大馆待领，我岂有仅给你三个毫子之理，你也太老实了。"说罢，在一个小皮夹里，取出五个金元来给他。恽来欢喜的了不得，暗想我自从到香港以来，只听见人说金仔（粤人呼金元为金仔），却还没有见过。总想积起钱来，买他一个玩玩，不料今日

---

[1] 写字间——从前对外国机关、公司、洋行的办公室的通称。
[2] 交关——苏、沪一带的方言，很、甚、非常的意思。这里"性命交关"，是性命相关，十分紧要的意思。

一得五个。因说道:"这个我拿回去不便当。我住的地方人杂得很,恐怕失了,你有心给我,请你代我存着罢。"咸水妹道:"也好。你住在那里?"恽来道:"我住在苦力馆(小工总会也,粤言)。每天两毫子租钱,已经欠了三天租了。"咸水妹又在衣袋里,随意抓了十来个毫子给他。恽来道:"已经承惠了五个金仔,这个不要了。"咸水妹道:"你只管拿了去。你明天不要到别处去了,到我这里来,和我买点东西罢。"恽来答应着去了。

次日,他果然一早就来了。咸水妹见他光着一双脚,拿出两元洋钱,叫他自己去买了鞋袜穿了。方问他汇丰在那里,你领我去。他便同着咸水妹出来。在路上,咸水妹又拿些金元,向钱铺里兑换了墨银[1]。一路到了汇丰,只见那咸水妹取出一张纸,交到柜上,说了两句话,便带了他一同出来,回到客栈。因对他说道:"我住在客栈里,不甚便当。你没有事,到外面去找找房子去,找着了,我就要搬了。"又给他几元银道:"你自己去买一套干净点衣服,身上穿的太要不得了。"恽来答应着,便出去找房子。他当了两个多月苦力,香港的地方也走熟了,那里冷静,那里热闹,那里是铺户多,那里是人家多,一一都知道的了。出来买了衣服,便去寻找房子,绕了几个圈子,随便到小饭店里吃了午饭;又走了一趟,看了有三四处,到三点钟时候,便回到客栈。劈面遇见咸水妹,从栈里出来。恽来道:"房子找

---

[1] 墨银——指墨西哥铸的、上有鹰形的一种银元,是中外通商后,最早流入中国的硬币。

了三四处，请你同去看看那一处合式。"咸水妹道："我此刻要到汇丰去，没有工夫。"说着，在衣袋里取出房门钥匙，交给他道："你开了门，在房里等着罢。"说罢，去了。恽来开门进房，趁着此时没有人，便把衣裤换了。桌上放着一面屏镜，自己弯下腰来一照，暗想我不料遇了这个好人，天下那里有这便宜事！此刻我身上的东西，都是他的了。不过代他扛送了一回东西，便赚了这许多钱。想着，又锁了房门，把两件破衣裤拿到露台上去洗了，晾了，方才下来。恰好咸水妹回来了，手里提着一个小皮包，两个人扛着一个保险铁柜送了来。恽来连忙开了门，把铁柜安放妥当。送来的人去了。咸水妹开了铁柜，把小皮包放进去；又开了那两个大皮包，取了好些一包一包的东西，也放了进去；又开了一个洋式拜匣，检了一检，取了一个钻石戒指带上，方才锁起来。

恽来便问去看房子不去，又把买衣服剩下的钱缴还。咸水妹笑道："你带在身边用罢。我也性急得很，要搬出去，我们就去看看罢。"于是一同出来，去看定了一处，是三层楼上，一间楼面。讲定了租钱，便交代恽来去叫一个木匠来，指定地方，叫他隔作两间，前间大些，后间小些，都要装上洋锁；价钱大点都不要紧，明天一天之内，定要完工的。木匠听说价钱大也不要紧，能多赚两文，自然没有不肯的了。讲定之后，二人仍回到客栈里。

恽来看见没事，便要回去。咸水妹道："你去把铺盖拿了来，叫栈里开一个房，住一夜罢。从此你就跟着我帮忙，我每月给还你工钱，不比做苦力轻松些么。"恽来暗想我是甚么运气，碰了这么个好人。因说道:"我本来没有铺盖,一向都是和人家借用的。"咸水妹道:"那么你就不要去了。"一会,茶房开了饭来,咸水妹叫多开一客,一会添了来,咸水妹叫恽来同吃。恽来道:"那不行,你吃完了我再吃。"咸水妹道:"这有甚么要紧。我请你来帮忙,就和请个伙计一般,并不当你是个下人。"恽来只得坐下同吃,却只觉着坐立不安。

吃过了晚饭,已是上火时候。咸水妹想了一想,便叫恽来领到洋货铺里去,拣了一张美国红毡,便问恽来这个好不好。恽来莫名其妙,只答应好。咸水妹便出了十八元银,买了两张。又拣了一床龙须席[1],问恽来好不好。恽来也只答应是好的。咸水妹也买了。又买了一对洋式枕头,方才回栈。对恽来道:"你叫茶房另外开一个房,你拿这个去用罢。你跑了一天,辛苦了,早点去睡。"恽来大惊道:"这几件东西,我看着买了二十多元银,怎么拿来给我!我没有这种福气!只怕用了一夜,还不止折短一年的命呢!"咸水妹笑道:"我给了你,便是你的福气,不要紧的,你拿去用罢。"恽来推托再三,无奈只得受了。叫茶房另外开一间房,把东西放好;恐怕自己身上脏,把东西都盖脏了,走上露台自来水管地方,洗了个澡,方才回房安睡。一夜睡的龙须席,盖的金山毡,只喜得个心痒难挠,算是享尽了平生未有之福。

酣然一觉,便到天亮。咸水妹又叫他同去买铁床桌椅,及一切动用家私,一切都送到那边房子里去。又叫恽来去监督着木匠赶紧做,

---

[1] 龙须席——用龙须草织成、质地较细的席子。

"我饭后就要搬来的。"悻来答应去了。到了午饭时候,便回栈吃饭。吃过饭,便算清房饭钱,叫人来搬东西。悻来道:"只要叫一个人来,我帮着便抬去了,只有这铁箱子重些。"咸水妹道:"我请你帮忙,不过是买东西等轻便的事;这些粗重的事不要你做,你以后不要如此。"于是另外叫了苦力,搬了过去。那三四个木匠,还在那里砰砰訇訇的做工,直到下午,方才完竣。两个人收拾好了,一一陈设起来。把悻来安置在后间,睡的还是一张小小铁床。又到近处包饭人家,说定了包饭。

从此悻来便住在咸水妹处,一连几个月,居然"养尊处优"的,养得他又白又胖起来。然而他到底是个忠厚人,始终不涉于邪,并好像不知那咸水妹是女人似的。那咸水妹也十分信他,门上配了两个钥匙,一人带了一个,出入无碍的。

一天,悻来偶然在外面闲行,遇见了一个从前同做苦力的人,问道:"老悻,你好啊!几个月没看见,怎么这样光鲜了?那里发的财?"悻来终是个老实人,人家一问,便一五一十的都告诉了。那人一棱道:"你和他有那回事么?"悻来愕然道:"是那一回事?"那人知道他是个呆子,便不和他多说,只道:"这是从金山发财回来的,铁柜里面不知有多少银纸(粤言钞票也),好歹捞他几张,逃回乡下去,还不发财么,何必还在这里听使唤,做他的西崽?"悻来听了,心中一动,默默无言,各自分散。回到屋里,恰好那咸水妹不在家,看看桌上小钟,恰是省河轮船将近开行的时候。回想那苦力之言不错,便到咸水妹枕头边一翻,翻出了铁柜钥匙,开了柜门,果然横七竖八的放了好几卷银纸。恽来心中暴暴乱跳,取了两卷;还想再取,一想不要拿得太多了,害得他没得用。又怕他回来碰见,急急的忘了关上柜门,忙忙出来,把房门顺手一带;喜得房门是装了弹簧锁的,一碰便锁上了。恽来急急走了出来,径登轮船,竟回省城去了。

回到省城,又附了乡下渡船(犹江南之航船也),回到花县。到了家,见了他老子,便喜孜孜的拿出银纸来道:"一个人到底是要出门,你看我已经发了财了。"他老子名叫阿亨,因他年纪老了,人家都叫他老亨。当下老亨听了儿子的话,拿起一卷,打开一看,大惊道:"这是银纸啊!我还是前年才见过,我欢喜他,凑了一元银,买了一张藏着,永远舍不得用。你那里来这许多?莫非你在外面做了强盗么?你可不要在外头闯了祸累我!"恽来是老实到极的人,便把上项事一一说出。老亨不听犹可,听了之时,顿时三尸乱暴,七窍生烟,飞起脚来,就是一脚,接连就是两个嘴巴。大骂:"你这畜生!不安分在家耕田,却出去学做那下流事情,回来辱没祖宗!还不给我去死了!"说着,又是没头没脑的两三拳。恽来知道自己的错,不敢动,也不敢则声。老亨气过一阵,想了个主意,取了一根又粗又大、拴牛的麻绳来,把儿子反绑了,手提了一根桑木棍,把那两卷银纸紧紧藏在身边,押着下船。在路上饭也不许他吃。到了省城,换坐轮船,到了香港,叫他领到咸水妹家里。

那咸水妹为失了五百元的银纸,知是恽来所为,心中正自纳闷。过了一天,忽见一个老头子,绑着他押了来,心中正在不解。看那老头子,又不是公差打扮。正要开言相问,老亨先自陈了来历,又把儿子偷银纸的事说了;取出银纸,一一点交,然后说道:"这个人从此不是我的儿子了,听凭阿姑(粤人面称妓者为阿姑)怎样发落,打死他,淹死他,杀他,剐他,我都不管了!"说着,举起桑木棍,对准恽来头上尽力打去。吓得咸水妹抢上前来,双手接住。只听得"嗳呀"一声。正是:双手高擎方挞子,一声娇啭忽惊人。不知叫嗳呀的是谁,打痛了那里,且待下回再记。

第五十八回

陡发财一朝成眷属　　狂骚扰遍地索强梁[1]

原来悔老亨用力过猛,他当着盛怒之下,巴不得这一下就要结果了他的儿子。咸水妹抢过来双手往上一接,震伤了虎口,不觉喊了一声"嗳呀"。一面夺过了桑木棍,忙着舀了一碗茶送过来。又去松了悔来的绑。方才说道:"这点小事,何必动了真气!老爷不要气坏了自己,我还有说话商量呢。"这悔老亨一向在乡下耕田,只有自己叫人家老爷,那里有人去叫过他一声老爷的呢,此刻忽然听得咸水妹这等称呼,弄得他周身不安起来。然而那个怒气终是未息,便说道:"偷了许多银纸还算是小事,当真要杀了人才算大事么!阿姑你便饶了他,我可饶他不得!此刻银纸交还了你,请你点一点,我便要带他回去治死了他,免得人家说起来,总说我悔老亨没家教,纵容儿子作贼。"说着,又站起来,挥起拳头,打将过去。

咸水妹连忙拦住道:"老爷有话慢慢说。等我说明白了,你就不恼了。"说罢,便把上岸遇见悔来的事,从头说了一遍。又道:"我因为看他为人忠厚,所以十分信他敬他。就是他拿了这五百多元,我想也未必是他自己起意,必是有人唆弄他的。他虽然做了这个事,到底

---

[1] 强梁——指强横凶狠的人。

还是忠厚；若是别人，既然开了我的铁柜，岂有不尽情偷去之理。就是银纸，一起放着的，也有十二三卷，他只拿得两卷，还有多少钻石、宝石、金器、首饰，都在里面，他还丝毫没动。这不是他忠厚之处么。所以我前天回来，看见铁柜开了，点了点数，只少了五百多元，我心中还自好笑，这个就像小孩子偷两文钱买东西吃的行为。我还耽着心，恐怕他惧罪，不知逃到那里去，就可惜了这个人了。难得老爷也这般忠厚，亲自送了来。我这一向本来有个心事，今天索性说明白了：我从十八岁那年，在这里香港做生意，头一个客人就是个美国人，一见了我就欢喜了，便包了我，一住半年。他得了电报要回去，又和我商量，要带我到美国，情愿多加我包银。我便跟他到美国去了，一住七年，不幸他死了。这个人本是个富家，他一心只想娶我，我也未尝不肯嫁他；然而他因为我究竟担了个妓女的名字，恐怕朋友看不起，所以迟迟未果，他却又不肯另娶别人，所以始终未曾娶亲。他临死的时候，写了遗嘱，把家财分给我二万，连我平日积蓄的也有万把。我想有了这点，在美国不算甚么，拿回中国来，是很好的一家人家了，所以附了公司船回来。不想一登岸便碰了他。见他十分老实可靠，他虽然无意，我倒有意要想嫁他了。我在外国住了七八年，学了些外国习气，不敢胡乱查问人家底细；后来试探了他的口气，知道他还没有娶亲，我越发欢喜。然而他家里的人是怎样的，还没有知道，此刻见了老爷也是这等好人，我意思更加决定了。但不知老爷的意思怎样？"

　　悻老亨听了，心中不觉十分诧异，他何以看上了我们乡下人。娶了他做媳妇，马上就变了个财主了。只是他带了偌大的一份家当过来,不知要闹甚么脾气;倘使闹到一家人都要听他号令起来,岂不讨厌。心中在那里踌躇不定。咸水妹见他迟疑,便道:"我虽然不幸吃了这碗饭,然而始终只有一个客,自问和那胡拉乱扯的还不同。老爷如果嫌到这一层,不妨先和他娶一房正室,我便情愿做了侍妾。"悻老亨吐出舌头道:"我们乡下人,还讲纳妾么!"咸水妹道:"那么就请老爷给个主意。"悻老亨还自沉吟。咸水妹道:"老爷不要多心。莫非疑心到我带了几个钱过来,怕我仗着这个,在翁姑丈夫跟前失了规矩么?我是要终身相靠的,要嫁他,也是我的至诚,怎肯那个样子呢。"悻老亨见他诚恳,便欢喜起来,一口应允。咸水妹见他应允了,更是欢喜。只有那悻来在旁边听得呆了,自己也不知是欢喜的好,还是不欢喜的好,心里头好像有一件东西,在那里七上八下,自己也不知是何缘故。

咸水妹便拿了两张银纸给悻来,叫他带着老子,先去买一套光鲜衣裤鞋袜之类,悻老亨便登时光鲜起来。又叫了裁缝来,量了他父子两个的衣裁,去做长衣。因为悻老亨住在这里不便,又买了一分铺盖,叫他父子两个,先到客栈里住下,一面另寻房屋。不到两天,寻着了一处,便置备木器及日用家私,搬了进去。择了吉日迎娶,一般的鼓乐彩舆,凤冠霞帔[1],花烛拜堂,成了好事。那女子在美国多年,那洋货的价钱都知道的,到了香港,看见香港卖的价钱,以为有利,便

---

[1] 凤冠霞帔——凤冠,一种上绣凤形、珠花点翠,并有珠挂流苏的帽子;霞帔,一种上绣云霞、花鸟的背心。从前本是贵妇的服装;平民举行婚礼,新娘也都穿这种服装,以示荣耀。

拿出本钱,开了这家洋货店。

我打听得这件事,觉得官场、士类、商家等,都是鬼蜮世界;倒是乡下人当中,有这种忠厚君子,实在可叹。那女子择人而事,居然能赏识在牝牡骊黄以外[1],也可算得一个奇女子了。

勾当了几天,便回省城。如此来来去去,不觉过了几个月。有一天,又从香港坐了夜船到省城。船到了省河时,却不靠码头,只在当中下了锚,不知是甚么意思。停了一会,来了四五艘舢版,摇到船边来;二三十个关上扦子手,一拥上船,先把各处舱口守住,便到舱里来翻箱倒匣的搜索。此时是六月下旬天气,带行李的甚少。我来往向来只带一个皮包,统共不过八九寸长、五六寸高,他们也要开了看看,里面不过是些笔墨帐单之类,也舀了出来翻检一遍;连坐的藤椅,也翻转来看见;甚至客人的身上,也要摸摸。有两起外省人,带了家眷从上海来,在香港上岸,玩了两天,今天才附了这个船来的,有二三十件行李,那些扦子手便逐一翻腾起来,闹了个乱七八糟。也有看了之后,还要重新再看的;连那女客带的马桶,也揭开看过;夜壶箱也要开

---

[1] 赏识在牝牡骊黄以外——骊,纯黑色的马。历史故事:九方皋是春秋时秦国能鉴别马的好坏的专家。有一回,他为秦穆公在别处选择了一匹好马,据他说是黄色的母马,但派去取马的人回报说,是一匹黑色的公马。秦穆公以为九方皋看错了。等到马运回来一看,虽然是黑色的公马,却果然是一匹最好的马。原来九方皋看马的好坏,只着重马的内在精神,并不注意外表形迹的缘故。寓言出《列子》。后来就以此为比喻,把不以外表取人的叫做赏识在牝牡骊黄以外。

了,把夜壶拿出来看看。忽然又听得外面訇的一声,放了一响洋枪,吓得人人惊疑不定。忽然又在一个搭客衣箱里,搜出一杆六响手枪来,那扦子手便拿出手铐,把那人铐住了,派人守了。又搜索了半天,方才一哄出去。

我要到外面看时,舱口一个关上洋人守着,摇手禁止,不得出去。此时买办也在舱里面,我便问为了甚么事。买办道:"便是连我也不知道。方才船主进来,问那关上洋人,那洋人回说不便泄漏。正是不知为了甚么事呢。"我道:"已经搜过了,怎么还不让我们出去?"买办道:"此刻去搜水手、火夫的房呢,大约是恐怕走散了,有搜不到的去处,所以暂时禁止。"我道:"刚才外面为甚么放枪?"买办道:"关上派人守了船边,不准舢舨摇拢来。有一个舢舨,不知死活,硬要摇过来,所以放枪吓他的。"我听了不觉十分纳闷,这个到底为了甚么,何以忽然这般严紧起来。

又等了一大会,扦子手又进来了,把那铐了的客带了出去;然后叫一众搭客,十个一起的,鱼贯〔1〕而出。走到船边,还要检搜一遍,方才下了舢舨,每十个人一船,摇到码头上来。码头上却一字儿站了一队兵,一个蓝顶花翎,一个晶顶蓝翎〔2〕的官,相对坐在马靸〔3〕上。众人上岸要走,却被两个官喝住。便有兵丁过来,每人检搜了一

------

〔1〕 鱼贯——依着次序前进,像鱼游水中的头尾相接一样。
〔2〕 蓝翎——清朝对有功劳的臣子赏戴花翎和蓝翎。蓝翎是赏给低级官员的,用鹖鸟的羽毛制成,色蓝,俗称老鸹翎。后来赏赐很滥,也可以花钱捐得。
〔3〕 马靸——一种皮面、可以收放的凳子。

遍。我皮包里有三四元银，那检搜的兵丁，便拿了两元，往自己袋里一放，方放我走了。走到街上，遇着两个兵勇，各人扛着一枝已经生锈的洋枪，迎面走来。走不多路，又遇了两个。一径走到名利栈，倒遇见了七八对，也有来的，也有往的。

回到栈里，我便问帐房里的李吉人，今天为了甚么事，香港来船，搜得这般严紧，街上又派了兵勇，到底为了甚么事。吉人道："我也不知道。昨夜二更之后，忽然派了营兵，在城里城外各客栈，挨家搜查起来，说是捉拿反贼。到底是谁人造反，也不得而知。我已经着人进城去打听了。"我只得自回房里去歇息，写了几封信。吃过午饭，再到帐房里问信。那去打听的伙计已经回来了，也打听不出甚么，只说总督、巡抚两个衙门，都扎了重兵，把甬道变了操场，官厅变了营房，还听说昨天晚上，连夜发了十三枝令箭[1]调来的，此刻陆续还有兵来呢。督抚两个衙门，今天都止了辕，只传了臬台去问了一回话，到底也不知商量些甚么。城门也严紧得很，箱笼等东西，只准往外来，不准往里送；若是要送进去，先要由城门官搜检过才放得进去呢。两县已经出了告示，从今天起，起更便要关闸（街上栅栏，广东谓之闸）。我道："这些都不过是严紧的情形罢了；至于为了甚么事这般严紧，还是毫无头绪。"

正说话时，忽听得门外一声叱喝。回头看时，只见两名勇丁在前

---

[1] 令箭——发号施令的信物。清朝制度：颁发督、抚、提、镇以三角旗令箭，旗用云缎制成，上写令字，箭簇是铁质，由兵部配制箭羽，盖印发给。

开道,跟着一匹马,驮着一个骨瘦如柴,满面烟色,几茎鼠须的人,戴着红顶花翎。我们便站到门口去看,只见后头还有五六匹马,马上的人,也有蓝顶子的,也有晶顶子的。几匹马过去后,便是一大队兵:起先是大旗队;大旗队过去,便有一队扛叉的,扛刀的,扛长矛的;过完这一队,又是一队抬枪[1];抬枪之后,便是洋枪队。最是这洋枪队好看:也有长杆子林明敦枪[2]的;也有短杆子毛瑟枪[3]的;有拿枪扛在肩膀上的;有提在手里的;有上了枪头刀的;有不曾上枪头刀的。路旁歇了一担西瓜,一个兵便拿枪头刀向一个西瓜戳去,顺手便挑起来;那瓜又重,瓜皮又脆,挑起来时,便破开了,豁刺一声,掉了下来,跌成七八块。那兵嘴里说了一句□□□。我听他这一句,是合肥人骂人的村话,方知道是淮军[4]。随后来的兵,又学着拿枪头刀去戳。吓得那卖西瓜的挑起来要走,可怜没处好走。我便招手叫他,让他挑到栈里避一避,卖瓜的便跟跟跄跄[5]挑了进来,已经又被他戳破一个了。卖瓜的进来之后,又见一个老婆子,手里拿着一个碗,从隔壁杂货店里出来,颤巍巍的走过去,不期[6]误踩了那跌破的西瓜,仰面一交跌倒,手里那碗便掼了出去打破了;碗里的酱油泼了出

---

[1] 抬枪——一种用火药点燃才能发射的土枪。这种枪口径很大,长而笨重,要两个人扛抬着,所以叫做抬枪。因为形状如炮,也称抬炮。
[2] 林明敦枪——美国早期制造的一种连发霰弹枪。
[3] 毛瑟枪——德国制造的、射程较远的一种来复枪。
[4] 淮军——以汉奸李鸿章为首的、进攻太平天国革命军和捻军的一支属于清政府的军队。这些军队是从江、淮一带召募组成的,所以称为淮军。
[5] 跟跟跄跄——跌跌冲冲的样子。
[6] 不期——没有料想到。

来，那一个兵身上穿的号衣，溅着了一点。那兵便出了队，抓住那老婆子要打。那老婆子才爬了起来，就被他抓住了，吓得跪在地下叩头求饶，还合着掌乱拜；又拿自己衣服，代他拭了那污点。旁边又走过几个人，前去排解，说他年纪大了，又不是有心的，求你大量饶了他罢，那个兵方悻悻的胡乱归队去了。这样枪队过完之后，还有一个押队官，戴着砗磲顶子，骑着马。看他过完之后，我们方进来。大家议论这一队兵，又不知是从甚么地方调来的了。此时看大众情形，大有人心皇皇的样子。

我想要探听这件事情的底细，在帐房里坐到三点多钟。忽又见街上一对一对往来巡查的兵都没了，换上了街坊团练勇，也是一对一对的往来巡查，手中却是拿的单刀藤牌[1]，腰上插了六响手枪。这些团练勇都是土人，吉人多有认识的，便出去问为甚么调了你们出来，今天到底为了甚么事。团练勇道："连我们也不知道，只听分付查察形迹可疑之人。上半天巡查那些兵，听说调去保护藩库了。"我听了这话，知道是有了强盗的风声；然而何至于如此的张皇，实在不解。只得仍回房里，看一回书，觉得烦热，便到后面露台上去乘凉。

原来这家名利栈，楼上设了一座倒朝的客厅，作为会客之地。厅前面是一个极开辟的露台，正对珠江，十分豁目。我走到外面，先有一个人在那里，手里拿着水烟筒，坐在一把皮马靸上，是一个同栈住的客人；他也住了有个把月，相见得面也熟了，彼此便点头招呼。我

---

[1] 藤牌——用粗藤制成的一种圆形盾牌，是防御敌人兵刃矢石的武器。

看他那举动,颇似官场中人,便和他谈起今天的事,希冀他知道。那客道:"很奇怪!我今天进城上院,走到城门口,那城门官逼着住了轿,把帽盒子打开看过;又要我出了轿,他要验轿里有无夹带,我不肯,他便拿出令箭来,说是制台分付的,没法,只得给他看了,才放进去。到了抚院,又碰了止辕,衙门里札了许多兵,如临大敌。我问了巡捕,才知道两院[1]昨夜接了一个甚么洋文电报,便登时张皇起来。至于那电报说些甚么,便连签押房的家人也不知道。"

正说话时,有客来拜他,他就在客厅里会客。我仍在露台上乘凉。听见他和那客谈的也是这件事,只是听不甚清楚。谈了一会,他的客去了。便出来对我说道:"这件事了不得!刚才我敝友来说起,他知道详细。那封洋文电报,说的是有人私从香港运了军火过来,要谋为不轨[2];已经挖成了隧道,直达万寿宫底下,装满了炸药,等万寿那天,阖城官员聚会拜牌[3]时,便要施放。此刻城里这个风声传开来了,万寿宫就近的一带居民铺户,胆小的都纷纷搬走了。两院的内眷,都已避到泮塘(地名)一个乡绅人家去了。"我吃了一惊道:"明天就是二十六了,这还了得!"那客道:"明天行礼,已经改在制台衙

---

[1] 两院——指总督和抚台的官署。
[2] 谋为不轨——轨,指法度。谋为不轨,意图取消、推翻当时施行的法度。封建统治者把人民反抗压迫的行为,叫做谋为不轨,也就是所谓想造反。
[3] 拜牌——牌是所谓万岁龙牌。清朝制度:每逢三大节(元旦、万寿、冬至),外省督抚要率领所属官员,向供有万岁龙牌(上写"当今皇帝万岁万万岁"字样)的香案行礼,表示祝贺,称为拜牌。

门了。"正是：如火如荼[1]，军容何盛；疑神疑鬼，草木皆兵[2]。未知这件事闹得起来与否，且待下回再记。

---

〔1〕 如火如荼——火指红色，荼指白色。荼是一种开白花的菅茅之类的植物。如火如荼，是形容军队或是红旗红甲，或是白旗白甲，十分热闹火炽的样子。
〔2〕 草木皆兵——历史故事：前秦苻坚和晋谢玄的军队在淝水一带地方打仗，苻坚远远看见八公山上的草木，以为都是晋朝的军队。后来就以草木皆兵四字形容恐惧惊疑。

第五十九回

干儿子贪得被拐出洋　戈什哈神通能撒人任

我听那同栈寓客的话,心中也十分疑虑,万一明日出起事来,岂不是一番扰乱。早知如此,何不在香港多住两天呢;此刻如果再回香港去,又未免太张皇了。一个人回到房里,闷闷不乐。

到了傍晚时候,忽听得房外有搬运东西的声音,这本来是客栈里的常事,也不在意。忽又听得一个人道:"你也走么?"一个应道:"暂时避一避再说。好在香港一夜就到了,打听着没事再来。"我听了,知道居然有人走避的了。便到帐房里去打听打听,还有甚么消息。吉人一见了我,就道:"你走么？要走就要快点下船了,再迟一刻,只怕船上站也没处站了。"我道:"何以挤到如此?"吉人道:"而且今天还特为多开一艘船呢。孖艕艇(广东小快船)码头的孖艕艇都叫空了。"我道:"这又到那里去的?"吉人道:"这都是到四乡去的了。"我道:"要走,就要到香港、澳门去。这件事要是闹大了,只怕四乡也不见得安靖;若是一哄而散的,这里离万寿宫很远,又有一城之隔,只怕还不要紧。而且我撒开的事情在外面,走了也不是事。我这回来,本打算料理一料理,就要到上海去的了,所以我打算不走了。"吉人点头无语。

我又到门口闲望一回,只见团练勇巡的更紧了。忽然一个人,扛着一扇牌,牌上贴了一张四言有韵告示,手里敲着锣,嘴里喊道:"走路各人听啊!今天早点回家。县大老爷出了告示,今天断黑关闸,没有公事,不准私开的啊!"这个人想是个地保了。

看了一会,仍旧回房。虽说是定了主意不走,然而总不免有点耽心。幸喜我所办的事,都在城外的,还可以稍为宽慰。又想到明日既然在督署行礼,或者那强徒得了信息,罢了手不放那炸药,也未可知。既而又想到,他既然预备了,怎肯白白放过,虽然众官不在那里,他也可以借此起事。终夜耽着这个心,竟夜不曾合眼。听着街上打过五更,一会儿天窗上透出白色来,天色已经黎明了。便起来走到露台上,一来乘凉,二来听听声息。过了一会,太阳出来了,却还绝无消息。这一天大家都是惊疑不定,草木皆兵;迨及到了晚上,仍然毫无动静。一连过了三天,竟是没有这件事,那巡查的就慢慢疏了;再过两天,督抚衙门的防守兵也撤退了,算是解严了。这两天我的事也料理妥帖,打算走了。

一天正在客厅闲坐,同栈的那客也走了来道:"'无罪而戮民,则士可以徙'〔1〕,我们可以走了。"我问道:"这话怎讲?"他道:"今天杀了二十多人,你还不知道么?"我惊道:"是甚么案子?"他道:"就是为的前两天的谣言了。也不知在那里抓住了这些人,没有一点证据,就这么杀了。有人上了条陈,叫他们雇人把万寿宫的地挖开,查看那

---

〔1〕 "无罪而戮民,则士可以徙"——语出《孟子》。意思是说:统治者乱杀没有罪的老百姓,可见暴虐无道,已经到了极点,读书明理的人就应该离开这个地方。

隧道通到那里,这案便可以有了头绪了。你想这不是极容易、极应该的么?他们却又一定不肯这么办。你想照这样情形看去,这挖成隧道,谋为不轨的话,岂不是他们以意为之,拟议之词么。此刻他们还自诩为弭巨患于无形呢。"说罢,喟然长叹。我和他谈论了一回,便各自走开。

恰好何理之走来,我问可是广利到了。理之道:"不是。我回乡下去了一个多月,这回要附富顺到上海。"我问富顺几时走。理之道:"到了好几天了,说是今天走,大约还要明天,此刻还上货呢。"我道:"既如此,代我写一张船票罢。"理之道:"怎么便回去了?几时再来?"我道:"这个一年半载说不定的;走动了,总要常来。"理之便去预备船票,定了地方。到了明天,发行李下船。下午时展轮出口。到了香港,便下锚停泊。这一停泊,总要耽搁一天多才启轮,我便上岸去走一趟,买点零碎东西。

广东用的银元,是每经一个人的手,便打上一个硬印的;硬印打多了,便成了一块烂板,甚至碎成数片,除了广东、福建,没处行用的。此时我要回上海,这些烂板银,早在广州贴水[1]换了光板银元。此时在香港买东西,讲好了价钱,便取出一元光板银元给他。那店伙拿在手里,看了又看,掼了又掼,说道:"换一元罢。"我换给他一元,他仍然看个不了,掼个不了,又对我看看。我倒不懂起来,难道我贴了

----

[1] 贴水——由于货币成色、价值的不等,如小洋换大洋,成色低的银子换成色好的银子,兑换时应给予贴补费,叫做贴水、补水。

水换来的,倒是铜银。便把小皮夹里十几元一起拿出来道:"你拣一元罢。"那店伙又看看我,倒不另拣,就那么收了。再到一家买东西,亦复如此。买完了,又走了几处有往来的人家,方才回船上去。

停泊了一夜,次日便开行。在船上没事,便和理之谈天,谈起我昨天买东西,那店伙看银元的光景。理之笑道:"光板和烂板比较,要伸三分多银子的水;你用出去,不和他讨补水,他那得不疑心你用铜银呢。"我听了方才恍然大悟。然而那些香港人,也未免太不张眼睛了。我连年和继之办事经营,虽说是趸来趸去,也是一般的做买卖,何尝这样小器来。

于是和理之谈谈香港的风气,我谈起那咸水妹嫁乡下人的事。理之道:"这个是喜出意外的;我此次回家,住了一个多月,却看见一件祸出意外的事。"我问甚么祸出意外。理之道:"我家里隔壁一家人家,有两间房子空着,便贴了一张'馀屋召租'的条子。不多几天,来了一个老婆子,租来住了,起居动用,像是很宽裕的;然而只有一个人,用了一个仆妇。住了两个月,便与那女房东相好起来。他自己说是在新加坡开甚么行栈的,丈夫没了,又没有儿子,此刻回来,要在同族中过继一个儿子;谁知回来一查,族中的子侄,竟没有一个成器的,自己身后,正不知倚靠谁人。说着,便不胜凄惶,以后便常常说起。新加坡也常常有信来,有银子汇来;来了信,他便央男房东念给他听。以后更形相熟了。房东本有三个儿子,那第二个已经十七八岁了。那老婆子常常说他好:'我有了这么个儿子就好了!'那女房东便说:'你欢喜他,何不收他做个干儿子呢?'那老婆子不胜欢喜,便看了黄道吉日[1],拜干娘。到了这天,他还慎重其事的,置酒庆贺。干娘干儿子,叫得十分亲热。他又说要替干儿子娶亲了,一切费用,他都一力担任。那房东也乐得依他。于是就张罗起来,便有许多媒人来送庚帖[2]说亲。说定了,便忙着拣日子行聘迎娶,十分热闹。待媳妇也十分和气。又替媳妇用了一个年轻梳头老妈子。房东见他这等相待,便说是亲生儿子,也不过这样了。老婆子道:'我们没有儿子的人,干儿子就和亲生的一般。我今年五十多岁,没有几年的人了,只要他将来肯当我亲娘一般,送我的终,我的一分家当便传授给他,也不去族中过继甚么儿子了。'女房东一想,他是个开行栈的人,家当至少也有几万,如何不乐从。便叫了儿子来,说知此事,儿子自然也乐得应允。老婆子更是欢喜,就在那里天天望孙了。偏偏这媳妇娶了来差不多一年,还没有喜信。老婆子就天天求神拜佛,请医生调理身子。过了几个月,依然没有信息。老婆子急不能待,便要和干儿子纳妾。叫了媒婆来说知,看了几家鸦头和贫家女儿;看对了,便娶了一个过来。一样的和他用一个年轻梳头老妈子。刚娶了没有几天,忽然新加坡来了一封电信,说有一单货到期要出,恰好行里所有存款,都支发了出去;放在外面的,一时又收不回来;银行的一个存

---

[1] 黄道吉日——迷信的说法:把按照天文、看行星运转的周期而排列出来的日子,分为吉凶两种,属于吉日的是"黄道",属于凶日的是"黑道"。举行喜庆事,应该选择黄道吉日。
[2] 庚帖——封建婚礼,订婚时,男女双方应交换开列姓名、年龄、籍贯、祖宗三代的帖子。因为上面载有男女双方的年庚(八字),所以叫做庚帖,也称八字帖。

折,被女东带了回粤,务祈从速寄来云云。老婆子央房东翻出来,念了一遍,便道:'你看,我不在那里,便一点主意都没了。自己的款项虽然支发出去,又何妨在别处调动呢。我们几十年的老行号,还怕没人相信么。'说着,闷闷不乐。又道:'这个存折怎好便轻易寄去,倘或寄失了,那还了得么!'商量了半天道:'不如我自己回去一趟罢。我还想带了干儿子同去。他此刻是小东家了,叫他去看看,也历练点见识,出来经历过一两年,自己就好当事了。'房东一心以为儿子承受了这分大家当,有甚么不肯之理。他见房东应允了,自是不胜欢喜。于是带了一个干儿子、两房干媳妇、两个梳头老妈子,一同到新加坡去了。这是去年的事。我这回到家里去,那房东接了他儿子来信了。你晓得他在新加坡开的是甚么行号?原来开的是娼寮。那老婆子便是鸨妇。一到了新加坡,他便翻转了面皮,把干儿子关在一间暗室里面。把两房干媳妇和两个梳头老妈子,都改上名字,要他们当娼;倘若不从,他家里有的是皮鞭烙铁,便要请你尝这个滋味。可怜这四个好人家女子,从此便跳落火坑了。那个干儿子呢,被他幽禁了两个月,便把他'卖猪仔(读若崽)'到吉冷去了。卖了猪仔到那边做工,那边管得极为苛虐,一步都不能乱走的,这位先生能够设法寄一封信回来,算是他天大的本领了。"

我道:"卖猪仔之说,我也常有得听见,但不知是怎么个情形。说的那么苦,谁还去呢?"理之道:"卖猪仔其实并不是卖断了,就是那招工馆代外国人招的工,招去做工,不过订定了几年合同,合同满了,就可以回来。外国人本来招去做工,也未必一定要怎么苛待;后来偶然苛待了一两次,我们中国政府也不过问。那没有中国领事的地方,不要说了;就是设有中国领事的地方,中国人被人苛虐了,那领事就和不见不闻,与他绝不相干的一般。外国人从此知道中国人不护卫自己百姓的,便一天苛似一天起来了。"我道:"那苛虐的情形,是怎么样的呢?"理之道:"这个我也不仔细,大约各处的办法不同。听说南洋那边有一个软办法:他招工的时候,恐怕人家不去,把工钱定得极优。他却在工场旁边,设了许多妓馆、赌馆、酒馆、烟馆之类,无非是销耗钱财的所在。做工的进了工场,合同未满,本来不能出工场一步的,惟有这个地方,他准你到。若是一无嗜好的,就不必说了;倘使有了一门嗜好,任从你工钱怎么优,也都被他赚了回去,依然两手空空。他又肯借给你,等你十年八年的合同满了,总要亏空他几年工钱,脱身不得,只得又联几年合同下去。你想这个人这一辈子还可以望有回来的一天么,还不和卖了给他一样么。因此广东人起他一个名字,叫他卖猪仔。"说话之间,船上买办打发人来招呼理之去有事,便各自走开。

一路无事。到了上海便登岸,搬行李到字号里去。德泉接着道:"辛苦了!何以到此时才来?继之半个月前,就说你要到了呢。"我道:"继之到上海来过么?"德泉道:"没有来过,只怕也会来走一趟呢。有信在这里,你看了就知道了。"说着,检出一封信来道:"半个月前就寄来的,说是不必寄给你,你就要到上海的了。"我拆开一看,吃了一惊,原来继之得了个撤任调省的处分,不知为了甚么事,此时不知交卸了没有。连忙打了个电报去问。直到次日午间,才接了个回电。一看电码的末了一个字,不是继之的名字。继之向来通电给我,只押一个"吴"字,这吴字的码,是〇七〇二,这是我看惯了,一望而知的;这回的码,却是个六六一五,因先翻出来一看,是个"述"字,知道是述农复的了。逐字翻好,是"继昨已回省。述。"六个字。

我得了这个电,便即晚动身,回到南京,与继之相见。却喜得家中人人康健。继之又新生了一个儿子,不免去见老太太,先和干娘道喜。老太太一见了我,便欢喜的了不得,忙叫奶娘抱撤儿出来见叔叔。我接过一看,小孩子生得血红的脸儿,十分胖壮。因赞了两句,交还奶娘道:"已经有了名儿了,干娘叫他甚么,我还没有听清楚。是几时生的?大嫂身子可好?"老太太道:"他娘身子坏得很,继之也为了他赶回来的。此刻交代还没有算清,只留下文师爷在那边。这小孩子还有三天就满月了。他出世那一天,恰好挂出撤任的牌来,所以继之给他个名字叫撤儿。"我道:"大哥虽然撤了任,却还得常在干娘跟前,又抱了孙子,还该喜欢才是。"老太太道:"可不是么。我也说继之丢了一个印把子,得了个儿子,只好算秤钩儿打钉,——扯直罢了。"我笑道:"印把子甚么希奇,交了出去,乐得清净些;还是儿子好。"说罢,辞了出来,仍到书房和继之说话,问起撤任缘由,未免道恼[1]。继之道:"这有甚么可恼。得失之间,我看得极淡的。"于是把撤任情由,对我说了。

---

〔1〕 道恼——宽解或慰问别人的烦恼。

原来今年是大阅[1]年期,这位制军代天巡狩[2]。到了扬州,江、甘两县自然照例办差。扬州两首县,是著名的"甜江都、苦甘泉"。然而州县官应酬上司,与及衙门里的一切开销,都有个老例,有一本老帐簿的。新任接印时,便由新帐房向旧帐房要了来:也有讲交情要来的,也有出钱买来的。这回帅节到了扬州,述农查了老例,去开销一切。谁知那戈什哈嫌钱少,退了回来。述农也不和继之商量,在例外再加丰了点再送去。谁知他依然不受。述农只得和继之商量;还没有商量定,那戈什哈竟然亲自到县里来,说非五百两银子不受。继之恼了,便一文不送,由他去。那戈什哈见诈不着,并且连照例的都没了。那位大帅向来是听他们说话的,他倘去说继之坏话,撤他的任倒也罢了,谁知后来打听得那戈什哈并未说坏话。正是:不必蜚言[3]腾毁谤,敢将直道拨雷霆。那戈什哈不是说继之坏话,不知说的是甚么话,且待下回再记。

---

[1] 大阅——清朝制度:督抚每三年对辖区内的军队举行一次检阅,叫做大阅。
[2] 代天巡狩——巡狩,就是巡守。皇帝到各地去视察叫做巡狩。这里代天巡狩,指总督代表皇帝到各处视察。
[3] 蜚言——飞短流长的谣言。

二十年目睹之怪現狀

书名题字／沈尹默

插图本

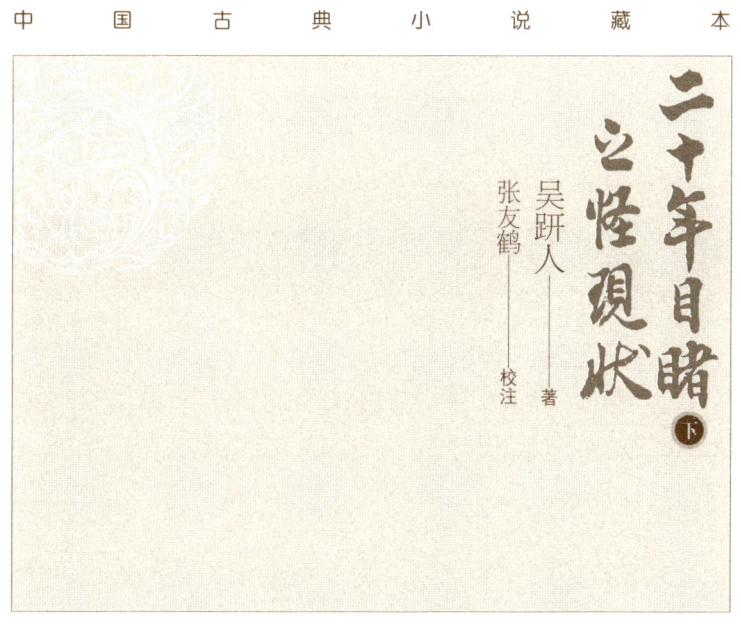

中国古典小说藏本

二十年目睹之怪现状（下）

吴趼人 著
张友鹤 校注

人民文学出版社

第六十回

谈官况令尹弃官　　乱著书遗名被骂

　　那戈什哈,他不是说继之的坏话,难道他倒说继之的好话不成?那有这个道理!他说的话,说得太爽快了,所以我听了,就很以为奇怪。你猜他说甚么来?他简直的对那大帅说:"江都这个缺很不坏。沐恩[1]等向吴令借五百银子,他居然回绝了,求大帅作主。"这种话你说奇不奇?那大帅听了,又是奇怪,他不责罚那戈什哈倒也罢了,却又登时大怒起来,说:"我身边这几个人,是跟着我出生入死过来的,好容易有了今天。他们一个一个都有缺的,都不去到任,都情愿仍旧跟着我,他们不想两个钱想甚么!区区五百两都不肯应酬,这种糊涂东西还能做官么!"也等不及回省,就写了一封信,专差送给藩台,叫撤了江都吴令的任,还说回省之后要参办呢。

　　我问继之道:"他参办的话,不知可是真的? 又拿个甚么考语出参?"继之道:"官场中的办事,总是起头一阵风雷火炮,打一个转身就要忘个干净了。至于他一定要怎样我,那出参的考语,正是'欲加之罪,何患无词'。好在参属员的折子上去,总是'着照所请,该部知道'的,从来没有驳过一回。"我道:"本来这件事很不公的,怎么保举

---
　　[1]　沐恩——清时低级的属官对长官的自称,意思是被恩惠照顾之下的人。

折子上去,总是交部议奏;至于参折,就不必议奏呢?"继之道:"这个未尽然。交部议奏的保折,不过是例案的保举;就是交部,那部里你当他认真的堂官、司员会议起来么? 不过交给部办〔1〕去查一查旧例,看看与旧例符不符罢了。其实这一条就是部中书吏发财的门路。所以得了保举与及补缺,都首先要化部费。那查例案最是混帐的事:你打点得到的,他便引这条例;打点不到,他又引那条例,那里有一定的呢。至于明保、密保的折子上去,也一样不交部议的。"我道:"虽说'欲加之罪,何患无词',究竟也要拿着人家的罪案,才有话好说啊。"继之道:"这又何必。他此刻随便出个考语,说我'心地糊涂',或者'办事颟顸',或者'听断不明',我还到那里同他辩去呢。这个还是改教〔2〕的局面。他一定要送断了我,就随意加重点,难道我还到京里面告御状,同他辨是非么。"

我道:"提起这个,我又想起来了。每每看见京报,有许多参知县的折子,譬如'听断不明'的改教,倒也罢了;那'办事颟顸,心地糊涂'的,既然'难膺民社'〔3〕,还要说他'文理优长,着以教职〔4〕归部铨选',难道儒官就一点事都没得办么? 把那心地糊涂的去当学老师,那些秀才们,不都叫他教成了糊涂虫么?"继之道:"照你这样

----
〔1〕 部办——这里指吏部的书吏。
〔2〕 改教——改任教官。
〔3〕 "难膺民社"——民社,指人民和社稷(社是土神,稷是谷神。社稷,代表地方)。难膺民社,就是不配做州县等地方官的意思。
〔4〕 教职——指教官,就是下文的"儒官"、"学老师",如教授、学正、教谕、训导都是,是管理秀才的官员。

说起来,可驳的地方也不知多少:参一个道员,说他'品行卑污,着以同知降补',可见得品行卑污的人,都可以做同知的了;这一位降补同知的先生,更是奉旨品行卑污的了。参一个知县,说他'行止不端,以县丞降补';那县丞就是奉了旨行止不端的了。照这样说穿了,官场中办的事,那一件不是可笑的。这个还是字眼上的虚文;还有那办实事的,候选人员到部投供[1],与及小班子的验看,大约一大半都是请人去代的,将来只怕引见也要闹到用替身的了。"我道:"那些验看王大臣,难道不知道的么?"继之道:"那有不知之理!就和唱戏的一样,不过要唱给别人听,做给别人看罢,肚子里那一个不知道是假的。碰了岔子,那王大臣还帮他忙呢。有一回,一个代人验看,临时忘了所代那人的姓名,报不出来,涨红了脸,棱了半天。一位王爷看见他那样子,一想这件事要闹穿了,事情就大了,便假意着恼道:'唔!这个某人,怎么那么糊涂!'这明明是告诉他姓名,那个人才报了出来。你想,这不是串通做假的一样么。"

我笑道:"我也要托人代我去投供了。"继之道:"你几时弄了个候选功名?"我道:"我并不要甚么功名,是我家伯代我捐的一个通判。"继之道:"化了多少钱?"我道:"颇不便宜,三千多呢。"继之默然。一会道:"你倒弄了个少爷官,以后我见你,倒要上手本,称大老爷、卑职呢。"我道:"怎么叫做少爷官?这倒不懂。"继之道:"世上那些阔少爷想做官,州县太烦剧,他懒做;再小的,他又不愿意做;要捐

---

[1] 投供——见第二回"候补"注。

道府,未免价钱太贵;所以往往都捐个通判,这通判就成了个少爷官了。这里头他还有个得意之处:这通判是个三府[1],所以他一个六品官,和四品的知府是平行的,拜会时只拿个晚生帖子;却是比他小了一级的七品县官,是他的下属,见他要上手本,称大老爷、卑职。实缺通判和知县行起公事来,是下札子的,他的署缺又多,上可以署知府、直隶州[2];下可以署州县。占了这许多便宜,所以那些少爷,便都走了这条路了。其实你既然有了这个功名,很可以办了引见到省,出来候补。"我道:"我舒舒服服的事不干,却去学磕头请安作甚么。"

继之想了一想道:"劝你出来候补是取笑的。你回去把那第几卯[3],第几名,及部照的号数,一切都抄了来,我和你设法,去请个封典[4]。"我道:"又要化这个冤钱做甚么?"继之道:"因为不必化钱;纵使化,也化不上几个,我才劝你干啊。你拿这个通判底子,加上两级,请一个封赠,未尝不可以博老伯母的欢喜。"我道:"要是化得少,未尝不可以弄一个;但不知到那里去弄?"继之道:"就是上海那些办赈捐的,就可以办得到。"我道:"他们何以能便宜,这是甚么讲究?"继之道:"说来话长。向来出资助赈,是可以请奖的。那出一千银子,可以请建坊,是大家都知道的了;其馀不及一千的,也有奖虚

------
[1] 三府——通判的别称。同知和通判都是知府的辅佐官,但同知是正五品官,通判是正六品官,所以一般称同知为二府,通判为三府。
[2] 直隶州——和府平行的行政机构,有辖县,但它本身也执行基层行政职务。
[3] 卯——期限的意思。当时为了筹饷开办捐案,要分期呈报中央政府,在第几期里呈报的就称为第几卯,犹如说第几届。
[4] 封典——就是诰封。参看第三回"诰封夫人"注。

衔,也有奖封典,是听随人便的。甚至那捐助的小数,自一元几角起至几十元,那毂不上请奖的,拿了钱出去就完了,谁还管他。可是数目是积少成多的,那一本总册在他那里,收条的存根也在他那里;那办赈捐的人一定兼办捐局,有人拿了钱去捐封典、虚衔,他们拿了那零碎赈捐,凑足了数目,在部办那里打点几个小钱,就给你弄了来,你的钱他可上了腰了。所以他们那里捐虚衔、封典,格外便宜,总可以打个七折。然而已经不好了,你送一百银子去助赈,他不错一点弊都不做,完全一百银子拿去赈饥,他可是在这一百之外,稳稳的赚了七十了。所以'善人是富'的,就是这个道理。这个毛病,起先人家还不知道,这又是他们做贼心虚弄穿的。有一回,一个当道荐一个人给他,他收了,派这个人管理收捐帐目,每月给他二十两的薪水。这个人已经觉得出于意外了。过得两个月便是中秋节,又送他二百两的节敬。这个人就大疑心起来,以为善堂办赈那里用得着如此开销,而且这种钱又往那里去报销。若说他自己掏腰包,又断没有这等事。一定这里面有甚么大弊病,拿这个来堵我的口的,我倒不可不留心查查他,以为他日要挟地步。于是细心静意的查他那帐簿,果然被他查了这个弊病出来,自此外面也渐渐有人知道了。有知道他这毛病的,他们总肯送一个虚衔或者一个封典,这也同贿赂一般,免得你到处同他传扬。前回一个大善士,专诚到扬州去劝捐,做得那种痌瘝在抱[1],

---

[1] 痌瘝在抱——痌本作恫。瘝瘝,是病痛。痌瘝在抱,意思是把人民的痛苦看作是自己的痛苦一样。

愁眉苦目的样子,真正有'己饥己溺'[1]的神情,被述农讥诮了两句。他们江苏人最会的是讥诮人,也最会听人家话里的因由;他们两个江苏人碰在一起,自然彼此会意。述农不知弄了他一个甚么;他还要送我的封典,我是早请过的了,不曾要他的。此刻叫述农写一封信去,怕不弄了来,顶多部里的小费由我们认还他罢了。"我道:"这也罢了。等我翻着时,顺便抄了出来就是。"当下,又把广东、香港所办各事大略情形,告诉了继之一遍,方才回到我那边,和母亲、婶娘、姊姊,说点别后的事,又谈点家务事情。在行李里面,取出两本帐簿和我在广东的日记,叫鸦头送去给继之。

过得两天,撤儿满月,开了个汤饼会,宴会了一天,来客倒也不少。再过了十多天,述农算清交代回省,就在继之书房下榻。继之便去上衙门禀知,又请了个回籍措资[2]的假,我和述农都不曾知道;及至明天看了辕门抄,方才晓得。便问为甚事请这个假。继之道:"我又不想回任,又不想求差,只管住在南京做甚么。我打算把家眷搬到上海去住几时,高兴我还想回家乡去一趟。这个措资假,是没有定期的,我永远不销假,就此少陪了,随便他开了我的缺也罢,参了我

----

[1] "己饥己溺"——把人民受苦难引为自己责任的意思。语出《孟子·离娄》章:"禹思天下有溺者,由己溺之也;稷思天下有饥者,由己饥之也。"禹负治水的责任,所以看到有人因水灾而淹死,犹如自己把他推到水里一样;稷负教民耕种的责任,所以看到有人挨饿,犹如自己使他受饿一样。
[2] 回籍措资——清朝官员请假的一种方式,意思是候补日久,得不到差缺,没有办法维持开支,所以要回到家乡去筹款。这一种假期可长可短,因为候补官员多,即使永远不来,上官也不会去催问。

的功名也罢。我读书十年,总算上过场,唱过戏了,迟早总有下场的一天,不如趁此走了的干净。"述农道:"做官的人,像继翁这样乐于恬退[1]的,倒很少呢。"继之道:"我倒不是乐于恬退。从小读书,我以为读了书,便甚么事都可以懂得的了。从到省以来,当过几次差事,做了两年实缺,觉得所办的事,都是我不曾经练的,兵、刑、钱、谷[2],没有一件事不要假手于人;我纵使处处留心,也怕免不了人家的蒙蔽。只有那回分校乡闱试卷,是我在行的。此刻回想起来,那一班取中的人,将来做了官,也是和我一样。老实说一句:只怕他们还不及我想得到这一层呢。我这一番到上海去,上海是个开通的地方,在那里多住几天,也好多知点时事。"述农道:"这么说,继翁倒深悔从前的做官了?"继之道:"这又不然。寒家世代是出来做官的,先人的期望我是如此,所以我也不得不如此还了先人的期望;已经还过了,我就可告无罪了。以后的日子,我就要自己做主了。我们三个,有半年不曾会齐了,从此之后,我无官一身轻,咱们三个痛痛快快的叙他几天。"说着,便叫预备酒菜吃酒。

述农对我道:"是啊。你从前只嬲人家谈故事,此刻你走了一次广东,自然经历了不少,也应该说点我们听了。"继之道:"他不说,我已经知道了。他备了一本日记,除记正事之外,把那所见所闻的,都记在上面,很有两件希奇古怪的事情,你看了便知,省他点气,叫他留

---

[1] 恬退——名利心淡,不愿活动,叫做恬退。
[2] 兵、刑、钱、谷——兵指军事,这里狭义的指治安;刑指刑名;钱谷指赋税,都是地方官的职责。

着说那个未曾记上的罢。"于是把我的日记给述农看。述农看了一半,已经摆上酒菜,三人入席,吃酒谈天。

述农一面看日记,末后指着一句道:"这'《续客窗闲话》毁于潮人',是甚么道理?"我道:"不错。这件事本来我要记个详细,还要发几句议论的,因为这天恰好有事,来不及,我便只记了这一句,以后便忘了。我在上海动身的时候,恐怕船上寂寞,没有人谈天,便买了几部小说,预备破闷的。到了广东,住在名利栈里,隔壁房里住了一个潮州人,他也闷得慌,看见我桌子上堆了些书,便和我借来看。我顺手拿了部《续客窗闲话》给他。谁知倒看出他的气来了。我在房里,忽听见他拍桌子跺脚的一顿大骂。他说的潮州话,我不甚懂,还以为他骂茶房;后来听来听去,只有他一个人的声音,不像骂人。便到他门口望望。他一见了我,便指手画脚的剖说起来。我见他手里拿着一本撕破的书,正是我借给他的。他先打了广州话对我说道:'你的书,被我毁了。买了多少钱,我照价赔还就是。'我说:'赔倒不必。只是你看了这书为何动怒,倒要请教。'他找出一张撕破的,重新拼凑起来给我看。我看时,是一段《乌蛇已[1]癞》的题目。起首两行泛叙的是:'潮州凡幼女皆蕴癞毒,故及笄[2]须有人过癞去,方可婚配。女子年十五六,无论贫富,皆在大门外工作,诱外来浮浪子弟,交

---

[1] 已——治愈的意思。
[2] 及笄——笄,簪子。及笄,到了戴簪子的时候。古时女子年十五岁时,就要用簪子把头发簪起来,表示已经成年了。后来就称女子十五岁左右为及笄之年。

住弥月。女之父母,张灯彩,设筵席,会亲友,以明女癞去,可结婚矣'云云。那潮州人便道:'这麻疯是我们广东人有的,我何必讳他;但是他何以诬蔑起我合府人来?不知我们潮州人杀了他合族,还是我们潮州人□了他的祖宗,他造了这个谣言,还要刻起书来,这不要气死人么!'说着,还拿纸笔抄了著书人的名字,——'海盐吴炽昌号芗厈',——夹在护书里,说要打听这个人,如果还在世,要约了潮州合府的人,去同他评理呢。"述农道:"本来著书立说,自己未曾知得清楚的,怎么好胡说,何况这个关乎闺女名节的呢。我做了潮州人,也要恨他。"

我道:"因为他这一怒,我倒把那广东麻疯的事情,打听明白了。"述农道:"是啊。他那条笔记说的是癞,怎么拉到麻疯上来?"我道:"这个是朱子[1]的典故。他注'伯牛有疾'[2]章说:'先儒以为癞也。'据《说文》[3]:'癞,恶疾也。'广东人便引了他做一个麻疯的雅名。"继之扑嗤一声,回过脸来,喷了一地的酒道:"麻疯还有雅名呢。"我道:"这个不可笑,还有可笑的呢。其实麻疯这个病,外省也未尝没有,我在上海便见过一个;不过外省人不忌,广东人极忌罢了。那忌不忌的缘故,也不可解。大约广东地土热,犯了这个病要溃烂

---

[1] 朱子——宋朝理学家朱熹,字元晦,晚号晦翁。曾为四书作注解。封建王朝把他从祀于孔庙。世称朱子。
[2] "伯牛有疾"——伯牛,姓冉名耕,孔子弟子。《论语》纪载:冉伯牛生了病,孔子去看他,说:"斯人也而有斯疾也!"意思是,像你这样一个人,怎么会得到这样的病呢!
[3] 《说文》——就是《说文解字》,汉许慎著的一部研究文字学的书。

的,外省不至于溃烂,所以有忌有不忌罢了。广东地方,有犯了这个病的,便是父子也不相认的了,另外造了一个麻疯院,专收养这一班人,防他传染。这个病非但传染,并且传种的;要到了第三代,才看不出来,然而骨子里还是存着病根。这一种人,便要设法过人了。男子自然容易设法;那女子却是掩在野外,勾引行人,不过一两回就过完了,那上当的男子,可是从此要到麻疯院去的了。这个名目,叫做'卖疯',却是背着人在外面暗做的,没有彰明昭著在自己家里做的,也不是要经月之久才能过尽,更没有张灯宴客的事,更何至于阖府都如此呢。"

继之棱棱的道:"你说还有可笑的,却说了半天麻疯的掌故,没有可笑的啊。"我道:"可笑的也是麻疯掌故:广东人最信鬼神,也最重始祖,始靴业祀孙膑[1],木匠祀鲁班[2],裁缝祀轩辕[3]之类,各处差不多相同的;惟有广东人,那怕没得可祀的,他也要硬找出一个来,这麻疯院当中供奉的却是冉伯牛。"正是:享此千秋奇血食,斯人斯疾尚模糊。未知麻疯院还有甚么掌故,且待下回再记。

---

[1] 孙膑——战国时齐人。他和庞涓同拜鬼谷子为师,学习兵法。后来庞涓到魏国做了将军,因为妒嫉孙膑的才能,把他骗到魏国,用阴谋挖去了他的膝盖骨,使他不能见人,不能行动。后来孙膑设法逃齐,兴兵伐魏,杀了庞涓,报了仇。
[2] 鲁班——见第十回"班门弄斧"注。
[3] 轩辕——就是黄帝。生于轩辕之丘,所以号轩辕氏。传说他曾创制衣裳。

第六十一回

因赌博入棘闱[1]舞弊　误虚惊制造局班兵

我说了这一句话,以为继之必笑的了;谁知继之不笑,说道:"这个附会得岂有此理!麻疯这个毛病,要地土热的地方才有,大约总是湿热相郁成毒,人感受了就成了这个病。冉子是山东人,怎么会害起这个病来。并且癞虽然是个恶疾,然而恶疾焉见得就是麻疯呢?这句注,并且曾经毛西河[2]驳过的。"我道:"那一班溃烂得血肉狼籍的,拈香行礼起来,那冉子才是血食呢。"述农皱眉道:"在这里吃着喝着,你说这个,怪恶心的。"

我道:"广东人的迷信鬼神,有在理的,也有极不在理的。他们医家只止有个华佗[3];那些华佗庙里,每每在配殿[4]上供了神农氏[5],这不是无理取闹么。至于张仲景[6],竟是没有知道的。真

---

[1] 棘闱——闱,是科举时代的试场。当时为了防止舞弊,把试院周围的墙上都插上了荆棘,所以叫做棘闱。
[2] 毛西河——清初学者毛奇龄,字大可,人称西河先生。
[3] 华佗——一名旉,字元化,东汉时名医,擅长方药针灸和外科大手术。曾发明五禽之戏,可以增进人体健康。后被曹操害死。
[4] 配殿——正殿两旁的偏殿。
[5] 神农氏——古帝。传说他曾制造耕具,教民务农;亲尝百草,治疗疾病;设立市廛,流通财货。
[6] 张仲景——名机,字仲景,东汉人。精于医学,著有《伤寒杂论》行世。前人称之为医中亚圣。

是做古人也有幸有不幸。我在江、浙一带,看见水木两作都供的是鲁班,广东的泥水匠却供着个有巢氏[1],这不是还在理么。"继之摇头道:"不在理。有巢氏构木为巢,还应该是木匠的祖师。"我道:"最可笑的是那搭棚匠,他们供的不是古人。"述农道:"难道供个时人?"我道:"供的是个人,倒也罢了;他们供的却是一个蜘蛛,说他们搭棚就和蜘蛛布网一般,所以他们就奉以为师了。这个还说有所取意的。最奇的是剃头匠这一行事业,本来中国没有的,他又不懂得到满洲去查考查考这个事业是谁所创,却供了一个吕洞宾。他还附会着说:有一回,吕洞宾座下的柳仙下凡,到剃头店里去混闹,叫他们剃头;那头发只管随剃随长,足足剃了一整天,还剃不干净。幸得吕洞宾知道了,也摇身一变,变了个凡人模样,把那斩黄龙的飞剑取出来,吹了一口仙气,变了一把剃刀,走来代他剃干净了。柳仙不觉惊奇起来,问你是甚么人,有这等法力。吕洞宾微微一笑,现了原形;柳仙才知道是师傅,连忙也现了原形,脑袋上长了一棵柳树,倒身下拜。师徒两个,化一阵清风而去。一班剃头匠,方才知道是神仙临凡,连忙焚香叩谢,从此就奉为祖师。"继之笑道:"这才像乡下人讲《封神榜》[2]呢。"述农道:"剃头虽是满洲的制度[3],然而汉人剃头,有名色的,

------

[1] 有巢氏——古帝。传说他教人民居处的方法,由穴居野处而构木为巢,以避禽兽虫蛇之害。
[2] 《封神榜》——演述武王伐纣故事的一部神魔小说,传说是明许仲琳作。
[3] 剃头虽是满洲的制度——清初对江南人民实行血腥镇压后,就下剃发令,要汉人在令到十天之内,一律剃发编辫,和满洲人一样,如果仍然束发的就处死刑;因而当时有"留头不留发,留发不留头"的话。清朝统治者企图以此为同化汉人、消泯民族思想的一种手段,当时曾引起强烈的反抗。

第一个要算范文程[1]了,何不供了他呢?"继之道:"范文程不过是被剃的,不是主剃的;必要查着当日第一个和汉人剃头的人,那才是剃头祖师呢。"

我道:"这些都是他们各家的私家祖师;还有那公用的,无论甚么店铺,都是供着关神[2]。其实关壮缪并未到过广东,不知广东人何以这般恭维他。还有一层最可笑的:凡姓关的人都要说是原籍山西,是关神之后;其实《三国志》[3]载,'庞德[4]之子庞会,随邓艾[5]入蜀,灭尽关氏家',那里还有个后来。"继之道:"这是小说之功。那一部《三国演义》[6],无论那一种人,都喜欢看的。这部小说却又做得好,却又极推尊他,好像这一部大书都是为他而作的,所以就哄动了天下的人。"我道:"《三国》这部书,不错,是好的;若说是为关壮缪而作,却没有凭据。"继之道:"虽然没有凭据,然而一部书之

---

[1] 范文程——明末以文人身份首先降清的大汉奸。在清兵未入关前,就辅佐清世祖(爱新觉罗福临)策划一切,草订了许多规章制度,为清廷征服和统治汉族人民,实行"以汉制汉"的政策铺平了道路,因而获得清朝统治者的宠爱,做了很大的官。这里说"汉人剃头有名色的,第一个要算范文程了",就含有讥讽范文程第一个当汉奸的意思。
[2] 关神——三国时蜀名将关羽,字云长,谥壮缪,俗称关公。曾辅佐刘备建国,立有战功。封建社会迷信,认为他忠义成神,所以称为关神,并尊为关圣帝君。
[3] 《三国志》——晋陈寿著的魏、蜀、吴三国的史书。
[4] 庞德——三国时魏将。和关羽作战,兵败被杀。
[5] 邓艾——三国时魏将。奉命攻蜀,首先打进蜀汉都城成都。
[6] 《三国演义》——元明时人罗贯中作,根据史书,并采取平话故事,以魏、蜀、吴三国为时代背景的一部通俗小说。

中,多少人物,除了皇帝之外,没有一个不是提名道姓的,只是叙到他的事,必称之为'公',这还不是代一个人作墓碑家传[1]的体裁么。其实讲究敬他忠义,我看岳武穆[2]比他还完全得多,先没有他那种骄矜之气。然而后人的敬武穆不及敬他的多,就因为那一部《岳传》[3]做得不好之故。大约天下愚人居多;愚人不能看深奥的书,见了一部小说,就是金科玉律,说起话来便是有书为证,不像我们看小说是当一件消遣的事。小说能把他们哄动了,他们敬信了,不因不由的,便连上等人也跟着他敬信了,就闹的请加封号,甚么王咧、帝咧,闹这种把戏,其实那古人的魂灵,已经不知散到那里去了。想穿了真是笑得死人!"我道:"此刻还有人议论岳武穆不是的呢。"继之道:"奇了!这个人还有甚批评?倒要请教。"我道:"有人说他,'将在外,君命有所不受[4];况且十二道金牌,他未必不知道是假的,何必就班师[5]回去,以致功败垂成。"继之道:"生在千年以后去议论古人,也要代古人想想所处的境界。那时候严旨催迫,自有一番必要

---

[1] 家传——叙述某一家祖先的事迹叫做家传。
[2] 岳武穆——南宋名将岳飞,字鹏举,武穆是他最初的谥号,后来改谥忠武,封鄂王。他曾大破金兵,因奸臣秦桧极力主和,赵构(宋高宗)一日连下十二道金牌,把他召回下狱害死。
[3] 《岳传》——清钱彩写的以岳飞为中心人物的一部小说。
[4] "将在外,君命有所不受"——语出《史记·司马穰苴传》,原文为"将在军,君令有所不受"。意思是军情瞬息万变,为将的既经授权在外统率军队,就应该看当时情况来处理一切,可以不接受君主不适当的命令,以免使军事受到影响。
[5] 班师——军队撤回。

他班师的话。看他百姓遮留时，出诏[1]示之曰：'我不得擅留。'可见得他自有必不能留的道理，不过史上没有载上那道诏书罢了。这样批评起古人来，那里不好批评。怪不得近来好些念了两天外国书的，便要讥诮孔子不知洋务；看得一张平圆地球图的，便要骂孔子动辄讲平天下，说来说去都是千乘之国[2]，不知支那[3]之外，更有五洲万国的了。"我笑道："天下未必有这等人。"继之道："今年三月里，一个德国人到扬州游历，来拜我，带来的一个翻译，就是这种议论。"述农道："这种人谈他做甚么，谈起来呕气。还是谈我们那对着迷信的见解，还可以说说笑笑。"我道："要讲究迷信，倘使我开个店铺，情愿供桓侯[4]，断不肯供壮缪。"述农道："这又为甚么？"我道："俗人凡事都取个吉利。店铺开张交易，供了桓侯，还取他的姓是个开张的'张'字；若供了壮缪，一面才开张，一面便供出那关门的'关'字来，这不是不祥之兆么。"说得述农、继之一齐笑了。

述农道："广东的赌风向来是极盛的，不知你这回去住了半年，可曾赌过没有？"我道："说起来可是奇怪。那摊馆[5]我也到过，但

---

[1] 诏——皇帝给臣民的文告。
[2] 千乘之国——一车四马叫做乘。古来有万乘之国，有千乘之国；千乘之国，就是拥有千乘车马实力的国家。
[3] 支那——印度语称中国为支那。支那，是有文化、多智巧的意思。
[4] 桓侯——三国时蜀名将张飞，字益德（也作翼德），曾辅佐刘备建国，立有战功。死后谥桓，所以世称桓侯。
[5] 摊馆——把骰子摇出的点数，用四来除，看剩下的是几点，以决定胜负。用这种方法进行赌博，叫做摇摊。摊馆，就是摇摊的赌场。

是挤拥的不堪,总挨不到台边去看看;我倒并不要赌,不过要见识见识他们那个赌法罢了。谁知他们的赌法不曾看见,倒又看见了他们的祖师,用绿纸写了甚么'地主财神'的神位,不住的烧化纸帛,那香烛更是烧得烟雾腾天的。"述农道:"地主是广东人家都供的,只怕不是甚么祖师。"我道:"便是我也知道;只是他为甚用绿纸写的,不能无疑。问问他的土人,他们也说不出个所以然来。"

述农道:"这龙门摊的赌博,上海也很利害,也是广东人玩的。而且他们的神通实在大,巡捕房那等严密,却只拿他们不着。有一回,巡捕头查得许多人都得了他们的陋规,所以想着要去拿他,就有人通了风声;这一回出其不意,叫一个广东包探,带了几十个巡捕,自己还亲自跟着去捉,真是雷厉风行,说走就走的了。走到半路上,那包探要吃吕宋烟,到一家烟店去买,拣了许久,才拣了一支,要自来火来吸着了。及至走到赌台时,连桌椅板凳都搬空了,只剩下两间大篷厂。巡捕头也棱住了,不知他们怎样得的信。没奈何,只放一把火,把那篷厂烧了回来。"我惊道:"怎么放起火来!"述农笑道:"他的那篷厂是搭在空场上面,纵使烧了,也是四面干连不着的。"我道:"这只可算是聊以解嘲〔1〕的举动。然而他们到底那里得的信呢?"述农道:"他们那个赌场也是合了公司开的,有股份的人也不知多少。那家烟铺子也是股东。那包探去买烟时,轻轻的递了一个暗号,又故意以拣烟为名,俄延了许久,那铺子里早差人从后门出去,坐上车子,飞

---

〔1〕 解嘲——对别人的嘲笑加以解释,通常含有自己安慰自己的意思。

奔的报信去了,这边是步行去的,如何不搬一个空。"

继之道:"不知是甚么道理,单是广东人欢喜赌。那骨牌、纸牌、骰子,制成的赌具,拿他去赌,倒也罢了;那绝不是赌具,落了广东人的手,也要拿来赌,岂不奇么!像那个闱姓,人家好好的考试,他却借着他去做输赢。"述农道:"这种赌法,倒是大公无私,不能作弊的。"我道:"我从前也这么想;这回走了一次广东,才知道这里面的毛病大得很呢。第一件是主考、学台[1]自己买了闱姓,那个毛病便说不尽了;还有透了关节给主考、学台,中这个不中那个的。最奇的,俗语常说,'没有场外举子';广东可闹过不曾进场,中了举人的了。"述农道:"这个奇了!不曾入场,如何得中?"我道:"他们买闱姓的赌,所夺的只在一姓半姓之间;倘能多中了一个姓,便是头彩。那一班赌棍,拣那最人少的姓买上一个,这是大众不买的;他却查出这一姓里的一个不去考的生员,请了枪手[2],或者通了关节,冒了他的姓名进场去考,自然要中了。等到放出榜来,报子报到,那个被人冒名去考的,还疑心是做梦,或是疑心报子报错的呢。"继之道:"犯到了赌,自然不会没弊的,然而这种未免太胡闹了。"我道:"这个乡科冒名

---

[1] 学台——就是学院、学政,清朝掌管一省文教政令的官员,主持院试(取得秀才资格的考试),并三年举行岁试(考察秀才和童生的学业情况)、科试(甄别秀才成绩,考在三等第三名以前的,可以保送乡试)各一次。学台是钦差性质,地位和抚台平行。当时规定:大省学台由侍郎中简放,称为督学部院;中、小省学台由翰林等官中简放,称为提督学院。
[2] 枪手——见第二十五回"枪替"注。

的,不过中了就完了;等到赴鹿鸣宴[1]、谒座主[2],还通知本人,叫他自己来。还有那外府荒僻小县,冒名小考的,并谒圣、簪花[3]、谒师,都一切冒顶了,那个人竟是事后安享一名秀才呢。"述农道:"听说广东进一名学极不容易,这等被人冒名的人,未免太便宜了。"我道:"说也奇怪,一名秀才值得甚么,听说他们院考的时候,竟有交了白卷,拿银票夹在卷里,希冀学台取进他的呢。"

继之道:"随便那一项,都有人发迷的,像这种真是发秀才迷了。其实我也当过秀才,回想起来,有甚么意味呢。我们且谈正经事罢:我这几天打算到安庆去一走。你可到上海去,先找下一处房子,我们仍旧同住;只是述农就要分手,我们相处惯了,倒有点难以离开呢。我们且设个甚么法子呢?"述农道:"我这几年总没有回去过,继翁又说要到上海去住,我最好就近在上海弄一个馆地,一则我也免于出门,二则同在上海,时常可以往来。"继之想了一想道:"也好。我来同你设一个法。但不知你要甚么馆地?"述农道:"那倒不必论定,只要有个名色,说起来不是赋闲就罢了。我这几天,也打算回上海去了。我们将来在上海会罢。"当下说定了。

过得两天,继之动身到安庆去。我和述农同到上海,述农自回家

---

[1] 鹿鸣宴——乡试发榜的第二天,主考官员为全体新考中的举人举行的庆祝宴会。
[2] 座主——举人、进士对主考的称呼,也叫座师。
[3] 谒圣、簪花——考取秀才后,由教官率领到孔庙里行礼,叫做谒圣。新秀才披红,头插两朵金花,叫做簪花。

去了。我看定了房子，写信通知继之。约过了半个月，继之带了两家家眷，到了上海，搬到租定的房子里，忙了几天，才忙定了。

继之托我去找述农。我素知他住在城里也是园滨的，便进城去访着了他，同到也是园一逛。这小小的一座花园，也还有点曲折；里面供着李中堂的长生禄位。游了一回出来，迎面遇见一个人，年纪不过三十多岁，却留了一部浓胡子，走起路来，两眼望着天。等他走过了，述农问道："你认得他么？"我道："不。"述农道："这就是为参了李中堂被议的那位太史公[1]。此刻因为李大先生做了两广[2]，他回避了出来，住在这里蕊珠书院呢。"我想起继之说他在福建的情形，此刻见了他的相貌，大约是色厉内荏[3]的一流人了。

一面和述农出城，到字号里去，与继之相见。述农先笑道："继翁此刻居然弃官而商了，其实当商家倒比做官的少耽心些。"继之道："耽心不耽心且不必说，先免了受那一种龌龊气。我这回到安庆去，见了中丞，他老人家也有告退之意了。我说起要代你在上海谋一个馆地，又不知你怎样的才合式，因和他要了一张启事名片，等你想定了那里，我就代你写一封荐信。"述农道："有这种好说话的荐主，真是了不得！但是局卡衙门的事，我不想干了；这些事情，东家走了，我们也跟着散，不如弄一个长局的好。好在我并不较量薪水，只要有了个处馆的名色罢了。这里的制造局，倒是个长局，……"我不

---

[1] 太史公——翰林院有修国史的任务，一般就称翰林为太史公。
[2] 做了两广——这里是做了两广总督的省语。
[3] 色厉内荏——外表严厉而内心卑怯。语出《论语》。

等说完,便道:"好,好。我听说那个局子里面故事很多的,你进去了,我们也可以多听点故事。"述农也笑了一笑。议定了,继之便写了一封信,夹了片子,交给述农。不多几天,述农来说,已经投了信,那总办已经答应了。此刻搬了行李到局里去住,只等派事。坐了一会就去了。

此时已过了中秋节,继之要到各处去逛逛,所以这回长江、苏、杭一带,都是继之去的。我在上海没有甚事,一天,坐了车子,到制造局去访农。述农留下谈天,不觉谈的晚了。述农道:"你不如在这里下榻一宵,明日再走罢。"我是无可无不可的,就答应了。到得晚上,一同出了局门,到街上去散步。到了一家酒店,述农便邀我进去,烫了一壶酒对吃。说道:"这里倒很有点乡村风味,为十里洋场所无的,也不可不领略领略。"一面谈着天,不觉吃了两壶酒。忽听得门外一声洋号吹起,接连一阵咯蹬咯蹬的脚步声;连忙抬头往外望时,只见一队兵,排了队伍,向局子里走去,正不知为了甚么事。等那队兵走过了,忽然一个人闯进来道:"不好了!局子里来了强盗了!"我听了,吃了一惊。取出表来一看,只得八点一刻钟,暗想时候早得很,怎么就打劫了呢。此时述农早已开发了酒钱,就一同出来。

走到栅门口,只见两排兵,都穿了号衣,擎着洋枪,在黑暗地下对面站着。进了栅门,便望见总办公馆门口,也站了一排兵,严阵以待。走过护勇棚时,只见一个人,生得一张狭长青灰色的脸儿,浓浓的眉毛,一双抠了进去的大眼睛,下颊上生成的挂脸胡子,却不曾留;穿一件缺襟箭袖袍子,却将袍脚撩起,掖在腰带上面,外面罩一件马褂,脚上穿了薄底快靴,腰上佩了一把三尺多长的腰刀,头上却还戴的是瓜皮小帽;年纪不过三十多岁;在那里指手画脚,撇着京腔说话。一班护勇都垂手站立。述农拉我从旁边走过道:"这个便是总办。"走过护勇棚,向西转弯,便是公务厅,这里又是有两排兵守着。过了公务厅,往北走了半箭多路,便是述农的住房。述农到得房里,叫当差的来问,外面到底是甚么事。当差的道:"就是洋枪楼藏了贼呢。"述农道:"谁见来?"当差的道:"不知道。"

正说话间,听得外面又是一声洋号。出来看时,只见灯球火把,照耀如同白日,又是一大队洋枪队来。看他那号衣,头一队是督标忠字营,第二队是督标信字营字样。正是:调来似虎如貔辈,要捉偷鸡盗狗徒。未知到底有多少强盗,如何捉获,且待下回再记。

第六十二回

大惊小怪何来强盗潜踪　　上张下罗也算商人团体

述农指着西北角上道："那边便是洋枪楼,到底不知有了甚么贼。这忠字营在徽州会馆前面,信字营在日晖港,都调了来了。"我道："我们何妨跟着去看看呢。"述农道："倘使认真有了强盗,不免要放枪,我们何苦冒险呢。"说话间,两队兵都走过了,跟着两个蓝顶行装[1]的武官押着阵;那总办也跟在后头,一个家人扛着一枝洋枪伺候着过去。我到底耐不住,往北走了几步,再往西一望,只见那些兵一字儿面北排班站着,一个个擎枪在手,肃静无哗。到底不知强盗在那里,只得回到述农处。述农已经叫当差的打听去了。一会儿回来说道："此刻东栅门只放人进来,不放人出去。进来的兵只有两哨,其馀的也有分派在码头上,也有分派在西炮台;沪军营也调来了,都在局外面团团围住。听见有几十个强盗,藏在洋枪楼里面呢。此刻又不敢开门,恐怕这里一开门,那里一拥而出,未免要伤人呢。"述农道："奇了！洋枪楼是一放了工便锁门的,难道把强盗锁到里头去了？"

---

〔1〕 行装——一般用天青色绸缎制成的缺襟袍(缺右襟)、对襟大袖马褂(比外褂短些)。本为便于骑马而设,后来成为出差时穿著的一种正式公服。

正说话间,外面来了一群人,当头一个身穿一件蜜色宁绸单缺襟袍,罩了一件崭新的团花天青宁绸对襟马褂,脚穿的是一双粉底内城式京靴,头上却是光光的没有戴帽;后面跟着两个家人,打着两个灯笼;家人后面,跟了四名穿号衣的护勇,手里都拿着回光灯,在天井里乱照。述农便起身招呼。当头那人只点了点头;对我看了一眼,便问这是谁。述农道:"这是晚生的兄弟。"那人道:"兄弟还不要紧,局子里不要胡乱留人住!"述农道:"是。"又道:"本来吃过晚饭要去的,因为此刻东栅门不放出去,不便走。"那人也不回话,转身出去,跟来的人一窝蜂似的都去了。述农道:"这是会办。大约因为有了强盗,出来查夜的。"我道:"这个会办生得一张小白脸儿,又是那么打扮,倒很像个京油子,可惜说起话来是湖南口音。"

说话间,忽听得远远的一声枪响。我道:"是了,只怕是打强盗了。"过了一会,忽听得有人说话,述农喊着问是谁。当差的进来说道:"只说提调在大厅上打倒了一个强盗。"述农忙叫快去打听,那当差的答应着去了。一会回来,笑了个弯腰捧腹。我和述农忙问甚么事情。当差道:"今天晚上出了这件事,总办亲自出来督兵,会办和提调便出来查夜。提调查到大厅上面,看见角子上一团黑影,窸窣[1]有声,便喝问是谁;喝了两声,不见答应。提调手里本来拿了一枝六响手枪,见喝他不答应,以为是个贼,便放了一枪。谁知这一枪放去,汪的一声叫了起来,不是贼,是两只狗,打了一只,跑了一只。

----

[1] 窸窣——响声的形容词。

那只跑的直扑门口来,在提调身边擦过;提调吃了一惊,把手枪掉在地下,拾起来看时,已经跌坏了机簧,此刻在那里跺脚骂人呢。"说得我和述农一齐笑了。

我道:"今天我进来时,看见这局里许多狗,不知都是谁养的?"述农道:"谁去养他!大约是衙门、大局子,都有一群野狗,听其自己孳生,左右大厨房里现成的剩菜剩饭,总够供他吃的。这里的狗,听说曾经捉了送到浦东去,谁知他遇了渡江的船,仍旧渡了过来。"我道:"狗这东西,本来懂点人事的,自然会渡回来。"述农道:"说这件事,我又想起一件事了:浙江抚台衙门也是许多狗,那位抚台讨厌他,便叫人捉了,都送到钱塘江当中一块涨滩[1]上去。这块涨滩上面,有几十家人家,那滩地都已经开垦的了;那滩上的居民,除了完粮以外,绝不进城,大有与世隔绝的光景。那一群狗送到之后,一天天孳生起来,不到两年,变了好几百,内中还有变了疯狗的,践踏得那田禾不成样子。乡下人要赶他,又没处可赶,迫得到钱塘县去报荒。钱塘县派差去查过,果然那些狗东奔西窜,践踏田禾。差人回来禀知,钱塘县回了抚台,派了两棚[2]兵,带了洋枪出去剿狗。你说不是笑话么。"我听了,又说笑了一会。惦记着外面的事,和述农出来望望,见那些兵仍旧排列着,那两个押队官和总办,却在熟铁厂帐房里坐着。

此时已有三更时分,望了一会,殊无动静,仍回到房里去。方才

----

[1] 涨滩——水中某一地段的沙土越积越多,最后变成陆地,可以耕种,叫做涨滩。
[2] 棚——清末陆军编制,兵士十四人为一棚,是基层的队伍。

坐下,外面查夜的又来了。当头那人,生得臃肿肥胖,唇上长了几根八字鼠须,脸上架了一副茶碗口大的水晶眼镜,身上穿的是半截湖色熟罗长衫,也没罩马褂,挺着一个大肚子,脚上却也穿了一双靴子,一样的带了家人护勇,只站在门口望了一望。述农起身招呼。那人道:"还没睡么?"述农道:"没有呢。外面乱得很,也睡不安稳。"那人自去了。述农道:"这个便是提调。"我道:"这局子只有一个总办,一个会办么?"述农道:"还有一个襄办,这两天到苏州去了。"两个谈至更深,方才安歇。外面那洋号一回一回的,吹得呜呜响,人来人往的脚步声音,又是那打更的梆子敲个不住,如何睡得着。方才朦胧睡去,忽听得外面呜呜的洋号声,鼕鼕的铜鼓声,大振起来。连忙起身一望,天色已经微明,看看桌上的钟,才交到五点半的时候。述农也起来了,忙到外面去看,只见忠字营、信字营、沪军营、炮队营的兵,纷纷齐集到洋枪楼外面。

我见路旁边一棵柳树,柳树底下放着一件很大的铁家伙,也不知是甚么东西,我便跨了上去,借他垫了脚,扶住了柳树,向洋枪楼那边望去。恰好看见两个人在门口,一个拿了钥匙开锁,这边站的三四排兵,都拿洋枪对着洋枪楼门口;那开锁的人开了,便一人推一扇门,只推开了一点,便飞跑的走开了;却又不见有甚动静。忽见一个戴水晶顶子的官,嘴里喊了一句甚么话,那穿炮队营号衣的兵,便一步步向洋枪楼走去,把那大门推的开足了,鱼贯而入。这里忠、信两营,与及沪军营的兵,也跟着进去。不一会,只见楼上楼下的窗门,一齐开了。众兵在里面来来往往,一会儿又都出来了,便是嘻嘻哈哈的一阵说笑。进去的是兵,出来的依旧是兵,何尝有半个强盗影子。便下来和述农回房。

述农道:"惊天动地的闹了一夜,这才是笑话呢。"我道:"倒底怎样闹出这句话来呢?"说话时,当差送上水,盥洗过,又送上点心来。当差说道:"真是笑话!原来昨天晚上,熟铁厂里的一个师爷,提了手灯到外面墙脚下出恭,那手灯的火光,正射在洋枪楼向东面的玻璃窗上。恰好那打更的护勇从东面走来,远远的看见玻璃窗里面的灯影子,便飞跑的到总办公馆去报,说洋枪楼里面有了人;那家人传了护勇的话进去,却把一个'人'字,说成了一个'贼'字;那总办慌了,却又把一个'贼'字,听成了'强盗'两个字。便即刻传了本局的炮队营来,又挥了条子,请了忠、信两营来;去请沪军营请不动,还专差人到道台那里,请了令箭调来呢。此刻听说总办在那里发气呢。"我和述农不觉一笑。

吃过点心,不久就听见放汽筒开工了。开过工之后,述农便带着我到各厂去看看,十点钟时候,方才回房。走过一处,听得里面人声嘈杂,抬头一看,门外挂着"议价处"三个字的牌子。我问这是甚么地方。述农道:"这不明明标着议价处么,是买东西的地方。你可要做生意?进去看看,或者可以做一票。"我道:"生意不必一定要做,倒要进去见识见识怎么个议法。"述农便领了我进去。

只见当中一间是空着的,旁边一间,摆着一张西式大桌子,围着许多人,也有站的,也有坐的。上面打横坐了三个人,述农介绍了与我相见,通过姓名,方知两个是议价委员,一个是誊帐司事。那委员问我可是要做生意。我道:"进来见识见识罢了,有合式的也可以做点。"委员一面问我宝号,一面递一张纸给我看。我一面告诉了,一面接过那张纸看时,上面写着:"请饬购可介子[1]煤三千吨、豆油十篓、高粱酒二篓"等字。旁边又批了"照购"两个字,还有两个长方图书磕在上面。我想这一票煤倒有万把银子生意,但不知那豆油、高粱酒,这里买来何用。看罢了,交还委员。委员问道:"你可会做煤么?这是一票大生意呢。"我道:"会是会的。不知要栈货[2],还是路货?"旁边一个宁波人接口道:"此地向来不用栈货的,都是买路货。"我道:"这两年头番可介子很少了。"委员道:"我们不管头番、二番,只要东西好,价钱便宜。"我道:"关税怎样算呢?"委员道:"关税是由此地请免单的。"我道:"不知要几天交货?"委员道:"二十天、一个月,都可以。你原船送到码头就是,起到岸上是我们的事。多少银子一吨?你说罢。"我默算一算道:"每吨四两五钱银子罢。"一个宁波人看了我一眼道:"我四两四。"那委员又对那些人道:"你们呢?"却没人则声。委员又对我道:"你呢,再减点,你做了去。"我道:"那么就四两三罢。"又一个宁波人抢着道:"我四两二。"我心中暗想,这个那里是议价,只是在这里跌价。外国人的拍卖行是拍卖,这里是拍买呢。算一算,这个价钱没甚利息,我便不再跌了。那宁波人对我道:"你再跌罢,再跌一钱,你做了去。"我道:"三千吨呢,跌一钱便是三

---

[1] 可介子——这里"可介子"和下文的"蒲古",都是日本的煤矿名称。两矿出产烟煤,质地都差,而当时上海多采用这两处的煤。
[2] 栈货——这里"栈货"和下文的"路货",都是商业术语:货已运到当地叫做栈货,货还在途中叫路货。

百两,好胡乱跌么。"委员道:"你再减点罢,早得很呢。"我筹算了一会道:"再减去五分罢。"说犹未了,忽听得一声拍桌子响,接着一声大吼道:"我四两,齐头数!"接着,哄然一声叫好。我暗想,这个明明是欺我生,和我作对。这个情形,外头拍卖行也有的,几个老拍卖联合了不肯抬价,及至有一个生人到了要拍,他们便狠命把价抬起来。照这样看起来,纵使我再跌,他们也不肯让给我做的了,我何不弄他们一弄,看他们怎样。想罢,便道:"三两九罢。"道犹未了,忽的一声跳起一个宁波人来,把手一扬,喊道:"三两五!"接着又是哄然叫好。委员拿了一张承揽纸,叫他写。我在旁边看时,那承揽纸上印就的格式,甚么限月日交货,甚么不得以低货朦充等字样,都是刻就的,只要把现在所定的货物、价目,填写上去便是了。看他拿起笔要写时,我故意道:"三两四如何?"那人拿着笔往桌子上一拍道:"三两三!"我道:"三两二。"便有一班人劝他道:"让他做了去罢。"我心中一想,不好,他倘让我做了,吃亏不少,要弄他倒弄了自己了。想犹未了,只听他大喊道:"三两一! 我今日要让旁人做了,便不是个好汉!"我笑道:"我三两,你还能进关么?"他抢着喊道:"二两九!"我也抢着道:"二两八。"他把双脚一跳,直站起来道:"二两五!"我道:"四钱半。"他便道:"让你,让你。"我一想,不好了,这回真上当了。便坐下去,拿过承揽纸来,提笔要写。忽听得另外一个人道:"二两四我来!"我听了方才把心放下,乐得推给他去做了。那个人写好了,两个委员画了押;又议那豆油、高粱酒,却是一个南京人做去的,并没有人向他抢跌价钱。等他写好时,已听得呜呜的汽筒响,放工了。我回头一看,不见了述农,想是先走了。那些人也一哄而散。我也出了议价处,好得贴着隔壁便是述农住的地方,我见了述农,说起刚才的情形。因说道:"这一票煤,最少也要赔两把银子一吨,不知他怎么做法。你在这里头,我倒托你打听打听呢。"述农道:"这里是各人管各事的,怎样打听得出来,而且我还生得很呢。"我道:"倒是那票油酒是好生意,我看见为数太少了,不去和他抢夺罢了。"

说话间,已经开饭。饭后别过述农,出来叫了车,回家走了一次,再到号里去,闲闲的又和管德泉说起制造局买煤的情形来。德泉吐出舌头来道:"你几乎惹出事来!这个生意做得的么!只怕就是四两五钱给你做了,也要累得你一个不亦乐乎[1]呢!"我道:"我算过,从日本运到这里,不过三两七八钱左右便彀了,如果四两五钱做了,何至受累?"德泉道:"就算三两八办到了,赚了七钱银子一吨,三七二千一到手了。轮船到了黄浦江。你要他驶到南头,最少要加他五十两。到了码头上,看煤的人来看了,凭你是拿花旗[2]白煤代了东洋可介子,也说你是次货,不是碎了,便是潮了,挑剔了多少;有神通的,化上二三百,但求他不要原船退回,就万幸了。等到要起货时,归库房长夫[3]经手,不是长夫忙得没有工夫,便是没有小工,给你一个三天起不清;

---

〔1〕 不亦乐乎——本是《论语》上的一句话,指极其高兴,后来一般也用作极甚、不得了、没有止境的形容词。

〔2〕 花旗——我国人旧称美国的星条国旗为花旗,一般也就用花旗二字作为美国代称。

〔3〕 长夫——当时称搬运工人为小工,称领导小工的人为长夫,后来又称工头。

轮船上耽搁他一天,最少也要赔他五百两,三五已经去了一千五了。好容易交清了货,要领货价时,他却给你个一搁半年,这笔拆息[1]你和谁算去！他们是做了多年的,一切都熟了,应酬里面的人也应酬到了,所有里面议价处、核算处、库房、帐房,处处都要招呼到。见了委员、司事,卑污苟贱的,称他老爷、师爷；见了长夫、听差,呵腰打拱的,和他称兄道弟。到了礼拜那天,白天里在青莲阁请长夫、听差喝茶开灯,晚上请老爷、师爷在窑姐儿里碰和喝酒。这都是好几年的历练资格呢。"我道:"既如此,他们免不得要遍行贿赂的了。那里面人又多,照这样办起来,纵使做点买卖,那里还有好处？"德泉道:"贿赂遍不遍,未曾见他过付,不能乱说。然而他们是联络一气的,所以你今天到了,他们便拚命的和你跌价,等你下次不敢去。他吃亏做了的买卖,便拿低货去充。譬如今天做的可介子,他却去弄了蒲古来充；如果还要吃亏,他便搀点石头下去,也没人挑剔。等你明天不去了,他们便把价钱揩住了不肯跌；再不然,值一两银子的东西,他们要价的时候,却要十两,几个人轮流减跌下来,到了五六两,也就成交了。那议价委员是一点事也不懂得,单知道要便宜。他们那赚头,却是大家记了帐,到了节下,照人数公摊的。你想初进去的人,怎么做得他们过！"我听了这话,不觉恍然大悟。正是:回首前情犹在目,顿将往事一撄心。不知悟出些甚么来,且待下回再记。

------

[1] 拆息——从前上海钱业计算每一千两银子每天的利息,叫做拆息,也称银拆、庄息。废两改元后,改名洋拆。

第六十三回

设骗局财神遭小劫　谋复任臧获托空谈

我听德泉一番话,不觉恍然大悟道:"怪不得今日那承揽油酒的,没有人和他抢夺。这两天豆油的行情,不过三两七八钱,他却做了六两四钱;高粱酒行情,不过四两二三,他却做了七两八钱;可见得是通同一气的了。"德泉道:"这些话,我也是从佚庐处听来的,不然我那里知道。他们当日本来是用了买办出来采办的;后来一个甚么人上了条陈,说买办不妥,不如设了报价处,每日应买甚么东西,挂出牌去,叫各行家弥封报价,派了委员会同开拆,拣最便宜的定买。谁知一班行家得了这个信,便大家联络起来。后来局里也看着不对,才行了这个当面跌价的规矩,报价处便改了议价处。起先大家要抢生意,自然总跌得贱些,不久却又联络起来了。其实做买卖联络了同行,多要点价钱,不能算弊病;那卖货的和那受货的联络起来,那个货却是公家之货,不是受货人自用之货,这个里面便无事不可为了。"我道:"从前既是用买办的,不知为甚么又要改了章程,只怕买办也出了弊病了。"德泉道:"这个就难说了。官场中的事情,只准你暗中舞弊,却不准你明里要钱。其实用买办倒没有弊病,商家交易一个九五回佣,几乎是个通例的了。制造局每年用的物料,少说点,也有二三十万,那当买办的,安分照例办去,便坐享了万把银子一年,他何必再作弊呢。虽然说人心没厌足,谁能保他;不过作了弊,万一给人家攻击起来,撤了这个差使,便连那万把一年的好处也没了,不比这个单靠几两银子薪水的,除了舞弊,再不想有丝毫好处,就是闹穿了,开除了,他那个事情本来不甚可惜,这般利害相衡起来,那当买办的自然不敢舞弊了。谁知官场中却不这么说,拿了这照规矩的佣钱,他一定要说是弊,不肯放过;单立出这些名目来,自以为弊绝风清,中间却不知受了多少朦蔽。"

我道:"他买货是一处,收货是一处,发价又是一处,要舞弊,可也不甚容易。"德泉道:"岂但这几处,那专跑制造局做生意的,连小工都是通同一气的。小工头,上海人叫做'箩间'。那边做箩间的人,却兼着做砖灰生意,制造局所用的砖灰,都是用他的。他也天天往议价处跑,所以就格外容易串通了。有一回,买了一票砖,害得人家一个痛快淋漓。这里起造房子的砖,叫做'新放砖',名目是二寸厚,其实总不免有点厚薄。制造局买砖,向来是要验过厚薄的;其实此举也是多事,一二分的上下,起造时,那泥水匠本可以在用灰上设法的。他那验厚薄之法,是用五块砖迭起,把尺一量,是十寸,便算对了。那做砖灰生意的,自己是个箩间,验起来时自然容易设法,厚的薄的搀起来迭,自然总在十寸光景。他也不知垄断了若干年了。有一回,跑了个生脸的人,去承揽了十万新放砖。等到送货的时候,不免要请教他的小工。那小工却把厚的和厚的迭在一处,薄的和薄的迭在一处,拿尺量起来,不是量了十一寸,便是量了九寸。收货的司事,便摆出满脸公事样子来,说一定不能用,完全要退回去;又说甚么工程赶急,限时限刻,要换了好货来。害得那家人家,雇了他的小工,一块一块的拣起来,十成之中,不过三成是恰合二寸厚的。只得到窑里去商量,窑里也不能设法一律匀净。十万砖,送了七次,还拣不到四万。一面又是风雷火炮的催货。那家人家没了法,只得不做这个生意,把下馀未曾交齐的六万多砖,让给他去交货,每万还贴还他若干银子,方才了结。还要把人家那三万多的货价,捺了五个月,才发出来。照这样看去,那制造局的生意还做得么。这样把持的情形,那当总办的木头人,那里知道,说起来,还是只有他家靠得住呢。"我道:"发价是局里的事,他怎么能捺得住?"德泉道:"他只要弄个玄虚,叫收货的人不把发票送到帐房里,帐房又从何发起;纵使发票已经到了帐房,他帐房也是通的,又奈他何呢。"

凡做小说的有一句老话,是有话便长,无话便短。等到继之查察了长江、苏、杭一带回来,已是十月初旬了。此时外面倒了一家极大的钱庄,一时市面上沸沸扬扬起来,十分紧急,我们未免也要留心打点。一时谈起这家钱庄的来历,德泉道:"这位大财东,本来是出身极寒微的,是一个小钱店的学徒,姓古,名叫雨山。他当学徒时,不知怎样认识了一个候补知县,往来得甚是亲密。有一回,那知县太爷要紧要用二百银子,没处张罗,便和雨山商量。雨山便在店里,偷了二百银子给他。过得一天查出了,知道是他偷的。问他偷了给谁,他却不肯说;百般拷问,他也只承认是偷,死也不肯供出交给谁。累得荐保的人,受了赔累。店里把他赶走了,他便流离浪荡了好几年。碰巧那候补知县得了缺,便招呼了他,叫他开个钱庄,把一应公事银子都存在他那里,他就此起了家。他那经营的手段,也实在利害,因此一年好似一年,各码头都有他的商店。也真会笼络人,他到一处码头,开一处店,便娶一房小老婆,立一个家。店里用的总理人,到他家里去,那小老婆是照例不回避的;住上几个月,他走了,由得那小老婆和总理人鬼混。那总理人办起店里事来,自然格外巴结了,所以没有一处店不是发财的。外面人家都说他是美人局。像他这种专会设美人局的,也有一回被人家局骗了,你说奇不奇。"

我道:"是怎么个骗法呢?"德泉道:"有一个专会做洋钱的,常常拿洋钱出来卖;却卖不多,不过一二百、二三百光景。然而总便宜点:譬如今天洋价七钱四分,他七钱三就卖了;明天洋市七钱三,他七钱二也就卖了,总便宜一分光景。这些钱庄上的人,眼睛最小,只要有点便宜给他,那怕叫他给你捧□□,都是肯的。上海人恨的叫他'钱庄鬼'。一百元里面,有了一两银子的好处,他如何不买,甚至于有定着他的。久而久之,闹得大家都知道了。问他洋钱是那里来的,他说是自己做的。看着他那雪亮的光洋钱,丝毫看不出是私铸的。这件事叫古雨山知道了,托人买了他二百元,请外国人用化学把他化了,和那真洋钱比较,那成色丝毫不低。不觉动了心,托人介绍,请了他来,问他那洋钱是怎么做的,究竟每元要多少成本。他道:'做是很容易的,不过可惜我本钱少;要是多做了,不难发财。成本每元不过六钱七八分的谱子。'古雨山听了,不觉又动了心,要求他教那制造的法子。他道:'我就靠这一点手艺吃饭,教会了你们这些大富翁,我们还有饭吃么!'雨山又许他酬谢,他只是不肯教。雨山没奈何,便道:'你既然不肯教,我就请你代做,可使得?'他道:'代做也不能。你做起来,一定做得不少,未必信我把银子拿去做,一定要我到你家里来做。这件东西,只要得了窍,做起来是极容易的,不难就被你们偷学了去。'雨山道:'我就信你,请你拿了银子去做。但不知一天能做多少?'他道:'就是你信用我,我也不敢担承得多。至于做起来,一天大约可以做三四千。'雨山道:'那么我和你定一个合同,以后你自己不必做了,专代我做。你六钱七八的成本,我照七钱算给你,先代我做一万元来,我这里便叫人先送七千两银子到你那里去。'他只推说不敢担承。说之再四,方才应允。订了合同,还请他吃了一顿馆子,约定明天送银子去。除了明天不算,三天可以做好,第四天便可以打发人去取洋钱。到了明天,这里便慎重其事的,送了七千两现银子过去。到第四天,打发人去取洋钱,谁知他家里,大门关得紧紧的,门上粘了一张'召租'的帖子,这才知道上当了。"我道:"他用了多少本钱,费了多少手脚,只骗得七千银子,未免小题大做了。"德泉道:"你也不是个好人,还可惜他骗得少呢。他能用多少本钱,顶多卖过一万洋钱,也不过蚀了一百两银子罢了。好在古雨山当日有财神之目,去了他七千两,也不过是'九牛一毛','太仓一粟'[1]。若是别人,还了得么。"我道:"别人也不敢想发这种财。

---

[1] "九牛一毛","太仓一粟"——太仓,古时在京城里储存粮食的大仓库。九牛一毛,太仓一粟,都是形容多数中的极少数。

你看他这回的倒帐,不是为屯积了多少丝[1],要想垄断发财所致么。此刻市面各处都被他牵动,吃亏的还不止上海一处呢。"

正说话间,继之忽然跑了来,对我道:"苟才那家伙又来了。他来拜过我一次,我去回拜过他一次,都说些不相干的话。我厌烦的了不得,交代过家人们,他再来了,只说我不在家,挡驾。此刻他又来了,直闯进来;家人们回他说不在家,他说有要紧话,坐在那里,叫人出来找我。我从后门溜了出来。请你回去敷衍他几句,说到我的事情,你是全知道的,随意回复他就是了。"我听了莫名其妙,只得回去。原来我们住的房子,和字号里只隔得一条胡同,走不多路便到了。

当下与苟才相见,相让坐下。苟才便问继之到那里去了。我道:"今天早起还在家,午饭后出去,遇了两个朋友,约着到南翔去了。"苟才愕然道:"到南翔做甚么?怎么家里人也不晓得?"我道:"是在外面说起就走的,家里自然不知。听说那边有个古漪园,比上海的花园,较为古雅;还有人在那边起了个搓东诗社[2],只怕是寻诗玩景去了。"苟才道:"好雅兴!但不知几时才回来?"我道:"不过一两天

---

[1] 这里所说古雨山因屯丝而垮台,是清末民族资本家胡雪岩的真实故事。作者以古雨山影射胡雪岩。当时胡雪岩为了和外商斗法,调动所有资金,把各地蚕丝包买下来囤积着,以为外商一定会向自己购买;但外国各公司洋行联合起来,赔贴开支,有意和胡雪岩为难,偏不买进。日子久了,胡雪岩因为现钱都陷在丝上,以致调度不灵,所经营的事业全倒闭了。这是帝国主义扼杀我国民族资产阶级的一个具体的例子。

[2] 诗社——定期集合作诗的组合。

罢了。不知有甚么要紧事?"苟才沉吟道:"这件事,我已经和他当面说过了。倘使他明天回来,请他尽明天给我个信,我有人到南京。"我道:"到底为甚么事,何妨告诉我。继之的事,我大半可以和他作主的,或者马上就可以说定,也未可知。"苟才又沉吟半晌道:"其实这件事本是他的事,不过我们朋友彼此要好,特地来通知一声罢了。兄弟这回到上海,是奉了札子来办军装的。藩台大人今年年下要嫁女儿,顺便托兄弟在上海代办点衣料之类。临行的时候,偶然说起,说是还差四十两金首饰,很费踌躇。兄弟到了这里,打听得继之还在上海,一想,这是他回任的好机会,能够托人送了四十两金子进去,怕藩台不请他回江都去么。"我道:"大人先和继之说时,继之怎样说呢?"苟才道:"他总是含含糊糊的。"我道:"他请假措资,此时未必便措了多少,一时怕拿不出来。"苟才道:"他那里要措甚么资!我看他不过请个假,暂时避避大帅的怒罢了。那里有措资的人,堂哉皇哉,在上海打起公馆的?"我暗想:大约继之被他这种话聒得麻烦了,不如我代他回绝了罢。想罢,便道:"大人这一个'避'字,倒是说着了;然而只着得一半。继之的避,并不是暂时避大帅的怒,却是要永远避开仕路的意思。此刻莫说是要花钱回任,便是不花钱叫他回任,只怕也不愿意的了。他常常和我说:等过了一年半载,上头不开他的缺,他也要告病开缺,他要自己去注销这个知县呢。"苟才愕然道:"这个奇了!江都又不是要赔累的缺,何至如此!若说碰钉子呢,我们做官的人,那一天不碰上个把钉子?要都是这么使脾气,官场中的人不要跑光了么?"我道:"便是我也劝过他好几次,无奈他仗意打定了,凭劝也劝不过来。大人这番美意,我总达到就是了。"苟才道:"就是继翁正当年富力强的时候,此刻已经得了实缺,巴结点的干,将来督抚也是意中事。"我没得好说,只答应了两个"是"字。苟才又道:"令伯许久不见了,此刻可好? 在那里当差?"我道:"在湖北,此刻当的是宜昌土捐局的差事。"苟才道:"这个差事怕不坏罢?"我道:"这倒不知道。"苟才道:"沾着厘捐的,左右没有坏差使。"说着,两手拿起茶碗,往嘴唇上送了一送,并不曾喝着一点茶;放下茶碗,便站起来,说道:"费心继翁跟前达到这个话,并劝劝他不要那么固执,还是早点出山〔1〕的好。"我一面答应着,就送他出去。我要送他到胡同口上马车,他一定拦住,我便回了进来。

继之的家人高升对我道:"这么一个送上门的好机会,别人求也求不着的,怎么我们老爷不答应? 求老爷好歹劝劝,我们老爷答应了,家人们也沾点儿光。"我笑道:"你们老爷自己不愿意做官,叫我怎样劝呢。"高升道:"这是一时气头上的话,不愿意做官,当初又何必出来考试呢。不要说有这么个机会,就是没有机会,也要找路子呢。前年盐城县王老爷不是的么,到任不满三个月,上忙〔2〕没赶上,下忙还没到,为了乡下人一条牛的官司,叫他那舅老爷出去,左弄右弄,不知怎样弄拧了,就撤了任,闹了一身的亏空。后来找了一条

〔1〕 出山——古人以在山比喻隐居,出山比喻作官。
〔2〕 上忙——清时田赋分上下两期征收:上期二月起开征,五月间停征,先收半数,叫做上忙;下期八月起开征,十一月间全部收齐,叫做下忙。征收田赋时,有种种陋规,因而州县官有很多非法的收入。

路子,是一个候补道蔡大人,和藩台有交情,能说话;可是王老爷没有钱化,还是他的两三个家人,凑上了一吊多银子,不就回了任了吗。虽然赶回任的时候,把下忙又过了,明年的上忙还早着;到此刻,可是好了。倘使我们老爷不肯拿出钱来,就是家人们代凑着先垫起来,也可以使得。请老爷和家人说说。"我道:"你跟了你老爷这几年,还不知他的脾气吗。我可不能代你去碰这个钉子,要说你自己说去。"高升道:"家人们去说更不对了。"我正要走进去,字号里来了个出店[1],说有客来了。我便仍到字号里来。正是:仕路方聆新怪状,家庭又听出奇闻。不知那来客是谁,且听下回再记。

---

[1] 出店——从前商店里的跑街。

第六十四回

无意功名官照何妨是假　纵非因果恶人到底成空

那客不是别人,正是文述农。述农一见了我,便猝然问道:"你那个摇头大老爷,是那里弄来的?"我愕然道:"甚么摇头大老爷?我不懂啊。"继之笑道:"官场礼节,知县见了同、通[1],都称大老爷。同知五品,比知县大了两级,就叫他一声大老爷,似乎还情愿的,所以叫做'点头大老爷';至于通判,只比他大得一级,叫起来未免有点不情愿,不情愿,就要摇头了,所以叫做'摇头大老爷'。那回我和你说过请封典之后,我知道你于此等事是不在心上的,所以托你令姊抄了那卯数、号数出来,托述农和你办去。其馀你问述农罢。"我道:"这是家伯托人在湖南捐局办来的。"述农道:"你令伯上了人家的当了,这张照是假的。"我不觉愕然,棱了半天道:"难道部里的印信,都可以假的么?你又从那里知道的呢?"述农道:"我把你官照的号码抄去,托人和你办封典;部里复了出来,说没有这张照,还不是假的么。"我道:"这真奇了!那一张官照的板可以假得,怎么假起紫花印信来!这做假的,胆子就很不小。"继之道:"官照也是真的,印信也是真的,一点也不假,不过是个废的罢了。你未曾办过,怨不得你不

---

[1] 同、通——同知和通判的省称。

知道。本来各处办捐的老例,系先填一张实收[1],由捐局汇齐捐款,解到部里,由部里填了官照发出来,然后由报捐的拿了实收,去倒换官照。遇着急于筹款的时候,恐怕报捐的不踊跃,便变通办理,先把空白官照,填了号数,发了出来,由各捐局分领了去劝捐。有来报捐的,马上就填给官照。所有剩下来用不完的,不消缴部,只要报明由第几号起,用到第几号,其馀均已销毁,部里便注了册,自第几号至第几号作废,叫做废照。外面报过废的照,却不肯销毁,仍旧存着,常时填上个把功名,送给人作个玩意儿;也有就此穿了那个冠带,充做有职人员的,谁还去追究他。也有拿着这废照去骗钱的,听说南洋新加坡那边最多。大约一个人有了几个钱,虽不想做官,也想弄个顶戴。到新加坡那边发财的人很多,那边捐官极不容易,所以就有人搜罗了许多废照,到那边去骗人。你的那张,自然也是废照。你快点写信给你令伯,请他向前路追问。只怕……"说到这两个字,继之便不说了。述农道:"其实功名这样东西,真的便怎么,假的弄一个玩玩也好。"

我听了这话,想起苟才的话来,便告诉了继之。继之道:"这般回绝了他也好,省得他再来麻烦。"我道:"大哥放着现成真的不去干,我却弄了个假的来,真是无谓。"述农道:"这样东西,真的假的,最没有凭据。我告诉你一个笑话:我们局里前几年,上头委了一个盐运同[2]来做总办;

----

[1] 实收——捐官缴款收据的专称。
[2] 盐运同——都转盐运使司同知的省称,在盐运使节制下,管理某一地区盐务的官员。

这局子向来的总办都是道班,这一位是破天荒的。到差之后,过了一年多,才捐了个候选道。你道他为甚么加捐起来?原来他那盐运同是假的。"继之道:"假功名,戴个顶子玩玩就罢了,怎么当起差来?"述农道:"他还是奉宪准他冒官的呢。他本是此地江苏人。他的老兄,是个实缺抚台。他是个广东盐大使[1]。那年丁忧回籍,办过丧事之后,不免出门谢吊;谢过吊,就不免拜客。他老兄见了两江总督[2],便代自家兄弟求差使,说本籍人员,虽然不能当地方差使,但如洋务、工程等类,也求赏他一个。总督答应了,他便递了一张'广东候补盐大使某某'的条子。说过之后,许久没有机会。忽然一天,这局子里的总办报了丁忧,两江总督便想着了他。可巧那张条子不见了,书桌上、书架上、护书里、抽屉里,翻遍了都没有。便仔细一想,把他名字想了出来,却忘了他的官阶。想了又想,仿佛想起一个'盐'字,便糊里糊涂给他填上一个盐运同。这不是奉宪冒官么。"我道:"他已经捐过了道班,这件事又从那里知道他的呢?"述农道:"不然那里知道,后来他死了,出的讣帖,那官衔候选道之下,便是广东候补盐大使,竟没有盐运同的衔头,大家才知道的啊。"

继之道:"自从开捐之后,那些官儿竟是车载斗量,谁还去辨甚

------

[1] 盐大使——管理盐务的低级官员。依主管盐场、盐库、盐仓、盐税的不同,而有场大使、库大使、仓大使、税大使的分别。
[2] 两江总督——清初设江南总督,统治江苏、安徽两省,后来把江西也划在辖区以内,改称两江总督。后文第九十二回所说"伯芬官阶的升转,总不出江苏、江西、安徽三省,处处都用得着南京消息的",就因为驻在南京的两江总督管辖这三省的缘故。

么真假。我看将来是穿一件长衣服的,都是个官,只除了小工、车夫与及小买卖的,是百姓罢了。"述农道:"不然,不然! 上一个礼拜,有个朋友请我吃花酒,吃的时候晚了,我想回家去,叫开老北门或新北门到也是园滨还远得很,不如回局里去。赶到宁波会馆叫了一辆东洋车。那车夫是个老头子,走的慢得很;我叫他走快点,情愿加他点车钱。他说走不快了,年轻时候,出来打长毛,左腿上受过枪弹,所以走起路来,很不便当。我听了很以为奇怪,问他跟谁去打长毛,他便一五一十的背起履历来。他还是花翎、黄马褂[1]、'硕勇巴图鲁'[2]、记名总兵呢。背出那履历来,很是内行,断不是个假的。还有这里虹口鸿泰木行一个出店,也是个花翎、参将衔的都司[3]。这都是我亲眼看见的,何必穿长衣的才是个官呢。"德泉道:"方佚庐那里一个看门的,听说还是一个曾经补过实缺的参将呢。"继之道:"军兴的时候,那武职功名,本来太不值钱了;到了兵事过后,没有地方安插他们,流落下来,也是有的。那年我进京,在客店里看见一首题壁诗,署款是'解弁[4]将军'。那首诗很好的,可惜我都忘了。只记得第二句是'到头赢得一声驱'。只这七个字,那种抑郁不平之气,也

---

[1] 黄马褂——骑马时穿的黄色外衣,是清朝皇帝赏给近臣或有军功的臣子的一种服装。
[2] 巴图鲁——满洲话勇武的译音,是清朝赏给有军功的人的一种称号。通常要在称号上加两个字,如毅勇、诚勇和这里的硕勇之类。
[3] 参将衔的都司——按清代武官阶级,参将地位在副将之下,一般称做参戎,约等于后来的上校。都司地位较低,约等于后来的少校。参将衔的都司,是这个武官实际是个都司,虚衔却是参将。
[4] 解弁——解除武装。

就可想了。"当下谈了一会,述农去了,各自散开。

我想这废照一节,不便告诉母亲,倘告诉了,不过白气恼一场,不如我自己写个信去问问伯父便了。于是写就一封信,交信局寄去。回到家来,我背着母亲、婶娘,把这件事对姊姊说了。姊姊道:"这东西一寄了来,我便知道有点蹊跷。伯娘又不曾说过要你去做官,你又不是想做官的人,何必费他的心,弄这东西来。你此刻只不要对伯娘说穿,有心代他瞒到底,免得伯娘白生气。"我道:"便是我也是这个意思,姊姊真是先得我心了。"姊姊道:"本来做官不是一件容易的事,便是真的,你未必便能出去做;就出去了,也未必混得好。前回在南京的时候,继之得了缺,接着方伯升到安徽去,那时你看干娘欢喜得甚么似的,以为方伯升了抚台,继之更有照应了。他未曾明白,隔了一省,就是鞭长不及马腹了。俗语说的好,'朝里无人莫做官',所以才有撤任的这件事。此刻譬如你出去候补,靠着谁来照应呢?并且就算有人照应,这靠人终不是个事情;并且一走了官场,就是你前回说的话,先要学的卑污苟贱,灭绝天良。一个人有好人不学,何苦去学那个呢。这么一想,就管他真的也罢,废的也罢,你左右用他不着。不过……"说到这里,就顿住了口,歇一歇道:"这两年字号里的生意也很好,前两天我听继之和伯娘说起,我们的股本,积年将利作本,也上了一万多了。那里不弄回三千银子来,只索看破点罢了。"我道:"不错,这里面很像有点盈虚消息[1]。倘使老人家的几个钱,

---

[1] 盈虚消息——盈,有馀;虚,不足。消,灭;息,生。古人认为,时运循环,生灭不已,可以由盛而衰,也可以由衰而盛。语出《易经》:"天地盈虚,与时消息。"

不这般糊里糊涂的弄去了,我便不至于出门;不出门,便不遇见继之,那里能挣起这个事业来呢。到了此刻,却强我做达人〔1〕。"

说话之间,婶娘走了进来道:"侄少爷在这里说甚么?大喜啊!"我愕然道:"婶婶说甚么?喜从何来?"婶娘对我姊姊说道:"你看他一心只巴结做生意,把自己的事,全然不管,连问他也装做不知道了。"姊姊道:"这件事来往信,一切都是我经理的,难怪他不知道。"婶娘道:"难道继之也不向他提一句?"姊姊道:"他们在外面遇见时,总有正经事谈,何必提到,况且继之那里知道我们瞒着他呢。"说着,又回头对我道:"你从前定下的亲,近来来了好几封信催娶了,已经定了明年三月的日子。这里过了年,就要动身回去办喜事。瞒着你,是伯娘的主意,说你起服那一年,伯娘和你说过好几遍,要回去娶媳妇儿,你总是推三阻四的;所以这回不和你商量,先定了日子,到了时候,不由你不去。"我笑着站起来道:"我明年过了年,正月里便到宜昌去看伯父,住他一年半载才回来。"说着,走了下楼。

光阴荏苒〔2〕,转瞬又到了年下,正忙着各处的帐目,忽然接到伯父的回信,我拆开一看,上面敷衍了好些不相干的话,末后写着说:"我因知王俎香在湘省办捐,吾侄之款,被其久欠不还,屡次函催,伊总推称汇兑不便;故托其即以此款,代捐一功名,以为吾侄他日出山

---

〔1〕 达人——达观的人。
〔2〕 荏苒——形容时间渐渐过去的样子。

之地。不图其以废照塞责。今俎香已死,虽剖吾心,无以自明;惟有俟吾死后,于九泉之下,与之核算"云云。我看了,只好付之一笑。到了晚上回家,给姊姊看了,姊姊也是一笑。

腊月的日子格外易过,不觉又到了新年。过年之后,便商量动身。继之老太太也急着要带撤儿回家谒祖,一定要继之同去。继之便把一切的事都付托了管德泉,退了住宅房子,一同上了轮船。在路走了四天,回到家乡,真是河山无恙,桑梓[1]依然。在上海时,先已商定由继之处拨借一所房子给我居住。好在继之房子多,尽拨得出来。所以起岸之后,一行人轿马纷纷,都向继之家中进发。伯衡接着,照应一切行李。当日草草在继之家中歇了一天。次日,继之把东面的一所三开间、两进深的宅子,指拨给我。我道:"我住不了这些房子啊。"继之道:"住是住不了,然而办起喜事来却用得着。并且家母和你老太太同住热闹惯了,住远了不便。我自己这房子后面一所花园,却跨到那房子的后面;只要在那边开个后门,内眷们便可以不出大门一步,从花园里往来了。这是家母的意思,你就住了罢。"我只得依了。继之又请伯衡和我过去,叫人扫除一切。

原来这所房子,是继之祖老太爷晚年习静之处。正屋是三开间、两进深;西面还有一个小小院落,一间小小花厅,带着一间精雅书房;

---

[1] 桑梓——古人在乡间多种桑树和梓树,因为桑树可以养蚕,梓树可以做器具。后来就以桑梓为本乡本土的代词。

东面另有一间厨房:位置得十分齐整。伯衡帮着忙,扫除了一天,便把行李一切搬了过来;动用的木器家伙,还是我从前托伯衡寄存的,此时恰好应用,不够的便添置起来。母亲住了里进上首房间,婶娘暂时住了花厅,姊姊急着回婆家去了。我这边张罗办事,都是伯衡帮忙。安顿了三天,我才到各族长处走了一次,于是大家都知道我回来娶亲了。自此便天天有人到我家里来,这个说来帮忙,那个说来办事,我和母亲都一一谢去了。

有一天,要配两件零碎首饰,我暗想尤云岫向来开着一家首饰店的,何不到他那里去买,也顺便看看他。想罢,便一路走去。久别回乡的人,走到路上,看见各种店铺,各种招牌,以及路旁摆的小摊,都是似曾相识,如遇故人,心中另有一种说不出的情景。走到云岫那店时,谁知不是首饰店了,变了一家绸缎店。暗想莫非我走错了,仔细一认,却并未走错。只得到左右邻居店家去问一声,是搬到那里去了,谁知都说不是搬去,却是关了。我暗想云岫这个人,何等会算计,何等尖刻,何至好好的一家店关了呢。只得到别家去买。这条街本是一个热闹所在,走不上多少路,就有了首饰店,我进去买了。因为他们同行,或者知道实情,顺便问问云岫的店为甚么关了。一个店伙笑道:"没有关。"说着,把手往南面一指道:"搬到那边去了。往南走出了栅栏,路东第一家,便是他的宝号。"我听了,又暗暗诧异,怎么他的旧邻又说是关了呢。

谢过了那店伙,便向南走去,走出半里多路,到了栅栏,踱了过去,向路东第一间一望:只是这间房子,统共不过一丈开阔,还不到五尺深；地下摆了两个矮脚架子，架着两个玻璃扁匣，匣里面摆着些残旧破缺的日本耍货[1]；匣旁边坐了一个老婆子，脸上戴着黄铜边老花眼镜，在那里糊自来火匣子，连柜台也没有一张。回过头来一看，却有一张不到三尺长的柜台，柜台上面也放着一个玻璃扁匣，匣里零零落落的放着几件残缺不全的首饰，旁边放着一块写在红纸贴在板上的招牌，是"包金法蓝[2]"四个字。柜台里面坐着一个没有留胡子的老头子，戴了一顶油腻腻的瓜皮小帽，那帽顶结子，变了黑紫色的了；露出那苍白短头发，足有半寸多长，犹如洋灰鼠一般；身上穿了一件灰色洋布棉袄，肩上襟前，打了两个大补钉。仔细一看，正是尤云岫，不过面貌憔悴了好些。我跨进去一步，拱拱手，叫一声世伯。他抬起头来，我道："世伯还认得我么？"云岫连忙站起来弯着腰道："嗄！咦！啊！唔！哦！哦！哦！认得，认得！到那里去？请坐，请坐！"我见他这种神气，不觉忍不住要笑。

正要答话，忽听得后面有人叫我，我回头一看，却是伯衡。我便对云岫道："我有一点事，回来再谈罢。"弯了弯腰，辞了出来，问伯衡甚么事。伯衡道："继之老太太要送你一套袍褂料，叫我剪，恰好遇了你，请你同去看看花样颜色。"我道："这个随便你去买了就是，那有我自己去拣之理。"伯衡道："既如此，买了穿不得的颜色，你不要怨我。"我道："又何苦要买穿不得的颜色呢！"伯衡道："不是我要买，

----

[1] 耍货——玩具。
[2] 法蓝——同珐琅。一种涂在金属器皿外面，可以防锈而且美观的物质。

老太太交代,袍料要出炉银颜色[1]的呢。"我笑道:"老太太总还当我是小孩子,在他跟前,穿得老实点,他就不欢喜。今年新年里,还送我一条洒花腰带,硬督着要我束上,你想怎好拂他的意思。这样罢,袍料你买了蜜色的罢,只说我自己欢喜的,他老人家看了,也不算老实,我还可以穿得出。劳了你驾罢,我要和云岫谈谈去。"

伯衡答应去了,我便回头再到云岫那里。云岫见了我,连忙站起来道:"请坐,请坐!你几时回来的?我这才想起来了。你头回来,我实在茫然;后来你临去那一点头,一呵腰,那种神气,活像你尊大人,我这才想起来了。请坐,请坐!"我看他只管说请坐,柜台外面却并没一把椅子。正是:剩有阶前盈尺地,不妨同作立谈人。柜台外面既没有椅子,不知坐到那里,且待下回再记。

---

[1] 出炉银颜色——就是银白色。出炉银,指炉房铸出的银子。清时有一种炉房,专铸当时通用银子——马蹄银。

第六十五回

一盛一衰世情商冷暖　忽从忽违辩语出温柔

云岫一口气说了六七句"请坐",猛然自己觉着柜台外面没有凳子,连忙弯下腰去,要把自己坐的凳子端出来。我忙道:"不必了,我们到外面去谈谈罢。但不知这里要看守不?"云岫道:"好,好,我们外面去谈,这里不要紧的。"于是一同出来,拣了一家酒楼要上去。云岫道:"到茶楼上去谈谈,省点罢。"我道:"喝酒的好。"于是相将登楼,拣了坐位,跑堂的送上酒菜。

云岫问起我连年在外光景,我约略说了一点。转问他近年景况。云岫叹口气道:"我不料到了晚年才走了坏运,接二连三的出几件事,便弄到我一败涂地!上前年先母见背下来,不上半年,先兄、先嫂,以及内人、小妾,陆续的都不在了;半年工夫,我便办了五回丧事。正在闹的筋疲力尽,接着小儿不肖[1],闯了个祸,便闹了个家散人亡!直是令我不堪回首!"我道:"此刻宝号里生意还好么?"云岫道:"这个那里好算一个店,只算个摊罢了;并且也没有货物,全靠代人家包金、法蓝、赚点工钱,那里算得个生意!"我道:"那个老婆子又是甚么人?"云岫道:"我租了那一点点地方,每年租钱要十元洋钱,在

---

[1] 不肖——本指儿子不像父亲,后来就把儿子的不学好、不贤叫做不肖。

第六十五回　一盛一衰世情商冷暖　忽从忽违辨语出温柔 | 603

这个时候那里出得起！因此分租给他,每年也得他七元,我只要出三元就够了。"说时不住的欷歔[1]叹息。我道:"这个不过暂屈一时,穷通[2]得失,本来没有一定的。像世伯这等人,还怕翻不过身来么!"云岫道:"这么一把年纪,死期也要到快了,才闹出个朝不谋夕的景况来;不饿死就好了,还望翻身么!"我道:"世伯府上,此时还有甚人?"云岫见问,摇头不答,好像就要哭出来的样子。

我也不便再问,让他吃酒吃菜。又叫了一盘炒面,他也就不客气,风卷残云的吃起来。一面又诉说他近年的苦况,竟是断炊的日子也过过了。去年一年的租钱还欠着,一文不曾付过;分租给人家的七元,早收来用了。我见他穷得着实可怜,在身边摸一摸,还有几元洋钱,两张钞票。洋钱留着,恐怕还要买东西,拿出那两张钞票一看,却是十元一张的,便递了给他道:"身边不曾多带得钱,世伯不嫌亵渎,请收了这个,一张清了房钱,一张留着零用罢。"云岫把脸涨得绯红,说道:"这个怎好受你的!"我道:"这个何须客气。朋友本来有通财之义,何况我们世交,这缓急相济,更是平常的事了。"云岫方才收了。叹道:"人情冷暖,说来实是可叹！想我当日光景好的时候,一切的乡绅世族,那一家那一个不和我结交,办起大事来,那一家不请我帮忙,就是你们贵族里,无论红事、白事,那一回少了我的;自从倒败下来,一个个都掉头不顾了。先母躺了下来,还是很热闹的;及至

---

[1] 欷歔——同歔欷。啼哭时抽抽咽咽的样子。
[2] 穷通——贫困和显达。

内人死后,散出讣帖去,应酬的竟就寥寥了;到了今日,更不必说了。难得你这等慷慨,真是有其父必有其子。你老翁在家时,我就受他的惠不少,今天又叨扰你了。到底出门人,市面见得多,手段是两样的。"说着,不住的恭维。一时吃完了酒,我开发过酒钱,吃得他醺然别去。我也就回家。

晚上没事,我便到继之那边谈天,可巧伯衡也在书房里。我谈起云岫的事,不觉代他叹息。伯衡道:"你便代他叹息,这里的人看着他败下来,没有一个不拍手称快呢。你从前年纪小,长大了就出门去了,所以你不知道他。他本是一个包揽词讼,无恶不作的人啊!"我道:"他好好的一家铺子,怎样就至于一败涂地?"伯衡道:"你今天和他谈天,有说起他儿子的事么?"我道:"不曾说起。他儿子怎样?"伯衡道:"杀了头了!"我猛吃了一大惊道:"怎样杀的?"伯衡笑道:"杀头就杀了,还有多少样子的么。"我道:"不是。是我说急了,为甚么事杀的?"伯衡道:"他家老大没有儿子,云岫也只有这一个庶出儿子,要算是兼祧两房的了,所以从小就骄纵得非常。到长大了,便吃喝嫖赌,没有一样不干。没钱花,到家来要;赌输了,也到家来要。云岫本来是生性悭吝的,如何受得起;无奈他仗着祖母疼爱,不怕云岫不依。及至云岫丁了忧,便想管束他,那里管束得住。接着他家老大夫妻都死了,手边未免拮据,不能应他儿子所求。他那儿子妙不可言,不知跑到那里弄了点闷香[1]来,把他夫妻三个都闷住了,在父

---
[1] 闷香——使人闻了昏迷的一种麻醉药香。

母身边搜出钥匙,把所有的现银首饰,搜个一空。又搜出云岫的一本底稿来;这本底稿在云岫是非常秘密的,内中都是代人家谋占田产,谋夺孀妇等种种信札,与及诬揑人家的呈子。他儿子得了这个,欢喜的了不得,说道:'再不给我钱用,我便拿这个出首[1]去!'云岫虽然闷住,心中眼中是很明白的,只不过说不出话来,动弹不得。他儿子去了许久,方才醒来,任从气恼暴跳,终是无法可施。他儿子从此可不回家来了;有时到店里去走走,也不过匆匆的就去了。你道他外面做甚么?原来是做了强盗!抢了东西,便拿到店里,店里本有他的一个卧房,他便放在自己卧房里面。有一回,又纠众打劫,拒伤事主;告发之后,被官捉住了,追问赃物窝藏所在,他供了出来。官派差押着到店里起出赃物,便把店封了,连云岫也捉了去,拿他的同知职衔也详革了。罄其所有打点过去,方才仅以身免。那家店就此没了。因为案情重大,并且是积案累累的,就办了一个就地正法[2]。云岫的一妻一妾,也为这件事,连吓带痛的死了。到了今日,云岫竟变了个孤家寡人了。"我听了,方才明白日里我问他还有甚人,他现出了一种凄惶样子的缘故。当下又谈了一会,方才告别回去。

这几天没事,我便到族中各处走走。有时谈到尤云岫,却是没有一个不恨他的。我暗想虽然云岫为人可恶,然而还是人情冷暖之故。记得我小的时候,云岫那一天不到我们族中来,那一个不和他拉相

---

〔1〕 出首——主动告发。
〔2〕 就地正法——见第四十八回"斩决"注。

好。既然知道他不是个好人,为甚么那时候不肯疏远他,一定要到了此时才恨他呢?这种行径,虽未尝投井,却是从而下石了[1]。炎凉之态,想着实在可笑可怕。

闲话少提。不知不觉,已到了三月初旬,娶亲的吉期了。到了这天,云岫也还备了蜡烛、花爆等四式礼物送来。我想他穷到这个样子,那里还好受他的;然而这些东西,我纵然退了回去,他却不能退回店家的了,只得受了下来,交代多给他脚钱。又想到这脚钱是来人得的,与他何干,因检出一张五元的钞票,用信封封固了,交与来人,只说是一封要紧信,叫他带回去交与云岫。这里的拜堂、合卺[2]、闹房、回门等事,都是照例的,也不必细细去说他了。

匆匆过了喜期,继之和我商量道:"我要先回上海去了,你在家里多住几时。从此我们两个人替换着回家。我到上海之后,过几时写信来叫你;等你到了,我再回来。"我道:"这个倒好,正是瓜时而往,及瓜而代[3]呢。"继之道:"我们又不是戍兵,何必约定日子,不过轮流替换罢了。"商量既定,继之便定了日子,到上海去了。

一天,云岫忽然着人送一封信来,要借一百银子。我回信给他,

---

[1] 虽未尝投井,却是从而下石了——成语"投井下石",形容把人推到井里,更丢些石头下去。这里两句的意思却是,虽然没有给予别人以灾难,但却趁着别人有灾难时,予以打击。
[2] 合卺——封建时期婚礼的仪式之一。卺是把一个瓠子分成两半的瓢。行婚礼时,新夫妇各拿着半个瓢喝酒,叫做合卺,犹如后来的喝交杯酒。
[3] "瓜时而往,及瓜而代"——历史故事:春秋时,齐襄公命连称、管至父两人去戍守葵丘。当时正是吃瓜的时候,齐襄公告诉他们说,等明年吃瓜的时候,就派人来代替你们。见《左传》。后来就把期满换人叫做瓜代。

只说我的钱都放在上海,带回来有限,办喜事都用完了。回信去后,他又来了一封信,说甚么"尊翁去世时,弟不远千里,送足下[1]到浙,不无微劳,足下岂遂忘之?"云云。我不禁着了恼,也不写回信,只对来人说知道了。来人道:"尤先生交代说,要取回信呢。"我道:"回信明日送来。"那人才去了。我暗想你要和我借钱,只诉诉穷苦还好;若提到前事,我巴不得吃你的肉呢!此后你莫想我半文;当日若是好好的彼此完全一个交情,我今日看你落魄到此,岂有不帮忙之理。到了明日,云岫又送了信来。我不觉厌烦了,叫人把原信还了他,回说我上坟修墓去了,要半个月才得回来。

从此我在家里,一住三年。婶娘便长住在我家里。姊姊时常归宁[2]。住房后面,开了个便门,通到花园里去,便与继之的住宅相通,两家时常在花园里聚会。这日子过得比在南京、上海,又觉有趣了。撒儿已经四岁,生得雪白肥胖,十分乖巧,大家都逗着他玩笑,更不寂寞,所以日子更容易过了。

直到三年之后,继之才有信来叫我去。我便定了日子,别过众人,上轮船到了上海,与继之相见。德泉、子安都来道候。盘桓了两天,我问继之几时动身回去。继之道:"我还不走,却要请你再走一遍。"我道:"又到那里?"继之道:"这三年里面,办事倒还顺手;前年

---

[1] 足下——称人的敬词,多用在书信里。
[2] 归宁——妇女回娘家。

去年,我亲到汉口办了两年茶,也碰了好机会。此刻打算请你到天津、京城两处去走走,察看那边的市面能做些甚么。"我道:"几时去呢?"继之道:"随便几时,这不是限时限刻的事。"

说话之间,文述农来了,大家握手道契阔[1]。说起我要到天津的话,述农道:"你到那边去很好。舍弟杏农在水师营里,我写封信给你带去,好歹有个人招呼招呼。"我道:"好极!你几时写好,我到你局里来取。"述农道:"不必罢,那边路远。今天是礼拜,我才出来,等再出来,又要一礼拜了,我就在这里写了罢。"说罢,就在帐桌上一挥而就,写了交给我,我接过来收好了。

大家谈些别后之事,我又问问别后上海的情形。述农道:"你到了两天,这上海的情形,总有人告诉过你了。我来告诉你我们局里的情形罢。你走的那年夏天,我们那位总办便高升了,放了上海道。换了一个总办来,局里面的风气就大变了。前头那位总办是爱朴素的,满局里的人,都穿的是布长褂子、布袍子;这一位是爱阔的,看见这个人朴素,便说这个人没用,于是乎大家都阔起来。他爱穿红色的,到了新年里团拜,一色的都是枣红摹本缎袍子。有一个委员,和他同姓,出来嫖,窑姐儿里都叫他大人。到了节下,窑姐儿里照例送节礼给嫖客。那送给委员的到了局里,便问某大人。须知局子里,只有一个总办是大人,那看栅门的护勇见问,便指引他到总办公馆里去了。底下人回上去,他却茫然,叫了来人进去问,方知是送那委员的,他还

----
[1] 契阔——久别。

叫底下人带了他到委员家去。若是前头那位总办，还了得么！"

我道："那么说，这位总办也嫖的了？"述农道："怎么不嫖，还嫖出笑话来呢。我们局里的议价处，是你到过的了。此刻那议价处没了权了，不过买些零碎东西；凡大票的煤铁之类，都归了总办自己买。有一个甚么洋行的买办，叫做甚么舒淡湖，因为做生意起见，竭诚尽瘁的巴结。有一回，请总办吃酒，代他叫了个局，叫甚么金红玉，总办一见了，便赏识的了不得，当堂给了他一百元的钞票；到第二回吃酒，又叫了他，不住口的赞好。舒淡湖便在自己家里，拾掇了一间密室，把总办请到家里来，把金红玉叫到家里来，由他两个去鬼混了两次。我们这位总办着了迷了，一定要娶他。舒淡湖便挺了腰子，揽在身上，去和金红玉说；往返说了几遍，说定了身价，定了日子要娶了。谁知金红玉有一个客人，听见红玉要嫁人，便到红玉处和他道喜，说道：'恭喜你高升了，做姨太太了！只是有一件事，我很代你耽心。'红玉问：'耽心甚么？'客人道：'我是耽心做官的人，脾气不好；况且他们湖南人，长毛也把他杀绝了，你看凶的还了得么！'红玉笑道：'我又不是长毛，他未必杀我；况且杀长毛是一事，娶妾又是一事，怎么好扯到一起去说呢。'客人道：'话是不错。只是做官的人家，与平常人家不同，断不能准你出入自由的。况且他五十多岁的人，已经有了六七房姬妾了。今天欢喜了你，便娶了去；可知你进门之后，那六七个都冷淡的了。你保得住他过几时不又再看上一个，又娶回去么？须知再娶一个回去时，你便和这六七个今天一样了。若在平常人家，或者还可以重新出来，或者嫁人，或者再做生意；他们公馆里，能放你出来么?还不是活着在那里受冷淡!我是代你耽心到这一层,好意来关照你,随你自己打主意去。'红玉听了,总如冷水浇背一般,唇也青了,面也白了,做声不得。等那客人去了,便叫外场去请舒淡湖。舒淡湖是认定红玉是总办姨太太的了,莫说请他他不敢不来,就是传他他也不敢不来。来了之后,恭恭敬敬的请示。红玉劈头一句便道:'我不嫁了!'舒淡湖吃了一惊道:'这是甚么话?'红玉道:'承某大人的情,抬举我,我有甚不愿意之理;但是我想来想去,我的娘只有我一个女儿,嫁了去,他便举目无亲了。虽说是大人赏的身价不少,但是他几十岁的一个老太婆,拿了这一笔钱,难保不给歹人骗去,那时叫他更靠谁来!'舒淡湖道:'我去和大人说,接了你娘到公馆里,养他的老,不就好了么。'红玉道:'便是我何尝不想到这一层。须知官宦人家,看那小老婆的娘,不过和老妈子一样,和那鸦头、老妈子同食同睡。我嫁了过去,便那般锦衣玉食,却看着亲生的娘这般作践,我心里实在过不去;若说和亲戚一般看待呢,莫说官宦人家没有这种规矩,便是大人把我宠到头顶上去,我也不敢拿这种非礼的事去求大人啊。我十五岁出来做生意,今年十八岁了,这几年里面,只挣了两副金镯子。'说着,便在手上每副除下一只来,交给舒淡湖道:'这是每副上面的一只,费心舒老爷,代我转送给大人,做个纪念,以见我金红玉不是忘恩负义的人。上海标致女人尽多着,大人一定要娶个人,怕少了比我好的么。'舒淡湖听了一番言语,竟是无可挽回的了,就和红玉刚才听了那客人的话一般,唇也青了,面也白了,如水浇背,做声不得,接了金镯子,怏怏回去。暗想只恨不曾先下个定,倘是下了定,凭他怎样,也不能悔议。此刻弄到这个样子,别的不打紧,倘使总办恼了,说我不会办事,以后的生意便难做了。这件事竟急了他一天一夜,在床上翻来覆去想法子,总不得个善法。直至天明,忽然想了一条妙计,便一跃而起。"只因这一条妙计,有分教:谮语不如蛊语妙,解铃还是系铃人[1]。不知是一条甚么妙计,且待下回再记。

---

[1] 谮语不如蛊语妙,解铃还是系铃人——谮语,坏话。佛家故事:法眼和尚问大众:老虎颈项下挂的金铃,谁能去解下来?泰钦和尚答:当初挂上去的人可以解下来。见《指月录》。后来因以由原来做的人去解决那件事情,叫做解铃系铃。这里是说:舒淡湖想要总办自动退婚,认为当面说红玉的坏话不如背地造她的谣言来得有效,果然因造谣而达到了目的。舒淡湖原是媒人,如今还是由他来解决了退婚的问题。

第六十六回

妙转圜行贿买蜚言　猜哑谜当筵宣谑语

"舒淡湖一跃而起,匆匆梳洗了,藏好了两只金镯子,拿了一百元的钞票,坐了马车,到四马路波斯花园对过去,找着了《品花宝鉴》[1]上侯石翁的一个孙子,叫做侯翱初的,和他商量。这侯翱初是一家甚么报馆的主笔,当下见了淡湖,便乜斜着眼睛,放出那一张似笑非笑的脸来道:'好早啊!有甚么好意?你许久不请我吃花酒了,想是军装生意忙?'淡湖陪笑道:'一向少候。今日特来,有点小事商量。'翱初拍手道:'你进门我就知道了。你们这一班军装大买办,平日眼高于天,何尝有个朋友在心上!除了呵外国人的卵脬,便是拍大人先生的马屁,天天拿这两件事当功课做;馀下的时候,便是打茶围、吃花酒,放出阔老的面目去骄其娼妓了,那里有个朋友在心上!所以你一进门,我就知道你是有为而来的了。这才是无事不登三宝殿呵。'淡湖被他一顿抢白,倒没意思起来。搭讪了良久,方才说道:'我有件事情和你商量,求你代我设一个善法,我好好的谢你。'翱初摇手道:'莫说,莫说!说到谢字,呕得死人!前回一个朋

---
〔1〕《品花宝鉴》——清陈森作,描写优伶生活的一部狭邪小说。

友代人家来说项[1]了一件事。你道是甚么事呢？是一个赌案里面牵涉着三四个体面人，恐怕上出报来，于声名有碍，特地来托我，请我不要上报。我念朋友之情，答应了他；更兼代他转求别家报馆，一齐代他讳了。到了案结之后，他却送我一份"厚礼"，用红封套封了，签子上写了"袍金"两个字。我一想，也罢了，今年恰好我狐皮袍子要换面子，这一封礼，只怕换两个面子也够了。及至拆开一看，却是一张新加坡甚么银行的五元钞票，这个钞票上海是不流通的，拿去用每元要贴水五分，算起来只有四元七角半到手。我想这回我的狐皮袍子倒了运了，要靠着他，只怕换个斗纹布的面子还不够呢。你说可要呕死人！'舒淡湖道：'翱翁，你不要骂人，我可不是那种人。你若不放心时，我先谢了你，再商量事体也使得。'说罢，拿出一百元钞票来，摆在桌上道：'我们是老朋友，我也不客气，不用甚么封套、签子，也不写甚么袍金、褂金，简直是送给你用的，凭你换面子也罢，换里子也罢。'翱初看见了一百元钞票，便登时眉花眼笑起来，说道：'淡翁，有事只管商量，我们老朋友，何必客气。'淡湖方才把金红玉一节事，详详细细，诉说了一遍。翱初耸起了一面的肩膀，侧着脑袋听完了，不住口的说：'该死，该死！此刻有甚法子挽回呢？'淡湖道：'此刻那里还有挽回的法子，只要设法弄得那一边也不要讨就好了。'翱初道：'这有甚么法子呢？'淡湖便坐近一步，向翱初耳边细细的说了两

---

[1] 说项——唐杨敬之钦佩项斯的才学，到处表扬他，有"到处逢人说项斯"的诗句。后来就以说人好话为说项，并引伸作说人情解释。

句话。翱初笑道:'亏你想得好法子,却来叫我无端诬谤人。'淡湖站起来一揖到地,说道:'求你老哥成全了我,我生生世世不忘报答!'翱初看在一百元的面子上,也就点头答应了。淡湖又叮嘱明天要看见的,翱初也答应了。淡湖才欢天喜地而去。这一天心旷神怡的过去了。到了次日,一早起来,便等不得送报人送报纸来,先打发人出去买了一张报纸,略略看了一遍,欢天喜地的坐了马车,到总办公馆里去。总办还没有起来;好得他是走拢惯的,一切家人,又都常常得他的好处,所以他到了,绝无阻挡,先引他到书房里去坐。一直等到十点钟,那总办醒了,知道淡湖到了,想来是为金红玉的事,便连忙升帐,匆匆梳洗,踱到书房相见。淡湖那厮,也亏他真做得出,便大人长、大人短的乱恭维一阵,然后说是:'娶新姨太太的日子近了,一切事情,卑职都预备了。他们向来是没有妆奁的,新房里动用物件,卑职也已经敬谨预备;那个马桶,卑职想来桶店里买的,又笨重,又不雅相,卑职亲自到福利公司去买了一个洋式白瓷的,是法兰西的上等货。今天特地来请大人的示,几时好送到公馆里来,专等大人示下,卑职好遵办。'总办听了,也是喜欢,便道:'一切都费心得很!明后天随便都可以送来。至于用了多少钱,请你开个帐来,我好叫帐房还你。'淡湖道:'卑职孝敬大人的,大人肯赏收,便是万分荣耀,怎敢领价!到了喜期那天,大人多赏几钟喜酒,卑职是要领吃的。'一席话,说的那一位总办大人,通身松快,便留他吃点心。这时候,家人送进三张报纸来,淡湖故意接在手里,自己拿着两张,单把和侯翱初打了关节的那张,放在桌上。总办便拿过来看,看了一眼,颜色就登时变

第六十六回　妙转圜行贿买蜚言　猜哑谜当筵宣谶语　615

了,再匆匆看了一会,忽然把那张报往地下一扔,跳起来大骂道:'这贱人还要得么!'淡湖故意做成大惊失色的样子,连忙站起来,垂了手问道:'大人为甚么忽然动气?'那总办气喘如牛的说道:'那贱人我不要了!你和我去回绝了他,叫他还是嫁给马夫罢!至于这个情节,我不要谈他!'说时,又指着扔下的报纸道:'你自己看罢!'淡湖又装出一种惶恐样子,弯下腰,拾起那张报来一看,那论题是'论金红玉与马夫话别事'。这个论题,本是他自己出给侯翱初去做的,他早起在家已是看过的了;此时见了,又装出许多诧异神色来,说道:'只怕未必罢。'又唠唠叨叨的说道:'上海同名的妓女,也多得很呢。'总办怒道:'他那篇论上,明明说是将近嫁人,与马夫话别;难道别个金红玉,也要嫁人了么!'淡湖得了这句话,便放下报纸不看,垂了手道:'那么,请大人示下办法。'总办啐了他一口道:'不要了,有甚么办法!'他得了这一句话,死囚得了赦诏一般,连忙辞了出来。回到家中,把那两只金镯子,秤了一秤,足有五两重,金价三十多换,要值到二百多洋钱;他虽给了侯翱初一百元,还赚着一百多元呢。"

　　述农滔滔而谈,大家侧耳静听。我等他说完了,笑道:"依你这样说,那舒淡湖到总办公馆里的情形,算你近在咫尺[1],有人传说的;那总办在外面吃酒叫局的事,你又从何得知?况且舒淡湖的设计一层,只有他心里自己知道的事,你如何也晓得了?这事未必足信,

----

〔1〕咫尺——周代以八寸为咫。咫尺,形容很近。

其中未免有些点染[1]出来的。"述农道："你那里知道,那舒淡湖后来得了个疯瘫的毛病,他的儿子出来滥嫖,到处把这件事告诉人,以为得意的,所以我们才知道啊。"

继之道："你们不必分辩了,这些都是人情险恶的去处,尽着谈他作甚么。我们三个人,多年没有畅叙,今日又碰在一起,还是吃酒罢。明天就是中秋,天气也甚好,我们找一个甚么地方,去吃酒消遣他半夜,也算赏月。"述农道："是啊,我居然把中秋忘记了。如此说,我明天也还没有公事,不要到局,正好陪你们痛饮呢。"我道："这里上海,红尘十丈,有甚么好去处,莫若就在家里的好。子安、德泉都是好量,若是到外面去,他们两个人总不能都去,何不就在家里,大家在一起呢。"继之道："这也好,就这么办罢。"德泉听说,便去招呼厨房弄菜。

我对继之道："离了家乡几年,把故园风景都忘了,这一次回去,一住三年,方才温熟了。说起中秋节来,我想起一件事,那打灯谜不是元宵的事么,原来我们家乡,中秋节也弄这个玩意儿的。"继之道："你只怕又看了好些好灯谜来了。"我道："看是看得不少,好的却极难得,内中还有粗鄙不堪的呢。我记得一个很有趣的,是'一画,一竖,一画,一竖,一画,一竖;一竖,一画,一竖,一画,一竖,一画',打一个字。大哥试猜猜。"继之听了,低头去想。述农道："这个有趣,

---

〔1〕 点染——画家渲染色彩以描绘景物叫做点染,引申为对某一事件夸大的形容词。

明明告诉了你一竖一画的写法,只要你写得出来就好了。"金子安、管德泉两个,便伸着指头,在桌子上乱画,述农也仰面寻思。我看见子安等乱画,不觉好笑。继之道:"自然要依着你所说写起来,才猜得着啊,这有甚么好笑?"我道:"我看见他两位拿指头在桌子上写字,想起我们在南京时所谈的那个旗人上茶馆吃烧饼蘸芝麻,不觉好笑起来。"继之笑道:"你单拿记性去记这些事。"述农道:"我猜着一半了。这个字一定是'弓'字旁的,这'弓'字不是一画,一竖,一画,一竖,一画,一竖的么。"我道:"弓字多一个钩,他这个字并没有钩的。"继之道:"'曹'字可惜多了一画,不然都对了。"于是大家都伸出指头把"曹"字写了一回。述农笑道:"只可以向那做灯谜的人商量,叫他添一画算了'曹'字罢。我猜不着了。"金子安忽然拍手道:"我猜着了,可是个'亞'字?"我道:"正是,被子翁猜着了。"大家又写了一回,都说好。

述农道:"还有好的么?"我道:"还有一个猜错的,比原做还好的,是一个不成字的谜面,'丿丨',打一句四书,原做的谜底是'一介不以与人',你猜那猜错的是甚么?"子安道:"我们书本不熟,这个便难猜了。"继之道:"这个做的本不甚好,多了一个'以'字;若这句书是'一介不与人'就好了。"说话间,酒菜预备好了,继之起来让坐。坐定了,述农便道:"那个猜错的,你也说了出来罢。此刻大家正要吃酒下去,不要把心呕了出来。"我道:"那猜错的是'是非之心'。"继之道:"好,却是比原做的好,大家赏他一杯。"

吃过了,继之对述农道:"你怕呕心出来,我却想要借打灯谜行酒令呢。"述农未及回言,子安先说道:"这个酒令,我们不会行;打些甚么书句,我们肚子里那里还掏得出来,只怕算盘歌诀还有两句。"继之笑道:"会打谜的打谜,不会的只管行别的令,不要紧。"述农道:"既如此,我先出一个。"继之道:"我是令官,你如何先出?"我道:"不如指定要一个人猜:猜不出,罚一杯;猜得好,大家贺一杯;倘被别人先猜出了,罚说笑话一个。"德泉道:"好,好,我们听笑话下酒。"继之道:"就依这个主意。我先出一个给述农猜。我因为去年被新任藩台开了我的原缺,通身为之一快。此刻出一个是:'光绪[1]皇帝有旨,杀尽天下暴官污吏。'打四书一句。"我拍手道:"大哥自己离开了那地位,就想要杀尽他们了。但不知为甚么事开的缺,何以家信中总没有提及?"继之道:"此刻吃酒猜谜,你莫问这个。"述农道:"这一句倒难猜,孔、孟都没有这种辣手段。"我道:"猜谜不能这等老实,总要从旁面着想,其中虚虚实实,各具神妙;若要刻舟求剑[2],只能用朱注去打四书的了。"说到这里,我忽然触悟起来道:"我倒猜着了。"述农道:"你且莫说出来,我不会说笑话。"继之道:"你猜着了,何妨说出来,看对不对。"我道:"今之从政者殆而[3]。"述农拍手道:"妙,

---

[1] 光绪——爱新觉罗载湉(清德宗)的年号。

[2] 刻舟求剑——古代寓言:楚人渡江,一把剑从船上掉到水里去了。他就在船边刻上一个记号,说剑是从这里掉下去的,等船停了的时候,叫人从船边做记号的地方下水去捞剑。不知道船在江中驶行,剑掉在江里却是不动的,这样,当然找不到他的剑了。出《吕氏春秋》。这个寓言原是批判那些不知事物发展规律的人的,一般也用以指拘泥固执。

[3] 今之从政者殆而——现在做官的人危险了。而,语助词。语出《论语·微子篇》。

妙！是骂尽了也！只是我不会说笑话，我情愿吃三杯，一发请你代劳了罢。"说罢，先自吃了三杯。

德泉道："我们可有笑话听了。你不要把《笑林广记》[1]那个听笑话的说了出来，可不算数的。"继之道："他没有这种粗鄙的话，你请放心；并且老笑话也不算数。"我道："玉皇大帝一日出巡，群仙都在道旁舞蹈迎驾；只有李铁拐坐在地下，偃蹇不为礼。玉皇大怒道：'你虽然跛了一只脚，却还站得起来，何敢如此傲慢？'拐仙奏道：'臣本来只跛一只脚，此刻却两只都跛了也。'玉皇道：'这却为何？'拐仙道：'下界的画家，动辄喜欢画八仙[2]，那七个都画的不错，只有画到臣像，有个画臣跛的左脚，有个画臣跛的右脚，岂非两脚全跛了么。'"众人笑了一笑。

继之道："你猜着了，应该还要你出一个给我们猜。"我道："有便有一个。我说出来大家猜，不必限定何人。猜着了，我除饮酒之外，再说一个笑话助兴。"述农道："这一定是好的，快说出来。"我道："'含情迭问郎。'四书一句、唐诗一句。"述农道："好个旖旎风光的谜儿！娶了亲，领略过温柔乡[3]风味，作出这等好灯谜来了。"继之道："他这一个谜面，倒要占两个谜底呢。我们大家好好猜着他的，

---

[1] 《笑林广记》——清时署名游戏主人所作的一部笑话书。
[2] 八仙——迷信传说中，称汉钟离、张果老、韩湘子、李铁拐、曹国舅、吕洞宾、蓝采和、何仙姑等为八仙。
[3] 温柔乡——故事传说：刘骜（汉成帝）喜爱赵飞燕的妹妹合德，自己说，愿意终老在温柔乡里。后来因以温柔乡为沉溺于男女关系中的代词。

好听他的笑话。"述农道:"这个要往温柔那边着想。"继之道:"四书里面,除了一句'宽裕温柔',那里还有第二句。只要从问的口气上着想,只怕还差不多。"述农道:"如此说,我猜着了:四书是'夫子[1]何为',唐诗是'夫子何为者'。"继之道:"这个又妙,活画出美人香口来,传神得很!我们各贺一大杯,听他的笑话。"

我道:"观音菩萨到玉皇大帝处告状,说:'我本来是西竺国公主,好好一双大脚,被下界中国人搬了我去,无端裹成一双小脚,闹的筋枯骨烂,痛彻心脾。求请做主!'玉皇攒眉道:'我此刻自顾不暇,焉能再和你做主呢。'观音诧问何故。玉皇道:'我要下凡去嫁老公了。'观音大惊道:'陛下是个男身,如何好嫁人?'玉皇道:'不然,不然,我久已变成女身了。'观音不信。玉皇道:'你如果不信,只要到凡间去打听那一班惧内的朋友,没有一个不叫老婆做玉皇大帝的。'"说的合席大笑。述农道:"只怕你是叫惯了玉皇大帝的,所以知道。"

我道:"你不要和我取笑。你猜着了我的,你快点出一个我们猜。"述农道:"有便有一个,只怕不好。我们江南的话,叫拿尖利的兵器去刺人,叫做'戳'。我出一句上海俗话:'戳弗杀。'打《西厢》一句,请你猜。"我道:"这有何难猜,我一猜就着了,是'银样蜡枪头'。"述农道:"我也知道这个不好,太显了,我罚一杯。"

---

[1] 夫子——从前学生称老师为夫子,女人称丈夫也为夫子,所以这里用作"郎"字的谜底。

我道:"我出一个晦的你猜:'大会于孟津'〔1〕。《孟子》二字。"述农道:"只有两个字倒难了,不然就可以猜'武王伐纣'。"我道:"这两个字其实也是一句,所以不说一句,要说二字的缘故,就怕猜到那上头去。"继之道:"这个谜好的,我猜着了,是'征商'。"子安道:"妙,妙,今夜尽有笑话听呢。"

述农道:"我向不会说笑话,还是那一位代我说个罢。"我道:"你吃十杯,我代你说一个。"述农道:"只要说得发笑,便是十杯也无妨。"我道:"你先吃了,包你发笑。"述农道:"你只会说菩萨,若再说了菩萨,虽笑也不算数。"我道:"只要你先吃了,我不说菩萨,说鬼如何?"述农只得一杯一杯的吃了十杯。正是:只要莲花翻妙舌,不妨曲蘖〔2〕落欢肠。未知说出甚么笑话来,且待下回再记。

------

〔1〕 "大会于孟津"——姬发(周武王)伐纣,和诸侯在孟津会盟,因为纣是商朝的皇帝,所以这里用作"征商"的谜面。

〔2〕 曲蘖——酒母,酿酒的原料,因而就作为酒的代词。

第六十七回

论鬼蜮挑灯谈宦海　　冒风涛航海走天津

我等述农吃过了十杯之后,笑说道:"无常鬼、龌龊鬼、冒失鬼、酒鬼、刻薄鬼、吊死鬼,围坐吃酒行酒令,要各夸说自己的能事,夸说不出的,罚十杯。"述农道:"不好了,他要说我了!"我道:"我说的是鬼,不说你,你听我说下去。——当下无常鬼道:'我能勾魂摄魄,免吃。'龌龊鬼道:'我最能讨人嫌,免吃。'冒失鬼道:'我最工于闯祸,免吃。'酒鬼道:'我最能吃酒,也免吃。'刻薄鬼道:'刻薄是我的专长,已经著名,不必再说,也免吃。'轮到吊死鬼说,吊死鬼攒眉道:'我除了求代[1]之外,别无能处,只好认吃十杯的了。'"说得众人一齐望着述农大笑。述农道:"好,好!骂我呢!我虽是个吊死鬼,你也未免是刻薄鬼了!"继之道:"不要笑了。子安们说是书句不熟,我出一个小说上的人名,不知可还熟?"子安道:"也不看甚么小说。"继之道:"《三国演义》总熟的了?"子安道:"姑且说出来看。"继之道:"我说来大家猜罢:'曹丕代汉有天下'[2]。三国人名一。"德泉道:"三国人名多得很呢,刘备、关

----

[1] 求代——迷信说法:吊死鬼如要投胎再转人身,必须诱惑一人吊死,才能代替自己。
[2] 曹丕代汉有天下——曹丕(魏文帝)推翻汉朝自立为帝,表面上却是叫刘协(汉献帝)禅位给他,所以这里用作"刘禅"的谜面。

公、张飞、赵云、黄忠、曹操、孔明、孙权、周瑜……"述农道:"叫你猜,不叫你念,你只管念出来做甚么。"德泉道:"我侥幸念着了,不是好么。"我笑道:"这个名字,你念到天亮也念不着的。"德泉道:"这就难了。然而你怎么知道我念不着呢?"我道:"我已经猜着了,是'刘禅'。"子安道:"《三国演义》上那里有这个名字?"我道:"就是阿斗。"德泉道:"这个我们那里留心,怪不得你说念不到的了。"

继之道:"你猜了,快点出一个来。"我道:"我出一个给大哥猜:'今世孔夫子。'古文篇名一。"继之凝思了一会道:"亏你想得好!这是《后出师表》[1]。"述农道:"好极!好极!我们贺个双杯。"于是大众吃了。子安道:"我们跟着吃了贺酒,还莫名其妙呢。"述农道:"孔夫子只有一个,是万世师表;他出的是今世孔夫子,是又出了个孔夫子了,岂不是后出的师么。"子安、德泉都点头领会。

继之道:"我出一个:'大勾决[2]'。《西厢》一句。大家猜罢,不必指定谁猜了。"我道:"大哥今天为何只想杀人?方才说杀暴官污吏,此刻又要勾决了。"述农拍手道:"妙啊!'这笔尖儿横扫五千人'。"我道:"果然是好,若不是五千人,也安不上这个'大'字。"

---

[1]《后出师表》——上给皇帝的奏疏叫做表。三国时,蜀诸葛亮屡次伐魏,其中有两次在出师之前,曾上表给后主刘禅,希望他革新政治,进用贤能。后来就称这两篇奏疏为《前出师表》和《后出师表》。师表,又是一个名词,是可以效法的、表率的意思。这里谜语,故意掐断字面,让人迷惑难猜。

[2] 勾决——清朝制度:斩监候和绞监候的犯人,经过秋审、朝审决定应该执行时,就开列名册,呈请皇帝亲自用笔在犯人名字上面勾一下,表示准照原判处决,叫做勾决。

述农拿筷子蘸了酒,在桌子上写了半个字,是"示"。说道:"四书一句。"子安道:"只半个字,要藏一句书,却难!"我道:"并不难,是一句'视而不见'。"述农道:"我本来不长此道,所以一出了来,就被人猜去了。"

我道:"我出一个:'山节藻棁'[1](素腰格)。《三字经》一句。这个可容易了,子翁、德翁都可以猜了。"子安道:"《三字经》本来是容易,只是甚么素腰格,可又不懂了。"述农道:"就是白字格:若是头一个字是白字,叫白头格;末了一个是白字,叫粉底格;素腰格是白当中一个字。"德泉道:"照这样说来,遇了头一个字是要圈声[2]的,应该叫红头格;末了一个圈声的,要叫赤脚格;上下都要圈声,只有当中一个不圈的,要叫黑心格;若单是圈当中一个字的,要叫破肚格了。"我道:"为甚么要叫破肚?"德泉道:"破了肚子,流出血来,不是要红了么。"继之道:"不必说那些闲话,我猜着了,是'有归藏'。我也出一个:'南京人'(卷帘格)。也是一句《三字经》。"子安道:"甚么又叫卷帘格?"述农道:"要把这句书倒念上去的。你看卷帘子,不是从下面卷上去的么。"我笑道:"才说了'有龟藏',就说南京人,叫南京人

----

[1] "山节藻棁"——《论语》上有"臧文仲居蔡,山节藻棁"这一句话。臧文仲,鲁国大夫。蔡,大龟。山节,把屋上的斗栱刻划为山形。藻棁,把梁上的短柱绘上水草。古人迷信,以为龟是神物,所以用这种奢侈精致的屋子来养着它。这里以"山节藻棁"为谜面,射"有龟藏"三字,又因《三字经》上是"有归藏",所以采用素腰格,当中用一个别字,谐"龟"为"归"。

[2] 圈声——一个字有平、上、去、入四音。从前读书时,逢到某一个字应该读某一个非平常所读的音,就在字的四角的某一角加一个圈,以为标志,叫做圈声。习惯用红笔加圈,所以下文说是"红头格"、"赤脚格"(这里借赤脚之赤为红字解释)。

听了,还当我们骂他呢。这'南京人'可是'汉业建'[1]?"继之道:"是。"述农道:"我们上海本是一个极纯朴的地方,自通商之后,五方[2]杂处,坏人日见其多了,我不禁有所感慨,出一个:'良莠杂居,教刑乃穷'[3]。《孟子》二句。"我接着叹道:"'虽日挞而求其齐也,不可得矣。'"述农道:"怎么我出的,总被你先抢了去?"继之道:"非但抢了去,并且乱了令了。他猜着我的,应该他出,怎么你先出了?"

一言未了,忽听得门外人声嘈杂,大嚷大乱起来,大众吃了一惊。停声一听,仿佛听说是火,于是连忙同到外面去看,只见胡同口一股浓烟,冲天而起。金子安道:"不好!真是走了水也!"连忙回到帐房,把一切往来帐簿及一切紧要信件、票据,归到一个帐箱里锁起来,叫出店的拿着,往外就走。我道:"在南面胡同口,远得很呢;真烧到了,我们北面胡同口也可以出去,何必这样忙?"子安道:"不然。上海不比别处,等一会巡捕到了,是不许搬东西的。"说罢,带了出店,向北面出去了。我们站在门口,看着那股浓烟,一会工夫,烘的一声,通红起来,火星飞满一天;那人声更加嘈杂,又听得警钟乱响。不多一会,救火的到了,四五条水管望着火头射去;幸而是夜没有风,火势不大,不久便救熄了。大家回到里面,只觉得满院子里还是浓烟。大

---

[1] "汉业建"——这里是卷帘格,汉业建应读作建业汉。建业是南京的古名,所以这里用"南京人"作"建业汉"的谜面。
[2] 五方——古时把中国和少数民族夷、蛮、戎、狄称为五方,习惯就以五方指各处人民。
[3] "良莠杂居,教刑乃穷"——好人坏人同住在一起,就没有办法教化和惩处了。

家把酒意都吓退了，也无心吃饭，叫打杂的且收过去，等一会再说。过了一会，子安带着出店的把帐箱拿回来了。我道："子翁到那里去了一趟？"子安道："就在北面胡同外头熟店家里坐了一会，也算受了个虚惊。"我道："火烛起来，巡捕不许搬东西，这也未免过甚。"子安道："他这个例，是一则怕抢火的，二则怕搬的人多，碍着救火。说来虽在理上，然而据我看来，只怕是保险行也有一大半主意。"我道："这又为何？"子安道："要不准你们搬东西，才逼得着你们家家保险啊。"

德泉道："凡是搬东西，都一律以为是抢火的，也不是个道理。人家莫说没有保险，就算保了险，也有好些不得不搬的东西。譬如我们此地也是保了险的，这种帐簿等，怎么能够不搬。最好笑有一回三马路富润里左右火烛，那富润里里面住的，都是穷人家居多，有一个听说火烛，连忙把些被褥布衣服之类，归在一只箱子里，扛起来就跑。巡捕当他是抢火的，捉到巡捕房里去，押了一夜。到明天早堂解审，那问官也不问青红皂白就叫打；打了三十板，又判赃候失主具领。那人便叩头道：'小人求领这个赃。'问官怒道：'你还嫌打得少呢！'那人道：'这箱子本来是小人的东西，里面只有一床花布被窝、一床老蓝布褥子，那褥子并且是破了一块的，还有几件布衣服。因为火起，吓得心慌，把钥匙也锁在箱子里面。老爷不信，撬开来一看便知道了。'问官叫差役撬开，果然一点不错，未免下不了台，干笑着道：'我替你打脱点晦气也！'你说冤枉不冤枉！"

金子安道："这点冤枉算得甚么。我记得有一回，一个乡下人才冤枉呢。静安寺路（上海马路名）一带，多是外国人的住宅。有一天,一个乡下人放牛,不知怎样,被那条牛走掉了,走到静安寺路一个外国人家去,把他家草皮地上种的花都践踏了。外国人叫人先把那条牛拴起来。那乡下人不见了牛,一路寻去,寻到了那外国人家;外国人叫了巡捕,连人带牛交给他。巡捕带回捕房,押了一夜,明日早上解送公堂,禀明原由;那原告外国人却并没有到案。那官听见是得罪了外国人,被外国人送来的,便不由分说,给了一面大枷,把乡下人枷上,判在静安寺路一带游行示众;一个月期满,还要重责三百板释放。任凭那乡下人叩响头哭求,只是不理。于是枷起来,由巡捕房派了一个巡捕,押着在静安寺路游行。游了七八天。忽然一天,那巡捕要拍外国人马屁,把他押到那外国人住宅门口站着,意思要等那外国人看见,好喜欢他的意思。站了一天,到下午,那外国人从外面坐了马车回来,下了车看见了,认得那乡下人,也不知他为了甚事,要把这木头东西箍着他的颈脖子。便问那巡捕,巡捕一一告诉了。那外国人吃了一惊,连忙仍跳上马车,赶到新衙门去,拜望那官儿。那官儿听说是一个绝不相识的外国人来拜,吓得魂不附体,手足无措,连忙请到花厅相会。外国人说道:'前个礼拜,有个乡下人的一只牛,跑到我家里……'那官儿恍然大悟道:'是,是,是。这件事,兄弟不敢怠慢,已经判了用五十斤大枷,枷号在尊寓的一条马路上游行示众;等一个月期满后,还要重责三百板,方才释放。如果密司[1]不相

---

[1] 密司——英语"先生"的译音,原应作密司特,可能是作者故意少写一字,以形容会审官对英语的一知半解。

信,到了那天,兄弟专人去请密司来监视行刑。'外国人道:'原来贵国的法律是这般重的?'官儿道:'敝国法律上并没有这一条专条,兄弟因为他得罪了密司,所以特为重办的;如果密司嫌办得轻,兄弟便再加重点也使得,只请密司吩咐。'外国人道:'我不是嫌办得轻,倒是嫌太重了。'那官儿听了,以为他是反话,连忙说道:'是,是。兄弟本来办得太轻了。因为那天密司没有亲到,兄弟暂时判了枷号一个月;既是密司说了,兄弟明天改判枷三个月,期满责一千板罢。'那外国人恼了道:'岂有此理!我因为他不小心,放走那只牛,糟蹋我两棵花,送到你案下,原不过请你申斥他两句,警戒他下次小心点,大不了罚他几角洋钱就了不得了。他总是个耕田安分的人。谁料你为了这点小事,把他这般凌辱起来!所以我来请你赶紧把他放了。'那官儿听了,方才知道这一下马屁拍在马腿上去了。连忙说道:'是,是,是。既是密司大人大量,兄弟明天便把他放了就是。'外国人道:'说过放,就把他放了,为甚么还要等到明天,再押他一夜呢?'那官儿又连忙说道:'是,是,是。兄弟就叫放他。'外国人听说,方一路干笑而去。那官儿便传话出去,叫把乡下人放了。又恐怕那外国人不知道他马上释放的,于是格外讨好,叫一名差役,押着那乡下人到那外国人家里去叩谢。面子上是这等说,他的意思,是要外国人知道他惟命是听,如奉圣旨一般。谁知那外国人见了乡下人,还把那官儿大骂一顿,说他岂有此理;又叫乡下人去告他。乡下人吓得吐出了舌头道:'他是个老爷,我们怎么敢告他!'外国人道:'若照我们西例,他办冤枉了你,可以去上控的；并且你是个清白良民，他把那办地痞流氓的刑法来办你，便是损了你的名誉，还可以叫他赔钱呢。'乡下人道：'阿弥陀佛！老爷都好告的么！'那外国人见他着实可怜，倒不忍起来，给了他两块洋钱。你说这件事不更冤枉么。"

继之道："冤枉个把乡下人，有甚么要紧！我在上海住了几年，留心看看官场中的举动，大约只要巴结上外国人，就可以升官的；至于民间疾苦，冤枉不冤枉，那个与他有甚么相干！"我道："此风一开，将来怕还不止这个样子，不难有巴结外国人去求差缺的呢。"述农道："天下奇奇怪怪的事，想不到的，也有人会做得到；你既然想得到这一层，说不定已经有人做了，也未可知。"继之叹了一口气。大众又谈谈说说，夜色已深，遂各各安歇。述农也留在号里。明日是中秋佳节，又畅叙了一天，述农别去。

过了几天，我便料理动身到天津去。附了招商局的普济轮船。子安送我到船上。这回搭客极多，我虽定了一个房舱，后来也被别人搭了一个铺位，所以房里挤的了不得。子安到来，只得在房门口外站着说话。我想起继之开缺的缘故，子安或者得知，因问道："我回家去了三年，外面的事情，不甚了了。继之前天说起开了缺，到底不知是甚么缘故？"子安道："我也不知底细。只闻得年头上换了一个旗人来做江宁藩台，和苟才是甚么亲戚。苟才到上海来找了继翁几次，不知说些甚么，看继翁的意思，好像很讨厌他的；后来他回南京去了，不上半个月光景，便得了这开缺的信了。"我听了子安的话，才知道又是苟才做的鬼；好在继之已弃功名如敝屣[1]一般的了，莫说开了他的缺，便是奏参了他，也不在心上的。当下与子安又谈了些别话，子安便说了一声"顺风"，作别上岸去了。

我也到房里拾掇行李，同房的那个人，便和我招呼。彼此通了姓名，才知道他姓庄，号作人，是一个记名总兵，山东人氏；向来在江南当差，这回是到天津去见李中堂的。彼此谈谈说说，倒也破了许多寂寞。忽然一个年轻女人走到房门口，对作人道："从上船到此刻，还没有茶呢，渴的要死，这便怎样？"作人起身道："我给你泡去。"说罢，起身去了。我看那女子年纪，不过二十岁上下；说出话来，又是苏州口音；生得虽不十分体面，却还五官端正，而且一双眼睛，极其流动；那打扮又十分趋时。心中暗暗纳罕。过了一会，庄作人回到房里，说道："这回带了两个小妾出来，路上又没有人招呼，十分受累。"我口中唯唯答应。心中暗想，他既是做官当差的人，何以男女仆人都不带一个？说是个穷候补，何以又有两房姬妾之多？心下十分疑惑，不便诘问，只拿些闲话，和他胡乱谈天。

到了半夜时，轮船启行，及至天明，已经出海多时了。我因为舱里闷得慌，便终日在舱面散步闲眺；同船的人也多有出来的，那庄作人也同了出来。一时船舷旁便站了许多人。我忽然一转眼，只见有两个女子，在那边和一伙搭客调笑；内中一个，正是叫庄作人泡茶的那个。其时庄作人正在我这一边和众人谈天，料想他也看见那女子

---

[1] 敝屣——破鞋，旧鞋。指无足轻重的、可以抛弃的东西。

的举动,却只不做理会。我心中又不免暗暗称奇。

  站了一会,忽然海中起了大浪,船身便颠簸起来。众人之中,早有站立不住的,都走回舱里去了。慢慢的风浪加大,船身摇撼更甚,各人便都一齐回房。到了夜来,风浪更紧,船身两边乱歪。搭客的衣箱行李,都存放不稳,满舱里乱滚起来;内中还有女眷们带的净桶,也都一齐滚翻,闹得臭气逼人;那晕船的人,呕吐更甚。足足闹了一夜一天,方才略略宁静。及至船到了天津,我便起岸,搬到紫竹林佛照楼客栈里,拣了一间住房,安置好行李。歇息了一会,便带了述农给我的信,雇了一辆东洋车,到三岔河水师营去访文杏农。正是:阅尽南中怪状,来寻北地奇闻。未知访着文杏农之后,还有何事,且待下回再记。

第六十八回

笑荒唐戏提大王尾　恣嚚威[1]打破小子头

当时我坐了一辆东洋车,往水师营去。这里天津的车夫,跑的如飞一般,风驰电掣,人坐在上面,倒反有点害怕。况且他跑的又一点没有规矩,不似上海只靠左边走,便没有碰撞之虞;他却横冲直撞,恐后争先。有时到了挤拥的地方挤住了,半天走不动一步,街路两旁又是阳沟,有时车轮陷到阳沟里面,车子便侧了转来,十分危险。我被他挤了好几次,方才到了三岔河口。过了浮桥,便是水师营。

此时天色已将入黑,我下了车,付过车钱,正要进去,忽然耳边听见哈打打,哈打打的一阵喇叭响。抬头看时,只见水师营门口,悬灯结彩,一个营兵,正在那里点灯。左边站了一个营兵,手中拿了一个五六尺长的洋喇叭,在那里鼓起两腮,身子一俯一仰的,哈打打,哈打打吹个不住。看他忽然喇叭口朝天,忽然喇叭口贴地,我虽在外多年,却没有看过营里的规矩,看了这个情景,倒也是生平第一回的见识,不觉看的呆了。正看得出神,忽又听得咚咚咚的鼓声,原来右边坐了一个营兵,在那里擂鼓。此时营里营外,除了这两种声音之外,却是寂静无声,也不见别有营兵出进。我到了此时,倒不好冒昧进

---

[1] 嚚威——指母亲对子女的无理暴虐的态度。

去,只得站住了脚,等他一等再说。抬眼望进去,里外灯火,已是点的通明,仿佛看见甬道上,黑魆魆的站了不少人,正不知里面办甚么事。

足足等了有十分钟的时候,喇叭和鼓一齐停了,又见一个营兵,轰轰轰的放了三响洋枪。我方才走过去,向那吹喇叭的问道:"这营里有一位文师爷,不知可在家?"那兵说道:"我也不知道,你跟我进去问来。"说罢,他在前引路,我跟着他走。只见甬道当中,对站了两排兵士,一般的号衣齐整,擎着明晃晃的刀枪。我们只在甬道旁边走进去,行了一箭之地,旁边有一所房子,那引路的指着门口道:"这便是文师爷的住房。"说罢,先走到门口去问道:"文师爷在家么?有客来。"里边便走出一个小厮来,我把名片交给他,说有信要面交。那小厮进去了一会,出来说请,我便走了进去。杏农迎了出来,彼此相见已毕,我把述农的信交给他。他接来看道:"原来与家兄同事多年,一向少亲炙〔1〕得很!"我听说,也谦让了几句。因为初会,彼此没有甚么深谈,彼此敷衍了几句客气说话。杏农方才问起我到天津的缘故,我不免告诉一二。谈谈说说,不觉他营里已开夜饭,杏农便留我便饭。我因为与述农相好多年,也不客气。杏农便叫添菜添酒,我要阻止时,已来不及。

当下两人对酌了数杯。我问起今日营里有甚么事,里里外外都悬灯结彩的缘故。杏农道:"原来你还不知!我们营里,接了大王进来呢!"我不觉吃了一惊道:"甚么大王?"杏农笑道:"你向来只在南

---

〔1〕 亲炙——亲受教益。

边,不曾到北边来过,怨不得你不懂。这大王是河神,北边人没有一个不尊敬他的。"我道:"就是河神应该尊敬,你们营里怎么又要接了他来呢?"杏农道:"他自己来了,指名要到这里,怎么好不接他呢?"我吃惊道:"那么说,这大王居然现出形来,和人一般,并且能说话的了?"杏农笑道:"不是现人形,他原是个龙形。"我道:"有多少大呢?"杏农道:"大小不等,他们船上人都认得,一见了,便分得出这是某大王、某将军。"我道:"他又怎会说话,要指名到那里那里呢?"杏农道:"他不说话。船上人见了他,便点了香烛,对他叩头行礼,然后筶卜[1]他的去处。他要到那里,问的对了,跌下来便是胜筶;得了胜筶之后,便飞跑往大王要到的地方去报。这边得了信,便排了执事,前去迎接了来。我们这里是昨天接着的,明天还要唱戏呢。"我道:"这大王此刻供在甚么地方?可否瞻仰瞻仰?"杏农道:"我们饭后可以到演武厅上去看看;但是对了他,不能胡乱说话。"我笑道:"他又不能说话,我们自然没得和他说的了。"

一会饭罢之后,杏农便带了我同到演武厅去。走到厅前,只见檐下排了十多对红顶、蓝顶,花翎、蓝翎的武官,一般的都是箭袍、马褂、佩刀,对面站着,一动也不动,声息全无。这十多对武官之下,才是对站的营兵,这便是我进营时,看见甬道上站的了。走到厅上看时,只见当中供桌上,明晃晃点了一对手臂粗的蜡烛;古鼎里香烟袅绕,烧

----

　　[1] 筶卜——筶应作珓或筊。筶卜,一种迷信的占卜吉凶的方法:用杯珓(两块蚌壳,或用竹木制成蚌壳形状)在神前向空投掷,看落地时的俯仰情形以断吉凶。下文"胜筶",也叫胜卦,是一俯一仰的模样。

着上等檀香。供桌里面，挂了一堂绣金杏黄幔帐，就和人家孝堂上的孝帐一般，不过他是金黄色的罢了；上头挂了一堂大红缎子红木宫灯；地下铺了五彩地毡；当中加了一条大红拜垫；供桌上系了杏黄绣金桌帷。杏农轻轻的掀起幔帐，招手叫我进去。我进去看时，只见一张红木八仙桌，上面放着一个描金朱漆盘；盘里面盘了一条小小花蛇，约摸有二尺来长，不过小指头般粗细，紧紧盘着，犹如一盘小盘香模样。那蛇头却在当中，直昂起来。我低头细看时，那蛇头和那蕲蛇[1]差不多，是个方的；周身的鳞，湿腻且滑，映着烛光，显出了红蓝黄绿各种颜色；其馀没有甚么奇怪的去处。心中暗想，为了这一点点小幺魔，便闹的劳师动众，未免过于荒唐了；我且提他起来，看是个甚么样子。想定了主意，便仔细看准了蛇尾所在，伸手过去捏住了，提将起来（凡捕蛇之法：提其尾而抖之，虽至毒之品，亦不能施其恶力矣；此老于捕蛇者所言也）。还没提起一半，杏农在旁边，慌忙在我肘后用力打了一下，我手臂便震了一震，那蛇是滑的，便捏不住，仍旧跌到盘里去。

杏农拉了我便走，一直回到他房里。喘息了一会，方才说道："幸而没有闹出事来！"我道："这件事荒唐得很！这么一条小蛇，怎么把他奉如神明起来？我着实有点不信。方才不是你拉了我走，我提他起来，把他一阵乱抖，抖死了他，看便怎样！"杏农道："你不知

---

[1] 蕲蛇——一种黑质白章的花蛇，有毒。据说出产在湖北蕲春县的可以入药，因而通称作蕲蛇。

道,这顺、直[1]、豫、鲁一带,凡有河工的地方,最敬重的是大王。况且这是个金龙四大王,又是大王当中最灵异的。你要不信,只管心里不信,何苦动起手来。万一闹个笑话,又何苦呢!"我道:"这有甚么笑话可闹?"杏农道:"你不知道,今天早起才闹了事呢。昨天晚上四更时候,排队接了进来;破天亮时,李中堂便委了委员来敬代拈香。谁知这委员才叩下头去,旁边一个兵丁,便昏倒在地;一会儿跳起来,乱跳乱舞,原来大王附了他的身。嘴里大骂:'李鸿章没有规矩,好大架子!我到了你的营里,你还装了大模大样,不来叩见,委甚么委员恭代!须知我是受了煌煌[2]祀典,只有谕祭是派员拈香的,李鸿章是甚么东西,敢这样胡闹起来!'说时,还舞刀弄棒,跳个不休。吓得那委员重新叩头行礼,应允回去禀复中堂,自来拈香,这兵丁才躺了下来,过一会醒了。此刻中堂已传了出来,明天早起,亲来拈香呢。"我道:"这又不足为信的。这兵丁或者从前赏罚里面,有憾于李中堂,却是敢怒而不敢言,一向无可发泄,忽然遇了这件事,他便借着神道为名,把他提名叫姓的,痛乎一骂,以泄其气,也是料不定的。"杏农笑了一笑道:"那兵丁未必有这么大胆罢。"我道:"总而言之:人为万物之灵,怎么向这种小小幺魔,叩头礼拜起来,当他是神明菩萨?我总不服。何况我记得这四大王,本来是宋理宗[3]谢皇后之侄谢

---

[1] 顺、直——顺,当时的顺天府(府的长官为府尹),以北京为中心,辖二十四州县。直,直隶,今河北省。
[2] 煌煌——光明正大的意思。
[3] 宋理宗——赵贵诚,后改名昀,南宋的皇帝。

暨[1]，因为宋亡，投钱塘江殉国；后来封了大王，因为他排行第四，所以叫他四大王，不知后人怎样，又加上了'金龙'两个字。他明明是人，人死了是鬼，如何变了一条蛇起来呢？"杏农笑道："所以牛鬼蛇神，连类而及也。"说的大家都笑了。

杏农又道："说便这样说，然而这样东西也奇得很！听说这金龙四大王很是神奇的，有一回，河工出了事，一班河工人员，自然都忙的了不得，忽然他出现了。惊动了河督[2]，亲身迎接他，排了职事，用了显轿[3]，预备请他坐的；不料他老先生忽然不愿坐显轿起来，送了上去，他又走了下来，如此数次。只得向他卜筶，谁知他要坐河督大帅的轿子。那位河督只得要让他。然而又没有多预备轿子，自己总不能步行；要骑马罢，他又是赏过紫缰的[4]，没有紫缰，就不愿意骑。后来想了个通融办法，是河督先坐到轿子里，然后把那描金朱漆盘，放在轿里扶手板[5]上。说也作怪，走得没有多少路，他却忽然不见了，只剩了一个空盘。那河督是真真近在咫尺的，对了他，也不

----

[1] 谢暨——应作谢绪。迷信传说：谢绪死后做了河神，曾帮助朱元璋(明太祖)打败了元兵，被封为金龙四大王。
[2] 河督——河道总督，负责治理河道的大员。
[3] 显轿——也称亮轿、明舆。一种没有顶篷和四围遮拦的轿子，形如大椅，供迎神赛会时神象乘坐；知府、知县等官迎春时，主考、监临等官乡试入闱时，也坐这种轿子。
[4] 赏过紫缰的——骑马时准许用紫缰绳，是清时皇帝给予臣下的一种所谓特殊荣典。
[5] 扶手板——横置轿内前端的一块长方形活动木板，嵌在两窗的中间，做手腕扶按之用的。

曾看见他怎样跑的,也只得由他的了。谁知到了河督衙门下轿时,他却盘在河督的大帽子里,把头昂起在顶珠子上。你道奇不奇呢!这还是我传闻得来的。还有一回,是我亲眼见的事:我那回同了一个朋友去办河工。——此刻我的同知、直隶州[1],还是那回的保案,从知县上过的班。——我那个同事姓张,别字星甫,我和他一同奉了札,去查勘要工。一天到了一个乡庄上,在一家人家家里借住,就在那里耽搁两天。这是我们办河工常有的事。住了两天,星甫偶然在院子里一棵向日葵的叶子上,看见一个壁虎(即守宫,北人呼为壁虎,粤中谓之盐蛇),生得通身碧绿,而且布满了淡黄斑点,十分可爱。星甫便叫我去看。我便拿了一个外国人吃皮酒[2]的玻璃杯出来,一手托着叶子,一手拿杯把他盖住;叫星甫把叶子摘下来,便拿到房里,盖在桌上,细细把玩。等到晚饭过后,我们两个还在灯底细看,星甫还轻轻的把玻璃杯移动,把他的尾巴露出来,给他拴上一根红线,然后关门睡觉。这房里除了我两个之外,再没有第三个人了。谁知到了明天,星甫一早起来看时,那玻璃杯依然好好盖住,里面的东西却不见了。星甫还骂底下人放跑了的,然而房门的确未开,是没有人进来过的。闹了一阵,也就罢了。又过了几天,我们赶到工上,只见工上的人,都喧传说大王到了,就好望合龙[3]了。我和星甫去看

------

[1] 同知、直隶州——这里并不是一人兼两个官衔,而是说一人具有可以补同知缺,也可以补直隶州知州缺的资格。两者都是五品官。
[2] 皮酒——即啤酒。
[3] 合龙——堵塞河流决口工程,填接了最后的口子,叫做合龙。引伸把接洽事情成功也叫做合龙,如后文第一百零四回"便说合了龙"。

那大王时,正是我们捉住的那个壁虎,并且尾巴上拴的红线还在那里。问他们几时到的,他们说是某日晚上三更天到的,说的那天,正是我们拿住他的那天。你说这件事奇不奇呢。"我道:"那里有这等事,不过故神其说罢了。"杏农道:"这是我亲眼目睹的,怎么还是故神其说呢。"我道:"又焉见得不是略有一点影响,你却故神其说,作为谈天材料呢。总而言之:后人治河,那一个及得到大禹治水[1]。你看《禹贡》[2]上面,何尝有一点这种邪魔怪道的话,他却实实在在把水治平了;当日'敷土刊木,奠高山大川'[3],又何尝仗甚么大王之力。那奠高山大川,明明是测量高低、广狭、深浅,以为纳水的地位,水流的方向;孔颖达疏《尚书》[4],不该说是'以别祀礼之崇卑',遂开后人迷惑之渐。大约当日河工极险的时候,曾经有人提倡神明之说,以壮那工人的胆,未尝没有小小效验;久而久之,变本加厉,就闹出这邪说诬民的举动来了。时候已经将近二炮了,我也暂且告辞,明日再来请教一切罢。"说罢,起身告辞。杏农送我出来。我仍旧雇了东洋车,回到紫竹林佛照楼客栈。夜色已深,略为拾掇,便

[1] 大禹治水——大禹,见第三十一回"夏"注。他因洪水为灾,受舜的委托,负责治水,疏浚河道,使水流排泄到江海里去,历时十三年,解除了水患的威胁。
[2] 《禹贡》——《书经》篇名。内容详述山川道路和各地物产,传说是禹治水时制定的九州贡法(赋税的办法)。据近人考证,这篇东西是后人伪托的。
[3] "敷土刊木,奠高山大川"——敷,分的意思。刊,砍削。奠,奠定。语出《禹贡》。意思是说:禹治水时,划分地区为九州,随山势砍伐树木,以通道路,又定高山大河为州的境界。这三件事是禹治水的主要方法。
[4] 孔颖达疏《尚书》——疏,解释文义的意思。孔颖达,字仲达,唐人,曾奉李世民(唐太宗)命,作包括《书经》(即《尚书》)在内的《五经正义》,就是五经疏。

打算睡觉了。

此时虽是八月下旬,今年气候却还甚热。我顺手推开窗扇乘凉,恰好一阵风来,把灯吹灭了,我便暗中摸索洋火。此时栈里已是静悄悄地,忽然间一阵抽抽噎噎的哭声,直刺入我耳朵里,不觉呆了一呆。且不摸索洋火,定一定神,仔细听去,仿佛这声音出在隔壁房里。黑暗中看见板壁上一个脱节的地方,成了一个圆洞,洞中却射出光来,那哭声好像就在那边过来的。我便轻移脚步,走近板壁那边;那洞却比我高了些,我又移过一张板凳,垫了脚,向那洞中望去。只见隔壁房里坐了一个五十多岁的颁白[1]妇人,穿了一件三寸宽、黑缎滚边的半旧蓝熟罗衫,蓝竹布扎腿裤,伸长两腿,交放起一双四寸来长的小脚;头上梳了一个京式长头[2];手里拿了一根近五尺长的旱烟筒,在那里吸烟。他前面却跪了一个二十来岁的年轻小子,穿一件补了两块的竹布长衫,脚上穿的是毛布底的黑布鞋,只对着那妇人呜呜饮泣[3]。那妇人面罩重霜般,一言不发。再看那小子时,却是生得骨瘦如柴,脸上更是异常瘦削。看了许久,他两个人只是不做声,那小子却哭得更利害。

我看了许久,看不出其所以然来,便轻轻下了板凳。正要重新去

---

[1] 颁白——头发半白半黑的颜色的形容词。
[2] 京式长头——当时京城妇女所梳的长头有两种:一种比通常发髻为长,用簪子直插绾起;一种长形而后部弯屈,有如鹊尾。
[3] 饮泣——眼泪流到嘴里。形容悲哀过甚,哭不出声音来。

摸洋火,忽又听得隔壁一阵劈拍之声,又是一阵詈骂之声,不觉又起了多事之心,重新站上板凳,向那边一张。只见那妇人站了起来,拿着那旱烟筒,向那小子头上乱打,嘴里说道:"我只打死了你,消消我这口气!我只打死了你,消消我这口气!"说来说去,只是这两句,手里却是不住的乱打。那小子仍是跪在那里,一动也不动,伸着脖子受打。不提防拍拆一声,烟筒打断了。那妇人嚷道:"我吃了二十多年的烟袋(北人通称烟袋),在你手里送折了,我只在你身上讨赔!"说时,又拿起那断烟筒,狠命的向那小子头上打去。不料烟筒杆子短了,格外力大,那铜烟锅儿(粤人谓之烟斗,苏、沪间谓之烟筒头),恰恰打在头上,把头打破了,流出血来,直向脸上淌下去。那小子先把袖子揩试了两下,后来在袖子里取出手帕来擦,仍旧是端端正正跪着不动。那妇人弯下腰来一看,便捶胸顿足,号啕大哭起来,嘴里嚷道:"天呵,天啊!我好命苦呵!一个儿子也守不住呵!"

我起先只管呆看,还莫名其妙,听到了这两句话,方才知道他是母子两个。却又不知为了甚么事。若说这小子是个逆子呢,看他那饮泣受杖的情形又不像;若说不是逆子呢,他又何以惹得他母亲动了如此大气。至于那妇人,也是测度他不出来;若说他是个慈母呢,他那副狠恶凶悍的尊容又不像;若说他不是个慈母,何以他见儿子受了伤,又那么痛哭起来。

正在那里胡思乱想,忽然他那房门已被人推开,便进来了四五个人;认得一个是栈里管事的,其馀只怕是同栈看热闹的人。那管事的道:"你们来是一个人来的,虽是一个人吃饭,却天天是两个人住宿;

住宿也罢了,还要天天晚上闹甚么神号鬼哭,弄的满栈住客都讨厌。你们明日搬出去罢!"此时跪下的小子,早已起来了。管事的回头一看,见他血流满面,又厉声说道:"你们吵也罢,哭也罢,怎么闹到这个样子,不要闹出人命来!"管事的一面说,那妇人一面哭喊。那小子便走到那妇人跟前,说道:"娘不要哭!不要怕!儿子没事,破了一点点皮,不要紧的。"那妇人咬牙切齿的说道:"就是你死了,我也会和他算帐去!"那小子一面对管事的说道:"是我们不好,惊动了你贵栈的寓客;然而无论如何,总求你担代这一回,我们明日搬到别家去罢。"管事的道:"天天要我担代,担代了七八天了。我劝你们安静点罢;要照这个样子,随便到谁家去,都是不能担代的。"说罢,出去了。那些看热闹的,也就一哄而散。我站的久了,也就觉得困倦,便轻轻下了板凳,摸着洋火,点了灯,拿出表来一看,谁知已经将近两点钟了,便连忙收拾睡觉。正是:贪观隔壁戏,竟把睡乡忘。未知此一妇人,一男子,到底为了甚么事,且待下回再记。

第六十九回

责孝道家庭变态　权寄宿野店行沽

且喜自从打破了头之后,那边便声息俱寂,我便安然鼾睡。一觉醒来,已是九点多钟,连忙叫茶房来,要了水,净过嘴脸,写了两封信,拿到帐房里,托他代寄。走过客堂时,却见杏农坐在那里,和昨夜我看见的那小子说话。——原来佛照楼客栈,除了客房之外,另外设了两座客堂,以为寓客会客之用。——杏农见我走过,便起身招呼道:"起来了么?"我道:"想是到了许久了。"杏农道:"到了一会儿。"说着,便走近过来,我顺便让他到房里坐。他一面走,一面说道:"方才来回候你,你未起来,恰好遇了一个朋友,有事托我料理;此时且没工夫谈天,请你等我一等,我去去再来。"说罢,拱手别去。

我回到房里,等了许久,直到午饭过后,仍不见杏农来。料得他既然有事,未必再来的了,我便出门到外面逛了一趟,又到向来有来往的几家字号里去走走。及至回到栈时,已经四点多钟,客栈饭早,茶房已经开上饭来。吃饭过后,杏农方才匆匆的来了。喘一口气,坐定说道:"有劳久候了!"我道:"我饭后便出去办了一天事,方才回来。"杏农道:"今天早起,我本来专诚来回候你;不料到得此地,遇了一个敝友,有点为难的事,就代他调排了一天,方才停当。"我道:"就是早起在客堂里那一位么?"杏农道:"正是,他本来住在你这里贴隔壁的房间。我到此地时才八点钟,打你的门,你还没有起来;我正要先到别处走走,不期遇了他开门出来,我便揽了这件事上身,直到此刻才办妥了。"

我道:"昨夜我听见隔壁房里有人哭了许久,后来又吵闹了一阵,不知为的是甚么事?"杏农叹道:"说起来,话长得很。我到了天津,已经十多年,初到的时候,便识了这个朋友。那时彼此都年轻,他还没有娶亲,便就了这里招商局的事。只有一个母亲,在城里租了我的两间馀屋,和我同住着;几两银子薪水,虽未见得丰盛,却也还过得去。"我笑道:"你说了半天他,究竟他姓甚名谁?"杏农道:"他姓石,别字映芝,是此地北通州人。他祖父是个翰林,只放过两回副主考,老死没有开坊,所以穷的了不得。他老子是个江苏知县,署过几回事,临了闹了个大亏空,几乎要查抄家产,为此急死了。遗下两房姨太太,都打发了。那时映芝母子,本没有随任[1],得信之后,映芝方才到南京去运了灵柩回来。可怜那年映芝只得十五岁!"我听了这话,不觉心中一动,暗想我父亲去世那年,我也只得十五岁,也是出门去运灵柩回家的,此人可谓与我同病相怜的了。因问道:"你怎么知道的这般详细?"杏农道:"我同他一相识之后,便气味相投,彼此换了帖,无话不谈的;以后的事,我还要知得详细呢。他运柩回来之后,便到京里求了一封荐信,荐到此地招商局来。通州离这里不远,便接了他母亲来津。那时我的家眷也在这里,便把我住的房子腾出两间,

---

[1] 随任——长辈在做官,晚辈随住在官署里生活。

转租给他。因此两下同居,不免登堂拜母。那时却也相安无事。映芝为人,十分驯谨,一向多有人和他做媒;映芝因为家道贫寒,虽有人提及,自己也不敢答应。及至服阕[1]之后,才定了这天津城里的一位贫家小姐,却也是个书香人家,丈人是个老儒士。谁知过门之后,不到一年光景,便闹了个婆媳不对,天天吵闹不休,连我们同居的也不得安。"我道:"想是娶了个不贤的妇人来了。这不贤妻、不孝子,最是人生之累。"

杏农叹道:"在映芝说呢,他母亲在通州和妯娌亲戚们,都是和和气气的,从来不会和人家拌嘴;在我们旁观的呢,实在不敢下断语。从此那位老太太,因为和媳妇不对,便连儿子也厌恶起来了,逢着人便数说他儿子不孝。闹的映芝没有法子,便写了一纸休书[2]要休了老婆。他老太太知道了,便闹的天翻地覆起来,说映芝有心和他赌气:'难道你休了老婆,便罢了不成!左右我和你拚了这条命!'如此一来,吓的映芝又不敢休了。这位媳妇受气不过,便回娘家去住几天,那柴米油盐的家务,未免少了人照应。老太太又不答应了,说道是:'我偌大年纪了,儿子也长大了,媳妇也娶了,还要我当这个穷家!'映芝没法子,只得把老婆接了回来。映芝在招商局领了薪水回来,总是先交给母亲,老太太又说我不当家,交给我做甚么;只得另外给老太太几块钱零用,他又不要。及至吵骂起来,他总说'儿子媳妇

---

[1] 服阕——服孝期满,脱去丧服,一般称为除孝。
[2] 休书——给妻子的离婚文书。

没有钱给我用,我要买一根针、一条线,都要求媳妇指头缝里宽一宽,才流得出来!'……诸如此类的闹法,一个月总有两三回。他老太太高兴起来,便到街坊邻舍上去,数落[1]他儿子一番;再不然,便找到映芝朋友家里去,也不管人家认得他不认得,走进去便把自己儿子尽情数落。最可笑的,有一回我一个舍亲,从南边来了,便到我家里去,谈起来是和映芝老人家认得的。我那舍亲姓丁,别字纪昌,向来在南京当朋友的,谈到映芝老人家亏空急死的,也十分叹息。却被那老太太听见了,便到我这边来,对纪昌着着实实的把映芝数落了一顿,总说他怎么的不孝。这是路过的一个人,说过也就罢了,谁知后来却累的映芝不浅。"

我道:"怎样累呢?"杏农道:"你且莫问,等我慢慢的说来。到后来他竟跑到招商局里去,求见总办,要告他儿子的不孝。总办那里肯见他。便坐在大门口外面,哭天哭地的诉说他儿子怎么不孝,怎么不孝,经映芝多少朋友劝了他才回来。还有一回,白天闹的不够,晚上也闹起来,等人家都睡了,他却拍桌子打板凳的大骂,又把瓷器家伙一件件的往院子里乱摔,搅了个鸡犬不宁。到明天,实在没有法子了,映芝的老婆避回娘家去了,映芝也住在局里不敢回家。过了一夜,这位老太太见一个人闹的没味了,便拿了一根带子,自己勒起颈脖子来。恰好被我用的老妈子看见了,便嚷起来。那天刚刚我在家,便同内人过去解救。一面叫我用的一个小孩子,到招商局去叫映芝

---
〔1〕 数落——列举事实来责备。

回来。偏偏映芝又不在局里,那小孩子没轻没重的,便说不好了,石师爷的老太太上了吊了;这句话恰被一个和映芝不睦的同事听了去,便大惊小怪的传扬起来,说甚么天津地方要出逆伦重案了,快点叫人去捉那逆子,不要叫他逃脱了。这么一传扬起来,叫总办知道了,便把映芝的事情撤去,好好的二十两银子的馆地,从此没了。天津如何还住得下,只好搬回通州去了。住了一年,终不是事,听说有几个祖父的门生、父亲的相好,在南京很有局面,便凑了盘缠,到南京去希图谋个馆地。不料我方才说的那位舍亲丁纪昌,听了他老太太的话,回到南京之后,逢人便说,没处不谈,赶映芝到了南京,一个个的无不是白眼[1]相加。映芝起初还莫名其妙,后来有人告诉了他丁纪昌的话,方才知道。幸亏回到上海,寻着了述农家兄,方才弄了一分盘缠回来。你说这个不是大受其累么。谁知回到通州,他那位老太太,又出了花样了,不住在家里,躲向亲戚家里去了。映芝去接他回家时,他一定不肯,说是我不惯和他同居。映芝没法,把老婆送到天津来,住到娘家去了,然后把自己母亲接回家中。通州地面小,不能谋事,自己只得仍到天津来,谋了东局[2]的一件事。东局离这里远,映芝有时到市上买东西,或到这里紫竹林看朋友,天晚了不便回去,便到丈人家去借住。不知怎样,被他老太太知道了,又从通州跑到天津

---

[1] 白眼——故事传说:晋阮籍能对人做"青白眼":高兴时,正着眼睛看人,眼珠全露,叫做青眼;厌恶时,斜着眼睛,以眼白对着人,叫做白眼。后来就以白眼为看不起人,青眼、青盼、垂青为看得起人的代词。
[2] 东局——指当时的天津制造局。

来,到亲家家里去大闹,说亲家不要脸,嫁女儿犹如婊子留客一般,留在家里住宿。"我道:"难道映芝的老婆,一回娘家之后,便永远不回夫家了么?"杏农道:"只有过年过节,由映芝领回去给婆婆拜年拜节,不过住一两天便走了。倒是这个办法,家里过得安静些,然而映芝却又担了一个大名气了。"

我道:"甚么名气呢?"杏农道:"他那位老太太,满到四处的去说,说他的儿子赚了钱,只顾养老婆的全家,不顾娘的死活,所以映芝便担了这个名气。那东局的事,也没有办得长,不多几个月,就空下来了。一向都是就些短局,一年倒有半年是赋闲的。所谓'人穷志短',那映芝这两年,闹的神采也没有了。今年春上,弄了一个筹防局的小馆地,一个月只有六吊大钱;他自己一个人,连吃饭每月只限定用一吊五百文,给老婆五百文的零用,其馀四吊,是按月寄回通州去的。馆地愈小,事情愈忙,这是一定之理,他从春上得了这件事之后,便没有回通州去过。所以他老太太这回赶了来,先把行李落在这里,要到筹防局去找儿子;却不料找错了,找到巡防局里去。人家对他说,我们局里没有这个人;他便说是儿子串通了门丁,不认娘了,在那里叫天叫地的哭骂起来。人家办公事的地方,如何容得这个样子,便有两个局勇驱赶他;他又说儿子赶娘了。人家听了这个话,越发恨了。在那里受了一场大辱,方才回到这里,哭喊了一夜。第二天映芝打听着了,连忙到了这里来,求他回去。他见了映芝,便是一场大骂,说他指使局勇,羞辱母亲。映芝和他分辩,说儿子并不在那个局里,是母亲走错了地方。他说既然不是这个局,是那个局? 映芝是前回招商局的事情，被他母亲闹掉了的，这回怕再是那个样，如何敢说。他见映芝不说，便天天和映芝闹。可怜映芝白天去办公事，晚上到这里来捱骂，如此一连八九天。这里房饭钱又贵，每客每天要三百六十文，五天一结算；映芝实在是穷，把一件破旧熟罗长衫当了，才开销了五天房饭钱。再一耽搁，又是第二个五天到了。昨天晚上，映芝央求他回通州去，不知怎样触怒了他，便把映芝的头也打破了。今天早起我来了，知道了这件事，先把他老人家连哄带骗的，请到了我一个朋友家里，然后劝了他一天，映芝还磕了多少头，陪了多少小心，直到方才，才把他劝肯了，和他雇定了船，明天一早映芝送他回通州去。一切都说妥了，我方才得脱身到这里来。"

这一席长谈，不觉已掌灯多时了。知道杏农没有吃夜饭，便叫厨房里弄了两样菜，请他就在栈里便饭。饭后又谈了些正事，杏农方才别去。

我在天津住了十多天，料理定了几桩正事，便要进京。我因为要先到河西务去办一件事，河西务虽系进京的大路，因恐怕到那边有耽搁，就没有雇长车，打算要骑马；谁知这里马价很贵，只有骑驴的便宜，我便雇了一头驴。好在我行李无多，把衣箱寄在杏农那里，只带了一个马包[1]，跨驴而行。说也奇怪，驴这样东西，比马小得多，那

---

[1] 马包——也叫马袋、被包。一种中间开口，两旁可以塞进东西的长布袋。当时旅行的人，习惯把铺盖、银子和零星东西塞在袋里，坐车时可以垫在车底，骑马时可以横置马上。

性子却比马坏;我向来没有骑过,居然使他不动。出了西沽,不上十里路,他忽然把前蹄一跪,幸得我骑惯了马的,没有被他摔下来;然而尽拉缰绳,他总不肯站起来了。只得下来,把他拉起,重新骑上。走不了多少路,他又跪下了。如此几次,我心中无限焦燥,只得拉着缰绳步行一程,再骑一程,走到太阳偏西,还没有走到杨村(由天津进京尖站[1]),越觉心急。看见路旁一家小客店,只得暂且住下,到明天再走。

入到店里,问起这里的地名,才知道是老米店。我净过嘴脸之后,拿出几十钱,叫店家和我去买点酒来,店家答应出去了。我见天时尚早,便到外面去闲步。走出门来,便是往来官道。再从旁边一条小巷子里走进去,只见巷里头一家,便是个烧饼摊;饼摊旁边,还摆了几棵半黄的青菜;隔壁便是一家鸦片烟店。再走过去,约莫有十来家人家,便是尽头;那尽头的去处,却又是一家卖鸦片烟的;从那卖鸦片烟的人家前面走过去,便是一片田场。再走几十步,回头一望,原来那老米店,通共只有这几家人家,便算是一条村落的了。

信步走了一回,仍旧回到店里,呆呆的坐了一大会。看看天要黑下来了,那店家才提了一壶酒回来交给我。我道:"怎么去这半天?"店家道:"客人只怕是初走这里?"我道:"正是。"店家道:"这老米店没有卖酒的地方,要喝一点酒,要走到十二里地外去买呢。客人初走这里,怨不得不知道。"我一面听他说话,一面舀出酒来呷了一口,觉

---

〔1〕 尖站——参看第十七回"打尖"注。

得酒味极劣。暗想天津的酒甚好,何以到了此地,便这般恶劣起来。想是去买酒的人,赚了我的钱,所以买这劣酒搪塞,深悔方才不曾多给他几文。

心里正在这么想着,外面又来了一个客人,却是个老者,须发皆白,脸上却是一团书卷气[1];手里提着一个长背搭[2],也走到房里来。原来北边地方的小客店,每每只有一个房,一铺炕,无论多少寓客,都在一个炕上歇的。那老者放下背搭,要了水净面,便和我招呼,我也随意和他点头。因见桌上有一个空茶碗,顺手便舀一碗酒让他喝。他也不客气,举杯便饮。我道:"这里的酒很不好!"老者道:"这已经是好的了;碰了那不好的,简直和水一样。"我道:"这里离天津不远,天津的酒很好,何以不到那边贩来呢?"老者道:"卫里[3]吗(北直[4]人通称天津为卫里,以天津本卫也)?那里自然是好酒。老客想是初走这边,没知道这些情形。做酒的烧锅都在卫里,卫里的酒,自然是好的了。可是一过西沽就不行了,为的是厘卡上的捐太重;西沽就是头一个厘卡,再往这边来,过一个卡子,就捐一趟,自然把酒捐坏了。"我道:"捐贵了还可以说得,怎么会捐坏了呢?"老者

---

[1] 书卷气——指读书人的"文雅"态度。
[2] 长背搭——也叫搭裢。形状和用处与马包相同。因为可以搭在肩上,所以叫做长背搭。
[3] 卫里——明朝军队有"卫"的编制,习惯称卫的驻地为××卫,相沿就成了地方的专名。天津也曾设过卫,所以俗称天津为天津卫,简称卫里。
[4] 北直——北直隶,就是直隶,今河北省。这是沿用明朝的称谓,明时以江南为南直隶,直隶为北直隶。

道:"卖贵了人家喝不起,只得搀和些水在酒里。那厘捐越是抽得利害,那水越是搀得利害,你说酒怎么不坏!"我问道:"那抽捐是怎么算法?可是照每担捐多少算的吗?"老者道:"说起来可笑得很呢!他并不论担捐,是论车捐;却又不讲每车捐多少,偏要讲每个车轮子捐多少。说起来是那做官的混帐了,不知道这做买卖的也不是个好东西,他要照车轮子收捐,这边就不用牲口拉的车,只用人拉的车。"我道:"这又有甚么分别?"老者道:"牲口拉的车,总是两个轮子;他们却做出一种单轮子的车来,那轮子做的顶小,安放在车子前面的当中,那车架子却做的顶大,所装的酒篓子,比牲口拉的车装的多,这车子前面用三四个人拉,后头用两个人推,就这么个玩法。"正是:一任你刻舟求剑,怎当我掩耳盗铃[1]。未知那老者还说出些甚么来,且待下回再记。

---

[1] 掩耳盗铃——古代寓言:有人偷得一个钟,想驮着走,嫌钟太大;就把钟敲碎。敲钟时,恐怕别人听见了来抢夺,于是就掩住自己的耳朵去敲,以为自己听不见,别人也就听不见了。出《吕氏春秋》。后来辗转传说,把盗钟说成盗铃。这个寓言是比喻想欺骗别人,而实际自己欺骗了自己。这里引用刻舟求剑和这个寓言,意思是说:尽管官员们固执着照车轮抽捐的办法,商人们却偏自欺欺人的做出大车架子的单轮车来进行抵制。

第七十回

惠雪舫游说[1]翰苑[2]　周辅成误娶填房

我听那老者一席话,才晓得这里酒味不好的缘故,并不是代我买酒的人落了钱。于是再舀一碗让他喝,又开了一罐罐头牛肉请他。大家盘坐在炕上对吃。我又给钱与店家,叫他随便弄点面饭来。方才彼此通过姓名。

那老者姓徐,号宗生,是本处李家庄人。这回从京里出来,因为此地离李家庄还有五十里,恐怕赶不及,就在这里下了店。我顺便问问京里市面情形。宗生道:"我这回进京,满意要见焦侍郎[3],代小儿求一封信,谋一个馆地;不料进京之后,他碰了一桩很不自在的事,我就不便和他谈到谋事一层,只住了两天就走了。市面情形,倒未留心。"

我道:"焦侍郎可就是刑部的焦理儒?"宗生道:"正是他。"我道:"我在上海看了报,他这侍郎是才升转[4]的,有甚么不自在的事

---

[1] 游说——战国时,一般谋士为了猎取富贵,到各国向国君进策,叫做游说;后来就以游说指用动听的言语来劝诱人、打动人。
[2] 翰苑——翰林院,这里指翰林。
[3] 侍郎——见第二十一回"郎中"注。
[4] 升转——清朝官员的任用,分为除、补、转、改、升、调六班。由低级官职任用为高级官职叫做升,如侍郎升尚书。在同一官署里,转任同一品级而地位略高的官职叫做转,如右侍郎转左侍郎。

呢？"宗生道："他们大老官，一帆风顺的升官发财，还有甚么不自在，不过为点小小家事罢了。然而据我看来，他实在是咎由自取。他自己是一个绝顶聪明人，笔底下又好；却是学也不曾入得一名，如今虽然堂堂八座[1]，却是异途出身[2]。四五个儿子，都不肯好好的念书，都是些不成材的东西。只有一位小姐，爱同拱璧，立志要招一位玉堂金马[3]的贵婿；谁知立了这么一个志愿，便把那小姐耽误了，直到了去年，已过二十五岁了，还没有人家。耽误了点年纪，还没有甚么要紧，还把他的脾气惯得异乎寻常的出奇，又吃上了鸦片烟瘾，闹的一发没有人敢问名[4]的了。去年六月间，有一位太史公断了弦。这位太史姓周，号辅成，年纪还不满三十岁。二十岁上便点了翰林，放过一任贵州主考，宦囊里面多了三千金，便接了家眷到京里来，省吃俭用的过日子，望开坊；谁知去年春上，染了个春瘟[5]病，捱到六月间死了。你想这般一位年轻的太史公，一旦断了弦，自然有多少人家央人去做媒的了。这太史公倒也伉俪情深，一概谢绝。这信息被焦侍郎知道了，便想着这风流太史做个快婿。虽然是个续弦，且喜年纪还差不多。想定了主意，便打算央媒说合。既而一想，自己是女

----

[1] 八座——古时以尚书、仆射等官为八座，后世就以八座指大官。八座，也指八人抬的大轿，清时督抚等高级外官才有资格乘坐。
[2] 异途出身——见第三十一回"正途出身"注。
[3] 玉堂金马——玉堂，指翰林院。金马，汉宫门，是学士待诏的地方。玉堂金马，指翰林出身的意思。
[4] 问名——古时婚礼的程序之一：男方先向女方索取姓名和生辰时间的帖子，拿去占卜吉凶；卜吉，才进行下一手续。后来就以问名指求婚。
[5] 春瘟——中医名词：春天发生的时疫病。

家,不便先去央求;又打听得这位太史公,凡是去做媒的,一概谢绝,更怕把事情弄僵了,所以直等到今年春天,才请出一个人来商量。这个人便是刑部主事[1],和周太史是两榜同年[2];却是个旗人,名叫惠罨,号叫雪舫;为人极其能言舌辩。焦侍郎请他来,把这件事直告诉了他,又说明不愿自己先求他的意思。雪舫便一力担承在身上,说道:'大人放心,司官总有法子说得他服服帖帖的来求亲;大人这里还不要就答应他,放出一个欲擒故纵的手段,然后许其成事,方不失了大人这边的门面。'焦侍郎大喜,便说道:'那么这件事,就尽托在老兄身上了。'雪舫得了这个差使,便不时去访周辅成谈天。周辅成老婆虽死了,却还留下一个六岁大的男孩子,生得眉清目秀,十分可人,雪舫到了,总是逗他玩笑,考他认字。偶然谈起说道:'怪可怜的一个小孩子,小小年纪没了娘了;你父亲怎么就不再娶一个?'辅成听了笑道:'伤心还没有得过,那里便谈到这一层;况且我是立志鳏居以终的了。'雪舫道:'你莫嘴强,这是办不到的。纵使你伉俪情深,一时未忍,久后这中馈[3]乏人,总不是事;况且小孩子说大不大,总得要有人照应的。你此刻还赶伤心追悼的那边去,未必肯信我这个话,久后你便要知道的。'辅成未及回答,雪舫又道:'说来也难,娶了一个好的来也罢了;倘使娶了个不贤的,那非但自己终身之累,

---

[1] 主事——见第二十一回"郎中"注。
[2] 两榜同年——两榜,指甲榜和乙榜。凡是同一科中举或中进士的,彼此互称同年。两榜同年,就是两人在同一科中了举人,又同一科中了进士。
[3] 中馈——料理饮食的事情,一般指主持家务的主妇。

就是小孩子对付晚娘,也不容易。'辅成道:'可不是吗。我这立定鳏居以终之志,也是看到这一着。'雪舫道:'这也足见你的深谋远虑。其实现在好好的女子很少,每每听见人家说起某家的晚娘待儿子怎样,某家的晚娘待儿子怎样,听着也有点害怕。辅成兄,你既然立定主意不娶,何不把令郎送回家乡去?自己住到会馆里,省得赁宅子,要省得多呢。'辅成道:'我何尝不想。只为家母生平最爱的是内人,去年得了我这里的信息,已经不知伤心的怎样了;此刻再把小孩子送回去,老人家见子思母,岂非又撩拨起他的伤心来!何况小儿说大虽不大,也将近可以读书了,我们衙门清闲无事,也想借课子〔1〕消遣,因此未果。'雪舫道:'既如此,你也大可以搬到会馆里面去,到底省点浇裹。'辅成道:'我何尝不想。只因这小孩子还小,一切料理,打辫洗澡,还得用个老妈子伺候。'雪舫道:'就是这个难,并且用老妈子,也不容易用着好的。'辅成道:'这倒不然,我现在用的老妈子,就是小孩子的奶娘,还是从家乡带来的。'雪舫道:'这么说,你夫人虽是没了,这过日子浇裹,还是一文不能省的。'辅成道:'这个自然。'雪舫道:'这么说,你还是早点续弦的好。'辅成道:'这话怎讲?'雪舫笑了一笑,却不答话。辅成心下狐疑,便追着问是甚么道理。雪舫道:'我要待不说,又对你不起;要待说了出来,一则怕你不信,二则怕你发急。'辅成道:'说的不近情理,不信或者有之,又何至于发急呢。'雪舫又笑了一笑,依然没有话说。辅成道:'你这个样子,倒是

------

〔1〕 课子——教子读书。

令我发急了。我和你彼此同年相好,甚么话不好说,要这等藏头露尾作甚么呢?'雪舫正色道:'我本待不说,然而若是终于不说呢,实在对朋友不起,所以我只得直说了。但是说了,你切莫发急。'辅成发急道:'你说了半天,还是未说,你这是算甚么呢!'雪舫道:'此刻我直说了罢。若是在别的人呢,这是稀不相干的事;无奈我们是做官的人,……'说着,又顿住了。辅成恨道:'你简直爽快点一句两句说了罢,我又不和你作甚么文字,只管在题前作虚冒,发多少议论作甚么!'雪舫道:'你是身居清贵之职的,这个上头更要紧。'辅成更急了道:'你还要故作盘旋之笔呢,快说罢!'雪舫道:'老实说了罢,你近来外头的声名,不大好听呢!'辅成生平是最爱惜声名的,平日为人谨饬的了不得;忽然听了这句话,犹如天上吊下了一个大霹雳来,直跳起来问道:'这是那里来的话?'雪舫道:'我说呢,叫你不要着急。'辅成道:'到底是那里来的话? 我不懂啊。到底说的是那一行呢?'雪舫拍手道:'你知道我近来到你这里来坐,格外来得勤,是甚么意思? 我是要来私访你的。谁知私访了这几天,总访不出个头绪来,只得直说了。外头人都说你自从夫人没了之后,便和用的一个老妈子搭上了,缠绵的了不得,所以凡是来和你做媒的,你都一概回绝。'辅成道:'这些谣言从那里来的?'雪舫道:'外头那个不知,还要问那里来的呢。不信,你去打听你们贵同乡,大约同乡官没有一个不知道的了。'辅成直跳起来道:'这还了得! 我明日便依你的话,搬到会馆去住,乐得省点浇裹。'雪舫道:'这一着也未尝不是;然而你既赁了宅子,自己又住到会馆里,怎么见得省?'辅成道:'那里的话! 我既住到会馆，便先打发了老妈子，带着小孩子住进去了。'雪舫道：'早就该这样办法的了。'辅成便忙着要拣日子就搬。雪舫道：'你且莫忙，这不是一时三刻的事，我也在这里代你打算呢。小孩子说小虽然不小，然而早起晚睡，还得要人招呼，还有许多说不出的零碎事情，断不是我们办得到的；譬如他顽皮搅湿了衣服，或者挂破了衣服等类，都是马上要找替换，要缝补的，试问你我可以办得到么？这都是平常无事的话。万一要有甚么伤风外感，那不更费手脚么？我正在这里和你再三盘算，左也不是，右也不是。看不出这么一件小小事情，倒是很费商量的。'一席话说得辅成呆了。歇了半晌道：'不然，索性把小孩子送回家乡去也好。'雪舫道：'你方才不是说怕伤太夫人的心么？'辅成搓手顿足了半晌，没个理会。雪舫又道：'不如我和你想个法子罢，是轻而易举，绝不费事的，不知你可肯做？'辅成道：'你且说出来，可以做的便做。'雪舫道：'你若肯依了我做去，包管你就可以保全声名。'辅成道：'你又来作文字了，又要在题前盘旋了，快直说了罢。'雪舫道：'你今日起，便到处托人做媒，只说中馈乏人，要续弦了，这么一来，外头的谣言自然就消灭了。'辅成道：'这个不过暂时之计，不可久长。况且央人做媒，做来做去，总不成功，也不是个事；万一碰了合式的，他样样肯将就，任我怎样挑剔，他都答应，那却如何是好呢？'雪舫正色道：'那不就认真续了弦就完了。我劝你不要那么呆，天下那里有从一而终的男子。你此刻还是热烘烘的，自然这样说；久而久之，中馈乏人，你便知道鳏居的难处了。与其后来懊悔，还是赶早做了的好。依我劝你，趁此刻自己年纪不十分大，儿子也还小,还容易配;倘使耽搁几年,自己年纪也大了,小孩子也长成了,那时后悔,想到续弦,只怕人家有好好的女儿,未必肯嫁给于思于思[1]的老翁了。况且说起来,前妻的儿子已经若干大了,人家更多一层嫌弃。还有一层,比方你始终不续弦的话,将来开坊了,外放了,老大人、太夫人总是要迎养的,同寅中官眷往来,你没有个夫人,如何得便? 难道还要太夫人代你应酬么? 你细想想,我的话是不是?'辅成听了低下头去,半响没有话说。雪舫又道:'说虽如此说,这件事却是不能卤莽的,最要紧是打听人品;倘使弄了一个不贤的来,那可不是闹玩的!'辅成叹了一口气,却不言语。雪舫又道:'此刻你且莫愁这些,先撒开了话,要求人做媒,赶紧要续弦,先把谣言息一息再讲。'辅成也没有话说。雪舫又谈些别样说话,然后辞去。过了一日,雪舫未曾出门,辅成先去拜访了,说是踌躇了一天一夜,没有别的法子,只好依你之计,暂时息一息谣言再说的了。雪舫道:'既如此,便从我先做起媒来。陆中堂有一位小姐,是才貌兼备的,等我先去碰一碰看。'辅成道:'你少胡闹! 他家女儿怎肯给我们寒士,何况又是个填房。'雪舫道:'求不求在你,肯不肯由他,问一问不见得就玷辱了他,那又何妨呢。'辅成也就没言语了。再过一天,雪舫便来回话说:'陆中堂那边白碰了。今日我又到张都老爷[2]那边去说,因为听说张都老爷有个妹子,生得十分福气,今日没有回话,过几天听信

---

[1] 于思于思——满面胡须的样子。语出《左传》。
[2] 都老爷——指御史。御史属于都察院,所以称为都老爷。

罢。'此时辅成因为谣言可怕,也略略活动了一点了,这两天也在别个朋友跟前提起续弦的话。一时同衙门的、同乡的,都知道周太史要续弦了,那做媒的便络绎不绝,这个夸说张家小姐才能,那个夸说李家小姐标致,说的心如槁木的一位太史公,心中活泼泼起来。雪舫又时时走来打动,商量要怎么的好,怎么的不好,又说第一年纪大的好。辅成问他是甚么缘故。雪舫道:'若是元配[1],自然年纪不怕小的;此刻你的是续弦,进了你门,就要做娘的,翁姑又不在跟前,倘使年纪过轻,怎么能当得起这个家。若是年纪大点的,在娘家纵使未曾经练过,也看见得多了,招呼小孩子,料理家务,自然都会的了。你想不是年纪大的好么?'说的辅成合了意。他却另外挽出一个人来,和辅成做焦侍郎小姐的媒。辅成便向雪舫打听。雪舫道:'这一门我早就想着了,一则怕这位小姐不肯许人家做填房,二则我和焦老头子有堂属[2]之分,觳不上去说这些事,所以未曾提及。这门亲倘是成了,倒是好的。听说那一位小姐,雅的是琴棋书画,俗的是写算操作,没有一件不来的;况且年纪好像在二十以外一点了,于料理小孩子一层,自然是好的了。'辅成听了,也巴望这门亲定了,好得个内助。偏偏焦侍郎那边,又没有着实回话,倒闹得辅成心焦起来,又托雪舫去说。求之再四,方才应允。一连跑了四五天,把这头亲事说定。一面择日行聘。过了几时,又

----

[1] 元配——第一次娶的正妻。
[2] 堂属——堂官和属员。这里指侍郎和主事。

第七十回　惠雪舫游说翰苑　周辅成误娶填房

张罗行亲迎[1]大礼,央了钦天监[2]选择了黄道吉日,打发了鼓吹[3]彩舆去迎娶,择定了午正三刻拜堂合卺。这一天,周太史家里贺客盈门,十分热闹;格外提早点吃了中饭,预备彩舆到了,好应吉时拜堂。一班同年、同馆[4]的太史公,都预备了催妆诗[5]、合卺词。谁知看看到了吉时,不见彩舆到门,众亲友都呆呆的等着看新人;等毂多时,已是午过未来,还是寂无消息。办事的人便打发人到坤宅去打听,回报说新人正在那里梳妆呢。众人只得仍旧呆等。等到了未末申初,两顶大媒老爷的轿子到了,说来了来了,快了快了,马上就登舆了。周太史一面款待大媒。闹了一会,已交酉刻,天已晚下来了,只得张罗开席宴客。吃到半席时,忽然间鼓乐喧天的新娘娶回来了,便连忙撤了席,拜堂、送房、合卺,又忙了一阵,直到戌正,才重新入席。那新人的陪嫁,除了四名鸦头之外,还有两房仆妇、两名家人,都是很漂亮的。众人尽欢散席时,已是亥正了。大家宽坐了一会,便要到新房里看新人,周太史只得陪着到新房里去。众人举目看时,都不觉棱了一棱,原来那位新人,早已把凤冠除下,却仍旧穿的蟒袍[6]

---

〔1〕 亲迎——古时婚礼之一。新郎率领仪仗到女家,行"奠雁"礼,然后乘马回转自己家里,在门口迎候,等新娘到了,引至家中,行交拜合卺礼。
〔2〕 钦天监——主管天文、历象一类事情,并为皇家婚丧大典负选择日期之责的官署。
〔3〕 鼓吹——各种打击乐器(如锣鼓)和吹奏乐器(如箫、笛)的合奏。
〔4〕 同馆——馆指庶常馆,是翰林院庶吉士学习的地方。同馆,就是庶吉士同事。
〔5〕 催妆诗——旧时举行婚礼,在新娘未入门以前,由亲友作诗庆贺,表示借此催促新人赶快扮成礼,所以叫催妆诗。
〔6〕 蟒袍——官员的礼服,上绣蟒形,视官阶的大小,有九蟒五爪到五蟒四爪的分别。妇女受有封赠的,也可以穿蟒袍。

霞帔,在新床上摆了一副广东紫檀木的鸦片烟盘,盘中烟具,十分精良,新人正躺在新床吃旧公烟[1]呢。看见众人进来,才慢慢的坐起,手里还拿着烟枪;两个伴房老妈子,连忙过去接了烟枪,打横放在烟盘上,一个接手代他戴上凤冠。陪嫁家人过来,把烟盘收起来,回身要走,忽听得娇滴滴的声音叫了一声'来',这个声音正是新人口中吐出来的。那陪嫁家人,便回转身子,手捧烟盘,端端正正的站着。只听得那新人又说道:'再预备十二个泡儿就够了。'那陪嫁家人,连答应了三四个'是'字,方才退了出去。众人取笑了一回,见新人老气横秋的那个样子,便纷纷散去。新人见客散了,仍旧叫拿了烟具来,一口一口的吹;吹足了十二口时,天色已亮,方才卸妆睡觉。周辅成这一气,几乎要死!然米已成饭,无可如何了。只打算日后设法禁制他罢了。那位新人一睡,直到三下钟方才起来。梳洗已毕,便有他的陪嫁家人,带了一个面生人,手里拿了一包东西,到上房里去,辅成此时一肚子没好气,也没做理会。第二天晚上,便自己睡到书房里去了。到了第三天,是照例回门,新婿新人,先后同去;行礼已完,新婿也照例先回。及至辅成回到家时,家人送上两张帐单。辅成接过来一看,一张是珠宝市美珍珠宝店的,上面开着珍珠头面[2]一副、穿珠手镯一副、西洋钻石戒指五个,共价洋四千五百两;又一张是宝兴金店的,上面开着金手镯一副、押发簪子等件,零零碎碎,共价是三百

---

[1] 旧公烟——指当时广东出产的"老公膏",是用印度进口的鸦片烟(人头土)熬成的烟膏。
[2] 头面——这里指穿礼服时头上插戴的首饰。

十五两。辅成看了便道:'我家里几时有买过这些东西?'家人回道:'这是新太太昨天叫店里送来的。'辅成吓了一跳,呆了半晌,没有话说,慢腾腾的踱到书房,换过便衣,唉声叹气的坐立不安。直等到晚上十二点多钟,新人方才回来。辅成一肚子没好气,走到上房。只见那位新夫人,已经躺下吃烟了,看见丈夫进来,便慢腾腾的坐起。辅成不免也欠欠身坐下。半晌开口问道:'夫人昨天买了些首饰?'新人道:'正是。我看见今天回门,倘使还戴了陪嫁的东西,不像样子,所以叫他们拿了来,些微拣了两件,其实还不甚合意。'辅成道:'既然不甚合意,何不退还了他呢?'说时,脸上很现出一种不喜欢的颜色。新人听了这话,看了新婿的颜色,不觉也勃然变色起来。"正是:房帏未遂齐眉乐,《易》象先呈反目爻〔1〕。未知一对新人,闹到怎么样子,且待下回再记。

---

〔1〕 房帏未遂齐眉乐,《易》象先呈反目爻——东汉梁鸿的妻子孟光,送饭给梁鸿吃,把食案高高举齐眉毛,表示恭敬。后来就称夫妇彼此敬重为举案齐眉。爻,指《易》卦爻。《易经·小畜》里有"九三,舆说(同脱)辐,夫妻反目。象曰:夫妻反目,不能正室也"这几句。反目,怒目相视的样子。这两句话是说:还没有享受到夫妇和好的乐趣,就先吵起架来了。

第七十一回

周太史出都逃妇难　焦侍郎入粤走官场

"当下新人变了颜色,一言不发。辅成也忍耐不住,说道:'不瞒夫人说,我当了上十年的穷翰林,只放过一回差,不曾有甚么积蓄。'新人不等说完,便抢着说道:'罢,罢!几吊钱的事情,你不还,我娘家也还得起,我明日打发人去要了来,不烦你费心。不过我这个也是挣你的体面。今天回门去,我家里甚么王爷、贝子、贝勒[1]的福晋[2]、姑娘、中堂、尚书[3]、侍郎的夫人、小姐,挤满了一屋子,我只插戴了这一点捞什子[4],还觉得怪寒尘的,谁知你到那么惊天动地起来!早知道这样,你又何必娶甚么亲!'说着,又叫一声'来',那陪嫁家人便走了进来,垂手站着。新人拿眼睛对着鸦片烟盘看了一看,那家人便走到床前,半坐半躺的烧了一口烟,装到斗[5]上。辅

----

[1] 贝子、贝勒——贝子,固山贝子的简称;贝勒,多罗贝勒的简称:都是清朝对宗室和蒙古外藩的封爵。贝勒比郡王低一级,贝子又比贝勒低一级。贝勒,满洲话部长的意思。
[2] 福晋——清朝封亲王、郡王、世子的正妻为福晋,侧室为侧福晋。福晋,满洲话指妻,含有贵妇的意义。
[3] 尚书——见第二十一回"郎中"注。
[4] 捞什子——也作劳什子,对于某一事物轻视或厌恶时的代称。
[5] 斗——鸦片烟斗,是横装在鸦片烟枪一端的陶质壶形物;下文"斗门",是烟斗上的眼,吸食鸦片时,烟泡安放在斗门上燃烧。

成冷眼觑着,只见那家人把烟枪向那边一送,新人躺下来接了,向灯上去吸,那家人此时简直也躺了下来,一手挡着枪梢,一手拿着烟签子,拨那斗门上的烟。辅成见了,只气得三尸乱暴,七窍生烟!只因才做了亲不过三朝,不便发作,忍了一肚子气,仍到书房里去安歇了。从此那珠宝店、金子店的人,三天五天便来催一次,辅成只急得没路投奔。雪舫此时却不来了,终日闷着一肚子气,没处好告诉,没人好商量。一连过了二十多天,看看那娶来的新人,非但愈形骄蹇[1]放纵,并且对于那六岁孩子,渐渐露出晚娘的面目来了。辅成更加心急,想想转恨起雪舫来;然而徒恨也无益,总要想一个善后之策,因此焦灼的一连几夜总睡不着。并且自从娶亲以来,便和上房如同分了界一般,足迹轻易不踏到里面。小孩子受了晚娘的气,又走到自己跟前哭哭啼啼,益加烦闷。忽然一日,自己决绝起来,定下一个计策,暗地里安排妥当。只说家中老鼠多,损伤了书籍字画,把一切书画都归了箱,送到会馆里存放,一共运去了十多箱书画,暗中打发一个家人,到会馆里取了,运回家乡去。等到了满月那天,新人又照例回门去了;这一次回门,照例要娘家住几天。这位周太史等他夫人走了,便写了个名条,到清秘堂[2]去请了一个回籍措资的假,雇了长车,带了小孩子,收拾了细软,竟长行回籍去了。只留下一个家人看门,给了他一个月的工钱,叫他好好看守门户,诳他说到天津,去去就来的。

---

[1] 骄蹇——傲慢。
[2] 清秘堂——爱新觉罗弘历(清高宗)曾为翰林院题了一块"木天清秘"的匾额,后来因把翰林院办公的地方叫做清秘堂。

他自己到了天津之后,却寄了一封信给他丈人焦侍郎。这封信却是骈四骊六的,足有三千多字,写得异常的哀感顽艳。焦侍郎接了这封信,一气一个死!无可奈何,只得把女儿权时养在家里,等日后再做道理。我进京找他求信,恰好碰了这个当口,所以我也不便多说,耽搁了几天,只得且回家去,过几时再说的了。"

徐宗生一席长谈,一面谈着,一面喝着,不觉把酒喝完了,饭也吃了,问店家要了水来净了面。我又问起焦侍郎为甚么把一位小姐惯到如此地位。宗生道:"这也不懂。论起来,焦侍郎是很有阅历的人,世途上、仕途上,都走的烂熟的了,不知为甚么家庭中却是如此。"我道:"世路仕路的阅历,本来与家庭的事是两样的。"宗生道:"不是这样说。这位焦理儒,他是经过极贫苦来的,不应把小孩子惯得骄纵到这步田地。他焦家本是个富家,理儒是个庶出的晚子,十七八岁上,便没了老子,弟兄们分家,他名下也分到了二三万的家当;搁不起他老先生吃喝嫖赌,无一不来,不上几年,一份家当,弄得精光,闹的弟兄不理,族人厌恶,亲戚冷眼,朋友远避。在家乡站不住了,赌一口气走了出来,走到天津,住在同乡的一家字号里,白吃两顿饭,人家也没有好面目给他。可巧他的运气来了,字号里的栈房碰破了两箱花椒,连忙修钉好了,总不免有漏出来的,字号里的小伙计把他扫了回来;被这位焦侍郎看见了,不觉触动了他的一门手艺,把那好的整的花椒,拣了出来,用一根线一颗一颗的穿起来,盘成了一个班指。被字号里的伙计看见了,欢喜他精致,和他要了。于是这个要穿一个,那个要穿一个,弄得天天很忙。他又会把他盘成珠子,穿成一副十八子的香珠[1]。穿了香珠,却没有人要;只有班指要的人多,甚至有出钱叫他穿的。齐巧有一位候补道进京引见,路过天津,是他的世伯辈,他用了'世愚侄'的帖子去见了一回,便把所穿的香珠,凑了一百零八颗,配了一副烧料的佛头、纪念[2],穿成一挂朝珠,又穿了一个细致的班指,作一份礼送了去。那位候补道欢喜的了不得,等他第二次去见了,便问他在天津作甚么。他一时没得好回答,便随嘴答应,说要到广东去谋事。那候补道便送了他五十两银子程仪。他得了这笔银子,便当真到广东去了。原来他有一位姑丈,是广东候补知府,所以他一心要找他姑丈去。谁知他在家乡那等行为,早被他哥哥们写信告诉了姑丈了,所以他到了广东,那位姑丈只给他一个不见;他姑母是早已亡故的了,他姑丈就在广东续的弦,他向来没有见过,就是请见也见不着。五十两银子有限,从天津到得广东,已是差不多的了,再是姑丈不见,住了几天客栈,看看银子没有了。他心急了,便走到他姑丈公馆门口等着,等他姑丈拜客回来,他抓住了轿杠便叫姑丈。他姑丈到了此时,没有法子,只得招呼他进去,问他来意。他说要谋事。他姑丈说:'谈何容易!这广东地方虽大,可知人也不少,非有大帽子压下来,不能谋一个馆地;并且你在家里荒唐惯了,到了

---

[1] 十八子的香珠——也称香串、手串。一般用伽南香(一种有香味的古木)制成十八颗一串的珠子,当时人最爱在夏天携佩这种珠子,用以避免秽恶的气味。这种珠子就叫十八子香珠。这里却是以花椒代替伽南香。

[2] 佛头、纪念——佛头,是间隔嵌在成串朝珠里的一种装饰品,比朝珠大,形如桂圆,左右上下各一枚,前三后一,多用宝石、翡翠之类的质料制成。纪念,也叫记捻儿,是朝珠旁边的小串装饰品,多用珊瑚珠、伽南香之类制成。

外面要守外面的规矩,你怎样办得到。不如仍旧回去罢。'他道:'此刻盘缠也用完了,回去不得,只得在这里等机会。我就搬到姑丈公馆来住着等,想姑丈也不多我这一碗闲饭。'他姑丈没奈何,只得叫他搬到自己公馆里住。这一住又是好几个月。喜得他还安分,不曾惹出逐客令〔1〕来。他姑丈在广东,原是一个红红儿的人,除了外面两三个差使不算,还是总督衙门的文案。这一天总督要起一个折稿,三四个文案拟了出来,都不合意,便把这件事交代了他姑丈。他姑丈带回公馆里去弄,也弄不好。他看见了那奏稿节略〔2〕,便自去拟出一篇稿来,送给他姑丈看,问使得使不得。他姑丈向来鄙薄他的,如何看得在眼里,拿过来便搁在一旁;但苦于自己左弄不好,右弄不好,姑且拿他的来看看,看了也不见得好。暗想且不要管他,明天且拿他去塞责。于是到了明天,果然袖了他的稿子去上辕。谁知那位制军一看见了,便大加赏识,说好得很,却不像老兄平日的笔墨。他姑丈一时无从隐瞒,又不便撒谎,只得直说了,是卑府亲戚某人代作的。制军道:'他现在办甚么事?是个甚么功名?'他姑丈回说没事,也没有功名。制军道:'有了这个才学,不出身可惜了。我近来正少一个谈天的人,老兄回去,可叫他来见我。'他姑丈怎么好不答应,回去便给他一身光鲜衣服,叫他去见制军。那制军便留他在衙门里住着,闲了时,便和他谈天,他谈风却极好。有时闷了,和他下围棋,他却又能

---

〔1〕 逐客令——历史记载:秦始皇下逐客令,要撵走各国到秦国来做说客的人。后来一般就用下逐客令作为驱逐的代词。
〔2〕 节略——提纲、摘要。

够下两子;并且输赢当中,极有分寸,他的棋子虽然下得极高,却不肯叫制军大败,有时自己还故意输去两子。偶然制军高兴了,在签押房里和两位师爷小酌,他的酒量却又不输与别人;并且出主意行出个把酒令来,都是雅俗共赏的。若要和他考究经史学问,他却又样样对答得上来;有时唱和几首诗,他虽非元、白、李、杜[1],却也才气纵横。因此制军十分隆重他,每月送他五十两银子的束脩。他就在广东阔天阔地起来。不多几时,潮州府出了缺,制台便授意藩台,给他姑丈去署了。一年之后,他姑丈卸事回来,禀知交卸。制军便问他:'我这回叫你署潮州,是甚么意思,你可知道?'他姑丈回说是大帅的栽培。制军道:'那倒并不是。我想你那个亲戚,总要想法子叫他出身;你在省城当差,未必有钱多,此刻署了一年潮州,总可以宽裕点了,可以代你亲戚捐一个功名了。'他姑丈此时不能不答应,然而也太刻薄一点,只和他捐了一个未入流[2],带捐免验看,指分广东。他便照例禀到。制军看见只代他弄了这么个功名,心中也不舒服,只得吩咐藩台,早点给他一个好缺署理。总督吩咐下来的,藩司那里敢怠慢,不到一个月,河泊所出了缺,藩台便委了他。原来这河泊所是广东独有的官,虽是个从九、未入,他那进款可了不得;事情又风流得很,名是专管河面的事,就连珠江上妓船也管了。他做了几个月下来,那位制军奉旨调到两江去了,本省巡抚坐升了总督,藩台坐升了

---
[1] 元、白、李、杜——指元稹、白居易、李白、杜甫;都是唐代诗人。
[2] 未入流——清朝官制分九品,凡是不能列入九品以内的官员叫做未入流(下文省称做未入),如典史、驿丞、河泊所所官之类皆是。

抚台，剩下藩台的缺，却调了福建藩台来做。那时候一个最感恩知己的走了，应该要格外小心的做去才是个道理；谁知他却不然，除了上峰到任，循例道喜之外，朔望也不去上衙门，只在他自己衙门里，办他的风流公案。那时新藩台是从福建来的，所有跟来的官亲幕友，都是初到广东，闻得珠江风月，那一个不想去赏鉴赏鉴。有一天晚上，藩台的少爷，和一个衙门里的师爷，两个人在谷埠（妓船麇聚之所）船上请客。不知怎样，妓家得罪了那位师爷，师爷大发雷霆，把席面掀翻了，把船上东西打个稀烂，大呼小叫的，要叫河泊所来办人。吓得一众妓女，莺飞燕散的，都躲开了。一个鸨妇见不是事，就硬着头皮，闪到舱里去，跪下叩头认罪。那师爷顺手拿起一个茶碗，劈头摔去，把鸨妇的头皮摔破了，流出血来。请来的客，也有解劝的，也有帮着嚷打的。这个当口，恰好那位焦理儒，带了两个家人，划了一艘小船，出来巡河，刚刚巡到这个船边，听得吵闹，他便跳过船来。刚刚走在船头，忽见一个人在舱里走出来，一见了理儒便道：'来得好！来得好！'理儒抬头一看，却是一位姓张的候补道，也是极红的人。原来理儒在督署里面，当了差不多两年的朋友，又是大帅跟前极有面子的，所以那一班候补道府，没有一个不认得他的。当下理儒看见是熟人，便站住了脚。姓张的又低低的说道：'藩宪的少大人和老夫子在里面，是船家得罪了他。阁下来得正好，请办一办他们，以警将来。'理儒听了，理也不理，昂起头走了进去，便厉声问道：'谁在这里闹事？'旁边有两个认得理儒的，便都道：'好了，好了！他们的管头来了。'有个便暗暗告诉那师爷，这便是河泊所焦理儒了。那师爷便上前招呼。理儒看见地下跪着一个头破血流的妇人，便问谁在这里打伤人。那师爷便道：'是兄弟摔了他一下。'理儒沉下脸道：'清平世界，那里来的凶徒！'回头叫带来的家人道：'把他拿下了！'藩台的少爷看见这个情形，不觉大怒道：'你是甚么人，敢这么放肆！'理儒也怒道：'你既然在这里胡闹，怎么连我也不知道！想也是凶徒一类的。'喝叫家人，把他也拿了。旁边一个姓李的候补府，悄悄对他说道：'这两位一个是藩台少爷，一个是藩台师爷。'理儒喝道：'甚么少爷老爷！私爷公爷，在这里犯了罪，我总得带到衙门里办去。'姓李的见他认真起来，便闪在一边，和一班道府大人，闪闪缩缩的，都到隔壁船上去，偷看他作何举动。只见他带来的两个家人，一个看守了师爷，一个看守了少爷，他却居中坐了，喝问那鸨妇：'是那一个打伤你的，快点说来。'那鸨妇只管叩头，不肯供说。那师爷气愤愤的说道：'是我打的，却待怎样！'理儒道：'好了，得了亲供了。'叫家人带了他两个，连那鸨妇一起带到衙门里去。此时师爷少爷带来的家人，早飞也似的跑进城报信去了。理儒把一起人也带进城，到衙门里，分别软禁起来，自己却不睡，坐在那里等信。到得半夜里，果然一个差官拿了藩台的片子来要人。理儒道：'要甚么人？'差官道：'要少爷和师爷。'理儒道：'我不懂。我是一个人在衙门里办公，没带家眷，没有少爷；官小俸薄，请不起朋友，也没有师爷。'差官怒道：'谁问你这个来！我是要藩宪的少大人与及藩署的师爷！'理儒道：'我这里没有！'差官道：'你方才拿来的就是。'理儒道：'那不是甚么少爷师爷，是两个闹事伤人的凶徒！'差官道：'只他两个就是，你请他出来，我一看便知。'理儒把桌子一拍,大喝道:'你是个甚么东西,要来稽查本衙门的犯人!'喝叫家人:'给我打出去!'两个家人,一片声叱喝起来,那差官没好气,飞马回衙门报信去了。藩台听了这话,也十分诧异,一半以为理儒误会,一半以为那差官搅不清楚,只得写了一封信,再打发别人去要。理儒接了信,付之一笑。草草的回了一个禀,交来人带去。禀里略言:'卑职所拿之人,确系凶徒,现有受伤人为证。无论此凶徒系何人,既以公事逮案,案未结,未便遽释'云云。这两次往返,天已亮了。理儒却从从容容的吃过了早饭,才叫打轿回公事去。谁知他昨夜那一闹,外面通知道了,说是河泊所太爷误拿藩台的人,这一回是死无葬身之地的了,不难合衙门的人都有些不便呢。此风声一夜传了开去,到得天明,合衙门的书吏差役,纷纷请假走了,甚至于抬轿的人也没有了。理儒看见觉得好笑,只得另外雇了一乘小轿,自己带了那一颗小小的印把,叫家人带了那少爷、师爷、鸨妇,一同上制台衙门去。"这一去,有分教:胸前练雀横飞出,又向最高枝上栖[1]。未知理儒见了制台,怎样回法,且待下回再记。

----

[1] 胸前练雀横飞出,又向最高枝上栖——练雀,是清朝九品官员补服上的图案。这两句话是说,焦理儒由起码的小官,后来爬到二品侍郎的官位。焦理儒本捐的未入流的功名,做的未入流的官,应该穿黄鹂图案的补服,这里说练雀,是概括指小官而言。

第七十二回

逞强项[1]再登幕府　走风尘初入京师

"前一夜藩台因为得了幕友、儿子闹事,被河泊所司官捉去的信,心中已经不悦,及至两次去讨不回来,心中老大不舒服。暗想这河泊所是甚么人,他敢与本司作对。当时便有那衙门旧人告诉他,说是这河泊所本来是前任制台的幕宾,是制台交代前任藩台给他这个缺的。藩台一想,前任藩台便是现任的抚军,莫非他仗了抚军的腰子么。等到天明,便传伺候上院去,把这件事嗫嗫嚅嚅[2]的回了抚台。抚台道:'这个人和兄弟并没有交情,不过兄弟在司任时,制军再三交代给他一个缺,恰好碰了河泊所出缺,便委了他罢了。但是听说他很有点才干。昨夜的事,他一定明知是公子,但不知他要怎样玩把戏罢了。我看他既然明知是公子,断不肯仅于回首县,说不定还要上辕来。倘使他到兄弟这里,兄弟自当力为排解,叫他到贵署去负荆请罪[3];就怕他径到督宪那里去,那就得要阁下自己去料理的了。'藩台听说,便辞了抚台,去见制台。

---

[1] 强项——直梗着脖子,形容倔强的样子。
[2] 嗫嗫嚅嚅——形容说话时有所顾忌,要说不说、说不清楚的样子。
[3] 负荆请罪——历史故事:战国时,赵国廉颇和蔺相如不和,廉颇屡次挫辱蔺相如,蔺相如以国家为重,全都加以容忍。等到廉颇自知错误,就负着荆条到蔺相如家里去请罪,表示愿受他用荆条鞭打,以示处罚。故事见《史记》。后来就把向别人谢过叫做负荆请罪。

喜得制台是自己同乡世好,可以无话不谈的。一直上了辕门,巡捕官传了手本进去,制台即时请见。藩台便把这件事,一五一十的回明白了,又说明这河泊所焦理儒系前任督宪的幕宾。制台听了这话,沉吟了一会道:'他若是当一件公事,认真回上来,那可奈何他不得,只怕阁下身上也有点不便。这个便怎生区处?'藩台此时也呆了,垂手说道:'这个只求大帅格外设法。'制台道:'他动了公事来,实在无法可设。'藩台正在踌躇,那巡捕官早拿了河泊所的手本上来回话了。制台道:'他一个人来的么?'巡捕道:'他还带了两个犯人、一个受伤的同来。'藩台起初只知道儿子和师爷在外闹事,不曾知道打伤人一节,此刻听了巡捕的话,又加上一层懊恼。制台便对藩台说道:'这可是闹不下来了!或者就请了他进来,你们彼此当面见了,我在旁边打个圆场,想来还可以下得去。'藩台道:'他这般倔强,万一他一定顶真起来,岂不是连大帅也不好看?'制台忽然想了一个主意道:'有了。只是要阁下每月津贴他多少钱,这件事就包在我身上,霎时间就冰消瓦解了。'藩台道:'终不成拿钱买他?'制台道:'不是买。你只管每月预备二百银子,也不要你出面,你一面回去,只管拣员接署河泊所就是了。'藩台满腹狐疑,不便多问,制台已经端茶送客[1]。一面对巡捕说:'请焦大老爷。'向来传见末秩没有这种声口的,那巡捕也很以为奇,便连忙跑了出去。藩台一面辞了出来,走到麒麟门外,

---

[1] 端茶送客——清朝官场习惯:谒见长官时,长官认为没有再谈下去的必要,但又不便当面逐客,就以端茶碗示意,茶碗一端,侍役接着高呼送客,这时客人必须立即辞出。

恰遇见那巡捕官拿着手版,引了焦理儒进去。那巡捕见了藩台,还站了一站班;只有理儒要理不理的,只望了他一眼。藩台十分气恼,却也无可如何。理儒进去见了制台,常礼已毕,制台便拉起炕来[1];理儒到底不敢坐,只在第二把交椅前面站定。制台道:'老兄的风骨,实在令人可敬!请上坐了,我们好谈天。将来叨教的地方还多呢。'理儒只得到炕上坐了。制军又亲手送过茶,然后开谈道:'昨天晚上那件事,兄弟早知道了。老兄之强项风骨,着实可敬!现在官场中那里还有第二个人!只可惜屈于末僚。兄弟到任未久,昧于物色[2],实在抱歉得很!'理儒道:'大帅奖誉过当,卑职决不敢当!只是责守所在,不敢避权贵之势,这是卑职生性使然。此刻开罪了本省藩司,卑职也知道罪无可逭,所以带印在此,情愿纳还此职,只求大帅把这件事公事公办。'说着,在袖里取出那一颗河泊所印来,双手放在炕桌上。制台道:'这件事,兄弟另外叫人去办,不烦阁下费心;不过另有一事,兄弟却要叨教。'说罢,叫一声'来',又努一努嘴,一个家人便送上一副梅红全帖。制台接在手里便站起来,对理儒深深一揖,理儒连忙还礼。制台已双手把帖子递上道:'今后一切,都望指

---

〔1〕 拉起炕来——拉在炕上坐。清时官员会客的地方,上面中间有木炕,可坐两人,两旁各有四把椅子。属员谒见长官,照例只能站着或者坐在椅子上,而且不敢坐第一把椅子。如果长官拉客人上炕坐,是表示特别敬重;这时主人从侍役手中取茶亲自奉客,客人也一定要取一碗茶回敬,才算完成了拉炕的礼节。
〔2〕 昧于物色——物色,本指形貌,引伸为访求之意。昧于物色,意思是说自己糊涂,不知访求贤能。

教!'理儒接来一看,却是延聘书启老夫子的关书,每月致送束脩二百两。便连忙一揖道:'承大帅栽培,深恐驽骀[1],不足以副[2]宪意!'制台道:'前任督宪,是兄弟同门[3]世好,最有知人之明,阁下不以兄弟不才,时加教诲,为幸多矣!'当下又谈了些别话,便把理儒留住。一面叫传藩司,一面叫人带了理儒进去,与各位师爷相见。原来那藩台并不曾回去,还在官厅上,一则等信息,二则在那里抱怨师爷,责备儿子。一听得说传,便连忙进去。制台把上项事,仔细告诉了一遍,又道:'一则此人之才一定可用,二则借此可以了却此事。阁下回去,赶紧委人接署;此后每月二百两的束脩,由尊处送来就是了。'藩台听说,谢了又谢。制台又把那河泊所的印,交他带去道:'也不必等他交代,你委了人,就叫他带印到任便了。'藩台领命辞去。从此焦河厅[4]又做了总督幕宾。总是他生得人缘美满,这位制军得了他之后,也是言听计从,叫他加捐了一个知县,制台便拜了一个折,把他明保送部引见;回省之后,便署了一任香山,当了好些差使;从此连捐带补的,便弄了个道台;就此一帆风顺,不过十年,便到了这个地位。只可怜他那姑丈,此刻六十多岁了,还是一个广东候补府,自从署一任潮州下来,一直不曾署过事。你说这宦海升沉,有何一定呢。"我本来和宗生谈的是焦侍郎不善治家庭的事,却无意中惹

---

[1] 驽骀——驽和骀都是劣马,比喻能力低下,没有学问。
[2] 副——符合、相称的意思。
[3] 同门——同学、同出一个老师的门下。
[4] 河厅——河泊所所官的别称。

了他这一大套,又被我听了不少的故事。当下夜色已深,大家安睡一宿,次日便分路而行。

我到河西务料理了两天的事,又到张家湾耽搁了一日,方才进京,在骡马市大街广升客栈歇下。因为在河西务、张家湾寄信不便,所以直等到了京城,才发各路的信,一连忙了两天,不曾出门,方才料理清楚。因为久慕京师琉璃厂之名,这天早上,便在客栈柜上问了路径,步行前去,一路上看看各处市景,街道虽宽,却是坎坷[1]的了不得;满街上不绝的骆驼来往;偶然起了一阵风,便黄尘十丈。以街道而论:莫说比不上上海,凡是我经过的地方,没有一处不比他好几倍的。

一路问讯到了琉璃厂,路旁店铺,尽是些书坊、笔墨、古玩等店家。走到一家松竹斋纸店,我想这是著名的店家,不妨进去看看。想定了,便走近店门,一只脚才跨了进去,里边走出一个白胡子的老者,拱着手,呵着腰道:"你伫[2]来了(你伫,京师土语,尊称人也。发音时惟用一伫字,你字之音,盖藏而不露者。或曰:'你老人家'四字之转音也,理或然欤)!久违了!你伫一向好!里边请坐!"我被这一问,不觉楞住了,只得含糊答应,走了进去。便有一个小后生,送上一枝水烟筒来;老者连忙拦住,接在手里,装上一口烟,然后双手递给我。那小后生又送上一碗茶;那老者也接过来,一手拿起茶碗,一手

---

[1] 坎坷——道路不平。
[2] 你伫——就是"您"。

把茶托侧转,舀了一舀,重新把茶碗放上,双手递过了来,还齐额献上一献。然后自己坐定,嘴里说些"天气好啊,还凉快,不比前年,大九月里还是很热。你仝有好两个月没请过来了"。我一面听他说,一面心中暗暗好笑。我初意进来,不过要看看,并不打算买东西;被他这么一招呼,倒不好意思空手出去了,只得拣了几个墨盒、笔套等件,好在将来回南边去,送人总是用得着的。老者道:"墨盒子盖上可要刻个上下款?"我被他提醒了,就随手写了几个款给他。

然后又看了两种信笺。老者道:"小店里有一种'永乐笺',头回给你仝看过的,可要再看看?"说罢,也不等我回话,便到柜里取出一个大纸匣来。我打开匣盖一看,里面是约有八寸见方的玉版笺[1],左边下角上一朵套色角花,纸色极旧。老者道:"这是明朝永乐[2]年间,大内[3]用的笺纸,到此刻差不多要到五百年了,的真是古货。你仝瞧,这角花不是印板的,是用笔画出来的,一张一个样子,没有一张同样儿的。"我拿起来仔细一看,的确是画的;看看那纸色,纵使不是永乐年间的,也是个旧货了。因问他价钱。老者道:"别的东西有个要价还价,这个纸是言无二价的,五分银子一张。"我笑道:"怎么单是这一种做不二价的买卖呢?"老者道:"你仝明见得很,我不能瞒着你仝。别的东西,市价有个上下,工艺有个粗细,惟有这一号纸,是做不出来的,卖了一张,我就短了一张的了。小号收来是三千七百二

---

〔1〕 玉版笺——一种光洁而坚致的宣纸,也称玉版纸。
〔2〕 永乐——朱棣(明成祖)的年号。
〔3〕 大内——皇宫内部。

十四张,此刻只剩了一千三百十二张了。"我心里虽是笑他捣鬼,却也欢喜那纸,就叫他数了一百张,一共算帐。因为没带钱,便写了个条子,叫他等一会送到广升栈第五号。便走出来。那老者又呵腰打拱的一路送出店门之外,嘴里说了好些"没事请来谈谈"的话。

我别过了,走到一家老二酉书店,也是最著名的,便顺着脚走了进去。谁知才进了门口,劈头一个人在我膀子上一把抓着道:"哈哈!是甚么风把你仫吹来了!我计算着你仫总有两个月没来了。你仫是最用功的,看书又快,这一向买的是谁家的书,总没请过来?"说话时,又瞅着一个学徒的道:"你瞧你!怎么越闹越傻(傻音近耍字音,京师土谚,痴呆之意也)!老爷们来了,茶也忘了送了,烟也忘了装了。像你这么个傻大头,还学买卖吗!"他嘴里虽是这么说,其实那学徒早已捧着水烟筒,在那里伺候了。那个人把我让到客座里,自己用袖子拂拭了椅子,请我坐下,然后接过烟筒,亲自送上。此时已是另有一个学徒,泡上茶来了。那人便问道:"你仫近来看甚么书啊?今儿个要办甚么书呢?"

我未及回答,忽见一个人拿了一封信进来,递给那人。那人接在手里,拆开一看,信里面却有一张银票。那人把信放在桌上,把银票看了一看,绉眉道:"这是松江平[1],又要叫我们吃亏了。"说着,便叫学徒的,"把李大人那箱书拿出来,交他管家带去。"学徒捧了一个

---

[1] 松江平——当时使用银子,以京平的成色为标准;松江平是一种成色较差的银子,只合到京平的九八折。这里松江平的银票,是上面写明凭票九八折兑银若干两的票子,一般称为"九八兑"。

小小的皮箱过来,摆在桌上,那箱却不是书箱,像是个小文具箱样子,还有一把锁锁着。那送信的人便过来要拿。那人交代道:"这锁是李大人亲手锁上的,钥匙在李大人自己身边,你就这么拿回去就得了。"那送信人拿了就走。这个当口,我顺眼看他桌上那张信,写的是"送上书价八十两,祈将购定之书,原箱交来人带回……"云云。我暗想这个小小皮箱,装得了多大的一部书,却值得八十两银子!忍不住向那人问道:"这箱子里是一部甚么书,却值得那么大价?"那人笑道:"你伫也要办一份罢?这是礼部[1]堂官李大人买的。"我道:"到底是甚么书,你伫告诉了我,许我也买一部。"那人道:"那箱子里共是三部:一部《品花宝鉴》,一部《肉蒲团》,一部《金瓶梅》[2]。"我听了,不觉笑了一笑。那人道:"我就知道这些书,你伫是不对的;你伫向来是少年老成,是人所共知的。咱们谈咱们的买卖罢。"我初进来时,本无意买书的,被他这一招呼应酬,倒又难为情起来,只得要了几种书来。拣定了,也写了地址,叫他送去取价。

我又看见他书架上庋了好些石印书,因问道:"此刻石印书,京里也大行了?"那人道:"行是行了,可是卖不出价钱。从前还好,这两年有一个姓王的,只管从上海贩了来,他也不管大众行市,他贩来的便宜,就透[3]便宜的卖了,闹的我们都看不住本钱了。"我道:"这

----

[1] 礼部——清朝中央政府的六部之一,主管礼仪和学校贡举等事。
[2] 《金瓶梅》——明人署名兰陵笑笑生所作的一部人情小说,描摹世情很生动。因为其中有很多猥亵的描写,所以当时一般认为是淫书。
[3] 透——极、很、过于。

第七十二回　逞强项再登幕府　走风尘初入京师

姓王的可是号叫伯述?"那人道:"正是。你仜认得他么?"我道:"有点相熟。不知道他此刻可在京里?住在甚么地方?"那人道:"这可不大清楚。"我就不问了。

别了出来,到各处再逛逛。心中暗想:这京城里做买卖的人,未免太油腔滑调了。我生平第一次进京,头一天出来闲逛,他却是甚么"许久不来"啊,"两个月没来"啊,拉拢得那么亲热,真是出人意外。想起我进京时,路过杨村打尖,那店家也是如此,我骑着驴走过他店门口,他便拦了出来,说甚么"久没见你仜出京啊,几时到卫里去的,你仜用的还是那匹老牲口",说了一大套。当时我还以为他认错了人,据今日这情形看来,北路里做买卖的,都是这副伎俩的了。

正这么想着,走到一处十字街口,正要越走过去,忽然横边走出一头骆驼,我只得站定了,让他过去。谁知过了一头,又是一头,络绎不绝;并且那拴骆驼之法,和拴牛一般,穿了鼻子,拴上绳,却又把那一根绳,通到后面来,拴后面的一头,如此头头相连,一连连了二三十头;那身躯又长大,走路又慢,等他走完了,已是一大会的工夫,才得过去。

我初到此地,路是不认得的,不知不觉,走到了前门大街。老远的看见城楼高耸,气象雄壮,便顺脚走近去望望。在城边绕行一遍,只见瓮城凸出,开了三个城门,东西两个城门是开的,当中一个关着。这一门,是只有皇帝出来才开的,那一种严肃气象,想来总是很利害的了。我走近那城门洞一看,谁知里面瓦石垃圾之类,堆的把城门也看不见了;里面挤了一大群叫化子,也有坐的,也有睡的,也有捧着烧饼在那里吃的,也有支着几块砖当炉子,生着火煮东西的。我便缩住脚回头走。

　　走不多路,经过一家烧饼店,店前摆了一个摊,摊上面摆了几个不知隔了几天的旧烧饼。忽然来了一群化子,一拥上前,一人一个或两个,抢了便飞跑而去。店里一个人大骂出来,却不追赶,低头在摊台底下,又抓了几个出来摆上。我回眼看时,那新摆出来的烧饼,更是陈旧不堪,暗想这种烧饼,还有甚么人要买呢。想犹未了,就看见一个人丢了两个当十大钱在摊上,说道:"四十。"那店主人便在里面取出两个雪白新鲜的烧饼来交给他。我这才明白他放在外面的陈旧货,原是预备叫化子抢的。

　　顺着脚又走到一个胡同里,走了一半,忽见一个叫化子,一条腿肿得和腰一般粗大,并且烂的血液淋漓,当路躺着。迎头来了一辆车子,那胡同很窄,我连忙闪避在一旁,那化子却还躺着不动。那车子走到他跟前,车夫却把马缰收慢了,在他身边走过;那车轮离他的烂腿,真是一发之顷,幸喜不曾碰着。那车夫走过了之后,才扬声大骂,那化子也和他对骂。我看了很以为奇,可惜初到此处,不知他们捣些甚么鬼。

　　又向前走去,忽然抬头看见一家山东会馆,暗想伯述是山东人,进去打听或者可以得个消息,想罢,便踱了进去。正是:方从里巷观奇状,又向天涯访故人。未知寻得着伯述与否,且待下回再记。

第七十三回

书院课文不成师弟　　家庭变起难为祖孙

当下我走到山东会馆里,向长班[1]问讯。长班道:"王伯述王老爷,前几天才来过。他不住在这里。他卖书,外头街上贴的萃文斋招纸,便是他的。好像也住在一家甚么会馆里,你忙到街上一瞧就知道了。"我听说便走了出来,找萃文斋的招贴,偏偏一时找不着;倒是沿路看见不少的"包打私胎"的招纸,还有许多不伦不类[2]卖房药的招纸,到处乱贴,在这辇毂之下[3],真可谓目无法纪了。走了大半条胡同,总看不见萃文斋三个字。直走出胡同口,看见了一张,写的是"萃文斋洋版书籍",旁边"寓某处"的字,却是被烂泥涂盖了的。再走了几步,又看见一张同前云云;旁边却多了一行小字,写着"等米下锅,赔本卖书"八个字。我暗想,这位先生未免太儿戏了。及至看那"寓某处"的地方,仍旧是用泥涂了的,我实在不解。在地下拾了一片木片,把那泥刮了下来,仔细去看,谁知里面的字,已经挖去的了。只得又走,在路旁又看见一张,这是完全的了,写着"寓半截胡

---
[1] 长班——会馆里公用的仆人。
[2] 不伦不类——不像样子、不成名堂,犹如说非驴非马。
[3] 辇毂之下——封建时期,称皇帝乘坐的车子为辇,因而把皇帝居住的京城地方称为辇毂之下。

同山会邑馆[1]"。我便一路问信要到半截胡同,谁知走来走去,早已走回广升栈门口了,我便先回栈里。又谁知松竹斋、老二酉的伙计,把东西都送了来,等了半天了。客栈中饭早开过了。我掏出表来一看,原来已经一点半钟了。我便拿银子到柜上换了票子,开发了两家伙计去了。然后叫茶房补开饭来,胡乱吃了两口。又到柜上去问半截胡同,谁知这半截胡同就在广升栈的大斜对过,近得很的。

我便走到了山会邑馆,一直进去,果然看见一个房门首,贴了"萃文斋寓内"的条子。便走了进去,却不见伯述,只有一个颁白老翁在内。我便向他叩问。老翁道:"伯述到琉璃厂去了,就回来的,请坐等一等罢。"我便请教姓名。那老翁姓应,号畅怀,是绍兴人。我就坐下同他谈天,顺便等伯述。等了一会,伯述来了,彼此相见,谈了些别后的话。我说起街上招贴涂去了住址一节。伯述道:"这是他们书店的人干的。我的书卖得便宜,他又奈何我不得[2],所以出了这个下策。"我道:"怪不道呢,我在老二酉打听姻伯的住处,他们只回说不知道。"伯述道:"这还好呢,有两回有人到琉璃厂打听我,他们简直的回说我已经死了,无非是妒忌我的意思。老二酉家,等一回就要来拿一百部《大题文府》,怎么不知我住处呢。"我又说起在街上找萃文斋招贴,看见好些"包打私胎"招纸的话。伯述道:"你初次

---

〔1〕 山会邑馆——浙江山阴和会稽两县的邑馆,邑馆性质和同乡会馆相同,范围较会馆为小。
〔2〕 奈何我不得——奈何,对付的意思。奈何我不得,意思是没有办法对付我。

来京,见了这个,自以为奇;其实希奇古怪的多得很呢,这京城里面,就靠了这个维持风化不少。"我不觉诧异道:"怎么这个倒可以维持风化起来?"伯述道:"在外省各处,常有听见生私孩子的事,惟有京城里出了这一种宝货,就永无此项新闻了,岂不是维持风化么。你还没有看见满街上贴的招纸,还有出卖妇科绝孕丹的呢,那更是弭患于无形的善法了。"说罢,呵呵大笑。又谈了些别话,即便辞了回栈。

连日料理各种正事,伯述有时也来谈谈。一连过了一个月,接到继之的信,叫我设法自立门面。我也想到长住在栈里,终非久计;但是我们所做的都是转运买卖,用不着热闹所在,也用不着大房子。便到外面各处去寻找房屋。在南横街找着了一家,里面是两个院子,东院那边已有人住了,西院还空着,我便赁定了,置备了些动用家伙,搬了进去,不免用起人来。又过了半个月,继之打发他的一个堂房侄子吴亮臣进京来帮我,并代我带了冬衣来;亮臣路过天津时,又把我寄存杏农处的行李带了来。此时又用了一个本京土人李在兹帮着料理各项,我倒觉得略为清闲了点。

且说东院里住的那一家人姓符,门口榜着"吏部[1]符宅";与我们虽是各院,然而同在一个大门出入,总算同居的。我搬进来之后,便过去拜望,请教起台甫,知道他号叫弥轩,是个两榜出身,用了主事,签分吏部。往来过两遍,彼此便相熟了,我常常过去,弥轩也常常

---

[1] 吏部——清朝中央政府的六部之一,主管人事调动的部门。

过来。这位弥轩先生,的真是一位道学先生[1],开口便讲仁义道德,闭口便讲孝弟忠信。他的一个儿子,名叫宣儿,只得五岁,弥轩便天天和他讲《朱子小学》[2]。常和我说:"仁义道德,是立身之基础;倘不是从小熏陶[3]他,等到年纪大了,就来不及了。"因此我甚是敬重他。

有一天,我又到他那边去坐,两个谈天正在入彀的时候,外面来了一个白须老头子,穿了一件七破八补的棉袍,形状十分瑟缩[4],走了进来;弥轩望了他一眼,他就瑟瑟缩缩的出去了。我谈了一回天之后,便辞了回来,另办正事。过了三四天,我恰好在家没事,忽然一个人闯了进来,向我深深一揖,我不觉愕然。定睛一看,原来正是前几天在弥轩家里看见的老头子。我便起身还礼。

那老头子战兢兢的说道:"忝在同居,恕我荒唐,有残饭乞赐我一碗半碗充饥。"我更觉愕然道:"你住在那里?我几时和你同居过来?"那老头子道:"弥轩是我小孙,彼此岂不是有个同居之谊。"我不

---

[1] 道学先生——道学,也叫理学、性理学,我国哲学的一种流派,是宋儒讲究修身养性,提倡忠君孝亲,维护封建礼法的一种保守和妥协的学说;其中也含有民族意识等进步思想。作者对道学是肯定的,这里指符弥轩为"的真是一位道学先生",是讥讽他言行不符的反话。
[2] 《朱子小学》——朱子,指朱熹,见第六十回注。《朱子小学》是朱熹著的一部书,列举儿童应知的封建的常识,如洒扫、应对、进退一类的仪节,并叙述前人的所谓嘉言懿行。
[3] 熏陶——教育感化。
[4] 瑟缩——形容缩头缩脑的样子。下文"瑟瑟缩缩",义同。

觉吃了一惊道:"如此说是太老伯了!请坐,请坐。"老头子道:"不敢,不敢!我老朽走到这边,也是无可奈何的事,只求有吃残的饭,赐点充饥,就很感激了。"我听说忙叫厨子炒了两碗饭来给他吃;他忙忙的吃完了,连说几声"多谢",便匆匆的去了。我要留他再坐坐谈谈,他道:"恐怕小孙要过来不便。"说着,便去了。

我遇了这件事,一肚子狐疑,无处可问,便走出了大门,顺着脚步儿走去,走到山会邑馆,见了王伯述,随意谈天,慢慢的便谈到今天那老头子的事。伯述道:"弥轩那东西还是那样吗,真是岂有此理!这是认真要我们设法告他的了。"我道:"到底是甚么样一桩事呢?符弥轩虽未补缺,到底是个京官,何至于把乃祖弄到这个样子,我倒一定要问个清楚。"

伯述道:"他是我们历城(山东历城县也)同乡。我本来住在历城会馆。就因为上半年,同乡京官在会馆议他的罪状,起了底稿给他看过,要他当众与祖父叩头伏罪;又当众写下了孝养无亏的切结[1],说明倘使仍是不孝,同乡官便要告他。当日议事时,我也在会馆里,同乡中因为我从前当过几天京官,便要我也署上一个名;我因为从前虽做过官,此刻已是经商多年了,官不官,商不商,便不愿放个名字上去。好得畅怀先生和我同在一起,他是绍兴人,我就跟他搬到此地来避了。论起他的家世,我是知的最详。那老头子本来是个

---

[1] 切结——表示切实负责的保证书。

火居道士[1],除了代别人嗥经[2]之外,还鬼鬼祟祟的会代人家画符治病,偶然也有治好的时候,因此人家上他一个外号,叫做'符最灵'。这个名气传了开去,求他治病的人更多了,居然被他积下了几百吊钱。生下一个儿子,却是很没出息的,长大了,游手好闲,终日不务正业。老头儿代他娶了一房媳妇,要想仗媳妇来管束儿子;谁知非但管束不来,小夫妻两个反时时向老头儿吵闹,说老人家是个守财虏,守着了几百吊钱,不知道拿出来给儿子做买卖,好歹也多挣几文,反要怪做儿子的不务正业,你叫我从那个上头做起。吵得老头儿没了法了,便拿几吊钱出来,给儿子做小买卖,不多几天,亏折个罄尽。他不怪自己不会打算,倒怪说本钱太少了,所以不能赚钱。老头儿没奈何,只得又拿些出来,不多几天,也是没了。如此一拿动了头,以后便无了无休了,足足把他半辈子积攒下来的几百吊钱,化了个一干二净。真是俗语说的是个讨债儿子,把他老子的钱弄干净了,便得了个病,那时候符最灵变了'符不灵'了,医治无效,就此呜呼了。且喜代他生下一个孙子,就是现在那个宝货符弥轩了。他儿子死了不上一个月,他的媳妇就带着小孩子去嫁。这一嫁嫁了个江西客人,等老头子知道了时,那江西客人已经带着那婆娘回籍去了。老头儿急得要死,到历城县衙门去告,上下打点,不知费了多少手脚,才得历城县向江西移[3]提了回来,把这个宝货孙子断还了他。那时这宝货只

---

〔1〕 火居道士——有妻的道士。
〔2〕 嗥经——高声念经。
〔3〕 移——官署文书的一种,凡是没有统属关系的机关,彼此行文用移。

有三岁,亏他祖父符最灵百般抚养,方得长大。到了十二三岁时,实在家里穷得不能过了,老头子便把他送到一家乡绅人家去做书僮。谁知他却生就一副聪明,人家请了先生教子弟读书,他在旁边听了,便都记得。到了背书时,那些子弟有背不下去的,他便在旁边偷着提他。被那教读先生知道了,夸奖他聪明,便和东家说了,不叫他做事,只叫他在书房伴读。一连七八年,居然被他完了篇[1]。那一年跟随他小主人入京乡试,他小主人下了第[2],正没好气,他却自以为本事大的了不得,便出言无状起来;小主人骂了他,他又反唇相稽。他小主人怒极了,把他撵走了,从此他便流落在京。幸喜写的一笔好字,并且善变字体,无论颜、柳、欧、苏[3],都能略得神似;别人写的字,被他看一遍,他摹仿起来,总有几分意思。因此就在琉璃厂卖字。倒也亏他,混了三年,便捐了个监生下乡场,谁知一出就中了;次年会试连捷[4];用了主事,签分了吏部。那时还是住在历城会馆里。可巧次年是个恩科,他的一个乡试座主,又放了江南主考,爱他的才,把他带了去帮阅卷,他便向部里请了个假,跟着到了江南。从中不知怎样鬼混,卖关节舞弊,弄了几个钱。等主考回京复命时,他便逗留在上海,滥嫖了几个月,娶了一个烟花中人,带了回山东,骗人说是在苏

---

[1] 完了篇——初学作八股文时,只能作前面三个段落(破题、承题、起讲);等到后面五个段落(入手、前股、中股、后股、束股)也作得出来时,叫做完了篇。
[2] 下了第——没有考取举人或进士。
[3] 颜、柳、欧、苏——指唐颜真卿、柳公权、欧阳询,宋苏轼:都是有名的书法家。
[4] 连捷——这里指第一年中了举人,第二年又中了进士。

州娶来的，便把他作了正室，在家乡立起门户。他那位令祖看见孙子成了名，自是欢喜。谁知他把一个祖父看得同赘瘤一般，只是碍着邻里，不敢公然暴虐。在家乡住了一年，包揽词讼，出入衙门，无所不为。历城县请他做历城书院的山长[1]，他那旧日的小主人，偏是在书院肄业，他便摆出山长的面目来，那小主人也无可如何。有一回，书院里官课[2]，历城县亲自到院命题[3]考试。内中有一个肄业生，是山东的富户，向来与山长有点瓜葛[4]的，私下的孝敬，只怕也不少。只苦于没有本事，作出文字来，总不如人；屡次要想取在前列，以骄同学，私下的和山长商量过好几次。弥轩便和他商定，如取在第一，酬谢若干；取在五名前，酬谢若干；十名前又酬谢若干。商定之后，每月师课时，也勉强取了两回在十名之内，得过些酬谢；要想再取高些，又怕诸生不服。恰好这回遇了官课，照例当堂缴卷之后，汇送到衙门里，凭官评定甲乙的。那弥轩真是'利令智昏'，等官出了题目之后，他却偷了个空，惨淡经营，作了一篇文字，暗暗使人传递与那肄业生。那肄业生却也荒唐，得了这稿子，便照誊在卷上，誊好了，便把那稿子摔了，却被别人拾得，看见字迹是山长写的，便觉得奇怪，私

----

[1] 山长——书院院长的专称。
[2] 官课——当时书院里的学生，每三月由官府出题考试一次，叫做期考，就是官课；成绩好的给予奖金。每月由院长出题考试一次，叫做月考，就是下文指的"师课"；成绩好的给予膏火费。
[3] 命题——出题。
[4] 瓜葛——瓜和葛都是蔓生植物，藤子爬得很长，因而一般用瓜葛比喻有牵连、有关系。

下与两个同学议论,彼此传观。及至出了案,特等第一名的文章,贴出堂来,是和拾来的稿子一字不易。于是合院肄业生、童[1]大哗起来,齐集了一众同学,公议办法。那弥轩自恃是个山长,众人奈何他不得,并不理会,也并未知道自己笔迹落在他人手里。那肄业生却是向来'恃财傲物'[2]的,任凭他人纷纷议论,他只给他一概不知。众人议定了,联合了合院肄业生、童,具禀到历城县去告。历城县受了山长及那富户的关节,便捺住这件公事,并不批出来。众人只得又催禀。他没法,只得批了。那批的当中只说:'官课之日,本县在场监考,当堂收卷,从何作弊? 诸生、童等工夫不及他人,因羡生妒,屡次冒渎多事,特饬不准'云云。批了出来,各生、童又大哗,又联名到学院里去告;又把拾来的底稿,粘在禀帖上,附呈上去。学院见了大怒,便传了历城县去,把那禀及底稿给他去看,叫他彻底根究。谁知历城县仍是含糊禀复上去。学院恼了,传了弥轩去,当堂核对笔迹,对明白了,把他当面痛痛的申饬一番,下了个札给历城县,勒令即刻将弥轩驱逐出院,又把那肄业生衣顶革了[3]。弥轩从此便无面目再住家乡,便带了那上海讨来的婊子,撇下了祖父,一直来到京城,仍旧扯着他几个座师的旗号,在那里去卖风云雷雨[4]。有一回,博山(山

----

[1] 生、童——生员和童生。
[2] "恃财傲物"——本作"恃才傲物",指有才学的人看不起别人,这里作者故意谐"才"为"财",讽刺富家子弟。
[3] 衣顶革了——科举时代,秀才有一定式样的制服。清时是青(黑色)领蓝衫,戴银雀顶的帽子(事实上除初中秀才时"谒圣"外,平时并不穿戴这种制服)。秀才犯了法,学官可以革掉他的功名,不许他再穿戴秀才的衣顶,叫做褫革。
[4] 卖风云雷雨——招摇撞骗的意思。

东县名,出玻璃料器〔1〕甚佳)运了一单料货到烟台,要在烟台出口装到上海,不知是漏税或者以多报少,被关上扣住要充公。那运货的人与弥轩有点瓜葛,打了个电报给他,求他设法。他便出了他会试座主的衔名,打了一个电报给登莱青道〔2〕,叫把这一单货放行。登莱青道见是京师大老的电报,便把他放了。事后才想起这位大老是湖南人,何以干预到山东公事,并且自己与他向无往来,未免有点疑心。过了十多天,又不见另有墨信寄到,便写了一封信,只说某日接到电报如何云云,已遵命放行了。他这座主接到这封信,十分诧异,连忙着人到电报局查问这个电报是那个发的,却查不出来。把那电报底稿吊了去,核对笔迹,自己亲信的几个官亲子侄,又都不是的。便打发几个人出来,明查暗访,那里查得出来。却得一个少爷,是个极精细的人,把门房里的号簿吊了进来,逐个人名抄下,自己却一个个的亲自去拜访,拜过了之后,便是求书求画,居然叫他把笔迹对了出来。他却又并不声张,拿了那张电底去访弥轩,出其不意,突然拿出来给他看。他忽然看见了这东西,不觉变了颜色,左支右吾了一会。却被那位少爷查出了,便回去告诉了老子,把他叫了来,痛乎其骂了一顿,然后撵走了,交代门房,以后永不准他进门。他坏过这一回事之后,便黑了一点下来。他那位令祖,因为他虽然衣锦还乡,却不曾置得丝毫产业,在家乡如何过得活,便凑了盘川,寻到京里来,谁知这位令孙

----

〔1〕 料器——可以冒充珠玉的一种玻璃之类的烧料做成的东西。
〔2〕 登莱青道——当时管辖登州、莱州、青州三地的分守分巡道。

却是拒而不纳。老人家便住到历城会馆里去。那时候恰好我在会馆里,那位老人家差不多顿顿在我那里吃饭,我倒代他养了几个月的祖父。后来同乡官知道这件事,便把弥轩叫到会馆里来,大众责备了他一番,要他对祖父叩头认罪,接回宅子去奉养,以为他总不敢放恣[1]的了,却不料他还是如此。"伯述正在汩汩而谈,谁知那符最灵已经走了进来。正是:暂停闲议论,且听个中言。未知符最灵进来有何话说,且待下回再记。

---

[1] 放恣——放纵、放肆。

第七十四回

符弥轩逆伦几酿案　车文琴设谜赏春灯

当下符最灵走了进来,伯述便起身让坐。符最灵看见我在座,便道:"原来阁下也在这里。早上我荒唐得很,实在饿急了,才蒙上一层老脸皮。"我道:"彼此同居,这点小事,有甚么要紧!"伯述接口道:"怎么你那位令孙,还是那般不孝么?"符最灵道:"这是我自己造的业,老不死,活在世界上受这种罪!我也不怪他,总是我前一辈子做错了事,今生今世受这种报应!"伯述道:"自从上半年他接了你回去之后,到底怎样对付你?我们虽见过两回,却不曾谈到这一层。"符最灵道:"初时也还没有甚么,每天吃三顿,都是另外开给我吃的。"伯述道:"不同在一起吃么?你的饭开在甚么地方吃?"符最灵道:"因为我同孙媳妇一桌吃不便当,所以另外开的。"伯述道:"到底把你放在甚么地方吃饭?"符最灵嗫嚅着道:"在厨房后面的一间柴房里。"伯述道:"睡呢?"符最灵道:"也睡在那里。"伯述把桌子一拍道:"这还了得!你为甚么不出来惊动同乡去告他?"符最灵道:"阿弥陀佛!如此一来,岂不是送断了他的前程;况且我也犯不着再结来生的冤仇了。"伯述叹了一口气道:"近来怎样呢?"符最灵又喘着气道:"近来一个多月,不是吃小米粥(小米,南人谓之粟,无食之者,惟以饲鸟。北方贫人,取以作粥),便是棒子馒头(棒子,南人谓之珍珠米。北人或磨之成屑,调蒸作馒头,色黄如蜡,而粗如砂,极不适口,谓之棒子馒头,亦贫民之粮也),吃的我胃口都没了,没奈何对那厨子说,请他开一顿大米饭(南人所食之米,北方土谚谓之大米,盖所以别于小米也),也不求甚么,只求他弄点咸菜给我过饭便了。谁知我这句话说了出去,一连两天也没开饭给我吃;我饿极了,自己到灶上看时,却已是收拾的干干净净,求一口米泔水都没了。今天早起,实在捱不过了,只得老着脸向同居求乞。"

伯述道:"闹到如此田地,你又不肯告他。我劝你也不必在这里受罪了,不如早点回家乡去罢。"符最灵道:"我何尝不想。一则呢,还想看他补个缺;二则我自己年纪大了,嗐经画符都干不来了,就是干得来,也怕失了他的体面,家里又不曾挣了一丝半丝产业,叫我回去靠甚么为生。有这两层难处,所以我捱在这里,不然啊,我早就拔碇了(拔碇,山东济南土谚,言舍此他适也)。"伯述道:"我本来怕理这等事,也懒得理;此刻看见这等情形,我也耐不住了。明日我便出一个知单,知会同乡,收拾他一收拾。"符最灵慌忙道:"快不要如此!求你饶了我的残命罢! 要是那么一办,我这几根老骨头就活不成了!"伯述道:"这又奇了! 我们同乡出面,无非责成他孝养祖父的意思,又何至关到你的性命呢?"符最灵道:"各同乡虽是好意,就怕他不肯听劝,不免同乡要恼了;倘使当真告他一告,做官的不知道我的下情,万一把他的功名干掉了,叫我还靠谁呢?"伯述冷笑道:"你此刻是靠的他么! 也罢,我们就不管这个闲事,以后你也不必出来诉苦了。"符最灵被伯述几句话一抢白,也觉得没意思,便搭讪着走了。

应畅怀连忙叫用人来,把符最灵坐过的椅垫子拿出去收拾过,细看有虱子没有;他坐过的椅子,也叫拿出去洗;又叫把他吃过茶的茶碗也拿去了,不要了,最好摔了他,你们舍不得,便把他拿到旁处去,不要放在家里。伯述见他那种举动,不觉棱住了,问是何故。畅怀道:"你们两位都是近视眼,看他不见;可知他身上的虱子,一齐都爬到衣服外头来了,身上的还不算,他那一把白胡子上,就爬了七八个,你说腻人不腻人!"伯述哈哈一笑,对我道:"我是大近视,看不见,你怎么也看不见起来?"我道:"我的近视也不浅了。这东西,倒是眼不见算干净的好。"正说话时,外面用人嚷起来,说是在椅垫子上找出了两个虱子。畅怀道:"是不是。倘使我也近视了,这两个虱子不定往谁身上跑呢。"大家说笑一阵,我便辞了回去。

刚到家未久,弥轩便走了过来,彼此相见熟了,两句寒暄话之外,别无客气。谈话中间,我说起彼此同居月余,向不知道祖老大人在侍,未曾叩见,甚为抱歉。弥轩道:"不敢,不敢!家祖年纪过大,厌见生人,懒于酬应,虽迎养在京寓,却向不见客的。"我道:"年纪大的人,懒于应酬,也是人情之常;只是老人家久郁在家里,未免太闷,不知可常出来逛逛?"弥轩道:"说起来我们做晚辈的很难!寒家本是几代寒士,家训相承,都是淡泊自守;只有到了兄弟,侥幸通籍,出来当差。处于这应酬纷繁之地,势难仍是寒儒本色,不免要随俗附和,穿两件干净点的衣服,就是家常日用,也不便过这于俭啬;这一点点下情,想来当世君子,总可以原谅我的。然而家祖却还是淡泊自甘。兄弟的举动支消,较之于同寅中,已是省之又省的了;据家祖的意思,还以为太费。平日轻易不肯茹荤,偶见家人辈吃肉,便是一场教训;就是衣服一层,平素总不肯穿一件绸衣,兄弟做了上去请老人家穿,老人家非但不穿,反惹了一场大骂,说是'暴殄天物[1],我又不应酬,不见客,要这个何用。'这不是叫做小辈的难过么。兄弟襁褓时[2],先严、慈[3]便相继弃养[4],亏得祖父抚养成人,以有今日,这昊天罔极之恩[5],无从补报万一,思之真是令人愧恨欲死!"我听了他这一席话,不住的在肚子里干笑,只索由他自言自语,并不答他。等他讲完了这一番孝子顺孙话之后,才拉些别的话和他谈谈,不久他自去了。

到了晚上,各人都已安歇,我在枕上隐隐听得一阵喧嚷的声音,出在东院里;侧耳细听,却听不出是嚷些甚么,大约是隔得太远之故。嚷了一阵,又静了一阵;静了一阵,又嚷一阵。虽是听不出所说的话来,却只觉得耳根不得清净,睡不安稳。到得半夜时,忽听得一阵匐訇之声,甚是利害;接着又是一阵乱嚷乱骂之声,过了半响,方才寂然。我起先听得匐訇之声之时,便披衣坐起,侧耳细听;听到没有声息之后,我的睡魔早已过了,便睡不着,直等到自鸣钟报了三点之后,

---

[1] 暴殄天物——浪费物资。
[2] 襁褓时——指婴孩时代。襁褓是包裹婴儿的衣服。
[3] 先严、慈——向人称死去的父母。严指父,慈指母。
[4] 弃养——儿女奉养着父母,父母死了才不受奉养,因而从前习惯以弃养为父母死了的代词。
[5] 昊天罔极之恩——昊天,泛称天。罔极,无极。这句话是说,父母的恩德,有如天之无穷无尽。语出《诗经》。

方才矇眬睡去。

等到一觉醒来,已是九点多钟了。连忙起来,穿好衣服,走出客堂。只见吴亮臣、李在兹和两个学徒、一个厨子、两个打杂,围在一起,窃窃私语。我忙问是甚么事。亮臣早已看见我出来,便叫他们舀洗脸水,一面回我说没甚么事。我一面要了水漱口,接着洗过脸,再问亮臣、在兹:"你们议论些甚么?"亮臣正要开言,在兹道:"叫王三说罢,省了我们费嘴。"打杂王三便道:"是东院符老爷家的事。昨天晚上半夜里,我起来解手,听见东院里有人吵嘴,我要想去听听是甚么事。走到那边,谁想他们院门是关上的,不便叫门,已经想回来睡觉了;忽然又想到咱们后院是统的,就摸到后院里,在他们那堂屋的后窗底下偷听。原来是符老爷和符太太两个在那里骂人,也不知他骂的是谁,听了半天,只听不出。后来轻轻的用舌尖把纸窗舐破了一点,往里面偷看,原来符老爷和符太太对坐在上面,那一个到我们家里讨饭的老头儿坐在下面,两口子正骂那老头子呢。那老头子低着头哭,只不做声。那符太太骂得最出奇,说道:'一个人活到五六十岁,就应该死的了,从来没见过八十多岁人还活着的!'符老爷道:'活着倒也罢了,无论是粥是饭,有得吃吃点,安分守己也罢了;今天嫌粥了,明天嫌饭了!你可知道要吃好的,喝好的,穿好的,是要自己本事挣来的呢。'那老头子道:'可怜我并不求好吃好喝,只求一点儿咸菜罢了。'符老爷听了,便直跳起来说道:'今日要咸菜,明日便要咸肉,后日便要鸡鹅鱼鸭;再过些时,便燕窝鱼翅都要起来了!我是个没补缺的穷官儿,供应不起!'说到那里,拍桌子打板凳的大骂;骂了一回,又是一回,说的是他们山东土话,说得又快,全都是听不出来。骂到热闹头上,符太太也插上了嘴,骂到快时,却又说的是苏州话,只听得'老蔬菜(吴人詈老人之词)'、'杀千刀'两句是懂的,其馀一概不懂。骂毂了一回,老妈子开上酒菜来,摆在当中一张独脚圆桌上,符老爷两口子对坐着喝酒,却是有说有笑的;那老头子坐在底下,只管抽抽咽咽的哭。符老爷喝两杯,骂两句;符太太只管拿骨头来逗着叭儿狗玩。那老头子哭丧着脸,不知说了一句甚么话,符老爷登时大发雷霆起来,把那独脚桌子一掀,訇訇一声,桌上的东西翻了个满地,大声喝道:'你便吃去!那老头子也太不要脸,认真就爬在地下拾来吃。符老爷忽的站了起来,提起坐的凳子对准了那老头子摔去,幸亏旁边站着的老妈子抢着过来接了一接,虽然接不住,却挡去势子不少,那凳子虽还摔在那老头子的头上,却只摔破了一点头皮;倘不是那一挡,只怕脑子也磕出来了!"我听了这一番话,不觉吓了一身大汗,默默自己打主意。

到了吃饭时,我便叫李在兹赶紧去找房子,我们要搬家了。在兹道:"大腊月里,往来的信正多,为甚忽然要搬家起来?"我道:"你且不要问这些,赶着找房子罢。只要找着了空房子,合式的自然合式,不合式的也要合式,我是马上就要搬的。"在兹道:"那么说,绳匠胡同就有一处房子,比这边还多两间;也是两个院子,北院里住着人,南院子本来住的是我的朋友,前几天才搬走了,现在还空着。"我道:"那么你吃过饭赶紧去看,马上下定,马上今天就搬。"在兹道:"何必这样性急呢。大腊月里天气短,怕来不及。"我道:"怕来不及,多雇两辆大敞车(敞之为言露天也,敞车无顶篷,所以载运货物者),一会儿就搬走了。"在兹答应着,饭后果然便去找房东下定,又赶着回来招呼搬东西。赶东西搬完了,新屋子还没拾掇清楚,那天气已经断黑了,便招呼先吃晚饭。

晚饭中间,我问起李在兹:"你知道今天王三说的,被符弥轩用凳子摔破头的那老头子,是弥轩的甚么人?"在兹道:"虽是两个月同居下来,却还不得底细,一向只知道是他的一个穷亲戚。"我道:"比亲戚近点呢?"在兹道:"难道是自家人?"我道:"还要近点。"在兹道:"到底是甚么人?"我道:"是他嫡亲的祖父呢!"在兹吐舌道:"这还了得!"我道:"非但是嫡亲的祖父,并且他老子先死了,他还是一个承重孙[1]呢。你想今天听了王三的话,怕人不怕人? 万一弄出了逆伦重案,照例左右邻居,前后街坊,都要波及的,我们好好的作买卖,何苦陪着他见官司,所以赶着搬走了。此刻只望他昨天晚上的伤不是致命的,我们就没事;万一因伤致命,只怕还要传旧邻问话呢。"当下我说明白了,众人才知道我搬家的意思。一连几日,收拾停妥了,又要预备过年。

这边北院里同居的,也是个京官,姓车,号文琴,是刑部里的一个

---

〔1〕 承重孙——封建丧制:凡本身和父亲都是正妻养的长子,父亲又先死亡的,如果遭到祖父母的丧事,就要服丧三年(一般孙子只服丧一年),叫做承重孙。正妻如无长子,由次子承担;如也没有次子,以妾生的长子承担。承重,意思是承担丧祭和宗庙的重责。

第七十四回　符弥轩逆伦几酿案　车文琴设谜赏春灯 | 701

实缺主事,却忘了他在那一司了。为人甚是风流倜傥。我搬进来之后,便过去拜望他;打听得他宅子里只有一位老太太,还有一个小孩子,已经十岁,断了弦七八年,还不曾续娶。我过去拜望过他之后,他也来回拜。走了几天,又走熟了。

光阴迅速,残冬过尽,早又新年。新年这几天,无论官商士庶,都是不办正事的。我也无非是看看朋友,拜个新年,胡乱过了十多天。

这天正是元宵佳节,我到伯述处坐了一天,在他那里吃过晚饭,方才回家。因为月色甚好,六街三市,甚是热闹,便和伯述一同出来,到各处逛逛,绕着道儿走回去。回到家时,只见门口围了一大堆人。抬头一看,门口挂了一个大灯,灯上糊了好些纸条儿,写了好些字,原来是车文琴在那里出灯谜呢。我和伯述都带上了眼镜来看。只见一个个纸条儿排列得十分齐整,写的是:

（一）吊者大悦…………《论语》一句

（二）斗………………药名一

（三）四………………《论语》一句

（四）子不子…………《孟子》一句

（五）硬派老二做老大…《孟子》一句

（六）不可夺志………《孟子》一句

（七）飓………………《书经》[1]一句

---
[1]《书经》——就是《尚书》,五经之一,载有古代典谟训诰,是一种上古的史书。

（八）徐稚下榻[1]………… 县名一

（九）焚林……………… 字一

（十）老太太…………… 字一

（十一）杨玉环嫁王约[2]…县名一

（十二）地府国丧………《聊》目[3]一

（十三）霹雳…………《西游》[4]地名一

（十四）开门见山………《水浒》浑[5]一

（十五）一角屏山………《水浒》浑一

（十六）亅…………… 常语一句

（十七）广东地面[6]………《孟子》一句

（十八）宫[7]……………《易经》[8]一句

---

[1] 徐稚下榻——徐稚是东汉时的高士。当时陈蕃做太守,不接见任何宾客,惟有徐稚来时,特置一榻招待他;徐稚走了,就又把榻悬起。所以这里以"徐稚下榻"为"陈留"的谜面。

[2] 杨玉环嫁王约——玉环,唐玄宗的妃子杨太真的小名,一般称做杨贵妃。杨体肥,有"环肥"之称。王约,元人,曾任大学士,也是一个胖子。所以这里以"杨玉环嫁王约"为"合肥"的谜面。

[3]《聊》目——《聊斋志异》的篇目。《聊斋志异》是清蒲松龄作的一部短篇小说集。

[4]《西游》——《西游记》,明吴承恩作,描写唐僧取经故事的一部神魔小说。

[5]《水浒》浑——《水浒》,元明间人罗贯中、施耐庵等编写的一部讲史小说。浑,浑名的省词。《水浒》浑,就是《水浒》里人物的绰号。

[6] 广东地面——广东的别名为五羊,所以这里以"广东地面"为"五羊之皮"的谜面。

[7] 宫——指宫刑,封建时期一种酷刑,割去男子生殖器。

[8]《易经》——就是《周易》,五经之一。传说是伏羲、文王、孔子所作:伏羲制卦,文王系辞(卦辞、爻辞),孔子作十翼。

（十九）监照[1]…………《孟子》一句

（二十）凤鸣岐山[2]………《红楼》人一

看到这里，伯述道："我已经射着好几条了，请问了主人，再看底下罢。"说话时，人丛里早有一个人，踮着脚，伸着脖子望过来。看见伯述和我说话，便道："原来是□老爷来了（第一回楔子，叙明此书为九死一生之笔记，此九死一生始终以一'我'字代之，不露姓名，故此处称其姓之处，仍以□代之）。自己一家人，屋里请坐罢。咱们老爷还在家里做谜儿呢。"原来是车文琴的家人在那里招呼。我便约了伯述，回到文琴那边去。才进了大门，只见当中又挂了一个灯，上面写的全是《西厢》谜儿：

（二十一）一杯闷酒尊前过

（二十二）天兵天将捉嫦娥

（二十三）望梅止渴

（二十四）相片

（二十五）破镜重圆

（二十六）哑吧看戏

（二十七）北岳恒山[3]…………三句

------

[1] 监照——监生的执照。捐官、捐监生叫做纳粟，所以这里以"监照"为"以粟易之"的谜面。

[2] 凤鸣岐山——周朝最初建国岐山之下，迷信传说，当时有凤鸣的吉兆，因而后来得了政权，所以这里以"凤鸣岐山"为"周瑞"的谜面。

[3] 北岳恒山——古五岳之一，主峰在河北曲阳县西北。明朝以后，改以山西浑源县东南之恒山为北岳。

（二十八）走马灯人物

（二十九）藏尸术

（三　十）谜面太晦

（三十一）亏本潜逃

（三十二）新诗成就费推敲……白一字

（三十三）强盗宴客

（三十四）打不着的灯谜

我两人正看到这里，忽然车文琴从里面走了出来，一把拉着我手臂道："请教，请教。"我连说："不敢，不敢。"于是相让入内。正是：门前榜出雕虫技[1]，座上邀来射虎[2]人。未知所列各条灯谜，均能射中否，且待下回再记。

---

[1] 雕虫技——汉杨雄在《法言》一书里，有"雕虫篆刻，壮夫不为"这样一句话，本指作赋，后来就称细微不足道的技能为雕虫小技。这里指灯谜。

[2] 射虎——灯谜叫文虎、灯虎，所以猜灯谜也叫做射虎。

第七十五回

巧遮饰赘见运机心　　先预防嫖界开新面

当下我和伯述两个跟了文琴进去,只见堂屋当中还有一个灯,文琴却让我们到旁边花厅里去坐。花厅里先有了十多个客,也有帮着在那里发给彩物的,也有商量配搭赠品的,也有在那里苦思做谜的。彼此略略招呼,都来不及请教贵姓台甫。文琴一面招呼坐下,便有一个家人拿了三张条子进来,问猜的是不是。原来文琴这回灯谜比众不同,在门外谜灯底下,设了桌椅笔砚,凡是射的,都把谜面条子撕下,把所射的写在上面,由家人拿进来看:是射中的,即由家人带赠彩出去致送;射错的,重新写过谜面粘出去。

那家人拿进来的三条,我看时,射的是第二条"百合",第九条"樵"字,第二十条"周瑞"。文琴说对的,那家人便照配了彩物,拿了出去。伯述道:"我还记得那外面第一条可是'临丧不哀'?第五条可是'吾必以仲子为巨擘焉'?第十七条可是'五羊之皮'?"文琴拍手道:"对,对!非但打得好,记性更好!只看了一看,便连粘的次第都记得了,佩服,佩服!"说罢,便叫把那几条收了进来,另外换新的出去,一面取彩物送与伯述。家人出去收了伯述射的三条,又带了四条进来。我看时,是第三条射"非其罪也",第四条射"当是时也",第十九条射"以粟易之",第六条射"此匹夫之勇"。我道:"作也作得好,射也射得好。并且这个人四书很熟,是《孟子》、《论语》的,只怕全给他射去了。"文琴给了赠彩出去。我道:"第十一条只怕我射着了,可是'合肥'?"文琴拍手道:"我以为这条没有人射着的了,谁记得这么一个痴肥王约!"我道:"这个应该要作卷帘格更好。"文琴想了一想,大笑道:"好,好!好个肥合!原来阁下是个老行家。"我道:"不过偶然碰着了,何足为奇。不知第二十一条可是'未饮心先醉'?"文琴道:"正是,正是。"我道:"这一条以《西厢》打《西厢》,是天然佳作。"文琴忙叫取了那两条进来,换过新的出去,一面又送彩给我。伯述道:"两个县名,你射了一个难的去,我射一个容易的罢:第八条可是'陈留'?"我道:"姻伯射了第八条,我来射第十六条,大约是'小心'。"文琴道:"敏捷得很!这第十六条是很泛的,真了不得!"又是一面换新的,一面送彩过来,不必多赘。

文琴检点了一回道:"《西厢》谜只射了一个。"我道:"我恰好想了几个,不知对不对。第三十一可是'撇下赔钱货'?三十二可是'反吟伏吟'?三十三可是'这席面真乃乌合'?三十四可是'只许心儿空想'?"文琴惊道:"阁下真是老行家!堂屋里还有几条,一并请教罢。"说着,引了我和伯述到当中堂屋里去看,只见先有几个人在那里抓耳挠腮的想。抬眼看时,只见:

(三十五) 具……………《孟子》一、《论语》一

(三十六) 馐……………《论语》一、《孟子》一

(三十七) 正……………《论语》一、《中庸》一

(三十八) 谏迎佛骨[1]………《论语》一、《孟子》一
(三十九) 尸解……………《孟子》二句,不连
(四 十) 、(此一点乃朱笔所点)…《孟子》一、《论语》一
…………[2]

我们正要再看,忽听得花厅上哄堂大笑。连忙走过去问笑甚么。原来第十八条谜面的"宫"字,有人射着了"乾道乃革"一句,因此大众哄堂。伯述道:"我射一条虽不必哄堂,却也甚可笑的,那第二十六条定是'眼花撩乱口难言'。"众人想一想谜面,都不觉笑起来。我道:"请教那第四十条一点儿红的,《孟子》可是'观其色'?《论语》可是'赤也为之小'?"伯述不等文琴开口,便拍手道:"这个射得好!我也来一个:第三十八可是'故退之','不得于君'?"文琴摇头道:"你两位都是健将!"正说话时,堂屋里走出一个人,拿了第三十五条问道:"《孟子》可是'可以与'?《论语》可是'可以兴'?"文琴连忙应道:"是,是,是。"即叫人分送了彩,又换粘上新的。伯述道:"这一条别是一格。我们射的太多了,看看旁人射的罢。"于是又在花厅上检看射进来的。只见第七条射了"四方风动",十四条射了"没遮拦",

---

[1] 谏迎佛骨——唐宪宗(李纯)时,把凤翔法门寺塔里的"佛指骨"迎至京师供养,韩愈上表谏阻,被唐宪宗贬了官。韩愈字退之,所以这里以"谏迎佛骨"作"故退之不得于君"的谜面。

[2] 书里没有揭露的各谜谜底,根据初印本本回后评语中所载,补录如下:(十)嫂。(十二)阎罗薨。(二十二)围住广寒宫。(二十三)涎空咽。(二十四)有影无形。(二十五)分别打个照面。(二十七)带齐梁,分秦晋,隘幽燕。(二十八)脚跟无线如蓬转。(二十九)留得形骸在。(三十)好着我难猜。(三十六)去食,强为善而已矣。(三十九)委而去之,所存者神。

十五条射了"小遮拦",十三条射了"大雷音"。

我看见第三十七条底下注明赠彩是时表一枚,一心要得他这时表来玩玩,因此潜心去想。想了一大会,方才想了出来,因问文琴道:"三十七条可是'天之未丧斯文也','则其政举'?"文琴连忙在衣袋里掏出一个时表,双手送与我道:"承教,承教!这一条又晦又泛,真亏你射!"我接过谦谢了,拿起来一看,却是上海三井洋行〔1〕三块洋钱一个的,虽不十分贵重,然而在灯谜赠彩中,也算得独竖一帜的厚彩了。伯述看见了道:"你不要瞧他是三块钱的东西,我却在他身上赚过钱的了。这东西买他一个要三块钱,要是买一打,可以打九折;买十打,可以打八折;买五十打,可以打到七五折。我前年买了五十打,回济南走了一趟,后来又由济南到河南去,从河南再来京,我贩的五十打表,一个也没有卖去。沿路上见了当铺,我便拿一个去当,当四两银子一个也有,当五两一个的时候也有,一路当到此地,六百个表全当完了,碰巧那当票还可以卖几百文。我仔细算了一算,赚的利钱比本钱还重点呢。"说笑了一回,又看别人射了几个,夜色已深,各自散去。

过了几天,各行生意都开市了,我便到向有往来的一家钱铺子里去,商量一件事。到得那里,说是掌柜的有事,且请坐一坐。原来那掌

---

〔1〕 三井洋行——日本的一家大商行,当时在中国几个主要大城市,曾分设有营业机构。

第七十五回　巧遮饰赞见运机心　先预防嗓界开新面

柜的姓恽,号洞仙,我自从入京之后,便认得了他,一向极熟的。每来了,总是到他办事房里去坐;这一回我来了,铺里的人却让我坐到客堂里,说办事房里另外有客,请在这里等一等。我只得就在客堂里坐下。

等了一大会,才见恽洞仙笑吟吟的送一个客出来,一直送到大门口,上了车,方才回转来,对我拱手道:"有劳久候了！屈驾得很！请屋里坐罢。"于是同到他办事房里去,重新让坐送茶。洞仙道:"兄弟今年承周中堂委了一个差使,事情忙点,一向都少候;你仝是大量的,想来也不怪我懒。"我道:"好说,好说！得了中堂的差使,一定是恭喜的。"洞仙道:"不过多点穷忙的事罢了;但得有事办,就忙点也是值得的。"说时,手指着桌上道:"你仝瞧,这就是方才那个客送我们老中堂的贽见,特诚来烦兄弟代送的,说不得也要给他当差。"我看那桌上时,摆着两个紫檀木匣子;我走过去揭开盖子一看,一匣子是平排列着五十枝笔,一匣子是平列着十锭墨,都是包了金的。我暗想虽是送中堂之品,却未免太讲究了。墨上包金,还有得好说;这笔杆子是竹子做的,怎么都包上金呢,用两天不要都掉了下来么。一面想着,顺手拿起一枝笔来看,谁知拿到手里,沉甸甸的重的了不得,不觉十分惊奇。拔去笔套一看,却又是没有笔头的,更觉奇怪。洞仙在旁呵呵大笑道:"我要说一句放恣的话,这东西你仝只怕是头一回瞧见呢！"我道:"为甚么那么重？难道是整根是金子的么？"洞仙道:"可不是！你仝瞧那墨怎么？"我伸手取那墨时,谁知用力少点,也拿他不动,想来自然也是金子了。便略为看了一看,仍旧放下道:"这一份礼很不轻。"洞仙道:"也不很重。那笔是连笔帽儿四两一枝(京师人呼笔套为帽),这墨是二十两一锭,统共是四百两。"我道:"这又何必。有万把两银子的礼,不会打了票子送去,又轻便,在受礼的人,有了银子,要甚么可以置办甚么;何必多费工钱做这些假笔墨呢,送进去,就是受下他来,也是没用的。"洞仙呵呵大笑道:"我看天底下就是你忙最阔,连金子都说是没用的。"我道:"谁说金子没用,我说拿金子做成假笔墨,是没用的罢了。"洞仙道:"那么你忙又傻了。他用的是金子,并不用假笔墨。我也知道打了票子进去最轻便的,怎奈大人先生不愿意担这个名色,所以才想方做成这东西送去;人家看见,送的是笔墨,很雅的东西,就是受了也取不伤廉。"

我道:"这是一份贽礼,却送得那么重!"洞仙道:"凡有所为而送的,无所谓轻重,也和咱们做卖买一般,一分行情一分货。你还没知道,去年里头大叔[1]生日,闽浙萧制军送的礼,还要别致呢,是三尺来高的一对牡丹花。白玉的花盆,珊瑚碎的泥,且不必说;用了一对白珊瑚作树,配的是玛瑙片穿出来的花,葱绿翡翠作的叶子,都不算数;这两颗花,统共是十二朵,那花心儿却是用金丝镶了金刚钻做的。有人估过价,这一对花要抵得九万银子。送过这份礼之后,不上半年,那位制军便调了两广总督的缺。最苦是闽浙,最好是两广,你想这份礼送得着罢。"我道:"这一份笔墨,又是那一省总督的呢?"洞仙道:"不配,不配!早得很呢!然而近来世界,只要肯应酬,从府道爬

---

[1] 里头大叔——里头,指宫内。里头大叔,指当时在慈禧太后前最得宠的大太监李莲英。

到督抚,也用不着几年工夫。你佇也弄个功名出来干罢!"我笑道:"好,好!赶明天我捐一个府道,再来托你送笔墨。"说着,大家都笑了。我便和他说了正事,办妥了,然后回去。

回到家时,恰好遇见车文琴从衙门里回来,手里拿了一个大纸包。我便让他到我这边坐。他便同我进来,随意谈天。我便说起方才送金笔墨的话。文琴忙问道:"经手的是甚么人?"我道:"是一个钱铺的掌柜,叫做恽洞仙。"文琴道:"这等人倒不可不结识结识。"我笑道:"你也想送礼么?"文琴道:"我们穷京官不配。然而结识了他,万一有甚么人到京里来走路子,和他拉个皮条,也是好的。"

说话时,桌上翻了茶碗,把他那纸包弄湿了,透了许久,方才觉着;连忙打开,把里面一张一张的皮纸抖了开来,原来全是些官照,也有从九的,也有未入流的,也有巡检的,也有典史的,也有把总的。我不觉诧异道:"那里弄了这许多官照来?"文琴笑道:"你可要? 我可以奉送一张。"我道:"这都填了姓名、三代的,我要他作甚么。"文琴道:"这个不过是个玩意儿罢了,顶真那姓名做甚么。"我道:"奇极了! 官照怎么拿来做玩意儿? 这又有甚么玩头呢?"文琴道:"你原来不知道,这个虽是官照,却又是嫖妓的护符。这京城里面,逛相公[1]是冠冕堂皇的,甚么王公、贝子、贝勒,都是明目张胆的,不算犯法;惟有妓禁极严,也极易闹事,都老爷查的也最紧。逛窑姐儿的人,倘给都老爷查着了,他不问三七二十一,当街就打;若是个官,就

---

〔1〕 相公——这里是清末对男妓的专称。

可以免打,但是犯了这件事,做官的照例革职,所以弄出这个玩意儿来,大凡逛窑姐儿的,身边带上这么一张,倘使遇了都老爷,只把这一张东西缴给他,就没事了。"我道:"为了逛窑姐儿,先捐一个功名,也未免过于张致了。朝廷名器[1],却不料拿来如此用法!"文琴道:"谁捐了功名去逛窑姐儿!这东西正是要他来保全功名之用。比方我去逛窑姐儿,被他查着了,谁愿意把这好好的功名去干掉了;我要是不认是个官,他可拉过来就打,那更犯不上了。所以备了这东西在身边,正是为保全功名之用。"我道:"你弄了这许多来,想是一个老嫖客了。然而未见得每嫖必遇见都老爷的,又何必要办这许多呢?"文琴道:"这东西可以卖,可以借,可以送,我向来是预备几十张在身边的。"我道:"卖与送不必说了,这东西有谁来借?"文琴道:"你不知道,这东西不是人人有得预备的。比方我今日请你吃花酒,你没有这东西,恐怕偶然出事,便不肯到了;我有了这个预备,不就放心了么。"一面说话时,已把那湿官照一张一张的印干了,重新包起来。又殷殷的问恽洞仙是那一家钱铺的掌柜。我道:"你一定要结识他,我明日可以给你们拉拢。"文琴大喜。

到了次日,一早就过来央我同去。我笑道:"你也太忙,不要上衙门么?"文琴道:"不相干,衙门里今日没有我的事。"我道:"去的太早了,人家还没有起来呢。"文琴又连连作揖道:"好人!没起来,我们等一等;倘使去迟了,恐怕他出去了呢。"我给他缠的没法,只得和

---

[1] 朝廷名器——指官爵和官员的车服仪制之类。

第六十三回・设骗局财神遭小劫 谋复任臧获托空谈

第六十五回·一盛一衰世情商冷暖 忽从忽违辩语出温柔

一盛一衰商情商
冷暖忽建忽违
翁语出温
柔矣

第六十八回・笑荒唐戏提大王尾 恣嚣打破小子头

第六十九回·责孝道家庭变态 权寄宿野店行沽

责孝道家庭变态
权骒骑宿野店行沽

第七十四回・符弥轩逆伦儿酿案　车文琴设谜赏春灯

第七十七回 · 泼婆娘赔礼入娼家　阔老官叫局用文案

第八十三回・误联婚家庭闹意见 施诡计幕客逞机谋

第八十七回・遇恶姑淑媛受苦　设密计观察谋差

他同去。谁知洞仙果然出门去了。问几时回来,说是到周宅去的,不定要下午才得回来。文琴没法,只得回去。

我却到伯述那里去有事。办过正事之后,便随意谈天。我说起文琴许多官照的事,伯述道:"这是为的从前出过一回事,后来他们才想出这个法子的。自从行出这个法子之后,户部[1]里却多了一单大买卖,甚至有早上填出去的官照,晚上已经缴了的,那要嫖的人不免又要再捐一个,那才是源源而来的生意呢。"

我道:"从前出的是甚么事?"伯述道:"京城里的窑姐儿最粗最贱,不知怎么那一班人偏要去走动,真所谓逐臭之夫了。有一回,巡街御史[2]查到一家门内有人吵闹,便进去拿人。谁知里面有三个阔客:一个是侍郎,一个是京堂[3],一个是侍讲[4]。一声说都老爷查到了,便都吓得魂不附体。那位京堂最灵便,跑到后院里,用梯子爬上墙头,往外就跳。谁知跳不惯的人,忽然从高落下,就手足无措的了,不知怎样一闪,把腿跌断了,整整的医了半年才得好,因此把缺也开了。那一位侍郎呢,年纪略大了,跳不动,便找地方去躲,跑到毛

---

[1] 户部——清朝中央政府里的六部之一,主管全国户口、田赋和财政收支。
[2] 巡街御史——当时从监察御史里选派人员,专负察北京外城(前三门外分东、南、西、北、中各城)治安的责任,叫做巡城御史、巡街御史。
[3] 京堂——清时以京堂称都察院、通政司、詹事府和大理、太仆、光禄等寺的主官,因为这些官署的主官,除左都御史外,都是三四品的官员,所以后来也以京堂为三四品官的虚衔。
[4] 侍讲——清时在内阁和翰林院里都设有侍讲学士和侍讲,名义上是为皇帝讲书,实际讲书由日讲官负责,一般的侍讲不带日讲官的职衔,只是翰林院的散职而已。

厕里去，以为可以躲过了；谁知走得太忙，一失脚掉到了粪坑里去，幸得那粪坑还浅，不曾占灭顶之凶，然而已经闹得异香遍体了。只有那位侍讲，一时逃也逃不及，躲也躲不及，被他拿住了，自己又不敢说是个官；若是说了，他问出了官职，明日便要专折奏参的，只得把一个官字藏起来。那位都老爷拿住了，便喝叫打了四十下小板子。这一位翰林侍讲平空受此奇辱，羞愧的无地自容，回去便服毒自尽了；却又写下了一封遗书给他同乡，只说被某御史当街羞辱，无复面目见人。同乡京官得了这封书，便要和那御史为难。恰好被他同嫖的那两位侍郎、京堂知道了，一个是被他逼断了腿的，一个是被他逼下粪坑的，如何不恨，便暗中帮忙，怂恿[1]起众人，于是同乡京官斟酌定了文饰[2]之词，只说某侍讲某夜由某处回寓，手灯为风所熄，适被某御史遇见，平日素有嫌隙，指为犯夜，将其当街笞责云云，据了这个意思，联衔入奏。那两位侍郎、京堂，更暗为援助，锻炼[3]成狱，把那都老爷革职，发往军台[4]。这件事出了以后，一班逐臭之夫，便想出这官照的法子来。"正说得高兴时，家里忽然打发人来找我，我便别过伯述回去。正是：只缘一段风流案，断送功名更戍边。不知回去之后，又有甚事，且待下回再记。

------

　　[1]　怂恿——从旁劝诱、煽动的意思。
　　[2]　文饰——掩饰。
　　[3]　锻炼——冶炼金属一类的东西叫做锻炼，这里指以种种罪名去磨折人，犹如冶炼一样。
　　[4]　军台——清朝设在西北两路的驿站叫做军台，参看第十六回"军罪"注。

第七十六回

急功名愚人受骗　遭薄幸淑女蒙冤

我回到家时,原来文琴坐在那里等我。我问在兹找我做甚么。在兹道:"就是车老爷来说有要紧事情奉请的。"我对文琴道:"你也太性急了,他说下午才得回家呢。"文琴道:"我另外有事和你商量呢。"我问他有甚么事时,他却又说不出来,只得一笑置之。捱到中饭过后,便催我同去;及至去了,怿洞仙依然没回来。我道:"算了罢,我们索性明天再来罢。"

文琴正在迟疑,恰好门外来了一辆红围车子[1],在门首停下,车上跳下一个人来,正是洞仙。一进门见了我,便连连打拱道:"有劳久候!失迎得很!今天到周宅里去,老中堂倒没有多差使,倒是叫少大人把我缠住了,留在书房里吃饭,把我灌个稀醉,才打发他自己的车子送我回来。"说罢,呵呵大笑。又叫学徒的:"拿十吊钱给那车夫;把我的片子交他带一张回去,替我谢谢少大人。"说罢了,才让我们到里面去。我便指引文琴与他相见。彼此谈得对劲,文琴便扯天扯地的大谈起来,一会儿大发议论,一会儿又竭力恭维。我自从相识

---
[1] 红围车子——一种下半截用红呢围住的骡车,是当时三品以上官员乘坐的车子。

他以来,今天才知道他的谈风极好。

谈到下午时候,便要拉了洞仙去上馆子。洞仙道:"兄弟不便走开,恐怕老中堂那边有事来叫。"文琴道:"我们约定了在甚么地方,万一有事,叫人来知照就是了。你大哥是个爽快人,咱们既然一见如故,应该要借杯酒叙叙,又何必推辞呢。"洞仙道:"不瞒你车老爷说:午上我给周少大人硬灌了七八大钟,到此刻还没醉得了呢。"文琴道:"不瞒你大哥说:我有一个朋友从湖北来,久慕你大哥的大名,要想结识结识,一向托我。我从去年冬月里就答应他引见你大哥的,所以他一直等在京里,不然他早就要赶回湖北去的了。今儿咱们遇见了,岂有不让他见见你大哥之理。千万赏光!我今天也并不是请客,不过就这么二三知己,借此谈谈罢了。"洞仙道:"你车老爷那么赏脸,实在是却之不恭,咱们就同去。不过还有一说,你伫两位请先去,做兄弟的等一等就来。"文琴连忙深深一揖道:"老大哥!你不要怪我!我今儿没具帖子,你不要怪我!改一天我再肃具衣冠,下帖奉请如何?"洞仙呵呵大笑道:"这是甚么话!车老爷既然那么说,咱们就一块儿走;不过有屈两位稍等一等,我干了一点小事就来。"文琴大喜道:"既如此,就请便罢,咱两个就在这里恭候。"我道:"我却要先走一步,回来再来罢。"文琴一把拉住道:"这是甚么话!我知道你是最清闲的,成天没事,不过找王老头子谈天。我和你是同院子的街坊,怎么好拿我的腔呢。"我道:"这是甚么话!我是有点小事,要去一去;你不许我去,我就不去也使得,何尝拿甚么腔呢。"洞仙道:"既如此,你两位且在这里宽坐一坐,我到外面去去就来。"说罢,拱拱手,笑溶溶的往外头去了。这一去,便去得寂无消息,直等到天将入黑,还不见来,只急得文琴和热锅上蚂蚁一般。好容易等得洞仙来了,一迭连声只说:"屈驾,屈驾!实在是为了一点穷忙,分身不开,不能奉陪,千万不要见怪!"文琴也不及多应酬,拉了便走。

出了大门,各人上了车,到了一家馆子里,拣定了座,文琴忙忙的把自己车夫叫了来,交代道:"你赶紧去请陆老爷,务必请他即刻就来,说有要紧话商量。"车夫去了。这边文琴又忙着请点菜。忙了一会,文琴的车夫引了一个人进来,文琴便连忙起身相见,又指引与洞仙及我相见,一一代通姓名。又告诉洞仙道:"这便是敝友陆俭叔,是湖北一位著名的能员,这回是明保来京引见的。"又指着洞仙和俭叔说道:"这一位恽掌柜,是周中堂跟前头一个体己人[1],为人极其豪爽,所以我今儿特为给你们拉拢。"说罢,又和我招呼了几句。俭叔便问有烟具没有,值堂的忙答应了一个"有"字,即刻送上了来,把烟灯剪好,俭叔便躺下去烧鸦片烟。我在旁细看那陆俭叔,生得又肥又矮,雪白的一张大团脸,两条缝般的一双细眼睛。此时正月底边,天气尚冷,穿了一身大毛衣服,竟然像了一个圆人。值堂的送上酒来,他那鸦片烟还抽个不了。文琴催了他两次,方才起来坐席。文琴一面让酒让菜,一面对了俭叔吹洞仙如何豪爽,如何好客;一面对了洞仙吹俭叔如何慷慨,如何至诚。吃过了两样菜,俭叔又去烟炕上躺下。文琴忽然起身拉了洞仙到旁边去,唧唧哝哝,说了一会话,然后

---

[1] 体己人——亲信、心腹人。

回到席上招呼俭叔吃酒。俭叔又抽了一口,方才起来入席。洞仙问道:"陆老爷欢喜抽两口?"俭叔道:"其实没有瘾,不过欢喜摆弄他罢了。"这一席散时,已差不多要交二鼓,各人拱揖分别,各自回家。

从此一连十多天,我没有看见文琴的面。有一天,我到洞仙铺里去,恰好遇了文琴,看他二人光景,好像有甚事情商量一般。我便和洞仙算清楚了一笔帐,正要先行,文琴却先起身道:"我还有点事,先走一步,明天问了实信再来回话罢。"说罢,作辞而去。洞仙便起身送他,两个人一路唧唧哝哝的出去,直到门口方休。洞仙送过文琴,回身进内,对我道:"代人家办事真难!就是车老爷那位朋友,甚么陆俭叔,他本是个一榜[1],由拣选知县[2],在法兰西打仗那年,广西边防上得了一个保举,过了同知、直隶州班,指省到了湖北;不多几年,倒署过了几回州县。这回明保送部引见,要想设法过个道班,却又不愿意上兑[3],要避过这个'捐'字,转托了车老爷来托我办。你忖想,这是甚么大事,非得弄一个特旨[4]下来不为功,咱们老中堂圣眷虽隆,只怕也办不到。他一定要那么办,不免我又要央及老头子设法。前几天拜了门。是我给他担代的,只送得三撇头[5]的贽见。

----

[1] 一榜——就是乙榜,指举人出身。
[2] 拣选知县——清时铨选制度:举人考进士没有取,经过三科以后,可以应在京城举行的"大挑"(一种甄选方式的名称),由大臣面试,及格的一等任为知县,叫做拣选知县。
[3] 上兑——向户部交纳捐官银两的专称。
[4] 特旨——就是后文第一百零六回所称的特旨班。指不受铨选资格的限制,不经过依法任用的手续,而由皇帝行使特权,下一道谕旨,给予某人以某一官职;凡是以这一方法获得官职的人员,称为特旨班人员。
[5] 三撇头——千字上面是一撇,三撇头就是三千的隐语。

这两天在这里磋磨使费,那位陆老爷一天要抽三两多大烟,没工夫来当面,总是车老爷来说话,凡事不得一个决断,说了几天,姓陆的只肯出八竿[1]使费。他们外官看得一班京官都是穷鬼,老实说,八千银子谁看在眼里!何况他所求的是何等大事,倒处处那么悭吝起来!我这几天叫他们麻烦的觳了,他再不爽爽快快的,咱们索性撒手,叫他走别人的路子去。"正说得高兴时,文琴又来了,我便辞了出去。

光阴迅速,不觉到了八月。我一面打发李在兹到张家口,一面收拾要回上海一转,把一切事都交给亮臣管理。便到伯述那边辞行。恰好伯述因为畅怀住上海去了,许久并未来京,今年收的京版货不少,也要到上海去,于是约定同行。雇了长车,我在张家湾、河西务两处也并不耽搁,不过稍为查检查检便了;一直到了天津,仍在佛照楼住下。伯述性急,碰巧有了上海船,便先行了。我因为天津还有点事,未曾同行。安顿停当,先去找杏农。杏农一见我,便道:"你接了家兄的信没有?"我道:"并未接着,有甚么事?"杏农道:"家兄到山东去了,我今天才接了信。"我道:"到山东有甚么事?"杏农道:"有一个朋友叫蔡侣笙,是山东候补知县,近日有了署事消息,打电报到上海叫他去的。"我不觉欢喜道:"原来蔡侣笙居然出身了!我这几年从未得过他的信,不知他几时到的山东?那边我还有一个家叔呢。"杏农道:"家兄给我的信,说另有信给你,想是已经寄到京里去了。"我稍为谈了一会,便回到栈里,连忙

---

[1] 八竿——竿字下面是干字,与千字形似,八竿就是八千的隐语。

写了一封信入京,叫如有上海信来,即刻寄出天津。把信发了,我又料理了一天的正事。

次日下午,杏农来谈了一天,就在栈里晚饭。饭后,约了我出去,到侯家后一家南班子里吃酒(天津以上海所来之妓院为南班子),另外又邀了几个朋友。这等事本是没有甚么好记的,这一回杏农请的都是些官场朋友,又没有甚么唐玉生的"竹汤饼会"故事,又何必记他呢。因为这一回我又遇了一件奇事,所以特为记他出来。

你道是甚么事呢?原来这一席中间,他们叫来侍酒的,都是南班子的人,一时燕语莺声,尽都是吴侬娇语。内中却有两个十分面善的,非但言语声音很熟,便是那眉目之间,也好像在那里见过的,一时却想不起来。回思我近来在家乡一住三年,去年回到上海,不上几天,就到北边来了;在上海那几天,并未曾出来应酬,从何处见过这两个人呢。莫非四年以前所见的;然而就是四年以前,我也甚少出来应酬,何以还有这般面善的人呢。一面满肚子乱想,一双眼睛,便不住的钉着他看。内中一个是杏农叫的,杏农看见我这情形,不觉笑道:"你敢是看中了他?何不叫他转一个条子?"我道:"岂有此理!我不过看见他十分面善,不知从何处见来。他又叫甚么名字?"杏农道:"他叫红玉。"又指着一个道:"他叫香玉。都是去年才从上海来的,要就你在上海见过他。"我道:"我已经三年没住上海了,去年到得一到,并没有出来应酬,不上两天,我就到这边来了,从何见起。"杏农道:"正是。你去年进了京,不多几天,我就认识了他,那时候他也是初到没有几天。"我听了这话,猛然想起这两个并非他人，正是我来天津时，同坐普济轮船的那个庄作人的两个小老婆，如何一对都落在这个地方来。不觉心中又是怀疑，又是纳罕，不住的要向杏农查问，却又碍着耳目众多，不便开口。直等到众人吃到热闹时，方才离了座，拉杏农到旁边问道："这红玉、香玉到底是甚么出身，你知道么？"杏农道："这是这里的忘八到上海贩来的，至于甚么出身，又从何稽考呢。你既然这么问，只怕是有点知道的了。"我道："我仿佛知道他是人家的侍妾。"杏农道："嫁人复出，也是此辈之常事。但不知是谁的侍妾？"我道："这个人我也是一面之交，据说是个总兵，姓庄，号叫作人。"杏农道："既是一面之交，你怎么便知道这两个是他侍妾？"我便把去年在普济船上遇见的话，说了一遍。杏农想了一想道："呸！你和乌龟答了话，还要说呢。这不明明是个忘八从上海买了人，在路上拿是冒充侍妾的么。"我回头想了一想当日情形，也觉得自己太笨，被他当面瞒过还不知道，于是也一笑归座。等到席散了，时候已经不早，杏农还拉着到两家班子里去坐了一坐，方才雇车回栈。

叩开了门，取表一看，已经两点半钟了。走过一个房门口，只见门是敞着的，门口外面蹲着一个人，地下放着一盏鸦片烟灯，手里拿着鸦片烟斗，在那里出灰；门口当中站着一个人，在那里骂人呢。只听他骂道："这么大早，茶房就都睡完了，天下那有这种客栈！"一回眼看见我走过，又道："你看我们说睡得晚了，人家这时候才从外面回来呢。"我听了这话，不免对他望一望，原来不是别人，正是在京里车文琴的朋友陆俭叔。不免点头招呼，彼此问了几时到的，住在几号房,便各自别去。

次日我办了一天正事,到得晚饭之后,我正要到外面去散步,只见陆俭叔踱了进来,彼此招呼坐下。俭叔道:"早没有知道你老哥也出京;若是早知道了,可以一起同行,兄弟也可以靠个照应。"我道:"正是。出门人有个伴,就可以互相照应了。"俭叔道:"像我兄弟是个废人,那里能照应人,约了同伴,正是要靠人照应。这一回虽说是得了个明保进京引见,却赔累的不少;这也罢了,这回出京,却又把一件最要紧的东西失落了,此刻赶信到京里去设法,过两天回信来,正不知怎样呢。"我道:"丢了东西,应该就地报失追查,怎么反到京里去设法呢?"俭叔叹道:"我丢了的不是别的东西,却是一封八行书,夹在护书里面。那天到杨村打了个尖,我在枕箱[1]里取出护书来记一笔帐,不料一转眼间,那护书就不见了;连忙叫底下人去找,却在店门口地下找着了。里面甚么东西都没有丢,单单就丢了这封信,你说奇不奇呢。你叫我如何报失!"我道:"那么说,就是写信到京里也是没用。"俭叔道:"这是我的妄想,要想托文琴去说,补写一封,不知可办得到。"我道:"这一封是谁的信呢?"俭叔道:"一言难尽!我这封信是化了不少钱的了。兄弟的同知、直隶州,是从拣选知县上保来的,一向在湖北当差。去年十月里,章制军给了一个明保送部引见。到了京城,遇了舍亲车文琴,劝我过个道班。兄弟怕的是担一个捐班

----

[1] 枕箱——一种上蒙羊皮或加漆的长方形的小箱,里面可以存放银钱、文件等重要物件;上面微凹,可以当枕头,所以叫做枕箱。

的名气,况且一捐升了,到了引见时,那一笔捐免保举[1]的费是很可观的,所以我不大愿意。文琴他又说在京里有路子可走,可以借着这明保设法过班,叫我且不要到部投到。我听了他的话,一耽搁就把年过了。直到今年正月底,才走着了路子,就是我们同席那一个姓恽的,烦了他引进,拜了周中堂的门。那一份贽见,就化了我八千!只见得中堂一面,话也没有多说两句,只问得一声几时进京的,湖北地方好,就端茶送客了。后来又是打点甚么总管[2]咧、甚么大叔咧,……前前后后,化上了二万多,连着那一笔贽见,已经三万开外了!满望可以过班的了,谁知到了引见下来,只得了'仍回原省照例用'七个字。你说气死人不呢!我急了,便向文琴追问。文琴也急了,代我去找着前途经手人。找了十多天,方才得回信,说是引见那天,里头弄错了。你想里头便这样稀松,可知道人家银子是上三四万的去了!后来还亏得文琴替我竭力想法,找了原经手人,向周中堂讨主意。可奈他老人家也无法可想,只替我写了一封信给两湖章制军,那封信却写得非常之切实,求他再给我一个密保,再委一个报销或解饷的差使云云,其意是好等我再去引见,那时却竭力想法。我得

---

[1] 捐免保举——这里的保举和有功劳的被保举不同。当时规定:捐班人员分发到省,经过试用一年期满后,由主官考核(道台由督抚、知府以下由藩台出具考语),成绩优异的准予留省候补,成绩恶劣的咨回原籍。如果出一笔捐款,可以免去这一考察手续,就取得候补资格,叫做捐免保举。
[2] 总管——清时各宫殿都有管事的太监,称为某宫、某殿首领;总管各宫殿的大太监则称总管,有大总管、二总管、三总管之分。

了这一封信，似乎还差强人意，谁知偏偏把他丢了，你说可恨不可恨呢！"

我听了他这一番话，不觉暗暗疑讶，又不便说甚么，因搭讪着道："原来文琴是令亲，想来总可以为力的。"俭叔道："兄弟就信的是这一点。文琴向来为朋友办事是最出力的，何况我当日也曾经代他排解过一件事的，他这一回无论如何，似乎总应该替我尽点心。"我道："既如此，更可放心了。"嘴里是这样说，心中却很想知道他所谓排解的是甚么事，因又挑着他道："这排难解纷最是一件难事，遇了要人排解的事，总是自己办不下来的了，所以尤易感激。文琴受过你老哥这个惠，这一回一定要格外出力的。"俭叔道："文琴那回事，其实他也不是有心弄的，不过太过于不羁[1]，弄出来的罢了。他断了弦之后，就续定了一位填房，也是他家老亲，那女人和文琴是表兄妹，从前文琴在扬州时，是和他常见的。谁知文琴丧偶之后，便纵情花柳，直到此刻还是那个样子，所以他虽是定下继配，却并不想娶。定的时候，已是没有丈人的了；过了两年，那外母也死了，那位小姐只依了一个寡婶居住。等到母服已满，仍不见文琴来娶。那小姐本事也大，从扬州找到京师，拿出老亲的名分，去求见文琴的老太太。他到得京里，是举目无亲的，自然留他住下。谁知这一住，就住出事情来了。"正是：凫雁不成同命鸟，鸳鸯翻作可怜虫。未知住出了甚么事，且待下回再记。

---

[1] 不羁——放荡不受拘束。

第七十七回

泼婆娘赔礼入娼家　阔老官叫局用文案

"那小姐在他宅子里住下,每日只跟着他老太太。大约没有人的时候,不免向老太太诉苦,说依着婶娘不便,求告早点娶了过来,那是一定的了。文琴这件事,却对人不住,觑老太太不在旁时,便和那小姐说体己话,拿些甜话儿骗他。那小姐年纪虽大,却还是一个未经出阁的闺女,主意未免有点拿不定,况且这个又是已经许定了的丈夫,以为总是一心一意的了,于是乎上了他的当。文琴又对他说:'你此时寻到京城,倘使就此办了喜事,未免过于草草;不如你且回扬州去,我跟着就请假出京,到扬州去迎娶,方为体面。'那小姐自然顺从,不多几天,便仍然回扬州去了。文琴初意本也就要请假去办这件事,不知怎样被一个窑姐儿把他迷住了,一定要嫁他,便把他迷昏了,写了一封信给他的叔丈母——便是那小姐的婶子——说:'本来早就要来娶的,因为访得此女不贞,然而还未十分相信,尚待访查清楚,然后行事。讵料渠此次亲身到京,不贞之据已被我拿住,所以不愿再娶'云云。那小姐得了这个信,便羞悔交迸,自己吊死了。那女族平时好像没有甚么人,要那小姐依寡婶而居;及至出了人命,那族人都出来了,要在地方上告他,倘告他不动,还商量京控。那时我恰好在扬州有事,知道闹出这个乱子,便一面打电报给他,一面代他排解，费了九牛二虎之力，把这件事弄妥了，未曾涉讼。经过这一回事之后，他是极感激我的，一向我和他通信，他总提起这件事，说不尽的感激图报。所以我这回进京，一则因为自己抽了两口烟，未免懒点；二则也信得他可靠，所以一切都托了他经手的。不料自己运气不济，一连出了这么两个岔子！"说罢，连连叹气。我随意敷衍他几句。他打了两个呵欠，便辞了去，想是要紧过瘾去了，所以我也并不留他。

自此过了几天，京里的信，寄了出来，果然有述农给我的一封信。内中详说侣笙历年得意光景："两月之前，已接其来信，言日间可有署缺之望；如果得缺，即当以电相邀，务乞帮忙。前日忽接其电信，嘱速赴济南，刻拟即日动身，取道烟台前去"云云。我见了这封信，不觉代侣笙大慰。

正在私心窃喜时，忽然那陆俭叔哭丧着脸走过来，说道："兄弟的运气真不好！车文琴的回信来了，说接了我的信，便连忙去见周中堂，却碰了个大钉子。周中堂大怒，说'我生平向不代人写私信，这回因为陆某人新拜门，师弟之情难却，破例做一遭儿。不料那荒唐鬼，糊涂虫，才出京便把信丢了！丢了信不要紧，倘使被人拾了去，我几十年的老名气，也叫他弄坏了！他还有脸来找我再写！我是他甚么人，他要一回就一回，两回就两回！你叫他赶快回湖北去听参罢，我已经有了办法了'云云。这件事叫我如何是好！"我听了他的话，看了他的神色，觉得甚是可怜。要想把我自己的一肚子疑心向他说说，又碍着我在京里和文琴是个同居，他们到底是亲戚，说得他相信还好，倘使不相信，还要拿我的话去告诉文琴，我何苦结这种冤家；况且看他那呆头呆脑的样子,不定我说的他果然信了,他还要赶回京里和文琴下不去,这又何苦呢。因此隐忍了不曾谈,只把些含糊两可的话,安慰他几句就算了。俭叔说了一回,不得主意,便自去了。

再过几天,我的正事了理清楚,也就附轮回上海去。见了继之,不免一番叙别,然后把在京在津各事,细细的说了一遍,把帐略交了出来。继之便叫置酒接风。金子安在旁插嘴道:"还置甚么酒呢,今天不是现成一局么。"继之笑道:"今天这个局,怕不成敬意。"德泉道:"成敬意也罢,不成敬意也罢,今日这个局既然允许了,总逃不了的,就何妨借此一举两得呢。"我问:"今天是甚么局?何以碰得这般巧?"继之道:"今天这一局是干犯名教[1]的;然而在我们旁边人看着,又不能不作是快心之举。这里上海有一个著名的女魔王,平生的强横,是没有人不知道的了。他的男人一辈子受他的气,到了四十岁上便死了,外面人家说,是被他磨折死的。这件以前的事,我们不得而知。后来他又拿磨折男人的手段来磨折儿子,他管儿子是说得响的,更没有人敢派他不是了,他就越闹越强横起来。"我道:"说了半天,究竟他的儿子是谁?"继之道:"他男人姓马,叫马霭臣,是广西人,本是一个江苏候补知县。他儿子马子森,从小是读会英文的。自从父亲死后,便考入新关[2],充当供事[3],捱了七八年,薪水倒也

---

[1] 名教——名,名分;教,教化:指封建的伦理教条。
[2] 新关——就是海关。当时称旧有征收国内货物税的关卡为常关;后来在通口岸设立征收国境进出口税和商船吨税的税关为海关,也叫新关。
[3] 供事——录事一类的小职员。

加到好几十两一月了。他那位老太太,每月要儿子把薪水全交给他,自己霸着当家;平生绝无嗜好,惟有敬信鬼神,是他独一无二的事,家里头供的甚么齐天大圣、观音菩萨、……乱七八糟的,闹了个烟雾腾天。子森已是敢怒不敢言的了。他却又最相信的是和尚、师姑、道士,凡是这一种人上了他的门,总没有空过的,一张符、一卷经,不是十元,便是八元,闹的子森所赚的几十两银子,不够他用。连子森回家吃饭,一顿好饭也没得吃,两块咸萝卜,几根青菜,就是一顿。有时子森熬不住了,说何不买点好些小菜来吃呢,只这一句话,便触动了老太太之怒,说儿子不知足,可知你今日有这碗饭吃,也是靠我拜菩萨保佑来的,唠叨的子森不亦乐乎。后来子森私下蓄了几个钱,便与人凑股开了一家报关行[1],倒也连年赚钱。这笔钱,子森却瞒了老太太,留以自用的了。外面做了生意,不免便有点应酬,被他老太太知道了,找到了妓院里去,把他捉回去了,关在家里,三天不放出门,几乎把新关的事也弄掉了。又有一回,子森在妓院里赴席,被他知道了,又找了去。子森听见说老太太又来了,吓得魂不附体,他老太太在后面上楼,他便在前窗跳了下去,把脚骨跌断了,把合妓院的人都吓坏了,恐怕闹出人命。那老太太却别有肺肠,非但不惊不吓,还要赶到房里,把席面扫个一空,骂了个无了无休。众朋友碍着子森,不便和他计较,只得劝了他回去。然而到底心里不甘,便有个促狭鬼,想法子收拾他。前两天找出一个人来,与子森有点相像的,瞒着子

---

[1] 报关行——代货主向海关报税,并办理提货、转运等业务的行业。

森,去骗他上套。子森的辫顶留得极小,那个朋友的辫顶也极小。那促狭鬼定下计策,布置妥当,便打发人往那位女魔王处报信,说子森又到妓院里去了,在那一条巷,第几家,妓女叫甚么名字,都说得清清楚楚。那位老太太听了,便雄赳赳气昂昂的跑来,一直登楼入房。其时那促狭鬼约定的朋友,正坐在房里等做戏,听说是魔头到了,便伏在桌上,假装磕睡,双手按在桌上,掩了面目,只把一个小辫顶露出来。那魔头跑到房里,不问情由,左手抓了辫子,提将起来,伸出右手,就是一个巴掌。这小辫顶朋友故意问甚么事情。那魔头见打错了人,翻身就跑,被隔房埋伏的一班人,一拥上前,把他围住,和他讲理,问他为甚么来打人。他起先还要硬挺,说是来找儿子的。众人问他儿子在那里,你所打的可是你的儿子,他才没了说话,却又叫天叫地的哭起来。那促狭鬼布置得真好,不知到那里去找出一个外国人,又找了两个探伙来,一味的吓他,要拉他到巡捕房里去。那魔头虽然凶横,一见了外国人,便吓得屁也不敢放了。于是乎一班人做好做歹,要他点香烛赔礼,还要他烧路头(吴下风俗:凡开罪于人者,具香烛至人家燃点,叩头伏罪,谓之点香烛。烧路头,祀财神也,亦禳除[1]不祥之意。烧路头之典,妓院最盛)。定了今天晚上去点香烛,烧路头。上海妓院遇了烧路头的日子,便要客人去吃酒,叫做'绷场面'。那一家妓院里我本有一个相识在里面,约了我今天去吃酒,我已经答应了。他们知道了这件事,便顶着我要吃花酒。"我

------

[1] 禳除——一种迷信行为,含有消灾求福性质的清除、扫除。

道："这一台花酒，不吃也罢。"德泉忙道："这是甚么话！"我道："辱人之母博来的花酒，吃了于心也不安。"继之道："所以我说是干犯名教的。其实平心而论：辱人之母，吃一台花酒，自是不该；若说惩创一个魔头，吃一台花酒，也算得是一场快事。"我道："他管儿子总是正事，不能全说是魔头。"德泉道："他认真是拿了正理管儿子，自然不是魔头；须知他并不是管儿子，不过要多刮儿子几个钱去供应和尚师姑。这种人也应该要惩创惩创他才好。"

子安道："这还是管儿子呢；我曾经见过一个管男人的，也闹过这么一回事。并且年纪不小了，老夫妻都上了五十多岁了。那位太太管男人，管得异常之严。男人备了一辆东洋车，自己用了车夫，凡是一个车夫到工，先要听太太分付。如果老爷到甚么妓院里去，必要回来告诉的；倘或瞒了，一经查出，马上就要赶滚蛋的。有一回，不知听了甚么人的说话，说他男人到那里去嫖了，这位太太听了，便登时坐了自己包车寻了去。不知走到甚么地方，胡乱打人家的门；打开了，看见一个五六十岁的老妇人，他也不问情由，伸出手来就打。谁知那家人家是有体面的，一位老太太凭空受了这个奇辱，便大不答应起来。家人仆妇，一拥上前，把他捉住。他嘴里还是不干不净的乱骂，被人家打了几十个嘴巴，方才住口。那包车夫见闹出事来，便飞忙回家报信。他男人知道了，也是无可设法，只得出来打听，托了与那家人家相识的人去说情，方才得以点香烛服礼了事。"我道："这种女子，真是戾气所钟！"

继之叹道："岂但这两个女子！我近来阅历又多了几年，见事也多了几件,总觉得无论何等人家,他那家庭之中,总有许多难言之隐的;若要问其所以然之故,却是给妇人女子弄出来的居了百分之九十九。我看总而言之:是女子不学之过。"我听了这话,想起石映芝的事,因对继之等述了一遍,大家叹息一番。

到了晚上,继之便邀了我和德泉、子安一同到尚仁里去吃酒。那妓女叫金赛玉。继之又去请了两个客:一个陈伯琦,一个张理堂,都是生意交易上素有往来的人。我们这边才打算开席,忽然鸦头们跑来说:"快点看!快点看!马老太太来点香烛了。"于是众人都走到窗户上去看。只见一个大脚老婆子,生得又肥又矮,手里捧着一对大蜡烛,步履蹒跚的走了进来。他走到客堂之后,楼上便看他不见了,不知他如何叩头礼拜,我们也不去查考了。

忽然又听得隔房一阵人声,叽叽喳喳说的都是天津话。我在门帘缝里一张,原来也是一帮客人,在那里大说大笑,彼此称呼,却又都是大人、大老爷,觉得有点奇怪。一个本房的鸦头,在我后面拉了一把道:"看甚么?"我顺便问道:"这是甚么客?"那鸦头道:"是一帮兵船上的客人。"我听他那边的说话,都是粗鄙不文的,甚以为奇。忽又听见他们叽哩咕噜的说起外国话来,我以为他们请了外国客来了,仔细一看,却又不然,两个对说外国话的,都是中国人。

我们这边席面已经摆好,继之催我坐席,随便拣了一个靠近那门帘的坐位坐下,不住的回头去张他们。忽然听见一个人叫道:"把你们的帐房叫了来,我要请客了。"过了一会,又听得说道:"写一张到同安里'都意芝'处请李大人;再写一张到法兰西大马路'老宜青'

去。"又听见一个苏州口音的问道:"'老宜青'是甚么地方?"这个人道:"王大人,你可知李大人今天是到'老宜青'么?"又一个道:"有甚么不是,张裁缝请他呢,他们宁波人最相信的是他家。"此时这边坐席已定,金赛玉已到那边去招呼。便听见赛玉道:"只怕是老益庆楼酒馆。"那个人拍手道:"可不是吗!我说了'老宜青','老宜青',你们偏不懂。"赛玉道:"张大人请客,为甚不自己写条子,却叫了相帮来坐在这里(苏、沪一带,称妓院之龟奴曰相帮)?"那个人道:"我们在船上,向来用的是文案老夫子,那怕开个条子买东西,自己都不动手。今天没带文案来,就叫他暂时充一充罢。"正说话间,楼下喊了一声"客来",接着那边房里一阵声乱说道:"李大人来了!李大人来了!客票不用写了,写局票罢。李大人自然还是叫'都意芝'了?"那李大人道:"算了,你们不要乱说了。原来他不是叫'都意芝',是叫'约意芝'的。那个字怎么念成'约'字,真是奇怪!"一个说道:"怎么要念成'约'字,只怕未必。"李大人道:"刚才我叫张裁缝替我写条子,我告诉他'都意芝',他茫然不懂,写了个'多意芝'。我说不是的,和他口讲指画,说了半天,才写了出来,他说那是个'约'字。"旁边一个道:"管他'都'字'约'字,既然上海人念成'约'字,我们就照着他写罢,同安里'约意芝',快写罢。"又一个道:"我叫公阳里'李流英'。那个'流'字,却不是三点水的,觇琐得很。"又听那龟奴道:"到底是那个流?我记得公阳里没有'李流英'。"一个说道:"我天天去的,为甚没有。"龟奴道:"不知在那一家?"那个人道:"就是三马路走进去头一家。"龟奴道:"头一家有一个李毓英,不知是不是?"那人道:"管他是不是,你写出来看。"歇了一会,忽然听见说道:"是了,是了。这里的人很不通,为甚么任甚么字,都念成'约'字呢?"我听到这里,才恍然大悟,方才那个"约意芝",也是郁意芝之误,不觉好笑。

继之道:"你好好的酒不喝,菜不吃,尽着出甚么神?"我道:"你们只管谈天吃酒,我却听了不少的笑话了。"继之道:"我们都在这里应酬相好,招呼朋友,谁像你那个模样,放现成的酒不喝,却去听隔壁戏。到底听了些甚么来?"我便把方才留心听来的,悄悄说了一遍,说的众人都笑不可仰。继之道:"怪道他现成放着吃喝都不顾,原来听了这种好新闻来。"陈伯琦道:"这个不足为奇,我曾经见过最奇的一件事,也是出在兵船上的。"正是:鹅鹳军中饶好汉,燕莺队里现奇形。未知陈伯琦还说出甚么奇事来,且待下回再记。

第七十八回

巧蒙蔽到处有机谋　报恩施沿街夸显耀

当下陈伯琦道:"那边那一班人,一定是北洋来的。前一回放了几只北洋兵船到新加坡一带游历,恰好是这几天回到上海,想来一定是他们。他们虽然不识字,还是水师学堂[1]出身,又在兵船上练习过,然后挨次推升的,所以一切风涛沙线[2],还是内行。至于一旦海疆有事,见仗起来是怎么样,那是要见了事才知道的了。至于南洋这边的兵船,那希奇古怪的笑话,也不知闹了多少。去年在旅顺南北洋会操,指定一个荒岛作为敌船,统领发下号令,放舢舨,抢敌船,于是各兵船都放了舢舨,到那岛上去。及至查点时,南洋各兵,没有一个带干粮的。操演本来就是预备做实事的规模,你想一旦有事也是如此,岂不是糟糕了么!操了一趟,闹的笑话也不知几次。这些且不要说他,单说那当管带的。有一位管带,也不知他是个甚么出身,莫说风涛沙线一些不懂,只怕连东南西北他还没有分得清楚呢。恰好遇了一位两江总督,最是以察察为明的,听见人说这管带不懂驾驶,

---

[1] 水师学堂——清朝光绪初年,在天津设立水师学堂,教授英文、算术、驾驶、炮火等课程,以培养海军人才,后来在南京、武昌两地也相继开办。
[2] 沙线——把航道上的沙滩,在地图上用虚线表明,叫做沙线。这里沙线即指航线。

便要亲身去考察。然而这位先生,向来最是容易蒙蔽的。他从前在广东时候,竭力提倡蚕桑,一个月里头,便动了十多回公事,催着兴办,动支的公款,也不知多少;若要问到究竟,那一个是实力奉行的,徒然添了一个题目,叫他们弄钱。过了半年光景,他忽然有事要到肇庆去巡阅,他便说出来要顺便踏勘桑田。这个风声传了出去,吓得那些承办蚕桑的乡绅,屎屁直流!这回是他老先生亲身查勘的,如何可以设法蒙敝呢?内中却出来了一个人,出了一个好主意,只要三万银子,包办这件事。众人便集齐了这笔款,求他去办。他得了这笔款,便赶到西南(三水县乡名)上游两岸的荒田上,连夜叫人扎了篱笆,自西南上游,经过芦包以上,两岸三四百里路,都做起来;又在篱笆外面,涂了一块白灰,写了'桑园'两个字,每隔一里半里,便做一处。不消两天,就做好了。到得他老先生动身那天,他又用了点小费,打点了衙门里的人役,把他耽搁到黄昏时候,方才动身。恰好是夜月色甚好,他老先生高兴,便叫小火轮连夜开船,走到西南以上,只见两岸全是桑园,便欢喜得他手舞足蹈起来。你说这么一个混沌[1]的人,他这回要考察那兵船管带,还不是一样被他瞒过么。"

我道:"他若要亲身到了船上看他驾驶,又将奈何!"伯琦道:"便亲看了又怎么。我还想起他一个笑话呢:他到了两江任上,便有一班商人具了一个禀帖,去告一个厘局委员。他接了禀帖,便大发雷霆。恰好藩台来禀见,他便立刻传见,拿了禀帖当面给藩台看了,交代即

---
〔1〕 混沌——糊涂。

日马上立刻把那委员撤了差,调到省里来察看。藩台奉了宪谕,如何敢怠慢,回到衙门,便即刻备了公事,把那委员撤了。撤了之后,自然要另委一个人去接差的了。这个新奉委的委员接了札子之后,谢过藩台,便连忙到制台衙门去禀知、禀谢。他老先生看见了手本,便立刻传见。见面之后,人家还在那里行礼叩头谢委,未曾起来,他便拍手跳脚的大骂,说你在某处厘局,怎样营私舞弊,怎样被人告发,怎样辜负宪恩,怎样病商病民,'我昨天已经交代藩司撤你的差,你今天还有甚么脸面来见我!'从人家拜跪时骂起,直骂到人家起来,还不住口。等人家起来了,站在那里听他骂。他骂完了,又说:'你还站在这里做甚么!好糊涂的东西,还不给我滚出去!'那新奉委的直到此时才回说:'卑职昨天下午才奉到藩司大人的委札,今天特来叩谢大帅的。'他听了这话,才呆了半天,嘴里不住的荷荷荷荷乱叫,然后让坐。你想这种糊涂虫,叫他到船上去考验管带,那还不容易混过去么。然而他那回却考察得凶,这管带也对付得巧。他在南京要到镇江、苏州这边阅操,便先打电报到上海来调了那兵船去,他坐了兵船到镇江。船上本来备有上好办差的官舱,他不要坐,偏要坐到舵房里,要看管带把舵。那管带是预先得了信的,先就预备好了,所以在南京开行,一直把他送到镇江,非常安稳。骗得他呵呵大笑,握着管带的手说道:'我若是误信人言,便要委屈了你。'从此倒格外看重了这管带。你说奇不奇!"我道:"既然被他瞒过了,从此成了知遇,那倒不奇。只是他向来不懂驾驶的,忽然能在江面把舵,是用的甚么法子?这倒有点奇呢!"继之道:"我也急于要问这个。"伯琦道:"兵船上的规矩,成天派一个兵背着一杆枪,在船头了望的,每四点钟一班;这个兵满了四点钟,又换上一个兵来,不问昼夜风雨,行驶停泊,总是一样的。这位管带自己虽不懂驾驶,那大副、二副等却是不能不懂的。他得了信,知道制台要来考察,他便出了一个好主意,预先约了大副,等制台叫他把舵时,那大副便扮了那个兵,站在船头上;舵房是正对船头的,应该向左扳舵时,那大副便走向左边;应该向右扳舵时,那大副便向右边走;暂时不用扳动时,那大副就站定在当中。如此一路由南京到了镇江,自然无事了。"众人听说,都赞道:"妙计,妙计!莫说由南京到镇江,只怕走一趟海也瞒过了。"伯琦道:"所以他才从此得了意,不到一年,便做了南洋水师统领啊。"

我道:"照这样蒙蔽,自然任谁都被蒙蔽住了。"伯琦道:"不然,那位制军是格外与人不同的。就是那回阅操,阅到一个甚么军,这甚么军是不归标的,另外立了名目,委了一个候补道去练起洋操来,说是练了这一军,中国就可以自强的。他阅到这甚么军时,那一位候补道要卖弄他的精神,请了许多外国人来陪制台看操;看过了操,就便在演武厅吃午饭,办的是西菜。谁知那位制军不善用刀叉,在席上对了别人发了一个小议论,说是西菜吃味很好,不过就是用刀叉不雅观。这句话被那位候补道听见了,到了晚上,便请制台吃饭,仍然办的是西菜,仍用的是西式盘子,却将一切牛排、鸡排是整的都切碎了,席上不放刀叉,只摆着筷子。那制台见了,倒也以为别致。他便说道:'凡善学者当取其所长,弃其所短。职道向来都很重西法,然而他那不合于我们中国所用的,未尝不有所弃取。就如吃东西用刀叉,他们是从小用惯了的,不觉得怎样;叫我们中国人用起来,未免总有点不便当。所以职道向来吃西菜,都是舍刀叉而用筷子的。'只这么一番说话,就博得那制军和他开了一个明保,那八个字的考语,非常之贴切,是'兼通中外,动合机宜'。"继之笑道:"为了那一顿西菜出的考语,自然是确切不移的了。"说的大家一笑。大众一面谈天,一面吃喝,看着菜也上得差不多了,于是再喝过几杯,随意吃点饭就散了座。

赛玉忽向继之问道:"你们明天可看大出丧(凡富家之丧,于出殡时多方铺排,卖弄阔绰者,沪谚谓之大出丧)?"继之道:"我不知道。是谁家大出丧?"赛玉道:"咦!那个不知道金姨太太死了,明天大出丧,你怎么不知道!"金子安道:"好好的你为甚要带了我姓说起来?"赛玉笑道:"他是姓金的,我总不好说他姓银。"我道:"大不了一个姨太太罢了,怎么便大出丧起来?"子安道:"这件事提起来,你要如遇故人的;然而说起来话长,我们回去再谈罢。"伯琦、理堂也同说道:"时候不早了,我们都散了罢。"于是一同出门,分路各回。

我回到号里,就问子安为甚么说这件事我要如遇故人。子安道:"你忘了么?我看见你从前的笔记,记着那年到汉口去,遇了甚么督办夫人吃醋,带了一个金姨太太从上海赶到汉口,难道你忘了么?"我道:"这件事,一碰好几年了,难道就是那位金姨太太么?那位夫人醋性如此之利害,一个姨太太死了,怎肯容他大铺排?"子安道:"你不曾知道这位姨太太的来历,自然那么说;须知他非但入门在这位继配夫人之前,并且他曾有大恩德于这位督办的。这位督办本来是个宦家公子出身。他老太爷做过一任抚台,才告老[1]回家。这督办二十多岁时,便捐了个佐杂,在外面当差。老人家是现任的大员,自然有人照应,等到他老太爷告老时,他已经连捐带保的弄到一个道台了,只差没有引见。因为老子回家享福了,他也就回家鬼混。不知怎样,弄得失爱于父,就跑到上海来,花天酒地的乱闹。那时候那金姨太太还在妓院里做生意呢,他两个就认识了。后来那位金姨太太嫁了一个绸庄的东家姓蒯的,局面虽大,年纪可也不小了;况且又是一个鸦片烟鬼,一年到头,都是起居无节,饮食失时的。一个年纪轻轻的女人,况且又是出身妓院的,如何合他过得日子来,便不免与旧日情人,暗通来往。这位督办,那时候正在上海游手好闲,无所事事,正好有工夫做那些不相干的闲事。不知他两人怎样商通了,等到六月里,那位蒯老太太照例是要带了合家人等到普陀[2]烧香的。本来那位姨太太也要跟着去的,他偏有计谋,悄悄地只对那鸦片鬼说,腹中震动,似是有喜。有了这个喜信,老太太自然要知道的,便说既是有喜,恐妨动了胎,就不要去了,留下他看家罢。这么一来,正中了他的下怀,等各人走过之后,他才不慌不忙的收拾了许多金珠物件,和那位督办大人坐了轮船,逃之夭夭[3]的到天津去了。从天津进京,他两个一路上怎生的盟天誓地,这是我们旁人不得而知的;单

---

[1] 告老——官员因年老请求退休。
[2] 普陀——山名,在浙江定海县东海中。迷信传说是观音菩萨说法处,信佛的人多前往朝礼。
[3] 逃之夭夭——用《诗经》"桃之夭夭"句的谐音,改"桃"为"逃",指逃走。

知道那督办答应过他,以后如果得意,一定以嫡礼相待[1]。"

我道:"这又怎么能知道的呢?"子安道:"你且莫问,听我说下去,自然有交代啊。他两个到京之后,就仗着蒯家带出来的金珠,各处去打点。天下事自然钱可通神,况且那督办又是前任二品大员之子,寅谊、世谊总还多;被他打通了路子,拜了两个阔老师,引见下来,就得了一个记名简放。他有了这个引子,就格外的打点,格外的应酬,不到半年便放了海关道,堂哉皇哉的带了家眷,出京赴任。到了地头,自然有人办差,打好了公馆。新道台择了接印日期,颁了红谕[2]出去,到了良时吉日,便具了朝衣朝冠,到衙门接印。再过几天,前任的官眷搬出衙门,这边便打发轿子去接姨太太入衙。谁知去接一次不来,两次不来。新道台莫名其妙,只得亲身到公馆里,问是甚么事。那位金姨太太面罩重霜的不发一言,任凭这边赔尽小心,那边只是不理不睬。急得新道台没法,再三的柔声下气去问。姨太太恼过了半天,方才冷笑道:'好个嫡礼相待!不知我进衙门该用甚么礼,就这么一乘轿子就要抬了去!我以为就是个鸦头,老远的跟了大人到任,也应该消受得起的了,却原来是大人待嫡之礼!'新道台听了,连忙说道:'该死,该死!这是我的不是。'又回头骂伺候的家人道:'你这班奴才,为甚么办差办得那么糊涂!又不上来请示!一班

---

[1] 以嫡礼相待——给以正妻的待遇。
[2] 红谕——官员上任时,先用红纸缮写定期接任的布告,贴在官署外面的照壁墙上,叫做红谕。

王八都是饭桶!还不过来认罪!'在那里伺候的家人有十来个,便一字儿排列在廊檐底下,行了个一跪三叩礼,起来又请了一个安。这一来,才得姨太太露齿一笑道:'没脸面的,自己做错了事,却压着奴才们代你赔礼。'新道台得了这一笑,如奉恩诏一般,马上分付备了执事及绿呢大轿,姨太太穿了披风红裙,到衙门去。自从那回事出了之后,他那些家人传说出来,人家才知道他嫡礼相待之誓。"我道:"这等相待,不怕僭越[1]了么?"子安道:"岂但如此,他在衙门里,一向都是穿的红裙。后来那督办的正室夫人也到了,倘使仍然如此,未免嫡庶不分;然而叫他不穿,他又不肯。后来想了一个变通办法,姨太太穿的裙,仍然用大红裙门[2],两旁打百裥的,用了青黄绿白各种艳色相间,叫做'月华裙';还要满镶裙花[3],以掩那种杂色。此刻人家的姨娘都穿了月华裙,就是他起的头了。后来正室死了,在那督办的意思,是不再娶的了,只把这一位受恩深重的姨太太扶正[4]了,作为聊报涓埃[5];倒是他老太爷一定不肯,所以才续娶了吃大醋的那一位。那一位虽然醋心重,然而见了金姨太太,倒也让他三分,这也是他饮水思源的意思。此刻他死了,他更乐得做人情了,还争甚么呢。"

------

〔1〕僭越——指超过了按照封建制度本分所应有。
〔2〕裙门——从前女人的裙子是前后几幅缝缀折迭而成,前面的一幅叫做裙门。
〔3〕裙花——镶钉在裙上的花边。
〔4〕扶正——以妾为妻。
〔5〕聊报涓埃——涓,细流;埃,轻尘;形容细小。聊报涓埃,是说报答得很细微。

我道:"这位先生不料闹过这种笑话。"子安道:"他在北边闹的笑话多呢。"我道:"我最欢喜听笑话,何妨再告诉点给我听呢。"子安道:"算了罢,他的事情要尽着说,只怕三天三夜都说不尽呢。时候不早了,要说,等明天空了再说罢。"当下各自归寝。

到了次日,我想甚么大出丧,向来在上海倒不曾留心看过,倒要去看看是甚么情形,便约定继之,要吃了早饭一同出去看看。继之道:"知他走那条路,到那里去碰他呢?"子安道:"不消问得,大马路、四马路是一定要走的。"于是我和继之吃过早饭,便步行出去,走到大马路,自西而东,慢慢的行去。一路走过,看见几处设路祭的,甚么油漆字号的,木匠作头[1]的,煤行里的,洋货字号里的,……各人分着帮,摆设了猪羊祭筵,衣冠济济的在那里伺候。走到石路口,便远远的望见从东面来了。我和继之便站定了。此时路旁看的,几于万人空巷,大马路虽宽,却也几乎有人满之患。只见当先是两个纸糊的开路神,几几乎高与檐齐;接着就是一对五彩龙凤灯笼;以后接二连三的旗锣扇伞,衔牌职事,——那衔牌是甚么布政使司布政使,甚么海关道,甚么大臣[2],甚么侍郎,弄得人目迷五色;以后还有甚么顶马[3]、素顶马、细乐、和尚、师姑、道士、万民伞[4]、逍遥伞[5]、铭

----
〔1〕 作头——作,作坊,是手工业制造成品的地方。作坊的首领,叫做作头。
〔2〕 大臣——清朝的官员有内务府总管大臣、领侍卫内大臣等名目,后来又有出使各国大臣、修正商约大臣、南北洋大臣之类。这里指后者。
〔3〕 顶马——原是官员出行时,走在前面的仪仗性的骑马前导的人。一般在举行婚丧典礼出行时,也仿照这个办法,以为炫耀。
〔4〕 万民伞——封建末期一种虚伪的歌颂官员所谓德政的伞盖,四围缀着许多小条,上写当地绅商各界的人名,所以叫做万民伞。
〔5〕 逍遥伞——重檐绣花的伞盖,出丧时仪仗的一种。

旌亭[1]、祭亭[2]、香亭[3]、喜神亭[4]、功布[5]、亚牌[6]、马执事[7]……等类,也记不尽许多;还有一队西乐;魂轿[8]前面,居然用奉天诰命[9]、诰封恭人、晋封[10]夫人、累封[11]一品夫人的素衔牌;魂轿过后,便是棺材,用了大红缎子平金[12]的大棺罩,开了六十四抬;棺材之后,素衣冠送的,不计其数,内眷轿子,足有四五百乘。过了半天,方才过完,还要等两旁看热闹的人散了,我们方才走得动。和继之绕行到四马路去,谁知四马路预备路祭的人家更多,甚么公司的,甚么局的,甚么栈的,……一时也记不清楚。我和继之要找一家

---

[1] 铭旌——铭旌,是一种长幡,由一个有名望、有地位的人署名题写,把死者的封赠、谥号、职位、姓名都写在上面。出殡时把铭旌放在亭子里抬着走,下葬时就把它覆盖在棺材上。
[2] 祭亭——里面供有祭文的亭子。
[3] 香亭——一种四面围纱、里面放置香炉的亭子。
[4] 喜神亭——中间安置死者影像的亭子。
[5] 功布——为棺材前导的一种仪具。由一人手执功布——长竿上系着一幅白布,走在棺材前面,遇到道路有高低不平的地方,就用功布向左右摆动,使抬棺材的人知道注意,免得棺材遭受震动。
[6] 亚牌——原称翣翣,出殡时,遮蔽棺材的仪具。像扇子一样的方形木筐,高二尺四寸,上蒙白布,柄长五尺,由人举起遮着棺材走。这种翣翣是仿照古时礼服上用线刺绣成两己字相背,有如亚字模样,所以称为亚字牌或亚牌。
[7] 马执事——骑在马上,手拿幡伞、金瓜、钺斧一类仪仗的队伍。
[8] 魂轿——内供死者纸牌位的轿子。
[9] 奉天诰命——封建时代,最高统治者为了欺骗人民,把自己说成是接受上天的意旨而来做皇帝的,称为奉天。因而习惯上就把皇帝给予的诰封称为奉天诰命。
[10] 晋封——更高的加封。
[11] 累封——累,积累。累封,指最终的最高封赠。
[12] 平金——用金银色线织成的绣花物品。

茶馆去歇歇脚,谁知从第一楼(当时四马路最东之茶馆)起,至三万昌(四马路最西之茶馆)止,没有一家不是挤满了人的,都是为看大出丧而来。我两个没法,只得顺着脚打算走回去。谁知走到转角去处,又遇见了他来了。我不觉笑道:"犯了法的,有游街示众之条;不料这位姨太太死了,也给人家抬了棺材去游街。"正是:任尔铺张夸伐阅[1],有人指点笑游街。未知以后还有何事,且待下回再记。

---

[1] 伐阅——显宦人家。伐同阀。

第七十九回

论丧礼痛砭[1]陋俗　祝冥寿惹出奇谈

继之笑道:"自从有大出丧以来,不曾有过这样批评,却给你一语道着了。我们赶快转弯,避了他罢。"于是向北转弯,仍然走到大马路。此时大马路一带倒静了,我便和继之两个,到一壶春茶馆里泡一碗茶歇脚。只听得茶馆里议论纷纷,都是说这件事,有个夸赞他有钱的,有个羡慕死者有福的。

我问继之道:"别的都不管他,随便怎么说,总是个小老婆,又不曾说起有甚么儿子做官,那诰封恭人、晋封夫人的衔牌,怎么用得出?"继之笑道:"你还不知道呢,小老婆用诰命衔牌,这件事已经通了天,皇帝都没有说话的了。"我道:"那里有这等事!"继之道:"前年两江总督死了个小老婆,也这么大铺张起来,被京里御史上折子参了一本,说他滥用朝廷名器。须知这位总督是中兴名臣,圣眷极隆的,得了折子,便降旨着内阁[2]抄给阅看,并着本人自己明白回奏。这位总督回奏,并不推辞,简直给他承认了,说:'臣妾病殁,即令家人等买棺盛殓,送回原籍。家人等循俗例为之延僧礼忏[3];僧人礼

---

[1]　砭——本是用以治病的石针,这里引伸作批判解释。
[2]　内阁——清初置各殿阁大学士,因为替皇帝办事,设在午门以内,所以名为内阁。
[3]　礼忏——请僧道在神佛前诵念经文,为死者忏悔生前的罪恶的一种迷信行为。

忏,例供亡者灵位,不知称谓,以问家人,家人无知,误写作诰封爵夫人'云云。末后自己引了一个失察之罪。这件事不是已经通了天的么。何况上海是个无法无天的地方。曾经见过一回,西合兴里死了一个老鸨,出殡起来,居然也是诰封宜人[1]的衔牌。后来有人查考他,说他姘了一个县役(按:姘,古文嫓字,吴侬俗谚读若姘。不媒而合,无礼之娶,均谓之姘),这个县役因缉捕有功,曾经奖过五品功牌[2]的。这一说虽是勉强,却还有勉强的说法。前一回死了一个妓女,他出殡起来,也用了诰封宜人、晋封恭人的衔牌,你说这还有甚么道理。"我笑道:"姘了个五品功牌的捕役,可以称得宜人;做妓女的,难道就不许他有个四五品的嫖客么。"继之道:"若以嫖客而论,又何止四五品,他竟可用夫人的衔牌了。总而言之:上海地方久已没了王法,好好的一个人,倘使没有学问根底,只要到上海租界上混过两三年,便可以成了一个化外野人的。你说他们乱用衔牌是僭越,试问他那'僭越'两个字,是怎么解?非但他解说不出来,就是你解说给他听,说个三天三夜,他还不懂呢。"我道:"这个未免说得太过罢。"继之道:"你说是说得太过,我还以为未曾说得到家呢。"我道:"难道今日那大出丧之举,他既然是做着官的,难道还不解僭越么?"继之道:"正惟这一班明知故犯的忘八蛋做了出来,才使得那一班无

---

[1] 宜人——见第三回"诰封夫人"注。
[2] 功牌——清时督抚给予有军功的人的一种奖牌,长方形,上有"赏"字。最初是银质的,后来改用纸制。当时随着功牌奖给顶戴,五品的叫做五品功牌,六品的叫做六品功牌,也可加奖蓝翎。得了这种功牌,就算有了出身。

知之徒跟着乱闹啊。你以为我说他们不解'僭越'二字,是说的太过了,还有一件三岁孩子都懂的事情,他们会不懂的,我等一会告诉你。"我道:"又何必等一会呢。"继之道:"我只知得一个大略,德泉他可以说得原原本本,你去问了他,好留着做笔记的材料。"我道:"既如此,回去罢。"于是给过茶钱,下楼回去。

到得号里,德泉、子安都在那里有事。我也写了几封信,去京里及天津、张家湾、河西务等处。一会儿便是午饭。饭后大家都空闲了,继之却已出门去了,我便问德泉说那一件事。德泉道:"到底是那一件事?这样茫无头绪的,叫我从何说起!"我回想一想,也觉可笑,于是把方才和继之的议论,告诉了他一遍。又道:"继之说三岁孩子都懂的事情,居然有人不懂的,你只向这个着想。"德泉道:"这又从何想起!"我又道:"继之说我听了又可以做笔记材料的。"德泉正在低头寻思,子安在旁道:"莫不是李雅琴的事?"德泉笑道:"只怕继翁是说的他。去年我们谈这件事时,就说过可惜你不在座,不然,又可以做得笔记材料的了。"我道:"既如此,不问是不是,你且说给我听。"

德泉道:"这李雅琴本来是一个著名的大滑头(滑头,沪谚。小滑头指轻薄少年而言,大滑头则指专以机械阴险应人,而又能自泯其迹,使人无如之何者而言),然而出身又极其寒苦,出世就没了老子。他母亲把他寄在人家哺养,自己从宁波走到上海,投在外国人家做奶妈。等把小孩子奶大了,外国人还留着他带那小孩子。他娘就和外国人说了个情,要把自己孩子带出来,在自己身边。外国人答应了,便托人从宁波把他带了到上海。这是他出身之始。他既天天在外国人家里，又和那小外国人在一起，就学上了几句外国话。到了十二三岁上，便托人荐到一家小钱庄去学生意。这年把里头，他的娘就死了。等他在钱庄上学满了三年，不过才十五六岁，庄上便荐他到一家洋货店里做个小伙计。他人还生得干净，做事也还灵变，那洋货店的东家，很欢喜他；又见他没了父母，就认他做个干儿子。在那洋货店里做了五六年，干老子慢慢的渐见信用了；他的本事也渐渐大了，背着干老子，挪用了店里的钱做过几票私货，被他赚了几个。干老子又帮他忙，于是娶了一房妻子，成了家。那年恰好上海闹时症，他干老子自己的两个儿子都死了；不到一个月，他干老子也死了，只剩了一个干娘。他就从中设法，把一家洋货店，全行干没了过来，就此发财起家。专门会做空架子。那洋货店自归了他之后，他便把门面装璜得金碧辉煌，把些光怪陆离的洋货，罗列在外。内中便惊动了一个专办进口杂货的外国人，看见他外局如此热闹，以为一定是个大商家了，便托出人来，请他做买办。他得了那买办的头衔，又格外阔起来。本事也真大，居然被他一帆风顺的混了这许多年。又捐了一个不知靠得住靠不住的同知，加了个四品衔，便又戴了一个蓝顶子充官场。前几年又弄着一个军装买办，走了一回南京，两回湖北，只怕做着了两票买卖。这军装买卖，是最好赚钱的，不知被他捞了多少。去年又想闹阔了，然而苦于没有题目，穷思极想，才想得一个法子，是给他娘做阴寿。你想他从小不曾读过书的，不过在小钱庄时认识过几个数目字，在洋货店时强记了几个洋货名目字，这等人如何会做事？所以他一向结识了一个好友华伯明。这华伯明是苏州人,倒是个官家子弟。他父亲是个榜下知县,在外面几十年,最后做过一任道台;六十岁开外,告了病,带了家眷,住在上海;这两年只怕上七十岁了。只有伯明一个儿子,却极不长进,文不能文,武不能武;只有一样长处,出来见了人,那周旋揖让,是很在行的。所以李雅琴十分和他要好,凡遇了要应酬官场的事,无不请他来牵线索,自己做傀儡。就是他到南京,到湖北,要见大人先生,也先请了伯明来,请他指教一切;甚至于在家先演过几次礼,盘算定应对的话,方才敢去。这一回要拜阴寿,不免又去请伯明来主持一切。伯明便代他铺张扬厉起来,甚么白云观七天道士忏,寿圣庵七天和尚忏,家里头却铺设起寿堂来,一样的供如意,点寿烛。预先十天,到处去散帖。又算定到了那天,有几个客来,屈着指头,算来算去,甚么都有了,连外国人都可以设法请几个来撑持场面,炫耀邻里。只可惜计算定来客,无非是晶顶的居多,蓝顶的已经有限,戴亮蓝顶[1]的计算只有一个,却没有戴红顶的;一定要伯明设法弄一个红顶的来。伯明笑道:'你本来没有戴红顶的朋友,叫我到那里去设法。'雅琴便闷闷不乐起来。伯明所以结交雅琴之故,无非是贪他一点小便宜,有时还可以通融几文。有了这个贪念,就不免要竭力交结他。看见他闷闷不乐,便满肚里和他想法子。忽然得了一计道:'有便有一个人,只是难请。'雅琴便问甚么人。伯

----

[1] 亮蓝顶——三四品官的帽顶同是蓝色的,三品用蓝宝石或蓝色明玻璃做成,四品用青金石或蓝色涅玻璃做成,习惯因称三品为亮蓝顶,四品为暗蓝顶。

明道:'家父有个二品衔,倒是个红顶;只是他不见得肯来。'雅琴听说,欢喜得直跳起来道:'原来远在天边,近在眼前!无论如何,你总要代我拉了来的。'伯明道:'如何拉得来?'雅琴道:'是你老子,怎么拉不动?'伯明道:'你到底不懂事;若是设法求他请他,只怕还有法子好想。'雅琴道:'这又奇了!儿子和老子还要那么客气?'伯明笑道:'我便是父子,你一面也不曾见过,怎么不要客气。'雅琴道:'所以我叫你去拉,不是我自己去拉。'伯明道:'请教我怎么拉法呢?又不是我给母亲做阴寿。'雅琴棱了半天道:'依你说有甚么法子好想?'伯明道:'除非我引了你到我家里去,先见过他,然后再下一副帖子,我再从中设法,或者可以做得到。'雅琴大喜,即刻依计而行。伯明又教了他许多应对的话,与及见面行礼的规矩,雅琴要巴这颗红顶子来装门面,便无不依从。果然伯明的老子华国章见了雅琴,甚是欢喜。于是雅琴回来,就连忙补送一分帖子去。此时日子更近了,陆续有人送礼来,一切都是伯明代他支应;又预备叫一班髦儿戏[1]来,当日演唱。到了正日的头一天,便铺设起寿堂来,伯明亲自指挥督率,铺陈停妥,便向雅琴道:'此刻可请老伯母的喜神出来了。'雅琴道:'甚么喜神?'伯明道:'就是真容。'雅琴道:'是甚么样的?'伯明道:'一个人死了,总要照他的面庞,画一个真容出来,到了过年时,挂出来供奉,这拜阴寿更是必不可少的。'雅琴愕然道:'这是向

---

[1] 髦儿戏——一种由女演员组成的戏班。据前人考证:髦儿本作毛儿,因创始的班主为李毛儿而得名。最初专应堂会,唱徽调;后来也在戏园演出,大部唱京戏,小部唱梆子。

来没有的。'伯明道:'这却怎么处？偏是到今天才讲起来;若是早几天,倒还可以找了百像图〔1〕,赶追一个。'雅琴道:'买一个现成的也罢。'伯明道:'这东西那里有现成的。'雅琴道:'难道是外国的定货?'伯明道:'你怎么死不明白！这喜容或者取生前的小照临下来的,或者生前没有小照,便是才死下来的时候对着死者追摹下来的,各人各像,那里有现成的卖。'雅琴道:'死下来追摹,也得像么?'伯明道:'那怕不像,他是各人自己的东西,那里有拿出来卖的。'雅琴道:'那么说,不像的也可以充得过了?'伯明笑道:'你真是糊涂！谁管你像不像,只要有这样东西。'雅琴道:'我不是糊涂,我是要问明白了,倘使不像的也可以,倒有法子想。'伯明问甚么法子。雅琴道:'可以设法去借一个来。'伯明听说,倒也呆了一呆,暗暗服他聪明。因说道:'往那里借呢?'雅琴道:'借到这样东西,并且非十分知己的不可,我想一客不烦二主,就求你借一借罢。无论你家那一代的祖老太婆,暂时借来一用,好在只挂一天,用不坏的;就是坏了,我也赔得起。'伯明道:'祖上的都在家乡存在祠堂里,谁带了这家伙出门。只有先母是初到上海那年,在上海过的,有一轴在这里。'雅琴道:'那么就求你借一借罢。'伯明果然答应了,连忙回家,瞒着老子,把一轴喜神取了出来,还到老子跟前,代雅琴说了几句务求请去吃面的话,方才拿了喜神,径到李家,就把他挂起来。雅琴看见凤冠霞帔,画的十分庄严,便大喜道:'办过这件事之后,我要照样画一张,倒要你多

------

〔1〕 百像图——各种人物的画像,是专供画影像临摹的一种范本。

借几天呢。'伯明一面叫人挂起来,一面心中暗暗好笑:明天他拜他娘的寿,不料却请了我的娘来享用;并且我明天行礼时,我拜我的娘,他倒在旁边还礼,岂不可笑。心里一面暗想,一面忍笑,却不曾听得雅琴说的话。到了次日,果然来拜寿的人不少,伯明又代他做了知客。到得十点钟时,那华国章果然具衣冠来了。在寿堂行过礼之后,抬头见了那幅喜神,不觉心中暗暗疑讶。此时伯明不便过来揖让,另外有知客的,招呼献茶。华老头子有心和那知客谈天,谈到李老太太,便问不知是几岁上过的,那知客回说不甚清楚,但知道雅翁是从小便父母双亡的。老头子一想,他既是从小没父母,他的父母总是年轻的了,何以所挂的喜神,画的是一个老媪。越想越疑心,不住的踱出寿堂观看,越看越像自己老婆的遗像,便连面桌也不曾好好的吃,匆匆辞了回去,叫人打开画箱一查,所有字画都不缺少,只少了那一轴喜神。不觉大怒起来,连忙叫人赶着把伯明叫回来。那伯明在李家正在应酬的高兴,忽然一连三次,家里人来叫快回去,老爷动了大气呢。伯明还莫名其妙,只得匆匆回家。入得门时,他老子正挂着拐杖,在那里动气呢。见了伯明,兜头就是一杖,骂道:'我今日便打死你这畜生!你娘甚么对你不住,他六十多岁上才死的,你还不容他好好的在家,把他送到李家去,逼着你已死的母亲失节;害着我这个未死的老子,当一个活乌龟!'说着,又是一杖,又骂道:'还怕我不知道,故意引了那不相干的杂种来,千求万求,要我去,要我去!我老糊涂,睡在梦里,却去露一张乌龟脸给人家看!你这是甚么意思!我还不打死你!'说着,雨点般打下来。打了一顿,喝家人押着去取了喜容回来。伯明只得带了家人,仍到雅琴处,一面叫人赏酒赏面,给那家人,先安顿好了;然后拉了雅琴到僻静处,告诉了他,便要取下来。雅琴道:'这件事说不得你要担代这一天的了,此刻正要他装门面,如何拿得下来。'伯明正在踌躇,家里又打发人来催了,伯明、雅琴无可奈何,只得取下交来人带回去,换上一幅麻姑[1]画像。继之对你说的,或者就是这件事。"

说声未绝,忽然继之在外间答道:"正是这件事。"说着,走了进来。笑道:"你们说到商量借喜神时,我已经回来了,因为你们说得高兴,我便不来惊动。"又对我说道:"你想喜神这样东西能借不能借,不是三岁孩子都知道的么,他们居然不懂,你还想他们懂的甚么叫做'僭越'。"子安道:"喜神这样东西虽然不能借,却能当得钱用。"我道:"这更奇了!"子安道:"并不奇。我从前在宁波,每每见他们拿了喜神去当的。"我道:"不知能当多少钱?"子安道:"那里当得多少,不过当二三百文罢了。"我道:"这就没法想了。倘是当得多的,那些画师没有生意,大可以胡乱画几张裱了去当;他只当得二三百文,连裱工都当不出来,那就不行了。但不知拿去当的,倘使不来赎,那当铺里要他那喜神作甚么?"继之笑道:"想是预备李雅琴去买也。"说的众人一笑。正是:无端市道开生面,肯代他人贮祖宗。未知典当里收当喜神,果然有甚么用,且待下回再记。

----

[1] 麻姑——迷信传说的古女仙,手如鸟爪,宋时曾封为真人。

第八十回

贩鸦头学政蒙羞　　遇马扁[1]富翁中计

子安道:"那里有不来取赎的道理。这东西又不是人人可当,家家收当的,不过有两个和那典伙相熟的,到了急用的时候,没有东西可当,就拿了这个去做个名色,等那典伙好有东西写在票上,总算不是白借的罢了。"各人听了,方才明白这真容可当的道理。

我从这一次回到上海之后,便就在上海住了半年。继之趁我在上海,便亲自到长江各处走了一趟,直到次年二月,方才回来。我等继之到了上海,便附轮船回家去走一转。喜得各人无恙,撤儿更加长大了。我姊姊已经择继了一个六岁大的侄儿子为嗣,改名念椿,天天和撤儿一起,跟着我姊姊认字。我在家又盘桓了半年光景,继之从上海回来了,我和继之叙了两天之后,便打算到上海去。继之对我说道:"这一次你出去,或是烟台,或是宜昌,你拣一处去走走,看可有合宜的事业,不必拘定是甚么。"我道:"亮臣在北边,料来总妥当;所用的李在兹,人也极老实:北边是暂时不必去的了。长江一带,不免总要去看看;几时到了汉口,或者走一趟宜昌,或者沙市也可以去

---

〔1〕 马扁——拆字格的骗字。

得。"继之道:"随便你罢。你爱怎样就怎样,我不过这么提一提。各处的当事人,我这几年虽然全用了自己兄弟子侄,至于他们到底靠得住靠不住,也要你随事随时去查察的。"我应允了。不到几天,便别过众人,仍旧回上海去。

刚去得上海,便接了芜湖的信,说被人倒了一笔帐,虽不甚大,却也得去设法。我就附了江轮到芜湖去,耽搁了十多天,吃点小亏,把事情弄妥了,便到九江走了一趟。见诸事都还妥当,没甚耽搁,便附了上水船到汉口。考察过一切之后,便打算去宜昌。这几年永远不曾接过我伯父一封信,从前听说在宜昌,此时不知还在那边不在。便托人过江到武昌各衙门里去打听,不两日,得了实信,说是在宜昌掣验局[1]里。我便等到有宜昌船开行,附了船到宜昌去,就在南门外江边一家吉升栈住下,安顿好行李,便去找掣验局。

这个局就在城外,走不多路就到了。我抬头看时,只有一间房子,敞着大门,门外挂了一面掣验川盐局的牌子,两旁挂了两扇虎头牌,里面坐着两个穿号衣的局勇。我暗想这么就算一个局么,我伯父又在那里呢。不免上前去问那局勇。谁知我问的这个,那一个答应起来了,说道:"他是个聋子。你问的是谁?"我就告诉他。那局勇听见说是本局老爷的侄少爷,便连忙站起来回说道:"老爷向来不在局里办事,住在公馆里。"我问公馆在甚么地方。局勇道:"就在南门

---

[1] 掣验局——查验官盐的机构。掣是掣盐,看有无搀杂或夹带私货;验是验引,看引照所载的数量和实际的运量是否相符。当时川盐出境,由设在宜昌的川盐掣验局负责查验。

里不远。少爷初到不认得路,我领了去罢。"我道:"那么甚好。"那局勇便走在前面。我看他走路时,却又是个跛的,不觉暗暗好笑。他一拐一拐的在前面走,我只得在后面跟着。进了城不多点路就到了。那局勇急拐了两步,先到门房去告诉。门房里家人听说,便通报进去。我跟着到了客堂站定。只见客堂东面辟了一座打横的花厅;西面是个书房;客堂前面的天井很大,种了许多花,颇有点小花园的景致;客堂后面还有一个天井,想是上房了。

不一会,我伯父出来,我便上前叩见。同入到花厅,伯父命坐,我便在一旁侍坐。伯父问道:"你这回来做甚么?"我道:"侄儿这几年总跟着继之,这回是继之打发来的。"伯父道:"继之撤了任之后,又开了缺了。近来他又有了差使么?"我道:"没有差使,近年来继之入了生意一途。侄儿这回来,是到此地看看市面的。"伯父道:"好好的缺,自己去干掉了,又闹甚么生意!年轻人总欢喜胡闹!那么说,你也跟着他学买卖了?"我道:"是。"伯父道:"宜昌是个穷地方,有甚么市面!你们近来做买卖很发财?"我听了没有答话。伯父又道:"论理要发财,就做买卖也一样发财;然而我们世家子弟,总不宜下与市侩为伍,何况还不见得果然发财呢。像你父亲,一定不肯做官,跑到杭州去,绸庄咧、茶庄咧,一阵胡闹,究竟躺了下来剩了几个钱?生下你来,又是这个样,真真是父是子了。你此刻住在那里?"我道:"住在城外吉升栈。"伯父道:"有几天耽搁?"我道:"说不定,大约也不过十天半月罢了。"伯父道:"没事可常到这里来谈。"说着,便站了起来。我只得辞了出来,依着来路出城。

回到吉升栈,只见栈门口挂着一条红彩绸,挤了十多个兵,那号衣是四川督学部院亲兵;又有几个东湖县民壮[1],东湖县的执事衔牌也在那里。我入到栈,开了房门,便有栈里的人来和我商量,要我另搬一个房,把这个房让出来。我本是无可无不可的,便问他搬到那里。他带我到一个房里去看,却在最后面又黑又暗、逼近厨房的所在。我不肯要这个房。他一定要我搬来,说是四川学台要住;我便赌气搬到隔壁一家兴隆栈里去了。搬定之后,才写了几封信,发到帐房里,托他们代寄。

对房住了一个客,也是才到的,出入相见,便彼此交谈起来。那客姓丁,号作之,安徽人,向在四川做买卖,这回才从四川出来。我也告诉他由吉升栈搬过来的缘故。作之道:"不合他同一栈也罢。我合他同一船来的,一天到夜,一夜到天亮,不是骂这个,便是骂那个,弄得昼夜不宁。"我道:"怎的那么的脾气?"作之道:"我起初也疑心,后来仔细打听了,才知道他原来是受了一场大气,没处发泄,才借骂人出气的。"我道:"他从四川到此地,自然是个交卸过的了。四川学政本来甚好的,做满了一任,满载而归,还受甚么气呢。"作之道:"四川的女人便宜是著名的。省城里专有那贩人的事业;并且为了这事业,还专开了茶馆。要买人的,只要到那茶馆里拣了个座,叫泡两碗茶:一碗自己喝,一碗摆在旁边,由他空着。那些人贩看见,就知道你要买人了,就坐了过来,问你要买几

---

[1] 民壮——清朝州县官的卫兵。

岁的。你告诉了他,他便带你去看。看定了,当面议价,当面交价。你只告诉了他住址,他便给你送到。大约不过十吊、八吊钱,就可以买一个七八岁的了;十六七岁的是个闺女,不过四五十吊钱就买了来;如果是嫁过人的,那不过二十来吊钱也就买来了。这位学政大人在任上到处收买,统共买了七八十个,这回卸了事,便带着走。单是这班鸦头就装了两号大船。走到嘉定,被一个厘局委员扣住了。"我道:"这委员倒是强项的。"作之道:"并不是强项,是有宿怨的。那学台初到任时,不知为的甚么事,大约总是为办差之类,说这个委员不周到,在上宪前说了他的坏话,这委员从此黑了一年多。去年换了藩台,这新藩台是和他有点渊源的,就得了这厘局差使。可巧他老先生赶在他管辖地方经过,所以就公报私仇起来。查着了之后,那委员还亲身到船上禀见,说:'只求大人说明这七八十个女子的来历,卑职便可放行;卑职并不是有意苛求,但细想起来,就是大人官眷用的鸦头,也没有如许之多,并且讯问起来,又全都是四川土音,只求大人交个谕单下来,说明白这七八十个女子从何处来,大人带他到何处去,卑职断不敢有丝毫留难。'那学台无可奈何,只得向他求情。谁知他一味的打官话,要公事公办;一面就打迭[1]通禀上台,一面把官船扣住。那学台只得去央及嘉定府去说情。留难了十多天,到底被他把两船女子扣住,各各发回原籍,听其父母认领,不动通禀的公事,算卖了面情给嘉定府。禀上

---

〔1〕 打迭——同打点,安排、料理、准备的意思。

去只说缉获水贩船二艘,内有女子若干口,水贩某人,已乘隙逃遁;由嘉定府出了一角通缉文书,以掩耳目,这才罢了。他受了这一场大气,破了这一注大财,所以天天骂人出气。其实四川的大员,无论到任卸任,出境入境,夹带私货是相沿成例的了。便是我这一回附他的船,也是为了几十担土。"我道:"怎么那厘卡上没有查着你的土么?"作之道:"他在嘉定出的事,我在重庆附他来的,我附他的船时,早已出过了那回事了。"谈了一回,各自回房。

我住了两天,到各处去走走。大约此地系川货出口的总汇,甚么楠木、阴沉木[1]最多;川里的药材也甚多,甚至杜仲、厚朴之类,每每有乡下人挑着出来,沿街求卖的。得暇我便到作之房里去,问问四川市面情形,打算入川走一趟。作之道:"四川此时到处风声鹤唳[2],没有要紧事,宁可缓一步去罢。"我道:"有了乱事么?"作之道:"乱事是没有,然而比有乱事还难过。"我道:"这又是甚么道理呢?"作之道:"因为出了一个骗子、一个蠢材,就闹到如此。那骗子扮了个算命看相之流,在成都也不知混了多少年了。忽然一天,遇了一个开酱园的东家来算命,他要运用那骗子手段,便恭维他是一个大贵之命,说是府上一定有一位贵人的,最好是把一个个的八字都算

---

[1] 阴沉木——埋在地下多年,将成为石炭化石的一种木头。据说用这种木头制造棺材或其他器具,可以经久不坏。
[2] 风声鹤唳——历史故事:前秦苻坚被晋兵打败了,连夜逃走,听到风声鹤唳,都以为是晋兵追来了。后来就以风声鹤唳形容恐惧惊疑,动荡不安。参看第五十八回"草木皆兵"注。

过。那酱园东家大喜,便邀他到家里去,把合家人的八字都写了出来请他算。"我道:"这酱园东家姓甚么?"作之道:"姓张,是一个大富翁,川里著名的张百万。那骗子算到张百万女儿的一个八字,便大惊道:'在这里了!这真是一位大贵人!'张百万问怎么贵法。他道:'是一位正宫娘娘的命!就是老翁的命,也是这一位的命带起来的。不知是府上那一位?'张百万也大惊道:'这是甚么话!无论皇上大婚[1]已经多年,况且满、汉没有联婚之例,那里来的这个话!'骗子道:'这件事自然不是凡胎肉眼所能看得见。我早就算定真命天子已经降世。我早年在湖北,望见王气[2]在四川,所以跟寻到川里来,要寻访着了那位真命天子,做一个开国元勋。此刻皇帝不曾寻着,不料倒先寻见了娘娘。这位娘娘是府上甚么人,千万不要待慢了他!'张百万听得半疑半信,答道:'这是我小女的命。'骗子听说,慌忙跪下叩头道:'原来是国丈大人,恕罪,恕罪!'吓得张百万连忙还礼。又问道:'依先生说,我女儿便是娘娘,但不知这真命天子在那里?我女儿又如何嫁得到他?近来虽有几家来求亲,然而又都是生意人,那里有个真命天子在内!'骗子道:'千万不可胡乱答应!倘把娘娘误许了别人,其罪不小!大凡真龙降生,没有一定之地,不信,你

----

[1] 大婚——封建时期对皇帝婚礼的专称。
[2] 王气——封建迷信宿命骗人的说法:要做皇帝的人,当他还未显达时,潜伏在某一地区,某一地区就有王气出现,会望气的人可以看得出来。王气,也称天子气。

但看朱洪武[1]皇帝,他看过牛,做过和尚,除了刘伯温[2],那个知道他是真命天子呢。'张百万道:'话虽如此,但是我又不是刘伯温,那里去寻个朱洪武出来呢?'骗子道:'国丈说的那里话!生命注定的,何必去寻。何况龙凤配合,自有一切神灵暗中指引;再加我时时小心寻访,一经寻访着了,自然引驾到府上来。'张百万此时将信将疑,便留那骗子在家住下。张家本有个花园,他每天晚上,约了张百万在园里指天画地的,说望天子气。天天说些蛊惑[3]的话,蛊惑得张百万慢慢的信服起来,所有来求他女儿亲事的,一概回绝。混了一年多,张百万又生起疑心来,说那里有甚么真命天子。那骗子骗了一年多的好吃好喝,恐怕一旦失了,遂造起谣言来,说是近日望见那天子气到了成都了,我要亲身出去访查。于是日间扮得不尴不尬[4],在外头乱跑;晚上回到张百万家里去睡,只说是出去访寻真命天子。如此者,又好几个月。忽然一天,在市上遇了一个二十来岁的樵夫,那骗子把他一拉拉到一个僻静去处,纳头便拜,说道:'臣接驾来迟,罪该万死!'那樵夫是一条蠢汉,见他如此行为,也莫名其妙。问道:'你这先生,无端对我叩头做甚么?'骗子悄悄说道:'陛下[5]便是

----

[1] 朱洪武——就是明太祖朱元璋,明朝开国的皇帝,洪武是他的年号。
[2] 刘伯温——名基,明朝开国的谋臣,帮助朱元璋打垮了陈友谅、张士诚,夺得政权。官御史中丞兼太史令,封诚意伯。传说中有许多关于他的迷信的神奇的故事。
[3] 蛊惑——煽动。
[4] 不尴不尬——这里指不像样、奇奇怪怪的形状。
[5] 陛下——封建时期对皇帝的称呼。陛是台阶。意思是不敢直接和皇帝说话,就告诉在阶下侍奉皇帝的人。

真命天子！臣到处访求了好几年,今日得见圣驾,万千之幸！'樵夫道:'怎么我可以做得真命天子？谁给我做的？'骗子道:'这是上天降生的。陛下跟了臣同到一个去处,自然有人接驾。'那樵夫便跟了骗子到张百万家。骗子在前,樵夫在后,一直引他入了花园,安置停当,然后叫张百万来,说:'皇帝驾到了,快点去见驾！'张百万到得花园,看见那樵夫粗眉大目,面色焦黄,心中暗暗疑讶,怎么这般一个人便是皇帝,一面想着,未免住了脚步,迟疑不前。骗子连忙拉他到一边,和他说道:'这是你一生富贵关头,快去叩头见驾,不可自误。'张百万道:'这个人面目也没甚奇异之处,并且衣服褴褛,怎见得是个皇帝？先生,莫非你看差了！'骗子道:'真龙未曾入海,你们凡人那里看得出来。你如果不相信,我便领了圣驾到别人家去,你将来错过了富贵,不要怨我。'张百万听了他的话,居然千真万真,便走过去,对了那樵夫叩头礼拜,口称'臣张某见驾'。那樵夫本是呆蠢一流人,见人对他叩头,他并不知道还礼,只呆呆的看着。张百万叩过了无数的头,才起来和骗子商量,怎样款待这皇帝。骗子道:'你看罢！你的命是大贵的,倘使不是真命天子,他如何受得起你叩头呢。此刻且先请皇帝沐浴更衣,择一个洁净所在,暂时做了皇宫,禁止一切闲杂人等,不可叫他进来,以免时时惊驾；然后择了日子,请皇帝和娘娘成亲。'张百万道:'知道他几时才真个做皇帝呢,我就轻轻把女儿嫁他？'骗子道:'凡一个真命天子出世,天上便生了一条龙。要等那条龙鳞甲长齐了,在凡间的皇帝,才能被世上的能人看得出,去辅佐他；还等那条龙眼睛开了,在凡间的皇帝才能登位。这一个真命天子,向来在成都,我一向都看他不出,就是天上那条龙未曾长齐鳞甲之故;近来我夜观天象,知道那条龙鳞甲都长齐了,所以一看就看了出来。我劝你一不做,二不休。如果不相信,便由我带到别处去;如果相信了,便听我的指挥。'张百万听说,还只信得一半。"我道:"这件事要就全行误信了,要就登时拒绝他,怎么会信一半的呢?"正是:惟有痴心能乱志,从来贪念易招殃。未知作之又说出甚么来,这件事闹到怎生了结,且待下回再记。

第八十一回

真愚昧惨陷官刑　假聪明贻讥外族

作之道:"张百万依了他的话,拿几套衣服给那樵夫换过,留在花园住下。骗子见张百万还不死心塌地,便又生出一个计策来,对张百万说道:'凡是真命天子,到了吃醉酒睡着时,必有神光异彩现出来,直透到房顶上,但是必要在远处方才望见。你如果不相信,可试一试看。'张百万听说,果然当夜备了酒肴,请那樵夫吃酒,有意把他灌得烂醉。骗子也装做大醉模样,先自睡了。张百万灌醉了樵夫,打发他睡下,便急急忙忙跑回自己宅内的一座楼上凭栏远眺,要看那真命天子的神光异彩。那骗子假睡在床上,听得张百万已经去了,花园里伺候的人也陆续去睡了,方才慢慢起来,取出他所预备的松香末(这松香末,就是戏场上做天神出场时撒火用的),他又加上些硝磺药料,悄悄的取了一把短梯,爬到墙头上,点上了火,一连向上撒了四五把,方才下来;到了半夜时,又去撒了几把;然后收拾停当,安心睡觉。张百万在自己楼上,远远的望着花园里,忽然见起了一阵红光,不觉吃了一惊;谁知惊犹未了,接着又起了三四阵;不觉又惊又喜,呆呆的坐着,要等再看,谁知越等越看不见了;听一听四面寂无人声,正要起身去睡,忽然又看见起了四五阵。大凡一个人,心里有了疑念,眼里看见的东西,也会跟着他的疑念变幻的。撒那松香火,不过是一阵火光；火光熄了，便剩了一团烟。骗子一连撒了几把火，便有几团烟，看在张百万的眼里，便隐隐成了一条龙形。他还暗自揣测，那里是龙头，那里是龙尾，那里是龙爪，越看越像。一时间那烟消灭了，他还闭着眼睛，暗中去想象呢。到了次日，一早便爬起来，到花园里去找骗子。骗子还在那里睡着呢，张百万把他叫醒了。他连忙一骨碌爬起来，说道：'甚时候了？我昨夜醉的了不得，一夜也不曾醒。'张百万便告以夜来所见。又道：'红光当中，隐隐还现了一条龙形呢！'骗子道：'可惜我也醉了，不曾看得见；不然，倒可以看看他开了眼睛不曾。'张百万道：'这个还不容易吗，今天晚上再请他吃一回酒，先生到我那边楼上去看便了。'骗子吐出了舌头道：'这是甚么话！昨天晚上一回，已经是冒险的了；倘使多出现了，被别人看见，还了得么！何况他已经现了龙形，更不相宜！他那原形，天天在那里长，必要长足了，才能登极〔1〕；每出现一次，便阻他一次生机，长得慢了许多。所以从今以后，最要紧不可被他吃醉了；你已经见过一次就是了，要多见做甚么。'张百万果然听了他的话，从此便不设酒了，央骗子拣了黄道吉日，把女儿嫁给那樵夫，张灯结彩，邀请亲友，只说是招女婿，就把花园做了甥馆〔2〕。一切都是骗子代他主张。成过亲之后，张百万便安心乐意做国丈，天天打算代女婿皇帝预备登极，买了些绫罗绸缎来，做了些不伦不类的龙袍。那樵夫此时养得又肥又白，

---

〔1〕 登极——极，指政治上最高统治地位。登极，就是皇帝登位。
〔2〕 甥馆——甥，女婿。馆，住所。《孟子》："舜尚见帝（尧），帝馆甥于贰室。"舜是尧的女婿，称甥；所以后来就称招待女婿的住所为甥馆。

腰圆背厚,穿起了龙袍,果然好看,喜欢的张百万便山呼[1]万岁起来。骗子在旁指挥,便叫樵夫封张百万做国丈,自己又讨封了军师。几个人在花园里,就同做戏一般乱闹。这风声便渐渐传了出去,外面有人知道了。骗子也知道将近要败露了,便说:'我夜来望气,见犍为地方出有能人,我要亲去聘了他来,辅佐天子。'就向张百万讨了几百银子,只说置办聘礼,便就此去了。这里还是天天胡闹。那樵夫被那骗子教得说起话来,不是孤家,便是寡人;家里用人都叫他万岁。闹得地保知道了,便报了成都县。县官见报的是谋反大案,吓的先禀过首府,回过司道,又禀知了总督,才会同城守,带了兵役,把张百万家团团围住,男女老幼,尽行擒下,不曾走了一个。带回衙门,那樵夫身上还穿着龙袍,张百万的女儿头上还戴着凤冠。县官开堂审讯,他还在那里称孤道寡,嘴里胡说乱道,指东画西,说甚么我资州有多少兵,绵州有多少马,茂州有多少粮;甚么宁远、保宁、重庆、夔州、顺庆、叙永、酉阳、忠州、石砫……处处都有人马。这些话总是骗子天天拿来骗他的,他到了公堂,不知轻重,便一一照说出来。成都县听了,吓的魂不附体,连忙把他钉了镣铐,通禀了上台。上台委了委员来会审过两堂,他也是一样的胡说乱道。上台便通行了公事,到各府、厅、州、县,一律严密查拿。那一班无耻官吏,得了这个信息,便巴不得迎合上意,无中生有的找出两个人来去邀功,还想借此做一条升官发财

---

[1] 山呼——刘彻(汉武帝)骗人,说他登嵩山时,曾听到有三呼万岁之声,后来就以向皇帝三叩首、三呼万岁,叫做山呼,作为向皇帝祝贺的专词。

的门路,就此把一个好好的四川省闹的阖属鸡犬不宁。这种呆子遇了骗子的一场笑话,还要费大吏的心,拿他专折入奏,并且随折开了不少的保举。只是苦了我们行客,入店投宿,出店上路,都要稽查,地保衙役便借端骚扰。你既然那边未曾立定事业,又何苦去招这个累呢。"

我道:"听说四川地方,民风极是俭朴,出产又是富足,鱼米之类,都极便宜,不知可确?"作之道:"这个可是的;然而近年以来,也一年不如一年了。据老辈人说的:道光以前,川米常常贩到两湖去卖;近来可是川里人要吃湖南米了。"我道:"这都为何?"作之道:"田里的莺粟[1]越种越多,米麦自然越种越少了。我常代他们打算,现在种莺粟的利钱,自然是比种米麦的好;万一遇了水旱为灾,那个饥荒才有得闹呢!"我道:"川里吃烟的人,只怕不少?"作之道:"岂但不少,简直可以算得没有一个不吃烟的。也不必说川里,就是这里宜昌,你空了下来,我和你到街上去看看,那种吃烟情形,才有得好看呢!"我道:"川里除了鸦片烟之外,还有甚么大出产呢?"作之道:"那不消说,自然是以药料为大宗了。然而一切蚕桑矿产等类,也无一不备,也没有一样不便宜,所以在川里过日子是很好的,只有两吊多钱一石米,几十文钱一担煤,这是别省所无的。"我道:"他既然要吃到湖南米,那能这样便宜?"作之道:"那不过青黄不接之时,偶一为之罢了;倘使终岁如此,那就不得了了!"

---

[1] 莺粟——也写做罂粟,植物名。果实里面有乳状白液,是制鸦片烟的原料。

我道："那煤价这等贱,何不运到外省来卖呢?"作之道："说起煤价贱,我却想起一个笑话来:有一位某观察,曾经被当道专折保举过的,说他'留心时务,学贯中西'。他本来是一个通判,因为这一保,就奉旨交部带领引见;引见过后,就奉旨以道员用。他本是四川人,在外头混了几年,便仍旧回到四川去,住在重庆。一天,他忽然打发人到外头煤行里收买煤斤;又在他住宅旁边,租了一片四五十亩大的空地,买了煤来,都堆在那空地上头。不多几天,把重庆的煤价闹贵了,他又专人到各处矿山去买。"我道："他那里有这许多钱? 买那许多煤,又有甚用处呢?"作之道："你不知道,他一面买煤,一面在那里招股呢。"

我道："不知他招甚么股?"作之道："你且莫忙,等我说下去,有笑话呢! 他打发人到四处矿里收买,一连三四个月,也不知收了多少煤,非但重庆煤贵了,便连四处的煤都贵了。在我们中国人,虽然吃了他的亏,也还不懂得去考问他为甚么收那许多煤,内中却惊动起外国人来了。驻扎重庆的外国领事,看得一天天的煤价贵了,便出来查考,知道有这么一位观察在那里收煤,不觉暗暗纳罕,便去拜会重庆道,问起这件事来。谁知重庆道也不晓得。领事道:'被他一个人收得各处的煤都贵了,在我们虽不大要紧,然而各处的穷人未免受他的累了。还求贵道台去问问那位某观察,他收来有甚用处;可以不收,就劝他不要收了,免得穷民受累。'重庆道答应了,等领事去后,便亲自去拜那位某观察,问起这收煤的缘故,并且说起外面煤价昂贵,小民受累的话。某观察却慎重其事的说道:'这是兄弟始创的一个大公司,将来非但富家,并且可以富国。兄弟此刻,非但在这里收煤,还到各处去找寻煤矿,要自己开采煤斤呢。至于小民吃亏受累,只好暂时难为他们几天,到后来我公司开了之后,还他们莫大的便宜。我劝老公祖[1]不妨附点股分进来,这是我们相好的知己话;若是别人,他想来入股,兄弟还不答应,留着等自己相好来呢。'重庆道道:'说了半天,到底是甚么公司?甚么事业?'那位观察道:'这是一个提煤油的公司。大凡人家点洋灯用的煤油,都是外国来的,运到川里来,要卖到七十多文一斤。我到外国去办了机器来,在煤里面提取煤油,每一百斤煤,最少要提到五十斤油。我此刻收煤,最贵的是三百文一担,三百文作二钱五分银子算,可以提出五十斤油;趸卖出去,算他四十文一斤,这四十文算他三分二厘银子。照这样算起来:二钱五分银子的本钱,要卖到一两六钱银子,便是赚了一两三钱五分,每担油要赚到二两七钱。办了上等机器来,每天可以出五千担油,便是每天要赚到一万三千五百两;一年三百六十天,要有到四百八十六万的好处。内中提一百万报效国家,公司里还有三百八十六万。老公祖想想看,这不是富国富家,都在此一举么!所以别人的公司招股分,是各处登告白,散传单,惟恐别人不知;兄弟这个公司,却是惟恐别人知道,以便自己相好的亲戚朋友,多附几股。倘使老公祖不是自己人,兄弟也绝不肯说的。'重庆道听了他一番高论,也莫名其妙,又谈了几句别的话,就别去了。回到衙门里,暗想这等本轻利重的生意,怪

----

〔1〕 老公祖——地方士绅对抚台和藩、臬、道、府的尊称,也叫太公祖。

不得他一向秘而不宣。他今日既然直言相告,不免附他几股,将来和他利益均沾,岂不是好。并且领事那里,也不必和他说穿,因为这等大利所在,外国人每每要来沾手,不如瞒他几时,等公司开了出来,那时候他要沾手也来不及了。定了主意,便先不回领事的信,等那位观察来回拜时,当面订定,附了五千两的股分。某观察收了银子,立刻填给收条,那收条上注明,俟公司开办日,凭条例换股票,每年官息八厘,以收到股银日起息云云。某观察更说了多少天花乱坠的话,说得那重庆道越发入了道儿。那领事来问了几次回信,只推说事忙不曾去问得。俄延了一个多月,那煤越发贵了,领事不能再耐,又亲自去拜重庆道。此时重庆道没得好推挡了,只得从实告诉,说:'是某观察招了股分,集成公司,收买这些煤,是要拿来提取煤油的。'领事愕然道:'甚么煤油?'重庆道道:'就是点洋灯的煤油。'领事听了,希奇的了不得,问道:'不知某观察的这个提油新法,是那一国人,那一个发明的?用的是那一国、那一个厂家的机器?倒要请教请教。'重庆道道:'这个本道也不甚了了。贵领事既然问到这一层,本道再向某观察问明白,或者他的机器没有买定,本道叫他向贵国厂家购买也使得。'领事摇头道:'敝国没有这种厂家,也没有这种机器。还是费心贵道台去问问某观察,是从那一国得来的新法子,好叫本领事也长长见识。'重庆道到了此时,才有点惊讶,问道:'照贵领事那么说,贵国用的煤油,不是在煤里提出来的么?'领事道:'岂但敝国,就是欧、美各国,都没有提油之说。所有的煤油,都是开矿开出来的,煤里面那里提得出油来!'重庆道大惊道:'照那么说,他简直在那里胡闹了!'

领事冷笑道：'本领事久闻这位某观察，是曾经某制军保举过他"留心时务，学贯中西"的，只怕是某观察自己研究出来的，也未可知。'说罢，便辞了去。重庆道便忙忙传伺候，出门去拜某观察。偏偏某观察也拜客去了，重庆道只得留下话来，说有要紧事商量，回来时务必请到我衙门里去谈谈。直到了第二天，某观察才去拜重庆道。重庆道一见了他，也不暇多叙寒暄，便把领事的一番话述了出来。某观察听了，不觉张嘴挢舌。"正是：忽从天外开奇想，要向玄中夺化机。未知他那提煤油的妙法，到底在那里研究出来的，且待下回再记。

第八十二回

紊伦常[1]名分费商量　报涓埃夫妻勤伺候

"某观察听重庆道述了一遍领事的话,不觉目定口呆,做声不得。歇了半晌,才说道:'那里有这个话!这是我在上海,识了一个宁波朋友,名叫时春甫,他告诉我的。他是个老洋行买办,还答应我合做这个生意。他答应购办机器,叫我担认收买煤斤,此时差不多机器要到上海了。我想起来,这是那领事妒忌我们的好生意,要轻轻拿一句话来吓退我们。天下事谈何容易!我来上你这个当!'重庆道道:'话虽如此,阁下也何妨打个电报去问问,也不费甚么。'某观察道:'这个倒使得。'于是某观察别过重庆道,回来打了个电报到上海给时春甫,只说煤斤办妥,叫他速运机器来。去了五六天,不见回电。无奈又去一个电报,并且预付了复电费,也没有回电。这位观察大人急了,便亲自跑到上海,找着了时春甫,问他缘故。春甫道:'这件事,我们当日不过谈天谈起来,彼此并未订立合同,谁叫你冒冒失失就去收起煤斤来呢!'某观察道:'此刻且不问这些话,只问这提煤油的机器,要向那一国定买?'时春甫道:'这个要去问起来看,我也不

---

〔1〕 伦常——封建社会把君臣、父子、夫妇、兄弟、朋友称为五伦,认为五伦间的关系是人伦的常道。

过听得一个广东朋友说得这么一句话罢了。若要知道详细,除非再去找着那个广东人。'某观察便催他去找。找了几天,那广东人早不知到那里去了。后来找着了那广东人的一个朋友,当日也是常在一起的,时春甫向他谈起这件事,细细的考问,方才悟过来,原来当日那广东人正打算在清江开个榨油公司,说的是榨油机器,春甫是宁波人,一边是广东人,彼此言语不通,所以误会了。大凡谈天的人,每每喜欢加些装点,等春甫与某观察谈起这件事时,不免又说得神奇点,以致弄出这一个误会。春甫问得明白,便去回明了某观察。某观察这才后悔不迭,不敢回四川,就在江南地方谋了个差使混起来。好在他是明保过人才的,又是个特旨班道台,督抚没有个看不起的,所以得差使也容易,从此他就在江南一带混住了。"说到这里,客栈里招呼开饭,便彼此走开。

我在宜昌耽搁了十多天,到伯父处去过几次,总是在客堂里或是花厅里坐,从不曾到上房去过;然而上房里总像有内眷声音。前几年在武昌打听,便有人说我伯父带了家眷到了此地,但是一向不曾听说他续弦。此时我来了,他又不叫我进去拜见,我又不便动问,心中十分疑惑。

有一天,我又到公馆里去,只见门房里坐了一个家人,说是老爷和小姐到上海去了。我问道:"是那一个小姐?是几时动身去的?"那家人道:"就是上前年来的刘三小姐;前天动身去的。"我看那家人生得轻佻活动,似是容易探听说话的,一向的疑心,有意在他身上打听打听这件事情,便又问道:"此刻上房里还有谁?"一面说着,一面往里走。那家人跟着进来,一面答应道:"此刻上面卧房都锁着,没有人了,只有家人在这里看家。"我走到花厅里坐下,那家人送上一碗茶。我又问道:"这刘三小姐,到底是个甚么人?在这里住了几年?你总该知道。"那家人看了我一眼,歇了一歇道:"怎的侄少爷不知道?"我道:"我一向在家乡没有出来,这里老爷我是不常见的,怎能知道。"那家人道:"三小姐就是舅老爷的女儿。"我道:"这更奇了!怎么又闹出个舅老爷来呢?"那家人道:"那么说,侄少爷是不知道的了。舅老爷是亲的是疏的,家人也不得而知,一向在上海的,想是侄少爷向未见过。"我听了更觉诧异,我向在上海,何以不知道有这一门亲戚呢。因答他道:"我可是未见过。"那家人道:"上前年老爷在上海玩了大半年,天天和舅老爷一起。"我道:"你且不要说这些,舅老爷住在上海那里?是做甚么事的?"那家人道:"那时候家人跟在老爷身边伺候,舅老爷公馆是常去的,在城里叫个甚么家弄,却记不清楚了,那时候正当着甚么衙门的帮审差呢。"

我回头细细一想,才知道这个人是自己亲戚,却是伯父向来没有对我说过,所以一向也没有往来,直到今日方知,真是奇事。因又问道:"那三小姐跟老爷到这里来做甚么?这里又没个太太招呼。"那家人道:"这个家人不知道,也不便说。"我道:"这有甚么要紧!你说了,我又不和你搬弄是非。"那家人道:"为甚么要来,家人也不知道。只是来的时候,三小姐舍不得父母,哭得泪人儿一般。他家还有一个极忠心的家人叫胡安,送三小姐到船上,一直抽抽咽咽的背着人哭;

第八十二回　萦伦常名分费商量　报涓埃夫妻勤伺候　775

直等船开了,他还不曾上岸,只得把他载到镇江,才打发他上岸,等下水船回上海去的。"我听了不觉十分纳闷,怎么说了半天,都是些不痛不痒的话,内中不知到底有甚么缘故。因又问道:"那三小姐到这里,不过跟亲戚来玩玩罢了,怎么一住两三年呢? 又没有太太招呼。"那家人道:"这个家人不知道。"我道:"这两三年当中,我不信老爷可以招呼得过来。就是用了老妈子,也怕不便当。"那家人听了,默默无言。

我道:"你好好的说了,我赏你。这是我问我自己家里的事,你说给我,又不是说给外人去,怕甚么呢。"那家人嗫嚅了半晌道:"三小姐到了这里,不到三个月,便生下个孩子。"我听了,不禁吃了一大惊,脑袋上轰的一声响了,两个脸蛋登时热了,出了一身冷汗。嘴里不觉说道:"吓!"忽又回想了一想道:"原来是已经出嫁的。"那家人笑道:"这回老爷送他回上海才是出嫁呢,听说嫁的还是山东方抚台的本家兄弟。"我听了,心中又不觉烦燥起来,问道:"那生的孩子呢? 此刻可还在?"那家人道:"生下来,就送到育婴堂去了。"我道:"以后怎么耽搁住了还不走?"那家人道:"这个家人那里得知。但知道舅老爷屡次有信来催回去,老爷总是留住。这回是有了两个电报来,说男家那边迎娶的日子近了,这才走的。"我道:"那三小姐在这里住得惯?"那家人想了一想,无端给我请了一个安道:"家人已经嘴快,把上项事情都说了,求少爷千万不要给老爷说!"我笑道:"我说这些做甚么! 我们家里的规矩严,就连正经话常常也来不及说,还说得到这个吗。"那家人道:"起先三小姐从生下孩子之后,不到一个月,就闹着要走,老爷只管留着不放,三小姐闹得个无了无休。有一天,好好的同桌吃饭,偶然说起要走,不知怎样闹起来,三小姐连饭碗都摔了,哭了整整一天;后来不知怎样,又无端的恼了一天,闹了一天;自从这天之后,便平静了,绝不哭闹了。家人们纳罕,私下向上房老妈子打听,才知道接了舅老爷的信,说胡安嫌工钱不够用,屡次告退,已经荐了他到甚么轮船去做帐房了。三小姐见了这封信,起先哭闹,后来就好了。"我听了这两句话,又是如芒在背,坐立不安。在身边取出两张钱票子,给了那家人,便走了。

一路走回兴隆栈,当头遇了丁作之,不觉心中又是一动,好像他知道我亲戚有这桩丑事的一般,十分难过。回头想定了,才觉着他是不知道的,心下始安。作之问我道:"今天晚上彝陵船开,我已经写定了船票,我们要下次会了。"我想了一想,此处虽是开了口岸,人家十分俭朴,没有甚么可销流的货物;至于这里的货物,只有木料、药材是办得的,然而若与在川里办的比较起来,又不及人家了。所以决意不在这里开号了,不如和作之做伴,先回汉口再说罢。定了主意,便告诉了作之,叫帐房写了船票,收拾行李,当夜用划子划到了彝陵船上,拣了一个地方,开了铺盖。

刚刚收拾停当,忽然我伯父的家人走在旁边,叫了我一声,说道:"少爷动身了。"我道:"你来作甚么?"那家人道:"送党老爷下船,因为老爷有两件行李,托党老爷带到南京的。"我心中暗想:既然送甚么小姐到上海,为甚又带行李到南京去呢?真是行踪诡秘,令人莫测了。那家人又道:"方才少爷走了,家人想起来,舅老爷此刻不住在城里,已经搬到新闻长庆里去了。"我点了点头。那家人便走到那边去招呼一个搭客。原来这彝陵船没有房舱,一律是统舱,所以同舱之人,彼此都可以望见的。我看着那家人所招呼的,谅来就是姓党的了,默默的记在心里。歇了一会,那家人又走过来,我问他道:"你对党老爷可曾说起我在这里?"那家人道:"不曾说起。少爷可要拜他?家人去回一声。"我道:"不要,不要。你并且不要提起我。"那家人答应了,站了一会,自去了。

半夜时,启轮动身。一宿无话。次日起来,觉得异常闷气,那一种鸦片烟的焦臭味,扑鼻而来,十分难受。原来同舱的搭客,除了我一个之外,竟是没有一个不吃烟的。我熬不住,便终日走到舱面上去眺望;舱里的人也有出来抒气的。到了下午时候,只见那姓党的也在舱面上站着,手里拿了一根水烟袋,一面吸烟,一面和一个人说话,说的是满嘴京腔。其时我手里也拿着烟袋,因想了一个主意,走到他身边,和他借火,乘势操了京话,和他问答起来。才知道他号叫不群,是一个湖北候补巡检,分到宜昌府差委的。我便和他七拉八扯的先谈起来。喜得他谈锋极好,和他谈谈,倒大可以解闷。

过了一天,船已过了沙市,我和他谈得更熟了,我便作为无意中问起来,说道:"你仨在宜昌多年,可认得一位敝本家号叫子仁的?"党不群道:"你们可是一家?"我道:"不,同姓罢了。"不群道:"这回可见着他?"我道:"没见着呢。我去找他,他已经动身往上海去了。"不群道:"你们向来是相识的?"我道:"从先有过一笔交易,赶后来结帐的时候,有一点儿找零没弄清楚,所以这回顺便的看看他,其实没甚么大不了的事情。"不群道："你仍再过两个月，到南京大香炉陈家打听他，就打听着了。"我道："他住在那边么？"不群道："不，他下月续弦，娶的是陈府上的姑娘。"我听了这话，不觉心下十分怀疑，因问道："他既然到南京续娶，为甚又到上海去呢？"不群笑道："他这一门亲已经定了三四年了，被他的情人盘踞住他，不能迎娶。他这回送他情人到上海去了，回来就到南京娶亲。"我听了这话，心里兀的一跳，又问道："这情人是谁？为甚老远的要送到上海去？"不群道："他情人本是住在上海的，自然要送回上海去。"我道："是个甚么样人？"不群道："这个不便说他了。"我听了这话，也不便细问，也不必细问了。忽然不群仰着面，哈哈的笑了两声，自言自语道："料不到如今晚儿，人伦上都有升迁的，好好的一个大舅子，升做了丈人！"我听了这话，也不去细问，胡乱谈了些别的话，敷衍过去。不一天，船到了汉口，各自登岸。我自到号里去，也不问党不群的下落了。

我到了号里之后，照例料理了几条帐目。歇了两天，管事的吴作猷，便要置酒为我接风。这吴作猷是继之的本家叔父，一向在家乡经商，因为继之的意思，要将自己所开各号，都要用自己人经管，所以邀了出来，派在汉口，已经有了两年了。当下作猷约定明日下午在一品香请我。我道："这又何必呢，我是常常往来的。"作猷道："明日一则是吃酒，二来是看迎亲的灯船，所以我预早就定了靠江边的一个座儿，我们只当是看灯船罢了。"我道："是甚么人迎亲？有多少灯船，也值得这么一看？"作猷道："阔得很呢！是现任的镇台娶现任的抚台的小姐。"我道:"是甚么镇台娶甚么抚台的小姐,值得那么热闹?"作獻道:"是郧阳镇娶本省抚台的小姐,还不阔么!"我摇头道:"我于这里官场踪迹都不甚了了,要就你告诉我,我才明白呢。"作獻道:"你不厌烦,我就一一告诉你。"我道:"你有本事说他十天十夜,我总不厌烦就是了。"

作獻道:"如此,我就说起来罢。这一位郧阳总镇姓朱,名叫阿狗,是福建人氏。那年有一位京官新放了福建巡抚,是姓侯的。这位侯中丞是北边人,本有北边的嗜好;到了福建,闻说福建恰有此风,那真是投其所好了。及至到任之后,却为官体所拘,不能放恣,因此心中闷闷不乐。到任半年之后,忽然他签押房里所糊的花纸霉坏了,便叫人重裱;叫了两个裱糊匠来,裱了两天,方才裱得妥当。到了第二天下午,两个裱糊匠走了,只留下一个学徒在那里收拾家伙。这位侯中丞进来察看,只见那学徒生得眉清目秀,唇红齿白,不觉动了怜惜之心。因问他:'姓甚名谁?有几岁了?'那学徒说道:'小人姓朱,名叫阿狗,人家都叫小的做朱狗,今年十三岁。'侯中丞见他说话伶俐,更觉喜欢。又问他道:'你在那裱糊店里,赚几个钱一月?'朱狗道:'不瞒大人说:小的们学生意是没有工钱的。到了年下,师傅喜欢,便给几百文鞋袜钱;若是不喜欢,一文也没有呢。'侯中丞眉花眼笑的道:'既是这么样,你何苦去当徒弟呢?'朱狗笑道:'大人不知道,我们穷人家都是如此。'侯中丞道:'我不信穷人家都是如此,我却叫你不如此。你不要当这学徒了,就在这里伺候我。我给你的工钱,总比师傅的鞋袜钱好看些。'那朱狗真是福至心灵,听了这话,连忙扒在地下,咯嘣咯嘣的磕了三个响头,说道:'谢大人恩典!'侯中丞大喜,便叫人带他去剃头,打辫,洗澡,换衣服。一会儿,他整个人便变了样子,穿了一身时式衣服,剃光了头,打了一条油松辫子,越显得光华夺目。侯中丞益发欢喜,把他留在身边伺候。坐下时,叫他装烟;躺下时,叫他捶腿。一边是福建人的惯家,一边是北直人的风尚,其中的事情,就有许多不堪闻问的了。两个的恩爱,日益加深。侯中丞便借端代他开了个保举,和他改了姓侯名虎,弄了一个外委把总[1],从此他就叫侯虎了。侯中丞把他派了辖下一个武巡捕的差使,在福建着实弄了几文。后来侯中丞调任广东,带了他去,又委他署了一任西关千总[2],因此更发了财。但只可怜他白天虽然出来当差做官,晚上依然要进去伺候。侯中丞念他一点忠心,便把一名鸦头指给他做老婆。侯虎却不敢怠慢,备了三书六礼[3],迎娶过来。夫妻两个,饮水思源,却还是常常进去伺候,所以侯中丞也一时少不了他夫妻两个。前两年升了两湖总督,仍然把他奏调过来。他一连

---

〔1〕 外委把总——额外的把总,职权和把总相同,但薪饷少一些。

〔2〕 西关千总——千总,清朝下级武官,约等于后来的中尉。西关,当时广州最繁华的地区,有钱的人都住在那里,因而驻在西关负治安责任的千总,是一个额外非法收入很多的肥缺。

〔3〕 三书六礼——六礼,指纳采(派人送女家礼物,表示采择之意)、问名(问女方的姓名以卜吉凶)、纳吉(卜得吉兆后,派人往告女家,决定婚事)、纳征(派人送女家礼物,以成婚礼)、请期(选定结婚吉日,往告女家;作为向女家请期,是表示客气)、亲迎(结婚日,由新婿到女家亲迎新妇),都是封建婚礼中男家应具的手续。纳采、纳征、亲迎时,男家都具备礼物,以书面致送女家,叫做三书。

几年，连捐带保的，弄到了一个总兵。侯制军爱他忠心，便代他设法补了郧阳镇；他却不去到任，仍旧跟着侯制军统带戈什哈。"正是：改头换面夸奇遇，浃髓沦肌[1]感大恩。未知后事如何，且听下回再记。

---

[1] 浃髓沦肌——感激入骨的意思。这里指总督的男宠，所以是含有讽刺意味的双关语。

第八十三回

误联婚家庭闹意见　施诡计幕客逞机谋

"这一位侯总镇的太太,身子本不甚好,加以日夕随了总镇伺候制军,不觉积劳成疾,呜呼哀哉了。侯总镇自是伤心。那侯制军虽然未曾亲临吊奠,却也落了不少的眼泪。到此刻只怕有了一年多了,侯总镇却也伉俪情深,一向不肯续娶。倒是侯制军屡次劝他,他却是说到续娶的话,并不赞一词,只有垂泪。侯制军也说他是个情种。一天,武昌各官在黄鹤楼宴会,侯制军偶然说起侯总镇的情景来,又说道:'看不出这么一个赳赳武夫,倒是一个旖旎多情的男子!'其时巡抚言中丞也在坐。这位言中丞的科第却出在侯制军门下,一向十分敬服,十分恭顺的。此时虽是同城督抚,礼当平行,言中丞却是除了咨〔1〕移公事外,仍旧执他的弟子礼。一向知道侯总镇是老师的心腹人,向来对于侯总镇也十分另眼。此时被了两杯酒,巴结老师的心,格外勃勃,听了制军这句话,便道:'师帅赏拔的人,自然是出色的。门生有个息女〔2〕,生得虽不十分怎样,却还略知大义,意思想

---
〔1〕 咨——同一系统、彼此平等的官署往来用的公文。
〔2〕 息女——亲生女儿。

仰攀这门亲,不知师帅可肯作伐[1]?'此时侯总镇正在侯制军后面伺候,侯制军便呵呵大笑,回头叫侯总镇道:'虎儿,还不过来谢过丈人么!'侯总镇连忙过来,对着言中丞恭恭敬敬叩下头去。言中丞眉花眼笑的还了半礼。侯总镇又向侯制军叩谢过了,仍到后面去伺候。侯制军道:'你此刻是大中丞的门婿了,怎么还在这里伺候?你去罢。'侯总镇一面答应着,却只不动身,俄延到散了席,仍然伺候侯制军到衙门里去,请示制军,应该如何行聘。侯制军道:'这个自然不能过于俭啬,你自己斟酌就是了。'侯总镇欢欢喜喜的回到公馆里,已是车马盈门了。原来当席定亲一节,早已哄传开去。官场中的人物,没有半个不是势利鬼,侯总镇向来是制军言听计从的心腹,此刻又做了中丞门下新婿,那一个不想巴结!所以阖城文武印委[2]各员,都纷纷前来道贺;就是藩臬两司,也亲到投片,由家丁挡过驾;有几个相识的,便都列坐在花厅上,专等面贺。侯总镇入得门来,招呼不迭,一个个纷纷道喜,侯总镇一一招呼让坐送茶。送去了一班,又来了一班,倒把个侯总镇闹乏了。忽然一个戈什哈,捧了一角文书,进来献上。总镇接在手里,便叫家人请赵师爷来。一会儿,赵师爷出来了,不免先向众客相见,然后总镇递给他文书看。赵师爷拆去文书套,抽出来一看,不觉满脸堆下笑来,对着总镇深深一揖道:'恭喜大

---

[1] 作伐——《诗经》有"伐柯如何?匪斧不克;取妻如何?匪媒不得"这两句,后来就以伐柯、作伐为做媒的代词。
[2] 印委——印,指正印官员,如知府、知县;委,指差委官员,如总办、提调。

人！贺喜大人！又高升了！督帅札委了大人做督标统领呢。'于是众客一齐站起来，又是一番足恭[1]道喜；一个个嘴里都说道：'这才是双喜临门呢！'总镇也自扬扬得意。送过众客，便骑上了马，上院谢委。吩咐家丁，凡来道喜的，都一律挡驾。自家到得督辕，见了制军，便叩头谢委。制军笑道：'这算是我送给你的一份贺礼，倒反劳动你了。'总镇道：'恩帅的恩典，就和天地父母一般，真正不知做几世狗马，才报得尽！奴才只有天天多烧几炉香，叩祝恩帅长春不老罢了。'候制军道：'罢了！你这点孝心，我久已生受你的了。你赶紧回去，打点行聘接差的事罢。'总镇又请了个安，谢过了恩帅，然后出辕上马，回到公馆。不料仍然是车马盈门的，几乎挤拥不开，原来是督标各营的管带、帮带[2]，以及各营官等，都来参谒。总镇下马，入得门来，各人已是分列两行，垂手站班。总镇只呵着腰，向两面点点头，吩咐改天再见。径自到书房里，和赵师爷商量，择日行聘去了。只苦了言中丞，席散之后，回到衙门，进入内室，被言夫人劈头唾了几口，吓得言中丞酒也醒了。原来席间订婚之事，早被家人们回来报知，这也是小人们讨好的意思。谁知言夫人听了，便怒不可压，气的一言不发，直等到中丞回来，方才一连唾了他几口。言中丞愕然道：'夫人为何如此？'言夫人怒道：'女儿虽是姓言，却是我生下来的，须知并不是你一个人的女儿；是关着女儿的，无论甚么事，也应该和我商量商量，何况他的终身大事！你便老贱不拣人家，我的女儿虽是生得十

------

[1] 足恭——过分谦恭谄媚的样子。
[2] 帮带——管带的副职，约等于后来的副营长。

分丑陋,也不至于给兔崽子做老婆!更不至于去填那臭鸦头的房!你为甚便轻轻的把女儿许了这种人?须知儿女大事,我也要做一半主;你此刻就轻轻许了,我看你怎样对他的一辈子!'一席话,骂得言中丞嘿嘿无言。半响方才说道:'许也许了,此刻悔也悔不过来;况且又是师帅做的媒,你叫我怎样推托!'言夫人啐道:'你师帅叫你吃屎,你为甚不吃给他看!幸而你的师帅做个媒人,不过叫女儿嫁个兔崽子;倘使你师帅叫你女儿当娼去,你也情愿做老乌龟,拿着绿帽子往自己头上去磕了!'说话时,又听得那位小姐在房里嘤嘤啜泣。言夫人叹了一口气,说声'作孽',便自到房里去了。言中丞此时失了主意,从此夫妻反目。过得两天,营务处总办陆观察来上辕,禀知奉了督帅之命,代侯总镇作伐,已定于某日行聘。言中丞只得也请了本辕文案洪太守做女媒。一面到里面来告诉言夫人说:'你闹了这几天,也就够了。此刻人家行聘日子都定了,你也应该预备点。'言夫人道:'我早就预备好了,每一个鸦头、老妈子都派一根棒,来了便打出去!'言中丞道:'夫人,你这又何苦!生米已成了熟饭了。'言夫人道:'谁管你的饭熟不熟,我的女儿是不嫁他的!你给我闹很了,我便定了两条主意。'言中丞道:'事情已经如此了,还有甚么主意?'言夫人道:'等你们有了迎娶的日子,我带了女儿回家乡去;不啊,我就到你那甚么师帅的地方去和他评理,问他强逼人家婚嫁,在《大清律例》[1]那一条上?'言中丞听了,

---

[1]《大清律例》——律,法律条文。例,从前判决的罪例,经过最高行政、司法部门核准公布的。凡是法律条文里没有明确根据的案件,可以就其性质、情况,在不违反律的原则下,比照已定的罪例来判案。《大清律例》是清政府把法律条文和皇帝核准过的罪例汇编而成的一部书,以为官员判案时的根据。

暗暗吃了一惊,他果然闹到师帅那边,如何是好呢。一时没了主意,因为是家事,又不便和外人商量。身边有一个四姨太太,生来最有机警,便去和四姨太太商量。四姨太太道:'太太既然这么执性,也不可不防备着。回家乡啊,见师帅啊,这倒是第二着;他说聘礼来了要打出去一层,倒是最要紧。并且没有几天了,回盘[1]东西,一点也没预备,也得要张罗起来。'言中丞道:'我给他闹的没了主意了,你替我想想罢。'四姨太太道:'别的都好打算,只有那回盘礼物,要上紧的办起来。'言中丞道:'你就叫人去办罢。一切都从丰点,不要叫人家笑寒尘。要钱用,打发人到帐房里去要。'四姨太太道:'办了来,都放在那里?叫太太看见了,又生出气来。'言中丞道:'罢了!我就拨了外书房给你办这件事罢。我自到花厅里设个外书房。'四姨太太道:'这么说,到了行聘那天也不必惊动上房罢,都在外书房办事就完了。'言中丞点头答应。于是四姨太太登时忙起来。倒也亏他,一切都办的妥妥当当。到了行聘的前一天,一一请言中丞过目;叫书启老夫子写了礼单、礼书,一切都安排好了。到了这天,竟是瞒着上房办起事来,总算没闹笑话。侯家送过去的聘礼,也暂时归四姨太太收贮。不料事机不密,到了下晚时候,被言夫人知道了,叫人请了言中丞来大闹;闹得中丞没了法子,便赌着气道:'算了!我明日就退了他的聘礼,留着这女孩子老死在你身边罢!'言夫人得了这

----

[1] 回盘——封建婚姻,男家向女家致送聘礼,女家也要回礼,把礼物放在托盘、抬盒里,叫做回盘。

句话,方才罢休。这一夜,言中丞便和四姨太太商量,有甚法子可以挽回。两个人商量了一夜,仍是没有主意。次日言中丞见了洪太守,便和他商量。原来洪太守是言中丞的心腹,向来总办本辕文案,这回小姐的媒人是叫他做的,所以言中丞将一切细情告诉了他,请他想个主意。洪太守想了半天道:'这件事只有劝转宪太太之一法,除此之外,实在没有主意。'言中丞无奈,也只得按住脾气,随时解劝。无奈这位言夫人,一听到这件事便闹起来,任是甚么说话都说不上去。足足闹了一个多月,绝无转机。偏偏侯制军要凑高兴,催着侯统领(委了督标统领,故改称统领也)早日完娶。侯统领便择了日子,央陆观察送过去。言中丞见时机已迫,没了法,又和洪太守商量了几天,总议不出一个办法。洪太守道:'或者请少爷向宪太太处求情,母子之间,或可以说得拢。'言中丞道:'不要说起!大小儿、二小儿都不在身边,这是你知道的;只有三小儿在这里,这孩子不大怕我,倒是怕娘,娘跟前他那里敢哼一个字!'洪太守道:'这就真真难了!'大家对想了一回,仍是四目相看,无可为计。须知这是一件秘密之事,不能同大众商量的,只有知己的一两个人可以说得,所以总想不出一条妙计。到后来洪太守道:'卑府实在想不出法子,除非请了陆道来,和他商量。他素来有鬼神不测之机,巧夺造化之妙,和他商量,必有法子。但是这个人很贪,无论何人求他设一个法子,他总先要讲价钱。前回侯制军被言官[1]参了一本,有旨交他明白回奏。文案上各委

---

〔1〕 言官——谏官,包括御史和给事中。

员拟的奏稿都不洽意,后来请他起了个稿。他也托人对制军说:"一分钱,一分货,甚么价钱是甚么货色。"侯制军甚是恼他放恣;然而用人之际,无可奈何,送了他一千银子。本打算得了他的稿子之后,借别样事情参了他;谁知他的稿子送上去,侯制军看了,果然是好,又动了怜才之念,倒反信用他起来。'言中丞道:'果然他有好法子,说不得破费点也不能吝惜的了。但是商量这件事,兄弟当面不好说,还是老哥去拜他一次,和他商议,就是他有点贪念,也可以转圜;若是兄弟当了面,他倒不好说了。'洪太守依言,便去拜陆观察。你道那陆观察有甚么鬼神不测之机,巧夺造化之妙?原来他是一个江南不第秀才[1],捐了个二百五的同知[2],在外面瞎混。头一件精明的是打得一手好麻雀牌,大家同是十三张牌,他却有本事拿了十六张,就连坐在他后面观局的人,也看他不穿的。这是他天字第一号的本事!前两年北洋那边有一位叶军门[3],请了他做文案。恰好为了朝鲜的事,中日失和,叶军门奉调带兵驻扎平壤。后来日本兵到了,把平壤围住;围虽围了,其时军饷尚足,倘能守待外援,未尝不可以一战。这位陆观察却对叶军门说得日本兵怎生利害,不难杀得我们片甲不留,那时军门的处分怎生担得起!说得叶军门害怕了,求他设法。他便说:'好在平壤不是朝廷土地,纵然失了,也没甚大处分。不如把

---

[1] 不第秀才——没有考取举人的秀才。
[2] 二百五的同知——当时捐一个同知的虚衔,大约要二百五十两银子左右。二百五,又是骂人的话,含有糊涂无知的意思。所以在这里是讥诮的双关语。
[3] 叶军门——指叶志超。

平壤让与日本人,还可以全军退出,不伤士卒,保全军饷。'叶军门道:'但是怎样对上头说呢?'陆观察道:'对上头只报一个败仗罢了。打了败仗,还能保全士卒,不失军火,总没甚大处分,较之全军覆没总好得多。'叶军门被他说得没了主意。大约总是恋禄固位,贪生怕死之心太重了,不然,就和日本见一仗,胜败尚未可知;就是果然全军覆没,连自己也死了,乐得谥法上坐一个忠字[1],何致上这种小人的当呢。当时叶军门被生死荣辱关头吓住了,便说道:'但是怎生使得日本兵退呢?'陆观察道:'这有何难!只要军门写一封信给日本的兵官,求他让我们一条出路,把平壤送给他。他不费一枪一弹得了平壤,还可以回去报捷,何乐不为呢。'叶军门道:'既如此,就请你写一封信去罢。'陆观察道:'这个是军务大事,别人如何好代,必要军门亲笔的。'叶军门道:'我如何会写字!'陆观察道:'等我写好一张样子,军门照着写就是了。'叶军门无奈,只得依他。他便用八行书,写了两张纸:起头无非是几句恭维话;中间说了几句卑污苟贱,摇尾乞怜的话;落后便叙明求退开一路,让我兵士走出,保全性命,情愿将平壤奉送的话。叶军门便也拿了纸,蒙在他的信上写起来,犹如小孩子写仿影[2]一般。可怜叶军门是拿长矛子出身的,就是近日的洋枪

------

[1] 谥法上坐一个忠字——有名望、有地位的人死后,由政府或私人赠给他一个称号,叫做谥号。谥号的字眼,要根据死者生平的行为来决定,有种种条件,这些条件,叫做谥法。清朝制度:凡是因作战而死的臣子,政府给予他两个字的谥号,上面一个字一定要用一个忠字。

[2] 仿影——儿童初学写字,把纸蒙在字帖上照着笔划写,叫做仿影。

也还勉强拿得来,此刻叫他拿起一枝绝没分量的笔向纸上去写字,他就犹如拿了几百斤东西一般,撇也撇不开,捺也捺不下,不是画粗了,便是竖细了;好容易捱了起来,画过押,放下笔,觉得手也颤了。陆观察拿过来仔细看过一遍,忽然说道:'不好,不好!中间落了一句要紧话不曾写上,还得另写一封。'叶军门道:'算了罢!我写不动了!'陆观察道:'这封信去,他不肯退兵,依然要再写的,不如此刻添上一两句写的爽快。'叶军门万分没法,由得他再写一通,照样又去描了一遍。签过押之后,非但是手颤,简直腰也酸了,腿也痛了,两面肩膀,就和拉弓拉伤一般。放下了笔,便向炕上一躺道:'再要不对,是要了我命了!'陆观察道:'对了,对了,不必再写了。可要发了去罢?'叶军门道:'请你发一发罢。'陆观察便拿去加了封,标了封面,糊了口,叫一个兵卒拿去日本营投递。日本兵官接到了这封信,还以为支那人来投战书呢;及至拆开一看,原来如此,不觉好笑。说道:'也罢!我也体上天好生之德,不打你们,就照来书行事罢。'那投书人回去报知,叶军门就下令准备动身。到了次日,日本兵果然让开一条大路,叶军门一马当先,领了全军,排齐了队伍,浩浩荡荡,离开平壤,退到三十里之外,扎下行营。一面捏了败仗情形,分电京、津各处。此时到处沸沸扬扬,都传说平壤打了败仗,那里知道其中是这么一件事。当夜夜静时,陆观察便到叶军门行帐[1]里辞行,说道:'兵凶战危,我实在不敢在这里伺候军门了。求军门借给我五万银子盘

---

[1] 行帐——高级武官在外的驻所。

费。'叶军门惊道:'盘费那里用得许多!'陆观察道:'盘费数目本来没有一定,送多送少,看各人的交情罢了。'叶军门道:'我那里有许多银子送人!'陆观察道:'军门牛庄、天津、烟台各处都有寄顿,怎说没有。'叶军门是个武夫,听到此处,不觉大怒道:'我有我的钱,为甚要送给你!'陆观察道:'送不送本由军门,我不过这么一问罢了,何必动怒。'说罢,在怀里取出叶军门昨天亲笔所写那第二封信来。原来他第二封信,加了'久思归化[1],惜乏机缘'两句,可怜叶军门不识字,就是模糊影响认得几个,也不解字义,糊里糊涂照样描了。他却仍把第一封信发了,留下这第二封,此时拿出来逐句解给叶军门听。解说已毕,仍旧揣在怀里,说道:'有了五万银子,我便到外国游历一趟;没有五万银子,我便就近点到北京玩玩,顺便拿这封信出个首,也不无小补。'说罢起身告辞。吓得叶军门连忙拦住。"正是:最是小人难与伍,从来大盗不操戈[2]。未知叶军门到底如何对付他,且待下回再记。

---

[1] 归化——甲国人民改入乙国籍贯叫做归化,这里指投降。
[2] 最是小人难与伍,从来大盗不操戈——伍,在一起。大盗不操戈,意思是小强盗才明火执仗的去行劫,大强盗用不着拿武器就能进行劫夺。这里是指:陆观察是一个阴险小人,难以和他交朋友,他杀人是不用刀子的。

第八十四回

接木移花鸦鬟充小姐　弄巧成拙牯岭属他人

"这件事,到底被他诈了三万银子,方才把那封信取回。然而叶军门到底不免于罪。他却拿了三万银子到京里去,用了几吊,弄了一个道台,居然观察大人了。有人知道他这件事,就说他足智多谋,有鬼神不测之机。当日洪太守奉了言中丞之命,专诚到营务处去拜陆观察,闲闲的说起儿女姻亲的事情来,又慢慢的说到侯、言两家一段姻缘,一说即合,我两个倒做了个现成媒人。说笑一番,方才渐渐露出言夫人不满意这头亲事的意思。陆观察道:'这个大约嫌他是个武官,等将来过了门,见了新婚的丰采,自然就没有话说了。'洪太守道:'不呢!听说这位宪太太,竟有誓死不放女儿嫁人家填房之说。这位抚帅是个惧内的,急得没有法子,跑来和我商量。'陆观察道:'既是那么着,总不是一天的说话,为甚么不早点说,还受他的聘呢?'洪太守道:'这亲事当日席上一言为定的,怎么能够不受聘。'陆观察笑道:'本来当日定亲的地方不好,跑到那"黄鹤一去不复返"[1]的去处定个亲,此刻闹得新娘变了黄鹤了,为之奈何!'洪太守道:'我们虽是他们请出来的现成

---

〔1〕 "黄鹤一去不复返"——唐崔颢《黄鹤楼》诗,有"昔人已乘黄鹤去,此地空馀黄鹤楼;黄鹤一去不复返,白云千载空悠悠"的句子。

货,却也担着个媒人名色,将来怕不免费手脚代他们调停呢。'陆观察道:'说是督帅的意思,只怕言夫人也不好过于怎样。'洪太守道:'当日的情形,登时就有人报到内署,明明是抚帅自己先说起的,怎样能够赖到督帅身上;何况言夫人还说过,要到督帅那边,问为甚要把我女儿许做人家填房呢。'陆观察道:'这就难了!据阁下这么说,言夫人的意思,竟是不能挽回的了?'洪太守道:'果然不能挽回。请教有甚妙策?'陆观察道:'这又何难!拣一个有点姿色的鸦头,替了小姐就是了。'洪太守道:'这个如何使得!万一闹穿了,非但侯统领那边下不去,就是督帅那边也难为情。'嘴里虽这么说,心里却暗暗佩服他的妙计;但是此计是他说出来的,不免要拉他做了一党,方才妥当。陆观察道:'除此之外,再没有别的法子。除非抚帅的姨太太连夜再生一位小姐下来,然而也来不及长大啊。'洪太守一面低头寻思,有甚妙策可以拉他做同党。陆观察也在那里默默无言,肚子里不知打算些甚么。歇了好一会,忽然说道:'法子便有一个,只是我也要破费点,代人家设法,未免犯不着。'洪太守道:'是甚么妙计?倘是面面周到的,破费一层,倒好商量。'陆观察又沉吟了一会道:'兄弟有个小女,今年十八岁,叫他去拜在抚帅膝下做个女儿,代了小姐,岂不是好。'洪太守大喜道:'得观察如此,是好极的了!'陆观察道:'但是如此一来,我把小女白白送掉了,将来亲戚也认不得一门。'洪太守道:'这个倒不必过虑。令千金果然拜在抚帅膝下,对人家说,只说是抚帅小姐,却是观察的干女儿,将来不是一样的往来么。'陆观察道:'我赔了小女不要紧,虽说是妆奁一切都有抚帅办理,然而我做老子的不能一点东西不给他。近年来这营务处的差使,是有名无实的,想阁下也都知道。'洪太守道:'这个更不必过虑。要代令千金添置东西,大约要用多少,抚帅那边尽可以先送过来。'陆观察道:'这是我们知己之谈,我并不是卖女儿,这一两吊银子的东西是要给他的。'洪太守道:'这都好商量。但不知尊夫人肯不肯?'陆观察道:'内人总好商量,大约不至于像言宪太太那么利害。'洪太守道:'那么兄弟就去回抚帅照办就是了。'说罢,辞了回去,一五一十的照回了言中丞。中丞正在万分为难之际,得了这个解纷之法,如何不答应。一面进去告诉言夫人,说:'现在营务处陆道的闺女,要来拜在夫人膝下,将来侯家那门亲,就叫他去对,夫人可以不必恼了。'言夫人道:'甚么浪蹄子,肯替人家嫁!肯嫁给兔崽子,有甚么好东西!我没那么大的福气,认不得那么个好女儿!你干,你们干去,叫他别来见我!'言中丞碰了这个钉子,默默无言。只得又去和洪太守商量。洪太守道:'既然宪太太不愿意,就拜在姨太太膝下,也是一样。'言中丞道:'但不知陆道怎样?'洪太守道:'据卑府看,陆道这个人,只要有了钱,甚么都办得到的。就不知他家里头怎样,等卑府再去试探他来。'于是又坐了轿子到营务处,谁知陆观察已回公馆去了。原来陆观察送过洪太守之后,便回到公馆,往上房转了一转,望着大鸦头碧莲丢了个眼色,便往书房里去。原来陆观察除正室夫人之外,也有两房姨太太。这碧莲是个大鸦头,已经十八岁了,陆观察最是宠爱他,已经和他鬼混得不少,就差没有光明正大的收房[1]。这天看见陆观察向他使眼

---

〔1〕 收房——把鸦头收做姨太太。

色,不知又有甚么事,便跟到书房里去。陆观察拉他的手,在身边坐下,说道:'我问你一句话,你可老实答应我。'碧莲道:'有甚么话只管说。'陆观察道:'你到底愿意嫁甚么人?'碧莲伸手把陆观察的胡子一拉,瞟了一眼道:'我还嫁谁!'陆观察道:'我送你到一个好地方去,嫁一个红顶花翎的镇台做正室夫人,可好不好?'碧莲道:'我没有这个福气,你别呕我!'陆观察道:'不是呕你,是一句正经话。'说罢,便把言中丞一节事情,仔细说了一遍。又道:'此刻没了法子,要找一个人做言小姐的替身。我在言中丞跟前,说有个女儿,情愿拜在中丞膝下,替他的小姐,意思就叫你去。'碧莲道:'那么你又要做起我老子来了!'陆观察道:'这个自然。你如果答应了,我和太太说好,即刻就改起口来;不过两三天,就要到抚台衙门里去了。'碧莲道:'你也糊涂了!还当我是个孩子,好充闺女去嫁人?'陆观察道:'你才糊涂!须知你是抚台的小姐,制台做的媒人,他敢怎样!何况他前头的老婆……'说到这里,附着碧莲的耳朵,悄悄的说了两句。碧莲笑道:'原来是个张着眼睛的乌龟!我可不干这个。'陆观察道:'你真是傻子!他又怎敢要你干这个,便是制台也不好意思啊。'碧莲道:'你好会占便宜!开坛的酒,自己喝的不要喝,才拿来送人;还不知道是拿我卖了不是呢。'陆观察道:'我卖你,还要认你做女儿呢!'正说时,家人报洪大人来了。陆观察叫请。又对碧莲道:'这是讨回信的来了,你肯不肯,快说一声,我好答应人家。'碧莲道:'由得你摆弄就是了,我怎敢做主。'陆观察便到客堂里会洪太守。洪太守难于措词,只得把言夫人的情形,及自己的意思说了。陆观察故意沉吟了一会,叹一口气道:'为上司的事情,说不得委屈点也要干的了!'洪太守得了这句话,便去回复言中丞。陆观察便回到上房,对他夫人说知此事。陆太太笑对碧莲道:'这鸦头居然是一品夫人了!'碧莲道:'这是老爷太太的抬举!其实到了别人家去,不能终身伏侍老爷太太,鸦头心里着实难过。求老爷另外叫一个去罢。'说着,流下两点眼泪来。陆太太道:'胡说!难道做鸦头的,应该伏侍主人一辈子的么。'陆观察道:'叫人预备香烛,明天早起,叫他拜拜祖宗,大家改个称呼。言中丞那边,不知几时来接呢。'到了明天,果然点起蜡烛来,碧莲拜过陆氏祖宗,又拜过陆观察夫妻两个,改口叫爹爹妈妈;又向两位姨娘行过礼;然后一众家人、仆妇、鸦头们都来叩见,一律改称小姐。陆观察又悄悄地嘱咐他,到了言家,便是我的亲女,言氏是寄父母;到了侯家,便是言氏亲女,我这边是寄父母。碧莲一一领会。这天下午,洪太守送了二千银子的票子来,顺便说明天来接小姐过去认亲。陆观察有了银子,莫说是认亲,就是断送了,也未尝不可,何况是个鸦头。过了一天,言中丞那边打发了轿子来接,碧莲充了小姐,到抚台衙门里去。原来言中丞被他夫人闹得慌了,索性把四姨太太搬到花园里去住,就在花园里接待干女儿;将来出嫁时,也打算在花园里办事,省得惊动上房。这天碧莲到来,一群鸦头仆妇,早在二门迎着,引到花园里去。四姨太太迎将出来,挽了手,同到堂屋里。抬头看见点着明晃晃的一对大蜡烛,碧莲先向上拜过言氏祖宗,请言中丞出来拜见,又拜了四姨太太,爹爹妈妈叫得十分亲热。又要拜见言夫人,言中丞只推说有病,改日再见罢。又因为喜期不远,叫人去和陆观察说知,留小姐在这边住下。碧莲本来生得伶牙俐齿,最会随机应变,把个言中丞及四姨太太巴结得十分欢喜,赛如亲生女儿一般。鸦头们三三两个的便传说到上房里去。言夫人忽发奇想,叫人到冥器店里定做了一百根哭丧棒[1]。家人们奉命去做,也莫名其妙;便是冥器店里也觉得奇怪,不知是那个有福的人死了,足足一百个儿子。买回来堆在上房里。言中丞过来看见了,问是甚么事弄了这个东西来。言夫人道:'我有用处,你休管我!'言中丞道:'这些不祥之物,怎么凭空堆了一屋子?'喝叫家人:'快拿去烧了!'言夫人怒道:'那个敢动!我预备着要打花轿的!'言中丞道:'夫人!你这个是何苦!此刻不要你的女儿了,你算是事不干己的了,何必苦苦作对呢?'言夫人道:'我这个办法,是代你言氏祖宗争气。女儿的事,是叫我扳住了;偏不死心,那里去弄个浪蹄子来充女儿,是要抬一个兔崽子的女婿,辱到你言氏祖宗!你自己想想,你心里过得去过不去?'言中丞说:'此刻是别姓的女儿了,我只当代人嫁女儿,夫人又何必多管呢。'言夫人道:'他可不要到我衙门里来娶;他踩进我辕门,我便拿哭丧棒打出来!'言中丞知道他不可以理喻的了,因定了个主意,说衙门的方向冲犯了小姐的八字,要另外找房子出嫁。又想到在武昌办事,还怕被夫人侦知去胡闹,索性到汉口来,租了南城公所相近的一处房子,打发几位姨太太及三少爷陪了小姐过来。明日

----

[1] 哭丧棒——封建丧礼中孝子所执的、外糊白纸的棍棒。迷信说法,人要挨了哭丧棒的扑打,就要倒霉的。

是亲迎喜期,拜堂的吉时听说在晚上十二点钟,这边新人也要晚上上轿,所以用了灯船。"

我道:"看灯船是小事,倒是听了这段新闻有趣。但是这件事,外面人都知得这么明亮透彻,难道那侯统领是个聋子瞎子,一点风声都没有么?"作猷道:"你又来了!有了风声便怎样?此刻做官的那一个不是自欺欺人,掩耳盗铃的故智?揭穿了底子,那一个是能见人的?此刻武、汉一带,大家都说是言中丞的小姐嫁郧阳镇台,就大家都知道花轿里面的是个替身,侯统领纵使也明知是个替身,只要言中丞肯认他做女婿,那怕替身的是个鸦头也罢,婊子也罢,都不必论的了。就如那侯统领,那个不知他是个兔崽子?就是他手下所带的兵弁,也没有一个不知他是兔崽子,他自己也明知自己是个兔崽子,并且明知人人知道他是个兔崽子;无奈他的老斗[1]阔,要抬举他做统领,那些兵弁,就只好对他站班唱名了,他自己也就把那回身就抱的旖旎风情藏起来,换一副冠冕堂皇的面目了。说的是侯统领一个,其实如今做官的人,无非与侯统领大同小异罢了。"大家闲谈一回,各自走开。

到了次日下午,作猷约了早点到一品香去眺望江景。到了一品香之后,又写了条子去邀客。我自在露台上凭栏闲眺,颇觉得心胸开豁。等到客齐入席,闹了一回酒,席散时已是七点多钟。忽听得远远一阵鼓乐之声,大家赶到露台看时,只见招商局码头,泊了二三十号

---

[1] 老斗——和相公(男妓)要好,并被倚为靠山的人。

长龙舢舨,船上灯球火把,照耀得如同白日。另外有四五号大船,船上一律的披红挂彩,灯烛辉煌,鼓乐并作,陆续由小火轮拖了开行;就是长龙舢舨,也用了小火轮拖带,船上人并不打桨,只在那里作军乐。一时开到江心,只见旌旗招展,各舢舨上的兵士,不住的燃放鞭炮及高升炮。远远望去,犹如一条火龙一般,果然热闹。直望他到了武昌汉阳门那边停泊了,还望得见灯光闪烁。作猷笑道:"这也算得大观了!"我道:"我来的时候,就看见那些长龙舢舨,停在招商局码头,旗帜格外鲜明。我还以为是甚么大员过境来伺候的,不料却是迎亲之用。然而迎亲用了兵船兵队,似乎不甚相宜。"作猷道:"岂但迎亲,他那边来迎的是督标兵,这边送亲的是抚标兵呢!"我笑道:"自有兵以来,未有遭如是之用者!"作猷道:"在外面如是之用,还不为奇;只怕两个开战时,还要他们摇旗呐喊,遥助声威呢!"说得众人大笑。闲谈一回,各自散了。

我又住了十多天,做了几次无谓的应酬,便到九江去走一次。管事的吴味辛接着,我清查了一向帐目。我因为到了九江好几次,却没有进过城,这天没事,邀了味辛到城里去看看。地方异常龌龊,也与汉口内地差不多。却有一样与他省不同之处:大凡人家住宅房屋,多半是歪的,绝少看见有端端正正的一方天井,不是三角的,便是斜方的。问起来,才知道江西人极信风水,其房屋之所以歪斜,都为限于方向与地势不合之故。

走到道台衙门前面,忽见里面一顶绿呢大轿,抬了一个外国人出来。味辛道："这件交涉只怕还未得了,不知争得怎样呢。"我道："是甚么交涉?"味辛道："好好的一座庐山,送给外国人了!"我吃惊道："是谁送的?"味辛道："前两年有个外国人,跑到庐山牯牛岭去逛。这外国人懂了中国话,还认得两个中国字的。看见山明水秀,便有意要买一片地,盖所房子,做夏天避暑的地方。不知那里来了个流痞,串通了山上一个甚么庙里的和尚,冒充做地主。那外国人肯出四十元洋银,买一指地。那和尚与流痞,以为一只指头大的地,卖他四十元,很是上算的;便与他成交,写了一张契据给他,也写的是一指地。他便拿了这个契据,到道署里转道契〔1〕。道台看了不懂,问他：'甚么叫一指地?'他说：'用手一指,指到那里,就是那里。'道台吃了一惊道：'用手一指,可以指到地平线上去,那可不知是那里地界了!我一个九江道,如何做得主填给你道契呢!'连忙即叫德化县和他去勘验,并去提那流痞及和尚来。谁知他二人先得了信,早已逃走了。那外国人还有良心,所说的一指地,只指了一座牯牛岭去。从此起了交涉,随便怎样,争不回来。闹到详了省,省里达到总理衙门〔2〕,在京里交涉,也争不回来。此时那坐轿子出来的,就是领事官,就怕的是为这件事了。"我叹道："我们和外国人办交涉,总是有败无胜的,

---

〔1〕 道契——当时外国人在中国境内可以随意用永远租用的名义,向地主买土地;议妥成交,要由当地的道署发给地契,叫做道契。

〔2〕 总理衙门——总理各国事务衙门的简称,清末新设的外交官署,后来改称外务部。

自从中日一役[1]之后，越发被外人看穿了！"味辛道："你还不知那一班外交家的老主意呢！前一向传说总理衙门里一位大臣，写一封私函给这里抚台，那才说得好呢。"正是：一纸私函将意[2]去，五中[3]深虑向君披[4]。未知那总理衙门大臣的信说些甚么，且待下回再记。

---

[1] 中日一役——指中日甲午战争。由于日本帝国主义想夺取朝鲜宗主权，清光绪二十年(一八九四)，中日两军在朝鲜开战，因李鸿章调度不善和统军将领的怯懦无能，中国打败了。后来北洋海军又在黄海战败，日本连续攻占旅顺、大连、威海卫等地。结果由李鸿章到日本签订了卖国的马关条约，承认朝鲜完全自主(实际由日本保护)，并割让了台湾、澎湖和辽东半岛。
[2] 将意——致意。
[3] 五中——五脏，犹如说心腹。
[4] 披——剖露、说明。

第八十五回

恋花丛公子扶丧　　定药方医生论病

"这封信,你道他说些甚么？他说:'台湾一省地方,朝廷尚且拿他送给日本,何况区区一座牯牛岭,值得甚么！将就送了他罢！况且争回来,又不是你的产业,何苦呢！'这里抚台见了他的信,就冷了许多,由得这里九江道去搅,不大理会了;不然,只怕还不至于如此呢。"我听了这一番话,没得好说,只有叹一口气罢了。逛了一回,便出城去。

看看没甚事,我便坐了下水船,到芜湖、南京、镇江各处走了一趟,没甚耽搁,回到上海。恰好继之也到了,彼此相见。我把各处的正事述了一遍,检出各处帐略,交给管德泉收贮。

说话间,有人来访金子安,问那一单白铜到底要不要。子安回说价钱不对,前路肯让点价,再作商量。那人道:"比市面价钱已经低了一两多了。"子安道:"我也明知道。不过我们买来又不是自己用,依然是要卖出去的,是个生意经,自然想多赚几文。"那人又谈了几句闲话,自去了。我问:"是甚么白铜？有多少货？"子安道:"大约有五六百担。我已经打听过,苏州、上海两处的脚炉作、烟筒店,尽有销路,所以和继翁商量,打算买下来。"我道:"是那里来的货,可以比市面上少了一两多一担?"子安道:"听说是云南藩台的少爷,从云南带来的。"我道:"方才来的是谁?"子安道:"是个捐客(经手买卖者之称,沪语也)。"我道:"用不着他,我明天当面去定了来。"继之道:"你认得前路么?"我道:"陈稚农,我在汉口认得他,说是云南藩台的儿子,不是他还有那个。是他的东西,自然该便宜的。"子安道:"何以见得?"我道:"他这回是运他娘的灵柩回福建原籍的,他带的东西,自然各处关卡都不完厘上税的了。从云南到这里,就是那一笔厘税,就便宜不少。我在汉口和他同过好几回席,总没有谈到这个上头。"继之道:"他是个官家子弟,扶丧回里,怎么沿途赴席起来?"我道:"岂但赴席,我和他同席几回,都是花酒呢。终日沉迷在南城公所一带。他比我先离汉口的,不知几时到的上海?"子安道:"这倒不了利,并且也不知他住在那里。"我道:"这个容易,一打听就着了。"说罢,叫一个会干事的茶房来,叫他去各家大客栈里去打听云南藩台的少大人住在那里。那茶房道:"我有个亲戚,在天顺祥票号里做出店的,前回他来说过,有个陈少大人住在那边。此刻不知在那里不在,一问便知道了。"说罢自去。过了一会来说:"陈少大人只在那里歇一歇脚,就搬到集贤里天保栈去了,住在楼上第五、第六、第七号。"

我听了,等到明天饭后,便到天保栈去找他。谁知他并不在栈里,只有几个家人在那里。回我说:"少爷这几天有病,在美仁里林慧卿家养病呢。"我听了,便记了地方,先自回去。等吃过晚饭,再到美仁里林慧卿处,问了龟奴,说房间在楼上,我便登楼,说是看陈老爷的。那鸦头招呼到房里。慧卿站起来招呼道:"陈老爷,朋友来了。"

我却看不见他;回转头来,原来他拥了一床大红绉纱被窝,坐在床上。欠身道:"失迎,失迎!恕我不能下床!阁下几时到的?"我道:"昨天才到的。白天里到天保栈去拜访。"稚农又忙道:"失迎,失迎!"我接着道:"贵管家说是在这里,所以特来拜望。"说着,又看了慧卿一眼道:"顺便瞻仰瞻仰贵相好。"慧卿笑道:"这位老爷倒会说!来看朋友罢了,偏要拿旁人带一带。还不曾请教贵姓啊?"我笑道:"方才我坐车子到这里来,忘了带车钱,无可奈何,拿我的姓到当铺里当了。"慧卿笑道:"当了多少钱?我借给你去赎出来罢。不然,没了姓,不像个老爷。"我道:"原来老爷要带着姓做的,今天又长了见识了。"稚农道:"阁下来了就热闹。我这几天正想着你的谈锋;自从到了这里,所见的无非是几个掮客,说出话来,无非是肉麻到入骨的恭维话,听了就要恶心,恨的我誓不见他们的面了,只叫法人、醉公两个招呼他们。"

原来稚农带了两个人同行:一个姓计,号醉公;一个姓缪,号法人;大抵是他门下清客一流人,我在汉口也同过两回席的。我听说,便问道:"此刻缪、计二公在那里?"稚农问慧卿道:"出去了么?"慧卿用手一指道:"在那边呢。"稚农推开被窝下床。我道:"稚翁不要客气,何必起来招呼。"稚农道:"不,我本要起来了。"慧卿忙过去招呼伺候,稚农早立起来。我看他身上穿的洋灰色的外国绉纱袍子,玄色外国花缎马褂,羽缎瓜皮小帽,核桃大的一个白丝线帽结,钉了一颗明晃晃白果大的钻石帽准;较之在汉口时打扮,又自不同。走到烟炕一边坐下,招呼我过去谈天。我此时留神打量一切,只见房里放着一口保险铁柜,这东西是向来妓院里没有的,不觉暗暗称奇。

谈了几句应酬话,忽然计醉公从那边房里跑了过来,手里拿着一个钻戒。见了我便彼此招呼,一面把戒指递给稚农道:"这一颗足有九厘重。"稚农接来一看道:"几个钱?"醉公道:"四百块。"慧卿在稚农手里拿过来一看道:"是个男装的,我不要。"醉公道:"男装女装好改的。"慧卿道:"这里首饰店没有好样式,是要外国来的才好。"醉公便拿了过去。一面招呼我道:"没事到这边来谈谈。"我顺口答应了。稚农对我道:"这回亏了他两个,不然,我就麻烦死了!"一言未了,醉公又跑了过来道:"昨天那挂朝珠,来收钱了。"稚农道:"到底多少钱?"醉公道:"五百四十两。"稚农道:"你打给他票子。"醉公又过去了,一会儿拿了一张支票过来。稚农在身边掏出一个钥匙来交给慧卿,慧卿拿去把那保险铁柜开了,取出一个小小拜匣来;稚农打开,取出一方小小的水晶图书,盖在支票上面。醉公拿了过去,慧卿把拜匣仍放到铁柜里去,锁好了,把钥匙交还稚农。我才知道这铁匣是稚农的东西。

和他又谈了几句,就问起白铜的事。稚农道:"是有几担铜,带在路上压船的。不知卖了没有,也要问他们两个。"我道:"如此,我过去问问看。"说罢,走了过去,先与缪法人打招呼。原来林慧卿三个房间,都叫稚农占住了:他起坐的是东面一间,当中一间空着做个过路,缪、计二人在西边一间。我走过去一看,只见当中放着一张西式大餐台子,铺了白台布,上面七横八竖的,放着许多古鼎、如意、玉器之类。除了缪、计二人之外,还坐了七八个人,都是宁波、绍兴一路口气,醉公正和他们说话。我就单向法人招呼了,说了几句套话,便问起白铜一节。法人道:"就是这一件东西也很讨厌,他们天天来问,又知道我们不是经商的,胡乱还价;阁下倘是有销路最好了。"我道:"不知共有多少?如果价钱差不多,我小号里可以代劳。"法人道:"东西共是五百担,存在招商局栈里。至于价钱一层,我有云南的原货单在这里,大家商量加点运费就是了。"说罢,检出一张票子,给我看过,又商定了每担加多少运费。我道:"既这么着,我明天打票子来换提货单便了。但不知甚么时候可来?"法人道:"随便下午甚时候都可以。"

商定了,我又过去看稚农,只见一个医生在那里和他诊脉,开了脉案[1],定了一个十全大补汤加减[2],便去了。稚农问道:"说好了么?"我道:"说好了,明天过来交易。"慧卿拿了小小的一把银壶过来道:"酒烫了,可要吃?"稚农点点头。慧卿拿过一个银杯,在一个洋瓶里,倾了些末子在杯里,冲上了酒,又在头上拔下一根金簪子,用手巾揩拭干净,在酒杯里调了几下,递给稚农,稚农一吸而尽;还剩些末子在杯底,慧卿又冲了半杯酒下去,稚农又吃了。对我说道:"算算年纪并不大,身子不知那么虚,天天在这里参啊、茸啊乱闹,还要吃药。"我道:"出门人本来保重点的好。"稚农道:"我在云南从来不是

---

[1] 脉案——中医处方,在药剂之前,先写明病状(包括脉搏的情况)和治疗方法,叫做脉案。
[2] 加减——中医处方,根据古来的汤方,参酌病人的情况,加进和减去几味药,叫做××汤加减。

这样,这还是在汉口得的病。"我道:"总是在路上劳顿了。"慧卿道:"可不是。这几天算好得多了,初来那两天还要利害呢。"我随便应酬了几句,便作别走了。回到号里,和子安说知,已经成交了。所定的价钱,比那掮客要的,差了四两五钱银子一担。子安道:"好狠心!少赚点也罢了。"一宿无话。

到了次日下午,我打了票子,便到林慧卿家去,和法人换了提单;走到东面房里,看看稚农。稚农道:"阁下在上海久,可知道有甚么好医生?我的病实在了不得,今天早起下地,一个头晕就栽下来!"我道:"这还了得!可是要赶紧调理的了。从前我有个朋友叫王端甫,医道甚好,但是多年不见了,不知可还在上海。回来我打听着了送信来。"稚农道:"晚上有个小宴,务请屈尊。"我道:"阁下身子不好,何必又宴客?"稚农道:"不过谈谈罢了。"说罢,略谈了几句,便作别回来,把提单交给子安,验货出栈的事,由他们干去,我不管了。因问起王端甫不知可在上海。管德泉道:"自从你识了王端甫,我便同他成了老交易,家里有了毛病总是请他。他此刻搬到四马路胡家宅,为甚不在上海?"我道:"在甚么巷子里?"德泉道:"就在马路上,好找得很。"过了一会,稚农那边送了请客帖子来,还有一张知单。我看时,上面第一个是祥少大人云甫,第二个便是我,还有两个都士雁、褚选三,以后就是计醉公、缪法人两个。打了知字,交来人去了。我问继之道:"那里有个姓祥的,只怕是旗人?"继之道:"可不是。就是这里道台的儿子,前两天还到这里来。"我道:"大哥认得他么?"继之道:"怎么不认得!年纪比你还轻得多。在南京时,他还是个小孩子,我还常常抚摩玩弄他呢。怪不得我们老了,眼看见的小孩子,都成了大人了。"

大家闲谈了一会,没到五点钟,稚农的催请条子已经来了;并注了两句"有事奉商,务请即临"的话。我便前去走一趟。稚农接着道:"恕我有病,不能回候,倒屡次屈驾!"我笑道:"倒是我未尽点地主之谊,先来奉扰,未免惭愧!"稚农道:"彼此熟人,何必客气!早点请过来,是兄弟急于要问方才说的那位医生。"我道:"我也方才问了来,他就住在四马路胡家宅。"稚农道:"不知可以随时请他不?"我道:"尽可以。这个人绝没有一点上海市医习气,如果要请,兄弟再加个条子,包管即刻就来。"稚农便央我写了条子,叫人拿了医金去请,果然不到一点钟时候就来了。先向我道了阔别[1]。我和他二人代通了姓名,然后坐定诊脉。诊完之后,端甫道:"不知稚翁可常住在上海?"稚农道:"不,本来有事要回福建原籍,就叫这个病耽误住了。"端甫点头道:"据兄弟愚见,还是早点回府上去,容易调理点;上海水土[2]寒,恐怕于贵体不甚相宜。"说罢,定了脉案,开了个方子,却是人参养荣汤的加减。说道:"这个方子只管可以服几剂。但是第一件最要静养。多服些血肉之品,似乎较之草根树皮有用。"稚农道:"鹿茸可服得么?"端甫道:"服鹿茸——"说到这里,便顿住了,"未尝没点功效,但是总以静养为宜。"说罢,又问我道:"可常在号

----
　　[1]　阔别——远别、久别。
　　[2]　水土——指某一地方寒暑燥湿的自然环境。凡是初到某一地方,由于不习惯那个地方的自然环境,以致身体有不舒适的感觉,叫做"不服水土"。

里？我明日来望你呢。"我道："我常在号里，没事只管请过来谈。"端甫便辞去了。

我又和稚农谈了许久。祥云甫来了，通过姓名。我细细打量他，只见他生得唇红齿白，瘦削身裁；穿一件银白花缎棉袍，罩一件夹桃灰线缎马褂；鼻子上架一副金丝小眼镜；右手无名指[1]上，套了一个镶钻戒指；说的一口京腔。再过了一会，外面便招呼坐席。原来都、褚两个早来了，不过在西面房里坐，没有过来。稚农起身，招呼到当中一间去，亲自筛了一轮酒，定了坐；便叫醉公代做主人，自己仍到房里歇息。醉公便叫写了局票发出去。坐定了，慧卿也来周旋了一会，筛了一轮酒，唱了一支曲子，也到房里去了。我和都、褚两个通起姓名，才知都士雁是骨董铺东家，褚迭三是药房东家。数巡酒后，各人的局陆续都来了。祥云甫身边的一个，也不知他叫甚名字，生得也还过得去。一只手搭在云甫肩膀上，只管唧唧哝哝的说话。忽然看见云甫的戒指，便脱了下来，在自己中指上一套，说道："送给我罢。"云甫道："这个不能，明日另送你一个罢。"那妓女再三不肯还他，并说道："我要转到褚老爷那边了。"说罢，便走到褚迭三旁边坐下。迭三身边本有一个，看见有人转过来，含了一脸的醋意，不多一会，便起身去了。恰好外面传进来一张条子，是请云甫的，云甫答应就来，随向那妓女讨戒指。那妓女道："你去赴席，左右是要叫局的，难道带在我手里，就会没了你的吗？"云甫便起身向席上说声"少陪"，一面

----
[1] 无名指——第四个指头。

要到房里向稚农道谢告辞。醉公兀的[1]一下跳起来,向房里便跑。不料房门口立了个大鸦头,双手下死劲把醉公一推道:"冒冒失失的,做甚么啊!"回身对云甫道:"陈老爷刚才睡着了。他几夜没睡了,祥大人不要客气罢。"云甫道:"那么他醒了,你代我说到一声。"那鸦头答应了,又叫慧卿送客。慧卿在房里一面答应,一面说:"祥大人走好啊!待慢啊!明天请过来啊!"却只不出来。云甫又对众人拱拱手自去了。这里醉公便和众人豁拳闹酒,甚么摆庄咧,通关咧,众人都有点陶然了,慧卿才从房里亭亭款款[2]的出来,右手理着鬓发,左手搭在醉公的椅子靠背上,说道:"黄汤又灌多了!"醉公道:"我不……"说到这里,便顿住了。众人都说酒多了,于是吃了稀饭散坐。

我问慧卿:"陈老爷可醒着?"慧卿道:"醒着呢。"我便到房里去,只见稚农盘膝坐在烟炕上,下身围了一床鹦哥绿绉纱被窝。我向他道了谢,又略谈了几句,便辞了过来,和众人作别,他们还不知在那里议论甚么价钱呢,我便先走了。回到号里,才十点钟,继之们还在那里谈天呢。我觉得有点醉了,便先去睡觉。一宿无话。

次日饭后,王端甫果然来访我,彼此又畅谈了许多别后的事。又问起陈稚农可是我的好友。我道:"不过在汉口萍水相识,这回不过要买他的一单铜,所以才去访他,并非好友。"端甫道:"这个人不久

---

[1] 兀的——这里作突然、陡然解释。
[2] 亭亭款款——形容长身玉立,慢步走动的样子。

的了！犯的毛病，是个色痨。你看他一般的起行坐立，不过动生厌倦，似乎无甚大病；其实他全靠点补药在那里撑持住，一旦溃裂起来，要措手不及的。"我道："你看得准他医得好医不好呢？"端甫道："我昨天说叫他回去调理的话，就是叫他早点归正首邱[1]了。"我道："这么说，犯了这个病，是一定要死的了？"端甫道："他从此能守身如玉起来，好好的调理两个月后，再行决定。你可知他一面在这里服药，一面在那边戕伐[2]，碰了个不知起倒[3]的医生，还给他服点燥烈之品，正是'泼油救火'，恐怕他死得不快罢了。"我道："他还高兴得很，请客呢。"端甫道："他昨天的花酒有你吗？"我道："你怎么知道？"端甫道："你可知这一台花酒，吃出事情来了。"正是：杯酒联欢才昨夜，缄书挑衅遽今朝。未知出了甚么事，端甫又从何晓得，且待下回再记。

---

[1] 归正首邱——邱同丘，是土堆、坟墓。古人传说，狐狸即使死在外面，也一定把头对着它所住的洞穴，所以有"狐死正首丘"这句成语，表示不忘根本。归正首邱，就是死在家乡的意思。
[2] 戕伐——残害，指纵欲。
[3] 不知起倒——不知利害、不知高低。

第八十六回

旌孝子瞒天撒大谎　洞[1]世故透底论人情

我连忙问道:"出了甚么事?你怎生得知?"端甫道:"席上可有个褚迭三?"我道:"有的。"端甫道:"可有个道台的少爷?"我道:"也有的。"端甫道:"那褚迭三最是一个不堪的下流东西!从前在城里充医生,甚么妇科、儿科、眼科、痘科,嘴里说得天花乱坠。有一回,不知怎样,把人家的一个小孩子医死了。人家请了上海县官医来,评论他的医方,指出他药不对症的凭据,便要去告他;吓得他请了人出来求情,情愿受罚。那家人家是有钱的,罚钱,人家并不要。后来旁人定了个调停之法,要他披麻带孝,扮了孝子去送殡。前头抬的棺材不满三尺长,后头送的孝子倒是昂昂七尺的,路上的人没有不称奇道怪的;及至问出情由,又都好笑起来。自从那回之后,他便收了医生招牌,搜罗些方书[2],照方合了几种药,卖起药来。后来药品越弄越多了,又不知在那里弄了几个房药的方子,合起来,堂哉皇哉,挂起招牌,专卖这种东西。叫一个姓苏的,代他做几个仿单。那姓苏的本来是个无赖文人,便代他作得淋漓尽致,他就喜欢的了不得,拿出去用

---
[1] 洞——通晓,明白。
[2] 方书——记载医药方剂的书。

起来。那姓苏的就借端常常向他借钱。久而久之,他有点厌烦了,拒绝了两回。姓苏的就恨起来,做了一个禀帖,夹了他的房药仿单,向地方衙门一告。恰好那位官儿有个儿子,是在外头滥嫖,新近脱阳死的,看了禀帖,疑心到自己儿子也是误用他的药所致。即刻批准了,出差去把迭三提了来,说他败坏人心风俗,伪药害人,把他当堂的打了五百小板子,打得他皮开肉绽;枷号了三个月,还把他递解回籍。那杂种也不知他是那里人,他到堂上时供的是湖北人,就把他递解到湖北。不多几时,他又逃回上海,不敢再住城里,就在租界上混。又不知弄了个甚么方子,熬了些药膏,挂了招牌,上了告白,卖戒烟药。大凡吸鸦片烟的人,劝他戒烟,他未尝不肯戒;多半是为的从上瘾之后,每日有几点钟是吃烟的,成了个日常功课,一旦叫他丢了烟枪,未免无所事事,因此就因循下去了。迭三这宝货,他揣摩到了这一层,却异想天开,夸说他的药膏,可以在枪上戒烟:譬如吃一钱烟的,只要秤出九分烟,加一分药膏在烟里,如此逐渐减烟加膏,至将烟减尽为止,自然断瘾。一班吃烟的人,信了他这句话,去买来试戒。他那药膏要卖四块洋钱一两,比鸦片烟贵了三倍多。大凡买来试的,等试到烟药各半之后,才觉得越吃越贵了,看看那情形,又不像可以戒脱的,便不用他的药了。谁知烟瘾并未戒脱丝毫,却又上了他的药瘾了,从此之后,非用他的药搀在烟里,不能过瘾。你道他的心计毒么!"

我听到这里,笑道:"你说了半天,还不曾到题。这些闲话,与昨夜吃花酒的事,有甚干涉?"端甫道:"本是没干涉,不过我先谈谈迭三的行径罢了。他近年这戒烟药一层弄穿了,人家都知道他是卖假药的了,他却又卖起外国药来了,店里弄得不中不西,样样都有点。这回只怕陈稚农又把他的牛尾巴当血片鹿茸买了,请他吃起花酒来,却闹出这件事。他叫的那个局,名字叫林蕙卿,相识了有两三年的了。后来那祥少大人到了上海,也看上了蕙卿,他便有点醋意,要想设法收拾人家,可巧碰了昨天那个机会。祥云甫所带的那个戒指,并不是自己的东西,是他老子的。"我道:"他老子不是现任的道台么?"端甫道:"那还用说。这位道台,和现在的江苏抚台是换过帖的。那位抚台,从前放过一任外国钦差,从外国买了这戒指回来,送给老把弟。这戒指上面,还雇了巧匠来,刻了细如牛毛的上下款的。他少爷见了欢喜,便向老子求了来带上。昨夜吃酒的时候,被蕙卿闹着玩,要了去带在手上,这本是常有之事。谁知蕙卿却被迭三骗了去,今天他要写信向祥云甫借三千银子呢。"我道:"他骗了人家的戒指,还要向人家借银子,这是甚么说话?"端甫道:"须知云甫没了这个戒指,不能见他老子,这明明是讹诈,还是借钱么!"我笑道:"你又是那里来的耳报神?我昨夜当面的还没有知道,你倒知的这么详细?"端甫道:"这也是应该的。我因为天气冷了,买了点心来家吃,往往冷了;今天早起,刚刚又来了个朋友,便同到馆子里吃点心。我们刚到了,恰好他也和了两三个人同来,在那里高谈阔论,商量这件事,被我尽情听了。"我道:"原来你也认得他?"端甫道:"我和他并不招呼,不过认得他那副尊容罢了。"我道:"这是秘密的事,他敢在大庭广众之下喧扬起来?"端甫道:"他正要闹的通国皆知,才得云甫怕他呢。我今日来是专诚奉托一件事,请你对稚农说一声,叫他不要请我罢。他现在的病情,去死期还有几天,又不便回绝他,何苦叫我白赚他的医金呢。"我道:"你放心。他那种人有甚长性,吃过你两服药不见效,他自然就不请你了。"端甫又谈了一会,自去了。

到了晚上,我想起端甫何以说得稚农的病如此利害,我看他不过身子弱点罢了,不免再去看看他是何情景。想罢出门,走到林慧卿家,与稚农周旋了一会,问他的病如何,吃了端甫的药怎样。稚农道:"总是那样不好不坏的。此刻除非有个神仙来医我,或者就好了。"慧卿在旁边插嘴道:"胡说!不过身子弱点罢了,将息几天,自然会好的。你总是这种胡思乱想,那病更难好了。"稚农道:"方才又请了端甫来,他还是劝我早点回去,说上海水土寒。"慧卿又插嘴说道:"郎中嘴是口(吴人称医生为郎中),说到那里是那里。据他说上海水土寒,上海住的人,早就一个个寒的死完了。你的病不好,我第一个不放你走;已经有病的人,再在轮船上去受几天颠播,还了得么!"说罢,又回头对我道:"老爷,你说是不是?"我只含笑点点头。稚农又道:"便是我也怕到这一层。早年进京会试,走过两次海船,晕船晕的了不得。"我故意向慧卿看了一眼,对稚农道:"我看暂时回天保栈去调养几时也好。"慧卿抢着道:"老爷,你不要疑心我们怎样。我不过看见他用的都是男底下人,笨手笨脚,伏伺得不称心,所以留他在这里住下。这是我一片好心,难道怎样了他么!"我笑道:"我也不过说说罢了,难道我不知道他离不了你。"慧卿笑道:"我说你不过。"

正说话时,外面报客来,大家定神一看,却是祥云甫。招呼坐定,便走近稚农身边,附着耳要说话。我见此情形,便走到西面房里,去看缪、计二人。只见另有一个人,拿了许多裙门、裙花、挽袖[1]之类,在那里议价,旁边还堆了好几匹绸缎之类。我坐了一会,也不惊动稚农,就从这边走了。从此我三天五天,总来看看他。此时他早已转了医生,大剂参、茸、锁阳、肉苁蓉[2]专服下去,确见他精神好了许多;只是比从前更瘦了,两颧上现了点绯红颜色。如此,又过了半个多月。

一天,我下午无事,又走到慧卿处,却不见了稚农。我问时,慧卿道:"回栈房去了。"我道:"为甚么忽然回去了呢?"慧卿道:"他今天早起,病的太重了!他两个朋友说在这里不便当,便用轿子抬回去了。"我心中暗想,莫非端甫的说话应验了。我回号里,左右要走过大马路,便顺到天保栈一看。他已经不住在楼上了,因为扶他上楼不便,就在底下开了个房间。房间里齐集了七八个医生,缪、计二人忙做一团。稚农仰躺在床上,一个家人在那里用银匙灌他吃参汤。我走过去望他,他看了我一眼,微微点了点头。众医生在那里七张八嘴,有说用参的,有说用桂的。我问法人道:"我前天看他还好好的,怎么变动起来?"法人道:"今天早起,天还没亮,忽然那边慧卿怪叫起来。我两个衣服也来不及披,跑过去一看,只见他直挺挺的躺在地下。连忙扶他起来,躺在醉翁椅上,话也不会说了。我们问慧卿是怎

---

[1] 挽袖——妇女外褂袖口上形如袖套的装饰品,长三四寸,多用品蓝缎质料,平金绣织而成。
[2] 锁阳、肉苁蓉——都是根茎可以做补药的植物。

生的。他说:'起来小便,立脚不稳,栽了一交,并没甚事。近来常常如此的,不过一搀他就起来,今天搀了半天搀他不动才叫的。'我们没了主意,姜汤、参汤,胡乱灌救。到天色大亮时,他能说话了,自己说是冷得很。我们要和他加一床被窝,他说不是,是肚子里冷。我伸手到他口边一摸,谁知他喷出来的气,都是冷的。我才慌了,叫人背了他下楼,用轿子抬了回来。"我道:"请过几个医生?吃过甚么药了?"法人道:"今天的医生,只怕不下三四十个了。吃了五钱肉桂下去,喷出气来和暖些。此刻又是一个医生的主意,用干姜煎了参汤在那里吃着。"说话时,又来了两个医生,向法人查问病情。我便到床前再看看,只见他两颧的红色,格外利害,才悟到前几天见他的颜色是个病容。因问他道:"此刻可好点?"稚农道:"稍为好点。"我便说了声"保重",走了回去。和继之一说起,果然不出端甫所料,陈稚农大约是不中用的了。

到了明天早起,他的报丧条[1]已经到了,我便循着俗例,送点蜡烛、长锭[2]过去。又过了十来天,忽然又送来一份讣帖,封面上刻着"幕设寿圣庵"的字样。便抽出来一看,讣帖当中,还夹了一扣哀启[3]。及至仔细看时,却不是哀启,是个知启。此时继之在旁边

---

[1] 报丧条——旧时习惯:人死后,由家属发出报丧条,上写"家××于某月某日某时逝世,特此报闻"等字样,分送亲友。
[2] 长锭——用锡箔折迭成串的纸元宝。
[3] 哀启——旧时习惯:死者家属把死者的生前事略和逝世经过,写成文字,分送亲友,叫做哀启。通常附在讣闻里面。

见了道:"这倒是个创见。谁代他出面?又'知'些甚么呢?"我便摊开了,先看是甚么人具名的,谁知竟是本地印委各员,用了全衔姓名同具的,不禁更觉奇怪。及至看那文字时,只看得我和继之两个,几乎笑破了肚子!你道那知启当中,说些甚么?且待我将原文照写出来,大家看看。其文如下:

稚农孝廉,某某方伯之公子也。生而聪颖,从幼即得父母欢;稍长,即知孝父母,敬兄爱弟:以故孝弟之声,闻于闾里。方伯历仕各省,孝廉均随任,服劳奉养无稍间[1],以故未得预童子试[2]。某科,方伯方任某省监司[3],为之援例入监[4],令回籍应乡试。孝廉雅[5]不欲曰:"科名事小,事亲事大,儿不欲暂违色笑也。"方伯责以大义,始勉强首涂[6]。榜发,登贤书[7]。孝廉泣曰:"科名虽侥幸,然违色笑已半年馀矣。"其真挚之情如此。越岁,入都应礼闱[8]试,沿途作《思亲诗》八十章,一时传诵遍都下,故又有才子之目。及报罢[9],即

---

[1] 间——歇息、中止。
[2] 童子试——就是小考,参看第十七回"小考"注。
[3] 监司——对藩台、臬台、道台的称呼。
[4] 援例入监——出钱捐做监生叫做例监,也叫捐监;援例入监,就是援这个例子而做了监生。
[5] 雅——很、甚。
[6] 首涂——启程。
[7] 登贤书——周时,乡老、乡大夫等地方官,把贤能之书(举荐贤士的名册)送给政府,以备任用,后来就把中举叫做登贤书。
[8] 礼闱——科举时期,称会试为礼闱,因为会试是由礼部主持的。
[9] 报罢——没有考取。

驰驿[1]返署,问安侍膳,较之夙昔,益加敬谨。语人曰:"将以补前此之阙于万一也。"以故数年来,非有事故,未尝离寝门一步。去秋,其母某夫人示疾[2],孝廉侍奉汤药,衣不解带,目不交睫[3]者三阅月[4]。及冬,遭大故[5]。孝廉恸绝者屡矣,赖救得苏,哀毁骨立[6]。潜告其兄曰:"弟当以身殉母,兄宜善自珍卫,以奉严亲。"兄大惊,以告方伯。方伯复责以大义,始不敢言,然其殉母之心已决矣。故今年禀于方伯,独任奉丧归里,沿途哀泣,路人为之动容。甫抵上海,已哀毁成病,不克前进。奉母夫人柩,暂厝[7]于某某山庄。已则暂寓旅舍,仍朝夕扶病,亲至厝所哭奠,风雨无间,家人苦劝力阻不听也。至某月某日,竟遂其殉母之志矣!临终遗言,以衰绖殓[8]。呜呼!如孝廉者,诚可谓孝思不匮[9]矣!查例[10]载:孝子顺孙,果有瓌行

------

[1] 驰驿——清朝在各省设置驿站,凡是因公出差的官员,沿途经过驿站,可以享受夫、马、粮食的供应,叫做驰驿,就是古代乘传的制度。当时政府为"体恤"边省举人寒苦,进京应考时川资筹措不易,就也给予他们以驰驿的待遇。
[2] 示疾——得病。
[3] 目不交睫——睫,眼睑上下的毛。目不交睫,就是不闭眼睛、不睡眠。
[4] 三阅月——阅是经历的意思。三阅月,经过了三个月。
[5] 大故——指死了父母。
[6] 哀毁骨立——因为悲哀过甚,以致身体十分瘦弱。
[7] 厝——把棺材停在地面,用砖土浅浅遮盖,等待埋葬,叫做厝;后文第一百零七回"邱着",义同。
[8] 以衰绖殓——披麻戴孝进棺材。
[9] 不匮——没有穷尽。
[10] 例——指礼部例则。

奇节,得详具事略,奏请旌表。某等躬预斯事,不便湮没[1],除具详督、抚、学宪外,谨草具事略,伏望海内文坛,俯赐鸿文巨制,以彰风化,无论诗文词诔[2],将来汇刻成书,共垂不朽。无任盼切!

继之看了还好,我已是笑得伏在桌上,差不多肠都笑断了!继之道:"你只管笑甚么?"我道:"大哥没有亲见他在妓院里那个情形,对了这一篇知启,自然没得好笑。"继之道:"我虽没有看见,也听你说的不少了。其实并不可笑。照你这种笑法,把天下事都揭穿了,你一辈子也笑不完呢。何况他所重的,就是一个'殉'字,古人有个成例,'醇酒妇人'[3]也是一个殉法。"我听了,又笑起来道:"这个代他辩的好得很。但可惜他不曾变做人虾[4];如果也变了人虾,就没有这段公案了。"继之道:"人家说少见多怪,你多见了还是那么多怪。你可记得那年你从广东回来说的,有个甚么淫妇建牌坊的事,同这个不是恰成一对么。依我看,不止这两件事,大凡天下事,没有一件不是这样的。总而言之:世界上无非一个骗局。你看到了妓院里,他们应酬你起来,何等情殷谊挚;你问他的心里,都是假的。我们打破了这

---

[1] 湮没——埋没。
[2] 诔——叙述死者生时德行的文章,哀祭文体的一种。
[3] "醇酒妇人"——吃好酒,玩女人,荒淫作乐,有意地自己糟蹋自己的身体。典出《史记·信陵君列传》。
[4] 人虾——明朝灭亡后,有一遗老宣称想为明朝殉节,但又不肯自杀,于是吃好酒玩女人,自称是学信陵君,谁知长久死不了,人却变得弯腰驼背,大家就给他起一个绰号叫做人虾,以挖苦他这种自欺欺人的没骨气的行为。

个关子,是知道他是假的;至于那当局者迷一流,他却偏要信是真的。你须知妓院的关子容易打破,至于世界上的关子就不容易破了。惟其不能破,所以世界上的人还那么熙来攘往;若是都破了,那就没了世界了。"

我道:"这一说,只能比人情上的情伪,与这行事上不相干。"继之道:"行事与人情,有甚么两样。你不想想:南京那块血迹碑,当年慎而重之的,说是方孝孺[1]的血荫成的,特为造一座亭子嵌起来。其实还不是红纹大理石,那有血迹可以荫透石头的道理。不过他们要如此说,我们也只好如此说,万不宜揭破他;揭破他,就叫做煞风景;煞风景,就讨人嫌;处处讨了人嫌,就不能在世界上混:如此而已。这血迹碑是一件死物,我还说一件活人做的笑话给你听:有一个乡下人极怕官。他看见官出来总是袍、褂、靴、帽、翎子、顶子,以为那做官的也和庙里菩萨一般,无昼无夜,都是这样打扮起来的。有一回,这乡下人犯了点小事,捉到官里去,提到案下听审。他抬头一看,只见那官果然是袍儿、褂儿、翎子、顶子,不曾缺了一样;高高的坐在上面,把惊堂[2]一拍,喝他招供;旁边的差役,也帮着一阵叱喝。他心中暗想:果然不差,做老爷的在家里,也打扮得这么光鲜。正在胡思乱想的时候,忽然一阵旋风,把公案的桌帷吹开了,那乡下人仔细往里一看,原来老爷脱了一只靴子,脚上没有穿袜,一只手在那里抠脚丫

---

[1] 方孝孺——字希直,世称正学先生。朱棣(明成祖)起兵赶走了朱允炆(明惠帝),自立为帝,叫方孝孺起草诏书,方孝孺坚决不肯,因而被杀。
[2] 惊堂——惊堂木的省称,是官员审案时用以敲桌子吓唬被审问人的小木块。

呢。"说得我不觉笑了,旁边德泉、子安等,都一齐笑起来。继之道:"统共是他一个人,同在一个时候,看他的外面何等威严,揭起桌帷一看原来如此。可见得天下事,没有一件不如此的了。不过我是揭起桌帷看过的,你们都还隔着一幅桌帷罢了。"

我们谈天是在厢房里,正说话之间,忽见门外跨进一个人,直向客堂里去。我一眼瞥见这个人,十分面善,却一时想不起来。正要问继之,只见一个茶房走进来道:"苟大人来了。"我听得这话,不觉恍然大悟,这个是许多年前见过的苟才。继之当时即到外面去招呼他。正是:座中方论欺天事,户外何来阔别人? 不知苟才来有何事,且待下回再记。

第八十七回

遇恶姑淑媛受苦　设密计观察谋差

原来苟才的故事,先两天继之说过,说他自从那年贿通了督宪亲兵,得了个营务处差事,阔了几年。就这几年里头,弥补以前的亏空,添置些排场衣服,还要外面应酬,面子上看得是极阔;无奈他空了太多,穷得太久,他的手笔又大,因此也未见得十分裕如。何况这几年当中,他又替他一个十六岁的大儿子娶了亲。

这媳妇是杭州驻防旗人。父亲本是一个骁骑校[1],早年已经去世,只有母亲在侍。凭媒说合,把女儿嫁给苟大少爷。过门那年,只有十五岁,却生得有沉鱼落雁之容,闭月羞花之貌。苟观察带了大少爷到杭州就亲。喜期过后,回门、会亲,诸事停当,便带了大少爷、少奶奶,一同回了南京。少奶奶拜见了婆婆,三天里头,还没话说;过了三天之后,那苟太太便慢慢发作起来;起初还是指桑骂槐,指东骂西;再过几天,便渐渐骂到媳妇脸上来了。少奶奶早起请早安,上去早了,便骂"大清老早的,跑来闹不清楚,我不要受你那许多礼法规矩,也用不着你的假惺惺[2]"。少奶奶听说,到明天便捱得时候晏

---
[1] 骁骑校——清朝八旗里正六品的武官。
[2] 假惺惺——假情假意。

点才上去,他又骂"小蹄子不害臊,搂着汉子睡到这咱才起来!咱们家的规矩,一辈比一辈坏了!我伏伺老太爷、老太太的时候,早上、中上、晚上,三次请安,那里有不按着时候的,早晚两顿饭,还要站在后头伏伺添饭、送茶、送手巾;如今晚儿是少爷咧、少奶奶咧,都藏到自己屋里享福了,老两口子,管他咽住了也罢,呛出来了也罢,谁还管谁的死活!我看,这早安免了罢,到了晚上一起来罢,省得少奶奶从南院里跑到北院里,一天到晚,辛苦几回。"苟才在旁,也听不过了,便说道:"夫人算了罢!你昨天嫌他早;他今天上来迟些,就算听你命令的了。他有甚么不懂之处,慢慢的教起来。"苟太太听了,兀的跳起来骂道:"连你也帮着派我的不是了!这公馆里都是你们的世界,我在这里是你们的眼中钉!我也犯不上死赖在这里讨人嫌,明儿你就打发我回去罢!"苟才也怒道:"我在这里好好儿的劝你!大凡一家人家过日子,总得要和和气气,从来说'家和万事兴',何况媳妇又没犯甚么事!"这句话还未说完,苟太太早伸手在桌子上一拍,大吼道:"吓!你简直的帮着他们派我犯法了!"少奶奶看见公公、婆婆一齐反目,连忙跪在地下告求。那边少爷听见了,吓得自己不敢过来见面,却从一个夹弄里绕到后面,找他姨妈。

原来这一位姨妈,便是苟太太的嫡亲姊姊。嫁的丈夫,也是一个知县,早年亡故了;身后只剩了两吊银子;又没个儿子。那年恰好是苟才过了道班,要办引见,凑不出费用,便托苟太太去和他借了来凑数。说明白到省之后,迎他到公馆同住;除了一得了差缺,即连本带利清还外,还答应养老他;将来大家有福同享,有祸同当。那位姨妈自己想想,举目无亲,就是搂了这两吊银子,也怕过不了一辈子,没个亲人照应,还怕要被人欺负呢。因此答应了。等苟才办过引见之后,便一同到了南京。苟才穷到吃尽当光的那两年,苟太太偶然有应酬出门,或有个女客来,这位姨妈曾经践了有祸同当之约,充过几回老妈子的了。此刻苟才有了差使,便拨了后面一间房子,给他居住。

当下大少爷找到姨妈跟前,叫声:"姨妈,我爹合我妈,不知为甚吵嘴。小鸦头来告诉我,说媳妇跪在地下求告,求不下来。我不敢过去碰钉子,请姨妈出去劝劝罢。"说着,请了一个安。姨妈道:"哼!你娘的脾气啊!"只说了这一句,便往前面去了。大少爷仍旧从夹弄绕到自己院里,悄悄的打发小鸦头去打听。直等到十点多钟,才看见少奶奶回房。大少爷接着问道:"怎样了?"少奶奶一言不发,只管抽抽噎噎的哭。大少爷坐在旁边,温存了一会。少奶奶良久收了眼泪,仍是默默无言。大少爷轻轻说道:"我娘脾气不好,你受了委屈,少不得我来陪你的不是。你心里总得看开些,不要郁出病来。照这个样子,将来贤孝两个字的名气,是有得你享的。"大少爷只管泪泪而谈,不料有一个十二岁的小少爷,——就是那年吃了油麻团,一双油手抓脏了赁来衣服的那宝货。——在旁边听了去,便飞跑到娘跟前,一五一十的尽情告诉了。苟太太手里正拿着茶碗喝茶,听了这话,恨得把茶碗向地下尽命的一摔,豁啷一声,茶碗摔得粉碎。跳起来道:"这还了得!"又喝叫小鸦头:"快给我叫他来!"小鸦头站着,垂手不动。苟太太道:"还不去吗!"小鸦头垂手道:"请太太的示:叫谁?"苟太太伸手劈拍的打了一个巴掌道:"你益发糊涂了!"此时幸得姨妈尚在旁边,因劝道:"妹妹你的火性也太利害了!是叫大少爷,是叫少奶奶,也得你吩咐一声;你单说叫他来,他知道叫谁呢。"苟太太这才喝道:"给我叫那畜生过来!"姨妈又加了一句道:"快去请大少爷来,说太太叫。"那小鸦头才回身去了。

一会儿,大少爷过来,知道母亲动了怒,一进了堂屋,便双膝跪下。苟太太伸手向他脸蛋上劈劈拍拍的先打了十多下;打完了,又用右手将他的左耳,尽力的扭住,说道:"今天先扭死了你这小崽子再说!我问你:是《大清律例》上那一条的例,你家祖宗留下来的那一条家法,宠着媳妇儿,派娘的罪案?你老子宠媳灭妻,你还要宠妻灭母,你们倒是父是子!"说到这里,指着姨妈道:"须知我娘家有人在这里,你们须灭我不得!"一面说,一面下死劲往大少爷耳朵上拧;拧得大少爷痛很了,不免两泪交流,又不敢分辩一句。幸得姨妈在旁边,竭力解劝,方才放手。大少爷仍旧屈膝低头跪着,一动也不敢动,从十点多钟跪起,足足跪到十二点钟。

小鸦头来禀命开饭,苟太太点点头;一会儿先端出杯、筷、调羹、小碟之类,少奶奶也过来了。原来少奶奶一向和大少爷两个在自己房里另外开饭,苟才和太太、姨妈,另在一所屋子里同吃。今天早起,少奶奶听了婆婆说他伏侍老太爷、老太太时,要站在后头伺候的,所以也要还他公婆这个规矩,吩咐鸦头们打听,上头要开饭,赶来告诉;此刻得了信,赶着过来伺候。仍是和颜悦色的,见过姨妈、婆婆,便走近饭桌旁边,分派杯筷小碟,在怀里取出雪白的丝巾,一样样的擦过。苟太太大喝道:"滚你妈的蛋!我这里用不着你在这里献假殷勤!"

吓得少奶奶连忙垂手站立,没了主意。姨妈道:"少奶奶先过去罢。等晚上太太气平了,再过来招呼罢"。少奶奶听说,便退了出来。

苟才今天闹过一会之后,就到差上去了。他每每早起到了差上,便不回来午饭,因此只有姨妈、苟太太两个带着小少爷同吃。及至开出饭来,大少爷仍是跪着。姨妈道:"饶他起来吃饭去罢。我们在这里吃饭,边旁跪着个人,算甚么样子!"苟太太道:"怕甚么!饿他一顿,未见得就饿死他!"姨妈道:"旁边跪着个人,我实在吃不下去。"苟太太道:"那么看姨妈的脸,放他起来罢。"姨妈忙接着道:"那么快起来罢。"大少爷对苟太太磕了三个头,方才起来。又向姨妈叩谢了。苟太太道:"要吃饭在我这里吃,不准你到那边去!"大少爷道:"儿子这会还不饿,吃不下。"苟太太猛的把桌子一拍道:"敢再给我赌气!"姨妈忙劝道:"算了罢!吃不下,少吃一口儿。鸦头,给大少爷端座过来。"大少爷只得坐下吃饭。

一时饭毕,大少爷仍不敢告退。苟太太却叫大鸦头、老妈子们捡出一分被褥来,到姨妈的住房对过一间房里,铺设下来。姨妈也不知他是何用意。一天足足扣留住大少爷,不曾放宽一步。到了晚上九点钟时候,姨妈要睡觉了,他方才把大少爷亲自送到姨妈对过的房里,叫他从此之后,在这里睡。又叫人把夹弄门锁了,自己掌了钥匙。可怜一对小夫妻,成婚不及数月,从此便咫尺天涯[1]了。

可巧这位大少爷,犯了个童子痨的毛病。这个毛病,说也奇怪:

----

〔1〕 咫尺天涯——虽然近在咫尺,犹如远隔天边。

无论男女,当童子之时,一无所觉;及至男的娶了,或者女的嫁了,不过三五个月,那病就发作起来,任是甚么药都治不好,一定是要死的。并且差不多的医生,还看不出他的病源,回报不出他的病名来,不过单知道他是个痨病罢了。这位大少爷从小得了这个毛病,娶亲之后,久要发作,恰好这天当着一众鸦头、仆妇、家人们,受了这一番挫辱,又活活的把一对热刺刺[1]的恩爱夫妻拆开,这一夜睡到姨妈对过房里,便在枕上饮泣了一夜。到得下半夜,便觉得遍身潮热;及至天亮,要起来时,只觉头重脚轻,抬身不得,只得仍旧睡下。鸦头们报与苟太太。苟太太还当他是假装的,不去理会他。姨妈来看过,说是真病了,苟太太还不在意。倒是姨妈不住过来问长问短,又叫人代他熬了两回稀饭,劝他吃下。足足耽误了一天。直到晚上十点多钟,苟才回来问起,亲到后面一看,只见他当真病了,周身上下,烧得就和火炭一般。不觉着急起来,立刻叫请医生,连夜诊了,连夜服药,足足忙了一夜。苟太太却行所无事,仍旧睡他的觉。

有话便长,无话便短。大少爷一病三月,从来没有退过烧。医生换过二三十个,非但不能愈病,并且日见消瘦。那苟太太仍然向少奶奶吹毛求疵,但遇了少奶奶过来,总是笑啼皆怒;又不准少奶奶到后头看病,一心一意,只要隔绝他小夫妻。究竟不知他是何用意,做书人未曾钻到他肚子里去看过,也不便妄作悬拟之词。只可怜那位少奶奶,日夕以眼泪洗面罢了。又过了几天,大少爷的病越发沉重,已经晕厥

----

[1] 热刺刺——形容亲热、热烈的样子。

过两次。经姨妈几番求情,苟太太才允了,由得少奶奶到后头看病。少奶奶一看病情凶险,便暗地里哀求姨妈,求他在婆婆跟前再求一个天高地厚之恩,准他昼夜侍疾。姨妈应允,也不知费了多少唇舌,方才说得准了。从此又是一个来月,任凭少奶奶衣不解带,目不交睫,无奈大少爷寿元已尽,参术无灵,竟就呜呼哀哉了!少奶奶伤心哀毁,自不必说;苟才痛子心切,也哭了两三天;惟有苟太太,虽是以头抢地[1]的哭,那嘴里却还是骂人。苟才因是个卑幼之丧,不肯发讣成礼,谁知同寅当中,一人传十,十人传百,已经有许多人知道他遭了"丧明之痛"[2];及至明日,辕门抄上刻出了"苟某人请期服假数天",大家都知道他儿子病了半年,这一下更是通国皆知了,于是送奠礼的,送祭幛的,都纷纷来了。这是他遇了红点子[3],当了阔差使之故;若在数年以前,他在黑路上的时候,莫说死儿子,只怕死了爹娘,还没人理他呢。

闲话少提。且说苟才料理过一场丧事之后,又遇了一件意外之事,真是福无重至,祸不单行!你道遇了一件甚么事?原来京城里面有一位都老爷,是南边人,这年春上,曾经请假回籍省亲,在江南一带,很采了些舆论,察得江南军政、财政两项,都腐败不堪,回京销假之后,便参了一本,军政参了十八款,财政参了十二款。奉旨派了钦

---

〔1〕 抢地——碰地。
〔2〕 "丧明之痛"——丧明,指瞎了眼睛。春秋时,子夏(孔子弟子)死了儿子,因为悲痛过度,以致瞎了眼睛,后来就称死了儿子为丧明之痛。
〔3〕 红点子——清时官员的委任状,要在人名上面加朱点,日期也用红笔写,叫做标朱,习惯就称差事为红点子。也作走红运解释。

差,驰驿到江南查办。钦差到了南京,照例按着所参各员,咨行总督,一律先行撤差、撤任,听候查办。苟才恰在先行撤差之列。他自入仕途以来,只会耍牌子,讲应酬,至于这等风险,却向来没有经过;这回碰了这件事情,犹如当头打了个闷雷一般,吓得他魂不附体!幸而不在看管之列,躲在公馆里,如坐针毡一般,没了主意。

一连过了三四天,才想起一个人来。你道这人是谁?是一个候补州同[1],现当着督辕文巡捕的,姓解,号叫芬臣。这个人向来与苟才要好。芬臣是个极活动的人,大凡省里当着大差的道府大人们,他没有一个不拉拢的,苟才自然也在拉拢之列。苟才却因他是个巡捕,乐得亲近亲近他,四面消息都可以灵通点。这回却因芬臣足智多谋,机变百出,而且交游极广,托他或有法子好想。定了主意,等到约莫散辕之后,便到芬臣公馆里来,将来意说知。芬臣道:"大人来得正好。卑职正要代某大人去斡旋这件事,就可以顺便带着办了;但是这里头总得要点缀点缀。"苟才道:"这个自然。但不知道要多少?"芬臣道:"他们也是看货要价的:一,看官阶大小;二,看原参的轻重;三,他们也查访差缺的肥瘠。"苟才道:"如此,一切费心了。"说罢辞去。

从此之后,苟才便一心一意,重托了解芬臣,到底化了几万银子,把个功名保全了。从此和芬臣更成知己。只是功名虽然保全,差事到底撤了。他一向手笔大,不解理财之法,今番再干掉了几万,虽不至于像从前吃尽当光光景,然而不免有点外强中干了。所以等到事

---

[1] 州同——知州的辅佐官。

情平静以后,苟才便天天和解芬臣在一起,钉着他想法子弄差使。芬臣道:"这个时候最难。合城官经了一番大调动,为日未久,就是那钦差临行时交了两个条子,至今也还想不出一个安插之法,这是一层;第二层是最标致、最得宠的五姨太太,前天死了。"苟才惊道:"怎么外面一点信息没有?是几时死的?"芬臣道:"大人千万不要提起这件事。老帅就恐怕人家和他举动起来,所以一概不叫知道。前天过去了,昨天晚上成的殓;在花园里那竹林子旁边,盖一个小房子停放着,也不抬出来,就是恐怕人知的意思。为了此事,他心上正自烦恼,昨天今天,连客也没会,不要说没有机会,就是有机会,也碰不进去。"苟才道:"我也不急在一时,不过能够快点得个差使,面子上好看点罢了。"又问:"这五姨太太生得怎么个脸蛋?老帅共有几房姨太太?何以单单宠他?"芬臣道:"姨太太共是六位。那五姨太太,其实他没有大不了的姿色,我看也不过'情人眼里出西施'罢了;不过有个人情在里面。"苟才道:"有甚人情?"芬臣道:"这位五姨太太是现任广东藩台鲁大人送的。那时候老帅做两广,鲁大人是广西候补府。自从送了这位姨太太之后,便官运亨通起来,一帆顺风,直到此刻地位。"苟才听了,默默如有所思。闲谈一会,便起身告辞。

回到公馆,苟太太正在那里骂媳妇呢,骂道:"你这个小贱人,命带扫帚星[1]!进门不到一年,先扫死了丈夫,再把公公的差使扫掉

---

[1] 扫帚星——彗星的俗名。封建迷信,认为发现扫帚星是不吉利的,因而把媳妇进门后,婆家遭遇了甚么祸事,说成是媳妇命带扫帚星。

了!"刚刚骂到这里,苟才回来,接口道:"算了罢!这一案南京城里撤差的,单是道班的也七八个,全案算起来,有三四十人,难道都讨了命带扫帚星的媳妇么?"苟太太道:"没有他,我没得好赖;有了他,我就要赖他!"苟才也不再多说,由他骂去。到了晚上,夫妻两个,切切[1]私议了一夜。

次日是辕期,苟才照例上辕,却先找着了芬臣,和他说道:"今日一点钟,我具了个小东,叫个小船,喝口酒去,你我之外,并不请第三个人。在问柳(酒店名)下船[2]。我也不客气,不具帖子了。"芬臣听说,知道他有机密事,点头答应。到了散辕之后,便回公馆,胡乱吃点饭,便坐轿子到问柳去。进得门来,苟才先已在那里,便起来招呼,一同在后面下船。把自己带来的家人留下,道:"你和解老爷的管家,都在这里伺候罢,不用跟来了。解老爷管家,怕没吃饭,就在这里叫饭叫菜请他吃,可别走开。"说罢,挽了芬臣,一同跨上船去。酒菜自有伙食船跟去。苟才吩咐船家,就近点把船放到夫子庙对岸那棵柳树底下停着。芬臣心中暗想,是何机密大事,要跑到那人走不到的地方去。正是:要从地僻人稀处,设出神机鬼械谋。未知苟才邀了芬臣,有何秘密事情商量,且待下回再记。

----

[1] 切切——形容低细而接连不断的声音。
[2] 在问柳下船——问柳,是当时南京一家著名的酒馆,后门紧靠着秦淮河。河边其他的酒馆也如此。游船的客人要吃那家的菜,就把船停在那一家酒馆的后门,从那里下船。

第八十八回

劝堕节翁姑齐屈膝　谐好事媒妁得甜头

当下苟才一面叫船上人剪好烟灯,通好烟枪,和芬臣两个对躺下来,先说些别样闲话。苟才的谈锋,本来没有一定:碰了他心事不宁的时候,就是和他相对终日,他也只默默无言;若是遇了他高兴头上,那就滔滔汩汩,词源不竭的了。他盘算了一天一夜,得了一个妙计,以为非但得差,就是得缺升官,也就是在此一举的了。今天邀了芬臣来,就是要商量一个行这妙法的线索。大凡一个人心里想到得意之处,虽是未曾成事,他那心中一定打算这件事情一成之后,便当如何布置,如何享用,如何酬恩,如何报怨,……越想越远,就忘了这件事未曾成功,好像已经成了功的一般。世上痴人,每每如此,也不必细细表他。

单表苟才原是痴人一流,他的心中,此时已经无限得意,因此对着芬臣,东拉西扯,无话不谈。芬臣见他说了半天,仍然不曾说到正题上去,忍耐不住,因问道:"大人今天约到此地,想是有甚正事赐教?"苟才道:"正是。我是有一件事要和阁下商量,务乞助我一臂之力,将来一定重重的酬谢!"芬臣道:"大人委办的事,倘是卑职办得到的,无有不尽力报效。此刻事情还没办,又何必先说酬谢呢。先请示是一件甚么事情?"苟才便附到他耳边去,如此这般的说了一遍。

芬臣听了，心中暗暗佩服他的法子想得到。这件事如果办成了功，不到两三年，说不定也陈臬开藩[1]的了。因说道："事情是一件好事，不知大人可曾预备了人？"苟才道："不预备了，怎好冒昧奉托。"又附着耳，悄悄的说了几句。又道："咱们是骨肉至亲，所以直说了，千万不要告诉外人！"芬臣道："卑职自当效力。但恐怕卑职一个人办不过来，不免还要走内线。"苟才道："只求事情成功，但凭大才调度就是了。"芬臣见他不省，只得直说道："走了内线，恐怕不免要多少点缀些。虽然用不着也说不定，但卑职不能不声明在前。"苟才道："这个自然是不可少的，从来说，'欲成大事者，不惜小费'啊。"两人谈完了这一段正事，苟才便叫把酒菜拿上来，两个人一面酌，一面谈天，倒是一个静局。等饮到兴尽，已是四点多钟，两个又叫船户，仍放到问柳登岸。苟才再三叮嘱，务乞鼎力，一有好消息，望即刻给我个信。芬臣一一答应。方才各自上轿分路而别。

苟才回到公馆，心中上下打算：一会儿又想发作；一会儿又想到万一芬臣办不到，我这里冒冒失失的发作了，将来难以为情，不如且忍耐一两天再说。从这天起，他便如油锅上蚂蚁一般，行坐不安。一连两天，不见芬臣消息，便以上辕为由，去找芬臣探问。芬臣让他到巡捕处坐下，悄悄说道："卑职再三想过，我们倒底说不上去；无奈去找了小跟班祁福，祁福是天天在身边的，说起来希冀容易点。谁知那小子不受抬举，他说是包可以成功，但是他要三千银子，方才肯说。"

[1] 陈臬开藩——做臬台和做藩台。

苟才听了，不觉一棱。慢慢的说道："少点呢，未尝不可以答应他；太多了，我如何拿得出！就是七拼八凑给了他，我的日子又怎生过呢！不如就费老哥的心，简直的说上去罢。"芬臣道："大人的事，卑职那有个不尽心之理。并且事成之后，大人步步高升，扶摇直上，还望大人栽培呢。但是我们说上去，得得成功最好；万一碰了，连弯都没得转，岂不是弄僵了么。还是他们帮忙容易点，就是一下子碰了，他们意有所图，不消大人吩咐，他们自会想法子再说上去。卑职这两天所以不给大人回信的缘故，就因和那小子商量少点，无奈他丝毫不肯退让。到底怎样办法？请大人的示。在卑职愚见，是不可惜这个小费，恐怕反误了大事。"苟才听了，默默寻思了一会道："既如此，就答应了他罢。但必要事情成了，赏收了，才能给他呢。"芬臣道："这个自然。"苟才便辞了回去。

又等了两天，接到芬臣一封密信，说"事情已妥，帅座已经首肯。惟事不宜迟，因帅意急欲得人，以慰岑寂也"云云。苟才得信大喜，便匆匆回了个信，略谓"此等事亦当择一黄道吉日；况置办奁具等，亦略须时日，当于十天之内办妥"云云。打发去后，便到上房来，径到卧室里去，招呼苟太太也到屋子里，悄悄的说道："外头是弄妥了，此刻赶紧要说破了。但是一层：必要依我的办法，方才妥当，万万不能用强的。你可千万牢记了我的说话，不要又动起火来，那就僵了。"苟太太道："这个我知道。"便叫小鸦头去请少奶奶来。一会儿，少奶奶来了，照常请安侍立。苟太太无中生有的找些闲话来说两句，一面支使开小鸦头；再说不到几句话，自己也走出房外去了。房中只剩了翁媳二人,苟才忽然间立起来,对着少奶奶双膝跪下。这一下子,把个少奶奶吓的昏了!不知是何事故,自己跪下也不是,站着又不是,走开又不是,当了面又不是,背转身又不是,又说不出一句话来。苟才更磕下头去道:"贤媳,求你救我一命!"少奶奶见此情形,猛然想起莫非他不怀好意,要学那"新台故事"〔1〕。想到这里,心中十分着急。要想走出去,怎奈他跪在当路,在他身边走过时,万一被他缠住,岂不是更不成事体。急到无可如何,便颤声叫了一声婆婆。苟太太本在门外,并未远去,听得叫,便一步跨了进去。大少奶奶正要说话,谁知他进得门来,翻身把门关上,走到苟才身边,也对着少奶奶扑咚一声双膝跪下。少奶奶又是一惊,这才忙忙对跪下来道:"公公婆婆有甚么事,快请起来说。"苟太太道:"没有甚么话,只求贤媳救我两个的命!"少奶奶道:"公公婆婆有甚差事,只管吩咐。快请起来!这总不成个样子!"苟才道:"求贤媳先答应了,肯救我一家性命,我两个才敢起来。"少奶奶道:"公公婆婆的命令,媳妇怎敢不遵!"苟才夫妇两个,方才站了起来。苟太太一面搀起了少奶奶,捺他坐下,苟才也凑近一步坐下,倒弄得少奶奶跼蹐〔2〕不安起来。

　　苟才道:"自从你男人得病之后,迁延了半年,医药之费,化了几千;得他好了倒也罢了,无奈又死了。唉!难为贤媳青年守寡!但得我差使好呢,倒也不必说他了,无端的又把差使弄掉了。我有差使的

---

〔1〕 "新台故事"——春秋时,卫宣公为儿子伋娶齐女为妻,后来听说齐女长得很美,就在河边筑一新台,等齐女来时,竟占为己有。
〔2〕 跼蹐——形容为难、拘束的样子。

时候,已是寅支卯粮的了;此刻没了差使才得几个月,已经弄得百孔千疮,背了一身亏累。家中亲丁虽然不多,然而穷苦亲戚弄了一大窝子,这是贤媳知道的。你说再没差使,叫我以后的日子怎生得过!所以求贤媳救我一救!"少奶奶当是一件甚么事,苟才说话时,便拉长了耳朵去听。听他说头一段自己丈夫病死的话,不觉扑簌簌的泪落不止;听他说到诉穷一段,觉得莫名其妙,自己一家人,何以忽然诉起穷来;听到末后一段,心里觉得奇怪,莫不是要我代他谋差使?这件事我如何会办呢。听完了便道:"媳妇一个弱女子,能办得了甚么事?就是办得到的,也要公公说出个办法来,媳妇才可以照办。"

苟才向婆子丢个眼色,苟太太会意,走近少奶奶身边,猝然把少奶奶捺住,苟才正对了少奶奶,又跪下去。吓得少奶奶要起身时,却早被苟太太捺住了;况且苟太太也顺势跪下,两只手抱住了少奶奶双膝。苟才却摘下帽子,放在地下,然后鼞的鼞的,碰了三个响头。原来本朝制度,见了皇帝,是要免冠叩首的,所以在旗的仕宦人家,遇了元旦祭祖,也免冠叩首,以表敬意;除此之外,随便对了甚么人,也没有行这个大礼的。所以当下少奶奶一见如此,自己又动弹不得,便颤声道:"公公这是甚么事?可不要折死儿媳啊!"苟才道:"我此刻明告诉了媳妇,望媳妇大发慈悲,救我一救!这件事除了媳妇,没有第二个可做的。"少奶奶急道:"你两位老人家怎样啊?那怕要媳妇死,媳妇也去死,媳妇就遵命去死就是了!总得要起来好好的说啊。"苟才仍是跪着不动道:"这里的大帅,前个月没了个姨太太,心中十分不乐,常对人说,怎生再得一个佳人,方才快活。我想媳妇生就的沉鱼落雁之容,闭月羞花之貌,大帅见了,一定欢喜的,所以我前两天托人对大帅说定,将媳妇送去给他做了姨太太,大帅已经答应下来。务乞媳妇屈节顺从,这便是救我一家性命了。"少奶奶听了这几句话,犹如天雷击顶一般,头上轰的响了一声,两眼顿时漆黑,身子冷了半截,四肢登时麻木起来;歇了半晌方定,不觉抽抽咽咽的哭起来。苟才还只在地下磕头。少奶奶起先见两老对他下跪,心中着实惊慌不安;及至听了这话,倒不以为意了。苟才只管磕头,少奶奶只管哭,犹如没有看见一般。苟太太扶着少奶奶的双膝劝道:"媳妇不要伤心。求你看我死儿子的脸,委屈点救我们一家,便是我那死儿子,在地底下也感激你的大恩啊!"少奶奶听到这里,索性放声大哭起来。一面哭,一面说:"天啊!我的命好苦啊!爸爸啊!你撇得我好苦啊!"苟才听了,在地下又礐的礐的碰起头来,双眼垂泪道:"媳妇啊!这件事办的原是我的不是;但是此刻已经说了上去,万难挽回的了,无论怎样,总求媳妇委屈点,将就下去。"

此时少奶奶哭诉之声,早被门外的丫头老妈子听见,推了推房门,是关着的,只得都伏在窗外偷听。有个寻着窗缝往里张的,看见少奶奶坐着,老爷、太太都跪着,不觉好笑,暗暗招手,叫别个来看。内中有个有年纪的老妈子,恐怕是闹了甚么事,便到后头去请姨妈出来解劝。姨妈听说,也莫名其妙,只得跟到前面来,叩了叩门道:"妹妹开门!甚么事啊?"苟太太听得是姨妈声音,便起来开门。苟才也只得站了起来。少奶奶兀自哭个不止。姨妈跨进来便问道:"你们这是唱的甚么戏啊?"苟太太一面仍关上门,一面请姨妈坐下,一面如此这般,这般如此的告诉了一遍。又道:"这都是天杀的在外头干下来的事,我一点也不晓得;我要是早点知道,那里肯由得他去干!此刻事已如此,只有委屈我的媳妇就是了。"姨妈沉吟道:"这件事怕不是我们做官人家所做的罢。"苟才道:"我岂不知道!但是一时糊涂,已经做了出去,如果媳妇一定不答应,那就不好说了。大人先生的事情,岂可以和他取笑!答应了他,送不出人来,万一他动了气,说我拿他开心,做上司的要抓我们的错处容易得很,不难栽上一个罪名,拿来参了,那才糟糕到底呢!"说着,叹了一口气。姨妈看见房门关着,便道:"你们真干的好事!大白天的把个房门关上,好看呢!"苟太太听说,便开了房门。当下四个人相对,默默无言。鸦头们便进来伺候,装烟舀茶。少奶奶看见开了门,站起来只向姨妈告辞了一声,便扬长的去了。

苟太太对苟才道:"干他不下来,这便怎样?"苟才道:"还得请姨妈去劝劝他,他向来听姨妈说话的。"说罢,向姨妈请了一个安道:"诸事拜托了。"姨妈道:"你们干得好事,却要我去劝!这是各人的志向,如果他立志不肯,又怎样呢?我可不耽这个干系。"苟才道:"这件事,他如果一定不肯,认真于我功名有碍的。还得姨妈费心。我此刻出去,还有别的事呢。"说罢,便叫预备轿子,一面又央及了姨妈几句。姨妈只得答应了。苟才便出来上轿,吩咐到票号里去。

且说这票号生意,专代人家汇划银钱及寄顿银钱的。凡是这些票号,都是西帮[1]所开。这里头的人最是势利,只要你有二钱银子

---

[1] 西帮——当时开设票号的,绝大多数是山西人,所以称为西帮。

存在他那里,他见了你时,便老爷咧、大人咧,叫得应天响;你若是欠上他一厘银子,他向你讨起来,你没得还他,看他那副面目,就是你反叫他老爷、大人,他也不理你呢。当时苟才虽说是撤了差穷了,然而还有几百两银子存在一家票号里。这天前去,本是要和他别有商量的。票号里的当手姓多,叫多祝三,见苟才到了,便亲自迎了出来,让到客座里请坐。一面招呼烟茶,一面说:"大人好几天没请过来了,公事忙?"苟才道:"差也撤了,还忙甚么!穷忙罢咧。"多祝三道:"这是那里的话!看你老人家的气色,红光满面,还怕不马上就有差使,不定还放缺呢。小号这里总得求大人照应照应。"苟才道:"咱们不说闲话。我今日来要和你商量,借一万两银子;利息呢,一分也罢,八厘也罢,左右我半年之内,就要还的。"多祝三道:"小号的钱,大人要用,只管拿去好了,还甚么利不利;但是上前天才把今年派着的外国赔款,垫解到上海,今天又承解了一笔京款,藩台那边的存款,又提了好些去,一时之间,恐怕调动不转呢。"苟才道:"你是知道我的,向来不肯乱花钱。头回存在宝号的几万,不是为这个功名,甚么查办不查办,我也不至于尽情提了去,只剩得几百零头,今天也不必和你商量了。因为我的一个鸦头,要送给大帅做姨太太,由文巡厅[1]解芬臣解大老爷做的媒人,一切都说妥了。你想给大帅的,与给别人的又自不同,咱们老实的话,我也望他进去之后,和我做一个内线,所以这一分妆奁,是万不能不从丰的。我打算赔个二万,无奈自己只有一万,

----

[1] 文巡厅——对文巡捕的敬称。

才来和你商量。宝号既然不便,我到别处张罗就是了。"苟才说这番话时,祝三已拉长了耳朵去听。听完了,忙道:"不,因为这两天,东家派了一个伙计来查帐。大人的明见,做晚的虽然在这里当手,然而他是东家特派来的人,既在这里,做晚的凡事不能不和他商量商量。他此刻出去了,等他回来,做晚的和他说一声,先尽了我的道理,想来总可以办得到的;办到了,给大人送来。"苟才道:"那么,行不行你给我一个回信,好待我到别处去张罗。"祝三一连答应了无数的"是"字,苟才自上轿回去。

那多祝三送过苟才之后,也坐了轿子,飞忙到解芬臣公馆里来。原来那解芬臣自受了苟才所托之后,不过没有机会进言,何尝托甚么小跟班。不过遇了他来讨回信,顺口把这句话搪塞他,也就顺便诈他几文用用罢了。在芬臣当日,不过诈得着最好,诈不着也就罢了。谁知苟才那厮,心急如焚,一诈就着。芬臣越发上紧,因为办成了,可以捞他三千;又是小跟班扛的名气,自己又还送了个交情,所以日夕在那里体察动静。那天他正到签押房里要回公事,才揭起门帘,只见大帅拿一张纸片往桌子上一丢,重重的叹了一口气。芬臣回公事时,便偷眼去瞧那纸片,原来不是别的,正是那死了的五姨太太的照片儿。芬臣心中暗喜。回过了公事,仍旧垂手站立。大帅道:"还有甚么事?"芬臣道:"苟道苟某人,他听说五姨太太过了,很代大帅伤心。因为大帅不叫外人知道,所以不敢说起。"大帅拿眼睛看了芬臣一眼,道:"那也值得一回。"芬臣道:"苟道还说已经替大帅物色着一个人,因为未曾请示,不敢冒昧送进来。"大帅道:"这倒费他的心。但不知生得怎样？"芬臣道："倘不是绝色的，苟道未必在心。"这位大帅，本是个色中饿鬼，上房里的大鸦头，凡是稍为生得干净点的，他总有点不干不净的事干下去，此刻听得是个绝色，如何不欢喜？便道："那么你和他说，叫他送进来就是了。"芬臣应了两个"是"字，退了出去，便给信与苟才。此时正在盘算那三千头，可以稳到手了。正在出神之际，忽然家人报说票号里的多老办[1]来了，芬臣便出去会他。先说了几句照例的套话，祝三便说道："听说解老爷代大帅做了个好媒人。这媒人做得好，将来姨太太对了大帅的劲儿，媒人也要有好处的呢。我看谢媒的礼，少不了一个缺。应得先给解老爷道个喜。"说罢，连连作揖。芬臣听了，吃了一惊，一面还礼不迭，一面暗想，这件事除了我和大帅及苟观察之外，再没有第四个人知道；我回这话时，并且旁边的家人也没有一个，他却从何得知呢。因问道："你在那里听来的？好快的消息！"祝三道："姨太太还是苟大人那边的人呢，如何瞒得了我！"芬臣是个极机警的人，一闻此语，早已了然胸中。因说道："我是媒人，尚且可望得缺，苟大人应该怎样呢？你和苟大人道了喜没有？"祝三道："没有呢。因为解老爷这边顺路，所以先到这边来。"芬臣正色道："苟大人这回只怕官运通了，前回的参案参他不动，此刻又遇了这么个机会。那女子长得实在好，大帅一定得意的。"祝三听了，敷衍了几句，辞了出来，坐上轿子，飞也似的回到号里，打了一张一万两的票子，亲自送给苟才。正是：奸刁市侩眼一孔，

---

[1] 老办——老板。

势利人情纸半张。未知祝三送了银票与苟才之后,还有何事,且待下回再记。

第八十九回

舌剑唇枪难回节烈　忿深怨绝顿改坚贞

南京地方辽阔，苟才接得芬臣的信，已是中午时候；在家里胡闹了半天，才到票号里去；多祝三再到芬臣处转了一转，又回号里打票子，再赶到苟才公馆，已是掌灯时候了。苟才回到家中，先向婆子问："劝得怎样了？"苟太太摇摇头。苟才道："可对姨妈说，今天晚上起，请他把铺盖搬到那边去。一则晚上劝劝他；二则要防到他有甚意外。"苟太太此时，自是千依百顺，连忙请姨妈来，悄悄说知，姨妈自无不依之理。

苟才正在安排一切，家人报说票号里多先生来了，苟才连忙出来会他。祝三一见面，就连连作揖道："耽误了大人的事，十分抱歉！我们那伙计方才回来，做晚的就忙着和他商量大人这边的事。大人猜我们那伙计说甚么来？"苟才道："不过不肯信付我们这背时的人罢了。"祝三拍手道："正是，大人猜着了也！做晚的倒很很儿给他埋怨一顿，说：'亏你是一号的当手，眼睛也没生好！像苟大人那种主儿，咱们求他用钱，还怕苟大人不肯用；此刻苟大人亲自赏光，你还要活活的把一个主儿推出去！就是现的垫空了，咱们那里调不动万把银子，还不赶着给苟大人送去！'大人，你老人家替我想想，做晚的不过小心点待他，倒反受了他的一阵埋怨，这不是冤枉吗！做晚的并没有丝毫不放心大人的意思,这是大人可以谅我的。下回如果大人驾到小号,见着了他,还得请大人代做晚的表白表白。"说罢,在怀里掏出一个洋皮夹子,在里面取出一张票子来,双手递与苟才道:"这是一万两,请大人先收了;如果再要用时,再由小号里送过来。"苟才道:"这个我用不着,你先拿了回去罢。"祝三吃了一惊,道:"想大人已经向别家用了?"苟才道:"并不。"祝三道:"那么还是请大人赏用了,左右谁家的都是一样用。"苟才道:"我用这个钱,并不是今天一下子就要用一万,是要来置备东西用的,三千一处也不定,二千一处也不定,就是几百一处、几十一处,都是论不定的;你给我这一张整票子,明天还是要到你那边打散,何必多此一举呢。"祝三道:"是,是,是,这是做晚的糊涂。请大人的示:要用多少一张的? 或者开个横单子下来,做晚的好去照办。"苟才道:"这个那里论得定。"祝三道:"这样罢,做晚的回去,送一份三联支票过来罢,大人要用多少支多少,这就便当了。"苟才道:"我起意是要这样办,你却要推三阻四的,所以我就没脸说下去了。"祝三道:"大人说这是那里话来! 大人不怪小人错,准定就照那么办,明天一早,再送过来就是了。"苟才点头答应,祝三便自去了。

  苟才回到上房,恰好是开饭时候,却不见姨妈;苟才问起时,才知道在那边陪少奶奶吃去了。原来少奶奶当日,本是夫妻同吃的,自从苟太太拆散他夫妻之后,便只有少奶奶一个人独吃,那时候,已是早一顿、迟一顿的了;到后来大少爷死了,更是冷一顿、热一顿,甚至有不能下箸的时候,少奶奶却从来没过半句怨言,甘之若素。却从苟才起了不良之心之后,忽然改了观,管厨房的老妈,每天还过来请示吃甚么菜,少奶奶也不过如此。这天中上,闹了事之后,少奶奶一直在房里嘤嘤啜泣。姨妈坐在旁边,劝了一天。等到开出饭来,鸦头过来请用饭。少奶奶说:"不吃了,收去罢。"姨妈道:"我在这里陪少奶奶呢,快请过来用点。"少奶奶道:"我委实吃不下,姨妈请用罢。"姨妈一定不依,劝死劝活,才劝得他用茶泡了一口饭,勉强咽下去。饭后,姨妈又复百般劝慰。

今天一天,姨妈所劝的话,无非是埋怨苟才夫妻岂有此理的话,绝不敢提到劝他依从的一句。直到晚饭之后,少奶奶的哭慢慢停住了,姨妈才渐渐入起彀来,说道:"我们这个妹夫,实在是个糊涂虫!娶了你这么个贤德媳妇,在明白点的人,岂有不疼爱得和自己女儿一般的,却在外头去下这没天理的事情来!亏他有脸,当面说得出!我那妹子呢,更不用说,平常甚么规矩咧、礼节咧,一天到晚闹不清楚,我看他向来没有把好脸色给媳妇瞧一瞧;他男人要干这没天理的事情,他就帮着腔,也柔声下气起来了。"少奶奶道:"岂但柔声下气,今天不是姨妈来救我,几乎把我活活的急死了!他两老还双双的跪在地下呢;公公还摘下小帽,咯嘣咯嘣的碰头。"姨妈听了笑道:"只要你点一点头,便是他的宪太太了,再多碰几个,也受得他起。"少奶奶道:"姨妈不要取笑,这等事岂是我们这等人家做出来的!"姨妈道:"啊唷!不要说起!越是官宦人家,规矩越严,内里头的笑话越多。我还是小时候听说的:苏州一家甚么人家,上代也是甚么状元宰相[1],家里秀才举

----

[1] 宰相——辅佐皇帝的百官领袖。各朝名称不同,清时以内阁大学士、军机大臣执行宰相的职权。

人,几几乎数不过来。有一天,报到他家的大少爷点了探花了,家中自然欢喜热闹,开发报子赏钱,忙个不了;谁知这个当刻,家人又来报三少奶奶跟马夫逃走了。你想这不是做官人家的故事?直到前几年,那位大少爷早就扶摇直上,做了军机大臣了。那位三少奶奶,年纪也大了,买了七八个女儿,在山塘灯船[1]上当老鸨,口口声声还说我是某家的少奶奶,军机大臣某人,是我的大伯爷。有个人在外面这样胡闹,他家里做官的还是做官。如今晚儿的世界,是只能看外面,不能问底子的了。"少奶奶道:"这是看各人的志气,不能拿人家来讲的。"姨妈道:"天哼!天底下有几个及得来我的少奶奶的!哼!老天爷也实在糊涂!越是好人,他越给他磨折得利害!像少奶奶这么个人,长得又好,脾气又好,规矩、礼法、女红[2]、活计,那一样输给人家,真正是谁见谁爱,谁见谁疼的了;却碰了我妹子那么个糊涂蛋的婆婆,一年到晚,我看你受的那些委屈,我也不知陪你淌了多少眼泪!他们索性玩出这个把戏来了!少奶奶啊!方才我替你打算过来,不知你这一辈子的人怎么过呢!他们在外头丧良心、没天理的干出这件事来,我听说已经把你的小照送给制台看过,又求了制台身边的人上去回过,制台点了头,并且交代早晚就要送进去的,这件事就算已经成功的了。少奶奶却依着正大道理做事,不依从他,这个自是神人共敬的。但是你公公这一下子交不出人来,这个钉子怕不碰得

---

[1] 灯船——旧时苏、锡一带专供游览饮宴的船,在舱内外张挂彩灯,所以叫做灯船。多于夏间作避暑用,也有蓄妓陪客的。
[2] 女红——红,这里同工。女红,指纺绩、缝纫、刺绣等事。

他头破血流！如今晚儿做官的,那里还讲甚么能耐,讲甚么才情;会拉拢、会花钱就是能耐,会巴结就是才情。你向来不来拉拢,不来巴结,倒也罢了;拉拢上了,巴结上了,却叫他落一个空,晓得他动的是甚么气！不要说是差缺永远没望,说不定还要干掉他的功名。他的功名干掉了,是他的自作自受,极应该的;少奶奶啊！这可是苦了你了！他功名干掉了,差使不能当了,人家是穷了,这里没面子再住了,少不得要回旗去。咱们是京旗,一到了京里,离你的娘家更远了。你婆婆的脾气,是你知道的,不必再说了;到了那时候,说起来,公公好好的功名,全是给你干掉的,你这一辈子的磨折,只怕到死还受不尽呢！"说着,便淌下泪来。少奶奶道:"关到名节上的事情,就是死也不怕,何况受点折磨？"姨妈道:"能死得去倒也罢了,只怕死不去呢！老实对你说:我到这里陪你,就是要监守住你,防到你有三长两短的意思。你想我手里的几千银子,被他们用了,到此刻不曾还我,他委托我一点事情,我那里敢不尽心！你又从何死起？唉！总是运气的原故。你们这件事闹翻了,他们穷了,又是终年的闹饥荒,连我养老的几吊棺材本,只怕从此拉倒了,这才是'城门失火,殃及池鱼'[1]呢！"少奶奶听了这些话,只是默默无言。姨妈又道:"我呢,大半辈子的人了,就是没了这几吊养老本钱,好在有他们养活着我;我死了下来,这几根骨头,怕他们不替我收拾！"说到这里,也淌下眼泪来。

---

[1] "城门失火,殃及池鱼"——无辜被祸的意思。这是古时一句成语,意思说,因为城门失火,就汲取池里的水去浇救,结果,池里的鱼却因缺水而遭殃死去。

又道："只是苦了少奶奶，年纪轻轻的，又没生下一男半女，将来谁是可靠的？你看那小子（指小少爷也），已经长到十二岁了，一本《中庸》[1]还没念到一半，又顽皮又笨，那里像个有出息的样子！将来还望他看顾嫂嫂？"说到这里，少奶奶也抽抽咽咽的哭了。姨妈道："少奶奶，这是你一辈子的事，你自己过细想想看。"当时夜色已深，大众安排睡觉。一宵晚景休提。

且说次日，苟才起来，梳洗已毕，便到书房里找出一个小小的文具箱，用钥匙开了锁，翻腾了许久，翻出一个小包、一个纸卷儿，拿到上房里来。先把那小包递给婆子道："这一包东西，是我从前引见的时候，在京城里同仁堂买的。你可交给姨妈，叫他吃晚饭时候，随便酒里茶里，弄些下去，叫他吃了。"说罢，又附耳悄悄的说了那功用。苟太太道："怪道呢！怨不得一天到晚在外头胡闹，原来是备了这些东西。"苟才道："你不要这么大惊小怪，这回也算得着了正用。"说罢，又把那纸卷儿递过去道："这东西也交代姨妈，叫他放在一个容易看见的地方。左右姨妈能说能话，叫他随机应变罢了。"苟太太接过纸卷，要打开看看；才开了一开，便涨红了脸，把东西一丢道："老不要脸的！那里弄了这东西？"苟才道："你那里知道！大凡官照、札子、银票等要紧东西里头，必要放了这个，作为镇压之用，凡我们做官的人，是个个备有这样东西的。"苟太太也不多辩论，先把东西收下。

---

[1]《中庸》——本是《礼记》里的一篇，宋朱熹把它抽出单行，参看第六回"四书"注。

觑个便,邀了姨妈过来,和他细细说知,把东西交给他。姨妈一一领会。

这一天,苟才在外头置备了二三千银子的衣服首饰之类,作为妆奁。到得晚饭时,姨妈便蹑手蹑脚,把那小包子里的混帐东西,放些在茶里面。饭后仍和昨天一般,用一番说话去旁敲侧击。少奶奶自觉得神思昏昏,老早就睡下了。姨妈觑个便,悄悄的把那个小纸卷儿,放在少奶奶的梳妆抽屉里。这一夜,少奶奶竟没有好好的睡,翻来覆去,短叹长吁,直到天亮,只觉得人神困倦。盥洗已毕,临镜理妆,猛然在梳妆抽屉里看见一个纸卷儿,打开一看,只羞得满脸通红,连忙卷起来。草草梳妆已毕,终日纳闷。姨妈又故意在旁边说些今日打听得制军如何催逼,苟才如何焦急等说话,翻来覆去的说了又说。到了晚上,又如法炮制,给他点混帐东西吃下。自己又故意吃两钟酒,借着点酒意,厚着脸面,说些不相干的话。又说:"这件事,我也望少奶奶到底不要依从;万一依从了,我们要再见一面,就难上加难了。做了制台的姨太太,只怕候补道的老太太还不及他的威风呢;何况我们穷亲戚,要求见一面,自然难上加难了。"少奶奶只不做声。如此一连四五天,苟才的妆奁也办好了,芬臣也来催逼两次了。

姨妈看见这两天少奶奶不言不语,似乎有点转机了,便出来和苟太太说知,如此如此。苟太太告诉了苟才,苟才立刻和婆子两个过来,也不再讲甚么规矩,也不避甚么鸦头老妈,夫妻两个,直走到少奶奶房里,双双跪下。吓得少奶奶也只好陪着跪下,嘴里说道:"公公婆婆,快点请起,有话好说。"苟才双眼垂泪道:"媳妇啊!这两天里头,叫人家逼死我了!我托了人和制台说成功了,制台就要人,天天逼着那代我说的人;他交不出人,只得来逼我;这个是要活活逼死我的了!'救人一命,胜造七级浮屠'[1],望媳妇大发慈悲罢!"少奶奶到了此时,真是无可如何,只得说道:"公公婆婆,且先请起,凡事都可以从长计议。"苟才夫妇方才起来。姨妈便连忙来搀少奶奶起来,一同坐下。苟才先说道:"这件事本来是我错在前头,此刻悔也来不及了。古人说的:'一失足成千古恨,再回头是百年身。'我也明知道对不住人,但是叫我也无法补救。"少奶奶道:"媳妇从小就知妇人从一而终的大义,所以自从寡居以后,便立志守节终身;况且这个也无须立志的,做妇人的规矩,本是这样,原是一件照例之事。却不料变生意外!"说到这里,不说了。苟才站起来,便请了一个安道:"只望媳妇顺变达权[2],成全了我这件事,我苟氏生生世世,不忘大恩!"少奶奶掩面大哭道:"只是我的天唷!"说着,便大放悲声。姨妈连忙过来解劝。苟太太一面和他拍着背,一面说道:"少奶奶别哭,恐怕哭坏了身子啊。"少奶奶听说,咬牙切齿的跺着脚道:"我此刻还是谁的少奶奶唷!"苟太太听了,也自觉得无味;要待发作他两句,无奈此时功名性命,都靠在他身上,只得忍气吞声,咽了一口气下去。少奶奶哭够多时,方才住哭,望着姨妈道:"我恨的父母生我不是个男子,凡事自己作不动主,只得听从人家摆布;此刻我也没有话说了,

---

[1] "救人一命,胜造七级浮屠"——七级,七层。浮屠,埋葬僧骨的佛塔。从前人迷信,认为修造佛塔是一种功德,所以有这样一句成语。

[2] 顺变达权——随着形势的变化而通融办理。

由得人家拿我怎样便怎样就是了。但是我再到别家人家去,实在没脸再认是某人之女了。我爸爸死了,不用说他;我妈呢,苦守了几年,把我嫁了。我只有一个遗腹兄弟,常说长大起来,要靠亲戚照应的,我这一去,就和死了一样,我的娘家叫我交付给谁!我是死也张着眼儿的!"苟才站起来,把腰子一挺道:"都是我的!"

少奶奶也不答话,站起来往外就走,走到大少爷的神主前面,自己把头上簪子拔了下来,把头一颠,头发都散了,一弯腰,坐在地下,放声大哭起来。一面哭,一面诉;这一哭,直是哭得"一佛出世,二佛涅槃![1]"任凭姨妈、鸦头、老妈子苦苦相劝,如何劝得住,一口气便哭了两个时辰。哭得伤心过度了,忽然晕厥过去。吓的众人七手八脚,先把他抬到床上,掐人中,灌开水,灌姜汤,一泡子乱救,才救了过来。一醒了,便一咕噜爬起来坐着,叫声:"姨妈!我此刻不伤心了。甚么三贞九烈[2],都是哄人的说话;甚么断鼻割耳,都是古人的呆气[3]!唱一出戏出来,也要听戏的人懂得,那唱戏的才有精神,有意思;戏台下坐了一班又瞎又聋的,他还尽着在台上拚命的唱,不是个呆么!叫他们预备香蜡,我要脱孝了。几时叫我进去,叫他们快快回我。"苟才此时还在房外等候消息,听了这话,连忙走近门口垂

----

[1] "一佛出世,二佛涅槃"——涅槃,寂灭的意思,指死。一佛出世,二佛涅槃,就是说死去活来。一说:由一佛出世到二佛涅槃,形容时间的长久。
[2] 三贞九烈——古人以三和九指多数,因而三贞九烈就是极其贞烈的意思。
[3] 甚么断鼻割耳,都是古人的呆气——指三国时魏曹文叔妻夏侯令女的故事。文叔早死,令女年少无子,就自己断发割耳,表示守节的决心。后来她的叔父要她回娘家,打算迫她改嫁,她又把自己的鼻子割掉,坚决不改嫁。

手道:"宪太太再将息两天,等把哭的嗓子养好了,就好进去。"少奶奶道:"哼!只要炖得浓浓儿的燕窝,吃上两顿就好了,还有工夫慢慢的将息!"苟太太在旁边,便一迭连声叫"快拣燕窝!要拣得干净,落了一根小毛儿在里头,你们小心抠眼睛、拶指头!"鸦头们答应去了。这里姨妈招呼着和少奶奶重新梳裹已毕。少奶奶到大少爷神主前,行过四跪八肃礼,便脱去素服,换上绸衣,独自一个在那里傻笑。

过得一天,苟才便托芬臣上去请示。谁知那制台已是急得了不得,一听见请示,便说是:"今天晚上抬了进来就完了,还请甚么,示甚么!"苟才得了信,这一天下午,便备了极丰盛的筵席,饯送宪太太,先是苟才,次是苟太太和姨妈,挨次把盏。宪太太此时乐得开怀畅饮,以待新欢。等到筵席将散时,已将交二炮时候,苟才重新起来,把了一盏。宪太太接杯在手,往桌上一搁道:"从古用计,最利害的是'美人计'。你们要拿我去换差换缺,自然是一条妙计;但是你们知其一,不知其二,可知道古来祸水[1]也是美人做的?我这回进去了,得了宠,哼!不是我说甚么……"苟才连忙接着道:"总求宪太太栽培!"宪太太道:"看着罢咧!碰了我高兴的时候,把这件事的始末,哭诉一遍,怕不断送你们一辈子!"说着,拿苟才把的一盏酒,一吸而尽。苟才听了这个话,犹如天雷击顶一般;苟太太早已当地跪

---

[1] 祸水——《飞燕外传》:淖方成认为,汉成帝的皇后赵飞燕,将为汉家的祸水。迷信说法:汉朝是"以火德王"的,水能克火,所以说是祸水。后来就把祸水当作祸患解释,在重男轻女的情况下,一般的指女人。

下。姨妈连忙道:"宪太太大人大量,断不至于如此,何况这里还答应招呼宪太太的令弟呢。"

原来苟才也防到宪太太到了衙门时,贞烈之性复起,弄出事情来,所以后来把那一盏酒,重重的和了些那混帐东西在里面。宪太太一口吸尽,慢慢的觉得心上有点与平日不同。勉强坐定了一回,双眼一饧,说道:"酒也够了,东西也吃饱了,用不着吃饭了。要我走,我就走罢!"说着,站起来,站不稳,重又坐下。姨妈忙道:"可是醉了?"宪太太道:"不,打轿子罢。"苟才便喝叫轿子打进来。苟太太还兀自跪在地下呢,宪太太早登舆去了,所有妆奁也纷纷跟着轿子抬去。这一去,有分教:宦海风涛惊起落,侯门〔1〕显赫任铺张。不知后事如何,且待下回再记。

------

〔1〕 侯门——这里指一般贵族人家。

第九十回

差池臭味[1]郎舅成仇　巴结功深葭莩[2]复合

苟才自从送了自己媳妇去做制台姨太太之后,因为他临行忽然有祸水出自美人之说,心中着实后悔,夫妻两个,互相埋怨。从此便怀了鬼胎,恐怕媳妇认真做弄手脚,那时候真是"赔了夫人又折兵"了。一会儿,又转念媳妇不是这等人,断不至于如此;只要媳妇不说穿了,大帅一定欢喜的,那就或差或缺,必不落空。如此一想,心中又快活起来。

次日,解芬臣又来说,那小跟班祁福要那三千头了。苟才本待要反悔,又恐怕内中多一个作梗的,只得打了三千票子,递给芬臣。说道:"费心转交过去。并求转致前路,内中有甚消息,大帅还对劲不,随时给我个信。"芬臣道:"这还有甚不对劲的!今天本是辕期,忽然止了辕。九点钟时候,祁福到卑职那里要这个,卑职问他:'为甚么事止的辕?'祁福说:'并没有甚么事,我也不知道为甚止辕的。'卑职又问:'大帅此刻做甚么?'祁福说:'在那里看新姨太太梳头呢。'大人的明见,想来就是为这件事止的辕了,还有不得意的么!"苟才听

---
〔1〕差池臭味——差池,参差不齐。臭味,是气味。差池臭味,意思是彼此意见不合。
〔2〕葭莩——芦苇里面粘附的白膜,比喻亲戚。

了,又是忧喜交集。官场的事情,也真是有天没日,只要贿赂通了,甚么事都办得到的,不出十天,苟才早奉委了筹防局、牙厘局〔1〕两个差使。苟才忙得又要谢委,又要拜客,又要到差,自以为从此一帆顺风,扶摇直上的了。却又恰好遇了苏州抚台要参江宁藩台的故事,苟才在旁边倒得了个署缺。这件事是个甚么原因?先要把苏州抚台的来历表白了,再好叙下文。

这苏州抚台姓叶,号叫伯芬,本是赫赫侯门的一位郡马〔2〕。起先捐了个京职,在京里住过几年,学了一身的京油子气。他有一位大舅爷,是个京堂,到是一位严正君子,每日做事,必写日记。那日记当中,提到他那位叶妹夫,便说他年轻而纨绔习气〔3〕太重,除应酬外,乃一无所长,又性根未定,喜怒无常云云。伯芬的为人,也就可想而知了。他在京里住的厌烦了,大舅爷又不肯照应,他便忿忿出京,仗着一个部曹,要在外省谋差事。一位赫赫侯府郡马,自然有人照应,委了他一个军装局的会办。这军装局局面极阔,向来一个总办,一个会办,一个襄办,还有两个提调。总办向来是道台,便是会办、襄办也是个道台,就连两个提调都是府班的。他一个部曹,戴了个水晶顶子去当会办,比着那红蓝色的顶子,未免相形见绌;何况这局里的委员,蓝顶子的也很有两个,有甚么事聚会起来,如新年团拜之类,他总不免踟蹰不安,人家也就看他不起;那总办更是当他小孩子一般看待。

〔1〕 牙厘局——管理厘金捐税的机构。
〔2〕 郡马——清朝以亲王女儿和硕格格为郡主,郡主的丈夫为郡马。
〔3〕 纨绔习气——大少爷脾气、习惯。

伯芬在局里觉得难以自容,便收拾行李,请了个假,出门去了。

你道他往那里去来?原来他的大舅爷放了外国钦差,到外国去了,所以他也跟踪而去。以为在京时你不肯照应我罢了,此刻万里重洋的寻了去,虽然参赞[1]、领事所不敢望,一个随员总要安置我的。谁知千辛万苦,寻到了外洋,访到中国钦差衙门,投了帖子进去,里面马上传出来请,伯芬便进去相见。钦差一见了他,行礼未完,便问道:"你来做甚么?"伯芬道:"特地来给大哥请安。"钦差道:"哼!万里重洋的,特地为了请安而来,头一句就是撒谎!"伯芬道:"顺便就在这里伺候大哥,有甚么差使,求赏一个。"钦差道:"亏你还是仕宦人家出身,怎么连这一点节目都不懂得!这钦差的随员,是在中国时逐名奏调的,等到了此地,还有前任移交下来的人员,应去应留,又须奏明在案,某人派某事,都要据实奏明的。你当是和中国督抚一般,可以随时调剂私人的么?"伯芬棱了半天,说不出话来。此时他带来的行李,早已纷纷发到,家人上来请钦差的示,放在那里。钦差道:"我这衙门里没地方放,由他搁过一边,回来等他找定了客店搬去。"伯芬听说,更觉棱了。钦差道:"我这里,一来地方小,住不下闲人;二来我定的例,早晚各处都要点名,早上点过名才开大门,晚上也点过名才关门,不许有半个闲人在衙门里面。所以你这回来了,就是门房里也住你不下,你可赶紧到外头去找地方。你是见机的,就附了原船回去;要是不知起倒,当作在中国候差委一般候着,我可不理的。这里

---

[1] 参赞——辅佐公使办理外交的官员,有头二三等之分。

浇裹又大,较之中国要顶到一百几十倍,你自己打算便了。我这里有公事,不能陪你,你去罢。"伯芬无奈,只得退了出来。便拿片子,去拜俉门里的各随员;谁知各随员都受了钦差严谕,不敢招呼,一个个都回出来说挡驾。伯芬此时急的要哭出来,又是悔,又是恨,又是恼,又是急,一时心中把酸咸苦辣都涌了上来。到了此地,人生路不熟,又不懂话,正不知如何是好。幸得带来的家人曾贵,和一个钦差大臣带来的二手[1]厨子认得,由曾贵去央了那二手厨子出来,代他主仆两个,找定了一所客店,才把行李搬了过来住下。天天仍然到钦差俉门来求见,钦差只管不见他。到第三天去见时,那号房简直不代他传帖子了,说是:"递了上去就碰钉子,还责骂我们,说为甚不打出去。姑老爷,你何苦害我们捱骂呢!"伯芬听了,真是有苦无处诉。带来的盘费,看看用尽了。恰好那坐来的船,又要开到中国了,伯芬发了急,便写一封信给钦差,求他借盘缠回去。到了下午,钦差打发人送了回信来,却是两张三等舱的船票。

伯芬真是气得涨破了肚皮!只得忍辱受了,附了船仍回中国,便去销假,仍旧到他军装局的差。在老婆跟前又不便把大舅爷待自己的情形说出,更不敢露出忿恨之色,那心中却把大舅爷恨的犹如不共戴天[2]一般。又因为局里众人看不起他是个部曹;好得他家里有的是钱,他老太爷做过两任广东知县,很刮了些广东地皮回家,便向

---
〔1〕 二手——二把手、下手。
〔2〕 不共戴天——不同在光天化日之下,也就是不共同活在世间,表示势不两立的深仇大恨。

第九十回　差池臭味郎舅成仇　巴结功深葭莩复合

家里搬这银子出来,去捐了个候补道,加了个二品顶戴,入京引过见,从此他的顶子也红了。人情势利,大抵如此,局里的人看见他头上换了颜色,也不敢看他不起了。伯芬却是恨他大舅爷的心事,一天甚似一天,每每到睡不着觉时,便打算我有了个道班做底子,怎样可以谋放缺,怎样可以升官,几年可以望到督抚;怎样设法,可以调入军机;那时候大舅爷的辫子自然在我手里,那时便可以如何报仇,如何雪恨了。每每如此胡思乱想,想到彻夜不寐。

他却又一面广交声气,凡是有个红点子的人,他无有不交结的。一天正在局子里闲坐,忽然家人送上一张帖子,说是赵大人来拜。原这赵大人也是一个江南候补道,号叫啸存,这回进京引见,得了内记名[1]出来。从前在京时,叶伯芬本来是相识的,这回出京路过上海,便来拜访。伯芬见了片子,连忙叫请。两人相见之下,照例寒暄几句,说些契阔的话。在赵啸存无非是照例应酬,在叶伯芬看见赵啸存新得记名,便极力拉拢。等啸存去后,便连忙叫人到聚丰园定了座位,一面坐了马车去回拜啸存,当面约了明日聚丰园。及至回到局里,又连忙备了帖子,开了知单送去,啸存打了知字回来。

伯芬到了次日下午五点钟时,便到聚丰园去等候。他所请的,虽不止赵啸存一人,然而其馀的人都是与这书上无干的,所以我也没工夫去记他的贵姓台甫了。客齐之后,伯芬把酒入席。坐席既定,伯芬

----

[1] 内记名——指因保举而由军机处记名。内记名,别于吏部的存记而言。军机处记名是比较容易升官得缺的。

便说闷饮寡欢,不如叫两个局来谈谈,同席的人,自然都应允。只有啸存道:"兄弟是个过路客,又是前天才到,意中实在无人;不啊,就请伯翁给我代一个罢。"伯芬一想,自己只有两个人:一个是西荟芳陆蘅舫,一个是东棋盘街吴小红。蘅舫是一向有了交情的,誓海盟山,已有白头之约,并且蘅舫又亲自到过伯芬公馆,叩见过叶太太。叶太太虽是满肚醋意,十分不高兴,面子上却还不十分露出来;倒是叶老太太十分要好,大约年老人欢喜打扮得好的,自己终年在公馆里,所见的无非鸦头老妈,忽然来了个花枝招展的,自是高兴,因此和他十分亲热。这些闲话,表过不提。且说伯芬当时暗想吴小红到底是个么二,又只得十三岁,若荐给啸存,恐怕他不高兴。好在他是个过客,不多几天就要走的,不如把蘅舫荐给他罢。想定了主意,便提笔写了局票发出去。一会儿各人的局,陆续来了。陆蘅舫来到,伯芬指给啸存。啸存一见,十分赏识,赞不绝口。伯芬又使个眼色给蘅舫,叫他不要转局,蘅舫是吃甚么饭的人,自然会意。席散之后,啸存定要到蘅舫处坐坐,伯芬只得奉陪。啸存高兴,又在那里开起宴来。席中与伯芬十分投契,便商量要换帖。伯芬暗想,他是个新得记名的人,不久就可望得缺的;并且他这回的记名,是从制台密保上来的,纵使一时不能得缺,他总是制台的一个红人,将来用他之处正多呢。想到这里,自然无不乐从。互相问了年纪,等到席散,伯芬便连忙回到公馆,将一分帖子写好,次日一早,便差一个家人送到啸存寓所。又另外备了一分请帖知单,请今天晚上在吴小红处。不一会,啸存在单上打了知字回来。

第九十回　差池臭味郎剪成仇　巴结功深葭莩复合　　861

　　且慢,叶伯芬他虽不肖,也还是一个军装局会办,虽是纯乎用钱买来的,却叫名儿也还是个监司大员,何以玩到幺二上去? 这幺二妓院人物,都是些三四等货,局面尤其狭小,只有几个店家的小伙计们去走动走动的。岂不是做书的人撒谎也撒得不像么? 不知非也! 这吴小红本是姊妹两个:小红居长,那小的叫吴小芳。小红十一岁,小芳十岁的时候,便出来应局;有叫局的,他姊妹两个总是一对儿同来,却只算一个局钱,这名目叫做"小双挡"。此时已经长到十六七岁了,却都出落得秋瞳剪水,春黛衔山[1]。小红更是生得粉脸窝圆,朱唇樱小。那时候东棋盘街有一座两楼两底的精巧房子:房子里面,门扇窗格,一律是西洋款式;房子外面,却是短墙曲绕,芳草平铺,还种了一棵枇杷树,一棵七里香[2]。小红的娘,带着两个女儿,就租了那所房子,自开门户。这是当时出名的叫做"小花园"。因为东西棋盘街都是幺二妓女麇聚之所,众人也误认了他做幺二,其实他与那一个妓院聚了四五十个妓女的幺二妓院,有天渊之隔呢。不信,但问老于上海的人,总还有记得的。表过不提。

　　且说啸存下午也把帖子送到伯芬那里。到了晚上,便在吴小红那里畅叙了一宵。啸存年长,做了盟兄,伯芬年少,做了盟弟,非常热闹。到了次日,啸存又请在陆薇舫处闹了一天。这两天闹下来,大哥

---

[1]　秋瞳剪水,春黛衔山——眼睛像秋天的水一样明澈,眉毛像春天的山一样的青翠;形容美丽。
[2]　七里香——一种有香味、开小白花的植物。又芸香、丁香花,也都称为七里香。

老弟,已叫得十分亲热的了。加以旁边的朋友,以贺喜为名,设席相请,于是又一连吃了十多天花酒。每有酒局,啸存总是带蘅舫,伯芬总是叫小红;他两个也是你叫我大伯娘,我叫你小婶婶的,好不有趣。一连二十多天混下来,啸存便和蘅舫落了交情,两个十分要好。啸存便打算要娶他,来和伯芬商量。伯芬和蘅舫虽曾订约,却没有说定,此时听得啸存要娶,也就只好由他。况且官场中纷纷传说,啸存有放缺消息,便索性把醋意捐却[1],帮着他办事,一面托人和老鸨说定了身价,一面和啸存租定公馆。到了吉期那天,非但自己穿了花衣[2]前去道喜,并且因为啸存客居上海,没有内眷,便叫自己那位郡主太太,奉了老太太,到赵公馆里去招呼一切。等新姨太太到来,不免逐一向众客见礼。到得上房,便先向叶老太太和叶太太行礼。这一双婆媳,因他是勾阑[3]出身,嘴里虽连说"不敢当,还礼还礼",却并不曾还礼。忙了一天,成其好事。不多几时,啸存便带了新姨太太晋省。得过记名的人,真是了不得,不上一年多,啸存便奉旨放了上海道。伯芬应酬得更为忙碌。

可巧这个时候,他的大舅爷钦差任满回华,路过上海。此时伯芬的主意,早已改换了。从前把大舅爷恨入骨髓,后来屡阅京报,见大舅爷虽在外洋钦差任上,内里面却是接二连三的升官,此时已升到侍郎了。伯芬心上一想,要想报仇是万不能的了,不如还是借着他的势

---

[1] 捐却——丢掉,抛弃。
[2] 花衣——清朝官员于喜庆大典或年节时穿蟒袍补褂,称为花衣。
[3] 勾阑——指妓院。

子,升我的官。主意打定,等大舅爷到了上海之后,便天天到行辕[1]里伺候。大舅爷本来挈眷同行的,伯芬是郎舅至亲,与别的官员不同,上房咧、签押房咧,他都可以任意穿插。又先把自己太太送到行辕里去,兄妹相见,自有一番友于之谊[2]。伯芬又设法先把一位舅嫂巴结上了,没事的时候,便衣到上房,他便拿出手段去伺候,比自己伺候老太太还殷勤,茶咧、烟咧,一天要送过十多次。舅太太是个妇道人家,懂得甚么,便口口声声总说姑老爷是个独一无二的好人。他在外面巴结大舅爷呢,却又另外一副手段:见了大舅爷,不是请教些政治学问,便是请教些文章学问。大舅爷写字是写魏碑[3]的,他写起字来,也往魏碑一路摹仿。大舅爷欢喜做诗,近体欢喜学老杜,古体欢喜学晋、魏、六朝;他大舅爷偶然把自己诗藁给他看,他便和了两首律诗,专摹少陵,又和了两首古风,专仿晋、魏。大舅爷能画画,花卉、翎毛、山水,样样都来;他虽不懂画,却去买了两部《画征录》[4]来,连夜去看,及至大舅爷和他谈及画理,他也略能回报一二。因此也骗动了大舅爷,说他与前大不相同了。

他得了大舅爷这点颜色,便又另外生出一番议论来,做一个不巴

---

[1] 行辕——高级官员在外地的驻所。
[2] 友于之谊——古人称善父母为孝,善兄弟为友。《书经》:"惟孝友于兄弟。"于,本是介词,后来就称兄弟间的情谊为友于之情。
[3] 魏碑——指南北朝北魏时代的碑。魏碑的书法结构谨严,笔力道劲,是后来书家楷法的准则。
[4] 《画征录》——书名,《国朝画征录》的省称。清张庚撰,内容是清初到乾隆年间的名画家评传。

结之巴结,不要求之要求。他说:"做小兄弟的这几年来,每每想到少年时候的行径,便深自怨艾[1],赶忙要学好,已经觉得来不及了,只好求点实学,以赎前愆。军装局总办某道,化学很精通的,兄弟天天跟他学点;上海道赵道,政治一道,很有把握,兄弟也时时前去讨教的。细想起来,我们世受国恩的,若不及早出来报效国家,便是自暴自弃。大哥这回进京复命[2],好歹要求大哥代兄弟图个出身。做小兄弟的并不是要干求躁进,其实我们先人受恩深重,做子孙的若不图个出身报效,非但无以对皇上,亦且无以对先人。此时年力正壮,若不及早出来,等将来老大徒伤,纵使出身,也怕精力有限,非但不能图报微末,而且还怕陨越[3]贻羞了。"那位大舅爷的老子,便是伯芬的丈人,是一生讲究理学的;大舅爷虽没有老子讲的利害,却也是岸然道貌[4]的。伯芬真会揣摩,他说这一番话时,每说到甚么世受国恩咧、复命咧、先人咧、皇上咧这些话,必定垂了手,挺着腰,站起来才说的。起先一下子,大舅爷还不觉得;到后来觉着了,他站起来说,大舅爷也只得站起来听了。只他这一番言语举动,便把个大舅爷骗得心花怒放,说士三日不见,当刮目相待[5],这句话古人真是说得不

----

[1] 怨艾——自怨自艾,自己悔恨而要改过自新。
[2] 复命——这里指奉皇帝的命令办理某一事件,完成后回去报告。
[3] 陨越——失错、颠覆。
[4] 岸然道貌——庄重尊严的形象。
[5] 士三日不见,当刮目相待——三国时,吴鲁肃起初瞧不起吕蒙,以为他不学无术;隔了若干时间后,鲁肃又和吕蒙谈论,竟说不过他,于是说他不是旧日的吕蒙了。吕蒙回答说:"士别三日,即更刮目相待。"意思是,人随着时间而进步,不应该还是用旧眼光相看。

错。这也是叶伯芬升官的运到了,所以一个极精明、极细心、极燎亮的大舅爷,被他一骗即上。正是:世上如今无直道,只须狐媚善逢迎。不知叶伯芬到底如何升官,且待下回再记。

第九十一回

老夫人舌端调反目　赵师母手版误呈词

叶伯芬自从巴结上大舅爷之后,京里便多了个照应,禁得他又百般打点,逢人巴结,慢慢的也就起了红点子了。此时军装局的总办因事撤了差,上峰便以"以资熟手"为名,把他委了总办。啸存任满之后,便陈臬开藩,连升上去。几年功夫,伯芬也居然放了海关道。恰好同一日的上谕,赵啸存由福建藩司坐升了福建巡抚。伯芬一面写了禀帖去贺任,顺便缴还宪帖,另外备了一分门生帖子,夹在里面寄去,算是拜门。这是官场习气,向来如此,不必提他。

且说赵啸存出仕以来,一向未曾带得家眷,只有那年在上海娶陆蘅舫,一向带在任上;升了福建抚台,不多几时,便接着家中电报,知道太太死了。啸存因为上了年纪,也不思续娶,蘅舫一向得宠,就把他扶正了,作为太太。从此陆蘅舫便居然夫人了。

又过得几时,江西巡抚被京里都老爷参了一本,降了四品京堂,奉旨把福建巡抚调了江西。啸存交卸过后,便带了夫人,乘坐海船,到了上海,以便取道江西。上海官场早得了电报,预备了行辕。啸存到时,自然是印委各员,都去迎接;等宪驾到了行辕之后,又纷纷去禀安、禀见。啸存抚军传令一概挡驾,单请道台相见,伯芬整整衣冠,便跟着巡捕进内。行礼已毕,啸存先说道:"老弟,我们是至好朋友,你又何必客气,一定学那俗套,缴起帖来,还要加上一副门生帖子,叫我怎么敢当!一向想寄过来恭缴,因为路远不便;此刻我亲自来了,明日找了出来,再亲自面缴罢。"伯芬道:"承师帅不弃,收在门下,职道感激的了不得!师帅客气,职道不敢当!"啸存道:"这两年上海的交涉,还好么么?"伯芬道:"涉及外国人的事,总有点䤰琐,但求师帅教训。"伯芬的话还未说完,啸存已是举茶送客了。伯芬站起来,啸存送至廊檐底下,又说道:"一两天里,内人要过来给老太太请安。"伯芬连忙回道:"职道母亲不敢当;师母驾到,职道例当扫径恭迎。"说罢,便辞了出来,上了绿呢大轿,鸣锣开道,径回衙门。

一直走到上房,便叫他太太预备着,一两天里头,师母要来呢。那位郡主太太便问甚么师母。伯芬道:"就是赵师帅的夫人。"太太道:"他夫人不早就说不在了,记得我们还送奠礼的,以后又没有听见他续娶,此刻又那里来的夫人?"伯芬道:"他虽然没有续娶,却把那年讨的一位姨太太扶正了。"夫人道:"是那一年讨的那一位姨太太?"伯芬笑道:"夫人还去吃喜酒的,怎么忘了?"太太道:"你叫他师母?"伯芬道:"拜了师帅的门,自然应该叫他师母。"太太道:"我呢?"伯芬笑道:"夫人又来了,你我还有甚分别?"太太道:"几时来?"伯芬道:"方才师帅交代的,说一两天就来,说不定明天就来的。"太太回头对一个老妈子道:"周妈,你到外头去,叫他们赶紧到外头去打听,今天可有天津船开。有啊,就定一个大菜间;没有呢,就叫他打听今天长江是甚么船,也定一个大菜间,是到汉口去的。"周妈答应着要走。伯芬觉得诧异道:"周妈,且慢着。夫人,你这是甚么意思?"那位郡主夫人,脸罩重霜的说道:"有天津船啊,我进京看我哥哥去;不啊,我就走长江回娘家。你来管我!"伯芬心中恍然大悟,便说道:"夫人,这个又何必认真,糊里糊涂应酬他一次就完了。"夫人道:"'完了,完了!'我进了你叶家的门,一点光也没有沾着,希罕过你的两轴诰命!这东西我家多的拿竹箱子装着,一箱一箱的喂蠹鱼,你自看得希罕!我看的拿钱买来的东西,不是香货!我们家的,不是男子们一榜两榜博到的,就是丈夫们一刀一枪挣来的,我从小儿就看到大,希罕了你这点东西!开口夫人,闭口夫人,却叫我拜臭婊子做师母!甚么赵小子长得那个村样儿,字也不多认得一个,居然也抚台了!叫他到我们家去舀夜壶,看用得着他不!居然也不要脸,受人家的门生帖子!也有那一种不长进的下流东西,去拜他的门!周妈,快去交代来!我年纪虽然不大,也上三四十岁了,不能再当婊子,用不着认婊子作师母!"伯芬道:"夫人,你且息怒。须知道做此官,行此礼。况且现在的官场,在外头总要融和一点,才处得下去;如果处处认真,处处要摆身分,只怕寸步也难行呢。"太太道:"我摆甚么身分来!你不要看得我是摆身分,我不是摆身分的人家出身。我老人家带了多少年兵,顶子一直是红的,在营里头那一天不是与士卒同甘苦。我当儿女的敢摆身分吗!"伯芬道:"那么就请夫人通融点罢,何苦呢!"夫人道:"你叫我和谁通融?我代你当了多少年家,调和里外,体恤下情,那一样不通融来!"伯芬道:"一向多承夫人贤慧……"说到这里,底下还没说出来。夫人把嘴一披道:"免恭维罢!少糟蹋点就够了!"伯芬道:"我又何敢糟蹋夫人?"夫人道:"不糟蹋,你叫我认婊子做师母?"伯芬道:"唉!不是这样说。我不在场上做官呢,要怎样就怎样;既然出来做到官,就不能依着自己性子了,要应酬的地方,万不能不应酬。我再说破一句直捷痛快的话,简直叫做要巴结的地方,万不能不巴结!你想我从前出洋去的时候,大哥把我糟蹋得何等利害,闹的几几乎回不得中国,到末末了给我一张三等船票,叫我回来。这算叫他糟蹋得够了罢!论理,这种大舅子,一辈子不见他也罢了。这些事情,我一向并不敢向夫人提起,就是知道夫人脾气大,恐怕伤了兄妹之情;今天不谈起来,我还是闷在肚里。后来等到大哥从外洋回来,你看我何等巴结他,如果不是这样,那里……"这句话还没说完,太太把桌子一拍道:"吓!这是甚么话!你今天怕是犯了疯病了!怎么拿婊子比起我哥哥来!再不口稳些,也不该说这么一句话!你这不是要糟蹋我娘家全家么!我娘家没人在这里,我和你见老太太去,评评这个理看,我哥哥可是和婊子打比较的?"

伯芬还没有答话,鸦头来报道:"老太太来了。"夫妻两个,连忙起身相迎。原来他夫妻两个斗嘴,有人通报了老太太,所以老太太来了。好个叶太太,到底是诗礼人家出身,知道规矩礼法,和丈夫拌嘴时,虽闹着说要去见老太太评理,等到老太太来了,他却把一天怒气一齐收拾起来,不知放到那里去了,现出一脸的和颜悦色来,送茶装烟。伯芬见他夫人如此,也便敛起那悻悻之色。老太太道:"他们告诉我,说你们在这里吵嘴,吓得我忙着出来看,谁知原是好好儿的,是他们骗我。"伯芬心中定了主意,要趁老太太在这里把这件事商量妥当,省得被老婆横亘在当中,弄出笑话。因说道:"儿子正在这里和媳妇吵嘴呢。"老太太道:"好好的吵甚么来! 你好好的告诉了我,我给你们判断是非曲直。"伯芬便把上文所叙他夫妻两个吵闹的话,一字不漏的述了一遍。老太太坐在当中,两手拄着拐杖,侧着脑袋,细细的听了一遍。叹了一口气,对太太道:"唉! 媳妇啊! 你是个金枝玉叶的贵小姐,嫁了我们这么个人家,自然是委屈你了!"太太吓得连忙站起来道:"老太太言重了! 媳妇虽不敢说知书识礼,然而'嫁鸡随鸡,嫁狗随狗'这句俗话,是从小儿听到大的,那里有甚么叫做委屈!"说罢,连忙跪下。老太太连忙扶他起来,道:"媳妇,你且坐下,听我细说。这件事,气呢,原怪不得你气,就是我也要生气的。然而要顾全大局呢,也有个无可奈何的时候;到了无可奈何的时候,就不能不自己开解自己。我此刻把最高的一个开解,说给你听:我一生最信服的是佛门。我佛说'一切众生,皆是平等'。我们便有人畜之分,到了我佛慧眼[1]里头,无论是人,是鸡,是狗,是龟,是鱼,是蛇虫鼠蚁,是虮子虼蚤,总是一律平等。既然是平等,那怕他认真是鳖是龟,我佛都看得是平等,我们就何妨也看得平等呢;何况还是个人。这是从佛法上说起的,怕你们不信服。你两口子都是做官人家出身,应该信服皇上。你们可知道皇上眼里,看得一切百姓,都是一样的么? 那做官的人,不过皇上因为他能办事,或者立过功,所以给他功名,赏他俸禄罢了;如果他不能立功,不能办事,还不同平常百姓一样么。你不要看着外面的威风势力是两样的,其实骨子里头,一样的是

---

〔1〕 慧眼——参看第三十九回"法眼"注。

皇上家的百姓,并不曾说做官的有个官种,做平常百姓的有个平常百姓种,这就不应该谁看不起谁。譬如人家生了几个儿子,做父母的总有点偏心,或者疼这个,或者疼那个,然而他们的兄弟还是兄弟。难道那父母疼的就可以看不起那父母不疼的么。这是从人道上说起的。然而你们心中总不免有个贵贱之分,我索性和你们开解到底。媳妇啊!你不要说我袒护儿子,我这是平情酌理的说话,如果说得不对,你只管驳我,并不是我说的话都合道理的。陆蕙舫呢,不错,他是个婊子出身;然而伯芬并不是在妓院里拜他做师母的,亦并不是做赵家姨太太的时候拜他做师母的,甚至赵啸存升了抚台,这边璧帖拜门[1],那时还有个真正师母在头上;直等到真正师母死了,啸存把他扶正了,他才是师母。须知这个师母不是你们拜认的,是他的运气好,恰恰碰上的。何况堂堂封疆,也认了他做老婆,非但主中馈,主苹蘩[2],居然和他请了诰命,做了朝廷命妇。你想皇上家的诰命都给了他,还有甚门生、师母的一句空话呢?媳妇,你懂得'嫁鸡随鸡,嫁狗随狗';须知他此刻是'嫁龙随龙,嫁虎随虎'了。暂时位分所在,要顾全大局,我请媳妇你委屈一回罢。"太太起先听到不是在妓院拜师母的一番议论,已经局促不安;听得老太太说完了,越觉得脸红耳

------

〔1〕 璧帖拜门——璧,退还,见第四十一回"璧还"注。帖,这里指拜把兄弟的兰谱。璧帖拜门,是把从前拜把兄弟的帖子退还,另外具备门生的帖子,拜在门下,改做师生关系。

〔2〕 主苹蘩——《诗经》里有《采蘩》、《采苹》两篇,古人认为是诗人为赞美大夫之妻和诸侯夫人能主持祭祀事情而作的。后来就以主苹蘩为主妇料理家政的代词。

热,连忙跪下道:"老太太息怒。这都是媳妇一时偏执,惹出老太太气来。"老太太连忙搀起来道:"唉!我怒甚么?气甚么?你太多礼了。你只说我的话错不错?"太太道:"老太太教训的是。"老太太道:"伯芬呢,也有不是之处。"伯芬听见老太太派他不是,连忙站了起来。老太太道:"我亲家是何等人家!你大舅爷是何等身分!你却轻嘴薄舌,拿婊子和大舅爷打起比较来!"说着,抢起拐杖,往伯芬腿上就打。伯芬见老太太动气,正要跪下领责,谁知太太早飞步上前,一手接住拐杖,跪下道:"老太太息怒。他……他……他这话是分两段说的,并没有打甚么比较;是媳妇不合,使性冤他的。老太太要打,把媳妇打几下罢。"老太太道:"唉!你真正太多礼了。我搀你不动了,伯芬,快来代我搀你媳妇起来。"伯芬便叫鸦头们快搀太太起来。老太太拿拐杖在地下一拄道:"我要你搀!"伯芬便要走过来搀,吓得太太连忙站了起来,往后退了几步。老太太呵呵大笑道:"你们的一场恶闹,给我一席话,弄得瓦解冰销。我的嘴也说干了,你们且慢忙着请师母,先弄一盅酒,替我解解渴罢。"伯芬看着太太陪笑道:"儿子当得孝敬。"太太也看着伯芬陪笑道:"媳妇当得伺候。"老太太便挂了拐杖,扶了鸦头,由伯芬夫妻送回上头去了。自有老太太这一番调和,才把事情弄妥了。

过了一天,啸存打发人来知会,说明日我们太太过来,给老太太请安。伯芬便叫人把阖衙门里里外外,一齐张灯挂彩;饬下厨房,备了上等满汉酒席。又打发人去探听明天师母进城的路由,回报说是进小东门,直到道署。伯芬便传了保甲东局委员来,交代明天赣抚宪太太到我这里来,从小东门起到这里,沿道要派人伺候,局勇一律换上鲜明号衣;又传了本辕督带亲兵的哨弁来,交代明日各亲兵一个不准告假,在辕门里面,站队伺候;又调了沪军营两哨勇,在辕门外站队。一切都预备妥当。

到了这天,诰封夫人、晋封一品夫人、赵宪太太陆夫人,在天妃宫行辕坐了绿呢大轿登程。前头顶马,后头跟马;轿前高高的一顶日照[1],十六名江西巡抚部院的亲兵;轿旁四名戴顶拖貂[2]佩刀的戈什,簇着过了天妃宫桥,由大马路出黄浦滩,迤逦[3]到十六铺外滩。转弯进了小东门,便看见沿路都是些巡防局勇丁,往来梭巡。这一天城里的街道,居然也打扫干净了,只怕自有上海城以来,也不曾有过这个干净的劲儿。

走不多时,忽见前面一排兵勇,扛着大旗,在那里站队。有一个穿了灰布缺襟袍,天青羽纱马褂,头戴水晶顶,拖着蓝翎,脚穿抓地虎快靴[4]的,手里捧着手版。宪太太的轿离着他还有二三丈路,那个人便跪下,对着宪太太的轿子,吱啊,咕啊,咕啊,吱啊的,不知他说些甚么东西,宪太太一声也不懂他的。肚子里还想道:"格格人朝仔倪痴形怪状格做啥介?"想犹未了,又听得一声怪叫,那路旁站的兵队,便都一齐屈了一条腿,作请安式蹲下。一路都是如此。过了旗队,便

---

[1] 日照——红伞的别名。这里指仪仗中的顶伞。
[2] 拖貂——帽子后面拖着两根貂尾。
[3] 迤逦——一路连接不断的样子。
[4] 抓地虎快靴——一种薄底短筒,便于行走的靴子。

是刀叉队、长矛队、洋枪队。忽见路旁又是一个人,手里捧着手版跪着,说些甚么,宪太太心中十分纳闷。过去之后,还是旗队、刀叉队、洋枪队。抬头一看,已到辕门,又是一个捧着手版的东西,跪在那里吱咕。宪太太忽然想道:"这些人手里都拿着禀帖,莫非是要拦舆告状的,看见我护卫人多,不敢过来?"越想越像,要待喝令停轿收他状子,无奈轿子已经抬过了。耳边忽又听得轰轰轰三声大炮,接着一阵鼓吹,又听得一声"门生叶某,恭迎师母大驾"。宪太太猛然一惊,转眼一望,原来已经到了仪门外面。

叶伯芬身穿蟒袍补褂,头戴红顶花翎,在仪门外垂手站立。等轿子走近,一手搭在轿杠上,扶着轿杠往里去,一直抬上大堂,穿过暖阁[1],进了麒麟门,到二堂下轿。叶老太太、叶太太早已穿了披风红裙,迎到二堂上,让到上房。宪太太向老太太行礼,老太太连忙回礼不迭。礼毕之后,又对叶太太福了一福。叶太太却要拜见师母,叫人另铺拜毡,请师母上坐;宪太太连说"不敢当",叶太太已经拜了下去。宪太太嘴里连说:"不敢当,不敢当,还礼还礼",却并不曾还礼,三句话一说,叶太太已拜罢起身了。然后叶伯芬进来叩见师母,居然也是一跪三叩首,宪太太却还了个半礼,伯芬退了出去。这里是老太太让坐,太太送茶,分宾主坐定,无非说几句寒暄客套的话。略坐了一会,老太太便请升珠,请宽衣,摆上点心用过。宪太太又谈谈福建

---

[1] 暖阁——官署大堂上设置公座的阁子,三面是扇形斜向前伸的屏风,公案即安设在这中间的木座上。

的景致,又说这上房收拾得比我们住的时候好了。七拉八扯,谈了半天,就摆上酒席。老太太定席,请宪太太当中坐下,姑媳两人,一面一个相陪。宪太太从前给人家代酒代惯的,著名洪量,便一杯一杯吃起来。叶伯芬具了衣冠,来上过一道鱼翅,一道燕窝;停了一会,又亲来上烧烤。宪太太倒也站了起来,说道:"耐太客气哉!"原来宪太太出身是苏州人,一向说的是苏州话,及至嫁与赵啸存,又是浙东出干菜地方[1]的人氏,所以家庭之中,宪太太仍是说苏州话,啸存自说家乡话,彼此可以相通的,因此宪太太一向不会说官话。随任几年,有时官眷往来,勉强说几句,还要带着一大半苏州土话呢。就是此次和老太太们说官话,也是不三不四,词不能达意的。至于叶伯芬能打两句倔苏白,是久在宪太太洞鉴之中的,所以冲口而出,就说了一句苏州话。伯芬未及回答,宪太太又道:"划一(划一,吴谚有此语。惟揣其语意,当非此二字。近人著《海上花列传》,作此二字,姑从之)今早奴进城格辰光,倒说有两三起拦舆喊冤格呀!"伯芬吃了一惊道:"来浪啥场化?"宪太太道:"就来浪路浪向唅。问倪啥场化,倪是弗认得格唅。"伯芬道:"师母阿曾收俚格呈子?"宪太太道:"是打算收俚格,轿子跑得快弗过咯,来弗及哉。"伯芬道:"是格啥底样格人?"宪太太道:"好笑得势! 俚告到状子哉,还要箭衣方马褂,还戴起仔红缨帽子。"伯芬恍然大悟道:"格个弗是告状格,是营里格哨官来浪

---

[1] 浙东出干菜地方——指宁波、余姚一带。

接师母,跪来浪唱名,是俚笃格规矩。"宪太太听了,方才明白。

如此一趟应酬,把江西巡抚打发过去。叶伯芬的曳尾泥涂[1],大都如此,这回事情,不过略表一二。正是:泥涂便是终南径,几辈凭渠达帝阍[2]。不知叶伯芬后来怎样做了抚台,为何要参藩台,且待下回再记。

---

[1] 曳尾泥涂——乌龟拖着尾巴在泥地里,这里象征卑鄙龌龊的行为。语本《庄子》:"曳尾泥龟。"
[2] 泥涂便是终南径,几辈凭渠达帝阍——唐卢藏用中了进士,想出来做官,先假意在终南山里隐居,表示清高,因为终南山离京师很近,容易被皇帝知道,后来果然被召到朝里为官。有一天,卢藏用告诉另一隐士司马承祯说:终南山里很有趣味。司马承祯讥笑他说:不过是做官的一条近路罢了。这里两句的意思是说:只要能够卑鄙龌龊、逢迎巴结,就很容易做到官,有多少人都用这个方法而在皇帝面前做了大官。

第九十二回

谋保全拟参僚属　巧运动赶出冤家

如今晚儿的官场,只要会逢迎,会巴结,没有不红的。你想像叶伯芬那种卑污苟贱的行径,上司焉有不喜欢他的道理?上司喜欢了,便是升官的捷径。从此不到五六年,便陈臬开藩,扶摇直上,一直升到苏州抚台。因为老太太信佛念经,伯芬也跟着拿一部《金刚经》,朝夕唪诵。此时他那位大舅爷,早已死了,没了京里的照应,做官本就难点;加之他诵经成了功课,一天到晚,躲在上房念经,公事自然废弃了许多,会客的时候也极少,因此外头名声也就差了。慢慢的传到京里去,有几个江苏京官,便商量要参他一本。因未曾得着实据,未曾动手,各各写了家信回家,要查他的实在劣迹。恰好伯芬妻党[1],还有几个在京供职的,得了这个风声,连忙打个电报给他,叫他小心准备。伯芬得了这个消息。心中十分纳闷,思量要怎样一个办法,方可挽回,意思要专折[2]严参几个属员,貌为风厉[3],或可

---

[1] 妻党——妻的同族和亲戚。
[2] 专折——专以某一事件奏知皇帝,叫做专折。于主要事情之外,附带涉及其他,叫做随折。如后文第九十四回的"随折",意思是于奏报河工合龙时,附带保举一些有功劳的官员。
[3] 貌为风厉——外表做出严肃的样子。

以息了这件事。无奈看看苏州合城文武印委各员,不是有奥援的,便是平日政绩超著的;在黑路里的各候补人员,便再多参几个也不中用;至于外府州县,自己又没有那么长的耳目去觑他的破绽。正在不得主意,忽然巡捕拿了手本上来说时某人禀见,说有公事面回,伯芬连忙叫请。

原来这姓时的,号叫肖臣,原是军装局的一个司事,当日只赚得六两银子薪水一月。那时候伯芬正当总办,不知怎样看上了他,便竭力栽培他,把他调到帐房里做总管帐。因此,时肖臣便大得其法起来,捐了个知县,照例引见,指省江苏,分宁候补。恰好那时候伯芬放了江海关道,肖臣由南京来贺任,伯芬便重重的托他,在南京做个坐探,所有南京官场一举一动,随时报知。肖臣是受恩深重的人,自然竭力报效。从此时肖臣便是伯芬的坐探。也是事有凑巧,伯芬官阶的升转,总不出江苏、江西、安徽三省,处处都用得着南京消息的,所以时肖臣便代他当了若干年的坐探。此次专到苏州来,却是为了他自己的私事。凡上衙门的规矩,是一定要求见的,无论为了甚么事,都说是有公事面回的。这时肖臣是伯芬的私人,所以见了手版就叫请。

巡捕去领了肖臣进来,行礼已毕,伯芬便问道:"你近来差事还好么?"肖臣道:"大帅明见:卑职自从交卸扬州厘局下来,已经六个月了,此刻还是赋闲着,所以特为到这边来给大帅请安;二则求大帅赏封信给江宁惠藩台,吹嘘吹嘘,希冀望个署缺。"伯芬道:"署缺,那边的吏治近来怎样了?"肖臣道:"吏治不过如此罢了。近来贿赂之风极盛,无论差缺,非打点不得到手。"伯芬道:"那么你也去打点打点就行了,还要我的信做甚么。"肖臣道:"大帅栽培的,较之鬼鬼祟祟弄来的,那就差到天上地下了。"伯芬心中忽然有所触,因说道:"你说差缺都要打点,这件事可抓得住凭据么?"肖臣道:"卑职动身来的那两天,一个姓张的署了山阳县,挂出牌来,合省哗然。无人不知那姓张的,是去年在保甲局内得了记大过三次、停委两年处分的,此时才过了一年,忽然得了缺,这里头的毛病,就不必细问了。有人说是化了三千得的,有人说是化了五千得的。卑职以为事不干己,也没有去细查。"伯芬道:"要细查起来,你可以查得着么?"肖臣道:"要认真查起来,总可以查得着。"伯芬道:"那么写信的事且慢着谈,你的差缺,我另外给你留心。你赶紧回去,把他那卖差卖缺的实据,查几件来。这件事第一要机密,第二要神速。你去罢。"说罢,照例端茶送客。肖臣道:"那么卑职就动身,不再过来禀辞了。"伯芬点点头。肖臣辞了出来,赶忙赶回南京去,四面八方的打听,却被他打听了十来起,某人署某缺,费用若干,某人得某差,费用若干,开了一张单,写了禀函,寄给伯芬。

伯芬得了这个,便详详细细写了一封信给南京制台,胪陈[1]惠藩台的劣迹,要和制台会衔[2]奏参。制台得了信,不觉付之一笑。原来这惠藩台是个旗籍,名叫惠福,号叫锡五,制台也是旗籍,和他带点姻亲;并且惠藩台是拜过制台门的。有了这等渊源[3],旁人如何

------

[1] 胪陈——一件件陈述、陈列。
[2] 会衔——公文由两人以上联合署名,叫做会衔。
[3] 渊源——本指水源,引申作历史上有关系解释。

说得动坏话,何况还说参他呢。好笑叶伯芬聪明一世,蒙瞳[1]一时,同在一省做官,也不知道同寅这些底细,又不打听打听,便贸贸然[2]写了信去。制台接信的第二天,等藩台上辕,便把那封信给藩台看了。藩台道:"既是抚帅动怒,司里听参就是了。"制台一笑道:"叶伯芬近来念《金刚经》念糊涂了,要办一件事情,也不知道过细想想,难道咱们俩的交情,还是旁人唆得动的吗。"藩台谢过了,回到自己衙门,动了半天的气。一个转念,想道:"我徒然自己动气,也无济于事。古人说得好:'无毒不丈夫。'且待我干他一干,等你知道我的手段!"打定了主意,便亲自起了个一百多字的电稿,用他自己私家的密码译了出来,送到电局,打给他胞弟惠禄。

这惠禄号叫受百,是个户部员外郎[3]。拜在当朝最有权势的一位老公公[4]膝下做个干孙子,十分得宠,无论京外各官,有要走内线的,若得着了受百这条门路,无有不通。京官的俸禄有限,他便专靠这个营生,居然臣门如市[5]起来。便是他哥哥锡五放了江宁藩台,也是因为走路子起见,以为江南是财富之区,做官的容易赚钱,南京是个大省会,候补班的道府,较他处为多,所以弄了这个缺,

---

[1] 蒙瞳——看不清的样子,引申作糊涂解释。
[2] 贸贸然——看不清的样子,引申作冒失解释。
[3] 员外郎——见第二十一回"郎中"注。
[4] 老公公——太监的通称。
[5] 臣门如市——形容门下钻营请托的人之多,有如市场一样的热闹。语出《汉书·郑崇传》。

要和他兄弟狼狈为奸。有要进京引见的,他总代他写个信给兄弟,叫他照应。如此弄起来,每年也多了无限若干的生意。这回因为叶伯芬要参他,他便打了个电报给兄弟,要设法收拾叶伯芬,并须……如此如此。

受百接了电报,见是哥哥的事情,不敢怠慢,便坐了车子,一径到他干祖父宅子里去求见,由一个小内侍引了到上房。只见他干祖父正躺在一张醉翁椅上,双眼迷蒙,像是要磕睡的光景,便不敢惊动,垂手屏息,站在半边。站了足足半个钟头,才见他干祖父打了个翻身,嘴里含糊说道:"三十万便宜了那小子!"说着,又矇眬睡去。又睡了一刻多钟,才伸了伸懒腰,打了呵欠坐起来。受百走近一步,跪了下来,恭恭敬敬叩了三个头,说道:"孙儿惠禄,请祖爷爷的金安。"他干祖父道:"你进来了。"受百道:"孙儿进来一会了。"他干祖父道:"外头有甚么事?"受百道:"没有甚么事。"他干祖父道:"乌将军的礼送来没有?"受百道:"孙儿没经手,不知他有送宅上来没有。"他干祖父道:"有你经着手,他敢吗!他别装糊涂,仗着老佛爷[1]腰把子硬,叫他看!"受百道:"这个谅他不敢,内中总还有甚么别的事情。"他干祖父就不言语了。歇了半天才道:"你还有甚么事?"受百走近一步,跪了下来道:"孙儿的哥哥惠福,有点小事,求祖爷爷做主。"他那干祖父低头沉吟了一会道:"你们总是有了事情,就到我这里麻烦。你说罢,是甚么事情?"受百道:"江苏巡抚叶某人,要参惠福。"他干祖

---

[1] 老佛爷——清时对太上皇、皇太后的尊称,这里指慈禧太后。

父道:"参出来没有?"受百道:"没有。"他干祖父说道:"那忙甚么,等他参出来再说罢咧。"受百听了,不敢多说,便叩了个头道:"谢过祖爷爷的恩典。"叩罢了起来,站立一旁,直等他干祖父叫他"你没事去罢",他方才退了出来,一径回自己宅子里去。入门,只见兴隆金子店掌柜的徐老二在座。

原来这徐老二,是一个专门代人家走路子的,著名叫徐二滑子,后来给人家叫浑了,叫成个徐二化子。大凡到京里来要走路子的,他代为经手过付银钱,从中赚点扣头过活,所开的金子店,不过是个名色罢了。这回是代乌将军经手,求受百走干祖父路子的。当下受百见了徐二化子,便仰着脸摆出一副冷淡之色来。徐二化子走上前请了个安,受百把身子一歪,右手往下一拖,就算还了礼。徐二化子歇上一会,才开口问道:"二爷这两天忙?"受百冷笑道:"空得很呢!空得没事情做,去代你们碰钉子!"徐二化子道:"可是上头还不答应?"受百道:"你们自己去算罢!乌某人是叫八个都老爷联名参的,罪款至七十多条,赃款八百多万;牛中堂的查办,有了凭据的罪款,已经五十几条,查出的赃款,已经五百多万。要你们三百万没事,那别说我,就是我祖爷爷也没落着一个,大不过代你们在堂官大人们、司官老爷们处,打点打点罢了。你们总是那么推三阻四!咱们又不做甚么买卖,论价钱,对就对,不对咱们撒手,何苦那么一天推一天的,叫我代你们碰钉子!"徐二化子忙道:"这个呢,怨不得二爷动气,就是我也叫他们闹的厌烦了。但是君子成人之美,求二爷担代点罢。我才到刑部里去来,还是没个实在。我也劝他,说已经出到了二百四十万了,还有那六十万,值得了多少,麻麻糊糊拿了出来,好歹顾全个大局;无奈乌老头子,总像仗了甚么腰把子似的。"受百道:"叫他仗腰把子罢!已经交代出去,说我并不经管这件事,上头又催着要早点结案,叫从明天起,只管动刑罢!"徐二化子大惊道:"这可是今天的话?"受百不理他,径自到上房去了。

徐二化子无可奈何,只得出了惠宅,干他的事去。到了下午,又来求见,受百出来会他。徐二化子道:"前路呢,三百万并不是不肯出,实在因为筹不出来,所以不敢胡乱答应。我才去对他说过,他也打了半天的算盘,说七拼八凑,还勉强凑得上来,三天之内,一定交到,只要上头知道他冤枉就是了。可否求二爷再劳一回驾,进去说说,免了明天动刑的事?"受百道:"老实说:我祖爷爷要是肯要人家的钱,二十年头里早就发了财了,还等到今天!这不过代你们打点的罢了。要我去说是可以的,就是动刑一节话,已经说了出去,只怕不便就那么收回来,也要有个办法罢。"徐二化子听了,默默无言,歇了一会道:"罢,罢!无非我们做中人的晦气罢了!我再走一回罢。二爷,你伫等我来了再去。"说罢,匆匆而去。歇了一大会,又匆匆来了,又跟着一个人,捧了一大包东西。徐二化子亲自打开包裹,里面是一个紫檀玻璃匣,当中放着一柄羊脂白玉如意;匣子里还有一个圆锦匣子,徐二化子取了出来,打开一看,却是一挂朝珠,一百零八颗都是指顶大的珍珠穿成的。徐二化子又在身边取出两个小小锦匣来,道:"这如意、朝珠,费心代送到令祖老太爷处,是不成个礼的,不过见个意罢了。"说罢,递过那两个小匣子道:"这点点小意思,是孝敬二爷的,务乞笑纳。"受百接过,也不开看,只往桌上一放道:"你看天气已经要黑下来了,闹到这会才来,又要我连夜的走一趟!你们差使人,也得有个分寸!"徐二化子连忙请了个安道:"我的二爷!你伫那里不行个方便,这个简直是作好事!二爷把他办妥了,就是救了他一家四五十个人的性命,还不感动神佛,保佑二爷升官发财吗。"受百道:"一个人总不要好说话,像我就叫你们麻烦死了!"徐二化子又请了一个安道:"务求二爷方便这一回,我们随后补报就是。我呢,以后再有这种舰琐事情,我也不敢再经手了。"受百哼了一声,又叹了一口气,便直着嗓子喊套车子。徐二化子又连忙请了个安道:"谢二爷。"方才辞了出去。忽然又回转来道:"那两样东西,请二爷过目。"受百道:"谁要他的东西!你给他拿回去罢。"徐二化子道:"请二爷留着赏人罢。"一面说,一面把两个小匣子打开,等受百过了目,方才出去。受百看那两样东西,一个是玻璃绿[1]的老式班指,一个是铜钱大的一座钻石帽花。仍旧把匣子盖好,揣在怀里。叫家人把如意、朝珠拿到上房里去。一面心中盘算,这如意可以留着做礼物送人;帽花、班指留下自用;只有这挂朝珠,就是留着他也挂不出去,不如拿去孝敬了祖爷爷,和哥哥斡旋那件事,左右是我动刑的一句话吓出来的。定了主意,专等明天行事,一夜无话。

次日,赶一个早,约莫是他干祖父下值的时候,便怀了朝珠,赶到他宅子里去。叩过头,请过安,便禀道:"乌将军那里,一向并不是敢

----

[1] 玻璃绿——一种透明的翡翠。

悭吝,实在一时凑不上来。昨天孙儿去责备过了,他说三天之内,照着祖爷爷的吩咐送过来。请祖爷爷大发慈悲,代他们打点打点。"他干祖父道:"可不是吗?我眼睛里还看得见他的钱吗!现在那些中堂大人们,那一个不是棺材里伸出手来,——死要的!"受百跪下来磕了个头道:"孙儿孝敬祖爷爷的。"一面将一匣朝珠呈上。他干祖父并不接受道:"你揭开看。"受百揭开匣盖,他干祖父定睛一看,见是一挂珍珠朝珠。暗想老佛爷现在用的虽然有这个圆,却还没有这个大;我一向要弄这么一挂,可奈总配不匀停,今天可遇见了。想罢,才接在手里道:"怎好生受你的?"受百又磕了一个头,谢过赏收,才站起来道:"这个不是孙儿的,是孙儿哥哥差人连夜赶送进来,叫孙儿代献祖爷爷的。"他干祖父道:"是啊,你昨天说甚么人要参你哥哥?"受百道:"是江苏巡抚。"他干祖父道:"你哥哥在那里?"受百道:"是江宁藩司。"他干祖父想了一想道:"江宁藩司,江苏巡抚,不对啊,他怎么可以参他呢?"受百道:"他终究是个上司,打起官话来,他要参就参了。"他干祖父道:"岂有此理!你哥哥也是我孙子一样,咱家的小孩子出去,都叫人家欺负了,那还成个话!你想个甚么法子惩治惩治那姓叶的,我替你办。"受百道:"孙儿不敢放恣,只求把姓叶的调开了就好。"他干祖父道:"你有甚么主意,和军机上华中堂说去,就说是我的主意。"受百又叩头谢过,辞了出来,就去谒见华中堂,把主意说了,只说是祖爷爷交代如此办法。华中堂自然唯唯应命。

过了几天,新疆巡抚出了缺,军机处奉了谕旨,新疆巡抚着叶某人调补,江苏巡抚着惠福补授,却把一个顺天府府尹放了江宁藩司,另外在京员当中,简了个顺天府府尹。这一个电报到了南京,头一个是藩台快活,阖城文武印委各员,纷纷禀贺。制台因为新藩台来,尚须时日,便先委巡道署理了藩台,好等升抚交代藩篆,先去接印,却委苟才署了巡道。苟才这一喜,正是:宪恩深望知鳌戴[1],佥事[2]威严展狗才。未知苟才署了巡道之后,又复如何,且听下回分解。

---

[1] 鳌戴——古代神话:渤海东面有五座没有根基的山,常随着波浪上下,上帝于是叫十五只巨鳌(海里的大鳖)在下面用头抵住,五座山才稳定了。见《列子》。后来因用鳌戴为感戴之词。鳖龟是一类的东西,这里因为苟才送媳妇给人做姨太太,作者用鳌戴两字,是含有讥诮的双关语。

[2] 佥事——佥事原是明朝和清初在按察使之下设置的官员,负巡察各府、州、县的责任,其职权和后来的分巡道相同,因而后来就成为分巡道的别名。

第九十三回

调度才高抚台运泥土　　被参冤抑观察走津门

苟才得署了巡道,那且不必说。只说惠升抚交卸了藩篆,便到各处辞行。乘坐了钧和差船,到了镇江起岸,自常镇道、镇江府以下文武印委各员,都到江边恭迓宪节。丹徒、丹阳两县,早已预备行辕。新抚台舍舟登陆,坐了八抬绿呢大轿,到行辕里去。轿子走过一处地方,是个河边,只见河岸上的土,堆积如山,沿岸迤逦不绝。惠抚台坐在轿子里,默默寻思:这镇江地方,想不到倒是出土的去处。一路思思想想,不觉已到行辕,徒、阳两县,已在那里伺候。惠抚台便叫两县上来见。两县连忙进内,行礼已毕,惠抚台问道:"方才兄弟走过一处地方,看见一条河道,两岸上的土却堆放得不少,那是甚么地方?"丹阳县一想,回道:"那条河便是丹徒、丹阳的分界,叫做徒阳河。因为年久淤塞,近来雇工挑浚,两岸的土都是从河底挖上来的,一时没地方送,暂时堆在那里的。"惠抚台大喜道:"兄弟倒代你们想了一个送处。南京现在开辟马路,漫到四处的找土填地,谁知南京的土少得很。这里有了那么许多土,从明日起,就陆续把他送到南京去,以为填马路之用。"徒、阳两县,一时未便禀驳,只得应了几个"是"字下来。恰好遇了开浚徒阳河工程委员进去,两县便把上项话告诉了他。委员道:"这个办不到。为了那不相干的泥土,还出了运费,运到南京呢!"说罢,自跟了手版上去谒见。

原来惠抚台的意思,到了镇江,只传见几个现任官,那地方上一切委员,都不见的。因为看了这个手版,是开浚徒阳河的工程委员,他心中有了运土往南京的一篇得意文章,恰好这是个工程委员,便传见了。委员行过礼之后,抚台先开口道:"那甚么河的工程,是你老哥办着?"委员道:"是卑职办着徒阳河工程。"抚台道:"我不管'徒羊'也罢,'徒牛'也罢,河里挖出来的土,都给我送到南京去。因为南京此刻要修马路没土,这里挖出来的土太多,又没个地方存放,往南京一送,岂不是两得其便吗。"委员道:"这里的土往南京送,恐怕雇不出那许多船;并且船价贵了,怕不合算。"抚台道:"何必要雇船,就由轮船运去就行了,又快。"委员不敢多说,只得答应了几个"是"字。抚台也就端茶送客。

委员退了出来,一肚子又好气又好笑,一径到镇江府去上衙门,禀知这件事,求府尊明日谒见时转个圜。府尊道:"这个怎样办得到!那稀脏的,人家外国人的轮船肯装吗。我明日代你们回就是了。"委员退了出来,又到常镇道衙门去求见,禀知这件事。道台听了,不觉好笑起来道:"好了!有了这种精明上司,咱们将来有得伺候呢。你老哥也太不懂事了,这是抚宪委办的,你不就照办,将来报销多少,是这一笔运费,都注着'奉抚宪谕'的,款子不够,管上来领,也说是'奉抚宪谕'的,咱们好驳你吗。"委员听了道台一番气话,默默无言。道台又道:"赶明天见了再说罢。"一面拿起茶碗,一面又道:"还是你们当小差使的好。像这种事情,到兄弟这里一回,老兄的干系就都卸了,钉子由得我去碰。"委员也无言可答,又不便说是是是,只得一言不发,退了出来。

到了明日,道、府两位,一同到行辕禀安、禀见。及至相见之下,抚台又说起要运土往南京的话。府尊道:"昨天委员已经到卑府这边说过,用民船运呢,怕没那么些民船;要用轮船运罢,这个稀脏的东西,怕轮船不肯装。"抚台道:"外国人的轮船不肯罢了,咱们招商局的船呢,也不肯装,说不过去罢。"府尊道:"招商局船,也是外国人在那里管事。"抚宪道:"他们嫌脏,也有个法子:弄了麻布袋来,一袋一袋的都盛起来,缝了口,不就装去了吗。"府尊道:"那么一来,费用更大了,恐怕不上算,到底不过是点土罢了。"抚台怒道:"你们怎都没听见,南京地方没土,这会儿等土用,化了钱还没地方买!你当兄弟真糊涂了!"

府尊和抚台答话时,道台坐在半边,一言不发,只冷眼看着府尊去碰钉子。此时抚台却对道台说道:"凡是办事的人,全靠一个调度。你老哥想,这里挖出来的土,堆得漫到四处都是,走路也不便当,南京恰在那里等土用,这么一调度,不是两得其益么。"道台道:"往常职道晋省,看见南京城里的河道也淤塞的了不得,其实也很可以开浚开浚,那土就怕要用不完了。"抚台一想,这话不错;然而又不肯认错,便道:"那么这边的土,就由他那么堆着?"道台道:"这边租界上有人造房子,要来垫地基,叫他们挑去,非但不化挑费,多少还可以卖几个钱呢。"抚台道:"南京此刻没有开河的工程。咱们既然办到这个工程,也不在乎卖土那点小费,叫人家听着笑话。还是照兄弟的办法罢。"道府二人,无可奈何,只得传知工程委员去办。

那工程委员听说用麻袋装土,乐得从中捞点好处,便打发人去办,登时把镇江府城厢内外各麻包店的麻包、席包买个一空。雇了无限若干人,在那里一包一包的盛起来;又用了麻线缝针,一律的缝了口。从徒阳河边一直运送到江边,上了招商趸船。这东西虽然不要完税,却是出口货物,照例要报关的,又要忙着报关。等上水船到了,便往船上送。船上人问知是烂泥,便不肯放在舱里,只叫放在舱面上,把一个舱面,堆积如山的堆起来。到了南京,又要在下关运到城里,闹的南京城厢内外的人,都引为笑话,说新抚台一到镇江,便刮了多少地皮,却往南京来送。如此装运了三四回,还运不到十分之一。

恰好一回土包上齐了船之后,船便开行,却遇了一阵狂风暴雨,那舱面的土包,一齐湿透了,慢慢的溶化起来;加之船上搭客,看见船上堆了那许多麻包,不知是些甚么东西,挖破了看,看见是土,还以为土里藏着甚么呢,又要挖进去看,那窟窿便越挖越大;又有些是缝口时候,没有缝好的,遇了这一阵狂风大雨,便溶化得一齐卸了下来,闹得满舱面都是泥浆。船主恨极了,叫了买办来骂。买办告诉他这是苏州抚台叫运往南京去的,外国人最是势利,听说是抚台的东西,他就不敢多说了。一面叫人洗。那里禁得黄豆般大的雨点,四面八方打过来,如何洗得干净,只好由他。等赶到南京时,天色还没大亮。轮船刚靠了趸船,便有一班挑夫、车夫,与及客栈里接客的,一齐拥上船来。有个喊的是挑子要罢,有个喊的是车子要罢,有两个是大观楼啊、名利栈啊,不道一律的声犹未了,或是仰跌的,或是扑跌的;更有一班挑夫,手里拿着扁担扛棒,打在别人身上的;及至爬起来,立脚未定,又是一跌;那站得稳,不至于跌的,被旁边的人一碰,也跌下去了:登时大乱起来。不上一会功夫,带得满舱里面都是泥浆。

恰好这一回有一位松江提督,附了船来,要到南京见制台的。船到时,便换了行装衣帽,预备登岸。这里南京自然也有一班营弁接他的差,无奈到了船上,一个个都跌得头晕眼花,到官舱里禀见时,没有一个不是泥蛋似的。那提督大人便起身上岸。不料出了官舱,一脚踏到外面,仰面就是一个跟斗,把他一半跌在里面,一半跌在外面;吓得一众家人,连忙赶来搀扶,谁知一个站脚不稳,恰恰一跌,爬在提督身上,赶忙爬起来时,已被提督大骂不止。一面起来重新到舱里去开衣箱换衣服,一根花翎幸而未曾跌断。更衣既毕,方才出来。这回却是战战兢兢的,低下头一步一步的挫着走,不敢摆他那昂藏气概了。那一班在舱外站班的,见他老人家出来,军营里的规矩,总是请一个安,谁知这一请安,又跌下了四五个人。那提督也不暇理会,慢慢的一步一步挫到趸船上,又从趸船上挫到码头上。这一回幸未陨越,方才上轿而去。

再说船上那些烂泥包儿,一个个多已瘪了,用手提一提,便挤出无限泥浆,码头上小工都不肯搬。闹了一会,船上买办急了,通知了岸上巡防局,派了局勇到船上来弹压,众小工无奈,只得连拖带拽的,起到趸船上。好好的一座趸船,又变成一只泥船了。趸船上人急了,只得又叫人拖到岸上去。偏偏连日大雨不止,闹得招商局码头,泥深没踝。只这一下子,便闹到怨声载道,以后招商船也不肯装运了,方才罢休。

且说惠抚台在镇江耽搁了两天,游过金山、焦山、北固山等名胜,便坐了官船,用小火轮拖带,向苏州进发。一面颁出红谕,定期接印。苏州那边,合城文武,自然一体恭迎。在八旗会馆备了行辕。抚台接见过僚属之后,次日便去拜前任抚台,无非说几句寒暄套话。到了接印那天,新抚台传谕,因为前任官眷未曾出署,就在行辕接印。旧抚台便委了中军,赍了抚台印信及旗牌、令箭等,排齐了职事,送至八旗会馆。新抚台接印、谢恩、受贺等烦文,不必细表。

且说旧抚台叶伯芬交过印之后,便到新抚台惠锡五处辞行。坐谈了一会,伯芬兴辞。锡五道:"兄弟有一句临别赠言的话,不知阁下可肯听受?"伯芬当他是甚么好话,连忙应道:"当得领教。"锡五道:"阁下到了新疆那边,正好多参两个藩司!"伯芬听了,不觉目定口呆,涨红了脸,回答不上来,只好搭讪着走了。到了动身那天,锡五只差人拿个片子去送行,伯芬也自觉得无味。这里锡五却又专人到京里去和他兄弟受百商量,罗织了伯芬前任若干款,买出两个都老爷参出去。有旨即交惠福查明复奏。他那复奏中,自然又加了些油盐酱醋在里面,叶伯芬便奉旨革职。可怜他万里长征的到了新疆,上任不到半年,便碰了这一下子,好不气恼!却又无可出气,只拣了几十个属员,有的没的,出了些恶毒考语,缮成奏折,倒填日子,奏参出去,以泄其愤。等他交卸去了之后,过了若干日子,才奉了上谕:"叶某奏参某某等,着照所请,该部知道。"这一个大参案出了来,新疆官场,无不恨如切骨,无奈他已去的远了,奈何他不得。只此一端,亦可见叶伯芬的为人了。

且说苟才自从署了巡道之后,因为是个短局,却还带着那筹防局、牙厘局的差使。署了两个多月,新任藩台到了,接过了印,那原任巡道,应该要回本任的了;因为制台要栽培苟才,就委原任巡道去署淮扬道。传见的时候,便说道:"老兄交卸藩篆下来,极应该就回本任。无奈扬州近日出了一起盐务讼案,连盐运司都被他们控到兄弟案下。兄弟意思要委员前去查办。无奈此时第一要机密,若是委员前去,恐怕他们得了信息,倒查不出个实情来,并且兄弟意中,也没有第二个能办事的人,所以奉托辛苦一趟。务请到任之后,暗暗查访,务得实情,以凭照办。所有那讼案的公事,回来叫他们点查清楚,送过来就是了。"巡道受了这个米汤,自然是觉得宪恩高厚,宪眷优隆了,奉了公事,便到署任去了。这里苟才便安安稳稳署他的巡道。此时一班候补道见苟才的署缺变了个长局,便有许多人钻谋他的筹防局、牙厘局了;制台也觉得说不过去,便委了别人。苟才虽然不高兴,然而自己现成抓了印把子,也就罢了。

谁知这个当刻儿,又出了调动:那位两江制台调了直隶总督,并且有"迅速来京陛见"字样;两湖总督调了两江。电报一到,那南京城里的官场,忙了个奔走汗流,顿时禀贺的轿马,把"两江保障"、"三省钧衡"[1]两面辕门,都塞满了。制台忙着交卸进京,照例是藩台

---

[1] "两江保障"、"三省钧衡"——意思是恭维两江总督管辖江南(今安徽、江苏)江西,既有权威,又善治理。这八个字是分写在当时两江总督官署外左右辕门上的。参看第六十四回"两江总督"注。

护理总督,巡道署理藩台。苟才这一乐,登时就同成了天仙一般!虽然是看几天印把,没有甚么大不了的好处,面子上却增了多少威风,因此十分得意。

谁料他所用的一个家人,名叫张福的,系湖北江夏人。他初署巡道时,正是气焰初张的时候,那张福忽然偷了他一点甚么东西,他便拿一张片子,叫人把张福送到首县去叫办,首县便把张福打了两百小板子,递解回籍。张福是个在衙门公馆当差惯了的人,自有他的路子,递回江夏之后,他便央人荐到总督衙门文案委员赵老爷处做家人。他心中把苟才恨如彻骨,没有事时,便把苟才送少奶奶给制台的话,加点材料,对同事各人淋漓尽致的说起来,大家传作新闻。久而久之,给赵老爷听见了,便把张福叫上去问。张福见主人问到这一节,便尽情倾吐。赵老爷听了,也当作新闻,茶馀酒后,未免向各同事谈起。久而久之,连两湖督宪都知道了,说南京道员当中有这么一个人,还叫他署事,那吏治就可想了。加以他的大名叫得别致,大家都叫别了,总是叫他"狗才",所以一入耳之后,便不会忘记的。因此苟才的行为,久已在两湖督宪洞鉴之中的了。

两湖督宪奉了上谕,调补两江之后,便料理交代,这边的印务是奉旨交湖北巡抚兼署的。交代过后,便料理起程,坐了一号浅水兵轮,到了南京,颁出红谕,定期接印。那时离原任总督交卸的日子,虽然不过十多天,然而苟才已经心满意足了。却是新制台初到时,各官到码头迎迓,新制台见了苟才手版,心中已是一条刺;及至延见之时,不住的把双眼向苟才钉住。苟才那里知道这里面的原委,还以为新制台赏识他的相貌呢。

及至新制台接印之后,苟才也交卸藩篆,仍回署任。不出三日之内,忽然新制台一个札子下来,另委一个候补道去署淮扬道篆;却饬令原署淮扬道,仍回巡道本任;现署巡道苟才,着另候差委。这么一个札子下来,别人犹可,惟有苟才犹如打了个闷雷一般,正不知是何缘故。要想走走路子,无奈此时督辕内外各人,都已换了,重新交结起来,很要费些日子。有两个新督宪奏调过来的人,明知他是红的,要去结交他时,他却有点像要理不理的样子。苟才心中满腹狐疑,无从打听。不料新督宪到任三个月之后,照例甄别属员,便把苟才插入当中,用了"行止龌龊,无耻之尤"八个字考语,把他参掉了。这一气,把苟才气的直跳起来!骂道:"从他到任之后,我统共不过见了他三次,他从那里看见我的'行止龌龊',从何知道我是'无耻之尤'!我这官司要和他到都察院[1]里打去!"骂了一顿,于事无济,又不免拿家人仆妇去出气。那些家人仆妇看见主人已经革职,便有点看不在眼里的样子。从前受了主人的骂,无非逆来顺受;此时受骂,未免就有点退有后言了。何况他是借此出气的,骂得不在理上,便有两个借此推辞,另投别人的了。苟才也无可如何,回到上房,无非是唉声叹气。

还是姨妈有主意,说道:"自从我们把少奶奶送给前任制台之

---

〔1〕 都察院——清朝主管纠察弹劾的官署,以都御史为长官,下有副都御史、监察御史、给事中等。

后,也不曾得着他甚么好处,他便走了。"荀才忙道:"可不是。早知道这样,我不会留下,等送这一个!"姨妈道:"不是这样说。你要送姨太太给他,也要探听着他的脾气,是对这一路的,才送得着;要是不对这一路的,送他也不受呢。"荀太太道:"罢,罢!我看他们男人们,没有一个不对这一路的,随便甚么臭婊子都拿着当宝贝,何况是人家送的呢!"姨妈道:"你们都不知说些甚么,我在这里替你们打算正经事呢。大凡人总有一个情字,前任制台白受了我们一位姨太太,我们并未得着他甚么好处,他便走了。此时妹夫坏了功名,这边是站不住的了。我看不如到北洋走一趟,求求他,总应该有个下文。你们看我的话怎样?"只这一句话,便提醒了荀才道:"是呀,我到天津伸冤去。"即日料理到北洋去。正是:三窟未能师狡兔,一枝尚欲学鹪鹩[1]。不知荀才到北洋去后如何,且待下回再记。

---

[1] 三窟未能师狡兔,一枝尚欲学鹪鹩——《国策·齐策》:"狡兔有三窟,仅得免其死耳。"意思是狡猾的兔子有三个洞,遇到敌人时,可以有藏躲的地方。《庄子·逍遥游》:"鹪鹩巢林,不过一枝。"鹪鹩是一种鸣禽,身体很小,所以在树上做窠,只占据一枝。这里两句意思是说:荀才的三个差缺都丢了,没有办法学狡兔之有三窟,但是他还要另谋出路,像鹪鹩一样的找一个栖身之处。

第九十四回

图恢复冒当河工差　巧逢迎垄断[1]银元局

苟才自从听了姨妈的话,便料理起程到天津去。却是苟太太不答应,说是要去大家一股脑儿去,你走了,把我们丢在这里做甚么。苟才道:"我这回去,不过是尽人事以听天命罢了,说不定有差使没差使。要是大家同去,万一到了那边没有事情,岂不又是个累。好歹我一个人去,有了差使,仍旧接了你们去;谋不着差事,我总要回来打算的。一个人往来的浇裹轻,要是一家子同去,有那浇裹,就可以过几个月的日子了,何苦呢!"姨妈也从旁相劝。苟太太道:"你不知道,放他一个人出去,又是他的世界了,甚么浪蹄子、臭婊子,弄个一大堆还不算数,还要叫他们充太太呢。"姨妈道:"此刻他又多了好几年的年纪了,断不至于这样了。你放心罢。"苟太太仍是不肯。苟才道:"如果必要全眷同行,我就情愿住在南京饿死,也不出门去了。"还是亏得姨妈从旁百般解劝,劝的苟太太点了头,苟才方才收拾行李,打点动身。

附了江轮,到得上海,暂时住在长发栈。却在栈里认得一个人。这个人姓童,号叫佐阊,原是广东人氏;在广东银元局里做过几天工

---
[1] 垄断——商人操纵市面叫做垄断。这里是把持谋利的意思。

匠，犯了事革出来，便专门做假洋钱，向市上混用，被他骗着的钱不少。此时因为事情穿了，被人告发，地方官要拿他，他带了家眷，逃到上海，也住在长发栈。恰好苟才来了，住在他隔壁房间，两人招呼起来，从此相识。苟才问起他到上海何事的，佐匋随口答道："不要说起！是兄弟前几年向制台处上了一个条陈，说：现在我们中国所用的全是墨西哥银圆，利权外溢，莫此为甚！不如办了机器来，我们设局自铸。制台总算给我脸，批准了，办了机器来，开了个银元局鼓铸，委了总办、会办、提调。因为兄弟上的条陈，机器化学一道，兄弟也向来考究的，就委了兄弟做总监工。当时兄弟曾经和总办说明白，所有局中出息，兄弟要用二成；馀下八成，归总办、会办、提调，与及各司事等人俵分。办了两年，相安无事。不料前一向换了个总办，他却要把那出息一股脑提去，只给我五厘，因此我不愿意，辞了差到上海玩一玩。"苟才道："那银元局总办，一年的出息有多少呢？"佐匋道："那就看他派几成给人家了。我拿他二成，一年就是八十万。"苟才听了，暗暗把舌头一伸。从此天天应酬佐匋。佐匋到上海，原是为的避地而来，住栈究非长策，便在虹口篷路地方，租了一所洋房，置备家私，搬了进去。在新赁房子里，也请苟才吃过两顿。苟才有事在身，究竟不便过于耽搁，便到天津去了。

到得天津，下了客栈，将息一天，便到总督衙门去禀见。制台见了手本，触起前情，便叫请。苟才进去，行礼之后，制台先问道："几时来的？"苟才道："昨天才到。"制台道："我走了之后，你到底怎么搅的，把功名也弄掉了？"苟才道："革道一向当差谨慎，是大帅明鉴的。

从大帅荣升之后，不到半个月，就奉札交卸巡道印务，以后并没得过差使。究竟怎样被革的，革道实在不明白。"制台道："你这回来有甚么意思没有？"苟才道："求大帅栽培！"制台道："北洋这边呢，不错，局面是大，然而人也不少。现在候差的人，兄弟也记不了许多。况且你老哥是个被议的人。你只管候着罢，有了机会，我再来知照。"说罢，端茶送客。苟才只得告辞出来。从此苟才十天八天去上一趟辕，朔望照例挂号请安。上辕的日子未必都见着，然而十回当中，也有五六回见着的。幸得他这回带得浇裹丰足，在天津一耽搁就是大半年，还不至于拮据。而且制台幕里，一个代笔文案，姓冒，号叫士珍，被他拉拢得极要好，两人居然换了帖，苟才是把兄，冒士珍是把弟，因此又多一条内线。看看候到八个月光景，仍无消息，又不敢当面尽着催。

正想托冒士珍在旁边探一探声口，忽然来了个戈什，说是大帅传见。苟才连忙换了衣冠，坐轿上辕。手版上去，马上就请。制台一见面，便道："你老兄来了，差不多半年了罢？"苟才想了一想，回道："革道到这边八个多月了。"制台道："我一点事没给你，也抱歉得很！"苟才道："革道当得伺候大帅。"制台道："今天早起，来了个电报，河工上出了事了，口子决得不小。兄弟今天忙了半天，人都差不多委定了，才想起你老兄来。"苟才道："这是大帅栽培！"制台道："你虽是个被议的人员，我要委你个差使呢，未尝不可以；但是无端多你一个人去分他们的好处，未免犯不上。你晓得他们巴了多少年，就望这一点工程上捞两个，此刻仗了我的面子，多压你一个人下去，在我固然犯不上，在你老哥，也好像……"说到这里，就停住了口。苟才道："只求大帅的栽培,甚么都是一样。"制台道:"所以啊,我想只管给你一个河工上的公事,你也不必到差,我也不批薪水,就近点就在这里善后局领点夫马费,暂时混着。等将来合龙的时候,我随折开复[1]你的功名。"苟才听到这里,连忙爬在地下叩了三个头道:"谢大帅恩典!"制台道:"这么一来啊,我免了人家的闲话,你老哥也得了实在了。"苟才连连称"是"。制台端茶送客。苟才回到下处,心中十分得意。到了明日,辕上便送了札子来。苟才照例赏了札费,打发去了。看那札子时,虽不曾批薪水,却批了每月一百两的夫马费,也就乐得拿来往侯家后去送。

光阴似箭,日月如梭,早又过了三四个月,河工合龙了,制台的保折出去了。不多几日,批回到了。别的与这书上不相干的,不要提他,单说苟才是赏还原官、原衔,并赏了一枝花翎。苟才这一乐,乐得他心花怒放!连忙上辕去叩谢宪恩;一面打电报到南京,叫汇银来,要进京引见。不日银子汇到,便上辕禀见请咨[2],恭辞北上。到京之后,他原想指到直隶省的,因为此时京里京外,沸沸扬扬的传说,北洋大臣某人,圣眷优隆,有召入军机之议,苟才恐怕此信果确,不难北洋一席,又是调来南京那魔头,我若指了直隶,岂非自己碰到太岁[3]头上去。因此进京之后,未曾引见,先走路子,拜了华中堂的

------
[1] 开复——官员降职或革职后,因为有功绩而又恢复原官、原衔,叫做开复。
[2] 请咨——请求给予咨文。官员经保举而引见,照例要由原保举机关给吏部一道证明的咨文。
[3] 太岁——古人迷信,称木星做太岁,认为是凶神。

门。心中一算,安徽抚台华筱池,是华中堂的堂兄弟,并且是现任北洋大臣的门生,因此引见指省,便指了安徽。在京求了新拜老师华中堂一封信;到了天津,又求了制台一封信。对制台只说澆裹带得少,短少指省费,是掣签掣了安徽的。制军自然给他一封信。苟才得了这封信,却去和冒士珍商量,不知鬼鬼祟祟的送了他多少,叫他再另写一封。原来大人先生荐人的信,若是泛泛的,不过由文案上写一封楷书八行就算了;要是亲切的,便是亲笔信。——但是说虽说是亲笔,仍由代笔文案写的。这回制台给他的信,已是冒士珍代笔的了,他却还嫌保举他的字眼不甚着实,所以不惜工本,央求冒士珍另写一封异常着实的,方才上辕辞行,仍走海道,到了上海。先去访着了童佐阎,查考了银元局的章程,机器的价钱,用人多少,每天能造多少,官中馀利多少,一一问个详细;便和童佐阎商定,有事大家招呼。方才回南京去,见了婆子,把这一年多的事情,约略述了一遍。消停几天,便到安庆去到省。

安徽抚台华熙,本是军机华中堂的远房兄弟,号叫筱池。因他欢喜傻笑,人家就把他叫浑了,叫他做"笑痴"。当下苟才照例穿了花衣禀到,一面缴凭[1]投信,一面递履历。抚台见有了一封军机哥哥的信,一封老师的信,自然另眼相看;并且老师那封信,还说得他"品端学粹,才识深长",更是十分器重。当下无非说两句客套话,问问

---

[1] 缴凭——清朝铨选制度:官员抽签分发到某一地方候补,看路程的远近,由吏部给以一定的期限,写明在文书上,叫做凭限;拿着凭限到所在地报到缴纳,不得过期。

老中堂好啊,老师帅好啊,京里近来光景怎样啊,兄弟在外头,一碰又七八年没进京了,你老哥的才具是素仰的,这回到这里帮忙,将来仰仗的地方多着呢,照例说了一番过去。不上半个月,便委了他一个善后局总办。苟才一面谢委,拜客,到差;一面租定公馆,专人到南京去接取眷属。一面又自己做了一个条陈底稿。自到差之后,本来请的有现成老夫子,便叫老夫子修改;老夫子又代他斟酌了几条,又把他连篇的白字改正了,文理改顺了,方才誊正,到明日上辕,便递了上去。他是北洋大臣保说过"才识优长"的,他的条陈抚台自然要格外当心去看。当下只揭了一揭,看了大略,便道:"等兄弟空了,慢慢细看罢。"苟才又回了几件公事,方才退出。

又过了两天,他南京家眷到了,正在忙的不堪,忽然来了个戈什,说院上传见。苟才立刻换了衣冠上院。抚台一见了便道:"老兄的才具,着实可以!我们安徽本来是个穷省分,要说到理财呢,无非是往百姓身上想法子;安徽百姓穷,禁得住几回敲剥。难为老兄想得到!"苟才一听,知道是说的条陈上的事情。便道:"大帅过奖了!其实这件事,首先是广东办开的头,其次是湖北,此刻江南也办了,职道不过步趋他人后尘罢了。"抚台道:"是啊。兄弟从前也想办过来,问问各人,都是说好的,甚么'裕国便民'啊,'收回利权'啊,说得天花乱坠;等问到他们要窍的话,却都棱住了。你老哥想,没一个内行懂得的人,单靠兄弟一个,那里担代得许多。老哥的手折,兄弟足足看了两天,要找一件事再问问都没有了,都叫老哥说完了。"苟才此时心中十分得意,因说道:"便是职道承大帅栽培,到了善后局差之后,细细的把历年公事看了一遍,这安徽公事,实在难办! 在底下当差的,原是奉命而行,没有责任的,就难为上头的筹划;所以不能不想个法子出来,活动活动。"抚台道:"是啊。这句话对极了! 当差的人要都跟老哥一样,还有办不下来的事情吗。但是这件事情,必要奏准了,才可以开办。你老兄肯担了这个干纪,兄弟就马上拜折了。"苟才道:"大帅的栽培,职道自然有一分心,尽一分力。"抚台喜孜孜的,送客之后,便去和奏折老夫子商量,缮了个奏折,次日侵晨,拜发出去。

苟才上院回家之后,满面得意,自不必说。忙了两天,才把一座公馆收拾停当。那位苟太太却在路上受了风寒,得了感冒,延医调治,迄不见效,缠绵了一个多月,竟呜呼哀哉了。苟才平日本是厌恶他悍妒泼辣,样样俱全,巴不得他早死了,不过有姨妈在旁,不能不干号两声罢了。苟才一面料理后事,一面叫家人拿手版上辕去请十天期服假。可巧这天那奏折的批回到了,居然准了。抚台要传苟才来见,偏偏他又在假内,把个抚台急的了不得。苟才是抚帅的红人,同寅中那个不巴结! 出了个丧事,吊唁的人,自然不少。忙过了盛殓之后,便又商量刻讣,择日开吊,又到城外一个甚么庙里商量寄放棺木。

诸事办妥,假期已满,上院销假。抚台便和他说:"上头准了,这件事要仰仗老兄的了。兄弟的意思,要连工程建造的事,都烦了老兄。"苟才道:"这一着且慢一慢,先要到上海定了机器,看了机器样子,量了尺寸,才可以造房子呢。"抚台见他样样在行,越觉欢喜,又说了两句喧慰的话,苟才便辞了回家。到下晚时,院上已送了一个札子来，原来是委他到上海办机器的。苟才便连忙上院谢委辞行，乘轮到了上海，先找着了童佐阊，和他说知办机器一事。童佐阊在上海已经差不多两年了，一切情形，都甚熟悉，便带苟才到洋行里去，商量了两天，妥妥当当的定了一分机器，订好了合同，交付过定银。他上条陈时，原是看定了一片官地，可以作为基址的；此番他来时，又叫人把那片地皮量了尺寸四至，草草画了一个图带来的；又托佐阊找一个工程师，按着地势打了一个厂房图样。凡以上种种，无非是童佐阊教他的，他那里懂得许多。事情已毕，还不到二十天功夫，他便忙着赶回安庆，给死老婆开吊。一面和童佐阊商定，一力在抚台跟前保举他，叫他一得信就要赶来的。童佐阊自然答应。

　　苟才回到安庆之后，上院销差，顺便请了五天假，因为后天便是他老婆五七开吊之期。到了那天，却也热闹异常，便是抚院也亲临吊奠，当由家丁慌忙挡驾。忙过了一天，次日便出殡；出殡之后，又谢了一天客，方才停当，上院销差。顺便就保举了童佐阊，说他熟悉机器工艺，又深通化学。抚台就答应了将来用他，先叫他来见。苟才又呈上那张厂房图。抚台看过道："这可是老兄自己画的？"苟才道："不，职道不过草创了个大概，这回奉差到上海，请外国工程师画的。"抚台道："有了这个，工程可以动手了罢？"苟才道："是。"抚台送过客之后，跟着就是一个督办银元局房屋工程的札子下来。苟才一面打电报给童佐阊，叫他即日动身前来，抚院立等传见。不多几天，佐阊到了，苟才便和他一同上辕，抚院也都一齐请见，无非问了几句机器制造的话，便下来了。

第八十八回·劝堕节翁姑齐屈膝 谐好事媒妁得甜头

第九十二回・谋保全拟参僚属　巧运动赶出冤家

第九十五回・荀观察就医游上海　少夫人拜佛到西湖

第九十八回・巧攘夺弟妇作夫人　遇机缘僚属充西席

巧攘夺
弟妇
作夫人
遇机缘
僚属
充西席

第九十九回·老叔祖娓娓讲官箴 少大人殷殷求仆从

老叔祖娓娓讲官箴
少大人殷殷求僕從

第一百三回·亲尝汤药媚倒老爷　婢学夫人难为媳妇

第一百六回・符弥轩调虎离山　金秀英迁莺出谷

第一百八回·负屈含冤贤令尹结果　风流云散怪现状收场

从此苟才专仗了佐阗做线索,自己不过当个傀儡。一面招募水木匠前来估价,起造房屋,有应该包工做的,有应该点工造的;又拣几个平素肯巴结他的佐贰,禀请下来,派做了甚么木料处、砖料处、灰料处的委员,便连他自己公馆里一班不识字、没出息、永远荐不出事情的穷亲戚都有了事了,甚么督工司事、监工司事、某处司事、某处司事,胡乱装些名目,一个个都支领起薪水来了。

谁知他当日画那片地图时,画拧了一笔,稍为画开了二三分;那个打样的工程师,是照他的地势打的,此时按图布置起来,却少了一个犄角,约莫有四尺多长,是个三角式。虽然照面积算起来,不到十方尺的地皮,然而那边却是人家的一座祠堂;若把那房子挪过点来,这边又没出路。承造的工匠,便来请示。苟才也无法可想,只得和佐阗商量。佐阗自去看过,又把这图样再三审度,也无法可想,道:"为今之计,只有再画清楚地图,再叫人打样的了。"苟才道:"已经动了工了,那里来得及。"佐阗道:"不然,就把他那房子买了下来。"苟才一想,这个法子还可以使得,便亲自去拜怀宁县,告知要买那祠堂的缘故,请他传了地保来查明祠主,给价买他的。怀宁县见是省里第一个红人委的,如何敢不答应,便传了地保,叫了那业主来,说明要买他祠堂的话。那业主不肯道:"我这个是七八代的祠堂,如何卖得!"县主道:"你看筑起铁路来,坟墓也要迁让呢,何况祠堂!这个银元局是奏明开办的,是朝廷的工程。此刻要买你的,是和你客气办法;不啊,就硬拆了你的,你往那里告去!"那业主慌道:"这不是我一个人的事,这是合族的祠堂,就是卖,也要和我族人父老商量妥了,才卖得啊。"怀宁县道："那么,限你明天回话,下去罢。"那人回去,只好惊动了族人父老商量,他以官势压来,无可抵抗,只得卖了,含泪到祠堂里请出神主[1]。至于业主到底得了多少价,那是著书的无从查考,不能造他谣言的。不过这笔钱苟才是不能报销的,不知他在那一项上的中饱提出来弥补的就是了。

从此之后,直到厂房落成,机器运到,他便一连当了两年银元局总办。直到第三个年头,却出了钦差查办的事。正是:追风莫漫夸良骥,失火须防困跃龙。

从第八十六回之末,苟才出现,八十七回起,便叙苟才的事,直到此处九十四回已终,还不知苟才为了何事,再到上海。谁知他这回到上海,又演出一场大怪剧的,且待下回再记。

---

[1] 神主——人死后,制一狭长形的木牌位,上写死者官衔、姓名,以便奉祀,叫做神主或木主。

第九十五回

苟观察就医游上海　少夫人拜佛到西湖

苟才自从当了两年银元局总办之后,腰缠也满了。这两年当中,弄了五六个姨太太。等那小儿子服满之后,也长到十七八岁了,又娶了一房媳妇。此时银子弄得多,他也不想升官得缺了,只要这个银元局总办由得他多当几年,他便心满意足了。

不料当到第三年上,忽然来了个九省钦差,是奉旨到九省地方清理财赋的。那钦差奉旨之后,便按省去查。这一天到了安庆,自抚台以下各官,无不懔懔栗栗[1]。第一是个藩台,被他缠了又缠,弄得走投无路,甚么厘金咧、杂捐咧、钱粮咧,查了又查,驳了又驳。后来藩台走了小路子,向他随员当中去打听消息,才知道他是个色厉内荏之流,外面虽是雷厉风行,装模作样,其实说到他的内情,只要有钱送给他,便万事全休的了。藩台得了这个消息,便如法泡制,果然那钦差马上就圆通了,回上去的公事,怎样说怎样好,再没有一件驳下来的了。

钦差初到的时候,苟才也不免栗栗危惧,后来见他专门和藩台为难,方才放心。后来藩司那边设法调和了,他却才一封咨文到抚台

---
[1] 懔懔栗栗——形容害怕的样子。

处,叫把银元局总办苟道先行撤差,交府厅看管,俟本大臣彻底清查后,再行参办。这一下子,把苟才吓得三魂去了二魂,六魄剩了一魄!他此时功名倒也不在心上,一心只愁两年多与童佐阃狼狈为奸所积聚的一注大钱,万一给他查抄了去,以后便难于得此机会了。当时奉了札子,府经厅便来请了他到衙门里去。他那位小少爷,名叫龙光,此时已长到十七八岁了,虽是娶了亲的人,却是字也不曾多认识几个,除了吃喝嫖赌之外,一样也不懂得。此刻他老子苟才撤差看管,他倘是有点出息的,就应该出来张罗打点了;他却还是昏天黑地的,一天到晚,躲在赌场妓馆里胡闹。苟才打发人把他找来,和他商量,叫他到外头打听打听消息。龙光道:"银元局差事又不是我当的,怎么样的做弊,我又没经过手,这会儿出了事,叫我出来打听些甚么!"苟才大怒,着实把他骂了一顿;然而于实事到底无济,只好另外托人打听。幸得他这两年出息的好,他又向来手笔是阔的,所有在省印委候补各员,他都应酬得面面周到,所以他的人缘还好。自从他落了府经厅之后,来探望他、安慰他的人,倒也络绎不绝。便有人暗中把藩台如何了事的一节,悄悄的告诉了他。苟才便托了这个人,去代他竭力斡旋,足足忙了二十多天,苟才化了六十万两银子,好钦差,就此偃旗息鼓的去了。苟才把事情了结之后,虽说免了查办,功名亦保住了,然而一个银元局差使却弄掉了。化的六十万虽多,幸得他还不在乎此,每每自己宽慰自己道:"我只当代他白当了三个月差使罢了。"

　　幸得抚台宪眷还好,钦差走后,不到一个月,又委了他两三个差使,虽是远不及银元局的出息,面子上却是很过得去的了。如此又混了两年,抚台调了去,换了新抚台来,苟才便慢慢的不似从前的红了。幸得他宦囊丰满,不在乎差使的了。闲闲荡荡的过了几年,觉得住在省里没甚趣味,兼且得了个怔忡[1]之症,夜不成寐,闻声则惊,在安庆医了半年,不见有效,便带了全眷,来到上海,在静安寺路租了一所洋房住下,遍处访问名医;医了两个月也不见效,所以又来访继之,也是求荐名医的意思。已经来过多次,我却没有遇着,不过就听得继之谈起罢了。

当下继之到外面去应酬他,我自办我的正事;等我的正事办完,还听得他在外面高谈阔论。我不知他谈些甚么,心里熬不住,便走到外面与他相见。他已经不认得我了,重新谈起,他方才省悟,又和我拉拉扯扯,说些客气话。我道:"你们两位在这里高谈阔论,不要因我出来了打断了话头,让我也好领教领教。"苟才听说,又回身向继之汩汩而谈,直谈到将近断黑时,方才起去。我又问了继之他所谈的上半截,方才知道是苟才那年带了大儿子到杭州去就亲,听来的一段故事,今日偶然提起了,所以谈了一天。

你道他谈的是谁?原来是当日做两广总督汪中堂的故事。那位汪中堂是钱塘县人,正室夫人早已没了,只带了两个姨太太赴任,其馀全眷人等,都住在钱塘原籍。把自己的一个妹子,接到家里来当家。他那位妹子,是个老寡妇了,夫家没甚家累,哥哥请他回去当家,自然乐从。汪府中上下人等,自然都称他为姑太太。中堂的大少爷

---

[1] 怔忡——心跳不安、容易受惊的心脏病。

早已亡故,只剩下一个大少奶奶;还有一个孙少爷,年纪已经不小,已娶过孙少奶奶的了。那位大少奶奶,向来治家严肃,内外界限极清,是男底下人,都不准到上房里去,鸦头们除了有事跟上人出门之外,不准出上房一步,因此家人们上他一个徽号,叫他迁奶奶。自从中堂接了姑太太来家之后,迁奶奶把他待得如同婆婆一般,万事都禀命而行,教训儿子也极有义方[1],因此内外上下,都有个贤名。只有一样未能免俗之处,是最相信的菩萨,除了家中香火之外,还天天要入庙烧香。别的妇女入庙烧香起来,是无论甚么庙都要到的;迁奶奶却不然,只认定了一个甚么寺,是他烧香所在,其馀各庙,他是永远不去的。

有一天,他去烧香回来,轿子进门时,看见大门上家里所用的裁缝,手里做着一件实地纱披风,便喝停住了轿,问那披风是谁叫做的。裁缝连忙垂手,禀称是孙少爷叫做的,大约是孙少奶奶用的。迁奶奶便不言语。等轿子抬了进去,回到上房之后,把儿子叫来。孙少爷不知就里,连忙走到。迁奶奶见了,劈面就是一个巴掌,问道:"你做纱披风给谁?"孙少爷被打了一下,吃了一惊,不知何故;及至迁奶奶问了出来,方才知道。回道:"这是媳妇要用的,并不是给谁。"迁奶奶道:"他没有这个?"孙少爷道:"有是有的,不过是三年前的东西,不大时式了,所以再做一件。"迁奶奶听说,劈面又是一个巴掌。吓得孙少爷连忙跪下。孙少奶奶知道了,也连忙过来跪着陪不是。迁奶

---

[1] 义方——义,事之宜;方,规矩。义方,这里指封建制度中的规矩、道理。

奶只是不理。旁边的鸦头老妈子看见了,便悄悄的去报知姑太太。姑太太听了,便过来说情。迂奶奶道:"这些贱孩子,我平日并不是不教训他,他总拿我的话当做耳边风!出去应酬的衣裳,有了一件就是了,偏是时式咧,不时式咧,做了又做。三年前的衣服,就说不时式了;我穿的还是二十年前的呢!不要说是自己没能耐,不能进学中举,自己混个出身去赚钱,吃的穿的,都是祖老太爷的;就是自己有能耐,做了官,赚了钱,也要想想朱柏庐先生《治家格言》[1]的话,'一丝一缕,当思来处不易'。这些话,我少说点,一天也有四五遍教他们,他们拿我的话不当话,你说气人不气人!"姑太太道:"少奶奶说了半天,到底谁做了甚么来啊?"迂奶奶道:"那年办喜事,我们盘里是四季衣服都全的;他那边陪嫁过来的,完全不完全,我可没留神。就算他不完全罢,有了我们盘里的,也就够穿了。叫甚么少奶奶嫌式子老了,又在那里做甚么实地纱披风了。你说他们阔不阔!"姑太太道:"年轻孩子们,要时式,要好看,是有的。少奶奶教训过就是了,饶了他们叫起去罢,叫他们下回不要做就是了。"迂奶奶道:"呀!姑太太!这句话可宠起他们来了!甚么叫做年轻小孩子,就应该要时式,要好看?我也从年轻小孩子上过来的,不是下娘胎就老的,我可没那样过。我偏不饶他们,看拿我怎么!"姑太太无端碰了这么个钉子,心里老大不快活,冷笑道:"不要说我们这种人家,多件把披风算

---

[1] 朱柏庐先生《治家格言》——朱柏庐,名用纯,号柏庐,明末理学家。《治家格言》是他写的一篇谈治家立身之法,也就是阐扬封建道德礼节和提倡生活俭朴节约的文字。因为是用以训戒子孙的话,所以也叫做"朱子家训"。

不了甚么；就是再次一等的人家，只要做起来，不拿他瞎糟蹋，也就算得一丝一缕，想到来处不易的了。要是天下人都像了少奶奶的脾气，只怕那开绸缎铺子的人，都要饿死了！"迕奶奶听了，并不答姑太太的话，却对着儿子、媳妇道："好，好！怨得呢，你们是仗了硬腰把子来的！可知道你们终究是我的儿子、媳妇，凭你腰把子再硬点，是没用的！"姑太太听了，越发气了上来，说道："少奶奶这是甚么话！他是姓汪的人，化他姓汪的钱，再化多点，也用不着我旁人做甚么腰把子！"迕奶奶道："就是这个话！我嫁到了姓汪的就是姓汪的人，管得着姓汪的事，我可没管到别姓人家的去。"姑太太这一气，更是非同小可！要待和他发作起来，又碍着家人仆妇们看着不像样，暂时忍了这口气不再理他。回到自己房里，把迕奶奶近年的所为，起了个电稿，用自己家里的密码，编了电报，叫家人们送到电报局发到广东。

那位两广制军得了电报，心里闷闷不乐，想了半天，才发一个电报给钱塘县。这里钱塘县知县，无端接了广东一个头等印电，心中惊疑不定，不知是何事故，连忙叫师爷译了出来。原来是："某寺僧名某某，不守清规，祈速访闻，提案严办，馀俟函详。"共是二十二个字。其馀便是收电人名、发电人名及一个印字。知县看了，十分惶惑，不知这位老先生为了甚事，老远的从广东打个电报来办一个和尚？这和尚又犯了甚么事，杭州城里多少绅士都不来告发，却要劳动他老先生老远的告起来？又叫我作为访案，又叫我严办，却又只说得他"不守清规"四个字，叫我怎样严办法呢？办到甚么地步才算严呢？便拿了这封电报，和刑名老夫子商量。老夫子道："据晚生看来，我们这位老中堂,是一位'阿弥陀佛'的人。听说他在广东杀一回强盗,他还代那强盗念一天《往生咒》呢。他有到电报要办的人,所犯的罪,一定是大的;不啊,便怕有关涉到他汪府上的事。据晚生的意思,不如一面先把和尚提了来,一面打个电报,请示办法。好得他有'馀俟函详'一句,他墨信里头,总有一个办法在内,我们就照他办就是了。老父台〔1〕以为如何?"知县也没甚说得,只好照他的办法,立刻出了票子,传了值日差役,去提和尚,说马上要人问话。不一会提到了,知县意思要先问一堂,回想这件事又没个原告,那电报又叫我作为访案的,叫我拿甚么话问他呢。没奈何,叫把他先押起来,明天再问。

谁知到了明天,大清老早,知县才起来,门上来报汪府上大少奶奶来了。知县吃了一惊,便叫自己孺人〔2〕迎接款待。迕奶奶行过礼之后,便请见老父台。知县在房中听见,十分诧异,只得出来相见。见礼已毕,迕奶奶先开口道:"听说老父台昨天把某寺的某和尚提了来,不知他犯了甚么事?"知县听说,心中暗想,刑席昨天料说这和尚关涉他家的事,这句话想是对了。此刻他问到了,叫我如何回答呢。若说是我访拿的,他更要钉着问他犯的是甚么罪,那更没得回答了。迕奶奶见知县不答话,又追问一句道:"这个案,又是谁的原告?"知县道:"原告么,大得很呢!"嘴里这么说,心里想道,不如推说上司叫

---

〔1〕 老父台——地方士绅对州县官的尊称。
〔2〕 孺人——见第三回"诰封夫人"注。

拿的,他便不好再问;回想又不好,他们那等人家,那个衙门他不好去,我顶多不过说抚台叫拿的,万一他走到抚台那里去问,我岂不是白碰钉子。迁奶奶又顶着问道:"到底那个的原告?大到那么个样子,也有个名儿?"知县此时主意已定,便道:"是闽浙总督,昨天电札叫拿的。"迁奶奶吃了一惊道:"他有甚么事犯到福建去,要那边电札来拿他?"知县道:"这个侍生[1]那里知道,大约福建那边有人把他告发了。"迁奶奶低头一想道:"不见得。"知县道:"没有人告发,何至于惊动到督帅呢。"

迁奶奶道:"这么罢,此刻还不知道他犯的是甚么罪,老父台也不便问他,拿他搁在衙门里,倒是个累赘。念他是个佛门子弟,准他交了保罢。"知县道:"这是上宪电拿的犯人,似乎不便交保。"迁奶奶道:"交一个靠得住的保人,随时要人,随时交案,似乎也不要紧。"知县道:"那么侍生回来叫保出去就是。"迁奶奶道:"叫谁保呢?"知县道:"那得要他自己找出人来。"迁奶奶道:"就是我来保了他罢。"知县心中只觉好笑,因说道:"府上这等人家,少夫人出面保个和尚,似乎叫旁人看着不大好看;不如少夫人回去,叫府上一个管家来保去罢。"迁奶奶脸上也不觉一红,说道:"那就叫我的轿夫具个名,可使得?"知县道:"这也使得。"迁奶奶便叫跟来的老妈子,出去叫轿夫阿三具保状,马上保了和尚出去。知县便道:"如此,少夫人请宽坐,侍生出去发落了他们。"说罢,便到外头去,叫传地保。原来知县心中

----

[1] 侍生——对同辈或晚辈的妇女的自我谦称。

早就打了主意,知道这里面一定有点跷蹊;不过看着那迁奶奶也差不多有五十岁的人,疑心不到那里去就是了。但是叫他们保了去,万一将来汪中堂一定要人,他们又不肯交,未免要怪我办理不善。所以特地出来传了地保,硬要他在保状上也具个名字;并交代他切要留心,"如果被他走了,追你的狗命!"那地保无端背了这个干系,只得自认晦气,领命下去。

这件事,早又传到姑太太耳朵里去了,不觉又动了怒,详详细细的,又是一个电报到广东去。此时钱塘县也有电报去了。不一日,就有回电来,和尚仍请拿办,并请到西湖边某图某堡地方,额镌某某精舍[1]屋内,查抄本宅失赃,并将房屋发封云云。知县一见,有了把握,立刻饬差去提和尚,立时三刻就要人;一面亲自坐了轿子,带了差役书吏,叫地保领路,去查赃封屋。到得那里,入门一看,原来是三间两进的一所精致房屋,后面还有一座两亩多地的小花园。外进当中,供了一尊哥窑观音大士像,有几件木鱼钟磬之类。入到内进,只见一律都是红木家伙,摆设的都是夏鼎商彝[2];墙上的字画,十居其九,是汪中堂的上款。再到房里看时,红木大床,流苏[3]熟罗帐子,妆奁器具,应有尽有,甚至便壶马桶,也不遗一件;衣架上挂着一领袈裟,一顶僧帽,床下又放着一双女鞋。还有一面小镜架子,挂着一张

------

[1] 精舍——供佛念经的屋子。
[2] 夏鼎商彝——鼎,古烹饪器。彝,古酒器。这里夏鼎商彝,泛指陈设中的一些古董器具。
[3] 流苏——上结球形、下垂须子的一种装饰品。

小照，仔细一看，正是那个迂奶奶，知县先拿过来，揣在怀里。书吏便一一查点东西登记。差役早把一个十二三岁的小和尚，及两个老妈，一个鸦头拿下了。查点已毕，便打道回衙，一面发出封条，把房屋发封。

知县回到衙门时，谁知迂奶奶已在上房了。见了面，就问道："听说老父台把我西湖边上一所别墅[1]封了，不知为着何事？"知县回来时，本要到上房更衣歇息；及见了迂奶奶，不觉想起一桩心事来。便道："侍生是奉了老中堂之命而行；回来问过了，果然是少夫人的，自然要送还。此刻侍生要出去发落一件希奇古怪的案件，就在二堂上问话。"又对孺人道："你们可以到屏风后面看看。"说着，匆匆出去了。正是：只为遭逢强令尹，顿教愧煞少夫人。不知那钱塘县出去发落甚么希奇古怪案件，且待下回再记。

----

[1] 别墅——专供游览憩息的私人园林庭院。

第九十六回

教供辞巧存体面　　写借据别出心裁

原来那钱塘县知县未发迹时,他的正室太太不知与和尚有了甚么事,被他查着凭据;欲待声张,却又怕于面子有碍,只得咽一口气,写一纸休书,把老婆休了,再娶这一位孺人的。此刻恰好遇了这个案子,那迕奶奶又自己碰了来,他便要借这个和尚出那个和尚的气,借迕奶奶出他那已出[1]老婆的丑。

当时坐了二堂,先问"和尚提到了没有",回说"提到了"。又叫先提小和尚上来,问道:"你有师父没有?"回说:"有。"又问:"叫甚名字?"回说:"叫某某。"又问:"你还有甚么人?"回说:"有个师太。"问:"师太是甚么人?"回说:"师太就是师太,不知道是甚么人。"问:"师父师太,可是常住在那里?"回说:"不是,他两个天天来一遍就去了。"问:"天天甚时候来?"回说:"或早上,或午上,说不定的。"问:"他们住在那里?"回说:"师父住在某庙里,师太不知道住在那里。"问:"他们天天来做甚么?"回说:"不知道。来了便都到里面去了,我们都赶在外面,不许进去,不知他们做甚么。有一回,我要偷进去看看,老妈妈还喝住我,不许我进去,说师父和师太□□呢。"知县喝

-----

[1] 出——丈夫把妻子休掉(片面的离婚)叫做出。

道:"胡说!"随在身边取出那张小照,叫衙役递给小和尚,问他:"这是谁?"小和尚一看见,便道:"这就是我的师太。"知县叫把小和尚带下去,把和尚带上来。知县叫抬起头来。和尚抬起头,知县把他仔细一端详[1],只见他生得一张白净面孔,一双乌溜溜的色眼,倒也唇红齿白。知县把惊堂一拍道:"你知罪么?"和尚道:"僧人不知罪。"知县冷笑道:"好个不知罪!本县要打到你知罪呢!"把签子[2]往下一撒,差役便把和尚按倒,褪下裤子,一啊,二啊,……的打起来。打到二十多下,知县喝叫停住了。问那行刑的差役道:"你们受了那和尚多少钱,打那个虚板子?"差役吓得连忙跪下道:"小的不敢,没有这件事。"知县道:"哼!我做了二十多年老州县,你敢在我跟前捣鬼呢!"喝叫先把他每人先打五十大杖,锁起来;打得他两个皮开肉绽,锁了下去。知县喝叫再打和尚。这回行刑的,虽是受了钱,也不敢做手脚了,用尽平生之力,没命的打下去,打得那和尚杀猪般乱叫。一口气打了五百板,打得他血肉横飞,这才退堂。入到上房,只见那迂奶奶脸色青得和铁一般,上下三十二个牙齿一齐叩动,浑身瑟瑟乱抖。

原来知县说是发落希奇古怪案子,又叫他孺人去看,孺人便拉了迂奶奶同去。迂奶奶就有点疑心,不肯去,无奈一边尽管相让。迂奶

---

[1] 端详——仔细看。
[2] 签子——一种头上漆有红或绿色的竹签,上面写着十到一百等字样。县官要打犯人多少下板子,就丢下上面写有若干数字的签子,由行刑的差人照着执行。有时抓一把签子丢下,差人就一直打下去,直到县官喊停为止。

奶回念一想，那和尚已经在保，今天未听见提到，或者不是这件事也未可知，不妨同去看看。原来那和尚被捉时，他一党的人都不在寺里，所以没人通信；及至同党的人回来知道了，赶去报信，迁奶奶已先得了封房子的信，赶到衙门里来了，所以不知那和尚已经提到。当下走到屏风后头，往外一张，见只问那小和尚；心中虽然吃了一惊，回想小和尚不知我的姓氏，问他，我倒不怕，谅他也不敢叫我去对质。后来见知县拿小照给小和尚看，方才颜色大变，身上发起抖来。孺人不知就里，见此情形，也吃了一惊，忙叫鸦头仍扶了到上房去。再三问他觉得怎么，他总是一言不发。又叫打轿子我回去。谁知这县衙门宅门在二堂之后，若要出去，必须经过二堂，堂上有了堂事[1]，是不便出去的。迁奶奶愈加惊怪，以为知县故意和他为难。又听得老妈子们来说："老爷好古怪！问了小和尚的话，却拿一个大和尚打起来，此刻打的要死快了！"迁奶奶听了，更是心如刀刺，又是羞，又是恼，又是痛，又是怕：羞的是自己不合到这里来当场出丑；恼的是这个狗官不知听了谁的唆使，毫不留情；痛的是那和尚的精皮嫩肉，受此毒刑；怕的是那知县虽然不敢拿我怎样，然而他退堂进来，着实拿我挖苦一顿，又何以为情呢！有了这几个心事，不觉越抖越利害，越见得脸青唇白，慢慢的通身抖动起来。吓得孺人没了主意。恰好知县退堂进来，他的本意是要说两句挖苦话给他受受的；及至见了他如此光景，也就不便说了。连忙叫人去拿姜汤来，调了定惊丸灌下去。歇

---

[1] 堂事——官员在公堂上问案或处理公务，叫做堂事。

了半晌,方才定了,又不觉一阵阵的脸红耳热起来。知县道:"少夫人放心!这件事只怪和尚不好。别人不打紧,老中堂脸上,侍生是要顾着的,将来办下去,包管不碍着府上丝毫的体面。"迁奶奶此时,说谢也不是,说感激也不是,不知说甚么好,把一张脸直红到颈脖子上去。知县便到房里换衣去了。迁奶奶无奈,只得搭讪着坐轿回府。

这边知县却叫人拿了伤药去替和尚敷治,说用完了再来拿,他的伤好了来回我。家人拿了出去,交代明白。过了几天,却不见来取伤药。知县心里疑惑,打发人去问,回说是已经有人从外头请了伤科医生,天天来诊治了。知县不觉一笑。等过了半个月,人来说和尚的伤好了,他又去坐堂,提上来喝叫打,又打了一百板押下去;那边又请医调治,等治得差不多好了,他又提上来打;如此四五次,那知县借这个和尚出那个和尚的气,也差不多了,然后叫人去给那和尚说:"你犯的罪,你自己知道。你到了堂上,如果供出实情,你须知汪府上是甚么人家,只怕你要死无葬身之地呢!我此刻教你一个供法:你只说向来以化斋为名,去偷人家的东西;并且不要说都是偷姓汪的,只拣那有款的字画,说是偷姓汪的,其馀一切东西,偷张家的,偷李家的,胡乱供一阵。如此,不过办你一个积窃,顶多不过枷几天就没事了。"和尚道:"他提了我上去,一问也不问就是打,打完了就带下来,叫我从何供起!"那人道:"包你下次上去不打了。你只照我所教的供,是不错的。"和尚果然听了他的话,等明日问起来,便照那人教的供了。知县也不再问,只说道:"据你所供东西是偷来的,是个贼;但是你做和尚的,为甚又置备起妇人家的妆奁用具来,又有女鞋在床底下?显见得是不守清规了。"喝叫拖下去打,又打了三百板,然后判了个永远监禁。一面叫人去招呼汪家,叫人来领赃,只把几张时人字画领了去。一面写个禀帖禀复汪中堂,也只含含糊糊的,说和尚所偷赃物,已讯明由府上领去;和尚不守清规,已判永远监禁。汪中堂还感激他办得干净呢。他却是除了汪府领去几张字画之外,其馀各赃,无人来领,他便声称存库,其实自行享用了。更把那一所甚么精舍,充公召卖,却又自己出了二百吊钱,用一个旁人出面来买了,以为他将来致仕[1]时的菟裘[2]。

苟才和继之谈的,就是这么一桩故事。我分两橛听了,便拿我的日记簿子记了起来。

天已入黑了。我问继之道:"苟才那厮,说起话来,没有从前那么乱了。"继之道:"上了年纪,又经过多少阅历,自然就差得多了。"我道:"他来求荐医生,不知大哥可曾把端甫荐出去?"继之道:"早十多天我就荐了,吃了端甫的药,说是安静了好些。他今天来算是谢我的意思。"说话间,已开夜饭,忽然端甫走了来。继之便问吃过饭没有。端甫道:"没有呢。"继之道:"那么不客气,就在这里便饭罢。"端甫也就不客气,坐下同吃。

饭后,端甫对继之道:"今天我来,有一件奇事奉告。"继之忙问:"甚么事?"端甫道:"自从继翁荐我给苟观察看病后,不到两三天,就

---

〔1〕 致仕——年老辞官退休。
〔2〕 菟裘——春秋时,鲁隐公打算在菟裘这个地方经营宫室养老,见《左传》。后来就称退休官员的住处为菟裘。

有一个人来门诊,说是有了个怔忡之症,夜不成寐,闻声则惊,求我诊脉开方。我看他六脉[1]调和,不像有病的,便说你六脉里面,都没有病象,何以说有病呢。他一定说是晚上睡不着,有一点点小响动,就要吓的了不得。我想这个人或者胆子太小之过,这胆小可是无从医起的,虽然药书上或有此一说,我看也不过说说罢了,未必靠得住,就随便开了个安神定魄的方子给他。他又问这个怔忡之症会死不会。我对他说:'就是真正得了怔忡之症,也不见得一时就死,何况你还不是怔忡之症呢。'他又问忌嘴不忌,我回他说不要忌的,他才去了。不料明天他又来,仍旧是觍觍琐琐的问,要忌嘴不要,怕有甚么吃了要死的不。我只当他一心怕死,就安慰他几句。谁知他第三天又来了,无非是那几句话,我倒疑心他得了痰病[2]了。及至细细的诊他脉象,却又不是,仍旧胡乱开了个宁神方子给他。叫他缠了我六七天。上前天我到苟公馆里去,可巧巧儿碰了那个人。他一见了我,就涨红了脸,回身去了。当时我还不以为意,后来仔细一想,这个情形不对,他来看病时,口口声声说的病情,和苟观察一样的,却又口口声声只问要忌嘴不要,吃了甚么是要死的,从来没问过吃了甚么快好的话,这个人又是苟公馆里的人,不觉十分疑惑起来。要等他明天再来问他,谁知他从那天碰了我之后,就一连两天没来了。真是一件

---

〔1〕 六脉——中医说法:人的左右手各有寸、关、尺三脉,三阴三阳,合称六脉。靠着手掌这边起,依顺序叫做寸脉、关脉、尺脉。寸脉主上身的病,关脉主中部的病,尺脉主下身的病。切脉就可以知道病情。

〔2〕 痰病——这里意指精神病。

怪事！我今天又细细的想了一天,忽然又想起一个疑窦来:他天天来诊病,所带来的原方,从来是没有抓过药的。大凡到药铺里抓药,药铺里总在药方上盖个戳子,打个码子的;我最留神这个,因为常有开了要紧的药,那病人到那小药铺子里去抓,我常常知照病人,谁家的药靠得住,谁家的靠不住,所以我留神到这个。继翁,你看这件事奇不奇！"我和继之听了,都不觉棱住了。我想了一想道:"这个是他家甚么人,倒不得明白。"端甫道:"他家一个少爷,一个书启老夫子,一个帐房,我都见过的。并且我和他帐房谈过,问他有几位同事,他说只有一个书启,并无他人。"我道:"这样说来,难道是底下人?"端甫道:"那天我在他们厅上碰见他,他还手里捧着个水烟袋抽烟,并不像是个下人。"继之道:"他跟来的穷亲戚本来极多,然而据他说,早都打发完了。"端甫道:"不问他是谁,我今天是过来给继翁告个罪,那个病我可不敢看了。他家有了这种人,不定早晚要出个甚么岔子,不要怪到医生头上来。"继之道:"这又何必呢。端翁只管就病治病,再知照他忌吃甚么,他要在旁边出个甚么岔子,可与你医生是不相干的。"端甫道:"好在他的病,也不差甚么要痊愈了。明天他再请我,我告诉他要出门去了,叫他吃点丸药。他那种阔佬,知道我动了身,自然去请别人;等别人看熟了,他自然就不请我了。"说罢,又谈了些别的话,方才辞去。

我和继之参详[1]这个到底是甚么人,听那个声口,简直是要探听了一个吃得死的东西,好送他终呢。继之道:"谁肯作这种事情,

---

[1] 参详——仔细研究。

要就是他的儿子。"我道:"干是旁人是不肯干这个的。干到这个,无非为的是钱,旁人干了下来,钱总还在他家里,未必拿得动他的。要说是儿子呢,未必世上真有这种枭獍〔1〕。"继之道:"这也难说,我已经见过一个差不多的了。这里上海有一个富商,是从极贫寒、极微贱起家的。年轻时候,不过提个竹筐子,在街上叫卖洋货,那出身就可想而知了。不多几时便发了财,到此刻是七八家大洋货铺子开着,其馀大行大店,他有股分的,也不知多少。生下几个儿子,都长大成人了。内中有一个最不成器的,终年在外头非嫖即赌,他老子知道了,便限定他的用钱,每月叫帐房支给他二百洋钱。这二百块钱,不定他两三个时辰就化完了,那里够他一个月的用。闹到不得了,便在外头借债用。起初的时候,仗着他老子的脸,人家都相信他,商定了利息,订定了日期,写了借据;及至到期向他讨时,非但本钱讨不着,便连一分几厘的利钱也付不出。如此搅得多了,人家便不相信他了。他可又闹急了,找着一个专门重利盘剥的老西儿〔2〕,要和他借钱。老西儿道:'咱借钱给你是容易的,但是你没有还期,咱有点不放心,所以啊,咱就不借了。'他说道:'我和你订定一个日子,说明到期还你;如果不还,凭你到官去告。好了罢?'老西儿道:'哈哈!咱老子上你的当呢!打到官司,多少总要化两文,这个钱叫谁出啊!你说罢,你说订个甚期限罢?'他说道:'一年如何?'老西儿摇头不说话。他道:

------

〔1〕 枭獍——枭,猫头鹰一类的猛禽。獍,传说比虎豹略小的猛兽。古人认为,枭食母,獍食父,因而以枭獍比喻虐待以至杀害父母的恶子女。
〔2〕 老西儿——指山西人。

'半年如何？'老西儿道：'不对，不对。'他道：'那么准定三个月还你。'老西儿哈哈大笑道：'你越说越不对了。'他想这个老西儿，倒不信我短期还他，我就约他一个远期，看他如何。他要我订远期，无非是要多刮我几个利钱罢了，好在我不在乎此。因说：'短期你不肯，我就约你的长期，三年五年，随便你说罢。'老西儿摇摇头。他急道：'那么十年八年，再长久了，恐怕你没命等呢！'老西儿仍是摇头不语。他着了气道：'长期又不是，短期又不是，你不过不肯借罢了。你既然不肯借，为甚不早说，耽搁我这半天！'老西儿道：'咱老子本说过不借的啊。但是看你这个急法儿，也实在可怜，咱就借给你；但是还钱的日期，要我定的。'他道：'如此要那一天还？你说。'老西儿道：'咱也不要你一定的日子，你只在借据上写得明明白白的，说我借到某人多少银子，每月行息多少，这笔款子等你的爸爸死了，就本利一律清算归还，咱就借给你了。'他听了一时不懂，问道：'我借你的钱，怎么要等你的爸爸死了还钱？ 莫非你这一笔款子，是专预备着办你爸爸丧事用的么？'老西儿道：'呸！咱说是等你的爸爸死了，怎么错到咱的爸爸头上来！ 呸，呸，呸！'他心中一想，这老西儿的主意却打得不错，我老头子不死，无论约的那一年一月，都是靠不住的，不如依了他罢。想罢，便道：'这倒依得你。你可以借一万给我么？'老西儿道：'你依了咱，咱就借你一万，可要五分利的。'他嫌利息太大。老西儿说道：'咱这个是看见款子大，格外相让的；咱平常借给小款子给人家，总是加一加二的利钱呢。'两个人你争多，我论少，好容易磋磨到三分息。那老西儿又要逐月滚息，一面不肯，于是又重新磋磨，说到逐年滚息,方才取出纸笔写借据。可怜那位富翁的儿子,从小不曾好好的读书,提起笔来,要有十来斤重。平常写十来个字的一张请客条子,也要费他七八分钟时候,内中还要犯了四五个别字。笔画多点的字,还要拿一个字来对着临仿;及至仿了下来,还不免有一两笔装错的,此刻要他写一张借据,那可就比新贡士[1]殿试写一本策还难点了。好容易写出了'某人借到某人银一万两'几个字,以后便不知怎样写法。没奈何,请教老西儿。老西儿道:'咱是不懂的,你只写上等爸爸死了还钱就是。'他一想,先是爸爸两个字,非但不会写,并且生平没有见过。不要管他,就写个父亲罢。提起笔来先写了一个'父'字,却不曾写成'艾'字,总算他本事的了。又写了半天,写出一个'亲'字来,却把左半边写了个'幸'字底下多了两点,右半边写成一个'页'字,又把底下两点变成个'兀'字。自己看看有点不像,也似乎可以将就混过去了。又想一想,就写'死了'两个字,总不成文理,却又想不出个甚么字眼来。拿着笔,先把写好的念了一遍。偏又在'父'字上头,漏写了个'等'字,只急得他满头大汗。没奈何,放下笔来说道:'我写不出来,等我去找一个朋友商量好稿子,再来写罢。'老西儿没奈何,由他去。他一走走到一家烟馆里,是他们日常聚会所在,自有他的一班嫖朋赌友。他先把缘由叙了出来,叫众人代他想个字眼。一个道:'这有甚么难!只要写"等父亲死后"便了。'一个说:'不对,不对。他原是要避这个"死"字,不如用"等父亲殁

---

〔1〕 贡士——见第六回"会试"注。

后"。'一个道:'也不好。我往常看见人家死了父母,刻起讣帖来,必称孤哀子[1],不如写"等做孤哀子后"罢'。"正是:局外莫讥墙面子[2],此中都是富家郎。不知到底闹出个甚么笑话,且待下回再记。

---

[1] 孤哀子——封建丧礼:父死母在称孤子,母死父在称哀子,父母俱死称孤哀子。
[2] 墙面子——没有学问的人。语出《书经》:"不学墙面。"意思是一个没有学问的人,如同脸对着墙壁,什么都看不见,一步也走不动。

第九十七回

孝堂上伺候竞奔忙　亲族中冒名巧顶替

"内中有一个稍为读过两天书的,却是这一班人的篾片[1],起来说道:'列位所说的几个字眼,都是很通的,但是都有点不很对。'众人忙问何故。那人道:'他因为"死了"两个字不好听,才来和我们商量改个字眼,是嫌那"死"字的字面不好看之故。诸位所说的,还是不免死啊、殁啊的;至于那"孤哀子"三个字,也嫌不祥。我倒想了四个字很好的,包你合用。但是古人一字值千金,我虽不及古人,打个对折是要的。'他屈指一算,四个字是二千银子。便说道:'承你的情,打了对折,却累我借来的款就打了八折了,如何使得!'于是众人做好做歹,和他两个说定,这四个字,一百元一个字,还要那人跟了他去代笔。那人应充了,才说出是'待父天年'[2]四个字。众人当中还有不懂的,那人早拉了他同去见老西儿了。那人代笔写了,老西儿又不答应,说一定要亲笔写的,方能作数。他无奈又辛辛苦苦的对临了一张,签名画押,式式齐备。老西儿自己不认得字,一定要拿去给人家看过,方才放心。他又恐怕老西儿拿了借据去,不给他钱,不肯

---

[1] 篾片——没有正业,专以帮闲为生的人。
[2] 待父天年——天年,指寿命。待父天年,就是等待父亲天年已尽、死去的意思。

放手。于是又商定了,三人同去。他自己拿着那张借据,走到胡同口,有一个测字的,老西儿叫给他看。测字的看了道:'这是一张写据。'又颠来倒去看了几遍,说道:'不通,不通!甚么"父天年"!老子年纪和天一般大,也写在上头做甚么!'老西儿听了,就不答应。那人道:'这测字的不懂,这个你要找读书人去请教的。'老西儿道:'有了,我们到票号里去,那里的先生们,自然都是通通儿的了。'于是一起同行,到得一家票号,各人看了,都是不懂;偏偏那个写往来书信的先生,又不在家。老西儿便嚷靠不住:'你们这些人串通了,做手脚骗咱老子的钱,那可不行!'其时票号里有一个来提款子的客人,老西儿觉得票号里各人都看过了,惟有这个客人没有看过,何不请教请教他呢。便取了那借据,请那客人看。那客人看了一遍,把借据向桌子上一拍道:'这是那一个没天理,没王法,不入人类的混帐畜生忘八旦干出来的!'老西儿未及开口,票号里的先生见那客人忽然如此臭骂,当是一张甚么东西,连忙拿起来再看;一面问道:'到底写的是甚么?我们看好像是一张借据啊。'那客人道:'可不是个借据!他却拿老子的性命抵钱用了,这不是放他妈的狗臭大驴屁!'票号里的先生不懂道:'是谁的老子,可以把性命抵得钱用?'客人道:'我知道是那个枭獍干出来的!他这借据上写着等他老子死了还钱,这不是拿他老子性命抵钱吗!唉!外国人常说雷打是没有的,不过偶然触着电气罢了;唉!雷神爷爷不打这种人,只怕外国人的话有点意思的。'一席话,当面骂得他置身无地,要走又走不得。幸得老西儿听了,知道写的不错,连忙取回借据,辞了出来,去划了一万银子给他。那人坐地分了四百元。他还问道:'方才那个客人拿我这样臭骂,为甚又忽然说我孝敬呢?'那人不懂道:'他几时说你孝敬?'他道:'他明明说着"孝敬"两个字,不过我学不上他那句话罢了。'那人低头细想,方悟到'枭獍'二字被他误作'孝敬',不觉好笑,也不和他多辩,乐得拿了四百元去享用。这个风声传了出去,凡是曾经借过钱给他的,一律都拿了票子来,要他改做了待父天年的期,他也无不乐从,免得人家时常向他催讨。据说他写出去的这种票子,已经有七八万了。"我听了不禁吐舌道:"他老子有多少钱,禁得他这等胡闹!"继之道:"大约分到他名下,几十万总还有;然而照他这样闹,等他老子死下来,分到他名下的家当,只怕也不够还债了。"说话时夜色已深,各自安歇。

过得几天,便是那陈稚农开吊之期。我和他虽然没甚大不了的交情,但是从他到上海以来,我因为买铜的事,也和他混熟了,况且他临终那天,我还去看过他,所以他讣帖来了,我亦已备了奠礼过去。到了这天,不免也要去磕个头应酬他,借此也看看他是甚么场面。吃过点心之后,便换了衣服,坐个马车,到寿圣庵去。我一径先到孝堂去行礼。只见那孝帐上面,七长八短,挂满了挽联;当中供着一幅电光放大的小照。可是没个亲人,却由缪法人穿了白衣,束了白带,戴了摘缨帽子[1],在旁边还礼谢奠。我行过礼之后,回转身,便见计醉公穿了行装衣服,迎面一揖;我连忙还礼,同到客座里去。座中先

---

[1] 戴了摘缨帽子——参加丧礼,不能穿红色衣着,当时的帽缨是红色的,所以要摘掉。

有两个人,由醉公代通姓名,一个是莫可文,一个是卜子修。这两位的大名,我是久仰得很的,今日相遇了,真是闻名不如见面。可惜我一枝笔不能叙两件事,一张嘴不能说两面话,只能把这开吊的事叙完了,再补叙他们来历的了。

当下计醉公让坐送茶之后,又说道:"当日我们东家躺了下来,这里道台知道稚翁在客边,没有人照应,就派了卜子翁来帮忙。子翁从那天来了之后,一直到今天,调排一切,都是他一人之力,实在感激得很!"卜子修接口道:"那里的话!上头委下来的差事,是应该效力的。"我道:"子翁自然是能者多劳。"醉公又道:"今天开吊,子翁又荐了莫可翁来,同做知客。一时可未想到,今天有好些官场要来的,他二位都是分道差委的人员,上司来起来,他二位招呼,不大便当。阁下来了最好,就奉屈在这边多坐半天,吃过便饭去,代招呼几个客。"说罢,连连作揖道:"没送帖子,不恭得很。"我道:"不敢,不敢。左右我是没事的人,就在这里多坐一会,是不要紧的。"卜子修连说:"费心,费心。"我一面和他们周旋,一面叫家人打发马车先去,下半天再来;一面卸了玄青罩褂,一面端详这客座。只见四面挂的都是挽幛、挽联之类,却有一处墙上,粘着许多五色笺纸。我既在这里和他做了知客,此刻没有客的时候,自然随意起坐,因走到那边仔细一看,原来都是些挽诗,诗中无非是赞叹他以身殉母的意思。我道:"讣帖散出去没有几天,外头吊挽的倒不少了。"醉公道:"我是初到上海,不懂此地的风土人情。幸得卜子翁指教,略略吹了个风到外面去,如果有人作了挽诗来的,一律从丰送润笔。这个风声一出去,便天天有得来,或诗,或词,或歌,或曲,色色都有;就是所挂的挽联,多半也是外头来的,他用诗笺写了来,我们自备绫绸重写起来的。"我道:"这件事情办得好,陈稚翁从此不朽了!"醉公道:"这件事已经由督、抚、学三大宪联衔出奏,请宣付史馆[1],大约可望准的。"

说话之间,外面投进帖子来,是上海县到了,卜、莫两个,便连忙跑到门外去站班。我做知客的,自不免代他迎了出去,先让到客座里。这位县尊是穿了补褂来的,便在客座里罩上玄青外褂,方到灵前行礼。卜、莫两个,早跑到孝堂里,笔直的垂手挺腰站着班。上海县行过礼之后,仍到客座里,脱去罩褂坐下,才向我招呼,问贵姓台甫。此时我和上海县对坐在炕上;卜、莫两个,在下面交椅上,斜签着身子,把脸儿身子向里,只坐了半个屁股。上海县问:"道台来过没有?"他两个齐齐回道:"还没有来。"忽然外面轰轰放了三声大炮,把云板[2]声音都盖住了,人报淞沪厘捐局总办周观察、糖捐局总办蔡观察同到了。上海县便站起来到外头去站班迎接,卜、莫两个,更不必说了。这两位观察却是罩了玄青褂来的,径到孝堂行礼,他三个早在孝帐前站着班了。行礼过后,我招呼着让到客座升炕;他两个就在炕上脱去罩褂,自有家人接去。略谈了几句套话,便起身辞去。大家

---

[1] 宣付史馆——清朝设置国史馆,负编纂国史之责。当时规定:凡是对国家有特殊功绩的,和"忠孝节义"足以为后世模范的,由皇帝命令把他的生平事迹交国史馆立传,叫做宣付史馆。
[2] 云板——一种长而扁的铁质(也有木质的)响器,两头作云形,一般叫做点。是一种室外向室内报事用的东西,遇到某种情况就敲打若干下为号。从前官署、贵族家庭和寺庙里都有这种设备。

一齐起身相送。到得大门口时,上海县和卜莫两个先跨了出去,垂手站了个出班;等他两个轿子去后,上海县也就此上轿去了,卜、莫两个,仍旧是站班相送。从此接连着是会审委员、海防同知、上海道,及各局总办、委员等,纷纷来吊。卜、莫两个,但是遇了州县班以上的,都是照例站班,计醉公又未免有些琐事,所以这知客竟是我一个人当了。幸喜来客无多,除了上海几个官场之外,就没有甚么人了。

忙到十二点钟之后,差不多客都到过了。开上饭来,醉公便招呼升冠升珠,于是大众换过小帽,脱去外褂,法人也脱去白袍。因为人少,只开了一个方桌,我和卜、莫两个各坐了一面,缪、计二人同坐了一面。醉公起身把酒。我正和莫可文对坐着,忽见他襟头上垂下了一个二寸来长的纸条儿,上头还好像有字,因为近视眼,看不清楚,故意带上眼镜,仔细一看,上头确是有字的,并且有小小的一个红字,像是木头戳子印上去的。我心中莫名其妙,只是不便做声。席间谈起来,才知道莫可文现在新得了货捐局稽查委员的差使。卜子修是城里东局[1]保甲委员,这是我知道的。大家因是午饭,只喝了几杯酒就算了。

吃过饭后,莫可文先辞了去。我便向卜子修问道:"方才可翁那件袍子襟上,拴着一个纸条儿,上头还有几个字,不知是甚道理?"卜子修愕然,棱了一棱,才笑道:"我倒不留神,他把那个东西露出来了。"醉公道:"正是。我也不懂,正要请教呢。那纸条儿上的字,都是不可解的,末末了还有个甚么四十八两五钱的码子。"卜子修只是

---

[1] 城里东局——局,指保甲局。

笑。我此时倒省悟过来了。禁不住醉公钉着要问,卜子修道:"莫可翁他空了多年下来了,每有应酬,都是到兄弟那边借衣服用。今天的事,兄弟自己也要用,怎么能够再借给他呢。兄弟除了这一身灰鼠之外,便是羔皮的。褂子是个小羔,还可以将就用得,就借给了他;那件袍子,可是毛头太大了,这个天气穿不住。叫他到别处去借罢,他偏又交游极少,借不出来。幸得兄弟在东局多年,彩衣街一带的衣庄都认得的,同他出法子,昨天去拿了两件灰鼠袍子来,说是代朋友买的,先要拿去看过,看对了才要;可是这个朋友在吴淞,要送到吴淞去看,今天来不及送回来,要耽搁一天的。那衣庄上看兄弟的面子,自然无有不肯的;不过交代说,钮绊上的码子是不能解下来的,解了下来,是一定要买的。其实解了下来,穿过之后,仍旧替他拴上,有甚要紧。这位莫可翁太老实了,恐怕他们拴的有暗记,便不敢解下来。大约因为有外褂罩住,想不到要宽衣吃饭,穿上时又不曾掖进去,就露了人眼。真是笑话!"醉公听了方才明白。

  坐了一会,家人来说马车来了,我也辞了回去。换过衣服,说起今天的情形;又提到陈稚农要宣付史馆一节,不禁叹道:"从此是连正史都不足信的了!"继之道:"你这样说,可当《二十四史》都是信史了?"我道:"除他之外,难道还有比他可信的么?"继之道:"你只要去检出《南北史》[1]来看便知,尽有一个人的列传,在这一朝是老早死

---

 [1] 《南北史》——记载南北朝事迹的史书,唐李延寿作。《南史》记宋、齐、梁、陈四朝,共一百七十年;《北史》记由魏到隋,共三百四十二年。

了,在那一朝却又寿登耄耋[1]的,你信那一面的好？就举此一端,已可概其馀了。后人每每白费精神,往往引经注史,引史证经,生在几千年之后,瞎论几千年以前的事,还以为我说得比古人的确;其实极显浅的史事,随便一个小学生都知道的,倒没有人肯去考证他。"我道:"是一件甚么史事？"继之道:"天下最可信的书莫如经。《礼记》[2]上载的:'文王[3]九十七乃终,武王九十三而终。'这可是读过《礼记》的小孩子都知道的。武王十三年伐纣[4],十九年崩[5];文王是九十七岁死的,再加十九年,是一百十六岁;以此算去,文王二十三岁就生武王的了。《通鉴》[6]却载武王生于帝乙二十三祀[7],计算起来,这一年文王六十三岁。请教依那一说的好？还有一层:依了《通鉴》,武王十九年崩,那年才得五十四岁;那又列入六经[8]的《礼记》,反为不足信了。有一说,说是五十四岁是依《竹书

---

[1] 寿登耄耋——古来以六、七、八十岁为耄,七、八、九十岁为耋。寿登耄耋,意思是活到八九十岁。
[2] 《礼记》——书名,记载古代礼节的书,共四十九篇。汉戴圣所记,也称《小戴记》。
[3] 文王——姓姬名昌,姬发(周武王)的父亲。殷纣时为西伯,建国岐山之下,姬发得政权后,尊为文王。
[4] 纣——殷朝末代的皇帝,名受辛。荒淫暴虐,被姬发讨伐,兵败自焚而死。
[5] 崩——封建时期,称皇帝的死为崩。
[6] 《通鉴》——《资治通鉴》的省称。宋司马光作的编年史,自战国至五代,共一千三百六十二年。
[7] 帝乙二十三祀——帝乙,殷朝的皇帝,纣的父亲。当时称年岁为祀,二十三祀就是二十三年。
[8] 六经——从前一般对《诗》、《书》、《礼》、《乐》、《易》、《春秋》六种书的总称。

纪年》[1]的。《竹书纪年》托称晋太康[2]二年,发魏襄王墓所得的,其书未经秦火[3],自是可信。然而我看了几部版子的《竹书纪年》,都载的是武王九十四岁,并无五十四岁之说。据此看来,九十三、九十四,差得一年,似是可信的了,似乎可以印证《礼记》的了;然而武王死了下来,他的长子成王,何以又只得十三岁?难道武王八十一岁才生长子的么?你只管拿这个翻来覆去的去反复印证,看可能寻得出一个可信之说来?这还是上古的事。最近的莫如明朝,并且明朝遗老[4],国初尚不乏人,只一个建文皇帝[5]的踪迹,你从那里去寻得出信史来!再近点的,莫如明末,只一个弘光皇帝[6],就有人说他是个假的,说是张献忠[7]捉住了老福王宰了,和鹿肉一起煮了下酒,叫做'福禄酒';那时候福王世子[8],亦已被害了,家散人亡,库藏亦已散失,这厮在冷摊上买着了福王那颗印,便冒起福王来。

---

[1] 《竹书纪年》——书名。晋时汲郡人名不準者,发掘魏襄王墓,得竹书数十车,中有《竹书纪年》十三篇,是魏国的史书。

[2] 太康——司马炎(晋武帝)的年号。

[3] 秦火——指嬴政(秦始皇)的焚书。他为了实行愚民政策,下令焚书,除了医药、卜筮、种树之类的书及《秦纪》以外,其馀的书一概烧掉。

[4] 遗老——前朝旧臣。

[5] 建文皇帝——即明惠帝朱允炆,明太祖朱元璋的孙子,建文是他的年号。朱棣(允炆的叔父)起兵推翻了他,自立为帝,他下落不明。

[6] 弘光皇帝——就是明朝的福王朱由崧。清兵打进北京,他在南京称帝,年号弘光。后来被清兵俘获,死于北京。

[7] 张献忠——明末农民起义军的领袖之一。一度和李自成连合作战,曾攻占成都,自立为大西国王。后被清兵杀害。

[8] 世子——王侯的嫡子。

亦有人说，是福王府中奴仆等辈冒的。但是当时南都[1]许多人，难道竟没有一个人认得他的，贸贸然推戴他起来，要我们后人瞎议论，瞎猜摩？但是看他童妃一案[2]，始终未曾当面，又令人不能不生疑心。像这么种种的事情，又从那里去寻一个信据？"我道："据此看来，经史都不能信的了？"继之道："这又不然。总而言之，不能泥信[3]的就是了。大凡有一篇本纪[4]，或世家[5]，或列传[6]的，总有这个人；但不过有这个人就是了，至于那本纪、世家、列传所说的事迹，只能当小说看，何必去问他真假。他那内中或有装点出来的，或有传闻失实的，或有故为隐讳的，怎么能信呢。譬如陈稚农宣付史馆，将来一定入《孝子传》的了。你生在今日，自然知道他不是孝子；百年以后的人，那就都当他孝子了。就如我们今日看古史，那些《孝子传》，谁敢保他那里头没有陈稚农其人呢。"

说话之间，外面有人来请继之去有事。继之去了，我又和金子安们说起今天莫可文袍子上带着纸条儿的事，大家说笑一番。我又道："这两个人，我都是久仰大名的，今日见了，真是闻名不如见面！"子

---

[1] 南都——明亡后，福王朱由崧在南京登位，当时称南京为南都。
[2] 童妃一案——明福王建都南京时，有一河南妇人童氏，自称是福王的妃子。当地官员把她护送到南京，但福王并不和她见面，却一口认定是冒充的，把她下狱治罪。
[3] 泥信——拘泥一面，过分相信。
[4] 本纪——古代纪传体史书纪最高的统治者的事迹称为本纪。
[5] 世家——古代纪传体史书纪侯王的事迹称为世家。
[6] 列传——古代纪传体史书纪臣民的事迹称为列传。

安道:"据此说来,那两个人又是一定有甚故事的。你每每叫人家说故事,今天你何妨说点给我们听呢。"我道:"说是可以,叫我先说那一个呢?"德泉道:"你爱先说谁就说谁,何必问我们呢。"我道:"我头一次到杭州,就听得这莫可文的故事。原来他不叫莫可文,叫莫可基。十八岁上便进了学,一直不得中举;保过两回廪,都被革了。他的行为,便不必说了。一向以训蒙为业;但是训蒙不过是个名色:骨子里头,唆揽词讼,鱼肉乡民,大约无所不为的了。到三十岁头上,又死了个老婆,便又借着死老婆为名,硬派人家送奠分,捞了几十吊钱。可巧出了那莫可文的事。可文是可基的嫡堂兄弟。可文的老子,是一个江西候补县丞,候了不知若干年,得着过两次寻常保举;好容易捱得过了班,满指望署缺抓印把子,谁知得了一病,就此呜呼了。可文年纪尚轻,等到三年服满之后,才得二十岁左右,一面娶亲,一面想克承父志,便写信到京城,托人代捐了一个巡检,并代办验看,指省江苏,到部领凭;领到之后,便寄到杭州来。谁知可文连一个巡检都消受不起,部凭寄到后,正要商量动身到省禀到,不料得了个急痧症死了。可基是嫡堂哥哥,至亲骨肉无多,不免要过来帮忙,料理丧事。亏得他足智多谋,见景生情,便想出一个法子来,去和弟妇商量,说此刻兄弟已经死了,又没留下一男半女,弟妇将来的事,我做大伯子的自然不能置身事外;但是我只靠着教几个小学生度日,如何来得及呢。兄弟捐官的凭照,放在家里,左右是没用的,白糟蹋了;不如拿来给我,等我拿了他去到省,弄个把差使,也可以顾家,总比在家里坐蒙馆好上几倍。他弟妇见人已死了,果然留着也没用,又不能抵钱用的,就拿来给了他。他得了这个,便马上收拾趁船,到苏州冒了莫可文名字去禀到。"正是:源流虽一派,泾渭竟难分[1]。未知假莫可文禀到之后,尚有何事,且待下回再记。

---

〔1〕 泾渭难分——泾和渭都是水名,从甘肃流到陕西会合。泾水浊,渭水清,两水会合之后,清浊看得很清楚。后来一般从反面指称事情之混淆不清的为泾渭难分。

第九十八回

巧攘夺弟妇作夫人　　遇机缘僚属充西席[1]

"从此之后,莫可基便变成了莫可文了;从此之后,我也只说莫可文,不再说莫可基了。莫可文到了苏州,照例禀到缴凭,自不必说。他又求上头分到镇江府当差,上头自然无有不准的。他领到札子,又忙到镇江去禀到。你道他这个是甚么意思?原来镇江府王太尊是他同乡,并且太尊的公子号叫伯丹,小时候曾经从他读过两三年书的,他向来虽未见过王太尊,却有个宾东之分在那里。所以莫可文到得镇江,禀见过本府下来,就拿帖子去拜少爷,片子后面,注明'原名可基'。王伯丹见是先生来了,倒也知道敬重,亲自迎了出来,先行下拜。行礼已毕,便让可文上坐。可文也十分客气,口口声声只称少爷,只得分宾坐了。说来说去,无非说些套话。在可文的意思,是要求伯丹在老子跟前吹嘘,给个差使;但是初见面,又不便直说,只说得一句'此次到这边来,都是仰仗尊大人栽培'。伯丹还是个十七八岁的孩子,只当他是客气话,也支些客气话回答他。可文住在客栈里多天,不见动静,又去拜过两次伯丹;伯丹请他吃过一回馆子,却是个

---

〔1〕西席——古人席次以面东为尊,面东即西面的座位,是客人和先生坐的,所以习惯称教书先生为西席、西宾。

早局,又叫了四五个局来,都是牛鬼蛇神一般的,伯丹却倾倒的了不得。可文很以为奇,暗暗的打听,才知道王太尊自从断弦之后,并未续娶,又没有个姨太太,衙门里头,并无内眷。管儿子极严,平常不准出衙门一步,闲话也不敢多说一句。伯丹要出来玩玩,无非是推说那里文会[1],那里诗会,出来玩个半天,不到太阳下山,就急急的回去了。就是今天的请客,也是禀过命,说出去会文,才得出来的。所以虽是牛鬼蛇神的妓女,他见了就如海上神山[2]一般,可望不可即的了。可文得了这个消息,知道伯丹还纯乎是个孩子家,虽托了他也是没用。据如此说,太尊还不知我和他是宾东呢。要想当面说,自己又初入仕途,不知这话说得说不得。踌躇了两天,忽然想了一个办法,便请了几天假,赶回杭州去。此时,他住的两间祖屋,早已租了给人家住了;这一次回来,便把行李搬到弟妇家去。告诉弟妇:'已经禀过到了,此刻分在镇江,不日就可以有差使了。我此刻回来,接你到镇江同住。从此就一心一意在镇江当差候补,免得我身子在那边,心在这边,又不晓得你几时没了钱用,又恐怕不能按着时候给你;因此想把你接了去,同住在一起,我赚了钱,便交给你替我当家。有是有的过法,没有是没有的过法,自己一家人,那是总好说话的。'弟妇听了他这个话,自然是感激他,便问几时动身。可文道:'我来时只请了十五天的假,自然越赶快越好。今天不算数,我们明天收拾起来罢。'弟妇答应了。因为他远道回来,便打了二斤三白酒[3],请他吃

------

[1] 文会——观摩而又含有竞赛、考试意义的文章写作集会。
[2] 海上神山——古时迷信传说,渤海里有蓬莱、方丈、瀛洲三座神山。
[3] 三白酒——以白面为曲,春白秫,和洁白之水酿成的酒。

晚饭;居乡的人不甚讲究规矩,便同桌吃起饭来。可文自吃酒,让弟妇先吃饭。等弟妇饭吃完了,他的酒还只吃了一半;却仗着点酒意,便和弟妇取笑起来,说了几句不三不四的话。他弟妇本是个乡下人,虽然长得相貌极好,却是不大懂得道理,听了他那不三不四的话,虽然知道涨红了脸,却不解得回避开去。可文见他如此,便索性道:'弟妇,我和你说一句知己话。你今年才二十岁,……'弟妇道:'只有十九岁,你兄弟才二十岁呢。'可文道:'那更不对了!你十九岁便做了寡妇,往后的日子怎样过?虽说是吃的穿的有我大伯子当头,但是人生一世,并不是吃了穿了,就可以过去的啊。并且还有一层,我虽说带了你去同住,但是一个公馆里面,只有一个大伯子带着一个小婶,人家看着也不雅相。我想了一个两得其便的法子,但不知你肯不肯?'弟妇道:'怎样的法子呢?'可文道:'如果要两得其便,不如我们从权做了夫妻。'弟妇听了这句话,不觉登时满面通红,连颈脖子也红透了,却只低了头不言语。可文又连喝了两杯酒道:'你如果不肯呢,我断不能勉强你。不过有一句话,你要明白:你要替我兄弟守节,那是再好没有的事;不过像你那个守法,就守到头发白了,那节孝牌坊都轮不到你的头上。街邻人等,都知道你是莫可文的老婆;我此刻到了省,通江苏的大小官员,都知道我叫莫可文:两面证起来,你还是个有夫之妇。你这个节,岂不是白守了的么?可巧我的婆子死在前头,我和你做了夫妻,岂不是两得其便?并且你肯依了,跟我到得镇江,便是一位太太。我亦并不拘束你,你欢喜怎样就怎样,出去看戏咧、上馆子咧,只要我差使好,化得起,尽你去化,我断不来拘管你的。

你看好么?'他弟妇始终不曾答得一句话,还伏侍他吃过了酒饭,两个人大约就此苟且了。几日之间,收拾好家私行李,雇了一号船,由内河到了镇江,仍旧上了客栈。忙着在府署左近,找了一所房子,前进一间,后进两间,另外还有个小小厨房,甚为合式,便搬了进去。喜得木器家私,在杭州带来不少,稍为添买,便够用了。搬进去之后,又用起人来:用了一个老妈子;又化几百文一月,用了一个十四五岁的男孩子,便当是家人。弟妇此时便升了太太。安排妥当,明日便上衙门销假,又去拜少爷。消停了两天,自己家里弄了两样菜,打了些酒,自己一早专诚去请王伯丹来吃饭。说是前回扰了少爷的,一向未曾还东,心上十分不安;此刻舍眷搬了来,今日特为备了几样菜,请少爷赏光去吃顿晚饭。伯丹道:'先生赏饭,自当奉陪;争奈家君[1]向来不准晚上在外面,天未入黑,便要回署的,因此不便。'可文道:'那么就改作午饭罢,务乞赏光!'伯丹只得答应了。不知又向老子捣个甚么鬼,早上溜了出来,到可文家去。可文接着,自然又是一番恭维。又说道:'兄弟初入仕途,到此地又没得着差使,所以租不出好地方,这房子小,简慢得很。好在我们同砚[2],彼此不必客气,回来请到里面去坐,就是内人也无容回避。'伯丹连称:'好说,好说。门生本当要拜见师母。'坐了一会,可文又到里面走了两趟,方才让伯丹到里面去。到得里面,伯丹便先请见师母。可文揭开门帘,到房里一

---

[1] 家君——对人称自己的父亲。
[2] 同砚——同学。这里老师对学生称同砚,客气话。

会,便带了太太出来。伯丹连忙跪下叩头,太太也忙说:'不敢当,还礼,还礼。'一面说,一面还过礼。可文便让坐,太太也陪在一旁坐下,先开口说道:'少爷,我们都同一家人一般,没有事时候,不嫌简慢,不妨常请过来坐坐。'伯丹道:'门生应该常来给师母请安。'闲话片时,老妈子端上酒菜来,太太在旁边也帮着摆设。一面是可文敬酒,伯丹谦让入座。又说'师母也请喝杯酒'。可文也道:'少爷不是外人,你也来陪着吃罢。'太太也就不客气,坐了过来,敬菜敬酒,有说有笑。畅饮了一回,方才吃饭。饭后,就在上房散坐。可文方才问道:'兄弟到了这里,不知少爷可曾对尊大人提起我们是同过砚的话?'伯丹道:'这个倒不曾。'原来伯丹这个人有点傻气,他老子恐怕他学坏了,不许他在外交结朋友。其时有几个客籍的文人,在镇江开了个文会,他老子只准他到文会上去,与一班文人结交。所以他在外头识了朋友,回去绝不敢提起;这回他先生来了,也绝不敢提起。在可文是以为与太尊有个宾东之分,自己虽不便面陈,幸得学生是随任的,可以借他说上去,所以禀到之后,就去拜少爷。谁知碰了这么个傻货!今天请他吃饭,正是想透达这个下情。当下又说道:'少爷何妨提一提呢?'伯丹道:'家君向来不准学生在外面交结朋友,所以不便提起。'可文道:'这个又当别论。尊大人不准少爷在这里交结朋友,是恐怕少爷误交损友,尊大人是个官身,不便在外面体察的原故。像我们是在家乡认得的,务请提一提。'伯丹答应了,回去果然向太尊提起。又说这位莫可文先生是讲过学的。太尊道:'原来是先生,你为甚不早点说。我还当是一个平常的同乡,想随便安插他一个差使呢。你是几岁上从他读书的?'伯丹道:'十二三四岁那几年。'太尊道:'你几岁上完篇的?'伯丹道:'十三岁上。'太尊道:'那么你还是他手上完的篇。'随手又检出莫可文的履历一看,道:'他何尝在庠[1],是个监生报捐的功名。'伯丹道:'孩儿记得清清楚楚,先生是个秀才。'太尊道:'我是出外几十年的人,家乡的事,全都糊里糊涂的了。你既然在他手下完篇的,明天把你文会上作的文章誊一两篇去,请他改改看,可不必说是我叫的。'伯丹答应了,回到书房,誊好了一篇文章,明日便拿去请可文改。可文读了一遍,摇头摆尾的,不住赞好道:'少爷的文章进境,真是了不得!这个叫兄弟从何改起,只有五体投地[2]的了!'伯丹道:'先生不要客气,这是家君叫请先生改的。'可文兀的一惊道:'少爷昨天回去,可是提起来了?'伯丹道:'是的。'可文丢下了文章不看,一直钉住问,如何提起,如何对答,尊大人的颜色如何。伯丹不会撒谎,只得一一实说。可文听到秀才、监生一说,不觉呆了一呆;低头默默寻思,如果问起来,如何对答,须要预先打定主意。到底包揽词讼的先生,主意想得快,一会儿的功夫,早想定了。并且也料到叫改文章的意思,便不再和少爷客气,拿起笔来,飕飕飕的一阵改好了,加了眉批、总批[3],双手递与伯丹道:'放恣放恣!尊大人跟前,务求吹嘘吹嘘!'伯丹连连答应。坐了一会,便去了。到了明日是十五,一班佐杂太爷,站过香班[4],上过

---

[1] 在庠——庠是古代地方的学校,所以进了学(做了秀才)也叫做在庠或庠生。
[2] 五体投地——两手两膝和头部叫做五体。佛家以五体伏在地下为最大的敬礼,后来就用这四字表示推崇、佩服到极点。
[3] 眉批、总批——写在文章上端的评语为眉批,写在文章后面的评语为总批。
[4] 站过香班——见第四回"站班"注。

道台衙门,又上本府衙门。太爷们见太尊,向来是班见[1],没有坐位的。这一天,号房拿了一大叠手版上去,一会儿下来,把手版往桌上一丢,却早抽出一个来道:'单请莫可文莫太爷。'众佐杂太爷们听了这句话,都把眼睛向莫可文脸上一望,觉得他脸上的气色是异常光彩,运气自然与众不同,无怪他独荷垂青[2]了。莫可文也觉得洋洋得意,对众同寅拱拱手,说声'失陪',便跟了手版进去。走到花厅,见了太尊,可文自然常礼请安。太尊居然回安拉炕,可文那里敢坐,只在第二把交椅上坐下。太尊先开口道:'小儿久被化雨[3],费心得很。老夫子到这边来,又不提起,一向失敬;还是昨天小儿说起,方才知道。'可文听了这番话,又居然称他老夫子,真是受宠若惊,不知怎样才好,答应也答应不出来,末末了只应得两个'是'字。太尊又道:'听小儿说,老夫子在庠?'可文道:'卑职侥幸补过廪,此次为贫而仕,是不得已之举,所以没有用廪名报捐。到了乡试年分,还打算请假下场。'太尊点头道:'足见志气远大!'说罢,举茶送客。可文辞了出来,只见一班太爷们还在大堂底下,东站两个,西站三个的,在那里谈天。见了可文,便都一哄上前围住,问见了太尊说些甚么,想来一定得意的。可文洋洋得意的说道:'无意可得。至于太尊传见,不过谈谈家乡旧事,并没有甚么意思。'内中一个便道:'阁下和太尊想

---

[1] 班见——一班人同时接见。
[2] 垂青——见第二十九回"白眼"注。
[3] 化雨——比喻善于教育,使受教育犹如植物的及时受到雨露的滋润浸渍一样。

来必有点渊源？'可文道：'没有，没有，不过同乡罢了。'说着，便除下大帽子，自有他带来那小家人接去，送上小帽换上；他又卸下了外褂，交给小家人。他的公馆近在咫尺，也不换衣服，就这么走回去了。从此之后，伯丹是奉了父命的，常常到可文公馆里去。每去，必在上房谈天，那师母也绝不回避，一会儿送茶，一会见送点心，十分殷勤。久而久之，可文不在家，伯丹也这样直出直进的了。可文又打听得本府的一个帐房师爷，姓危号叫瑚斋的，是太尊心腹，言听计从的，于是央伯丹介绍了见过几面之后，又请瑚斋来家里吃饭，也和请伯丹一般，出妻见子的，绝无回避。那位太太近来越发出落得风骚，逢人都有说有笑，因此危瑚斋也常常往来。如此又过了一个来月，可文才求瑚斋向太尊说项。太太从旁也插嘴道：'正是。总要求危老爷想法子，替他弄个差使当当才好。照这样子空下去，是要不得了的！这里镇江的开销，样样比我们杭州贵，要是闹到不得了，我们只好回杭州去的了。'说罢，嫣然一笑。危瑚斋受了他夫妻嘱托，便向太尊处代他说项。太尊道：'这个人啊，我久已在心的了。因为不知他的人品如何，还要打听打听，所以一直没给他的事。只叫小儿仍然请他改改课卷，我节下送他点节敬[1]罢了。'瑚斋道：'莫某人的人品，倒也没甚么。'太尊道：'你不知道：我看读书人当中，要就是中了进士，点了翰林，飞黄腾达[2]上去的，十人之中，还有五六是个好人；若是但进了

---

[1] 节敬——过节时赠送的财物。
[2] 飞黄腾达——飞黄，龙马名。唐韩愈有"飞黄腾达去，不能顾蟾蜍"的诗句，后来因以人的发迹为飞黄腾达。

个学,补了个廪,以后便蹭蹬〔1〕住的,那里头,简直要找半个好人都没有。——他们也有不得不做坏人之势,单靠着坐馆,能混得了几个钱,自然不够他用;不够用起来,自然要设法去弄钱。你想他们有甚弄钱之法?无非是包揽词讼,干预公事,鱼肉乡里,倾轧善类,布散谣言,混淆是非;甚至窝娼庇赌,暗通匪类,……那一种奇奇怪怪的事,他们无做不到。我府底下虽然没甚么重要差使,然而委出去的人,也要拣个好人,免得出了岔子,叫本道说话。莫某人他是个廪生,他捐功名,又不从廪贡〔2〕上报捐,另外弄个监生,我很怀疑他在家乡干了甚么事,是个被革的廪生,那就好人有限了。'瑚斋道:'依晚生看去,莫某人还不至于如此;不过头巾气〔3〕太重,有点迂腐腾腾的罢了。晚生看他世情都还不甚了了,太尊所说种种,他未必会去做。'太尊道:'既然你保举他,我就留心给他个事情罢了。'既而又说道:'他既是世情都不甚了了的,如何能当得差呢。我看他笔墨还好,我这里的书启张某人,他屡次接到家信,说他令兄病重,一定要辞馆回去省亲,我因为一时找不出人来,没放他走,不如就请了莫某人罢。好在他本是小儿的先生,一则小儿还好早晚请教他,二来也叫他在公事上历练历练。'瑚斋道:'这是太尊的格外栽培。如此一来,他虽是个坏人,也要感激的学好了。'说罢,辞了出来,挥个条子,叫人

----

〔1〕 蹭蹬——倒霉,爬不上去的样子。
〔2〕 廪贡——以廪生的资格而做了贡生。
〔3〕 头巾气——头巾,秀才戴的儒巾。头巾气,指秀才的一副书呆子的迂腐态度。

送给莫可文,通知他。可文一见了信,直把他喜得赛如登仙一般。"正是:任尔端严衡品行,奈渠机智善欺蒙。不知莫可文当了镇江府书启之后,尚有何事,且待下回再记。

第九十九回

老叔祖娓娓讲官箴　少大人殷殷求仆从

"莫可文自从做了王太尊书启之后,办事十分巴结;王伯丹的文章,也改得十分周到;对同事各人,也十分和气。并备了一分铺盖,在衙门里设一个床铺,每每公事忙时,就在衙门里下榻。人家都说他过于巴结了,自己公馆近在咫尺,何必如此;王太尊也是说他办事可靠,那里知道他是别有用心的呢。他书启一席,就有了二十两的薪水;王太尊喜他勤慎,又在道台那边,代他求了一个洋务局挂名差使,也有十多两银子一月;连他自己鬼鬼祟祟做手脚弄的,一个月也不在少处。后来太湖捕获盐枭[1]案内,太尊代他开个名字,向太湖水师统领处说个人情,列入保举案内,居然过了县丞班。过得两年,太尊调了苏州首府,他也跟了进省。不幸太尊调任未久,就得病死了。那时候,他手边已经积了几文,想要捐过知县班,到京办引见,算来算去,还缺少一点。正在踌躇设法,他那位弟妇过班[2]的太太,不知和那一个情人一同逃走了,把他几年的积蓄,虽未尽行卷逃,却已经十去六七了。他那位夫人,一向本来已是公诸同好,作为谋差门路的,一旦失了,就同失了靠

---

〔1〕　盐枭——指贩卖私盐的人。这类人勇于反抗,不遵守统治者的法令,统治阶级把他们比如枭鸟之鸷猛,因而称为盐枭。
〔2〕　过班——这里是作者嘲笑弟妇改嫁大伯子,犹如官员过班的升了一级一样。

山一般；何况又把他积年心血弄来的，卷了一大半去！只气得他一个半死！自己是个在官人员，家里出了这个丑事，又不便声张，真是'哑子吃黄连，自家心里苦'。久而久之，同寅中渐渐有人知道了，指前指后，引为笑话。他在苏州蹲不住了，才求分了上海道差遣，跑到上海来。因为没了美人局，只怕是一直瘿到此刻的。这是莫可文的来历。"

"至于那卜子修呢，他的出身更奇了。他是宁波人，姓卜，却不叫子修，叫做卜通。小时候在宁波府城里一家杂货店当学徒。有一天，他在店楼上洗东西，洗完了，拿一盆脏水，从楼窗上泼出去。不料鄞县县大老爷从门前经过，这盆水不偏不倚，恰恰泼在县大老爷的轿子顶上。"金子安听我说到这里，忙道："不对，不对。他在楼上看不见底下，容或有之；大凡官府出街，一定是鸣锣开道的，难道他聋了，听不见？"我道："你且慢着驳，这一天恰好是忌辰，官府例不开道鸣锣呢。县大老爷大怒，喝叫停轿，要捉那泼水的人。众差役如狼似虎般拥到店里，店里众伙计谁敢怠慢，连忙从楼上叫了他下来。那差役便横拖竖曳，把他抓到轿前；县大老爷喝叫打，差役便把他按倒在地，褪下裤子，当街打了五十小板子。"金子安道："忌辰例不理刑名，怎么他动起刑来？"我道："这就叫做'只许州官放火，不准百姓点灯'[1]。当时把他打得

---

[1] "只许州官放火，不准百姓点灯"——宋时田登做郡守，不许人触犯他的名字，就是同音的字也不行；如有违犯的，就抓去打板子。因而全州的百姓，都改叫灯为火。一天是上元节，州吏贴布告放花灯，也讳灯为火，写成"本州依例放火三日"，以致闹了大笑话。后来就流传着"只许州官放火，不许百姓点灯"这样一句俗语，不过已不是忌讳的原义，而只是照字面解释：官可以胡作非为，百姓却不能自由生活。

血流漂杵[1]!只这一打,把他的官兴打动了。他暗想:'做了官便如此威风,可以任意打人。若是我们被人泼点水在头上,顶多不过骂两声,他还可以和我对骂;我如果打他,他也就不客气,和我对打了。此刻我的水不过泼在他轿子上,并没有泼湿他的身,他便把我打得这么利害!'一面想,一面喊痛,哼声不绝。一面又想道:'几时得我做了官,也拿人家这样打打,才出了今日的气。'可怜这几下板子,把他打得溃烂了一个多月,方才得好。东家因为他犯了官刑,便把他辞歇了。他本是一个已无父母,不曾娶妻的人,被东家辞了,便无家可归。想起有个远房叔祖,曾经做过一任那里典史的,刻下住在镇海,不免去投奔了他,请教请教,做官是怎样做的;像我们这样人,不知可以去做官不可以。如果可以的,我便上天入地,也去弄个官做做,方才遂心。主意打定,便跑到镇海去。不一日到了,找到他叔祖家去。他叔祖名叫卜士仁,曾经做过几年溧阳县典史;后来因为受了人家二百文铜钱,私和了一条命案,偏偏弄得不周到,苦主[2]那边止泪费[3]上吃了点亏,告发起来,便把他功名干掉了,他才回到镇海,其时已经七十多岁了。儿子卜仲容,在乡间的土财主家里,管理杂务,因此不常在家;孙子卜才,在府城里当裁缝;还有个曾孙,叫做卜兕,只有八岁,代人家放牛去了。卜士仁一个老头子,在家里甚是闷气,虽然媳

---

[1] 血流漂杵——血流得多,把舂杵都漂起来了。夸张的形容词。语出《书经》。
[2] 苦主——命案里被害人的家属。
[3] 止泪费——给苦主的抚恤费的一种代称。

妇、孙媳妇都在身边,然而和女人们总觉没有甚么谈头。忽看见侄孙卜通来了,自是欢喜,问长问短,十分亲热。卜通也一一告诉,只瞒起了被鄞县大老爷打屁股的事。他谈谈便问起做官的事,说道:'叔公是做了几十年官的了,外头做官的规矩,总是十分熟的了。不知怎样才能有个官做?不瞒叔公说:侄孙此刻也很想做官,所以特地到叔公跟前求教的。'卜士仁道:'你的志气倒也不小,将来一定有出息的。至于官,是拿钱捐来的,钱多官就大点,钱少官就小点;你要做大官小官,只要问你的钱有多少。至于说是做官的规矩,那不过是叩头、请安、站班,却都要历练出来的。任你在家学得怎么纯熟,初出去的时候,总有点蹑手蹑脚的;等历练得多了,自然纯熟了。这是外面的话。至于骨子里头,第一个秘诀是要巴结:只要人家巴结不到的,你巴结得到;人家做不出的,你做得出。我明给你说穿了,你此刻没有娶亲,没有老婆;如果有了老婆,上司叫你老婆进去当差,你送了进去,那是有缺的马上可以过班,候补的马上可以得缺,不消说的了。次一等的,是上司叫你呵□□,你便马上遵命,还要在这□□上头加点恭维话,这也是升官的吉兆。你不要说做这些事难为情,你须知他也有上司,他巴结起上司来,也是和你巴结他一般的,没甚难为情。譬如我是个典史,巴结起知县来是这样;那知县巴结知府,也是这样;知府巴结司道,也是这样;司道巴结督抚,也是这样。总而言之:大家都是一样,没甚难为情。你千万记着"不怕难为情"五个字的秘诀,做官是一定得法的。如果心中存了"难为情"三个字,那是非但不能做官,连官场的气味也闻不得一闻的了。这是我几十年老阅历得来的,此刻传授给你。但不知你想做个甚么官?'卜通道:'其实侄孙也不知做甚么官好。譬如要做个县大老爷,不知要多少钱捐来?'卜士仁道:'好,好! 好大的志气! 那个叫做知县,是我的堂翁了。'又问:'你读过几年书了?'卜通道:'读书几年! 一天也没有读过! 不过在学堂门口听听,听熟了"赵钱孙李,周吴郑王"两句罢了。'卜士仁道:'没有读过书,怎样做得文官。你看我足足读了五年书,破承题也作过十多次,出起身来不过是个捕厅[1];像你这不读书的,只好充地保罢了。'卜通不觉棱住了,说道:'不读书,不能做官的么?'卜士仁道:'如果没读过书都可以做官的,那个还去读书呢?'又沉吟了一会道:'我看你志气甚高,你文官一途虽然做不得,但是武弁一路还不妨事。我有一张六品蓝翎的功牌,从前我出一块洋钱买来的,本来打算给我孙子去用的,争奈他没志气,学了裁缝;我此刻拿来给了你,你只要还我一块洋钱就是了。'卜通道:'六品蓝翎的功牌,是个甚么官?'卜士仁道:'不是官,是个顶戴;你有了他,便可以戴个白石顶子,拖根蓝翎,到营里去当差。'卜通道:'此刻侄孙有了这个,可是跑到营里,就有人给我差使?'卜士仁道:'那里有这么容易! 就有了这个,也要有人举荐的。'卜通道:'那么侄孙有了这个,到那里去找人荐事情呢?'卜士仁又沉吟了一会道:'路呢,是有一条,不过是要我走一趟。'卜通道:'如果叔公可以荐我差使,我便要了那张甚么功牌。'卜士仁道:'这么说罢,我们大家赌个运气,我们做伴到定海去

---

[1] 捕厅——典史主管捕盗,一般称为捕厅。

走一趟。定海镇的门政大爷,是我拜把子的兄弟,我去托他,把你荐在那里,吃一份口粮[1]。这一趟的船钱,是各人各出。事情不成,我白赔了来回盘缠;如果事成了,你怎样谢我?'卜通道:'叔公怎说怎好,只请叔公吩咐就是了。'卜士仁道:'如果我荐成功了你的差使,我要用你三个月口粮的。但是你每月的口粮都给了我,你自己一个钱都没了,如何过得? 我和你想一个两得其便的法子:三个月的口粮,你分六个月给我,这六个月之中,每月大家用半个月的钱,你不至于吃亏,我也得了实惠了。你看如何?'卜通道:'不知每月的口粮是多少?'卜士仁道:'多多少少是大家的运气,你此刻何必多问呢。'卜通道:'那么就依叔公就是了。'卜士仁道:'那功牌可是一块钱,我是照本卖的,你不能少给一文。'卜通道:'去吃一份口粮,也要用那功牌么?'卜士仁道:'暂时用不着,你带在身边,总是有用的;将来高升上去,做百长[2],做哨官,有了这个,就便宜许多。'卜通道:'这样罢,侄孙身边实在不多几个钱,来不及买了。此刻一块洋钱兑一千零二十文铜钱,我出了一千二百文;如果事情成功,我便要了,也照着分六个月拨还,每月还二百文罢。可有一层:事情不成功,我是不要他的。'卜士仁见有利可图,便应允了。当日卜士仁叫添了一块臭豆腐,留侄孙吃了晚饭。晚上又教他叩头、请安、站班,各种规矩,卜通果然聪明,一学便会。次日一早,公孙两个,附了船到定海去。在路

----

[1] 口粮——按人口发给的粮食。这里指的发给兵士的粮饷。
[2] 百长——就是哨官,把总的本缺。参看第十回"哨官"注。

上，卜士仁悄悄对卜通道：'你要得这功牌的用处，你就不要做我侄孙。'卜通吃惊道：'这话怎讲？'卜士仁道：'这张功牌填的名字叫做贾冲，你要了他，就要用他的名字，不能再叫卜通了。'卜通还不懂其中玄妙，卜士仁逐一解说给他听了，他方才明白。说道：'那么我一辈子要姓贾，不能姓卜的了？'卜士仁道：'只要你果然官做大了，可以呈请归宗[1]的。'卜通又不懂那归宗是甚么东西，卜士仁又再三和他解说，他才明白。卜士仁道：'有此一层道理，所以你不能做我的侄孙了。回来到了那边，你叫我一声外公，我认你做外孙罢。'两个商量停当，又把功牌交给卜通收好。到了定海，卜士仁带着卜通，问到了镇台衙门，挨到门房前面，探头探脑的张望。便有人问找那个的。卜士仁忙道：'在下要拜望张大爷，不知可在家里？'那人道：'那么你请里面坐坐，他就下来的。'卜士仁便带了卜通到里面坐下。歇了一会，张大爷下来了，见了卜士仁，便笑吟吟的问道：'老大哥，是甚么风吹你到这里的？许久不见了。'卜士仁也谦让了两句，便道：'我有个外孙，名叫贾冲，特为带他来叩见你。'说罢，便叫假贾冲过来叩见。贾冲是前一夜已经演习过的，就走过来跪下，恭恭敬敬叩了三个头，起来又请了一个安。张大爷道：'好漂亮的孩子！'卜士仁道：'过奖了。'又交代贾冲道：'张大爷是我的把兄，论规矩，你是称呼太老伯的；然而太觉琐了，我们索性亲热点，你就叫一声叔公罢。'

---

[1] 归宗——封建社会中，原来寄给别人作儿子的，回复到自己本族来，并恢复使用本族的姓氏，叫作归宗。

张大爷道:'不敢当!不敢当!'一面问:'儿岁了?一向办甚么事?'卜士仁道:'一向在乡下,不曾办过甚么。我在江苏的时候,曾经代他弄了个六品功牌,打算拜托老弟,代他谋个差使当当,等他小孙子历练历练。'张大爷道:'老大哥,你也是官场中过来人,文武两途总是一样的。此刻的世界,唉!还成个说话吗!游击[1]、都司,空着的一大堆;守备、千总,求当个什长,都比登天还难;靠着一个功牌,想当差使,不是做兄弟的说句荒唐话,免了罢。'卜士仁忙道:'不是这么说。但求鼎力位置一件事,或者派一分口粮,至于事情,是无论甚么都不拘的。'张大爷道:'那么或者还有个商量。'卜士仁连连作揖道谢。贾冲此时真是福至心灵,看见卜士仁作揖,他也走前一步,请了个安,口称:'谢叔公大人栽培。'张大爷想了一会道:'事情呢,是现成有一个在这里,但是我的意思,是要留着给一个人的。'卜士仁连忙道:'求老弟台栽培了罢。左右老弟台这边衙门大,机会多,再拣好的栽培那一位罢。'说时,贾冲又是一个安。张大爷道:'但不知你们可嫌委屈?'卜士仁道:'岂有此理!你老弟台肯栽培,那是求之不得的,那里有甚委屈的话!'张大爷道:'可巧昨天晚上,上头撵走了一个小跟班;方才我上去,正是上头和我要人。这个差使,只要当得好,出息也不算坏。现在的世界,随便甚么事,都是事在人为的了。但不知老大哥意下如何。'卜士仁道:'我当是一件甚么事,老弟台要说委屈;这是面子上的差使,便连我愚兄也求之不得,何况他小孩子,

----

[1] 游击——清时的中级武官,约等于后来的中校。

就怕他初出茅庐,不懂规矩,当不来是真的。'张大爷道:'这个差使没有甚么难当,不过就是跟在身边,伺候茶烟,及一切零碎的事。不过就是一样,一天到晚是走不开的,除了上头到了姨太太房里去睡了,方才走得开一步。'卜士仁道:'这是当差的一定的道理,何须说得。但怕他有多少规矩礼法,都不懂得,还求老弟台教训教训。'张大爷道:'这个他很够的了,但是穿的衣服不对。'低头想了一想道:'我暂时借一身给他穿罢。'贾冲又忙忙过来请安谢了。张大爷就叫三小子〔1〕去取了一身衣服,一双挖花双梁鞋子来,叫他穿上。那身衣服,是一件嫩蓝竹布长衫,二蓝宁绸一字肩的背心〔2〕。贾冲换上了,又换鞋子。张大爷道:'衣服长短倒对了,鞋子的大小对不对?'贾冲道:'小一点,不要紧的,还穿得上。'穿上了,又向张大爷打了个扦谢过。张大爷笑道:'这身衣服还是我五小儿的,你就穿两天罢。'贾冲又道了谢。卜士仁道:'穿得小心点,不要弄坏了;弄脏了,那时候赔还新的,你叔公还不愿意呢。'张大爷又道:'你的帽子也不对,不要戴罢,左右天气不十分冷;还要重打个辫子。'三小子在旁边听了,连忙叫了剃头的来,和他打了一根油松辫子。张大爷端详一会道:'很过得去了。'这时候,已是吃中饭的时候了,便留他祖孙两个便饭。吃饭中间,张大爷又教了贾冲多少说话;又叫他买点好牙粉,把牙齿刷白了;又交代葱蒜是千万吃不得的。卜士仁在旁又插嘴道:

---

〔1〕 三小子——旧时官署差役所用的小仆人。
〔2〕 一字肩的背心——一种上面横排有十三个钮扣的背心,俗称"十三太保"。

'叔公教你的,都是金石良言,务必一一记了,不可有负栽培。'一时饭罢,略为散坐一会,张大爷便领了贾冲上去。贾冲因为鞋子小,走起路来,一扭一捏的,甚为好看。果然总镇李大人一见便合,叫权且留下,试用三天再说。三天过后,李大人便把他用定了,批了一分口粮给他。他从此之后,便一心一意的伺候李大人。又十分会巴结,大凡别人做不到的事,他无有做不到的。李大人站起来,把长衣一撩,他已是双手捧了便壶,屈了一膝,把便壶送到李大人胯下。李大人偶然出恭,他便拿了水烟袋,半跪着在跟前装烟;李大人一面才起来,他早已把马子捧到外间去了;连忙回转来,接了手纸,才带马子盖出去;跟着就是捧了热水进来,请李大人洗手。凡此种种,虽然是他叔祖教导有方,也是他福至心灵,官星透露,才得一变而为闻一知十的聪明人。所以不到两个月功夫,他竟做了李大人跟前第一个得意的人,无论坐着睡着,寸步离他不得。又多赏了他一分什长口粮,他越是感激厚恩的了不得。却有一层,他面子上虽在这里当差,心里却是做官之念不肯稍歇,没事的时候和同事的谈天,不出几句话,不是打听捐官的价钱,便是请教做官的规矩。同事的既妒他的专宠,又嫌他的呆气,便相约叫他'贾老爷'。他道:'你们莫笑我,我贾冲未必没有做老爷的时候。'同事的都不理他。光阴似箭,不觉在李大人那里伺候了三四个年头,他手下也积了有几个钱了。李大人有个儿子,捐了个同知,从京里引见了回来,向李大人要了若干钱,要到河南到省去。这位少大人是有点放诞不羁的,暗想此次去河南,行李带的多,自己所带两个底下人恐怕靠不住,看见贾冲伺候老人家,一向小心翼翼,若得他在路上招呼,自己可少烦了多少心,不如向老人家处要了他去,岂不是好。主意定了,便向李大人说知此意。李大人起初不允,禁不得少大人再四相求,无奈只得允了,叫了贾冲来说知,并且交代送到河南,马上就赶回来,路上不可耽搁。贾冲得了这个差使,不觉大喜。"正是:腾身逃出奴才籍,奋力投归仕宦林。不知贾冲此次跟了小主人出去,有何可喜之处,且待下回再记。

第一百回

巧机缘一旦得功名　　乱巴结几番成笑话

"贾冲得了送少大人的差使,不觉心中大喜。也亏他真有机智,一面对着李大人故意做出多少恋恋不舍的样子;一面对于少大人,竭力巴结。少大人是家眷尚在湖南原籍,此次是单身到河南禀到。因为一向以为贾冲靠得住,便把一切重要行李,都交代他收拾。他却处处留心,甚么东西装在那一号箱子里,都开了一张横单;他虽不会写字,却叫一个能写的人在旁边,他口中报着,叫那个人写。忙忙的收拾了五天,方才收拾停当。这一天长行,少大人到李大人处叩辞。贾冲等少大人行过了礼,也上去叩头辞行。李大人对少大人道:'你此次带贾冲出去,只把他当一员差官相待,不可当他下人。等他这回回来,我也要派他一个差使的了。'贾冲听了,连忙叩谢。少大人道:'孩儿的意思就是如此,不消爹爹吩咐。'说罢,便辞别长行。自有一众家人亲兵等,押运行李。贾冲紧随在少大人左右,招呼一切。上了轮船,到了上海,便到一家甚么吉升栈住下。那少大人到了上海,自有他一班朋友请吃花酒,吃大菜,看戏,自不必提。那两个带来的家人,也有他的朋友招呼应酬,不时也抽个空,跑到外头玩去。只有贾冲独自一个,守在栈里,看守房间。你道他果然赤心忠良,代主人看行李么?原来他久已存了一个不良之心,在宁波时,故意把某号箱子装的甚么东西,某号箱子装的甚么衣服,都开出帐来,交给主人。主人是个阔佬,拿过来不过略为过目,便把那篇帐夹在靴掖子[1]里去了,那里还一一查点。他却在收拾行李时,每个衣箱里,都腾出两件不写在帐上;这不写在帐上的,又都做了暗号,又私下配好了钥匙,到了此时,他便乘隙一件件的偷出来,放在自己箱子里。他为人又乖巧不过,此时是四月天气,那单的、夹的、纱的,他却丝毫不动,只拣棉的、皮的动手。那棉皮东西,是此时断断查不着的;等到查着时,已经隔了半年多,何况自己又有一篇帐交出去的,箱子里东西,只要和帐上对了,就随便怎样,也疑心不到他了。你道他的心思细不细?深不深?险不险?他在栈里做这个手脚,也不是一天做得完的;恰好这天做完了,收拾停当,一个家人名叫李福的,在外回来了,坐下来就叹气。贾冲笑问道:'那里受了气来了,却跑回来长吁短叹?'李福道:'没有受气,却遇了一件极不得意的事。'贾冲道:'在这里不过是个过客罢了,有甚得意不得意的事?'李福道:'说来我也是事不干己的。我从前伺候过一位卜老爷,叫做卜同群,是福建候补知县,安徽人氏。'贾冲听得一个'卜'字,便伸长了耳朵去听。李福又道:'一位少爷,名叫卜子修,随在公馆里。恰好那两年台湾改建行省,刘省三大人放了台湾抚台。少爷本只有一个监生,想弄个官出来当差,便到台湾投效[2],得了两个奖札[3]。后来卜老爷死了,少

---

[1] 靴掖子——也作靴页子。绸缎或皮制的夹子,里面可以收藏银票、文件、名片一类的东西。因为可以塞在靴筒里,所以叫做靴掖子。
[2] 投效——自动投身效力的意思。
[3] 奖札——给予有劳绩的官员的一种奖状,形式和札子差不多。里面叙明受奖的人的工作成绩,并可奖以虚衔或实职。

爷扶柩回籍安葬；起复[1]后，便再到福建，希图当个差使。谁知局面大变了，在那里一住十年，穷到吃尽当光。此刻老太太病重了，打电报叫他回去送终，他到得上海来，就盘缠断绝了。此刻拿了一张监照，两个奖札，在这里兜卖。'贾冲道：'是奖的甚么功名？要卖多少钱呢？'李福道：'头一个奖，是不论双单月，选用从九；第二个是免选本班，以县丞归部尽先选用：都是台湾改省，开垦案内保的，只要卖二百块钱。听说此刻单是一个三班县丞[2]，捐起来，最便宜也要三百多两呢，还是会想法子的人去办，不然还办不来；此刻只要卖二百块，东西是便宜的。'贾冲道：'只要是真的，我倒有个朋友要买。'李福道：'东西自然是真的，这是我们看他弄来的东西，怎么会假。但不知这朋友可在上海？'贾冲道：'是在上海的。你去把东西拿来，等我拿把前路看看，我们也算代人家做了一件方便事情。'李福道：'如果真有人要，我便马上去拿来。'贾冲道：'自然是有人要，我骗你做甚么。'李福道：'那么我去拿来。'说罢，匆匆去了。原来贾冲在定海镇衙门混了几年，他是一心要想做官的，遇了人便打听，又随时在公事上留心；他虽然不认得字，但是何处该用朱笔，何处该用墨笔，咨、移、呈、札，各种款式，他都能一望而知的了。并且一切官场的毛病，甚么冒名顶替，假札假凭等事，是尤为查察得烂熟胸中。此刻恰好碰了一个姓卜的奖札，如何不心动？因叫李福去取来看。不一会，李福取了

---

[1] 起复——官员为父母服丧期满，复任官职。
[2] 三班县丞——一种可以优先补缺的县丞班次。

来。他接过仔细察看了一遍,虽然不识字,然而公事的款式,处处不错。便说道:'待我拿去给朋友看看。但不知二百块的价钱,可能让点?'李福道:'果然有人要了再说罢。'贾冲便拿了这东西,到外面去混跑了一回。心中暗暗打算:这东西倒像真的,可惜没有一个内行人好去请教。但是据李福说,看着他弄来的,料来假不到那里。一个人荡来荡去,没个着落,只得到占卦摊上去占个卦,以定吉凶。那占卦的演成卦象,问占甚么事。贾冲道:'求名。'占卦的道:'求名卦,财旺生官[1],近日已经有了机缘,可惜还有一点点小阻碍。过了某日,日干冲动官爻,当有好消息。'贾冲道:'我只问这个功名是真的是假的?'占卦的道:'官爻持世,真而又真,可惜未曾发动。过了某日,子水子孙,冲动巳火官鬼;况且财爻得助,又去生官;那就恭喜,从此一帆顺风了。'贾冲听了,付过卦资,心中倒有几分信他,因他说的甚么财旺生官,自己本要拿钱去买这东西,这句已经应了;又说甚么目下有点阻碍,这明明是我信不过他的真假,做了阻碍了。又回头一想,在衙门里曾听见人说,拿了假官照出来当差,只要不求保举,是一辈子也闹不穿的,但不知奖札会闹穿不会。忽又决意道:'管他真的假的,我只要透便宜的还他价;他若是肯的,就是在外头当不得差,拿

---

〔1〕 财旺生官——这里和下面的"日干冲动官爻","官爻持世","子水子孙,冲动巳火官鬼","财爻得助,又去生官"等句子。都是星相家批八字时的术语。星相家认为亥子是水,寅卯是木,巳午是火,申酉是金,辰戌丑未是土;水生木,木生火;金克水,水克火;分为官、财、鬼、子孙等爻,看五行生克的情况以判断吉凶:完全是一套迷信的把戏。

回乡下去吓唬乡下人，也是好的。'定了主意，便回到栈去。只见仍是李福一个人在那里，便把东西交还他道：'前路怕东西靠不住，不肯还价。'李福着急道：'这明明是我的旧日小主人在台湾当差得来的，那时候还有上谕登过《申报》，我们还戴上大帽子和老主人叩喜的，怎么说靠不住！'贾冲道：'就是真的，前路也出不起这个价；他说若是十来块洋钱，不妨谈谈。'李福道：'那是上天要价，下地还钱，我不怪他。若说是个假的，他买了这东西，我肯跟他到部里投供去；如果部里说是假的，那就请部里办我！'贾冲听了这话，心中又一动，暗想看他着急样子，确是像真的。因说道：'你且去问问他价钱如何再说。'李福叹道：'人到了背时的时候，还有甚说得！'说罢，自去了。过了一会，又回来说道：'前路因为老太太有病急于回去，说至少要一百块，少了他就不卖了。'贾冲又还他二十块，叫他去问，李福不肯；贾冲又还到三十，李福方才肯去。如此往返磋商，到底五十块洋钱成的交。少大人应酬过几天，便要到外面买东西，甚么孝敬上司的，送同寅的，自己公馆用的，无非是洋货。他们阔少到省，局面自然又是一样。凡买这些东西，总是带了贾冲去，或者由贾冲到店里，叫人送来看。买完了洋货，又买绸缎。这两宗大买卖，又调剂贾冲赚了不少。贾冲心中一想：我买了那奖札，是要谋出身的，此刻除了李福，没有人知道；万一我将来出身，这名字传到河南去，叫他说穿了，总有许多不便，不如设法先除了他。恰好这几天李福在外面打野鸡，身上弄了些毒疮，行走不便；那野鸡妓女，又到栈里来看他。贾冲便乘势对少大人说：'李福这个人，很有点不正经，恐怕靠不住。就在栈里这几天，他已经闹的一身毒；还弄些甚么婆娘，三天五天到栈里来。

照这个样子,带他到河南去,恐怕于少大人官声有碍。此刻不过出门在客中,他尚且如此;跟少大人到了河南,少大人得了好差使,他还了得么! 在外面欢喜玩笑的人,又没本事赚钱,少不免偷拐抢骗,乱背亏空,闹出事情来,却是某公馆的家人,虽然与主人不相干,却何苦被外头多这么一句话呢。何况这种人,保不住他不借着主人势子,在外头招摇撞骗。请少大人的示,怎样儆戒儆戒他才好,不然,带到河南去,倒是一个累。'他天天拿这些话对少大人说,少大人看看李福,果然满面病容,走起路来,是有点不便当的样子,便算给工钱,把他开发了,另外托朋友荐过一个人来。又过了几天,少大人玩够了,要动身了,贾冲忽然病起来,一天到晚,哼声不绝,一连三天,不茶不饭;请医生来给他看过,吃了药下去,依然如此。少大人急了,亲到他榻前,问他怎样了,可能走得动。他爬在枕上叩头道:'是小的没福气跟随少大人,所以无端生起病来。望少大人上紧动身,不要误了正事;小的在这里将养好了,就兼程〔1〕赶上去伺候。'少大人道:'我想等你病好了,一起动身呢。'贾冲道:'少大人的前程要紧,不要为了小的耽误了;小的的病,自己知道早晚是不会好的。'少大人无奈,只得带了两个家人,动身到镇江,取道清江浦,往河南去了。这边少大人动了身,那边贾冲马上就好了。另外搬过一家客栈住下,不叫贾冲,就依着奖札的名字叫了卜子修,结交起朋友来。托了一家捐局,代他办事,就把这奖札寄到京里,托人代他在部里改了籍贯,办了验看,指省

----

〔1〕 兼程——加倍的赶路。

江苏。部凭到日,他便往苏州禀到,分在上海道差遣。他那上衙门是天天不脱空的,又禀承了他叔祖老大人的教训,见了上司,那一种巴结的劲儿,简直形容他不出来,所以他分道不久,就得了个高昌庙巡防局的差使。高昌庙本是一个乡僻地方,从前没有甚么巡防局的;因为同治初年,湘乡曾中堂、合肥李中堂,奏准朝廷,在那边设了个'江南机器制造总局',那局子一年年的扩充起来,那委员、司事便一年多似一年,至于工匠、小工之类,更不消说了,所以把局前一片荒野之地,慢慢的成了一个聚落,有了两条大路,居然是个镇市了,所以就设了一个巡防局。卜子修是初出茅庐的人,得了那个差使,犹如抓了印把子一般,倒也凡事必躬必亲。他自己坐在轿子里,看见路上的东洋车子拦路停着,他便喝叫停下轿子,自己拿了扶手板跑出来,对那些车夫乱打,吓得那些车夫四散奔逃,他嘴里还是混帐王八蛋、娘摩洗乱炮的乱骂。制造局里的总办、提调都是些道府班,他又多一班上司伺候了。新年里头,他忽然到总办那里禀见。总办不知他有甚公事,便叫请他进来。见过之后,就有他的家人,拿了许多鱼灯、荷花灯、兔子灯之类上来,还有一个手版,他便站起来,垂手禀道:'这是卑职孝敬小少爷玩的,求大人赏收。'总办见了,又是可笑,又是可恼,说道:'小孩子玩的东西,何必老兄费心!'卜子修道:'这是卑职的一点穷孝心,求大人赏收了。'又对总办的家人道:'费心代我拿了上去,这手版说我替小少爷请安。'总办倒也拿他无可如何。从此外面便传为笑柄。那年恰好碰了中东之役[1],制造局是个军火重地,格外戒

---

[1] 中东之役——指甲午中日战争。参看第八十四回"中日一役"注。

严。每天晚上,各厂的委员、司事都轮班查夜,就是总办、提调也每夜轮流着到处稽查;到半夜时,都在公务厅会齐一次,叫做'会哨'。这卜子修虽是局外的人,到了会哨时候,他一定穿了行装,带了两名巡勇去献殷勤。常时还带着些点心,去孝敬总办,请各委员、司事。有一天晚上,他叫人抬了一口行灶,放在公务厅天井里,做起汤圆来。总办来了,看见了,问是做甚么的。家人回说是巡防局卜老爷做汤圆的。总办道:'算了!东洋人这场仗打下来,如果中国打了胜仗,讲起和来,开兵费赔款的帐,还要把卜老爷的点心帐开上一笔呢。'不提防卜子修已在旁边站着班,听了这句话,走前一步,请了个安道:'谢大人栽培。'总办见了,又是好气,又是好笑,却又不好拿他怎样;只有对着别人,微微的冷笑一声。此时会哨的人都已齐集,大家不过谈些日来军事新闻,只有卜子修赶出赶进,催做汤圆。众人见他那副神气,都在肚子里暗笑,卜子修只不觉着。催得汤圆熟时,一碗一碗的盛在那里,未曾拿上去,子修自己亲来一看,见是每碗四个,便拿起汤匙来,在别个碗上取了两个,凑在一个碗里,过细数一数,是六个[1]无疑了,便亲自双手捧了,送至总办跟前,双手一献至额道:'这是卑职孝敬大人的禄位高升!'总办倒也拿他无可如何,笑说道:'老兄太忙了!破了钞不算数,还要那么忙,这是叫我们下回不敢再查夜了。'总办说话时,他还垂着手,挺着腰,洗耳恭听。等总办说完

----

[1] 六个——这里借"六"字为下文禄位高升"禄"字的谐音,下文"九个",借"九"字为下文久长富贵"久"字的谐音,取其吉利的意思。

了,他便接连答应'是,是,是'。傍边的人都几乎笑起来,他总是不觉着。又去取一碗,添足了九个,亲自捧了,又拿了一个手版,走到总办的家人跟前道:'费心费心,代我拿上去,孝敬老太太,说是卑职卜子修孝敬老太太的,久长富贵。这个手板,费心代回一回,是卑职卜子修恭请老太太晚安。'总办道:'算了罢,不要觍琐了,老太太早已睡了。'卜子修道:'这是卑职的一点孝心,老太太虽然睡了,也一定欢喜的。'总办无可如何,只得由他去闹。诸如此类的笑话,也不知闹了多少。最可笑的,是有一回一个甚么大员路过上海,本地地方官自然照例办差。等到那位大员驾到之日,自然阖城印委各员,都到码头恭迓。那卜子修打听得大员坐的是招商局船,泊在金利源码头,便坐了轿子去迎迓。偏偏那轿子走得慢,看见那制造局总办、提调,以及各厂的红委员,凡够得上去接的,一个个都坐了马车,超越在轿子前头,如飞的去了。那总办、提调,都是一个人一辆马车;其馀各委员,也有两个人一辆的,也有三个人一辆的,最寒尘的是四个人一辆。卜子修心中无限懊悔,悔不和别人打了伙,雇个马车,那就快得多了。一面想,一面骂轿班走得慢:'你们吃老爷的饭,都吃到那里去了!腿也跑不动了!'一面骂,一面在轿子里跺脚,跺得轿班的肩膀生疼,越发走不动了。他更是恨的了不得,骂道:'等一会回到局子里,叫你们对付我的板子!'嘴里骂着,心中生怕到得迟了,那边已经上了岸,那就没意思了。又想道:'怎样能再遇见一个熟人,是坐马车的,那就好了,我就不管三七二十一,喊住了他,附坐了上去了。'思想之间,轿子将近西门,忽然看见一辆轿子马车,从轿后超越到轿前去。

卜子修定睛从那轿车后面的玻璃看进去,内中只坐了一人,便大呼小叫起来道:'马车停一停!马车停一停!'前头那马车夫听见了,回头一看,是卜老爷坐在轿子里,招手叫停车。也不知他有甚么要紧公事,姑且把马缰勒住,看他作何举动。卜子修见马车停住了,便喝叫停轿,自己走了下来,交代轿班,赶紧到码头去伺候,'到迟了,误了我的差使,小心你们的狗腿!'说罢,三步两步,跑到那马车跟前,伸手把机关一拧,用力一拉,开了门,一脚跨了上去;抬头一看,只把他急个半死!你道车子上是谁?正是卜子修的顶头上司,钦命二品衔、江南分巡苏松太兵备道!卜子修这一吓,竟是魂不附体!那马夫看见他一脚上了车,便放开缰绳,那马如飞而去了。只有卜子修此时,脸红过耳,连颈脖子都红了;还有一半身子在车子外面,跨又跨不进去,退又退不出来,弯着身子,站又站不直,急的又开口不得。道台见了这个情形,又可笑,又可恼;便冷笑道:'你坐下罢。'卜子修如奉恩诏〔1〕一般,才敢把第二条腿拿了进来,顺手关上车门。谁知身上佩带的槟榔荷包〔2〕上一颗料珠儿〔3〕,夹在门缝里,那门便关不上,只好把一只手拉着门。这一边呢,又不敢和道台平坐;若要斜签着身子呢,一条腿又要压到道台膝盖上,闹得他左不是右不是。他平日见了上司是最会说话的,这回却急得无话可说。"正是:大人莫漫嫌唐

----

〔1〕 恩诏——皇帝为施行某种"恩典"而颁布的诏令。
〔2〕 槟榔荷包——槟榔是一种很高的常绿乔木,果实微涩,能助消化。当时的士大夫阶层,欢喜用小荷包装着槟榔,随身携带咀嚼。
〔3〕 料珠儿——料器制成的珠子,可以穿在丝线的须络上,作为装饰品。

突,卑职专诚附骥[1]来。未知卜子修到底怎样下场,且待下回再记。

-----

[1] 附骥——原意是指依靠别人而成功、成名的意思,这里作追随解释。古人说:苍蝇虽然飞不远,但附在良马的尾上,也可以跑到千里以外。语出《史记》。

第一百一回

王医生淋漓谈父子　梁顶粪恩爱割夫妻

"幸喜马车走得快,不多几时,便到了金利源码头了。卜子修连忙先下了车,垂手站着;等道台下车时,他还回道:'是大人叫卑职坐的。'道台看了他一眼,只得罢了。后来他在巡防局里没有事办,便常常与些东洋车夫为难,又每每误把制造局委员、司事的包车夫拿了去,因此大家都厌恶了他,有起事情来,偏偏和他作对。他自己也觉得乏味了,便托人和道台说,把他调到城里东局去,一直当差到此刻,也算当得长远的了。这个便是卜子修的来历。"

且慢!从九十七回的下半回起叙这件事,是我说给金子安他们听的,直到此处一百一回的上半回,方才煞尾。且莫问有几句说话,就是数数字数,也一万五六千了。一个人那里有那么长的气?又那个有那么长的功夫去听呢?不知非也,我这两段故事,是分了三四天和子安们说的,不过当中说说停住了,那些节目,我懒得叙上,好等这件事成个片段罢了。这三四天功夫,早又有了别的事了。

原来这两天苟才又病了,去请端甫,端甫推辞不去。苟才便写个条子给继之,请继之问他是何缘故。继之便去找着端甫,问道:"听说苟观察来请端翁,端翁已经推掉了?"端甫道:"不错,推掉了。"继之道:"端翁,你这个就太古板了。他这个又不是不起之症,你又何必因一时的疑心,就辞了人家呢?"端甫道:"不起之症,我还可以直说;他公馆里住着一个要他命的人,叫我这做医生的,如何好过问!我在上海差不多二十年了,虽然没甚大名气,却也没有庸医杀人的名声,我何苦叫他裁我一下!虽然是非曲直,自有公论;但是现在的世人,总是人云亦云的居多,况且他家里人既然有心弄死他,等如愿以偿之后,贼人心虚,怕人议论,岂有不尽力推在医生身上之理?此刻只要苟观察离了他公馆,或者住在宝号,或者径到我这里住下,二十天、半个月光景,我可以包治好了;要是他在公馆里请我,我一定不去的。"继之听了,倒也没得好说,只得辞了出来,便去找苟才。——其实苟才没甚大病,不过仍是怔忡气喘罢了。——继之见面之下,只得说端甫这个人,是有点脾气的,偶然遇了有甚不如意的事,莫说请出门,就是到他那里门诊,他也不肯诊的,说是心绪不宁,恐怕诊乱了脉,误了人家的事。苟才道:"这个倒好,这种医生才难得呢。等他心绪好了再请他。"

说话时,苟才儿子龙光走进来,和继之请过安,便对苟才道:"前天那个人又来了,在那屋里等着,家人们都不敢来回。"苟才道:"你在这里陪着吴老伯。"又对继之道:"继翁请宽坐,我去去就来。"说罢,自出去了。继之不免和龙光问长问短,又问公馆里有几位老夫子及令亲。龙光道:"从前人多,现在只有帐房先生丁老伯、书启老夫子王老伯;至于舍亲等人,早年就都各回旗去了,此刻没有甚么。"继之忽然心中一动道:"我何妨设一个法,试探试探他看呢?"因问道:"尊大人的病,除了咳喘怔忡,还有甚么病?近来请那一位先生?"龙光道:"一向是请的老伯所荐的王端甫先生;这两天请他,不知怎的,王先生不肯来了。昨天今天都是请的朱博如先生。"继之道:"是那一位荐的?"龙光道:"没有人荐的,不过在报上看见告白,请来的罢了。老伯有甚朋友高明的,务求再荐一两个人,好去请教请教,也等家父早日安痊。"继之又想了一想道:"尊大人这个病是不要紧的,不过千万不要吃错了东西。据我听见的,这个咳喘怔忡之症,最忌的是鲍鱼。"龙光道:"甚么鲍鱼?"继之道:"就是海味铺里卖的鲍鱼,还有洋货铺子里卖那个东洋货,是装了罐子的。这东西吃了,要病势日深的。"刚说完了话,苟才已来了。龙光站起来,俄延了一会,就去了。

继之和苟才略谈了一会,也就辞回号里,对我们众人谈起朱博如来。管德泉道:"朱博如,这个名字熟得很,是在那里见过的。"金子安道:"就是甚么兼精辰州符,失物圆光[1]的那个,天天在报上上告白的,还有谁!"德泉道:"哦!不错了。然而苟观察何以请起这种医生来?"继之道:"他化了钱,自然是爱请谁请谁,谁还管得了他。我不过是疑心端甫那句说话,他家里说共一个儿子,一个帐房,一个书启,是那个要弄死他?这件事要做,只有儿子做。说起愤世嫉俗的话来,自然处处都有枭獍;但是平心而论,又何必人人都是枭獍呢?何况龙光那孩子,心里我不得而知;看他外貌,不像那样人。我今天已下了一个探听的种子,再过几天,就可以探听出来了。"我道:"怎么

---

[1] 圆光——一种迷信的法术。行术的人口念咒语,叫儿童对着镜子或白纸凝神看着,据说能现出种种幻象;根据这种幻象的线索,来寻找丢失的东西或为人治病。

探听有种子的?"继之道:"你且不要问,你记着,下一个礼拜,提我请客。"我答应了。

光阴似箭,转瞬又过了一礼拜了。继之便叫我写请客帖子,请的苟才是正客,其次便是王端甫,馀下就是自己几个人;并且就请在自己号里,并不上馆子。下午,端甫先来,问起:"请客是甚意思,可是又要我和苟观察诊脉?"继之道:"并不,我并且代你辩得甚好的。你如果不愿意,只说自己这两天心绪不宁,向来心绪不宁,不肯替人诊脉的就是了。"不多一会,苟才也来了。大家列坐谈天。苟才又央及端甫诊脉。端甫道:"诊脉是可以,方子可不敢开,因为近来心绪不宁,恐怕开出来方子不对。"苟才道:"不开方不要紧,只要赐教脉象如何?"端甫道:"这个可以。"苟才便坐了过来,端甫伸出三指,在苟才两手上诊了一会道:"脉象都和前头差不多,不过两尺沉迟[1]一点,这是年老人多半如此,不要紧的。"苟才道:"不知应该吃点甚么药?"端甫道:"这个,实在因为心绪不安,不敢乱说。"苟才也就罢了。

一会儿,席面摆好了,继之起身把盏让坐。酒过三巡,上过鱼翅之后,便上一碗清炖鲍鱼。继之道:"这是我这个厨子拿手的一样精品。"说罢,亲自一一敬上两片。苟才道:"可惜这东西,我这两天吃的腻了。"继之听了,颜色一变,把筷子往桌上一搁。苟才不曾觉着;我虽觉着了,因为继之此时,尚没有把对龙光说的话告诉我,所以也

---

[1] 两尺沉迟——尺,脉名,手脉的一部份,是中医诊病切脉时第三指所按的地方;两尺,指两手的尺脉。沉迟,指脉象隐伏,跳得很慢,必须力按才能发觉。中医说法,沉脉主里症,迟脉主寒症。

莫名其妙。因问荀才道："想来是顿顿吃这个?"荀才道："正是。因为那医生说是要多吃鲍鱼才易得好,所以他们就顿顿给我这个吃。"端甫道："据《食物本草》[1],这东西是滋阴的,与怔忡不寐甚么相干!这又奇了!"

继之问荀才道："公子今年贵庚多少了?"荀才道："二十二岁了。"继之道："年纪也不小了,何不早点代他弄个功名,叫他到外头历练历练呢?"荀才道："我也有这个意思,并且他已经有个同知在身上。等过了年,打算叫他进京办个引见,好出去当差。"继之道："这又不是拣日子的事情,何必一定要明年呢?"荀才笑道："年里头也没有甚么日子了。"端甫是个极聪明、极机警的人,听了继之的话,早已有点会意,便笑着接口道:"我们年纪大的人,最要有自知之明。大凡他们年轻的少爷奶奶,看见我们老人家,是第一件讨厌之物。你看他脸上十分恭顺,处处还你规矩;他那心里头,不知要骂多少老不死、老杀才呢!"说得合席人都笑了。端甫又道:"我这个是在家庭当中阅历有得之言,并不是说笑话。所以我五个小儿,没有一个在身边,他们经商的经商,处馆的处馆,虽是娶了儿媳,我却叫他们连媳妇儿带了去。我一个人在上海,逍遥自在,何等快活!他们或者一年来看我一两趟,见了面,那种亲热要好孝顺的劲儿,说也说不出来,平心而论,那倒是他们的真天性了。何以见得呢?大约父子之间,自然有一分父子的天性。你把他隔开了,他便有点挂念,越隔得远,越隔得久,

---

[1]《食物本草》——明吴文炳、卢和等著,说明各种动植物服食功用的书。

越是挂念的利害,一旦忽然相见,那天性不知不觉的自然流露出来;若是终年在一起的,我今天恼他做错了一件甚么事,他明天又怪我骂了他那一项,久而久之,反为把那天性汩没了。至于他们做弟兄的,尤其要把他远远的隔开,他那友于之情才笃;若是住在一起,总不免那争执口角的事情,一有了这个事情,总要闹到兄弟不和完结。这还是父母穷的话。若是父母有钱的,更是免不了争家财,争田舍等事。若是个独子呢,他又恼着老子在前,不能由得他挥霍,他还要恨他老子不早死呢!"说着,又专对苟才说道:"这是兄弟泛论的话,观察不要多心。"苟才道:"议论得高明得很,我又多心甚么。兄弟一定遵两位的教,过了年,就叫小儿办引见去。"继之道:"端翁这一番高论,为中人〔1〕以下说法,是好极了!"端甫道:"若说为中人以下说法,那就现在天下算得没有中人以上的人。别的事情我没有阅历,这家庭的阅历是见得不少了。大约古圣贤所说的话,是不错的。孟夫子说是:'父子之间不责善。''责善,贼恩之大者。'〔2〕此刻的人却昧了这个道理,专门责善于其子。这一着呢,还不必怪他,他期望心切,自然不免出于责善一类。最奇的,他一面责善,一面不知教育,你想父子之间,还有相得的么。还有一种人,自己做下了多少男盗女娼的事,却责成儿子做仁义道德,那才难过呢!"谈谈说说,不觉各人都有了点

---
〔1〕 中人——中等资质的人。
〔2〕 "父子之间不责善。""责善,贼恩之大者。"——语见《孟子》。贼,害的意思。孟子认为:父子不能以善相责备,因为这是朋友间的事。父子如果相责以善,就会伤了感情,严重地妨害了天性之恩。

酒意,于是吃过稀饭散坐。苟才因是有病的人,先辞去了。

继之才和端甫说起,前两天见了龙光,故意说不可吃鲍鱼的话,今日苟才便说吃得腻了,看来这件事竟是他儿子所为。端甫拍手道:"是不是呢,我断没有冤枉别人的道理!但是已经访得如此确实,方才为甚不和他直说,还是那么吞吞吐吐的?你看苟才,他应酬上很像精明,但是于这些上头,我看也平常得很,不见得他会得过意来。"继之道:"直说了,恐怕有伤他父子之情呢。"端甫跳起来道:"罢了,罢了!不直说出来,恐怕父子之情伤得更甚呢!"继之猛然省悟道:"不错,不错。我明天就去找他,把他请出来,明告诉他这个底细罢。"端甫道:"这才是个道理。"又谈了一会,端甫也辞去了。一宿无话。

次日,继之便专诚去找苟才。谁知他的家人回道:"老爷昨天赴宴回来,身子不大爽快,此刻还没起来。"继之只得罢了。过一天再去,又说是这两天厌烦得很,不会客,继之也只得罢休。谁知自此以后,一连几次,都是如此。继之十分疑心,便说:"你们老爷不会客,少爷是可以会客的,你和我通报通报。"那家人进去了一会,出来说请。继之进去,见了龙光,先问起:"尊大人的病,为甚连客都不会了;不知近日病情如何?"龙光道:"其实没甚么,不过医生说务要静养,不可多谈天,以致费气劳神,所以小侄便劝家父不必会客。五庶母留在房里,早晚伏侍。方才睡着了,失迎老伯大驾!"继之听说,也不能怎样,便辞了回来。过一天,又写个条子去约苟才出来谈谈,讵接了回条,又是推辞。继之虽是疑心,却也无可如何。

光阴如驶,早又过了新年。到了正月底边,忽然接了一张报丧条子,是苟才死了。大家都不觉吃了一惊。继之和他略有点交情,不免前去送殡,顺便要访问他那么死之由,谁知一点也访不出来。倒是龙光哭丧着脸,向继之叩头,说上海并无亲戚朋友,此刻出了大事,务求老伯帮忙。继之只得应允。

到了春分左右,北河开了冻,这边号里接到京里的信,叫这边派人去结算去年帐目。我便附了轮船,取道天津。此时张家湾、河西务两处所设的分号,都已收了,归并到天津分号里。天津管事的是吴益臣,就是吴亮臣的兄弟。我在天津盘桓了两日,打听得文杏农已不在天津了,就雇车到京里去。此时京里分号,已将李在兹辞了,由吴亮臣一个人管事。我算了两天帐目,没甚大进出,不过核对了几条出来,叫亮臣再算。

我没了事,就不免到琉璃厂等处逛逛。顺便到山会邑馆问问王伯述踪迹,原来应畅怀倒在那里,伯述是有事回山东去了。只见一个年轻貌美的少年,在畅怀那里坐着,畅怀和我介绍,代通姓名。原来这个人是旗籍,名叫喜润,号叫雨亭,是个内阁中书[1]。这一天拿了一个小说回目,到应畅怀这边来,要打听一件时事,凑上对一句。原来京城里风气,最欢喜诌些对子及小说回目等,异常工整,诌了出来,便一时传诵,以为得意。但是诌的人,全是翰林院里的太史公。这位喜雨亭中书有点不服气,说道:"我不信只有翰林院里有人才,

---

[1] 内阁中书——清朝中央政府里缮写机密文件的官员,有内阁中书和中书科中书的分别。

我们都够他不上。"因得了一句,便硬要对一句,却苦于没有可对的事情。我便请教是一句甚么。畅怀道:"你要知道这一句,却要先知道这桩事情的底细才有味。"我道:"那就费心你谈谈。"

畅怀道:"有一位先生,姓温,号叫月江。孟夫子说的:'人之患在好为人师。'这位温月江先生,却是最喜的是为人师,凡有来拜门的,他无有不笑纳;并且视贽礼之多少,为情谊之厚薄。生平最恼的是洋货,他非但自己不用,就是看见别人用了洋货,也要发议论的。有一天,他又收了一个门生,预先托人送过贽礼,然后谒见。那位门生去见他时,穿了一件天青呢马褂,他便发话了,说甚么:'孟子说的:"吾闻用夏变夷者,未闻变于夷者也。"[1]若是服夷之服,简直是变于夷了。老弟的人品学问,我久有所闻,是很纯正的;但是这件马褂,不应该穿。我们不相识呢,那是彼此无从切磋[2]起;今日既然忝在同学,我就不得不说了。'那门生道:'门生这件马褂,还是门生祖父遗下来的。门生家寒,有了两个钱,买书都不够,那里来得及置衣服。像这个马褂,门生一向都不敢穿的,因为系祖父遗物,恐怕穿坏了,无以对先人;今天因为拜见老师,礼当恭敬的,才敢请出来用一用。'温月江听了,倒肃然起敬起来,说道:'难得老弟这一点追远之

---

[1] "吾闻用夏变夷者,未闻变于夷者也"——夏指中国。夷,夷狄,古来作为中原四周少数民族的通称,这里意指外国。这两句话的意思是:只听说外国为中国所同化,却没有听说过中国人反被外国所同化。
[2] 切磋——工人用兽骨作器具,要先把骨头切开,然后再细细磋磨平滑,才好制造东西。后来就引申这个意思,把朋友间彼此共同观摩、研究学问叫做切磋。语出《诗经》:"如切如磋。"

诚,一直不泯,真是可敬! 我倒失言了。'那门生道:'门生要告禀老师一句话,不知怕失言不怕?'温月江道:'请教是甚么话? 但是道德之言,我们尽谈。'那门生道:'门生前天托人送进来的贽礼一百元,是洋货!'温月江听了,脸红过耳,张着口半天,才说道:'这……这……这……这……这,可……可……可……可……可不是吗! 我……我……我马上就叫人拿去换了银子来了。'自从那回之后,人家都说他是个臭货。但是他又高自位置,目空一切,自以为他的学问,谁都及不了他。人家因为他又高又臭,便上他一个徽号,叫他做梁顶粪,取最高不过屋梁之顶,最臭不过是粪之义。那年温月江来京会试,他自以为这一次礼闱一定要中、要点的,所以进京时就带了家眷同来。来到京里,没有下店,也不住会馆,住在一个朋友家里。可巧那朋友家里,已经先住了一个人,姓武,号叫香楼,却是一位太史公。温月江因为武香楼是个翰林,便结交起来。等到临会场那两天,温月江因为这朋友家在城外,进场不便,因此另外租了考寓,独自一人住到城里去。这本来是极平常的事情,谁知他出场之后,忽然出了一个极奇怪的变故。"正是:白战不曾持寸铁,青巾从此晋头衔[1]。未知出了甚么变故,且待下回再记。

---

[1] 白战不曾持寸铁,青巾从此晋头衔——上句指温月江参加会试,下句说他戴上了绿头巾——妻子和人私通。

第一百二回

温月江义让夫人　裘致禄孽遗妇子

"温月江出场之后,回到朋友家里,入到自己老婆房间,自以为这回三场得意,一定可以望中的,正打算拿头场首艺[1]念给老婆听听,以自鸣其得意。谁知一脚才跨进房门口,耳边已听得一声'咦'!温月江吃了一惊,连忙站住了。抬头一看,只见他夫人站在当路,喝道:'你是谁?走到我这里来!'月江讶道:'甚么事?甚么话?'他夫人道:'吓!这是那里来的?敢是一个疯子?鸦头们都到那里去了?还不给我打出去!'说声未了,早跑出四五个鸦头,手里都拿着门闩棒棰,打将出来。温月江只得抱头鼠窜而逃,自去书房歇下。这书房本是武香楼下榻所在,与上房虽然隔着一个院子,却与他夫人卧室遥遥相对。温月江坐在书桌前面,脸对窗户,从窗户望过去,便是自己夫人的卧室,不觉定着眼睛,出了神,忽然看见武香楼从自己夫人卧室里出来,向外便走。温月江直跳起来,跑到院子外面,把武香楼一把捉住。吓得香楼魂不附体,登时脸色泛青,心里突突兀兀的跳个不住,身子都抖起来。温月江把他一把拖到书房里,捺他坐下,然后在

---

[1] 头场首艺——第一场作的第一篇文章。

考篮[1]里取出一个护书,在护书里取出一迭场稿来道:'请教请教看,还可以有望么?'武香楼这才把心放下。定一定神,勉强把他头场文稿看了一遍,不住的击节赞赏道:'气量宏大,允称元作[2],这回一定恭喜的了!'月江不觉洋洋得意。又强香楼看了二、三场的稿。香楼此时,心已大放,便乐得同他敷衍,无非是读一篇,赞一篇,读一句,赞一句。及至三场的稿都看完了,月江呵呵大笑道:'兄弟此时也没有甚么望头,只望在阁下跟前称得一声老前辈[3]就够了!'香楼道:'不敢当!不敢当!这回一定是恭喜的!'从此以后,倒就相安了,不过温、武两个,易地而处罢了。这一科温月江果然中了,连着点了。谁知他偏不争气,才点了翰林,便上了一个甚么折子,激得万岁爷龙颜大怒,把他的翰林革了,他才死心塌地回家乡去。近来听说他又进京来了,不知钻甚么路子,希图开复。人家触动了前事,便诌了一句小说回目,是'温月江甘心戴绿帽'。这位喜雨翁要对上一句,却对了两天,没有对上。"我道:"这个难题,必要又有个那么一回实事,才诌得上呢。若是单对字面,却是容易的,不过温对凉,月对星,江对海,……之类就得了。"喜雨亭道:"无奈没有这件实事,总是难的。"

----

[1] 考篮——里面放置文具、食物、炊具的两层提篮,是当时考生携入试场应用的东西。
[2] 元作——考第一名的文章,这里是恭维话。
[3] 老前辈——清朝翰林称比自己早三科进翰林院的为前辈,早五科进翰林院的为老前辈。

当下我见伯述不在,谈了几句就走了。回到号里,只见一个人在那里和亮臣说话,不住的嗳声叹气,满脸的愁眉苦目,谈了良久才去。亮臣便对我说道:"所谓'货悖而入者亦悖而出',这句话真是一点不错。"我问是甚么事。亮臣道:"方才这个人,是前任福建侯官县知县裘致禄的妾舅。裘致禄他在福建日子甚久,仗着点官势,无恶不作,历署过好几任繁缺[1],越弄越红。后来补了缺,调了侯官首县,所刮得的地皮,也不知他多少。后来被新调来的一位闽浙总督,查着他历年的多少劣迹,把他先行撤任,着实参了他一本,请旨革职,归案讯办。这位裘致禄信息灵通,得了风声,便逃走到租界地方去,等到电旨到日,要捉他时,他已是走的无影无踪了。后来访着他在租界,便动了公事,向外国领事要人。他又花言巧语,对外国人说他自己并没有犯事,不过要改革政治,这位总督不喜欢他,所以冤枉参了他的。外国人向来有这么个规矩,凡是犯了国事的,叫做'国事犯',别国人有保护之例。据他说所犯的是'改革政治',就是'国事犯',所以领事就不肯交人。闽浙总督急的了不得,派了委员去辩论,派了一起,又是一起,足足耽误了半年多,好容易才把他要了回来。自然是恼得火上加油,把他重重的定了罪案,查抄家产,发极边充军。当时就把他省城寓所查抄了,又动了电报,咨行他原籍,也把家产抄没了,还要提案问他寄顿之处。裘致禄便供家产尽绝了,然后起解充军。这裘

---

〔1〕 繁缺——当时外官从督抚到州县,缺分都有繁简的不同。繁,本指政务的繁忙,但凡是繁缺,一定辖区较广,赋税和人口都多的地方,主官的养廉银子和其他收入也多一些,所以繁缺实际就是肥缺。

致禄有个儿子,名叫豹英,因为家产被抄,无可过活,等他老子起解之后,便悄悄向各处寄顿的人家去商量,取回应用;谁知各人不约而同的,一齐抵赖个干干净净。你道如何抵赖得来? 原来裘致禄得了风声时,便将各种家财,分向各相好朋友处寄顿,一一要了收条,藏在身边。因为儿子豹英一向挥霍无度,不敢交给他,他自己逃到租界时,便带了去。等到一边外国人把他交还中国时,他又把那收条,托付他一个朋友,代为收贮。其时他还仗着上下打点,以为顶多定我一个革职查抄罢了;万不料这一次总督大人动了真怒,钱神技穷,竟把他发配[1]极边。他当红的时候,是傲睨[2]一切的,多少同寅,没有一个在他眼里的,因此同寅当中,也没有一个不恨他入骨。此次他犯了事,凡经手办这个案的人,没有一个不拿他当死囚看待的。有时他儿子到监里去看他时,前后左右看守的人,寸步不离,没有一个不是虎视眈眈的,父子两个,要通一句私话都不能够,要传递一封信,更是无从下手。直到他发配登程的那天,豹英去送他,才觑了个便,把几家寄顿的人家说个大略,还不曾说得周全,便被那解差叱喝开了;又忘记了说寄放收条的那个朋友。豹英呢,也是心忙意乱,听了十句倒忘了四五句,所以闹得不清不楚,便分手去了。代他存放收条的那个朋友,本是福建著名的一个大光棍,姓单,名叫占光。当日得了收条,点一点数,一共是十三张;每张上都开列着所寄的东西,也有田产房契

---

[1] 发配——流放、充军。
[2] 傲睨——骄傲地用眼睛斜看着,形容瞧不起人的样子。

的,也有银行存据的,也有金珠宝贝的,也有衣服箱笼的,也有字画古董的,估了估价,大约总在七八十万光景。单占光暗想,这厮原来在福建刮的地皮有这许多,此刻算算已有七八十万,还有未曾拿出来的,与及汇回原籍的呢,还许他另有别处寄顿的呢。此刻单占光已经有意要想他法子的了。等到裘致禄定了充军罪案,见了明文,他便带了收条,径到福州省城,到那十三家出立收条人家,挨家去拜望,只说是裘致禄所托,要取回寄顿各件,又拿出收条来照过,大家自然没有不应允的道理。他却是只有这么一句话,说过之后,却不来取。等十三家人家挨次见齐之后,裘致禄的案一天紧似一天,那单占光又拿了收条挨家去取,却都只取回一半,譬如寄顿十万的,他只收回五万,在收条上注了某月某日收回某物字样,底下注了裘致禄名字。然后发出帖子去请客,单请这十三家人。等都到齐了,坐了席,酒过三巡,单占光举起酒杯,敬各人都干了一钟,道:'列位可知道,裘致禄一案,已是无可挽回的了。当日他跑到租界,兄弟也曾经助他一臂之力,无如他老先生运气不对,以至于有今日之事。想来各位都与他相好,一定是代他扼腕[1]的。'众人听了,莫不齐声叹息。单占光又道:'兄弟今天又听了一个不好的消息,不知诸位可曾知道?'各人齐说:'弟等不曾听得有甚消息。'占光道:'兄弟也知道列位未必有那么信息灵通,所以特请了列位来,商量一个进退。'众人又齐说:'愿闻大

----

[1] 扼腕——用自己的这一只手握住另一只手的手腕,得意或失意时感情冲动的表现。这里是对别人遭遇不幸表示同情。

教。'占光道:'兄弟这两天,代他经手取了些寄顿东西出来,原打算向上下各处打点打点,要翻案的;不料他老先生不慎,等我取了东西,将收条交还他时,却被禁卒看见了,一齐收了去,说是要拿去回上头。我想倘使被他回了上头,是连各位都有不是的,一经吊审起来,各位都是窝家[1],就是兄弟这两天代他向各位处取了些东西,也要担个不是,所以请了各位来商量个办法。'众人听了,面面相觑,不知所对。占光又催着道:'我们此刻,统共一十四个人,真正同舟共命,务求大家想个法子,脱了干系才好。'众人歇了半天无话。占光又再三相促。众人道:'弟等实无善策,还求阁下代设个法儿,非但阁下自脱干系,就是我等众人,也是十分感激的。'占光道:'法子呢,是还有一个。幸而那禁卒头儿,兄弟和他认得,一向都还可以说话。为今之计,只有化上两文,把那收条取了回来,是个最高之法。'众人道:'如此最好。但不知要化多少?'占光道:'少呢,我也不能向前途说;多呢,我也不能对众位说。大约你们各位,多则一万一个人,少则八千一个人,是要出的。'众人一听大惊道:'我们那里来这些钱化?'占光把脸一沉,默默不语。慢慢的说道:'兄弟是洋商所用的人,万一有甚么事牵涉到我,只要洋东一出面,就万事都消了。兄弟不过为的是众位,或在官的,或在幕的,一旦牵涉起来,未免不大好看,所以多此一举罢了。各位既然不原谅我兄弟这个苦衷,兄弟也不多管闲事了。'说着,连连冷笑。内中有一个便道:'承阁下一番美意,弟等并

---

[1] 窝家——藏匿盗匪和赃物的人,也叫窝主。

不是不愿早了此事,实系因为代姓裘的寄存这些东西,并无丝毫好处,却无辜被累,凭空要化去一万、八千,未免太不值得,所以在这里踌躇罢了。'占光呵呵大笑道:'亏你们!亏你们!还当我是坏人,要你们掏腰呢。化了一万、八千,把收条取回来,一个火烧掉了,他来要东西,凭据呢?请教你们各位,是得了便宜?是失了便宜?至于我兄弟,为自己脱干系起见,绝不与诸位计较,办妥这件事之后,酬谢我呢,我也不却,不酬谢我呢,我也不怪,听凭各位就是了。'众人听了,恍然大悟道:'如此我等悉听占翁分付办理就是了。'占光道:'办,我只管去办;至于各出多少使费,那是要各位自愿的,兄弟不便强派。'众人听了,又互相商议,有出一万的,有出八千的,有出五六千的,统共凑起来,也有十一万五千了。占光摇头道:'这点恐怕不够。白费唇舌不要紧,兄弟是在洋东处告了假出来,不能多耽搁的,怕的是耽搁时候。'众人见他这么说,便又商量商量,凑够了十二万银子给他,约定日子过付。他等银子收到了,又请了一天客,把十三张收条取了出来,一一交代清楚,众人便把收条烧了。所以等到豹英去取时,众人乐得赖个干干净净。豹英至此,真是走投无路。忽然想起他父亲有一房姨太太,寄住在泉州;那姨太太还生有一个小兄弟,今年也有八岁了。那里须有点财产,不免前去分点来用用。想罢,便径到泉州来,寻着那位姨娘,说明来意。那姨娘道:'阿弥陀佛!我这里个个月靠的是老爷寄来十两银子过活,此刻有大半年没寄来了,我娘儿两个正愁着没处过活,要投奔大少爷呢。'说着,便抽抽咽咽起来。豹英不觉棱住了。但既来之,则安之,姑且住下再说。姨娘倒也不能撵他,只得由他住下。豹英终日觊觎,总说老人家有多少钱寄顿在这里,姨娘如果不拿出来,我只得到晋江县去告了。姨娘急了,便悄悄的请了自己兄弟来商量,不如把家财各项,暂时寄顿到干妈那里去。原来这位姨娘,是裘致禄从前署理晋江县的时候所置;及至卸任时,因为家中太太泼恶不过,不敢带回去,便另外置了一所房屋,给他居住。又恐怕没有照应,因在任时,有一个在籍翰林杨尧菴太史,十分交好,——这杨尧菴,本名叫杨尧嵩,因为应童子试时屡试不售,大家都说他名字不利;他有一回小试,就故意把嵩字写成菴字,果然就此进了学,联捷上去。因为点到翰林那年,已经四十多岁了,就不肯到京供职,只回到家乡,靠着这太史公的头衔,包揽几件词讼,结识两个官府,也就把日子过去了。裘致禄在任时,和他十分相得。——交卸之后,这位姨娘,已经有了六个月身孕,因为叫他独住在泉州,放心不下,所以和杨太史商量,把这个姨娘拜在杨太史的姨太太膝下做干女儿。过了三四个月,姨娘便生下个孩子。此时致禄早已晋省去了。这边往来得十分热闹,杨太史又给信与致禄,和他道喜。致禄得了信,又到泉州走了一次,见母子相安,又重新拜托了杨太史照应。所以一向干爹、干妈、干女儿,叫的十分亲热。此时豹英来了,开口告官,闭口告官,姨娘没了主意,便悄悄叫了自己兄弟来,和他商量,不如把紧要东西,先寄顿在干娘那里,就是他告起来,官府来抄,也没得给他抄去。定了主意,便把那房产田契,以及金珠首饰,值钱的东西,放在一个水桶里,上面放了两件旧布衣服,叫一个心腹老妈子,装做到外头洗衣服的样子,堂哉皇哉,拿出了大门,姨娘的兄弟早在外头接应着,跟着那老妈子,看着他进了杨太史的大门,方才走开。如此一连三天,把贵重东西都运了出去,连姨娘日常所用的金押发簪子,都除了下来拿去,自己换上一支包金的。恰好豹英这天吃醉了酒,和姨娘大闹,闹到不堪,便仗着点酒意,自然翻箱倒箧起来。搜了半天,除了两件细毛衣服之外,竟没有一样值钱东西。豹英至此,也自索然无味,只得把几件父亲所用的衣服,及姨娘几件细毛衣服要了,动身回省。这边姨娘等大少爷去了,便亲带了那老妈子去见干妈,仍旧十分亲热。及至问起东西时,杨姨太太不胜惊讶,说是不曾见来。姨娘也大惊,指着老妈子道:'是我叫他送来的,一共送了三次,难道他交给干爹了?'连忙请了杨太史来问。杨尧蒿道:'我没看见啊,是几时拿来的?'姨娘道:'是放在一个水桶里拿来的。'杨姨太太笑道:'这便有了。'连忙叫人在后房取出三个水桶来。姨娘一看,果然是自己家中之物,几件破旧衣服还在那里。连忙把衣服拿开一看,里面是空空洞洞的,那里有甚么东西。姨娘不觉目定口呆。老妈子便插嘴道:'是我第一天送来这个桶,里面两个拜匣,我都亲手拿出来交给姨太太的。我还要带了水桶回去,姨太太说是不必拿去了,你出来时候,那衣服堆在桶口,此刻回去却瘪在桶底,叫人见了反要起疑心,我才把桶丢在这里。第二天送来是一个大手巾包,也是我亲手交给姨太太的。姨太太还说有甚要紧东西,赶紧拿来,如果被你家大少爷看见了,就不是你家姨娘的东西了。第三天送来是两个福州漆盒,因为那盒子没有锁,还用手巾包着,也是我亲手点交姨太太的。怎么好赖得掉!'杨太史道:'住了!这拜匣、手巾包、盒子里,都是些甚么东西?

你且说说。'姨娘道:'一个拜匣里,全是房契田契,其馀都是些金珠首饰。'杨太史道:'吓!你把房契田契,金珠首饰,都交给我了!好好你家的东西,为甚要交给我呢?'姨娘道:'因为我家大少爷要来霸占,所以才寄到干爹这里的。'杨太史道:'那些东西,一股脑儿值多少钱呢?'姨娘道:'那房产是我们老爷说过的,置了五万银子;那首饰是陆续买来的,一时也算不出来,大约也总在五六万光景。'杨太史道:'你把十多万银子的东西交给我,就不要我一张收条,你就那么放心我!你就那么糊涂!哼!我看你也不是甚么糊涂人!你不要想在这里撒赖!'姨娘急的哭起来,又说老妈子干没了。老妈子急的跪在地下,对天叩响头,赌咒,把头都碰破了,流出血来。杨太史索性大骂起来,叫撵。姨娘只得哭了回去,和兄弟商量,只有告官一法。你想一个被参谪戍知县的眷属,和一个现成活着的太史公打官司,那里会打得赢?因此县里、府里、道里、司里,一直告到总督,都不得直;此刻跑到京里来,要到都察院里去告。方才那个人,便是那姨娘的兄弟,裘致禄的妾舅了。莫说告到都察院,只怕等皇帝出来叩阍[1],都不得直呢[2]!"正是:莫怪人情多鬼蜮,须知木腐始虫生。不知这回到都察院去控告,得直与否,且待下回再记。

------

〔1〕 叩阍——阍,宫门。叩阍就是告御状。
〔2〕 不得直——打不赢官司。

第一百三回

亲尝汤药媚倒老爷　婢学夫人难为媳妇

我这回进京,才是第二次。京里没甚朋友,符弥轩已经丁了承重忧[1],出京去了;北院同居的车文琴,已经外放了,北院里换了一家旗人住着,我也不曾去拜望;只有钱铺子里的恽洞仙,是有往来的,时常到号里来谈谈。但是我看他的形迹,并不是要到我号里来的,总是先到北院里去,坐个半天,才到我这边略谈一谈;不然,就是北院里的人不在家,他便到我这边来坐个半天,等那边的人回来,他就到那边去了。我见得多次,偶然问起他,洞仙把一个大拇指头竖起来道:"他么?是当今第一个的红人儿!"我听了这个话,不懂起来,近日京师奔竞之风,是明目张胆,冠冕堂皇做的,他既是当今第一红人,何以大有"门庭冷落车马稀"的景象呢?因问道:"他是做甚么的?是那一行的红人儿?门外头宅子条儿也不贴一个?"洞仙道:"他是个内务府[2]郎中,是里头大叔的红人。差不多的人,到了里头去,是没有坐位的;他老人家进去了,是有个一定的坐位,这就可想了。"我道:"永远不见他上衙门拜客,也没有人拜他,那里像个红人?"洞仙

----

[1] 丁了承重忧——承重孙遭遇了祖父母的丧事。参看第七十四回"承重孙"注。
[2] 内务府——清时主管皇室财用、祭礼、飨宴及宫廷一切事务的官署。

道："你们不大到京里来,怨不得你们不知道。这红人儿里头,有明的,有暗的;像他那是暗的。"我道："他叫个甚名字？说他红,他究竟红些甚么？你告诉告诉我,等我也好巴结巴结他。"洞仙道："巴结上他倒也不错,像我兄弟一家大小十多口人吃饭,仰仗他的地方也不少呢。"我笑道："那么我更要急于请教了。"

洞仙也笑道："他官名叫多福,号叫贡三,是里头经手的事,他都办得到,而且比别人便宜。每年他的买卖,也不在少处。这两年元二爷住开了,买卖也少了许多。"我道："怎么又闹出个元二爷来了？"洞仙道："这位多老爷有两个儿子,大的叫吉祥,我们都叫他做祥大爷,是个傻子;第二个叫吉元,我们都叫他做元二爷,捐了个主事,在户部里当差。他父子两个,向来是连手,多老爷在暗里招呼,元二爷在明里招徕生意。"我道："那么为甚么又要住开了呢？"洞仙道："这个一言难尽。多老爷年纪大了,断了弦之后,一向没有续娶。先是给傻子祥大爷娶了一房媳妇,不到两年,就难产死了;多老爷也没给他续娶,只由他买了一个姨娘就算了。却和元二爷娶了亲。亲家那边是很体面的,一副妆奁,十分丰厚,还有两个陪嫁鸦头,大的十五岁,小的才十二岁。过了两三年,那大鸦头有了十七八岁了,就嫁了出去;只有这个小的,生得脸蛋儿很俊,人又机灵,元二爷很欢喜他,一直把他养到十九岁还没嫁。元二爷常常和他说笑鬼混,那位元二奶奶看在眼里,恼在心里。到底是大家姑娘出身,懂得规矩礼法,虽是一大坛子的山西老醋,搁在心上,却不肯泼撒出来,只有心中暗暗打算,觑个便,要早早的嫁了他。后来越看越不对了,那鸦头眉目之间,有点不对了,行动举止,也和从前两样了,心中越加焦急。那鸦头也明知二奶奶吃他的醋,不免怀恨在心。恰好多老爷得了个脾泄[1]的病,做儿媳妇的,别的都好伺候,惟有这搀扶便溺,替换小衣,是办不到的,就是雇来的老妈子,也不肯干这个。元二奶奶一想,不如拨了这鸦头去伺候公公,等伺候得病人好了,他两个也就相处惯了,希冀公公把他收了房做个姨娘,就免了二爷的心事了。打定了主意,便把鸦头叫了来,叫他去伺候老爷。这鸦头是一个绝顶机警的人,一听了这话,心中早已明白,便有了主意,唯唯答应了,即刻过去伺候老爷。多老爷正苦没人伺候,起卧都觉得不便,忽然蒙媳妇派了这个鸦头来伺候,心中自是欢喜。况且这鸦头又善解人意,嘴唇动一动,便知道要茶;眼睛抬一抬,便知道要烟。无论是茶是药,一定自己尝过,才给老爷吃。起头的两天,还有点缩手缩脚的;过得两天惯了,更是伺候得周到。老爷要上马子,他抱着腰;老爷躺下来,他捶着背。并且他自从过来之后,便把自己铺盖搬到老爷房里去,到了晚上,就把铺盖开在老爷炕前地下假寐。那炕前又是夜壶,又是马子,又是痰盂,他并不厌烦。半夜里老爷要小解了,他怕老爷着了凉,拿了夜壶,递到被窝里,伏侍小解。那夜壶是瓷的,老爷大腿碰着了,哼了一声,说冰凉的;鸦头等小解完后,便把夜壶舀干净,拿来炀[2]在自己被窝里,等到老爷再要用时,已是炀得暖暖儿的了。及至次日,请了大夫来,凡

---

[1] 脾泄——中医说法:由于脾脏关系而腹泻的一种毛病,患者腹部胀满,吃东西就呕吐作逆。
[2] 炀——把东西偎暖。

老爷夜来起来几次,小解大解几次,是甚么颜色,稀的稠的,几点钟醒,几点钟睡,有吃东西没有,只有他说得清清楚楚,所以那大夫用药,就格外有了分寸。有时晚上老爷要喝参汤,坐起来呢,怕冷,转动又不便当;他便问准了老爷,用茶漱过口,刷过牙,刮过舌头,把参汤呷到嘴里,伏下身子,一口一口的慢慢哺给老爷吃。有时老爷来不及上马子,弄脏了裤子,他却早就预备好了的。你说他怎么预备来?他预先拿一条干净裤子,贴肉横束在自己身上,等到要换时,他伸手到被窝里,拭擦干净了,才解下来,替老爷换上,又是一条暖暖儿的裤子了;这一条才换上,他又束上一条预备了。如此伺候了两个多月,把老爷伺候好了。虽然起了炕,却是片时片刻,也少他不得了。便和他说道:'我儿!辛苦你了!怎样补报你才好!'他这两个多月里头,已经把老爷巴结得甜蜜儿一般,由得老爷抚摩玩弄,无所不至的了。听了老爷这话,便道:'奴才伺候主子是应该的,说甚么补报!'老爷道:'我此刻倒是一刻也离不了你了。'鸦头道:'那么奴才就伏侍老爷一辈子!'老爷道:'这不是误了你的终身?你今年几岁了?'鸦头道:'做奴才的,还说甚么终身!奴才今年十九岁,不多几天就过年,过了年,就二十岁了,半辈子都过完了;还有那半辈子,不还是奴才就结了吗!'老爷道:'不是这样说。我想把你收了房,做了我的人,你说好么?'鸦头听了这句话,却低头不语。老爷道:'你可是嫌我老了?'鸦头道:'奴才怎敢嫌老爷!'老爷道:'那么你为甚么不答应?'鸦头仍是低头不语。问了四五遍,都是如此。老爷急了,握着他两只手,一定要他说出个道理来。鸦头道:'奴才不敢说。'老爷道:'我这条老命是你救回来的,你有话,管说就是了,那怕说错了,我不怪你。'鸦头道:'老爷、少爷的恩典,如果打发奴才出去,那怕嫁的还是奴才,甚至于嫁个化子,奴才是要一夫一妻做大的,不愿意当姨娘。如果要奴才当姨娘,不如还是当奴才的好。'老爷道:'这还不容易!我收了你之后,慢慢的把你扶正了就是。'鸦头道:'那还是要当几天姨娘。'老爷道:'那我就简直把你当太太,拜堂成礼如何?'鸦头道:'老爷这句话,可是从心上说出来的?'老爷道:'有甚不是!'鸦头咕咚一声,跪下来叩头道:'谢过老爷天高地厚的恩典!'老爷道:'我和你已经做了夫妻,为甚还行这个礼?'鸦头道:'一天没有拜堂,一天还是奴才;等拜过了堂,才算夫妻呢。还有一层:老爷便这般抬举,还怕大爷、二爷,他们不服呢?'老爷道:'有我担了头,怕谁不服!'鸦头此时也不和老爷客气了,挨肩坐下,手握手的细细商量。鸦头说道:'虽说是老爷担了头,没谁敢不服,但是事前必要机密,不可先说出来。如果先说出来,总不免有许多阻挡的说话;不如先不说出来,到了当天才发作,一会儿生米便成了熟饭,叫他们不服也来不及。至于老爷续娶,礼当要惊动亲友,摆酒请客的,我看这个不如也等当天一早出帖子,不过多用几个家人分头送送罢了。'此时老爷低着头听分付,鸦头说一句,老爷就答应一个'是'字,犹如下属对上司一般;等分付完了,自然一切照办。好鸦头!真有本事,有能耐!一切都和老爷商量好了,他却是不动声色,照常一般。有时伺候好了老爷,还要到元二奶奶那边去敷衍一会。这件事竟是除了他两个之外,没有第三个人知道的。家人们虽然承命去刻帖子,却也不知道娶的是那一门亲。

就是那帖子签子都写好了,只有日子是空着,等临时填写的,更不知道是那一天。老爷又吩咐过不准叫大爷、二爷知道的,更是无从打听,只有照办就是了。直到了办事的头一天下午,老爷方才分付出来,叫把帖子填了明天日子,明日清早派人分头散去。又分付明天清早传傧相,传喜娘,传乐工,预备灯彩。这一下子,合宅上下人等都忙了。却一向不见行聘,不知女家是甚么人。祥大爷是傻的,不必说他;元二爷便觉着这件事情古怪,想道:'这两三个月都是鸦头在老爷那边伺候,叫他来问,一定知道。'想罢,便叫老妈子去把鸦头叫来,问道:'老爷明天续弦,娶的是那一家的姑娘?怎么我们一点不晓得?你天天在那边伺候,总该知道。'鸦头道:'奴才也不知道,也是方才叫预备一切,才知道有这回事。'二爷道:'那边要铺设新房了,老爷的病也好了许久了,你的铺盖也好搬回这边来了。'鸦头道:'是,奴才就去回了老爷搬过来。'说着,去了。过了一会,又空身跑了过来道:'老爷说要奴才伺候新太太,等伺候过了三朝,才叫奴才搬过来呢。'说罢,又去了。元二爷满腹疑心,又暗笑老头子办事糊涂,却还猜不出个就里。到了明天早起,元二爷夫妻两个方才起来,只见傻大爷的姨娘跑了来,嘴里不住的称奇道怪道:'二爷、二奶奶,可知道老爷今天娶的是那一个姑娘?'二爷见他疯疯傻傻的,不大理会他。二奶奶问道:'这么大惊小怪的做甚么?不过也是个姑娘罢了,不见得娶个三头六臂的来!'姨娘道:'只怕比三头六臂的还奇怪呢!娶的就是二奶奶的鸦头!'二爷、二奶奶听了这话,一齐吃了一惊,问道:'这是那里来的话?'姨娘道:'那里来的话!喜娘都来了,在那里代他穿衣服打扮呢。我也要去穿衣服了,回来怕有女客来呢。'说着,自去了。这边夫妻两个,如同呆了一般,想不出个甚么道理来。歇了一会,二爷冷笑道:'吃醋咧,怕我怎样咧,叫他去伺候老人家咧!当主子使唤奴才不好,倒要做媳妇去伺候婆婆!你看罢咧,日后的戏有得唱呢!'一面说,梳洗过了,换上衣服,上衙门去了。可怜二奶奶是个没爪子的螃蟹,走不动,只好穿上大衣,先到公公那边叩喜。此时也有得帖子早的来道喜了。一会儿,吉时已到,喜娘扶出新太太,傧相赞礼拜堂。因为办事匆促,一切礼节都从简略,所有拜天地、拜花烛、庙见[1]、交拜,都并在一时做了。过后便是和众人见礼。傻大爷首先一个走上前去,行了一跪三叩首的礼。老爷自是兀然不动,便连新太太,也直受之而不辞。傻大爷行过礼之后,家人们便一迭连声叫二爷。有人回说:'二爷今天一早奉了堂谕,传上衙门去了。'老爷已是不喜欢。二奶奶没奈何,只得上前行礼,可恼这鸦头居然兀立不动。一时大众行过礼之后,便有许多贺客,纷纷来贺,热闹了一天。二爷是从这天上衙门之后,一连三天不曾回家。只苦了二奶奶,要还他做媳妇的规矩,天天要去请早安,请午安,请晚安。到了请安时,碰了新太太高兴的时候,鼻子里哼一声;不高兴的时候,正眼也不看一看。二奶奶这个冤枉,真是无处可伸。倒是傻大爷的姨娘上去请安,有说有笑。二爷直到了第四天才回家,上去见过老爷请过安,便要走。老爷喝叫站着,二爷只得站着。老爷歇了好一会,

------

[1] 庙见——新娘首次拜谒祖庙。

才说道：'你这一向当的好红差使！大清早起就是堂官传了，一传传了三四天，连老子娘都不在眼睛里了！'二爷道：'儿子的娘早死了，儿子丁过内艰[1]来。'老爷把桌子一拍道：'吓！好利嘴！谁家的继母不是娘！'二爷道：'老爷在外头娶一百个，儿子认一百个娘；娶一千个，儿子认一千个娘。这是儿媳妇房里的鸦头，儿子不能认他做娘！'老爷正待发作，忽听得新太太在房里道：'甚么鸦头不鸦头！我用心替你把老子伺候好了，就娘也不过如此！'老爷道：'可不是！我病在炕上，谁看我一看来？得他伺候的我好了，大家打伙儿倒翻了脸了。你出来！看他认娘不认！'新太太巴不得一声走了出来，二爷早一翻身向外跑了。老爷气得叫'抓住了他！抓住了他'！二爷早一溜烟跑到门外，跳上车子去了。这里面一个是老爷气的暴跳如雷，大叫'反了反了'！一个是新太太撒娇撒痴，哭着说：'二爷有意丢我的脸，你也不和我做主；你既然做不了主，就不要娶我！'哭闹个不了。二奶奶知道是二爷闯了祸，连忙过来赔罪，向公公跪下请息怒。老爷气得把胡子一根根都竖了起来。新太太还在那里哭着。良久老爷才说道：'你别跪我！你和你婆婆说去！'二奶奶站了起来，千委屈，万委屈，对着自己赔嫁的鸦头跪下。新太太撅着嘴，把身子一扭，端坐着不动。二奶奶千不是，万不是，赔了多少不是。足足跪了有半个钟头，新太太才冷笑道：'起去罢！少奶奶！不要折了我这当奴才的！'

---

[1] 丁过内艰——死了母亲叫丁内艰，死了父亲叫丁外艰。参看第五回"丁忧"注。

二奶奶方才站了起来,依然伺候了一会,方才退归自己房里。越想越气,越气越苦,便悄悄的关上房门,取一根带子,自己吊了起来。老妈子们有事要到房里去,推推房门不开,听了听寂无声息,把纸窗儿戳破一个洞,往里一瞧,吓得魂不附体,大声喊救起来。惊动了阖家人等,前来把房门撞开了。两个粗使老妈子,便端了凳子垫了脚,解将下来,已经是笔直挺硬的了,舌头吐出了半段,眼睛睁得滚圆。傻大爷的姨娘一看道:'这是不中用的了!'头一个先哭起来。便有家人们,一面去找二爷,一面往二奶奶娘家报信去了。这里幸得一个解事的老妈子道:'你们快别哭别乱!快来抱着二奶奶,此刻是不能放他躺下的!'便有人来抱住。那老妈子便端一张凳子来,自己坐下,才把二奶奶抱过来道:'你们扳他的腿,扳的弯过来,好叫他坐下。'于是就有人去扳弯了。这老妈子把自己的波罗盖儿[1]堵住了二奶奶的谷道[2];一只手便把头发提起,叫人轻轻的代他揉颈脖子,捻喉管;又叫人拍他肩膀;又叫拿管子来吹他两个耳朵。众人手忙脚乱的,搓揉了半天,觉得那舌头慢慢的缩了进去。那老妈子又叫拿个雄鸡来,要鸡冠血灌点到嘴里,这才慢慢的觉着鼻孔里有点气了。正在忙着,二爷回来了;可巧亲家老爷、亲家太太,也一齐进门。二爷嚷着怎样了。亲家太太一跨进来就哭了。那老妈子忙叫:'别哭,别哭!二爷快别嚷!快来和他度一口气罢!'二爷赶忙过来度气,用尽平生

---

[1] 波罗盖儿——膝盖。也作波棱盖儿。
[2] 谷道——肛门。

之力,度了两口,只听得二奶奶哼的一声哼了出来。那老妈子道:'阿弥陀佛! 这算有了命了。快点扶他躺下罢。只能灌点开水,姜汤是用不得的。'那亲家太太看见女儿有了命,便叫过一个老妈子来,问那上吊的缘由,不觉心头火起。此时亲家老爷也听明白了,站起来便去找老爷,见了面,就是一把辫子。"正是:好事谁知成恶事,亲家从此变冤家。不知亲家老爷这一把辫子,要拖老爷到那里去,且待下回再记。

第一百四回

良夫人毒打亲家母　承舅爷巧赚朱博如

"你道那亲家老爷是谁？原来是内务府掌印郎中[1]良果，号叫伯因，是内务府里头一个红人。当着这边多老爷散帖子那天，元二爷不是推说上衙门，大早就出去了么？原来他并不曾上衙门，是到丈人家去，把这件事情告诉了丈人丈母。所以这天良伯因虽然接了帖子，却并不送礼，也不道喜，只当没有这件事，打算将来说起来，只说没有接着帖子就是了。他那心中，无非是厌恶多老爷把鸦头抬举的太过分了，却万万料不到有今天的事。今天忽然见女婿又来了，诉说老人家如此如此，良伯因夫妻两个正在叹息，说多老爷年纪大了，做事颠倒了。忽然又见多宅家人来说：'二奶奶上了吊了！'这一吓非同小可，连忙套了车，带了男女仆人，喝了马夫，重重的加上两鞭，和元二爷一同赶了来。一心以为女儿已经死了，所以到门便奔向二奶奶那边院子里去。看见众人正在那里救治，说可望救得回来的，鼻子里已经有点气了，夫妻两个权且坐下。等二奶奶一声哼了出来，知道没事

---

[1] 掌印郎中——指掌管司里印信的满籍郎中。清朝中央部的各司里，都设有满、汉掌印郎中各一人，但实际由满郎中掌印，因为清政府是不信任汉人的。用印时，由满掌印郎中取出上面刻有"××司印"的银牌一面，交给差役，凭牌向保管的人将印取来，用钥匙把印盒打开，用印毕，仍锁好送还原处。

的了。良夫人又把今天新太太如何动气,二奶奶如何下跪赔罪的话,问了出来。良伯因站起来,便往多老爷那边院子里去。多老爷正在那里骂人呢,说甚么:'妇人女子,动不动就拿死来吓唬人!你们不要救他,由他死了,看可要我公公抵命!'说声未了,良老爷飞跑过来,一把辫子拖了就走道:'不必说抵命不抵命,咱们都是内务府的人,官司也不必到别处去,咱们同去见堂官,评评这个理看!'多老爷陡然吃了一惊道:'亲……亲……亲家!有话好……好的说!'良老爷道:'说甚么!咱们回堂去,左右不叫你公公抵命的。'多老爷道:'回甚么堂?你撒了手好说话啊!'良老爷道:'世界已经反了,还说甚么话!我也不怕你跑了,有话你说!'说着,把手一撒,顺势向前一推,多老爷跌了两步,几乎立脚不住。良老爷拣了一把椅子坐下道:'有话你说!'此时家人仆妇,纷纷的站了一院子看新闻。三三两两传说:幸得二奶奶救过来了,不然,还不知怎样呢!这句话被多老爷听见了,便对良老爷说道:'你的女儿死了没有啊?就值得这么的大惊小怪!'良老爷道:'你是要人死了才心安呢!我也不说甚么,只要你和我回堂去,问问这纵奴凌主,是那一国的国法?那一家的家法?'正说话时,只见家人来报,说亲家太太来了。多老爷吃了一惊,暗想一个男的已经闹不了,又来一个女的,如何是好!想犹未了,只见良夫人带了自己所用的老妈子,咯嘣咯嘣的跑了过来,见了多老爷,也不打招呼,直奔到房里去。房里的新太太正在那里打主意呢。他起头听见说二奶奶上吊,心里还不知害怕,以为这是他自己要死的,又不是我逼死他,就死了有甚么相干。正这么想着,家人又说亲家老爷、亲家太太都来了。新太太听了这话,倒吃了一惊,暗想这是个主子,他回来拿起主子的腔来,我就怎样呢。回头一想,他到了这里须是个客,我迎出去,自己先做了主人,和他行宾主礼,叫他亲家母,他自然也得叫我亲家母,总不能拿我怎样。心中正自打定了主意,却遇了良老爷过来,要拉多老爷到内务府里去,声势汹汹,不觉又替多老爷担忧,呆呆的侧耳细听,倒把自己的心事搁过一边。不提防良夫人突如其来,一直走到身边,伸出手来,左右开弓的,劈劈拍拍,早打了七八个嘴巴。新太太不及提防,早被打得耳鸣眼花。良夫人喝叫带来的老妈子道:'王妈!抓了他过去!我问他!'王妈便去搦新太太的膀子。良夫人把桌子一拍道:'抓啊!你还和他客气!'原来这王妈是良宅的老仆妇,这位新太太当小鸦头时,也曾被王妈教训过的,此刻听得夫人一喝,便也不客气,顺手把新太太的簪子一拔,一把头发抓在手里。新太太连忙挣扎,拿手来挡,早被王妈劈脸一个巴掌,骂道:'不知死活的蹄子!你当我抓你,这是太太抓你呢!'王妈的手重,这一下,只把新太太打得眼中火光迸裂,耳中轰的一声,犹如在耳边放了一门大炮一般。良夫人喝叫抓了过去。王妈提了头发,横拖竖曳的先走,良夫人跟在后头便去。多老爷看见了道:'这是甚么样子!这是甚么样子!'嘴里只管说,却又无可如何,由得良夫人押了过去。到得二奶奶院里,良夫人喝叫把他衣服剥了,王妈便去动手。新太太还要挣扎,那里禁得二奶奶所用的老妈子,为了今天的事,一个个都把他恨入骨髓,一哄上前,这个捉手,那个捉脚,一霎时把他的一件金银嵌[1]的大袄剥下,一件细狐小袄也剥了下来。良夫人又喝叫把棉裤也剥了。才叫把他绑了,喝叫带来的家人包旺:'替我用劲儿打!今天要打死了他才歇!'这包旺又是良宅的老家人,他本在老太爷手下当书僮出身,一直没有换过主子,为人极其忠心。今天听见姑爷来说,那鸦头怎生巴结上多老爷,怎生做了太太,怎生欺负姑娘,他便囔着磨腰刀:'我要杀那浪蹄子去!'后来良老爷带他到这边来,他一到,便想打到上房里,寻鸦头厮打,无奈规矩所在,只得隐忍不言。今听得太太吩咐打,正中下怀,连忙答应一声'啫',便跑到门外,问马夫要了马鞭子来,对准鸦头身上,用尽平生之力,一下一下抽将下去;抽得那鸦头杀猪般乱喊,满地打滚。包旺不住手的一口气抽了六七十,把皮也抽破了,那血迹透到小衣外面来。新太太这才不敢撒泼了,膝行[2]到良夫人跟前跪着道:'太太饶了奴才的狗命罢!奴才再也不敢了!情愿仍旧到这边来,伏侍二奶奶!'良夫人劈脸又是一个嘴巴道:'谁是你二奶奶!你是谁家的奴才!你到了这没起倒的人家来,就学了这没起倒的称呼!我一向倒是吗吗糊糊的过了,你们越闹越不成话了!奴才跨到主子头上去了!谁是你的二奶奶?你说!'说道,又是两个嘴巴。新太太忙道:'是奴才糊涂!奴才情愿仍旧伺候姑奶奶了!'良夫人叫包旺道:'把他拉到姑娘屋里再抽,给姑娘下气去。'新太太听说,也不等人拉,连

---

[1] 金银嵌——一种黄白色相间的狐皮袄,像用金银镶嵌而成,所以叫做金银嵌。
[2] 膝行——用膝盖走路,指跪着向前爬行。

忙站起来跑到二奶奶屋里。二奶奶正靠着炕枕上哭呢。新太太咕咚一下跪下来,可怜他双手是反绑了的,不能爬下叩头,只得弯下腰,把头向地下咯嘣咯嘣的乱碰,说道:'姑奶奶啊!开恩罢!今天奴才的狗命,就在姑奶奶的身上了!再抽几下,奴才就活不成了!'说犹未了,包旺已经没头没脑的抽了下来,嘴里说道:'不是天地祖宗保佑,我姑奶奶的性命,就送在你这贱人手里!今儿就是太太、姑奶奶饶你,我也不饶你!活活的抽死你,我和你到阎王爷那里打官司去!'一面说,一面着力的乱抽,把新太太脸上也七纵八横的,抽了好几条血路。包旺正抽得着力时,忽然外面来了两三个老妈子,把包旺的手拉住道:'包二爷,且住手,这边的舅太太来了。'包旺只得住了手出来,对良夫人道:'太太今天如果饶了这贱人,天下从此没有王法了!就是太太、姑奶奶饶了他,奴才也要一头撞死了,到阎王爷那里告他,要他的命的!'良夫人道:'你下去歇歇罢,我总要惩治他的。'原来元二爷陪了丈人、丈母到家,救得二奶奶活了,不免温存了几句。二奶奶此时虽然未能说话,也知道点点头了。元二爷便到多老爷院子里去,悄悄打听,只听得良老爷口口声声要多老爷去见堂官,这边良夫人又口口声声要打死那鸦头。想来这件事情,是自己父亲理短,牵涉着自己老婆,又不好上去劝。哥哥呢,又是个傻子。今天这件事,没有人解劝,一定不能下场的。踌躇了一会,便撇下了二奶奶,出门坐上车子,赶忙到舅老爷家去,如此这般说了一遍,要求娘舅、舅母同去解围。舅老爷先是恼着妹夫糊涂不肯去,禁不得元二爷再三央求,又叩头请安的说道:'务望娘舅不看僧面看佛面,只算看我母亲的面罢。'舅老爷才答应了,叫套车。元二爷恐怕耽搁时候,把自己的车让娘舅、舅母坐了,自己骑了匹牲口,跟着来家。亏得这一来,由舅老爷、舅太太两面解劝,方才把良老爷夫妻劝好了,坐了车子回去。元二爷从此也就另外赁了宅子,把二奶奶搬开了。向来的生意,多半是元二爷拉拢来的;自从闹过这件事之后,元二爷就不去拉拢了,生意就少了许多。"我笑道:"原来北院里住的是个老糊涂。但不知那鸦头后来怎样发落?"洞仙道:"此刻不还是当他的太太。"我道:"他儿子、媳妇虽说是搬开了,然而总不能永不上门,以后怎样见面呢?"洞仙道:"这个就没有去考求了。"说着,北院里有人来请他,洞仙自去了。

我在京又耽搁了几天,接了上海的信,说继之就要往长江一带去了,叫我早回上海。我看看京里没事,就料理动身;到天津住了两天,附轮船回上海。在轮船上却遇见了符弥轩。我看他穿的还是通身绸绉,不过帽结是个蓝的;暗想京里人家都说他丁了承重忧出京的,他这个装扮,那里是个丁忧的样子。又不便问他,不过在船上没有伴,和他七拉八扯的谈天罢了。船到了上海,他殷殷问了我的住处,方才分手。我自回到号里,知道继之前天已经动身了,先到杭州,由杭州到苏州,由苏州到镇江,这么走的。

歇息了一天,到明天忽然外面送了一封信来,拆开一看,却是符弥轩请我即晚吃花酒的。到了晚上,我姑且去一趟。座中几个人,都是浮头滑脑的,没有甚么事可记。所最奇的,是内中有一个是苟才的儿子龙光。我屈指一算,苟才死了好像还不到百日,龙光身上穿的是枣红摹本银鼠袍,泥金宁绸银鼠马褂,心中暗暗称奇。席散回去,和管德泉说起看见龙光并不穿孝,屈指计来,还不满百日,怎么荒唐到如此的话。德泉道:"你的日子也过糊涂了。苟才是正月廿五死的,二月三十的五七开吊,继之还去吊的;初七继之动身,今天才三月初十,离末七还有三四天呢,你怎便说到百日了?"我听了倒也一呆。德泉又道:"继之还留下一封长信,叫我给你,说是苟才致死的详细来历,都在上头,叫我交给你,等你好做笔记材料。是我忘了,不曾给你。"我听了,便连忙要了来,拿到自己房里,挑灯细读。

原来龙光的老婆,是南京驻防旗人,老子是个安徽候补府经历。因为当日苟才把寡媳送与上司,以谋差缺,人人共知,声名洋溢,相当的人家,都不肯和他对亲,才定了这头亲事。谁知这位姑娘有一个隐疾,是害狐臭的,所以龙光与他不甚相得,虽不曾反目,却是恩义极淡的。倒是一个妻舅,名叫承辉的,龙光与他十分相得,把他留在公馆里,另外替他打扫一间书房,郎舅两个终日在一处厮闹,常常不回卧室歇息,就在书房抵足。龙光因为不喜欢这个老婆,便想纳妾。却也奇怪,他的老婆听说他要纳妾,非但并不阻挡,并且竭力怂恿。也不知他是生性不妒呢,还是自惭形秽,或是别有会心,那就不得而知了。龙光自是欢喜。然而自己手上没钱,只得和老子商量。苟才却不答应,说道:"年纪轻轻的,不知道学好,只在这些上头留心。你此刻有了甚么本事?养活得起多少人?不能瞒你们的,我也是五十岁开外才纳妾的。"一席话,教训得龙光闭口无言。退回书房,喃喃呐呐的,不知说些甚么东西。承辉看见,便问何事。龙光一一说知。承辉道:

"这个叫做'只许州官放火,不许百姓点灯',向来如此的。你看太亲翁那么一把年纪,有了五个姨娘还不够,前一回还讨个六姨;姊夫要讨一个,就是那许多说话。这个大约老头子的通脾气,也不是太亲翁一个人如此。"龙光道:"他说他五十岁开外才讨小的,我记得小时候,他在南京讨了个钓鱼巷的货,住在外头,后来给先母知道了,找得去打了个不亦乐乎,后来不知怎样打发的,这些事他就不提一提呢。"承辉道:"总而言之:是自己当家,万事都可以做得了主;若是自己不能当家,莫说五十岁开外,只怕六十、七十开外,都没用呢。"说得龙光默然。

两个年轻小子,天天在一起,没有一个老成人在旁边,他两个便无话不谈,真所谓"言不及义"[1],那里有好事情串出来。承辉这小子,虽是读书不成,文不能文,武不能武,若要他设些不三不四的诡计,他却又十分能干,就和龙光两个,干了些没天理的事情出来。龙光时时躲在六姨屋里,承辉却和五姨最知己,四个人商量天长地久之计。承辉便想出一个无毒不丈夫的法子来。恰好遇了苟才把全眷搬到上海来就医,龙光依旧把承辉带了来,却不叫苟才知道。到了上海,租的洋房地方有限,不比在安庆公馆里面,七八个院子,随处都可以藏得下一个人,龙光只得将自己卧室隔作两间,把后半间给舅爷居住。虽然暂时安身,却还总嫌不便,何况地方促迫,到处都是謦欬相

---

[1] "言不及义"——所说的都不是正经话。

闻[1]的，因此逼得承辉毒谋愈急。起先端甫去看病时，承辉便天天装了病，到端甫那里门诊，病情说得和苟才一模一样，却不问吃甚么可以痊愈，只问忌吃甚么。在他与龙光商量的本意，是要和医生串通，要下两样反对的药，好叫病人速死；因看见端甫道貌岸然，不敢造次，所以只打听忌吃甚么，预备打听明白，好拿忌吃的东西给苟才吃，好送他的老命。谁知问了多天，都问不着。偏偏那天又在公馆里被端甫遇见，做贼心虚，从此就不敢再到端甫处捣鬼了。过了两天，家人去请端甫，端甫忽然辞了不来。承辉、龙光两个心中暗喜，以为医生都辞了，这病是不起的了。谁知苟才按着端甫的旧方调理起来，日见痊愈。承辉心急了，又悄悄的和五姨商量，凡饮食起居里头，都出点花样，年老人禁得几许食积，禁得几次劳顿，所以不久那旧病又发了。

原来苟才煞是作怪，他自到上海以来，所宠幸的就是五姨一个，日夜都在五姨屋里，所以承辉愈加难过。在五姨也是一心只向承辉的，看见苟才的鬈鬈胡子，十分讨厌，所以听得承辉交代，便依计而行，苟才果然又病了。承辉又打听得有一个医生叫朱博如，他的招牌是"专医男妇老幼大小方脉[2]"，又是专精伤寒、咽喉、痘疹诸科，包医杨梅结毒，兼精辰州神符治病、失物圆光，是江湖上一个人物，在马

---

[1] 謦欬相闻——轻声叫謦，重声叫欬。謦欬相闻：离得很近，一举一动彼此都听见、都知道的意思。
[2] 大小方脉——中医专治大人病的叫大方脉科，专治小孩病的叫小方脉科（即幼科），合称大小方脉。

路上租了一间门面,兼卖点草头药[1]的,便怂恿龙光请朱博如来看。龙光告知苟才。苟才因为请端甫不动,也不知上海那个医生好,只得就请了他。那承辉却又照样到朱博如那里门诊,也是说的病情和苟才一模一样,问他忌吃甚么。朱博如是个江湖子弟,一连三天,早已看出神情,却还不说出来。这天继之去看苟才的病,故意对龙光说忌吃鲍鱼,龙光便连忙告诉了承辉,承辉告诉五姨。五姨交代厨子:"有人说老爷这个病,要多吃鲍鱼才好。"从此便煎的是鲍鱼,炖的是鲍鱼,汤也是鲍鱼,脍也是鲍鱼,把苟才吃腻了。继之的请客,也是要试探他有吃鲍鱼没有;可惜试了出来,当席未曾说破他,就误了苟才一命。

原来继之请客那天,正是承辉、龙光、朱博如定计的那天。承辉一连到博如处去了几天,朱博如看出神情,便用言语试探,彼此渐说渐近,不多几天,便说合了龙。这一天便约定在四马路青莲阁烟间里,会齐商量办法。龙光、承辉到时,朱博如早已到了,还有三四个不三不四的人,同在一起。博如见了他两个,便撇了那几个人,迎前招呼,另外开了一只灯。博如先道:"你两位的意思,是要怎样办法?"承辉道:"我们明人不必细说,只要问你先生办得到办不到,要多少酬谢便了。"博如道:"这件事要办,是人人办得到的,不过就是看办得干净不干净罢了。若要办得不干净的,也无须来与我商量,就是潘

---
[1] 草头药——指用一般植物制成的普通常用药。

金莲对付武大郎〔1〕一般就得了。我所包的就是一个干净，随便他叫神仙来验，也验不出一个痕迹。不过不是一两天的事情，总要个把月才妥当。"龙光道："你要多少酬谢呢？"博如道："这件事不小，弄起来是人命关天的，老实说，少了我不干，起码要送二万银子！"龙光不觉把舌头吐了出来。承辉默然无语，忽然站起来，拉龙光到栏杆边上，唧唧哝哝的好一会，又用手指在栏杆上再三画给龙光看。龙光大喜道："如此，一听尊命便了。"承辉便过来和朱博如再三磋商，说定了一万两银子。承辉道："这件事，要请你先说出法子来呢，你不信我；要我先付银呢，我不信你。怎生商量一个善法呢？"博如听了，也呆着脸，一筹莫展。承辉道："这样罢，我们立个笔据罢。不过这个笔据，若是真写出这件事来，我们龙二爷是万万不肯的；若是不明写出来，只有写借据之一法。若是就这么糊里糊涂写了一万银子借据，知道你的法子灵不灵呢。借据落了你手，你就不管灵不灵，也可以拿了这凭据来要钱的。这张票子，倒底应该怎样写法呢？若是想不出个写法来，这个交易只好作为罢休。"正是：舌底有花翻妙谛，胸中定策赚医生。未知到底想出甚么法子来，且待下回再记。

---

〔1〕 潘金莲对付武大郎——潘金莲毒死了丈夫武大郎，后来被武大郎的兄弟武松报仇杀死。故事见《水浒传》。

第一百五回

巧心计暗地运机谋　真脓包当场写伏辩[1]

朱博如听得承辉说出来的话,句句在理上,不觉回答不出来。并且已经说妥的一万银子好处,此刻十有九成的时候,忽然被这难题目难住,看着就要撒决[2]了。但是看承辉的神情,又好像胸有成竹[3]一般。回心一想,我几十年的老江湖,难道不及他一个小孩子,这里头一定有个奥妙,不过我一时想不起来罢了。想到这里,拿着烟枪在那里出神。承辉却拉了龙光出去,到茶堂外面,看各野鸡妓女,逗着谈笑。良久,才到烟榻前去,问博如道:"先生可想出个法子来了?"博如道:"想不出来。如果阁下有妙法,请赐教了罢。"承辉道:"法子便有一个,但是我也不肯轻易说出。"博如道:"如果实在有个妙法,其馀都好商量。"承辉道:"老实说了罢:你这一万银子肯和我对分了,我便教你这个法子。"博如道:"那里的话!我也担一个极大干系的,你怎么就要分我一半?"承辉道:"也罢,你不肯分,我也不能强你。时候不早了,我们明日会罢。"

---

〔1〕伏辩——也叫服辩,是承认罪行、表示悔改的书面字据。
〔2〕撒决——决裂的意思。
〔3〕胸有成竹——宋晁补之说文同画竹子时,胸里先有了竹子的样子。后来一般就以处理事情先有一定规划见解的为胸有成竹。

博如着急道:"好歹商量妥了去,忙甚么呢。"龙光道:"一万两我是答应了,此刻是你两个的事情,你们商量罢,我先走了。"博如道:"索性三面言明了,就好动手办事了。"承辉道:"这是你自己不肯通融,与我们甚么相干?"博如道:"你要分我一半,未免太狠;这样罢,我打八折收数,归你二成罢。"承辉不答应。后来再三磋商,言定了博如七折收数,以三成归承辉,两面都允了。承辉又要先订合同。博如道:"我这里正合同都不曾定,这个忙甚么。"承辉道:"不行!万一我这法子说了出来,你不认帐,我又拿你怎样呢。"博如只得由他。承辉在身边取出纸笔来,一挥而就,写成一式两纸,叫博如签字。博如一看,只见写的是:

> 兹由承某介绍朱某,代龙某办一要事。此事办成之后,无论龙某以若干金酬谢朱某,朱某情愿照七折收数,其馀三成,作为承某中费。两面订明,各无异言。立此一式两纸,各执一纸为据。

朱博如看了道:"怎么不写上数目?"承辉道:"数目是不能写的。我们龙二爷出手阔绰,或者临时他高兴,多拿一千、八百出来,请你吃茶吃酒,那个我也要照分的;如果此时写实了一万,一万之外我可不能分你丝毫了。这个我不干。"博如听了,暗暗欢喜,便签了字,承辉也签了字,各取一纸,放在身边。

博如就催着问:"是何妙法?"承辉道:"这件事难得很呢!我拿你三成谢金,实在还嫌少。你想罢,若不明写出来,不成个凭据;若明写了,说是某人托某人设法致死其父,事成酬银若干,万一闹穿了,非但出笔据的人要凌迟[1],只怕代设法的人也不免要杀头呢!这个非但他不敢写,写了,你也不敢要。"博如道:"这个我知道。"承辉道:"若是不明写,却写些甚么?总不能另外诌一桩事情出来。若说是凭空写个欠据,万一你的法子不灵呢,欠据落在你手里,你随意可以来讨的,叫龙二爷拿甚么法子对付你?数目又不在少处,整万呢!"博如道:"这个我都知道,你说你的法子罢。"承辉道:"时候不早了,这里人多,不是谈机密地方,你赶紧吃完了烟,另外找个地方去说罢。"博如只得匆匆吸完了烟,叫堂倌来收灯,给过烟钱。博如又走过去,和那几个不三不四的人说了几句话,方才一同走出。

龙光约了到雅叙园,拣一个房间坐下,点了菜。博如又急于请教。承辉坐近一步,先问道:"据你看起来,那老头子到底几时才可以死得?"博如道:"弄起来看,至迟明年二月里,总可以成功了。"承辉又坐近一步,拿自己的嘴对了博如的耳朵道:"此刻叫龙二爷写一张借据给你,日子就写明年二月某日,日子上空着,由得你临时填上。那借据可是写的:

立借券某人,今因猝遭父丧大故,汇款未到,暂向某人借到银一万两。汇款一到,立即清还。蒙念相好,不计利息。棘人[2]某某亲笔。

等到明年二月,老头子死了,你就可以拿这个借据向他要钱了。"博

---

[1] 凌迟——就是剐刑。参看第五十三回"剐"注。
[2] 棘人——死了父母的人在服丧期间的自称。

如侧着头一想道:"万一不死呢?"承辉道:"就是为的是这个。如果老头子不死,他又何尝有甚父丧大故,向人借钱?又何故好好的自称棘人?这还不是一张废纸么?当真老头子死了,他可是为了父丧大故借用的,又有蒙念相好,不计利息的一层交情在里面,他好欠你分毫吗?"朱博如不觉恍然大悟道:"妙计,妙计!真是鬼神不测之机也!"于是就叫龙光照写。龙光拿起笔来,犹如捧了铁棒一般,半天才照写好了,却嫌"萬"字的笔画太多,只写了个方字缺一点的"万"字。朱博如看过了,十分珍重的藏在身边。

恰好跑堂的送上酒菜,龙光让坐,斟过一巡酒,然后承辉请教博如法子。博如道:"要办这件事,第一要紧不要叫他见人,恐怕有人见愈调理病愈深,要疑心起来。明日再请我,等我把这个话先说上去,只说第一要安心静养,不可见人,不可劳动,不可多说话费气,包管他相信了。你们自己再做些手脚。我天天开的药方,你们只管撮了来煎,却不可给他吃。"龙光道:"这又是何意?"博如道:"这不过是掩人耳目,就是别人看了方子,也是药对脉案的;但是服了对案的药,如何得他死,所以掩了人耳目之后,就不要给他吃了。我每天另外给你们两个方子,分两家药店去撮,回来和在一起给他吃。"龙光又道:"何必分两家撮呢?"博如道:"两个方子是寒热绝不相对的,恐怕药店里疑心。"承辉道:"这也是小心点的好。"博如又附耳教了这甚么法子,方才畅饮而散。

从次日起,他们便如法泡制起来,无非是寒热兼施,攻补并进,拿着苟才的脏腑,做他药石的战场。上了年纪的人,如何禁受得起!从年前十二月,捱到新年正月底边,那药石在脏腑里面,一边要坚壁清野〔1〕,一边要架云梯〔2〕、施火炮,那战场受不住这等蹂躏,登时城崩池溃,四郊延蔓起来,就此呜呼哀哉了。

三天成殓之后,龙光就自己当家。正是"一朝权在手,便把令来行",陆续把些姨娘先打发出去,有给他一百的,有给他八十的,任他自去择人而事。大、二、三、四,四个姨娘,都不等满七,就陆续的打发了。后来这班人无非落在四马路〔3〕,也不必说他了。只有打发到五姨,却预先叫承辉在外面租定房子,然后打发五姨出去,面子上是和众人一般,暗底子不知给了承辉多少。只有六姨留着。又把家中所用男女仆人等,陆续开除了,另换新人;开过吊之后,便连书启、帐房两个都换了。这是他为了六姨,要掩人耳目的意思。

朱博如知道苟才已死,把那借据填了二月初一的日子,初二便去要钱。承辉道:"你这个人真是性急!你要钱也要有个时候,等这边开过吊,才像个样子。照你这样做法,难道这里穷在一天,初一急急要和你借,初二就有得还你了?天下那有这种情理!"一席话说得朱博如闭口无言,只得别去。直捱到开吊那天,他还买了点香烛纱

---

〔1〕 坚壁清野——古时作战困敌的方法:壁垒坚牢,不容易被攻破;清除原野,使敌人无物可掠。这里是说"守",下文"架云梯,施火炮"是说"攻",借以比喻用药的"寒热兼施,攻补并进"。
〔2〕 云梯——古来攻城的工具。以木为床,上置高梯,人在上面可以看到城里,以便进攻,下设轮轴,可以推动。
〔3〕 落在四马路——从前上海的妓院,多开设在四马路一带,这里落在四马路,就是当了妓女的意思。

元[1],亲来吊奠。承辉看见了大喜,把他大书特书记在礼簿上面。又过了三天,认真捱不住了。恰好这天龙光把书启、帐房辞去,承辉做了帐房,一切上下人等,都是自己牙爪,是恣无忌惮的了。承辉见博如来了,笑吟吟的请他坐下,说道:"先生今天是来取那笔款子的?"博如道:"是。"承辉道:"请把笔据取出来。"博如忙在身边取出,双手递与承辉。承辉接过看了一看道:"请坐请坐。我拿给先生。"博如此时真是心痒难抓,眼看着立时三刻,就是七千两银子到手了。忙向旁边一张椅子上坐下。承辉拿了借据,放在帐桌上,提起笔来,点了两点,随手拿了一张七十两银子的庄票,交给博如道:"一向费心得很!"博如吃了一惊道:"这……这……这是怎么说?"承辉道:"那三成归了兄弟,也是早立了字据的。"博如道:"不错,我只收七折;但是何以变做七十两呢?"承辉笑道:"难道先生眼睛不便,连这票据上的字,都没有看出来?"博如连忙到案头一看,原来所写的那一万的"万"字,被他在一撇一钩的当中,加了两点,变成个"百"字了。博如这一怒非同小可,一手便把那借据抢在手里。承辉笑道:"先生恼甚么!既然不肯还我票据,就请仍把庄票留下。"博如气昏了,便把庄票摔在地下要走。承辉含笑拦住道:"先生恼甚么?到那里去?茶还没喝呢。来啊!舀茶来啊!客

---

[1] 纱元——纱缎和元宝,送丧家的礼物。纱缎,是用各色花纸制成的空心圆柱,两头用红纸封口,以十个空心圆柱箍在一起,迭成宝塔形(最下面四个,第二层三个,第三层两个,最上面一个),放在纸盘里。元宝,是锡箔折成的纸元宝。

来了茶都不舀了,你们这班奴才,是干吗的是啊!"一面说,一面重复让坐。又道:"先生还拿了这票子到那里去呢?"博如怒道:"我只拿出去请大众评评这道理,可是'万'字可以改'百'字的!"承辉道:"'万'字本不能改'百'字啊,这句话怎讲?"博如道:"我不和你说,你们当初故意写个小写的'万'字,有意赖我!"承辉笑道:"这句话先生你说错了。数目大事,你再看看,那票子上'一'字尚且写个'壹'字,岂有'萬'字倒小写起来之理?只怕说出去,人家也不相信。"博如道:"我不管,我就拿了这票子到上海县去告,告你们涂改数目,明明借我的一万银子,硬改作一百。这个改的样子明明在那里,是瞒不过的。"

说话时家人送上茶来。承辉接过,双手递了一碗茶。说道:"好,好!这个怪不得先生要告,整万银子的数目变了个一百,在我也是要告的。但不知先生凭甚么作证?"博如道:"你就是个证人,见了官,我不怕你再赖!"承辉道:"是,是,我绝不敢赖。但是恐怕上海县问起来,他不问你先生,只问我。问道:'苟大人是两省的候补道,当过多少差使,署过首道,署过藩台;上海道台,是苟大人的旧同寅,就是本县,从前也伺候过苟大人来;后来到了安徽,当了多少差使,谁不知道苟大人是有钱的。一旦不幸身故了,何至于就要和人家借钱办丧事?就说是一时汇款没到,凑手不及,本县这里啊,道台那里啊,还有多少阔朋友,那里不挪动一万、八千,却要和这么个卖草头药的江湖医生去借钱?苟大人是署过藩台的,差不多的人,那里够得上和他拉交情,这个甚么朱博如,他够得上和苟大人的少爷说相好,不计利息的话吗？他们究竟有甚么交情？你讲！'这么一篇话问下来,应该怎样回答,还请先生代我打算打算,预先串好了供,免得临时慌张。"朱博如听了,默默无言。良久,承辉又道："先生,这官司你是做原告,上海县他也不能不问你话的。譬如他问：'你不过是个江湖医生,你从那里和苟大人父子拉上的交情,可以整万银子,不计利息的借给他？你这个人,倒很慷慨,本县很敬重你。但不知你借给他的一万银子,是那里来的？在那里赚着的？交给龙光的时候,还是钞票？还是元宝？还是洋钱？还是那家银行的票子？还是那家钱庄的票子？'这么一问,先生你又拿甚么话回答,也得要预先打算打算,免得临时慌张。"朱博如本来是气昂昂,雄赳赳的,到了此时,不觉慢慢的把头低下去,一言不发。

承辉又道："大凡打到官司,你说得不清楚,官也要和你查清楚的,况且整万银子的出进,岂有不查之理。他先把你宝号的帐簿吊去一查,有付这边一万银子的帐没有；再把这里的帐簿吊去一查,看有收到你一万银子的帐没有。你的帐簿呢,我不敢知道；我们这边帐簿,是的确没有这一笔。没有这笔倒也罢了,反查出了某天请某医生医金若干,某天请某医生医金若干,……官又问了,说：'你们既然属在相好,整万银子都可以不计利息的,何以请你诊病,又要天天出医金呢？相好交情在那里？'并且查到礼簿上,你先生的隆奠是'素烛一斤,纱元四匾',与不计利息的交情,差到那里去了！再拿这个一问,先生你又怎么说呢,这个似乎也要预备预备。"说罢,仍旧坐在帐桌上去,取过算盘帐簿,剔剔挞挞算他的帐去了。一会儿就有许多人来领钱的,来回事的,络绎不绝。一个家人拿了票子来,说是绸庄上来领寿衣价的,共是七十一两五钱六分银子。承辉呆了一呆道:"那里来这觍琐帐,甚么几钱几分的!"想了一会道:"这么罢,这一张七十两的票子,是朱先生退下来不要的,叫他先拿去罢。那个零头并在下回算,总有他们便宜。"那家人拿了去。朱博如坐在那里听着,好不难过,站起来急到帐桌旁边,要和承辉说话。承辉又是笑吟吟的道:"先生请坐。我这会忙,没功夫招呼你,要茶啊,烟啊,只管叫他们,不要客气。来啊!招呼客的茶烟!"说着,又去办他的事了。一会儿,又跑了一个家人来,对承辉说道:"二爷请。"承辉便把帐簿往帐箱里一放,拍挞一声锁上了,便上去。博如连忙站起来要说话。承辉道:"先生且请坐,我马上就来。"

博如再要说话时,承辉已去的远了,无奈只得坐着等。心中暗想,这件事上当上的不小,而且这口气咽不下去。看承辉这厮,今天神情大为两样,面子上虽是笑口吟吟的,那神气当中,却纯乎是挖苦我的样子。我想这件事,一不做,二不休,纵使不能告他欠项,他药死父亲可是真的,我就拿这个去告他。我虽然同谋,自首了总可以减等[1],我拚了一个"充军"的罪,博他一个"凌迟",总博得过。心里颠来倒去,只是这么想,那承辉可是一去不来了。

看看等到红日沉西,天色要黑下来了,才听得承辉一路嚷着说:"怎么还不点灯啊?你们都是干吗的?一大伙儿都是木头,拨一拨

---

[1] 减等——减轻处刑的等级。

动一动!"一面嚷着,走到帐房里,见了博如,又道:"嗳呀!你看我忙昏了,怎么把朱先生撂在这里!"连连拱手道:"对不住,对不住! 不知先生主意打定了没有? 如果先生有甚么意思,我们都好商量。"博如道:"总求阁下想个法儿,替我转个圜,不要叫我太吃亏了。"承辉道:"在先生的意思,怎样办法呢?"博如道:"好好的一万,凭空改了个一百,未免太下不去!"承辉道:"你先生还是那么说,我就没了法子了。"博如道:"这件事,如果一定闹穿了,只怕大家也不大好看。"承辉道:"甚么不好看呢?"博如道:"你们请我做甚么来的呢?"承辉正色道:"下帖子,下片子,请了大夫来,自然为的是治病。"

正说话间,忽然龙光走了进来,一见了博如,便回身向外叫道:"来啊!"外面答应一声,来了个家人。龙光道:"赶紧出去,在马路上叫一个巡捕来,把这忘八蛋先抓到巡捕房里去!"那家人答应去了。博如吃了一大惊道:"二爷,这是那一门?"龙光不理他,又叫:"王二啊!"便有一个人进来。龙光道:"你懂两句外国话不是?"王二道:"是,家人略懂得几句。"龙光又叫:"来啊!"又走了一个人进来。龙光道:"到我屋里去,把那一迭药方子拿来。"那人去了,龙光方才坐下。博如又道:"二爷,你这个到底是那一门?"龙光也不理他。此时承辉已经溜出去了。一会儿,那个人拿了一迭药方来。龙光接在手里,指给王二说道:"这个都是前天上海县官医看过了的。你看哪,这一张是石膏、羚羊、犀角[1],这一张是附子、肉桂、炮姜,一张一张

------

[1] 石膏、羚羊、犀角——这三样是大凉的药,下文"附子、肉桂、炮姜"是大热的药。按照中医治病的方法,大凉和大热的药,是不可以同时并用的。

都是你不对我,我不对你的。上海县方大老爷前天当面说过,叫把这忘八蛋扭交捕房,解新衙门,送县办他。你可拿好着,这方子上都盖有他的姓名图书,是个真凭实据。回来巡捕来了,你跟着到巡捕房里去,说明这个缘故,请他明天解新衙门。巡捕房要这方子做凭据的,就交给他;若不要的,带回来明日呈堂。"王二一一答应了。龙光又问:"舅爷呢?"家人们便一迭连声请舅爷,承辉便走了进来。龙光道:"那天上海县方大老爷说这话的时候,新衙门程大老爷也在这里听着的,你随便写个信给他,请他送县。我现在热丧里头,不便出面,信上就用某公馆具名就是了。"承辉一一答应。只见那去叫巡捕的家人来说:"此刻是巡捕交班的时候,街上没有巡捕。"龙光道:"你到门口站着,有了就叫进来,不问是红头〔1〕白脸的。"那家人答应出去了。龙光又指着博如对王二道:"他就交给你,不要放跑了!"说着佯长而去。

博如此时真是急得手足无措,走又走不了,站着不是,坐着不是,心里头就如腊月里喝了凉水一样,瑟瑟的乱抖。无奈何走近一步,向承辉深深一揖道:"这是那一门的话?求大爷替我转个圜罢!"承辉仰着脸冷笑道:"闹穿了不过大家不好看,有甚要紧!"博如又道:"大爷,我再不敢胡说了!求你行个方便罢!"承辉道:"你就认个'庸医

---

〔1〕 红头——当时印度还是英国的殖民地,英帝国主义者驱使印度人到上海英租界当巡捕,这些印度人习惯以红布包头,所以一般就称为"红头"。

杀人',也不过是个'杖罪'[1],好像还有'罚锾[2]赎罪'的例,化几两银子就是了,不要紧的。"说着,站起来要走。吓得博如连忙扯住跪下道:"大爷,你救救我罢!这一到官司啊,这上海我就不能再住了。"一面说,一面取出那借据来,递给承辉道:"这个我也不敢要了。"承辉道:"还有一张甚么七折三成的呢?"博如也一并取了出来,交给承辉。承辉接过道:"你可再胡闹了?"博如道:"再也不敢了!"承辉道:"你可肯写下一张伏辩来,我替你想法子。"博如道:"写,写,写!大爷要怎样写,就怎样写。"正是:未得羊肉吃,惹得一身臊。未知这张伏辩如何写法,且待下回再记。

---

[1] "杖罪"——杖是古来的五刑之一。清朝对处杖刑的犯人责打竹板,分五等,打六十下到一百下,每等十下。杖和笞刑不同,有一定重量,打到百下以上,可以打死人;笞刑则常有打一两千下的,所以笞责叫做打小板子。

[2] 罚锾——锾,古衡名。古代罚款,以锾为计算单位,所以叫做罚锾。后来便以罚锾为罚款的通称。

第一百六回

符弥轩调虎离山　　金秀英迁莺出谷

朱博如当下被承辉布置的机谋所窘,看着龙光又是赫赫官威,自己又是个外路人,带了老婆儿子来上海,所有吃饭穿衣,都靠着自己及那草头药店赚来的,此刻听说要捉他到巡捕房里去,解新衙门,送上海县,如何不急！只急得他"上天无路,入地无门",便由得承辉说甚么是甚么。承辉便起了个伏辩稿子来,要他照写。无非是："具伏辩人某某,不合妄到某公馆无理取闹,被公馆主人饬仆送捕;幸经某人代为求情,从宽释出。自知理屈,谨具伏辩,从此不敢再到某公馆滋闹,并不敢在外造言生事。如有前项情事,一经察出,任凭送官究治"云云。博如一一照写了,承辉方才放他出去。他们办了这件事之后,自以为神不知鬼不觉的了;谁知他打发出来的几个姨娘,与及开除的男女仆人,不免在外头说起,更有那朱博如,虽说是写了伏辩,不得在外造言生事,那禁得他一万银子变了七千,七千又变了七十,七十再一变,是个分文无着,还要写伏辩,那股怨气如何消得了,总不免在外头逢人伸诉。旁边人听了这边的,又听了那边的,四面印证起来,便晓得个清清楚楚。古语说的"若要人不知,除非己莫为",果然说得不错。我仔仔细细把继之那封信看了一遍,把这件事的来历透底知道了,方才安歇。

此次到了上海之后,就住了两年多。这两年多,凡长江、苏、杭各处,都是继之去查检,因为德泉年纪大了,要我在上海帮忙之故。我因为在上海住下,便得看见龙光和符弥轩两个演出一场怪剧。原来符弥轩在京里头,久耳苟才的大名,知道他创办银元局,发财不少。恰遇了他祖父死了,他是个承重孙,照例要报丁忧;但是丁忧之后,有甚事业可做呢?想来想去,便想着了苟才。恰好那年的九省钦差,到安庆查办事件,得了苟才六十万银子的那位先生,是符弥轩的座主,那一年安庆查案之后,苟才也拜在那位先生的门下,论起来是个同门,因此弥轩求了那位先生一封信给苟才,便带了家眷,扶了灵柩出京。到得天津,便找了一处义地〔1〕,把他祖父的棺材厝了。又找了一处房子,安顿下家眷。在侯家后又胡混了两个多月,方才自己一个人转身到上海。一到了,安顿下行李,即刻去找苟才。谁知苟才已经死了,见着了龙光。弥轩一看龙光这个人,举止浮躁,便存了一个心,假意说是从前和苟才认得,又把求来那封信交给龙光。他们旗人是最讲究交情礼节的,龙光一听见说是父亲的同门相好,便改称老伯。弥轩谦不敢当。谈了半天,弥轩似有行意。龙光道:"老伯尊寓在那里?恕小侄在热丧里,不便回候。"弥轩道:"这个阁下太迂了!我并不是要阁下回候,但是住在上海,大可以从权。你看兄弟也是丁着承重忧,何尝穿甚么素。虽然,也要看处的是甚么地位:如果还在读书的时候,或是住在家乡,那就不宜过于脱略;如果是在场上应酬的人,

---

〔1〕 义地——埋葬贫民的公共墓地。

自己又是个创事业的材料,那就大可以不必守这些礼节了。况且我看阁下是个有作有为的人才,随时都应该在外头碰碰机会,而且又在上海,岂可以过于拘谨,叫人家笑话。我明天就请阁下吃饭,一定要赏光的。"说着,便辞了去。又去找了几个朋友,就有人请他吃饭。上海的事情,上到馆子,总少不免叫局,弥轩因为离了上海多年,今番初到,没有熟人,就托朋友荐了一个。当席就约了明天吃花酒。

到了次日,他再去访龙光,面订他晚上之局。龙光道:"老伯跟前,小侄怎敢放恣!"弥轩道:"你这个太客气!其实当日我见尊大人时,因尊大人齿德俱尊[1],我是称做老伯的。此刻我们拉个交情,拜个把罢。晚上一局,请你把帖子带到席上,我们即席换帖。"龙光道:"这个如何使得!"弥轩道:"如果说使不得,那就是你见外了。"龙光见弥轩如此亲热,便也欣然应允。弥轩又谆嘱晚上不必穿素衣,须知花柳场中,就是炎凉世界,你穿了布衣服去,他们不懂甚么道理,要看不起你的。我们既然换到帖,总不给你当上的。龙光本是个无知纨绔,被弥轩一次两次的说了,就居然剃了丧发,换上绸衣,当夜便去赴席。从此两个人便结交起来。

龙光本来是个混蛋,加以结识了弥轩,更加昏天黑地起来,不到百日孝满,便接连娶了两个妓女回去,化钱犹如泼水一般。弥轩屡次要想龙光的法子,因看见承辉在那里管着帐,承辉这个人,甚是精明强干,而且一心为顾亲戚,每每龙光要化些冤枉钱,都是被他止住,因

---

[1] 齿德俱尊——齿,年龄;德,德行。齿德俱尊,指年高而又有德的人。

此弥轩不敢下手。暗想总要设法把他调开了,方才妥当。看苟才死的百日将满,龙光偶然说起,嫌这个同知太小,打算过个道班。弥轩便乘机竭力怂恿,又说:"徒然过个道班,仍是无用,必要到京里去设法走路子,最少也要弄个内记名,不然就弄个特旨班才好。"龙光道:"这样又要到京里跑一趟。"弥轩道:"你不要嫌到京里跑一趟辛苦,只怕老弟就去跑一趟,受了辛苦,还是无用。"龙光道:"何以故呢?"弥轩道:"不是我说句放恣的话,老弟太老实了!过班上兑,那是没有甚么大出进的。要说到走路子的话,一碰就要上当,白冤了钱,影儿也没一个。就是路子走的不差,会走的和不会走的,化钱差得远呢。"龙光道:"既然如此,也只好说说罢了。"弥轩道:"那又不然。只要老弟自己不去,打发一个能办事的人替你去就得了。"龙光道:"别样都可以做得,难道引见也可以叫人代的么?"弥轩笑道:"你真是少见多怪!便是我,就替人家代过引见的了。"龙光欢喜道:"既如此,我便找个人代我走一趟。"弥轩道:"这个人必要精明强干,又要靠得住的才行。"龙光道:"我就叫我的舅爷去,还怕靠不住么!"弥轩暗喜道:"这是好极的了!"龙光性急,即日就和承辉商量,要办这件事。承辉自然无不答应,便向往来的钱庄上,托人荐了一个人来做公馆帐房,承辉便到京里去了。

　　弥轩见调虎离山之计已行,便向龙光动手,说道:"令舅进京走路子,将来一定是恭喜的。然而据我看来,还有一件事要办的。"龙光问是甚么事。弥轩道:"无论是记名,是特旨,外面的体面是有了,所差的就是一个名气。老弟才二十多岁的一个人,如果不先弄个名

第一百六回　符弥轩调虎离山　金秀英迁莺出谷　1029

气在外头,将来上司见了,难保不拿你当纨绔相待。"龙光道:"名气有甚么法子可以弄出来的?"弥轩道:"法子是有的,不过要化几文,然而倒是个名利兼收的事情。"龙光忙问:"是怎么个办法?要化多少钱?"弥轩道:"现在大家都在那里讲时务。依我看,不如开个书局,专聘了人来,一面著时务书,一面翻译西书;等著好了,译好了,我们就拿来拣选一遍,拣顶好的出了老弟的名,只当老弟自己著的译的,那平常的就仍用他本人名字,一齐印起来发卖。如此一来,老弟的名气也出去了,书局还可以赚钱,岂不是名利兼收么?等到老弟到省时,多带几部自己出名的书去,送上司,送同寅,那时候谁敢不佩服你呢。博了个'熟识时务,学贯中西'的名气,怕不久还要得明保密保呢。"龙光道:"著的书还可以充得,我又没有读过外国书,怎样好充起翻译来呢?"弥轩道:"这个容易,只要添上一个人名字,说某人口译,你自己充了笔述,不就完了么。"龙光大喜,便托弥轩开办。

　　弥轩和龙光订定了合同,便租起五楼五底的房子来;乱七八糟,请了十多个人,翻译的,著撰的;一面向日本人家定机器,定铅字。各人都开支薪水。他认真给人家几个钱一月,不得而知;他开在帐上,总是三百一月,五百一月的,闹上七八千银子一月开销。他自己又三千一次,二千一次的,向龙光借用。龙光是糊里糊涂的,由他混去。这一混足足从四五月里混到年底下,还没有印出一页书来,龙光也还莫名其妙。

　　却遇了一个当翻译的,因为过年等用,向弥轩借几十块钱过年。弥轩道:"一局子差不多有二十人,过年又是人人都要过的,一个借开了头,便个个都要借了。"因此没有借给他。弥轩开这书局,是专做毛病的，差不多人人都知道，只有龙光一个是糊涂虫。那个借钱不遂的翻译先生，挟了这个嫌，便把弥轩作弊的事情，写了一封匿名信给龙光。后来越到年底，人家等用的越急，一个个向他借钱，他却是一个不应酬，因此大家都同声怨他。那翻译先生就把写信通知东家的一节，告诉了两个人，于是便有人学样起来。龙光接二连三的接了几封信，也有点疑心，便和帐房先生商量。帐房先生道："做书生意，我本是外行。但是做了大半年，没有印出一部书来，本是一件可疑的事。为今之计，只有先去查一查帐目，看他一共用了多少钱，统共译了著了多少书，要合到多少钱一部，再问他为甚还不印出来的道理，看是怎样的再说。"龙光暗想这件事最好是承辉在这里，就办得爽快，无奈他又到京里去了。虽然他有信来过，说过班一事，已经办妥，但是走路子一事，还要等机会，正不知他几时才回上海。此刻无可奈何，只得就叫这个帐房先生去查的了。想罢，就将此意说出来。帐房先生道："查帐是可以查的，但是那所译所著的书，精粗美恶，我可不知道。"龙光道："好歹你不知，多少总看得见的，你就去查个多少罢了。"帐房先生奉命而行。

次日一早，便去查帐。弥轩问知来意，把脸色一变道："这个局子是东家交给我办的，就应得要相信我。要查帐，应得东家自己来查。这个办书的事情，不是外行人知道的。并且文章价值，有甚一定，古人'一字千金'尚且肯出。你回去说，我这里的帐是查不得的，等我会了他面再说。"帐房先生碰了一鼻子灰，只得回去告诉龙光。龙光十分疑讶，且等见面之后再说。

当天晚上,弥轩便请龙光吃花酒。龙光以为弥轩见面之后,必有一番说话,谁知他却是一字不提,犹如无事一般。龙光甚是疑心,自己又不好意思先问。席散之后,回去和帐房先生说起。帐房先生道:"他不服查帐,非但是有弊病,一定是存心不良的了。此刻已到年下,且等过了年,想个法子收回自办罢。"龙光也只好如此。

光阴荏苒,又过了新年,龙光又和帐房先生商量这件事。帐房先生道:"去年要查一查他的帐尚且不肯,此刻要收他回来,更不容易了。此刻的世界,只有外国人最凶,人家怕的也是外国人;不如弄个外国人去收他回来,谅他见了外国人,也只得软下来了。"龙光道:"那里去弄个外国人呢?"帐房先生道:"外国人是有的,只要主意打定了,就好去弄。"龙光道:"就是这个主意罢。叫他再办下去,不知怎样了局呢!"帐房先生便去找了一个外国人来,带了翻译,来见龙光。龙光说知要他收回书局的话,由翻译告诉了外国人。又两面传递说话,言明收回这家书局之后,就归外国人管事,以一年为期,每月薪水五百两。外国人又叫龙光写一张字据,好向弥轩收取,龙光便写了,递给外国人。外国人拿了字据,兴兴头头去见弥轩,说明来意。弥轩道:"我在这里办得好好的,为甚又叫你来接办?"外国人道:"我不知道。龙大人叫我来办,是有凭据给我的。"说罢,取出字据来给弥轩看。弥轩道:"龙大人虽然有凭据叫你接办,却没有凭据叫我退办,我不能承认你那张凭据。"外国人道:"东家的凭据,你那里有权可以不承认?"弥轩道:"我自然有权。我和龙大人订定了合同,办这个书局,合同上面没有载定限期,这个书局我自然可以永远办下去。

就是龙大人不要我办了,也要预先知照我,等我清理一切帐目,然后约了日子,注销了合同,你才可以拿了凭据来接收啊。"外国人说他不过,只得去回复龙光。龙光吃了一惊,去对帐房先生说。帐房先生吐出了舌头道:"这个人连外国人都不怕,还了得!"再和他商量时,他也没了法子了。过了三天,那外国人开了一篇帐来,和龙光要六千银子,说是讲定在前,承办一年,每月薪水五百,一年合了六千,此刻是你不要我办,并不是我不替你办,这一年薪水是要给我的。龙光没奈何,只得给了他。暗想若是承舅爷在这里,断不至于叫我面面吃亏,此刻不如打个电报,请他先回来罢。定了主意,便打个电报给承辉,叫他不要等开河,走秦皇岛先回来。

这边的符弥轩,自从那外国人来过之后,便处处回避,不与龙光相见,却拿他的钱,格外撒泼的支用起来,又天天去和他的相好鬼混。他的相好妓女,名叫金秀英,年纪已在二十岁外了;身边挣了有万把银子金珠首饰,然而所背的债差不多也有万把。原来上海的妓女,外面看着虽似阔绰,其实他穿的戴的,十个有九个是租来的,而且没有一个不背债。这些债,都是向那些龟奴、鳖爪,大姐、娘姨等处借来的,每月总是二三分利息。龟奴等辈借了债给他,就跟着伺候他,其名叫做"带挡"。这种风气,就同官场一般,越是背得债多的,越是红人,那些带挡的,就如官场的带肚子师爷[1]一般。这金秀英也是上

----

[1] 带肚子师爷——官员上任前,借用预先约定的幕友的银钱做活动费,到任后,许多重要权益都归他掌握,这种幕友就叫做带肚子的师爷。

海一个红妓女,所以他手边虽置了万把银子首饰,不至于去租来用,然而所欠的债也足抵此数。符弥轩是一个小白脸,从来姐儿爱俏,弥轩也垂涎他的首饰,便一个要娶,一个要嫁起来。这句话也并非一日了,但是果然要娶他,先要代他还了那笔债,弥轩又不肯出这一笔钱,只有天天下功夫去媚秀英,甜言蜜语去骗他;骗得秀英千依百顺,两个人样样商量妥当,只待时机一到,即刻举行的了。

可巧他们商量妥当,承辉也从京里回来。龙光便和他说知弥轩办书局的事情,不服查帐,不怕外国人,一一都告诉了。承辉又一一盘问了一遍道:"你此刻是打算追回所用的呢?还是不要他办算了呢?"龙光道:"算了罢!他已经用了的,怎么还追得回来!能够不要他办,我就如愿了。"承辉道:"这又何难,怎么这点主意都没有?你只要到各钱庄去知照一声,凡是书局里的折子,一律停止付款,他还办甚么!"龙光恍然大悟,即刻依计而行。弥轩见忽然各庄都支钱不动,一打听,是承辉回来了。想道:"这家伙来了,事情就不好办了。"连忙将自己箱笼铺盖搬到客栈里去,住了两天。

这天打听得天津开了河,泰顺轮船今天晚上开头帮,广大轮船同时开广东。弥轩便写了两张泰顺官舱船票,叫底下人押了行李上泰顺船。却到金秀英家,说是附广大轮船到广东去,开销了一切酒局的帐。金秀英自然依依不舍,就是房里众人,因为他三天碰和,两天吃酒的,也都有些舍不得他走之意。这一天的晚饭,是在秀英家里吃的。吃过晚饭,又俄延到了十二点多钟,方才起身。秀英便要亲到船上送行,于是叫了一辆马车同去,房里一个老妈子也跟着同行。三个人一辆车,直到了金利源码头,走上了泰顺轮船,寻到官舱,底下人已开好行李在那里伺候。弥轩到房里坐下,秀英和他手搀手的平排坐着喁喁私语。那老妈子屡次催秀英回去,秀英道:"忙甚么!开船还早呢。"直到两点钟时,船上茶房到各舱里喊道:"送客的上岸啊!开船啊!"那老妈子还不省得,直等喊过两次之后,外边隐隐听得抽跳的声音,秀英方才正色说出两句话来,只把老妈吓得尿屁直流!正是:报道一声去也,情郎思妇天津。未知金秀英说出甚么话来,且待下回再记。

第一百七回

觑天良不关疏戚　蓦地里忽遇强梁

当时船将开行,船上茶房到各舱去分头招呼,喊道:"送客的上坡啊!开船咧!"如此已两三遍,船上汽筒又呜呜的响了两声。那老妈子再三催促登岸,金秀英直到此时方才正色道:"你赶紧走罢!此刻老实对你说,我是跟符老爷到广东去的了。你回去对他们说,一切都等我回来,自有料理。"老妈子大惊道:"这个如何使得!"秀英道:"事到其间,使得也要使得,使不得也要使得的了。你再不走,船开了,你又没有铺盖,又没有盘缠,外国人拿你吊起来我可不管!无论你走不走,你快到外头去罢,这里官舱不是你坐的地方!"说时,外面人声嘈杂,已经抽跳了。那老妈子连爬带跌的跑了出去,急忙忙登岸,回到妓院里去,告诉了龟奴等众,未免惊得魂飞魄散。当时夜色已深,无可设法,惟有大众互相埋怨罢了。这一夜,害得他们又急又气又恨,一夜没睡。

到得天亮,便各人出去设法,也有求神的,也有问卜的。那最有主意的,是去找了个老成的嫖客,请他到妓院里来,问他有甚法子可想。那嫖客问了备细,大家都说是坐了广大轮船到广东去的;就是昨天跟去的老妈子,也说是到广大船去的。——又是晚上,又是不识字的人,他如何闹得清楚。就是那嫖客,任是十分精明,也断断料不到再有他故,所以就代他们出了个法子,作为拐案,到巡捕房里去告,巡捕房问了备细,便发了一个电报到香港去,叫截拿他两个人。谁知那一对狗男女,却是到天津去的。只这个便是高谈理学的符弥轩所作所为的事了。

唉!他人的事,且不必说他,且记我自己的事罢。我记以后这段事时,心中十分难过;因为这一件事,是我平生第一件失意的事,所以提起笔来,心中先就难过。你道是甚么事?原来是接了文述农的一封信,是从山东沂州府蒙阴县发来的,看一看日子,却是一个多月以前发的了。文述农何以又在蒙阴起来呢?原来蔡侣笙自弄个知县到山东之后,宪眷极隆,历署了几任繁缺,述农一向跟着他做帐房的。侣笙这个人,他穷到摆测字摊时,还是一介〔1〕不取的,他做起官来,也就可想了,所以虽然署过几个缺,仍是两袖清风。前两年补了蒙阴县,所以述农的信,是从蒙阴发来的。当下我看见故人书至,自然欢喜,连忙拆开一看,原来不是说的好事,说是:"久知令叔听鼓山左〔2〕,弟自抵鲁之后,亟谋一面,终不可得。后闻已补沂水县汶河司巡检,至今已近十年,以路远未及趋谒。前年蔡侣翁补蒙阴,弟仍为司帐席。沂水于此为邻县,汶水距此不过百里,到任后曾专车往

---

〔1〕 一介——介,在这里同芥,小草的意思。一介,形容微末。
〔2〕 听鼓山左——古时官署以击鼓为召集属员的信号,因而听鼓就成为官员到官署里伺候长官的专词;后来把官员在候补期间,也叫做听鼓。山左,山东的别称,因为山东在太行山之东,东在左方。听鼓山左,就是在山东候补的意思。

谒,得见颜色,须鬓苍然矣!谈及阁下,令叔亦以未得一见为憾。今年七月间,该处疠疫盛行,令叔令婶,相继去世。遗孤二人,才七八岁。闻身后异常清苦。此间为乡僻之地,往来殊多不便,弟至昨日始得信。阁下应如何处置之处,敬希裁夺。专此通知"云云。我得了这信,十分疑惑。十多年前,就听说我叔父有两个儿子了,何以到此时仍是两个,又只得七八岁呢?我和叔父虽然生平未尝见过一面,但是两个兄弟,同是祖父一脉,我断不能不招呼的,只得到山东走一趟,带他回来。又想这件事我应该要请命伯父的。想罢,便起了个电稿,发到宜昌去。等了三天,没有回电。我没有法子,又发一个电报去,并且代付了二十个字的回电费。电报去后,恰好继之从杭州回来,我便告知底细。继之道:"论理,这件事你也不必等令伯的回电,你就自己去办就是了。不过令叔是在七月里过的,此刻已是十月了,你再赶早些去也来不及,就是再耽搁点,也不过如此的了。我在杭州,这几天只管心惊肉跳,当是有甚么事,原来你得了这个信。"我道:"到沂水去这条路,还不知怎样走呢。还是从烟台走?还是怎样?"继之道:"不,不。山东沂州是和这边徐州交界,大约走王家营去不远;要走烟台,那是要走到登州了。"管德泉道:"要是走王家营,我清江浦有个相熟朋友,可以托他招呼。"我道:"好极了!等我动身时,请你写一封信。"

闲话少提。转眼之间,又是三日,宜昌仍无回电,我不觉心焦之极,打算再发电报。继之道:"不必了。或者令伯不在宜昌,到那里去了,你索性再等几天罢。"我只得再等。又过了十多天,才接着我伯父的一封厚信。连忙拆开一看,只见鸡蛋大的字,写了四张三十二行的长信纸,说的是:"自从汝祖父过后,我兄弟三人,久已分炊,东西南北,各自投奔,祸福自当,隆替[1]无涉。汝叔父逝世,我不暇过问,汝欲如何便如何。据我之见,以不必多事为妙"云云。我见了这封信,方悔白等了半个多月。即刻料理动身,问管德泉要了信,当夜上了轮船到镇江。在镇江耽搁一夜,次日一早上了小火轮,到清江浦去。

到了清江,便叫人挑行李到仁大船行,找着一个人,姓刘,号叫次臣,是这仁大行的东家,管德泉的朋友,我拿出德泉的信给他。他看了,一面招呼请坐,喝茶,一面拿一封电报给我道:"这封电报,想是给阁下的。"我接来一看,不觉吃了一惊,我才到这里,何以倒先有电报来呢?封面是镇江发的。连忙抽出来一看,只见"仁大刘次臣转某人"几个字,已经译了出来,还有几个未译的字。连忙借了《电报新编》,译出来一看,是"接沪电,继之丁忧返里"几个字,我又不觉添一层烦闷。怎么接二连三都是些不如意的事?电报上虽不曾说甚么,但是内中不过是叫我早日返沪的意思。我已经到了这里,断无折回之理,只有早日前去,早日回来罢了。

当下由刘次臣招呼一切,又告诉我到王家营如何雇车上路之法,我一一领略。次日,便渡过黄河,到了王家营,雇车长行。走了四天半,才到了汶河,原来地名叫做汶河桥。这回路过宿迁,说是楚项

----

[1] 隆替——兴废。这里隆替无涉,就是好坏各不相关的意思。

王[1]及伍子胥[2]的故里;过郯城,说有一座孔子问官祠[3];又过沂水,说是二疏[4]故里、诸葛孔明[5]故里,都有石碑可证。许多古迹,我也无心去访了。到了汶河桥之后,找一家店住下,要打听前任巡检太爷家眷的下落,那真是大海捞针一般,问了半天,没有人知道的。后来我想起一法,叫了店家来,问你们可有谁认得巡检衙门里人的没有。店家回说"没有"。我道:"不管你们认得不认得,你可替我找一个来,不问他是衙门里的甚么人,只要找出一个来,我有得赏你们。"店家听说有得赏,便答应着去了。

过了半天,带了一个弓兵[6]来,年纪已有五十多岁。我便先告诉了我的来历,并来此的意思。弓兵便叫一声"少爷",请了个安,一旁站着。我便问他:"前任太爷的家眷,住在那里,你可知道?"弓兵回说:"在这里往西去七十里赤屯庄上。"我道:"怎么住到那里呢?两个少爷有几岁了?"弓兵道:"大少爷八岁,小少爷只有六岁。"我

---

[1] 楚项王——指西楚霸王项羽。
[2] 伍子胥——名员,春秋时楚人。父兄被楚平王杀害,他逃到吴国,辅佐吴王,后来伐楚报了仇。
[3] 孔子问官祠——春秋时,郯子(郯国国君)到鲁国见鲁昭公,叔孙昭子曾问他的祖先少皞氏(就是少昊氏,古帝)时代,为什么百官皆以鸟名为号,郯子把原因一一告诉了他。后来孔子听见了,就往见郯子,也请问官名。故事见《左传》。郯国就是后来的郯城,因而在当地留下了孔子问官祠这一古迹。
[4] 二疏——指疏广和疏受两叔侄,汉宣帝时名臣。
[5] 诸葛孔明——名亮,三国时人。他最有智谋,曾辅佐刘备三分天下,建立蜀汉,官做到丞相。
[6] 弓兵——清朝巡检手下的兵丁,因为多以弓箭为武器,所以叫做弓兵。

道:"你只说为甚住到赤屯庄去?"弓兵道:"前任老爷听说断过好几回弦,娶过好几位太太了,都是不得到老。少爷也生过好几位了,听说最大的大少爷,如果在着,差不多要三十岁了,可惜都养不住。那年到这边的任,可巧又是太太过了。就叫人做媒,把赤屯马家的闺女儿娶来,养下两个少爷。今年三月里,太太害春瘟过了。老爷打那么也得了病,一直没好过,到七月里头就过了。"我道:"躺下来之后,谁在这里办后事呢?"弓兵道:"亏得舅老爷刚刚在这里。"我道:"那个舅老爷?"弓兵道:"就是现在少爷的娘舅,马太太的哥哥,叫做马茂林。"我道:"后事是怎样办的?"弓兵道:"不过买了棺木来,把老爷平日穿的一套大衣服装裹了去,就把两个少爷,带到赤屯去了。"我道:"棺木此刻在那里呢?"弓兵道:"在就近的一块义地上邱着。"我道:"远吗?"弓兵道:"不远,不过二三里地。"我道:"你有公事吗?可能带我去看看?"弓兵道:"没事。"我就叫他带路先走。我沿途买了些纸钱香烛之类,一路同去,果然不远就到了。弓兵指给我道:"这是老爷的,这是太太的。"我叫他代我点了香烛,叩了三个头,化过纸钱。生平虽然没有见过一面,然而想到骨肉至亲,不过各为谋食起见,便闹到彼此天涯沦落,各不相顾,今日到此,已隔着一块木头,不觉流下泪来。细细察看,那棺木却是不及一寸厚的薄板。我不禁道:"照这样,怎么盘运呢?"弓兵道:"如果要盘运,是要加外椁[1]的了。要用起外椁来,还得要上沂州府去买呢。"

---

[1] 外椁——棺材外面的套棺。

徘徊了一会,回到店里。弓兵道:"少爷可要到赤屯去?"我道:"去是要去的,不知一天可以赶个来回不?"弓兵道:"七十多里地呢!要是夏天还可以,此刻冬月里,怕赶不上来回。少爷明日动身,后天回来罢。弓兵也去请个假,陪少爷走一趟。"我道:"你是有公事的人,怎好劳动你?"弓兵道:"那里的话。弓兵伺候了老爷十年多,老爷平日待我们十分恩厚,不过缺苦官穷,有心要调剂我们,也力不从心罢了。我们难道就不念一点恩义的么?少爷到那边,他们一个个都认不得少爷,知道他们肯放两个小的跟少爷走不呢?多弓兵一个去了,也帮着说说。"我道:"如此,我感激你得很!等去了回来,我一起谢你。"弓兵道:"少爷说了这句话,已经要折死我了!"说着,便辞了去。一宿无话。

次日一早,那弓兵便来了。我带的行李,只有一个衣箱,一个马包。因为此去只有两天,便不带衣箱,寄在店里,只把在清江浦换来的百把两碎纹银[1],在箱子里取出来,放在马包里,重新把衣箱锁好,交代店家,便上车去了。此去只有两天的事,我何必拿百把两银子放在身边呢?因为取出银包时,许多人在旁边,我怕露了人眼不便,因此就整包的带着走了。我上了车,弓兵跨了车檐,行了半天,在路上打了个尖,下午两点钟光景就到了。是一所七零八落的村庄。

那弓兵从前是来过的,认得门口,离着还有一箭多地,他便跳了下来,一叠连声的叫了进去,说甚么"大少爷来了啊!你们快出来认

---

[1] 纹银——从前一种成色最好的银子,铸成后有皱纹,所以称为纹银;这种银子的形状有如马蹄,所以也叫马蹄银。

亲啊"！只他这一喊，便惊动了多少人出来观看，我下了车，都被乡里的人围住了，不能走动。那弓兵在人丛中伸手来拉了我的手，才得走到门口。弓兵随即在车上取了马包，一同进去。弓兵指着一个人对我道："这是舅老爷。"我看那人时，穿了一件破旧茧绸[1]面的老羊皮袍，腰上束了一根腰里硬[2]，脚上穿了一双露出七八处棉花的棉鞋；虽在冬月里，却还光着脑袋，没带帽子。我要对他行礼时，他却只管说："请坐啊，请坐啊！地方小，委屈得很啊！"看那样子是不懂行礼的，我也只好糊里糊涂敷衍过了。忽然外面来了一个女人，穿一件旧到泛白的青莲色茧绸老羊皮袄，穿一条旧到泛黄的绿布紫腿棉裤，梳一个老式长头，手里拿了一根四尺来长的旱烟袋。弓兵指给我道："这是舅太太。"我也就随便招呼一声。舅太太道："这是侄少爷啊，往常我们听姑老爷说得多了，今日才见着。为甚不到屋里坐啊？"于是马茂林让到房里。

只见那房里占了大半间是个土炕，土炕上放了一张矮脚几，几那边一团东西，在那里蠕蠕欲动。弓兵道："请炕上坐罢，这边就是这样的了。那边坐的，是他们老老老。"我心中又是一疑，北边人称呼外祖母多有叫老老的，何以忽然弄出个"老老老"来？实在奇怪！我这边才坐下，那边又说老老来了，就见一个老婆子，一只手拉了个小孩子同来。我此刻是神魂无主的，也不知是谁打谁[3]，惟有点头招

---

[1] 茧绸——野蚕丝织成的绸子，山东的特产。
[2] 腰里硬——一种宽长而厚硬的线织腰带，中幅有夹层，可以贮藏银钱。
[3] 谁打谁——这里是谁和谁的意思。

呼而已。弓兵见了小孩子，便拉到我身边道："叫大哥啊！请安啊！"那孩子便对我请了个安，叫一声"大哥"。我一手拉着道："这是大的吗？"弓兵道："是。"我问道："你叫甚么名字？"孩子道："我叫祥哥儿。"我道："你兄弟呢？"舅太太接口道："今天大姨妈叫他去吃大米粥去的，已经叫人叫去了。小的叫魁哥儿，比大的长得还好呢。"说着话时，外面魁哥儿来了，两手捧着一个吃不完的棒子馒头，一进来便在他老老身边一靠，张开两个小圆眼睛看着我。弓兵道："小少爷！来，来，来！这是你大哥，怎么不请安啊？"说着，伸手去搀他，他只管躲着不肯过来。老老道："快给大哥请安去！不然，要打了！"魁哥儿才慢腾腾的走近两步，合着手，把腰弯了一弯，嘴里说得一个"安"字，这想是凤昔所教的了。我弯下腰去，拉了过来，一把抱在膝上；这只手又把祥哥儿拉着，问道："你两个的爸爸呢？好苦的孩子啊！"说着，不觉流下泪来。这眼泪煞是作怪，这一流开了头，便止不住了。两个孩子见我哭了，也就哗然大啼。登时惹得满屋子的人一齐大哭，连那弓兵都在那里擦眼泪。哭够多时，还是那弓兵把家人劝住了，又提头代我说起要带两个孩子回去的话。马茂林没甚说得，只有那老老和舅太太不肯；后来说得舅太太也肯了，老老依然不肯。

追冬日子短得很，天气已经快断黑了。舅太太又去张罗晚饭，炒了几个鸡蛋，烙了几张饼，大家围着糊里糊涂吃了，就算一顿。这是北路风气如此，不必提他。这一夜，我带着两个兄弟，问长问短，无非是哭一场，笑一场。

到了次日一早，我便要带了孩子动身，那老老又一定不肯。说长说短,说到中午时候,他们又拿出面饭来吃,好容易说得老老肯了。此时已是挤满一屋子人,都是邻居来看热闹的。我见马家实在穷得可怜,因在马包里,取出那包碎纹银来,也不知那一块是轻的是重的,生平未曾用过戥子,只拣了一块最大的递给茂林道:"请你代我买点东西,请老老他们吃罢。"茂林收了道谢。我把银子包好,依然塞在马包里。舅太太又递给我一个小包裹,说是小孩子衣服,我接了过来,也塞在马包里,车夫提着出去。我抱了魁哥儿,弓兵抱了祥哥儿,辞别众人,一同上车。两个小孩子哭个不了,他的老老在那里倚门痛哭,我也禁不住落泪。那舅太太更是"儿啊肉啊"的哭喊,便连赶车的眼圈儿也红了。那哭声震天的光景,犹如送丧一般。外面看的人挤满了,把一条大路紧紧的塞住,车子不能前进。赶车的拉着牲口慢慢的走,一面嘴里喊着"让,让,让,让啊,让啊!"才慢慢的走得动。路旁看的人,也居然有落泪的。走过半里多路,方才渐渐人少了。

我在车上盘问祥哥儿,才知道那老老老是他老老的娘,今年一百零四岁,只会吃,不会动的了。在车上谈谈说说,不觉日已沉西。今天这两匹牲口煞是作怪,只管走不动,看看天色黑下来了,问问程途,说还有二十多里呢。忽然前面树林子里,一声啸响,赶车的失声[1]道:"罢了!"弓兵连忙抱过魁哥儿,跳下车去道:"少爷下来罢,好汉来了。"我虽未曾走过北路,然而"响马"[2]两个字是知道的,但不

---

[1] 失声——本指哭不成声的样子,这里指意外的惊叫。
[2] "响马"——从前北方有一种强盗,每当行劫之前,预先发出一只响箭警告旅客,表示明人不作暗事,当时因称这一类强盗为响马。

知对付他的法子。看见弓兵下了车,我也只得抱了祥哥儿下来。赶车的仍旧赶着牲口向前走。走不到一箭之地,那边便来了五六个彪形汉子,手执着明晃晃的对子大刀[1];奔到车前,把刀向车子里一搅,伸手把马包一提,提了出来便要走。此时那弓兵和赶车的都站在路旁,行所无事,任其所为。我见他要走了,因向前说道:"好汉,且慢着。东西你只管拿去。内中有一个小包裹,是这两个小孩子的衣服,你拿去也没用,请你把他留了,免得两个孩子受冷,便是好汉们的阴德了。"那强盗果然就地打开了马包,把那小包裹提了出来,又打开看了一看,才提起马包,大踏步向树林子里去了。我们仍旧上车前行。那弓兵和那赶车的说起:"这一伙人是从赤屯跟了来的,大约是瞥见那包银子之故。"赶车的道:"我和你懂得规矩的;我很怕这位老客,他是南边来的,不懂事,闹出乱子来。"我道:"闹甚么乱子呢?"弓兵道:"这一路的好汉,只要东西,不伤人;若是和他争论抢夺,他便是一刀一个!"我道:"那么我问他讨还小孩子衣服,他又不怎样呢?"赶车的道:"是啊,从来没听见过遇了好汉,可以讨得情的。"一路说着,加上几鞭,直到定更时分,方才赶回汶水桥。正是:只为穷途怜幼稚,致教强盗发慈悲。未知到了汶水桥之后,又有何事,且待下回再记。

---

[1] 对子大刀——两人并排,各人手拿一把大刀,叫做对子大刀。

第一百八回

负屈含冤贤令尹结果　风流云散怪现状收场

我们赶回汶水桥,仍旧落了那个店。我仔细一想,银子是分文没有了,便是铺盖也没了;取过那衣箱来翻一翻,无非几件衣服。计算回南去还有几天,这大冷的天气,怎样得过?翻到箱底,却翻着了四块新板洋钱[1],不知是几时,我爱他好玩,把他收起来的。此时交代店家弄饭。那弓兵还在一旁。一会儿,店家送上些甚么片儿汤、烙饼等东西,我就让那弓兵在一起吃过了。我拿着洋钱问他,这里用这个不用。弓兵道:"大行店还可以将就,只怕吃亏不少。"我道:"这一趟,我带的银子一起都没了,辛苦你一趟,没得好谢你,送你一个玩玩罢。"弓兵不肯要。我再四强他,说这里又不用这个的,你拿去也不能使用,不过给你玩玩罢了,他才收下。

我又问他这里到蒙阴有多少路。弓兵道:"只有一天路,不过是要赶早。少爷可是要到那边去?"我道:"你看我钱也没了,铺盖也没了,叫我怎样回南边去?蒙阴县蔡大老爷是我的朋友,我赶去要和他借几两银子才得了啊。"弓兵道:"蔡大老爷么?那是一位真正青天

---

[1] 新板洋钱——指龙洋。清末最初通用外国银元,如站人、鹰洋;后来清政府自铸银元,上有龙形,称为龙洋。当时龙洋价值最低,而且有些地方不通用。

佛菩萨的老爷！少爷你和他是朋友吗？那找他一定好的。"我道："他是邻县的县大老爷,你们怎么知道他好呢？"弓兵道："今年上半年,这里沂州一带起蝗虫,把大麦小麦吃个干净,各县的县官非但不理,还要征收上忙钱粮呢。只有蔡大老爷垫出款子,到镇江去贩了米粮到蒙阴散赈。非但蒙阴百姓忘了是个荒年,就是我们邻县的百姓赶去领赈的,也几十万人,蔡大老爷也一律的散放,直到六月里方才散完。这一下子,只怕救活了几百万人。这不是青天佛菩萨吗！少爷你明天就赶着去罢。"说着,他辞去了。我便在箱子里翻出两件衣服,代做被窝,打发两个兄弟睡了,我只和衣躺了一会。次日一早,便动身到蒙阴去。这里的客店钱,就拿两块洋钱出来,由得他七折八扣的勉强用了。催动牲口,向蒙阴进发。偏偏这天又下起大雪来,直赶到断黑,才到蒙阴,已经来不及进城了,就在城外草草住了一夜。

次日赶早,仍旧坐车进城。进城走了一段路,忽然遇了一大堆人,把车子挤住,不得过去。原来这里正是县前大街的一个十字街口,此时头上还是纷纷大雪,那些人并不避雪,都挤在那里。我便下车,分开众人,过去一看,只见沿街铺户,都排了香案,供了香花灯烛,一盂清水,一面铜镜[1];几十个年老的人,穿了破缺不全的衣帽,手执一炷香,都站在那里,涕泪交流。我心中十分疑惑,今天来了,又遇了甚么把戏。正在怀疑之间,忽然见那一班老者都纷纷在雪地上跪下,嘴里纷纷的嚷着,不知他嚷些甚么,人多声杂,听不出来,只仿佛

---

[1] 一盂清水,一面铜镜——两样象征的东西:表示歌颂官吏的清如水,明如镜。

听得一句"青天大老爷"罢了。回头看时,只见一个人,穿了玄青大褂,头上戴了没顶的大帽子[1],一面走过来,一面跺脚道:"起来啊!这是朝廷钦命的,你们怎么拦得住?"我定睛细看时,这个人正是蔡侣笙。面目苍老了许多,嘴上留了胡子,颜色亦十分憔悴。我不禁走近一步道:"侣翁,这是甚么事?"侣笙向我仔细一看,拱手道:"久违了。大驾几时到的?我此刻一言难尽!述农还在衙门里,请和述农谈罢。"说着,就有两个白胡子的老人,过来跪下说:"青天大老爷啊!你这是去不得的哪!"侣笙跺脚道:"你们都起来说话。我是个好官啊,皇上的天恩,我是保管没事的;我要不是个好官呢,皇上有了天恩,天地也不容我。你们替我急的是那一门啊!"一面说,一面搀起两个老人,又向我拱手道:"再会罢,恕我打发这班百姓都打发不了呢。"说着,往前行去。有两个老百姓,撑着雨伞,跟在后头,代他挡雪;又有一顶小轿,跟在后头,缓缓的往前去了。后头围随的人,也不知多少,一般的都是手执了香,涕泪交流的,一会儿都渐渐跟随过去了。我暗想侣笙这个人真了不得!闹到百姓如此爱戴,真是不愧为民父母了。

一面过来招呼了车子,放到县署前,我投了片子进去,专拜前任帐房文师爷。述农亲自迎出外面来,我便带了两弟进去,教他叩见。不及多说闲话,只述明了来意。述农道:"几两银子,事情还容易。

---

[1] 没顶的大帽子——官员有罪撤职,把他戴的礼帽的顶子取掉,表示已经不是官员的身份了。

不过你今天总不能动身的了,且在这里住一宿,明日早起动身罢。"我又谈起遇见侣笙如此如此。述农道:"所以天下事是说不定的。我本打算十天半月之后,这里的交代办清楚了,还要到上海,和你或继之商量借钱,谁料你倒先遇了强盗!"我道:"大约是为侣笙的事?"述农道:"可不是!四月里各属闹了蝗虫,十分利害,侣笙便动了常平仓[1]的款子,先行赈济;后来又在别的公款项下,挪用了点。统共不过化到五万银子,这一带地方,便处治得安然无事。谁知各邻县同是被灾的,却又匿灾不报,闹得上头疑心起来,说是蝗虫是往来无定,何以独在蒙阴?就派了查灾委员下来查勘。也不知他们是怎样查的,都报了无灾。上面便说这边捏报灾情,擅动公款,勒令缴还。侣笙闹了个典尽卖绝,连他夫人的首饰都变了,连我历年积蓄的都借了去,我几件衣服也当了,七拼八凑,还欠着八千多银子。上面便参了出来,奉旨革职严追。上头一面委人来署理,一面委员来守提。你想这件事冤枉不冤枉!"我道:"好在只差八千两,总好商量的;倒是我此刻几两银子,求你设个法!"述农道:"你急甚么!我顶多不过十天八天,算清了交代,也到上海去代侣笙张罗,你何妨在这里等几天呢?"我道:"我这车子是从王家营雇的长车,回去早一天,少算一天价,何苦在这里耽搁呢。况且继之丁忧回去了。"述农惊道:"几时的事?"我道:"我动身到了清江浦,才接到电报的。电报简略,虽没有

----
〔1〕 常平仓——清时各州县设置的粮仓,谷贱时买进储存,谷贵时售出,目的在稳定粮价。

说甚么,然而总是嘱我早回的意思。"述农道:"虽然如此,今天是万来不及的了。"我道:"一天半天,是没有法子的。"述农事忙,我便引过两个孩子,逗着玩笑,让述农办事。

捱过了一天,述农借给我两分铺盖,二十两银子,我便坐了原车,仍旧先回汶水桥。此时缺少盘费,灵柩是万来不及盘运的了,备了香楮[1],带了两个兄弟,去叩别了,然后长行。到了王家营,开发了车价,渡过黄河,到了清江浦,入到仁大船行。刘次臣招呼到里面坐下,请出一个人来和我相见。我抬头一看,不觉吃了一大惊,原来不是别人,是金子安。我道:"子翁为甚到这里来?"子安道:"一言难尽!我们到屋里说话罢。"我就跟了他到房里去。子安道:"我们的生意已经倒了!"我吃惊道:"怎样倒的?"子安道:"继之接了丁忧电报,我们一面发电给你,一面写信给各分号。东家丁了忧,通个信给伙计,这也是常事。信里面不免提及你到山东,大约是这句话提坏了,他们知道两个做主的都走开了,汉口的吴作猷头一个倒下来,他自己还卷逃了五万多。恰好有万把银子药材装到下江来的,行家知道了,便发电到沿江各埠,要扣这一笔货,这一下子,可全局都被牵动了。那天晚上,一口气接了十八个电报,把德泉这老头子当场急病了。我没了法子,只得发电到北京、天津,叫停止交易。苏、杭是已经跟着倒下来的了。当夜便把号里的小伙计叫来,有存项的都还了他,工钱都算清楚了,还另外给了他们一个月工钱,叫他们悄悄的搬了铺盖去,次日就

---

[1] 楮——纸钱。

第一百八回　负屈含冤贤令尹结果　风流云散怪现状收场

不开门了。管德泉吓得家里也不敢回去,住在王端甫那里。我也暂时搬在文述农家里。"我道:"述农不在家啊。"子安道:"杏农在家里。"我道:"此刻大局怎样了?"子安道:"还不知道。大约连各处算起来,不下百来万。此刻大家都把你告出去了,却没有继之名字。"我道:"本来当日各处都是用我的名字,这不能怪人家。但是这件事怎了呢?"子安道:"我已有电给继之,大约能设法弄个三十来万,讲个折头,也就了结了。我恐怕你贸贸然到了上海,被他们扣住,那就糟糕了!好歹我们留个身子在外头好办事,所以我到这里来迎住你。"我听得倒了生意,倒还不怎样,但是难以善后,因此坐着呆想主意。

子安道:"这是公事谈完了,还有你的私事呢。"说罢,在身边取出一封电报给我,我一看,封面是写着宜昌发的。我暗想何以先有信给我,再发电呢? 及至抽出来一看,却是已经译好的:"子仁故,速来!"五个字。不觉又大吃一惊道:"这是几时到的?"子安道:"同是倒闭那天到的,连今日有七天了。"我道:"这样我还到宜昌去一趟,家伯又没有儿子,他的后事,不知怎样呢。子翁你可有钱带来?"子安道:"你要用多少?"我便把遇的强盗一节,告诉了他。又道:"只要有了几十元,够宜昌的来回盘费就得了。"子安道:"我还有五十元,你先拿去用罢。"我道:"那么两个小孩子,托你代我先带到上海去。"子安道:"这是可以的。但是你到了上海,千万不要多露脸,一直到述农家里才好。"我答应了。当下又商量了些善后之法。

次日一早,坐了小火轮到镇江去。恰好上下水船都未到,大家便都上了趸船,子安等下水到上海,我等上水到汉口去。到了汉口,只得找个客栈住下。等了三天,才有宜昌船。船到宜昌之后,我便叫人挑了行李进城,到伯父公馆里去。入得门来,我便径奔后堂,在灵前跪拜举哀。续弦的伯母从房里出来,也哭了一阵。我止哀后,叩见伯母,无非是问问几时得信的,几时动身的,我问问伯父是甚么病,怎样过的。讲过几句之后,我便退到外面。

到花厅里,只是坐着两个人:一个老者,须发苍然;一个是生就的一张小白脸,年纪不过四十上下,嘴上留下漆黑的两撇胡子,眉下生就一双小圆眼睛,极似猫儿头鹰的眼,猝然问我道:"你带了多少钱来了?"我愕然道:"没有带钱来。"他道:"那么你来做甚么?"我拂然[1]道:"这句话奇了!是这里打了电报叫我来的啊。"他道:"奇了!谁打的电报?"说着,往里去了。我才请教那老者贵姓。原来他姓李,号良新,是这里一个电报生的老太爷,因为伯父过了,请他来陪伴的。他又告诉我,方才那个人,姓丁,叫寄簃,南京人,是这位陈氏伯母的内亲;排行第十五,人家都尊他做十五叔。自从我伯父死后,他便在这里帮忙,天天到一两次。我两个才谈了几句,那个甚么丁寄簃,又出来了,伯母也跟在后头,大家坐定。寄簃说道:"我们一向当令伯是有钱多的,谁知他躺了下来,只剩得三十吊大钱,算一算他的亏空,倒是一千多吊。这件事怎样办法,还得请教。"我冷笑一声,对良新道:"我就是这几天里,才倒了一百多万,从江汉关道起,以至九

---

[1] 拂然——不高兴的样子。

江道、芜湖道、常镇道、上海道,以及苏州、杭州,都有我的告案。这千把吊钱,我是看得稀松,既然伯父死了,我来承当,叫他们就把我告上一状就是了。如果伯母怕我倒了百多万的人拖累着,我马上滚蛋也使得!"我说这话时,眼睛却是看着丁寄篔。伯母道:"这不是使气的事,不过和少爷商量办法罢了。"我道:"侄儿并不是使气,所说的都是真事。不然啊,我自己的都打发不开,不过接了这里电报,当日先伯母过的时候,我又兼祧过的,所以不得不来一趟。"伯母道:"你伯父临终的交代,说是要在你叔叔的两个儿子里头,择继一个呢。"丁寄篔道:"照例有一房有两个儿子的,就没有要单丁那房兼祧规矩。"我道:"老实说一句,我老人家躺下来的时候,剩下万把银子,我钱毛儿也没捞着一根,也过到今天了。兼祧不兼祧,我并不争;不过要择继叔父的儿子,那可不能!"丁寄篔变色道:"这是他老人家的遗言,怎好不依?"我道:"伯父遗言我没听见,可是伯父先有一个遗嘱给我的。"说罢时,便打开行李,在护书里取出伯父给我的那封信,递给李良新道:"老伯,你请先看。"良新拿在手里看,丁寄篔也过去看,又念给伯母听。我等他们看完了,我一面收回那信,一面说道:"照这封信的说话,伯父是不会要那两个侄儿的。要是那两个孩子还在山东呢,我也不敢管那些闲事;此刻两个孩子,经我千辛万苦带回来了,倘使承继了伯父,叫我将来死了之后见了叔叔,叔叔问我,你既然得了伯父那封信,为甚还把我的儿子过继他,叫我拿甚么话回答叔叔!"丁寄篔听了,看看伯母,伯母也看丁寄篔。寄篔道:"那两位令弟,是在那里找回来的?"我便将如何得信,如何两次发电给伯父,如何得伯父的信,如何动身,如何找着那弓兵,那弓兵如何念旧,如何带我到赤屯,如何相见,如何带来,如何遇强盗,如何到蒙阴借债,如何在清江浦得这里电报,……一一说了。又对伯母说道:"侄儿斗胆说一句话:我从十几岁上,拿了一双白手空拳出来,和吴继之两个混,我们两个向没分家,挣到了一百多万,大约少说点,侄儿也分得着四五十万的了;此刻并且倒了,市面也算见过了。那个忘八蛋崽子,才想着靠了兼祧的名目,图谋家当!既然十五叔这么疑心,我就搬到客栈里住去。"寄篁道:"啊啊啊!这是你们的家事,怎么派到我疑心起来?"伯母道:"这不是疑心,不过因为你伯父亏空太大了,大家商量个办法。"我道:"商量有商量的话。我见了伯父,还我伯父的规矩,这是我们的家法;他姓差了一点的,配吗!"寄篁站起来对伯母道:"我还有点事,先去去再来。"说罢,去了。我对伯母道:"这是个甚么混帐东西!我一来了,他劈头就问我道:'你来做甚么?'我又不认得他,真是岂有此理!他要不来,来了,我还要好好的当面损他呢!"伯母道:"十五叔向来心直口快,每每就是这个上头讨嫌。"又说了几句话,便进去了。我便要叫人把行李搬到客栈里去,倒是良新苦苦把我留住。

坐了一会,忽听得外面有女子声音,良新向外一张,对我道:"寄篁的老婆来了。"我也并不在意。到了晚上,我在花厅对过书房里开了铺盖,便写了几封信,分寄继之、子安、述农等,又起了一个讣帖稿子,方才睡下。无奈翻来覆去,总睡不着。到得半夜时,似乎房门外有人走动,我悄悄起来一张,只见几个人,在那里悄悄的抬了几个大皮箱往外去，约莫有七八个。我心中暗暗好笑，我又不是山东路上强盗，这是何苦。

到了明日，我便把讣帖稿子发出去叫刻。查了有几处是上司，应该用写本[1]的，便写了。不多几日，写的写好了，刻的印好了，我就请良新把伯父的朋友，一一记了出来，开个横单，一一照写了签子。也不和伯母商量，填了开吊日子，发出去。所有送奠礼来的，就烦良新经手记帐。到了受吊之日，应该用甚么的，都拜托良新在人家送来的奠分钱上开支。我只穿了期亲的服制，在旁边回礼。那丁寄簧被我那天说了之后，一直没有来过，直到开吊那天才来，行过了礼就走了。

忙了一天，到了晚上，我便把铺盖拿到上房，对着伯母打起来；又把箱子拿进去开了，把东西一一检出来，请伯母看过道："侄儿这几件东西来，还是这几件东西去，并不曾多拿一丝一缕。侄儿就此去了。"伯母呆呆的看着，一言不发。我在灵前叩了三个头，起来便叫人挑了行李出城。偏偏今天没有船，就在客栈住了两夜，方才附船到汉口。到了汉口，便过到下水船去，一直到了上海，叫人挑了行李进城。走到也是园滨文述农门首，抬头一看，只见断壁颓垣，荒凉满目，看那光景是被火烧的。那烧不尽的一根柱子上，贴了一张红纸，写着"文宅暂迁运粮河滨"八个字。好得运粮河滨离此不远，便叫挑夫挑了过去，找着了地方挑了进去。只见述农敝衣破冠的迎了出来，彼此

---

[1] 写本——这里指手写的讣帖，表示恭敬。

一见,也不解何故,便放声大哭起来。我才开发了挑夫,问起房子是怎样的。述农道:"不必说起!我在蒙阴算清了交代,便赶回上海,才知道你们生意倒了,只得回家替侣笙设法。本打算把房子典去,再卖几亩田,虽然不够,姑且带到山东,在他同乡、同寅处再商量设法。看见你两位令弟,方代你庆慰。谁知过得两天,厨下不戒于火,延烧起来,烧个罄尽,连田上的方单〔1〕都烧掉了。不补了出来,卖不出去;要补起来呢,此刻又设了个甚么'升科局'〔2〕,补起来,那费用比买的价还大。幸而只烧我自己一家,并未延及邻居。此刻这里是暂借舍亲的房屋住着。"我道:"令弟杏农呢?"述农道:"他又到天津谋事去了。"我道:"子安呢?"述农道:"这里房子少,住不下,他到他亲戚家去了。"我道:"我两个舍弟呢?"述农道:"在里面。这两天和内人混得很熟了。"说着,便亲自进去,带了出来见我。彼此又太息〔3〕一番。述农道:"这边的讼事消息,一天紧似一天,日间有船,你不如早点回去商议个善后之法罢。"我到了此时,除回去之外,也是束手无策,便依了述农的话。又念我自从出门应世以来,一切奇奇怪怪的事,都写了笔记,这部笔记足足盘弄了二十年了。今日回家乡去,不知何日再出来,不如把他留下给述农,觅一个喜事朋友,代我传扬出去,也不枉了这二十年的功夫。因取出那个日记来,自己题了个签是

----

〔1〕 方单——买卖土地的契纸,就是地契。
〔2〕 "升科局"——清朝制度:开垦荒地,满了一定年限后,就按照普通田地的办法,征收钱粮,叫做升科。升科局就是办理这一类事情的官署。
〔3〕 太息——叹息。

"二十年目睹之怪现状",又注了个"九死一生笔记",交给述农,告知此意。述农一口答应了。我便带了两个小兄弟,附轮船回家乡去了。

看官！须知第一回楔子上说的,那在城门口插标卖书的,就是文述农了。死里逃生得了这部笔记,交付了横滨新小说社；后来《新小说》停版,又转托了上海广智书局,陆续印了出来。到此便是全书告终了。正是：悲欢离合廿年事,隆替兴亡一梦中。